国语言文学作品与史料选」系列教材

西方文论作品与史料选

徐　亮　苏宏斌　主编

浙江大学出版社

ZHEJIANG UNIVERSITY PRESS

总　序

吴秀明

　　假如将迄今为止种类繁多的中国语言文学"选本"进行分类,我以为大体可分为非专业与专业两种类型。前者,主要针对非中文专业的学生而言,也包括社会上的一般语言文学爱好者,它侧重于作品的诗学价值;后者,则主要针对中文专业的学生而言,它除了诗学价值外,还要兼及史学价值。本丛书属于后者,它带有专业化、专门化的性质和特点,其初衷是为他们提供诗、史兼备,并与现行的"通史"(语言史、文学史)教材相配套的一套"选本",以满足厚基础、宽口径、高素质和创新型专业人才培养的需要。这也是中文核心主干课程的主要教材。按时下的类型划分,不妨称之为研究型教材。

　　众所周知,现有的中文专业学生使用的"选本"尽管在选择的标准、内容、形态、方式等方面各具特色,存在着不少差异,但在基本范式和总体思路上彼此却表现了某种惊人的同构性:那就是选文的对象和范围都锁定在文学作品上,它向我们呈现的几乎都是清一色的、当然也是美轮美奂的经典之作。所谓的"选本",其实就是"文学作品选",它也只向"文学作品"开放,其所内含的"诗学"指向是非常明确的。文学作品作为特定历史阶段文学创作的表征和载体,它凝聚了时代思想艺术的精华,对中文专业的学生来说其重要性自不待言,尤其是近些年因诸多原因导致的审美贫乏症,在往往只记住概念、名词而对作品整体美、内在美不知何物的情况下,更是具有非同寻常的特殊意义。也因这个缘故,我对近些年来各高校一改旧观而普遍重视经典作品的教学理念表示理解和赞赏,并认为将来还有继续强化之必要。不过话又说回来,这仅仅是中文教育的一个方面而不是全部,它也不能包办和取代其他。实践表明,作为一个传统基础系科,中文教育的空间还是很大的,各个专业彼此间的办学目标、层次、规格也不尽相同。特别是一些学术积累比较深厚、师资力量比较雄厚、办学水平比较高的系科,更是已在这方面作出了不少探索,这也是当下中国乃至海外中文教育的客观历史和现实。而对研究型教学来说,到底如何在读好、读懂、读深经典作品的同时增加学生的根源性学养,培育他们良好的研究习惯与学风,为将来继续进行专业深造和可持续发展打下扎实的基础。一句话,到底如何拓宽学生的思维视野和知识结构,培养他们发现问题、提出问题的能力,这是当前中文教育亟须解决的一个问题,也是研究型教材的主旨所在。

浙大中文系推出的这套涵盖文艺学、语言文字学、中国古代文学、中国现当代文学、比较文学与世界文学的 5 个二级学科、总计 12 卷的《中国语言文学核心课程作品与史料选》,就试图在这方面进行探索。我们编选的这套"选本",看似好像只是在"作品"之外增加了一些"史料",但它却反映和体现了我们对教学、研究及人才培育理念上的一些新的思考。

一、这套"选本"强调客观呈现,注重历史还原

这里所说的呈现和还原,当然包括"选本"所选的文学作品在这方面的功能价值——文学作品尤其是现实主义文学作品,诚如经典作家所说的那样,它的"书记官"的功能价值,使它在反映历史和现实生活的毕肖酷似上往往达到连史家都叹服不已的程度;但主要还是指被我们特别引进的这些文献史料:如序跋、诗话、传记、碑文、笔记、书信等,现代以降的如社团、传媒、文件、讲话、批示、社论、纪要、评论等。这些形态各异史料的编选,不仅有效地拓宽了原有"选本"的内涵和外延,使之在整体构成上产生了革命性的扩容,而且还以其物化的形式引领我们穿越时空隧道,返回到彼时彼地的那个时代的语境与场域,与"作品"形成了富有意味的对话关系。史料作为中国语言文学的载体,它原本就是属于历史的,在它身上积淀了丰富的历史信息;而文献史料作为史料的重要组成部分(还有一种史料是实物史料),它凭借语言文字同时兼具能指与所指的双重功能,在还原和营造历史尤其是历史现场感方面还有自己独到的优势。因此它特别适用于文学作品的历史解读,历来备受重视,成为自古至今人们解读文学作品的重要参考和佐证。从某种意义上讲,作品与史料是一对孪生体,它们彼此具有难以切割的血缘联系。如果说作品是悬浮在空中的一种空灵的感性存在,那么史料就是紧紧扎根在大地之上的一种具体切实的物态存在。也正因此,史料的有无、多少以及真实与否,史料意识的自觉与否以及实践运用的程度如何,不仅直接关涉和影响着具体作品的解读,而且也反映乃至决定着整体中文教育的水平和质量。中文教育的睿智与睿智的中文教育,都十分注意作品与史料之间的内在关联,而不是将它们彼此孤立割裂。王国维所谓的治学"三互证法",即"取外来之观念,与固有之材料互相参证","取地下之物与纸上之遗文互相释证","取异族之故书与吾国之旧籍互相补证",①可以说是对此的精辟概括。他的《宋元戏曲考》以及陈寅恪的《元白诗笺证稿》、梁启超的《古书真伪及其年代》、胡适的《中国章回小说考证》、鲁迅的《中国小说史略》、郑振铎的《中国俗文学史》、俞平伯的《红楼梦

---

① 陈寅恪:《王静安先生遗书序》,《金明馆丛稿二编》,上海古籍出版社 1980 年版,第 219—220 页。

研究》、阿英的《晚清小说史》、郭绍虞的《中国文学批评史》、姜亮夫的《楚辞通故》、夏承焘的《唐宋词人年谱》等作,都可以称得上是这方面的典范。在他们那里,史料经过发掘、勘误、订正、转化、处理,不仅具有"独立存在"的价值,而且成为还原历史、破译作品奥秘的一个重要的载体。许多长期以来的语言文学之"司芬克斯之谜",也因之得到了合理解释。

北大中文系教授温儒敏有感于"专业阅读"存在的经典作品与当代读者之间的"历史隔膜",在十年前曾提出了一个很有意思的主张,叫"三步阅读法",其中第二步为"设身处地",就是借助和调动文学史及文化史知识,再融会自己的想象,努力"回到作品产生和传播的历史现场"。① 我们之所以在"选本"中增加了史料,其实也就是借助于史料"设身处地"地"回到作品产生和传播的历史现场"。在这里,史料一方面可以很好地起到营造历史氛围的作用,这对因"历史隔膜"造成的各种主观随意或过度阐释无形之中形成一种防范和反弹;另一方面它也引导我们情不自禁地进入到特定的历史规定情境之中,以"了解之同情,……必神游冥想,与立说之古人,处同一境界,……始能批评其学说之是非得失,而无隔阂肤廓之论",②从而对作品作出更加精准到位、也更合乎情理的解读。当然,重视史料之于还原历史以及参证和解读作品的功能,绝非意味它可以取代对作品的艺术分析,用所谓的"史学价值"来代替"诗学价值",那同样是不可取的。在"作品与史料"或者说在"文学与史料"的关系问题上,我还是比较赞赏一位年轻学者的这样一种说法:"勇敢地跨出樊篱,而更丰富地回返自身。"③这可能更合适、更接近温儒敏所说的"专业阅读",也更符合中国语言文学的属性和趣味。

二、这套"选本"倡导研究意识,培养学术兴趣

这也是研究型教学的题中应有之义。它主要体现在选文以及选文的注解上,也体现在对史料的选择上。在这些地方,本"选本"努力倡导研究意识,体现研究理念:一方面用研究的眼光进行选与注,在选什么、怎样选问题上体现史家的眼光,学者的思维和素养,使之超越庸常而具有一定的学术含量;另一方面调动和激发学生的学术兴趣,从选文、注解特别是从史料那里切入探寻问题,进行必要当然也是初步的学术训练。这里所谓的研究,就史料而言,主要有以下两个向度:(一)立足史料,以史料为基点向社会学、历史学、文献学、文化学、政治学、心理学辐射出去广泛地涉及彼时彼地的"社会关系总和",从那里寻找质疑和问

---

① 温儒敏、赵祖谟主编:《中国现当代文学专题研究》,北京大学出版社 2002 年版,第 26—29 页。

② 陈寅恪《冯友兰〈中国哲学史〉上册审查报告》,《金明馆丛稿二编》,上海古籍出版社 1980 年版,第 279 页。

③ 金理、杨庆祥、黄平:《以文学为志业——80 后学者三人谈》,《南方文坛》2012 年第 1 期。

题的点,在"跨界"的反观中达到对研究对象的新的认知,当然也包括新发现或新引进的地下新史料、域外新史料;以此为基点研求问题,不仅可以开拓一个新的学术领域,而且还能进而演化为一个"时代学术之新潮流"(陈寅恪语)。20 世纪上半叶中国四大文献史料甲骨文、敦煌遗书、居延竹简、大内档案发现对中国文学研究产生的重大影响,就充分证明了这一点。(二)通过史料与作品之间的关系,特别是它们彼此之间潜在的矛盾、抵牾和裂缝,从中思考、质疑和发现新的问题,形成问题意识。如南朝梁顾野王所撰《玉篇》中的"今上以为"一词条,以往的一些语言研究者往往将"今上"解读为当时的"梁武帝",认为这是顾野王在引用梁武帝的看法,藉以说明当时对异体字的重视。而最近有学者在对《玉篇》残卷全面校勘和语词及书写分析的基础上,对此作出了全然不同的正确解读——原来此处的"今上以为"实际是"今亦以为"的讹误,①于是最终证否了抄本里唯一的"今上以为"与"梁武帝的看法"有关的猜想。大量事实表明,中国语言文学中的很多问题往往都源于史料,正是对这些本源性的史料的精心收集、整理和研究,特别是对这些史料与作品裂缝的敏锐发现、质疑和把握,人们才从习见的话题中翻出新意。这也可以说是迄今为止浙大中文系不少优秀学生学位论文或学年论文成功的主要原因之一吧。像 2005 届一位本科生的毕业论文《论明初诗僧姚广孝及其诗文》,就是在老师的指导下在编写《姚广孝年谱》的基础上将其置于元末明初风云变幻的语境下进行考察,令人信服地作出了自己的结论。该文后以《诗僧姚广孝简论》为题刊发于《文学评论》2006 年第 5 期。这就从一个侧面证实研究意识培养的重要和必要。

当然,文学研究是很复杂的,它的如何进入和展开因人因对象而异,有不同的范式和路径,也有一个循序渐进的过程;作为一个"选本",它对学生研究意识的培养主要是引导,而不是刚性的指令,且在本科阶段不可操之过急,对学生提出不切实际的太高要求。但无论如何,强调研究意识的培养,强调对本源性史料尊重的实事求是学风,强调必要的学术训练,对学生来讲不仅十分必要,而且须臾不可或缺。可能是受西方文化和学术思想的影响,也与现行的体制有关,中文教育长期以来重"思想阐释"而轻"史料考据"。尤其是"三古"(即古代文学、古代汉语、古典文献)以外一些新兴或比较新兴学科以及相关课程,这个问题似乎显得更突出,也更严重。这就使中文教育尤其是某些作品的解读无形之中被空壳化了,它似乎变成了某种"思想"的简单符号或工具而失去了自身的主体性。这种"思想"在以前是政治学、社会学的,它也被强行纳入政治学、社会学视域中进

---

① 参见姚永铭:《可疑的"今上"——〈原本玉篇残卷〉校读劄记一则》,《汉语与汉语教学研究》第 2 期,日本樱美林大学孔子学院,东京东方书店 2011 年 7 月。

行解读;现在则被纳入现代主义、后现代主义视域中进行解读,从观念、思维到概念、术语完全是西式的。一切都效法西方,以是否符合刚引进的西方某某主义为取舍标准,而很少顾及作品的"历史语境"和自身的实际情况,更没有很好地考虑与中国固有、迄今仍然富有价值的传统思维理念和研究方法的对接。这样的解读貌似时尚,实则是用虚蹈空洞的所谓"思想"(准确地说是"西方思想")代替具体而微的艺术分析。这样一种不及物的研究,它往往不可避免地对作品进行粗暴图解和肢解,显然是不可能真正发现美、洞察美的。为什么现在不少中文系学生对经典作品反应比较冷漠,感受不到其中妙处,先入为主地用某种所谓的"思想"去套作品,不能不说是一个重要的原因。

需要指出,在时代整体学术风气的影响下,中文教育重"思想阐释"而轻"史料考据"的现象在最近一些年程度不同地有所改正。在文艺学、现当代文学、比较文学与世界文学那里,开始出现了由单一的"思想阐释"向"思想阐释"与"史料考据"的双向互融的方向发展。这是很可喜的,它标志着中国语言文学教学和研究出现了重大的"战略转移"。但这仅仅是开始,我们应该清醒地看到,由于西学在中国的强势存在,也由于学术浮躁风的盛行,上述现象还没从根本上得到改观。据说前几年有人在做"重返 80 年代"研究时去采访韩少功,曾把新时期的一次重要的文学自觉运动"寻根文学",说成是因为政治"压力之后的不得已而为之"的,弄得韩少功很郁闷很生气。① 这里之所出现这样的误读,主要原因在于它不是从"事实"("史料")而是从"思想"出发进行。陈寅恪先生在 1936 年曾批评"今日中国,旧人有学无术;新人有术无学,识见很好而论断错误,即因所根据之材料不足"。② 陈氏所说的"学"指史料,"术"指方法。旧人只有材料而没有好的方法,失之僵滞,固然难有所为,但新人不依据材料简单套用外国理论进行研究也同样不可取。陈氏的批评需要引起我们的高度重视。

三、这套"选本"突出教学性质,明确教材定位

这一点在开头就已作了明确定位,并且在前面也多少有所涉及。落实到编选上,就是突出和强调中国语言文学历时演变的规律和特点,通过其发展流程的客观呈现,与"通史"教材的配套对接,形成彼此互动互补的关系。这不仅在作品选择上打破原有单一的"语言文学经典"取舍标准,而是采用"语言文学经典"与"语言文学史经典"双线兼容的编选原则。这样,一些当年曾产生重要影响而思想艺术诸方面存在明显欠缺或不足的作品就被我们纳入了视野。如刘心武的《班主任》,以今天的眼光来看,它在艺术上当然不免粗糙,还明显打上那个时代

---

① 参见:《文学批评的语境与伦理——第二届"今日批评家"论坛纪要》,《南方文坛》2012 年第 1 期。
② 卞僧慧:《陈寅恪先生年谱长编》,中华书局 2010 年版,第 367 页。

的烙印;但从当代中国语言文学史的角度看,却是无法完全绕开的一个代表作。史料也同样如此,为体现历时演变的规律和特点,既注重与文学史的发展流程吻合,特别选取对于文学史发展起到关键作用的"经典史料",也关注具有原创价值的新出土和域外新传入的"新史料"。如"古代文学卷"中的唐代文学骈文部分,就恰当地利用了大诗人王之涣墓志、韦应物墓志,与边塞诗人岑参密切相关的新疆吐鲁番出土的"马料账",还有日本正仓院的《王勃诗序》中所收的《滕王阁序》等。这与以前同类教材中的"作品汇评"和"资料长编"式完全不同。现有的中文"选本"往往大同小异而内涵又比较紧仄,这在一定程度上影响了教师的教学,也不利于拓宽学生的知识结构。我们这样做,其意是想选择这样一种"文史互证"、"双线兼容"的新的范式,更好地反映中国语言文学丰富复杂的存在和发展,与"通史"教材对接;同时也为教师和学生进一步的阐释与发掘,留下足够的空间。

总之,在选什么、怎样选问题上,包括内容、体例、篇幅,也包括作品与史料以及彼此内在关系和逻辑关联等,都与"通史"教育乃至整个中文教育大系统联系起来予以通盘考虑,服从并服务于教学和人才培养的需要,按照教材编写规律和原则办事。也就是说,一方面要考虑"选本"自身的独立性、新颖性和完整性,努力构建适合专业教育需要的一种新的范式;另一方面又要考虑与"通史"教育相连接,成为"通史"很好的配套教材。也只有与"通史"联系起来进行综合考虑,"选本"所选的有关"作品与史料"才能被有效地激活,充分凸显其意义和价值。从中文教育和教材编写的角度看,"选本"与"通史"应该是相辅相成,它们分则各自成章,合则融合无间,是一个既独立又统一的有机的整体。

当然这是就总体而言,具体到各学科、各分卷情况也不完全相同。如语言文字学与文艺学,作品与史料往往就连结在一起,很难区分和切割。就说文学吧,彼此的差异也颇大。如比较文学与世界文学,特别是古代文学,其作品与史料具有较强的经典性、恒定性;它们所选的作品,往往既是"文学经典"又是"文学史经典",是二个"经典"的合一。而在现当代文学那里,作品与史料则表现出明显的非经典性(或泛经典性)、不稳定性,其所谓的"文学经典"与"文学史经典"经常是分离的,其中有相当一部分只能称之为"文学史经典"而很难说是"文学经典"。这里有学科方面的原因,也与它们彼此的生存和发展的社会文化语境有关。这无疑给我们编选带来了一定的难度。中国语言文学原本就是一个无限丰富复杂的浩瀚世界,为了尊重并还原呈现这种原生态,以满足研究型教学和人才培养之需,我们采取求同存异的原则,即在保持全书基本统一的前提下,尽量尊重各学科的特点和各分卷主编的个性。

这套"选本"凝聚了浙大中文系诸多同仁的心血,也融入了他们对教学、研究和人才培养的诸多思考。从 2010 年下半年酝酿、提出并分头编选,最后复又讨论、定稿,在此期间我们各司其职而又通力合作。借此机会谨向同仁们表示由衷的感谢,正是大家敬业、支持和努力,才使这一编写计划得以圆满完成。同时,我还要感谢浙大出版社副总编樊晓燕女士、黄宝忠先生以及责编宋旭华先生,他(她)们自始至终、倾心尽智的参与、谋划和把关,也对本丛书的编选及其按时保质出版起到了重要的推动促进作用。

浙大中文系从1920年之江大学国文系"源头"算起,迄今已有近百年历史。与海内外诸多兄弟院系一样,浙大中文系目前既面临良好的发展际遇,又遭遇前所未有的严峻挑战。在这样一个新的历史"拐点"上,如何在继承传统、教书育人的基础上,根据时代社会发展的需要,为国家培养具有较深厚基础和较强创造精神的中国语言文学方面的人才,这是时代赋予我们的光荣使命,也是我们应尽的职责。我们这次推出的这套由集体合作编写的"选本",就是冀望在这方面有所作为。研究型教学和教材编写是近些年议论较多的话题,也是不少同行感兴趣而又众说纷纭的一个话题。作为一个传统老系,我们愿意在这方面进行探索,也很希望听到来自各方面的声音,以期将来重版时把它修订得更好一些。

2012年2月5日于浙大中文系

编选说明

已经有很多西方文论方面的原典选编问世,我们编选这部《西方文论作品与史料选》试图提供一些新的元素。首先,最主要的是为每一篇正选原典作品给出能够说明其背景和意义的史料,这避免了原典的抽象性。文学理论大家,其文论思想是有所为的,其中有些同时是大思想家、大哲学家,理解他们的文学理论必须给出他们面临的紧迫问题、他们解决这些问题的思路和方案以及文学理论在他们思想框架中的位置和作用。单个的原典篇目要求给它以解释性的语境,才能成为生动的理论展示。史料部分就是意在提供这一更大的背景和语境。其次,因为是史料,这种背景介绍就不是由我们来说,而是由经过精选且具权威性的其他历史文本来说话,其中许多文本本身就具有经典性。最后,我们特别重视现当代的西方文论,在篇幅安排上给予了偏重。读者和学生有权在知识论层面上吸纳最新的养料。现当代文论有助于人们了解文学理论的当下处境,推动理论创新;同时,鉴于西方理论对传统的依赖,现当代西方文论中的经典作品最生动地展示了理论古老源头的活力,有助于我们对古代和近代文学理论的理解。

西方文论作品,是指欧美历史上经典的理论作品。对这些作品的挑选,我们的根据,除了它们在理论史上明显的影响力外,还有它们所起的积极作用。对于那些曾经因影响大而经常被选入,但实际上作用平庸、阻碍创造性的理论,我们认为其已经失去了经典性,因而不再纳入。史料,如上所述,是对文学理论原典的背景、释义、来龙去脉、运作示范等的展示有所帮助的文本材料。这方面的选材除了兼顾权威性、经典性(其中许多篇目本身就是文学理论史上的经典作品)外,还特别照顾了学理层面(有助于从学理上把握所选篇目的价值),突出史的观念(显示所选篇目之间的联系和发展脉络)。我们对本书正选和史料选部分的译本进行了比对和精选,参考了近年西方文论翻译的新成果,尽可能选用学界公认的优秀译本。

在编辑上,为了突出针对性,我们在每一篇正选原典作品后面直接编入相应的史料选。我们把西方文论分为古代、近代、现代三个部分。古代部分主要是西方思想开端时期的古希腊、罗马文论;近代部分从文艺复兴开始,一直到 19 世纪末,主要是认识论视野下的文学理论;现代部分涵盖了 20 世纪初至今影响重大的几种文论,如语言论路径的主要理论、现象学存在论、心理分析理论。由于篇幅限制,难免挂一漏万,但所选篇目都尽可能保持原样,较少在篇章中做删节,尤其是正选篇目。选目主要按时间顺序编排,兼顾理论流派的集团性。

本书由徐亮和苏宏斌两位教授共同拟定选目,其中巴尔扎克、海德格尔、艾略特、德里达、詹姆逊部分由苏宏斌编选,其余由徐亮编选。现代部分所选雅各布逊《语言学与诗学》一文,国内现有译本见于文化艺术出版社1994年出版的波利亚科夫编的《结构—符号学文艺学》。该译本主体部分翻译质量颇高,不足之处是删去了一些章节,有些还是该文中至关重要且被引用极多的段落。现由徐亮根据该文最初问世的英语版本译出全部被删节的5段内容计2400字,并插入原有位置。本书附有所选篇目来源,对源文本中明显的错讹做了纠正。我们的博士研究生文玲、张琦璋、岑星参与了查找和复印资料的工作。本选本切望得到读者、方家的批评与指正。

本书可供高等院校文学专业学生学习文学理论相关课程时用,同时也可作为文学及其理论爱好者的基础读物。本书既可作为文学理论、西方文论的教材,因为它按照时代顺序编选,并对每一重要篇目的文化思想背景及其在文学理论史上的地位等给出了说明;也可以作为那些有自身叙述体系的相关课程的资料性读本。

编　者
2013年夏

西方文论部分各篇出处

一、古代部分

柏拉图

文论作品

伊安篇(《柏拉图全集》第一卷,王晓朝译,人民出版社 2002 年版)

理想国(节选;《柏拉图文艺对话集》,朱光潜译,人民文学出版社 1997 年版)

史料选

柏拉图和哲学(让·布兰,《柏拉图及其学园》,商务印书馆 1999 年版)

亚里士多德

文论作品

诗学(节选;罗念生译,人民文学出版社 1982 年版)

史料选

亚里士多德(梯利,《西方哲学史》,商务印书馆 1995 年版)

二、近代部分

雪莱

文论作品

诗之辩护(缪灵珠译,《缪灵珠美学译文集》第三卷,中国人民大学出版社 1998 年版)

史料选

诗的四个时代(皮科克著;见《缪灵珠美学译文集》第三卷,中国人民大学出版社 1998 年版)

《抒情歌谣集》1800 年版序言(华兹华斯著,曹葆华译,节选自《古典文艺理论译丛》第一册,人民文学出版社 1961 年版)

黑格尔

文论作品

美学(节选;朱光潜译,商务印书馆 1982 年版)

史料选

艺术最好的题材——人的形象中的神性（选自吉尔伯特、库恩著；《美学史》第十四章，夏乾丰译，上海译文出版社 1989 年版）

黑格尔（克罗齐著；见《美学的历史》第九章，朱光潜译，中国社会科学出版社 1984 年版）

马克思

文论作品

《政治经济学批判》导言（节选；《马克思恩格斯选集》第二卷，人民出版社 1972 年版）

关于费尔巴哈的提纲（《马克思恩格斯选集》第一卷，人民出版社 1972 年版）

马克思致斐迪南·拉萨尔（《马克思恩格斯全集》第二十九卷，人民出版社 1972 年版）

史料选

马克思主义与文学批评（伊格尔顿，《马克思主义与文学批评》第一章前三节，文宝译，人民文学出版社 1980 年版）

巴尔扎克

文论作品

《人间喜剧》前言（丁世中译，见《巴尔扎克论文艺》，人民文学出版社 2003 年版）

史料选

巴尔扎克和现实（节选；米歇尔·比托尔著，见《法国作家论文学》，王忠琪等译，生活·读书·新知三联书店 1984 年版）

尼采

文论作品

《悲剧的诞生》前言（周国平译，见《悲剧的诞生》，三联书店 1986 年版）

史料选

自我批判的尝试（尼采著；见《悲剧的诞生》，三联书店 1986 年版）

尼采美学（选自吉尔伯特、库恩，《美学史》第十七章，夏乾丰译，上海译文出版社 1989 年版，标题为选者所加）

三、现代部分

弗洛伊德

文论作品

创作家与白日梦（林骧华译，见《现代西方文论选》，伍蠡甫主编，上海译文出版社 1983 年版）

史料选

《俄狄浦斯王》与《哈姆雷特》的分析(弗洛伊德著;见《释梦》第五章第四节,商务印书馆 1996 年版,标题为选者所加)

对精神分析之象征的解释蔚然成风(吉尔伯特、库恩著;见《美学史》第十九章,夏乾丰译,上海译文出版社 1989 年版)

海德格尔

文论作品

艺术作品的本源(见《林中路》,孙周兴译,上海译文出版社 1997 年版)

史料选

什么是文学?(节选;萨特著,见《萨特文学论文集》,施康强选译,安徽文艺出版社 1998 年版)

T. S. 艾略特

文论作品

传统与个人才能(卞之琳译,见《"新批评"文集》,赵毅衡编选,中国社会科学出版社 1988 年版)

史料选

意图谬见(维姆萨特、比尔兹利著,罗少丹译,见《"新批评"文集》,赵毅衡编选,中国社会科学出版社 1988 年版)

感受谬见(维姆萨特、比尔兹利著,黄宏熙译,见《"新批评"文集》,赵毅衡编选,中国社会科学出版社 1988 年版)

什克洛夫斯基

文论作品

作为手法的艺术(见《散文理论》,刘宗次译,百花洲文艺出版社 1994 年版)

史料选

艺术的概念(节选;别林斯基著,满涛译,见《文学的幻想》,安徽文艺出版社 1996 年版)

标准语言与诗的语言(穆卡洛夫斯基著,邓鹏译,见伍蠡甫、胡经之《西方文艺理论名著选编(下)》,北京大学出版社 1987 年版)

雅各布逊

文论作品

隐喻和换喻的两极(张祖建译,见伍蠡甫、胡经之《西方文艺理论名著选编(下)》,北京大学出版社 1987 年版)

语言学与诗学(见《结构—符号学文艺学》,(俄)波利亚科夫编,佟景韩译,文化艺术出版社 1994 年版。该版本漏译部分约 2400 字由本书主编徐亮根据英语

版 *Closing Statement：Linguistics and Poetics*，in *Style in Language* ed. Thomas Sebeok，Cambridge：M. I. T. Press，1960 年版译出并补入原位）

史料选

普通语言学教程（节选；费尔迪南·德·索绪尔著，高明凯译，商务印书馆 1999 年版）

言语的力量：科学与诗歌（保罗·利科尔著，朱国均译，见《哲学译丛》1986 年第六期）

罗兰·巴尔特

文论作品

叙事作品结构分析导论（张裕禾译，见《外国文学报道》1984 年第四期）

今日神话（节选；见《罗兰·巴特随笔选》，怀宇译，百花文艺出版社 1995 年版）

从作品到文本（杨扬译，见《文艺理论研究》1988 年第 5 期）

史料选

表征的运作（节选；斯图尔特·霍尔著，见《表征》，徐亮、陆兴华译，商务印书馆 2003 年版）

德里达

文论作品

人文科学话语中的结构、符号与游戏（张宁译，见《书写与差异》，三联书店 2001 年版）

史料选

解构派：雅克·德里达（拉曼·塞尔登、彼得·威森德、彼得·布鲁克著，见《当代文学理论导读》，刘象愚译，北京大学出版社 2006 年版）

尧斯

文论作品

作为向文学科学挑战的文学史（王卫新译，见《外国文学报道》1987 年第一期）

史料选

尧斯与接受美学（弗拉德·戈德齐希著；见尧斯《审美经验与文学解释学》，上海译文出版社 1997 年版，标题为选者所加）

弗雷德里克·詹姆逊

文论作品

后现代主义，或后期资本主义的文化逻辑（节选；王逢振译，见《最新西方文论选》，王逢振、盛宁、李自修编，漓江出版社 1991 年版）

史料选

弗雷德里克·詹姆森的马克思主义文学理论（戴维·R.迪肯斯著,周晓亮、杨深、程志民译,见《后现代主义与社会研究》,重庆出版社 2006 年版）

目　录

一、古代部分

柏拉图

◎文论作品

伊安篇

对话人：苏格拉底

　　　　　伊安

苏　欢迎你，伊安！你怎么会来看我们？从你的家乡爱菲索来吗？

伊　不，我从埃皮道伦①来，那里在庆祝阿斯克勒庇俄斯节。

苏　什么！埃皮道伦的公民在荣耀这位神，那里也举行诵诗比赛吗？

伊　他们确实这样做了。他们举行了各种音乐比赛。②

苏　那么，你参加比赛了吗？结果怎么样？

伊　我们城邦的人拿到了第一个奖，苏格拉底。

苏　干得好！我们务必也要在泛雅典娜节③上得奖。

伊　如果神允许的话，我们能够得奖。

苏　我得说，伊安，我经常妒忌你们这些干诵诗这一行的。你们的技艺要求你们外出时必须穿得漂漂亮亮、光彩照人，同时还必须熟悉许多杰出的诗人，尤其是荷马这位最伟大、最神圣的诗人。你必须弄懂他的思想，而不是仅仅熟读他的诗句。干这一行真是令人羡慕！事实上，如果一个人不能理解诗人的话语，那么他绝不可能成为诵诗人，因为诵诗人必须向听众解释诗人的思

---

① 埃皮道伦（Epidaurus）是希腊南部的一个城镇，建有阿斯克勒庇俄斯神庙。

② 希腊文 mousikei（音乐）一词出自艺术女神缪斯（Muses），广义上包括艺术的多个分支，而非仅指音乐。此处音乐一词是在广义上使用的。

③ 泛雅典娜节（Panathenaea）祭祀雅典的保护神雅典娜。这个节日后来成为全希腊性质的节庆，希腊各城邦都会派人来参加。

想,只知道诗人说了些什么是完全不可能做到这一点的。当然,干这一行越是困难,越是令人羡慕。

伊　你说得不错,苏格拉底。对我来说,无论如何,我已经密切注意到了这门技艺的这个方面。至于谈论荷马,我认为谁也比不上我,无论是兰萨库斯人梅特罗多洛、萨索斯人斯特西洛图、格老孔,还是其他任何一位还活着的人,都不如我有那么多好见解,能把荷马的思想表现得那么好。

苏　这真是个令人愉快的消息,伊安,要你表演一下你的才能,你显然不会感到有什么勉为其难。

伊　根本不会。苏格拉底,听我如何给荷马的诗句润色的确是值得的。在我看来,凡是荷马的信徒都得用金冠来酬谢我,这是我该得的。

苏　下次我有空的时候再来听你朗诵荷马。现在你只要回答我的问题就可以了。你是只熟悉荷马,还是对赫西奥德、阿基洛库斯①也很熟?

伊　我只熟悉荷马,在我看来这已经足够了。

苏　有没有什么事情,荷马和赫西奥德说的是一样的呢?

伊　确实有,我是这样想的,有许多例子可以说明。

苏　那么在这些情况下,你会把荷马的话解释得比赫西奥德的话更好吗?

伊　苏格拉底,如果他们两人说得一样,那么我也会把它们解释成一个样。

苏　在他们两人说得不一样的情况下,你又怎么办? 比如,以占卜为例,荷马和赫西奥德两人都谈到过占卜。

伊　是这样的。

苏　那么,他们关于占卜的看法相同也好,不同也罢,在解释这两位诗人的看法时,是你解释得好,还是某个优秀的占卜家解释得好?

伊　占卜家解释得好。

苏　现在假定你就是个占卜家。如果你有能力解释这两位诗人意见相同的段落,那么你也有能力把他们意见不同的段落解释好,对吗?

伊　对,我显然也能解释好。

苏　那么你怎么会熟悉荷马,而不熟悉赫西奥德或其他诗人呢? 荷马处理的题材和其他诗人不一样吗? 他的主题不也是战争,他不是也讨论善人与恶人的相互关系、普通人和有某些技能的人的关系、诸神相互间的关系,以及诸神与凡人的关系、天上和地上发生的那些现象、诸神与英雄的出生吗? 荷马在他的诗歌中处理的不是这些题材吗?

伊　你说得对,苏格拉底。

---

①　阿基洛库斯(Archilochus)是一位希腊抒情诗人和讽刺诗人。

苏　其他诗人又如何？他们不是在处理相同的主题吗？

伊　对,但是,苏格拉底,他们的方式不一样。

苏　为什么？他们的方式比荷马差吗？

伊　差远了。

苏　荷马的方式比较好吗？

伊　确实比较好,我向你保证。

苏　好吧,亲爱的伊安。请你告诉我,当几个人在一起讨论数字的时候,他们中有一位谈得比其他人要好,能有人把这位优秀的谈论者识别出来吗？

伊　有。

苏　能识别优秀谈论者的人也能识别谁谈论得差,或者说要由别的人来识别？

伊　无疑是同一个人。

苏　这个人是一位懂得算术技艺的人吗？

伊　是。

苏　告诉我,当几个人在一起讨论节食,讨论什么样的食物有营养,有一个人谈得比其他人好,会有某个人看出这位最优秀的谈论者的出众之处,也会有另一个人能看出最差的谈论者的低劣,或者说同一个人就能识别二者？

伊　显然是同一个人就能识别二者,这是我的看法。

苏　他是谁？我们把他称作什么？

伊　医生。

苏　因此我们可以做一概括,并且说,当几个人在一起讨论某个给定的主题时,能识别最佳谈论者和最差谈论者的人总是同一个人。或者说,如果他无法识别出那个谈论得很差的人来,那么显然他也无法识别出那个谈论得很好的人,假定他们所谈论的主题是相同的。

伊　是这么回事。

苏　所以同一个人在这两方面都是有能力的吗？

伊　对。

苏　现在你肯定荷马和其他诗人,其中有赫西奥德和阿基洛库斯,全都处理相同的主题,然而却不是以同样的方式,一个人说得很好,而其他人说得很差。

伊　我说的话是对的。

苏　如果你能识别说得好的诗人,那么你也能识别说得差的诗人,能看出他们说得差。

伊　似乎是这样的。

苏　那么好吧,我亲爱的朋友,当我们说伊安对荷马和对其他所有诗人拥有同样的技艺,这样说不会错。结果肯定如此,因为你自己承认过同一个人有能力判断所有谈论相同题材的人,而诗人们全都处理相同的主题。

伊　但是苏格拉底,你又如何解释我的行为呢？当人们在讨论其他诗人时,我一点也不注意听,也提不出什么有价值的看法来,我会当众打瞌睡。但若有人提到荷马,我马上就会醒过来,全神贯注地听,也有一肚子话要说。

苏　我的朋友,这个谜并不难解。每个人都会明白你谈论荷马的能力并非来自技艺和知识。如果是技艺使你拥有这种能力,那么你也能很好地谈论其他所有诗人。你认为存在着一门作为整体的诗学,我这样说对吗？

伊　对。

苏　当你提到其他任何你喜欢的技艺,把它作为一个整体来考虑时,情况不也是一样的吗？这种考察的方法对所有技艺都是适宜的吗？伊安,你想要我对我说的这些话做些解释吗？

伊　对,苏格拉底,我是这样想的,听你这样的聪明人谈话令我感到愉快。

苏　我只希望你说得对,伊安。可是你说"聪明人"！在我看来,你们这些诵诗人和演员才是聪明人,还有写出那些你们朗诵的诗歌的人,而我除了像平常人那样说老实话,此外一无所有。以刚才我向你提出的那个问题为例。请注意,我的意思是非常普通的,无论谁都能听得懂。我的意思是:只要把一门技艺当作一个整体来对待,那么对它进行考察的方法就是相同的。让我们对此再做一些推理。你认为存在着一门作为整体的绘画艺术吗？

伊　存在。

苏　有许多画家,他们有好有差吗？

伊　确实有。

苏　我们现在以阿格拉俄封之子波吕格诺图①为例。你曾见过有人能指出波吕格诺图的作品什么地方好,什么地方不好,但却没有能力指出其他画家作品的优劣吗？还有没有这样的人,别人把其他画家的作品拿给他看,他就要打瞌睡,什么也说不出来,而当要他对某个特定的画家,比如波吕格诺图或你选择的其他画家,进行判断时,他就会醒过来,肚子里有说不完的话？

伊　不,我发誓,我从来没有见过这样的人。

苏　再以雕刻为例。你曾见过有人能判断麦提翁之子代达罗斯、帕诺培乌斯之子厄培乌斯、萨摩斯的塞奥多洛,②或其他任何雕刻家的精美作品,但在面对某些雕刻家的作品时,却会打瞌睡,茫然无话可说吗？

---

① 波吕格诺图(Polygnotus)是公元前 5 世纪希腊大画家。

② 代达罗斯(Daedalus)是希腊神话中的建筑师和雕刻家,也是希腊雕刻的祖师,其他两人都是雕刻家。

伊　不，我发誓，我一个都没见到过。

苏　我想，再进一步说，在吹笛子、弹竖琴、伴着竖琴唱歌、诵诗中，情况也是一样
　　的。你从来没见过一个人有能力判断奥林帕斯、萨弥拉斯、奥菲斯、伊塔卡
　　的诵诗人斐米乌斯，但却丝毫不关心爱菲索的伊安，对他的朗诵成功与否茫
　　然无话可说。

伊　对此我无法与你抗辩，苏格拉底。但是我自己觉得在解说荷马方面我比谁
　　都强，一提起荷马我就有许多话要说，大家也都承认我说得好，但是对其他
　　诗人我就不这样了。那么你说这是怎么回事吧。

苏　我明白这是怎么回事，伊安，实际上我马上就要开始告诉你我是怎么想的。
　　我刚才说过，使你擅长解说荷马的才能不是一门技艺，而是一种神圣的力
　　量，它像欧里庇得斯①所说的磁石一样在推动着你，磁石也就是大多数人所
　　说的"赫拉克勒斯石"。这块磁石不仅自身具有吸铁的能力，而且能将磁力
　　传给它吸住的铁环，使铁环也能像磁石一样吸引其他铁环，许多铁环悬挂在
　　一起，由此形成一条很长的铁链。然而，这些铁环的吸力依赖于那块磁石。
　　缪斯②也是这样。她首先使一些人产生灵感，然后通过这些有了灵感的人
　　把灵感热情地传递出去，由此形成一条长链。那些创作史诗的诗人都是非
　　常杰出的，他们的才能绝不是来自某一门技艺，而是来自灵感，他们在拥有
　　灵感的时候，把那些令人敬佩的诗句全都说了出来。那些优秀的抒情诗人
　　也一样，就像那些举行祭仪的科里班忒斯③在狂舞时自己并不知道一样，抒情
　　诗人创作出那些可爱的诗句自己也不知道。他们一旦登上和谐与韵律的征
　　程，就被酒神所俘虏，酒神附在他们身上，就像酒神狂女凭着酒神附身就能
　　从河水中汲取乳和蜜，但他们自己却是不知道的。所以是抒情诗人的神灵
　　在起作用，诗人们自己也是这样说的。诗人们不是告诉过我们，他们给我们
　　带来的诗歌是他们飞到缪斯的幽谷和花园里，从流蜜的源泉中采来的，采集
　　诗歌就像蜜蜂采蜜，而他们就像蜜蜂一样飞舞吗？ 他们这样说是对的，因为
　　诗歌就像光和长着翅膀的东西，是神圣的，只有在灵感的激励下超出自我，
　　离开理智，才能创作诗歌，否则绝对不可能写出诗来。只有神灵附体，诗人
　　才能作诗或发预言。由于诗人的创作不是凭借技艺，因此他们说出许多事
　　情或讲到许多人的功绩，正如你谈论荷马一样，凭的不是技艺，而是神的指

---

①　欧里庇得斯(Euripides)是希腊三大悲剧家之一，生于公元前 484 年，死于公元前 407 年。

②　缪斯(Muses)是希腊神话中九位艺术和科学女神的通称，此处指诗神。

③　科里班忒斯(Gorybantes)是希腊宗教中大母神的祭司，他们在举行祭仪时狂歌乱舞，并用长矛胡乱
碰撞，在疯狂中互伤。

派。他们只能在缪斯的推动下各自做指定要他做的事,一个创作酒神颂,另一个创作颂神诗,还有的创作合唱诗、史诗、短长格诗。① 他们只擅长作一种诗,而不会作其他诗,因为他们创作诗歌不是凭技艺,而是凭神力,如果他们作诗凭的是技艺,那么他们既然知道如何写好一种诗,也会知道如何写好其他种类的诗。神为什么要像对待占卜家和预言家一样,剥夺诗人们的正常理智,把他们当作代言人来使用? 其原因在于神想使我们这些听众明白,他们在说出这些珍贵的启示时是失去常人理智的,而真正说话的是神,通过诗人,我们能够清晰地聆听神的话语。卡尔昔斯人廷尼库斯为这种说法提供了一个令人信服的证据。除了那首人人传诵的颂歌,他从来没有创作过一首值得记忆的诗歌,而这首颂歌却是所有抒情诗中最好的,绝对是"缪斯的作品",廷尼库斯自己就是这样说的。在我看来,诗神想用这个例子告诉我们,让我们不要怀疑,那些美好的诗歌不是人写的,不是人的作品,而是神写的,是神的作品,诗人只是神的代言人,神依附在诗人身上,支配着诗人。为了证明这一点,神故意通过这位最差的诗人唱出最美妙的抒情诗。难道不是这样吗,伊安? 你认为我说得对吗?

伊　我承认,你确实说得对,你的话语以某种方式拨动了我的心弦,我现在好像明白了优秀的诗人在上天的指派下向我们解释诸神的话语。

苏　是啊,而你们这些诵诗人又解释了诗人的话语,对吗?

伊　这也不错。

苏　如此说来,你们是解释者的解释者吗?

伊　这是不可否认的。

苏　现在,伊安,请等一下,坦率地回答我的提问。假定你擅长朗诵史诗,能深深地吸引听众。假如你正在歌颂奥德修斯如何跳上高台,面向那些求婚者除去他的伪装,用箭将他们射死,或者正在讲阿喀琉斯如何猛追赫克托耳,或者讲一段可悲的故事,比如安德洛玛刻、赫卡柏、普利亚姆等。② 当你歌颂这些事迹时,你还神志清醒吗? 或者说,你的灵魂不由自主地陷入迷狂之中,好像身临其境,处在伊塔卡、特洛伊史诗提到的其他地方?

伊　你说得非常生动,苏格拉底,你为我做了证明! 我要坦率地告诉你,每当我朗诵一段悲哀的故事,我就热泪盈眶,如果故事中提到什么恐怖或惊愕,我也会害怕得毛骨悚然,心跳不已。

苏　那么好吧,伊安,我们该如何看待这样的人呢? 他身临祭奠或节庆,感染着

---

① 此处提到的都是希腊诗歌的各种体裁。

② 此处提到的均为《荷马史诗》中的故事情节。

假日的气氛,戴着金冠,尽管他什么也没失去,但却在那里痛哭流泪。或者说,面对着两万多友善的民众,尽管没有人想要抢他的东西,也没有人想要伤害他,但他还是在那里显得害怕得要死。我们能说他是神志清醒的吗?

伊　绝对不能这样说,苏格拉底。说他丧失理智肯定没错。

苏　你对大多数听众也造成了同样的效果,你明白吗?

伊　对,我非常明白。我从舞台上向下看,每次都看见他们随着我朗诵的故事情节露出悲哀、害怕、惊愕的表情。实际上我非常注意他们,如果我成功地使他们哭了,那么在得到赏钱时我自己就会笑;但若他们在该哭的时候反而笑了,那么在丢了赏钱的时候我就得哭了。

苏　好吧,你明白观众是我讲过的最后一环,被那块磁石通过一些中间环节吸引过来的吗? 你们这些诵诗人和演员是中间环节,最初的一环是诗人本身。但是最初对这些环节产生吸引力的是神,是他在愿意这样做的时候吸引着人们的灵魂,使吸引力在他们之间传递。 就这样,从最初的磁石开始,形成了一条伟大的链条,合唱队的舞蹈演员、大大小小的乐师,全都斜挂在由缪斯吸引着的那些铁环上。一名诗人悬挂在一位缪斯身上,另一名诗人悬挂在另一位缪斯身上,我们称之为"被附身",不过悬挂和被附身实际上是一回事,只是说法不一样罢了,因为是诗人被把握住了。诗人是最初的环节,其他人逐一悬挂在诗人身上,有些依附这个诗人,有些依附那个诗人,由此取得灵感,有些人从奥菲斯那里得到灵感,有些人从穆赛乌斯那里得到灵感。但是大多数人依附荷马或被荷马附身了,伊安,你就是其中之一。当别人在朗诵其他诗人的作品时,你打瞌睡,无话可说;当别人一谈起荷马,你就马上醒过来,神采飞扬,有许多话要说,可见你谈论荷马不是凭技艺或知识,而是凭天命和神灵附身。所以举行祭仪的科里班忒对那种属于神的乐调有一种亲切的感受,神灵附在他们身上,歌舞也就随之而来,而对其他乐调他们却听而不闻。你也是如此,伊安。一听到别人提起荷马,你就来精神了,而提到其他诗人,你就无话可说。你问我这是为什么。我认为,这是因为你雄辩地颂扬荷马凭的不是技艺,而是神圣的灵感。

伊　我承认你回答得很好,苏格拉底。但若你能使用论证成功地使我信服我在赞扬荷马时有神灵附体或神志不清,那么我就会更加感到惊奇。如果你亲自聆听我朗诵荷马,你就会发现我并非如此。

苏　我确实希望能听到你的朗诵,但是请先回答我的问题。你朗诵荷马的哪些部分最拿手? 我想不会是全部吧?

伊　我向你保证,苏格拉底,我对荷马的每个部分都很在行,没有例外。

苏　但是我想,荷马谈到的某些事情你正好是无知的,涉及这些部分你不可能在行,对吗?

伊　荷马讲过但我却不知道的事情,请问是哪些事情?

苏　荷马不是在许多段落中谈到技艺,说了许多话吗? 比如说,驾驭一辆车,如果我能记得起那些诗句,我就背给你听。

伊　不,让我来,因为我知道这些诗句。

苏　那么就请你背给我听,涅斯托耳对他的儿子安提罗科斯是怎么说的,当时在举行纪念帕特洛克罗的赛车比赛,涅斯托耳告诫他的儿子在拐弯时要当心。

伊　"你要倚靠在精制的战车里,要在辕马的左侧,然后用刺棒和吆喝声驱赶,放松手里的缰绳。在拐弯处,要让里侧的辕马紧挨着路标驶过,让战车轮毂挨近那作标记的石头。但你一定要当心,切不可让那石头碰坏战车!"①

苏　噢,够了。伊安,要评判荷马在这些诗句中说的是否正确,一个医生能做得好些,还是一名驭手做得好些?

伊　无疑是驭手。

苏　因为这是他的技艺,还是由于别的什么原因?

伊　因为这是他的技艺,没别的原因了。

苏　神把每一门技艺都确定为懂得某个具体行业的这种力量吗? 好比说,我们凭驭手的技艺能懂得的事情是我们凭医学的技艺所不能懂得的。

伊　确实不能。

苏　我们凭医学的技艺懂得的事情是我们凭建筑的技艺所不能懂的。

伊　确实不能。

苏　所以,各门技艺莫不如此吗? 我们凭一门技艺懂得的事情,我们凭另一门技艺能懂吗? 但在回答这些问题前,请告诉我,你允许区分技艺吗? 技艺之间是相互不同的吗?

伊　是。

苏　现在请注意,区分技艺的标准在于,一门技艺是关于某一类事情的知识,另一门技艺是关于另一类事情的知识,所以我能给它们起相应的不同的名称。你在区分技艺的时候也是这样做的吗?

伊　是。

苏　如果各门技艺都只是关于相同事物的知识,我们干吗要对技艺做区分呢? 如果它们都能给我们相同的知识,我们又有什么理由把它们称作不同的呢? 以手指头为例,我知道有五个手指头,你也知道有五个手指头。假如我问你,你和我两人,凭着相同的技艺——算术,知道这件相同的事情,还是凭着

---

① 荷马:《伊利亚特》,第二十三卷,第 335 行。

不同的技艺知道这件相同的事情,我想你会认为我们是凭着相同的技艺知道这件事情的,对吗?

伊　对。

苏　那么现在请回答我刚才提出的问题。在你看来,在所有技艺中,这种相同的技艺使我们知道相同的事情,另一种技艺则不能使我们知道相同的事情,如果的确有另一种技艺,那么它一定会使我们知道其他事情,这样说对吗?

伊　我是这样看的,苏格拉底。

苏　那么,如果一个人不拥有某种给定的技艺,那么他就不能正确地知道属于这种技艺的语言和行为,对吗?

伊　对。

苏　那么,对于你刚才背诵的诗句,谁能拥有关于荷马说的是否正确的较好的知识,是你,还是驭手?

伊　驭手。

苏　这无疑因为你是一名诵诗人,而不是一名驭手。

伊　对。

苏　诵诗人的技艺和驭手的技艺不同吗?

伊　不同。

苏　如果它是另一种技艺,那么它也是关于其他事情的一种知识。

伊　对。

苏　现在来看荷马诗中的那段诗,其中讲到涅斯托耳的小妾赫卡墨得给受伤的马卡昂喝汤。这段诗好像是这样的:"她用青铜锉锉下一些山羊奶酪,拌入普拉尼酒①中,还在汤中放入一些葱调味。"②要评判荷马在这里讲得是否妥帖,是凭医生的技艺还是凭诵诗人的技艺?

伊　凭医生的技艺。

苏　再来看另一段诗。荷马说:"她像铅坠子钻到深处,那坠子拴在圈养的公牛头上取来的角尖,它一直往下坠,给吃生肉的鱼带来死亡的命运。"③对此我们该怎么说?是钓鱼的技艺还是诵诗的技艺能够判定这些诗句的意思,判定它们是否说得妥当?

伊　这很明显,苏格拉底,是钓鱼的技艺。

苏　现在请想一想。假定你问我:"苏格拉底,你现在发现有几种技艺可以用来

---

① 普拉尼酒(Pramnian wine)是一种甜美的红葡萄酒,产于普拉尼山。

② 荷马:《伊利亚特》,第十一卷,第639行。

③ 同上书,第二十四卷,第80行。

判定荷马,还找到了与这些技艺相关的诗句。那么请把关于占卜家和占卜家的技艺的段落挑出来,占卜家一定能够判别这些诗句是好是坏,对吗?"如果你这样问我,那么我很容易回答。事实上,诗人在《奥德赛》中也涉及过这个问题,例如,墨拉普斯的一位预言家特奥克墨诺斯对未婚者说:"啊,你们这些恶人,你们在遭受什么灾难? 你们的头脸手脚全都被黑夜笼罩,呻吟之声阵阵,两颊挂满泪珠。走廊里充满阴魂,又把厅堂遍布,全都要急匆匆地奔向黑暗的地狱,太阳的光芒从空中消失,滚滚涌来的是邪恶的浓雾。"①诗人在《伊利亚特》中也有许多地方涉及预言,例如描写城堡边战事的那一段。他说:"他们正急于要跨越壕沟,一只老鹰向他们飞来,在队伍左侧高高地盘旋,鹰爪紧紧抓着一条血红色的大蛇,大蛇还活着,仍在拼力挣扎,不忘厮斗。大蛇扭转身躯朝着老鹰猛击,甩中老鹰的颈旁前胸,老鹰痛得抛下大蛇,大蛇落在那支队伍中间。老鹰自己再叫一声,乘风飞去。"②我敢说,这些段落和其他相似的段落应当由占卜家来评判。

伊　对,苏格拉底,你说得对。

苏　伊安,你这样说也是对的。现在,我是怎么对你的,你也要怎么对我。我已经从《奥德赛》和《伊利亚特》中为你选出了属于医生、占卜家、钓鱼人的段落,由于你比我更熟悉荷马的诗,所以请你也要同样为我挑选一些关于诵诗人和诵诗技艺的段落,在所有人中,诵诗人最适宜对这些段落考察与判别。

伊　苏格拉底,我得说荷马的诗的所有段落都适宜诵诗人判别。

苏　伊安,你的意思肯定不是指所有段落! 你真的那么健忘吗? 一名诵诗人如果健忘那真是太糟了。

伊　为什么? 我忘了什么?

苏　你还记得自己说过诵诗人的技艺与驭手的技艺不同吗?

伊　我记得。

苏　那么好,你还承认不同的技艺有不同的知识范围吗?

伊　我承认。

苏　那么按照你自己的说法,诵诗的技艺不可能包揽一切,诵诗人也不可能知道一切。

伊　无疑只在这些事情上有些例外,苏格拉底。

苏　你说的"这些事情"肯定包括几乎所有其他技艺。如果说诵诗人不能全部知道所有的事情,那么他知道哪些事情呢?

---

① 荷马:《奥德赛》,第二十卷,第351行。

② 荷马:《伊利亚特》,第十二卷,第200行。

伊　他知道男人和女人分别该说什么话,奴隶和自由人分别该说什么话,被统治者和统治者分别该说什么话,他们分别谈论哪些事情是适宜的。

苏　你的意思是,一艘船在大海上遇到风暴,诵诗人比舵手更加知道船主在这个时候该说什么话?

伊　不,在这种情况下,舵手知道得更加清楚。

苏　再以病人的管理者为例。诵诗人会比医生更加清楚地知道病人的管理者该说什么话吗?

伊　不会,在这种情况下也不会。

苏　但你刚才说"适宜奴隶说的那种话"。

伊　我说过。

苏　那么举例来说,假如一个奴隶是个牧牛人,难道不是他更加清楚在驯服发狂的牛时该说什么话,而是诵诗人吗?

伊　肯定不是诵诗人。

苏　那么再来看"适合女人说的话",假定有一名纺织女,有关纺羊毛的事,不是这名纺织女,而是诵诗人知道该说什么话吗?

伊　肯定不是诵诗人。

苏　那么好,诵诗人会知道"适合男人说的话",以一名训诫士兵的将军为例,可以吗?

伊　对! 这就是诵诗人知道的事情。

苏　什么! 诵诗人的技艺就是将军的技艺吗?

伊　不管你怎么说,我肯定知道一名将军该说什么话。

苏　你无疑拥有当将军的才能,伊安! 假定你正好还拥有骑马的技艺,以及弹竖琴的技艺,那么你知道马跑得好不好,但若我问:"伊安,凭什么技艺你知道马跑得好不好,因为你是个骑兵,还是因为你会弹琴呢?"你会给我什么样的答复?

伊　我会说,凭我骑马的技艺。

苏　那么道理是一样的,如果要你挑选出竖琴弹得好的人,你会认为是凭你弹竖琴的技艺,而不是凭你骑马的技艺来识别他们的,对吗?

伊　对。

苏　如果你懂得军务,那是因为你有能力做将军,还是有能力做诵诗人?

伊　我看不出这两种说法有什么区别?

苏　什么,你说没有区别? 你的意思是可以把诵诗的技艺和将军的技艺称作一种技艺吗? 或者说它们是两种技艺?

伊　在我看来,只有一种技艺。

苏　所以,无论谁只要能诵诗,也一定能够做将军,对吗?

伊　当然如此,苏格拉底。

苏　那么,能干的将军也一定是能干的诵诗人。

伊　不,我不认为这样说也能成立。

苏　但你认为倒过来说是成立的,能干的诵诗人也一定是能干的将军,是吗?

伊　绝对是!

苏　那么好吧,你是全希腊最能干的诵诗人吗?

伊　是的,苏格拉底,到目前为止。

苏　你也是最能干的将军吗? 伊安,全希腊最能干的?

伊　你可以放心,苏格拉底,我确实是,因为在这方面荷马也是我的老师。

苏　那么这到底是怎么一回事? 你是希腊人中最能干的将军和最能干的诵诗人,然而我只看到你奔走各地诵诗,没看到你做将军。你是怎么想的? 希腊人需要大量的戴金冠的诵诗人,而根本不需要将军吗?

伊　苏格拉底,这是因为我的母邦受你们城邦的控制,因此在你们的军事统治下,不需要我们去做什么将军。至于你们雅典人和拉栖代蒙人,也都不会选我做将军,因为你们自信有足够多的将军。

苏　好一个伊安,你认识西泽库人阿波罗多洛吗?

伊　他是个什么样的人?

苏　尽管他是个外邦人,但却屡次被雅典人选为将军。安德罗斯人法诺斯提尼、克拉佐门尼人赫拉克利德,他们也一样是外邦人,然而一旦表现出他们的才能,他们就被这个城邦选为将军,置于统帅的高位。而爱菲索人伊安,如果他显示出他的价值来,这个城邦难道不会选他做将军,给他崇高的荣誉吗? 你们爱菲索的居民原先也是雅典人,爱菲索这个城邦也不比其他任何城邦差,但结果为什么会是这个样子呢? 事实上,伊安,如果你说得对,如果你确实是凭着技艺和知识在赞美荷马,那么你把我给骗了。你向我保证你拥有关于荷马的许多优秀知识,你不断许诺要表演给我看,但是你却骗了我。你不仅不做这种表演,而且甚至不愿告诉我你能够表演哪方面的题材,而我却一直在恳求你。不,你活像普洛托斯,弯来扭去,一会儿这样,一会儿那样,变化出各种样子来,最后你想跳出我的手掌心,把自己说成是一名将军。这样做全都是为了不肯显示你朗诵荷马的本领! 所以,如果你是一名艺术家,并且如我刚才所说,如果你只向我许诺为我表演荷马,那么你就是在欺骗我。但若你不是一名艺术家,而是凭着神圣的灵感,被荷马附身,像我所说的那样,在这种情况下你虽然一无所知,但却能够说出许多关于这位诗人的事情和优秀的词句,那么你什么也没有做错。因此,请你选择吧,你希望我们怎样称呼你,我们应当把你当作一个不义之人,还是一个神圣的人?

伊　这两种选择的差别是巨大的,苏格拉底。被称作神圣的要好得多。

苏　伊安,这个比较可爱的头衔归你了,记得在赞美荷马时要用我们神圣的心灵,而不是用艺术家的心灵。

理想国(节选)
(卷二至卷三)[①]
——统治者的文学音乐教育

对话人:苏格拉底

　　　　阿德曼特

　　　　格罗康

苏　我们且来放任想象,从从容容地谈一个故事——我们的城邦的保卫者们的教育。

阿　我很赞成。

苏　我们的教育制度应该怎样呢? 我们一向对于身体用体育,对于心灵用音乐。现在想改进许多年代传下来的制度,恐怕不是一件易事吧? 我们好不好先从音乐开始,然后再谈体育?

阿　很好。

苏　你是否把文学包括在音乐里面?

阿　我看音乐包含文学在内。

苏　文学是不是有两种:写真的和虚构的?

阿　不错。

苏　我们的教育要包括这两种,但是先从虚构的文学开始。

阿　我不懂你的意思。

苏　你不知道我们教儿童,先给他们讲故事吗? 这些故事虽也有些真理,在大体上却是虚构的。我们先给儿童讲故事,后来才教他们体育。

阿　对的。

苏　我原先说文学应该在体育之前,就是为着这个缘故。

阿　你说的有道理。

苏　一切事都是开头至关重要,尤其是对于年幼的,你明白吧? 因为在年幼的时

---

① 卷二选译 376D 至 383C;卷三选译 386A 至 403C。

候,性格正在形成,任何印象都留下深刻的影响。

阿　一点也不错。

苏　那么,我们是否应该随便准许我们的儿童去听任何人说的任何故事,把一些观念印在心里,而这些观念大部分和我们以为他们到成人时应该有的观念相反呢?

阿　我们当然不能准许那样。

苏　所以我以为我们首先应该审查做故事的人们,做得好,我们就选择;做得坏,我们就抛弃。我们要劝保姆们和母亲们拿入选的故事给儿童讲。让她们用故事来形成儿童的心灵,比起用手来形成他们的身体,还要费更多的心血。但是她们现在所讲的那些故事大部分都应该抛开。

阿　你指的是哪些故事?

苏　从大故事可以见小故事,因为无论大小,形式相同,效果也相同。你看对不对?

阿　对,但是我不明白你所谓大故事指什么。

苏　我指的是赫西俄德,荷马和其他诗人所做的,他们做了一些虚构的故事,过去讲给人听,现在还讲给人听。

阿　但是你指的究竟是哪些? 你看出他们的什么毛病?

苏　应该指责的最严重的毛病是说谎,而且谎还说得不好。

阿　你指的是什么呢?

苏　我指的是把神和英雄的性格描写得不正确,像画家把所想画的东西完全画得不像。

阿　这种情形倒是应该指责的,但是你究竟指哪些故事?

苏　第一个就是赫西俄德所讲的乌剌诺斯所干的事,以及他的儿子克洛诺斯报复他的情形①,这就是诗人对于一位最高的尊神说了一个最大的谎,而且就谎来说,也说得不好。关于乌剌诺斯的行为以及他从他儿子那方面所得到的祸害,纵然是真的,我以为也不应该拿来讲给理智还没有发达的儿童听。最好是不讲,假如必得要讲,就得在一个严肃的宗教仪式中讲,听众愈少愈好,而且要他们在仪式中献一个牺牲,不是宰一口猪就行,须是极珍贵极难得的东西,像这样,听的人就会很少。

―――――――――――――――

　　①　见赫西俄德的《神谱》154 至 181 行,以及 459 行等。乌剌诺斯是天神,配了地神,生下 18 个孩子,一说生下 6 男 6 女,克洛诺斯是其中之一。天神厌恨子女,一生下来就把他们投到地牢里囚禁。为了报复,克洛诺斯把他父亲推翻了,并且割去了他的生殖器,自己做了天神。后来克洛诺斯又被他的儿子宙斯推翻了。

阿　那些故事的确有害处。

苏　这类故事在我们的城邦里就必须禁止。我们绝对不能让年轻人听到说，犯
　　最凶恶的罪也不足为奇，若是父亲做了坏事，儿子就用最残酷的手段来报
　　复，也不过是照最早的而且最高的尊神的榜样去做。

阿　的确，我也以为这类故事不宜于讲。

苏　我们还要严格禁止神和神战争，神和神搏斗，神谋害神之类的故事。它们根
　　本不是真的，而且我们城邦的保卫者们必须把随便就相争相斗看成最大的
　　耻辱。巨人们的搏斗，以及神和英雄们与他们的亲友们争吵之类的故事都
　　不准讲，也不准绘绣。如果我们能找到一些故事使他们相信同在一城邦的
　　人们向来不曾互相仇恨过，这种仇恨是罪过，老年人们就应该拿这类故事给
　　儿童们讲。到他们长大的时候，我们就应该强迫诗人们替他们做这样性质
　　的故事。但是赫拉被儿子捆绑，赫淮斯托斯被父亲从天上抛下来，因为他母
　　亲挨打，他设法护卫她[①]之类的故事，以及荷马所说的神与神打仗的故事，
　　无论它们是不是寓言的，都一律不准进我们的城邦来。因为儿童没有能力
　　辨别寓言的和不是寓言的，他们在年幼时所听到的东西容易留下永久不灭
　　的印象。因为这些缘故，我们必须尽力使儿童最初所听到的故事要做得顶
　　好，可以培养品德。

阿　你的话是对的，但是如果有人问哪些是这样的故事，请举出例子来，我们怎
　　样回答呢？

苏　阿德曼特，你和我现在都不是诗人，而是一个城邦的建立者。建立城邦的人
　　们应该知道诗人说故事所当遵守而不准破坏的规范；他们自己并不必去做
　　故事。

阿　很对，但是关于神的故事当有什么规范，这正是我想知道的。

苏　规范是这样：无论写的是史诗、抒情诗，还是悲剧，神本来是什么样，就应该
　　描写成什么样。

阿　这是一定的。

苏　神在本质上不是善的吗？他是否就应该描写成善的？

阿　那是毫无疑问的。

苏　凡是善的都不是有害的，是不是？

阿　照我看，善的就没有害。

苏　不是有害的东西是否会做有害的事呢？

---

　　① 　见《伊利亚特》卷一。赫拉是天后，和天神宙斯有时吵嘴，宙斯往往打她或是叫人捆吊她。赫淮
斯托斯是火神，常站在母亲一方，宙斯把他从天上抛下，所以他跌跛了腿。

阿　当然不会。

苏　不做害事的东西是否生祸呢？

阿　不。

苏　不生祸的东西会是祸的因么？

阿　那怎么可能呢！

苏　那么，凡是善的都是有益的？

阿　对。

苏　它是福的因？

阿　对。

苏　照这样说，善不是一切事物的因，它只是善的事物的因，而不是恶的事物的因，只是福的因，而不是祸的因。

阿　这是不可辩驳的。

苏　神既是善的，他就不能像多数人所说的，为一切事物的因。人所碰到的事物之中只有少数是由神造因，多数都不是的，因为人生中好的事物少而恶的事物多，好的只有归原于神，恶的须另找原因，不能由于神。

阿　我看你说得顶对。

苏　那么，我们就不能听荷马或其他诗人说这样谩神的话：

　　　　宙斯宫门前摆着两个大桶，

　　　　　一桶装着福，一桶装着祸；

　　　宙斯把这种命运混在一起分配给人，

　　　　　那人有时碰到福，有时碰到祸，

　　　但是有人只从宙斯那得到祸。

　　　　　饥饿驱逐他在丰足的地面上到处流亡；①

　　　我们也不能相信这样的话：

　　　　宙斯是祸与福的分配者。②

如果有诗人说，希腊人和特洛亚人背弃休战誓约是由于宙斯和雅典娜所怂恿的——这本来是由于潘达洛斯③——或是说，忒弥斯和宙斯酿成神与神

---

① 以上这几句诗见《伊利亚特》卷二十四。

② 出处不详。

③ 见《伊利亚特》卷四。希腊人和特洛亚人立约休战，宙斯听了赫拉的话，遣雅典娜去特洛亚军营，乔装为凡人，怂恿潘达洛斯放暗箭射伤希腊将领墨涅拉俄斯（海伦的原夫），于是战争又起来了。

的纷争①,我们就不能赞许他。我们也不能准允年轻人听埃斯库罗斯②说这
样的话:

> 神要想把一家人灭绝,
>
> 先在那人家种下祸根。

如果一个诗人要用尼俄柏的灾祸——像上面两行诗所出自的那部悲剧——
珀罗普斯家族、特洛亚战争之类故事为题材③,我们不能准许他说这些灾祸
都是神干的事。如果他这样说,他也应该说明一个理由,像我们现在所要找
的。他必须说,神所做的只有是好的、公正的,惩罚对于承受的人们是有益
的。我们不能准许诗人说,受惩罚的人们是悲苦的,而造成他们悲苦的是
神。他可以说,坏人是悲苦的,因为他们需要惩罚,从神那得了惩罚,他们就
得到了益处。我们要尽力驳倒神既是善的而又造祸于人那种话;如果我们
的城邦想政治修明,任何人就不能说这种话,任何人也就不能听这种话,无
论老少,无论说的是诗还是散文。因为说这种话就是大不敬,对人无益,而
且也不能自圆其说。

阿　这条法律我看很好,我赞成把它规定下来。

苏　那么,关于神的第一条法律和规范要人或诗人们遵守的就是:神不是一切事
物的因,只是好的事物的因。

阿　那就够了。

苏　第二条法律怎样定呢? 在你看,神是不是一个魔术家? 他是不是故意要在
不同的时候现不同的形状,时而现他的原形,时而抛开原形变成许多不同的
形状,时而用这类变形来欺哄我们,使我们认假成真呢? 还是纯然一体,常
驻不变呢?

阿　我不能马上回答这个问题。

苏　那么,就请回答这个问题:如果一件事物改变它的原来形状,这改变不是只
有两种可能,不是由自变,就是由他变么?

阿　不错。

苏　最完善的东西就最不容易受外来影响而变动。举例来说,身体最强健的人
不容易受饮食或劳作的影响,最苗壮的草木也不容易受风日之类影响。你

---

①　见《伊利亚特》卷二十。神分成两派,一派帮助希腊,一派帮助特洛亚,都参加了战争。

②　埃斯库罗斯是希腊三大悲剧家中最早的一位。引的两行诗大约是从《尼俄柏》悲剧中摘来的,这
部悲剧已不存在。尼俄柏是忒拜的王后,笃爱子女,很骄傲,自以为比阿波罗的母亲子女更多,遭神谴,子
女全被射死,自己化成流泪石。

③　珀罗普斯据说是宙斯的曾孙,他的后裔中最著名的是阿伽门农和墨涅拉俄斯,《荷马史诗》中的
重要角色;阿伽门农是埃斯库罗斯的一部悲剧的主角。特洛亚战争是《荷马史诗》的主题。

看是不是？

阿　当然。

苏　那么，最勇最智的心灵不是最不容易受外来影响而扰动么？

阿　不错。

苏　这个原则也可以应用到人工制作的东西上，例如器具、房屋、衣服之类。质良工精的就最不容易受时间之类影响而变动。

阿　的确如此。

苏　那么，一切事物，无论是天生的还是人为的，若是它本身完善，就最不容易受外来影响的改变。

阿　当然。

苏　可是神以及一切有神性的东西都是最完善的？

阿　不错。

苏　所以最不容易受外来影响而改变形状的就是神？

阿　的确。

苏　神是否自动地要改变自己呢？

阿　如果他改变，就只有由自变。

苏　如果他由自变，想变好变美，还是想变坏变丑呢？

阿　如果他要变，一定不免变坏。因为我们决不能说，神在善或美的方面还有欠缺。

苏　你说得对极了。既然如此，阿德曼特，你想神或人会故意把自己变得比原来坏吗？

阿　那是不可能的。

苏　那么，神要自动地改变自己，也就不可能；因为他既是尽善尽美的，自然就永远使自己的形状纯一不变。

阿　我看这是必然的。

苏　那么，我的好朋友，就不要让任何诗人告诉我们说：

　　　　神们乔装异方的游客，

　　　　取各种形状周游城市。①

也不要让他对普洛透斯和忒提斯②说许多谎，或在悲剧里或别种诗里把赫拉天后写成一个乔装的女道士化缘：

---

① 见《奥德赛》卷十七。

② 忒提斯是女海神，嫁了凡人，生了阿喀琉斯，她也善变形。

为着阿耳戈斯的河——伊那科斯①——的赋予生命的女儿们。

我们不能再有这类的谎话。我们不能让母亲们受诗人的影响,拿些坏故事来吓唬儿童,说有些神乔装许多异方人的形状,在黑夜里到处游荡。讲这样的故事,她们就不但渎犯了神,也使儿童们变怯懦了。

阿　那是不能允许的。

苏　神们本来不变,是否要用魔术来欺哄我们,以各种形状出现,要使我们信以为真呢?

阿　也很可能。

苏　那么,你以为神愿意在言语上或行为上撒谎吗? 他不用本来面目而要用变形来出现?

阿　我不知道。

苏　你知不知道凡是神和人都厌恶真谎——如果我们可以用这样一个名词?

阿　什么叫作真谎?

苏　真谎就是在自己性格中最高贵的那方面,对于最重大的事情所撒的谎。我以为没有人肯故意撒这种谎,每个人都最怕在这方面撒谎。

阿　我还是不大懂。

苏　那是因为你以为我在说什么神秘的话。我的意思只是说,在他的心灵方面,对于事物的本质或者说真实体,甘心受迷惑,处在蒙昧无知的情况,人在心灵里对于真理藏着一个谎,那是任何人都最厌恶的事。

阿　你说得顶对。

苏　所以凡是受迷惑的人在心灵里的蒙昧无知,就恰是我说的所谓真谎。言语上的谎是这种心灵状态的仿本或影像,起来较后,而且不是完全纯粹的谎。你看对不对?

阿　很对。

苏　这种真谎是不是神和人所同厌恶的?

阿　我看是这样。

苏　言语上的谎怎样呢? 它是否有时对于某种人颇有用,所以不是厌恶的? 对付敌人它是很有用的,而且就连我们称为朋友的人们,由于疯狂或愚蠢的缘故,或许动念要做一件坏事,说谎话打消他们的念头,还是一种救药的方法。再比如说,我们刚才所提到的那些故事,我们对于这类古代事的真相既然不知道,就尽量把假的说得合于真理,也还是很有用处。你看对不对?

阿　那当然是对的。

---

① 伊那科斯本是河名,希腊有一部讽刺剧以此为主题,作者和书均已失传。

苏　你看是为着这些理由中哪一层,谎对于神有用呢？他把谎话粉饰成真话,因
　　为他对古代事不知道吗？

阿　那样说是很可笑的。

苏　那么,神就不能看成一个撒谎的诗人了？

阿　我想不能。

苏　他怕敌人才撒谎吗？

阿　不会有那样事。

苏　由于他的朋友们疯狂或愚蠢吗？

阿　不,没有愚人或疯子是神的朋友。

苏　那么,神就没有什么理由要撒谎了？

阿　没有。

苏　那么,神,以及一切有神性的,完全不可能说谎了？

阿　绝对不可能。

苏　所以神在本性上是纯一的,在言语和行为上是真实的,他并不改变自己;他
　　也不欺哄旁人,无论是用形象,用语言,还是在醒时或梦中用征兆,来欺哄。
　　是不是？

阿　听过你这番话之后,我也是这样想。

苏　那么,你就要赞成规定一切诗文描写到神的第二条法律了,就是神们不是一
　　些魔术家,不变化他们的形状,也不在言语或行动上撒谎来欺哄我们。

阿　我赞成。

苏　那么,我们虽然赞赏荷马的许多东西,却不能赞赏他所讲的宙斯在阿伽门农
　　睡中托梦的故事①,也不能赞赏埃斯库罗斯所写的忒提斯追述阿波罗在她
　　的婚礼中唱歌的那一段诗:

　　　　　预告了她做母亲的幸福,许她生些儿女,都无灾无恙,长命到老;预
　　告了我一生的命运都受着神们的保佑,我听到不禁衷心欢喜。我原来
　　愿望从他神明的口出来的既是预言,就不会有谎语。可是唱这歌的歌
　　者,这位参加过我的婚筵的上宾,就是他杀了我的儿子。②

　　一个诗人对于神说出这样的话,我们就应该激起义愤了,就不能给他一个合
　　唱队来表演他的剧本了③,我们也不能准许教师们用他的诗来教育年轻人,
　　如果我们希望我们城邦的保卫者能尽人所能为的去敬神,求和于神一样。

－－－－－－－－－－

①　见《伊利亚特》卷二。宙斯要害希腊人,遣梦神告阿伽门农赶快出兵,结果希腊人打了败仗。

②　这个剧本已失传。

③　希腊戏剧的合唱队和演员团体是分开的,合唱队由城邦当局供给,但也要由诗人导演。

阿　我完全赞成这些规范,愿意把它们定成法律。①

苏　关于神学的原则,大致就像上面所说的。我们已决定了我们的儿童该听哪些故事,不该听哪些故事,用意是要他们长大成人时知道敬神敬父母,并且互相友爱。

阿　我们的决定是合理的。

苏　现在我们要考虑另一个问题,如果我们要他们勇敢,是不是应该让他们听一些故事,使他们尽量不怕死呢? 你想一想,一个人心里怕死,还会勇敢吗?

阿　当然不会。

苏　一个人若是相信阴间以及阴间可怕的情形,他会不怕死吗? 打起仗来,他会宁愿死不愿败,不愿做奴隶吗?

阿　决不会。

苏　那么,我们就应该监督说这类故事的诗人们,告诉他们讲到阴间时,不要一味咒骂它,像他们所常做的那样,最好是把它写得好看一点;他们原先讲的那些故事既不真实,对于预备做战士的人们也不合宜。

阿　我们应该这样办。

苏　那么,我们应该勾销像以下这几段的一类诗,先从这一段起:

　　　　我宁愿活在人间做奴隶,

　　　　或是跟贫苦无地的人当雇工,

　　　　也不愿丢开生命到阴间,

　　　　在死人丛中摆皇帝的威风。②

　　和这一段:

　　　　阎王望着阴森鬼阆的地方,

　　　　——连神们也会厌恶它肮脏,

　　　　可朽者和不朽者都来瞻仰。③

　　和这一段:

　　　　哎,我们死后到了阎王的世界,

　　　　只剩下一片魂影,没有感觉。④

　　和这一段:

　　　　只有忒瑞西阿斯还像生前聪明,

---

①　原文卷二在此终结。

②　见《奥德赛》卷十一。

③　见《伊利亚特》卷二十。

④　见《伊利亚特》卷二十三。

其余的全是些倏忽去来的阴影。①

和这一段：

他的灵魂脱体后就向阴间逃奔，

哀叹他的命运，夭折在青春。②

和这一段：

他的灵魂发了一声长叹，

就像一阵轻雾落到下界消散。③

和这一段：

像幽灵凭依的空崖洞里蝙蝠，

中间一个从崖壁上掉下乱扑，

一个抓着一个四处唧唧飞奔，

这些鬼魂成群地飞奔哀哭。④

我们要请荷马和其他诗人们不必生气，如果我们勾销去这些以及类似的段落，这倒不是因为它们是坏诗，也不是因为它们不能悦一般人的耳，而是因为它们愈美，就愈不宜于讲给要自由、宁死不做奴隶的青年人和成年人听。

阿　理应如此。

苏　我们也应该取消一些令人毛骨悚然的字样，像"呜咽河""恨河"⑤"泉下鬼""枯魂"之类，听到这些字样的声音就够叫人打寒战。它们也许有别的用处，但是对于我们城邦的保卫者们，我怕它们所引起的寒栗会使他们的勇气消沉。

阿　你这种顾虑是对的。

苏　我们可否把这类字样勾销？

阿　应该。

苏　我们在诗文里是否应该用和这些相反的声调？

阿　当然。

苏　诗人常让伟大的人物们痛哭哀号，这些当然也应勾销去了？

阿　它们理应一律勾销。

苏　想一想勾销有没有理由。我们认为一个好人不会以为死对于另一个好人——他的朋友——有什么可怕。

---

① 见《奥德赛》卷十。忒瑞西阿斯是瞎子预言家，死后还保留感觉力。

② 见《伊利亚特》卷十六。

③ 见《伊利亚特》卷二十三。

④ 见《奥德赛》卷二十四。

⑤ "呜咽河"和"恨河"都是围绕地狱的河。

阿　我们是这样看。

苏　那么,他就不会因为那个朋友死了而痛哭,好像那个朋友遭了什么可怕的
　　灾祸。

阿　他不会哭。

苏　我们还可以说,这样一个人最能够单凭他自己去把生活弄得美满,比起一般
　　人来,他最无须依赖旁人。

阿　的确。

苏　所以丢了一个儿子或弟兄,或是丢了财产之类,对于这样一个人绝对没有什
　　么可怕的。

阿　当然。

苏　他遭遇到这类灾祸,就不像旁人那样哭哭啼啼的,会处之泰然。

阿　这是一定的。

苏　那么,我们就有理由把著名英雄的痛哭勾销,把这种痛哭交给女人们,交给
　　凡庸的女人们和懦夫们,使我们培养起来保卫城邦的人们知道这种弱点是
　　可耻的。

阿　很对。

苏　我们就要再请荷马和其他诗人把阿喀琉斯,一个女神的儿子,不描写成:

　　　　辗转反侧,时而面朝天,时而面朝地;①

　　时而站起沿空海岸行走,哀恸得像要发狂;时而用双手抓一把黑灰撒在头
　　上;时而痛哭流涕,像荷马多次描写的。② 他们也不能把普里阿摩斯,一位
　　血统和神很近的国王,描写成:

　　　　在灰土里打滚,一个个叫名字,

　　　　哀求他的所有的战士。③

　　我们要更郑重地请求他们不要在诗里让神们这样痛哭:

　　　　哎呀! 我真不幸,做了一个英雄的母亲。④

　　如果他们要提到神们,他们不应冒昧地把最伟大的神描写得失去本来面目,
　　使他说出这样的话:

　　　　哎呀,我亲眼看见我心爱的英雄,

---

① 见《伊利亚特》卷二十四。

② 见《伊利亚特》卷十八。

③ 见《伊利亚特》卷二十二。普里阿摩斯是特洛亚的老国王,传说是宙斯的七世孙。

④ 见《伊利亚特》卷十八。阿喀琉斯因爱友战死悲恸,他的母亲忒提斯这样哭他。

被人驱逐着绕着城墙逃跑,心里真痛。①

以及:

哎呀,萨珀冬在人类中是我最钟爱的,

老天命定他要死在帕特洛克罗斯的手里。②

亲爱的阿德曼特,如果我们的年轻人认真听这类话,不把这些弱点看成不是神们所能有的而嘲笑他们,我们就很难使他们相信这些弱点是他们自己所不应该有的,因为他们毕竟是凡人;我们也很难希望他们碰到自己做这种事说这种话时,知道责备自己。他们就会既不知羞耻,又没有勇气,遇到很微细的灾祸也要痛哭流涕了。

阿　你说得一点不错。

苏　这种情形是必须防止的,我们已经说出了我们的理由,除非旁人拿出一个更好的理由来,我们不能放弃它。

阿　是的,那必须防止。

苏　我们的保卫者也不应该动不动就笑,因为暴烈的笑总不免有同样暴烈的心理反响跟着来。

阿　我也是这样想。

苏　所以我们不准诗人把一个好人写成轻易就发笑,尤其不能把神们写成这样。

阿　当然。

苏　我们就不能准许荷马这样形容神们:

神们都哄堂大笑不止,

看见火神在宴会厅里跛来跛去。③

依你的理由,这是不能准许的。

阿　如果你说那是我的理由,就让你那么说吧,我承认那是不能准许的。

苏　还有一层,诚实应该特别被重视。如果我们刚才所说的那番话不错,神用不着说谎,人也用不着说谎,除非把谎当作一种医疗的方法。很显然医疗的方法只有医生可以用,普通人不能用它。

阿　那是很显然的。

苏　所以只有城邦的保卫者可以说谎,来欺哄敌人或公民,目的是为着国家的幸福。此外一切人都不能说谎。我们以为,普通公民如果向保卫者说谎,比起

---

①　见《伊利亚特》卷二十二。特洛亚大将赫克托被阿喀琉斯战败,绕城逃跑。宙斯望见,发出这个叹息。

②　见《伊利亚特》卷十六。萨珀冬是特洛亚的猛将,被帕特洛克罗斯战败身死。宙斯预知他要战死,发出这个叹息。

③　见《伊利亚特》卷一。火神赫淮斯托斯替参加会议的神们斟酒。

病人欺哄医生,学生向体育教师隐瞒他的身体状况,或是水手不把船和船员
的真相告诉船长,他所犯的罪在原则上虽相同,实际还要严重得多。

阿　一点不错。

苏　所以城邦的保卫者如果发现一个普通公民说谎,

> 无论他们是哪一行手艺人,
>
> 巫师,医生,或是木匠,①

都要惩罚他,因为他行了一个办法,可以颠覆国家,如同颠覆一条船一样。

阿　当然要惩罚,如果话说到就要做到。

苏　其次,我们的年轻人是否要有节制?

阿　当然。

苏　一般说来,节制的要点是不是一方面服从保卫者的统治,一方面自己能统治
饮食色之类的感官欲?

阿　对的。

苏　那么,我想我们要赞赏荷马让狄俄墨得斯说的那种话:

> 朋友,坐下息怒,来静听我的话,②

和下文两句:

> 希腊人鼓着勇气鸦雀无声地前进,③
>
> 他们的静默显出对他们将领的敬畏。④

以及类似的诗句。

阿　顶好。

苏　你看这句话怎样:

> 你这醉鬼,面恶于狼,胆小于鼠,⑤

以及下文那些诗句,还有在诗文中有许多普通人咒骂统治者的鲁莽话,你看
好不好?

阿　都要不得。

苏　当然要不得。我不相信年轻人听了这类话,可以学会有节制。这类话可以
使他们得到另一种快感,这倒不足为奇。你以为如何?

阿　我和你想得一样。

---

① 见《奥德赛》卷十七。

② 见《伊利亚特》卷四。希腊大将阿伽门农劝将官们拿出勇气打仗,一位将官不服,狄俄墨得斯劝
他服从。

③ 见《伊利亚特》卷三。

④ 见《伊利亚特》卷四。

⑤ 见《伊利亚特》卷一。阿喀琉斯骂阿伽门农的话。

苏　诗人让一个最聪明的人说世间最美的事是：

> 席上摆满了珍馐食品，
>
> 酒僮从瓶里倒酒不停，
>
> 斟到杯里劝客人痛饮，①

你想年轻人听到这种诗能学会自制么？再如：

> 最惨痛的死是死于饥饿，②

以及关于宙斯的故事，说他当神和人们都睡着时，还不去睡，在订他的计划，可是色欲一动，就把什么都忘了，看见赫拉后，不肯等到回到卧房，就要在当时当地和她性交，说他从来没有现在这样热烈的兴致，就连他和她从前瞒着父母第一次偷情时也比不上③；再如战神和阿佛洛狄忒私通被火神捉住绑起的故事④；你觉得它们怎样？

阿　我以为这类故事绝对不宜于说给年轻人听。

苏　但是如果有坚忍不屈的事迹，无论是现在英雄们做的，或是在诗歌里传述的，这些才是我们应该见闻的。例如：

> 俄底修斯拍着胸膛向自己的心说：
>
> 忍着吧，心，你忍受过更大的痛苦。⑤

阿　你说得对。

苏　我们也不能让保卫者们爱财或是受贿。

阿　当然不能。

苏　那么，这种诗就不能让他们听：

> 礼物能说服神，也能说服可敬的国王，⑥

我们也不能赞美阿喀琉斯的教师福尼克斯，以为他劝阿喀琉斯得了礼物去援救希腊人，否则不能平息他的愤恨⑦，是劝得有理；我们也不能相信或承认阿喀琉斯是那样贪婪，肯收阿伽门农的礼物⑧，或是得了礼物才肯归还赫

---

① 见《奥德赛》卷九。"最聪明的人"是俄底修斯。

② 见《奥德赛》卷十二。

③ 见《伊利亚特》卷十四。

④ 见《奥德赛》卷八。阿佛洛狄忒原是火神的妻。

⑤ 见《奥德赛》卷二十二。俄底修斯打过十年仗，又浮过十年海，回家时看见成群的人在他家里吃喝，向他妻子求婚。他压下气愤，想方法把他们一齐杀掉。

⑥ 这句话本是希腊古谚。

⑦ 见《伊利亚特》卷九。希腊人战败，阿喀琉斯因为和阿伽门农为争女俘的事吵过嘴，坐视不救。

⑧ 见《伊利亚特》卷十九。阿喀琉斯得了礼物，和阿伽门农讲了和，才肯出马打仗。

克托的尸体①。

阿　赞美这类事当然不妥当。

苏　我虽然钦佩荷马,不敢说出,却又不能不说出,他对阿喀琉斯说了这些话,或
　　是倾听旁人的报告把这些事信以为真,否则未免犯了大不敬。我也不相信
　　阿喀琉斯向阿波罗说出这样唐突的话:

　　　　　你,神中最恶毒的,横加我这样侮辱,

　　　　　若是我有权势,我要狠狠地对你报复;②

　　我不信他顽强地反抗河神,胆敢和他交战;③或是他既然把自己的头发供奉
　　给另一个河神,斯珀勾斯,还居然向他说:

　　　　　我要把这股头发献给帕特洛克罗斯。④

　　而且居然照这话做了。我们否认他拖着赫克托的尸体绕着帕特洛克罗斯的
　　墓走,以及把俘虏杀死,抛到火葬的柴堆里去烧之类故事是真的。我们不能
　　让我们的保卫者相信:阿喀琉斯既然有女神做母亲,而且又有源出宙斯的聪
　　明的珀琉斯做父亲,又从哲人刻戎那受过教育,心里还那样糊涂,有两种相
　　反的毛病混在一起:一方面卑鄙贪婪,一方面对神和人都很傲慢。⑤

阿　你说得对。

苏　此外我们也不要相信,而且不能准许人说,忒修斯即使是海神波塞冬的儿
　　子,庇里托俄斯即使是宙斯的儿子,也曾经犯过可怕的强奸罪,⑥或是任何
　　神的儿子,任何英雄,敢做出那样可怕的渎神的事,像一些荒唐故事所说的。
　　我们要强迫我们的诗人做一个声明,说英雄们没有做过这类事,否则就说他
　　们并不是神的子孙。我们不能让诗人使我们的年轻人相信:神可以造祸害,
　　英雄并不比普通人好。我们早就说过,这类故事既大不敬,而且也不真实;
　　我们已经证明过,祸害不能从神那里来。

阿　这是不可辩驳的。

────────────

　　①　见《伊利亚特》卷二十四。阿喀琉斯把赫克托战败打死了,赫克托的老父普里阿摩斯带礼物去希
腊军营,才把他的尸首赎回。

　　②　见《伊利亚特》卷二十二。阿波罗援助特洛亚人,阿喀琉斯因此咒骂他。

　　③　见《伊利亚特》卷二十一。

　　④　见《伊利亚特》卷二十三。帕特洛克罗斯是阿喀琉斯最宠爱的朋友,他战败身死,阿喀琉斯极悲
恸,替他举行追悼大会,后来他亲身出战,打死了杀他爱友的赫克托,就把这仇人的尸体拖着绕墓游行。

　　⑤　希腊神话中人神杂糅。许多英雄据说都是神的后裔,阿喀琉斯的母亲是忒提斯(水神的女儿),
父亲是珀琉斯,宙斯的后裔。

　　⑥　忒修斯是希腊传说中一个大力士,他常在打过胜仗或立过大功之后,抢劫妇女。例如他战败了
阿玛宗女兵国,就掳去女兵国国王。据另一传说,他劫掠过有名的海伦,这是他和庇里托俄斯合伙干的。
这两人又到过阴间,想劫掠阎王的王后珀塞福涅,但是被阎王抓住绑在岩石上。

苏　而且这类故事对听众也有害处。听说过英雄们，

> 神们的子孙，宙斯的嫡传，
>
> 他们在伊达高峰筑了祭坛
>
> 向宙斯顶礼，
>
> 而神明的血液
>
> 还在他们的血脉中循环，①

像这样的英雄们也做过同样的坏事，谁不自宽自解，以为自己做的坏事可以原谅呢？所以我们必须禁止这类故事，免得年轻人听到后容易做坏事。

阿　当然。

苏　我们讨论过诗的题材哪些是合宜的，哪些是不合宜的，是否还有哪些我们没有提到呢？诗人应该怎样描写神灵、英雄和阴间，算是已经确定了。

阿　不错。

苏　还剩下关于人的一类故事，是不是？

阿　是，很显然的。

苏　但是我们暂时还不能替这类故事定下规律。

阿　是什么缘故？

苏　因为我这样想，要定规律我们就得说：诗人们和做故事的人们关于人这个题材在最重要的关头都犯了错误，他们说，许多坏人享福，许多好人遭殃；不公正倒很有益，只要不让人看破，公正只对旁人有好处，对自己却是损失。我以为我们应该禁止他们说这类话，命令他们在诗和故事中所说的话要恰恰和这类话相反，是不是？

阿　我们应该这样办。

苏　在这一点上你既然承认我是对的，你就得承认我们许久以来所要证明的那个道理②也是对的，是不是？

阿　你的推断是正确的。

苏　我们既然找到了正义的本质，发现正义对有正义的人根本是有益的，不管有没有人知道他有正义。我们既然知道这个道理了，就可以说，关于人的一类故事应该符合这个道理，是不是？

阿　对极了。

---

　　① 这段诗来源不明。有一说以为它是从埃斯库罗斯的一部失传的悲剧《尼俄柏》来的。伊达山在克里特岛上，据说宙斯是在那里长大的。

　　② 《理想国》前部分讨论"正义"的本质，有人说正义不一定有好报应，苏格拉底反对这种看法。不过这个问题还没得到最后的结论，所以他这样说。他"所要证明的那个道理"就是正义是有益于人的。

苏 关于题材,已经说够了。我想现在应该研究语文体裁问题,然后我们就算把 "说什么"和"怎样说"两个问题都彻底讨论过了。①

阿 我不懂你的意思。

苏 我要设法使你懂。也许这样去看,你就容易懂些,故事作者们和诗人们所说 的不都是对过去、现在和未来事情的叙述?

阿 当然,没有别的。

苏 他们是用单纯叙述、模仿叙述,②还是两法兼用呢?

阿 请你把话说明白一点。

苏 我显然是一个很可笑的教师,不能把话说得明白,我且学那不会说话的人们 的办法,把原则丢开不管,只拿一个具体的事例来说明我的意思。你记不记 得《伊利亚特》史诗的开头?荷马说起克律塞斯向阿伽门农请求赎回他的女 儿,阿伽门农很傲慢地拒绝了,于是克律塞斯就向神做祷告,祈求神让希腊 人遭殃③。你记得不?

阿 我还记得。

苏 你记得,一直到

> 他向希腊人恳求遍了,
>
> 尤其是他们的领袖,阿特柔斯的儿子们。④

这两行,诗人都以自己的身份在说话,不叫我们以为说话的是旁人而不是 他。但是从这两行以下,好像就是克律塞斯自己在说话,尽量使我们相信说 话的不是荷马而是那老司祭本人。荷马采用了这个方法来叙述大部分在特 洛亚和在伊塔刻⑤两地所发生的事情,整部《奥德赛》也是这样写的。

阿 的确如此。

苏 无论是诗人在说话,还是当事人自己在说话,都要算叙述,是不是?

阿 不错。

苏 诗人以当事人的角度说话时,是否要尽量使说话的风格、口吻符合当事人的 身份?

阿 当然。

---

① 以上讨论文学的内容,以下讨论文学的形式。

② 即"间接叙述"和"直接叙述"(戏剧式的叙述)。

③ 见《伊利亚特》卷一。阿伽门农掳了特洛亚的一个女人做妾,她的父亲克律塞斯是阿波罗神的司 祭,带礼物来赎,阿伽门农不许,他就祈祷阿波罗惩罚希腊人。

④ 见《伊利亚特》卷一。阿特柔斯是希腊两个主将阿伽门农和墨涅拉俄斯(海伦的丈夫)的父亲。

⑤ 伊塔刻是俄底修斯所统治的小国,荷马的两部史诗中《伊利亚特》的主要背景在特洛亚,《奥德 赛》的主要背景在伊塔刻。

苏　一个人使自己在声音、容貌上像另一个人,他是不是在模仿那个人?

阿　当然。

苏　所以在这些事例中荷马和其他诗人用模仿来叙述?

阿　不错。

苏　另一方面,如果诗人永远不隐藏自己,不用旁人名义说话,他的诗就是单纯叙述,不是模仿。免得你再说不懂,我可以说明这是怎样办的。荷马已经说过克律塞斯怎样带了礼物来赎他的女儿,怎样恳求希腊人,尤其是恳求他们的领袖,如果在这段之后,他不是变成克律塞斯在说话,而还是他荷马本人,那就不是模仿而是单纯叙述了。用单纯叙述,这段故事就会大约像这样——我不用韵律,因为我并不是一个诗人——“那司祭来了,祷告神们保佑希腊人攻下特洛亚城,平安回国;然后他向希腊人恳求,请他们看在阿波罗神的面子上①,接受他的礼物,放回他的女儿。他的话说完了,旁的希腊人都尊敬他,表示可以准许他的恳求;只有阿伽门农在发怒,吩咐他走开,并且不准他再来,否则他的神杖和头巾保护不了他那条老命;他的女儿不能赎,须陪他阿伽门农在阿耳戈斯②过到老。如果他想活着回去,最好快点滚开,不要惹他生气。那老人听了这番话,心里很害怕,一声不响地走了。但是离开希腊军营之后,他向阿波罗祷告,用神的许多名号称呼他,请神记起他过去一切敬神的功德,如修盖庙宇和奉献牺牲,现在求他报答,求神的箭射杀希腊人,来赔偿他的眼泪。”朋友,这就是不用模仿的单纯叙述。

阿　我懂得了。

苏　那么,你也就懂得与此相反的形式,就是把对话中间所插进的诗人的话完全勾销去了,只剩下对话。

阿　我也懂。悲剧就是这种情形。

苏　你懂的一点不错。我想从前不能使你明白的,现在可以使你明白了,那就是凡是诗和故事都可以分为三种:第一种是从头到尾都用模仿,像你所提到的悲剧和喜剧;第二种是只有诗人在说话,最好的例子也许是合唱队的颂歌③;第三种是模仿和单纯叙述掺杂在一起,史诗和另外几种诗都是如此。你懂得吧?

阿　我现在懂得你的意思了。

---

① 因为克律塞斯是阿波罗神的司祭。

② 阿耳戈斯是阿伽门农所统治的小国。

③ 希腊悲剧到每段情节告一段落时,都由合唱队唱一段歌,这合唱队是站在旁边位置,把情节略加复述而加以赞叹。

苏　你应该还记得,我们说过,在诗的题材或内容上我们已经得到一致的意见了,还要讨论的是它的形式。

阿　我还记得。

苏　我原想要说的就是这形式问题。我们应该决定是否准许诗人们用模仿来叙述,如果可以用模仿,是通篇用还是部分用,在怎样情形才应该用这个形式,还是完全禁止用模仿的形式。

阿　我猜想,你的意思是要决定我们是否准许我们的城邦里有悲剧。

苏　也许还不只于此,我现在还不知道。看理路的风向哪里吹,我们就向哪里走。

阿　好的,我们就这样办。

苏　阿德曼特,想一想我们的保卫者是否应该做模仿者。从我们已经说过的那番话来看,每个人只能做好一件事,不能同时做好许多事,如果他想做许多事,就会哪一件都做得不是很好。这个看法不就已替这个问题找到了答案吗?

阿　当然。

苏　这话可不可以应用到模仿? 同一个人模仿许多事,不如模仿一件事做得那样好。

阿　当然不能。

苏　他更不能一方面担任一个重要职务,一方面又做一个模仿者模仿许多事;因为同一个人从事很相近的两种模仿形式,也不能成功,比如说悲剧和喜剧。你刚才不是把悲剧和喜剧都看作模仿吗?

阿　我是把它们看作模仿,你说得有理,同一个作家不能在悲剧和喜剧两方面都成功。

苏　一个人同时做诵诗人和演戏人,也不能成功。

阿　真的。

苏　我们甚至发现同一个演员不能既演悲剧又演喜剧。可是这些都不过是模仿,是不是?

阿　一点不错。

苏　阿德曼特,我认为人的本性能划分成许多部分,所以一个人不能把许多事模仿得好,也不能把模仿的蓝本的许多事本身做得好。

阿　的确如此。

苏　如果我们坚持原来的意思,以为保卫者们必须卸去一切其他事务,专心致志地保卫国家的自由,凡是对这件要务无补的他们都不该去做,那么,除了这件要务以外,他们就不应该做别的事,也不应该模仿别的事了。如果他们要模仿,也只能从小就模仿适合保卫者事业的一些性格,模仿勇敢、有节制、虔敬、宽宏之类品德;可是卑鄙丑恶的事就不能做,也不能模仿,以免模仿惯了,就弄假成真。你注意到没有,模仿这玩艺如果从小就开始,一直继续下去,就会变成习惯,成为第二天性,影响到身体、声音和心理方面。

阿　我注意到,的确如此。

苏　那么,我们就不能让我们所要关心的人们——男子们,而且长大要成为好人的男子们——去模仿一个女人,不管是老是少,和丈夫吵嘴,咒天骂神,快活得发狂,或是遭点灾祸便伤心流泪;我们尤其不能让他们模仿女人生病、恋爱,或是临产。

阿　的确不能让他们模仿这些。

苏　他们也不能模仿奴隶,不管是男是女。

阿　不能。

苏　也不能模仿坏人、懦夫,或是行为与我们所规定的相反的那些人,互相讥嘲谩骂,不管在清醒还是在醉酒的时候,或是做坏事、说坏话,像这类人做人处世所常表现的。此外,我想他们也不应该在言行上模仿疯人。他们可以认识疯人、坏男人和坏女人,但是不应该做这类人所做的事,也不能模仿他们。

阿　你的话对极了。

苏　他们可不可以模仿铁匠和其他手艺人,船夫、船长,或是这一类人呢?

阿　他们既然不准操这类人的行业,怎么可以模仿这类人呢?

苏　他们可不可以模仿马叫牛叫,模仿河流声和海啸声,模仿打雷声以及如此等类的事情呢?

阿　不能,因为他们不准发疯或是模仿疯人。

苏　如果我没有误解你的意思,你是说叙述的语文体裁有两种,一种是真正好人有话要说时所用的,另一种是性格和教养都和好人相反的那种人所惯有的。

阿　哪两种呢?

苏　一个好人若是要叙述到一个好人的言行,我想他愿意站在那好人本人的地位来说话,不以这种模仿为耻。他对于那好人的坚定聪慧的言行,会特别模仿得认真;若是那好人遭遇到疾病、恋爱、鸩醉或是其他不幸的事,他就模仿得少些。但是他若是要叙述一个不值得他瞧得起的人,他就不会认真去模仿那个比他低劣的性格,除非他偶然碰到那人做了一点好事,才模仿他一点。此外,他会以模仿这种人为耻,因为他对于模仿这种性格素无训练,而且也不愿降低身份来以他所鄙视的人物做模范来模仿,除非是偶然开玩笑。

阿　理应如此。

苏　所以他会用我们在前面谈荷马诗时所说过的那种叙述形式,一部分用单纯叙述,一部分用模仿叙述,但是模仿叙述只占一小部分。你是不是这样看?

阿 不错,叙述者的模范应该如此。

苏 至于性格与此相反的人,性格愈卑劣,他也就愈能无所不模仿,看不到什么可以降低他身份的事情,所以他会在大庭广众之下,故作正经地模仿我们在前面所说的一切,打雷、吹风、下冰雹的声音,轮盘、滑车的声音,号角、箫笛以及各种乐器的声音,乃至于鸡鸣、狗吠、羊叫的声音。所以他的叙述几乎全是声音姿势的模仿,很少用单纯叙述。

阿 那是一定的。

苏 语文体裁就是这两种,是不是?

阿 就是这两种。

苏 第一种不带激烈的转变,如果谱出乐调,找一个节奏来配合它的词句,我们几乎可以从头到尾都用同一个调子,只用很轻微的变化,就可以表现得很正确,节奏也大致是均匀一致的。你看是不是这样?

阿 你说得很对。

苏 另外那种语文体裁怎样?是否恰恰相反?要妥当地表现它,是否必须杂用各种乐调和各种节奏,因为它有各种转变?

阿 的确如此。

苏 凡是诗人以及一般作家是不是要在这两种语文体裁中选用一种,或是两种掺杂着用?

阿 当然不可能有其他办法。

苏 我们是否应该准许在我们的城邦里采用这些体裁呢?还是只准用单纯叙述或模仿,或者也准用混合体呢?

阿 如果依我的意见,我们只准用模仿好人的单纯叙述。

苏 但是,亲爱的阿德曼特,混合体也确有它的引人入胜处。至于与你所选的那种正相反的体裁——模仿——却最受儿童们、保姆们,尤其是一般群众欢迎。

阿 我承认,它确实受欢迎。

苏 不过你也许可以说,它对我们的城邦却不适宜,因为我们中间没有"一个人骑两头马",每个人只做他本分里的一件事。

阿 它实在不适宜。

苏 是不是因为这个缘故:我们得是唯一的城邦,里面鞋匠就真正是鞋匠,而不是鞋匠兼船长;农人就真正是农人,而不是农人兼法官;兵士就真正是兵士,而不是兵士兼商人,其余依此类推?

阿 不错。

苏　那么,如果有一位聪明人有本领模仿任何事物,乔扮任何形状,如果他来到
我们的城邦,提议向我们展览他的身子和他的诗,我们要把他当作一位神奇
而愉快的人物看待,向他鞠躬敬礼;但是我们也要告诉他:我们的城邦里没
有像他这样的一个人,法律也不准许有像他这样的一个人,然后把他涂上香
水,戴上王冠,请他到别的城邦去。至于我们的城邦嘛,我们只要一种诗人
和故事作者:没有他那副悦人的本领和态度却比他严肃;他们的作品须对我
们有益;须只模仿好人的言语,并且遵守我们原来替保卫者们设计教育时所
定的那些规范。

阿　如果权在我们的手里,我们一定要这样办。

苏　朋友,关于音乐中的文学和故事这一部门,我们算是讨论完毕了,我们讨论
过题材内容,又讨论过形式。

阿　我也是这样看。

苏　音乐还剩下另一个部门,歌词和乐调。

阿　那是很明显的。

苏　每个人都会看得出我们对于歌词和乐调应该做怎样的规定,只要我们符合
前面那番话的意思就行了。

格　(笑)我却不是你所说的"每个人",我现在还不敢说应该做怎样的规定,虽然
我心里也有些打算。

苏　至少你可以很确定地说,歌有三个要素:歌词、乐调和节奏。①

格　那倒可以确定地说。

苏　关于歌词,合乐的词和不合乐的词并没有什么分别,只要符合我们刚才对于
题材内容和形式所规定的那些规律就行了,是不是?

格　对,那就行了。

苏　至于乐调和节奏,它们都要恰能配合歌词。

格　当然。

苏　我们讨论诗的题材时,说不准有哭泣哀叹。

格　不错。

苏　哪些乐调是表现悲哀的呢? 你懂音乐,请告诉我。

---

①　歌词和乐调是两回事,这是容易了解的。至于节奏,在歌词里有,在乐调里也有。这里所指的只
是诗的音节长短或韵律。拿乐调和节奏对举时,节奏侧重长短起伏,乐调侧重高低起伏。

格　表现悲哀的是吕底亚式和混合的吕底亚式①之类。

苏　我们是否把这类悲哀的乐调抛开,因为拿它们来培养品格好的女人尚且不合适,何况培养男子汉?

格　它们当然要抛开。

苏　其次,醉酒、文弱、懒怠对于保卫者们不是毫不相宜么?

格　当然。

苏　哪样乐调是文弱的,用于饮宴的呢?

格　伊俄尼亚式和吕底亚式,它们叫作"柔缓式"。

苏　这类乐调对于保卫者们是否有用呢?

格　绝对不适用。剩下的就只有多里斯式和佛律癸亚式了。

苏　我对于这些乐调是外行,但是我们准许保留的乐调要是这样:它能很妥帖地模仿一个勇敢人的声调,这人在战场和在一切危难境遇都英勇坚定,假如他失败了,碰见身边有死伤的人,或是遭遇到其他灾祸,都抱定百折不挠的精神继续奋斗下去。此外我们还要保留另一种乐调,它须能模仿一个人处在和平时期,做和平时期的自由事业,或是祷告神祇,或是教导旁人,或是接受旁人的央求和教导,在这一切情境中,都谨慎从事,成功不矜,失败也还是处之泰然。这两种乐调,一种是勇猛的,一种是温和的;一种是逆境的声音,一种是顺境的声音;一种表现勇敢,一种表现聪慧。我们都要保留下来。

格　你所要保留的正是我刚才所说的多里斯式和佛律癸亚式。

苏　我们的歌和乐调也不需要弦子太多而音阶很复杂的乐器,是不是?

格　的确不需要。

苏　那么,我们就不必供养工匠来制造铜弦琴、三角琴以及一切多弦多音阶的乐器了。

格　大可不必了。

苏　我们的城邦要不要制笛者和吹笛者进来呢?笛不是声音最多的乐器么?多音阶的乐器其实不都是仿笛子造的么?

格　显然如此。

苏　所以剩下来的只有两角竖琴和台琴供城市用。在田野里牧人们可以用一种排箫。

———————————

①　希腊音乐往往以流行地区得名,类似中国古代的"郑声""秦声""楚声"之类。每一地区的音乐往往有它的特殊的伦理性质。希腊音乐约分四种:(1)吕底亚式:吕底亚在小亚细亚,这地方音乐柔缓哀婉。(2)伊俄尼亚式:伊俄尼亚在小亚细亚西海岸,这地方音乐柔缓缠绵。(3)多里斯式:多里斯在希腊北部,这地方音乐简单、严肃、激昂。(4)佛律癸亚式:佛律癸亚也在小亚细亚,音乐发达最早,对希腊音乐的影响也最大,它的特点是战斗的意味很强。下文所说的笛就是由佛律癸亚传到希腊的。

格　这是当然的结论。

苏　我们也并非翻新花样，只是取阿波罗和阿波罗的乐器而不取马西亚斯和马西亚斯的乐器①。

格　算不得翻新花样。

苏　哈，狗呀②，我们从前说我们的城邦太文弱了，我们这阵子不知不觉地在清洗它了。

格　我们清洗得好。

苏　那么，我们就来完成我们清洗的工作。乐调之后就是节奏。节奏也应该服从同样的规律，不应该求繁复，不应该有许多种音节。我们须找出哪些节奏可以表现勇敢和聪慧的生活。找到之后，我们就使音节和乐调配合歌词，来表现这种生活，但是不能使歌词迁就音节和乐调。哪些才是这样的节奏，只好请你告诉我们，如同你刚才告诉我们乐调一样。

格　可是我没有这个能力。我只知道节奏共分三种，各种音节都是由这三种组成的，正如音有四种，各种乐调都由这四种音组成的一样③。至于哪一种节奏模仿哪一种生活，我却不知道。

苏　那么，我们就要请教达蒙④，问他哪种音节宜于表现卑鄙、傲慢、疯狂以及其他毛病，哪种音节宜于表现相反的品质。我仿佛听见他谈到节奏时，用些"战争气的""复合的""长短短格"或"英雄格"之类字样。他用一种我不懂得的方法来安排这些音节，使节奏的起伏随着音节的长短；我好像记得他把一种音节叫作"短长格"，另一种叫作"长短格"，拿音的长短来定节奏。有时他评论好坏，顾到每一音节的快慢，也顾到全章的节奏，也许是根据这两种效果的混合。我懂得不很清楚。不过我已经说过，这类问题要请教达蒙，要解决它们需要多讨论，是不是？

格　是的。

苏　有一点你总可以决定，美与不美要看节奏的好坏。

格　当然。

---

①　阿波罗是文艺神，所以是音乐的创造者。据说他发明了竖琴和笛。马西亚斯是佛律癸亚的一个林神，善吹笛，要和阿波罗竞赛音乐，相约谁败了就听胜者任意处罚。马西亚斯吹笛，阿波罗弹琴，诗神们做评判，评定阿波罗胜，马西亚斯就被绑在树上活剥皮。这里阿波罗的乐器指琴，马西亚斯的乐器指笛。

②　希腊人发誓，为避免用宙斯大神的名字，就用寻常动物来代替。

③　希腊诗如英文诗，分行计算，每行依字音数目分若干音步，每音步以长短相间见节奏，与英文诗以轻重相间见节奏有别。每音步通常有两个或三个字音，最普通的有三种排列："短长格"先短后长，"长短格"先长后短，"长短短格"一个长音之后有两个短音。因这种有规律的排列见节奏叫作"音节"。"音有四种"或指基本的音阶，音乐史家对于希腊音乐技巧分析尚无定论，这里也不敢臆断。

④　达蒙是公元前5世纪著名的音乐家，他论诗的音律的著作，现已失传。

苏　节奏的好坏要看语文风格的好坏，正如音乐的好坏要看歌词的好坏一样。我们已经说过，应该使节奏和乐调符合歌词，不应该使歌词迁就节奏和乐调。

格　我们是这样说过。

苏　语文风格本身怎样呢？它是否要看心灵的性格？

格　当然。

苏　其余一切都要看语文风格？

格　是。

苏　所以语文的美，乐调的美，以及节奏的美，都表现好性情。所谓"好性情"并不是我们通常拿来恭维愚笨人的那个意思，而是心灵真正尽善尽美。

格　你说得顶对。

苏　如果我们要年轻人能尽他们的责任，不应该让他们追求这些好品质么？

格　那是一定的。

苏　图画和一切类似艺术都表现这些好品质，纺织、刺绣、建筑以及一切器具的制作，乃至于动植物的形体也都是如此。这一切都各有美与不美的分别。不美，节奏坏，不和谐，都是由于语文坏和性情坏；美，节奏好，和谐，都是由于心灵的聪慧和善良。

格　这是千真万确的。

苏　我们是否只监督诗人们，强迫他们在诗里只描写善的东西和美的东西，否则就不准他们在我们的城邦里作诗呢？还是同时也要监督其他艺术家们，不准他们在生物图画、建筑物以及任何制作品之中，模仿罪恶、放荡、卑鄙和淫秽，如果犯禁，也就不准他们在我们的城邦里行业呢？我们不是要防止我们的保卫者们在丑恶事物的影响中培养起来，犹如牛羊在芜秽的草原中培养起来一样，天天在那里咀嚼毒草，以致日久就不知不觉地把四围许多坏影响都铭刻到心灵的深处吗？我们不是应该寻找一些有本领的艺术家，把自然的优美方面描绘出来，使我们的青年们像住在风和日暖的地带一样，四围一切都对健康有益，天天耳濡目染于优美的作品，像从一种清幽境界呼吸一阵清风，来呼吸它们的好影响，使他们不知不觉地从小就培养起对美的爱好，并且培养起融美于心灵的习惯吗？

格　是的，没有哪种教育方式能比你所说的更好。

苏　格罗康，音乐教育比起其他教育都重要得多，是不是因为这些理由？首先，节奏与乐调有最强烈的力量浸入心灵的最深处，如果教育的方式适合，它们就会拿美来浸润心灵，也就使它因而美化；如果没有这种适合的教育，心灵也就因而丑化。其次，受过这种良好的音乐教育的人可以很敏捷地看出一切艺术作品和自然界事物的丑陋,很正确地加以厌恶;但是一看到美的东西,他就会赞赏它们,很快乐地把它们吸收到心灵里,作为滋养,因此自己性格也变得高尚优美。他从理智还没有发达的幼年时期,对于美丑就有这样正确的好恶,到了理智发达之后,他就亲密地接近理智,把她当作一个老朋友看待,因为他过去的音乐教育已经让他和她很熟悉了。

格　音乐教育确实有这些功用。

苏　正如学习阅读语文,认识了数目很少的字母,看它们散在不同的字句里都能辨别出来,不管字体大小,都不忽视它们,而要到处都很热衷地把它们认识得清清楚楚,心里明白没有做到这步功夫,就不能算是识字;到了这步功夫,我们在阅读方面就算学得很好了。

格　的确。

苏　我们先要学会认识那些字母本身,然后才能认识它们投在水里或镜子里的影像,因为所需要的能力和训练是一样的。

格　当然。

苏　老天爷,音乐教育不是一样道理么? 我们自己和我们所要教育的保卫者们都不能算懂音乐,除非我们认识了具有节制、勇敢、宽宏、高远之类品质的形象以及具有和它们相反的品质的形象,无论它们散在什么地方,无论是它们本体或是它们的影像,一眼看到,就能辨别出来;无论它们表现在大处或是表现在小处,都不忽视它们,心里明白辨别本体和影像所需要的能力和训练是一样的。

格　的确。

苏　对于有眼睛能看的人来说,最美的境界是不是心灵的优美与身体的优美谐和一致,融成一个整体?

格　那当然是最美的。

苏　最美的是否也就是最可爱的?

格　当然。

苏　那么,真正懂音乐的人就会热烈地钟爱这样心身谐和的人,不爱没有这种谐和的人。

格　不错,爱人至少要在心灵方面没有欠缺,如果只是身体的欠缺,那还不失其为可爱。

苏　我明白你说这话的意思,因为你现在或过去有这样一个爱人,我也不怪你。但是请问你一句,过度快感和节制是否相容?

格　那怎么能相容! 过度快感可以扰乱心智,正如过度痛感一样。

苏　过度快感和其他品德能否相容呢?

格　当然不能。

苏　和骄纵淫荡也许相容吧？

格　它们倒是相容。

苏　有没有一种快感比性欲快感更过度、更强烈呢？

格　没有，也没有比它更疯狂的。

苏　但是真正的爱是用有节制的音乐的精神去爱一切美的和有秩序的，是不是？

格　是。

苏　那么，真正的爱就要把疯狂的或是近于淫荡的东西赶得远远的，是不是？

格　当然。

苏　那么，我们刚才所说的那种快感不能走近爱人的身边；如果他们真正相爱，就不能享受那种快感。

格　当然不能。

苏　所以我想在我们要建立的城邦里应该定一条法律，爱侣之间所表示的爱，如接吻、拥抱之类，只能像父亲对于儿子所表示的那样，而且先要说服对方，目的要是高尚纯洁的；他们的关系不能超过这个程度，否则他们就要受人指责为粗鄙①。

格　应该这样规定。

苏　你承认不承认我们关于音乐的讨论已告结束呢？这结束也恰好在理应结束的地方，因为音乐应该归宿到对于美的爱②。

格　我承认。

诗人的罪状（卷十）③

对话人：苏格拉底
　　　　格罗康

苏　我有许多理由相信，我们所建立的城邦是最理想的，尤其是从关于诗的规定来看④，我敢说。

---

①　这里所指的爱是男子的同性爱。详见《斐德若篇》和题解。

②　美与爱情在柏拉图的著作中常连在一起来讲，因为美引起爱，爱又产生美。参看《会饮篇》和《斐德若篇》。

③　选译《理想国》卷十595A 至 608B。

④　指《理想国》卷三禁诗的决定。

格　你指的是哪一项规定呢？

苏　我指的是禁止一切模仿性的诗进来。我们既然分清心灵的各种因素①了，
　　更足见诗的禁令必须严格执行。

格　这话怎样说？

苏　说句知心话，你可千万不要告诉悲剧诗人和其他模仿者们。在我看，凡是这
　　类诗，对于听众的心灵是一种毒素，除非他们有消毒剂。这就是说，除非他
　　们知道这类诗的本质真相。

格　你为什么这样说？

苏　我的话不能不说，虽然我从小就对荷马养成了一种敬爱，说出来倒有些于心
　　不安。荷马的确是悲剧诗人的领袖。不过尊重人不应该胜于尊重真理，我
　　要说的话还是不能不说。

格　当然。

苏　那么，就请听我说，或是说得更恰当一点，请听我发问。

格　你问吧。

苏　请问你，模仿的一般性质怎样？我自己实在不知道它的目标是什么。

格　你都不知道，难道我还能知道吗？

苏　那并不足为奇，眼睛迟钝的人有时反而比眼睛尖锐的人见事快。

格　这话倒不错。不过当你的面，我不敢冒昧说我的意见，尽管它像是很明显
　　的；还是请你说吧。

苏　我们好不好按照我们经常用的方法，来研究这个问题呢？我们经常用一个
　　理式②来统摄杂多同名的个别事物，每一类杂多的个别事物都有一个理式。
　　你明白吧？

格　我明白。

苏　我们可以任意举一类杂多事物为例，床也好，桌也好，都各有许多个例，是
　　不是？

格　不错。

苏　这许多个别家具都由两个理式统摄，一个是床的理式，一个是桌的理式，是
　　不是？

格　不错。

苏　我们不也常说，工匠制造每一件用具，床、桌，或是其他东西，都各按照那件
　　用具的理式来制造么？至于那理式本身，它并不由工匠制造吧？

---

①　《理想国》卷二至卷九常讨论人性，主要的因素是理智、意志和情欲。

②　理式是柏拉图哲学中的基本观念，即概念或普遍的道理。详见题解。

格　当然不能。

苏　制造理式的那种工匠应该怎样称呼呢？

格　你指的是谁？

苏　我指的是各行工匠所制造出的一切东西,其实都是由他一个人制造出来的那种工匠。

格　他倒是一个绝顶聪明人!

苏　等一会儿,你会更有理由这样赞扬他。因为这位工匠不仅有本领造出一切器具,而且造出一切从大地生长出来的,造出一切有生命的,连他自己在内;他还不以此为满足,还造出地和天、各种神,以及天上和地下阴间所存在的一切。[①]

格　真是一位了不起的艺术家!

苏　你不相信吗? 你是否以为绝对没有这样一个工匠呢? 你是否承认一个人在某个意义上能制造一切事物,在另一意义上却不能呢? 在某个意义上你自己就可以制造这一切事物,你不觉得么?

格　用什么方法呢?

苏　那并不是难事,而是一种常用的而且容易办到的制造方法。你马上就可以试一试,拿一面镜子四方八面地旋转,你就会马上造出太阳、星辰、大地、你自己、其他动物、器具、草木,以及我们刚才所提到的一切东西。

格　不错,在外形上可以制造它们,但不是实体。

苏　你说得顶好,恰合我们讨论的思路,我想画家也是这样一个制造外形者,是不是?

格　当然是。

苏　但是我想你会这样说,一个画家在一种意义上虽然也是在制造床,却不是真正在制造床的实体,是不是?

格　是,像旋转镜子的人一样,他也只是在外形上制造床。

苏　木匠怎样? 你不是说过他只制造个别的床,不能制造"床之所以为床"那个理式吗?

格　不错,我说过这样的话。

苏　他既然不能制造理式,他所制造的就不是真实体,只是近似真实体的东西。如果有人说木匠或其他工匠的作品完全是真实的,他的话就不是真理了。

格　至少是研究这类问题的哲学家们不承认他说的是真理。

---

　　① 柏拉图的创世主并不同于基督教的上帝,它是宇宙中普遍永恒的原理大法,即最高的理式,以下译"神"以示区别。

苏　那么，如果这样制造的器具比真实体要模糊些，那就不足为奇。

格　当然。

苏　我们好不好就根据这些实例，来研究模仿的本质？

格　随便你。

苏　那么，床不是有三种吗？第一种是在自然中本有的，我想无妨说是神制造的，因为没有旁人能制造它；第二种是木匠制造的；第三种是画家制造的。

格　的确。

苏　因此，神、木匠、画家是这三种床的制造者。

格　不错，制造者也分这三种。

苏　就神那方面说，或是由于他自己的意志，或是由于某种必需，他只制造出一个本然的床，就是"床之所以为床"那个理式，也就是床的真实体。他只造了这一个床，没有造过，而且永远也不会造出两个或两个以上这样的床。

格　什么缘故呢？

苏　因为他若是造出两个，这两个后面就会有一个公共的理式，这才是床的真实体，而原来那两个就不是了。

格　你说得对。

苏　我想神明白这个道理，他不愿造某个别的床，而要造一切床的理式，所以他只造了这样一个床，这床在本质上就只能是一个。

格　理应如此。

苏　我们好不好把他叫作床的"自然创造者"[①]，或是用其他类似的称呼？

格　这称呼很恰当，因为他在制造这床和一切其他事物时，就是自然在制造它们。

苏　怎样称呼木匠呢？他是不是床的制造者？

格　他是床的制造者。

苏　画家呢？他可否叫作床的制造者或创造者？

格　当然不能。

苏　那么，画家是床的什么呢？

格　我想最好把他叫作模仿者，模仿神和木匠所制造的。

苏　那么，模仿者的产品不是和自然隔着三层吗[②]？

---

　　① 艺术是"人为"，与"自然"相对立，"自然创造者"像是一个自相矛盾的名词，其实只是说"自然非由人为者"。

　　② 这里所谓"自然"，即"真实体"，亦即"真理"。木匠制床、模仿床的理式，和真理隔着一层；画家和诗人模仿个别的床，和真理便隔两层。原文说"隔三层"是把理式起点算作一层，余类推。

格　不错。

苏　悲剧家既然也是一个模仿者,他是不是在本质上和国王①、真理也隔着三层?并且一切模仿者不都是和他一样吗?

格　照理说,应该是一样。

苏　我们对于模仿者算是得到一致的意见了。现在再来说画家,他所要模仿的是自然中的真实体,还是工匠的作品呢?

格　他只是模仿工匠的作品。

苏　他模仿工匠作品的本质,还是模仿它们的外形呢?这是应该分清的。

格　我不明白你的意思。

苏　我的意思是这样:比如说床,可以直看,可以横看,可以从许多观点看。观点不同,它所现的外形也就不同,你以为这种不同是在床的本质,还是在床的外形呢?现形不同的床是否真正与床本身不同呢?其他一切事物也可由此类推。

格　外形虽不同,本质还是一样。

苏　想一想图画所要模仿的是本质呢,还是外形呢?

格　图画只是外形的模仿。

苏　所以模仿和真实体隔得很远,它在表面上像能制造一切事物,是因为它只取每件事物的一小部分,而那一小部分还只是一种影像。比如说画家,他能画出鞋匠、木匠之类的工匠,尽管他对于这些手艺毫无知识。可是他如果有本领,他就可以画出一个木匠的像,把它放在某种距离以外去看,可以欺哄小孩子和愚笨人,以为它真正是一个木匠。

格　确实如此。

苏　那么,好朋友,依我想,关于画家的这番话可以应用到一切与他类似的人。如果有人告诉我们,说他遇见过一个人,精通一切手艺,而且对于一切事物精通的程度还要超过当行的人,我们就应该向他说,他是一个傻瓜,显然受了一个魔术家或模仿者的欺哄,他以为那人有全知全能,是因为他分不清有知、无知和模仿三件事。

格　的确。

苏　现在我们就要检讨悲剧和悲剧大师荷马了。因为许多人都说悲剧家无所不通,无论什么技艺,无论什么善恶的人事,乃至于神们的事,他都样样通晓。他们说,一个有本领的诗人如果要取某项事物为题材来作一首好诗,他必须先对那项事物有知识,否则就不会成功。我们对于这些人必须检查一下,看

---

①　所谓"国王"即哲学家,"真理"的代表。

他们是否也碰到了模仿者们,受了欺哄,看不出他们的产品和真实体隔着三层,对真实体无须有知识就可轻易地做成,还是他们说的果然不错,有本领的诗人们对于他们因描绘而博得赞赏的那些事物真正有知识呢?

格 是的,这倒是必须检查的。

苏 你想一想,如果一个人既能模仿一件事物,同时又能制造这件事物,他会不会专在模仿上下功夫,而且把模仿的本领看作他平生最宝贵的东西呢?

格 我想他不致如此。

苏 在我看,他如果对于所模仿的事物有真知识,他就不愿模仿它们,宁愿制造它们,留下许多丰功伟绩,供后世人纪念。他会宁愿做诗人所歌颂的英雄,不愿做歌颂英雄的诗人。

格 我也是这样看,那样做,他可以得到更大的荣誉,产生更大的效益。

苏 关于许多问题,我们倒不必追问荷马或其他诗人,不必问他们对医学有没有知识,是否只在模仿医学的话语;不必追问他们古今有没有过一个诗人,像埃斯库勒普医神一样,医好过一些病人,留传下一派医学。此外还有许多其他技艺,我们也不必去追问诗人们。但是荷马还要谈些最伟大最高尚的事业,如战争、将略、政治、教育之类,我们就理应这样质问他:"亲爱的荷马,如果像你所说的,谈到品德,你并不是和真理隔着三层,不仅是影像制造者,不仅是我们所谓模仿者,如果你和真理只隔着两层,知道人在公私两方面用什么方法可以变好或变坏,我们就要请问你,你曾经替哪一国建立过一个较好的政府,像莱科勾对于斯巴达,许多其他政治家对于许多大小国家那样呢?世间有哪一国称呼你是它的立法者和恩人,像意大利和西西里称呼卡雍达斯,我们雅典人称呼梭伦那样呢?① 谁这样称呼你呢?"格罗康,你想荷马能举出这样一个国名来么?

格 我想他不能,就连崇拜荷马的人们也不这样说。

苏 有没有人提起当时有哪一次战争打得好,是由荷马指挥或参谋呢?

格 没有。

苏 有没有人提起他对各种技艺或事业有很多发明和贡献,像密勒图人泰利斯,或是西徐亚人阿那卡什斯那样呢?②

格 也没有。

---

① 莱科勾是传说中的斯巴达的立法者;卡雍达斯是公元前 5 世纪的法学家,替意大利和其他国家立过法;梭伦是公元前 7 世纪雅典的立法者。

② 密勒图在小亚细亚海岸上,泰利斯是公元前 7 世纪的哲学家和科学家;西徐亚民族是古代欧亚交界的一个游牧民族,无固定的国界,阿那卡什斯是公元前 6 世纪的哲学家,游寓雅典,据说他是墨水和陶器盘轮的发明者。

苏　荷马对于国家既然没有建立功劳,我们是否听说过他生平做过哪些私人的
导师,这些人因为得到他的教益而爱戴他,把他的生活方式流传到后世,像
毕达哥拉斯①那样呢? 据说毕达哥拉斯由于这个缘故很受人爱戴,一直到
现在,他的门徒还在奉行他的生活方式,显得与众不同。荷马是否也能这
样呢?

格　更没有这样的事。如果传说可靠,他的门徒克瑞俄斐罗在教育上比在名字
上显得更滑稽②。传说荷马在世时就没有得到很好的照顾,身后的事更不
用说了。

苏　不错,他们是那么说。格罗康,你想一想,如果荷马真正能给人教育,使人得
益,如果他对于这类事情有真知识,而不是只在模仿,他不会有许多敬爱他
的门徒追随他的左右吗? 阿布德拉人普罗塔哥拉以及克奥斯人普若第库
斯③之流,都能在私人谈论中使当时人相信,不从他们受教,就不能处理家
务和国政;他们的智慧大受爱戴,所以门徒们几乎要把他们高举到头上游
行。如果荷马也能增长人的品德,当时人会让他和赫西俄德到处奔走行吟
吗? 人们不会把他们当宝贝看待,抓住他们不放,强迫他们留在家乡吗? 若
是留不住,人们不会跟他们到处走,等到教育受够了,才肯放手吗?

格　在我看,你的话一点也不错,苏格拉底。

苏　所以我们可以说,从荷马起,一切诗人都只是模仿者,无论是模仿德行,或是
模仿他们所写的一切题材,都只得到影像,并不曾抓住真理。像我们刚才所
说的,画家尽管不懂鞋匠的手艺,还是可以画鞋匠,观众也不懂这种手艺,只
凭画的颜色和形状来判断,就信以为真。

格　完全是这样。

苏　我想我们也可以说,诗人也只知道模仿,借文字的帮助,绘出各种技艺的颜
色;而他的听众也只凭文字来判断,无论诗人所描绘的是鞋匠的手艺、将略,
还是其他题材,因为文字有了韵律,有了节奏和乐调,听众也就信以为真。
诗中这些成分本来有很大的迷惑力。假如从诗人作品中把音乐所生的颜色
一齐洗刷去,只剩下它们原来的简单躯壳,看起来会像什么样,我敢说你注
意过的。

---

　　① 毕达哥拉斯是公元前 6 世纪的哲学家和数学家,一个有名的几何定律的发现者,曾组织门徒三
百人为一秘密结社,遵守他所定的生活规律。

　　② 克瑞俄斐罗据说是荷马的女婿,待荷马不好,荷马死后,他盗取一些荷马诗,用自己的名字发表
了。他的名字在希腊文中原义是"肉食者",所以说滑稽。

　　③ 阿布德拉在希腊北部;普罗塔哥拉是公元前 5 世纪的诡辩家,授徒致富;克奥斯是爱琴海中一个
岛;普若第库斯也是一个诡辩家;柏拉图推许他们,带有讽刺意味。

格　我确实是注意过。

苏　它们像不像一个面孔,还有点新鲜气色,却说不上美? 因为像花一样,青春
　　的芳艳已经枯萎了。

格　这比喻很恰当。

苏　再想一想,影像的制造者,就是我们所说的模仿者,只知道外形,并不知道实
　　体,是不是?

格　对。

苏　可是我们对于这个问题不应半途而废,应该研究到彻底。

格　请你说下去。

苏　画家能不能画缰辔?

格　能。

苏　但是制造缰辔的却是鞍匠和铁匠?

格　当然。

苏　缰辔应该像什么样,画家知道不? 还是连制造它们的鞍匠和铁匠也不能知
　　道,只有用它们的马夫才知道呢?

格　只有马夫才知道。

苏　我们可否由此例推一切,得到一个结论呢?

格　什么结论?

苏　我说关于每件东西都有三种技艺:应用、制造、模仿。

格　对的。

苏　那么,我们怎样判定一个器具、动物或行为是否妥当、美、完善呢? 是否要看
　　自然或技艺所指定它应有的用途?

格　这是要看它的用途来判定。

苏　那么,每件东西的应用者对于那件东西的知识就必然比旁人的可靠,也就必
　　然能告诉制造者他自己应用这件东西时,哪样才好,哪样才坏。比如说,吹
　　笛者才能告诉制笛者,笛子要像啥样,吹起来才顶好,应该怎样做才好,而制
　　笛者就要照他的话去做。

格　当然。

苏　所以吹笛者才知道笛的好坏,把他的知识告诉制笛者,制笛者就照他的话
　　去做。

格　不错。

苏　所以每件器具的制造者之所以对它的好坏有正确见解,是由于他请教于有

知识者①,不得不听那位有知识者的话,而那位有知识者正是那件器具的应用者。

格　当然。

苏　现在谈到模仿者,他对于他所描写的题材是否美好的问题,是从应用方面得到知识呢,还是由于不得不请教于有知识者,听有知识者说过应该怎样描写才好,而后得到正确见解呢?

格　都不是。

苏　那么,模仿者对于模仿题材的美丑,不是既没有知识,又没有正确见解吗?

格　显然如此。

苏　模仿者对于他所模仿的东西,就理解来说,很了不起啦!

格　不见得是了不起。

苏　话虽如此说,尽管他对于每件东西的美丑没有知识,他还是模仿;很显然,他只能根据普通无知群众所认为美的来模仿。

格　当然。

苏　那么,我们现在显然可以得到这两个结论:头一层,模仿者对于模仿题材没有什么有价值的知识,模仿只是一种玩艺,并不是什么正经事;其次,从事于悲剧的诗人们,无论是用短长格还是用英雄格②,都不过是高度的模仿者。

格　的确如此。

苏　老天爷! 模仿的对象不是和真理隔着三层吗?

格　是的。

苏　再说模仿的效果,它可以影响哪一种心理作用呢?

格　我不懂你的意思。

苏　这话可以这样解释:同一体积,近看和远看是不是像不同?

格　是不同。

苏　同一件东西插在水里看起来是弯的,从水里抽出来看起来是直的;凸的有时看成凹的,由于颜色对于视官所生的错觉。很显然,这种错觉在我们的心里常造成很大的混乱。使用远近光影的图画就利用人心的这个弱点,来产生它的魔力,幻术之类的玩艺也是如此。

格　的确。

苏　要防止这种错觉,最好的方法是使用度量衡。人心只能就形式上揣测大小、

---

①　柏拉图把"见解"或"信仰"看作和"知识"或"科学"相对立。前者是对于现象世界的知识,即"感性的认识",后者是对于真理或本体的认识,即"理性的认识"。

②　短长格用于戏剧对话,英雄格用于史诗。

多寡、轻重,使用计算、测量或衡度,才可以准确。

格　当然。

苏　这种计算衡量的工作是否要靠心的理智部分?

格　当然要靠理智。

苏　经过衡量之后,理智判定两件东西哪个大,哪个小,或是相等①,我们对于同
一事物不就有两种相反的判断么?

格　是这样。

苏　我们从前不是说过:同一心理作用对于同一事物不可能同时得到两个相反
的结论吗?

格　我们说过这样的话,而且说得不错。

苏　那么,信赖衡量的那种心理作用和不信赖衡量的那种心理作用就不相同了?

格　当然不同。

苏　信赖衡量的那种心理作用是不是人心中最好的部分?

格　那是无可辩驳的。

苏　和它相反的那种心理作用就是人心中低劣的部分了。

格　那是毫无疑问的。

苏　原先我说图画和一切模仿的产品都和真理相隔甚远,和它们打交道的那种
心理作用也和理智相隔甚远,而它们的目的也不是健康的或真实的,我的意
思就是要你得到这样一个结论。

格　你说得对。

苏　那么,模仿不是低劣者和低劣者配合,生出的儿女也就只能是低劣者吗?②

格　显然是那样。

苏　这番话是否只能应用到视觉方面的模仿,还是也可以应用到我们所称为诗
的声音模仿呢?

格　诗自然也是一样。

苏　我们不能单凭诗画类比的一些貌似的地方,还要研究诗的模仿所关涉到的
那种心理作用,看它是好还是坏。

格　我们的确应该这样办。

苏　我们姑且这样来看它。诗的模仿对象是在行动中的人,这行动或是由于强
迫,或是由于自愿,人看到这些行动的结果是好还是坏,因而感到欢喜或悲
哀。此外还有什么呢?

---

① 意即和单凭感觉估计的结果不同。

② 模仿所依据的心理作用不是理智,模仿的对象不是真理。

格 诗的模仿尽于此了。

苏 在这整个过程之中,一个人是否始终和他自己一致呢? 是否像在视觉中一样,自相冲突,对于同一事物同时有相反的见解,而在行为上也自相冲突,自己和自己斗争呢? 我想我们用不着对这问题再找答案,因为你应该记得,我们从前讨论这类问题时,已经得到一个一致的意见了,就是人心同时充满着这类的冲突。①

格 我们所得到的意见是对的。

苏 当然是对的,不过我以为还应该讨论我们从前所忽略掉的。

格 忽略掉什么?

苏 我们从前说过,一个有理智的人若是遭到灾祸,比如死了儿子,或是丧失了他所看重的东西,他忍受这种灾祸,要比旁人镇静些,你还记得么?

格 记得。

苏 想一想,他是根本不觉哀恸呢,还是哀恸既不可免,他就使它有节制呢?

格 他会使哀恸有节制。

苏 请再想一想,他要控制哀恸,在什么样场合比较容易,在许多人看着他的时候,还是在他单独一个人的时候呢?

格 在许多人看着他的时候,他比较容易控制哀恸。

苏 若是单独一个人,他会发出本来怕人听见的呼号,做出许多本来怕人看见的事情。

格 的确如此。

苏 鼓励他抵抗哀恸的不是理性和道理吗? 反之,怂恿他尽量哀恸的不是那哀恸的情感本身吗?

格 是的。

苏 一个人对于同一事物,同时被拖着向两个相反的方向走,又要趋就,又要避免,这不就足以证明人心中本来就有两种相反的动机么?

格 的确。

苏 其中一个动机常愿服从道理,一切听它指导。

格 这话怎样说?

苏 依理说,遇到灾祸,最好尽量镇静,不用伤心,因为这类事变是祸是福还不可知,悲哀无补于事,尘世的人事也不值得看得太严重,而且悲哀对于当前情境迫切需要做的事是有妨碍的。

格 迫切需要做的事是什么?

---

① 理智与情欲的冲突是柏拉图常谈的问题。参看《理想国》卷四及卷九和《斐德若篇》。

苏　要考虑事件发生的原委,随机应变,凭理性的指导去做安排。我们不能像小孩们,跌了一个跤,就用手扪着创伤哭哭啼啼的;我们应该立刻考虑怎样去医疗,使损失弥补起来,让医药把啼哭赶走。

格　这倒是处逆境的最好的方法。

苏　人性中最好的部分让我们服从这种理性的指导。

格　显然如此。

苏　然则人性中另外那一部分,使我们回想灾祸,哀不自禁的那个部分,不就是无理性,无用而且怯懦吗?

格　不错。

苏　最便于各种各样模仿的就是这个无理性的部分,而达观镇静的性格常和它自己调协一致,却不易模仿,纵然模仿出来,也不易欣赏,尤其是对于挤在戏院里的那些嘈杂的听众,因为所模仿的性情对他们是陌生的。

格　的确。

苏　总之,模仿时诗人既然要讨好群众,显然就不会费心思来模仿人性中理性的部分,他的艺术也就不求满足这个理性的部分了;他会看重容易激发情感的和容易变动的性格,因为那些最便于模仿。

格　显然如此。

苏　那么,我们现在理应抓住诗人,把他和画家归在一个队伍里,因为他有两点类似画家,头一点是他的作品对于真理没有多大价值;其次,他逢迎人性中低劣的部分。这就是第一个理由,我们要拒绝他进到一个政治修明的国家里来,因为他培养发育人性中低劣的部分,摧残理性的部分。一个国家的权柄落到一批坏人手里,好人就被残害。模仿诗人对于人心也是如此,他种下恶因,逢迎人心的无理性的部分(这是不能判别大小,以为同一事物时而大,时而小的那一部分),并且制造出一些和真理相隔甚远的影像。

格　的确。

苏　我们还没有列出模仿的最大的罪状咧。连好人们,除掉少数例外,也受它的坏影响,这不是最严重的吗?

格　的确,如果模仿真有那种坏影响,如你所说的。

苏　想一想这个事实:听到荷马或其他悲剧诗人模仿一个英雄遇到灾祸,说出一大段伤心话,捶着胸膛痛哭,我们中间最好的人也会感到快感,忘其所以地表同情,并且赞赏诗人有本领,能这样感动我们。

格　我懂得,我们确实有这样的感觉。

苏　但是临到悲伤的实境,我们却以能忍耐能镇静自豪,以为这才是男子气概,而我们听诗时所赞赏的那种痛哭倒是女子气,你注意到没有?

格　我注意到,你说得一点不错。

苏　看见旁人在做我们自己所以为耻辱而不肯做的事,不但不讨厌,反而感到快活,大加赞赏,这是正当的么?

格　这自然不很合理。

苏　不错,尤其是你从另一个观点来看。

格　从哪个观点看?

苏　你可以这样来看:我们亲临灾祸时,心中有一种自然倾向,要尽量哭一场,哀诉一番,可是理智把这种自然倾向镇压下去了。诗人想要餍足的正是这种自然倾向,这种感伤癖。同时,我们人性中最好的部分,由于没有让理智或习惯培养好,对于这感伤癖就放松了防闲,我们于是就拿旁人的痛苦来让自己取乐。我们心里这样想:看到的悲伤既然不是自己的,那人本自命为好人,又这样过分悲伤,我们赞赏他,和他表同情,也不算是什么可耻的事,而且这实在还有一点益处,它可以引起快感,我们又何必把这篇诗一笔抹杀,因而失去这种快感呢? 很少有人能想到,旁人的悲伤可以酿成自己的悲伤。因为我们如果拿旁人的灾祸来滋养自己的哀怜癖,等到亲临灾祸时,这种哀怜癖就不易控制了。

格　你说得很对。

苏　这番话是否也可以应用于诙谐? 你看喜剧表演或是听朋友们说笑话,可以感到很大的快感。你平时所以为羞耻而不肯说的话,不肯做的事,在这时候你就不嫌它粗鄙,反而感到愉快,这情形不是恰和你看悲剧表演一样吗? 你平时也是让理性压制住你本性中诙谐的欲念,因为怕人说你是小丑;现在逢场作戏,你却尽量让这种欲念得到满足,结果就不免无意中染到小丑的习气。你看是不是这样?

格　是这样。

苏　再如性欲、愤恨,以及跟我们行动走的一切欲念,快感的或痛感的,你可以看出诗的模仿对它们也产生同样的影响。它们都理应枯萎,而诗却灌溉它们,滋养它们。如果我们不想做坏人,过痛苦生活,而想做好人,过快乐生活,这些欲念都应受我们支配,诗却让它们支配着我们了。

格　我不能不赞成你的话。

苏　那么,你如果遇到崇拜荷马的人说,荷马教育了希腊人,一个人应该研读荷马,去找做人处世的道理,终身都要按照他的教训去做,你对说这种话的人最好是恭而且敬的——他们在他们的见识范围内本来都是些好人——你最好赞同他们,说荷马是首屈一指的悲剧诗人;可是千万记着,你心里要有把握,除掉颂神的和赞美好人的诗歌以外,不准一切诗歌闯入国境。如果你让步,准许甘言蜜语的抒情诗或史诗进来,你的国家的皇帝就是快感和痛感,而不是法律和古今公认的最好的道理了。

格　你的话对极了。

苏　我们既然又回到诗的问题①,我们就可以辩护我们为什么要把诗驱逐出理想国了;因为诗的本质既如我们所说的,理性使我们不得不驱逐她。如果诗要怪我们粗暴无礼,我们也可以告诉她说,哲学和诗的官司已打得很久了。像"恶犬吠主","蠢人队伍里昂首称霸","一批把自己抬得比宙斯还高的圣贤","思想刁巧的人们毕竟是些穷乞丐",以及许多类似的谩骂都可以证明这场老官司的存在②,话虽如此说,我们还可以告诉逢迎快感的以模仿为业的诗,如果她能找到理由,证明她在一个政治修明的国家里有合法的地位,我们还是很乐意欢迎她回来,因为我们也感觉到她的魔力。但是违背真理是在所不许的。格罗康,你是否也感觉到诗的魔力,尤其是她出于荷马的时候?

格　她的魔力对我可不小!

苏　那么,我们无妨定一个准她回来的条件,就是先让她自己作一篇辩护诗,用抒情的或其他的韵律都可以。

格　这是应该的。

苏　我们也可以准许她的卫护者,就是自己不作诗而爱好诗的人们,用散文替她作一篇辩护,证明她不仅能引起快感,而且对于国家和人生都有效用。我们很愿意听一听。因为如果证明了诗不但是愉快的而且是有用的,我们也就可以得到益处了。

格　这对我们确实有益。

苏　但是如果证明不出她有用,好朋友,我们就该像情人发现爱人无益、有害一样,就要忍痛和她脱离关系了。我们受了良好政府的教育影响,自幼就和诗发生了爱情,当然希望她很好,很爱真理。可是在她还不能替自己做辩护以前,我们就不能随便听她,就要把我们的论证当作避邪的符咒来反复唪诵,免得童年的爱情又被她的魔力煽动起来,像许多人被她煽动那样。我们应该像唪诵符咒一样来唪诵这几句话:这种诗用不着认真理睬,本来她就和真理隔开;听她的人须警惕提防,以免心灵中的城邦被她毁坏;我们要定下法律,不轻易放她进来。

格　我完全赞成你的话。

---

① 《理想国》卷二至卷三已讨论过诗的问题。

② 这些都是希腊当时诗人骂哲学家的话。来源不明。

苏　一个人变好还是变坏,这关系是非常重大的,比一般人所想象的还更重大,
　　所以一个人不应该受名誉、金钱和地位的诱惑,乃至于受诗的诱惑,去忽视
　　正义和其他德行。

格　我同意你,把这作为我们讨论的总结,我想一切人都会和我一样同意。

◎史料选

柏拉图和哲学

［法］让·布兰

1. 苏格拉底之死

人们经常把柏拉图当作西方第一个认为智慧是认识的同义语的哲学家。在尼采
这样的哲学家看来,这样一种态度使得早期希腊哲学家所持的那种悲剧性的世
界观的伟大意义丧失殆尽。布兰斯维克认为,柏拉图提出"非几何学家莫来此
地",以此为基础的努力是一种值得称道的尝试,它宣告了现代文明的到来。然
而这种尝试又是缩手缩脚的,未能摆脱神话这种早期的逻辑思维方式。从根本
上相互对立的这些评价尽管十分富有启发性,但它们都忘记了一点:如果说柏拉
图在一些毕达哥拉斯学派人物的教导中发现了一种数的知识和神秘性,那么给
他的一生打下烙印的大事是苏格拉底之死。这件事影响很大,我们可以这样说:
苏格拉底之死对于柏拉图思想的发展比苏格拉底的教导具有更大的影响。

　　苏格拉底之死是一次丑闻,也是城邦犯下的一桩罪行。但是恶为何能够战
胜善,谎言为何能够战胜真理,非正义为何能够战胜正义呢?苏格拉底过着一种
堪称楷模的生活,当国家处于危险之时他奋起保卫它,他努力促使雅典人思考,
使他们完善自己。但是在对话中经常以反语和助产术挫败智者们似是而非的论
据的苏格拉底却败在一群充满仇恨、无能的律师之手。苏格拉底传授美德并以
身作则,招来的却是敌意和诽谤,控告他的人指控他蔑视宗教,败坏青年。为什
么雅典城邦对于自己最好的公民竟能如此忘恩负义?为什么错误的言辞比正确
的言辞更令人信服?这就是柏拉图思考的问题,这一问题使柏拉图逐步把人的
教育和城邦的组织管理作为哲学的中心问题。哲学应给人以光明,让人辨明个
人生活和公共生活中的正义在何处。柏拉图在西西里的旅行,以及《理想国》《政
治家》和《法律》三部曲中都表现了柏拉图对于伦理和政治的重视。必须教育人
过一种正义的生活,让人明白只有哲学家管理城邦或管理者潜心于哲学时城邦

才会繁荣。

因此,如果我们同意尼采的观点,认为柏拉图之前的哲学家首先是一些悲剧性的思想家,面对着自然和命运之神思考着人的命运,我们也应当同意:柏拉图思考的是人类命运的另一悲剧方面,这就是苏格拉底被处死所揭示的由城邦的不公正所造成的悲剧性。如果说人世间存在着一场人类的悲剧,不止一个诗人或神话在给我们讲述着这出悲剧,那么城邦内也存在着一出人的悲剧,它不仅仅是一出自我进行的悲剧,还是一出自我揭示的悲剧。柏拉图正是以此作为自己终生的任务。

2. 尺度的概念

与苏格拉底辩论的大部分都是智者,他们是些雄辩术教师,向富有的年轻人传授似是而非的说话艺术,而不考虑个人的信念和对事实的尊重。我们可以说:苏格拉底和柏拉图的思想主要是反对智者的,而智者的思想与普罗塔哥拉的基本思想密切相关,即"人是万物的尺度"。

智者普罗塔哥拉可能是赫拉克利特的门徒,以其变化哲学和悲观的世界观而闻名。他认为,世界上的"一切都是流动的",事物的对立面处于永恒的斗争状态,可以说"斗争是万物之父"。普罗塔哥拉从这种变化哲学中得出了相对主义的结论:根据一种普遍运动论,可以这样说:"自在和自为都是不存在的,人不能正确地命名或形容任何事物。"因此,事物的本质因人而异,"对我而言,事物就是我所感知的那样;对你而言,就是你所感知的那样";所以普罗塔哥拉的所有"智慧"可以用下面的名言来概括:"人是万物的尺度,是存在物存在的尺度,也是不存在物不存在的尺度。"因此,谈论真本身或善本身就没有意义了,因为一切都是相对于人,即个人而言的。

因此,当我们发现普罗塔哥拉的相对主义到了另一个智者高尔吉亚那里发展成了一种怀疑一切的虚无主义时,也就不感到奇怪了。高尔吉亚声称:"一切都不存在,即使存在也不能为人所知,即使为人所知也无法告诉别人。"存在的是现象而不是实在。现象在某个具体时刻对个人是有用的,人应当学习用现象来感染别人的艺术,这种艺术就是修辞学,高尔吉亚堪称"修辞学之父"。

如果说人,即个人是万物的尺度,那么最终也就没有尺度可言了,因为没有任何事物采用的是人的尺度或给予人一种尺度。所以,当我们发现智者们成为强权、暴力和极端行为的卫道士时,就不感到奇怪了。所以卡利克勒斯说:"正义的标志就是强者对弱者的征服和这种被承认的优势。"在他看来,"更强""更好"都是同义词,与其忍受别人的不公正的行为不如自己去做不公正的行为。特拉西马克也同样宣称:"我主张:正义只不过是强者的利益。"

普罗塔哥拉的这句名言不禁使我们想起了尼采的那句名言:"上帝死了。"然而后者在必要时可以作为自由的人道主义哲学的出发点,这种哲学宣称真理是由人制定并且是为人服务的一种人的标准;前者使我们丧失了统一性的概念,因为它所指的"人"不是整体意义上的人,而是作为个体的人。如果说人是万物的尺度,"真""善""正义"等词汇就不再有意义了,对苏格拉底的判刑就有理可言了,取消城邦的存在也说得过去了。

到哪里去寻找衡量一切事物的统一性呢?我们不能到事物的结构中去寻找吗?原子论者很乐于给予肯定的回答,留基伯和德谟克利特的信徒们把原子作为基本单位,一切都可以由此得到解释:"它们(物质)分解为有限的元素,有限的元素重新结合成物质。"因此,在《费多》中,西弥亚斯把人的灵魂比作某种管乐队,它只能是构成灵魂的不同元素的产物,"如果我们的身体因疾病或其他灾难极度地放松或紧张,灵魂必将很快被摧毁,尽管它是身体中所包含的更加神圣的东西……相反,人的遗体却可以坚持很长时间,直至火或腐烂作用使之消亡。"但是这样的观点却似是而非,因为元素不能解释先期存在的任何统一性,例如一辆大车并不是螺丝、梁等一堆部件,使之成为大车的是它的本质,即人们赋予组成大车的所有部件的一种统一性,但是这种统一性并非来自部件。

我们不应到事物的元素中去寻找统一性,苏格拉底说,有那么一刻他以为阿那克萨哥拉将要带给他所要寻找的东西:"一天,我听说一个人在读一本书,据说是阿那克萨哥拉写的,其中有这样一句话:'归根结底是心灵规整着万物,它是万物的原因。'我很喜欢这样的原因,因为我觉得,从某种意义上讲,把心灵作为万物的原因是很理想的。我想,如果是这样,这个使万物有条理的规整者——心灵也应当使每个事物达到其最佳状态。"但是在读完阿那克萨哥拉的书之后,苏格拉底发现自己的希望烟消云散了,阿那克萨哥拉根本就没有利用他所提出的心灵说,他谈到了水、气、以太的作用,却不能解释事物的原因。"我感到,这就好像有人一方面说:苏格拉底的行为都是在心灵的支配下做的,然后从这方面找出我的每个行动的原因;另一方面又这样解释:'首先我为什么会坐在这个地方呢?因为我的身体是由骨骼和肌肉组成的,骨骼是坚硬的,具有把各部分骨骼分隔开来的连合力;而肌肉的特点是可以紧张和松弛,用肉包裹着骨骼,用皮肤把这一切维系在一起。通过嵌合在里面的骨骼的运动,肌肉的紧张和松弛可以使我现在弯曲四肢,这就是我现在能盘坐在这里的原因!'"这样的推论把苏格拉底坐牢的真正原因完全置之不理了:"原因是这样的:既然雅典人觉得把我判刑更好,因为同样的原因,我也觉得坐在这里更好,这就是说正确的做法是待在原地忍受他们强加给我的刑罚。"尽管阿那克萨哥拉从来没有做过这样的区分,我们却必须区分两种东西:一方面是真正意义上的原因,另一方面是这样一种东西,如果没有它,这种原因永远称不上原因。

因此我们总是处于一只漂流的木筏上,要穿越生活的海洋,我们总是缺少统一的尺度,正是由于我们的航行偏离了神,即"善",我们才会说个人是万物的尺度,是航行的主人,这样的航行不会把我们带往任何地方。因此人失去了一切尺度,他事情做不好,对此他却不能理解,尽管他声称自己是万物的尺度。我们必须改变航行,以找到一门真正的尺度科学,一种正确尺度的"测量学"。要找到它,我们有必要进行真正的"转变",它可以使我们理解"上帝是最高意义上的万物的尺度,我认为比人们所说的人是万物的尺度更有意义",因为"善"不是一种因人而异的尺度,"善"把统一性置于存在物中间,它用能够产生爱的"一"取代产生混乱的"多"。据塔兰托的亚里士多塞诺斯所言,柏拉图因此断言:"善就是一。"

3. 洞穴的比喻

《理想国》的第七篇以柏拉图最著名的一篇文章开头:洞穴的比喻。苏格拉底让格老孔想象一下,在一个洞穴中有一群戴着锁链的人,背对着有光线的洞口,他们身后的某个高处正烧着一堆火。火堆和囚犯之间有一条很高的路,沿着这条路竖立着一堵墙。现在我们想象一下,沿着这条路行走的人带着各种形状的物品,如人和动物的雕像,它们超过了墙的高度,有人在说话,有人沉默着。洞穴里的囚犯只能看见映在牢狱尽头墙上的影子,就把它们当作真实的东西,用他们所能听见的话语交谈着。这些囚犯就是我们的写照。牢狱就是我们的可感世界,真实的东西构成了我们的可知世界,"善"的理念位于可知世界的边缘,我们几乎觉察不到,但它是万物之源。要从这个可见世界到达这个可知世界,我们的灵魂应当朝它的原则进行一种转变和上升运动。然而事情并不是那么简单,因为我们的眼睛已经习惯了牢狱的黑暗,从黑暗到光明令我们眼花。因此,如果我们释放这些囚犯,其中大部分还是设法回到牢狱深处,并咒骂想释放他们的人。

如果说这个比喻的喻义很清楚,它却遇到了很多困难,这些困难归根结底是由一些错误的阐释引起的。最常见的误解就是:柏拉图是按二元论进行思考的,应把理念世界和感觉世界区分开来。因此亚里士多德指责柏拉图"分割了理念"。人们认为可知世界毫无意义地与可感世界叠加在一起,人们面对的是两个世界,而不明白从一个世界到另一个世界是如何过渡的。

我们必须认识到这两个世界是既分离又联系的。正如 J. 拉尼奥所言:"可知世界不是可感世界的复制品或标本,这个由理智透过自身见到的世界,即由理智之光照亮的世界,因为它和善的关系,具有一种更高的意义和实在性,善被人们想象、希望,被作为配得上这个名称的、独立的、以自身为基础的唯一的存在。"

约瑟夫·莫罗认为:"可以把柏拉图主义视为一种唯物主义,但并不排除它也是一种唯心主义。"对此我们可以这样理解:柏拉图的唯物主义与那种导致主观主义和经验运动主义的朴素唯物主义毫无关系,后者认为一切都是真的,但最终没有任何东西是真的。柏拉图的唯物主义是一种关于心智的唯物主义,它把理念上升为实在性,从这个意义上讲,它与那种把实在性归并为理念的唯心主义就有所区别了。如果说存在一种柏拉图的唯心主义的话,也只能在这样的范围内:可感物体不是实在性,而是表象,是理念的外表。柏拉图的思想中既有一种本体论的唯物主义,因为"上帝是万物的尺度",也有一种认识论的唯心主义,因为是人在努力认识事物,因此人必须首先摆脱他的实在性。柏拉图认为:真实不是一个已知数,我们只有走过漫长艰苦的道路才能找到它。

继巴门尼德之后,柏拉图从一个完全不同的角度提出了存在和认识的关系问题:如果存在被假定,怎样通过我能掌握的知识深入存在里面呢? 如果从"我思"出发,我能否可以说没有任何存在独立于我的思想所依附的自我之外? 这是柏拉图给自己出的难题,我们将试着勾勒出问题的起源。

亚里士多德

◎文论作品

诗　学(节选)

第一章

关于诗的艺术本身①,它的种类,各种类的特殊功能,各种类有多少成分,这些成分是什么性质,诗要写得好,情节应如何安排,以及这门研究所有的其他问题,我们都要讨论,现在就依自然的顺序,先从首要的原理开头②。

史诗和悲剧、喜剧和酒神颂以及大部分双管箫乐和竖琴乐——这一切实际上是模仿③,只是有三点差别,即模仿所用的媒介不同,所取的对象不同,所采的方式不同。

有一些人(或凭艺术,或靠经验),用颜色和姿态来制造形象,模仿许多事物④,而另一些人⑤则用声音来模仿;同样,像前面所说的几种艺术,就都用节奏、

---

① "诗的艺术本身"指诗的艺术这个属,即诗的艺术的整体,和诗的艺术的"种类"相对。"诗的艺术"或解作"诗",以下同此。

② 按照"自然的顺序","属"(诗的艺术本身,即诗的艺术的整体)在前,"种类"在后。"首要的原理"指有关诗的艺术本身的原理。

③ 亚里士多德并不认为史诗、悲剧、喜剧等都是模仿,而是认为它们的创作过程是模仿。柏拉图认为酒神颂不是模仿艺术。到了亚里士多德的时代,酒神颂已经半戏剧化,因为酒神颂中的歌有些像戏剧中的对话,因此亚里士多德认为酒神颂的创造过程也是模仿,酒神颂采用双管箫乐,日神颂采用竖琴乐。此处所指的音乐是无歌词的纯双管箫乐和纯竖琴乐,其中一些模仿各种声响。

④ "一些人"指画家和雕刻家,古希腊的雕刻上着颜色。"经验"原文作"习惯",指勤学苦练所得的经验。总结经验,掌握原则,则经验上升为艺术。

⑤ "另一些人"指游吟诗人、诵诗人、演员、歌唱家。

语言、音调来模仿，对于后两种，或单用其中一种，或兼用两种①，例如双管箫乐、竖琴乐以及其他具有同样功能的艺术（例如排箫乐），只用音调和节奏（舞蹈者的模仿则只用节奏，无须音调，他们借姿态的节奏来模仿各种"性格"、感受和行动），而另一种艺术②则只用语言来模仿，或用不入乐的散文，或用不入乐的"韵文"③，若用"韵文"，或兼用数种，或单用一种，这种艺术至今〔没有名称〕④。（我们甚至没有一个共同的名称来称呼索福戎和塞那耳科斯的拟曲与苏格拉底对话⑤；假使诗人用三双音步短长格或箫歌格或同类的格律⑥来模仿，这种作品也没有共同的名称——除非人们把"诗人"一词附在这种格律之后，而称作者为"箫歌诗人"或"史诗诗人"；其所以称他们为"诗人"不是因为他们会模仿，而一概是因为他们采用某种格律⑦；即便是医学或自然哲学的论著，如果用"韵文"写成，习惯也称这种论著的作者为"诗人"，但是荷马与恩拍多克利除所用格律之外⑧，并无共同之处，称前者为"诗人"是合适的，至于后者，与其称为"诗人"，毋宁称为"自然哲学家"；同样，假使有人兼用各种格律来模仿，像开瑞蒙那样兼用各种格

---

① "节奏"是此处所说的几种艺术所必需的，但可以单独使用（即不附带"语言"或"音调"），例如舞蹈只使用节奏。若只使用"语言"（例如散文）或只使用"音调"（例如器乐），"节奏"也附带使用，因为只使用"语言"的散文和只使用"音调"的器乐也有"节奏"。若兼用"语言"和"音调"（例如抒情诗和戏剧），"节奏"还是附带使用。

② "另一种艺术"抄本作"史诗"。

③ 亚里士多德所说的"韵文"指狭义的"韵文"（与"歌曲"相对），只包括六音步长短短格（即英雄格，亦称史诗格）、三双音步（六音步）短长格和四双音步（八音步）长短格。酒神颂采用入乐的"韵文"，史诗则采用不入乐的"韵文"，即六音步长短短格。

④ "没有名称"是后人填补的。

⑤ 索福戎（Sophron）是叙拉古（Syrakousai）拟剧作家，公元前5世纪中叶的人。塞那耳科斯（Xenarkhos）是索福戎的儿子，也是个拟剧作家。"苏格拉底对话"指描述苏格拉底的言行和生活的对话，是柏拉图和其他人写的（这种体裁并不是柏拉图首创的）。"苏格拉底对话"（例如柏拉图的早期对话）和"拟剧"很相似，这种对话也可称为"拟剧"。亚里士多德在他的对话《诗人篇》的片段（第72段）中认为索福戎的拟剧和阿勒克萨墨诺斯（Alexamenos）的对话（第一篇"苏格拉底对话"）都是散文，并且都是"诗"（模仿品）。亚里士多德在此处指出没有共同的名称来表示索福戎和塞那耳科斯的拟剧与苏格拉底对话，它们是用不入乐的散文写成的作品。亚里士多德把他的老师柏拉图作为一个诗人（意即模仿者）看待。柏拉图攻击诗人，他自己却也是个诗人。

⑥ "箫"指双管箫。"箫歌格"（一译挽歌格）是一种双行体，首行是六音步长短短格，次行是五音步，次行的节奏比较复杂，大体说来，仍是长短短格。"同类的格律"包括六音步长短短格。

⑦ 亚里士多德认为这样称呼是不妥当的；诗人所以被称为"诗人"，是因为他是模仿者，而不是因为他是某种格律的使用者。在亚里士多德看来，格律不是诗的主要因素。

⑧ 恩拍多克利（Empedokles）是西西里的哲学家，公元前5世纪中叶的人，他的哲学著作是用六音步长短短格"韵文"写的。尽管亚里士多德在他的《诗人篇》中（片段第70段）认为恩拍多克利的风格有诗意，但此处与真正的诗作对举，他却认为他的作品不是"诗"。

律来写《马人》〔混合体史诗〕,这种作品也没有共同的名称。①〔也应称为诗人〕②这些艺术在这方面的差别,就是这样的。

有些艺术,例如酒神颂和日神颂③、悲剧和喜剧,兼用上述各种媒介,即节奏、歌曲和"韵文";差别在于前两者同时使用那些媒介,后两者则交替着使用④。

这就是各种艺术进行模仿时所使用的种差⑤。

第二章

模仿者所模仿的对象既然是在行动中的人,而这种人又必然是好人或坏人,只有这种人才具有品格⑥,〔一切人的品格都只有善与恶的差别〕,因此他们所模仿的人物不是比一般人好,就是比一般人坏,〔或是跟一般人一样〕,恰像画家描绘的人物,波吕格诺托斯笔下的肖像比一般人好⑦,泡宋笔下的肖像比一般人坏⑧,〔狄俄倪西俄斯笔下的肖像则恰如一般人〕⑨。显然,上述各种模仿艺术也会有这样的差别,因为模仿的对象不同而有差别,甚至在舞蹈、双管箫乐、竖琴乐里,以及在散文和不入乐的"韵文"里,也都有这种差别,〔例如荷马写的人物比一般人好⑩,克勒俄丰写的人物则恰如一般人⑪〕,首创戏拟诗的塔索斯人赫革蒙⑫

---

① 开瑞蒙(Khairemon)是公元前 4 世纪悲剧诗人。《诗学》第 24 章说开瑞蒙混用六音步长短短格、三双音步短长格和四双音步长短格。他大概还同时采用过"箫歌格"(参见上页注⑥)。"马人"指马身人头的肯陶洛斯(Kentauros)。此处所说的《马人》是一出悲剧或萨堤洛斯(Satyros)剧(笑剧)。"混合体史诗"是伪作,因为《马人》是戏剧,不是史诗。"这种作品也没有共同的名称"是补充的。

② "也应称为诗人"是伪作,与亚里士多德的意思不合。

③ "酒神颂"和"日神颂"属于抒情诗,《诗学》中只提及这两种抒情诗,而没有专论抒情诗。此外,戏剧中的"合唱歌"也属于抒情诗。"酒神颂"分节,"日神颂"不分节。

④ "歌曲"在此处用来代替"音调",参看第 1 章第 3 段。"歌曲"由歌词(即语言)、音调和节奏组成。"韵文"在此处用来代替"语言",指狭义的"韵文","韵文"由言词(即语言)及节奏组成。歌曲与"韵文"已包含节奏,但节奏在此处又作为媒介之一。在戏剧中,"歌曲"用于合唱歌中,"韵文"用于对话中(主要用三双音步短长格,偶尔用四双音步长短格),故说"交替着使用"。

⑤ "种差"是使"种"呈现差别之物,此处指"媒介"。其他两种"种差"是"对象"与"方式"。

⑥ 亚里士多德认为人的品格从行动中表现出来,品格是由行动养成的,因此只有在行动中的人才具有品格。

⑦ 波吕格诺托斯(Polygnotos)是公元前 5 世纪名画家,他以古代英雄人物为题材。

⑧ 喜剧家阿里斯托芬称泡宋(Pauson)为画讽刺画的漫画家。

⑨ 此处所指的狄俄倪西俄斯(Dionysios)大概不是波吕格诺托斯的同时代人与模仿者(他的画很可能也是以古代英雄人物为题材),而是公元前 1 世纪的人物画家。

⑩ 这句话举荷马为例,使人怀疑是伪作,因为亚里士多德认为荷马还写过滑稽诗(看看第 4 章第 2 段),滑稽诗中的人物不会比一般人好。

⑪ 据说克勒俄丰(Kleophon)曾用英雄格(六音步长短短格)写日常生活。

⑫ 塔索斯(Thasos)是爱琴海北部的岛屿。赫革蒙(Hegemon)曾戏拟庄严的史诗。

和《得利阿斯》的作者尼科卡瑞斯①写的人物却比一般人坏。酒神颂和日神颂也
有这种差别;诗人可以像提摩忒俄斯和菲罗克塞诺斯模仿圆目巨人那样模仿不
同的人物②。悲剧和喜剧也有同样的差别:喜剧总是模仿比我们今天的人坏的
人,悲剧总是模仿比我们今天的人好的人。

第三章

这些艺术的第三点差别,是模仿这些对象时所采的方式不同。假如用同样
媒介模仿同样对象,既可以像荷马那样,时而用叙述手法,时而叫人物出场③〔或
化身为人物〕④,也可以始终不变,用自己的口吻来叙述,还可以使模仿者⑤用动
作来模仿。

正如开头时所说,模仿须采用这三种种差,即媒介、对象和方式⑥。因此,索
福克勒斯在某一点上是和荷马同类的模仿者,因为都模仿好人⑦;而在另一点上
却和阿里斯托芬属于同类,因为都借人物的动作来模仿⑧。有人说,这些作品所
以称为 drama,就因为是借人物的动作来模仿⑨。多里斯人⑩凭这点自称首创悲
剧和喜剧(希腊本部的墨加拉人自称首创喜剧,说喜剧起源于墨加拉民主政体建
立时代⑪,西西里的墨加拉人⑫也自称首创喜剧,因为诗人厄庇卡耳摩斯是他们

① 《得利阿斯》(Deilias)意即"得罗斯故事"或"得利翁的故事"。得罗斯(Delos,旧译作提洛)是爱琴
海上的一个小岛。得利翁(Delion)是玻俄提亚(Boiotia,旧译作比奥细亚)境内的一个城市,靠近雅典领土
阿提刻(Attike)。尼科卡瑞斯(Nikokhares)已不可考(我们所知道的尼科卡瑞斯却是一位喜剧诗人)。
② 提摩忒俄斯(Timotheos,前446—前357)。菲罗克塞诺斯(Philoxenos,前435—前380)是个酒神
颂作家。提摩忒俄斯模仿的圆目巨人波吕斐摩斯(Polyphemos)比一般人好,菲罗克塞诺斯模仿的波吕斐
摩斯比一般人坏。波吕斐摩斯曾把俄底修斯(Odysseus)和他的伙伴们关在他的石洞里,俄底修斯设法把
波吕斐摩斯的眼睛弄瞎之后,才得逃了出来。"不同的人物"是补充的。
③ "叫人物出场"根据厄尔斯的补订译出。
④ 括弧里的话疑是伪作,因为亚里士多德认为诗人化身为所模仿的人物而说话,即等于用自己的
身份说话,而用自己的身分说话,即不是模仿,参看第24章第4段。
⑤ "模仿者"指剧中人物,一说指演员。
⑥ 参看第1章末段。
⑦ "都模仿好人"一语不甚准确。
⑧ 含有"表演"的意思。
⑨ 希腊文 drama(即戏剧)一词源出 dran,含有"动作"的意思,所谓"动作",指演员的表演。
⑩ 多里斯(Doris)人是一支古希腊民族,于公元前11世纪到公元前10世纪期间来到伯罗奔尼撒
(Peloponnesos)。
⑪ 墨加拉(Megara)在阿提刻西边。墨加拉人曾于公元前600年左右推翻僭主忒阿革涅斯
(Theagenes)建立民主政体。
⑫ 墨加拉人曾往西西里移民,建立许布莱亚(Hyblaia)城。

那里的人,他的时代比喀俄尼得斯和马格涅斯早得多①;而伯罗奔尼撒的一些多里斯人②则自称首创悲剧),他们的证据是两个名词:他们说他们称郊区乡村为 komai(雅典人称为 demoi)③,而 komoidoi 之所以得名字,并不是由于 komazein④ 一词,而是由于他们不受尊重,被赶出城市而流浪于 komai,又说他们称"动作"为 dran,而雅典人则称为 prattein⑤。

关于模仿的种差、它们的种类和性质,就讲到这里为止。

第四章

一般说来,诗的起源仿佛有两个原因⑥都是出于人的天性。人从孩提的时候起就有模仿的本能(人和禽兽的分别之一,就在于人最善于模仿,他们最初的知识就是从模仿得来的),人对于模仿的作品总是感到快感。经验证明了这样一点:事物本身看上去尽管引起痛感,但惟妙惟肖的图像看上去却能引起我们的快感,例如尸首或最可鄙的动物形象。(其原因也是由于求知不仅对哲学家是最快乐的事,对一般人亦然,只是一般人求知的能力⑦比较薄弱罢了。我们看见那些图像所以感到快感,就因为我们一面在看,一面在求知,断定每一事物是某一事物,比方说,"这就是那个事物"。假如我们从来没有见过所模仿的对象,那么我们的快感就不是由于模仿的作品⑧,而是由于技巧或着色或类似的原因。)模仿出于我们的天性,而音调感和节奏感(至于"韵文"则显然是节奏的段落)⑨也是出于我们的天性,起初那些天生最富于这种资质的人,使它一步步发展,后来就

---

① 厄庇卡耳摩斯(Epikharmos)是公元前 6 世纪喜剧诗人,据说他和福耳摩斯(Phormos)首先放弃讽刺剧而写世态喜剧。喀俄尼得斯(Khionides)和马格涅斯(Magnes)是公元前 5 世纪上半叶的雅典喜剧诗人。

② 伯罗奔尼撒是希腊南部的半岛。此处所说的多里斯人是指西库俄尼亚(Sikyonia 旧译作息启温)人。

③ 括弧里的话是亚里士多德的话,不是多里斯人的话。

④ 希腊文 komazein 是"狂欢"的意思。

⑤ 多里斯人自称首创喜剧,因为喜剧演员的名称 komoidoi 是由于喜剧演员曾流落于 komai(多里斯人这样称郊区乡村)而得到名字的;多里斯人自称首创戏剧(包括悲剧和喜剧),因为"戏剧"一词源出他们的方言中表示"动作"的 dran;如果戏剧是雅典人首创的,则"戏剧"一词应当是由雅典方言的 prattein(动作)引申出来的 pragma 一词,而不应当是 drama。

⑥ 其中一个是"模仿的本能",另一个是"音调感"和"节奏感"。一说是指"模仿的本能"和对模仿的作品感到的"快感"。

⑦ 或解作"感受这种快乐的能力"。

⑧ 指画中的形象。

⑨ 如果整首诗是用一种节奏写成的,则每行诗只是节奏的一个段落。

由临时口占而作出了诗歌。

诗由于固有的性质不同而分为两种①：比较严肃的人模仿高尚的行动，即高尚的人的行动，比较轻浮的人则模仿下劣的人的行动，他们最初写的是讽刺诗，正如前一种人最初写的是颂神诗和赞美诗；在这些诗里，出现了与它们相适合的"韵文"②（"讽刺格"一词现今所以被采用，就是因为人们曾用来彼此"讽刺"）；古代诗人有的写英雄格③的诗，有的写讽刺格的诗。荷马以前，讽刺诗人大概很多，我们却举不出讽刺诗来；但是从荷马起，就有这种诗了，例如荷马的《马耳癸忒斯》和同类的作品④。荷马从他的严肃的诗来说，是个真正的诗人，因为唯有他的模仿尽善尽美，又有戏剧性，并且他最先勾画出喜剧的形式，写出戏剧化的滑稽诗，不是讽刺诗；他的《马耳癸忒斯》跟我们的喜剧的关系⑤，有如《伊利亚特》和《奥德赛》跟我们的悲剧的关系。

自从喜剧和悲剧⑥偶尔露头角，那些从事于这种诗或那种诗的写作的人，⑦由于诗固有的性质不同⑧，有的由讽刺诗人变成喜剧诗人，有的由史诗诗人变成悲剧诗人，因为这两种体裁比其他两种⑨更高，也更受重视。

悲剧的形式，就悲剧形式本身和悲剧形式跟观众的关系来考察，是否已趋于完美，乃另一问题。⑩ 总之，悲剧是从临时口占发展出来的（悲剧如此，喜剧亦

---

① 诗分为两种，是由于它固有的性质不同，而性质不同，是由于所模仿的对象不同。或解作："由于诗人的个性不同，诗便分为两种。"

② 译文根据厄尔斯的改订译出。"这些诗"指讽刺诗、颂神诗和赞美诗。"韵文"抄本作"讽刺格"，指四双音步短长格。如保留"讽刺格"，则"这些诗"专指上文所说的"讽刺诗"。

③ 即六音步长短短格。

④ 此句（自"荷马以前"起）根据厄尔斯的改订，自上文"赞美诗"后移至此处。《马耳癸忒斯》（Margites）是一首滑稽诗，不是讽刺诗，描写一个名叫马耳癸忒斯的傻子，他甚至问他母亲他是母亲的儿子还是父亲的儿子（残诗第 4 段）。此诗采用"英雄格"，其中偶尔有"讽刺格"（四双音步短长格）诗行。此诗大概是公元前 6 世纪的戏拟诗，并非荷马所作，只存片段。

⑤ 模仿滑稽事物的喜剧（参看第 5 章第 1 段），不是指"旧喜剧"（例如阿里斯托芬的政治讽刺剧），更不是指"新喜剧"，因为亚里士多德去世那一年，"新喜剧"的创始者米南德（Menandros）才开始参加戏剧比赛。亚里士多德心目中的喜剧主要是早期的世态喜剧和"中期喜剧"（"中期喜剧"中也有世态喜剧）。亚里士多德认为，严格地说，《马耳癸忒斯》并不是讽刺诗，而是滑稽诗，因此它开了喜剧的先河。

⑥ 指荷马诗中的喜剧成分和悲剧成分。

⑦ "这种诗"指喜剧，"那种诗"指悲剧。"人"指忒斯庇斯（Thespis）等早期悲剧诗人，不是指埃斯库罗斯和索福克勒斯。

⑧ 或解作"由于诗人的个性不同"。

⑨ "这两种"指喜剧和悲剧，"其他两种"指讽刺诗和史诗。

⑩ 关于悲剧形式跟观众的关系，参看第 26 章。

然,前者是从酒神颂的临时口占①发展出来的,后者是从低级表演②的临时口占发展出来的,这种表演至今仍在许多城市流行),后来逐渐发展,每出现一个新的成分,诗人们就加以促进;经过许多演变,悲剧才具有了它自身的性质③,此后就不再发展了。埃斯库罗斯首先把演员的数目由一个增至两个,并减削了合唱歌,使对话成为主要部分。〔索福克勒斯把演员增至三个,并采用画景④。悲剧并且具有了长度,它从萨堤洛斯剧发展出来,抛弃了简略的情节和滑稽的词句,经过很久才获得庄严的风格;〕⑤悲剧抛弃了双四音步长短格而采取短长格⑥。他们起初是采用四双音步长短格,是因为那种诗体跟萨堤洛斯剧相似,并且和舞蹈更容易配合⑦;但加进了对话之后,悲剧的性质就有了适当的格律;因为在各种格律里,短长格最合乎谈话的腔调,证据是我们互相谈话时就多半用短长格的调子;我们很少用六音步格⑧,除非抛弃了说话的腔调。至于场数的增加⑨和传话中提起的作为装饰的其他道具⑩,就算讨论过了⑪;因为一一细述就太费事了。

⋯⋯⋯⋯⋯⋯

---

① 酒神颂是本章第 2 段中所说的"颂神诗"的一种。"临时口占"原文意思是"带头者",指酒神颂的"回答者",由酒神颂的作者扮演,他回答歌队长提出的问题。这个"回答者"实际上是一个演员。

② 11 世纪抄本及 15 世纪抄本均作"低级表演"(10 世纪由叙利亚文译成的阿拉伯文译本也是这个意思),大概是一种滑稽表演,公元前 6 世纪初,墨加拉和西西里即有这种表演。只有一种 15 世纪抄本作"法罗斯歌"(phallos,意即"崇拜阳物的歌"),阿里斯托芬的喜剧《阿卡奈人》(Akharneis)中有一只"法罗斯歌"(第 261 到 279 行)。

③ 下文即解释悲剧如何获得它的性质,即采用对话和适合口语的短长节奏。

④ 此句疑是伪作,因为所谓第一个"演员"实际上是第二个演员,所谓第二个"演员",实际上是第三个演员,而原来的"回答者"则是第一个演员(参看本页注①),并且因为公元前 5 世纪名画家阿伽塔耳科斯(Agatharkhos)曾为埃斯库罗斯绘制古希腊悲剧演出中的第一幅画景。

⑤ "悲剧并且具有了长度"句中的"长度"或解作"宏伟性"。这句意思不明白,或解作:"悲剧抛弃了简略的故事而获得长度,并抛弃了滑稽的词句;由于悲剧是从萨堤洛斯剧发展出来的,所以经过许久,它才获得庄严的风格。"此段疑是伪作,特别因为亚里士多德刚才说过,悲剧是从酒神颂发展出来的。亚历山大里亚的学者们曾否认悲剧是从隆堤洛斯剧发展出来的。隆堤洛斯意即"羊人",羊人年轻,是人形而具有羊耳和羊尾。此处还有塞勒诺斯(Seilenos),意即"马人",马人年长,是人形而具有马耳和马尾(与通常所说的马身人头的马人肯陶洛斯有区别)。羊人和马人都是酒神狄俄倪索斯的伴侣。萨堤洛斯剧是一种笑剧,剧中的歌队由羊人或马人组成。最初的隆堤洛斯剧是"羊人剧";公元前 5 世纪雅典的萨堤洛斯剧则包括"马人剧"在内(当时的雅典剧作家把"羊人"和"马人"混在一起使用,因此"马人剧"也称为"萨堤洛斯剧")。

⑥ 指三双音步短长格,即六音步短长格。

⑦ 最初的悲剧很生动活泼,跟萨堤洛斯剧相似,也只是相似而已。长短格节奏是舞蹈节奏,参看第 24 章第 3 段。

⑧ 指六音步长短短格,即史诗格。

⑨ "场"是两支合唱歌之间的部分。古希腊悲剧由两三场增加到五六场。

⑩ 指面具、服装等。

⑪ 《诗学》是讲稿,故有这类文体,显得不连贯。

第六章

用六音步格来模仿的诗和喜剧,以后再谈。① 现在讨论悲剧,先根据前面所述,给它的性质下个定义。

悲剧是对于一个严肃、完整、有一定长度的行动的模仿;它的媒介是言词,具有各种悦耳之音,分别在剧的各部分使用②;模仿方式是借人物的动作来表达,③而不是采用叙述法;借引起怜悯与恐惧④来使这种情感得到陶冶⑤。所谓"具有悦耳之音的言辞",指具有节奏和音调(亦即歌曲)⑥的言辞;所谓"分别使用各种",指某些部分单用"韵文",某些部分则用歌曲⑦。

悲剧中的人物既然借动作来模仿,那么"形象"的装饰⑧必然是悲剧艺术的成分之一,此外,歌曲和言词也必然是它的成分,此二者是模仿的媒介。言词指"韵文"的组合⑨,至于歌曲的意思则是很明显的。

悲剧是行动的模仿,而行动是由某些人物⑩来表达的,这些人物必然在"性格"和"思想"两方面都具有某些特点,这决定他们的行动的性质("性格"和"思想"是行动的造因)⑪,所有人物的成败取决于他们的行动⑫;情节是行动的模仿(所谓"情节"⑬,指事件的安排),"性格"是人物品质的决定因素,"思想"指证明

---

① "用六音步格来模仿的诗"指史诗。亚里士多德在第 23 到 24 章讨论史诗。至于《诗学》论喜剧的部分则已失传。

② 参看第 1 章第 4 段末句。

③ 含有"表演"的意思。

④ "恐惧"是指观众害怕自己遭受英雄人物所遭受的厄运而发生的恐惧。或解作"为英雄人物担心害怕"。

⑤ "陶冶"原文作 katharsis,作宗教术语,意思是"净洗"(参看第 17 章第 2 段中"洗罪礼"一语);作医学术语,意思是"宣泄"或"求平衡"。亚里士多德认为人应有怜悯与恐惧之情,但不可太强或太弱。他并且认为情感是习惯养成的。怜悯与恐惧之情太强的人于看悲剧演出的时候,只发生适当强度的情感;怜悯与恐惧之情太弱的人于看悲剧演出的时候,也能发生适当强度的情感。这两种人多看悲剧演出,可以养成一种新的习惯,在这个习惯里形成适当强度的情感。这就是悲剧的 katharsis 作用。一般学者把这句话解作"使这种情感得以宣泄",也有一些学者把这句话解作"使这种情感得以净化"。参看《卡塔西斯笺释》一文(见《剧本》,1961 年 11 月号)。

⑥ 括弧里的四个字是亚里士多德的原话。亚里士多德曾在第 1 章第 4 段用"歌曲"代替"音调",

⑦ "韵文"用于对话中,"歌曲"用于合唱歌中。

⑧ 指面具和服装。

⑨ 指对话。

⑩ 原文意思是"行动者"。

⑪ "'性格'和'思想'是行动的造因"一语,是上一句话的释文,疑是伪作。

⑫ "性格"和"思想"使人物具有某种道德品质,道德品质决定人物的行动,行动决定人物的事业的成败。

⑬ 在《诗学》中,"情节"指主要情节,有时候可译为"布局"。

论点或讲述真理的话,①因此整个悲剧艺术的成分必然是六个②——因为悲剧艺术是一种特别艺术③即"情节"、"性格"、"言词"、"思想"、"形象"与歌曲,其中之二是模仿的媒介,其中之一是模仿的方式,其余三者是模仿的对象④,悲剧艺术的成分尽在于此。剧中人物⑤〔一般地说,不只少数〕都使用此六者;整个悲剧艺术⑥包含"形象"、"性格"、情节、言词、歌曲与"思想"。

六个成分里,最重要的是情节,即事件的安排,因为悲剧所模仿的不是人,而是人的行动、生活、幸福,〔幸福与不幸系于行动〕⑦;悲剧的目的不在于模仿人的品质,而在于模仿某个行动;剧中人物的品质是由他们的"性格"决定的,而他们的幸福与不幸,则取决于他们的行动。他们不是为了表现"性格"而行动,而是在行动的时候附带表现"性格"。因此悲剧艺术的目的在于组织情节(亦即布局),在一切事物中,目的是至关重要的。

悲剧中没有行动,则不成为悲剧,但没有"性格",仍然不失为悲剧。大多数现代诗人⑧的悲剧中都没有"性格",一般说来,许多诗人⑨的作品中也都没有"性格",就像宙克西斯的绘画⑩跟波吕格诺托斯的绘画的关系一样,波吕格诺托斯善于刻画"性格",宙克西斯的绘画则没有"性格"。

再说,如果有人能把一些表现"性格"的话以及巧妙的言辞和"思想"连串起来,他的作品还不能产生悲剧的效果;一出悲剧,尽管不善于使用这些成分,只要有布局,即情节有安排,一定更能产生悲剧的效果。就像绘画里的情形一样:用最鲜艳的颜色随便涂抹而成的画,反不如在白色底子上勾出来的素描肖像那样

---

① 亚里士多德曾在上文说明,人物的道德品质是由"性格"和"思想"决定的,他在此处却认为人物的道德品质只是由"性格"决定的。他还在此处把"思想"界定为"话",其实是指一种思考力、一种使人说出某种话的能力,参看本章第 10 段。

② "整个悲剧艺术"牛津本作"每出悲剧"。亚里士多德曾在本章第 6 段提起没有"性格"的悲剧,可见并不是每出悲剧都必须具有这六个成分。

③ 或解作"悲剧的好坏就取决于此六者"。

④ "其中之二"指言词和歌曲,"其中之一"指"形象","其余三者"指情节、"性格"和"思想"。

⑤ 原文是"他们",或解作"诗人们"。

⑥ "整个悲剧艺术"或解作"每出悲剧"。

⑦ 括弧里的话是上文"幸福"一词的释义,这句话谈论现实生活,不是谈论剧中人物的遭遇。或将上句及此句改为:"而是人的行动、生活、幸福〔与不幸,幸福与不幸系于行动〕。"

⑧ 指欧里庇得斯以后的诗人(包括欧里庇得斯)。

⑨ 指一般诗人,不专指悲剧诗人。

⑩ 宙克西斯(Zeuxis,前 424—前 380)画的是理想人物。

可爱。① 此外,悲剧所以能使人惊心动魄,主要靠"突转"②与"发现",此二者是情节的成分。

此点还可以这样证明,即初学写诗的人总是在学会安排情节之前,就学会了写言词与刻画"性格",早期诗人也几乎全都如此。

因此,情节乃悲剧的基础,有似悲剧的灵魂③;"性格"则占第二位。④ 悲剧是行动的模仿,主要是为了模仿行动,才去模仿在行动中的人。

"思想"占第三位。"思想"是使人物说出当时当地所可说、所宜说的话的能力,〔在对话中〕这种活动属于伦理学或修辞学范围;旧日的诗人使他们的人物的话表现道德品质,现代的诗人却使他们的人物的话表现修辞才能。⑤

"性格"指显示人物的抉择的话,〔在某些场合,人物的去取不显著时,他们有所去取〕;一段话如果一点不表示说话的人的去取,则其中没有"性格"。"思想"指证明某事是真是假,或讲述普遍真理的话。

语言的表达占第四位(我所指的仍是前面所说的那个意思,即所谓"表达",指通过词句以表达意思,不管我说"通过'韵文'"或"通过语言",这句话的意思都

———————————

① 这句(自"就像"起)自本章第 9 段中的"'性格'则占第二位"后面移至此处。"白色底子"指装用来润皮肤的橄榄油的土瓶的白色底子,其上绘着人物。"在白色底子上"或解作"用粉笔在黑色底子上"。

② 指意外的转变。悲剧中的主人公的处境不是由顺境转入逆境,就是由逆境转入顺境;一些转变是逐渐形成的,有一些转变是突然发生的,参看第 11 章第 1 段。或解作"事与愿违"的转变,即动机与效果相反。

③ 在亚里士多德的生物学中,"灵魂"是人的架子。亚里士多德认为"情节"是悲剧的架子。

④ 以上一段多(自"此外,悲剧所以能使人惊心动魄"起)是从"更能产生悲剧的效果"后面移至此处的。

⑤ 原文直译是:"这是政治学或修辞学范围内的事;旧日的诗人使他们的人物用政治方式讲话,现代的诗人使他们的人物用修辞方式讲话。"一般学者认为亚里士多德指旧日的诗人(例如埃斯库罗斯和索福克勒斯)的悲剧中的人物属于上层贵族,他们说话有政治家风度,而现代的诗人(指欧里庇得斯及公元前 4 世纪的悲剧诗人)的悲剧中的人物却像演说家那样讲话,尽巧辩之能事。这种解释与上下文的意思不衔接。亚里士多德所说的政治学包含伦理学,而且主要是伦理学,此处指的应是伦理学;亚里士多德所说的政治,主要指社会道德;道德品质取决于人的"性格"和行动。此处所说的"思想"与"性格"有关,故说属于"伦理学范围"。"思想"属于修辞学范围,参看第 19 章第 1 段。剧中人物可以按照人物自己的"性格",说出当时当地所可说、所宜说的话,也可以按照修辞学原则(即雄辩原则),说出当时当地所可说、所宜说的话,尽巧辩之能事。所谓"用政治方式"即用表现道德品质、表现"性格"的方式之意;当然,雄辩家也注意表现自己的"性格",顾及观众的"性格",但是,对他们来说,这不是主要的事。旧日的诗人的悲剧中都有"性格",大多数现代的诗人的悲剧中,则没有"性格"(见本章第 6 段),只有"思想"。此段谈"思想",但涉及"性格",亚里士多德害怕众门徒把"思想"混作"性格",因此在下文说明它们的区别。

是一样的）。① 在其余成分中，歌曲〔占第五位〕最为悦耳②。"形象"固然能吸引人，却最缺乏艺术性，跟诗的艺术关系最浅；因为悲剧艺术的效力即使不倚靠比赛或演员，也能产生；况且"形象"的装扮多倚靠服装的面具制造者的艺术，而不大倚靠诗人的艺术。

第七章

各成分既已界定清楚，现在讨论事件应如何安排，因为这是悲剧艺术中的第一事，而且是最重要的事。

按照我们的定义，悲剧是对于一个完整而具有一定长度的行动的模仿（一个事物可能完整但缺乏长度）。所谓"完整"，指事之有头，有身，有尾。所谓"头"，指事之不必然上承他事，但自然引起他事发生者；所谓"尾"，恰与此相反，指事之按照必然律或常规自然的上承某事者，便无他事继其后；所谓"身"，指事之承前启后者。所以结构完美的布局不能随便起讫，而必须遵照此处所说的方式。

再则，一个美的事物——一个活东西或一个由某些部分组成之物③——不但它的各部分应有一定的安排，而且它的体积也应有一定的大小。美是倚靠体积与安排④，一个非常小的活东西不能美，因为我们的观察处于不可感知的时间内，以致模糊不清⑤；一个非常大的活东西，例如一个一千里⑥长的活东西，也不能美，因为不能一览而尽，看不出它的整一性。因此，情节也须有长度（以易于记忆者为限），正如身体，亦即活东西，⑦须有长度（以易于观察者为限）一样。长度的限制一方面是由比赛与观剧的时间而决定的⑧〔与艺术无关〕⑨——如果须比

---

① 亚里士多德曾在本章第3段说，"言词指'韵文'的组合"，这时候他改用"语言的表达"一语，此语和前面的话似不相同，因此他随即加以解释，说意思没有变。"语言的表达占第四位"一语根据抄本译出，牛津本改订为："在有关语言的成分中，言词占第四位。"此处的最后一句（自"不管"起），一般误解为："用韵文或散文来传达，是一样的。"

② 实际上是说比言词更为悦耳，参看本章第2段。

③ 包括自然界的创造物和人工制成品。

④ 此段以有机体比喻艺术结构。柏拉图也曾以"有生命的东西"比喻文章的结构，参看《柏拉图文艺对话集》（朱光潜译），人民文学出版社1959年版（以后注中提到此书，都指这一版，不另注明）第139页。此段中的"活东西"或解作"画像"。

⑤ 在亚里士多德的视觉理论中，物件的大小与观察的时间成正比。一个太小的东西不耐久看，转瞬之间，来不及观察，看不清它的各部分的安排和比例。

⑥ 一希腊里约合180公尺。

⑦ 译文根据抄本译出。牛津本改订为"正如那些由若干部分组成之物和活东西"。

⑧ 参加悲剧比赛的人数有限制（限制3人参加）；时间的限制（每人上演一天）影响剧的长度，参看第5章第3段。

⑨ "与艺术无关"一语疑是后人的批语，指明"比赛与观剧的时间"对长度的限制是外因，与艺术无关。

赛一百出悲剧,则每出悲剧比赛的时间应以漏壶来限制①,据说从前曾有这种事——另一方面是由戏剧的性质而决定的。〔限度〕②就长度而论,情节只要有条不紊,则越长越美;一般地说,长度的限制只要能容许事件相继出现,按照可然律或必然律能由逆境转入顺境③,或由顺境转入逆境,就算适当了。

第八章

有人认为只要主人公是一个,情节就有整一性。其实不然,因为有许多事物——数不清的事件发生在一个人身上,其中一些是不能并成一桩事件的;同样,一个人有许多行动,这些行动是不能并成一个行动的。那些写《赫剌克勒斯》④《忒修斯》⑤以及这类诗的诗人好像都犯了错误;他们认为赫剌克勒斯是同一个人,情节就有整一性。唯有荷马在这方面及其他方面最为高明,他好像很懂得这个道理,不管是由于他的技艺或是本能。他写一首《奥德赛》⑥时,并没有把俄底修斯的每一件经历,例如他在帕耳那索斯山上受伤⑦,在远征军动员时装疯(这两桩事的发生彼此间没有必然的或可然的联系),都写进去,而是环绕着一个像我们所说的这种有整一性的行动⑧构成他的《奥德赛》,他也这样构成他的《伊利亚特》⑨。

〔在诗里〕⑩,正如在别的模仿艺术里一样,一件作品只模仿一个对象;情节既然是行动的模仿,它所模仿的就只限于一个完整的行动,里面的事件要有紧密的组织,任何部分一经挪动或删去,就会使整体松动脱节。要是某一部分可有可无,并不引起显著的差异,那就不是整体中的有机部分。

---

① 如果每次比赛有 25 个悲剧诗人参加(每人上演三出悲剧和一出萨堤洛斯剧),则每人不能占一天(每个戏剧节只演三天戏),而应以漏壶来限制每人应占的时间。

② “限度”一词是后人的批语,指下句所讲的长度的限制。

③ 有些古希腊悲剧,例如欧里庇得斯的《伊菲革涅亚在陶洛人里》(*Iphigeneia he en Taurois*)中的主人公的处境由逆境转入顺境。古希腊人对悲剧的概念着意在“严肃”,不着意在“悲”。

④ 《赫剌克勒斯》(*Herakleis*)是一首描写希腊英雄赫剌克勒斯(Herakles)的史诗。

⑤ 《忒修斯》(*Theseis*)是一首描写雅典英雄忒修斯(Theseus)的史诗。

⑥ 泛指一首写希腊英雄俄底修斯的故事的史诗,这种史诗可命名为《奥德赛》。

⑦ 俄底修斯在帕耳那索斯(Parnassos)山上打猎时,被野猪用牙齿刺伤。荷马的《奥德赛》曾写俄底修斯被野猪刺伤,见第 19 卷第 392 到 466 行,但荷马只是把这个故事作为一个“穿插”,并没有把它放在主要情节里,“穿插”不在主要情节之内。

⑧ 指俄底修斯回家这一行动。

⑨ 意即环绕着阿喀琉斯的愤怒而构成他的《伊利亚特》。

⑩ “在诗里”是补充的。

第九章

根据前面所述①,显而易见,诗人的职责不在于描述已发生的事,而在于描述可能发生的事,即按照可然律或必然律可能发生的事。历史家与诗人的差别不在于一用散文,一用"韵文";希罗多德的著作可以改写为"韵文",但仍是一种历史,有没有韵律都是一样;两者的差别在于一叙述已发生的事,一描述可能发生的事。写诗这种活动比写历史更富于哲学意味,更被严肃地对待②,因为诗所描述的事带有普遍性,历史则叙述个别的事。所谓"有普遍性的事",指某一种人,按照可然律或必然律,会说的话,会行的事,诗要首先追求这目的,然后才给人物起名字③;至于"个别的事"则是指亚尔西巴德④所做的事或所遭遇的事。在喜剧⑤中,这一点已经是很明显的了,喜剧诗人先按照可然律组织情节,然后给人物任意起些名字,而不是像写讽刺剧⑥的诗人那样,写个别的人。在悲剧中,诗人们却坚持采用历史人名,理由是:可能的事是可信的,未曾发生的事,我们还难以相信是可能的,但已发生的事,我们却相信显然是可能的,因为不可能的事不会发生。⑦ 但有些悲剧却只有一两个是熟悉的人物⑧,其余都是虚构的;有些悲剧甚至没有一个熟悉的人物,例如阿伽同的《安透斯》⑨,其中的事件与人物都是虚构的,可是仍然使人喜爱。因此不必专采用那些作为悲剧题材的传统故事。那样做是可笑的,因为甚至那些所谓熟悉的人名,也仅为少数人熟悉⑩,尽管如

---

① "前面"指第 7、8 两章,亚里士多德曾在该两章强调可然律和必然律以及情节的有机联系,并且暗示《赫剌克勒斯》和《忒修斯》(见第 8 章第 1 段)是历史(古希腊人认为古代英雄传说是他们祖先的历史),不是诗。

② 或解作:"诗比历史更富于哲学意味、更高。"所谓"更高",指更有价值,地位更高。

③ 诗要先按照可然律或必然律布置情节(亦即"有普遍性的事"),然后才给人物起名字。

④ 亚尔西巴德(Alkibiades,前 450—前 404)是雅典政治家和军事家。

⑤ 参看第 63 页注 5。

⑥ 或解作"讽刺诗"。

⑦ 人们相信英雄传说是历史,是真事,这些事是可能发生的。诗人们采用传说中的,即历史上的人名,是为了使观众相信这些可能的事是真的。可能的事是可信的,这个大前提是正确的。但是如果说所有已发生的事显然是可能的,这个小前提却是错误的;亚里士多德在下一段说,没有什么东西能阻挠,不让某些已发生的事合乎可然律,成为可能的事,言外之意是说有些已发生的事不合乎可然律,是不可能的事,因此如果说不可能的事不会发生,这个说法是错误的。亚里士多德在此处指出一般人的错误的逻辑。

⑧ 指传说中的英雄人物。

⑨ 阿伽同(Agathon)约死于公元前 400 年。安透斯(Antheus)大概是英雄传说中的人物,这名字被阿伽同借用来作为他剧中的虚构的人物的名字。一说剧名应是《安托斯》(Anthos),即"花"的意思。

⑩ 古代雅典人所以熟知传说中的人物,主要是由于多看悲剧。但是到了公元前 4 世纪下半叶,一般人逐渐对演说发生兴趣,不大喜欢看悲剧了,因此对传说中的人物不大熟悉,只有少数老观众还熟知那些人物的名字。

此,仍然为大家喜爱。

　　根据前面所述,①显而易见,与其说诗的创作者是"韵文"的创作者,毋宁说是情节的创作者。他所以成为诗的创作者,是因为他能模仿,而他所模仿的就是行动。② 即使他写已发生的事,仍不失为诗的创作者。因为没有东西能阻挠,不让某些已发生的事合乎可然律,成为可能的事;既然相合,他就是诗的创作者。③

　　在简单的情节与行动中,以"穿插式"为最劣。所谓"穿插式的情节",指各穿插的情节看不出可然的或必然的联系④。拙劣的诗人写这样的戏,是由于他们自己的错误;优秀的诗人写这样的戏,则是为了演员的缘故,为他们写竞赛的戏,把情节拉得过长,超过了布局的负担能力,以致各部分的联系必然被扭断。⑤

　　悲剧所模仿的行动,不但要完整,而且要能引起恐惧与怜悯之情。如果一桩桩事件是意外的发生而彼此间又有因果关系,那就最能,〔更能〕产生这样的效果;这样的事件比自然发生,即偶然发生的事件⑥,更为惊人(甚至偶然发生的事件,如果似有用意,似乎也非常惊人,例如阿耳戈斯城的弥堤斯⑦雕像倒下来砸死了那个看节庆的、杀他的凶手;人们认为这样的事件并不是没有用意的),这样的情节比较好⑧。

第十章

　　情节有简单的,有复杂的,因为情节所模仿的行动显然有简单与复杂之分。所谓"简单的行动",指按照我们所规定的限度⑨连续进行,整一不变,不通过"突转"与"发现"而到达结局⑩的行动;所谓⑪"复杂的行动",指通过"发现"或"突

---

　　①　不仅指上一段所述,并且兼指关于诗描述有普遍性的事的整个论证。

　　②　"诗的创作者"原文作"创作者",即"诗人"之意。此段中的"诗的创作者"均系此意。"情节是行动的模仿"(见第 8 章第 2 段),一个人能模仿行动,就是能创造情节,因此他成为"诗的创作者"。

　　③　某些已发生的事(即史事)既然合乎可然律,则根据这些事构成的情节也就合乎可然律;一个人所创造的情节合乎可然律,那么他就是"诗的创作者"。

　　④　"穿插式的情节"可举埃斯库罗斯的悲剧《被缚的普罗米修斯》(Prometheus Desmotes)的情节为例,河神的访问与伊俄(Io)的出现没有联系,伊俄的出现与神使的前来没有联系。普罗米修斯的故事过于简单,诗人没有别的办法把这故事转化为戏剧。

　　⑤　演员想多演戏,因此诗人把情节拉长。在"穿插式的情节"中,穿插过多过长,而且不衔接。第 7 到 8 章说明情节应如何组织才合乎戏剧的要求,此段指出"穿插式的情节"违反情节的组织原则。

　　⑥　指意外的发生而没有因果关系的事件。

　　⑦　阿耳戈斯(Argos,旧译作亚各斯)在伯罗奔尼撒东北角上。弥堤斯(Mitys)大概是公元前 4 世纪初叶的人。

　　⑧　此段论恐惧与怜悯,应属于下一章。第 10 到 11 章、第 13 到 14 章均论恐惧与怜悯。

　　⑨　指第 7 章末所规定的长度。或解作"按照我们的定义"。

　　⑩　指由逆境转入顺境或由顺境转入逆境的结局。

　　⑪　"所谓"一词抄本误作"言词",牛津本校订者拜瓦忒建议改订为"所谓"。

转",或通过此二者而到达结局的行动。但"发现"与"突转"必须由情节的结构中产生出来,成为前事的必然的或可然的结果。两桩事是此先彼后,还是互为因果,这是大有区别的。

第十一章

"突转"指行动按照我们所说的原则转向相反的方面,这种"突转",并且如我们所说,是按照我们刚才说的方式,即按照可然律或必然律而发生的。例如在《俄狄浦斯王》剧中,那前来的报信人在他道破俄狄浦斯的身世,以安慰俄狄浦斯,解除他害怕娶母为妻的恐惧心理的时候,造成相反的结果;① 又如在《林叩斯》剧中,林叩斯被人带去处死,达那俄斯跟在他后面去执行死刑,但后者被杀,前者反而得救② ——这都是前事的结果。"发现",如字义所表示,指从不知到知的转变,使那些处于顺境或逆境的人物发现他们和对方有亲属关系或仇敌关系。"发现"如与"突转"同时出现(例如《俄狄浦斯王》剧中的"发现"),为最好的"发现"。③ 此外还有他种"发现",例如无生物,甚至琐碎东西,可被"发现"④,某人做

① 在简单的情节中,由顺境到逆境或由逆境到顺境的转变是逐渐进行的,观众很早就感觉到这种转变,例如埃斯库罗斯的悲剧《阿伽门农》(Agamemnon)中阿伽门农的命运的转变。"突转"是转变的一种。在复杂的情节中,主人公一直处在顺境或逆境中,但是到了某一"场"里,情势突然转变。"按照我们所说的原则",不是指第7章末所说的"长度的限制",也不是指第10章所说的"突转"须"成为前事的必然的或可然的结果",而是指第9章末段中的原则,即事件须意外的发生而彼此间又有因果关系。亚里士多德害怕众人门徒忽视因果关系,因此再次强调说"按照我们刚才说的方式",指上一章所说方式,即这种"突转"须合乎可然律或必然律。《俄狄浦斯王》(Oidipous Tyrannos)是索福克勒斯的悲剧。俄狄浦斯是忒拜(Thebai)国王拉伊俄斯(Laios)的儿子。拉伊俄斯预知这孩子日后会杀父娶母,因此叫一个牧人把他抛弃在荒山上。这婴儿由另一个牧人(即剧中的报信人)接过去,转送给科任托斯(Korinthos,旧译作科林斯)国王波吕玻斯(Polybos)做嗣子。俄狄浦斯成人后,听神说他会杀父娶母,他因此逃往忒拜,在路上杀死一个老年人(即拉伊俄斯)。他到了忒拜之后,做了忒拜国王,并娶了前王的妻子伊俄卡斯忒(Iokaste)为妻。她后来疑心拉伊俄斯是他杀死的。这时候报信人前来报告波吕玻斯的死耗,并迎接俄狄浦斯回国为王。但俄狄浦斯害怕娶波吕玻斯的妻子为妻,不敢回去。报信人为了安慰俄狄浦斯,指出他并不是波吕玻斯的儿子,而是拉伊俄斯的牧人把他由拉伊俄斯的妻子伊俄卡斯忒手中接过来转送给他的。报信人这番安慰的话是"突转"的开始,这"突转"出人意料。

② 《林叩斯》(Lynkeus)是亚里士多德的门徒忒俄得克忒斯(Theodektes)的悲剧,已失传。达那俄斯(Danaos)有五十个女儿,他的弟弟埃古普托斯(Aigyptos)有五十个儿子。这五十个堂弟兄要强娶五十个堂姐妹,达那俄斯因此叫他的女儿们于婚夕尽杀新郎,其中只有林叩斯一个未被杀害。《林叩斯》的剧情大概是这样的:达那俄斯把林叩斯和林叩斯的妻子许珀耳涅斯特拉(Hypermnestra)的儿子阿巴斯(Abas)藏起来,然后控告林叩斯杀死了阿巴斯,但阿巴斯露面,救了他父亲。该剧的"突转"是由逆境转入顺境。

③ 剧中人物因发现自己和对方有亲属关系而停止杀他,则"发现"与"突转"巧合。括弧里的话疑是伪作,因为在《俄狄浦斯王》剧中,"发现"(忒拜牧人承认婴儿俄狄浦斯是王后伊俄卡斯忒交给他的,这时候俄狄浦斯才发现他杀父娶母)远落在"突转"之后,该剧的"突转"是从报信人(科任托斯牧人)安慰俄狄浦斯的话开始的。

④ "琐碎东西"大概指第16章第2段所说的项圈等物。"被'发现'"即被认识之意。

过或没有做过某事,也可被"发现"。但与情节,亦即行动,最密切相关的"发现",是前面所说的那一种,因为那种"发现"与"突转"同时出现的时候,能引起怜悯或恐惧之情,按照我们的定义,悲剧所模仿的正是能产生这种效果的行动,而人物的幸福与不幸也是由于这种行动。

"发现"乃人物的被"发现",有时只是一个人物被另一个人物"发现",如果前者已识破后者;有时双方需互相"发现",例如送信一事使俄瑞斯忒斯"发现"伊菲革涅亚是他姐姐,而俄瑞斯忒斯被伊菲革涅亚承认,则须靠另一个"发现"。①

"突转"与"发现"是情节的两个成分,它的第三个成分是苦难。②〔这些成分之中的"突转"和"发现",我们已解释过了。〕苦难是毁灭的或痛苦的行动③,例如死亡、剧烈的痛苦、伤害等,这些都是有形的④。

············

第十三章

现在承接前面⑤所述,进而讨论诗人在安排情节的时候,应追求什么,当心什么,悲剧的效果怎样产生。既然最完美的悲剧的结构不应是简单的,而应是复杂的,而且应模仿足以引起恐惧与怜悯之情的事件(这是这种模仿的特殊功能⑥),那么,很明显,第一,不应写好人由顺境转入逆境,因为这只能使人厌恶,不能引起恐惧或怜悯之情;第二,不应写坏人由逆境转入顺境,因为这最违背悲剧的精神——不合悲剧的要求,既不能打动慈善之心⑦,更不能引起怜悯或恐惧之情;第三,不应写极恶的人由顺境转入逆境,因为这种布局虽然能打动慈善之心,但不能引起怜悯或恐惧之情,因为怜悯是由一个人遭受不应遭受的厄运而引

---

① 此处所说的伊菲革涅亚是欧里庇得斯的悲剧《伊菲革涅亚在陶洛人里》的女主人公,她在黑海北边陶里刻(Taurike)做女祭司。陶里刻国王擒住两个希腊人,把他们交给伊菲革涅亚杀来祭神。伊菲革涅亚决定只杀其中一个——俄瑞斯忒斯(Orestes),叫另一个给她送一封信到希腊,通知她弟弟俄瑞斯忒斯前来接她回去。她害怕送信的人把信遗失,特别把信念给他听,俄瑞斯忒斯因此发现女祭司是他姐姐。俄瑞斯忒斯后来说起许多物证,例如伊菲革涅亚织在布上的图样、她献在他母亲坟上的头发、放在伊菲革涅亚闺房里的古矛,使伊菲革涅亚承认他是她弟弟。

② 简单的情节中也有"苦难",它是情感的基础。

③ "苦难"是被动的,指人们遭受的苦难,但亚里士多德把它作为"行动"。

④ "突转"与"发现"是无形的,"苦难"是有形的。或解作"可见的",意即在剧场上表演的,但古希腊悲剧很少表演苦难,一般是由报信人或传报人(报告室内或附近发生的事件的人)传达的。

⑤ 指第9章末段到第11章,该部分着重讨论复杂的情节。

⑥ 意即复杂的情节最能引起恐惧与怜悯之情。

⑦ "打动慈善之心"或解作"满足道德感"。

起的,恐惧是由这个这样遭受厄运的人与我们相似而引起的①〔怜悯是由不应遭受的厄运而引起的,恐惧是由这人与我们相似而引起的〕②,因此上述情节既不能引起怜悯之情,又不能引起恐惧之情。此外还有一种介于这两种人之间的人,这样的人不十分善良③,也不十分公正,而他之所以陷于厄运,不是由于他为非作恶,而是由于他犯了错误④,这种人名声显赫,生活幸福,例如俄狄浦斯、堤厄斯忒斯以及出身于他们这样家族的著名人物⑤。

完美的布局应有单一的结局,而不是如某些人所主张的,应有双重的结局,其中的转变不应由逆境转入顺境,而应相反,由顺境转入逆境⑥,其原因不在于人物为非作恶,而在于他犯了大错误,这人物应具有上述品质⑦,甚至宁可更好,不要更坏⑧。这个见解的正确性可用事实来证明。初时诗人们碰上什么故事,

---

①　柏拉图在他的对话《理想国》第 3 卷攻击诗人们,理由之一就是责备他们不该说"许多坏人享福,许多好人遭殃"(见《柏拉图文艺对话集》第 42 页)。亚里士多德在此处把好人遭殃或坏人享福的情节排除在悲剧之外,即使有诗人写这两种情节,观众也不容许,用不着由哲人们出面来审查与禁止。亚里士多德认为观众的怜悯与恐惧之情是受理性指导的,它使观众怜悯某些人物,不怜悯某些人物,发生恐惧之情或不发生恐惧之情,而不是如柏拉图所说,"哀怜癖"是不受理性控制的(参看《柏拉图文艺对话集》第 75 到 80 页)。亚里士多德是这样为情感辩护的。亚里士多德认为一个极恶的人与我们不相似,因此我们不认为我们也会像他那样遭受厄运,不致为自己会遭受他那种厄运而发生恐惧之情。

②　括弧里的话与上句意思重复,疑是伪作。

③　亚里士多德曾在第 2 章说,喜剧模仿"坏人","比我们今天的人坏的人",悲剧模仿"好人","比我们今天的人好的人"。他曾在第 5 章第 1 段对"比较坏的人"加以限制,说喜剧模仿"滑稽的事物",并不是模仿一切"恶"。他在此处对"好"加以限制,说明悲剧中的主人公应是"不十分善良"的人,不应是好到极点的人。至于悲剧中的其他人物,则仍仍是好人。"这两种人"不是指"好人"与"坏人",也不是指"好人"与"极恶的人",而是指"遭受不应遭受的厄运"的人与"与我们相似"的受难者。第 2 章说模仿者所模仿的人物"比一般人好",又说"悲剧总是模仿比我们今天的人好的人"。在亚里士多德看来,理想的英雄人物应比好人坏,比一般人(即"我们")好。他比好人坏,因此他遭受不应遭受的厄运,能引起我们的怜悯,如果他比好人坏不了多少,而与好人太相近了,那么他遭受不应遭受的厄运,就会引起我们的"厌恶";他比一般人好,而又与一般人相似,因此他遭受不应遭受的厄运,能引起我们的恐惧;如果他比一般人好不了多少,而与一般人太相似,那么,在亚里士多德看来,他就是个无足轻重的人,不能做悲剧的英雄人物。

④　"犯了错误"指由于看事不明(例如不知对方是自己的亲属)而犯了错误,不是指道德上有缺点。

⑤　这句话表示在完美的布局中,转变是由顺境转入逆境,在较差的布局中,却可由逆境转入顺境。堤厄斯忒斯(Thyestes)是珀罗普斯(Pelops)的儿子,曾和他的弟兄阿特柔斯(Artreus)争夺王位。

⑥　"单一的结局"指比一般人好、比好人坏的人物由顺境转入逆境的结局。"双重的结局"指善有善报、恶有恶报的结局。"某些人"大概指柏拉图和相信柏拉图的理论的人,例如赫剌克利得斯·蓬提科斯(Heraklides Pontikos)。柏拉图认为"好人在世时及死后都不会遭殃"(见《苏格拉底的答辩》41d),他因此责备诗人们不该说"许多坏人享福,许多好人遭殃"。这样看来,柏拉图是主张"善有善报,恶有恶报"的。亚里士多德认为悲剧的目的在于引起怜悯与恐惧之情,因此主张最好的情节应由顺境转入逆境,因为这种情节能引起这两种情感。在"双重的结局"中,善有善报,而善报是喜剧性的;此外是恶有恶报,而恶报是坏人所应得的,因此这种结局不能引起怜悯与恐惧之情。

⑦　指"不十分善良,也不十分公正"。

⑧　意即宁可更靠近好人,不要更靠近一般人。

就信手拈来；现在最完美的悲剧都取材于少数家族的故事①，例如阿尔克迈翁、俄狄浦斯、俄瑞斯忒斯、墨勒阿格洛斯、堤厄斯忒斯、忒勒福斯等人的故事，这些人碰巧都受过可怕的苦难，做过可怕的事情②。

要这样的布局才能产生技巧上最完美的悲剧。那些指责欧里庇得斯不应在他的悲剧中这样布局〔他的许多悲剧以不幸的结局收场〕的人犯了同样的错误③，因为，按照前面所说，这样布局是正确的。我们有个最好的证据：在舞台上、在比赛中，这样的悲剧，只要是按照正确的原则写成的④，最能产生悲剧的效果⑤，而欧里庇得斯实不愧为最能产生悲剧效果的诗人，虽然他在别的方面手法不高明⑥。

第二等是双重的结构，有人⑦认为是第一等，例如《奥德赛》，其中较好的人和较坏的人得到相反的结局⑧。由于观众的软心肠⑨，这种结构才被列为第一等；而诗人也为了迎合观众的心理，才按照他们的愿望而写作。但这种快感不是悲剧所应给的，而是喜剧所应给的。〔在喜剧里，即使人物在故事中是仇人，例如俄瑞斯忒斯和埃癸斯托斯⑩，他们往往在终场时成为朋友，一同退场，谁也没有

---

① "初时"指悲剧的前一段历史，约到公元前450年为止，即到"悲剧才具有了它自身的性质"（第4章第4段）时为止，此时期的诗人包括埃斯库罗斯。"现在"指公元前450年以后一段时间，此时期的诗人包括索福克勒斯和欧里庇得斯。

② 阿尔克迈翁（Alkmaion）是安菲阿剌俄斯（Amphiaraos）与厄里费勒（Eriphyle）的儿子。厄里费勒因为受了贿赂，曾怂恿安菲阿剌俄斯去攻打忒拜。安菲阿剌俄斯预知有生命危险，因此叫阿尔克迈翁把他母亲杀死。阿尔克迈翁杀死了他母亲，他本人后来被他妻子的弟兄杀死了。俄瑞斯忒斯是阿伽门农的儿子，他母亲克吕泰墨斯特拉（Klytaimestra）杀死了他父亲，他为父报仇，杀死母亲，以致为报仇神们所追逐。墨勒阿格洛斯（Meleagros）是俄纽斯（Oineus）的儿子，因为杀死舅父，被母亲害死。忒勒福斯（Telephos）是赫剌克勒斯的儿子，他几乎被他的新娘（即他的母亲）杀死。他后来被阿喀琉斯（Akhilleus）刺伤，因此乔装乞丐，请求阿喀琉斯用他矛尖上的锈给他医治。

③ "这样布局"指采用"单一的结局"、由顺境转入逆境的转变和使人物由于看事不明而犯了错误。"他的许多悲剧以不幸的结局收场"一语疑是伪作，因为这句话把"这样布局"一语限制得太狭窄了。那些指责欧里庇得斯的人大概是喜剧诗人。"同样的错误"指上段所说的主张双重的结局的人所犯的错误。

④ 一般校订者把这句话解作"只要演得好"，但任何剧的成功，都要靠演得好。

⑤ 意即最能引起观众的怜悯与恐惧之情。悲剧的效果是靠布局而产生的。

⑥ 亚里士多德认为欧里庇得斯的歌队不是剧中的有机部分（第18章末段），《伊菲革涅亚在奥利斯》（*Iphigeneia he en Aulidi*）中的伊菲革涅亚的性格前后不一致（第15章第1段），美狄亚杀儿子一事缺乏戏剧效果（第14章第3段），《美狄亚》中的"解"不应借用"神力"（第15章第2段），《俄瑞斯忒斯》中的墨涅拉俄斯（Menelaos）的性格过于卑鄙（第15章第1段），《墨拉尼珀》（*Melanippe*）中的墨拉尼珀不应能言善辩（第15章第1段）。

⑦ 指柏拉图和相信柏拉图理论的人。

⑧ 意即较好的人得到好的结局，较坏的人得到坏的结局。在《奥德赛》中，俄底修斯与家人团圆，而那些向他妻子求婚的人，则尽被他杀死。

⑨ 意即由于观众不能忍受悲剧的紧张情调。

⑩ 埃癸斯托斯（Aigisthos）是谋杀俄瑞斯忒斯的父亲阿伽门农的帮凶。

被谁杀害。」

第十四章①

恐惧与怜悯之情可借"形象"来引起,也可借情节的安排来引起,以后者为佳,也显出诗人的才能更高明。情节的安排,务求人们只听事件的发展,不必看表演,也能因那些事件的结果而惊心动魄,发生怜悯之情;任何人听见《俄狄浦斯王》的情节②,都会这样受感动。诗人若是借"形象"来产生这种效果③,就显得他比较缺乏艺术手腕;这个办法要倚靠装扮者的帮助④。有的诗人借"形象"使观众只是吃惊,而不发生恐惧之情,这种诗人完全不明白悲剧的目的所在。我们不应要求悲剧给我们各种快感,只应要求它给我们一种它特别能给的快感。既然这种快感是由悲剧引起我们的怜悯与恐惧之情,通过诗人的模仿⑤而产生的,那么显然应通过情节来产生这种效果。⑥

现在让我们研究一下,哪些行动是可怕的或可怜的。这样的行动一定发生在亲属之间、仇敌之间或非亲属非仇敌的人们之间。如果是仇敌杀害仇敌,这个行动和企图,都不能引起我们的怜悯之情,只是被杀者的痛苦有些使人难受罢了;如果双方是非亲属非仇敌,也不行;只有当亲属之间发生苦难事件时才行,例如弟兄对弟兄、儿子对父亲、母亲对儿子或儿子对母亲施行杀害或企图杀害,或做这类的事——这些事件才是诗人所应追求的。

············

第十五章

关于"性格"须注意四点:第一点,也是最重要之点,"性格"必须善良⑦。一言一行,如前面⑧所说,如果明白表示某种抉择,人物就有"性格";如果他抉择的

---

① 此章内容与上一章相同,应属于同一章。
② 指主要情节,包括剧外情节,即俄狄浦斯杀父娶母的情节。
③ 据说埃斯库罗斯上演他的悲剧《报仇神》(*Eumenides*)时,观众看见那些组成歌队的报仇女神的凶恶面具非常害怕,有的妇女竟因此流产。欧里庇得斯使他的人物穿破衣烂衫。
④ "装扮者"原文作"支付歌队费用者的义务"。古希腊戏剧的歌队的费用是由富裕的公民担负的。这个词大概转义为"演员的面具和服装的负责人",或解作"外来的帮助",即装扮者的帮助。
⑤ 指"行动的模仿",即情节,参看第6章第4段中的定义:"情节是行动的模仿(所谓'情节',指事件的安排)。"
⑥ 亚里士多德认为怜悯和恐惧都是痛苦的情感,但人们在悲伤和恐惧的时候,痛苦和快感是交织在一起的;他并且认为情节的安排、长度、连续性、整一性最能使观众得到快感。参看第23章开头部分。
⑦ 但不是"十分善良",参看第13章第1段。
⑧ 指第6章第11段。

是善,他的"性格"就是善良的。这种善良人物各种人群里面都有,甚至有善良的妇女,也有善良的奴隶,虽然妇女比较坏,奴隶非常坏。第二点,"性格"必须适合①。人物可能有勇敢的,但勇敢或能言善辩与妇女的身份不适合。第三点,"性格"必须相似②,此点与上面说的"性格"必须善良,必须适合不同。第四点,"性格"必须一致,即使诗人所模仿的人物"性格"不一致,而这种不一致的"性格"又是固定了的③,也必须寓一致于不一致的"性格"中④。不必要的卑鄙"性格",可举《俄瑞斯忒斯》剧中的墨涅拉俄斯的"性格"为例⑤。不相宜、不适合的"性格"可举《斯库拉》剧中俄底修斯的悲叹或墨拉尼珀的话所表现的"性格"为例⑥。不一致的"性格",可举《伊菲革涅亚在奥利斯》剧中伊菲革涅亚的"性格"为例,请求免死的伊菲革涅亚与后来的伊菲革涅亚一点也不相合。⑦

刻画"性格",应如安排情节那样,求其合乎必然律或可然律⑧:某种"性格"的人物说某一句话,做某一桩事,须合乎必然律或可然律。一桩事件随另一桩而发生,须合乎必然律或可然律。(因此,布局的"解"显然应该是布局中安排下来的⑨,而不应该像《美狄亚》一剧那样,借用"机械上的神"的力量,或者像《伊利亚

---

① 意即性格须适合人物的身份,男人要像男人,女人要像女人,奴隶像奴隶,上层贵族(即所谓英雄人物)要像上层贵族。

② 意即与一般人的性格相似。或解作与传说中的人物性格相似。

③ "人物"指传说中的人物。末句或解作:"又是诗人预先规定的。"

④ 意即基本上是一致的,例如忧郁的人有时忽然生气或忽然兴奋,但随即忧郁起来,他一时生气,一时兴奋,这种表现是和他的性格基本一致的。

⑤ 《俄瑞斯忒斯》是欧里庇得斯的悲剧。墨涅拉俄斯是俄瑞斯忒斯的叔父、斯巴达国王。俄瑞斯忒斯因为杀母有罪,可能判处死刑,墨涅拉俄斯在该剧第682到716行表示他无力相救。这段话暴露了他卑鄙的性格(即胆怯),因为他不是见义勇为,而是逃避责任。他的话没有鼓励,也没有阻止俄瑞斯忒斯到公民大会去答辩(答辩失败了,因此判处死刑)。墨涅拉俄斯的卑鄙性格和他所说的话没有推动情节向前发展,因此是"不必要的",意即不是情节所必需的。

⑥ 《斯库拉》(Skylla)是提摩忒俄斯的酒神颂,写俄底修斯在意大利与西西里之间的海峡上,遇见女怪斯库拉抓食他的水手们的惊险经历。此处大概是说俄底修斯身为国王,为人沉着,富于谋略,提摩忒俄斯不应叫他那样绝望地悲叹。墨拉尼珀(Melanippe)是欧里庇得斯的悲剧《聪明人墨拉尼珀》(已失传)中的女主人公。她在该剧中说了一大段话,显示她能言善辩,但终于判处死刑,后来大概被她母亲希珀(Hippe)所救。她这段话不合女人的身份,也救不了她。亚里士多德认为这段表示性格的话不是情节所必需的。

⑦ 《伊菲革涅亚在奥利斯》是欧里庇得斯的悲剧,写伊菲革涅亚的父亲阿伽门农要杀她来祭阿耳忒弥斯(Artemis)。伊菲革涅亚在该剧第1211到1252行表示不愿意死,她后来在第1368到1461行却表示愿意死。

⑧ 此处暗中批评上段所列举的性格不合乎必然律或可然律。

⑨ 关于"解",参看第18章第1段。"布局中"或改订为"性格中",意即"解"须合乎人物的性格,《美狄亚》中的"解"借用"龙车",而且没有伏笔,因此不合乎美狄亚的性格,因为她很聪明,按照必然律或可然律,她应早就想到了脱身之计。

特》中的归航一景那样①，借用"机械上的神"的力量②，"机械上的神"只应请来说明剧外的事，例如以前发生的、凡人不能知道的事，或未来的、须由神来预言或宣告的事③，因为我们承认神是无所不知的。情节中不应有不近情理的事，如果要有，也应把这件事摆在剧外，例如索福克勒斯的《俄狄浦斯王》剧中的不近情理的事④。

既然悲剧是对比一般人好的人的模仿，诗人就应该向优秀的肖像画家学习；⑤他们画出一个人的特殊面貌，求其相似而又比原来的人更美；诗人模仿易怒的或不易怒的或具有诸如此类的气质的人〔就他们的"性格"而论〕，也必须求其相似而又善良，〔顽固的"性格"的例子〕例如荷马写阿喀琉斯为人既善良而又与我们相似。⑥

这些原则⑦必须注意，此外，属于视听方面的事情——视听必然属于诗的艺术——也必须注意，因为诗人可能时常在这方面犯错误⑧（我那篇已发表的著

---

① 《伊利亚特》并没有写希腊军的归航，只第2卷写阿伽门农为了试探军心，假意撤兵。远征军正要撤走的时候，雅典娜（Athena）便前来阻止。抄本似有错误，因为《伊利亚特》是史诗，不是悲剧，撤兵一段是在开头，不是在"解"里。厄尔斯建议改订为《伊菲革涅亚在奥利斯》中的起航一景"。现存的该剧的"退场"是伪作，该剧另有一个"退场"，女神阿耳忒弥斯大概在那个"退场"中出现，她前来救伊菲革涅亚，详细情节不得而知。

② 美狄亚于杀子后乘坐她祖父太阳神赫利俄斯（Hellios）送给她的龙车逃跑，这龙车是吊在机械下面的。这办法等于借用"神力"。"机械"是一种起重机，可以使神由天空下降。希腊悲剧中的纠纷无法解决时，往往借用神的力量来解决。欧里庇得斯的悲剧有两三出采用这办法。

③ 亚里士多德在此处暗中称赞欧里庇得斯这样使用"机械上的神"。

④ 俄狄浦斯做了许多年忒拜国王，竟不知前王拉伊俄斯被杀的地点与情形，这是不近情理的。"剧外"指主要情节之外，意即可把不近情理的事放在穿插中；《俄狄浦斯王》第112行以下一段及第729行以下一段均涉及这件不近情理的事。

⑤ 抄本有错误。译文根据布乞尔的改订译出。"一般人"原文作"我们"，指一般人。牛津本作："既然悲剧是对于较好的人的模仿，我们就应该……""我们"一般解为"师徒们"，即"我们诗人们"之意，这个解释不正确，因为《诗学》中所说的"我们"一概是指一般人或普通人。

⑥ 肖像画家描绘个别的人，诗人则描写具有某种气质的一般的人。亚里士多德在《欧得摩斯伦理学》（Ethikon Eudemion）第2卷第5章把"易怒"作为大多数人的气质。"易怒"可能成为恶德；此处所指的是天然倾向，不是恶德，因此易怒的人也可能是善良的人。"就他们的性格而论"疑是混入正文的旁注。"顽固的性格的例子"疑是伪作，因为在亚里士多德心目中，阿喀琉斯是易怒的人，不是顽固的人。"顽固"是恶德，顽固的人不会是善良的人。译文根据厄尔斯的改订译出。牛津本作"例如阿伽同和荷马之写阿喀琉斯"。此处的一段话大概是亚里士多德补写的。他在第2章、第13章第1段及本章开头都强调悲剧模仿"好人""比我们今天的人好的人""不十分善良的人""善良的人"，再要求"相似"；这时候，他却强调"相似"，再要求"善良"，把人物美化，使他合乎悲剧的要求。

⑦ 大概指本章第1段和第2段前半段提出的五个原则。

⑧ 此处与第17章衔接。"视"指诗人写作时应观察剧中的情景等，"听"指诗人写作时应谛听人物所说的话，参看第17章。

作①对这些错误已有足够的说明）。

··············

第十八章

（每出悲剧分"结"与"解"两部分。剧外事件，往往再配搭一些剧内事件，构成"结"，其余的事件构成"解"。所谓"结"，指故事的开头至情势转入顺境〔或逆境〕之前的最后一景之间的部分，所谓"解"，指转变的开头至剧尾之间的部分，例如忒俄得克忒斯的《林叩斯》剧中的"结"，由以前发生的事件以及孩子被擒和他的父母〔被擒〕二事②构成；该剧的"解"则是自谋杀案的控诉③至尾的部分。

悲剧分四种（由于〔悲剧的〕成分也是四种，这些成分已经讨论过了）④，即复杂剧（完全靠"突转"与"发现"构成）⑤、苦难剧（例如《埃阿斯》与《伊克西翁》）⑥、"性格"剧（例如《佛提亚妇女》与《珀琉斯》）⑦和穿插剧⑧（例如《福耳喀得斯》《普

---

　　①　大概指《诗人篇》，那是一篇对话，已失传。

　　②　"孩子"指阿巴斯，参看第 72 页注 2。抄本有错误，意思不明白。"他的父母"原文作"他们的"。此二事是剧内事件。

　　③　大概指达那俄斯控告林叩斯谋杀了他的儿子阿巴斯。

　　④　"悲剧的"是补充的。"成分"指"发现"与"突转"（此二者合而为一个"成分"）、苦难、"性格"和穿插（与第 5 章末段及第 6 章所指的"成分"是两回事）。每出悲剧属于何种，是由它内部的主要"成分"决定的，它的内部可能还有一些次要"成分"。

　　⑤　"突转"与"发现"构成"复杂剧"，但"复杂剧"中可能还有其他"成分"。

　　⑥　苦难剧"中的主要"成分"是"苦难"，"苦难"在第 11 章末段作为"情节"的"成分"之一。"苦难剧"是简单剧。埃阿斯（Aias）因为争夺阿喀琉斯遗下的甲仗不遂而自杀，索福克勒斯的悲剧《埃阿斯》即写此事。伊克西翁（Ixion）因为爱上宙斯（Zeus）的妻子赫拉（Hera），被宙斯和迈亚（Maia）的儿子赫耳墨斯（Hermes）绑在一个飞轮上。古希腊有许多诗人写过《埃阿斯》和《伊克西翁》。

　　⑦　"'性格'剧"写善良的人物，表现善良的性格，这种人物有善报，悲剧以大团圆收场。《佛提亚妇女》（Phthiotides）是索福克勒斯的悲剧，已失传。索福克勒斯和欧里庇得斯各有一剧名《珀琉斯》（Peleus），均已失传；此处所说的大概是索福克勒斯的《珀琉斯》。

　　⑧　抄本作"第四种 hoes"，hoes 不是个完整的希腊字。牛津本改订为"第四种是形象剧"（牛津本校订者拜瓦忒把"形象"误解为"剧景"，即景色之意）；厄尔斯改订为"和穿插剧"。照第 24 章第 1 段看来，此处应作"简单剧"，但由于一般的简单剧中没有显著的"成分"，因此亚里士多德大概不会把简单剧作为第四种。"穿插剧"中的"成分"是"穿插"。苦难剧和"性格"剧也是简单剧（例如索福克勒斯的《埃阿斯》），因此亚里士多德更不能把简单剧作为第四种悲剧。

罗米修斯》以及所有的把剧景设在冥土的悲剧)①。诗人应竭力利用这一切成分，如果办不到，也应运用其中最重要的，竭力多利用一些②，特别因为如今诗人们受到不公平的指责；过去的诗人各自善于运用某一成分，因此批评家要求每个诗人胜过每一个前辈的特长。其实要说一出悲剧和另一出相不相同，公平的办法莫过于看布局，即看"结"与"解"相同。③ 许多诗人善于"结"，不善于"解"；其实两者都应擅长。④

诗人应记住前面屡次说过的话⑤，不要把一堆史诗材料写成悲剧，所谓"史诗材料"，指故事繁多的材料，比方说，如果有人把《伊利亚特》所依据的故事整个写出来。在史诗里，由于规模大，各部分⑥都能有相当的长度，但是在戏剧里，它们却跟诗人的想法大相违背⑦。这一点可以这样看出来：许多诗人把伊利翁的陷落整个写出来，而不是只写一部分，像欧里庇得斯处理赫卡柏那样（不是像埃斯库罗斯那

---

① 《福耳喀得斯》(*Phorkides*)是埃斯库罗斯的悲剧，一说是萨堤洛斯剧，已失传。该剧中的珀耳修斯(Perseus)访问过神使赫耳墨斯、海神波塞冬，偷过格赖埃(Graiai)三姐妹共有的一只眼睛，可见该剧的结构是"穿插式"的。《普罗米修斯》大概指埃斯库罗斯的悲剧《被缚的普罗米修斯》，该剧的结构是"穿插式"的，埃斯库罗斯的另一出悲剧《普罗米修斯被释》(*Prometheus Lyomenos*)的结构也是"穿插式"的。一说指埃斯库罗斯的萨堤洛斯剧《普罗米修斯》。"悲剧"指萨堤洛斯剧，因为"把剧景设在冥土的"都是萨堤洛斯剧。例如埃斯库罗斯的《鬼魂引导者》(*Psykhagogoi*)以及埃斯库罗斯、索福克勒斯、欧里庇得斯和克里提阿斯(Kritias)的《西绪福斯》(*Sisyphos*)，这些萨堤洛斯剧中的主人公都曾到冥土访问死者的鬼魂，他们一个个的访问，可见这些剧的结构是"穿插式"的。

② "最重要的"成分指"发现"与"突转"(此二者合为一个成分)，其次是"苦难"，再次是"性格"，"穿插"最不重要，但"穿插"如果挑选得好，安排得好，也可以构成一出不坏的戏，例如欧里庇得斯的悲剧《特洛亚妇女》(*Troiades*)，其中的"穿插"都与老王后赫卡柏(Hekabe)的苦难有密切的关系。一出戏可能运用这四个成分，例如《伊菲革涅亚在陶洛人里》是一出"复杂剧"，其中有"发现"与"突转"；该剧中有"苦难"(俄瑞斯忒斯面临被杀来祭献的危险)，有"性格"(俄瑞斯忒斯选择死，即愿意被杀来祭献)，还有与"主人公相结合"的"穿插"(参看第17章第3段末句)；或者只利用这四个成分中的两三个。因此亚里士多德说："诗人应竭力利用这一切成分"，还说，"竭力多利用一些"。至于"简单戏"则只能运用"苦难""性格""穿插"，或此三者之一二。

③ 意即比较悲剧的优劣，须首先比较布局的优劣。当日的批评家没有评定优劣的首要标准，他们要求每一个诗人在各方面都超过他的前辈。亚里士多德指出首要标准是布局的优劣，其他均为次要标准，例如"开场""发现""性格"刻画等的优劣，亚里士多德着意在"相同"，因此没有说"看'结'与'解'不相同"。

④ 一般校订者没有看出此处是在批评批评家不懂得怎样评定悲剧的优劣，把这最后两句(自"其实要说"起)移至本章第1段尾上。

⑤ 指第5章第3段、第7章末段、第9章第3段及第17章末段中关于史诗与悲剧的长度的话。

⑥ 指穿插。

⑦ 诗人以为"各部分"越长越美，这个想法违反第7章末段所说的法则，因为只看重"越长越美"，而疏忽了"有条不紊"这一前提。或解作"它们使诗人大失所望"，意即使诗人不能在戏剧比赛中获得胜利。

样），所有这些诗人不是失败，就是在比赛中失利①，甚至阿伽同也在他唯一的悲剧里遭受失败②。但是他们能从"突转"和简单情节中获得他们所想要的效果，即惊奇之感；〔因为这能产生悲剧的效果，打动慈善之心〕。写一个聪明的坏人（例如西绪福斯）上当，或写一个勇敢的歹徒被打败，就能产生这种效果。③ 这种事只有在阿伽同的话的意义上才是可能的，他说，可能有许多事违反可能律而发生。

歌队应作为一个演员看待：它的活动应是整体的一部分，它应帮助诗人获得竞赛的胜利，不应像帮助欧里庇得斯那样，而应像帮助索福克勒斯那样④。其余的诗人⑤的合唱歌跟他们的剧中的情节无关，恰像跟其他悲剧的情节一样无关；因此如今歌队甚至唱借来的歌曲，阿伽同是这个借用办法的创始者⑥。唱借来的歌曲跟把一段话〔或一整场戏〕从一出剧移到另一出剧里，有什么区别呢？⑦

············

---

① 译文根据厄尔斯的改订译出。伊利翁（Ilion）是特洛亚的别名。欧里庇得斯有两出悲剧是写赫卡柏的，其中一出是《赫卡柏》，另一出是《特洛亚妇女》，这两出悲剧只写伊利翁陷落的一部分故事，通过这一部分反映整个陷落，而不是把陷落整个写出来。"赫卡柏"这个名见拉丁文译本，抄本作"尼俄柏"。埃斯库罗斯的《埃阿斯三部曲》也是写伊利翁陷落的故事的，但写法与欧里庇得斯不同，大概是"穿插式"的，倾向于把陷落整个写出来。牛津本作："有许多诗人把整个伊利翁的陷落写出来，而不是只写一部分，像欧里庇得斯那样，或者把整个尼俄柏故事写出来，而不是只写一部分，像埃斯库罗斯那样。"此处大概不会提到尼俄柏：埃斯库罗斯的手法不同，他大概不会"只写一部分"。"失利"大概指仅得次奖。

② 此句意思不明白。"悲剧"大概是指写伊利翁陷落的悲剧。或解作："甚至阿伽同也由于这唯一的缘故而失败。"

③ "即惊奇之感"根据厄尔斯的改订译出。牛津本作："但他们以惊人的技巧，从'突转'与简单情节中获得他们所想要的效果。""从'突转'"，即从复杂情节之意。"因为这能产生悲剧的效果，打动慈善之心"一语疑是伪作。据此处所举的例子看来，一个聪明的坏人被欺骗或一个勇敢的歹徒被打败，虽然能打动观众的"慈善之心"，但不能引起怜悯与恐惧之情，即不能产生悲剧的效果，参看第13章第1段。西绪福斯很狡猾，他曾把死神绑起来，后来战神阿瑞斯（Ares）救了死神，并且把西绪福斯交给他惩治。"产生这种效果"指"引起惊奇之感"；聪明的人反而上当，勇敢的人反而被打败，是出乎意料的事，使人吃惊。

④ 要歌队帮忙，诗人须使合唱歌与剧中情节紧密联系。索福克勒斯的合唱歌与情节的联系相当紧密，欧里庇得斯的合唱歌与情节的联系则不甚紧密。一般校订者把这句话解作："它应是整体的一部分，应参加剧中的活动，不应像在欧里庇得斯的剧中那样，而应像在索福克勒斯的剧中那样。"

⑤ 指欧里庇得斯以后的诗人们。

⑥ 导演不采用上演的剧本的合唱歌，而借用其他悲剧（多半是该剧作者的其他悲剧）的合唱歌，其原因是上演的剧本的合唱歌与剧情无关，不如从其他悲剧里借用较好的歌曲。阿伽同的悲剧中的一些合唱歌大概没有写出来，只于每"场"之后注明该处加合唱歌。亚里士多德看了抄本，大概认为诗人兼导演的阿伽同借用过他的别的剧本中的合唱歌。

⑦ 当时的演员或导演往往从其他的悲剧里借来一段话。亚里士多德在此处讽刺诗人们对于这个办法表示愤慨，而对于借用的合唱歌却能容忍。他希望他们写出与剧情密切结合的合唱歌，"或一整场戏"疑是伪作，因为不可能从其他剧里借用一整场戏（参看第12章）。

第二十三章

现在讨论用叙述体和"韵文"来模仿的艺术①。显然,史诗的情节也应像悲剧的情节那样,按照戏剧的原则安排,环绕着一个整一的行动,有头,有身,有尾,这样它才能像一个完整的活东西,给我们一种它特别能给的快感②;显然,史诗不应像历史那样构成,历史不能只记载一个行动,而必须记载一个时期,即这个时期内所发生的涉及一个人或一些人的一切事件,它们之间只有偶然的联系。(在时间的顺序中,有时候一桩事随另一桩事而发生,却没有导致同一个结局,正如萨拉弥斯海战与西西里的卡耳刻冬战争同时发生③,但没有导致同一个结局。)几乎所有的诗人都这样写作。④ 唯有荷马的天赋的才能,如我们所说的,高人一等⑤,从这一点上也可以看出来:他没有企图把战争整个写出来,尽管它有始有终。因为那样一来,故事就会太长,不能一览而尽;即使长度可以控制,但细节繁多,故事就会趋于复杂。荷马却只选择其中一部分,而把许多别的部分作为穿插,例如船名表和其他穿插,点缀在诗中。⑥ 别的史诗诗人或写一个人物⑦,或写一个时期,即一个枝节繁多的行动,例如《库普里亚》的作者和《小伊利亚特》的作者⑧。因此《伊利亚特》或《奥德赛》⑨只足供一出,至多两出悲剧的题材,而《库普里亚》和《小伊利亚特》则可供好几出〔八出以上,比方说,可供一出《甲仗的评判》、一出《菲罗克忒忒斯》、一出《涅俄普托勒摩斯》、一出《欧律皮罗斯》、一出《伪装乞丐》、一出《拉开奈》、一出《伊利翁的陷落》和一出《归航》的题材,还可供一出

---

① 指史诗。

② 此处所说的"快感"是审美的快感,由史诗的完整的结构而引起的。第14章第1段所说的悲剧的快感,则是由悲剧引起怜悯与恐惧之情而产生的。

③ 希腊人于公元前480年在萨拉弥斯(Salamis,旧译作萨拉米)海湾击败波斯海军。据希罗多德的《希腊波斯战争史》第7卷第166节所载,西西里的希腊人于同一天在该岛北岸击败卡耳刻冬(Karkhedon)人的袭击。卡耳刻冬人即非洲北部的迦太基(Karthago)人。

④ "诗人"指史诗诗人。在亚里士多德看来,几乎所有的史诗诗人都成了编年史家(因为他们都描写一个时期中的所有的事件),唯有荷马是例外。

⑤ 亚里士多德曾在第8章第1段称赞荷马把《奥德赛》的情节安排得很好。

⑥ 《伊利亚特》只取特洛亚战争第十年中的一段故事(阿喀琉斯的忿怒及其后果)作为核心,这个核心是整一的,可以一下子掌握。荷马把十年战争中的其他故事,例如侦查敌情、决斗,作为穿插,因此他能于一段战争中表现十年战争的全貌。《伊利亚特》第2卷叙述希腊各城邦参战的船只。

⑦ 参看第8章第1段。

⑧ 《库普里亚》(Kypria)写特洛亚战争的起因,《小伊利亚特》写特洛亚的陷落,均已失传,不悉为何人所作。

⑨ 指《伊利亚特》和《奥德赛》的核心故事。

《西农》和一出《特洛亚妇女》的题材〕①。

第二十四章

再则,史诗的种类也应和悲剧的相同,即分简单史诗、复杂史诗、"性格"史诗和苦难史诗;史诗的成分〔缺少歌曲与"形象"〕也应和悲剧的相同,因为史诗里也必须有"突转""发现"与苦难。② 史诗的"思想"和言词也应当好。荷马第一个运用这一切种类和成分③,而且运用得很好。他的两首史诗各有不同的结构,《伊利亚特》是简单史诗兼苦难史诗,《奥德赛》是复杂史诗(因为处处有"发现"④)兼"性格"史诗;此外,这两首诗的言辞与"思想"也登峰造极。⑤

但史诗在长短与格律方面与悲剧不同。⑥ 关于长短,前面所说的限度就算适当了⑦:长度须使人从头到尾一览而尽,如果一首史诗比古史诗短,约等于一次听完的

---

① 埃斯库罗斯有一出悲剧名叫《甲仗的评判》,已失传,写希腊人把阿喀琉斯遗下的甲仗判给俄底修斯,索福克勒斯的《埃阿斯》也写这个故事。现存的《菲罗克忒忒斯》是索福克勒斯的悲剧,写俄底修斯和涅俄普托勒摩斯(Neoptolemos)到一个岛上去找菲罗克忒忒斯,要把他带到特洛亚。尼科马科斯(Nikomakhos)和索福克勒斯各有一剧名叫《涅俄普托勒摩斯》,写涅俄普托勒摩斯到达特洛亚的故事,均已失传。索福克勒斯有一出悲剧,名叫《欧律皮罗斯》(Eurypylos),已失传。此处所说的欧律皮罗斯若不是指忒勒福斯与特洛亚国王普里阿摩斯(Priamos)的姐妹阿斯堤俄刻(Astyokhe)的儿子(为涅俄普托勒摩斯所杀),便是指希腊英雄欧律皮罗斯——欧埃蒙(Euaimon)的儿子,曾在特洛亚战争中受伤。《伪装乞丐》指俄底修斯伪装乞丐到特洛亚城内侦察敌情的故事,此处所说的大概不是已写成的剧本。索福克勒斯有一出悲剧名叫《拉开奈》(Lakainai,意即"斯巴达妇女"),已失传,写俄底修斯和狄俄墨得斯到特洛亚城里去盗取雅典娜的偶像的故事。索福克勒斯的儿子伊俄丰(Iophon)有一出悲剧名叫《伊利翁的陷落》,已失传。"归航"大概指希腊人于使用木马计时,假意撤兵,把船只撤至忒涅多斯(Tenedos)岛,一说指希腊人的凯旋;此处所说的《归航》大概不是已写成的剧本。索福克勒斯有一出悲剧名叫《西农》(Sinon),已失传,写希腊人西农骗特洛亚人把木马推进城的故事。此段(自"八出"起)疑是伪作。"八出以上"指《小伊利亚特》可供八出以上。"以上"一词及末句(自"还可"起)疑是出自另一人的手笔。
② 悲剧分复杂剧、苦难剧、"性格"剧和穿插剧(参看第18章第2段)。史诗的穿插又多又长,可以说每一首史诗都是穿插史诗,因此亚里士多德改用"简单史诗"。此处所说的"成分"指"突转"与"发现"(此二者合为一个成分)、苦难、"性格"和穿插(与第5章末段及第6章所指的"成分"是两回事,因此可以断定"缺少歌曲"与"形象"一语系伪作)。
③ 包括"思想"与言词。
④ 《奥德赛》中的主人公俄底修斯曾经先后被圆目巨人、淮阿刻斯人,(Phaiakes)以及俄底修斯自己家里的人"发现"。
⑤ 此段谈史诗与悲剧相同之点,应属于上一章。
⑥ 第5章第3段起三点差别,包括叙述体。此处没有讨论叙述体,因为这是二者的基本差别,但本章曾几次点明,史诗采用叙述体,史诗是叙事诗。亚里士多德不但不强调这个基本差别,反而强调史诗的戏剧性,参看本章第4段。
⑦ "前面"指第7章第3段,该处所说的是理想的长度,也适用于史诗,然而史诗又不可能严格遵守。

一连串悲剧①,就合乎这条件。但史诗有一个非常特殊的方便,可以使长度分外增加。悲剧不可能模仿许多正发生的事,只能模仿演员在舞台上表演的事;史诗则因为采用叙述体,能描述许多正发生的事,这些事只要联系得上,就可以增加诗的分量②。这是一桩好事〔可以使史诗显得宏伟〕,用不同的穿插点缀在诗中,可以使史诗起变化〔听众〕;③单调很快就会使人腻烦,悲剧的失败往往由于这一点。

至于格律,经验证明,以英雄格④最为适宜。如果用他种格律或几种格律⑤来写叙事诗,显然不合适。英雄格是最从容有分量的格律⑥(因此最能容纳借用字与隐喻字);叙事诗和其他诗体形式也不同⑦;短长格与四双音步长短格很急促,前者适合于表现行动,后者适合于舞蹈⑧。如果像开瑞蒙那样混用各种格律,那就更荒唐⑨。因此,从来没有人用英雄格以外的格律来写长诗⑩。叙事诗的性质,如我们所说的那样,使我们选择适宜的格律。⑪

荷马是值得称赞的,理由很多,特别因为在史诗诗人中唯有他知道一个史诗

---

① "古史诗"指《荷马史诗》,其他的古史诗都比较短。此处所说的"一首史诗"与"古史诗"均指其中的核心故事;《荷马史诗》以外的史诗,不是传记式史诗,便是编年史诗,其中均无核心故事。"一连串悲剧"大概指同一天上演的三出悲剧(一说指"三部曲"),共约 4000 行;亚里士多德似乎把萨堤洛斯剧也作为悲剧看待,如果加上一出萨堤洛斯剧,则共约 5000 行。《伊利亚特》15693 行,《奥德赛》约 12105 行,但《伊利亚特》的核心故事约只 4300 行,《奥德赛》的核心故事约 4000 行。

② "正发生的事"或解作"同时发生的事"。但悲剧和史诗一样,也能表达许多同时发生的事,例如《阿伽门农》中的传令官报告特洛亚被攻陷与被劫洗,这两件事和守望人在该剧开场时所望见的信号火光是同时发生的。亚里士多德的意思是说,舞台上表演一场戏之后,时间即成过去,因此悲剧不能把许多过去的事作为正发生的事来模仿,而讲故事的诗人则能使时间倒退,回头叙述许多事,而且可用"现在时"叙述,仿佛那些事正在发生。有人认为亚里士多德在此处暗示"地点的整一"(即三整一律中的"地点整一律")。因为讲故事的诗人能使地点变换,即假定他是在许多不同的地方;悲剧则只能表演在舞台上,即一个地点上所发生的事。可是古希腊舞台并不总是代表同一个地点,亚里士多德并没有说舞台所代表的地点是不能变换的。所谓"联系得上"指《奥德赛》中的穿插与主人公俄底修斯联系得上,《伊利亚特》中的穿插与特洛亚联系得上,参看第 17 章第 2 段。

③ "可以使史诗显得宏伟"疑是伪作,这句话大概是用来解释 ogkos 的,因为这个字除了"分量"(见上句,指"长度"和"宏伟")的意思外,还有"浮夸"的意思。"不同的穿插"指不同于主要情节的穿插。"可以使史诗起变化"或解作"而且可以提起观众的兴趣"。

④ 指六音步长短格。

⑤ 指几种"韵文"的格律。亚里士多德只承认三种"韵文"。

⑥ 英雄格所以最从容、最有分量,是由于所占时间较长,每音步包括一个长音缀、两个短音缀,这两个短音缀所占的时间与一个长音缀所占的时间大概相等。

⑦ "形式也不同"指叙事诗比较长,能容纳许多穿插。

⑧ 参看第 4 章末段最后部分。

⑨ 意即用短长格或四双音步长短格来写史诗已不合适,若混用各种格律,则更不合适。关于开瑞蒙,参看第 1 章第 4 段最后部分。

⑩ 指叙事诗,即史诗。叙事诗所以很长,是由于其中有许多穿插。

⑪ 悲剧的对话性质使诗人找到合乎口语的短长格律,史诗的叙述性质使诗人找到合乎叙述语气的长短短格律。"如我们所说的"指第 4 章第 2 段、该章末段最后部分及本段前一部分论格律的话。

诗人应当怎样写作。史诗诗人应尽量少用自己的身份说话,否则就不是模仿者了。其他的史诗诗人却一直是亲自出场,很少模仿,或者偶尔模仿。荷马却在简短的序诗之后,立即叫一个男人或女人或其他人物出场,他们各具有"性格",没有一个不具有特殊的"性格"。①

惊奇是悲剧所需要的,史诗则比较能容纳不近情理的事(那是惊奇的主要因素)②,因为我们不亲眼看见人物的动作。赫克托耳被追赶一事,如果在舞台上表演(希腊人站着不动,不去追赶,阿喀琉斯向他们摇头③),就显得荒唐;但是在史诗里,这一点却不致引人注意。惊奇给人以快感,这一点可以这样看出来:每一个报告消息的人都添枝添叶,以为这样可以讨听者喜悦。

把谎话说得圆主要是荷马教给其他诗人的,那就是利用似是而非的推断。如果第一桩事成为事实或发生,第二桩即随之成为事实或发生,人们会以为第二桩既已成为事实,第一桩也必已成为事实或已发生(其实是假的)④;因此,尽管第一桩不真实,但第二桩是第一桩成为事实之后必然成为事实或发生的事,人们就会把第一桩提出来⑤;因为如果我们知道第二桩是真的,我们心里就会做似是而非的推断,认为第一桩也是真的,例如洗脚一景中的推断⑥。

因此,一桩不可能发生而可能成为可信的事⑦,比一桩可能发生而不可能成为可信的事更为可取;但情节不应由不近情理的事组成⑧;情节中最好不要有不近情理的事;如果有了不近情理的事,也应该把它摆在布局之外(例如在《俄狄浦斯王》剧中,俄狄浦斯不知道拉伊俄斯是怎样死的)⑨,而不应把它摆在剧内⑩(像

---

① 《伊利亚特》和《奥德赛》均有简短的序诗,荷马在序诗中用自己的身份说话,主要是介绍主题。荷马在《伊利亚特》第2卷叙述船只之前,也曾用自己的身份说话。亚里士多德很称赞《荷马史诗》的戏剧性,把荷马当作一个戏剧开创者看待,参看第4章第2段。"其他人物"指神祇。

② 悲剧中的惊奇应意外地发生而又有因果关系(即近乎情理),而且应把它摆在主要情节里,参看第9章末段。史诗中的惊奇属于另外一种,它不近情理。

③ 阿喀琉斯在特洛亚城下追赶赫克托耳,他向希腊兵士摇头,不让他们向赫克托耳投掷标枪,免得他们夺去了他的战功,参看《伊利亚特》第22卷第205到206行。

④ 括弧里的话或解作:"这是错误的推断。"

⑤ 意即把第一桩当作真事提出来。

⑥ 伪装乞丐的俄底修斯在洗脚之前告诉他的妻子珀涅罗珀,他从前是个富有的人,曾款待过俄底修斯,为了证明这事,他提起俄底修斯当时穿的衣服,参看《奥德赛》第19卷第164到307行。珀涅罗珀知道他所说关于衣服的事是真的,因此错误的推断,认为这乞丐一定看见过俄底修斯。

⑦ 一桩不可能发生的事,只要处理得好,可能成为一桩可信的事,例如俄底修斯被放在岸上一事,参看本章末段。

⑧ 意即不要把不近情理的事(即不可能发生的事)摆在主要情节里。

⑨ 参看第15章第2段最后部分。

⑩ 意即不要把它摆在主要情节内。

《厄勒克特拉》剧中传达皮托运动会的消息①，或者像《密西亚人》剧中有人从忒革亚到密西亚，一路上没有说过一句话②）。如果说这样一来就会破坏布局③，那就未免荒唐，那样布局根本不应该。但是，如果已经采用了不近情理的事，而且能使那些事十分合乎情理，甚至一桩荒诞不经的事也是可以采用的④。在《奥德赛》中，俄底修斯被放在岸上这一不近情理的事⑤，如果是一个拙劣的诗人作的，显然会使人不耐心听；但荷马却用他的别的特长加以美化⑥，把这事的荒诞不经掩饰过去了。但雕琢的词藻，只应用于行动停顿，不表示"性格"与"思想"的地方，因为太华丽的词藻会使"性格"与"思想"模糊不清⑦。

第二十五章

现在讨论疑难和反驳。⑧ 它们的种类和性质，可从下面的观点看出来。

诗人既然和画家与其他造型艺术家⑨一样，是一个模仿者，那么他必须模仿下列三种对象之一：过去有的或现在有的事、传说中的或人们相信的事、应当有的事。这些事通过文字来表现，文字还包括借用字和隐喻字⑩；此外还有许多起

---

① 此处所说的《厄勒克特拉》是索福克勒斯的悲剧，该剧中的保傅向克吕泰墨斯特拉报告假消息，说她儿子俄瑞斯忒斯在皮托（Pytho）运动会上撞车毙命（第 660 行以下一段）。亚里士多德在此处批评索福克勒斯不应在英雄剧里描写皮托运动会，因为俄瑞斯忒斯是英雄时代（前 13—前 12 世纪）的人物，而皮托运动会则是公元前 586 年才开办的。皮托是阿波罗的圣地得尔福（Delphoi，旧译作特尔斐）的别名，得尔福在希腊中部福喀斯（Phokis，旧译作佛西斯）境内。

② 《密西亚人》(Mysoi) 大概是埃斯库罗斯的悲剧，已失传。此处所说的人物指忒勒福斯。忒勒福斯的母亲奥革（Auge）是忒革亚（Tegea）国王阿琉斯（Aleus）的女儿、雅典娜庙上的女祭司，他父亲是赫剌克勒斯。奥革后来嫁给密西亚（Mysia）国王透特剌斯（Teuthras）。忒勒福斯特地从希腊到密西亚去寻找他的父母。密西亚在小亚细亚西北部，忒革亚在伯罗奔尼撒的阿耳卡狄亚境内。

③ 诗人本来想用不近情理的事（即不能发生的事）布局；他认为如果不让他用，或者不让他把这种事摆在布局之内，他的布局就会垮台。

④ 译文根据布乞尔的改订译出。牛津本作："如果诗人已经采用了这样的布局，而听众看出他本来可以把它写得较近情近理些，他就不但显得荒唐，而且犯了艺术上的错误。"

⑤ 俄底修斯乘坐的船被冲上岸，水手们把他移到岸上，然后乘船而去，俄底修斯却一直酣睡未醒。（参看《奥德赛》第 13 卷第 113 到 115 行）

⑥ 荷马竭力用华丽的辞藻描写夜航和俄底修斯的家乡伊塔刻的景色。

⑦ 前面称赞荷马使用华丽的辞藻，此处点明辞藻不可随便使用。俄底修斯被冲上岸一景不表现行动，也不表现俄底修斯的"性格"与"思想"。

⑧ 亚里士多德在此章论批评家的无理责难和反驳他们的方法。此章中引用的指责大半是左伊罗斯（Zoilos）和其他批评家对荷马的攻击。"疑难"指诗中的疑难字句，批评家对这些字句加以指责。"反驳"指对批评家的指责的反驳。

⑨ "画家"指肖像画家，"其他造型艺术家"指肖像雕刻家。

⑩ "文字"本已包括普通字。或改订为"或用普通字或用借用字和隐喻字"。

了变化的字①,可供诗人使用。

再则,衡量诗和衡量政治正确与否,标准不一样②;衡量诗和衡量其他艺术正确与否,标准也不一样。在诗里,错误分两种:艺术本身的错误和偶然的错误。如果诗人挑选某一件事物来模仿,……而缺乏表现力,这是艺术本身的错误③。但是,如果他挑选的事物不正确,例如写马的两只右腿同时并进,或者在科学(例如医学或其他科学)上犯了错误,或者把某种不可能发生的事写在他的诗里,这些都不是艺术本身的错误。④ 在反驳批评家对疑难字句提出的指责时,须注意这些前提。

先谈对艺术本身的指责。如果诗人写的是不可能发生的事,他固然犯了错误;但是,如果他这样写,达到了艺术的目的(所谓艺术的目的前面⑤已经讲过了),能使这一部分或另一部分诗更为惊人⑥,那么这个错误是有理由可辩护的。例如赫克托耳被追赶一事⑦。但是,如果不牺牲技术的正确性,也能,甚至更能达到目的,那么上面所说的错误就没有理由可辩护,因为诗人应当尽可能不犯任何错误。我们并且要问诗人所犯的是何种错误,是艺术本身的错误,还是偶然的错误?不知母鹿无角而画出角来⑧,这个错误并没有画鹿画得认不出是鹿那样严重。

其次,如果有人指责诗人所描写的事物不符合实际,也许他可以这样反驳:"这些事物是按照它们应当有的样子描写的",正像索福克勒斯所说,他按照人应当有的样子来描写,欧里庇得斯则按照人本来的样子来描写。如果上面两个说法都不行,他还可以这样辩解:有此传说,例如关于神的传说,那些传说也许像塞

---

① 指第 21 章第 10 段所说的衍体字和缩体字以及该章第 11 段所说的变体字。

② "政治"指"社会道德"。亚里士多德把"政治"作为生活与行为(即社会道德)的艺术,其中包括诗的艺术及其他艺术,因为诗是描写人的生活与行为的艺术(参看第 6 章第 4 段),二者有关系,但衡量它们正确与否,标准不一样。

③ 抄本残缺,意思不明白。此句指诗人无力表现他心目中想象的事物。

④ "如果他挑选的事物不正确"指诗人心目中想象的事物不正确。或解作:"如果诗人本来想把事物写得正确,而由于缺乏表现力,没有办到,这是艺术本身的错误;如果他本来就有意把事物写得不正确(例如描写马两只右腿同时并进),以致科学(例如医学或其他科学)上的错误或某种不可能发生的事在他的诗里出现了,这就不是本质的错误。"

⑤ 指第 9 章末段、第 14 章第 1 段等处。

⑥ 参看第 9 章末段中所说的弥堤斯雕像的故事,那是一件不可能发生的事,但是非常惊人。

⑦ 参看第 24 章第 5 段。

⑧ 一些古希腊画家画出有角的母鹿,一些古希腊诗人——例如品达(Pindaros)、索福克勒斯、欧里庇得斯——也描写母鹿有角。

诺法涅斯所说,不宜于说,不真实①,但是有此传说。有时候诗中的描写也许并不比实际更理想,但在当时却是事实,例如这句描写武器的诗:"他们的矛,尾端向下,直竖在地上。"②那是当时的习惯,今日伊吕里斯人③的习惯仍然如此。

在判断一言一行是好是坏的时候,不但要看言行本身是善是恶,而且要看言者、行者为谁,对象为谁,时间系何时,方式属何种,动机是为什么,例如要取得更高的善,或者要避免更坏的恶。

············

一般说来,写不可能发生的事,可用"为了诗的效果""比实际更理想""人们相信"这些话来辩护。为了获得诗的效果,一桩不可能发生而可能成为可信的事,比一桩可能发生而不能成为可信的事更为可取。像宙克西斯所画的人物是……④但是这样画更好,因为画家所画的人物应比原来的人更美。⑤ 不近情理的事,可用"有此传说"一语来辩护;或者说在某种场合下,这种事并不是不近情理,因为可能有许多事违反可能律而发生。⑥

分析诗人的话中的矛盾,须像分析辩论会上对方的反驳一样,先看他的话是不是指同一桩事,是不是有同样关系⑦,是不是有同样意思,然后断定他现在所说的话和他先前所说的话,或者和一个有智人所领悟的诗中的意思有矛盾⑧。

但是,如果不近情理的情节或性格的卑鄙没有必要,没有用处,应当受指责,这种不近情理的情节,可举欧里庇得斯的《埃勾斯》里不近情理的情节为例⑨,性格的卑鄙可举《俄瑞斯忒斯》剧中的墨涅拉俄斯的卑鄙为例⑩。

---

① 塞诺法涅斯(Xenophanes)是公元前 6 世纪末叶哲学家和诗人,他首先批评荷马诗中的神不真实、不道德。

② 见《伊利亚特》第 10 卷第 152 到 153 行。这句诗写狄俄墨得斯的兵士于睡觉时把矛插在地上,尾端向下,矛的尾端有一个尖的钉子,所以矛可以这样插在地上。这办法相当危险,因为矛倒下来可能伤人。

③ 伊吕里斯(Illyris)人住在希腊西北部。

④ 抄本残缺。布乞尔本补订为"或许是不可能有的"。宙克西斯所画的和波吕格诺托斯所画的同样是理想的人物,但宙克西斯的人物没有"性格",参看第 6 章第 6 段。据说宙克西斯画海伦的像时,用 5 个美女做模特儿,把各人的美集中在一个身上。

⑤ 参看第 15 章第 3 段。

⑥ 没有更好的理由来反驳时,只好这样说。参看第 18 章第 3 段。

⑦ 指某句话与上下文或与该诗另一段的关系。所谓"有同样关系",指与上下文或与他段无矛盾。

⑧ 这句话挖苦本章第 14 段提及的"有的批评家"。

⑨ 一般注释者认为此处所指的是欧里庇得斯的《美狄亚》剧中的埃勾斯(Aigeus)一景(第 663 到 758 行),他们认为亚里士多德的意思是说,埃勾斯来得太突然,不近情理,而且这人物并不是布局所必需的。但是埃勾斯曾答应让美狄亚到他的城邦(雅典)避难,因此埃勾斯的出现,使美狄亚得到安身之地;美狄亚有了安身之地,她的报仇计划(杀害公主和国王)才得成熟,才能执行。也有人认为此处所指的是欧里庇得斯的悲剧《埃勾斯》里某一个不近情理的情节。

⑩ 参看第 15 章第 1 段。

批评家的指责分五类,即不可能发生、不近情理、有害处①、有矛盾和技术上不正确。反驳的时候,须注意上述各点,一共十二点②。

第二十六章

也许有人会问,史诗和悲剧这两种模仿形式,哪一种比较高。③ 如果说比较不庸俗的艺术比较高,而比较不庸俗的总是指高等听众所欣赏的艺术,那么,很明显,模仿一切的则是非常庸俗的艺术。④ 有的演员以为不增加一些动作,观众就看不懂,因此,他们扭捏出各种姿态,例如拙劣的双管箫吹手模仿掷铁饼就扭来转去,演奏《斯库拉》乐章就把歌队长乱抓乱拖。有人说⑤,悲剧就是这类的艺术,有如老辈演员眼中的后辈演员:明尼斯科斯时常称呼卡利庇得斯为"无尾猿",因为他演得太过火了,品达也时常遭受类似的批评。⑥ 整个悲剧艺术之于史诗,有如后辈演员之于老辈演员。有人说,史诗是给有教养的听众欣赏的,他们不需要姿势的帮助——而悲剧则是给下等观众欣赏的。如果悲剧是庸俗的艺术,显然比史诗低了。

但是,第一,这不是对诗的艺术的指责,而是对演唱者⑦的艺术的指责;因为史诗朗诵者手舞足蹈,也可能做得过火,索西斯特剌托斯⑧就是如此;参加竞赛的歌手手舞足蹈,也可能做得过火,俄普斯人谟那西忒俄斯⑨就是如此。其次,并不是所有的动作都通不过⑩,否则连舞蹈也通不过;只是模仿下贱的人物的动

---

① 指本章第 5 段中的"不宜于说"(意即不道德),"不比实际更理想"(意即照样有害处)。

② 大概指下列 12 点:(1)艺术本身的错误;(2)偶然的错误;(3)过去有或现在有的事;(4)传说中的或人们相信的事;(5)应当有的事;(6)借用字;(7)隐喻字;(8)语言;(9)词句的划分;(10)字义含糊;(11)字的习惯用法;(12)一字多义。各家注本所统计的 12 点不尽相同。

③ 亚里士多德在本章回答他在第 4 章第 4 段开头提出的问题,即就悲剧形式本身和悲剧形式跟观众的关系来考察,悲剧的形式是否已趋于完美,所谓"完美",指与史诗的形式比较,算不算得完美。

④ 译文根据抄本译出。"一切"指姿态、动作、声音等。这句话大概是柏拉图说的,柏拉图曾在《理想国》第 3 卷攻击模仿一切的人(参看《柏拉图文艺对话集》第 49 页),并且在《法律篇》第 2 卷中(658c)认为史诗高于悲剧。牛津本改订为:"为一般人所欣赏的模仿艺术则是庸俗的艺术。"

⑤ "有人说"是补充的。"人"大概指柏拉图。

⑥ 明尼斯科斯(Mynniskos)是演埃斯库罗斯的悲剧的演员。卡利庇得斯(Kailippides)是公元前 5 世纪末叶的演员。此处所说的品达是一位演员(大概是公元前 5 世纪末叶的人),不是那位著名的写颂歌的诗人。亚里士多德大概曾听柏拉图于评论史诗与悲剧的优劣时,列举这些演员的表演艺术来说明问题。柏拉图少年时看过他们的表演,他可以称他们为"老辈"与"后辈";亚里士多德却没有看过他们的表演。

⑦ 包括演员、歌手与朗诵者。

⑧ 索西斯特剌托斯(Sosistratos)已不可考。

⑨ 谟那西忒俄斯(Mnasitheos)已不可考。俄普斯(Opous)在罗克里斯(Lokris)境内。

⑩ 意即经过审查,通不过。

作才通不过,卡利庇得斯就因为模仿这种动作而受到指责,一些当代演员也因为模仿下贱的女人而受到指责。再则,悲剧跟史诗一样,不倚靠动作也能发挥它的力量,因为只是读读,也可以看出它的性质。^① 所以,如果悲剧在其他方面^②都比较优越,这个指责就不是它必须承受的,因为悲剧具备史诗所有的各种成分^③,甚至能采用史诗的格律^④。此外,它还具备一个不平凡的成分,即音乐〔和"形象"〕^⑤,它最能加强我们的快感;其次,不论阅读或看戏,悲剧都能给我们很鲜明的印象;还有一层,悲剧能在较短时间^⑥内达到模仿的目的,比较集中的模仿比被时间冲淡了的模仿更能引起我们的快感,试把索福克勒斯的《俄狄浦斯王》拉到《伊利亚特》那样多行,再看它的效果^⑦;甚至史诗诗人写的有整一性的诗,也不及拉长了的《俄狄浦斯王》这样能引起我们的快感^⑧;如果他们只写一个情节,不是写得很简略而像被截短了似的,就是达到标准的长度,但仍然像被冲淡了似的。^⑨ 这一点可以这样看出来:任何一首史诗,不管哪一种,都可供好几出悲剧的题材^⑩,我所指的是由好几个行动构成的史诗^⑪,例如《伊利亚特》〔和《奥德

----

① "不倚靠动作"即不倚靠表演之意。悲剧的性质在于严肃,悲剧通过严肃的行动以引起怜悯与恐惧之情。

② 指下面所说的四个方面。

③ 悲剧所以比史诗优越,是由于这一点及下述三点,关于"成分",参看第 24 章第 1 段。

④ 指六音步长短短格,例如索福克勒斯的悲剧《特剌喀斯少女》(Trakhiniai)第 1009 行、《菲罗克忒忒斯》第 840 行、欧里庇得斯的悲剧《特洛亚妇女》第 590 行。

⑤ "和'形象'"疑是伪作,因为"不平凡的成分"是单数。亚里士多德曾在第 6 章末段说,"形象"跟诗的艺术关系最浅,他大概不会在这里提起"形象"。

⑥ 指演出时间。

⑦ "再看它的效果"是补充的。

⑧ 译文根据抄本译出。"拉长了的《俄狄浦斯王》"是补充的。拉长了的《俄狄浦斯王》仍然是一出好戏,虽然已不像原来的作品那样能引起我们的快感。一首有整一性的史诗所以不及一出拉长了的悲剧这样能引起我们的快感,是由于史诗有许多很长的穿插。牛津本改订为:"再则,史诗诗人的模仿在整一性上比较差。"这是一个新的论点,与前面及此段末尾对《荷马史诗》的整一性的称赞相矛盾。

⑨ 史诗的主要情节的标准长度是 4000 行左右,如果只写 2000 行,听众会感到不满足,认为长度被削减了。即使达到 4000 行左右,但由于史诗须有许多很长的穿插,因此整首诗仍然像被冲淡了似的。

⑩ 此句(自"这一点"起)根据厄尔斯的改订,由"这样能引起我们的快感"后面移至此处。任何一首史诗都可以分写为好几出悲剧,由此可以看出它的情节不集中,而是被冲淡了似的。"不管哪一种"意即不管是传记式史诗、编年史诗或荷马史诗。

⑪ 一首史诗所以能分写为好几出悲剧,是由于它是由好几个行动构成的,特别是传记式史诗和编年史诗。

赛》〕就有许多这样的部分①,各部分有自己的体积②,但这首史诗〔和一些这类的史诗〕的结构却十分完美,它所模仿的行动非常整一。③

如果悲剧在这几方面胜过史诗,而且在艺术效果方面也胜过史诗(这两种艺术不应给我们任何一种偶然的快感,而应给前面所说的那种快感④),那么,显而易见,悲剧比史诗优越,因为它比史诗更容易达到它的目的。

关于悲剧和史诗本身及其种类、它们的成分的数量和彼此间的差别、评论它们的优劣的理由,以及关于批评家对它们的指责和对这些指责的反驳,我所要谈的就是这些。……⑤

◎史料选

亚里士多德

〔美〕梯　利

亚里士多德探讨的问题

柏拉图是建立包罗万象的唯心主义哲学的第一个希腊思想家。但是,他的体系有些难题和矛盾,需要考虑,如果可能,并予以克服。早期的柏拉图学派几

---

①　"和《奥德赛》"疑是伪作,因为此段尾上所说的"这首史诗"是单数。"这样的部分",指可以供好几出悲剧的题材的部分。《伊利亚特》只写特洛亚战争的一部分,但其中的穿插则写战争的其他部分,参看第23章。在亚里士多德看来,此诗的结构不及《奥德赛》,因为诗中的穿插只是与战争有关,而与阿喀琉斯及其忿怒的关系往往不甚密切;而《奥德赛》中的穿插则与诗中主人公有密切关系。《伊利亚特》中的穿插曾被写成许多出悲剧。

②　意即各部分的体积不在主要情节之内。

③　此段有些为辩论而辩论。亚里士多德既说悲剧不必倚靠演出,又提起与演出有关的音乐。音乐与演出有关,不能属于此段中所说的"其他方面"。亚里士多德既提起史诗的结构没有悲剧的集中,又要为荷马辩护。

④　"前面所说的那种快感"有两种解释。第一种指第14章第1段所说的"特别能给的快感",这种快感是由悲剧引起我们的怜悯与恐惧之情,通过诗人的模仿而产生的。此处所指大概是这一种快感。可疑之点在于《诗学》中并没有提及史诗也能引起怜悯与恐惧之情,而且第13章第1段还肯定这是悲剧的"特殊功能"。可是第24章第1段曾提及"复杂史诗",而第11及13章曾说明复杂的结构最能引起怜悯与恐惧之情,可见史诗也能引起怜悯与恐惧之情。第二种解释指第23章开头所说的"特别能给的快感",即由布局的完美而引起的审美的快感。

⑤　现存的《诗学》至此处中断。《诗学》中无第2卷,各说不一,但亚里士多德曾谈及他在第6章第1段应要谈的喜剧,则无疑问。而且"我所要谈的就是这些"一语,在亚里士多德的著作中通常是用来结束前面的话,以便转入其他主题。

乎没有发挥其创始人的思想,像一般学派所做的那样,大部分照原样传布了他的学说。这有待于一个能独立思考的学生亚里士多德来建立体系,他以在他看来更前后一致的和科学的方式发展了这个体系。首先要重新考虑超越的理念问题。柏拉图似乎把后来被亚里士多德称之为永恒的形式者置于星体以外,把它同实际的经验世界隔离开来,并贬低经验世界为纯粹现象。其次是有关占第二位的因素,即柏拉图式的物质概念,需要更精确地予以规定,使它成为令人满意的解释原则。形式和物质之间的鸿沟需要弥合。遥远和不变的理念,如何能把它们的影像加在无生命和无理性的基质之上呢?还有其他难题。如何解释事物逐渐变化的形式,如何解释个体不死的灵魂存在而又依附肉体?造物主和世界灵魂(the world-soul)是权宜之计,求助于神话和流行的宗教是自认无知的供认。仍然是二元论,并扩展到这一体系的各个方面,问题还是没有解决,至少在亚里士多德看来是如此。

亚里士多德保留了那些不变的永恒的形式,他老师的唯心主义原则,但他排除了它们的超验性。可以说他把那些原则由天上降到人间。形式不脱离事物,而在事物以内;不是超验的,而是内在的。物质〔即质料〕不是非存在,而是能动的;形式和物质不是彼此脱节,而是永远结合在一起的。物质实现事物的形式或理念,移动、变化、生长或向前发展。感官世界或现象界不单纯是实在世界的模仿或影子。它就是实在的世界,形式和物质合成一体;它是科学的真正对象。正因为亚里士多德是这样构思的,所以他安然地生活于感官世界,以同情的态度来研究它;他的理论总是同它有密切的联系,而且鼓舞了自然科学。

公元前384年亚里士多德生于斯塔吉拉,是马其顿的菲力普的御医尼科马库斯的儿子。十七岁时进入柏拉图的学园,在那里作为学生和教师待了二十年。公元前347年柏拉图死后,他旅行到梅西阿的阿索斯,从那里又到米提棱奈,据说他回雅典开办过修辞学学校。公元前342年菲力普任命他来教他那后来称为大王的儿子亚历山大。七年以后他回到雅典,在题献给吕克昂太阳神阿波罗的体育馆建立一所学校,从而这个学校在历史上以吕克昂得名。因为亚里士多德有在散步时进行教学的习惯,他的学派又称为逍遥学派。他用演讲和对话教授学生。公元前323年亚历山大突然逝世,亚里士多德在雅典被反马其顿党控告有渎圣罪,被迫逃往攸波阿,于公元前322年死在那里。

亚里士多德是一个有高尚品质的人,他的个性体现了他在伦理学体系中所教诲的节制与和谐的希腊思想。他极爱真理,判断精确、不偏不倚而且尖锐。他精通论辩学,探究入微,博览群书,观察缜密,是一个专家。他文笔的风格有如他的思维,清晰、科学、平易,没有雕琢和空洞的幻想,乃至有点枯燥。我们在他的著作中很少感到他自己品格的锋芒,只有在罕见的场合他表现他的感情。在这些方面,他不像他的著名老师柏拉图。精读他的著作时,我们似乎是位于一个冷静而无个性的理性面前。但是,他是思想史上最伟大的人物之一,一个博学的天才。他对许多论题写有著作:逻辑学、修辞学、诗学、物理学、植物学、动物学、心理学、伦理学、经济学、政治学和形而上学。

被认为是亚里士多德写的很多著作流传下来了,其中大部分是真的。不过,他的许多书好像已遗失。安德罗尼柯于公元前60年到50年之间编辑出版了亚里士多德的著作,认为他写的书(我们应该说是篇章)有一千本。他为广大读者所出版的著作,只有断简残章保存下来;所保存的材料有对学生的演讲稿,原来没准备出版。

仿照策勒尔的办法,我们可以把亚里士多德现存的著作分类如下:

(1)逻辑学(亚里士多德门徒称为《工具篇》,即有关用以获得知识的器械或工具的著作)。《范畴篇》(对此后人有所增减,大部分是真的,虽然有些权威人士表示怀疑)、《命题篇》(叙述亚里士多德的学说,但不是真的),两个《分析篇》(三段论式、定义、分类和论证),《正位篇》(九卷,论盖然性),《辨谬篇》是《正位篇》的最后一卷。

(2)修辞学。《与泰欧德克提谈修辞学》(据亚里士多德的学说写成,不是他本人的著作),《与亚历山大谈修辞学》(是伪作),《修辞学》(三卷,第三卷可疑),艺术论表述于《诗学》中,其中只有一部分保存了下来。

(3)形而上学。有一连续十四卷主要探讨第一原理的著作,在安德罗尼柯所辑的文集中,被直接列于有关物理学著作的后面,取名为《物理学后编》(或者是在有关物理学著作后面的著作),这只标志它们在文集中的位置。形而上学一词即由此而来。亚里士多德本人从来没用过这个词,他称对初始本原的讨论为"太初哲学"(First Philosophy)。亚里士多德原来并未有意把这十四卷合成一种。第二卷(a)和第十一卷中的一些部分是伪作。

(4)自然科学。《物理学》(八卷,第七卷是插进去的),《天文学》(四卷),《起源和衰灭》(两卷),《气象学》(四卷),《宇宙生成论》(伪作),《植物学》(伪作),《动物志》(十卷,第十卷是伪作),《动物的分类学》(四卷),《动物的演进论》(有些人认为不是真品),《动物的起源论》(五卷),《动物的运动论》(伪作),《心理学》。《论灵魂》(八卷,其中三卷讨论感觉、记忆、睡和醒;其他称为《自然短论》,是后加的比较小的论文,而最后论呼吸的一卷是亚里士多德以后的著作)。

(5)伦理学。《尼各马可伦理学》(十卷,在五卷至七卷中已据《欧德穆伦理学》有所增补),《欧德穆伦理学》(是由欧德穆对前书所做的修订本,只保留了一至三卷和第六卷),《大伦理学》,即比较广泛的伦理学(是前二书的合编)。

(6)政治学。《政治学》(八卷,显然不完全),《雅典政制》(是于1890年发现的《政治学》中的一部分)。一般所说的亚里士多德经济学方面的著作不可靠。

二、近代部分

雪　莱

◎文论作品

诗之辩护①（1821）

所谓推理与想象这两种心理活动,据一种看法,前者指心灵默察不论如何产生的两个思想间的关系,后者指心灵对那些思想起作用,使它们染上心灵本身的光辉,并且以它们为素材来创造新的思想,每一新思想都具有自身完善的能力。想象是创造力,亦即综合的能力,它的对象是宇宙万物与存在本身所共有的形相;推理是推断力,亦即分析的能力,它的作用是把事物的关系只当作关系来看,它不是从思想的整体来考察思想,而是把思想看作导向某些一般结论的代数符号。推理列举已知的量,想象则从个别和从全体来领悟这些量的价值。推理注重事物的相异,想象则注重事物的相同。推理之于想象,犹如工具之于操作者,肉体之于精神,影之于物。

一般说来,诗可以解作"想象的表现";自有人类便有诗。人是一种乐器,一连串外来的和内在的印象掠过它,有如一阵阵不断变化的风,掠过埃奥利亚的竖琴②,吹动琴弦,奏出不断变化的音调。然而,在人性中,甚或在一切有感觉的生

---

①　雪莱的《诗之辩护》是针对其知交皮科克于1820年间在《文学丛报》上发表的《诗的四个时代》而写的。

②　埃奥利亚是古希腊人在小亚细亚的殖民地,其名得自希腊神话中的风神埃奥罗斯,据说这位风神能用他的竖琴模拟世界上一切声音,这里是指埃奥罗斯的竖琴。

物中，却另有一种能力，它的作用就不像风吹竖琴那样了，它凭借一种内在的调协，调和被感发的声音或动作与感发它的印象，它不仅产生音调，而且产生和声。这正如竖琴能使它的琴弦适应弹奏的动作，而发出一定比例的音响，又如歌者能使他的歌喉适应琴声。一个小孩独自游戏，往往以自己的声音和动作来表示快感，而每一变化的音调，每一不同的姿势，都与那激发它的快乐印象的原物有确切关系，它们就是这印象的反映；并且又如风停之后，竖琴犹有袅袅余音，小孩也会用自己的声音和动作来延长快感的效果，借此也延长自己对快感的原因的体味。这些表情和使小孩愉快的事物的关系，无异于诗和高级事物的关系。野蛮人（野蛮人之于历史年代，犹如儿童之于人生岁月）表达周围事物所激发他的感情，也是如此；语言、姿势，乃至雕塑的或绘画的模拟，不外是事物以及野蛮人对事物的理解两者结合而成的意象罢了。人在社会中固然不免有激情和快感，不过他自身随后又成为人们产生激情和快感的对象；情绪每增多一种，表现的宝藏便扩大一分；所以语言、姿势，以及模拟的艺术，既是媒介，又是作品，好像同时是铅笔与图画，凿子与塑像，琴弦与和声。社会同情，或者如同社会因素一样形成社会的那些法则，自有两个人同时存在之日起便开始发展了；未来之蕴藏于现在，有如植物之托根于种子；平等、差异、统一、对照、彼此依赖，遂成为原则——唯有这些原则能提供动机，使得社会上的个人，既过群居生活，其意志便可以依此而定，并表现为行为；于是在感觉中有乐，在情操中有德，在艺术中有美，在推理中有真，在同类的交往中有爱。所以，甚至在社会的幼稚时代，人在语言与行动上早已遵守某种规则，这规则与事物及其表达的印象的规则绝不相同，因为一切表现都遵从它所从出的根源的规律。然而，这些比较一般性的考究，我们可以撇开不谈，因为它们涉及社会本身的原理的探讨，我们只限于考察想象究竟以何种方法表现为种种形式。

在上古时代，人们跳舞、唱歌、模拟自然的事物，在这类动作中，正如在其他动作中那样，遵守着某种节奏或规则。然而，在跳舞的动作，唱歌的调子，语言的配合，以及许多自然事物的模拟等方面，人们所遵守的规则虽然是相似的，却绝不是完全相同的。因为每一种模拟的表现总有其独特的规则或节奏，使听者和观者从这一规则比从任何其他规则感受到更强烈、更纯粹的快感，近代作家把接近这一规则的感觉能力称为鉴赏力。当艺术还在幼稚的时代，每个人遵守一个规则，它或多或少接近于产生最高快感的那个规则，不过差别并不怎么显著，所以不能感觉到其间有等差，除非有些场合，这种审美的能力极其卓越（因为我们可以把最高快感与其原因的关系称为审美力）。审美力最充沛的人，便是最广义的诗人，诗人在表现社会或自然对自己心灵的影响时，其表现方法所产生的快感，能感染别人，并且在别人心中引起一种复现的快感。诗人的语言主要是隐喻的,这就是说,它指明事物间那些以前尚未被人领会的关系,并且使这一领会永存不朽,直待表现这些关系的字句,经过悠久岁月变成了若干标志,但这些标志只代表思想的片断或种类,而不能绘出整个思想的全景。人们的联想已是漫无组织了,如果没有新的诗人出来创造新的联想,语言就不足以表现人类交往中一切比较崇高的目的了。培根爵士说得好,这些比喻或关系乃是"自然的同一的足迹,印在世间的不同的万物上"①;他并且认为:能领会这些关系的能力,是一切知识所共有的公理的渊薮。在社会的幼稚时代,每个作家必然是一个诗人,因为当时语言本身就是诗;做一位诗人,就得领会世间的真与美,简言之,就得领会善,而所谓善,第一依存于存在与知觉间的关系,第二依存于知觉与表现间的关系。每种离其起源不远的原始语言,本身就是古史始末诗②的渊源;至于编纂渊博的词典和区别精微的语法,则是后世的工作,只可以视为诗创作上的目录和形式而已。

然而,诗人们,即想象并且表现这万劫不毁的规则的人们,不仅创造了语言、音乐、舞蹈、建筑、雕塑和绘画,他们也是法律的制定者,文明社会的创立者,人生百艺的发明者,他们更是导师,使得所谓宗教——这种对灵界神物只有一知半解的东西,多少接近于美与真。所以,一切原始宗教都是譬喻的,或者可以视作譬喻的,如同司阍神③那样,具有假和真的两重面目。依据诗人生存的时代和国家的情况,在较古的时代,诗人都被称为立法者或先知④,一位诗人本质上就包含并且综合这两种特性,因为他不仅明察客观的现在,发现现在的事物所应当依从的规律,他还能从现在看到未来,他的思想就是结成最近时代的花和果的萌芽。我并不是断言诗人就是广义的先知,我也不承认诗人能预言未来之事的情况像他能预见未来之事的精神一样的准确;这类见解是迷信的托词,硬说诗是预言的属性,预言反而不是诗的属性。一个诗人浑然忘我于永恒、无限、太一之中,所以在他的概念中,无所谓时间、空间和数量。表示时间的不同、人称的差异、空间的悬殊等语法形式,应用于最高级的诗中,都可以灵活运用,而丝毫无损于诗的本身;埃斯库罗斯的合唱曲⑤、《约伯记》、但丁《神曲》的《天堂篇》,都比其他作品提供更多关于这一事实的例证,可惜本文限于篇幅,不容我引证。雕塑、绘画和音

---

① 见培根用拉丁文写的《崇学论》第三卷第一章。——作者原注。

② 所谓"古史始末诗",是根据一个古代传说而写的若干首叙事诗,它们彼此相连,成一个体系,而又可以各自独立成一首史诗。

③ 司阍神,古意大利的神,有两个面孔,朝着不同的方向,因此常被奉为守门之神。

④ 在古希腊,诗人曾被称为立法者,譬如梭伦;在《圣经》里,好些先知都是诗人,譬如耶利米。

⑤ 所谓"合唱曲"是古希腊悲剧特有的一种元素,在两场戏之间,由一队歌人出来演唱一两首曲,其作用是解释或者咏叹剧中情节,并且填补两场的空白,等于现代戏剧的"幕"。

乐的创作,则是更加明确的例子。

语言、色彩、形相、宗教的及社会的行为习惯,都是诗的工具和素材;如果我们用譬喻的说法,说果即是因,那么,这些都可以称为诗。然而,狭义的诗却表示语言的,尤其是韵律语言的特殊排列,这些排列是无上威力所创造,这威力的宝座却深藏在不可见的人性之中。而这种力量是从语言的特性本身产生的,因为语言更能直接表现我们内心的活动和激情,比色彩、形相、动作更能做多样而细致的配合,更宜于塑造形象,更能服从创造的威力的支配。因为语言原是由想象随意创造的,而只与思想有关;但是所有其他艺术的素材、工具和条件彼此之间也有关系,不过这些关系限制并阻碍着概念与表现之间的沟通,并且予以限制。前者有如反照着光辉的明镜,后者有如使光辉减弱的阴霾,虽然两者都是传达这光辉的媒介。所以,雕刻家、画家、音乐家等的声誉从来就不能与诗人(狭义的诗人)的声誉媲美,虽然这些艺术大师自身所有的能力丝毫也不逊于用语言来表达自己思想的诗人们的才能;这正如两人的技巧相同,却不会从吉他和竖琴奏出相同的效果。唯独立法者和宗教创造者,只要他们所创的制度不灭,似乎在声誉上优于狭义的诗人;然而,毫无疑问,如果我们除去他们往往因鄙俗舆论的阿谀而博得的盛名,又除去他们所具有的较高的诗人品质,那么,恐怕就没有什么优越之处了。

我们已经把诗这个字限于一种艺术的范围之内,这种艺术就是诗才本身的最惯常、最充分的表现。然而,我们还须把范围收缩得更狭些,并且确定有韵律的语言和无韵律的语言之区别,因为从严密的哲学观点来说,散文与韵文的通俗分法是不能成立的。

声音和思想不但彼此之间有关系,而且和它们所表现的对象也有关系;能理解这些关系的规律,也就能理解思想本身的关系的规律,这两者往往有联系。因此,诗人的语言总是含有某种划一而和谐的声音之重现,没有这重现,就不成其为诗,姑且不论它的特殊格调如何,这重现对于传达诗的感染力,正如诗中的文字一样,是绝不可缺少的。所以,译诗是徒劳无功的;要把一个诗人的创作从一种语言译作另一种语言,其为不智,无异于把一朵紫罗兰投入熔炉中,以为就可以发现它的色和香的构造原理。植物必须从它的种子上再度生长,否则它就不会开花——这是巴比伦通天塔遭受天罚的负累。①

凡在诗情充溢的人的语言中,遵守和声重现的规律,同时还注意这规律与

---

① 《旧约·创世纪》第11章记载:上古时候,人类的语言都是一样,后来巴比伦人要建一座塔,塔顶通天,因此触神之怒,耶和华变乱他们的口音,使他们的语言彼此不通。这里用此典以喻语言既异,难以相通,所以诗不能译。

音乐的关系,结果便产生韵律,或者说,和声与语言的传统形式的一种体系。然而,一位诗人根本无须将自己的语言去适应这种传统形式,才能保存那种作为诗的精神的和谐。这种尝试固然很方便、很普遍,并且在情节繁重的诗篇里,它尤为诗人所乐为,但是每一位大诗人必定免不了要革新他前辈的范式,而有他特创的诗法的严密结构。向来用以区别诗人与散文家的标准,都不乏鄙俗的错误。至于哲学家和诗人的区别,上文已有提示了。柏拉图在本质上是一个诗人——他的意象真实而壮丽,他的语言富有旋律,凡此都达到人们可能想象的最强程度。他不采取史诗、剧诗、抒情诗等形式的格律,因为他想在不是表现形象和行动的纯粹思想中创造一种和谐,并且他不愿发明任何有规则的格律,将他文风中的一切抑扬顿挫尽纳入一定的形式中。西塞罗①竭力模仿柏拉图的文章的格调,可是没有多大成效。培根爵士是一位诗人。他的语言有一种甜美而又庄严的节奏,这满足我们的感官,正如他的哲理中近乎超人的智慧满足我们的智力那样;他的文章的调子,波澜壮阔,冲出你心灵的局限,带着你的心一齐倾泻,涌向它永远与之共鸣的宇宙万象。一切具有革命主张的作家,必然也有诗人的本色,不仅因为他们是创造者,又因为他们的文字用具有真实生命的形象,来揭露宇宙万物间的永恒相似,而且更由于他们的文章是和谐的且有节奏的,本身就包含着韵文的成分,是永恒音乐的回响。然而,有些卓越的诗人,由于其主题所要求的形式和情节,而不得不沿用传统的格律,但是他们也一样能够领会事物的真理,并且教导我们,其功并不下于那些打破传统的诗人。莎士比亚、但丁、弥尔顿(单说近代作家)都是能力最为高超的哲学家。

诗是生活的惟妙惟肖的映像,表现了它的永恒真实。故事与诗不同:故事罗列一些孤立的事实,此等事实除了在时间、空间、情势、因果等方面,并无别的联系;诗则依据人性中若干不变方式来创造情节,这些方式也存在于创造主的心中,因为创造主之心就是一切心灵的反映。故事是局部的,仅能适用于一定的时期和某些永不能重现的际遇;诗则是包罗万象的,诗与举凡人性各项可能有的动机和行为都有关系,它本身就含有这些关系的萌芽。时间能毁损史实故事的美及其功用,使它失掉应有的诗意,但是时间反而增加诗的美,并且永远发展新奇的方法来应用诗中的永恒真理。所以,史略之类的著作,向来被称为信史的蠹鱼②,它们蛀蚀了历史的诗意。一个史实故事有如一面镜子,模糊而且歪曲了本

---

① 西塞罗(前 106—前 43),罗马散文家,其著作甚多,其范围也甚广,触及文学、哲学、政治学、神学等。

② 见培根《崇学论》第 2 卷第 2 章第 4 节。

应是美的对象;诗也是一面镜子,但它把被歪曲的对象化为美的。①

一篇作品可以有几部分是有诗意的,虽则全篇并不是一首诗。单独一句可以当作全篇看,哪怕它是放在许多不相调和的章句中,甚至单独一个字也竟是不可磨灭的思想火花。所以,不妨说:所有伟大的历史家,如希罗多德、普卢塔克、李维②,也都是诗人;虽则这些作家的计划,尤其是李维的,束缚着他们,以致不能把诗才发展到最高程度,可是他们却用生动的形象来填满他们题材上所有的空隙,从而绰绰有余地补偿了不得已而屈从之缺憾。

既已断定什么是诗,以及谁是诗人,我们且进一步来估量诗对社会的影响。

诗与快感是形影不离的:一切受到诗感染的心灵,都会敞开来接受那掺和在诗的快感中的智慧。在世界的幼年,诗人和听众都不曾充分注意到诗的优点,因为诗之感人,是神奇的、不可捉摸的,越出意识之外,超于意识之上;至于听众与诗人交感所产生的全部力量和光辉,其中强大的因果关系,那要留待后世去审察和估计了。即使在现代,现存的诗人中没有一个曾享得最美满的声誉;那些评判诗人的批评家,要像诗人一样留名千古,就必须在才情上是诗人的匹敌;这得让时间从世世代代的聪明才俊之士中选出贤能来任此等陪审员。诗人是一只夜莺,栖息在黑暗中,用美妙的歌喉唱歌来慰藉自己的寂寞;诗人的听众好像是被看不见的歌者的绝妙好音所迷住的人们,觉得心旷神怡,深受感动,但是就是不知道快感何来,何以如此。荷马和与他同时代的诗人们的诗篇都是幼年希腊的快慰,它们是一个社会制度的因素,而这个社会制度就是所有继起的文明的支柱。荷马把他那个时代的理想的极境,具体表现为人的性格;我们不用怀疑,凡是读过《荷马史诗》的人,都会树立雄心,想要模仿阿喀琉斯、赫克托耳和奥德修斯;在这些不朽的形象塑造中,友谊的真和美、爱国的精神、追求的专诚,都被揭示得淋漓尽致;听众同情这样伟大而又可爱的人物,定必洗练自己的感情,扩大自己的胸襟,终至因崇拜而模仿,因模仿而把自己比拟崇拜的对象。我们也不必反驳,说这些人物离道德的极境很远,决不能被当作可供世人模仿且有教育意义的榜样。每个时代都假托一些多少有点似是而非的名义,把它特有的错误视若神圣不可侵犯,譬如,"复仇"是半野蛮时代公开崇拜的神物,"自欺"是掩饰无名

---

① 亚里士多德在《诗学》第 9 章中说:"诗人的职责不在于叙述已发生的事,而在于叙述按照或然律或必然律可能发生的事。历史家与诗人的差别不在于一用散文,一用韵文;希罗多德的史书可以改为韵文,但仍是历史,有没有韵律都是一样。两者的差别在于一叙述已发生的事,一叙述可能发生的事。因此,诗较历史更富于哲学意味,价值也较高,因为诗叙述一般性的事,历史则叙述个别的事。"(采自罗念生的译文,见《文艺理论译丛》,1958 年,第 2 期)雪莱这段的理论可能是受亚里士多德的影响。

② 希罗多德(前 484—前 425),古希腊历史家,曾著《历史》一书,写波斯与希腊之战;普卢塔克(46—120),希腊历史家,曾著《希腊罗马英雄传》;李维(前 59—17),古罗马历史家,曾著《罗马史》,共 142 卷。

罪恶的偶像,奢侈与餍足都拜倒在它面前。然而,一位诗人却以为与他同时代的人们的罪恶是暂时的服装,是他所创造的人物必须穿上的,但这些服装虽然是披在身上,却并没有掩蔽这些人物的某种不朽的美。我们要明白:一个史诗人物或悲剧人物的灵魂中带着这些罪恶,正如他身上可以穿起古代的铠甲或近代的制服那样,虽则我们也不难想象出比这两者更美的衣服。然而,内在天性的美从来不会被偶然披上的衣服所掩蔽,美的形相的精神总会传到这装扮上,并且从穿衣的仪态上显示出衣服所遮盖了的真相。庄严的体态和优雅的举动,总会透过最野蛮而又最乏味的服装显露出来。向来很少有第一流的诗人,在表现他们所意想的美时,愿意毫无掩饰地展露出它的真相和光彩,况且如果要使这尘世的音乐能入俗耳,掺杂一些服装衣饰等东西,难道不是必要的吗?

然而,举凡是指摘诗之不道德的议论,都是由于误解了诗所用来改进人类道德的方法。伦理学整理诗业已创造的那些原理,建议一些方案,提出社会公私生活的一些榜样;而且人类之所以互相仇恨、轻视、非难、欺骗和压迫,也并不是因为世间没有冠冕堂皇的学说。然而,诗的作用却是经由另外一种更为神圣的途径。诗唤醒人心并且扩大人心的领域,使它成为能容纳许多未被理解的思想体系的渊薮。诗掀开了帐幔,显露出世间隐藏着的美,使得平凡的事物也仿佛不平凡;诗再现它所表现的一切;诗中人物都披着极乐境界的光辉,只要你曾一度欣赏过他们,他们便永留在你心中,有如象征优美与高贵的纪念碑,它的影响将遍及于同时存在的一切思想和行动中。道德中最大的秘密是爱,亦即暂时舍弃我们自己的本性,而把别人在思想、行动或人格上的美视若自己的美。要做一个至善的人,必须有深刻而周密的想象力;他必须置身于旁人和众人的地位上,必须把同胞的苦乐当作自己的苦乐。想象是实现道德上的善的伟大工具,而诗则作用于原因,以求有助于结果。诗以不断使人感到新鲜乐趣的思想来充实想象,因而扩大想象的范围;而此等思想却有能力去吸收并且同化所有其他思想于自己的性质中,同时就形成了新的间隔或间隙,所以不断要求新的资料以填补这空虚。诗增强人类德性的机能,正如锻炼能增强我们的肢体。所以,如果诗人把他自己往往受时空限制的是非观念,具体表现在不受时空限制的诗的创作之中,他便犯了错误。即承担说明事物后果这个卑微职责,诗人便会失掉参与事物起因的光荣,何况他也许未必是完满的尽职。荷马或任何一个不朽的诗人,却不会如此自误,以致放弃自己的泱泱诗国的宝座;这种危险是绝少有的。至于诗才虽大但比较浅薄的诗人们,例如欧里庇得斯、卢卡努斯①、塔索、斯宾塞,他们就常常抱有一种道德目的,结果他们越要强迫读者顾念到这目的,他们的诗的效果也就

---

① 卢卡努斯(39—65),古罗马诗人,曾著纪事诗《法沙利亚》。

相应的越为减弱。

在荷马和古希腊其他史诗诗人①之后,隔了若干时间,便出现雅典的剧诗和抒情诗的诗人;他们创作旺盛的时代,正是那些类似的诗才表现,例如建筑、绘画、音乐、舞蹈、雕刻、哲学,甚至公民的生活方式,都达到美满的极致之时。虽说雅典的社会机构终被若干缺点所毁损,这些缺点残留下来,须待后来骑士制度和基督教的诗歌将其从近代欧洲的风尚和制度中扫除净尽。然而,像苏格拉底未死以前的时代真是空前未有;历史上再没有其他时代能够发展了那么多的力、美和善,盲目的力量和顽固的形式也从没有受过那么严格的训练而屈服在人类意志之下,人类的意志也从没有那么顺从善与真的命令。人类历史上也再没有其他时代,能遗留给我们那么鲜明地印着人类神性的形象的纪录和残篇。然而,仅仅形相、行动或语言上的诗,就足以使雅典这个时代在历史上最为难忘,并且为千秋万世留下了榜样。因为,在那个时代,用文字表现的诗是与其他艺术同时并存的,所以若问哪一种艺术发出光辉,哪一种艺术接受光辉,这是无聊的问题,因为所有的光辉都好像从一个共同的焦点发出,照遍后世最黑暗的时代。我们知道,因与果只不过是事件间的一种永恒的关联;凡是其他艺术对人类的快乐与完美有所贡献,那里我们就会永远发现有诗存在。至于因与果的区别,我诉诸上文已经确立的理论。

就在我们刚才提及的那个时代,戏剧诞生了;纵使后世的作家也许能媲美甚或超过流传下来的那几部雅典戏剧的伟大范本,然而后人对于戏剧艺术本身,却没有像雅典当时那样,依照它的真正原理去理解它和实践它,这自不待言。因为雅典人使用语言、动作、音乐、绘画、舞蹈以及宗教仪式一起来产生一个共同的效果,以表现人类激情和力量的最高理想;许多技巧极高明的艺术家,使戏剧艺术中的各部门都臻于完美之境,并且使它们互相保持一种美的均衡与统一。近代的戏剧,在那些可以表现诗人所构想的形象的成分中,只有很少的几个被同时应用在舞台上。我们的悲剧没有音乐和舞蹈,我们的音乐和舞蹈也缺少最高的人物形象,虽则它们是人物形象的适当的附属物,而且音乐和舞蹈两者都与宗教和祭仪无关。真的,宗教的习俗已经常常被摈于舞台之外了。演员戴上面具,原可以使适合于他所扮演的角色的许多表情形成一种永远不变的表情,今日却不要演员戴面具了,这种制度只有利于产生局部不调和的效果;它只适合于独演的场面,因为在独演时所有的注意力都集中在某位模拟得惟妙惟肖的大师身上。近代试将喜剧与悲剧相混合,这虽然在实践上会有很大的流弊,但无疑扩大了戏剧

---

① 古希腊史诗,除了荷马的《伊利亚特》和《奥德赛》以外,还有几篇艺术价值不甚高的咏史的诗,以描写特洛伊之战以及忒拜的传说为主,这些史诗的作者已佚名,一般称为"史诗诗人"。

雪
莱

的范围。不过喜剧就应该像《李尔王》中的喜剧这样有普遍意义,这样理想而且崇高。① 也许正是这个原则②,决定了优劣之势,使得《李尔王》胜过《俄狄浦斯王》或《阿伽门农》,甚或不妨说,还胜过与后两剧有关的三部曲③;除非是希腊悲剧中合唱歌的强烈力量,尤其是《阿伽门农》的合唱歌,还能够与《李尔王》势均力敌。如果《李尔王》能经得起这个比较,那么我们就可以断定它是世界上现存戏剧中最完善的实例,虽则莎士比亚由于未曾知道近代欧洲所流行的戏剧原理,未免受了当时的偏狭条件的限制。卡尔德伦④在他的神秘剧⑤里,也曾企图弥补莎士比亚所忽略了的戏剧表现上的一些重要条件,例如建立戏剧与宗教的关系,并且使这两者适应音乐和舞蹈;可是他却没有注意到比这些还要重要的条件,因为他只从一种曲解的迷信提出了定义呆板、千篇一律的理想主义,而不是根据人类激情的真实写出活生生的人物。卡尔德伦既以理想替代活人,所以得不偿失。

然而,我要暂离本题了⑥。舞台上的表演与风俗的改良或腐败颇有关系,这种关系已经是公认的了;换句话说,我们发觉,形式最完美、最普遍的诗之有无,

---

① 《李尔王》:莎士比亚的伟大悲剧之一,写不列颠传说中的国王李尔,年八十告休,将以国土分给三女,但欲知三女对他的爱,长次均以巧言博其欢,唯独第三女科地利亚说,她之爱王如女之爱父。王怒,只分地给长次两女,说明每月轮次留王居住。后来两女皆背约,不纳王,王夜中踯躅在风暴中,因刺激过甚而发疯,时有孝子侍其父,亦装疯人,真假疯人相会,这一场富喜剧气氛。时科地利亚已嫁法王,不忍坐视,以法兵攻两女,兵败被囚,死于狱中,李尔王亦悲愤而死,长女复与次女争风,因妒毒死次女,自己却被亲夫看破,羞愤而死。这个剧有喜剧场面亦有悲剧场面,是悲喜剧的最好范例。

② 这里指喜剧与悲剧相混合的原则。

③ 古希腊悲剧家埃斯库罗斯根据古代传说曾作《俄瑞斯忒斯》三部曲,是流传下来的古希腊悲剧三部曲的唯一范例。第一部《阿伽门农》,写阿伽门农王从特洛伊战胜归国,为其妻克吕泰奈斯特拉及其情夫所谋杀;第二部《奠酒人》,写阿伽门农之子俄瑞斯忒斯替父报仇,杀死自己的母亲和她的情夫;第三部《福神》,写俄瑞斯忒斯因弑母有罪,为复仇女神所追逐,后来在审判该案时,女神雅典娜判其无罪,复仇女神也变作造福人类的福神。

古希腊悲剧家索福克勒斯曾根据忒拜传说写了几个剧本,现在流传下来的有三个。《俄狄浦斯王》写俄狄浦斯王犯了弑父娶母之罪而不自觉,后来发现自己的罪行,自刺其目,放逐国外,以赎罪。《俄狄浦斯在科罗诺斯》,写俄狄浦斯流浪各地之后,终至阿提刻的科罗诺斯,死而化为神。《安提戈涅》,写俄狄浦斯的两个儿子因争王位而互相残杀,一子暴尸于野,王下令有敢葬之者处以死刑,但其妹安提戈涅冒死葬其兄。这三个剧都是各自独立的剧,不是三部曲,但是因为都写忒拜王室的惨史,后世就把这三个剧视若三部曲。

④ 卡尔德伦(1600—1681),西班牙戏剧家,其著名的剧本之一是《人生如梦》。

⑤ 神秘剧(Autos):中世纪西班牙及葡萄牙流行的一种剧,多半写《圣经》上的事迹。卡尔德伦曾写过七十多个这种剧本。

⑥ 约翰·亨利曾把雪莱的《诗之辩护》的原稿大加删改。这里就删了好些句子,所以显得文气不大贯通。据雪莱夫人所抄的雪莱的原稿,这里应作:

"然而,我要暂离本题了。《诗的四个时代》的作者(按:指皮科克)十分谨慎,他不讨论戏剧对于生活和风俗的影响,因为,假如从盾上的花纹可以知道武士是谁,那么我就只需把斐洛克忒提斯呵,阿伽门农呵,或者奥赛罗呵等的名字写在我的盾上,就可以把迷惑着他的此等诡辩祛除,正如光芒刺目的明镜,即使在最软弱的武士的手上拿着,也可以使巫术师和异教徒的队伍看得眼花缭乱而惊散。舞台上的表演对于……"

关系着行为或习惯的善恶。风俗的腐败曾归咎于戏剧的影响,每当戏剧结构中所使用的诗意消失,这腐败便开始了;我试诉诸风俗史来断定:究竟陋风之盛与诗坛之衰是否吻合得恰如道德上有因果关系的事例一样准确。

雅典的戏剧,或者在任何其他地方业已登峰造极的戏剧,总是与时代的道德上及知识上的伟大成就同时并存。雅典诗人所写的悲剧有如一面明镜,观者在这镜中照见自己,仿佛置身于隐约假托的环境中,摆脱了一切,只剩下那理想的美满境界和理想的精神,人人都会感到,在自己所爱慕、所愿意变成的一切事物中,这样的境界和精神就是其内在典型了。同情心能扩大想象力,所同情的痛苦和激情是这样强烈,以至它们一进入想象中,便扩大想象者的能力,所以怜悯、愤怒、恐怖、忧愁等都足以增强善良的感情;感情既经过千锤百炼,就会产生一种高尚的静穆,即使在日常生活的纷扰中也能维持这静穆的心情,甚至罪恶因为在剧中被表现为不可测的自然力所带来的致命的结果①,也就失去了它一半的恐怖以及它一切的坏影响;于是错误也不至于执迷不悟,人们不再会爱惜错误,视若珍品。在最高级的戏剧中,绝少有助长非难和憎恨的地方;它反而教导人们自知和自重。眼睛和心灵都不能看见自己,除非是反映在类似的对象上。戏剧只要继续有诗意的表现,就不失为一个多棱镜,它收集了人性最灿烂的光辉,予以区别,然后从那些朴素的基本形式中把它们再现,并且给它们以庄严和美丽,使它所反映的一切丰富多彩,又给它一种能力,使它能到处繁殖其种类。

然而,当社会生活到了堕落的时代,戏剧也随之而堕落。悲剧变成对古代杰作的形式的毫无生气的模仿,完全失掉了它所包含的各门艺术之和谐的衬托,甚至连这形式也往往被误解,或者变成作者软弱无力地企图宣传他所谓道德真理的说教;其实这些学说往往只是在似是而非地阿谀作者和观众所共同感染的重罪或弱点而已。于是,就有所谓古典戏剧和本国戏剧。艾迪生的《伽图》②便是前者的一个例子;至于举出后者的例子,但愿不是多余的事情呵!然而,诗却不能用来帮助这类目的。诗是一柄闪着电光的剑,永远没有剑鞘,因为电光会把藏剑的鞘焚毁。所以,我们看到,所有这种性质的剧作都非常缺乏想象;它们假装有情操和有激情,可是没有想象的情操和激情不过是任性和欲望的别名而已。在英国历史上,戏剧的最大堕落是在查理第二王朝,那时候诗所惯取的形式总是赞美歌,赞美王权战胜自由和德性。弥尔顿巍然独立,照耀着不配受他照耀的一

---

① 古希腊悲剧把剧中主人公的犯罪行为往往写作命运的愚弄,而古人这所谓"命运",就雪莱时代的人们的眼光看来,就是"不可测的自然力"。

② 艾迪生(1672—1719),英国诗人,曾写《伽图》一剧,该剧写罗马的爱国志士伽图的生平事迹,他不慊于恺撒,逃往非洲的乌提加,恺撒发兵攻之,围伽图于乌提加,伽图见势不敌,乃自杀。

雪
莱

代。在这时期,标奇取巧的原则遍及于一切戏剧形式中,于是诗意不再表现在戏剧上了。喜剧失掉了它理想的一般性;机智代幽默而兴;我们笑是因为自满和胜利,而不是因为快乐;刻毒、挖苦和轻蔑代替了同情的欢愉;我们很少欢笑,我们只是冷笑。淫秽一向是对神圣的生活美的亵渎,但是由于它蒙上面纱,虽不大讨厌,却更为猖狂;它是一头怪兽,社会的败德永远供给它新的粮食,它便在暗中吞噬了。

戏剧这种形式可以比任何其他艺术形式综合更多的诗的表现方式,因此诗与社会善德的关系在戏剧里比在其他艺术形式里更容易看出来,并且,人类社会的最高成就往往符合戏剧的最高发展,这也是毫无问题的;戏剧在一个国家中曾一度繁荣,但以后便衰微甚或消灭,这就是风俗堕落以及支持社会生活灵魂的势力正在灭亡的一个标志。然而,正如马基阿维里①论及政治制度时所说的,如果有人能够恢复戏剧原有的宗旨,则生活可以维持而且革新。就最广义的诗来说,情形也是如此:一切语言、制度和形式都不但需要创造,而且需要维持;而一个诗人的责任和性格,在远见和创造方面,都应赋有神圣的性质。

在希腊,内战、波斯的蹂躏、马其顿和罗马的铁腕先后残酷的统治,这些都是希腊创造力灭亡或中断的表征。那些承西西里和埃及爱好文学的僭主眷顾的田园诗作家,乃是希腊文学鼎盛时代最末了的代表者。他们的诗深合音律,宛若晚香玉的气味,以过分的芬芳袭人灵魂,令人疲惫;但是在此以前一个时代的诗歌却像六月里掠过草原的疾风,混合了原野上百花的香味,加上它自己的一种令人爽神畅心的活气,使人的感觉有一种虽在极乐中犹能支持的能力。田园诗与爱情诗中所描写的柔情,不但与雕塑、音乐以及类似的艺术中的崇尚温婉互相关联,甚至与我现在提及的那个时代之特征——风俗与制度上的文弱之风——也有关。至于诗中缺少和谐,既不能归咎于诗的能力本身,也不能归咎于这种能力的滥用。一种与此相同的容易接受官能和感情的影响的敏感性,在荷马和索福克勒斯的作品里也可以发现;尤其是荷马,他赋予肉欲的和伤感的形象以不可抵抗的吸引力。他们之所以胜过后世作家,在于他们具有属于我们天性的内在能力的那些思想,而不在于他们缺乏与我们天性的外在能力有关的别种思想;他们的无比完美的优点,端在于一种综合一切而取得的和谐。而爱情诗诗人的缺点,不在于他们之所有,而在于他们之所无。并且,人们所以似是而非地把他们看作与他们时代的堕落有关,不是因为他们是诗人,而正是因为他们不是诗人。假使时代的堕落竟能够使他们丧失了对快感、激情、自然风景的敏感性,所以人们才把这归咎于他们的缺点,那么邪恶的最后胜利就会实现了。因为社会堕落的结

---

① 马基阿维里(1469—1527),佛罗伦萨的政治家和政治哲学家,著有《霸术》一书,最为有名。

局是摧残一切对于快乐的感受性,所以谓之堕落。堕落以想象和智力为核心开始活动,然后像使人麻痹的毒液从这核心分散开去,通过感情,直达到嗜好,以致一切变成了一片麻木,在这里感觉也难以幸免。在这样一个时代到临之时,诗总是诉诸那些最后才被消灭的力量,我们还能够听到它与尘世诀别的声音,像阿斯特莱雅①的足音那样。诗始终传达人们所能够接受的一切快感,它始终还是人生的光明,它又是在邪恶时代中还能够保存的任何美丽的、宽大的、真实的东西之源泉。在叙拉古札和亚历山大里亚的奢侈的公民中,有些人独喜欢武奥克里托斯的诗,我们不妨欣然承认,这些人总不像他们部落的遗裔那样冷酷、残忍和荒淫。然而,在诗真能灭绝之前,堕落定必已经彻底破坏了人类社会的机构。不过,一条锁链却通过许多人的心灵传递下来,系在那些伟大的心灵上,它的神圣铁环从未完全脱节;而那些伟大的心灵,如同磁石,流出了不可见的磁力,同时联结着、振奋着、支持着所有的生命。② 它是一种能力,本身同时含有自己的种子和革新社会的种子。所以,我们且不要以为田园诗和爱情诗的影响只限于它们的读者的感受性范围之内。这些读者也许领会到一些不朽的作品的美,不过只把它们看作断简残篇、东鳞西爪;也许唯有那些更有才情或者生在更幸福时代的读者,才能认识到它们是一部伟大诗篇的插曲——这诗篇,是所有诗人,像一个伟大心灵的许多思想,互相合作,自天地开辟以迄于今日创造而成的。

在古代罗马,同样的变革曾发生在狭小的范围内,但是罗马社会生活的活动和方式却好像从没有充分受过诗意的浸润。罗马人好像认为:希腊人已经是风俗与自然最优秀的形式中最优秀的人才了,所以他们在韵文、雕刻、音乐、建筑等方面,就不敢创作一些与他们自己的情况有特殊关系的东西,因为作品应该对世界的一般构造有普遍关系。然而,我们是根据局部的证据来判断的,因此我们的判断也许是局部的。恩尼乌斯、瓦罗、柏古维亚斯、亚基亚斯③都是大诗人,但他

---

① 据古希腊神话,阿斯特莱雅是正义的女神,在人类的黄金时代,她居于人间,后人类日渐堕落,她便离开人间到天上去,遂变为星辰。

② 雪莱的美学思想,受柏拉图的影响甚深,这节的思想也是采取柏拉图的论调。柏拉图在《伊安篇》有如下的一番话:

"这缘故我懂得,伊安,让我来告诉你。你这副长于解说荷马的本领并不是一种技艺,而是一种灵感,像我已经说过的。有一种神力在驱遣你,像欧里庇得斯所说的磁石,就是一般人所谓赫瑞克利亚石。磁石不仅能吸引铁环本身,而且把吸引力传给那些铁环,使它们也像磁石一样,能吸引其他铁环。有时你看到许多个铁环互相吸引着,挂成一条长锁链,这些全从一块磁石得到悬在一起的力量。诗神就像这块磁石,她首先给人灵感,得到这灵感的人们又把它递传给旁人,让旁人接上他们,悬成一条锁链。"(引自朱光潜译,《柏拉图文艺对话集》)

③ 四人均为罗马早期的诗人。

们的作品已经失传。卢克莱修①是最高成就的创造者,维吉尔②是很高成就的创造者。维吉尔的辞句极其纤巧,有如一片蒙蒙之光,使我们看不出他对自然的概念领悟得深切而又非常真实。李维的作品则充满了诗意。然而,贺拉斯、伽图拉斯、奥维德③,以及一般地说维吉尔时代其余的大作家们,只不过从希腊那面镜子里来看人类和自然。再则,罗马的制度和宗教,也不及希腊的那样富有诗意,正如影子不及实物那样生气横溢。所以,在罗马,诗歌好像落在完美的政治组织及家庭组织的后面,而不是与之并驾齐驱。罗马真正的诗却生存在它的制度里,因为这些制度无论含有何种的美、真和庄严,这一切都只能产自创造这些制度的秩序的那种力量。卡密拉斯的一生,勒古拉斯的死,元老院议员们在他们神圣的国家里如何属望于胜利的高卢人,坎内之战后共和国拒绝与汉尼拔议和——像这类的事情,大概不是什么个人的长才善于精打细算的结果,而是因为他们在这几出不朽的历史活剧中既是诗人又是演员,从生活所显示的这种节奏和规则中体会得来。想象力看见了这种规则的美,便依照它自己的理想,从它自身创造出这种美来;结果便有了罗马帝国,而报偿是永垂千古的声誉。这些事情也不能不算是诗,quia carent vate sacro④(因为他们缺少神圣的诗人)。它们就是"时间"写在人们的记忆上的那篇古史始末诗中的插曲。"过去"好像一位富有灵感的史诗朗诵者,以这些史实的绝妙之音充满了千秋百世的舞台。

终于,古代的宗教制度与风俗习惯,完成了它们变革的循环。到了基督教与武士制度的鼎盛时代,要不是在那时的风俗习惯和宗教制度下的作家群中出了一些诗人,他们创造了前所未有的言论与行动的方式,这些方式一旦纳入人们的想象中,人们的混乱思想便有了领导,宛若狼狈的军队有了主帅——要不是这样,恐怕世界会沦入完全无政府状态和黑暗之中。不过,现在无须提及这等制度所产生的恶果,可是我们要本着上面已经成立的原则来提出这样的抗议:这恶果没有任何部分可归咎于这些制度所含的诗意。

摩西、约伯、大卫、所罗门、以赛亚的诗,大概已经对耶稣及其门徒的思想产生过重大的影响。这位非凡人物的作传者曾给我们保存下来的那些断简零墨,都充满了最生动的诗意。然而,耶稣的学说好像不久便被人曲解了。在根据他所宣传的道理而建立的理论体系已经流行之后,经过一个相当时期,柏拉图所划

---

① 卢克莱修(前99—前55),罗马哲理诗人,著有《物性论》。
② 维吉尔(前70—前19),罗马大诗人,著有史诗《埃涅阿斯纪》。
③ 三人均系罗马帝国时代的大诗人。
④ 拉丁文,见贺拉斯的《颂歌》,第四卷,第九节,第28行。

归精神能力的三种方式开始被人神化了,并且变成文明世界中崇拜的对象①。于此,我们必须承认:"光明好像变成黑暗了。"于是,

> 乌鸦飞向鸦鸟群集的深林,
>
> 白昼的好景开始颓萎入睡,
>
> 夜的黑色使者去搜捕牺牲。②

然而,看啊,从这个可怕混沌里的尸骸与血泊中,屹然兴起了一个多么美好的秩序!世界好像复活了,驾着知识与希望的金翅膀,重新继续它那毫不倦怠的飞翔,直入时间的长空里去!请听你肉体的耳朵所听不到的音乐,它像一阵吹不停而又看不见的风,不断增加力量和速度以滋养它那永远不尽的征程。

耶稣基督的学说中的诗意,以及征服罗马帝国的凯尔特人的神话和制度,虽然经过因它们的发展和胜利而引起的黑暗与动乱,仍能继续存在,并且混合起来成为一种风俗与舆论的新体系。把黑暗时代的愚昧归咎于基督教教义,或者凯尔特民族③的统治,都是一种错误。黑暗时代的势力无论会含有怎样的罪恶,这些罪恶毕竟导源于诗的旨趣之消亡,而诗之消亡则与专制和迷信的发展有关。当时的人已经变得麻木不仁而且自私自利了,原因过于复杂,这里不能讨论:他们自己的意志已够薄弱,然而他们还是自己意志的奴隶,从而也成为别人意志的奴隶;情欲、恐怖、贪婪、残忍和奸诈,已成为整个民族的特征,所以在这民族中就找不到一个人能够在形相、语言或制度上有所"创造"。在这样的社会情况下,把道德的反常状态归咎于任何一类直接与这情况有关的事件,都是不公允的;但是,那些最迅速地使这情况冰消瓦解的事情,却最值得我们嘉许。不幸的是有些人不能区别思想和字面意义,以致许多道德反常状态混入我们民间宗教中。

到了11世纪,基督教及骑士制度的诗歌才开始显露出它们的效果。柏拉图在他所著的《理想国》里已经发现平等主义的原则,并且用它作为分配制度的一个理论的规律,就是说,人类一般技能和劳动所生产以助娱乐和增进力量的物质

---

① 柏拉图谓灵魂可分三部分:最高部分为理性,这便是理会观念的灵魂,而不合理的灵魂的部分分为高尚的和不高尚的两个半部。勇敢、光荣的爱好,以及一般高尚的情绪,都属于高尚的半部。所有感觉的欲望都属于不高尚的半部。这灵魂三部说,到了中世纪便被神秘化,成为基督教神秘哲学关于灵魂方面的学说。

② 引自莎士比亚的悲剧《麦克白》第三幕第二景第50—53行,原作"光明变成黑暗了;乌鸦飞向……"这一景写麦克白刺杀了邓恳王,篡夺其位后,又阴谋行刺班科将军,将于夜间举事,并将此秘密告其夫人。雪莱借用这几行来指中世纪的黑暗,亦暗指皮克的论调。按皮科克在《诗的四个时代》一文第十九节中说:"在铜的时代以后,接着就是欧洲的中古黑暗时期。这时候,基督教经典的光辉,已开始在欧洲照耀;但说来奇怪,欧洲的黑暗,竟随着这光辉之普遍而日趋浓密。"

③ 雪莱这里所谓"凯尔特民族",应该是指"日耳曼民族",不然就与历史不符了。

财富,应当平均分配①。他又断言:这个规律的限制,只取决于个人的感受能力和对大众的功用。柏拉图承袭了提迈俄斯②和毕达哥拉斯③的学说,更提倡一种道德的及知识的学说体系,这学说概括了人类过去、现在以及将来的情况。耶稣基督将这些观点所含有的神圣的、永恒的真理授予人类,而基督教在它抽象的纯粹性上,以通俗的方式来表现古代诗歌和古代智慧的奥秘主张。凯尔特诸民族与欧洲南部凋弊的民众混合之后,便带上他们神话和制度中的诗歌面貌的印痕。这结果是民族混合中一切原因的作用与反作用之总和,因为没有一个民族或一个宗教能够代替任何其他民族或宗教,而不同时吸收后者的一部分,这可以说是一个公理。个人奴役和家奴奴役的废除,以及妇女从大部分使人堕落的古代习俗之约束下的解放,都是此等事件的一些结果。

个人奴役的废除,是人类心灵所能抱有的最高政治希望的基础。妇女有了自由,便产生歌咏男女之爱的诗歌。爱情成了一种宗教,它所崇拜的偶像是永远存在的。仿佛阿波罗与缪斯的雕像都被赋予了生命和动作,昂然迈步在他们的崇拜者中间④,所以一个更神圣的世界里的居民都住在人间了。生活上习见的形态和程序变得新奇而神圣,仿佛在伊甸的废墟上创造了一个新的乐园。而且,因为这创造本身就是诗,所以它的创造者都是诗人,语言是他们的艺术的工具:"Galeotto fu il libro, e chilo scrisse.⑤"古法国东南部布罗温斯州的抒情诗人,

---

① 柏拉图主张在他的理想国中施行公有制度。照他看来,个人离开了国家的财产而有其自己的财产,那是不可容忍的,所以私有财产必须废除,公民则应过集体生活,住在公共的住所,享受平等的待遇,国家财富应平均分配。他甚至提倡妇女公有和产儿公育。关于财产公有制的办法,详见《理想国》卷三末和卷四首。

② 提迈俄斯,意大利洛克里人,是毕达哥拉斯派哲学家,他的生平不可考,也许就是一个假设的人物。柏拉图的《对话录》有《提迈俄斯》一篇,述提迈俄斯的学说,他主要是讲天地万物的创造,神据无形的理念和有形的自然要素创造出最美满的宇宙。其实,柏拉图借用他的口来讲自己的学说,雪莱谓柏拉图承袭提迈俄斯,是臆测之说。

③ 毕达哥拉斯,希腊哲学家,生于萨摩斯岛,壮年游学于埃及和南意等地,门徒甚多,自成一派,称"毕达哥拉斯同盟社"。他主张万物始于数,而终于数,世界之有秩序与调和,正由数的关系而生。柏拉图晚年把他自己的理念论和毕达哥拉斯的数结合起来,他的理想主义体系便沦于神秘的数说。

④ 在希腊神话中,阿波罗是掌管音乐之神,缪斯是掌管诗歌的九位女神。这里,雪莱是说诗歌到了中世纪末叶及文艺复兴之初又再度兴盛起来。

⑤ 意大利文。"加利和多就是这本书,也是写这本书的人。"此句出于但丁的《神曲》第一部《地狱篇》第五章第137行。但丁在这章写他游地狱,至惩罚奸淫罪人之所,遇见佛兰塞斯卡,她因恋其夫弟保罗事发,为其夫所杀。佛兰塞斯卡在地狱中对但丁述及他们恋爱时,曾读罗曼司中兰司诺特与金纳维尔王后的恋爱史,在这罗曼司中有加利和多(Galahault,意大利文作Galeotto)为两人撮合,教他俩接吻,所以在这段爱情中加利和多就好像既是书中人物又是作者。雪莱借用此句,意谓在文艺复兴初期,恋爱风气甚盛,因而爱情诗很流行,恋爱者都有诗人的情调,而诗人都有恋爱的经历,他们既是书中人,也是作者。

或者说创制者①,是彼特拉克②之先驱;彼特拉克的诗句有如魔咒,开放了爱情苦味中的快感的最深邃的魔泉。我们欣赏他的诗歌,就不能不变成我们所默谛的美之一部分;至于一颗温柔高尚的心和这些神圣感情联结之后,如何能使人更和蔼可亲,更慷慨而聪明,如何能把他从"自我"这渺小世界的阴沉雾霭中拯救出来,这是用不着再去解释的了。但丁比彼特拉克还要懂得爱情的秘密,他的《新生》在感情和语言的纯洁上是取之不尽的源泉。《新生》是一部理想化的历史,记录着他所生存的时代,以及他一生中献给爱情的那些阶段。③ 他崇奉比亚特丽慈为天国的女神,他叙述他如何日益对她倾心以及她如何日益使他爱慕,他设想自己随着爱情的各个阶段,如同踏着阶梯,升登到"最高真源"的宝座——这一切都是近代诗歌中最辉煌的想象④。最敏锐的批评家们,在赞美《地狱篇》《净界篇》《天堂篇》的程度上,一反庸俗的判断,不依照《神曲》的伟大情节的顺序各别予以称颂,这种做法是合理的。因为《天堂篇》实在是不朽的爱情之不朽的颂歌。在古代所有作家中只有柏拉图配称为爱情的诗人,在革新的世界⑤里最伟大的作家们又合唱爱情的颂词,而这歌声已经深入社会的最深处,它的回响还淹没了干戈与迷信的喧嚣。阿里奥斯托、塔索、莎士比亚、斯宾塞、卡尔德伦、卢梭以及我们这时代的伟大作家们,都在各个时代相继称颂爱情的威权,仿佛要把爱情建立在人类心灵中当作纪念碑,以志战胜肉欲与暴力的最辉煌胜利。人类两性间彼此的正确关系,已经很少被人误解了;假如说将两性的不相同与能力的不相等混为一谈的这个错误,在近代欧洲的舆论和制度中已经部分地被承认了的话,这造福人群的大功应该归于女性崇拜,而武士制度就是这种崇拜的法律,诗人就是它的先知。

---

① 11至14世纪期间,在法国东南部布罗温斯州有一派诗人,称为"trouvères",写抒情诗和叙事诗,而以歌咏爱情为主,他们实为彼特拉克的爱情诗之先驱。trouvères 一词是从法语动词"trouver"(发现,创制)派生,所以雪莱用"创制者"一词来做这派诗人的注释,其实,照他的意见,所有诗人都是创制者,正如古希腊文中"诗人"一词其实就有"制作者"的意思。

② 彼特拉克于1327年在法国亚威农初次会见罗拉,陷入爱情中,因而作爱情诗,名《卡左尼尔集》,或名《咏罗拉的生平及其死》,其情调缠绵凄恻,荡气回肠,雪莱在文中盛赞其诗,想即指此作。

③ 但丁的《新生》,是散文夹十四行诗的作品,描写他和比亚特丽慈的恋爱史;他九岁时初见"他心中的光荣的女子",便顿生爱慕,那时她只有八岁。九年后,他又在路上遇见她,她向他做友谊的招呼;但丁的单恋日益发展。后来她嫁给一个银行家,三年后便死了。但丁在书中描写他的热恋以及她死后他自己的悲哀。

④ 这里是指但丁的《神曲》,这是但丁最伟大的作品,该长诗分三部:《地狱篇》《净界篇》《天堂篇》。但丁写他自己得罗马诗人维吉尔为向导,游地狱,经净界而登天堂,在地狱和净界中,他跟许多相识的朋友或敌人谈话。唯独《天堂篇》写得最好,这是但丁所理想的美、光明与诗歌的境界,他遇见他所最爱慕的女子比亚特丽慈,现在她已成为天使了,她引导但丁直上天堂——所谓"最高真源"的宝座。

⑤ "革新的世界",这里是指中世纪的黑暗时代已过去,文艺复兴带来思想解放和个人解放的曙光。

但丁的诗堪称驾在时间之流上的桥梁,连接近代世界与古代世界①。但丁和他的对手弥尔顿把灵界事物理想化了,此等想入非非的观念不过是这两位大诗人所穿戴的斗篷和面具,他们这样蒙面蔽体化了装,走过无穷无尽的世代。在他们的思想中,自己的信仰与人民的信仰定必有一些不同的地方,可是他们对这差异能意识到什么程度,也是一个难以断定的问题。但丁将维吉尔所谓 justissimus unus② 的里非亚斯放在天堂,而且在他分配赏罚的时候为所欲为,奉守着极端异教的信念,但丁好像至少要以此表明他与众不同至于极点。弥尔顿的《失乐园》本身就含有哲学的论证,反驳基督教制度,由于一种稀奇而又自然的矛盾,这首诗原是拥护这制度的一部主要的通俗作品③。《失乐园》所表现的撒旦,在性格上有万不可及的魄力与庄严。如果我们以为弥尔顿有意用通俗的笔法将罪恶人格化,那么我们的设想就错误了。难恕的仇恨,耐心的诡诈,以警惕而缜密的阴谋给敌人以绝大痛苦——这些都可以说是罪恶;这些罪恶,在一个奴隶还情有可原,在一个暴君却不可饶恕;被征服者虽败犹荣,还可以补赎这些罪恶,胜利者虽胜而可耻,更加暴露这些罪恶。就道德方面来说,弥尔顿的魔鬼就远胜于他的上帝,正如一个人百折不回地坚持他所认为最好的一个目的,而不顾逆境与折磨,就远胜于另一个人冷酷地深信必定胜利,而用最可怕的手段来报复他的仇人,这却不是因为他错误地以为可诱导对方去后悔不该结仇而不解,而是因为他显然存心要激起对方的愤怒,使他应受更多的惩罚。弥尔顿已经把通俗的信念破坏到这样的程度(如果这种思想应当算是破坏的话),以致他并不认为他的上帝在德行上必须高于他的魔鬼。弥尔顿如此大胆忽视一个直接的道德目的,最明确地证明了他极其卓越的天才。他仿佛是把人性的若干因素,当作一块调色板上的颜色,混合在一起,然后,根据史诗真实所含的规律,搭配这些颜色,构成一幅伟大的图画,也就是根据下面这个原则的规律:指望以一连串外界宇宙的活动和有才有德的人物的行为,来唤起千秋百世人类的同情。《神曲》和《失乐园》

---

① 但丁生于中世纪之末叶,中世纪的黑暗刚过去,文艺复兴的曙光初启,他的作品,尤其是《神曲》是中世纪一切思想的总结,而又为新时代开了人文主义的先河。

② 拉丁文:"最正直的人",维吉尔在史诗《埃涅阿斯纪》中称里非亚斯之词,见该诗第二卷第 426—427 行,原作是"里非亚斯,这个特洛伊人中最正直的人,而且对于正义的事最是热情的,也战死了"。里非亚斯本为异教徒,而但丁在《神曲》中竟然把他放在天堂,可见但丁反抗中世纪基督教的传统,而富有异教思想。

③ 弥尔顿的《失乐园》是一篇长叙事诗,分十卷,其题材取自《旧约·创世纪》,写魔鬼之长撒旦背叛上帝,兴师作乱,上帝派众天使与之交战,上帝明知人类将堕落,将来由神子耶稣拯救人类,所以放纵撒旦,撒旦到伊甸乐园,诱惑了亚当和夏娃偷食禁果,于是上帝贬亚当和夏娃到人间,他们便失了乐园,这是人类堕落之始。这篇诗本来是宣传基督教的教义,把教会的思想写成通俗化的作品,可是在弥尔顿的笔下,上帝反成为一个居心阴险的暴君,撒旦是一个值得人同情的反抗者。这点就是《失乐园》的进步意义。

使得近代神话具有系统的形式;等到世事变迁、岁月流逝,在世间许多盛衰交替的迷信中更加上一种迷信的时候,就需注释家们旁征博引来阐明古代欧洲的宗教了;至于古代宗教之所以幸而不至于完全被人忘记,是因为它盖上了天才的不朽的印记。

荷马是第一位史诗诗人,但丁是第二位,那就是说,这第二位诗人的一系列作品与他所生存的时代以及后世的知识、情操和宗教,有着明确而清楚的关系,随着它们的发展而发展。卢克莱修已让自己飞跃的精神之翅膀沾染了这尘世的污泥,维吉尔过于慎重,对他的天才反而不利,竟背上了模仿者的声名,虽则他其实是重新创造他所抄袭的一切;阿波罗尼亚斯·罗迪亚斯、昆托斯·卡拉伯、农纳斯、卢卡努斯、斯塔提亚斯、克罗迪安①等,不过是一群善于模仿的反舌鸟,不论他们的歌喉如何美妙,都没有一个能够达到史诗的真实,甚至连一个条件也未能满足。弥尔顿是第三位史诗诗人。因为,如果从最高意义来讲,《埃涅阿斯纪》尚且不能被授予史诗的名称,那么,像《疯狂的罗兰》《解放的耶路撒冷》《鲁西阿德》《仙后》等就更加不配了。②

文明世界的古代宗教深深浸润了但丁与弥尔顿,它的精神存在于他们的诗中,正如它的形式残留在近代欧洲尚未改革的宗教崇拜中,两者的成分也许相等。但丁在宗教改革之前,弥尔顿在宗教改革之后,时间的距离差不多相等。但丁是第一个宗教改革者,路德所以胜过但丁,与其说是因为他勇于谴责教皇之僭夺政权,不如说是因为他的粗犷和辛辣。但丁是第一个唤醒迷惑的欧洲人的,他从不调和的鄙词蛮语的混乱状态中创造一种本身就具有音乐性和说服力的语言③。许多伟大人物领导文艺复兴,而但丁就是他们的精神的集大成者;这灿烂的星群在 13 世纪从意大利诸共和国放出光芒,好像从天上直照入暮霭沉沉的世界的黑暗里,而但丁就是这一群中的晨星。他所用的字充满了精神,每一个字有如一颗火星,一个正在燃烧的原子,闪出不能磨灭的思想来,并且还有许多生下来就躺在灰烬中被掩埋了,然而都饱含着电光,不过还没有找到传导体。一切崇高的诗都是无限的,它好像第一颗橡实,潜藏着所有的橡树。我们固然可以拉开

---

① 阿波罗尼亚斯·罗迪亚斯,公元前 3 世纪希腊诗人,其代表作有《远航咏》(*Argonautica*);昆托斯·卡拉伯,4 世纪希腊诗人,其代表作有《续荷马》;农纳斯,5 世纪诗人,生于埃及,其代表作有《狄奥尼西阿卡》;斯塔提亚斯,1 世纪罗马诗人,其代表作有《忒拜之歌》和《阿喀琉斯之歌》;克罗迪安,4 世纪罗马最末了的一个拉丁诗人,作品甚多,计约有十种。

② 《埃涅阿斯纪》是维吉尔著的史诗,罗马文学中最伟大的作品;《疯狂的罗兰》是意大利人阿里奥斯托的代表作;《解放的耶路撒冷》是意大利诗人塔索的代表作;《鲁西阿德》是葡萄牙诗人贾梅士(1524—1580)的代表作;《仙后》是英国诗人斯宾塞的代表作。

③ 但丁可以称为意大利文学语言的创造者,他写诗不像中世纪一般作家那样用拉丁文,而是用意大利的口语,弃其糟粕,取其精华。他曾著《论俗语》一文,以表明他的主张。

一层一层的罩纱,可是潜藏在意义最深处的赤裸的美却永远不曾揭露出来。一首伟大的诗是一个源泉,永远泛滥着智慧与快感的流水;一个人和一个世代幸因特殊关系能够享受到它的神圣的清流,饱吸了它的琼浆之后,另一个人和另一个世代又接踵而来,所以新的关系永远在发展,一首伟大的诗是一种不可预见、不可预想的快感之渊源。

在但丁、彼特拉克、薄伽丘以后,接着而来的那个时代,它的特征是绘画、雕刻和建筑的复兴。乔叟①抓住了这神圣的灵感,英国文学的上层建筑就是以意大利所发明的那些材料为基础的。

然而,让我们不要因为替诗辩护而竟扯到诗的批评史以及诗对社会的影响上来,只需指出广义的和真正的诗人们对当代和后代的影响,那就足够了。

然而,现在有人根据另一个托词,竟要求诗人们将桂冠让给理论家和机械师。② 他们固然承认运用想象是最愉快的,但又断言运用理智是更加有用的。我们不妨就这种区别的根据,来考察这里所谓"有用"或"功用"究竟是什么意思。一般地说,快感或善良是一个有感觉、有睿智的人有意识地去追求的事物,既求得了,便为之踌躇满志。快感有两种:一种是持久的,普遍的,永恒的;一种是暂时的,特殊的。"功用"可以表示产生前一种快感或产生后一种快感的方法。 就前一意义来说,凡是足以加强和净化感情,扩大想象,以及使感觉更为活泼的,都是有用的。但是,功用这个词也可以有一种较狭的意义,它只限于表示:排除我们动物性欲望的烦扰,使人处于安全的生活环境中,驱散粗野的迷信之幻想,使人与人之间有某种程度的互相容忍而又适合于个人利益的动机。

当然,从这个狭义来说,提倡功利的人们在社会里也有他们应尽的任务。他们追随诗人的步武,把诗人的种种创作中的素描抄写在日常生活的书本上。他们让出空间,他们给予时间。只要他们在处理我们天赋的低级能力的事务时,限于高级能力所应属的范围内,他们的努力总是有最高的价值。然而,一个怀疑主义者既已摧毁了愚昧的迷信,就请他撒手,不要去磨灭那凭借人类想象而表现的永恒真理,像有些法国作家已磨灭了的那样。一个机械师使劳动减少,一个政治经济学者使劳动互相配合,他们的推测并不符合想象的最高原则,所以请他们当心,不要因此而同时强化了奢侈与贫困,使之各走极端,像近代英国经济学者之所为。他们已经用实例来证明这句话:"有了的,应该再给他一点;没有的,就连

---

① 乔叟(1340? —1400),英国大诗人,他所著的长诗《坎特伯雷故事集》,内容许多是取材于中世纪的传说,尤其是意大利的民间传说,有些也见于薄伽丘的《十日谈》中。

② 这里,雪莱开始正式答复皮科克的文章《诗的四个时代》。

他仅有的一点,也应该夺去。"①于是,富者愈富,贫者愈贫,而国家陷于无政府主义与专制政治两个极端之间,好像一叶轻舟驶入危岩与怒浪之间那样②。人们毫无节制地运用筹谋策划的能力,就必然产生诸如此类的恶果。

给最高意义的快感下个定义是很难的,这定义会引起许多表面上好像自相矛盾的理论。因为,由于人性构造含有一种无法解释的不调和现象,我们自身低级部分的苦痛就往往与我们高级部分的快感相联结。我们往往选择悲愁、恐惧、痛苦、失望,来表达我们之接近于至善。我们对于哀情小说的同情,就是根据这个原理;悲剧之所以使人愉快,是因为它提供了存在于痛苦中的一个快感的影子。最美妙的曲调总不免带有一些忧郁,这忧郁的根源也在于此。悲愁中的快感比快乐中的快感更甜蜜些。所以有这么一句话:"到悲伤的人家去胜过到快乐的人家去。"③这并不是说,最高级的快感必须与痛苦联结起来。爱情与友谊的乐趣,欣赏自然的陶醉,欣赏诗歌尤其是创作诗歌时的快感,往往是绝对纯粹的。

产生和保证这种最高意义的快感,才是真正的功用。凡是产生和保证这种快感的人便是诗人,或者是具有诗才的哲学家。

洛克、休谟、吉本、伏尔泰、卢梭,以及他们的弟子们,支持被压迫的和受欺骗的人类,他们的努力值得人类感戴。然而,纵使他们从未生存于世上,要估计这世界所呈现的道德上和知识上进展的程度,也不是什么难事。也许再有一两个世纪大家还会说些荒唐的话,也许再有好几个男女和儿童被当作异教徒而烧死。也许我们此刻还不会为了已取消西班牙宗教裁判而彼此庆幸。④ 然而,倘使但丁、彼特拉克、薄伽丘、乔叟、莎士比亚、卡尔德伦、培根爵士、弥士顿不曾活在世界上,倘使拉斐尔和米开朗琪罗不曾诞生于人间,倘使希伯来的诗不曾被翻译出

---

① 此句引自《新约·马可福音》,第4章,第25节,原作"有的,还要给他,没有的,连他所有的也要夺去"。雪莱把语气强化了。

② "危岩与怒浪",原文作"斯库拉和卡律布狄斯(Scylla and Charybdis)",是引用希腊文学的典故。据说,在意大利和西西里的海峡间有两个大岩洞。近意大利那边的一个岩洞住着一头怪物,名斯库拉,有十二只脚,六个头,每头有三行利齿,作狗吠声,舟人经此,多遭其害。近西西里那边的岩洞,则怪兽卡律布狄斯住着,它每天三次把海水喝光,又三次把海水吐出,因此扰起巨浪,舟行至此必倾覆。荷马史诗《奥德赛》,第12卷,第73—110行,描写这两处险塞甚为详细。这里雪莱借用这典故来指国家处于"无政府主义"与"专制政治"这两个极端,正如在这两处的危岩怒浪间舟行一样,我采用意译,以便于阅读。

③ 此句引自《旧约·传道书》,第7章,第2节,原作"到遭丧的家去胜过到宴乐的家去"。雪莱略有改动,以适合这段文气。

④ 宗教裁判是一种最残酷的制度。初,在罗马教廷成立宗教审判所,凡被检举有异端邪说者,则处以死刑,用火烧死。在教皇依诺森特第三及格里高里第九时,宗教裁判发展尤速,不久,在罗马成立"圣职会议",专管处罚异端之事,其活动遍及法国、尼德兰、西班牙、葡萄牙。因有异端嫌疑而被烧死者,不可胜数。终因各国人民的斗争和反抗,宗教裁判制在法国于1772年被取消,在西班牙直到1834年才被取消,雪莱发表此文时,正是取消西班牙的宗教裁判不久的时候。

来,倘使希腊文学的研究不曾经过复兴运动,倘使古代的雕刻并没有遗迹留传给我们,倘使古代宗教的诗跟着古代宗教的信仰一起湮没了,——那么,我们真无法想象世界上的道德状况将会变成怎样。若不是有这些使人兴奋的事情鼓舞着我们,人心也不会觉醒而去发明那些比诗粗浅的实用科学,去应用分析的推理以纠正社会的越轨行为,而今日人们竟企图提高推断力的地位,使它超过发明力和创造力的直接表现。

我们还有许多道德的、政治的和历史的智慧,而我们不知道如何尽施之于实践;我们还有许多自然科学的和经济学的知识,而不能尽用之以公平分配那些有增无已的产品。在这些思想体系下,事实的累积和计算的程序,将诗掩藏起来了。至于在道德、政治和政治经济上,什么是最聪明和最良好的做法,或者至少比人们今日所做所受者更聪明和更良好的做法,关于此等问题的知识是并不缺少的。然而,我们却让"我不敢来伺候我想要,正像格言里的那只可怜的猫"①。我们缺少创造力来想象我们所知道的东西,我们缺少豪迈的冲动来实践我们的想象,我们缺少生活中的诗,我们的种种筹划已超过我们的概念,我们已经吃下了多于我们所能消化的食物。科学已经扩大了人们统辖外在世界的范围,但是,由于缺少诗的才能,这些科学的研究反而相应地限制了内在世界的领域;而且人虽已使用自然力做奴隶,但人自身却依然是一个奴隶。一切为了减轻劳动与合并劳动而做的发明,却被滥用来加强人类的不平等,这应该归咎于什么,是因为这些机械技术的研究在某种程度上与我们所有的创造能力还不相称吗? 而创造力却是一切知识的基础。一切的发现原该减轻亚当所受的诅咒②,却反而加重了它,此中难道还有别的原因吗? 诗是世间的上帝,利己主义(金钱就是它的可以看见的化身)是世间的财神。③

诗的功能有二重作用:它一方面替知识、力量与快感创造了新的资料;另一方面它在人们心中唤起一种欲望,要按照某种可称为美与善的节奏和秩序来再现并安排这些资料。当由于过度的自私自利和计较得失,我们外在生活所累积的资料,竟超过我们的同化能力的限量,以致不能依照人性的内在定律来消化这些资料,在那个时期,我们最需要诗的修养。因为,此时的身体变得过于笨重,振

---

① 此句引自莎士比亚的悲剧《麦克白》,第一幕,第七景,第 44—45 行。麦克白欲谋杀邓恩王,请他在碉堡中宴会,及王已醉,麦克白却犹豫,不敢下手,麦克白夫人怂恿她的丈夫,就说出这句话。意:"猫要吃鱼,就不怕弄湿其爪。"雪莱借此以指人们没有浪漫主义的勇进精神。

② 意即"人类的劳苦",按《旧约·创世纪》第三章记载:亚当因为吃了禁果,上帝处罚他,对他说:"你必终身劳苦,才能从地里得吃的,地必给你长出荆棘和蒺藜来……你必汗流满面才得糊口,直到你归了土。"

③ 这句话用来答复济慈的见解。

奋的精神也无能为力了。

真的,诗是神圣的东西。它既是知识的圆心又是它的圆周;它包含一切科学,一切科学也必须溯源到它。它同时是一切其他思想体系的老根和花朵;一切从它发生,受它装点;如果害虫摧残了它,它便不结果实,不生种子,不给予这荒芜的世界以养料,使得生命之树不能继续繁殖。诗是一切事物之完美无缺的外表和光泽,它有如蔷薇的色香之于它的结构成分的纹理,有如永不凋萎的美之形式和光彩之于腐尸败体的秘密。假如诗不能高飞到筹划能力驾着枭翼所不敢翱翔的那些永恒的境界,从那儿把光明与火焰带下来,则道义、爱情、爱国、友谊算得什么? 我们所生息其间的美丽宇宙的景色又算得什么? 我们在世间此岸的安慰是什么? 我们对世间彼岸的憧憬又是什么? 诗不像推理,推理是一种凭意志决定而发挥的力量。人不能说:“我要作诗。”即使是最伟大的诗人也不能说这类话。因为,在创作时,人们的心境宛若一团行将熄灭的炭火,有些不可见的势力,像变化无常的风,煽起它一瞬间的光焰;这种势力是内发的,有如花朵的颜色随着花开花谢而逐渐褪落,逐渐变化,并且我们天赋的感觉能力也不能预测它的来去。假如这种势力能保持它原来的纯真和力量,谁也不能预告其结果将是如何伟大;然而,当创作开始时,灵感已在衰退了;因此,流传世间的最灿烂的诗也恐怕不过是诗人原来构思的一个微弱的影子而已。我愿请教当代最伟大的诗人们:若说最美好的诗篇都产自苦功与钻研,这说法是不是错误。批评家劝人细意推敲和不求急就,这种意见如果予以正确的解释,不过是主张应当留心观察灵感袭来的瞬间,在没有灵感提示之时就用传统词句织成的文章来予以人工的补缀。这种做法只因诗才所限才有此必要①,因为弥尔顿在分节写下他的《失乐园》之前,先已对全篇有个概念。我们有他自己的话为凭证,他说诗神曾“口授”给他那“不曾预想的诗歌”②。有人力言《疯狂的罗兰》的第一行就有五十六种异文,让我们以弥尔顿的这句话来回答他们吧。如此写成的作品之于诗,就有如镶嵌细工之于绘画。诗的才能所含有的这种本能性与直觉性,在雕塑与绘画艺术方面更加容易被人看出:一个伟大的塑像或一幅伟大的图画在艺术家的努力下逐渐形成,正如婴孩在娘胎中逐渐长成那样;并且那指挥着手来造型的心灵也不能替

---

① 雪莱认为诗的创作全靠灵感,没有灵感就不能有诗,灵感说是本文的一个主要论点,读者细读下文便可以明白,雪莱的美学观点深受柏拉图的影响,灵感说就是一个例子。参阅柏拉图《伊安篇》。

② 弥尔顿的《失乐园》,第 9 卷,第 21—24 行:
我的天国女恩神不惜身份,
不用我邀请就在夜里光临,
在我梦中口授给我,感发我
这首容易的、不曾预想的诗歌。

雪
莱

自己说明那创造过程中的起源、程度或手段。

诗是最快乐、最善良的心灵中最快乐、最善良的瞬间之记录。我们往往感到思想和感情不可捉摸地袭来,有时与物或人有关,有时只与我们自己的心情有关,并且往往来时不可预见,去时不用吩咐,可是总给我们以难以形容的崇高和愉快;因此,即使在它们所遗留下来的眷恋和惆怅中,也还有着快感,因为这快感是参与于它的对象的本质中的。诗灵之来,仿佛是一种更神圣的本质渗透于我们自己的本质中;但它的步武却像拂过海面的微风,风平浪静了,它便无踪无影,只留下一些痕迹在它经过的满是皱纹的沙滩上。这些以及类似的情景,唯有感受性最细致和想象力最博大的人们才可以体味得到;而由此产生的心境却与一切卑鄙的欲望不能相容。道义、爱情、爱国、友谊等的热忱,在本质上是与此等情绪联结起来的;而且当它们还继续存在时,人的自我就显出它的原来面目,是宇宙中的一个原子而已。诗人不但因为是感情细腻的生灵而容易感受这些经验,他们还能够用天国的变幻无常的色彩,来渲染他们所综合的一切;在描写某一激情或者某一景色时的一个字、一个笔触,就可以拨动那着迷的心弦,而为那些曾经体验过此等情绪的人,再激起那酣睡的、冷却的、埋葬了的过去之影像。这样,诗可以使世间最善最美的一切永垂不朽;它捉住了那些飘忽于人生阴影中一瞬即逝的幻象,用文字或者用形相把它装饰起来,然后送它们到人间去,同时把此类快乐的喜讯带给同它们的姊妹们在一起留守的人们——我所以要说"留守",是因为这些人所住的灵魂之洞穴,就没有一扇表现之门可通到万象的宇宙。诗拯救了降临于人间的神性,以免它腐朽。

诗使万象化成美丽;它使最美丽的东西愈见其美,它给最丑陋的东西添上了美;它撮合狂喜与恐怖、愉快与忧伤、永恒与变幻;它驯服了一切不可融和的东西,使它们在它轻柔的羁轭之下结成一体。诗使它所触及的一切都变形;每一形相走入它的光辉下,都由于一种神奇的同感,变成了它所呼出的灵气之化身;它那秘密的炼金术能将从死流过生的毒液化为可饮的金汁;它撕去这世界的陈腐的面幕,而露出赤裸的、酣睡的美——这种美是世间种种形相的精神。

一切事物存在于世间,都恰如人们所知觉的那个样子,至少对于知觉的人是如此。"心是自己的主宰,能凭自己把天堂化为地狱,把地狱化为天堂。"①然而,诗独能战胜那迫使我们屈服于周围印象中的偶然事件的祸根。无论它展开它自己那斑斓的帐幔,或者拉开那悬在万物景象面前的生活之黑幕,它都能在我们的人生中替我们创造另一种人生。它使我们成为另一世界的居民,同那世界比较

---

① 此句出于弥尔顿的《失乐园》,第1卷,第254—255行,那是被撒旦引诱至地狱的天使,看见地狱的光景,自己安慰自己说了这句话。雪莱借用来指诗心能替我们创造另一个境界。

起来,我们的现实世界就显得一团混乱。它再现我们参与其间耳闻目见的平凡的宇宙;它替我们的内心视觉扫除那层凡胎俗眼的薄膜,使我们窥见我们人生中的神奇。它强迫我们去感觉我们所知觉的东西,去想象我们所认识的东西。当习以为常的印象不断重现,破坏了我们对宇宙的观感之后,诗就重新创造一个宇宙。诗证实了塔索那句大胆而真实的话:Non merita nome di creatore, se non Iddioed il Poeta.(没有人配受创造者的称号,唯有上帝与诗人。)

一个诗人既然是给别人写出最高的智慧、快乐、德行与光荣的作者,因此他本人就应该是最快乐、最善良、最聪明和最显赫的人。至于说到诗人的光荣,我们不妨责问时间来回答:在人类生活的建树者中有何种人的名誉能比得上诗人的名誉。一个人之所以最聪明、最快乐、最善良,就因为他是诗人,这点也是无争论之余地的:最伟大的诗人一向是品德最无疵点而明达则无所不及的人,而假使我们细察诗人生活的内幕,那么总能发觉他们是最幸运的人;若有例外,那就是那些诗才虽高但仍居次等的诗人,可是我们细想一下,就会发现这些例外只能限制而不能破坏这个定律。让我们暂时屈从世俗的见解,让我们越俎代庖,而试以一人之身兼做原告、证人、法官、行刑者这几种矛盾的身份,让我们不经审问,无须证据,不依程度便宣判那些"坐在我们所不敢飞到的领域"①的人的某些动机是应该非难。让我们假定:荷马是一个酒徒,维吉尔是一个媚臣,贺拉斯是一个懦夫,塔索是一个疯子,培根爵士是一个侵吞公款者,拉斐尔是一个浪子,斯宾塞是一个桂冠诗人。在本文这一段,引证当代还活着的诗人是不适当的,但是后世对于上面所举出名字的几位大诗人自有公平之论。他们的错误已被人衡量过,结果只是微尘那么轻微;假使他们的罪在当时"是朱红,在今日是洁白如雪"②了:他们已经在那仲裁人兼救世主的血泊中,也就是在时间的淘汰里被洗净了。试看目下对于诗及诗人之诽谤,对其或真或假的罪名之指摘,竟达到如此可笑的混乱;试想诗人似乎有的罪名其实是多么无足轻重;再看看你们自己的动机吧,不要裁判人,为的是怕你们也要受人的裁判。

上文说过,诗在下述这点上与逻辑不同:诗是不受心灵的主动能力支配的,诗的诞生及重现与人的意识或意志也没有必然的关系。如果断言意识及意志是一切心理因果关系的必要条件,这实在是臆测之论,因为我们所经历到的心理作用的后果都不容易归因于意识及意志。显然不妨这样假定:诗的力量屡次涌现,

---

① 引自弥尔顿的《失乐园》,第四卷,第 829 行,原作:"你从前也知道我不是与你为伍的,我坐在你所不敢飞到的领域。"天使西丰奉命到伊甸去搜寻撒旦,撒旦就轻蔑地对他说这句话。雪莱借用此句来指诗的最高境界。

② 此句引自《旧约·以赛亚》,第一章,第十八节,原作:"你们来,我们彼此辩论,我们的罪虽像朱红,必变成雪白,虽红如丹颜,必白如羊毛。"

便在诗人的心中养成秩序与和谐之习惯,它与这力量本身的性质及其对别人心灵的影响都有关系。然而,在诗的灵感过去之后——这是常有的,虽然不是永久——诗人重又变为常人,突然被委弃于逆流之中,受到别人所惯常生活于其下的种种影响。然而,因为诗人比别人在感觉上更加细腻,对于自己的及别人的痛苦与快乐更加敏感,而其敏感的程度也是别人所不会知道的,所以诗人往往怀着相当于这种感觉上之差异的热忱,来逃避痛苦而追求快乐。一般人所追求或逃避的对象,往往在某些情势下,张冠李戴,加以掩饰,而诗人疏忽,看不到这些情势,所以容易受世俗的诽谤。

然而,在上述这种错误中并不一定有罪恶,因此残酷、嫉妒、复仇、贪婪,以及纯粹罪恶的激情,从未成为世俗对诗人的一些抨击。

我依照我心中所想到的次序,把这些论点写下来,只考虑到这主题本身,而并没有遵守一篇答辩文章的格式——这样的做法,我认为对于真理之主张是最有利的;但是如果这些论述所持的观点是正确的话,你会发觉它们也含有对那些非难诗人的人的驳复,至少就本文的第一部分来说是如此。我不难猜出,到底是什么触怒了一些博学而聪明的作家,所以他们与某些诗人争吵;我自己承认,我像他们一样也不愿意目瞪口呆对着今日的粗暴的科尔杜斯之劣作《忒西德》①。巴维亚斯和梅维亚斯②无疑是讨厌得使人不可忍受的人物,他们从前已是这样。然而,一个有哲学思想的批评家的责任,在于判别优劣,而不在于混淆是非。

本文的第一部述及诗的要素与原理,并且,在狭小的篇幅所许可的范围内,说明了狭义的诗与一切其他的规律及美之形式有着同一的根源;人类生活所提供的素材都可以按照这些形式而予以编排,而这就是广义的诗。

本文的第二部③的目的在于应用这些原理于今日诗的研究之情况,并且支持一种尝试:就是想对现代风俗与舆论的方式加以诗的理想化,并使这些方式不得不屈从于想象力和创造力。因为,英国文学的突飞猛进向来总是先于或伴着

---

① 雪莱的原文作"Theseids of Codri",这里的"Codri"应当作"Cordus"(按 Codri 是拉丁文 Cordus 的生格,雪莱用了生格,在拼字上也有点出入)。科尔杜斯(Cordus)大概是罗马的诗人,其生平不可考,他曾根据雅典传说的古王忒修斯的生平事迹写了一叙事诗,名为《忒西德》(Theseid),意即"忒修斯之歌"。此诗已佚,但想必是劣作。罗马讽刺诗人尤文纳里斯曾在其《讽刺诗》第一篇中,一开首就说:

难道我要毕生都做听众而不发言?

粗暴的科尔杜斯的《忒西德》使我闷气难宣。

雪莱把《忒西德》写成复数 Theseids,其用意是借此以指一般的劣作。

② 贺拉斯在其《谣歌》第十篇中曾抨击梅维亚斯;维吉尔在《牧歌》第三篇第 90—91 行中曾讥讽巴维亚斯和梅维亚斯,说他们是劣诗人。按:巴维亚斯和梅维亚斯两人皆是公元前 1 世纪的作者,其作品已湮没了。

③ 本文的第二部始终没有写出来。

民族意志之伟大而自由发展,现在文学已经兴盛起来了,仿佛是经过一次新生。虽则思想卑鄙的嫉妒者会有意低估当代的成就,但是我们今日的时代必将在知识的成就上成为一个可纪念的时代,而且在我们中间还生活着许多哲学家和诗人,他们无比地超过自从上次争取公民自由与宗教自由的国内战争以来出现的任何一个哲学家和诗人。在一个伟大民族觉醒起来为实现思想上或制度上的有益改革而奋斗过程中,诗人就是一个最可靠的先驱、伙伴和追随者。在这些时代,人们累积了许多力量,能够去传达和接受关于人与自然的强烈而使人激动的概念。具有这种能力的人,就他们性格的许多方面来说,却往往与他们所致力的善之精神很少有明显的联系。然而他们虽则否认并且誓不屈从那高踞于他们自己灵魂的宝座上之势力,他们还是被迫要为它服务。读了今日一些最有名的作家的作品,而不惊叹于燃烧在他们字里行间的电火似的生命,实在是不可能的。他们以一种包罗万象、深入一切的精神,来测量人性的周围,探索人性的深度,而他们自己对于人性的种种表现也许最是由衷地感到惊异;因为这与其说是他们的精神,不如说是时代的精神。诗人是不可领会的灵感之祭司;是反映出"未来"投射到"现在"上的巨影之明镜;是表现了连自己也不解是什么之文字;是唱着战歌而又不感到何所激发之号角;是能动而非被动之力量。诗人是世间未经公认的立法者。

◎史料选

诗的四个时代(1820)

［英］皮科克

受这样东西滋养的儿童,再也不能获得真味,正如生活在厨下的人们不能嗅出芳香。

——佩特罗尼乌斯

诗,如同这世界,可以说是有四个时代的,不过程度不同罢了。诗的第一个时代是铁器时代,第二个是黄金时代,第三个是白银时代,第四个是黄铜时代。

在诗的第一个时代,铁器时代,粗野的歌人,用聒耳的韵律,歌颂更粗野的魁酋们的丰功伟业。当时,人人都是战士,各式社会的最高实践箴言是"保持我们所有的东西,夺取我们所能夺取",这箴言尚未以正义的名义和法律的形式装扮起来,而是刀光剑影的一句露骨格言,白刃相向就是 meum et tuum(尔我之间)一切问题的裁判和公断。在那些日子,只有三种职业兴隆(除了时时都兴隆的祭司职业以外），那就是王者、盗贼、乞丐的职业：乞丐多半是穷途落魄的王者，盗贼则多半是前途似锦的王者。向一个陌生人询问的第一个问题是："你是乞丐还是盗贼？"①陌生人回答，往往先冒充乞丐，等到方便时机，便证明他堪称盗贼。

每个人的自然欲望，是把他所能获得的权势和财产，尽量独占为己有，不择手段，强权就是公理；加上一个同样自然的欲望，那就是让尽可能多的人知道，他在这个普遍追求中夺得多少东西。成功的武士变成魁酋，成功的魁酋转成王者：他接着便需要一个工具来宣扬他的功业的名声和财富的多寡，这个工具他在歌人身上找到了，歌人事前在他的魅力充分感发之下，是随时准备歌颂他的武力的。这就是诗的起源：诗，正如其他职业那样，是因有这种商品的需求而兴起，按照市场范围的扩大而繁荣。

所以，诗在起源时是歌功颂德的。各民族最早的粗野诗歌，好像是一种简要的历史介绍，用臃肿浮夸的调子，颂扬一些杰出人物的功绩和财产。它们告诉我们：某人打过多少次仗，劈开过多少头盔，刺穿过多少胸甲，造成了多少寡妇，侵吞了多少土地，毁坏了别人的多少房屋，为自己建筑了多么大的宫室，宫中积聚了多少黄金，以及他多么慷慨好施，酬答、供养并宴饮那些神圣不朽的歌人——丘必特的儿孙，若是没有他们永垂千载的诗歌，英雄们的声名也就湮没无闻。

这就是在发明文字之前诗的第一阶段。韵律的抑扬，既有助于记忆，又使无教养的人们听来悦耳，他们很容易被音韵迷住；尚未定型的语言是非常变通如意的，所以歌人用韵律约束歌词，而无损于意义。野蛮人确实是出口成韵的，所有粗野不文的人们都是用我们所谓诗的方式来表意。

他周围的景物，和他那时代所信仰的迷信，构成了诗人的心境。顽石、山岳、海洋、荒林、浅涧，以形形色色的神秘力量围绕着他，无知和恐怖使他凝想到精灵林立，便称之为各式各样的神灵、神女、林仙、妖魔、鬼怪。有许多故事讲到所有这些鬼神：仙女对美貌少年不能无动于衷，男妖也总想侮辱窈窕淑女，为此自苦而苦人，所以诗人就不能追溯其魁酋的祖先是附近的某些神物，那魁酋也可能最乐意与神鬼认亲。

在这行业，也正如其他行业那样，当然有些人会取得出类拔萃的成就，他们便深受敬重，例如《奥德赛》中的德莫多克②，从而十分自负，怀着无限虚荣心，例如《伊利亚特》中的塔米里斯③。当时，诗人还是他们那时代的唯一历史家和编

---

① 参看《奥德赛》，修昔底德的《历史》，卷一，第五章。
② 德莫多克，荷马《奥德赛》中传说的菲埃克斯人国王阿尔基诺斯宫廷中的盲歌手。
③ 塔米里斯，色雷斯的歌手。据说，他曾夸口说他在歌唱上胜过缪斯女神。缪斯女神将他眼睛弄瞎，使他歌喉变哑，以示惩罚。

年史家,是他们那时代一切知识的宝库;虽然这种知识不过是传说的幻想的堆积,而不是有用的真理的搜集,虽然如此,诗人却敝帚自珍。他们不断观察和思考,而别人却正在掠夺和厮杀;虽然他们的目的不过是想分得一份战利品,但是他们是凭智力,不是凭武力达到这目的;他们的成功引起竞相凭知识以成名的欲望;所以在他们满足虚荣心和娱乐好奇心的同时,他们也磨砺了自己的才智和唤醒了别人的才智。他们所仅有的一点知识的巧妙表现,使他们获得了多才多智的信誉,虽然他们其实没有更多知识,他们熟悉鬼神的秘史,这就不难替他们获得灵感之名声;所以他们不但是历史家,而且是神学家、道德学家、立法者,从教坛上传达神谕,真的,他们本身(例如奥菲士①和安菲翁②)就往往被视为神明之流;凭诗歌以建筑城市,凭和声以领导野兽,这不过是比喻他们领导群众的才能罢了。

诗的黄金时代取材于铁器时代。这个时代开始之时,诗便开始回顾往事,一种类似扩大的国家行政体系的制度已经建立起来,个人的力量和勇敢已经不足以扩张武人勇士的势力,不足以使帝王废立和国家兴亡了,有组织的人群、社会的制度、世袭的继承等,将予以抑制。人们也更多生活在真理光辉之中,交换着观察成果,从而看出了鬼神的作用不是那么经常在他们之间发生,从古代诗歌和传说看来好像经常在他们祖先之间发生似的。由于个人权利的真正削弱和对于鬼神的明显疏远这两种情况,他们便很容易自然而然地推出两个结论:第一,人类堕落了;第二,人们失宠于神灵了。小城邦和移民地,现在已经巩固而形成,它们的起源和早期繁荣是归功于某一个领袖的才能和勇武的,当地的居民便在遥远传说的云雾中夸大了它们的创立者,设想他之所以创造奇迹是有神灵或女神常在他左右。他们在唯一可纪念的传统诗歌中,看到他的名声和功绩就是这样被夸张和渲染的。关于他的一切传说尽在他的性格之中,这是无可驳斥的。其人其事及其守护神灵,便混淆起来,合成一成不变的联想。神奇的事迹也很像一个雪球,它越滚下来便越增长,直到它在开始从山顶滚下来时所仅有的一点史实的核心,尽埋没在增益浮夸的积聚之中。

既然这样点缀浮夸的传说,在家族和城邦的创立者的周围,加上这么些外来的能力和壮丽色彩,一个当代诗人歌颂一个当代领袖,就不免有因为笨拙的阿谀而被斥逐之危险,而且这还会留下一个印象,仿佛这领袖不是像他祖先那样伟大的人物。在这样的情况下,就必须指出他不愧为他们的后裔。一个城邦的所有人民都是对城邦的创立者深感兴趣的。一切业已结成公共社会体制的城邦都对

---

① 奥菲士,古希腊神话中的诗人和歌手,其歌声能使猛兽俯首,顽石点头。

② 安菲翁,古希腊神话中的诗人和歌手,其歌声曾感动顽石,筑成了底比斯的城堡。

其各自的创立者深感兴趣,人们总是对自己的先人念念不忘,人们总爱回顾过往的岁月。在这些情况之下,传统的民族史诗便得以形成,杂乱无章的东西带上了条理和形式。兴趣是更加普遍了;智力扩大了;热情却还有活动之余地;人物性格还是多样而鲜明;自然景色还是粗犷荒凉,显示出它的一切美和壮丽;尽管城市的扩大,尽管市民生活的日常束缚,人们却不因此而不能观察自然。诗更加是一种艺术,它需要更多的韵律技巧、更大的支配语言的能力、更广泛更多样的知识、更渊博的心智。诗在其他任何文学部门中还是未逢敌手的;甚至其他艺术,绘画与雕刻当然是,音乐也大概是,比它较为粗拙而不完美。知识的整个领域都是诗的领域,不论历史、哲学,或是科学,都不能与之媲美。一代最伟大的才智之士从事于诗,其余都是它的听众。这就是荷马的时代,诗的黄金时代。诗,现在已经登峰造极了,它已经达到再也不能超越的顶点,所以天才的诗人便寻找新的形式来处理同样的主题;从而产生了品达罗斯①和阿尔凯奥斯②的抒情诗,埃斯库罗斯和索福克勒斯的悲剧诗。帝王的恩宠,奥林匹克桂冠的光荣,当代群众的称颂,一切能满足虚荣心和激起竞争心的因素,在等待着这种艺术的成功的从事者,直到诗的形式已经搜罗殆尽,而新的竞争者在它的周围起来开拓新的文学领域,随着理性和文化的发展,它们逐渐取得优势,事实已经是比虚构更引人入胜。真的,诗的成年可以说是历史的幼年。从荷马到希罗多德③的过渡,并不比从希罗多德到修昔底德④的过渡,更惹人注目。在逐渐抛弃无稽的奇遇和修饰的语言的过程中,希罗多德比诸修昔底德是一个诗人,正如荷马比诸希罗多德是一个诗人那样。希罗多德的历史半是诗章,它的写作时代,正是整个文学领域都属于诗神所有的时代,所以这部作品的九卷,以九位诗神的名字为题,是合理而且合礼的。

关于人性和人心、道德义务和善恶问题、现实世界的有生和无生成分等的思辨和争论,也开始与勒达⑤的卵和伊俄⑥的角一起引人注意,而且从诗方面吸引了它昔日所独占的听众的一部分。

于是白银时代,或者说,文明生活的诗,到来了。这种诗有两类:模仿的和独

① 品达罗斯(前6—前5世纪),古希腊抒情诗人,合唱琴歌的著名作者。
② 阿尔凯奥斯(前7—前6世纪),古希腊抒情诗人,独唱琴歌的著名作者。
③ 希罗多德(约前484—前425),古希腊历史学家,著有《希腊波斯战争史》,人称"历史之父"。他开始比较各家记载,力图发现历史真相,但仍插入许多神话传说,并往往用命运和神力来解释历史事件。
④ 修昔底德(约前460—前400),古希腊历史学家,著有《伯罗奔尼撒战争史》。他注意分析史料,核对证据,能揭示历史事件的因果关系。
⑤ 勒达,希腊神话中的斯巴达王后。主神宙斯化为天鹅与她亲近,生美女海伦。
⑥ 伊俄,希腊神话中天后赫拉的女祭司。主神宙斯爱上了她,赫拉出于嫉妒将其变成母牛。

创的。模仿的诗把黄金时代的诗改制,而予以细意琢磨;维吉尔是这类诗最显著最触目的例子,独创的诗是喜剧诗、教诲诗或讽刺诗,例如米南德[①]、阿里斯托芬、贺拉斯、朱文纳尔[②]等人的诗。这个时代的诗的特征是:词句上的精挑细选,表达上的苦心推敲而多少单调的谐韵。但是它之所以单调,是因为经验已经把各式各样的音韵抑扬搜罗殆尽,文明的诗就挑选最美的韵律,宁可重踏旧路,而不愿跋涉长途去探索种种新声。然而,最佳的表达乃是词义自然合韵的表达,这就需要刻苦用功,务使舒卷自如的优雅语言和细意琢磨的押韵方法,同有意表达的意义,彼此调和,庶不至于因韵而害意。所以有过无数尝试,而甚少成功。

然而,诗达到这情况,已经向它的灭亡迈进一步了。感触和激情最好是用富丽堂皇的修辞来刻画和唤起;但是理性和悟性却最好是用最简单最朴素的词句来表达。用诗表达纯粹的理性和冷静的真理是十分可笑的,试把欧几里得的一个几何论证写成诗章,就不难看出了。这道理适用于任何冷静的推理,适用于一切需要有广阔视野和扩大综合力的推理。只有道德方面较为实在的观点——这些观点可以立刻博得赞同,这些观点在每个人心中宛若明镜,其中因严格的理性掺杂了感情和想象而富有生气和趣味,这些观点才会连所谓道德诗都适用;但是当道德和人心的科学已经向完美之境迈进,当这些学术的视野日益扩大而广泛,当在这些学术视野上理性已经占了上风,压倒想象和感情之时,诗再也不能伴同它们前进,不知不觉落到后方,而让它们独自前往。于是,思想的王国退出了诗的范围,正如事实的王国从前曾退出过那样。就史实而论,铁器时代的诗人歌颂他们同代人的丰功伟绩,黄金时代的诗人歌颂铁器时代的英雄;而白银时代的诗人则改制黄金时代的诗章:在这里,我们可以看到,史实的一缕极其微弱的光辉便足以驱散诗的一切幻影。我们认识《伊利亚特》中的人,不比认识其中的神更多,认识阿喀琉斯不比认识忒提斯[③]更多,认识赫克托耳和安德洛玛刻[④]不比认识伏尔甘[⑤]和维纳斯更多,这些人物完全是属于诗方面的,历史在其中没有份。但是维吉尔不会贸然去写歌咏恺撒的史诗,他把恺撒留给李维去写,他走出历史和真实的境界,踏入诗歌和虚构的故国。

健全的良知和文雅的学识,用精工雕琢而多少单调的诗句传达出来,便是文明生活的独创诗和模仿诗的极致。它的范围是有限的,一旦山穷水尽,便只余下

---

① 米南德(约前342—前292),古希腊后期新喜剧作家,现仅存《恨世者》和一些残篇。

② 朱文纳尔(约60—140),古罗马讽刺诗人。

③ 阿喀琉斯,特洛伊战争中的英雄。忒提斯,海洋女神,阿喀琉斯的母亲。

④ 赫克托耳,特洛伊战争中特洛伊军队的统帅,后被阿喀琉斯刺死。安德洛玛刻,赫克托耳的妻子。

⑤ 伏尔甘,罗马神话中的火神,即希腊神话中的赫淮斯托斯。

老生常谈的剩菜残羹,而这些东西终于彻底变成令人生厌,甚至最新鲜的新杂拌,最不知厌倦的读者也有此感。

现在,显而易见,诗不是必须停止磨炼,便是必须另辟新径。他们也曾模仿过和重复过黄金时代的诗人的制作,直到新的模仿再也不能引人注意了,道德诗和教诲诗的有限范围已经穷尽了,高级社会的日常生活的联想,又是枯燥乏味、呆板定型、毫无诗意的事实,但是无论何时总有一大群没精打采的读者,他们打着呵欠要求娱乐,或者目瞪口呆看着新奇,于是诗人们做到他们的第一流伙食承办商,便引以为荣了。

于是,黄铜时代到来了,它丢弃了白银时代的雕琢和学识,采取了倒退的步伐,回到铁器时代的蛮风顽俗和粗犷传统,自称为"回返自然"和复兴黄金时代。这是诗的第二度童年。荷马诗神的广博的魄力,能绘出事物的壮丽的轮廓,同时用一两句诗把一幅生动的画景呈现在心灵之前,其朴素和瑰丽是不可模仿的,现在却代之以思想、感情、行为、人物、景色等的夸夸其谈和精确详细的描写,诗的风格散漫杂乱,任何人都能够在一小时之内写出两百行,倚马可待。所有在罗马帝国末叶盛极一时的诗人们,都可以归入这个时代。农诺斯[①]的《酒神颂》,就是这种诗的最好范本,虽然不是最知名的,它在许多铺张重叠的描写中间还有不少极美妙的章节。

古典诗歌的铁器时代可以称为歌人时代,它的黄金时代可以称为荷马时代,它的白银时代可以称为维吉尔时代,它的黄铜时代可以称为农诺斯时代。

现在诗歌也有它的四个时代,不过"其缠绵悱恻却有所不同"。

继古代世界的黄铜时代之后是黑暗时代,那时,"福音"的光辉开始普照欧洲;但是,由于一种神秘不可思议的天意,随着光明的进展,黑暗反而加浓。那些蹂躏罗马帝国的蛮族,把野蛮时代的日子又带了回来,所不同者,在这个世界已经有了许多书籍、许多藏书的地方,偶或有些人读过那些书(假如他能够逃过劫数,不至于为了上帝的爱而被烧死的话),一般说来,他真的成了神秘恐怖的对象,有了魔术家、炼金术士、占星术士的名声。欧洲各民族从这再度发生的野蛮时代挣脱出来,他们定居在新的国家里,正如在希腊的早期时代那样,总带有一种狂放的冒险精神,这种精神,同新风俗和新迷信合作起来,便培养出了一大批奇思幻想的成果,像希腊的幻想一样的丰富,虽然还不如它那样美。骑士时代的行为准则把妇女一半神化,加上这些新的无稽之谈,便产生中世纪的传奇。新英雄系统的创立者,代替了希腊诗歌所咏叹的神人。查理曼和他的武士们,亚瑟王和他的圆桌骑士们——骑士诗歌的铁器时代的英雄们——都是透过同样的云山

---

① 农诺斯,埃及的希腊语叙事诗人,生活在公元 4 世纪末或 5 世纪初。

雾罩的夸张来表现的,甚至以更过分的浮夸来歌颂他们的功绩。这些传说,结合着那渗透于南欧抒情诗人诗中的言过其实的爱情,人们加给学者身上的不可思议的名气,自然哲学方面的幼稚的奇谈,十字军的疯狂的宗教热情,大封建诸侯的势力和特权,以及修士们和修士们的神圣奇迹——所有这些构成了一种社会情况,在这社会里,两个俗人狭路相逢则必定拔剑相向;在这社会里,情人、佳人争夺者、宗教狂热者这三种主要成分,构成每个真正男子汉的性格基础,这些成分结合起来而又千变万化,在不同的个人身上和不同的阶级之中,以一些特殊的优点出现,而又穿上奇装艳服,丰富多彩,这就提供了一个最广大而富有画意的活动范围,给予诗的两大组成成分——爱情与战争。

现代诗歌的铁器时代的这些成分,散见于吟游诗人的韵语和南欧抒情诗人的歌声之中,黄金时代便从这些成分里产生了。大概在文艺复兴时期,零星散漫的资料彼此调和,混合成章,而有这样的一个特点:希腊罗马的文学渗透了现代诗歌的黄金时代的一切诗,因此,所有时代和所有民族综合成一幅杂乱的画景,一种无限制的破格,这使得诗人在想象和记忆的整个领域中颇有自由活动之余地。阿里奥斯托[1]把这推广得甚远,但是最远的还是莎士比亚及其同代人:他们使用时代和地区,仅仅是因为非此不行,因为每一行为总有其发生的时间和地点;但是他们毫不迟疑地描写一个意大利公爵废黜一个罗马皇帝,这皇帝乔装为法国香客出奔,结果被一个英国弓手一箭射死。这就使得昔日的英国戏剧富有画意,无论如何,奇装艳服,五光十色,剧情性格,变化莫测;虽然这样的画景,除了在威尼斯的狂欢节以外,是人间未曾见过的东西。

英国最伟大的诗人弥尔顿,可以说是在黄金时代与白银时代之间奇峰突起,他结合这两个时代的许多优点;因为他兼有前者的一切精神、魄力、生气,以及后者的一切刻意推敲的堂皇富丽。

白银时代继之而兴;德莱顿发其端绪,蒲柏登峰造极,哥尔斯密、柯林斯、葛雷[2]完成盛业。

柯珀[3]洗净诗章之铅华;他通过韵律来思考,但是他注意他的思想甚于他的诗句。这样,在他的书翰和他的诗歌之间,就很难划分散文和无韵诗的界限。

白银时代是权威统治的时代,但是现在权威开始被动摇了,不但在诗方面,在权威支配的整个范围内,也是如此。葛雷和柯珀的同代人是深刻精细的思想

---

① 阿里奥斯托,文艺复兴时期的意大利诗人,主要作品有叙事诗《疯狂的奥兰多》。
② 葛雷(1716—1771),英国感伤主义诗人,著有《墓园挽歌》等。
③ 柯珀(1731—1800),英国诗人,著有长诗《任务》等。

家:休谟①的敏感的怀疑主义、吉本②的严肃的讥讽、卢梭的大胆的僻论、伏尔泰的辛辣的嘲笑,驱使这四个非常人物的魄力去摇撼权威统治的各个部分。探究的精神被唤起了,理智的活动被激发了;诗也来向这总成果索取它的一份。往日作诗的人,用种种方式歌咏可爱的少女和森林的清荫,夏日的酷暑和绿影的深幽,摇曳的草木和喟叹的微风,温柔的情郎和爱情的痛苦,他们对这一切深信不疑,以为是十分悦耳而腻人的东西,却不大关心其为何物,但是随着理智的普遍活动,诗人就有必要显得自己也多少懂得他们所歌咏的事物。汤姆逊③和柯珀静观草木和山丘,许久以来多少聪明之士曾歌咏过它们,却完全不看一眼,这种作用对诗的影响,就好像发现了新世界。绘画也受到影响,有冒险精神的随笔家孜孜不倦地探索"画意美"的原理。这些实验所得到的成功,以及由此而产生的快感,具有一切新的狂热所常有的效果,冲昏了少数不幸的人们的头脑。这些人是黄铜时代的鼻祖,他们把这种显著的新奇误认为最最重要的全部真理,似乎是大致按如下方式推论:"诗的天才是世间最美好的东西,我们觉得我们比古往今来的人物都有更多的诗才。使诗才臻于完美的途径是专心培养诗的印象。诗的印象只能在自然美景之间获得,因为凡是人为的都是反乎诗的。社会是人为的,所以我们应该生活在社会之外。山岳是自然的,所以我们应该深居在丛山之中。在那里,我们将成为纯洁和德行的光辉榜样,在纯真和谐的氛围中,登山下岭,消磨永昼,领受诗的印象,以不朽的诗章传达给羡慕它的后世。"全靠这样的一些理智的颠倒,我们才有那号称"湖畔诗人"的超群脱俗的诗社:他们确实接受了而且传达给世人一些不同凡响的、闻所未闻的诗的印象,成熟而成为公共道德的模范,太辉煌了,无须举例说明。他们根据新的原理作诗,用新的眼光观看顽石与河流,故意对历史、社会、人性不闻不问,只是牺牲回忆和理性以从事幻想;虽然他们退出这世界,明明是为了要洞观自然的真相,却反为只看到自然的并非真相,因为他们把所居之地化为一片仙境,把神秘和幻象移植于其间。这就给诗歌提供了一种所谓新情调,招来了一大群拼命的模仿者,他们使得这黄铜时代未老先衰。

当代的写景诗,被这派诗人称为"返回自然"。这种自负是再傲慢不过了。诗不能走出它的诞生之地——半开化人的未开拓的国土。"返回自然"派的伟大领袖华兹华斯先生,描写他眼前的景物,就不能不放入一个丹麦儿童的影像,或

---

① 休谟(1711—1776),英国唯心主义哲学家、不可知论者、历史学家、经济学家,著有《人性论》《人类理解力研究》和《英国史》等。

② 吉本(1737—1794),英国历史学家,著有《罗马帝国衰亡史》等。

③ 汤姆逊(1700—1748),英国感伤主义诗人,著有长诗《四季》等。

者露西·格雷的活灵,或者他自己心情所生出的一些类似的幻象。

在诗的起源和成熟时期,生活的一切联想,都是用诗的材料构成的。在我们今日,则绝对不然。我们也知道,在海德公园没有森林女神,在摄政王河没有水泽女神。然而,野蛮风俗和鬼神干预,是诗所必需之物。不论在地点或时间,或者在这两方面,诗必须离我们的平常知觉甚远。当历史家和哲学家在知识的发展中前进不已,而且加速这发展之时,诗人却还是辗转于过往的无知之泥污中,搜遍已死的野族的骨灰,去寻找一些玩具给时代的成年婴孩。司各特先生发掘出古代边区的偷猎者和牛马盗。拜伦勋爵巡逻于摩里亚海岸和希腊岛屿之间,以搜罗盗贼和海盗。骚塞先生涉猎鸿篇巨制的游记和古史,小心地从其中挑选出一切虚假的、无用的、荒唐的东西,认为这才有诗意;如果他发现一部怪话连篇的平凡的书籍,他就把它们贯串成一首史诗。华兹华斯先生从老太婆和庙祝公那里摭拾了乡村的逸事野史;柯尔律治先生,除了从同根源取得的宝贵资料以外,还加上狂热神学家的梦呓和德国形而上学的神秘主义,以诗的幻觉加惠于世人,在他的诗中,庙祝公、老太婆、杰里米·泰勒、伊曼纽尔·康德这四种因素,调成了一种美味的诗的玉液琼浆。穆尔先生给我们描写一个波斯人,坎贝尔先生叙述一个宾夕法尼亚故事,两者都是根据骚塞先生的史诗原理作成的,也就是说,潦草散漫地读过一大批海陆游记,从其中抽取出一切为有用研究所不取,为一般常识所摈弃的东西。

这些支离破碎的传统古董,以及间接得来的零星观察,交织成一篇诗章,根据柯尔律治先生的所谓新原则(也就是说,毫无原则)加以制作,便形成了一种不古不今、虚饰粗俗的大杂烩,那里,饮泣吞声的现代感伤,接合上虚张声势的古代粗豪,构成异风混淆的一团杂乱,却足以欺骗诗的一般读者;这类诗人总比读者在理解力上胜过一筹,因为在各种生活环境和条件下,一个哪怕稍有所知的人比一个毫无所知的人,往往有其优势。

今日的诗人,是文明社会中的半野蛮人。他生活在过往的岁月里。他的观念、思想、感情、联想,总是带有野蛮的风俗、已废弃的习惯和被破除的迷信。他的理智的发展宛若蟹行向后倒退。理性的进步在他周围所散播的光辉越是明亮,陈旧蛮风的黑暗便越显得浓重,他却埋身在这古风陋俗之中,犹如一只鼹鼠,掘起了他的奇思幻想的荒落土堆。哲学的冷静心情,一视同仁地环顾一切外界事物,搜集了许多观念,区别它们的相对价值,指定它们的适当地位,以这样搜集、鉴别和整理过的有用知识的资料,造成了新的综合,这在现实生活事物上打下了它们的能力和用途的烙印——这种心情,是同诗所感发的、诗所能发泄的心情完全相反的。诗的最高灵感,可以归结为三种成分:激情难忍的咆哮、自作多情的啜泣、假情假意的哀诉。所以它只能养成像亚历山大那样的豪放的狂人,像维特①那样的呜咽的蠢物,像华兹华斯那样的病态的梦想家。它永远不能造就一个有用的或理智的人。在我们所见的这么多又这么快地发展着的使生活舒适和对生活有用的事物中,诗在任何方面也不配称有丝毫贡献。然而,尽管毫无用处,但可以说,诗是高贵的装饰品,而且因其产生快感也值得研究。即使如此,也还不能推断,在今日的社会情况下,一个作诗的人不是一个虚抛自己岁月的浪子和一个夺取他人光阴的强盗。诗并不是像绘画那样的一种需要复制翻版以便传播于社会的艺术。现存的好诗已经够多了,足够消磨一个普通的读者或诗印象的接受者所献出的生命的一部分时光,况且这些诗是在诗兴勃发时作成的,在诗的一切特征上,都远远胜于少数病态隐士在毫无诗兴时的矫饰的制作。阅读当代乱七八糟的废物,而排斥古代精挑细选的珍品,就不啻在同样一种享受中弃其精华而取其糟粕。

然而,不论在什么程度上从事诗歌活动,都必然会荒废某些有用的学术研究。看到许多大有前途的人萎靡不振、懒散逍遥,浪费心力于这些空洞而毫无目的的假学问,这种现象真是令人痛惜。诗,是在文明社会的幼年唤起理智之注意的心声,但是在心智的成年,把它童年的玩具当作一种严肃的事业,就像一个长成的男子要用珊瑚擦牙龈②,或者哭哭啼啼要用银铃声音来催眠一样的荒唐了。

至于那一小部分当代诗歌——它既不是写景的或叙事的,又不是戏曲的,因为没有更好名称,可以叫作道德的诗——它最杰出的一部分,不过是爱发牢骚、自我中心的狂想曲,表达作者对这世界和世上一切的深深不满而已,这只能证实上文所说的诗人们的半野蛮性质:诗人们在社会还是顽蛮的时代,高歌酒神颂和"胜利凯歌",及至社会日渐文雅而开明之时,他们却日益失去理智,若失其所。

现在,当我们想到,诗人们的吟唱不是诉诸社会上那些深思好学、研究科学和哲理的人,不是诉诸那些全心全意去追求和促进永久有用的终极目的的人,而是必须诉诸绝大部分的读者,这些读者的心灵还未觉醒到要求有价值的知识,他们对任何事物都漠不关心,只关心自己的陶醉、动情、兴奋、感染、激昂——因和谐而陶醉,因感伤而动情,因激情而兴奋,因哀怨而感染,因崇高而激昂。而和谐,就是强盗普洛克路斯忒斯③在刑台上被宰割时的语言;感伤,就是带着柔情的假面具来诉苦的利己主义;激情,就是脆弱自私的心灵的骚动;哀怨,就是懦弱的精神的悲鸣;崇高,就是空虚的头脑的自负。当我们想到,人类社会的伟大持

---

① 维特,歌德的《少年维特之烦恼》中的主人公。

② 罗马习俗,用红珊瑚挂在摇篮上或挂在婴儿头上,谓为可以"防止婴儿脱齿"或"防止婴儿患病",后世遂有以珊瑚擦婴儿牙龈的迷信。

③ 希腊神话中的强盗,开设黑店,拦劫行人。旅客投宿时,他使身高者睡短床,斩去身体伸出部分,使身矮者睡长床,强拉其身使与床齐。

久的利益越来越成为理智追求的主要原动力，而且，情况越是这样，人们将越来越看出和承认装饰必须服从于功用；所以应用技术和科学的发展，道德知识和政治知识的发展，便将越来越引人注意，从轻浮而无诱导性的东西，转向坚实而有诱导性的学术，因此诗的听众不但将在数量的比例上较诸其余读者逐渐减少，而且在智力学识上相比也将越来越低。当我们想到，诗人还必须取悦其听众，因此必须再下降到他们的水平，而社会上其余的人却升高到这个水平之上，我们就不难设想，人们将普遍地承认各种诗歌的堕落情况，正如久已承认戏剧诗的堕落那样，这种日子为期不远了；而这情况不是由于智力和学识之衰落，而是因为智力和学识已经转入其他更有益的途径，而且已经放弃了诗的研究和前途，留给一小撮堕落的现代歪诗人及其奥林匹克裁判者——报章杂志的批评家——那些人还在争论不休，对诗宣布神谕，仿佛今日还是像在荷马时代那样，诗还是全部知识的发展成果，仿佛世间没有数学家、天文学家、化学家、道德学家、形而上学家、历史家、政治家、政治经济学家之类的人物存在，可是这些人物业已筑起一个金字塔，高耸于知识的云霄中，他们从这金字塔顶上看见现代的帕尔纳索斯诗坛①远远的在下面；他们知道，在他们的广大视野中，这个诗坛只占据多么渺小的地方，便不禁对这种渺小的野心和局限的知觉微笑了，让这诗坛上的笨伯们和骗子们去争夺诗人的棕榈和批评家的讲席吧！

《抒情歌谣集》
1800年版序言

［英］华兹华斯

···········

这些诗的主要目的，是在选择日常生活里的事件和情节，自始至终竭力采用人们真正使用的语言来加以叙述或描写，同时在这些事件和情节上加上一种想象的光彩，使日常的东西在不平常的状态下呈现在心灵面前；最重要的是从这些事件和情节中真实地而非虚浮地探索我们的天生的根本规律——主要是关于我们在心情振奋的时候如何把各个观念联系起来的方式，这样就使这些事件和情节显得富有趣味。我通常都选择微贱的田园生活做题材，因为在这种生活里，人们心中主要的热情找着了更好的土壤，能够达到成熟境地，少受一些拘束，并且说出一种更纯朴和有力的语言；因为在这种生活里，我们各种基本情感共同存在于一种更单纯的状态之下，因此能让我们更确切地对它们加以思考，更有力地把

---

① 帕尔纳索斯：希腊南部的山，在希腊神话中，是太阳神和文艺女神们的灵地，借指诗坛或文坛。

雪
莱

它们表达出来;因为田园生活的各种习俗是从这些基本情感萌芽的,并且由于田园工作的必要性,这些习俗更容易为人了解,更能持久;最后,因为在这种生活里,人们的热情是与自然的美而永久的形式合而为一的。我又采用这些人所使用的语言(实际上去掉了它的真正缺点,去掉了一切可能经常引起不快或反感的因素),因为这些人时时刻刻是与最好的外界东西相通的,而最好的语言本来就是从这些最好的外界东西得来的;因为他们在社会上处于那样的地位,他们的交际范围狭小而又没有变化,很少受到社会上虚荣心的影响,他们表达情感和思想都很单纯而不矫揉造作。因此,这样的语言从屡次的经验和正常的情感产生出来,比起一般诗人通常用来代替它的语言,是更永久、更富有哲学意味的。一般诗人认为,自己愈是远离人们的同情,沉溺于武断和任性的表现方法,以满足自己所制造的反复无常的趣味和欲望,就愈能给自己和自己的艺术带来光荣。①

但是,我也知道,现在有几个作家偶尔在自己的诗中采用了一些琐碎而又鄙陋的思想和语言,因而遭到了一致的反对;我也承认,这种缺点只要存在,比起矫揉造作或生硬改革,更使作家丧失名誉,可是同时我认为,这种缺点就全部看来并不是那样有害。这本集子里的诗至少有一点和这些诗不同,即这本集子里每一首诗都有一个有价值的目的。这不是说,我通常作诗,开始就正式有一个清楚的目的在脑子里;可是我相信,这是沉思的习惯加强了和调整了我的情感,因而当我描写那些强烈地激起我的情感的东西的时候,作品本身自然就带有着一个目的。如果这个意见是错误的,那我就没有权利享受诗人的称号了。一切好诗都是强烈情感的自然流露。这个说法虽然是正确的,可是凡有价值的诗,不论题材如何不同,都是由于作者具有非常的感受性,而且又深思了很久。因为我们的思想改变着和指导着我们的情感的不断流注,我们的思想事实上是我们已往一切情感的代表;我们思考这些代表的相互关系,我们就发现什么是人们真正重要的东西;如果我们重复和继续这种动作,我们的情感就会和重要的题材联系起来。久而久之,如果我们本来具有强烈的感受性,我们就会养成这样的心理习惯,只要盲目地和机械地服从这种习惯的引导,我们描写事物和表露情感在性质上和彼此联系上都必定会使读者的理解力有某种程度的提高,他的情感也必定会因之增强和纯化。

我也说过,这本集子里的诗每首都有一个目的。另外我还须说明,这些诗与现在一般流行的诗有一个不同之点,即在这些诗中,是情感给予动作和情节以重

---

① 这里值得注意的是,乔叟的动人的诗篇差不多都是使用纯粹的语言,甚至到今天普遍都能懂。

要性,而不是动作和情节给予情感以重要性。①

　　我决不为着虚伪的客气而不说出,我要读者注意这个显著的特点,与其说是为了这本集子里的诗,还远不如说是为了题材的一般重要性。题材的确非常重要!因为人的心灵,不用巨大猛烈的刺激,也能够兴奋起来;如果一个人不知道这一点,如果他进而不知道一个人愈具有这种能力就愈比另一个人优越,那么他一定不能充分体会人的心灵的优美和高贵。因此,在我看来,竭力使这种能力产生或增强,是各个时代的作家所能从事的一个最好的任务;这种任务,虽然在任何时期都很重大,可是现在特别是这样。许多原因从前是没有的,现在则联合在一起,把人们分辨的能力弄得迟钝起来,使人的头脑不能运用自如,蜕化到野蛮人的麻木状态。这些原因中间影响最大的,就是日常发生的国家事件,以及城市里人口的增加。在城市里,工作的千篇一律,使人渴望非常的事件。这种渴望,只有迅速传达的新闻能时时刻刻予以满足。这种生活和习俗的趋势,我国的文学和戏剧曾力求与之适应。所以,以往作家的非常珍贵的作品(我指的几乎就是莎士比亚和弥尔顿的作品)已经被抛弃了,代替它们的是许多疯狂的小说,许多病态而又愚蠢的德国悲剧,以及像洪水一样泛滥的用韵文写的夸张而无价值的故事。当我想到这种对于狂暴刺激的下流追求,我就不好意思说到我想在这些诗里反对这种坏处的微弱努力。当我想到这种普遍存在的坏处的严重情况,我就几乎被一种并非可耻的忧郁所压倒,好在我还深深觉得人的心灵具有一些天生的不可毁灭的品质,一切影响人的心灵的、伟大和永久的事物具有一些天生的不能消灭的力量。好在除此之外我又相信,这样的时代快到了,能力更强大的人

---

　　① 这一段见 1845 年版。1800—32 年版是这样:我曾经说过,这本集子里的诗每首都有一个目的。我也曾告诉读者,这个目的主要是什么。就是说明我们的情感和思想在兴奋状态下互相结合的方式。但是,用不大普通的语言(1802—36 年版是:用稍微更加适当的语言)来说,这是跟随我们的心灵在被天性中的伟大和相互的情感所激动的时候的一起一落。这个目的,我在这些短文里曾经竭力用各种办法去实现,而这些办法就是:通过母爱的许多更加微妙曲折的地方去探索这种情感,如在《小白痴》和《一个发狂的母亲》两首诗中;伴随着一个濒于死亡但还孤独地依恋着生命和社会的人的最后挣扎,如在《一个被遗弃的印第安人》这首诗中;表明童年时期我们关于死亡的观念所常有的混乱和模糊,或者是我们之完全没有能力接受的这种观念,如在《我们是七个》这首诗中;显示出在早期同大自然的伟大和优美的对象结合的时候那种友爱的依恋的力量,或者说得更哲学些,是那种道德的依恋的力量,如在《兄弟们》这首诗中;或者使我的读者从普通的道德感中获得另一种比我们所习惯于获得的更加有益的印象,如从西蒙·李的事件中所获得的那样。在我的总的目的当中,有一部分是力图描画一些受到不很热烈的情感影响的人物,如在《一个旅行的老人》和《两个贼人》中那样,这些人物的成分是单纯的,是属于大自然而不是属于习俗的,这些成分现在存在着,将来也会永远存在,这些成分由于自己的构成是可以明确地和有益地加以思考的。我不想滥用读者的宽容,再多谈这个问题;但是我应该提到另一个情况——情感。读者只要看一看《可怜的苏桑》和《没有孩子的父亲》这两首诗,尤其是第二首诗的最后一节,我的意思就可以完全理解。1836 年版也是如此,但是用第三人称代替了第一人称。

们会一致起来系统地反对这种坏处,并且会得到更显著的成功。

关于这些诗的题材和目的,我已说了这么多,现在我请求读者让我告诉他一些有关这些诗的风格的情形,免得他格外责备我不曾做我决不想做的事情。读者会看出,这本集子里很少把抽象观念比作人,这种用以增高风格而使之高于散文的拟人法,我完全加以摈弃;我的目的是模仿,并且在可能范围内,采用人们常用的语言;拟人法的确不是这种语言的自然的或常有的部分。① 拟人法事实上只是偶尔由于热情的激发而产生的辞藻,我曾经把它当作这样的辞藻来使用;但是我反对把它当作某种风格的人为的手法,或者把它当作韵文作家按照某种特权所享有的一种自己的语言。我希望读者得到有血有肉的作品作为伴侣,使他相信我这样做,会使他感兴趣。别的人走着不同的途径,也同样会使读者感兴趣;我决不干涉他们的主张,但是我希望提出我自己的主张。在这本集子里,也很少看见通常所称为的诗的词汇,我费了很多力气避免这种词汇,正如普通作者费很多力气去制造这种词汇;我所以要这样做,理由已经在上面讲过了,因为我想使我的语言接近人们的语言,并且我要表述的愉快又与许多人认为是诗的正当目的的那种愉快十分不同。既然不能分外地仔细,我就无法让读者对于我所要创造的风格有着更确切的了解,我只能告诉他我时常都是全神贯注地考察我的题材;所以,我希望这些诗里没有虚假的描写,而且我表现种种思想时所使用的语言,都分别适合于每一思想的重要性。这样的尝试必然会获得一些东西,因为这样做有利于一切好诗的一个共同点,就是合情合理。然而要这样做,我就必须丢掉许多历来认为是诗人们应该继承的词句和辞藻。我又认为最好是进一步约束自己,不去使用某些词句,因为这些词句虽然是很适合而且优美的,可是被劣等诗人愚蠢地滥用以后,便使人十分讨厌,以致任何联想的艺术都无法加以征服。

如果在一首诗里,有一串句子,或者甚至单独一个句子,其中文字安排得很自然,但据严格的韵律法则看来,与散文没有什么区别,于是许多批评家,一看到这种他们所谓散文化的东西,便以为有了很大的发现,极力奚落这个诗人,以为他对自己的职业简直一窍不通。这些批评家会创立一种批评标准,读者将从而得出这样的结论:如果喜欢这些诗,就必须坚决否认这一标准。我以为很容易向读者证明,不仅每首好诗的很大部分,甚至那种最高贵的诗的很大部分,除了韵

---

① 这段话在 1800 年版中是这样:"除了很少的几个地方,读者在这本集子里将发现不到我把抽象观念比作人。这并不是出于我有意责难这种拟人法,拟人法也许适合于某些种类的作品。但是,在这本集子里,我是想模仿并且尽可能地采用人们常用的语言。我不认为这种拟人法是这种语言的任何正式部分或自然部分。"

律之外,它们与好散文的语言是没有什么区别的,而且最好的诗中最有趣味的部分的语言也完全是那写得很好的散文的语言。

⋯⋯⋯⋯⋯

⋯⋯现在我们可以更进一步。我们可以毫无错误地说,散文的语言和韵文的语言并没有,也不能有任何本质上的区别。我们喜欢探索诗和绘画的相似之点,因而把它们叫作两姊妹。但是对于韵文和散文,我们从哪里找到充分紧密的联系,足以说明两者是一致的特征呢? 韵文和散文都是用同一的器官说话,而且都向着同一的器官说话,两者的本体可以说是同一个东西,感动力也很相似,差不多是同样的,甚至于毫无差别;诗①的眼泪,"并不是天使的眼泪"②,而是人们自然的眼泪;诗并不拥有天上的流动于诸神血管中的灵液,足以使自己的生命汁液与散文的判然不同;人们的同样的血液在两者的血管里循环着。

如果认为韵脚和韵律是一种特点,可以推翻刚才所讲的散文和韵文是一致的说法,并且又引起人的头脑所乐于承认的其他种种人为的③特点,那么我只有回答说④,这本集子里的诗所用的语言,是尽可能地从人们真正使用的语言中选择出来的。这种选择,只要是出于真正的兴趣和情感,自身就形成一种最初想象不到的特点,并且会使文章完全免掉日常生活的庸俗和鄙陋。即使再加上音节,我相信所产生的不同之处也不至于使头脑清楚的人感到不满意。我们究竟还有别的什么特点呢? 这些特点是从什么地方来的呢? 又存在于什么地方呢? 不,就是在诗人通过他的人物讲话的地方,也没有别的特点。就是为着文体的高贵,或者为着它的任何拟定的装饰,别的特点也是不必要的。只要诗人把题材选得很恰当,在适当的时候他自然就会有热情,而由热情产生的语言,只要选择得很正确和恰当,也必定很高贵而且丰富多彩,由于隐喻和比喻而充满生气。假如诗人把自己所制造的一套外加的华丽与热情所自然激发的优美杂糅在一起,那么这种不协调一定会使明智的读者感到震惊,这里我就不仔细谈了。我只需说这种杂糅是不必要的。倘若热情并不强烈,文体也相当平和,那么,一些适当地充满隐喻和比喻的诗行,仍会取得应有的效果,这种情况的确是很可能的。

———————————

① 我在这里使用诗这个名词(虽然违反了我的意思),是把它看作与散文对立的,而且是与韵文同义的。但是,不把诗和事实或科学看作在哲学上更加对立的,而把诗和散文看作对立的,这曾经给批评界带来许多混乱。唯一与散文严格对立的是韵律,不过事实上这不是严格的对立,因为在写散文当中,自然而然出现一些含有韵律的句子和段落,即使想避免,也几乎是不可能的。

② 见弥尔顿《失乐园》,第一卷,第 619 行。

③ 1800 年版没有"人为的"这个字眼。

④ 从"我只有回答说"到往下第九段中的"读者要记住",都是在 1802 年版中加上的。

雪
莱

············

……诗人这个字眼是什么意思呢？诗人是什么呢？他是向谁讲话呢？我们能从他那里得到什么语言呢？——诗人是以一个人的身份向人们讲话。他是一个人，比一般人具有更敏锐的感受性，具有更多的热忱和温情，他更了解人的本性，而且有着更开阔的灵魂；他喜欢自己的热情和意志，内在的活力使他比别人快乐得多；他高兴观察宇宙现象中的相似的热情和意志，并且习惯于在没有找到它们的地方自己去创造。除了这些特点以外，他还有一种气质，比别人更容易被不在眼前的事物所感动，仿佛这些事物都在他的面前似的；他有一种能力，能从自己心中唤起热情，这种热情与现实事件所激起的很不一样，但是(特别是在令人高兴和愉快的一般同情心范围内)，比起别人只由于心灵活动而感到的热情，则更像现实事件所激起的热情。他由于经常这样实践，就获得一种能力，能更敏捷地表达自己的思想和感情，特别是那样的一些思想和感情，它们的发生并非由于直接的外在刺激，而是出于他的选择，或者是他的心灵的构造。

不论我们以为最伟大的诗人具有多少这种能力，我们总不能不承认这种能力给诗人所提示的语言在生动上和真实上常常比不过实际生活中的人们的语言，实际生活中的人们是处于热情的实际紧压之下，而诗人则在自己心中只是创造了或自以为创造了这些热情的影子。

不管我们怎样赞美诗人的禀赋，我们总看得出，当他描写或模仿热情的时候，他的工作比起人们实在的动作和感受中所有的自由和力量，总是多少有些机械。所以，诗人希望把自己的情感接近他所描写的人们的情感，并且暂时完全陷入一种幻觉，竭力把他的情感和那些人的情感混在一起，并且合而为一；因为想到他的描写有一个特殊的目的，即使人愉快的目的，有时才把这样得来的语言稍微改动一下。于是，他就实行我所主张的选择原则了。他依据这种选择原则，抛弃热情中使人厌恶不快的东西；他觉得无须去装饰自然或增高自然；他愈加积极地实行这个原则，他就愈加深信，他的从想象或幻想得来的文字是不能同从现实和真实里产生的文字相比的。

但是，那些不反对这些话的总的精神的人也许会说，诗人既然不能时常创造十分适合于热情的语言，像从真实的热情里得来的语言一样，那么他就可以把自己当作一个翻译者，可以随便把另一种优点来代替那种他不能得到的优点；他有时竭力想超过他原来的优点，以便补偿他觉得自己不能不犯的一般缺点。但是这种说法却会赞助懒惰，鼓励怯懦的失望。还有，这些人说出这种话，都是因为他们不懂得他们谈论的东西，他们把诗当作取乐和消遣的东西来谈论，他们十分严肃地向我们说他们爱好诗，而实际上他们就像他们爱好跳绳或喝酒一样，把这当作无关利害的事情。我记得亚里士多德曾经说过，诗是一切文章中最富有哲学意味的。的确是这样。诗的目的是在真理,不是个别的和局部的真理,而是普遍的和有效的真理;这种真理不是以外在的证据做依靠,而是凭借热情深入人心;[①]这种真理就是它自身的证据,给予它所呈诉的法庭以承认和信赖,而又从这个法庭得到承认和信赖。诗是人和自然的表象,传记家和历史家都必须忠于事实而且要顾到实际用处,他们所遇到的困难,比起诗人所遇到的就大得不知多少,因为诗人了解他自己的艺术的高贵性。诗人作诗只有一个限制,即是:他必须直接给一个人以愉快,这个人只需具有一个人的知识就够了,用不着具有律师、医生、航海家、天文学家或自然哲学家的知识。除了这一个限制以外,诗人与事物表象之间就没有什么障碍;而在事物表象与传记家和历史家之间却有成千上万的障碍。

不要把这种直接给人愉快当作是诗人艺术的一种退化。事实上绝不是如此。这是对于宇宙间美的一种承认,一种非正式的却是间接的更诚实的承认;对于以爱来观看世界的人,这是一种轻而易举的工作;还有,这是对于人的本有的庄严性的一种顶礼,是对于人们借以理解、感觉、生活和运动的快乐的伟大基本原则的一种顶礼;只有愉快所激发的东西,才能引起我们的同情。我希望我不会被人误解;不论在什么地方,只要我们对苦痛表示同情,我们就会发现同情是和快感微妙地结合在一起而产生和展开的。没有一种知识,即没有任何的一般原理是从思考个别事实中得来的,而只有由快乐建立起来的、单凭借快乐而存在于我们的心中。科学家、化学家、数学家,不管他们经过多少困难和不愉快,他们总知道这点,感觉到这点。不管解剖学家研究的东西如何给人苦楚,他总感觉到他的知识是一种愉快;他没有愉快,也就没有知识。那么,诗人做的是什么呢?他以为人与周围的事物相互作用和反作用,因而生出无限复杂的痛苦和愉快;他依据人自己的本性和他的日常生活来看人,认为人以一定数量的直接知识,以一定的信念、直觉、推断(由于习惯而获得直觉的性质)来思考这种现象;他以为人看到思想和感觉的这种复杂的现象,会觉得到处都有事物在心中激起同情,这些同情,因为他天性使然,都带有一些愉快。

诗人主要注意的,就是人们都具有的这种知识,以及除了日常生活经验我们不需要别的训练就能喜欢的这些同情。他以为人与自然根本互相适应,人的心灵能映照出自然界中最美、最有趣味的东西。因此,诗人被他在全部探索过程中的这种快感所激发,他和普遍的自然交谈着,怀着一种喜爱,就像科学家在长期

---

① 参看达维南的在《刚底贝尔》中当作序言的信:"叙述的和过去的真理是历史家们的偶像(他们崇拜死的东西);行动的和由于效果而不断活着的真理,是诗人们的主妇。"达维南(Davenant,1606—1668):英国诗人、剧作家,写有史诗《刚底贝尔》(Gondibert)。

的努力后,由于和自然的某些特殊部分(他的研究对象)交谈而发生的喜爱一样。诗人和哲学家的知识都是愉快,只是前者的知识是我们的生存所必需的东西,我们天然的不能分离的祖先遗产;后者的知识是个人的个别的收获,我们很慢才得到,并且不是以平素的直接的同情把我们与我们的同胞联系起来。科学家追求真理,仿佛是一个遥远的不知名的慈善家,他在孤独寂寞中珍惜真理,爱护真理。诗人唱的歌全人类都跟他合唱,他在真理面前感觉高兴,仿佛真理是我们看得见的朋友,是我们时刻不离的伴侣。诗是一切知识的菁华,它是整个科学面部上的强烈的表情。真的,我们可以像莎士比亚谈到人一样,说诗人是"瞻视往古,远看未来"①。诗人是捍卫人类天性的磐石,是随处都带着友谊和爱情的支持者和保护者。不管地域和气候的差别,不管语言和习俗的不同,不管法律和习惯的各异,不管事物会从人心里悄悄消逝,不管事物会遭到强暴的破坏,诗人总以热情和知识团结着布满全球和包括古今的人类社会的伟大王国。诗人的思想对象随处都是;虽然他也喜用眼睛和感官做向导,然而他不论什么地方,只要发现动人视听的气氛,就可以展开他的翅膀,跟踪前去。诗是一切知识的起源和终结,——它像人的心灵一样不朽。如果科学家在我们的生活情形里和日常印象里造成任何直接或间接的重大变革,诗人就会立刻振奋起来。他不仅在那些一般的间接影响中紧跟着科学家,而且将与科学家并肩携手,深入科学本身的对象中去。如果化学家、植物学家、矿物学家的极稀罕的发现有一天为我们所熟习,其中的关系在我们这些喜怒哀乐的人看来显然是十分重要,那么诗人就会把这些发现当作与任何写诗的题材一样合适的题材来写诗。如果有一天现在所谓科学的东西这样为人们所熟悉,大家都仿佛觉得它有血有肉,那么诗人也会以自己神圣的心灵注入其中,帮助它化成有生命者,并且欢迎这位如此产生的人物成为人们家庭中亲爱的、真正的一员。既然这样,我们就不能想象,凡是对诗抱有我所企图说明的这种崇高观念的人,会以转瞬即逝的装饰来损害他所描写的东西的真实性和神圣性,会竭力用各种技巧来博得喝彩,而使用这些技巧不过是由于假定他的题材卑下的缘故。

　　直到这里,我所说的一切都是对于一般的诗而言的,特别是对于诗人通过自己人物说话的那一部分而言的。谈到这点,我们仿佛可以下一个结论:只要是有理性的人都会认为,诗中戏剧性部分的缺点的大小,完全在于它脱离真正的自然语言的程度,以及是否染上了诗人自己的词汇的色彩。这种词汇或者是诗人当作个人所特有的,或者是一般诗人所共有的。这些人由于写诗的关系,自然就使用一种特别的语言。

---

① 《哈姆雷特》,第四幕,第四场,第37行。

所以,我们不仅在诗的戏剧性部分里可以寻找语言上的这种差别,而且就是在诗人现身说话的地方,我们也一定可以看到语言上的这种差别。关于这点,我请读者看一看我在上面对于诗人的描写。在主要有助于形成诗人的这些特质之中,没有一点在种类上与别人不同,不过在程度上有差别而已。总括说来,诗人和别人不同的地方,主要是在于诗人没有外界直接的刺激也能比别人更敏捷地思考和感受,并且又比别人更有能力把他内心中产生的这些思想和情感表现出来。但是这些热情、思想和感觉都是一般人的热情、思想和感觉。这些热情、思想和感觉到底与什么相联系呢?无疑地,它们与我们伦理上的情操、生理上的感觉,以及激起这些东西的事物相联系;它们与原子的运行、宇宙的现象相联系;它们与风暴、阳光、四季的轮换、冷热、丧亡亲友、伤害和愤懑、感德和希望、恐惧和悲痛相联系。这些以及类似的东西是别人的感觉和使他们发生兴趣的对象,所以是诗人所描写的感觉和对象。诗人以人的热情去思考和感受。那么他用的语言怎能与感觉敏锐、头脑清楚的其他一切人所用的语言有很大差别呢?我们可以证明这是不可能的。假如不是这样,诗人就可以在表达情感以娱乐自己或他这样的人的时候使用一种特别的语言了。不过,诗人绝不是单单为诗人而写诗,他是为人们而写诗。除非我们提倡盲目崇拜,或者把无知当作快乐,诗人就必须从这个假想的高处走下,而且为了能引起合理的同情,必须像别人表现自己一样地表现自己。除此以外,诗人只是从人们真正使用的语言里进行选择,换句话说,他正确地依据这样的选择原则去作诗,自然就踏上稳固的基地,我们就知道从他那里会得到什么。关于韵律,我们的感觉是一样的;读者要记住,韵律的特点是整齐、一致,不像通常所谓诗的词汇的所有韵律那样是硬造的,随意可以改变,这些改变是数也数不清的。在一种情况下,读者就完全受诗人的摆布,听任他高兴用什么意象和词汇来表达热情;在另一种情形下,韵律遵守着一定的法则,这些法则是诗人和读者都乐于服从的,因为它们是千真万确的,一点也不干涉热情,只是像历来所一致证实的那样提高和改进这种与热情共同存在的愉快。

……人的头脑能从不同之中看出相同而感到愉快。这个原则是我们心灵活动的伟大源泉,是我们心灵的主要鼓舞者。从这种原则才产生我们的性欲以及与之相关联的一切热情;这是我们通常彼此谈话的生命,我们的鉴别力和道德感都是依靠从不同中看出相同以及从相同中看出不同的这种准确性。依据这种原则来研究韵律,证明韵律能给予很多愉快,指出这种愉快在什么方式下产生出来,这倒不是没有用处的事情。……

我曾经说过,诗是强烈情感的自然流露,它起源于在平静中回忆起来的情感。诗人沉思这种情感直到一种反应使平静逐渐消逝,就有一种与诗人所沉思的情感相似的情感逐渐发生,确实存在于诗人的心中。一篇成功的诗作一般都从这种情形开始,而且在相似的情形下向前展开;然而不管是什么一种情绪,不管这种情绪达到什么程度,它既然从各种原因产生,总带有各种的愉快;所以我们不管描写什么情绪,只要我们自愿地描写,我们的心灵将总是在一种享受的状态中。如果大自然特别使从事这种工作的人获得享受,那么诗人就应该听取这种教训,就应该特别注意,不管把什么热情传达给读者,只要读者的头脑是健全的,这些热情就应当带有一种愉快。和谐的韵文语言的音乐性,克服了困难之后的感觉,已往从同样的韵文作品里所得到的快感的任意联想,对这种语言(它与实际生活的语言十分相似,而在韵律上却又差别很大)的一再模糊的知觉——所有这一切很微妙地构成了一种复杂的快乐感觉,它在缓和那总是与更深热情的强烈描写掺杂在一起的痛苦感觉方面是非常有用的。在打动人心和充满激情的诗中,总是有这种效果;至于在轻快的诗篇里,诗人在安排韵律上的轻巧和优美就是使读者感到满意的主要源泉。关于这个问题所必须说的一切,还可以用下面这个事实来证明:很少有人否认,用诗和散文描写热情、习俗或性格,假使两者都描写得同样好,结果人们读诗的描写会读一百次,而读散文的描写只读一次。①

　　············

———————————

　　①　在1800—1836年版中紧跟着有下面这一段:我们看到,蒲伯单是借助诗句的力量,曾经设法使最普通的常识变得很有趣味,甚至常常使这种常识具有热情的外表。由于这些信念,我于是用诗写了勃来克老妇和哈里·基尔的故事,这是这本集子里最粗糙的作品之一。我本是想使读者注意这一真理:人的想象力甚至在我们的天然本性中也足以产生看起来几乎是不可思议的种种变化。这个真理是一个重要的真理;事实(因为这是一个事实)是对这个真理的珍贵的例证。我获悉这个故事曾经传达给成千上万的人,自己感到很满意。如果这个故事不是作为歌谣叙述出来,而且用的韵律比歌谣通常用的更令人感动,这些人是决不会听到它的。

黑格尔

◎文论作品

美　学（节选）

一、诗

序　论

1. 古典建筑的庙宇要有一个神住在里面,于是雕刻就把具有造型艺术美的神放在庙里,供雕神所用的材料获得在本质上并非外在于精神的形式,亦即既定内容本身所固有的形像。但是雕刻形像的躯体和感性外貌以及观念性的普遍理想,既不宜于表现主体内心生活,又不宜于刻画个别事物的特殊面貌,因此就必须有能运用这两方面因素的新型艺术,才能体现宗教生活和世俗生活的内容意蕴。这种既能表达内心生活又能刻画个别事物特征的表现方式,按照造型艺术的原则来说,就要由绘画提供,因为绘画把形像的实在外表转化成为观念性较强的颜色现象,而且把内在心灵当作描绘的中心。以上三种艺术,第一种是象征型的,第二种是造型艺术中的理想型(即古典型)的,第三种是浪漫型的,它们都在精神和自然界事物的感性外在形像这个共同范围里活动。

但是精神性内容在本质上属于意识界内心生活,对于这种内容,外在形像提供观照的一些纯然外在现象的因素却是一种异质的东西,所以艺术必须把它的构思从这种异质的东西解脱出来,移到一种在材料内容和表现方式两方面都较为内在即观念性较强的领域里去。我们前已说过,这就是音乐在艺术发展中向前迈进的一步,因为音乐把单纯的内心生活和主体情感,不是表现为可以眼见的形像,而是表现为专供心领神会的震动的声音图案。但是音乐也因此走到另一极端,走到未经明确化的主体凝神状态,其内容在音调里只获得一种仍然是象征式的表现。因为音调本身并无内容意义,它的定性只能从数量比例上见出;而精神内容的质的方面虽然也大体适应这种数量关系及其展现出的重要差异,矛盾对立与和解,但它的质的定性却仍不能通过音调而完满地表现出来。为着表现这种质的定性,为着克服音乐的片面性,就必须求助于文字的较精确的陈述,就要有一种歌词,才能表达内容中特殊的和显出特征的方面,才能使迸发于音调的那种主体因素得到较明确的充实。由于这种借助文字来表达观念和情感的方式,音乐所抽象地表现的内心生活固然得到一种较清楚和较明确的展现,但是由音乐这样构成的却不是观念本身及其符合艺术的形式,而是观念所伴随的内心生活,另一方面音乐也经常抛弃它和文字的结合,以便无拘无碍地在自己所特有的音调领域里自由发展。因此,观念的领域也分离出去,不再与单纯的抽象的内心生活结合在一起,而要形成它所特有的具体的现实世界,这样它也就离开了音乐,让自己在诗的艺术里获得一种符合艺术的存在。

诗,语言的艺术,是第三种艺术,是把造型艺术和音乐这两个极端,在一个更高的阶段上,在精神内在领域本身里,结合于它本身所形成的统一整体。一方面诗和音乐一样,也根据把内心生活作为内心生活来领会的原则,而这个原则却是建筑、雕刻和绘画都无须遵守的。另一方面从内心的观照和情感领域伸展到一种客观世界,既不完全丧失雕刻和绘画的明确性,而又能比任何其他艺术都更完满地展示一个事件的全貌,一系列事件的先后承续,心情活动,情绪和思想的转变,以及一种动作情节的完整过程。①

2.继绘画和音乐之后,诗更确切地形成了浪漫型艺术的第三方面。

2a)这一部分是因为诗的原则一般是精神生活的原则,它不像建筑那样用单纯的有重量的物质,以象征的方式去表现精神生活,即造成内在精神的环境或屏障;也不像雕刻那样把精神的自然形像作为占空间的外在事物刻画到实在的物质上去;而是把精神(连同精神凭想象和艺术的构思)直接表现给精神自己看,无须把精神内容表现为可以眼见的有形体的东西。另一部分也是因为比起音乐和绘画来,诗不仅在更丰富的程度上能把主体的内心生活以及客观存在的特殊细节都统摄于内心生活的形式,而且能把广泛的个别细节和偶然属性都分别铺陈出来。

2b)但是从另一方面看,诗作为统摄绘画和音乐的整体,也应和它所统摄的两种艺术在本质上区别开来。

2b1)从这个观点来看绘画,凡是要按照外在现象去把一种内容提供观照的

---

① 以上第一段说明诗在历史发展中的地位。诗与绘画和音乐同属于浪漫型艺术,是绘画和音乐两极端在更高阶段上的统一。绘画提供明确的外在形像,但在表现内心生活方面还有欠缺,于是才有音乐;音乐在表现内心生活的特殊具体方面又欠明确,于是才有诗。作为语言的艺术,诗既能像音乐那样表现主体的内心生活,又能表现客观世界的具体事物,所以诗是艺术发展的最高峰,是抽象普遍性和具体形像的统一。

地方,绘画总是占优势。诗固然也能运用丰富多彩的手段去使事物成为可供观照的鲜明形象,因为艺术想象的基本原则一般都是要提供可供观照的形像;但是诗特别要在观念或思想中活动,而观念或思想是精神性的,所以诗要显出思想的普遍性,就不能达到感性观照的那种明确性。此外,诗为着使一种内容成为可供观照的具体形象,所使用的那些不同的项目细节却不能像在绘画中那样统摄于一个平面整体,使一切个别事物同时并列地完全呈现于眼前,而是分散开来的,以致观念中所含的许多事物,须以先后承续的方式,一件接着一件地呈现出来。不过这只是从感性方面看才是一个缺点,而这个缺点是可由精神(心灵)来弥补的;因为语言在唤起一种具体图景时,并非用感官去感知一种眼前外在事物,而永远是在心领神会,所以个别细节尽管是先后承续的,却因转化为原来就是统一的精神中的因素而消除了先后承续的关系,把一系列形形色色的事物统摄于一个单整的形像里,而且在想象中牢固地把握住这个形象而对它进行欣赏。此外,如果拿诗和绘画来对比,在感性现实和外在定性方面的这种欠缺在诗里却变成一种无可估计的富饶,因为诗不像绘画那样局限于某一定的空间以及某一情节中的某一定的时刻,这就使诗有可能按照所写对象的内在深度以及时间上发展的广度把它表现出来。真实的东西只有在一种意义上才是具体的,那就是它统摄许多本质定性于一个统一体。但是就显现出来的来说,这些定性不仅展现为空间上的并列,而且展现为时间上的先后承续,成为一种历史,而这种历史的过程如果让绘画来表现,却只能使用不适合的方式。就连每一棵树或每一个枝条在这个意义上都有它的历史,都有一种转变和先后承续,都有许多不同情况结合成的完备的整体。精神领域的情况尤其是如此。精神只有作为实在的、显现于现象的精神,才可以完备地表现出来,要做到这一点,就必须使它的历史过程呈现于我们的观念里。①

2b2)上文已经说过,诗所用的外在材料(媒介)是音调,这是它和音乐所共同的。随着各门艺术逐渐上升的次第,完全外在的东西,即就坏的意义来说的客观物质,在逐渐消失,以致最后消失在声音这种主观因素里,声音摆脱了可以眼见性,用外在的东西(媒介)去使内在的东西(内容)成为可以感知的。音乐的基本目的是把音调仅仅作为音调去构成形象。心灵在乐调及其和谐的基本关系发

---

① 第二段总题是诗与绘画和音乐的区别和优劣。这第一节就诗和绘画进行对比,可以说是就莱辛在《拉奥孔》里所提的诗画异质说加以批判的接受。莱辛认为画较宜于描绘在平面上同时并列的静态,诗较宜于叙述在时间上先后承续的动作,黑格尔基本上承认了这个分别,但是认为诗不像绘画那样能使同时并列的事物一目了然地呈现出来,这只是从感性方面去看,才是一个缺点,但是诗主要诉诸精神而不只是诉诸感官,精神可以"统摄许多本质定性于一个统一体",因而弥补了上述缺点。更重要的是,诗能显示事物的历史发展过程,而画不能,所以诗高于画。

展中所感受的尽管是对象的内在的东西或是心灵自身的内在的东西,使音乐具有它的独特性格的却不是单纯的内在的东西,而是与音调最密切地交织在一起的心灵,是音调这种音乐的表现手段所构成的形象。由于这个缘故,在音乐里占主要地位的愈是由内在的东西灌注生气的音调,而不是单纯孤立的内在的东西,音乐也就愈是音乐,愈是独立的艺术。但是正是由于这个缘故,音乐只是在相对的或有限的程度上才能表现丰富多彩的精神性的观念和观照以及广阔的意识生活领域,而且就表达方式来说,不免停留在它所采为内容的那种对象的抽象普遍性上,只表达出模糊隐约内在心情。等到心灵愈能把这种抽象的普遍性展现为具体的观念、目的、动作和事件的整体,而且在这种展现中逐步加上个别化的认识,它也愈要抛弃单纯情感的内心生活,凭着想象把这种单纯情感的内心生活转化为客观现实世界,而且由于这种转化,它也就愈要放弃完全用音调为媒介的办法去表达由转化而获得的新的精神财富。正如雕刻所用的材料(媒介)太贫乏,不足以表达出绘画能表达得很生动鲜明的那种较丰满的现象,音调关系和乐调的表达方式也不能完全体现诗凭想象所创造出来的那些形象。因为这些形象不仅具有意识到的观念的明确性,而且是用外界现象铸成,来供内心观照的。因此,心灵不用单纯的音调而用文字作为表达工具。文字固然没有完全抛弃声音因素,但是已把音调降低为只供传达用的单纯外在的符号。这就是说,由于受到精神性观念的充实,音调变成了语调,而文字也从本来有自在目的的东西变成失去独立性的表现精神的工具。像我们前已确定了的,这就是音乐和诗的基本区别。语言艺术的内容是由丰富想象所造成的全部观念(思想)领域,这个领域如果单就它本身来看,纯粹是精神性的,而且从来不越出精神性范围,但是当这种精神性的东西表现于一种外在的东西上面时,它也只把这种外在的东西当作一种与内容本身有别的符号。在音乐里艺术已不再让精神性的东西淹没在一种感性的可以眼见的就在目前的形象里去(像在绘画里那样);在诗里艺术也放弃了音调这个对立因素及其感觉,至少是不把音调当作适合的外在媒介或表达内容的唯一工具。在诗里内在的东西当然也表现出来了,但是它不愿在虽然也是观念性的而同时却也是感性的音调里去找它的真正的客观存在(体现),它的真正的客观存在只有在它本身上才找得到,这样才能把精神内容,按照它在纯粹想象中的模样去表现出来。①

2c)第三,如果我们从诗与音乐、绘画以及其他造型艺术的区别来看诗的特

---

① 这一节说明音乐与诗的基本区别在于:音乐是单纯的声音艺术,诗却是语言艺术。诗是音乐进一步的发展,单纯的音调变成语调,在内容方面音乐所表现的是内心生活的抽象的普遍性,诗所表现的却是想象所创造的远较深广也远较明确具体的思想境界。

性,那就可以看出:诗的特性就在于上文提到的感性表现方式的降低以及一切诗的内容的明确展现。这就是说,如果在诗里声音不能像在音乐里那样,颜色也不能像在绘画里那样,用来表达全部内容,音乐按照拍子、和声与旋律去处理内容的方式就不适用于诗了,剩下来的大体上就只有字和音节的时间长短的配合以及节奏和声韵之类,这些因素并不是特别适合于表达诗的内容,而是一种偶然的外在因素,但仍采取艺术的形式,只是因为艺术不能让作品的外在方面任意采取任何偶然的形式。

2c1)这样把精神内容从感性材料(媒介)中抽回来,马上就要引起一个问题:诗所特有的外在客观因素既然不是音调,它究竟是什么呢? 我们可以简单地回答说:那就是内心中的观念和观感本身。这些精神性的媒介代替了感性的媒介,成了诗的表现所用的材料,其作用就像大理石、青铜、颜色和音调在其他艺术里一样。我们在这里不应发生误解,认为观念和观感应该看作诗的内容。这种看法当然也有正确的一面,下文还要详谈,不过同时却要指出一个要点:观念、观感和情感等是诗用来掌握和表达任何内容的特有形式——既然传达所用的感性媒介(声音)只起辅助作用,这些形式就提供要由诗人加以艺术处理的独特的材料(媒介)。在诗里,主题或内容固然也要成为对于心灵是客观的或对象性的东西,不过这种客观对象是用内在于心灵的东西代替此前其他艺术所用的外在现实中的事物,它只有意识本身中作为心灵所观照出和想象出的纯然精神性的东西,才获得一种客观存在。这样,心灵就在它的主位变成自己的对象,①把语言因素只当作工具,既用来传达,又用来直接显现于外在事物,这种外在事物仿佛是一种单纯的符号,心灵一开始就要从这种外在事物中抽脱出来而回到它本身。② 因此,对于真正的诗来说,接受诗作品的方式是听还是读,并无关宏旨;诗可以由一种语言译成另一种语言,或由韵文改成散文,尽管音调变了,诗的价值却不会受到严重的损害。③

2c2)其次,还有一个问题:在诗里这种作为材料和形式的内在观念究竟运用到什么上去呢? 回答是:应该运用到一般精神旨趣方面的绝对真实的东西上去。

---

① 意识到自己的内心活动,这种内心活动就变成自己的对象。心灵既是认识主体,又是认识对象,这样它才是自觉的。

② 照原文直译,意思艰晦。依黑格尔的辩证逻辑,精神外化于外在事物,这外在事物否定了精神的抽象性,但是同时因结合到精神意蕴,又否定了外在事物的纯然外在性,这种否定的否定,又使精神返回它本身,以精神与物质的统一体(作品)呈现于观照。

③ 这一节进一步说明诗是语言的艺术。语言的声音是凭感官接受的,只是标志意义的符号,不像在音乐里作为唯一的传达媒介,而只是传达媒介中的次要素。诗的主要媒介是字音所标志的意义或观念,所以观念在诗里既是内容又是传达媒介。观念是精神性的、内在的,所以黑格尔认为诗是用精神性的媒介传达精神性的内容,外在的感性物质的作用降低了,因此诗成为最高的艺术。

这不仅包括绝对真实事物的实体性,即象征型艺术所暗示的或古典型艺术所加以具体化的那种普遍性(理念),而且还要包括体现这种实体性的一切特殊的和个别的东西,因而几乎全部包括凡是精神(心灵)所关心和打交道的事物。因此,语言的艺术在内容上和表现形式上比起其他艺术都远较广阔,每一种内容、一切精神事物和自然事物、事件、行动、情节、内在的和外在的情况都可以纳入诗,由诗加以形象化。①

2c3)但是这样丰富多彩的材料并不因为一般都可形成观念而就成为诗,因为日常的意识也能完全同样的内容来形成观念和个别具体化为一些零星的知觉,但不能因此就成为诗。我们在上文就是着眼到这一点,才把观念称为材料和因素。这种材料只有通过艺术才获得一种新的形象,一种适合于诗的形式。这就像颜色不直接成为绘画的颜色,声音也不直接成为音乐的声音一样。这种区别可以概括为一句话:使一种内容成其为诗的并不是单作为观念来看的观念,而是艺术的想象。这就是说,如果艺术的想象把观念掌握住,用语言、用文字及其在语言中的美妙的组合,来把这观念传达出去,而不是把它表现为建筑的、雕刻的或绘画的形像,也不是使它变成音乐的音调而发出声响。

由此必然要产生的最迫切的要求就只有两方面:一方面,内容既不应理解为理智性的思辨性的思想,也不应理解为未经语言表达的情感或纯然外在事物的鲜明和精确;另一方面,内容也不应以有限事物的那种偶然的、零散的和相对的形式呈现于观念。因此,诗的想象有两个特点:第一,它应该介乎思维的抽象普遍性和感觉的具体物质性这二者之间,像我们在论造型艺术作品时已经说明过的;第二,诗的想象应该满足我们在第一卷里对每一种艺术作品所提的要求,这就是:诗的想象在内容上必须有独立的自觉的目的,把它表现成为从纯粹认识的兴趣来看是一种独立自主的完整的世界。内容只有这样通过适合它的表现方式才形成艺术所要求的有机整体,其中各部分显出紧密的联系和配合。它和相对的有限世界相反,是独立自由的,只为它本身而存在的。②

3.关于诗和其他各门艺术的区别,我们最后还要讨论的一点是诗的想象把它所造的意象表现于外在材料(语言媒介)时所处的与其他艺术不同的情境。

此前所讨论过的那些艺术都极其认真地对待它们所运用的感性因素(媒介),因为它们给内容所造的形像只能是用青铜、大理石、木材之类有体积和重量

---

① 这一节说明诗应表现绝对真实的理念的普遍性和体现普遍理念的一切具体事物的特殊性,所以它的内容包括全部精神界和自然界的事物。

② 这一节说明诗的内容不是单纯的观念而是艺术的想象,即诗人按照语言艺术的特性进行艺术处理过的观念。这种观念既不是抽象的思想,也不是对具体事物的直接感觉,而是介乎这二者之间的诗的想象。这种诗的想象所形成的是一种排除偶然性的具有自觉目的的有机整体。

的物质以及颜色和声音所能表现的。在某种意义上,诗要完成的任务当然也与此类似,因为在诗的创作过程中诗人也必经常考虑到所创造的形象是要通过语言的媒介去传达给心灵领会的。但是整个情境就因此改变了。

3a) 这就是说,在造型艺术和音乐里,感性媒介起着重要的作用,而这种材料(媒介)又各有特殊定性,能完全靠石头、青铜、颜色或声音去获得的具体的实际存在(获得表现)的东西就要局限于比较小的范围里了,所以此前所讨论过的那些艺术在内容上和艺术构思方式上都不免局限在一种框子里。因此我们此前曾把每一门艺术和一定的艺术类型紧密地联系起来,每一类型所特有的表现方式只对某一门艺术才适合,对其他各门艺术却不适合,例如建筑与象征型艺术,雕刻与古典型艺术,绘画和音乐与浪漫型艺术,都是紧密联系在一起的。当然,每门艺术在它的这一边缘或那一边缘,也有越界侵犯到其他艺术类型里去的情况,因此我们曾有可能谈到古典型和浪漫型的建筑,象征型和基督教型(浪漫型)的雕刻,乃至还必须提到古典型的绘画和音乐。但是这些反常越界的现象并不能达到各门艺术所特有的最高成就,时而只是某门艺术开始分出旁支时一种准备性的探索,时而标志某门艺术的转变的开始,这门艺术所掌握的内容的处理材料的方式只有等待艺术的进一步发展,才可以形成完全适合于它的艺术类型。大体说来,在内容的表现方式上最贫乏的是建筑,雕刻已较丰富,而绘画和音乐的范围则可能推广到很大。随着外在材料的观念性日益上升①,随着每门艺术向多方面专门化的倾向日益增长,内容本身以及表达内容的形式也就日益多样化了。至于诗则一般力求摆脱外在材料(媒介)的重压,因而感性表现方式的明确性并不至迫使诗局限于某一种特定的内容以及某些特定构思方式和表现方式的窄狭框子里。因此,诗也可以不局限于某一艺术类型;它变成了一种普遍的艺术,可以用一切艺术类型去表现一切可以纳入想象的内容。本来诗所特有的材料就是想象本身,而想象是一切艺术类型和艺术部门的共同基础。

在另一部分(第二卷)讨论各种艺术类型结束时,我们就已得过与此类似的结论:艺术类型发展到了最后阶段,艺术就不再局限于某一类型的特殊表现方式,而是超然于一切特殊类型之上。在各门艺术之中,只有诗才有可能这样向多方面发展。这种可能性在诗的创作过程中以两种方式得到实现:一种是通过对每一种特殊类型的实际加工,使其尽量发展;另一种是通过解放束缚,不再受某一类型的特殊内容和构思方式的限制,无论它是象征型的、古典型的,还是浪漫

---

① 外在材料(媒介)的感性方面(如木石铜之类)的作用日益降低,观念性媒介(如声音和语言)的作用就日益上升。

黑格尔

型的。①

3b) 从以上所说的看来,我们所已确定的诗在科学发展中的地位也可以得到证实。诗比任何其他艺术的创作方式都要更涉及艺术的普遍原则,因此,对艺术的科学研究似应从诗开始,然后才转到其他各门艺术根据感性材料的特点而分化成的特殊支派。但是根据我们在各种艺术类型方面所已见到的情况来看,哲学阐明过程就应分两方面:一方面是对精神内容的深入研究,另一方面要证明艺术开始只在寻找适合的内容,然后找到它,最后就要越出它的范围。美和艺术的这种概念或原则也应在各门艺术本身得到证实。所以我们曾经从建筑开始,建筑还只是在努力寻求怎样用一种感性材料来充分表现一种精神内容,只有通过雕刻,艺术才达到内容与形式的真正的统一;到了绘画和音乐,由于要显出内容意蕴的内在性和主体性,已经达到的统一又开始分裂了,无论从构思方面看还是从感性表达方面看,都是如此。这种情况在诗里显得最突出,因为诗在它的艺术体现中基本上要脱离和降低现实感性因素,绝不是还不敢贸然进入外在现实去施展身手和体现艺术的一种创作态度。如果要对这种解放②进行科学的解释,首先就要弄清楚艺术所要设法摆脱的究竟是什么。这个问题和诗能采取一切内容和一切艺术形式这一情况是有密切联系的。我们也应把这种情况看作争取整体的成就,从科学③眼光来看,这种成就只应看作对局限于个别特殊这一情况的否定或扬弃。要理解这一点,我们就必须先研究由整体所否定的冒充为唯一有效的那些片面性的表现。

只有通过这样的研究,才可以看出诗也是这样一种特殊的艺术:到了诗,艺术本身就开始解体。从哲学观点来看,这是艺术的转折点:一方面转到纯然宗教性的表象,另一方面转到科学思维的散文。我们前已说过,美(艺术)这世界的界线之外,一边是有限世界和日常意识的散文,艺术力求从这种散文领域里挣脱出来,走向真理;另一边是宗教和科学的更高的领域,到了这里,艺术就越界转到用

---

① 这一节说明诗在艺术发展中达到了最高阶段。诗作为语言的艺术,所用的材料或媒介是观念性的,而不是单纯感性的,所以不受造型艺术和音乐所受到的感性材料的局限。诗凭想象而诉诸想象,而想象是一切艺术类型的共同基础,所以诗是"普遍的艺术",不专属于某一艺术类型。但是黑格尔实际上却把诗和绘画、音乐同归入浪漫型艺术里讨论。

② 指诗从外在感性材料中解放出来。

③ 黑格尔把哲学也包括在科学里,往往用"科学"称呼哲学,特别是辩证哲学。

一种尽量不涉及感性方面的方式去掌握绝对。①

3c)因此,尽管诗用精神的(观念性的)方式把美的事物的整体再现得很完满,这种精神性毕竟也造成诗这最后一个艺术领域的缺点。为着说明这一点,我们从艺术体系中挑出建筑来和诗对比。建筑艺术还不能使精神内容统治客观材料,还不能用客观材料造成适合于精神的形像。诗却不然,它在否定感性因素方面走得很远,把和具有重量、占空间的物质相对立的声音降低成为一种起暗示作用的符号,而不是像建筑那样用建筑材料造成一种象征性的符号。因此,诗就拆散了精神内容和现实客观存在的统一,以至于开始违反艺术的本来原则,走到脱离感性事物的领域,而完全迷失在精神领域的这种危险境地。在建筑和诗这两极端之间,雕刻以及绘画和音乐站在一种不偏不倚的中间位置,因为这几门艺术还能把精神内容充分体现于一种自然因素(感性材料)里,而且既可以用感官去接受,也可以用精神去领会。尽管绘画和音乐作为浪漫型艺术,已经运用较富于观念性的材料,它们毕竟还显出客观存在的直接性(使客观存在直接显现于感官),而这种直接性随着观念性的强化,就开始消失。另一方面,这两门艺术由于运用颜色和声音,比起建筑所用的材料来,能更丰富地显示出特殊细节的全貌和多种多样的形状构造。

诗当然也要找出一个弥补缺陷的办法,这就是使客观世界呈现到眼前,达到连绘画(至少是单幅画)也不能达到的广度和多样化。不过诗所表现的永远只是一种内在于意识的现实,如果诗也要凭艺术的体现去产生强烈的感性印象,它就只有两条路可走:一条是借助于音乐和绘画,运用不属于它本行的手段;另一条是坚守真正的诗的地位,只用音乐和绘画这两门姊妹艺术作为助手,把精神的观念,即向内心的想象说话的那种诗的想象,作为诗应特别关心的主要任务,提到突出的地位。

诗和其他艺术的基本关系大致如上所述。关于诗艺本身的较详尽的研究,我们须按照下列几个观点来进行。

上文已经说过,内在观念本身既提供了诗的内容,又提供了诗的材料(媒

---

① 这一节讨论艺术哲学的两种可能的研究程序。就诗是最高的艺术,具有一般艺术的普遍原则和共同基础来说,艺术哲学似应从诗开始,然后由一般转到特殊,即其他各门艺术;但是黑格尔所采取的不是这种从概念出发的程序,而是由低级到高级的历史发展的程序,高低是以精神内容与感性表现方式是否相适合为标准的。顺着历史发展程序,黑格尔从建筑开始,经过雕刻转到绘画和音乐,最后终结于诗。到了诗,艺术就要解体,精神活动于是上升到宗教和哲学的领域。黑格尔想借此说明艺术发展的历史过程是精神因素逐渐上升而感性因素(实际就是物质因素)逐渐降低的过程,亦即精神逐渐从物质的局限中解放出来的过程。从他的辩证观点看,这也就是统一体或整体否定片面的个别特殊事物的过程。这种观点是以精神外化为自然(物质世界),对立面经过调和而达到较高阶段的统一这种黑格尔式的客观唯心主义辩证法为基础的。

介）。但是在艺术范围以外，观念已是意识活动的最通常的形式，所以我们首先要把诗的观念和散文的观念区别开来。诗也不能停留在内心的诗的观念上，而是要用语言把臆造的形象表达出来。在这方面诗又有两件事要做：第一，诗必须使内在的（心里的）形象适应语言的表达能力，使二者完全契合；第二，诗用语言，不能像日常意识那样运用语言，必须对语言进行诗的处理，无论在词的选择和安排上，还是在文字的音调上，都要有别于散文的表达方式。

尽管诗用语言的表达方式，诗却最不受其他各门艺术所必受的特殊材料所带来的局限和约束，所以诗具有最广泛的可能去尽量运用各种不同的艺术的表现方式，却不带任何一门其他艺术的片面性。诗的种类因此也显得最完备。

按照这个观点，我们在下文将讨论：

(1)诗的一般意义和诗的艺术作品。

(2)诗的表现。

(3)诗的分类：史诗、抒情诗和戏剧体诗。①

二、诗的掌握方式②和散文的掌握方式

(一)两种掌握方式的内容

首先关于适合于诗的构思的内容，我们可以马上把纯然外在的自然界事物排除在外，至少是在相对的程度上排除。诗所特有的对象或题材不是太阳、森林、山水风景或是人的外表形状如血液、脉络、筋肉之类，而是精神方面的旨趣。诗纵然也诉诸感性观照，也进行生动鲜明的描绘，但是就连在这方面，诗也还是一种精神活动，它只为提供内心观照而工作。对这种内心观照，精神性的事物比起具体显现于感官的外在事物毕竟是较亲切、较适合的。所以在全部事物之中，只有那些可以向精神活动提供动力或材料的才可以出现在诗里。例如作为人的环境或外在世界的那些外在事物本身并没有什么意义，只有在和人意识中的精神因素发生联系时，它们才有重要的意义，才成为诗所特有的对象，适合于诗的对象是精神的无限领域。它所用的语言这种弹性最大的材料（媒介）也是直接属于精神的，最有能力掌握精神的旨趣和活动，并且显现出它们在内心中那种生动鲜明的模样。语言这种材料就应用来完成它所最胜任的表现，正如其他各门艺术各按自己的特性去运用石头、颜色或声音一样。从这个观点来看，诗的首要任

---

① 这一节讨论诗由高度观念化、脱离感性材料所产生的缺陷在于破坏精神内容与客观现实的统一，补救的办法在于借助其他艺术，同时却保持诗诉诸想象的特点；最后给诗的全部题材画了一个轮廓。

② 掌握方式译原文 Auffassungweise，Auffassen 的原义为"掌握"，引申为认识事物，构思和表达一系列心理活动，法译作"构思"，俄译作"认识"，英译作"写作"，都嫌片面，实际上指的是"思维方式"。下文提到"观念方式"，是把它和"掌握方式"看成同义词。

务就在于使人认识到精神生活中各种力量,这就是凡是在人类情绪和情感中回旋动荡的或是平静地掠过眼前的那些东西,例如人类思想、事迹、情节和命运的广大领域,尘世中纷纭扰攘的事务以及神在世界中的统治。所以诗过去是,现在仍是,人类的最普遍、最博大的教师,因为教与学都是对凡是存在的事物的认识和阅历。星辰、动物和植物都不能认识和阅历它们本身的规律,但是人只有在认识他自己和他周围的事物时,才是符合他本身的存在规律而存在着。人必须认识到推动他和统治他的那些力量,而向他提供这种认识的就是形式符合实体内容的诗。①

(二)两种掌握方式的区别

但是散文的意识也可以掌握上文所说的内容,也能教人认识到普遍规律,也会就五光十彩的现象世界的分散的个别现象来进行区分、整理和解释。这就引起了一个问题:内容既可能类似,散文和诗在观念方式上究竟有什么基本区别呢?

1.比起艺术发展成熟的散文语言来,诗是较为古老的。诗是原始的对真实事物的观念,是一种还没有把一般和体现一般的个别具体事物割裂开来的认识,它并不是把规律和现象、目的和手段都互相对立起来,然后又通过理智把它联系起来,而是就在另一方面(现象)之中并且通过另一方面来掌握这一方面(规律)。因此,诗并不是把已被人就其普遍性认识到的那种内容意蕴,用形象化的方式表现出来;而是按照诗本身的概念,停留在内容与形式的未经割裂和联系的实体性的统一体上。

1a)由于运用这种观照(认识)方式,诗把它所掌握的一切都纳入一个独立自足的整体里,这种整体固然内容丰富,可以包括范围广阔的情境、人物、动作、事迹、情感和思想,但是这些广泛复杂的东西却是紧密联系在一起的,是由一个原则产生和推动的,其中每一个别事物都是这一原则的具体表现。所以在诗里,凡是普遍性的理性的东西并不表现为抽象的普遍性,也不是用哲学证明和通过知解力来领会的各因素之间的联系,而是一种有生气的、现出形像的、由灵魂灌注的、对一切起约制作用的,同时表达的方式又使得包罗一切的统一体,即真正灌注生气的灵魂,暗中由内及外地发挥作用。②

1b)在诗里,这种掌握、塑造形象和表达还是纯粹认识性的。诗的目的不在

---

① 这一节说明诗所掌握的内容主要是精神性的,而不是单纯感性的,其作用是教育人认识他本身和周围世界的客观规律,使人可以自觉地生活着。

② 这一节强调诗应表现精神内容的普遍性和繁复具体现象之间未曾分裂的原始的统一体。这统一体是诗的灵魂,对全诗各部分起统摄作用、约制作用,以及灌注生气的作用。

事物及其实践性的存在,而在形象和语言。人一旦要从事于表达他自己,诗就开始出现了。有表达出来的话就是因为有表达的需要。人一旦从实践活动和实践需要中转到认识性的静观默想,要把自己的认识传达给旁人,他就要找到一种成形的表达方式,一种和诗同调的东西。姑且只举一个例子,希罗多特在他的《历史》里载过一首两行体的短诗,歌颂因守卫托莫庇莱关口而牺牲的将士们。诗的内容很简单,只是一句枯燥的叙述:三百个斯巴达人在这里和四千敌军进行过战斗,但是有意思的是要刻个墓碑铭,使当代人和后世人知道这一英勇事迹,所以碑铭采取了诗的表达方式;这就是说,碑铭要显得是一种"制作"(诗),让内容保持它原有的简单面貌,而表达出来的话却是着意制作出来的,这样表达观念的语言着意要使自己有别于寻常的话语,成了一首两行体短诗,因此就具有较高的价值。①

1c)从此可见,就连单从语言方面来看,诗也是一个独特的领域,为着要和日常语言有别,诗的表达方式就须比日常语言有较高的价值。总之,无论从语言来看,还是从一般观照方式来看,我们都必须把在寻常的艺术性散文还未发展成熟之前就已存在的原始的诗,与在散文的生活情况和语言都已完全发展成熟时发展出来的诗的掌握和语言,区别开来。前者在思想和语言两方面之成为诗是无意的或自发的,后者为着要跨进自由的艺术领域,有意地要脱离前一个领域,所以有意地或自觉地要和散文对立起来。②

2.其次,诗所要脱离的那种散文意识要有一种和诗不同的思想和语言。

2a)这就是说,从一方面看,散文意识看待现实世界的广阔材料,是按照原因与结果、目的与手段,以及有限思维所用的其他范畴之间的通过知解力去了解的关系,总之,按照外在有限世界的关系去看待。因此,每一个特殊事物时而被错误地看成独立的,时而又被简单地联系到其他事物上去,因而也就只按照它的相对性和依存性来认识的,不能达到一种自由的统一。这种自由的统一在它的一切派生和具体化(分化)中始终还是一个完整的自由的整体,其中各个方面(因

---

① 这里所举的例子来自公元前5世纪希腊历史家希罗多特的《历史》第七卷,所叙述的是希腊人抵御波斯入侵战争中的一段英勇事迹。托莫庇莱关口是波斯入侵必经的要塞,守卫这个要塞的是三百个斯巴达人,他们至终不屈,由于寡不敌众,全部牺牲了。希腊诗人西蒙尼德斯替他们写的一首只有两行的墓碑铭是有名的,意译如下:

"过路人,请传句话给斯巴达人,

为了听他们的嘱咐,我们躺在这里。"

以上一节说明,人从实践活动转到静观默想,有意要用一种艺术性的语言把自己的认识传达给旁人,于是就开始有诗,所以说诗的活动是认识性的。

② 这一节说明诗的特征之一是自觉性,诗愈向前发展,自觉性就愈高。黑格尔把"自觉""自为"和"自由"都看成同义的。"自由的艺术"就是自觉的艺术。

素)都只是这一个内容所特有的开展和显现,这一个内容就是中心和起融合(联系)作用的灵魂,实际上起灌注生气于整体的作用。所以上述通过知解力的思维方式只能得出一些关于现象的特殊规律,既要使特殊事物与普遍规律之间的割裂和简单的联系僵化起来(成为死板的),又要使这些规律本身互相分裂成为一些固定的特殊现象,它们的关系也只能以外在有限事物的形式被人认识。①

2b)从另一方面看,日常的(散文的)意识完全不能深入事物的内在联系和本质,以及它们的理由、原因、目的等,它只满足于把一切存在和发生的事物当作纯然零星孤立的现象,也就是按照事物的毫无意义的偶然状态去认识事物。诗的观照把事物的内在理性和它的实际外在显现结合成的活的统一体,在散文意识里固然也并非由于知解力加以割裂而完全被消灭,但是散文意识所缺乏的正是上文所说的对事物的内在理性和意义的洞察,因而这种内在理性和意义对于意识就成为空洞的,不能满足理性方面的兴趣。这样,对世界及其各种关系融贯一致的理解就被对一些并列杂陈、无关轻重的事物的浮面认识所代替。这些事物固然也可以显出外表方面的丰富生动,却终不能满足更深刻的需要。因为正确的观照和纯洁的心智只有在从现象中确实可以看到和感到现象所体现的本质与真理时,才获得满足。外在的、有生命的事物如果不能显现出独特的意义、丰富的灵魂,对于较深刻的心灵来说,就还是死的。②

2c)第三,玄学的思维③可以克服凭知解力的思维和日常散文意识的观照方式的上述缺陷,就这一点来说,它与诗的想象有血缘关系。因为理性认识既不单看偶然的个别特殊现象而忽视现象的本质,也不满足于上文所说的凭知解力的观念和感想所犯的割裂和简单联系的毛病,而是要把有限的观察(凭知解力的思维)所视为彼此分散孤立的或是没有形成统一体而简单联系在一起的事物结合成为自由的整体。但是玄学的思维只以产生思想为它的结果,它把实在事物的形式变成纯概念的形式。纵使它也能按照现实事物的基本特殊性和客观存在去认识事物,也毕竟要把这些特殊性相提升为一般的观念性的因素,它只有靠这种一般的观念性的因素才能自由活动。因此,玄学的思维就造成一个和现象世界对立的新的世界。这个新的世界固然也显出现实世界的真理,但是这种真理在

---

① 这一节说明散文意识的思维方式是单凭知解力的,看不到活的统一体,只能得出一部分特殊事物的特殊规律,实际上是割裂规律与现象的统一,而且把这种割裂固定下来。这种思维方式把事物看成片面孤立的和静止的,实际上就是形而上学的方式。注意:黑格尔把"知解力"看成比"理智"或"理性"低一级。

② 这一节说明散文意识不如诗的意识,不能见出事物的内在联系和本质,达到内在理性和外在现象的统一,因此不能满足理性的要求。

③ "玄学的思维"即辩证的思维,黑格尔把自己的辩证逻辑称为"玄学",即最高的哲学。

现实世界本身里却显不出自己就是它所特有的灵魂或使它成其为它的那种力量。玄学思维只是真理和现实世界在思维中的和解,诗的创造活动却是真理和现实世界在现实现象本身中的和解,尽管这种和解所采取的形式仍然只是精神性的。①

3. 从此可见,诗和散文是两个不同的意识领域。在古代,还没有一种依据宗教信仰和其他范围知识的明确世界观来形成一套有条有理的观念和知识的体系,也还没有规定人类实际活动要符合这套知识体系,诗就比较轻而易举地发挥它的作用。因为当时散文还没有作为内心世界和外在世界的一种独立的领域而与诗对立,即还没有成为诗首先要克服的一个领域。诗的任务还只限于就寻常意识进行加工,使它的意义深化,使它的形象明朗化。等到散文已把精神界全部内容都纳入它的掌握方式之中,并在其中一切之上都打下散文掌握方式的烙印的时候,诗就要接受彻底重新熔铸的任务,它就会发现散文意识不那么易听指使,而是从各方面给诗制造困难。诗就不仅要摆脱日常意识对于琐屑的偶然现象的顽强执着,要把对事物之间联系的单凭知解力的观察提高到理性,要把玄学思维仿佛在精神本身上重新具体化为诗的想象,而且为着达到这些目的,还要把散文意识的寻常表现方式转化为诗的表现方式,在这种矛盾所必然引起的意匠经营之中,还必须完全保持艺术所应有的自然流露和原始状态的自由。②

(三)诗的观照向特殊方面分化

我们已经极概括地讨论了诗的内容,并且把诗的形式和散文的形式也区别开来。最后还要提到的第三点就是诗向特殊方面的分化。在这一点上比起其他发展不那么丰富的艺术来,诗的发展就较为丰富。建筑固然是许多不同的民族都有的而且持续到许多世纪之久的,雕刻却只在古代已由希腊人和罗马人发展到它的最高峰,绘画和音乐则到近代才由信基督教的各民族发展到它们的高峰。

---

① 这一节说明诗的想象与玄学的思维的类似和区别:类似在于二者不满足于散文意识单凭知解力的思维方式把事物看成分散孤立的或只有偶然的和相对的联系,而重视事物的本质和内在联系以及由此形成的统一体;区别在于玄学思维只产生一些普遍概念,诗的想象却产生具体的艺术形象,用黑格尔的原话来说,"玄学思维只是真理和现实世界在思维中的和解,诗的创造活动却是真理和现实世界在现实现象本身中的和解"。依黑格尔的客观唯心主义的辩证法,矛盾都由对立达到和解,即达到较高阶段的统一(正→反→合),"和解"就是"统一"或"合"。从本章可以见出,黑格尔把思维方式分成三种,第一种是散文所用的日常意识的单凭知解力的思维方式,第二种是哲学所用的凭理性的玄学思维方式,第三种是用形象显现真理的诗的思维方式。他在本章概括说明诗的想象既不同于散文的单凭知解力的思维方式,又不同于单凭理性的玄学思维方式。从此可见,黑格尔虽强调形象思维,却也不排除诗也用近乎哲学的理性思维(与一般知解力的抽象思维有别),诗要在形象思维中显出理性。

② 这一节说明诗在古代还没有散文和它对立,任务比较轻松;等到散文发展成为一个独立领域时,诗在克服散文意识和改变散文表现方式方面就会遇到种种困难的任务。

诗却不同,它几乎在一切民族中和一切时代中都很繁荣,只要那些民族和时代有什么艺术成就的话。因为诗是包罗全部人类精神的,而人类向特殊方面的分化是很复杂的。

1.因为诗的题材并不是科学抽象的一般,而是体现于个别具体事物的理性,所以诗始终要受民族特性的制约。诗出自民族,民族的内容和表现方式也就是诗的内容和表现方式,这就导致诗向许多特殊方面分化。东方诗、意大利诗、西班牙诗、英国诗、罗马诗、德国诗等在精神、情感、世界观、表现方式等方面都各不相同。

诗也随时代的不同而出现与此类似的复杂的差别。例如现代德国诗是不会在中世纪乃至三十年战争时代出现的。目前使我们感到最大兴趣的一些具体问题都是和整个现代历史发展分不开的。每个时代各有它的较宽或较窄的,较高尚自由或较低劣的观感方式,一般都有它的特殊的世界观,正是要由诗尽可能地运用表达人类精神的语言,最明确地、最完善地表达于符合艺术的意识。

2.在这些民族特性、时代观感和世界观之中又有某一些比另一些更适宜于诗,例如东方的意识方式比起西方的(希腊的是例外)就较适宜于诗。在东方,未经分裂的、固定的、统一的、有实体性的东西总是起着主导作用,这样一种观照方式本来就是最纯真的,尽管它还不具有理想的自由。西方却不然,特别是在近代,出发点总是由无限(绝对真理)分裂出来的无限个别特殊的东西,由于这样把事物划分成为一些孤立的点,每种有限事物在意识中就获得一种独立性;尽管如此,有限事物毕竟还是逃不脱相对性的。对于东方人来说,没有什么东西是真正独立的,一切显得是偶然的东西都要还原到太一和绝对,都要在太一和绝对中找到它们的不变的中心和完备的形式。

3.尽管各民族之间以及许多世纪的历史发展过程的各阶段之间有这些复杂的差别,但是作为共同因素而贯串在这些差别之中的,毕竟一方面有共同的人性,另一方面有艺术性,所以这民族和这一时代的诗对于其他民族和其他时代还是同样可理解、可欣赏的。在上述两方面,希腊诗特别不断地重新受到许多民族的欣赏和模仿,因为在希腊诗里,纯粹的、有关人性的东西无论在内容上还是在艺术形式上,都达到最完美的展现。① 再如印度诗,不管其中世界观和表现方式与我们的有多么大的隔阂,对于我们却不是完全陌生的。我们可以看出近代一

---

① 希腊诗何以在不同时代和不同民族中长久"给我们以艺术享受,而且就某方面说还是一种规范和高不可及的范本"的问题,马克思在《政治经济学批判导言》里也提出过。黑格尔的答案是希腊诗的人性内容和艺术形式都达到最完美的程度,马克思的答案是希腊诗写出了"发展得完美的""历史上人类童年时代"。这问题似还值得进一步批判和探讨。

个主要的优点就在吸收艺术和一般人类精神财富的敏感中日益发展起来了。

诗既然在上述几方面经常趋向个别特殊化,我们在这里就一般来讨论诗艺,这种可以单作为一般来确定下来的一般,就不免很抽象、很枯燥。所以,如果我们要谈真正具体的诗,就必须按民族和时代的特点来理解观照的精神所创造的形象,而且连诗人的主体方面的个性也不应忽视。

以上就是我对于一般诗的掌握方式所要提出的一些观点。①

(四)人物性格②

我们原来的出发点是引起动作的普遍的有实体性的力量。这些力量需要人物的个性来达到它们的活动和实现,在人物的个性里,这些力量显现为感动人的情致。但是这些力量所含的普遍性必须在具体的个人身上融会成为整体和个体。这种整体就是具有具体的心灵性及其主体性的人,就是人的完整的个性,也就是性格。神们③变成了人的情致,而在具体的活动状态中的情致就是人物性格。

因此,性格就是理想艺术表现的真正中心,因为它把前面我们作为性格整体中的各个因素来研究的那些方面都统一在一起。因为理念作为理想(这就是说,作为经过表现出来供感性知觉和观照的,而且在它的活动中发生动作和自实现的理念),在它的得到定性的状态中就是自己和自己发生关系的主体的个性。但是真正的自由的个性,如理想所要求的,却不仅要显现为普遍性,而且还要显现为具体的特殊性,显现为原来各自独立的这两方面的完整的调解和互相渗透,这就形成完整的性格,这种性格的理想在于自身融贯一致的主体性所含的丰富的力量。

现在我们要从三方面来研究人物性格:

第一,把性格作为具备各种属性的整体,即作为个别人物来看,也就是就性格本身的丰富内容来看。

第二,这种整体同时要显现为某种特殊形式,因为性格应显现为得到定性的。

第三,性格(作为本身整一的)跟这种定性(其实就是跟它本身)融会在它的

---

① 这第三段说明诗在发展中经常受时代特性和民族特性的制约,所以不同时代和不同民族的诗显出很复杂的差异。但是尽管有这些差异,在普遍人性和艺术性两方面毕竟有共同点,所以某一民族和某一时代的诗对于其他民族和其他时代还是可了解、可欣赏,甚至可仿效的。黑格尔在这里提出了普遍人性论。

② 原文 Charakter 按字面只是"性格",但是西方文艺理论著作中一般用这个词指"人物"或"角色"。

③ "神们"(Die Götter),指上文所说的"普遍的力量"。

主体的自为存在里①，因而成为本身坚定的性格。

我们现在就来阐明这些抽象的意思，把观念弄得更明确一点。

a)情致既然是在一个完满的个性里显现出来的，所以情致在它的得到定性的状态中不复是艺术表现的全部的和唯一的兴趣，而变成只是发生动作的人物性格中的一个方面，尽管这个方面是主要的。因为人不只具有一个神来形成他的情致；人的心胸是广大的，一个真正的人就同时具有许多神，许多神只各代表一种力量，而人却把这些力量全包罗在他的心里；全体奥林波斯②都聚集在他的胸中。古人有一句话说："人啊，你根据你自己的情欲，把神创造出来了！"就是这个意思。事实上希腊人随着文化的进步，他们的神也愈来愈多了；而他们的较早期的神都比较呆板些，没有表现成为具有个性和定性的神。

因此，人物性格也须现出这种丰富性。一个性格之所以能引起兴趣，就在于它一方面显出上文所说的整体性，而同时在这种丰富中它却仍是它本身，仍是一种本身完备的主体。如果人物性格没有见出这样的完满性和主体性，而只是抽象的，任某一种情欲去支配的，它就会显得不是什么性格，或是乖戾反常、软弱无力的性格。个别人物的软弱无力，正在于上文所说的那种永恒的力量没有显现为他本身固有的自性，即没有显现为主体固有的属性。

例如在荷马的作品里，每一个英雄都是许多性格特征的充满生气的总和。阿喀琉斯是个最年轻的英雄，但是他一方面有年轻人的力量，另一方面也有人的一些其他品质，荷马借种种不同的情境把他的这种多方面的性格都揭示出来了。阿喀琉斯爱他的母亲特提斯③，布里赛斯④被人夺去，他为她痛哭，他的荣誉受到损害，他就和阿伽门农争吵，这就成为《伊利亚特》中以后一切事变的出发点。此外，他也是帕屈罗克鲁斯和安惕洛库斯的最忠实的朋友⑤。他一方面是个最漂亮、最暴躁的少年，既会跑，又勇敢，可是另一方面他也很尊敬老年人；他所信任的仆人，忠实的腓尼克斯，躺在他的脚旁，在帕屈罗克鲁斯的丧礼中他对老人涅斯托⑥表示最崇高的敬礼。但是对于敌人，他却显得容易发火，脾气暴躁，爱报复，非常凶恶，例如他把赫克忒的尸体绑在他的车后，绕着特洛伊城拖了三圈，但

① 即代表某一普遍力量的人物自觉到他是代表这种普遍力量的。

② 奥林波斯山是诸神所居地，即代表全体的神，或全体的普遍力量。这番话表现了黑格尔的人道主义。

③ 特提斯，女海神，嫁了凡人，生阿喀琉斯。

④ 布里赛斯，阿喀琉斯所获的女俘。

⑤ 两人都是阿喀琉斯的密友，帕屈罗克鲁斯被特洛伊大将赫克忒战死后，阿喀琉斯要替他报仇，才出来参战。

⑥ 希腊军中的老谋士。

是老普莱亚姆来到他的营帐，他的心肠就软下来了，他暗地里想到自己的老父亲，就伸出手来给哭泣的老国王去握，尽管这老国王的儿子是他亲手杀了的。①关于阿喀琉斯，我们可以说："这是一个人！高贵的人格的多方面性在这个人身上显出了它的全部丰富性。"荷马所写的其他人物性格也是如此，例如俄底修斯、第阿默德、阿雅斯、阿伽门农、赫克忒、安竺罗玛克②，每个人都是一个整体，本身就是一个世界，每个人都是一个完满的有生气的人，而不是某种孤立的性格特征的寓言式的抽象品。比起这些人物来，皮上起茧的什格弗里特③，特洛伊的哈根，甚于音乐家浮尔考，④尽管也是些强有力的个性，都显得黯淡无光。

只有这样的多方面性才能使性格具有生动的兴趣。同时这种丰满性必须显得凝聚于一个主体，不能只是乱杂肤浅的东西，或是偶然心血来潮的激动——就像小孩子们把一切可拿到的东西都拿到手，就它们临时发出一些动作，但是见不出性格。性格不能如此，它必须渗透到最复杂的人类心情里去，守在那里面，在那里面吸收营养来充实它自己，同时却又不停滞在那里，而是要在这些旨趣、目的和性格特征的整体里保持住本身凝聚的稳固的主体性。

特别适宜于表现这样完整性格的是史诗，其次是戏剧和抒情诗。

b) 但是艺术还不能停留在这种单纯的整体上面，因为我们所说的是具有定性的理想，因此就有一个更迫切的要求，就是要性格有特殊性和个性。特别是动作，动作在它的冲突和反动作中必须见出界限明确的内容（意蕴）。因此戏剧中的主角大半比史诗中的主角较为简单。要显出更大的明确性，就须有某种特殊的情致，作为基本的突出的性格特征，来引起某种确定的目的、决定和动作。但是如果这界限定得过分死板，以致使一个人物仅仅成为某种情致——例如爱情和荣誉感之类——的完全抽象的形式，那么，一切生气和主体性也就会完全消失了，而这种艺术表现也就会因此枯燥贫乏，例如法国的戏剧作品就是如此。所以性格的特殊性中应该有一个主要的方面作为统治的方面，但是尽管具有这个定性⑤，性格同时仍须保持住生动性与完满性，使个别人物有余地可以向多方面流露他的性格，适应各种各样的情境，把一种本身发展完满的内心世界的丰富多彩性显现于丰富多彩的表现。索福克勒斯的悲剧形象就具有这种生动性，尽管他所写的情致本身是很单纯的。我们可以拿这样形象的塑造上的完备性来比拟雕

---

① 这是《伊利亚特》里最有名的一段，赫克忒战死了，他的父亲普莱亚姆到希腊军营里要求领回他的尸首，阿喀琉斯答应了。

② 都是《伊利亚特》里的主要人物，安竺罗玛克是赫克忒的妻子。

③ 什格弗里特，《尼伯龙根歌》里的日耳曼民族英雄。

④ 哈根和浮尔考都是《尼伯龙根歌》里的重要角色。

⑤ 即主要的方面。

刻的形象。雕刻虽然有很明确的定性,却仍然可以表现性格的多方面性。它一方面要表现一种力求向外宣泄的、以全力集中于某一个焦点上的热烈情绪,另一方面在它的静穆风味里,它也把泰然融合各种力量于一身的那种坚定的中立性表现出来。但是这种安然无扰的统一性却不是停留在某一种抽象的定性上面,而是在它的美里让人预感到它在千变万化的情况里可以产生一切可能的表现①。在真正的雕刻形象里我们可以看到一种静穆而深刻的意味,其中包含有使一切力量得到实现的潜能。比起雕刻来,绘画、音乐和诗所表现的人物性格还更需要有内在的丰富多彩性,真正的艺术家们都了解这一点。例如莎士比亚在《罗密欧与朱丽叶》②里所写的主要情感是爱情,但是我们看见罗密欧在最变化多端的关系里,例如在对他的父母、朋友和侍童的关系中,在同杜巴尔特的在荣誉感上的冲突和决斗中,在对僧侣的尊敬和信任中,甚至在坟场上和卖毒药给他的药师的对话中,他都始终一贯地显得尊严高尚,用情深挚。朱丽叶也是一样的从许多关系的整体中显出她的性格,例如她对父母、保姆、巴里斯伯爵,以及神父劳伦斯的关系。尽管有这些复杂的关系,她在每一种情境里也是一心一意地沉浸在自己的情感里,只有一种情感,即她的热烈的爱,渗透到而且支持起她整个的性格。她的这种爱像无边的大海一样深广,所以她说得很对:"我付出的愈多,我保留的也就愈多,这两方面都是无限的。"

从此可知,所表现的尽管只是一种情致,这一种情致也必须展示出它本身的丰富性。在抒情诗里也是如此,但是抒情诗里的情致不能变成具体情况中的动作。这就是说,在抒情诗里情致也须表现为一种发展完满的内心生活的内在情况,这种内心生活也可能在一切环境和情境中从一切方向表现出来。有生动流利的语言,有一种能结合到一切事物上、能把过去化成现在、能把全部外在环境转化为内心生活的象征表现的想象力,能不畏避深入的客观思考,而且在阐明这种思考中能显出一种高远宏大的清明高尚的心灵——这样一种能表现内在世界的性格丰富性对于抒情诗也是很适合的。单凭知解力来看,一方面有一个统治的定性,而另一方面在这个定性范围以内又有这样的多方面性,好像是不可能的。例如在阿喀琉斯的高尚的英雄品质里,美的基本特征在于他的少年人的力量,他对他的父亲和朋友,心肠都是很柔软的;人们会问:像他这样的人怎么可能

---

① 这句话和下句"使一切力量得到实现的潜能",都是一般所说的"富于暗示性",或"言有尽而意无穷"。

② 《罗密欧与朱丽叶》的情节见莎士比亚的悲剧(已有中译)。杜巴尔特是朱丽叶家族的人,反对她和罗密欧恋爱,因此同罗密欧发生了决斗,罗密欧把他杀死了。僧侣即下文的劳伦斯,是暗中帮助他们两人结婚的。罗密欧最后到朱丽叶的坟上和巴里斯伯爵决斗(朱丽叶家族原先已把她许配给巴里斯伯爵),把他杀死之后,服药自尽。

怀着恶毒的仇恨拖着赫克忒的尸首绕着特洛伊城走呢？莎士比亚所写的一些小丑几乎都充满着聪明伶俐和天才式的幽默,这也显得很不相称。人们会问:这样聪明伶俐的人怎么能干出那样笨拙的勾当？从此可知,知解力爱用抽象的方式单把性格的某一方面挑出来,把它标志成为整个人的唯一准绳。凡是跟这种片面的统治的特征相冲突的,凭知解力来看,就是始终不一致的。但是就性格本身是整体因而是具有生气的这个道理来看,这种始终不一致正是始终一致的、正确的。因为人的特点就在于他不仅担负多方面的矛盾,而且还忍受①多方面的矛盾,在这种矛盾里仍然保持自己的本色,忠实于自己。②

c)因此,人物性格必须把它的特殊性和它的主体性融会在一起,它必须是一个得到定性的形象,而在这种具有定性的状况里必须具有一种一贯忠实于它自己的情致所显现的力量和坚定性。如果一个人不是这样本身整一的,他的复杂性格的种种不同的方面就会是一盘散沙,毫无意义。和本身处于统一体③,艺术里的个性的无限和神圣就在此。从这方面看,对于性格的理想表现,坚定性和决断性是一种重要的定性。像我们前已约略提到的,性格之所以有这种坚定性与决断性,是由于所代表的力量的普遍性与个别人物的特殊性融会在一起,而在这种统一中变成本身统一的自己与自己融贯一致的主体性和整一性。

在提出这种要求时,我们还应该反对近代艺术的许多特殊现象。

例如在高乃依的《熙德》④里,爱情与荣誉的冲突是写得很辉煌的。这样本身见出差异面的情致当然可以导致冲突;如果这种情致表现为在同一性格中的内在冲突,那当然也可以产生堂皇典丽的修辞和娓娓动听的独白,但是同一心灵的分裂,时而由抽象的荣誉转到爱情,时而又由抽象的爱情转到荣誉,这样翻来覆去,本身就违反性格所必有的真正决断性和统一性。

另外一种情形也和个别人物的决断性相矛盾,那就是主角本已受某一种情致的驱遣,却又让一个次要的角色来约制他、说服他,因而可以把责任推诿到那

---

① "担负"原文是 tragen,即"带有";"忍受"原文是 ertragen,前后相关。

② 以上几段说明黑格尔对于艺术中人物性格的要求,理想的性格一方面要有一种普遍力量或人生理想作为他的情致的根源,同时还要是一个多方面的丰富的有血有肉的人物,否则就成为死板的公式化的抽象品。植根于普遍力量的情致在性格中须居统治的地位,把多方面的特质融会成为一个整体。这是单一与杂多的统一。黑格尔关于人物性格所说的两种表现方式就是马克思和恩格斯所强调的莎士比亚化和席勒式的分别(参看马克思和恩格斯分别给拉萨尔论悲剧的信)。

③ 即性格中丰富多彩统一于一个统治的普遍力量或人生理想。

④ 《熙德》(Le Cid),法国 17 世纪剧作家高乃依的杰作,主角罗兰里格为了替父亲报仇,杀了他的爱人希曼的父亲,这部剧本就是写这种爱情与荣誉的冲突的。

个次要角色身上去,例如像拉辛的《斐笃尔》①的主角被伊娜尼说服了那样。一个真正的人物性格须根据自己的意志发出动作,不能让外人插进来替他做决定。只有在根据自己的意志发出动作时,他才能对自己的行动负责任。

人物性格的不坚定性还有一种方式,特别表现在近代德国作品里,这就是长久在德国统治着的那种感伤主义的内在的软弱。我们可以举《维特》作为一个最近的有名的例子。维特是一个完全病态的性格,没有力量能摆脱爱情的顽强执着。他吸引人的是他的热情和优美的情感生活,例如由文化教养所形成的对于自然的笃爱以及性情的温柔。这种性格的软弱在后来的艺术作品里就每况愈下,采取了许多其他方式。例如雅柯比②在他的《浮尔德玛》里所写的那种"灵魂美"就是一种。这部小说充分表现了上述基于主角错觉的心情的幽美,主角自以为有道德,比旁人优越而沾沾自喜。他自以为有一种高尚神圣的心灵,可是他对现实世界的一切方面的关系都是很别扭的。他的软弱表现于对现实世界的真正有意义的事不但不肯去做,而且不能忍受。其所以如此,是由于他抱着自我优越感来看现实世界,以为其中一切都不值得他关心,因而对它加以否定。这种"幽美的灵魂"对于人生的真正有价值的道德方面的旨趣是漠不关心的,他只孤坐默想,像蜘蛛吐丝一样,从自己肚子里织出他的主观的宗教和道德的幻想。这种人除掉大肆炫耀这种过度的自我优越感之外,还加上无限的敏感,要求世上一切人都要时时刻刻能发现、了解并且尊敬他的这种孤独的灵魂美。如果旁人办不到,他就伤心刺骨,一辈子不平。于是他的全部人性、友谊和爱情就都马上垮台了。凡是伟大坚强的性格所不大介意的东西,例如一点冬烘气,一点鲁莽和笨拙,对于这种人却是不能忍受和难以理解的,一点微不足道的事情就可以使这种人的心情陷于极端绝望的境界。这就产生了永无止境的忧伤抑郁、愤愤不平、悲观失望,从此又产生了种种对人对己的辛酸默想,引起了一种痉挛症,甚至于心也坚硬狠毒起来了,这就是这种"幽美心灵"的内心世界的全部痛苦和软弱的表现。没有人能同情这种乖戾心情,因为一个真正的人物性格必具有勇气和力量,去对现实起意志,去掌握现实。这种永远只把眼睛朝自己看的主体性所引起的兴趣只是一种空洞的兴趣,尽管这种自以为是高人一等的真纯的人物,自以为有些神圣的东西藏在他的心灵最深处,而其实所谓神圣的东西一经揭露出来,只是穿便衣戴便帽,最平凡不过的东西。

---

① 《斐笃尔》(Phaedre),法国17世纪剧作家拉辛的杰作,写女主角钟情于自己丈夫的前妻的儿子的故事。伊娜尼是她的乳母,斐笃尔屡次受她的怂恿,例如怕丈夫知道她向儿子求爱的丑事,斐笃尔就听乳母的话,诬告儿子侮辱她。

② 雅柯比(Jacobi,1740—1814),德国作家,歌德的朋友。

　　性格缺乏内在的实体坚实性，还表现于另一种方式：就是把上述那种奇怪的所谓较高尚的心情的幽美转化为实体，把它理解为独立自主的力量。描写魔术、磁性催眠术、"通天眼"、睡行症等的作品就属于这一类。在这种作品里活人被认为与这些幽暗玄秘的力量有关系，这些力量一方面就附在他身上，另一方面对于他的内心世界却又是一种外在的另一世界，他要受它的决定和支配。这种不可知的力量里好像有一种深不可测的神奇的真理，是凡人所不能掌握和理解的。但是这种幽暗的力量一到艺术的领域就会马上被赶出，因为在艺术的领域里没有什么是幽暗的，一切都是清晰透明的，而这种不可知的力量只能是精神病的表现，而描写它的诗也只能是晦涩的、琐屑的、空洞的，例如霍夫曼的作品和亨利·封·克莱伊斯特的《洪堡亲王》①。真正艺术家用来作为理想性格的意蕴和情致所寄托的不是这些神奇鬼怪的东西，而是性格所熟习的现实生活的旨趣。特别是"通天眼"在近代诗里已变成猥琐庸俗。但是席勒在《威廉·退尔》里写阿亭豪生老人在临死前宣告他的祖国的命运，这种预言却处理得很恰当。总之，为着要造成冲突或是要引起兴趣，就用精神病来代替健全的性格，这种办法总是不能成功的。所以在艺术里写精神病态必须极端谨慎。

　　近代滑稽说也可以说是属于这种不顾人物性格的统一性和坚定性的荒谬的表现方法。这个错误的理论把诗人们引上迷途，使他们在一个人物性格里摆上许多不能融会成为统一体的差异面，因而使性格失其为性格。依这一说，如果一个人物初出现时本有一种定性，马上这种定性就要转化为它的对立面，因而使性格表现成为只是对它的定性和它本身的否定。滑稽原则的拥护者把这种情形看成真正高度艺术的表现，认为观众不应为任何本身有积极意义的旨趣所打动，应该能超越这种旨趣，因为滑稽本身是能超越一切的。他们还想根据这个原则去解释莎士比亚所写的一些人物性格。例如麦克伯夫人据说是个性情温柔的笃爱丈夫的女人，尽管她不仅赞助暗杀国王的阴谋，而且怂恿麦克伯去实现这阴谋。但是莎士比亚的特点正在于他把人物性格描绘得果断而坚强，纵然写的是些坏人物，他们单从形式方面也是伟大而坚定的②。哈姆雷特固然没有决断，但是他所犹疑的不是应该做什么，而是应该怎样去做。现在人们却把莎士比亚所写的人物性格也弄成鬼魂似的，以为翻来覆去三心二意、毫无效果的软浆状态，本身就可以使人发生兴趣。但是艺术理想却在于理念是现实的，既然要现实，就要人物确实是个主体，这就是说，他应该是本身坚定的统一体。

---

　　① 霍夫曼是德国颓废派的始祖，《谢拉皮翁兄弟》的作者。克莱伊斯特（Heinrich von Kleist，1777—1811），德国反动浪漫派诗人和剧作家。《洪堡亲王》是一部歌颂普鲁士君主，宣扬狭隘民族主义的剧本。
　　② 即离开坏的实质而专从外表上去看人物性格的坏的方面，坏也要显出伟大的气魄。

关于艺术中的足见性格的个性，话说到此就够了。主要原则就是要有一个丰富充实的心胸，而这心胸中要有一种本身得到定性的有关本质的情致，完全渗透到整个内心世界里，艺术不仅要把这情致本身，而且还要把这种渗透过程都表现出来。但是这情致却不能在人的心胸中自归消灭，以至显得只是一种本身不关本质的空虚的情致。[①]

三、想象、天才和灵感

要讨论天才，就要给天才下一个较精确的定义，因为天才这个名词的意义很广泛，不仅可以用到艺术家身上，也可以用到伟大的将领和国王们乃至于科学界的英雄们身上。在这里我们也可以更明确地分三方面来说。

如果谈到本领，最杰出的艺术本领就是想象[②]。但是我们同时要注意，不要把想象和纯然被动的幻想混为一事。想象是创造性的。

1.属于这种创造活动的首先是掌握现实及其形象的资禀和敏感，这种资禀和敏感通过常在注意的听觉和视觉，把现实世界的丰富多彩的图形印入心灵里。此外，这种创造活动还要靠牢固的记忆力，能把这种多样图形的花花世界记住。从这方面看，艺术家就不能凭借自己制造的幻想，而是要从肤浅的"理想"转入现实。在艺术和诗里，从"理想"开始总是很靠不住的，因为艺术家创作所依靠的是生活的富裕，而不是抽象的普泛观念的富裕。在艺术里不像在哲学里，创造的材料不是思想而是现实的外在形象。所以艺术家必须置身于这种材料里，跟它建立亲切的关系；他应该看得多，听得多，而且记得多。一般地说，卓越的人物总是有超乎寻常的广博的记忆。因为使人能引起兴趣的东西，人才把它记住，而一个深广的心灵总是把兴趣的领域推广到无数事物上去。例如歌德就是这样开始的，而在他的一生中，他的观照范围天天在逐渐推广。这种明确掌握现实世界中现实形象的资禀和兴趣，再加上牢牢记住所观察的事物，这就是创造活动的首要条件。有了这种对外在世界形状的精确的知识，还要加上熟悉人的内心生活，各种心理状况中的情欲以及人心中的各种意图；在这双重的知识之外还要加上一种知识，那就是熟悉心灵内在生活通过什么方式才可以表现于实在界，才可以通过实在界的外在形状而显现出来。

2.其次，想象还不能停留在对外在现实与内在现实的单纯的吸收，因为理想

---

① 在这一段里，黑格尔对于近代资产阶级颓废主义的文艺给了一个非常中肯的诊断和无情的痛击。在当时这种颓废倾向刚开始，以后它就愈来愈厉害。本章中以上部分所讲的实际上就是马克思、恩格斯所讲的典型环境和典型人物性格问题，读者最好参照着看，想一想马克思、恩格斯对黑格尔继承了什么，批判了什么。

② 想象（phantasie），实即"形象思维"。

的艺术作品不仅要求内在心灵显现于外在形象的现实界,而且还要求达到外在显现的是现实事物的自在自为的真实性和理性。艺术家所选择的某对象的这种理性必须不仅是艺术家自己所意识到的和受到感动的,他对其中本质的真实的东西还必须按照其全部广度与深度加以彻底体会。因为没有深思熟虑,人就不能把在他身心以内的东西搬到意识领域来,所以每一部伟大的艺术作品都使人感到其中材料是经过作者从各方面长久深刻衡量过的、熟思过的。轻浮的想象决不能产生有价值的作品。但是我们不能因此就说,艺术家应该以哲学思考的形式去掌握形成宗教、哲学和艺术基础的那一切事物中的真实的东西。哲学对于艺术家是不必要的,如果艺术家按照哲学方式去思考,就知识的形式来说,他就是干预到一种正与艺术相对立的事情。因为想象的任务只在于把上述内在的理性化为具体形象和个别现实事物去认识,而不是把它放在普泛命题和观念的形式里去认识,所以艺术家须用从外在界吸收来的各种现象的图形,去把在他心里活动着和酝酿着的东西表现出来,他须知道怎样驾驭这些现象的图形,使它们服务于他的目的,它们也因而能把本身真实的东西吸收进去,并且完满地表现出来。在这种使理性内容和现实形象互相渗透融会的过程中,艺术家一方面要求助于常醒的理解力,另一方面也要求助于深厚的心胸和灌注生气的情感。所以只有缺乏鉴赏力的人才会认为像荷马所写的那样的诗是诗人在睡梦中可以得到的。没有思考和分辨,艺术家就无法驾驭他所要表现的内容(意蕴)。认为真正的艺术家不知道自己在做什么,这是一个错误的想法。此外,凝神专注对于艺术家也是必要的。

3.通过渗透到作品全体而且灌注生气于作品全体的情感,艺术家才能使他的材料及其形状的构成体现他的自我,体现他作为主体的内在的特性。因为有了可以观照的图形,每个内容(意蕴)就能得到外化或外射,成为外在事物;只有情感才能使这种图形与内在自我处于主体的统一。就这方面来说,艺术家不仅要在世界里看得很多,熟悉外在的和内在的现象,而且还要把众多的重大的东西摆在胸中玩味,深刻地被它们掌握和感动;他必须发出过很多的行动,得到过很多的经历,有丰富的生活,然后才有能力用具体形象把生活中真正深刻的东西表现出来。因此,天才尽管在青年时代就已露头角,但是只有到了中年和老年,才能达到艺术作品的真正的成熟,例如歌德和席勒就是如此。

◎史料选

艺术最好的题材——人的形象中的神性

［美］凯·埃·吉尔伯特　　［德］赫·库恩

　　黑格尔从与美的关系方面考察了自然和形式的所有方面之后,在揭示了它们经过矫正完备起来便不可避免地要集中到他的美的概念("理念"的感性显现)上来以后,就着手具体地阐述"理念"自身的性质问题。人和人之外的各种事物,处在怎样的状态下,才能成为整个艺术最好的题材呢? 人是自然界最美的产品,因为它是自由与理智、和谐与多样性的最高体现,但是,人不可能是这些特性的完全体现。美本身需要神性。可是,艺术的神性不同于思想的神性。艺术所要求的是,神性所固有的形态即神性的感性显现,应该达到极点。① 在神性实体(divine substance)分解为多种多样的独立的神时,亦即在古希腊人信仰多神说时,艺术再现的要求最宜满足。因为,几乎能够满足艺术需求的那种天然实体——人体,在古希腊诸神的形象中得以洗练和纯化,变得完全合宜。古希腊诸神拥有人的躯体,从而也就拥有各种展现它们灵魂的手段;然而,它们比人更富智慧,更有力量;精神的这种超然状态,以无疵瑕和无局限的形式呈现出来。作为上帝的化身的基督,同样符合艺术的需要。正如古希腊诸神是最伟大的雕刻和诗歌的主要题材一样,基督教那位神人(指耶稣)的历史,在伟大的绘画时期(指文艺复兴时期)也是受宠的题材。

　　在这里,我们看到了荷尔德林和谢林对世界史所做的预言和幻想的基本轮廓。但是,黑格尔的这些论述,缺乏这两人对未来之综合的期待,而具有较现实主义的态度。黑格尔认为,作为自然的一种独立产品的人,既不符合神性的需要,也不符合艺术的需要。但是,如果人的伟大借助某环境条件而得到了加强,如果人倾注全力获得了非凡的才干和美德,换言之,如果人变成了英雄,或者变得与环境相协调——以便与环境共同构成一种高尚的和谐,那么结果是人会变得同神一样。因此,有一些历史时期和世界形势,它们甚至与依据黑格尔严密的艺术概念的艺术相吻合。比如,在某一英雄的时代,某一独立的个人,承担了全社会的任务,纠正了全社会的错误,体现了全社会的观念。② 如,在奥瑞斯提斯③和海格立斯身上,就集中体现了它们民族和种族的特质。在它们身上,存在着它

---

① 黑格尔:《美学》,卷一,第 237 页(第一部分,第三章,B,1,2)。
② 黑格尔:《美学》,卷一,第 249 页(第一部分,第三章,Ⅱ,1,aa)。
③ 奥瑞斯提斯(Orestes),古希腊神话中迈锡尼王阿伽门农之子,曾杀母为父报仇。

们类属的某些东西,然而,这个大的整体被压缩在单独的形象和历史中。神话英雄在当代的体现者,是起义的领袖,或是查理·摩尔①之类的被压迫者的捍卫者,或是像堂吉诃德②那样的一种理想的化身。与这些时期的情况相反,在管理良好的现代国家中,个人变成了任社会机构摆布的成员,英雄无法承担英雄的责任;所以,这样的国家令人厌倦。自己制定法律又自己执行法律的那些国王、大盗和英雄,是史诗和戏剧的合适素材。

美的"理念"首先呈现为静穆或沐神福的喜悦,即一种"无为和永恒的泰然自若(deedless and infinite self-repose)",处在安静状态的某些海格立斯雕像就是如此;但是,"理念"亦能表现发展和动态,描绘耶稣受难和归天之时的作品就是说明。黑格尔为了说明"理想性(ideality)"的崇高,除运用这些例子外,还把表现日常生活的荷兰绘画作为例证。按照黑格尔的要求,似乎荷兰人的"内心"给人的印象太单调了。但是,他认为,荷兰人绘画的一般内容却是"市民的健康意识,……对事业热烈的爱,纯正的自觉,谨慎、整洁和优美的生活方式,生气勃勃,精力充沛"。③

黑格尔把天才———人把"理念"变成现实的才能,描述为天生的,即天生的"对工作的渴望,……以及一种不可遏制的冲动,这冲动类似赋予感情和想象生活以艺术形式的其他任何自然需求"。④ 对黑格尔来说,艺术家的想象,既不是内心的幻想,亦非以主观空想为能源的某种力量。更恰当地说,艺术家的想象所包含的是艺术家对现实世界的观察、记忆以及广泛的感受。⑤ 谢林也曾教导,艺术天才首先应该服从于精确地描绘构成自然界最低"精神"水准的各个具体事物,精确地描绘它们的各种界限与特征,之后再赋予这些现象以感情和魅力。

黑格尔

[意]克罗齐

在黑格尔的哲学里,也可找到同样的艺术概念,但也存在着一些次要的区别,正是由于这些区别,他才有别于他的前驱者。至于神秘主义的美学在这些思想家的每一个人那里所取得的多样性和细微的差别,我们是不感兴趣的。对我们来说,重要的是阐明他们在美学中的本质的一致性、共同的神秘主义或独断

---

① 查理·摩尔,未详。
② 堂吉诃德(Don Quixote):西班牙作家塞万提斯的小说《堂吉诃德》中的主人公。
③ 黑格尔:《美学》,卷一,第229、230页(第一部分,第三章,A,2,c)。
④ 黑格尔:《美学》,卷一,第388页(第一部分,第三章,C,1,b)。
⑤ 黑格尔:《美学》,卷一,第381、382页(第一部分,第三章,C,1,a)。

论,以及他们在美学中的历史地位。读过《精神现象学》和《精神哲学》的人都能发现,在那里所谈论的艺术就是被分析过的思辨精神的形式和被下过定义的感性、直观、语言、象征、幻想及思维的不同程度。黑格尔把艺术与宗教、哲学都安排在绝对精神的范围之内①:他本人像他的先驱者康德、席勒、谢林和佐尔格一样,尽管断然否定艺术表象抽象的概念,但却没有抛开艺术的具体概念或理念。黑格尔完全沉浸在这个一般的和科学的思维不能认识的具体概念的论断里。他说:"说真的,在我们时代没有什么概念比概念本身,即自在自为的概念,遭到更坏的误解了,因为人们习惯把概念理解为单凭知性的抽象或片面的观念和见解,用这种抽象的片面性的观念或见解,当然既不能认识真实的整体,也不能认识本身具体的美。"②艺术属于具体概念的王国,是达到精神自由三个形式中的一个,是真正的第一种形式,即那个直接的、感性的、客观的认识形式(第二种形式是宗教,以崇拜,即以超然外在的因素添加在单一艺术中的表象意识;第三种形式是哲学,绝对精神的自由思考)③。美和真是一回事,又是有区别的。"说理念是真的,就是说它作为理念,是符合它的自在本质与普遍性,而且是作为符合自在本质与普遍性的东西来思考的。所以,作为思考对象的不是理念的感性的外在存在,而是这种外在存在里边的普遍性的理念。但这种理念也要在外在存在实现自己,得到确定的现前的存在,即自然的或心灵的客观存在。真,就它是真来说,也存在着。当真在它的这种外在存在中乃是直接呈现于意识,而且它的概念是直接和它的外在显现处于统一体时,理念就不仅是真的,而且也是美的了。因此,可以给美下这样的定义:美是理念的感性显现。"④艺术的内容是理念,感性的和想象的形式是艺术的形式:这两种要素应互相渗透和形成一个整体,所以旨在变成艺术作品的内容在本身上适宜于这种改变是必要的,否则只会得到一种很坏的拼凑,诗的形式和散文的或枯燥的内容。⑤ 一个理念的内容应借感性的形式显现出来,形式从这个理念之光中也应精神化。⑥ 艺术家的幻想不是以被动和感受性的想象的方式来进行的,它不会停留在感性现实的显现里,它研究的是内在的真实性和理性。"艺术家所选择的某个对象的这种理性必须不仅是艺术家自己所意识到的和受到感动的,他对其中本质的真实的东西还必须按照其全部广度与深度加以彻底体会。因为没有深思熟虑,人就不能把在他身心以内

---

① 《哲学全书》,第 557—563 页。

② 《美学讲演录》,卷一,第 118 页。

③ 《美学讲演录》,卷一,第 129—133 页。

④ 《美学讲演录》,卷一,第 141 页。

⑤ 《美学讲演录》,卷一,第 89 页。

⑥ 《美学讲演录》,卷一,第 50—51 页。

黑
格
尔

的东西搬到意识领域来,所以每一部伟大的艺术作品都使人感到其中的材料是经过作者从各方面长久深刻衡量过的、熟思过的。轻浮的幻想决不会产生出任何有价值的作品。"[1]一般人认为,艺术家和诗人通常只掌握直觉,这是不对的,因为"一个真正的诗人,在他创作之前和创造之中,都应反思和思考"[2]。

---

[1] 《美学讲演录》,卷一,第 354—355 页。

[2] 《哲学全书》,第 450 页。

马克思

◎文论作品

《政治经济学批判》导言（节选）

关于艺术,大家知道,它的一定的繁盛时期决不是同社会的一般发展成比例的,因而也决不是同仿佛是社会组织的骨骼的物质基础的一般发展成比例的。例如,拿希腊人或莎士比亚同现代人相比。就某些艺术形式,例如史诗来说,甚至谁都承认:当艺术生产一旦作为艺术生产出现,它们就再不能以那种在世界史上划时代的、古典的形式创造出来;因此,在艺术本身的领域内,某些有重大意义的艺术形式只有在艺术发展的不发达阶段才是可能的。如果说在艺术本身的领域内部的不同艺术种类的关系中有这种情形,那么,在整个艺术领域同社会一般发展的关系上有这种情形,就不足为奇了。困难只在于对这些矛盾做一般的表述。一旦它们的特殊性被确定了,它们也就被解释明白了。

我们先拿希腊艺术同现代的关系做例子,然后再说莎士比亚同现代的关系。大家知道,希腊神话不只是希腊艺术的武库,而且是它的土壤。成为希腊人的幻想的基础,从而成为希腊(神话)的基础的那种对自然的观点和对社会关系的观点,能够同自动纺机、铁道、机车和电报并存吗? 在罗伯茨公司面前,武尔坎又在哪里? 在避雷针面前,丘比特又在哪里? 在动产信用公司面前,海尔梅斯又在哪里? 任何神话都是用想象和借助想象以征服自然力,支配自然力,把自然力加以形象化;因而,随着这些自然力之实际上被支配,神话也就消失了。在印刷所广场旁边,法玛还成什么? 希腊艺术的前提是希腊神话,也就是已经通过人民的幻想用一种不自觉的艺术方式加工过的自然和社会形式本身。希腊艺术的素材不是随便一种神话,就是说,不是对自然(这里指一切对象,包括社会在内)的随便一种不自觉的艺术加工。埃及神话决不能成为希腊艺术的土壤和母胎。但是无论如何总得是一种神话,因此,决不是这样一种社会发展,这种发展排斥一切神话地对待自然的态度和一切把自然神话化的态度,并因而要求艺术家具备一种与神话无关的幻想。

从另一方面看:阿基里斯能够同火药和弹丸并存吗?或者,《伊利亚特》能够同活字盘甚至印刷机并存吗?随着印刷机的出现,歌谣、传说和诗神缪斯岂不是必然要绝迹,因而史诗的必要条件岂不是要消失吗?

但是,困难不在于理解希腊艺术和史诗同一定社会发展形式结合在一起。困难的是,它们何以仍然能够给我们以艺术享受,而且就某方面说,还是一种规范和高不可及的范本。

一个成人不能再变成儿童,否则就变得稚气了。但是,儿童的天真不使他感到愉快吗?他自己不该努力在一个更高的阶梯上把自己的真实再现出来吗?每一个时代的固有的性格不是在儿童的天性中纯真地复活着吗?为什么历史上的人类童年时代,在它发展得最完美的地方,不该作为永不复返的阶段而显示出永久的魅力呢?有粗野的儿童,有早熟的儿童。古代民族中有许多是属于这一类的。希腊人是正常的儿童。他们的艺术对我们所产生的魅力,同它在其中生长的那个不发达的社会阶段并不矛盾。它是这个社会阶段的结果,并且是同它在其中产生而且只能在其中产生的那些未成熟的社会条件永远不能复返这一点分不开的。

关于费尔巴哈的提纲

一

从前的一切唯物主义——包括费尔巴哈的唯物主义——的主要缺点是:对事物、现实、感性,只是从**客体**的或者**直观**的形式去理解,而不是把它们当作**人的感性活动**,当作**实践**去理解,不是从主观方面去理解。所以,结果竟是这样,和唯物主义相反,唯心主义却发展了**能动的**方面,但只是抽象地发展了,因为唯心主义当然是不知道真正现实的、感性的活动本身的。费尔巴哈想要研究跟思想客体确实不同的感性客体,但是他没有把人的活动本身理解为**客观的**(gegenständliche)活动。所以,他在《基督教的本质》一著中仅仅把理论的活动看作是真正人的活动,而对于实践则只是从它的卑污的犹太人活动的表现形式去理解和确定。所以,他不了解"革命的""实践批判的"活动的意义。

二

人的思维是否具有客观的真理性,这并不是一个理论的问题,而是一个**实践**

的问题。人应该在实践中证明自己思维的真理性,即自己思维的现实性和力量,亦即自己思维的此岸性。关于离开实践的思维是否具有现实性的争论,是一个纯粹**经院哲学的**问题。

三

有一种唯物主义学说,认为人是环境和教育的产物,因而认为改变了的人是另一种环境和改变了的教育的产物。这种学说忘记了:环境正是由人来改变的,而教育者本人一定是受教育的。因此,这种学说必然会把社会分成两部分,其中一部分高出于社会之上,例如在罗伯特·欧文那里就是如此。

环境的改变和人的活动的一致,只能被看作是并合理地理解为**革命的实践**。

四

费尔巴哈是从宗教上的自我异化,从世界被二重化为宗教的、想象的世界和现实的世界这一事实出发的。他致力于把宗教世界归结于它的世俗基础。他没有注意到,在做完这一工作之后,主要的事情还没有做哪。因为,世俗的基础使自己和自己本身分离,并使自己转入云霄,成为一个独立王国,这一事实,只能用这个世俗基础的自我分裂和自我矛盾来说明。因此,对于世俗基础本身首先应当从它的矛盾中去理解,然后用排除这种矛盾的方法在实践中使之革命化。因此,例如,自从在世俗家庭中发现了神圣家族的秘密之后,世俗家庭本身就应当在理论上受到批判,并在实践中受到革命改造。

五

费尔巴哈不满意**抽象的思维**而诉诸**感性的直观**,但是他把感性不是看作**实践的**、人类感性的活动。

六

费尔巴哈把宗教的本质归结于**人的本质**。但是,人的本质并不是单个人所固有的抽象物。在其现实性上,它是一切社会关系的总和。

费尔巴哈不是对这种现实的本质进行批判,所以他不得不:

(1)撇开历史的进程,孤立地观察宗教感情,并假定出一种抽象的——**孤立的**——人类个体。

(2)所以,他只能把人的本质理解为"类",理解为一种内在的、无声的、把许多个人纯粹**自然地**联系起来的共同性。

七

所以,费尔巴哈没有看到,"宗教感情"本身是**社会的产物**,而他所分析的抽象的个人,实际上是属于一定的社会形式的。

八

社会生活在本质上是实践的。凡是把理论导致神秘主义方面去的神秘东西,都能在人的实践中以及对这个实践的理解中得到合理的解决。

九

直观的唯物主义,即不是把感性理解为实践活动的唯物主义,至多也只能做到对"市民社会"的单个人的直观。

十

旧唯物主义的立脚点是"**市民**"社会,新唯物主义的立脚点则是**人类**社会或社会化了的人类。

十一

哲学家们只是用不同的方式**解释**世界,而问题在于**改变**世界。

马克思致斐迪南·拉萨尔

柏 林

1859 年 4 月 19 日于伦敦

亲爱的拉萨尔:

我没有特地写信告诉你,十四英镑十先令已经收到了,因为来的是挂号信。但是,如果不是该死的"荷兰兄弟"①拜访我,极残酷地占去了我的剩余劳动时间,那我早就写信了。

现在他已经走了,所以我又自由地呼吸了。

弗里德兰德已经写信给我。条件不如我原先告诉你的那样好,但还"过得

---

① 尤塔。

去"。解决了在我们之间还有的几个次要问题以后——我想,在这个星期内这就会商妥——我将给他写东西。

在英国,阶级斗争的进展是极其喜人的。遗憾的是,在这种时候连一家宪章派的报纸也不再存在了,所以,差不多两年以来,我不得不停止通过写作参与这个运动。

我现在来谈谈《弗兰茨·冯·济金根》。首先,我应当称赞结构和情节,在这方面,它比任何现代德国剧本都高明。其次,如果完全撇开对这个剧本的纯批判的态度,在我读第一遍的时候,它强烈地感动了我,所以,对于比我更容易激动的读者来说,它将在更大的程度上引起这种效果。这是第二个非常重要的方面。

现在来谈谈不足的一面:**第一**,——这纯粹是形式问题——既然你用韵文写,你就应该把你的韵律安排得更艺术一些。但是,不管**职业诗人**将会对这种疏忽感到多大的震惊,而总的说来,我却认为它是一个优点,因为我们的专事模仿的诗人们除了形式上的光泽,就再没有别的什么了。**第二**,你所构想的冲突不仅是悲剧性的,而且是使 1848—1849 年的革命政党必然灭亡的悲剧性的冲突。因此我只能完全赞成把这个冲突当作一部现代悲剧的中心点。但是我问自己:你所选择的主题是否适合于表现这种冲突?巴尔塔扎尔[①]的确可以设想,如果济金根不是借骑士纷争的形式举行叛乱,而是打起反对皇权和公开向诸侯开战的旗帜,他就一定会胜利。但是,我们也可以有这种幻想吗?济金根(而胡登多少和他一样)的覆灭并不是由于他的狡诈。他的覆灭是因为他作为**骑士**和作为**垂死阶级的代表**起来反对现存制度,或者说得更确切些,反对现存制度的新形式。如果从济金根身上除去那些属于他个人的特殊的教养、天生的才能等东西,那么剩下来的就只是一个葛兹·冯·伯利欣根了。在后面这个**可怜的**人物身上,以同样的形式表现出了骑士对皇帝和诸侯所做的悲剧性的反抗,因此,歌德选择他做主人公是正确的。[②] 在济金根——甚至胡登在某种程度上也是如此,虽然对于他,正像对某个阶级的一切思想家一样,这种说法应当有相当的改变——同诸侯做斗争时(他反对皇帝,只是由于皇帝从骑士的皇帝变成诸侯的皇帝),他实际上只不过是一个堂吉诃德,虽然是被历史认可了的堂吉诃德。他以骑士纷争的形式发动叛乱,这只是说,他是**按骑士的方式**发动叛乱的。如果他以另外的方式发动叛乱,他就必须在一开始发动的时候就直接诉诸城市和农民,就是说,正好要诉诸那些本身的发展就等于否定骑士制度的阶级。

因此,如果你不想把这种冲突简单地化为《葛兹·冯·伯利欣根》中所描写

---

① 拉萨尔的剧本《弗兰茨·冯·济金根》中的人物。

② 歌德《葛兹·冯·伯利欣根》。

的冲突,而你也没有打算这样做,那么,济金根和胡登就必然要覆灭,因为他们自以为是革命者(对于葛兹就不能这样说),而且他们完全像 1830 年的**有教养的**波兰贵族一样,一方面使自己变成当代思想的传播者,另一方面又在实际上代表着反动阶级的利益。革命中的这些**贵族**代表在他们的统一和自由的口号后面一直还隐藏着旧日的帝国和强权的梦想,不应当像在你的剧本中那样占去全部注意力,农民和城市革命分子的代表(特别是农民的代表)倒是应当构成十分重要的积极的背景。这样,你就能够在更高得多的程度上用最朴素的形式把最现代的思想表现出来,可是现在除**宗教**自由以外,实际上,国民的**一致**就是你的主要思想。这样,你就得更加**莎士比亚化**,而我认为,你的最大缺点就是**席勒式地**把个人变成时代精神的单纯的传声筒。你自己不是也有些像你的弗兰茨·冯·济金根一样,犯了把路德式的骑士反对派看得高于闵采尔式的平民反对派这样一种外交错误吗?

其次,我感到遗憾的是,在性格的描写方面看不到什么特出的东西。我是把查理五世、巴尔塔扎尔和理查·冯·特利尔除外。然而还有别的时代比 16 世纪有更加突出的性格吗? 照我看来,胡登过多地一味表现“兴高采烈”,这是令人厌倦的。他不也是个聪明人、机灵鬼吗? 因此你对他不是很不公平吗?

甚至你的济金根——顺便说一句,他也被描写得太抽象了——也是多么苦于不以他的一切个人打算为转移的冲突,这可以从下面一点看出来:他一方面不得不向他的骑士宣传与城市友好等,另一方面他自己又乐于在城市中施行强权司法。

在细节方面,有些地方我必须责备你让人物过多地回忆自己,这是由于你对席勒的偏爱造成的。例如,胡登向玛丽亚叙述他的身世时,如果让玛丽亚把从“感觉的全部音阶”一直到“它比岁月的负担更沉重”这些话说出来,那就极为自然了。

前面的诗句,从“人们说”到“年纪老迈”,可以摆在**后面**,但是“一夜之间处女就变成妇女”这种回忆(虽然这指出玛丽亚不是仅仅知道纯粹抽象的恋爱),是完全多余的;无论如何,玛丽亚以回忆自己“年老”来开始,是最不能容许的。在她说了她在“一个”钟头内所叙述的一切以后,她可以用关于她年老的一句话把她的情感一般地表现出来。还有,下面的几行中,“我认为这是**权利**”(即幸福)这句话使我愤慨。为什么把玛丽亚所说的她迄今对于世界持有的天真看法斥为说谎,因而把它变成关于权利的说教呢? 也许下次我将更详细地对你说明我的意见。

我认为济金根和查理五世之间的一场是特别成功的,虽然对话有些太像是公堂对质;还有,在特利尔的几场也是成功的。胡登关于剑的格言是非常好的。

这一次已说得够多了。

你的剧本获得了一个热烈的赞赏者,那就是我的妻子。只是她对玛丽亚不满意。

祝好。

你的　卡·马·

顺便说一下:恩格斯的《波河与莱茵河》里面有严重的勘误,我在这封信的最后一页上附了一个勘误表。

◎史料选

马克思主义与文学批评

〔英〕特里·伊格尔顿

马克思、恩格斯与批评

如果卡尔·马克思和弗里德里希·恩格斯以他们的政治、经济著作著称,而不以文学著作著称,这绝不是因为他们认为文学不重要。诚如托洛茨基在《文学与革命》(1924)中所说,"世上有许多人思想如同革命者,而感情如同庸人",但马克思和恩格斯不在此列。马克思在青年时代写过抒情诗、诗剧片断,以及一部深受劳伦斯·斯特恩①影响的、未完成的喜剧性小说,他的著作充满文学的观念和讽喻;他还写过一部规模宏大的、未出版的论述艺术和宗教的手稿,并计划创办一个剧评杂志,写一部大型的巴尔扎克研究专著和一篇美学论文。马克思在他所处社会的伟大古典传统中,是一个文化教养非常高的德国知识分子,艺术和文学是他呼吸的空气的一部分。从索福克勒斯②到西班牙小说,从卢克莱修③到粗制滥造的英国小说,他都熟悉,范围之广令人惊愕。他在布鲁塞尔创立的德国工人俱乐部,每星期有一个晚上用于讨论艺术。马克思本人十分喜欢看戏、朗诵诗歌、阅读从奥古斯都时期④的散文到工人歌谣一切种类的文学艺术。他在一封致恩格斯的信中描述他自己的著作是一个"艺术整体"。他对文体问题具有细致的感受力,更不用说自己的文体。在他最早的报刊文章中,他就提倡艺术表现的

---

① 劳伦斯·斯特恩(1713—1768),英国小说家。

② 索福克勒斯(约前497—前406),古希腊悲剧作家。

③ 卢克莱修(约前99—前55),古罗马诗人。

④ 奥古斯都时期是古罗马皇帝奥古斯都统治下的拉丁文学全盛时期。

自由。此外,在他成熟著作中所运用的一些最关键的经济思想范畴里,也能找到美学观念的痕迹①。

然而,马克思和恩格斯手头的任务比系统阐述美学理论更为重要。他们关于艺术和文学的评论②是分散的和片断的,只是稍稍提及,而不是充分的论述。这就是为什么马克思主义批评所涉及的,不只是重述马克思主义创始人提出的论点,它所包含的内容也超出了西方所谓的“文学社会学”。文学社会学主要是谈特定社会中的文学生产、分配和交换的手段——书籍怎样出版,作者和读者的社会成分、文化水平,决定“趣味”的社会因素。它也探查文学著作,从中抽出社会历史学家感兴趣的主题;考察文学内容,从中找出与“社会学”相关的问题。在这方面已有一些出色的著作③,形成马克思主义批评整体的一个方面。但就其本身而言,既不专门是马克思主义,也不专门是批评。确实,在很大程度上,这只是一种经过适当冲淡,掐头去尾的马克思主义批评,颇适合西方人的胃口。

马克思主义批评不只是一种“文学社会学”,不只考虑小说怎样获得出版、是否提到工人阶级等。马克思主义批评的目的是要更充分地阐明文学作品,这意味着要敏锐地注意文学作品的形式、风格和含义。④ 但是,它也意味着把这些形式、风格和含义作为特定历史下的产物来理解。画家亨利·马蒂斯⑤曾经说过,一切艺术都带有它的历史时代的印记,而伟大的艺术是带有这种印记最深刻的艺术。大多数学文学的学生却受到另外一种教育:最伟大的艺术是超越时间、超越历史条件的艺术。关于这个问题,马克思主义批评有不少话可说,但是,“历史地”分析文学当然不是从马克思主义开始的。马克思之前的许多思想家已经试

---

① 见 M. 里夫希茨的《马克思的艺术哲学》(伦敦,1973)。关于马克思和恩格斯的文学兴趣,有一本书提供了资料,虽带有幼稚的偏见,但颇有道理,见 P. 德梅茨的《马克思、恩格斯与诗人》(芝加哥,1967)。

② 关于这些评论的概略,见《马克思、恩格斯论文学艺术》(纽约,1973)。

③ 特别参看 L. 旭金的《文学趣味社会学》(伦敦,1944),R. 埃斯卡皮特的《文学社会学》(伦敦,1971),R. D. 奥尔蒂克的《英语普通读本》(芝加哥,1957),R. 威廉斯的《漫长的革命》(伦敦,1961)。最近的代表性著作有 D. 劳伦森和 M. 斯温伍德的《文学社会学》(伦敦,1972),M. 布雷德伯里的《英国文学的社会背景》(牛津,1971)。关于雷蒙德·威廉斯的重要著作的说明,见《新左派评论》第 95 期(1976 年 1—2 月)上特里·伊格尔顿的文章。

④ 许多非马克思主义批评会反对像“阐明”这样的用词,认为这类用词有损于文学的“神秘”。我在此使用它,是因为我同意皮埃尔·马舍雷在其《文学创作理论》(巴黎,1966)中所说的:批评家的任务不是“解释”而是“阐明”。在马舍雷看来,“解释”一部作品,是指按照某种应该如此的理想标准修改或纠正它,即是说,拒绝按照作品的本来面目接受它。解释式的批评,只是“复述”作品,为了更容易消费而修饰它,详细描述它。这样的批评作品的话说得越多,它的成效就越少。

⑤ 亨利·马蒂斯(1869—1954),法国画家、雕刻家。

图根据产生文学作品的历史说明文学作品。① 德国唯心主义哲学家黑格尔是其中之一,他对马克思的美学思想有深刻的影响。因而,马克思主义批评的创造性不在于它对文学进行历史的探讨,而在于它对历史本身的革命的理解。

基础与上层建筑

对历史的革命理解,最早出现在马克思和恩格斯合写的《德意志意识形态》一书的著名章节中:

> 思想、观念、意识的生产最初是直接与人们的物质交往、与现实生活的语言交织在一起的。观念、思维、人们的精神交往在这里还是人们物质关系的直接产物。……我们不是从人们所说的、所想象的、所设想的东西出发,也不是从描述出来的、思考出来的、想象出来的、设想出来的人出发,去理解真正的人。我们的出发点是从事实际活动的人。……不是意识决定生活,而是生活决定意识。②

在《〈政治经济学批判〉序言》(1859)中,对这段话的含义有更充分的阐述:

> 人们在自己生活的社会生产中发生一定的、必然的、不以他们的意志为转移的关系,即同他们的物质生产力的一定发展阶段相适合的生产关系。这些生产关系的总和构成社会的经济结构,即有法律的和政治的上层建筑竖立其上并有一定的社会意识形态与之相适应的现实基础。物质生活的生产方式制约着整个社会生活、政治生活和精神生活的过程。不是人们的意识决定人们的存在,相反,是人们的社会存在决定人们的意识。③

换言之,人们之间的社会关系与他们自己的物质生活的生产方式有密切联系。一定的"生产力",譬如说,中世纪的劳动组织,涉及我们称为封建主义的佃农与地主的社会关系。在后一个阶段,新的生产组织方式的发展建立在一套变化了的社会关系上。这一次是占有生产资料的资产阶级与向追求利润的资本家出卖劳动力的工人阶级之间的关系。这些"生产力"和"生产关系"合在一起,形成马克思所说的"社会经济结构",亦即马克思主义更为通常所说的经济"基础"或"基础结构"。每一时期,从这种经济基础出现一种"上层建筑"——一定形式的法律和政治,一定种类的国家,其基本职能是使占有经济生产资料的社会阶级的权力合法化。但是,上层建筑的内容不止这些,它还包括"特定形式的社会意

---

① 特别参看维柯的《新科学》(1725),斯达尔夫人的《文学与社会制度》(1800),泰纳的《英国文学史》(1863)。

② 见《马克思恩格斯选集》中文版(1972)第一卷第30—31页,其中略有出入。

③ 见《马克思恩格斯选集》中文版(1972)第二卷第82页,其中的着重号是本书作者所加的。

识"(政治的、宗教的、伦理的、美学的等),即马克思主义称之为意识形态的东西。意识形态的职能也是使社会统治阶级的权力合法化;归根结底,一个社会的统治意识即是那个社会的统治阶级的意识①。

因而,对于马克思主义来说,艺术是社会"上层建筑"的一部分。它是(我们将在后面加以限定)社会意识形态的一部分,即复杂的社会知觉结构中的一部分;这种知觉结构确保某一社会阶级统治其他阶级的状况,或者被绝大多数社会成员视之为"当然",或者根本就视而不见。所以,理解文学就等于理解整个社会过程,因为文学是其中的一部分。正如俄国马克思主义批评家普照列汉诺夫所指出的:"一个时代的社会精神取决于那个时代的社会关系。这一点再没有比在艺术和文学的历史中表现得更明显的了。"②文学作品不是神秘的灵感的产物,也不是简单地按照作者的心理状态就能说明的。它们是知觉的形式,是观察世界的特殊方式。因此,它们与观察世界的主导方式,即一个时代的"社会精神"或意识形态有关。而这种意识形态又是人们在特定的时间和地点发生的具体的社会关系的产物,它是体验那些社会关系并使之合法化和永久化的方式。而且,人们不能任意选择他们的社会关系,物质的必然性即他们的经济生产方式发展的性质和阶段迫使他们进入一定的社会关系。

因此,理解《李尔王》③《愚人记》④或《尤利西斯》⑤不只是解释它们的象征手法,研究它们的文学源流,给书中的社会史实添加脚注。首先是要理解这些作品与它们所处的意识形态世界之间的曲折复杂的关系;这些关系不仅出现在"主题"和"中心思想"中,而且也出现在风格、韵律、形象、质量以及(我们后面将谈的)形式中。但是,如果不把握住意识形态在社会整体中所起的作用,即它怎样由特定的、与历史相关的、巩固特定社会阶级权力的知觉结构所组成,我们也不能理解意识形态。这不是一件容易的事情,因为一种意识形态从来不是一种统治阶级意识的简单反映;相反,它永远是一种复杂的现象,其中可能掺杂着冲突的,甚至是矛盾的世界观。要理解一种意识形态,我们必须分析那个社会中不同阶级之间的确切关系,而要做到这一点,又必须了解那些阶级在生产方式中所处的地位。

文学研究者原以为他应该做的只是讨论情节和人物塑造,而上述这一切似

---

① 这里所做的说明不可避免地过于简单。详细的分析见 N. 波兰扎斯的《政治权力与社会阶级》(伦敦,1973)。

② 引自亨利·阿冯:《马克思主义美学》(康奈尔,1970)序言。

③ 《李尔王》是莎士比亚的著名悲剧。

④ 《愚人记》是英国诗人蒲柏(1688—1744)的讽刺诗。

⑤ 《尤利西斯》是英国小说家詹姆斯·乔哀斯(1882—1941)的长篇小说。

乎是过高的要求。这似乎是将理应分开的政治学、经济学这类学科与文学批评混为一谈。尽管如此,要想最充分地阐明任何文学作品,这又是必不可少的。以康拉德的《诺斯特罗莫》①中出色的普拉西多海湾场景为例,迪库德和诺斯特罗莫在缓缓下沉的驳船上,孤零零地被隔绝在一片黑暗中,在评价这一情节的精湛的艺术力量时,我们就得微妙地将此场景置于整个小说的想象视野中。这种想象视野所具有的强烈的悲观主义(当然,我们应当将《诺斯特罗莫》与康拉德的其他小说联系起来谈,才能充分地理解它)不可能简单地依据康拉德本人的"心理"因素来说明,因为个人的心理也是一种社会产物。康拉德世界观中的悲观主义,是他那个时期流行的意识形态上的悲观主义在艺术上的独特转化,即感到历史徒然地循环,个人冥顽而孤独,人类价值相对而荒谬,这标志着与康拉德本人密切相关的西方资产阶级意识形态中的严重危机。在整个这一时期的帝国资本主义历史中,出现这种意识形态危机是有充分理由的。自然,康拉德在他的小说中反映这一历史并不是毫无个性特征的;每个作家都各自生活在社会之中,都依据他自己的特殊立场和观点对整个历史做出反应,并用他自己的语言把这种反应具体化。但是,不难看出,康拉德作为一个深深信奉英国保守主义的波兰流亡"贵族",他的这种个人地位使他更深刻地感受到英国资产阶级意识形态的危机。②

据此也能了解为什么普拉西多海湾场景在艺术上是精湛的。写得好不只是"风格"问题,还意味着具备一种能自由支配的思想洞察力,能透视人们在某种场合下所体验到的现实情形。普拉西多海湾场景确是如此。它能做到这一点,不仅因为它的作者具有卓绝的散文风格,而且因为他的历史处境促成他具备这类洞察力。这类洞察力从政治上看是"进步的"还是"反动的"(康拉德自然属于后者),并不是问题的要害;正如叶芝③、艾略特④、庞德⑤、劳伦斯⑥等人是20世纪公认的重要作家,虽然他们大多数在政治上是保守的,每个人都与法西斯主义有瓜葛。马克思主义批评并不为这种事实辩解,而是阐明这种事实,理解到在缺乏真正的革命艺术的情况下,只有一种像马克思主义一样敌视自由资产阶级社会的萎缩价值的极端保守主义,才能产生出最有意义的文学来。

---

① 康拉德(1857—1924),波兰出生的英国小说家,《诺斯特罗莫》是他的著名长篇小说。

② 关于一个作家的个人历史怎样与他的时代历史相关联的问题,见 J. P. 萨特:《寻求一种方法》(伦敦,1963)。

③ 叶芝(1865—1939),爱尔兰诗人、戏剧家。

④ 艾略特(1888—1965),美国诗人、戏剧家。

⑤ 庞德(1885—1972),美国诗人、批评家。

⑥ 劳伦斯(1885—1930),英国小说家。

文学与上层建筑

如果认为马克思主义的批评方法就是机械地从"作品"到"意识形态",到"社会关系",再到"生产力",那是错误的。马克思主义批评着眼的却是这些社会"方面"的统一体。文学可以是上层建筑的一部分,但它不仅仅是被动地反映经济基础。恩格斯在1890年致约瑟夫·布洛赫的信中将这一点说得很清楚:

> 根据唯物史观,历史过程中的决定因素归根到底是现实生活的生产和再生产。无论马克思或我都从来没有肯定过比这更多的东西。如果有人在这里加以歪曲,说经济因素是唯一决定性的因素,那么他就是把这个命题变成毫无内容的、抽象的、荒诞无稽的空话。经济状况是基础,但是对历史斗争的进程产生影响并且在许多情况下主要是决定着这一斗争的形式的,还有上层建筑的各种因素:阶级斗争的各种政治形式和这个斗争的成果——由胜利了的阶级在获胜以后建立的宪法等,各种法权形式以及所有这些实际斗争在参加者头脑中的反映,政治的、法律的和哲学的理论,宗教的观点以及它们向教义体系的进一步发展。①

恩格斯想要否定在基础和上层建筑之间存在任何机械的、一对一的相应关系。上层建筑的各种因素不断产生反作用,影响经济基础。唯物史观否认艺术本身能改变历史进程,但它强调艺术在改变历史进程中是一种积极的因素。确实,马克思在考察基础和上层建筑之间的关系时,他以艺术为例来说明这种关系的曲折复杂:

> 关于艺术,大家知道,它的一定的繁盛时期绝不是同社会的一般发展成比例的,因而也绝不是同仿佛是社会组织的骨骼的物质基础的一般发展成比例的。例如,拿希腊人或莎士比亚同现代人相比。就某些艺术形式,例如史诗来说,甚至谁都承认:当艺术生产一旦作为艺术生产出现,它们就再不能以那种在世界史上划时代的、古典的形式创造出来;因此,在艺术本身的领域内,某些有重大意义的艺术形式只有在艺术发展的不发达阶段上才是可能的。如果说在艺术本身的领域内部的不同艺术种类的关系中有这种情形,那么,在整个艺术领域同社会一般发展的关系上有这种情形,就不足为奇了。困难只在于对这些矛盾做一般的表述。一旦它们的特殊性被确定了,它们也就被解释明白了。②

---

① 见《马克思恩格斯选集》中文版(1972)第四卷第477页。

② 马克思:《〈政治经济学批判〉导言》(哈蒙德斯沃思,1973)。见《马克思恩格斯选集》中文版(1972)第二卷第112—113页。

马克思在这里考虑他所说的"物质生产的发展……与艺术生产的不平衡关系"。最伟大的艺术成就未必依赖最高度发展的生产力,希腊人的例子就是明证:他们在一个经济不发达的社会里产生出第一流的艺术。像史诗这类重要的艺术形式只有在一个不发达的社会中才可能产生。马克思继续问道:既然我们与它们之间隔着历史的距离,我们为什么仍然会对这些形式发生感应呢?

但是,困难不在于理解希腊艺术和史诗同一定社会发展形式结合在一起。困难的是,它们何以仍然能够给我们以艺术享受,而且就某方面说还是一种规范和高不可及的范本。[①]

希腊艺术为什么仍然能够给我们以艺术享受呢?马克思接着做了回答,但这个答案却被怀有敌意的评论家们普遍地斥为蹩脚透顶:

一个成人不能再变成儿童,否则就变得稚气了。但是,儿童的天真不使他感到愉快吗?他自己不该努力在一个更高的阶梯上把自己的真实再现出来吗?每一个时代的固有的性格不是在儿童的天性中纯真地复活着吗?为什么历史上的人类童年时代,在它发展得最完美的地方,不该作为永不复返的阶段而显示出永久的魅力呢?有粗野的儿童,有早熟的儿童。古代民族中有许多是属于这一类的。希腊人是正常的儿童。他们的艺术对我们所产生的魅力,同它在其中生长的那个不发达的社会阶段并不矛盾。它是这个社会阶段的结果,并且是同它在其中产生而且只能在其中产生的那些未成熟的社会条件永远不能复返这一点分不开的。[②]

这样,我们喜欢希腊艺术是因为缅怀童年,怀有敌意的批评家们兴高采烈地抓住这一点非唯物主义的感伤主义不放。这段话见于现在称之为《导言》的1857年手稿,他们割裂了它的上下文,才能这样粗暴地对待这段话。一旦通观上下文,意思立刻就明白了。马克思论证说,希腊人能够产生第一流的艺术,并不是不顾他们所处社会的不发达状态,而正是由于这个不发达状态。古代社会还没有经历资本主义所有的过细的"分工",没有产生由商品生产和生产力的无休止发展而引起的"数量"压倒"质量"的现象。那时候,人与自然之间还能保持一定的"尺寸",达到某种协调,即一种完全取决于希腊社会的有限性质的协调。"童年般的"希腊世界是迷人的,因为它是在某些适当的限度之内繁荣起来的,而这些限度被无限度地要求生产和消费的资产阶级社会粗暴地践踏了。从历史上说,当生产力的发展超过了社会所能容纳的限度时,这个社会就必然崩溃。但是,当马克思说到"努力在一个更高的阶梯上把自己的真实再现出来"时,他显然

---

①② 见《马克思恩格斯选集》中文版(1972)第二卷第114页。

指的是将来的共产主义社会;在那里,无限的资源将为无限地发展的人服务。[①]

因而,马克思在《导言》的阐述中提出了两个问题:第一是关于"基础"与"上层建筑"的关系,第二是关于我们今天与过去艺术的关系。先谈第二个问题:我们现代人为什么能够从迥然不同的过去社会的文化产物中发现美学感染力?马克思所作的回答,在某种意义上与对下面这个问题的回答相同:我们现代人为什么仍然对譬如说斯巴达克的功绩发生感应?我们对斯巴达克或希腊雕塑发生感应,那是因为我们自己的历史联系着那些古代社会,我们从中发现制约我们的力量的不发达阶段。此外,我们还在那些古代社会中发现人与自然之间"协调"的原始形象;这种"协调",资本主义社会必然予以摧毁,而社会主义社会能在一个高得无可比拟的水平上加以再现。换言之,我们应当按照比我们自己的当代历史更广阔的含义来考虑"历史"。探讨狄更斯与历史的关系,并不就是探讨他与维多利亚英国的关系,因为那个社会本身就是包括莎士比亚和弥尔顿这些人物在内的漫长历史的产物。将历史仅仅规定为"当前",而将其他一切归入"一般",这是极其狭隘的历史观。对于过去和当前的问题,贝托尔特·布莱希特[②]做过一个回答,他说:"我们需要发展历史感……成为一种真正的感官享受。我们的剧院演出历史时期的戏剧,喜欢消灭距离、填补空隙、抹去差异。但是,我们在对比、距离、差异中感到的快乐,同时也是在与我们相近和相关的事物中感到的快乐,这快乐从何而来呢?"[③]

《导言》提出的另一个问题是基础与上层建筑的关系。马克思的观点是明确的,社会的这两个方面并没有形成一种对称的关系,并没有在全部历史中手拉手地跳优雅和谐的双人小步舞。社会上层建筑的各种因素——艺术、法律、政治、宗教,都有它们自己的发展速度、自己的内在演化,并不能归纳为仅仅是阶级斗争或经济状况的表现。如托洛茨基所说,艺术有"一种非常高度的自主性",它不是以简单的一对一的方式受缚于生产方式。但马克思主义又认为,艺术归根结底取决于生产方式。我们该怎样解释这种明显的矛盾呢?

我们举一个文学创作上的具体例子。关于托·斯·艾略特的《荒原》,一种"庸俗马克思主义"可能会这样分析:这首诗是直接由意识形态的和经济的因素决定的,也就是说,第一次世界大战标志了帝国主义时代资本主义的危机,这种危机造成精神空虚和资产阶级意识形态的枯竭,而《荒原》就是它的产物。这是

---

① 见霍尔和沃尔顿所编《马克思的地位》(伦敦,1972)中斯坦利·米切尔论马克思一文。

② 贝托尔特·布莱希特(1898—1956),德国著名戏剧家。1933 年因反对希特勒政权被迫流亡,1948 年回德意志民主共和国,次年创办"柏林剧团"。曾探索新的演出形式,创立"史诗戏剧"等学说。剧作有《三分钱歌剧》《大胆妈妈和她的孩子们》等,并著有论文《戏剧小工具》等。

③ 见 J. 威利特所编《戏剧研究法概略》(伦敦,1964)一书附录《布莱希特论戏剧:一种美学的发展》。

将这首诗解释为那些条件的直接"反映",但是它显然不能说明"介于"作品本身和资本主义经济中间的一系列"层次"。例如,它没有说明艾略特本人的社会地位:这位作家与英国社会有一种难以捉摸的关系,他作为一个"贵族"式的美国流亡者,变成一名繁荣城市中的职员,然而他所深为投合的是英国意识形态中的保守传统,而不是资产阶级商业主义。这种批评没有说明那种意识形态的更为一般的形式,如那种意识形态的结构、内容、内在的复杂性,以及所有这些是怎样由当时英国社会极端复杂的阶级关系产生的。这种批评方法只字不提《荒原》的形式和语言——不提为什么艾略特尽管在政治上是极端的保守派,却又是一个先锋派诗人,从文学形式的历史中选择了一些"进步的"、实验性的技巧;不提他这样做的意识形态基础又是什么。依据这种批评方法,我们无从知道当时的社会条件怎么会产生这首诗所吸收的半基督教、半佛教的"精神性",也无从知道这首诗所运用的资产阶级人类学(弗雷泽①)和资产阶级哲学(布雷德利②的唯心主义)在当时的意识形态构成中所起的作用。我们不明白艾略特作为一个艺术家的社会地位:他属于自觉的博学者、进行创作实验的高雅人士,能自由支配自己特殊的出版方式(小出版社、小杂志);也不明白这种出版方式拥有的是什么样的读者,这种读者对这首诗的风格和手法又有什么影响。我们不明白这首诗与有关美学理论之间的联系,不明白这种美学在当时的意识形态中起什么作用,又怎样形成这首诗本身的结构。

要全面理解《荒原》就需要考虑到这些(及其他的)因素。将这首诗简化为资本主义现状的产物,是不解决问题的;但是,我们也不能罗列许许多多颇有道理的复杂情形,以致可能在实际上忽略了资本主义这个基本事实。相反,我列举的所有这些因素(作家的阶级地位、意识形态形式及其与文学形式的关系、"精神性"和哲学、文学创作的技巧、美学理论)都是与基础——上层建筑的模式直接相关的。马克思主义批评寻求的是在《荒原》这首诗中,这些因素怎样独特地结合在一起。③ 这些因素,没有一种能吞并另一种,每种因素都有它自己的相对独立性。《荒原》确实可以解释成是一首产生于资产阶级意识形态危机的诗,但它对于那种危机,对于产生那种危机的政治、经济条件都不是简单的对应关系。作为一首诗,它当然不知道自己是某种意识形态危机的产物,如果它知道,它就不存

---

① 弗雷泽(1854—1941),英国人类学家。

② 布雷德利(1846—1924),英国哲学家。

③ 用更为复杂的理论术语来表述这个问题:经济"基础"对于《荒原》的影响不是直接看得出来的,而在于这个事实,即经济基础最终决定上层建筑各种因素(如宗教、哲学等等)的发展状况,而这些因素曾经参与了经济基础的形成;此外,基础还决定那些因素在结构上的相互联系,这首诗就是那些因素的特殊结合。

马克思

在了。它需要将那种危机译成"普遍的"词语,把它理解为古埃及人到现代人所共有的人类永恒状况的一部分。因而,《荒原》与它所处时代的现实历史之间的联系是非常间接的;在这一点上,它与一切艺术作品相同。

巴尔扎克

◎文论作品

《人间喜剧》前言

　　这套作品的创作,已经着手快十三年了;现在给它加上《人间喜剧》的题名,自然应当趁此机会剖明它的思想,追溯它的来由,概述它的纲目。在谈论的过程中还应当努力表现得超然物外。读者或许以为这很难做到,其实并不尽然。在创作上略有所获容易令人自命不凡,而辛勤劳作则会促使人们虚怀若谷。这个观点反映了当年高乃依、莫里哀等伟大作家看待自己作品的态度。在精妙的构思方面我们是不可能与他们同日而语的,但这样的情怀我们却应当努力效法。

　　写一套《人间喜剧》的最早念头,于我原像是一场好梦,又像是一再憧憬过、却又无法实现的一种设想,只好任它烟消云散;更像一位笑容可掬但却虚无缥缈的仙女,一展她处子的娇容,便振翅扑回了神奇的天国。不过这场幻梦也像许多别的幻梦一样,正在演变成为现实。它颐指气使,令到必行,人们对它只好遵奉唯谨。

　　这个念头来自人类和动物界之间进行的一番比较。

　　近来,居维埃①同若夫华·圣伊莱尔②展开了一场大辩论;要是以为这辩论的依据是科学上的一种新发明,那就大错特错了。上两个世纪最伟大的思想家们,早已用不同的措辞涉及了"统一图案"说。斯威登堡③、圣马丁④等神秘派作家也探索过科学同无限宇宙的关系;重温他们那些不平凡的作品,以及自然史方

---

　　①　居维埃(1769—1832),法国生物学家,自然史教授,比较解剖学的创立者,著有《地球表面的生物进化》《比较解剖学教程》《动物学要论》。

　　②　若夫华·圣伊莱尔(1772—1844),法国博物学家,于1830年同居维埃公开论战;他坚持动物的有机构成只有一种基本形态,即一种"统一图案",而居维埃则认为此种"图案"多至4种。

　　③　斯威登堡(1688—1772),瑞典"通灵论"者,当时在欧、美有许多信徒。

　　④　圣马丁(1743—1803),法国作家、哲学家、"神秘论"者。

巴
尔
扎
克

面最优秀的人才如莱布尼茨①、布丰②、夏尔·博内③等的论著,人们就可以从莱布尼茨的单子、布丰的有机分子、尼德汉姆④的营养力说以及博内的孕育学说⑤里发现(我强调是发现):"适应环境以求生存"这条绝妙规律的初步概念已经形成,"统一图案"说正是在这个基础上产生的。早在 1760 年,夏尔·博内就很有胆识地写道:"动物的生长与植物类似。"世上只有一种动物。造物主只采用了唯一的一种模式来创造一切有机生物。动物是一种本原,只为适应它所处的生长环境而采取自己的外在形式,或更确切地说,各自不同的外在形式。动物学的种类就从这千差万别中产生。宣布并坚持这个体系(它同笔者关于神权的思想也是一致的),那将是若夫华·圣伊莱尔万古长青的荣誉;他在高等科学的这一命题上击败了居维埃,赢得了伟大的歌德在其一生最后的篇章中所歌颂的辉煌胜利。

远在随后发生的种种争论之前,笔者就早已心悦诚服地接受了这个体系,发现就这方面来说,社会同自然界是相似的。社会不也是根据人类进行活动的不同环境,将人类划分成各种各样的人,就像动物学把动物划分成许许多多类别一样么?士兵、工人、官员、律师、游民、学者、政治家、商人、水手、诗人、穷汉、神甫彼此大不相同,一如狼、狮、驴、乌鸦、鲨鱼、海豹、绵羊等各异其趣,虽说前者相互间的区分更难掌握。如同动物有种类的划分,社会过去存在着、将来还永远会存在千殊万类。既然布丰竭力通过一部书来表现动物界的全貌,并为此写成了极为出色的作品,那么不也应当给社会完成一部类似的著作吗?不过,大自然为动物的不同种类划分了界限,社会却不应当拘泥于这样的划分。当布丰描写雄狮的时候,他用简短的几句话就将母狮一笔带过。可是在社会中,女人并不只是男人的雌属。一户人家的两口子,或许会很不一样。商贩的妻子,或有不亚于王后的风韵,而王妃的品貌,也常常远逊于艺术家的爱侣。社会情境有一些巧合,是自然界所不会有的,因为社会情境是自然界加社会。仅就两性来说,描绘社会类属所费的功夫,至少相当于描绘动物的两倍。总之,动物之间相处,很少有惨剧

---

① 莱布尼茨(1646—1716),德国自然科学家,唯心主义哲学家,同牛顿并称为微积分的创始人,数理逻辑的前驱。早年曾同情机械唯物主义,后建立自己的客观唯心主义的"单子论"和"神正论"。"单子论"认为构成一切存在的基础是不可分的、不占地位的、能自由运动的独立精神实体,即"单子"。

② 布丰(1707—1788),法国博物学家、作家、进化论思想的先驱,著有《自然史》三十六卷,曾在《风格论》中提出"风格即人"的著名论断。

③ 夏尔·博内(1720—1793),瑞士博物学家,著有《关于有机体的见解》。

④ 尼德汉姆(1713—1781),英国神甫兼物理学家,著有《电气原理》及《关于自然和宗教的物理及形而上学的研究》,后者曾引起同伏尔泰的论战。

⑤ 博内认为动物器官配合极为协调,故其胚胎在母体中已是完整的;同一母体的众多后代,其胚胎亦早已"孕育"于母体。此说曾获得居维埃的赞同,但为后来的胚胎学所推翻。

发生,其中也不至于有什么错综复杂的情节,它们你追我逐,如此而已。人与人之间也互相角逐,但他们多少有一些智谋,这就使斗争格外复杂起来。虽说某些学者不承认生活的洪流将兽性转移到了人性当中,可是杂货商确实当上了法兰西贵族院议员,贵族有时却沦落到社会的底层。还有,布丰笔下的各种动物,生活都是极其简单的。动物没有什么动产,它们跟艺术、科学毫无缘分;但人类却由于一种有待探索的法则,倾向于借一切符合自身需要的事物,来表现自己的习俗、思想和生活。列文虎克①、斯瓦梅丹②、斯巴朗扎尼③、雷奥姆尔④、夏尔·博内、缪勒⑤、哈勒⑥等动物志学者,他们虽然已经不厌其详地证明:各种动物的习性都是饶有兴味的,但就每种动物的习惯来说,那就不免总是雷同近似,至少在我们看来是这样。但王公、银行家、艺术家、市民、神甫和穷汉的积习、衣着、言谈、住所,其相互间的差异却很大,并且随着文明的发展而加剧。

因此,这套有待完成的作品应当表现三种形态——男人、女人和事物,也就是写人,写其思想的物质表现;总之,是要写人与生活。

读一读所谓历史,也就是读读那一大堆枯燥讨厌的史实罗列,谁能不发现:古往今来(埃及、波斯、希腊、罗马,概莫能外)的作家,统统忘记了将风俗史传诸后世!佩特罗尼乌斯⑦写罗马人私生活的段落,与其说令我们的好奇心感到餍足,倒不如说是把它刺激得更加兴奋。巴特莱米神甫观察到史学界的这一大片空白,于是倾注了毕生的精力,通过《小亚纳卡尔西斯漫游希腊记》⑧来再现希腊的风土人情。

然而一台角色多达三四千人的社会戏剧,怎样才能使它兴味盎然呢?怎样才能既令诗人与贤哲感到愉悦,而同时又博得广大群众的青睐呢?要知道群众所要求的,是诗意和融化成生动形象的哲理。笔者虽然体会到这部人类心灵史的重要性及其所蕴含的诗情画意,却感到不知怎样去写才好。因为到现在为止,极负盛名的小说家,也不过是用他们的才艺去塑造一两个典型人物,描写生活的

① 列文虎克(1632—1723),荷兰解剖学家,显微镜的发明者之一。
② 斯瓦梅丹(1637—1680),荷兰博物学家。
③ 斯巴朗扎尼(1729—1799),意大利生物学家,因发现血球的繁殖及功能而闻名。
④ 雷奥姆尔(1683—1757),法国物理学家,曾发明温度计,并创立金相学。
⑤ 缪勒(1730—1784),丹麦博物学家,现代生理学创始人之一。
⑥ 哈勒(1708—1777),瑞士植物学家、生物学家,在生殖问题上有重大发现,写过《人体生理要素》等二百余种学术著作。
⑦ 佩特罗尼乌斯(?—66),拉丁文作家兼诗人,在暴君尼禄的宫廷中生活,他的半散文、半韵文的讽刺作品《萨蒂利孔》,以写实手法描绘了古罗马人的社会风习。
⑧ 巴特莱米神甫(1716—1795),法国学者,法兰西学院院士。1788年作《小亚纳卡尔西斯漫游希腊记》,描写了公元前4世纪希腊的社会生活和私人生活风貌。

一个侧面。我怀着这样的思绪,研读了瓦尔特·司各特①的许多作品。这位当代的发现者兼现代行吟诗人,将浩瀚宏大的气势灌注给了一种文体,而这种文体却被冤枉地叫作"二流货色"。达夫尼斯和赫洛亚、罗兰、亚玛迪、巴汝奇、堂吉诃德、曼侬·莱斯戈、克拉丽莎、洛弗拉斯、鲁滨孙·克罗索、吉尔·布拉斯、我相、朱丽·德·埃棠芝、托比大叔、维特、勒内、柯丽娜、阿道尔夫、保尔和维吉妮、珍妮·迪恩斯、克拉弗豪士、艾凡赫、曼弗雷德、迷娘。②塑造这样一些形象,来同社会上形形色色的人物媲美,较之罗列各民族彼此近似的史实,研究业已废除的法律的要旨,编造愚弄百姓的怪论,或如某些玄学家那样给各种事物下定义,这件事岂不是要困难得多吗? 首先,几乎所有上述人物的存在,都要以构成当代的伟大形象为前提,他们的生命也就比从中产生了他们的那几代人更经久不衰,更真实可靠。他们孕育在时代的胎腹中;在他们的躯体里悸动着整个人类的心灵,蕴蓄着整套的哲理。这样,瓦尔特·司各特就将小说提高到了历史哲学的水平。这种作品世世代代在艺文之邦诗的桂冠上,一枚又一枚地增添着永放光华的钻石。他给小说注入了古朴之风,他使戏剧情节、对话、肖像、风景和描写浑然熔于一炉,他兼收并蓄了神奇与真实这史诗的两大要素,他让高雅的诗意与粗俗的俚语辉映成趣。但是,他没有构想出一套体系,而多半是靠着火热的工作或工作的必然发展,从中找到了自己的蹊径。他没有想到要将他的全部作品联系起来,构成一部包罗万象的历史,其中每一章都是一篇小说,每篇小说都标志着一个时代。这点不足当然无损于这位苏格兰人的伟大;而我在察觉到这个衔接不紧的缺陷时,同时也发现了有助于编撰我的作品的体系,以及实施这套体系的可能性。瓦尔特·司各特始终保持自己的风格,而又总能做到匠心独运。可以说,对

---

① 瓦尔特·司各特(1771—1832),英国诗人、历史小说家,生于苏格兰贵族家庭。著有长诗《玛米恩》和小说《罗伯·罗伊》《艾凡赫》《皇家猎宫》《昆廷·杜沃德》等,对包括法国在内的欧洲小说创作的发展很有影响。

② 达夫尼斯和赫洛亚,4世纪希腊作家朗古斯田园小说中的人物。罗兰,意大利诗人阿里奥斯托的长篇叙事诗《疯狂的罗兰》的主人公。亚玛迪,16世纪骑士小说的主人公,是忠实谦卑的情人的形象。巴汝奇,法国作家拉伯雷名著《巨人传》中的人物,是巨人国王庞大固埃的伙伴。曼侬·莱斯戈,18世纪法国作家普雷沃神甫同名小说的女主人公。克拉丽莎·洛弗拉斯,英国小说家理查逊的作品《克拉丽莎·哈洛》中的人物。吉尔·布拉斯,18世纪法国作家勒萨日同名小说的主人公。我相,3世纪苏格兰传说中的行吟诗人;18世纪时,苏格兰作家麦克菲森曾假托其名发表情调忧郁的诗集。朱丽·德·埃棠芝,卢梭的书信体小说《新爱洛伊丝》的主人公。托比大叔,英国作家斯特恩的幽默作品《项狄传》的主人公。勒内,19世纪法国作家夏多布里昂同名小说的主人公。柯丽娜,法国作家斯塔尔夫人同名小说的主人公。阿道尔夫,19世纪法国作家贡斯当的同名小说的主人公。保尔和维吉妮,法国作家贝尔纳丹·圣皮埃尔的同名小说的男女主人公。珍妮·迪恩斯,司各特小说《中洛辛郡的心脏》里的人物。克拉弗豪士,苏格兰将领,司各特《修墓老人》的主要人物。曼弗雷德,拜伦同名长诗的主人公。迷娘,歌德小说《威廉·迈斯特》中天真活泼的少女的形象。以上文学作品中的人物,在西方都是脍炙人口的,也可以说是家喻户晓的。

他惊人的多产我早已佩服得五体投地；但我也并不自暴自弃，因为我发现，他那才华的源泉，正在于人性的千变万化。偶然是世上最伟大的小说家；如果想取得丰硕的成果，就必须将它仔细研究。法国社会将成为历史家，我只应该充当它的秘书。编制恶习与美德的清单，搜集激情的主要表现，刻画性格，选取社会上的重要事件，就若干同质的性格特征博采约取，从中糅合出一些典型；做到了这些，笔者或许就能够写出一部许多历史家所忽略了的那种历史，也就是风俗史。我将不厌其烦、不畏其难，来努力完成这套关于 19 世纪法国的著作；我们大家都为迄今没有这类作品而深感遗憾，罗马、雅典、推罗①、孟菲斯②、波斯、印度等，可惜都没有这类记载各自文明的著作传诸后世；勇敢、耐心的蒙泰伊③虽然曾经仿效巴特莱米神甫，以中世纪的习俗为题而毅然试笔，只是他的文体不那么富于吸引力。

　　这件工作还不算什么。一位作家只要刻意从事这类谨严的再现，就可以成为绘制人类典型的一名画师，或多或少忠实的、成功的、耐心的或大胆的画师；成为私生活戏剧场面的叙事人，社会动产的考证家，各种行话的搜集家，以及善行劣迹的记录员。但是，如果想要得到一切艺术家所渴求的激赏，不是还应当研究一下产生这类社会效果的多种原因或一种原因，把握住众多的人物、激情和事件的内在意义吗？此外，在努力寻找（且不提"找到"）这种原因、这种社会动力之后，不是还应当思索一下自然法则，推敲一下各类社会对永恒的准则、对真和美有哪些背离，又有哪些接近的地方吗？这些前提牵涉范围很广，足以单独写成专著；虽然如此，作品为达到完整起见，还是应当有一个结论。这样描绘出来的社会，自身就应当包含着它运动的原因。

　　作家的信条，作家之所以成为作家，之所以不亚于甚至还优胜于（恕我不揣冒昧地指出）政治家，就在于他对人间百事的某种决断，对某些原则的忠贞不二。马基雅弗利④、霍布斯⑤、博叙埃⑥、莱布尼茨、康德、孟德斯鸠便发表了政治家们加以运用的学说。波纳尔⑦指出："作家在道德上、政治上应有定见，他应该充当诲人不倦的教师；而人们是不需要向老师学习怀疑的。"我早已将这段名言奉为

①　推罗，古腓尼基奴隶制城邦，良港和工商业中心，即今黎巴嫩的苏尔，约建于公元前两千年。
②　孟菲斯，古埃及城市，在尼罗河三角洲南端，相传建于公元前三千年。
③　蒙泰伊(1769—1850)，法国历史学家，著有《近五百年各种等级法国人的历史》，共十卷，详述法国风土人情，资料丰富，但文笔平直。
④　马基雅弗利(1469—1527)，意大利政治思想家、历史学家，主张只要达到目的，便可不择手段，即所谓"马基雅弗利主义"。
⑤　霍布斯(1588—1679)，英国唯物主义哲学家，著有《论物体》《论人》《论社会》。
⑥　博叙埃(1627—1704)，法国作家，著名的宣道家，曾任主教和太子的太傅。
⑦　波纳尔(1754—1840)，法国保王派政论家，顽固维护君主制和天主教。

圭臬,它是保王派和民主派作家共同的金科玉律。所以,有人想使我陷入自相矛盾的境地,无非是因为他误会了我的某句含讥带讽的话,或者颠三倒四地拿我笔底人物的谈吐,来对我展开回击,而这本来是诽谤者特有的伎俩。至于这套作品的内涵、它的灵魂,则有以下几项原则作为根据。

人类既不善,也不恶。同它与生俱来的,既有某些本能,又有若干才能。卢梭断言社会使人类堕落;其实不然,社会正在使人类变得更好、更完善。不过,利欲也在助长人类的不良倾向。我在《乡村医生》里说过:基督教,尤其是天主教,是遏制人类堕落倾向的一套完整制度,所以也是维护社会秩序最重要的因素。

仔细看一下社会的图画(可以说,那是按照社会全部善恶的原貌如实复制的一幅社会图画),就可以得出这样的教训,即思想,或者说激情(它是思想和感情的汇合),固然是构成社会的因素,却也是摧毁社会的因素。在这方面,社会的生命与人的生命相似。只有减缓各民族的生命活动,他们才能获得健康长寿,因此,由宗教团体来训诲,或更正确地说,来施行教育,是各民族维持生存的要旨,也是任何社会减少恶行、增加善举的唯一办法。思想是善恶之本,只有宗教才能培植、驾驭、指导思想。唯一可能的宗教是基督教(见《路易·朗贝尔》,其中提及一封从巴黎寄发的函件。那位青年神秘派哲学家在信里谈及斯威登堡的学说,阐述为什么自创世之日起,就只存在过一种宗教)。基督教造就了现代各民族,并将保护它们继续生存。或许正因为如此,君主制的原则才成为必要。天主教和王权是一对孪生的原则。至于国家体制应当怎样来限制这两项原则,以避免它们朝绝对化的方向发展,想必大家都能理解,像本文这样理应写得简明扼要的小序,不宜变成一篇政治性的专论。因此,我不应当卷入当前的宗教论争和政治论争。我是在两种永恒的真理,即宗教与王权的照耀之下从事写作的,当今发生的种种事件,都表明了这两者的必要性,一切有理性的作家,都应当努力把法国引导到这两者所体现的必然方向。我并不反对选举,它是用来建立法律的极好原则;但是我不能接受被奉为唯一社会手段的那种选举,尤其是像今天这种组织得乱七八糟的选举。它不能代表一些很有势力的少数派,而君主政府却一定会顾及这些派别的思想与利益。假如事事都靠选举,那就会产生一个由乌合之众掌权的政府,也就是那种绝无仅有的、毫不负责的政府,它的专制暴政将会变得无边无际,因为这种暴政是打着法律的招牌。所以我认为家庭,而不是个人,才真正是社会的要素。就这一点来说,我宁愿冒着被看作反潮流分子的风险,站在博叙埃和波纳尔一边,而决不附和现代革新家们。由于选举已变成唯一的社会手段,所以我自己虽也一度借重它①,却不应当由此推论,说我的思想与行动之间有什么矛盾。某工程师宣布一座桥梁行将崩塌,谁走过都会发生危险;但是,假如那是进城的唯一通道,那么宣布者本人也会照走不误。拿破仑使选举适应法国的天性,做得十分出色。他那立法团②中的微不足道之辈,到了王政复辟时期的议会,却都变成了名重一时的雄辩家。如果以个人对个人来较量,那么任何议会都比立法团远为逊色。所以帝政时代的选举制度无疑是最好的制度。

某些人或许会觉得,以上声明未免有点自命不凡。一名小说作者竟然妄想充当历史学家,于是有人对他滋扰寻衅,质问他这一套方案到底有什么道理。"这是在尽一种义务",就是我的全部回答。笔者已经着手的作品,篇幅相当于一部历史;我应当解说它那还隐蔽着的道理,阐明它的原则与教训。

有几篇序言,当时发表是为了回答那些大多出于偶然的批评,现在只好舍弃了。不过我还要保留那些序言中的一点看法。

抱有既定目标的作家,即使仅仅为了恢复那些永恒的、历史上早已有之的原则,也不得不自己来扫清道路。不过在思想方面,谁要是敢投以砖石,指出弊病,展示恶行以便将它消除,那么他就一定会被视为不道德。"不道德"的非难,勇敢的作家素来无法幸免,而且这也是人们对一个无懈可击的诗人所能提出的唯一指责。假如你笔下的画卷惟妙惟肖,假如你昼以继夜地辛勤劳作,终于能得心应手地运用世上最难驾驭的文字,那么迎面送来的,便是"不道德"的雅号。苏格拉底不道德,耶稣基督不道德;对他们的迫害是以维护社会(也就是他们要推翻或改革的那个社会)为名。要扼杀某人,就给他加上"不道德"的罪名。这套党争的惯技,实在是一切使用者的耻辱。路德③和加尔文④善于用牺牲物质利益的办法保护自己,才得以享尽天年!

既然是描摹整个社会,是从大动荡中来捕捉社会,那么就会出现也必然会出现在某一篇作品中恶多善寡的情形,就会在画卷的某个局部里冒出一帮有罪的人:于是批评界便惊呼"不道德",而对其他部分的道德寓意绝口不提;殊不知这后一部分的设计,正是为了构成一种完整的对照。批评界不谙作者的通盘设计,

---

① 巴尔扎克曾试图参加议会竞选,1831 年他要求在富热尔区充当候选人,并发表一篇《关于两个部的政策的调查报告》,作为竞选中的一项活动。

② 法国历史上第一个"立法团"成立于 1800 年(共和八年)拿破仑任执政时。它大致相当于下议院,由 300 人组成,有权通过或否决法案,但无权讨论。议员任期五年,每年改选五分之一。这个"立法团"于 1814 年取消。后来在 1852 年出现过一个同名机构。拿破仑的"立法团"又被称为"哑人议会",历史上对它的评价不一。

③ 马丁·路德(1483—1546),16 世纪德国宗教改革家,基督教路德派创始人。

④ 加尔文(1509—1564),16 世纪欧洲宗教改革家,基督教加尔文派创始人,著有《基督教原理》。

我可以表示谅解,何况我们也不能阻止批评的开展,正如不能阻碍视觉、语言和判断的运用。其次,对我来说,持论平正的时刻尚未来到。而且,假如作家没有决心承受批评的火力,就决不应当提笔;犹如行商旅客,若一味指靠天高云淡,那就万万不可踏上行程。说到这里,我还要指出:最严肃的伦理学家也不免怀疑,社会哪里能产生数量恰恰相等的善行与劣迹! 在我所描绘的社会图景中,潜修德行的人物仍多于应受责罚的歹徒。其中的不当行为、错误和罪恶,从小小的失检到滔天大愆,总还是受到天讨人伐、明惩暗诛的。同历史学家相比,我在这方面做得还略胜一筹,因为我更自由。在我们人世间,除了思想家的口诛笔伐之外,克伦威尔①并未受到任何别的制裁,各党派之间对此还争论不休,连博叙埃对这个弑君元凶也相当宽大。篡位者奥兰治的威廉②,以及另一个篡位者于格·卡佩③,都是寿终正寝的,他们内心的疑惧,也并没有超过亨利四世④或查理一世⑤。相对地讲,以个人品德论,叶卡捷琳娜二世⑥的生平和路易十六⑦的生平会使人们鄙薄任何类型的道德。就像拿破仑说过的那样,对于帝王、政治家来说,有大德与小德之分。"政治生活场景"恰是建立在这一精辟见解的基础上。历史与小说不同,它的信条并不在于走向理想的美。历史是或者应该是当时的实录;而"小说则应该是那个更为美好的世界",这是上个世纪最杰出的思想家之一内克夫人⑧的名言。但在这个庄严的谎言中,小说如果在细节上不真实,那它就没有任何价值。瓦尔特·司各特不得不迁就一个就其本质来说是伪善的国度的思想;他在描写女人时,在人性方面是失真的,因为他所描摹的范本是教会分裂分子⑨。信奉新教的妇女没有理想,她可能端庄贞洁、温良单纯、品高德懿,但她那含而不露的爱情总是平静的、规规矩矩的,好像是在完成一项职责。圣母马利亚似乎使假道学们大为寒心,他们将她和她那些体现慈悲的圣物一起逐出了天国。在新教中,女子一旦失节就不复有任何出路。而在天主教里,由于有希望

---

① 克伦威尔(1599—1658),17世纪英国革命中资产阶级新贵族集团的代表人物。1649年,他下令处死国王查理一世;1653年自任"护国公"。

② 威廉(1650—1702),全称"奥兰治的亲王、拿骚的威廉三世",荷兰总督,推翻英王杰克二世后,于1689年自立为英王。

③ 于格·卡佩(约941—996),法国国王,卡佩王朝建立者。

④ 亨利四世(1553—1610),法国国王,波旁王朝的建立者,后被暗杀。

⑤ 查理一世(1600—1649),英国专制暴君,对抗国会,压迫清教徒,1642年发动内战,失败后被克伦威尔处死。

⑥ 叶卡捷琳娜二世(1729—1796),俄国女皇,1762年参与宫廷政变,废其夫而自立为皇。

⑦ 路易十六(1754—1793),法国国王,1789年被推翻,1793年被处死,其宫廷以穷奢极侈闻名。

⑧ 内克夫人(1739—1794),法国名作家斯塔尔夫人之母,所主持的沙龙为各界要人聚会之所。

⑨ 指新教徒。

得到宽恕,倒会使她变得崇高圣洁起来。所以在新教作家的心目中,女人只有唯一的一种;而天主教作家随着时过境迁,总能发现新的女性。假如瓦尔特·司各特当年信奉天主教,假如他把如实描绘苏格兰历史上的各种社会当作自己的任务,这位塑造了艾菲和爱丽丝①(他本人在晚年却懊悔写下了这两个人物)的画师,或许也会容纳情欲,包括它带来的过失及惩罚,也包括忏悔启迪下所产生的淑德懿行。情欲就是全人类。没有情欲,宗教、历史、小说、艺术也就没有什么用处了。

看见我搜罗了这么多的事例,如实地加以描绘,又见我把情欲当作要素,某些人就荒唐地想象我必定隶属于感官派或实利派,反正是隶属于泛神论的这两个旁支之一。但他们也许会,或想必是弄错了。关于人类社会,我不同意笼统地说它一直在进步;我相信人类在自我改善之中得以前进。所以,要想从我身上看出把人类当成尽善尽美的造物的意图,简直是太荒唐了。《塞拉菲塔》②这本书是基督教佛陀的行动学说。我觉得,对于上述这一相当轻率的责难,它就是一份圆满的答复。

在这套长篇小说的一些片段中,我力图传播某些惊人的事实,可以说,这是在人身上转化成一种无法估量的威力的电的奇迹;大脑和神经的种种现象证明存在着一个新的精神世界,可是这些现象从哪方面扰乱了人类与上帝之间既定的、必要的关系呢?天主教的教义又从何发生动摇呢?如果有一天,根据可靠的事实,将思想列为一种流质,这种流质完全要靠它所产生的效果才能显现;而它的实体却是人类的感官——虽然是已用许多机械的方法加以扩大了的感官——所觉察不到的,那么,这件事也就同哥伦布发现地球是圆的、伽利略证明地球在转动一样确凿了。我们的前途也会是这样的。动物磁性说③(我自 1820年以来即熟知它的种种奇迹)、拉瓦特④的后继者加尔⑤所进行的出色研究,以及五十年来像光学家捉摸光一样深入钻研思想(光与思想几乎是完全类似的东西)的一切人士,都得出了一致的结论,即既赞同信奉使徒圣约翰的那些神秘论者,也肯定了建立起精神世界的一切伟大的思想家;而人与上帝的关系,就是在精神

---

① 艾菲是司各特的小说《中洛辛郡的心脏》的女主人公之一。爱丽丝是司各特的长诗《湖上夫人》中的人物,诗中叙述一个骑士被矮人国国王变成了侏儒,又被爱丽丝变回为骑士。在诗的结尾,女主人公发现,这位骑士原来就是她失散的兄弟。

② 《塞拉菲塔》(1835),《人间喜剧》"哲学研究"部分的一篇小说,较集中地反映了斯威登堡的"通灵论"对巴尔扎克的影响。

③ 动物磁性说,指一个人对另一人做某些特定的动作,便会影响对方的行动,如令其入睡等,故也有译为"催眠术"的。

④ 拉瓦特(1741—1801),瑞士哲学家,神学家兼诗人,"面相术"的发明者。

⑤ 加尔(1758—1828),德国医生,"骨相学"的创始人,著作很多。

世界里表现出来的。

一旦把握住了这套作品的意义,人们就一定会承认:我对每日可见的、或明或暗的事实,对个人生活的行为,对这类行为的原因和准则,都是十分重视的,甚至不亚于历史家们迄今对各民族公共生活事件的重视。在安德尔省的一片幽谷里,德·莫尔索夫人同热烈的恋情展开了不见经传的醋战(《幽谷百合》),这场醋战或许同赫然载入史册的战役一样伟大。后一类战役关系着沙场将帅的荣辱,前一种醋战涉及能否踏入天国之门。做神甫和花粉商的皮罗托兄弟的不幸,在我的心目中就是全人类的不幸。福瑟丝(《乡村医生》)和格拉斯兰太太(《乡村教士》)可以说代表着一切女性。所以我们每天都在受苦受难。理查逊只做了一次的事情①,我得去做一百次。洛弗拉斯具有一千种形态,因为社会的腐败蔓延到哪个阶层,就会染上哪个阶层的色彩。与此相反,克拉丽莎这满腔热忱的德行的化身,其纯洁的面貌却令人叹为观止。要想画出多种多样的圣母像,就得有拉斐尔②的本领。在这方面,文学或许不如绘画。因此,请允许我声明:在这套作品已发表的篇章中,就品德来说,无可指责的人物比比皆是,如比哀兰特·洛兰、于絮尔·弥罗埃、康斯坦斯·皮罗托、福瑟丝、欧也妮·葛朗台、玛格丽特·克拉埃、波利娜·维尔诺阿、于勒太太、尚特里夫人、夏娃·沙尔东、德·埃斯格里尼翁小姐、菲尔米亚尼夫人、阿伽特·鲁杰、勒内·德·莫孔伯。此外,还有许多次要人物,虽然没有前面这些人物那么突出,却可以让读者看到家庭道德的实践。约瑟夫·勒巴、热奈斯塔、贝纳西、博内教士、米诺雷医生、皮勒罗、大卫·赛夏、皮罗托兄弟、夏勃隆教士、包比诺法官、布尔雅、索维亚一家、塔士隆一家,还有许多其他人物,不是解决了文学创作上的一大难题,即怎样把品行端正的人写得饶有兴味吗?

刻画一个时代的两三千名出色人物的形象,这绝不是一件轻而易举的工作。因为说到底,这就是一代人所涌现的典型,也是《人间喜剧》典型人物的总和。这样一批形象、性格,这么多的生命,就要求有一些画框,或者叫作画廊吧(请原谅我不讲究措辞)。因此,像大家已经知道的那样,我的这套作品就很自然地划分为"私人生活场景""外省生活场景""巴黎生活场景""政治生活场景""军旅生活场景"和"乡村生活场景"。构成社会通史的全部"风俗研究"便可归类纳入这六个部分之中。若是让我们的祖先来命名,就会把它叫作"社会丰功伟绩的总汇"。这六个部分又同某些一般性的概念相呼应。每个部分都有它自己的旨趣与含

---

① 指理查逊(1689—1761)的小说《克拉丽莎·哈洛》,其中叙述一位纯洁的少女克拉丽莎如何被伪君子洛弗拉斯诱骗的故事,本书当时曾获狄德罗、卢梭、莱辛等人的好评。

② 拉斐尔(1483—1520),意大利画家,雕刻家兼建筑家。

义,总结着人类生活的一个时代。费利克斯·达文①,这位以其早逝而使文坛蒙受损失的年轻俊才,在采访我的写作计划之后,曾有所报道,现在扼要地转述如下。"私人生活场景"表现了童年、少年及其过失,而"外省生活场景"却表现充满激情、盘算、利欲及野心的岁月。其后,"巴黎生活场景"展现出癖好、恶习和各种放纵无度的现象,各国大都会独特的风俗诱发了这一切,至善与极恶便是在那里交织在一起。这三个部分各有地方色彩:巴黎与外省,这种社会的反衬对比提供着无比丰富的创作源泉。不仅人物,而且生活里的主要事件也都有典型的表现。有一些情境人人都经历过,有一些发展阶段十分典型,正好体现了我全力追求的那种准确性。我竭力反映我们美丽国土的四方八域。我这套作品有它的地理,也有它的谱系与家族、地点与道具、人物与事实;还有它的爵徽、贵族与市民、工匠与农户、政界人物与花花公子,还有它的千军万马,总之,是一个完整的社会!

这三部分完成了对社会生活的描述之后,就要表现特殊的生活,它凝结着一些人或所有人的利益,可以说是逾越正常法度的:这样就产生了"政治生活场景"。及至这幅广阔的社会画卷竣工之时,不是还应当表现一下社会最暴烈的面貌么?为了防守或者征讨的需要,这时的社会正在野外奔波驰骋。"军旅生活场景"就是由此而来的,那却也是我的作品中迄今最不完整的部分。不过,在这一版出书的时候,我特意为它留下了空白,以便在完稿时将它收入。最后,"乡村生活场景"可以说是这漫长白昼的晚景,如果也可以这样来称呼社会戏剧的话。这一部分中有最明净纯粹的人物性格,也有关于秩序、政治、道德的重大原则的实际运用。

这就是形象云集,悲、喜剧同台串演的地基,作品的第二部分"哲理研究"就在这个基础上峥嵘突起;其中表现了以什么社会手段来达到各种各样的社会效果,并通过对喜怒哀乐的一一描绘,写尽了思想的波澜;它的第一部《驴皮记》可以说沟通了"风俗研究"与"哲理研究",那是一篇近乎东方情调的幻想故事,描写生命本身同欲望(也就是一切激情的本原)之间的交锋。

凌驾其上的就是"分析研究"了;对此我暂不加以评论,因为总共只发表了《婚姻生理学》一部。今后不太长的时间里,我当发表另外属于这一类的作品。准备先发表《社会生活病理学》,其后是《教育界剖析》和《道德论》。

看到未竟之业这样浩繁,有人或许会像我的几位出版商那样,一谈到我就叹道:"愿上帝赐他长寿!"我没有别的奢望,唯愿人与事都少一些磨难,不要像我投入这项苦役以来那样对我肆虐不已。我对上帝感恩不尽,并且深觉自慰的是:当代的才高艺绝之士和坚忍不拔之辈,以及我那些披肝沥胆的好友(他们在私人生

---

① 费利克斯·达文(1807—1836),巴尔扎克的朋友,曾在他授意下撰文叙述巴尔扎克创作思想的形成与发展,主要见于为"哲理研究"和"风俗研究"写的两篇长序。

活中像前两类人在公共生活中一样伟大),纷纷前来同我握手并鞭策道:"放胆做去吧!"那么我为什么不可以剖明心迹呢?要知道,正是这样的友情善意以及陌路人偶然惠予的嘉许,才支持了我的笔墨生涯,既令我反躬自省,又抗拒了无端的攻击,回敬了几乎同我形影相随的流言蜚语;还防止了自己的心灰意冷,并遏制了过分的奢望(一旦这种愿望溢于言表,就被看成不自量力)。我早就下了决心,要以坚忍的镇定态度来回答攻击谩骂。但有这么两次,卑鄙的诋毁却逼得我奋起自卫。打笔墨官司我还有点能耐;那些主张对辱骂报以宽恕的人士,对我的一显身手感到遗憾。不过也有一些基督徒认为:在我们这个时代,以沉默来表示雅量倒比较恰当。

说到这里,我还要声明一点:只有签署笔者姓名的作品,我才能认可。除了《人间喜剧》以外,出自我的手笔的,只有一部《都兰趣话》、两个剧本,以及一些零星文章,而且全都署了名的。我是在这里行使不容争辩的权利。但这一否认,即使影响到我或曾参与其事的作品,也不是出于争面子,而是为了澄清真相。有些作品,在文学上我决不承认是我的,但确曾有人将其版权委托给我。假如别人一定要把它们安在我的名下,我就只有听之任之:这样做的原因,同我对流言蜚语不闻不问相似。

这项计划规模宏大,它包括了社会的历史、对社会的批评、对其弊端的分析,以及对社会的种种原则的探讨;我认为,这就使我有权利给它加上如今的题名,即《人间喜剧》。这样做是不自量力呢,还是恰如其分?那就等到全书告竣的时候,由广大读者去裁定吧。

一八四二年七月于巴黎

◎史料选

巴尔扎克和现实(节选)

[法]米歇尔·比托尔

一

我很愿意来谈谈巴尔扎克,更何况人们通常用他作为一种稻草人,想竭力吓退在现代小说中所进行的一切改革和发明创造的企图。人们以一种过于简单的方式,用所谓"巴尔扎克式的"小说来对抗现代小说,即对抗 20 世纪一切重要的作品。然而,我们却可以非常容易地说明,今天的"巴尔扎克式的"小说实际上仅仅是学到了巴尔扎克作品中微不足道的一小部分,而在最近五十年当中,只有普鲁斯特、福克纳等才是这位伟人的真正继承者。

唉,那些打着巴尔扎克的旗号,把它当作挡箭牌来挥舞的批评家,那些声言要写出点"巴尔扎克式"作品的反动小说家,显然对巴尔扎克知之甚少。他们只是读过《人间喜剧》,比如《欧也妮·葛朗台》或者《都尔的本堂神甫》中为人所熟知的那么两三章,仅此而已。不幸的是,一些思想相当开放、相当先进的人,有时也被这种宣传所吓倒,他们那种反对巴尔扎克的可笑的、不充分的观念,宣布我们想动摇巴尔扎克的制约,是想写些反巴尔扎克式的作品。

确实,巴尔扎克的作品是那样的庞大,即使像人们所说的那样要想在其中"转上一圈",也是非常困难的。每个人只能选读一些适合于自己的作品。总之,能读完巴尔扎克所有作品的人是很少的,但是要对他做出真正的评价,通读却是必不可少的。对于普鲁斯特的作品,有些人只读过两三卷,但是他们却硬要加以评论。值得庆幸的是,这种人现在越来越少了。不过,我们还经常可以听到一些相当有文化的人做如下的对话:"巴尔扎克的作品吗?啊,我当然没有全部读过。""是的,您没有读过已经被他否定的他青年时代的作品,您可能也没有读过他的《有趣的故事》,更没有读过他的剧作,但是既然您在评论巴尔扎克,那么您把我们同巴尔扎克相对立,或者您自己反对巴尔扎克,那么您至少是读过《人间喜剧》这部没有完成的鸿篇巨制的全部片段了吧?""我至少读了五六个片段。""怎么?而您却在评论巴尔扎克,您关于巴尔扎克却还有一套的理论,这太不严肃了;还有,您只读过五六首波德莱尔的诗,也不知道选得好不好,您居然敢于大谈特谈波德莱尔?唉,竟会有这样的事!"

通常,人们是能够这样摆脱困境的,只需说:巴尔扎克肯定无疑是一位非常伟大的作家,但他的作品瑕瑜互见。这同人们如下的话倒有点相像:韦兹莱的玛大肋纳是一个非常漂亮的建筑物,但是上面的每一块石块并非同样都是值得关注。即使在今天,也很少有读者能够把握住巴尔扎克作品的整体,从而对它的一些部分——这些部分孤立地看起来并不比韦兹莱的柱子或者墙壁上所堆砌的石块更为引人入胜——做出论证。

但是,在《人间喜剧》里做些挑选,孤立地抽出两三个方面来,而认为其余的部分从美学上来讲均属劣等,这种选择在最近一百年的文学史上,却是众说纷纭、莫衷一是。在《人间喜剧》中画一条分界线,区分出好的和坏的,但是,诸如保尔·布尔热、普鲁斯特、波德莱尔和阿尔贝·贝甘等却各有各的画法,这条分界线的走向是完全不一样的。因此,这种情况该结束了,不能把巴尔扎克的作品分成一小块一小块孤立地去看,而要面对它的整体。关于巴尔扎克的作品同现代小说中形式上最大胆的作品的关系,我们可以粗略地做如下的概括:如果在组成

《人间喜剧》的小说中,我们随便抽出一部来,那是很容易指出它同现代文学的对立之处的,也是很容易指出它的陈旧和过时之处的,但是如果从整体上来研究巴尔扎克的作品,我们就会发现,直到今天,它的丰富和胆识还远远没有受到应有的重视,从而仍然是一个巨大的宝库,我们可以从中得到许多的教益。

巴尔扎克的作品是一种非常具有创新精神的作品,是无与伦比的;如果只是粗略地看一看他的作品,或者仅仅读些片断,那是无法理解这一点的。对于它所提供的全部新的东西,有一些在19世纪已经得到了系统的发掘,另外的部分则在20世纪那些别出心裁的作品中也可找到痕迹。但是,这个丰富的宝库还远远没有枯竭。

二

首先,我们要来指出巴尔扎克是怎样的一个倔强而系统的创新者,他作为一个小说家如何意识到自己的创新之处,他是怎样认为他的技巧和他对技巧的创新是没有完结的,是怎样认为它们是很容易发生令人惊奇的变化的,它们远远不会僵化在学院派里,——而以后,人们正是这样完全误解了他,他的那些冒牌的弟子也由此陷入了困境。

我们知道,在《人间喜剧》中,他写了一系列非凡的人物:非凡的画家、非凡的音乐师、非凡的罪犯。当然,也不会没有一个非凡的小说家。在这部没有完成的作品中,这个小说家扮演的只是一个相当模糊的角色,但他仍然来得及发表了一个有利于"新小说"的声明。他叫大丹士,在《幻灭》的第二部,即《外省大人物在巴黎》中,他碰到了一个叫作吕西安·德·吕庞泼莱的青年人,他从安古兰末来,腋下夹着他的十四行诗的诗集《雏菊》和一部历史小说的手稿《查理九世的弓箭手》。大丹士成了一个小团体的中心人物,这是由年轻的天才、熟悉真相的青年人所组成的,和显赫的报界对立,报界引诱着这个外省的青年人,以便最后把他毁掉。吕西安给大丹士读他的小说,后者听了以后说道:

> 你走的是正路,是大路,不过作品需要修改。你要不想照抄瓦尔特·司各特,就得另外创造一种手法;现在你是模仿他。你和他一样开场用长篇的谈话引进人物,谈话完了才有描写和情节。这两个对立的因素,一切激动人心的作品都少不了,你偏偏放在最后。为什么不颠倒一下呢?散漫的对话在瓦尔特·司各特笔下非常精彩,你却写得黯淡无光,我看还是干脆不用,拿描写来代替,我们的语言本来最宜于描写。但愿你的对话是读者预期的后果,替你的上文做总结。最好先写情节。或者从侧面对付你的题材,或者从结尾入手;各个场面要有变化,避免千篇一律。……从查里曼起,每个名副其实的朝代至少需要一部作品来描写,有的还需要四五部,例如路易十

四、亨利四世、法朗梭阿一世。你可以写出一部生动的法国史,描写各个时期的服装、家具、屋子、室内景象、私人生活,同时刻画出时代的精神,而不必吃力不讨好,讲一些人尽皆知的事实。我们多数的国王在民间被歪曲了,你正好纠正这种错误,成为你的特色。在你第一部作品中,应当大胆把凯塞琳那样一个了不起的人物还她一个本来面目;一般人至今对她仍存有偏见,而你现在是迁就他们,牺牲了凯塞琳。至于查理九世,也该如实描写,不能同新教作家一鼻孔出气。……①

我们知道,巴尔扎克在他令人惊奇的三部曲《凯塞琳·德·梅迪西斯》中,是想亲自去努力实现大丹士的计划的。相当有趣的是,我要在这篇文章里指出,今天被称作是巴尔扎克式的这些小说,要是在过去,很可能会被巴尔扎克认为是模仿瓦尔特·司各特的依样画葫芦的作品。强调指出他那个会被我称作是变化和形式的系统探索的原则,是令人感兴趣的。但是,巴尔扎克之所以能最终超过了他的前人②,从前人那里解脱出来,这主要是由于他进行了异乎寻常的创新,它完全改变了巴尔扎克的作品的结构,使他能够把瓦尔特·司各特式的小说变成仅仅是那些被他认为是自己小说的东西的一小部分或者一章。问题在于再现一些人物。巴尔扎克写过一篇令人叹为观止的文章,即 1842 年的《前言》。谁要是想超过那常常是学院的对巴尔扎克的看法,就必须读读这篇文章。在文章中,他重新谈到了他从前对大丹士的想法,他这样认为:

司各特这样把小说提高到历史哲学的地位,……可是,因为司各特在工作的热情中,或是由于这种工作的逻辑结果,没有想象出一套理论,找到他的手法,他没有想起把他的作品联系起来,调配成为一部完整的历史,这部历史每一章是一部小说,每部小说描写一个时代。再说,这位苏格兰作家并不因为缺乏这种联系而失其为伟大,但看到这种缺陷,使我同时又发现了有利于完成我的作品的方案和完成这部作品的可能性。③

在瓦尔特·司各特和其他那些他认为是经典小说家的,诸如隆古斯④、拉伯雷、塞万提斯、天主教教士普雷沃、理查森⑤、笛福、勒萨日,以及他所认为是小说家的麦克弗森⑥、卢梭、斯泰恩、歌德、夏多勃里昂、斯达尔夫人、邦雅曼·康斯坦

---

① 译文转引自傅雷先生所译《幻灭》(人民文学出版社,1980 年版,第 194—195 页)。

② 这里指瓦尔特·司各特。

③ 《〈人间喜剧〉前言》,陈占元译(《文艺理论译丛》第 2 期,人民文学出版社,1957 年)。陈占元译本中的司各德即是司各特。

④ 希腊小说家(公元 3 或 4 世纪)。

⑤ 英国作家(1689—1761)。

⑥ 苏格兰作家(1736—1796)。

和贝纳丹·德·圣-皮埃尔的作品里,他发现了通过小说人物体现历史的一个时代的可能性,也就是说,通过一些故事,把一系列的人物联系在一起,再通过这一系列的人物,体现一系列的历史时代。他在一个相同的时间里,转换这一系列的人物,发现这些人物不仅体现了不同的时代,而且体现了不同种类的"人"。这样,他渐渐地放弃了写作整个人类历史的计划,而集中描写现代社会。这个丰富的世界不断地展现在他的眼前,通过再现一些人物的方法就可能去描写它了。这种方法的好处,首先差不多就在于是小说的一种简练手法,这种方法可以把本来过分冗长的故事大大缩短。

于是,提出了这样的问题:"怎样能使得代表一个社会的有着三四千个人物的喜剧变得有趣呢?"

非常明显的是:首先,这个社会包括三四千以上的人物;其次,不大可能去具体地研究这三四千人的细节。因此,一个个的人物应当是一个个社会等级的代表,在一些条件下对他们的描写,在另一些条件下也是适用的。比方说,如果为了表现一个悲剧,需要写一个公证人,就没有必要再重新写他的内心世界、他的夫妇生活,只要参看一下他在其中已经出现过的另一部作品就可以了。

因此,这个再现人物的原则首先是一个精炼的原则,但它也会产生一些极不寻常的结果,可以这样说,它们将从根本上改变小说工作本身的性质。

确实,每一部特定的作品都是对其他作品开放的,在一部或者另一部小说中出现的人物并不是被关闭的,他们还要在另外一些小说中见面,我们在那里又会得到一些有关他们的补充情况。

在整体的每一部分中,我们只能得到有关这一部分或者那一部分必不可少的情况,以便粗略地了解相应的故事情节。随着阅读了这些人物在其中出现的另一些作品,我们就有可能做进一步的了解,因而根据我们所阅读的小说作品的数量多少,这一部或者那一部特定小说的结构和意义也发生了变化。当我们对巴尔扎克所描写的世界还一无所知的时候,在开始阅读的时候,会感到这样的故事有些线条化,显得过于简单,但随后就会发现这只是一个起点,是开始接触巴尔扎克在其他作品中已经探索过的一整套题材的起点。

因此,我们面对着一定数量的平面,它们彼此衔接在一起,我们就在它们之中漫步着。

这就是所谓一个小说的活体,一个由一定数量的部分所组成的整体,我们可以按照自己所希望的顺序去接触各个部分。在《人间喜剧》的天地里,每个读者可以走着自己不同于别人的一段行程。这就好像在一个球面或者一个围墙上,有许多的门一样。

在巴尔扎克的作品中,我们看到人物再现了,并从一部小说持续到另一部小说,其活动范围要远比一些小说,例如被人们称作长河小说的《追忆失去的华年》,更加宽广。在《追忆失去的华年》中,各个次要的单元,小说的各卷,均按时间顺序排列。那些要描写的还活着的人物,在上一卷中没有写完,在下一卷里接着写。

对于巴尔扎克来说,这种把故事的情节、小说的单元做编年史式的安排,只是一种使它们有可能结合在一起的特定的情况。《人间喜剧》的"脊柱"是由下列作品组成的,它们出色地说明了上述的特定情况:《幻灭》《娼妓盛衰记》《伏脱冷的最后一次降生》。不过,我们知道得很清楚,要真正看到"盛衰",就必须利用《高老头》发出的斜光和《纽沁根银行》所发出的侧光。

巴尔扎克在写作《人间喜剧》时,完全没有遵照编年史的顺序,他一点一点地发掘展现在他眼皮下面的一种现实的各个方面,他经常要回顾过去。至于读者,是不可能找到一种简单的编年史的方法来阅读《人间喜剧》的。此外,我们还知道,在一部部具体的作品里,时间的顺序总是显得很复杂。如果我们来看一下巴尔扎克在他的小说天地里所描写的主要人物,我们就会发现,不管按照什么顺序去读,故事情节总是顺着一些不同的时序展开,就像大丹士所说的那样:"或者从侧面对付你的题材,或者从结尾入手。"马拉美所幻想的、而他并没有在抒情诗方面所完成的"书",巴尔扎克却在小说方面已经写出了罕见的范本。

三

但是,再现人物的原则是有它的优越性的,它不仅可以几乎是自动地增加和发展小说的结构,而且为解决小说和现实之间的关系,还提供了一个出色的办法,它完全证明把真实的人物引到一个小说天地里来是对的。

应当看一看巴尔扎克笔下的人物是如何逐渐摆脱真实的人的,他的故事又是如何在对现实的一种研究里有条有理地形成的。

他由于要做一种过去的历史的描述,所以就必须不时地让一些人物出现在他的作品里,这些人物的特别明显的个性是同这个或者那个国家、这个或者那个时代紧密相连的。比如,为了加进一个插曲,他必须写到拿破仑或者路易十八,而对他们的评价是那样的一致,那样地为大家所知,因此就不能用别的人去加以代替。他们是一些历史人物,要弄清他们的历史真实性,就应到一部特定的小说之外,甚至《人间喜剧》的小说世界之外去取得材料,这不仅是可能的,而且是必不可少的。

对于小说家来说,这个特点是非常不利的:他在这些人物的面前,是没有自由的,他只能写他确实熟知的事情,他不能想象出一些情节去加到这些人物的身上。要不然,他就要同这个或者那个文件发生矛盾;在严重的情况下,甚至还会被控告为捏造或者诽谤。他们就是他们,小说家也不能给他们起什么另外的名字,否则就歪曲了他们所恰恰应当代表的特定环境。

在社会等级的另外一头,我们可以找到一些等级的人,他们几乎是可以相互替换的,如看门人、公证人等。对于小说家来说,要创造一个公证人是非常容易的。这个公证人在户籍簿上是不存在的,然而他却是惟妙惟肖的。因此,对这样的人,小说家的想象是能够完全自由地展开的,是可以尽量发挥的。

于是,我们有着两个极端的人物:一方面,是一些像国王、皇帝之类的人,他们是不可替代的,这是他们的特点,因为他们一个个已为众人所知,所以小说家就不能再添油加醋;另一方面,却是一些无名之辈,正因为我们不知道他们当中这个或者那个叫什么名字是完全正常的,所以小说家爱怎么写,就可以怎么写。

在这两个极端之间,存在着一个非常引人注目的区域,这里是些名人,我指的是他们的名望在小说中起一定作用的人物,如诗人和画家。这些人的名声使他们成为小说中几乎是不可或缺的支点,又由于他们人数甚多,就必须安排一个写小说的同行到他们当中去,他可以是他们当中一个人的写照,一个关键的人物。

因此,当巴尔扎克谈到他那个时代的文学界的时候,他不得不提到拉马丁和维克托·雨果等,否则读者就不会承认这个文学界。但是,如果他要写一个具体的诗人,他就不能直接以拉马丁为典型;如果要写一位女小说家,也不能以乔治·桑为典型。要不然,他把这个或者那个故事强加到他们的身上,就会被指责为欺骗。因此,他用下面一些人物去代替他们:卡纳利斯或者卡米耶·莫班。

然而,这些复制品,这些写照,都不可避免地渐渐摆脱了他们真实的典型,这些人物变得更有名,他们的故事也更为读者所知,并且显然地同《人间喜剧》的那些原型越来越不同了。

那么,让我们来看看形成这样的人物的三个阶段:他们最初只是些普通的典型,一个普通的诗人,一位平常的诗人;同样,还有一位平常的公证人。但是,由于一位诗人应具有一种公认的个性,而一位平常的诗人恰恰是平庸的,所以必须赋予他一种独创性。这种独创性首先是以一种存在的人的独创性——卡纳利斯——拉马丁——作为榜样的,但是随后不久,这个关键人物的独创性就从真实的人的独创性中摆脱出来了,卡纳利斯摆脱了拉马丁,以致他们的名字被一起列举出来。卡纳利斯开始不再代表这一个或者那一个存在着的诗人,而代表恰好是一种可能存在的诗人——在现实里他虽然不存在,但却是应该存在的,他填补了在现实中所显露出来的空白,他的特点就是要比他的现有的那些同行来得更加清楚、明确。因此,巴尔扎克在《人间喜剧》再版时,将有些段落中的拉马丁改成卡纳利斯,这个人物变得更加有名,这个名字的含义也更加准确。

巴尔扎克写道：

> 见到构想出来的人物又在《高老头》里出现的时候，读者明白了作者的一个大胆的意图，那就是赋予整个虚构的社会以活力和气势，等到大部分原型湮没无闻，这些人物可能仍然存在下去。

因此，在一部特定的小说里，真实的人物让我们看到了整个的文学、一群人和听到他们的谈话，那些虚构的重要人物让我们读到了其他的小说，读到了一种显得更加接近的文学。这两类人物组成了两个同心的范围，真实人物的那个范围显得更加广阔些，那里的人物非常多，我们可以认出拿破仑、路易十八、拉马丁和维克多·雨果；而在《人间喜剧》的范围里，所有的关系差不多都紧缩在一起了，我们在这里可以认出伏脱冷、拉斯蒂涅、卡纳利斯等。社会研究是由一些方面组成的，对于各个方面来说，由这些方面所组成的总体是更加接近于真实的。人们对一部小说的一个虚构人物加以评论，也对其他小说中的人物加以评论，这期间的关系就如同对《人间喜剧》中一个真实的人物和其他作品中的人物加以评论一样。

四

存在于小说之间的这些关系是非常复杂的。虚构的人物只能代表一群群真实的人物，因为在现实的本身之中，个人和物体的关系是非常密切的。巴尔扎克所虚构的诗人之所以能出现，那是因为在现实的本身之中，诗人们通过他们的名气，互相代表着。卡纳利斯之所以能代表并代替拉马丁，那是因为拉马丁已经代表和代替了整个一类诗人，不仅如此，他还代表了其他的许多人，把他们体现在他的名声的一些方面。

因此，真实的事物同它的代表相比，是有着一整套的结构的，小说家只是把这一整套的结构引得更远，巴尔扎克对《社会研究》所做的划分就是一个反映、一个搬移。

确实，人们对下面这种表面上看来非常武断的划分，不能不感到惊奇：《私人生活场景》《外省生活场景》《巴黎生活场景》《政治生活场景》《军旅生活场景》《乡村生活场景》。之所以感到惊奇，是因为我们在《私人生活场景》中，也能找到一些描写巴黎或者外省的段落，也能找到一些有关军旅或者政治的插曲，等等。非常明显的是，每一个领域都是和其他的领域相联系的。关于各个"场景"所使用的修饰语，只是首先指出是把着重点放在某一种关系上的。各种关系在一些环境里，诸如外省、巴黎或者军旅里，有着各自最好的表现。因此，不难看出，《私人生活场景》是用最简单的方式同读者交谈的。也正是因为如此，巴尔扎克在他作品的开头就描写了这些场景，它们全都围绕着婚姻的题材展开，有着非常简单的道德的意义,企图开导青年人,使他们避免犯一些必然会带来不幸的错误。

在巴尔扎克的整个作品中,《私人生活场景》是最接近于一般青年读者的日常生活的。为了尽可能适合所要叙述的故事的需要,背景有时在巴黎,有时在外省。

对于背景、地理的安排,巴尔扎克在写《外省生活场景》时是很注意的。他的第一个目的就是让巴黎的读者了解他们所不熟悉的一个现实。但是,这种资料性描写的一面还同时夹杂着一种更为深刻的研究,让外省的每一个特定的城市都显露出不同于其他城市的特点。因此,每一个具体的城市,既是一个普通的城市,同时也是适合叙述故事所需要的城市——故事发生在这个城市里,能够或者可能是最有意义的。

如果说,外省的各个城市虽然各有各的作用,但它们差不多都是平等的,一些城市完全可以代表另一些城市。不过巴黎比起外省的城市来,却处在一个优越的地位;其他的城市都不能同它相比,它同其他的城市没有这种密切的相互关系,它几乎是这些关系的总和,它是整个这些关系的集中体现。巴黎城同法国其他地方相比,就如同把《社会研究》同真实相比一样。巴黎是法国的梦幻,是法国的小说,它的深处本身就是一部小说,它具有真实的故事性。因此,在其他的城市里,会发生一些事件。就像对于不熟悉情况的巴黎人,《外省生活场景》是多么的不寻常一样,这些事件不仅对于异乡人,就是对于巴黎人本身,也都是难以置信的、不同寻常的。巴黎人在《私人生活场景》里认识了自己以后,对《外省生活场景》是很不习惯的,而在自己的城市里,却还要去应付更大的不自在。

正如巴黎城能够体现外省的所有城市并且与它们都是不一样的,正如一位知名人物能够代表其他的人并且是与众不同的,《政治生活场景》也是《巴黎生活场景》(我们已经看到作品的这一部分碰到了什么样原则的困难)的不可缺少的补充;正如巴黎城不仅是其他城市的代表,而且是其他城市的梦想,有些人也是其他人的梦想;其他人所能够想象的,他们已经做到了。巴尔扎克说:

> 在这三个部分里把社会生活描写了之后,就必须刻画那些概括了几个人或所有的人的利益、可以说超越常规的例外的存在,因此我写《政治生活场景》。这个广阔的社会图画结束和完成之后,不是必须写出它处在动荡最烈的状态,或者为了防御,或者为了征战,而走出社会么? 因此就写《军旅生活场景》。

从《私人生活场景》到《巴黎生活场景》《政治生活场景》《军旅生活场景》,从通常的人到越来越例外的人,我们越来越感到不习惯,可以想象出一个越来越大的社会复杂性。但是,尤其是在《军旅生活场景》里,我们将看到一些事件,它们去掉了个体身上的这种社会复杂性,让他回到赤裸裸的大地上来。可能会有另一种不自在,它不是让通常的读者回到巴黎,而是把他投进一个更深的整体中去。经过《外省生活场景》的路可能走得更远,把我们引向这样一个领域,对它来说,读者生活的地方已经是小说和梦想之地了。这个领域的一个主要特征,正是人们什么也不读,因此小说完全不可能直接讲话,它对读者来说是"另一种"绝对,是读者撞上的另一堵墙。那里是一切判断的不可动摇的基础,是极度的支撑,是对语言最后抗击当中的真实的事物。那些在空间上离我们最近的,正是在精神上离我们最远的。我们同野人交错而过,但不是在一个城市的街道上,而是在两个城市之间的大路上。这就是《乡村生活场景》。

五

巴尔扎克为了表现真实的事物,叙述了一些没有发生过的故事。他为了让我们了解真实的人物,便创造了另一些同他们相像的人物,这些人物是他们那一类人的典型。但是,这种典型变得非常杰出,以至构成了一种新的类型,使我们能够更好地看清一些集团和有势力的组织的作用。关于一个个具体的人的问题,放到一些集团里去阐述。因此,巴尔扎克便创造了一些想象的集团,他为了使它们更逼真些,就要解释为什么它们是没有名的。所以,在《巴黎生活场景》和《政治生活场景》中,他主要的题材之一,或者说他主要的工具之一,就是秘密社会。因此,读者可以看到《社会研究》的天地是如何逐渐地脱离真实的事物的,它构成了一个显得更加充实和明朗的幻想的天地。

直到现在在我们所引述的所有小说当中,脱离真实事物的创作仍是在某些限度之内进行的。这些故事虽然如此令人惊奇,如此使人觉得不习惯,然而它们至少对于巴尔扎克来说像是真的,这不仅是因为这些故事是服从于整个自然法则的,而且它们只局限于人们在一个巴黎沙龙里所能叙述的一切,这些事件都是发生在人们的谈话里或者报刊上,发生在人们互相传播的消息之中。我们可以从我们的一位或者另一位朋友那里得悉这个故事。所以,故事不仅是可能发生的,而且是仅在地理上很狭窄的范围之内(在法国,有时例外地也在瑞士,如《阿尔贝尔·萨伐吕斯》所描写的),仅在历史上很狭窄的范围之内(大致说来,是在革命以后)才是可能发生的。

但是,如同为了要谈到一些真实的人物一样,有时最好要使用一些虚构的人物;同样,要谈到现在的事件,就必须引述过去的一些事件;要捉住日常生活的某些方面,常常要发挥充分的想象。有些关系是很难写的,详细写会变得很冗长,但可以通过概括的方法,也能写得激动人心。正像一个虚构的人物可以代表一大批真实的人物一样,一个明显是虚构的事件也可能概括出整个一个方面的研究。

这种现实的矛盾表现在《人间喜剧》的第一部分中,并在第二部分,即《哲理研究》中继续发展下去。《哲理研究》中各部作品有一个共同特点,那就是脱离日常生活,同它保持着较大的距离。

我们可以抓住两个集中的领域,来表示出《人间喜剧》的天地同巴尔扎克在其中进行写作的现实世界的关系。在《人间喜剧》里,这种关系被映照出来,而整个的《哲理研究》,就像是《社会研究》的各个关系里面的第三个领域。这种关系对于《社会研究》中的各个关系而言,就如后者对真实的事物似的:明朗而矛盾。

我们看到,《社会研究》中对那些人物的描写是一种杰出的简练手法,我们在《哲理研究》中所读到的那些虚构而遥远的事件,都是些简练的手法,它们显得更加强烈。作品中两种社会等级的关系是特别清楚的,如果研究一下那些艺术家的人物,就会觉得很清楚了。读者可以看得很清楚,叫人难以置信的画家和音乐家弗伦霍夫尔和加马拉,是如何概括了在第一部分里出现的画家和音乐家的,使他们变得更清楚,把他们推向了某种领域。

在《人间喜剧》里,《哲理研究》是个反映中心,它对作品中最奇怪的、至今仍然是最不为人所理解的某些方面做了解释,我指的是巴尔扎克着重写了一些今天被认为是伪科学的某些科学,如拉法特尔①的观相术,或者加尔②的颅相学。巴尔扎克用简练的手法,仅仅让一个人,即一个面孔来代表整个一类的人,这就使得外表和作用、气质等的联系变得密切起来。在《人间喜剧》中,这些联系服从于比在现实中要简单得多的法则。我们今天看来,推广加尔和拉法特尔的学说完全是幼稚的、假想的,但在巴尔扎克的作品里却找到了它们作为假想科学的整个价值,在小说中将这些内部联系系统化,而应用到现实中只具有一个象征的价值。关于动物磁学、电学和思想的物质威力的理论,也属于上面的情况。它们的应用程度,在《人间喜剧》的各个部分里是各不相同的。知道这一点,就可以非常容易地理解这些假想的科学和在《哲理研究》的《塞拉菲达》中占据重要地位的斯韦登博尔③的假想哲学了,它们反映出巴尔扎克所描写的天地的特点,暂时解释了同真实事物的关系。

对于任何一个关心小说理论的人来说,所有这些犹如一个巨大的宝藏,其中的例子和问题几乎还没有被研究过。

六

但是,巴尔扎克思想的运动并没有停留在这个反映上,继《哲理研究》之后,

---

① 拉法特尔(1741—1801),瑞士哲学家、诗人和新教神学家。

② 加尔(1758—1828),德国医生。

③ 斯韦登博尔(1688—1772),瑞典神智学者。

他又写了《分析研究》。确实，它是作品中最为人所忽视的一个部分了，而其中的道理也是非常简单的，因为它只停留在初步的状态。不过，如果人们从整体上去衡量巴尔扎克的计划的话，就必然地会重视它。

在1842年的《前言》中，巴尔扎克说：

> 寻找了（我没有说：寻到了）这个原因，这种社会动力之后，不是还需要对自然法则加以思索，看看各个社会在什么地方离开了永恒的法则，离开了真，离开了美，或者在什么地方同它们接近吗？

以后，他又在《哲理研究》中重新写道：

> 在上头，就是《分析研究》，我不想对它加以论列，因为这个部分只发表了一部作品：《婚姻生理学》。

> 从现在起再过一些时候，我还要写几部这类的著作。先写《社会病理学》，然后再写《教育界的解剖》以及《德行专论》。

在1845年的内容介绍中，他又加上了一部《哲理对话和关于十九世纪美德的政治》。所有这些，他什么也没有发表过，我们只读到了《分析研究》的另一部作品：《夫妇纠纷》。从题目本身，我们就可以看出它和通常被称作是小说的那些作品是很不一样的。我们所读到的两部作品是些幽默的手册，其中有些定理和公理，插进去一些小小的场景。这是对社会加以调查、试图对它加以改造之后所写出的反对当代风俗的抨击性的小册子。到《哲理研究》为止所一直进行着的创作运动被打乱了，人们在一种论战性的意图中，又找到了日常的那些东西。我们所看到的这两本书是《私人生活场景》式的，不过是完全用另一种笔调来叙述罢了。

为了弄清楚《分析研究》的意义，就必须抛弃那些设想出来的、现在看来是很不够的范围，因为整个作品都处于运动之中，正像《哲理研究》是支撑在《巴黎生活场景》之上的，《分析研究》是应该支撑在《乡村生活场景》之上的。《分析研究》应当被认为是作品的实际上的总结，是介入当时问题的顶点，是他对已经暴露出来的要害问题所立即采取的行动。这部分之所以停留在初步的状态，这也是完全可以理解的，因为当巴尔扎克在努力实现这个计划（而要实现它，他总是要加进去一些新的内容）时，他的思想深处发生了变化。

众所周知，巴尔扎克的政治思想最初是很反动的，因而按照他的意图，他是很可能像他自己说的那样：

> 要恢复那些过去存在的道德原则，因为这些道德原则是不朽的。

他并且毫不含糊地宣称哪些是他所认为的这些原则：

> 我写作参照永恒的真理，即宗教和君主政体，当代的事故都强调二者的必要，凡是有良知的作家都应当致力于驶回到这两条大道上去。

但是，大家也都知道，巴尔扎克的完全带着斯韦登博尔色彩的基督教思想与正宗教派的共同点越来越少,而他对那时的君主政体也越来越显得不满意。他庞大的小说创作所产生的结果,深深地使这些原则越来越成为问题,他曾宣称热爱这些原则,但是它们却显得离开他所追求的真理越来越远了。整个作品的巨大的创作运动激起了一种笔耕,一种对想象中的真实事物的革命,它把巴尔扎克从政治上带离了他最初所确定的目标。

巴尔扎克的作品本身就是这样地摇摆着。我们还可以说,这种摇摆把他后来的整个小说都卷了进去,而我们正在步他的后尘。巴尔扎克的作品就是一块牢固的跳板,我们可以支撑在上面。在今天,很少有什么创造是不能从这块跳板上受到启示或者得到证明的。因此,今天很少有作品能比它使一个小说家觉得思想更加充实,能把读者引导到现代小说的问题里来。但是请注意,不要搞错,我这里说的是:巴尔扎克。

尼　采

◎文论作品

《悲剧的诞生》前言
——致理查德·瓦格纳

　　鉴于我们审美公众的特殊品性,集中在这部著作中的思想有可能引起种种怀疑、不安和误解。为了避开这一切,也为了能够带着同样的沉思的幸福来写作这部著作的前言(这幸福作为美好崇高时刻的印记铭刻在每一页上),我栩栩如生地揣想着您,我的尊敬的朋友,收到这部著作时的情景。也许是在一次傍晚的雪中散步之后,您审视着扉页上的被解放了的普罗米修斯,读着我的名字,立刻就相信了:无论这本书写些什么,作者必定是要说些严肃而感人的事情;还有,他把他所想的一切,都像是面对面地对您倾谈,而且只能把适于当面倾谈的东西记了下来。您这时还会记起,正是在您关于贝多芬的光辉的纪念文章问世之时,也就是在刚刚爆发的战争的惊恐庄严气氛中,我全神贯注于这些思想。有人如果由这种全神贯注而想到爱国主义的激动与审美的奢侈、勇敢的严肃与快活的游戏的对立,这样的人当然会发生误解。但愿他们在认真阅读这部著作时惊讶地发现,我们是在讨论多么严肃的德国问题,我们恰好合理地把这种问题看作德国希望的中心,看作旋涡和转折点。然而,在他们看来,这样严肃地看待一个美学问题,也许是根本不成体统的,因为他们认为,艺术不过是一种娱乐的闲事,一种系于"生命之严肃"的可有可无的闹铃。好像没有人知道,同这种"生命之严肃"形成如此对照的东西本身有什么意义。对于这些严肃的人来说可做教训的是:我确信有一位男子明白,艺术是生命的最高使命和生命本来的形而上活动,我要在这里把这部著作奉献给这位男子,奉献给走在同一条路上的我的这位高贵的先驱者。

尼
采

巴塞尔,1871 年底。

一

只要我们不单从逻辑推理出发,从直观的直接可靠性出发,来了解艺术的持续发展是同**日神和酒神**①的二元性密切相关的,我们就会使审美科学大有收益。这酷似生育有赖于性的二元性,其中有着连续不断的斗争和只是间发性的和解。我们从希腊人那里借用这些名称,他们尽管并非用概念,而是用他们的神话世界的鲜明形象,使得有理解力的人能够听见他们的艺术直观的意味深长的秘训。我们的认识是同他们的两位艺术神——日神和酒神相联系的。在希腊世界里,按照根源和目标来说,在日神的造型艺术和酒神的非造型的音乐艺术之间存在着极大的对立。两种如此不同的本能彼此共生并存,多半又彼此公开分离,相互不断地激发更有力的新生,以求在这新生中永远保持着对立面的斗争,"艺术"这一通用术语仅仅在表面上调和这种斗争罢了。直到最后,由于希腊"意志"的一个形而上的奇迹行为,它们才彼此结合起来,而通过这种结合,终于产生了阿提卡②悲剧这种既是酒神的又是日神的艺术作品。

为了使我们更切近地认识这两种本能,让我们首先把它们想象成**梦和醉**两个分开的艺术世界。在这些生理现象之间可以看到一种相应的对立,正如在日神因素和酒神因素之间一样。按照卢克莱修③的见解,壮丽的神的形象首先是在梦中向人类的心灵显现,伟大的雕刻家是在梦中看见超人灵物优美的四肢结构。如果要探究诗歌创作的秘密,希腊诗人同样会提醒人们注意梦,如同汉斯·萨克斯④在《名歌手》中那样教导说:

　　　　我的朋友,那正是诗人的使命,

　　　　留心并且解释他的梦。

　　　　相信我,人的最真实的幻想

　　　　是在梦中向他显相:

　　　　一切诗学和诗艺

　　　　全在于替梦释义。

每个人在创造梦境方面都是完全的艺术家,而梦境的美丽外观是一切造型艺术的前提,当然,正如我们将要看到的,也是一大部分诗歌的前提。我们通过

---

①　日神即阿波罗(Apollo),酒神即狄奥尼索斯(Dionysus),在希腊神话中,二者又兼司艺术。

②　阿提卡半岛,位于希腊中部,是雅典城邦的所在地。

③　卢克莱修(Titus Lucretius Carus,前 98—前 55),古罗马诗人,哲学家。

④　汉斯·萨克斯(Hans Sachs,1494—1576),德国诗人,剧作家。

对形象的直接领会而获得享受,一切模型都向我们说话,没有什么不重要的、多余的东西。即使在梦的现实最活跃时,我们仍然对它的**外观**有朦胧的感觉。至少这是我的经验,我可以提供一些证据和诗人名句,以证明这种经验是常见的,甚至是合乎规律的。哲学家甚至于有这种预感:在我们生活和存在于其中的这个现实之下,也还隐藏着另一全然不同的东西,因此这现实同样是一个外观。叔本华直截了当地提出,一个人间或把人们和万物当作纯粹幻影和梦象这种禀赋,是哲学才能的标志。正如哲学家面向存在的现实一样,艺术上敏感的人面向梦的现实。他聚精会神于梦,因为他要根据梦的景象来解释生活的真义,他为了生活而演习梦的过程。他清楚地经验到的,决非只有愉快亲切的景象,还有严肃、忧愁、悲怆、阴暗的景象,突然的压抑,命运的捉弄,焦虑的期待,简言之,生活的整部"神曲",连同"地狱篇"一起,都被招来从他身上通过,并非只像皮影戏——因为他就在这话剧中生活和苦恼——但也不免仍有那种昙花一现的对于外观的感觉。有些人也许记得,如同我那样,当梦中遭到危险和惊吓时,有时会鼓励自己,结果喊出声来:"这是一个梦! 我要把它梦下去!"我听说,有些人曾经一连三四夜做同一个连贯的梦。事实清楚地证明,我们最内在的本质,我们所有人共同的深层基础,带着深刻的喜悦和愉快的必要性,亲身经验着梦。

希腊人在他们的日神身上表达了这种经验梦的愉快的必要性。日神,作为一切造型力量之神,同时是预言之神。按照其语源,它是"发光者",是光明之神,也支配着内心幻想世界的美丽外观(der Schein)①。这更高的真理,与难以把握的日常现实相对立的这些状态的完美性,以及对在睡梦中起恢复和帮助作用的自然的深刻领悟,都既是预言能力的、一般而言又是艺术的象征性相似物,靠了它们,人生才成为可能并值得一过。然而,梦象所不可违背的那种柔和的轮廓——以免引起病理作用,否则,我们就会把外观误认作粗糙的现实——在日神的形象中同样不可缺少:适度的克制,免受强烈的刺激,造型之神的大智大慧的静穆。他的眼睛按照其来源必须是"炯如太阳";即使当它愤激和怒视时,仍然保持着美丽光辉的尊严。在某种意义上,叔本华关于藏身在摩耶面纱下面的人所说的,也可适用于日神。《作为意志和表象的世界》第一卷里写道:"喧腾的大海横无际涯,翻卷着咆哮的巨浪,舟子坐在船上,托身于一叶扁舟;同样地,孤独的人平静地置身于苦难世界之中,信赖个体化原理(principium individuationis)。"关于日神的确可以说,在它身上,对于这一原理的坚定信心、藏身其中者的平静安坐精神,得到了最庄严的表达,而日神本身理应被看作个体化原理的壮丽的神圣形象,它的表情和目光向我们表明了"外观"的全部喜悦、智慧及美丽。

---

① der Schein,在德语中兼有"外观"和"光辉"之意,所以尼采把它同作为光明之神的阿波罗相联系。

尼
采

在同一处,叔本华向我们描述了一种巨大的**惊骇**,当人突然困惑地面临现象的某种认识模型,届时充足理由律在其任何一种形态里看来都碰到了例外,这种惊骇就抓住了他。在这惊骇之外,如果我们再补充上个体化原理崩溃之时从人的最内在基础即天性中升起的充满幸福的狂喜,我们就瞥见了**酒神**的本质,把它比拟为醉乃是最贴切的。或者由于所有原始人群和民族的颂诗里都说到的那种麻醉饮料的威力,或者在春日熙熙照临万物欣欣向荣的季节,酒神的激情就苏醒了,随着这激情的高涨,主观逐渐化入浑然忘我之境。还在德国的中世纪,受酒神的同一强力驱使,人们汇集成群,结成歌队,载歌载舞,巡游各地。在圣约翰节和圣维托斯节的歌舞者身上,我们重睹了古希腊酒神歌队及其在小亚细亚的前史,乃至巴比伦和崇奉秘仪的萨刻亚人(Sakäen)。有一些人,由于缺乏体验或感官迟钝,自满自得于自己的健康,嘲讽地或怜悯地避开这些现象,犹如避开一种"民间病"。这些可怜虫当然料想不到,当酒神歌队的炽热生活在他们身边沸腾之时,他们的"健康"会怎样地惨如尸色,恍如幽灵。

在酒神的魔力之下,不但人与人重新团结了,而且疏远、敌对、被奴役的大自然也重新庆祝她同她的浪子人类和解的节日。大地自动地奉献它的贡品,危崖荒漠中的猛兽也驯良地前来。酒神的车辇满载着百卉花环,虎豹驾驭着它驱行。一个人若把贝多芬的《欢乐颂》化作一幅图画,并且让想象力继续凝想数百万人战栗着倒在灰尘里的情景,他就差不多能体会到酒神状态了。此刻,奴隶也是自由人。此刻,贫困、专断或"无耻的时尚"在人与人之间树立的僵硬敌对的藩篱土崩瓦解了。此刻,在世界大同的福音中,每个人感到自己同邻人团结、和解、款洽,甚至融为一体了。摩耶的面纱好像已被撕裂,只剩下碎片在神秘的太一之前瑟缩飘零。人轻歌曼舞,俨然是一更高共同体的成员,他陶然忘步忘言,飘飘然乘风飞扬。他的神态表明他着了魔。就像此刻野兽开口说话、大地流出牛奶和蜂蜜一样,超自然的奇迹也在人身上出现:此刻他觉得自己就是神,他如此欣喜若狂、居高临下地变幻,正如他梦见的众神的变幻一样。人不再是艺术家,而成了艺术品:整个大自然的艺术能力,以太一的极乐满足为鹄的,在这里透过醉的战栗显示出来了。人,这最贵重的黏土,最珍贵的大理石,在这里被捏制和雕琢,而应和着酒神的宇宙艺术家的斧凿声,响起厄琉息斯(Eleusis)秘仪①的呼喊:"苍生啊,你们颓然倒下了吗? 宇宙啊,你预感到那创造者了吗?"

二

到此为止,我们考察了作为艺术力量的酒神及其对立者日神,这些力量**无须**

---

① 厄琉息斯秘仪:古希腊农业庆节,始于雅典附近的厄琉息斯城,后传入雅典。

人间艺术家的中介，从自然界本身迸发出来。它们的艺术冲动首先在自然界里以直接的方式获得满足：一方面，作为梦的形象世界，这一世界的完成同个人的智力水平或艺术修养全然无关；另一方面，作为醉的现实，这一现实同样不重视个人的因素，甚至蓄意毁掉个人，用一种神秘的统一感解脱个人。面对自然界的这些直接的艺术状态，每个艺术家都是"模仿者"，而且，或者是日神的梦艺术家，或者是酒神的醉艺术家，或者兼是这二者（例如在希腊悲剧中）。关于后者，我们不妨设想，他在酒神的沉醉和神秘的自弃中，独自一人，脱离游荡着的歌队，醉倒路边；然后，由于日神的梦的感应，他自己的境界，亦即他和世界最内在基础的统一，**在一幅譬喻性的梦象中**向他显现了。

按照这些一般前提和对比，我们现在来考察**希腊人**，以弄清在他们身上，那种**自然的艺术冲动**发展得如何，达到了何等高度；我们借此可以深刻理解和正确评价希腊艺术家同其原型之间的关系，亦即亚里士多德所说的"模仿自然"。尽管希腊人有许多写梦文学和述梦轶闻，我们仍然只能用推测的方式，不过带着相当大的把握，来谈论希腊人的**梦**。鉴于他们的眼睛具有令人难以置信的准确可靠的造型能力，他们对色彩具有真诚明快的爱好，我们不禁要设想（这真是后世的耻辱），他们的梦也有一种线条、轮廓、颜色、布局的逻辑因果关系，一种与他们最优秀的浮雕相似的舞台效果。倘若能够用比喻来说，它们的完美性使我们有理由把做梦的希腊人看作许多荷马，又把荷马看作一个做梦的希腊人。这总比现代人在做梦方面竟敢自比为莎士比亚有更深刻的意义。

然而，我们不必凭推测就可断定，在**酒神的希腊人**同酒神的野蛮人之间隔着一条鸿沟。在古代世界的各个地区（这里不谈现代世界），从罗马到巴比伦，我们都能够指出酒神节的存在，其类型之于希腊酒神节，至多如同从公山羊借得名称和标志的长胡须萨提儿①之于酒神自己。几乎在所有的地方，这些节日的核心都是一种癫狂的性放纵，它的浪潮冲决每个家庭及其庄严规矩；天性中最凶猛的野兽径直脱开缰绳，乃至肉欲与暴行令人憎恶地相混合，我始终视之为真正的"妖女的淫药"。有关这些节日的知识从所有陆路和海路向希腊人源源渗透，面对它们的狂热刺激，他们似乎是用巍然屹立的日神形象长久完备地卫护了一个时代，日神举起美杜莎②的头，便似乎能够抵抗任何比怪诞汹涌的酒神冲动更危险的力量。这是多立克式的艺术，日神庄严的否定姿态在其中永世长存。然而，

---

① 萨提儿（Satyr），希腊神话中的森林之神，其形状为半人、半山羊，纵欲好饮，代表原始人的自然冲动。

② 美杜莎，希腊神话中的女妖，以蛇代发。她的头像常见于建筑物入口处的屏壁上，希腊人认为可以避邪化险。

尼
采

一旦类似的冲动终于从希腊人的至深根源中爆发出来,闯开一条出路,抵抗便很成问题,甚至不可能了。这时,德尔斐神的作用仅限于:通过一个及时缔结的和解,使强有力的敌手缴出毁灭性的武器。这一和解是希腊崇神史上最重要的时刻,回顾这个时刻,事情的根本变化是一目了然的。两位敌手和解了,并且严格规定了从此必须遵守的界限,定期互致敬礼;鸿沟并未彻底消除。但我们如果看到,酒神的权力在这媾和的压力下如何显现,我们就会知道,与巴比伦的萨克亚节及其人向虎猿退化的陋习相比,希腊人的酒神宴乐含有一种救世节和神化日的意义。只有在希腊人那里,大自然才达到它的艺术欢呼,个体化原理的崩溃才成为一种艺术现象。在这里,肉欲和暴行混合而成的可憎恶的"妖女的淫药"也失效了,只有酒神信徒的激情中那种奇妙的混合和二元性才使人想起它来——就好像药物使人想起致命的毒药一样。其表现是,痛极生乐,发自肺腑的欢喊夺走哀音;乐极而惶恐惊呼,为悠悠千古之恨悲鸣。在那些希腊节日里,大自然简直像是呼出了一口伤感之气,仿佛在为它分解成个体而喟叹。对于荷马时代的希腊世界来说,这些有着双重情绪的醉汉的歌唱和姿势是某种闻所未闻的新事物,而酒神的**音乐**尤其使他们胆战心惊。音乐似乎一向被看作日神艺术,但确切地说,这不过是指节奏的律动,节奏的造型力量被发展来描绘日神状态。日神音乐是音调的多立克式建筑术,但只是某些特定的音调,例如竖琴的音调。正是那种非日神的因素,决定着酒神音乐乃至一般音乐的特性的,如音调的震撼人心的力量、歌韵的急流直泻、和声的绝妙境界,却被小心翼翼地排除了。在酒神颂歌里,人受到鼓舞,最高度地调动自己的一切象征能力;某些前所未有的感受,如摩耶面纱的揭除,族类创造力乃至大自然创造力的合为一体,急于得到表达。这时,自然的本质要象征地表现自己,必须有一个新的象征世界,整个躯体都获得了象征意义,不但包括双唇、脸面、语言,而且包括频频运动手足的丰富舞姿。然后,其他象征能力成长了,寓于节奏、动力与和声的音乐的象征力量突然汹涌澎湃。为了充分调动全部象征能力,人必须已达那种自弃境界,而要通过上述能力象征性地表达出这种境界来。所以,唱着颂歌的酒神信徒只被同道中人理解!日神式的希腊人看到他们必定多么惊愕!而且,惊愕与日俱增,其中掺入了一种恐惧:也许这一切对他来说原非如此陌生,甚至他的日神信仰也不过是用来遮隔面前这酒神世界的一层面纱罢了。

三

为了理解日神文化,我们似乎必须一砖一石地把这巧妙的大厦拆除,直到我们看到它下面的地基。这时首先映入我们眼帘的是**奥林匹斯众神**的壮丽形象,他们耸立在大厦的山墙上,描绘他们事迹的光彩照人的浮雕装饰着大厦的腰线。

在这些浮雕之中,如果日神仅同众神像比肩而立,并不要求坐第一把交椅,我们是不会因此受到迷惑的。体现在日神身上的同一个冲动,归根到底分娩出了整个奥林匹斯世界,在这个意义上,我们可以把日神看作奥林匹斯之父。一个如此光辉的奥林匹斯诸神社会是因何种巨大需要产生的呢?

谁要是心怀另一种宗教走向奥林匹斯山,竟想在它那里寻找道德的高尚、圣洁、无肉体的空灵、悲天悯人的目光,他就必定怅然失望,立刻掉首而去。这里没有任何东西使人想起苦行、修身和义务;这里只有一种丰满的乃至凯旋的生存向我们说话,在这个生存之中,一切存在物不论善恶都被尊崇为神,于是,静观者也许诧异地面对这生机盎然的景象,自问这些豪放的人服了什么灵丹妙药,才能如此享受人生,以至目光所到之处,海伦——他们固有存在的这个"飘浮于甜蜜官能"的理想形象,都在向着他们嫣然微笑。然而,我们要朝这位掉首离去的静观者喊道:"别走,先听听希腊民间智慧对这个以妙不可言的快乐向你展示的生命说了些什么。"流传着一个古老的神话:弥达斯①国王在树林里久久地寻猎酒神的伴护,聪明的西勒诺斯②,却没有寻到。当他终于落到国王手中时,国王问道:对人来说,什么是最好最妙的东西? 这精灵木然呆立,一声不吭。直到最后,在国王强逼下,他突然发出刺耳的笑声,说道:"可怜的浮生呵,无常与苦难之子,你为什么逼我说出你最好不要听到的话呢? 那最好的东西是你根本得不到的,那就是不要**降生**,不要**存在**,成为**虚无**。不过对于你还有次好的东西——立刻就死。"

奥林匹斯的众神世界怎样对待这民间智慧呢? 一如临刑的殉道者怀着狂喜的幻觉面对自己的苦难。

现在奥林匹斯魔山似乎向我们开放了,为我们显示了它的根源。希腊人知道并且感觉到生存的恐怖和可怕,为了能够活下去,他们必须在它前面安排奥林匹斯众神的光辉梦境之诞生。对于泰坦诸神③自然暴力的极大疑惧,冷酷凌驾于一切知识的命数,折磨着人类伟大朋友普罗米修斯的兀鹰,智慧的俄狄浦斯的可怕命运,驱使俄瑞斯忒斯弑母的阿特柔斯家族的历史灾难,总之,林神的全部哲学及其诱使忧郁的伊特鲁利亚人④走向毁灭的神秘事例——这一切被希腊人

---

① 弥达斯(Midas),希腊神话中佛律癸亚国王,以巨富著称,传说他释放了捕获的西勒诺斯,把他交给酒神,酒神许以点金术。

② 西勒诺斯(Selenus),希腊神话中的精灵,酒神的养育者和教师。

③ 泰坦诸神(Titans),希腊神话中天神和地神所生的六儿六女,与宙斯争夺统治权而为其所败,象征大自然的原始暴力。

④ 伊特鲁利亚人,古意大利人的一支,公元前11世纪由小亚细亚渡海而来。公元前6世纪达于极盛,曾建立统治罗马的塔克文王朝。后为罗马所灭,但其文化对罗马有重大影响。

尼

采

用奥林匹斯艺术**中间世界**不断地重新加以克服,至少加以掩盖,从眼前移开了。为了能够活下去,希腊人出于至深的必要不得不创造这些神。我们也许可以这样来设想这一过程:从原始的泰坦诸神的恐怖秩序,通过日神的美的冲动,逐渐过渡而发展成奥林匹斯诸神的快乐秩序,这就像玫瑰花从有刺的灌木丛里生长开放一样。这个民族如此敏感,其欲望如此热烈,如此特别容易**痛苦**,如果人生不是被一种更高的光辉所普照,在他们的众神身上显示给他们,他们能有什么旁的办法忍受这人生呢?召唤艺术进入生命的这同一冲动,作为诱使人继续生活下去的补偿和生存的完成,同样促成了奥林匹斯世界的诞生,在这世界里,希腊人的"意志"持一面有神化作用的镜子映照自己。众神就这样为人的生活辩护,其方式是它们自己来过同一种生活 ——唯有这是充足的神正论! 在这些神灵的明丽阳光下,人感到生存是值得努力追求的,而荷马式人物的真正**悲痛**在于和生存分离,尤其是过早分离。因此,关于这些人物,现在人们可以逆西勒诺斯的智慧而断言:"对于他们,最坏是立即要死,其次坏是迟早要死。"这种悲叹一旦响起,它就针对着短命的阿喀琉斯①,针对着人类世代树叶般的更替变化,针对着英雄时代的衰落,一再重新发出。渴望活下去,哪怕是作为一个奴隶活下去,这种想法在最伟大的英雄也并非不足取。在日神阶段,"意志"如此热切地要求这种生存,荷马式人物感觉到自己和生存是如此难解难分,以致悲叹本身化作了生存颂歌。

这里必须指出,较晚的人类如此殷切盼望的人与自然的和谐统一,即席勒用"素朴"这个术语所表达的状态,从来不是一种如此简单的、自发产生的、似乎不可避免的状态,好像我们必定会在每种文化的入口之处遇到这种人间天堂似的。只有一个时代才会相信这种状态,这个时代试图把卢梭的爱弥儿想象成艺术家,妄想在荷马身上发现一个在大自然怀抱中受教育的艺术家爱弥儿。只要我们在艺术中遇到"素朴",我们就应知道这是日神文化的最高效果,这种文化必定首先推翻一个泰坦王国,杀死巨怪,然后凭借有力的幻觉和快乐的幻想战胜世界静观的可怕深渊和多愁善感的脆弱天性。然而,要达到这种完全沉浸于外观美的素朴境界,是多么难能可贵啊! 荷马的崇高是不可言喻的,作为个人,他诉诸日神的民族文化,犹如一个梦艺术家诉诸民族的以及自然界的梦的能力。荷马的"素朴"只能理解为日神幻想的完全胜利,它是大自然为了达到自己的目的而经常使用的一种幻想。真实的目的被幻象遮盖了,我们伸手去抓后者,而大自然却靠我们的受骗实现了前者。在希腊人身上,"意志"要通过创造力和艺术世界的神化作用直观自身。它的造物为了颂扬自己,就必须首先觉得自己配受颂扬。所以,

———————————

① 阿喀琉斯(Achilles),特洛亚战争中的英雄,死在特洛亚城陷落前的争夺战中。

他们要在一个更高境界中再度观照自己,这个完美的静观世界不是作为命令或责备发生作用。这就是美的境界,他们在其中看到了自己的镜中映像——奥林匹斯众神。希腊人的"意志"用这种美的映照来对抗那种与痛苦和痛苦的智慧相关的艺术才能,而作为它获胜的纪念碑,我们面前巍然矗立着素朴艺术家荷马。

四

关于这位素朴的艺术家,梦的类比可以给我们一些启发。我们不妨想象一个做梦的人,他沉湎于梦境的幻觉,为了使这幻觉不受搅扰,便向自己喊道:"这是一个梦,我要把它梦下去。"从这里我们可以推断,梦的静观有一种深沉内在的快乐。另一方面,为了能够带着静观的这种快乐做梦,就必须完全忘掉白昼及其烦人的纠缠。对这一切现象,我们也许可以在释梦之神日神的指导下,用下述方式来说明。在生活的两个半边中,即在醒和梦中,前者往往被认定远为可取、重要、庄严、值得经历一番,甚至是唯一经历过的生活;但是,我仍然主张,不管表面看来多么荒谬,就我们身为其现象的那一本质的神秘基础来说,梦恰恰应当受到人们所拒绝给予的重视。因为,我愈是在自然界中察觉到那最强大的艺术冲动,又在这冲动中察觉到一种对于外观以及通过外观而得解脱的热烈渴望,我就愈感到自己不得不承认这一形而上的假定:真正的存在和太一,作为永恒的痛苦和冲突,既需要振奋人心的幻觉,也需要充满快乐的外观,以求不断得到解脱。我们完全囿于这外观,由这外观所构成必定会觉得它是真正的非存在,是一种在时间、空间和因果系列中的持续变化,换句话说,是经验的实在。让我们暂时不考虑我们自身的"实在",而把我们的经验存在如同一般的世界存在那样,理解为在每一瞬间唤起的太一的表象,那么,我们就必须把梦看作**外观的外观**,从而看作对外观的原始欲望的一种更高满足。基于这同一理由,自然的内心深处对于素朴艺术家和素朴艺术品(它也只是"外观的外观")怀有说不出的喜悦。**拉斐尔**本人是不朽的素朴艺术家之一,他在一幅象征画里给我们描绘了外观向外观的转化,也就是素朴艺术家以及日神文化的原始过程。他在《**基督的变容**》下半幅,用那个痴醉的男孩、那些绝望的搬运工、那些惊慌的信徒,反映了永恒的原始痛苦,世界的唯一基础,在这里,"外观"是永恒冲突这万物之父的反照。但是,从这一外观升起了一个幻觉般的新的外观世界,宛如一阵神渝的芳香。那些囿于第一个外观的人对这新的外观世界视若不见——它闪闪发光地飘浮在最纯净的幸福之中,飘浮在没有痛苦的、远看一片光明的静观之中。在这里,在最高的艺术象征中,我们看到了日神的美的世界及其深层基础——西勒诺斯的可怕智慧,凭直觉领悟了两者的相互依存关系。然而,日神再一次作为个体化原理的神化出现在我们面前,唯有在它身上,太一永远达到目的,通过外观而得救。它以崇高的姿态向我们指出,整个苦恼世界是多么必要,个人借之而产生有解脱作用的幻觉,并且潜心静观这幻觉,以便安坐于颠簸小舟,渡过苦海。

个体化的神化,作为命令或规范的制定来看,只承认一个法则——个人,即对个人界限的遵守,希腊人所说的**适度**。作为德行之神,日神要求它的信奉者适度以及——为了做到适度——有自知之明。于是,与美的审美必要性平行,提出了"认识你自己"和"勿过度"的要求;反之,自负和过度则被视为非日神领域的势不两立的恶魔,因而是日神前泰坦时代的特征,以及日神外蛮邦世界的特征。普罗米修斯因为他对人类的泰坦式的爱,必定遭到兀鹰的撕啄;俄狄浦斯因为他过分聪明,解开斯芬克斯之谜,必定陷进罪恶的混乱旋涡——这就是德尔斐神对希腊古史的解释。

在日神式的希腊人看来,酒神冲动的作用也是"泰坦的"和"蛮夷的";同时他又不能不承认,他自己同那些被推翻了的泰坦诸神和英雄毕竟有着内在的血亲关系。他甚至还感觉到:他的整个生存及其全部美和适度,都建立在某种隐蔽的痛苦和知识之根基上,酒神冲动向他揭露了这种根基。看吧!日神不能离开酒神而生存!说到底,"泰坦"和"蛮夷"因素与日神因素同样必要!现在我们想象一下,酒神节的狂欢之声如何以愈益诱人的魔力飘进这建筑在外观和适度之上、受到人为限制的世界,在这器声里,自然在享乐、受苦和认知时的整个**过度**如何昭然若揭,迸发出势如破竹的呼啸;我们想象一下,与这着了魔似的全民歌唱相比,拨响幽灵似的竖琴、唱着赞美诗的日神艺术家能有什么意义!"外观"艺术的缪斯们在这醉中谈说真理的艺术面前黯然失色,西勒诺斯的智慧向静穆的奥林匹斯神喊道:"可悲呵!可悲呵!"在这里,个人带着他的全部界限和适度,进入酒神的陶然忘我之境,忘掉了日神的清规戒律。**过度**显现为真理,矛盾、生于痛苦的欢乐从大自然的心灵中现身说法。无论何处,只要酒神得以通行,日神就遭到扬弃和毁灭。但是,同样确凿的是,在初次进攻被顶住的地方,德尔斐神的模样和威严就愈发显得盛气凌人。因此,我可以宣布,在我看来,**多立克**国家和多立克艺术不过是日神步步安扎的营寨;只有不断抗拒酒神的原始野性,一种如此顽固、拘谨、壁垒森严的艺术,一种如此尚武、严厉的训练,一种如此残酷无情的国家制度,才得以长久维持。

我在本文开头提出的看法,到此已做了展开的阐明:日神和酒神怎样在彼此衔接的不断新生中相互提高,支配了希腊人的本质;从"青铜"时代及其泰坦诸神的战争和严厉的民间哲学中,在日神的美的冲动支配下,怎样发展出了荷马的世界;这"素朴"的壮丽又怎样被酒神的激流淹没;最后,与这种新势力相对抗,日神冲动怎样导致多立克艺术和多立克世界观的刻板威严。如果按照这种方式,根据两个敌对原则的斗争,把古希腊历史分为四大艺术时期,那么,我们现在势必要追问这种变化发展的最终意图,因为最后达到的时期,即多立克艺术时期,决不应看作这些艺术冲动的顶点和目标。于是,我们眼前出现了**阿提卡悲剧**和戏剧酒神颂歌的高尚而珍贵的艺术作品,它们是两种冲动的共同目标,这两种冲动经过长期斗争,终于在一个既是安提戈涅又是卡珊德拉①的孩子身上庆祝其神秘的婚盟。

五

我们现在接近我们研究的真正目的了,这就是认识酒神兼日神类型的创造力及其艺术作品,至少预感式地领悟这种神秘的结合。现在我们首先要问,那在日后发展成悲剧和戏剧酒神颂的新萌芽,在希腊人的世界里最早显露于何处?关于这一点,古代人自己给了我们形象的启发,他们把**荷马和阿尔基洛科斯**②当作希腊诗歌的始祖和持火炬者,并列表现于雕塑、饰物等之上,真心感到只有这两个同样完美率真的天性值得敬重,从他们身上涌出一股火流,温暖着希腊的千秋万代。荷马,这潜心自身的白发梦想家,日神文化和素朴艺术家的楷模,现在愕然望着那充满人生激情、狂放尚武的缪斯仆人阿尔基洛科斯的兴奋面孔,现代美学只会把这解释为第一个"主观"艺术家起而对抗"客观"艺术家。这种解释对我们毫无用处,因为我们认为,主观艺术家不过是坏艺术家,在每个艺术种类和高度上,首先要求克服主观,摆脱"自我",让个人的一切意愿和欲望保持缄默。没有客观性,没有纯粹超然的静观,就不能想象有哪怕最起码的真正的艺术创作。为此,我们的美学必须首先解决这个问题:"抒情诗人"怎么能够是艺术家?一切时代的经验都表明,他们老是在倾诉"自我",不厌其烦地向我们歌唱自己的热情和渴望。正是这个阿尔基洛科斯,在荷马旁边,用他的愤恨讥讽的呼喊,如醉如狂的情欲,使我们心惊肉跳。他,第一个所谓主观艺术家,岂不因此是真正的非艺术家吗?可是,这样一来,又如何解释他所受到的尊崇呢?这种尊崇恰好是由"客观"艺术的故乡德尔斐的神谕所证实了的。

关于自己创作的过程,**席勒**用一个他自己也不清楚的但无疑是光辉的心理观察向我们做了阐明。他承认,诗创作活动的预备状态,绝不是眼前或心中有了一系列用思维条理化了的形象,而毋宁说是一种**音乐情绪**("感觉在我身上一开始并无明白确定的对象;这是后来才形成的。第一种音乐情绪掠过了,随后我头脑里才有诗的意象")。我们再补充指出全部古代抒情诗的一种最重要的现象:

---

① 安提戈涅,俄狄浦斯的女儿,其父失明后,曾为其父导盲,后又违抗新王克瑞翁的禁令,埋葬其兄波吕尼刻斯。卡珊德拉,特洛伊公主,能预言。

② 阿尔基洛科斯(前 714? —前 676?),古希腊抒情诗人,擅长讽刺诗。

无论何处，**抒情诗人**与**乐师**都自然而然地相结合，甚至成为一体。相形之下，现代抒情诗好像是无头神像。现在，我们就能根据前面阐明的审美形而上学，用下述方式解释抒情诗人。首先，作为酒神艺术家，他完全同太一及其痛苦和冲突打成一片，制作太一的摹本即音乐，倘若音乐有权被称作世界的复制和再造的话；然而，在日神的召梦作用下，音乐在**譬喻性的梦象**中，对于他重新变得可以看见了。原始痛苦在音乐中的无形象无概念的再现，现在靠着它在外观中的解脱，产生一个第二映象，成了别的譬喻或例证。艺术家在酒神过程中业已放弃他的主观性。现在，向他表明他同世界心灵相统一的那幅图画是一个梦境，它把原始冲突、原始痛苦以及外观的原始快乐都变成可感知的了。抒情诗人的"自我"就这样从存在的深渊里呼叫，现代美学家所谓抒情诗人的"主观性"只是一个错觉。当希腊第一个抒情诗人阿尔基洛科斯向吕甘伯斯的女儿们同时表示了他的痴恋和蔑视时，呈现在我们眼前的并不是他的如痴如狂颤动着的热情。我们看到酒神和他的侍女们，看到酩酊醉汉阿尔基洛科斯，如同欧里庇得斯在《酒神侍者》中所描写的那样，正午，阳光普照，他醉卧在阿尔卑斯山的草地上。这时，日神走近了，用月桂枝轻触他。于是，醉卧者身上酒神和音乐的魔力似乎向四周迸发如画的焰火，这就是抒情诗，它的最高发展形式被称作悲剧和戏剧酒神颂。

雕塑家以及与之性质相近的史诗诗人，沉浸在对形象的纯粹静观之中。酒神音乐家完全没有形象，他是原始痛苦本身及其原始回响。抒情诗的天才则感觉到，从神秘的自弃和统一状态中生长出一个形象和譬喻的世界，与雕塑家和史诗诗人的那个世界相比，这个世界有完全不同的色彩、因果联系和速度。雕塑家和史诗诗人愉快地生活在形象之中，并且只生活在形象之中，乐此不疲，对形象最细微的特征爱不释手。对他们来说，发怒的阿喀琉斯的形象只是一个形象，他们怀着对外观的梦的喜悦享受其发怒的表情。这时候，他们是靠那面外观的镜子防止了与他们所塑造的形象融为一体。与此相反，抒情诗人的形象只是抒情诗人自己，它们似乎是他本人的形形色色的客观化，所以，可以说他是那个"自我"世界的移动着的中心点。不过，这自我不是清醒的、经验现实的人的自我，而是根本上唯一真正存在的、永恒的、立足于万物之基础的自我，抒情诗天才通过这样的自我的摹本洞察万物的基础。现在我们再设想一下，他在这些摹本下又发现了**自己**是非天才，即发现了他的"主体"，它是由他全部混乱的主观激情和愿望组成的，指向他自以为真实确定的对象。如此看来，抒情诗天才与同他相关的非天才似乎原是一体，因而前者用"我"这字眼谈论自己。但是，这种现象现在不能再迷惑我们了，尽管它迷惑了那些认定抒情诗人是主观诗人的人。实际上，阿尔基洛科斯这个热情燃烧着、爱着和恨着的人，只是创造力的一个幻影，此时此刻他已不再是阿尔基洛科斯，而是世界创造力借阿尔基洛科斯其人象征性地说出自己的原始痛苦。相反,那位主观地愿望着、渴求着的人——阿尔基洛科斯绝不可能是诗人。然而,抒情诗人完全不必把阿尔基洛科斯其人这个现象当作永恒存在的再现;悲剧证明,抒情诗人的幻想世界能够离开那诚然最早出现的现象多么远。

叔本华并不回避抒情诗人给艺术哲学带来的困难,他相信能找到一条出路,尽管我并不赞同他的这条出路。在他的深刻的音乐形而上学里,唯有他掌握了能够彻底消除困难的手段。我相信,按照他的精神,怀着对他的敬意,必能获得成功。然而,他却这样描述诗歌的特性(《作为意志和表象的世界》第一卷):"一个歌者所强烈意识到的,是意志的主体,即自己的愿望,它常是满足和解除了的愿望(快乐),更常是受阻抑的愿望(悲哀),始终是冲动、热情和激动的心境。同时,歌者又通过观察周围自然界而意识到,他是无意志的纯粹认识的主体。以后,这种认识的牢不可破的天国般的宁静就同常受约束、愈益可怜的愿望的煎熬形成对照。其实,一切抒情诗都在倾诉这种对照和交替的感觉,一般来说,正是它造成了抒情的心境。在抒情心境中,纯粹认识仿佛向我们走来,要把我们从愿望及其煎熬中解救出来。我们顺从了,但只是在片刻之间,愿望、对个人目的的记忆总是重新向宁静的观照争夺我们。不过,眼前的优美景物也总是重新吸引我们离开愿望,无意志的纯粹认识在这景物中向我们显现自身。这样,在抒情诗和抒情心境中,愿望(个人的目的、兴趣)与对眼前景物的纯粹静观彼此奇特地混合。我们将要对两者的关系加以探究和揣想。在一种反射作用中,主观的情绪和意志的激动给所观照的景物染上自己的色彩,反过来自己也染上景物的色彩。真正的抒情诗就是这整个既混合又分离的心境的印迹。"

从这段叙述中,谁还看不出来,抒情诗被描写成一种不完善的、似乎偶尔得之、很少达到目的的艺术,甚至是一种半艺术,这种半艺术的**本质**应当是愿望与纯粹静观,即非审美状态与审美状态的奇特混合?我们宁可主张,叔本华依然用来当作价值尺度并据以划分艺术的那个对立,即主观艺术与客观艺术的对立,在美学中是根本不适用的。在这里,主体,即愿望着的和追求着一己目的的个人,只能看作艺术的敌人,不能看作艺术的泉源。但是,在下述意义上艺术家是主体:他已经摆脱他个人的意志,好像变成了中介,通过这中介,一个真正的主体庆祝自己在外观中获得解脱。我们在进行褒贬时,必须特别明了这一点:艺术的整部喜剧根本不是为我们演出的,譬如说,不是为了改善和教育我们而演出的,而且我们也不是这艺术世界的真正创造者。我们不妨这样来看自己:对于艺术世界的真正创造者来说,我们已是图画和艺术投影,我们的最高尊严就在作为艺术作品的价值之中——因为只有作为**审美现象**,生存和世界才是**永远有充分理由的**。可是,我们关于我们这种价值的意识,从未超过画布上的士兵对画布上的战役所拥有的意识。所以,归根到底,我们的全部艺术知识是完全虚妄的知识,因为作为认知者,我们并没有与那个本质合为一体,该本质作为艺术喜剧的唯一作者和观众,替自己预备了这永久的娱乐。只有当天才在艺术创作活动中同这位世界原始艺术家互相融合,他对艺术的永恒本质才略有所知。在这种状态中,他像神仙故事所讲的魔画,能够神奇地转动眼珠来静观自己。这时,他既是主体,又是客体,既是诗人和演员,又是观众。

六

有关阿尔基洛科斯的学术研究揭示,他把**民歌**引进了文学,因为这一事迹,他受到希腊人的普遍敬重,有权享有荷马身边唯一的一把交椅。然而,什么是同完全日神的史诗相对立的民歌呢?它不就是日神与酒神相结合的永久痕迹(perpetuum vestigium)吗?它声势浩大地流行于一切民族,并且不断新生,日益加强,给我们提供了一个证据,证明自然界的二元性艺术冲动有多么强烈。这些冲动在民歌里留下痕迹,正如一个民族的秘仪活动在该民族的音乐里永垂不朽一样。历史确实可以证明,民歌多产的时期都是受到酒神洪流最强烈的刺激,我们始终把酒神洪流看作民歌的深层基础和先决条件。

然而,在我们看来,民歌首先是音乐的世界镜子,是原始的旋律,这旋律现在为自己找到了对应的梦境,将它表现为诗歌。**因此,旋律是第一和普遍的东西,**从而能在多种歌词中承受多种客观化。按照人民的朴素评价,它也是远为重要和必需的东西。旋律从自身中产生诗歌,并且不断地重新产生诗歌。**民歌的诗节形式**所表明的无非是这一点。我对这种现象一直感到惊诧,直到我终于找到了这一说明。谁遵照这个理论来研究民歌集,例如《男孩的魔号》,他将找到无数例子,表明连续生育着的旋律怎样在自己周围喷洒如画焰火,绚丽多彩,瞬息万变,惊涛狂澜,显示出一马平川的史诗闻所未闻的力量。从史诗的立场看,抒情诗的这个不均衡、不规则的形象世界简直该受谴责,而忒潘德(Terpaunder)时代日神节的庄严的史诗吟诵者真是如此谴责它的。

这样,在民歌创作中,我们看到语言全力以赴、聚精会神地**模仿音乐**。所以,由阿尔基洛科斯开始了一个新的诗歌世界,它同荷马的世界是根本对立的。我们以此说明了诗与音乐、词与声音之间唯一可能的关系:词、形象、概念寻求一种同音乐相似的表达方式,终于折服于音乐的威力。在这个意义上,我们可以在希腊民族的语言史上区分出两个主要潮流,其界限是看语言模仿现象世界和形象世界,还是模仿音乐世界。只要深思一下荷马和品达①在语言的色彩、句法结

---

①　品达(前522?—前442),古希腊抒情诗人,擅长合唱琴歌。

构、词汇方面的差异，以领会这一对立的意义，就会清楚地看到：在荷马和品达之间，必定响起过**奥林匹斯秘仪的笛声**，直到亚里士多德时代，音乐已经极其发达，这笛声仍使人如醉似狂，以其原始效果激励当时的一切诗歌表现手段去模仿它。我不禁想起今日一种众所周知的、我们的美学却感到厌恶的现象。我们一再发现，有些听众总想替贝多芬的一首交响曲寻找一种图解。由一段乐章产生的种种形象的组合，似乎本来就异常五光十色，甚至矛盾百出，却偏要在这种组合上练习其可怜的机智，反而忽略了真正值得弄清的现象，在某类美学中，这却是天经地义。纵使这位音乐家用形象说明一种结构，譬如把某一交响曲称作"田园交响乐"，把某一乐章称作"河边小景"，把另一乐章称作"田夫同乐"，也只是生于音乐的譬喻式观念而已，而绝非指音乐所模仿的对象。无论从哪一方面看，这些观念都不能就音乐的**酒神**内容给我们以启示，而且，和别的形象相比，它们也没有特别的价值。现在，我们把这个寓音乐于形象的过程搬用到一个朝气蓬勃的、富有语言创造力的人群中，便可约莫了解诗节式的民歌如何产生，全部语言能力如何因模仿音乐这一新原则而获得调动了。

　　且让我们把抒情诗看作音乐通过形象和概念的模仿而闪射的光芒，这样，我们就可追问："音乐在形象和概念中**表现**为什么？"它**表现为意志**（按照叔本华所赋予的含义来使用这个词），也就是表现为纯观照、无意志的审美情绪的对立面。在这里，人们或许要尽可能严格地把本质概念同现象概念加以区分，因为音乐按照其本质不可能是意志，否则就要完全被逐出艺术领域，须知意志本身是非审美的。然而，它却表现为意志。这是因为，为了表达形象中的音乐现象，抒情诗人必须调动全部情感，从温情细语到深仇大恨。在用日神譬喻表达音乐这种冲动下，他把整个自然连同他自身仅仅理解为永恒的意欲者、憧憬者和渴求者。但是，只要他用形象来解释音乐，他自己静息在日神观照的宁静海面上，那么，他通过音乐媒介观照到的一切就在他周围纷乱运动。当他通过音乐媒介看自己时，他自己的形象就出现在一种未得满足的情感状态中，他自己的意愿、渴念、呻吟、欢呼都成了他借以向自己解释音乐的一种譬喻。这就是抒情诗人的现象；作为日神的天才，他用意志的形象解释音乐，而他自己却完全摆脱了意志的欲求，是纤尘不染的金睛火眼。

　　这里的全部探讨坚持一点：抒情诗仍然依赖于音乐精神，正如音乐本身有完全的主权，**不需要**形象和概念，而只是在自己之旁**容忍**它们。抒情诗丝毫不能说出音乐在最高一般性和普遍有效性中未曾说出的东西，音乐迫使抒情诗做图解。所以，语言绝不能把音乐的世界象征圆满表现出来，音乐由于象征性地关联到太一心中的原始冲突和原始痛苦，故而一种超越一切现象和先于一切现象的境界得以象征化了。相反，每种现象之于音乐毋宁只是譬喻；因此，**语言作为现象的**

器官和符号,绝对不能把音乐的至深内容加以披露。当它试图模仿音乐时,它同音乐只能有一种外表的接触,我们仍然不能借任何抒情的口才而向音乐的至深内容靠近一步。

七

现在,我们必须借助前面探讨过的种种艺术原理,以便在**希腊悲剧的起源**这个迷宫里辨识路径。倘若我说这一起源问题至今从未严肃地被提出过,更不用说解决了,我想这绝不是危言耸听。古代传说的飘零碎片倒也常拼缝起来,可又重新扯裂。古代传说斩钉截铁地告诉我们,**悲剧从悲剧歌队中产生**,一开始仅仅是歌队,除了歌队什么也不是。因此,我们有责任去探究作为真正原始戏剧的悲剧歌队的核心,无论如何不要满足于流行的艺术滥调,说什么歌队是理想观众,或者说它代表平民对抗舞台上的王公势力。后一种解释,在有些政治家听来格外响亮,似乎民主的雅典人的永恒道德准则体现在平民歌队身上了,这歌队始终凌驾在国王们的狂暴的放荡无度之上,坚持着正义。这种解释尽管可以用亚里士多德的话来助威,但不着悲剧起源问题的边际。在这个问题上,平民和王公的全部对立,一般来说,全部政治社会领域,都未触及悲剧的纯粹宗教根源。就埃斯库罗斯和索福克勒斯那里我们所熟悉的歌队的古典形式而论,我们甚至认为,说这里预见到了"立宪人民代表制"那真是亵渎,但有些人就不怕亵渎。古代的国家宪法在实践上并没有立宪平民代表制,但愿在他们的悲剧里也从来没有"预见"到它。

比歌队的政治解释远为著名的是 A. W. 施莱格尔的见解。他向我们建议,在一定程度上,可把歌队看作观众的典范和精华,看作"理想的观众"。这种观点同悲剧一开始仅是歌队这一历史传说对照起来,就原形毕露,证明自己是一种粗陋的、不科学的然而闪光的见解。但它之所以闪光,只是靠了它的概括的表达形式,靠了对一切所谓"理想的"东西的真正日耳曼式偏爱,靠了我们一时的惊愕。只要我们把我们十分熟悉的剧场公众同歌队做一比较,并且自问,从这种公众里是否真的可能产生过某种同悲剧歌队类似的东西,我们就惊诧不已了。我们冷静地否认这一点,既奇怪施莱格尔主张的大胆,也奇怪希腊公众竟有完全不同的天性。我们始终认为,一个正常的观众,不管是何种人,必定始终知道他所面对的是一件艺术作品,而不是一个经验事实。相反,希腊悲剧歌队却不由自主地把舞台形象认作真人。扮演海神女儿的歌队真的相信亲眼看见了泰坦神普罗米修斯,并且认为自己就是舞台上的真实的神。那么,像海神女儿一样,认为普罗米修斯亲自到场、真有其人,难道便是最高级、最纯粹的观众类型了吗?难道跑上舞台,把这位神从酷刑中解救出来,便是理想观众的标志?我们相信审美的公众,一个观众越是把艺术品当作艺术即当作审美对象来对待,我们就认为他越有能力。可是,施莱格尔的理论这时却来指点我们说,对于完美的、理想的观众,舞台世界不是以审美的方式,而是以亲身经验的方式发生作用的。我们不禁叹息:啊,超希腊人! 你们推翻了我们的美学! 可是,习惯成自然,一谈到歌队,人们就重复施莱格尔的箴言。

然而,古代传说毫不含糊地反对施莱格尔:本来的歌队无须乎舞台,因此,悲剧的原始形态与理想观众的歌队水火不相容。这种从观众概念中引申出来、把"自在的观众"当作其真正形式的艺术究竟是什么东西呢? 没有演员的观众是一个悖理的概念。我们认为,悲剧的诞生恐怕既不能从群众对于道德悟性的尊重得到说明,也不能从无剧的观众的概念得到说明。看来,这个问题是过于深刻了,如此肤浅的考察方式甚至没有触到它的皮毛。

在《麦西拿的新娘》的著名序言中,席勒已经对歌队的意义发表了一种极有价值的见解。他把歌队看作围在悲剧四周的活城墙,悲剧用它把自己同现实世界完全隔绝,替自己保存理想的天地和诗意的自由。

席勒用这个重要武器反对自然主义的平庸观念,反对通常要求于戏剧诗的妄念。尽管剧场时间本身只是人为的,布景只是一种象征,韵律语言具有理想性质,但是,一种误解还始终完全起着支配作用。把那种是一切诗歌之本质的东西仅仅当作一种诗意的自由来容忍,这是不够的。采用歌队是决定性一步,通过这一步,便向艺术上形形色色的自然主义光明磊落地宣了战——在我看来,正是对于这样一种考察方式,我们这个自命不凡的时代使用了"假理想主义"这诬蔑的词眼。我担心,与此相反,如今我们怀着对自然和现实的崇拜,接近了一切理想主义的相反极,即走进了蜡像陈列馆的领域。正如在当代某些畅销的长篇小说中一样,在蜡像馆里也有某种艺术,只是但愿别拿下列要求来折磨我们:用这种艺术克服席勒和歌德的"假理想主义"。

按照席勒的正确理解,希腊的萨提儿歌队,原始悲剧的歌队,其经常活动的境界诚然是一个"理想的"境界,一个高踞于浮生朝生暮死之路之上的境界。希腊人替歌队制造了一座虚构的**自然状态**的空中楼阁,又在其中安置了虚构的**自然生灵**。悲剧是在这一基础上成长起来的,因而,当然一开始就使痛苦的写照免去了现实性。然而,这终究不是一个在天地间任意想象出来的世界;毋宁是一个真实可信的世界,就像奥林匹斯及其神灵对于虔信的希腊人来说是真实可信的一样。酒神歌舞者萨提儿,在神话和崇拜的批准下,就生活在宗教所认可的一种现实中。悲剧始于萨提儿,悲剧的酒神智慧借他之口说话,对我们来说,这是一个可惊的现象,正如一般来说,悲剧产生于歌队是一个可惊的现象一样。倘若我提出一个论断,说萨提儿这虚构的自然生灵与有教养的人的关系,相当于酒神音乐与文明的关系,也许我们就获得了一个研究的出发点。理查德·瓦格纳最近说,音乐使文明黯然失色,犹如日光使烛火黯然失色。我相信,与此同理,希腊有教养的人面对萨提儿歌队会自惭形秽。酒神悲剧最直接的效果在于:城邦、社会以及一般来说人与人之间的裂痕向一种极强烈的统一感让步了,这种统一感引导人复归大自然的怀抱。在这里,我已经指出,每部真正的悲剧都用一种形而上的慰藉来解脱我们:不管现象如何变化,事物基础之中的生命仍是坚不可摧和充满欢乐的。这一个慰藉异常清楚地体现为萨提儿歌队,体现为自然生灵的歌队,这些自然生灵简直是不可消灭地生活在一切文明的背后,尽管世代更替,民族历史变迁,它们却永远存在。

希腊人深思熟虑,独能感受最细腻、最惨重的痛苦,他们用这歌队安慰自己。他们的大胆目光直视所谓世界史的可怕浩劫,直视大自然的残酷,陷于渴求佛教涅槃的危险之中。艺术拯救他们,生命则通过艺术拯救他们而自救。

酒神状态的迷狂,它对人生日常界限和规则的毁坏,其间,包含着一种**恍惚**的成分,个人过去所经历的一切都淹没在其中了。这样,一条忘川隔开了日常的现实和酒神的现实。可是,一旦日常的现实重新进入意识,就会令人生厌;一种弃志禁欲的心情便油然而生。在这个意义上,酒神的人与哈姆雷特相像:两者都一度洞悉事物的本质,他们**彻悟**了,他们厌弃行动;由于他们的行动丝毫改变不了事物的永恒本质,他们就觉得,指望他们来重整分崩离析的世界,乃是可笑或可耻的。知识扼杀了行动,行动离不开幻想的蒙蔽——这才是哈姆雷特的教训,而绝不是梦想家的那种廉价智慧,后者由于顾虑重重,不妨说由于一种可能性之过剩,才不能走向行动。不是顾虑重重,不!——是真知灼见,是对可怕真理的洞察,战胜了每一个驱使行动的动机,无论在哈姆雷特还是在酒神的人身上均是如此。此时此刻,任何安慰都无济于事,思慕之情已经越过了来世,越过了神灵,生存连同它在神灵身上或不死彼岸的辉煌返照都遭到了否定。一个人意识到他一度瞥见的真理,他就处处只看见存在的荒谬可怕,终于领悟了奥菲利亚命运的象征意义,懂得了林神西勒诺斯的智慧,他厌世了。

就在这里,在意志的这一最大危险之中,**艺术**作为救苦救难的仙子降临了。唯她能够把生存荒谬可怕的厌世思想转变为使人借以活下去的表象,这些表象就是**崇高**和**滑稽**,前者用艺术来制服可怕,后者用艺术来解脱对于荒谬的厌恶。酒神颂的萨提儿歌队是希腊艺术的救世之举;在这些酒神护送者的缓冲世界中,上述突发的激情宣泄殆尽。

八

萨提儿和近代牧歌中的牧人一样,两者都是怀恋原始因素和自然因素的产物。然而,希腊人是多么坚定果敢地拥抱他们的林中人,而现代人却是多么羞涩怯懦地调戏一个温情脉脉的吹笛牧人的谄媚形象!希腊人在萨提儿身上所看到的,是知识尚未制作、文化之门尚未开启的自然。因此,对希腊人来说,萨提儿与猿人不可相提并论。恰好相反,它是人的本真形象,人的最高、最强冲动的表达,是因为靠近神灵而兴高采烈的醉心者,是与神灵共患难的难友,是宣告自然至深胸怀中的智慧的先知,是自然界中性的万能力量的象征。希腊人对这种力量每每心怀敬畏,惊诧注目。萨提儿是某种崇高神圣的东西,在痛不欲生的酒神气质的人眼里,他尤其必定如此。矫饰冒牌的牧人使他感到侮辱。他的目光留恋于大自然明朗健康的笔触,从而获得崇高的满足。这里,人的本真形象洗去了文明的铅华。这里,显现了真实的人,长胡子萨提儿,正向着他的神灵欢呼。在他面前,文明人皱缩成一幅虚假的讽刺画。在悲剧艺术的这个开端问题上,席勒同样是对的:歌队是抵御汹涌现实的一堵活城墙,因为它(萨提儿歌队)比通常自视为唯一现实的文明人更诚挚、更真实、更完整地模拟生存。诗的境界并非像诗人头脑中想象出的空中楼阁那样存在于世界之外,恰好相反,它想要成为真理的不加掩饰的表现,因而必须抛弃文明人虚假现实的矫饰。这一真正的自然真理同自命唯一现实的文化谎言的对立,酷似于物的永恒核心、自在之物同全部现象界之间的对立。正如悲剧以其形而上的安慰在现象的不断毁灭中指出那生存核心的永生一样,萨提儿歌队用一个譬喻说明了自在之物同现象之间的原始关系。近代人牧歌里的那位牧人,不过是他们所妄称作自然的全部虚假教养的一幅肖像。酒神气质的希腊人却要求最有力的真实和自然——他们看到自己魔变为萨提儿。

酒神信徒结队游荡,纵情狂欢,沉浸在某种心情和认识之中,它的力量使他们在自己眼前发生了变化,以至他们在想象中看到自己是再造的自然精灵,是萨提儿。悲剧歌队后来的结构是对这一自然现象的艺术模仿,其中当然必须把酒神的观众同酒神的魔变者分开。只是必须时刻记住,阿提卡悲剧的观众在歌队身上重新发现了自己,归根到底并不存在观众与歌队的对立,因为全体是一个庄严的大歌队,它由且歌且舞的萨提儿或萨提儿所代表的人们组成。施莱格尔的见解在这里必须按照一种更深刻的意义加以阐发。歌队在以下含义上是"理想的观众",即它是唯一的**观看者**,舞台幻境的观看者。我们所了解的那种观众概念,希腊人是不知道的。在他们的剧场里,由于观众大厅是一个依同心弧升高的阶梯结构,每个人都真正能够**忽视**自己周围的整个文明世界,在饱和的凝视中觉得自己就是歌队一员。根据这一看法,我们可以把原始悲剧的早期歌队称作酒神气质的人的自我反映。这一现象在演员表演时最为清楚,倘若他真有才能,他会看见他所扮演的人物形象栩栩如生地飘浮在眼前。萨提儿歌队最初是酒神群众的幻觉,就像舞台世界又是这萨提儿歌队的幻觉一样。这一幻觉的力量如此强大,足以使人对于"现实"的印象和四周井然就座的有教养的人们视而不见。希腊剧场的构造使人想起一个寂静的山谷,舞台建筑有如一片灿烂的云景,聚集在山上的酒神顶礼者从高处俯视它,宛如绚丽的框架,酒神的形象就在其中向他们显现。

在这里,我们为了说明悲剧歌队而谈到的这种艺术原始现象,用我们关于基本艺术过程的学术研究的眼光来看,几乎是不体面的。然而,诗人之为诗人,就在于他看到自己被形象围绕着,它们在他面前生活和行动,他洞察它们的至深本质,这是再确实不过的了。由于现代才能的一个特有的弱点,我们喜好把审美的原始现象想象得太复杂太抽象。对于真正的诗人来说,借喻不是修辞手段,而是取代某一观念真实浮现在他面前的形象。对他来说,性格不是由搜集拢来的个别特征所组成的一个整体,而是赫然在目的活生生的人物,它仅仅因为持续不断的生活下去和行动下去而显示出同画家的类似幻想的区别。荷马为何比所有诗人都描绘得更活灵活现?因为他观察得更多。我们之所以如此抽象地谈论诗歌,是因为我们平常都是糟糕的诗人。审美现象归根到底是单纯的。谁只要有本事持续地观看一种生动的游戏,时常在幽灵们的围绕下生活,谁就是诗人。谁只要感觉到自我变化的冲动,渴望从别的肉体和灵魂向外说话,谁就是戏剧家。

酒神的兴奋能够向一整批群众传导这种艺术才能:看到自己被一群精灵所环绕,并且知道自己同它们内在地是一体。悲剧歌队的这一过程是**戏剧的**原始现象:看见自己在自己面前发生变化,现在又采取行动,仿佛真的进入了另一个肉体,进入了另一种性格。这一过程发生在戏剧发展的开端。这里,有某种不同于吟诵诗人的东西,吟诵诗人并不和它的形象融合,而是像画家那样用置身事外的静观的眼光看这些形象。这里,个人通过逗留于一个异己的天性而舍弃了自己。而且,这种现象如同传染病一样蔓延,成群结队的人们都感到自己以这种方式发生了魔变。因此,酒神颂根本不同于其他各种合唱。手持月桂枝的少女们向日神大庙庄严移动,一边唱着进行曲,她们依然故我,保持着她们的公民姓名;而酒神颂歌队却是变态者的歌队,他们的公民经历和社会地位均被忘却,他们变成了自己的神灵的超越时间、超越一切社会领域的仆人。希腊人的其余一切抒情歌队都只是日神祭独唱者的异常放大;相反,在酒神颂里,出现的却是一群不自觉的演员,他们从彼此身上看到自己发生了变化。

魔变是一切戏剧艺术的前提。在这种魔变状态中,酒神的醉心者把自己看成萨提儿,**而作为萨提儿他又看见了神**,也就是说,他在他的变化中看到一个身外的新幻象,它是他的状况的日神式的完成。戏剧随着这一幻象而产生了。

根据这一认识,我们必须把希腊悲剧理解为不断重新向一个日神的形象世界迸发的酒神歌队。因此,用来衔接悲剧的合唱部分,在一定程度上是孕育全部所谓对白的母腹,也就是孕育全部舞台世界和本来意义上的戏剧的母腹。在接二连三的迸发中,悲剧的这个根源放射出戏剧的幻象。这种幻象绝对是梦境现象,因而具有史诗的本性;可是,另一方面,作为一种酒神状态的客观化,它不是在外观中的日神性质的解脱,相反是个人的解体及其同太初存在的合为一体。所以,戏剧是酒神认识和酒神作用的日神式的感性化,因而毕竟与史诗之间隔着一条鸿沟。

按照我们的这种见解,希腊悲剧的**歌队**,处于酒神式兴奋中的全体群众的象征,就获得了充分的说明。倘若我们习惯于歌队在现代舞台上的作用,特别是习惯于歌剧歌队,因而完全不能明白希腊人的悲剧歌队比本来的"情节"更古老、更原始,甚至更重要,尽管这原是异常清楚的传统;倘若因为歌队只是由卑贱的仆役组成,一开始甚至只是由山羊类的萨提儿组成,我们便不能赞同它那传统的高度重要性和根源性;倘若舞台前的乐队对于我们始终是一个谜,那么,现在我们却达到了这一认识:舞台和情节一开始不过被当作**幻象**,只有歌队是唯一的"现实",它从自身制造出幻象,用舞蹈、声音、言词的全部象征手法来谈论幻象。歌队在幻觉中看见自己的主人和师傅酒神,因而永远是**服役的歌队**。它看见这位神灵怎样受苦和自我颂扬,因而它自己并不**行动**。在这个完全替神服役的岗位上,它毕竟是自然的最高表达即酒神表达,并因此像自然一样在亢奋中说出神谕和智慧的箴言。它既是**难友**,也是从世界的心灵里宣告真理的哲人。聪明而热情奔放的萨提儿,这个幻想的、似乎很不文雅的形象就这样产生了,他与酒神相比,既是"哑角",是自然及其最强烈冲动的摹本、自然的象征,又是自然的智慧和艺术的宣告者,集音乐家、诗人、舞蹈家、巫师于一身。

酒神,这本来的舞台主角和幻象中心,按照上述观点和按照传统,在悲剧的最古老时期并非真的在场,而只是被想象为在场。也就是说,悲剧本来只是"合唱",而不是"戏剧"。直到后来,才试图把这位神灵作为真人显现出来,使这一幻象及其灿烂的光环可以有目共睹,于是便开始有狭义的"戏剧"。现在,酒神颂歌队的任务是以酒神的方式使听众的情绪激动到这地步:当悲剧主角在台上出现时,他们看到的决非难看的戴面具的人物,而是仿佛从他们自己的迷狂中生出的幻象。我们不妨想象一下阿德墨托斯①,他日思暮想地深深怀念他那新亡的妻子阿尔刻提斯,竭精殚虑地揣摩着她的形象,这时候,一个蒙着面纱的女子突然

---

① 阿德墨托斯(Admetus),希腊神话中阿尔戈英雄之一,其妻阿尔刻提斯(Alcestis)以钟情丈夫著名,自愿代丈夫就死。英雄赫剌克勒斯为之感动,从死神手中夺回阿尔刻提斯,把她用面纱遮着送回阿德墨托斯面前。

被带到他面前,体态和走路姿势都酷似他妻子;我们不妨想象一下他突然感到的颤抖着的不安、他的迅疾的估量、他的直觉的确信,那么,我们就会有一种近似的感觉了,酒神式激动起来的观众就是怀着这种感觉看见被呼唤到舞台上的那个他准备与之共患难的神灵的。他不由自主地把他心中魔幻般颤动的整个神灵形象移置到那个戴面具的演员身上,而简直是把后者的实际消解在一种精神的非现实之中。这是日神的梦境,日常世界在其中变得模糊不清,一个比它更清晰、更容易理解、更动人心弦,然而毕竟也更是幻影的新世界在不断变化中诞生,使我们耳目一新。因此,我们在悲剧中看到两种截然对立的风格:语言、情调、灵活性、说话的原动力,一方面进入酒神的合唱抒情,另一方面进入日神的舞台梦境,成为彼此完全不同的表达领域。酒神冲动在其中客观化自身的日神现象,不再是像歌队音乐那样的"一片永恒的海,一匹变幻着的织物,一个炽热的生命",不再是使热情奔放的酒神仆人预感到神的降临的那种只可意会不可目睹的力量。现在,史诗的造型清楚明白地从舞台上向他显现。现在,酒神不再凭力量,而是像史诗英雄一样几乎用荷马的语言来说话了。

九

在希腊悲剧的日神部分中,在对白中,表面的一切看上去都单纯、透明、美丽。在这个意义上,对白是希腊人的一幅肖像。他们的天性也显露在舞蹈中,因为舞蹈时最强大的力量尽管只是潜在的,却通过动作的灵活丰富而透露了出来。索福克勒斯的英雄们的语言因其日神的确定性和明朗性而如此出乎我们的意料,以至于我们觉得一下子瞥见了他们最深层的本质,不免惊诧通往这一本质的道路竟如此之短。然而,我们一旦看出,英雄表面的和其变化历历可见的性格无非是投射在暗壁上的光影,即彻头彻尾的现象,此外别无其他,从而宁可去探究映照在这明亮镜面上的神话本身,那么,我们就突然体验到了一种同熟知的光学现象恰好相反的现象。如果我们强迫自己直视太阳,然后因为太刺眼而掉过脸去,就会有好像起治疗作用的暗淡色斑出现在我们眼前。相反,索福克勒斯的英雄的光影现象,简言之,化妆的日神现象,却是瞥见了自然之奥秘和恐怖的必然产物,就像用来医治因恐怖黑夜而失明的眼睛的闪光斑点。只有在这个意义上,我们才可自信正确理解了"希腊的乐天"这一严肃重要的概念。否则,我们当然会把今日随处可见的那种安全舒适心境误当作这种乐天。

希腊舞台上最悲惨的人物,不幸的**俄狄浦斯**,在索福克勒斯笔下是一位高尚的人。他尽管聪慧,却命定要陷入错误和灾难,但终于通过他的大苦大难在自己周围施展了一种神秘的赐福力量,这种力量在他去世后仍起作用。深沉的诗人想告诉我们,这位高尚的人并没有犯罪。每种法律,每种自然秩序,甚至道德世界,都会因他的行为而毁灭,一个更高的神秘的影响范围却通过这行为而产生了,它把一个新世界建立在被推翻的旧世界的废墟之上。这就是诗人想告诉我们的东西,因为他同时是一位宗教思想家。作为诗人,他首先指给我们看一个错综复杂的过程之结,执法者一环一环地渐渐把它解开,导致他自己的毁灭。这种辩证的解决所引起的真正希腊式的快乐如此之大,以至明智的乐天气氛弥漫全剧,处处缓解了对这过程的恐惧的预见。在《俄狄浦斯在科罗诺斯》中,我们所见到的正是这种乐天,不过被无限地神化了。这个老人遭到奇灾大祸,完全像**苦命人**一样忍辱负重,在他面前一种超凡的乐天降自神界,晓喻我们:英雄在他纯粹消极的态度中达到了超越他生命的最高积极性,而他早期生涯中自觉的努力和追求却只是引他陷于消极。俄狄浦斯寓言的过程之结在凡人眼中乃是不可解地纠缠着,在这里却逐渐解开了,而在这神圣的辩证发展中,人间至深的快乐突然降临于我们。如果我们这种解释符合诗人的本意,终究还可追问:这神话的内涵是否就此被穷尽了?很显然,诗人的全部见解正是在一瞥深渊之后作为自然的治疗出现在我们眼前的那光影。俄狄浦斯,这弑父的凶手,这娶母的奸夫,这斯芬克斯之谜的解破者!这神秘的三重厄运告诉我们什么呢?有一种古老的特别是波斯的民间信念,认为一个智慧的巫师只能由乱伦诞生。考虑一下破谜和娶母的俄狄浦斯,我们马上就可以这样来说明上述信念:凡是现在和未来的界限、僵硬的个体化法则,以及一般来说自然的固有魔力被预言的神奇力量制服的地方,必定已有一种非常的反自然现象——譬如这里所说的乱伦——作为原始事件先行发生。因为,若不是成功地反抗自然,也就是依靠非自然的手段,又如何能迫使自然暴露其秘密呢?我从俄狄浦斯那可怕的三重厄运中洞悉了这个道理,他解破了自然这双重性质的斯芬克斯之谜,必须还作为弑父的凶手和娶母的奸夫打破最神圣的自然秩序。的确,这个神话好像要悄声告诉我们:智慧,特别是酒神的智慧,乃是反自然的恶德,谁用知识把自然推向毁灭的深渊,他必身受自然的解体。"智慧之锋芒反过来刺伤智者,智慧是一种危害自然的罪行"——这个神话向我们喊出如此骇人之言。然而,希腊诗人如同一束阳光照射到这个神话的庄严可怖的曼侬像柱①上,于是它突然开始奏鸣——按着索福克勒斯的旋律!

现在我举出闪耀在埃斯库罗斯的**普罗米修斯**四周的积极性的光荣,来同消极性的光荣进行对照。思想家埃斯库罗斯在剧中要告诉我们的东西,他作为诗人却只是让我们从他的譬喻形象去猜度;但青年歌德在他的普罗米修斯的豪言

---

① 曼侬,荷马史诗《奥德修记》中的美男子。底比斯附近有一像柱,传说是曼侬的像柱,朝阳照射其上,便发出音乐之声。

壮语里向我们揭示了：

> 我坐在这里，塑造人，
>
> 按照我的形象，
>
> 一个酷似我的族类，
>
> 去受苦，去哀伤，
>
> 去享乐，去纵情欢畅，
>
> 唯独不把你放在心上，
>
> 就像我一样！

这个上升为泰坦神的人用战斗赢得了他自己的文明，迫使诸神同他联盟，因为他凭他特有的智慧掌握着诸神的存在和界限。这首普罗米修斯颂诗按其基本思想是对渎神行为的真正赞美，然而它最惊人之处却是埃斯库罗斯的深厚**正义**感：一方面是勇敢的"个人"的无量痛苦，另一方面是神的困境，对于诸神末日的预感，这两个痛苦世界的力量促使和解，达到形而上的统一——这一切最有力地提示了埃斯库罗斯世界观的核心和主旨，他认为命数是统治着神和人的永恒正义。埃斯库罗斯如此胆大包天，竟然把奥林匹斯神界放在他的正义天秤上去衡量，使我们不能不鲜明地想到，深沉的希腊人在其秘仪中有一种牢不可破的形而上学思想基础，他们的全部怀疑情绪会对着奥林匹斯突然爆发。尤其是希腊艺术家，在想到这些神灵时，体验到了一种相互依赖的隐秘感情。正是在埃斯库罗斯的普罗米修斯身上，这种感情得到了象征的表现。这位泰坦艺术家怀有一种坚定的信念，相信自己能够创造人，至少能够毁灭奥林匹斯众神。这要靠他的高度智慧来办到，为此他不得不永远受苦来赎罪。为了伟大天才的这个气壮山河的"能够"，完全值得付出永远受苦的代价，**艺术家**的崇高的自豪——这便是埃斯库罗斯剧诗的内涵和灵魂。相反，索福克勒斯却在他的俄狄浦斯身上奏起了**圣徒**凯旋的序曲。然而，用埃斯库罗斯这部剧诗，还是不能测出神话本身深不可测的恐怖。艺术家的生成之快乐，反抗一切灾难的艺术创作之喜悦，毋宁说只是倒映在黑暗苦海上的一片灿烂的云天幻景罢了。普罗米修斯的传说原是整个雅利安族的原始财产，是他们擅长忧郁悲惨题材的才能的一个证据。当然不能排除以下可能：这一神话传说对于雅利安人来说恰好具有表明其性格的价值，犹如人类堕落的神话传说对于闪米特人具有同样价值一样，两种神话之间存在着一种兄妹的亲属关系。普罗米修斯神话的前提是天真的人类对于**火**的过高估价，把它看作每种新兴文化的真正守护神。可是，人要自由地支配火，而不只是依靠天空的赠礼，例如燃烧的闪电和灼热的日照取火，这在那些沉静的原始人看来不啻是一种亵渎，是对神圣自然的掠夺。第一个哲学问题就这样设置了人与神之间一个难堪而无解的矛盾，把它如同一块巨石推到每种文化的门前。凡人类所能享有的尽善尽美之物,必通过一种亵渎而后才能到手,并且从此一再要自食其果,受冒犯的上天必降下苦难和忧患的洪水,侵袭高贵地努力向上的人类世代。这种沉重的思想以亵渎为**尊严**,因此同闪米特的人类堕落神话形成奇异对照,在后者中,好奇、欺瞒、诱惑、淫荡,一句话,一系列主要是女性的激情被视为万恶之源。雅利安观念的特点却在于把**积极的罪行**当作普罗米修斯的真正德行这种崇高见解。与此同时,它发现悲观悲剧的伦理根据就在于为人类的灾祸辩护,既为人类的罪过辩护,也为因此而蒙受的苦难辩护。事物本质中的不幸(深沉的雅利安人无意为之辩解开脱)、世界心灵中的冲突,向他显现为不同世界例如神界和人界的一种混淆,其中每一世界作为个体来看都是合理的,但作为相互并存的单个世界却要为了它们的个体化而受苦。当个人渴望融入一般时,当他试图摆脱个体化的界限而成为世界生灵本身时,他就亲身经受了那隐匿于事物中的原始冲突,也就是说,他亵渎和受苦了。因此,雅利安人把亵渎看作男性的,闪米特人把罪恶看作女性的,正如原始亵渎由男人所犯,原罪由女人所犯。再则,女巫歌队唱道:

> 我们没有算得丝毫不爽,
>
> 总之女人走了一千步长,
>
> 尽管她们走得多么匆忙,
>
> 男人只需一跃便能赶上。

谁懂得普罗米修斯传说的最内在核心在于向泰坦式奋斗着的个人显示亵渎之必要,谁就必定同时感觉到这一悲观观念的非日神性质。因为日神安抚个人的办法,恰是在他们之间划出界线,要求人们"认识自己"和"中庸",提醒人们注意这条界线是神圣的世界法则。可是,为了使形式在这种日神倾向中不致凝固为埃及式的僵硬和冷酷,为了在努力替单片波浪划定其路径和范围时,整个大海不致静死,酒神激情的洪波随时重新冲毁日神"意志"试图用来片面规束希腊世界的一切小堤坝。然后,这骤然汹涌的酒神洪波背负起个人的单片小浪,就像普罗米修斯的兄弟——泰坦族的阿特拉斯(Atlas)背负起地球一样。这泰坦式的冲动乃是普罗米修斯精神与酒神精神之间的共同点,好像要变成一切个人的阿特拉斯,用巨背把他们越举越高,越举越远。在这个意义上,埃斯库罗斯的普罗米修斯是一副酒神的面具,而就上述深刻的正义感而言,埃斯库罗斯却又泄露了他来自日神这个体化和正义界限之神——这明智者的父系渊源。埃斯库罗斯的普罗米修斯的二重人格,他兼备的酒神和日神本性,或许能够用一个抽象公式来表达:"一切现存的都兼是合理的和不合理的,在两种情况下有同等的权利。"

这就是你的世界!这就叫作世界!

十

这是一个无可争辩的传统:希腊悲剧在其最古老的形态中仅仅以酒神的受苦为题材,而长时期内唯一登场的舞台主角就是酒神。但是,可以以同样的把握断言,在欧里庇得斯之前,酒神一直是悲剧主角,相反,希腊舞台上一切著名角色普罗米修斯、俄狄浦斯等,都只是这位最初主角酒神的面具。在所有这些面具下藏着一个神,这就是这些著名角色之所以往往具有如此惊人的、典型"理想"性的主要原因。我不知道谁曾说过,一切个人作为个人都是喜剧性的,因而是非悲剧性的。由此可以推断:希腊人一般不能容忍个人登上悲剧舞台。事实上,他们确乎使人感到,柏拉图对"理念"与"偶像"、摹本的区分和评价一般来说是如何深深地植根于希腊人的本质之中。可是,为了使用柏拉图的术语,我们不妨这样论述希腊舞台上悲剧形象的塑造:一个真实的酒神显现为多种形态,化妆为好像陷入个别意志罗网的战斗英雄。现在,这位出场的神灵像犯着错误、挣扎着、受着苦的个人那样说话行事。一般来说,他以史诗的明确性和清晰性显现,是释梦者日神的功劳,日神用譬喻现象向歌队说明了它的酒神状态。然而,实际上这位英雄就是秘仪所崇奉的受苦的酒神,就是那位亲自经历个体化痛苦的神。一个神奇的神话描述了他怎样在幼年被泰坦神肢解,在这种情形下又怎样作为查格留斯①备受尊崇。它暗示,这种肢解,本来意义上的酒神的**受苦**,即是转化为空气、水、土地和火。因此,我们必须把个体化状态看作一切痛苦的根源和始因,看作本应鄙弃的事情。从这位酒神的微笑产生了奥林匹斯众神,从他的眼泪产生了人。在这种存在中,作为被肢解了的神,酒神具有一个残酷野蛮的恶魔和一个温和仁慈的君主的双重天性。但是,秘仪信徒们的希望寄托于酒神的新生,我们现在要充满预感地把这新生理解为个体化的终结,秘仪信徒们向这正在降生的第三个酒神狂热地欢呼歌唱。只是靠了这希望,支离破碎的、分裂为个体的世界的容貌上才焕发出一线快乐的光芒。正如狄米特②的神话所象征的一样,她沉沦在永久的悲哀里,当她听说她能**再一次**生育酒神时,她才头一回重新**快乐**起来。在上述观点中,我们已经具备一种深沉悲观的世界观的一切要素,以及**悲剧的秘仪学说**,即:认识到万物根本上浑然一体,个体化是灾祸的始因,艺术是可喜的希望,由个体化魅惑的破除而预感到统一将得以重建。

---

① 查格留斯,酒神狄奥尼索斯的别名。在希腊不同教派的传说中,酒神有不同的别名和经历。俄耳甫斯教徒认为,狄奥尼索斯起初是宙斯与珀耳塞福涅所生,名叫查格留斯,被泰坦神肢解,宙斯吞下他的心脏,又与塞墨勒将他重新生出。

② 狄米特(Demeter),希腊神话中执掌农业、出生、婚姻、健康等的女神。

前面曾经指出，荷马史诗是奥林匹斯文化的诗篇，它讴歌了奥林匹斯文化对泰坦战争恐吓的胜利。现在，在悲剧诗作过分强大的影响下，荷马传说重新投胎，并通过这一轮回表明，奥林匹斯文化同时也被一种更深刻的世界观所击败。顽强的泰坦神普罗米修斯向折磨他的奥林匹斯神预告，如果后者不及时同他联盟，最大的危险总有一天会威胁其统治。我们在埃斯库罗斯那里看到，惊恐不已、担忧自身末日的宙斯终于同这位泰坦神联盟。这样，早先的泰坦时代后来又从塔耳塔洛斯地狱复起，重见天日。野蛮而袒露的自然界的哲学，带着真理的未加掩饰的面容，直视着荷马世界翩翩而过的神话。面对这位女神闪电似的目光，它们脸色惨白，悚然颤抖，直到酒神艺术家的铁拳迫使它们服务于新的神灵。酒神的真理占据了整个神话领域，以之作为它的认识的象征，并且部分地在悲剧的公开祭礼上，部分地在戏剧性秘仪节日的秘密庆典上加以宣说，不过始终披着古老神话的外衣。是什么力量拯救普罗米修斯于鹰爪之下，把这个神话转变为酒神智慧的风辇？是音乐的赫剌克勒斯般的力量。当它在悲剧中达到其最高表现时，能以最深刻的新意解说神话；我们在前面已经把这一点确定为音乐的最强能力。因为这是每种神话的命运：逐渐纳入一种所谓史实的狭窄轨道，被后世当作历史上一度曾有的事实对待。而希腊人已经完全走在这条路上，把他们全部神话的青春梦想机智而任性地标记为实用史学的**青年期历史**。因为宗教常常如此趋于灭亡：在正统教条主义的严格而理智的目光下，一种宗教的神话前提被当作历史事件的总和而加以系统化，而人们则开始焦虑不安地捍卫神话的威信，同时却反对它的任何自然而然的继续生存和繁荣；神话的心境因此慢慢枯死，被宗教对于历史根据的苛求取而代之。现在，新生的酒神音乐的天才抓住了这濒死的神话，在他手上，它呈现出前所未有的色彩，散发出使人热烈憧憬一个形而上世界的芳香，又一次繁荣了。在这回光返照之后，它便蔫然凋敝，枝叶枯萎，而玩世不恭的古人鲁奇安(Lucian)之流立刻追逐起随风飘零、褪色污损的花朵来。神话借悲剧而达到它最深刻的内容，它最传神的形式；它再次挣扎起来，犹如一位负伤的英雄，而全部剩余的精力和临终者明哲的沉静在它眼中燃起了最后的灿烂光辉。

渎神的欧里庇得斯呵，当你想迫使这临终者再次欣然为你服务时，你居心何在呢？它死在你粗暴的手掌下，而现在你需要一种伪造的冒牌的神话，它如同赫剌克勒斯的猴子那样，只会用陈旧的铅华涂抹自己。而且，就像神话对你来说已经死去一样，音乐的天才对你来说同样已经死去。即使你贪婪地搜掠一切音乐之园，你也只能拿出一种伪造的冒牌的音乐。由于你遗弃了酒神，所以日神也遗弃了你；从他们的地盘上猎取全部热情并将之禁锢在你的疆域内吧，替你的主角们的台词磨砺好一种诡辩的辩证法吧——你的主角们仍然只有模仿的冒充的热情,只讲模仿的冒充的语言。

十一

希腊悲剧的灭亡不同于一切姊辈艺术:它因一种不可解决的冲突自杀而死,甚为悲壮,而其他一切艺术则享尽天年,寿终正寝。如果说留下美好的后代,未经挣扎便同生命告别,才符合幸运的自然状态,那么,姊辈艺术的结局就向我们显示了这种幸运的自然状态。她们慢慢地衰亡,而在她们行将熄灭的目光前,已经站立着更美丽的继承者,以勇敢的姿态急不可待地昂首挺胸。相反,随着希腊悲剧的死去,出现了一个到处都深深感觉到的巨大空白;就像提伯留斯时代的希腊舟子们曾在一座孤岛旁听到凄楚的呼叫:"大神潘①死了!"现在一声悲叹也回响在希腊世界:"悲剧死了! 诗随着悲剧一去不复返了! 滚吧,带着你们萎缩赢弱的子孙滚吧! 滚到地府去,在那里他们还能够就着先辈大师的残羹剩饭饱餐一顿!"

然而,这时毕竟还有一种新的艺术繁荣起来了,她把悲剧当作先姊和主母来尊敬,但又惊恐地发现,尽管她生有她母亲的容貌,却是母亲在长期的垂死挣扎中露出的愁容。经历悲剧的这种垂死挣扎的是**欧里庇得斯**;那后起的艺术种类作为**阿提卡新喜剧**而闻名。在她身上,悲剧的变质的形态继续存在着,作为悲剧异常艰难而暴烈的死亡的纪念碑。

与此相关联,新喜剧诗人对欧里庇得斯所怀抱的热烈倾慕便可以理解了。所以,斐勒蒙②的愿望也不算太奇怪了,这人愿意立刻上吊,只要他确知人死后仍有理智,从而可以到阴府去拜访欧里庇得斯。然而长话短说,勿须赘述欧里庇得斯同米南德③和斐勒蒙究竟有何共同之处,又是什么对他们生出如此激动人心的示范作用,这里只须指出一点:欧里庇得斯把观众带上了舞台。谁懂得在欧里庇得斯之前,普罗米修斯的悲剧作家们是用什么材料塑造他们的主角的,把现实的忠实面具搬上舞台这般意图距离他们又有多么远,他就会对欧里庇得斯的背道而驰倾向了如指掌了。靠了欧里庇得斯,世俗的人从观众厅挤上舞台,从前只表现伟大勇敢面容的镜子,现在却显示一丝不苟的忠实,甚至故意再现自然的败笔。奥德修斯,这位古代艺术中的典型希腊人,现在在新起诗人笔下堕落成格拉库罗斯(Graeculus)的角色,从此作为善良机灵的家奴占据了戏剧趣味的中心。在阿里斯托芬的《蛙》中,欧里庇得斯大受推崇,因为他用他的家常便药使悲

---

① 潘(Pan),山林之神,牧人、猎人及牲畜的保护者。
② 斐勒蒙(前363—前263),希腊新喜剧作家。
③ 米南德(前342—前292),希腊新喜剧作家。

剧艺术摆脱浮肿,这首先能从他的悲剧主角身上感觉到。现在,观众在欧里庇得斯的舞台上看到听到的其实是自己的化身,而且为这化身如此能说会道而沾沾自喜;甚至不仅是沾沾自喜,还可以向欧里庇得斯学习说话,他在同埃斯库罗斯的竞赛中,就以能说会道而自豪。如今,人民从他那里学会了按照技巧,运用最机智的诡辩术来观察、商谈和下结论。通过公众语言的这一改革,他使新喜剧一般来说成为可能。因为,从此以后,世俗生活怎样和用何种格言才能在舞台上抛头露面,已经不再是秘密了。市民的平庸,乃是欧里庇得斯的全部政治希望之所在,现在畅所欲言了,而从前却是由悲剧中的半神、喜剧中的醉鬼萨提儿或半人决定语言特性的。阿里斯托芬剧中的欧里庇得斯引以为荣的是,他描绘了人人都有能力判断的、普通的、众所周知的、日常的生活。倘若现在全民推究哲理,以前所未闻的精明管理土地、财产和进行诉讼,那么,这是他的功劳,是他向人民灌输智慧的结果。

现在,新喜剧可以面向被如此造就和开蒙的大众了,欧里庇得斯俨然成了这新喜剧的歌队教师;不过这一回,观众的歌队尚有待训练罢了。一旦他们学会按照欧里庇得斯的调子唱歌,新喜剧,这戏剧的棋赛变种,靠着斗智耍滑头不断取胜,终于崛起了。然而,歌队教师欧里庇得斯仍然不断受到颂扬,人们甚至宁愿殉葬,以便继续向他求教,殊不知悲剧诗人已像悲剧一样死去了。可是,由于悲剧诗人之死,希腊人放弃了对不朽的信仰,既不相信理想的过去,也不相信理想的未来。"像老人那样粗心怪僻"这句著名的墓志铭,同样适用于衰老的希腊化时代。得过且过,插科打诨,粗心大意,喜怒无常,是他们至尊的神灵。第五等级即奴隶等级,现在至少在精神上要当权了。倘若现在一般来说还可以谈到"希腊的乐天",那也只是奴隶的乐天,奴隶毫无对重大事物的责任心,毫无对伟大事物的憧憬,丝毫不懂得给予过去和未来比现在更高的尊重。"希腊的乐天"的这种表现如此激怒了基督教社会头四个世纪那些深沉而可畏的天性,在他们看来,对于严肃恐怖事物的这种女人气的惧怕,对于舒适享受的这种怯懦的自满自足,不但是可鄙的,而且尤其是真正的反基督教的精神状态。由于这种精神状态的影响,越过若干世纪流传下来的希腊古代的观点,不屈不挠地保持着那种淡红的乐天色彩——好像从来不曾有过公元前 6 世纪和它的悲剧的诞生,它的秘仪崇拜,它的毕达哥拉斯和赫拉克利特似的,甚至好像根本不曾有过那个伟大时代的艺术品似的。这种种现象就其自身而言,毕竟完全不能从如此衰老和奴性的生存趣味及乐天的土壤得到说明,它们显然有一种完全不同的世界观作为其存在的基础。

我们曾经断言,欧里庇得斯把观众带上舞台,也是为了使观众第一回真正有能力评判戏剧。这会造成一种误解,似乎更早的悲剧艺术是从一种同观众相脱节的情形中产生的。人们还会赞扬欧里庇得斯的激进倾向,即建立起艺术品与公众之间的适应关系,认为这是比索福克勒斯前进了一步。然而,"公众"不过是一句空话,绝无同等的和自足的价值。艺术家凭什么承担义务,要去迎合一种仅仅靠数量显示其强大的力量呢? 当他觉得自己在才能上和志向上超过观众中任何一人的时候,面对所有这些比他低能的人的舆论,他又怎能感觉到比对于相对最有才能的一个观众更多的尊敬呢? 事实上,没有一个希腊艺术家比欧里庇得斯更加趾高气扬地对待自己的观众了;甚至当群众拜倒在他脚下时,他自己就以高尚的反抗姿态公开抨击了他自己的倾向,而他正是靠这倾向征服群众的。如果这位天才在公众的喧嚣面前过于卑怯,在他事业的鼎盛时期之前很久,他就会在失败的打击下一蹶不振了。由此看来,我们说欧里庇得斯为了使观众真正具备判断力而把他们带上舞台,这一表达只是权宜的说法,我们必须寻求对他的意图更深的理解。相反,谁都知道,埃斯库罗斯和索福克勒斯终其一生,甚至在其身后,都深受人民爱戴,因而,在欧里庇得斯的这些先辈那里,绝对谈不上艺术品与公众之间的脱节。是什么东西如此有力地驱使这位才华横溢、渴望不断创造的艺术家离开那条伟大诗人名声之太阳和人民爱戴之晴空照耀着的道路? 是什么样的对观众的古怪垂怜致使他忤逆观众? 他如何能因过分重视他的公众而至于藐视他的公众?

这个谜的解答就是:欧里庇得斯觉得自己作为诗人比群众高明得多,可是不如他的两个观众高明。他把群众带到舞台上,而把那两个观众尊为他的全部艺术仅有的合格判官和大师。遵从他们的命令和劝告,他把整个感觉、激情和经验的世界,即至今在每次节日演出时作为看不见的歌队被安置在观众席上的这个世界,移入他的舞台主角们的心灵里。当他也为这些新角色寻找新词汇和新音调时,他向他们的要求让步。当他一再受到公众舆论谴责时,只有从他们的声音里,他才听到对他的创作的有效判词,犹如听到必胜的勉励。

这两个观众之一是欧里庇得斯自己,作为**思想家**而不是作为诗人的欧里庇得斯。关于他可以说,他的批评才能异常丰富,就好像在莱辛身上一样,如果说不是产生出了一种附带的生产性的艺术冲动,那么也是使这种冲动不断受了胎。带着这种才能,带着他的批评思想的全部光辉和敏捷,欧里庇得斯坐在剧场里,努力重新认识他的伟大先辈的杰作,逐行逐句推敲,如同重新认识褪色的名画一样。此时此刻,他遇到了对于洞悉埃斯库罗斯悲剧秘奥的人来说不算意外的情况:他在字里行间发现了某种无与伦比的东西,一种骗人的明确,同时又是一种谜样的深邃,甚至是背景的无穷性。最显明的人物也总是拖着一条彗尾,这彗尾好像意味着缥缈朦胧的东西。同样的扑朔迷离笼罩着戏剧的结构,尤其是笼罩着歌队的含义。而伦理问题的解决在他看来是多么不可靠! 神话的处理是多么成问题！幸福和不幸的分配是多么不均匀！甚至在早期悲剧的语言中，许多东西在他看来也是不体面的，至少是难以捉摸的，特别是他发现了单纯的关系被处理得过分浮华，质朴的性格被处理得过分热烈和夸大。他坐在剧场里，焦虑不安地苦苦思索，而后他这个观众向自己承认，他不理解他的伟大先辈。可是，他把理解看作一切创造力和创作的真正根源，所以他必须环顾四周，追问一下，究竟有没有人和他想的一样，也承认自己不理解。然而，许多人，连同最优秀的人只是对他报以猜疑的微笑；却没有人能够向他说明，为什么尽管他表示疑虑和反对，大师们终究是对的。在这极痛苦的境况中，他找到了**另一个观众**，这个观众不理解悲剧，因此不尊重悲剧。同这个观众结盟使他摆脱孤立，有勇气对埃斯库罗斯和索福克勒斯的艺术作品展开可怕的斗争——不是用论战文章，而是作为戏剧诗人，用他的悲剧观念反抗传统的悲剧观念。

十二

在说出另一个观众的名字之前，让我们在这里稍停片刻，以便回顾一下前面谈到的对于埃斯库罗斯悲剧之本质中的矛盾性和荒谬性的印象。让我们想一想我们自己对于此种悲剧的**歌队**和**悲剧主角**所感到的诧异，我们觉得两者同我们的习惯难以协调，就像同传统难以协调一样——直到我们重新找到那作为希腊悲剧之起源和本质的二元性本身，它是**日神和酒神**这两种彼此交织的艺术本能的表现。

把那原始的全能的酒神因素从悲剧中排除出去，把悲剧完全和重新建立在非酒神的艺术、风俗和世界观基础之上——这就是现在已经暴露在光天化日之下的欧里庇得斯的意图。

欧里庇得斯本人在他的晚年，在一部神话剧里，向他的同时代人异常强调地提出了关于这种倾向的价值和意义的问题。一般来说酒神因素容许存在吗？不要强行把它从希腊土地上铲除吗？诗人告诉我们，当然要的，倘若能够做到的话；可是酒神太强大了，最聪明的对手——就像《酒神伴侣》中的彭透斯[①]一样——也在无意中被他迷住了，然后就带着这迷惑奔向自己的厄运。卡德摩斯和忒瑞西阿斯[②]二位老人的判断看来也是这老诗人的判断：大智者的考虑不要触犯古老的民间传统，不要触犯由来已久的酒神崇敬，合宜的做法毋宁是对如此神奇的力量表示一种外交式审慎的合作。然而，这时酒神终归还可能对如此半心半意的合作感到恼怒，并且终于把外交家（在这里是卡德摩斯）化为一条龙。

---

① 彭透斯（Pentheus），希腊神话中的忒拜王，因为迫害酒神信徒而遭到酒神的惩罚。

② 卡德摩斯（Kadmus），忒拜城的建立者。忒瑞西阿斯（Tiresias），忒拜先知。

这是一位诗人告诉我们的,他以贯穿漫长一生的英勇力量同酒神对立,却是为了最终以颂扬其敌手和自杀结束自己的生涯,就像一个眩晕的人仅仅为了逃避可怕的难以忍受的天旋地转,而从高塔上跳了下来。这部悲剧是对他的倾向之可行性的一个抗议,可是它毕竟已经实行了啊!奇迹发生了:当诗人摒弃他的倾向之时,这倾向业已得胜。酒神已被逐出悲剧舞台,纵然是被借欧里庇得斯之口说话的一种魔力所驱逐的。欧里庇得斯在某种意义上也是面具,借他之口说话的神祇不是酒神,也不是日神,而是一个崭新的灵物,名叫**苏格拉底**。这是新的对立,酒神精神与苏格拉底精神的对立,而希腊悲剧的艺术作品就毁灭于苏格拉底精神。现在,欧里庇得斯也许要用他的改悔来安慰我们,但并不成功。富丽堂皇的庙宇化为一片瓦砾,破坏者捶胸顿足,供认这是一切庙宇中的佼佼者,于我们又有何益?作为惩罚,欧里庇得斯被一切时代的艺术法官变为一条龙,这一点可怜的赔偿又能使谁满意呢?

现在,我们来考察一下**苏格拉底**倾向,欧里庇得斯正是借此抗争和战胜埃斯库罗斯悲剧的。

欧里庇得斯想把戏剧仅仅建立在非酒神基础之上,我们现在必须追问一下,这一意图在得到最为理想的贯彻的情况下,目的究竟何在?倘若戏剧不是孕育于音乐的怀抱,诞生于酒神的扑朔迷离之中,它此外还有什么形式?只有**戏剧化的史诗**罢了。在此日神艺术境界中,当然达不到**悲剧的**效果。这里的问题并不在于被描述的事件的内容。我宁愿主张,歌德在他所构思的《瑙西卡》中,不可能使那牧歌人物的自杀(这预定要充斥第五幕)具有悲剧性的动人效果。史诗和日神因素的势力如此强盛,以致最可怕的事物也借助对外观的喜悦及通过外观而获得的解脱,在我们的眼前化为幻境。戏剧化史诗的诗人恰如史诗吟诵者一样,很少同他的形象完全融合:他始终不动声色,冷眼静观面前的形象。这种戏剧化史诗中的演员归根到底仍是吟诵者;内在梦境的庄严气氛笼罩于他的全部姿势,因而他从来不完全是一个演员。

那么,欧里庇得斯的戏剧之于日神戏剧的这种理想的关系如何?就如同那青年吟诵者之于老一辈严肃的吟诵者的关系,在柏拉图的《伊安篇》里,这个青年如此描述自己的性情:"我在朗诵哀怜事迹时,就满眼是泪;在朗诵恐怖事迹时,就毛骨悚然,心脏悸动。"在这里,我们再也看不到对于外观的史诗式的陶醉,再也看不到真正演员的无动于衷的冷静,真正的演员达到最高演艺时,完全成为外观和对外观的喜悦。欧里庇得斯是一个心脏悸动、毛骨悚然的演员;他作为苏格拉底式的思想家制订计划,作为情绪激昂的演员执行计划。无论在制订计划时还是在执行计划时,他都不是纯粹艺术家。所以,欧里庇得斯的戏剧是一种又冷又烫的东西,既可冻结又可燃烧。它一方面尽其所能地摆脱酒神因素,另一方面

又无能达到史诗的日神效果。因此,现在为了一般能产生效果,就需要新的刺激
手段,这种手段现在不再属于两种仅有的艺术冲动,即日神冲动和酒神冲动的范
围。它即是冷漠悖理的**思考**(取代日神的直观)和炽烈的**情感**(取代酒神的兴
奋),而且是惟妙惟肖地伪造出来的、绝对不能进入艺术氛围的思想和情感。

我们既已十分明了,欧里庇得斯要把戏剧独独建立在日神基础之上是完全
不成功的,他的非酒神倾向反而迷失为自然主义的非艺术的倾向,那么,我们现
在就可以接近**审美苏格拉底主义**的实质了,其最高原则大致可以表述为"理解然
后美",恰与苏格拉底的"知识即美德"彼此呼应。欧里庇得斯手持这一教规,衡
量戏剧的每种成分——语言、性格、戏剧结构、歌队音乐,又按照这个原则来订正
它们。在同索福克勒斯的悲剧做比较时,欧里庇得斯身上通常被我们看作诗的
缺陷和退步的东西,多半是那种深入的批判过程和大胆的理解的产物。我们可
以举出欧里庇得斯的**开场白**,当作这种理性主义方法的后果的显例。再也没有
比欧里庇得斯的戏剧开场白更违背我们的舞台技巧的东西了。在一出戏的开
头,总有一个人物登场自报家门,说明剧情的来龙去脉,迄今发生过什么,甚至随
着剧情发展会发生什么,在一个现代剧作家看来,这是对悬念效果的冒失的放
弃,全然不可原谅。既然已经知道即将发生的一切事情,谁还肯耐心等待它们真
的发生呢?——在这里,甚至连一个预言的梦也总是同一个后来发生的事实吻
合,绝无振奋人心的对比。可是,欧里庇得斯却有完全不同的考虑。悲剧的效果
从来不是靠史诗的悬念,靠对于现在和即将发生的事情的惹人的捉摸不定;毋宁
是靠重大的修辞抒情场面,在其中,主角的激情和雄辩扬起壮阔汹涌的洪波。一
切均为激情而不是为情节而设,凡不是为激情而设的,即应遭到否弃。然而,最
严重地妨碍一个观众兴致勃勃地欣赏这种场面的,便是他不知道某一个环节,剧
情前史的织物上有一个漏洞;观众尚需如此长久地揣摩这个那个人物意味着什
么,这种那种倾向和意图的冲突有何前因,他就不可能全神贯注于主角的苦难和
行为,不可能屏声息气与之同苦共忧。埃斯库罗斯和索福克勒斯的悲剧运用最
巧妙的艺术手段,在头几场里就把剧情的全部必要线索好像在无意中交到观众
手上。这是显示了大手笔的笔触,仿佛遮掩了**必然的**形式,而使之作为偶然的东
西流露出来。但是,欧里庇得斯仍然相信,他发现在头几场里,观众格外焦虑地
要寻求剧情前史的端倪,以致忽略了诗的美和正文的激情。所以,他在正文前安
排了开场白,并且借一个可以信赖的人物之口说出它来。常常是一位神灵出场,
他好像必须向观众担保剧中的情节,消除对神话的真实性的种种怀疑。这正像
笛卡儿只有诉诸神的诚实无欺,才能证明经验世界的真实性一样。欧里庇得斯
在他的戏剧的收场上,再次使用这种神的诚实,以便向观众妥善安排他的英雄的
归宿。这就是声名狼藉的神机妙算(deux ex machina)的使命。在史诗的预告

和展望之间,横陈着戏剧性抒情性的现在,即真正的"戏剧"。

因此,欧里庇得斯作为诗人,首先是他的自觉认识的回声,而正是这一点使他在希腊艺术史上占据了一个如此显著的地位。鉴于他的批判性创作活动,他必定常常勇于认为,他理应把阿那克萨哥拉著作开头的话语活用于戏剧:"泰初万物混沌,然后理性出现,创立秩序。"阿那克萨哥拉以其"理性"(Nous)的主张置身于哲学家之中,犹如第一个清醒者置身于喧哗的醉汉之中,欧里庇得斯能够按照一种相近的图式来理解他同其余悲剧诗人的关系。只要万物的唯一支配者和统治者"理性"尚被排斥在艺术创作活动之外,万物就始终处于混乱的原始混沌状态。所以,欧里庇得斯必须做出决断,他必须以第一个"清醒者"的身份谴责那些"醉醺醺的"诗人。索福克勒斯说,埃斯库罗斯做了正确的事,虽则是无意中做的,欧里庇得斯却肯定不会持这种看法。在他看来,恰恰相反,埃斯库罗斯**正因为**是无意中做的,所以做了不正确的事。连神圣的柏拉图在谈到诗人的创作能力时,因为它不是一种有意识的理解,就多半以讽刺的口吻谈论,把它同预言者和释梦者的天赋相提并论;似乎诗人在失去意识和丧失理智之前,是没有能力作诗的。欧里庇得斯像柏拉图一样,试图向世界指出"非理性"诗人的对立面;正如我已经说过的,他的审美原则"理解然后美"是苏格拉底的"知识即美德"的平行原则。因此,我们可以把欧里庇得斯看作审美苏格拉底主义的诗人。然而,苏格拉底是不理解因而也不尊重旧悲剧的**第二个观众**;欧里庇得斯与他联盟,敢于成为一种新的艺术创作的先驱。既然在这种新艺术中,旧悲剧归于毁灭,那么,审美苏格拉底主义就是一种凶杀的原则。就这场斗争针对古老艺术的酒神因素而言,我们把苏格拉底认作酒神的敌人,认作起而反抗酒神的新俄耳甫斯,尽管他必定被雅典法庭的酒神侍女们撕成碎片,但他毕竟把这位无比强大的神灵赶跑了:当初酒神从伊多尼国王吕库耳戈斯①那里逃脱,也是藏身于大海深处,即藏身在一种逐渐席卷全世界的秘仪崇拜的神秘洪水之中的。

十三

苏格拉底与欧里庇得斯倾向有密切联系,这一点没有逃过当时人的眼睛;最雄辩地表明这种可喜的敏锐感觉的是雅典流行的传说,说苏格拉底常常帮助欧里庇得斯作诗。每当需要列举当时蛊惑人心者时,"往古盛世"的拥护者们便一气点出这两个名字,认为下述情况要归咎于他们的影响:一种愈来愈可疑的教化使得体力和智力不断退化,身心两方面的马拉松式的矫健被牺牲掉了。阿里斯托芬的喜剧常常用半是愤怒半是轻蔑的调子谈这两人,现代人对此会感到惊恐,

---

① 吕库耳戈斯,希腊神话中酒神的敌人,后受到宙斯的惩罚。

他们尽管乐意舍弃欧里庇得斯,可是,当苏格拉底在阿里斯托芬那里被表现为最主要和最突出的**智者**,被表现为智者运动的镜子和缩影时,他们就惊诧不已了。这时唯有一件事能给他们安慰,便是宣判阿里斯托芬本人是诗坛上招摇撞骗的亚尔西巴德①。这里无须替阿里斯托芬的深刻直觉辩护以反驳这种攻击,我继续从古人的感受出发来证明苏格拉底和欧里庇得斯的紧密联系。在这方面,特别应当回想一下,苏格拉底因为反对悲剧艺术,放弃了观看悲剧,只有当欧里庇得斯的新剧上演时,他才置身于观众中。然而,最著名的事例是,德尔斐神谕把这两个名字并提,它称苏格拉底为最智慧的人,并且断定智慧竞赛中的银牌属于欧里庇得斯。

索福克勒斯名列第三,他在埃斯库罗斯面前可以自豪,他做了正确的事,而且是因为他**知道**何为正确的事。很显然,这种**知识**的明晰度就是这三人之被褒为当时三位"有识之士"的原因。

不过,对于知识和见解的这种前所未闻的新的高度评价,最激烈的言论出诸苏格拉底之口,他发现自己是唯一承认自己**一无所知**的人;他在雅典做批判的漫游,拜访了最伟大的政治家、演说家、诗人和艺术家,到处遇见知识上的自负。他惊愕地发现,所有这些名流对于自己的本行并无真知灼见,而只是靠本能行事。"只是靠本能"——由这句话,我们接触到了苏格拉底倾向的核心和关键。苏格拉底主义正是以此谴责当时的艺术和当时的道德,他用挑剔的眼光审视它们,发现它们缺少真知、充满幻觉,由真知的缺乏而推断当时已到荒唐腐败的地步。因此,苏格拉底相信他有责任匡正人生:他孑然一身,孤芳自赏,作为一种截然不同的文化、艺术和道德的先驱者,走进一个我们以敬畏之心探其一隅便要引为莫大幸运的世界里去。

面对苏格拉底,我们每每感到极大的困惑,这种困惑不断地激励我们去认识古代这最可疑现象的意义和目的。谁敢于独树一帜,否定像荷马、品达、埃斯库罗斯、斐狄亚斯、伯里克利斯以及皮提亚和狄俄尼索斯这样的天才②,他岂非最深的深渊和最高的高峰,必能使我们肃然起敬?什么魔力竟敢于把这样的巫药倾倒在尘埃里?什么半神,人类最高贵者的歌队也必须向他高呼:

　　哀哉! 哀哉!
　　你已经破坏

---

　　①　亚尔西巴德,与阿里斯托芬同时期的雅典政治家,多次率军远征,政治上反复无常,不可信任。阿里斯托芬曾在剧中对他表示赞赏。

　　②　斐狄亚斯,古希腊雕刻家,其主要作品是雅典卫城帕特农神庙的雕像和浮雕。皮提亚,德尔斐神庙中的预言女祭司。

　　这美丽世界，

　　以铁拳一击，

　　它倒塌下来！

　　所谓"苏格拉底的守护神"这个奇怪的现象，为我们提供了了解苏格拉底的本质的钥匙。在特殊的场合，他的巨大理解力陷入犹豫之中，这时他就会听到一种神秘的声音，从而获得坚固的支点。这种声音来临时，总是**劝阻**的。直觉智慧在完全反常的性质中出现，处处只是为了**阻止**清醒的认识。在一切创造者那里，直觉都是创造和肯定的力量，而知觉则起批判和劝阻的作用；在苏格拉底，却是直觉从事批判，知觉从事创造——真是一件赤裸裸的（per defectum）大怪事！而且我们在这里看到每种神秘素质的畸形的缺陷（defectus），以致可以把苏格拉底称作**否定的神秘主义者**，在他身上逻辑天性因重孕而过度发达，恰如在神秘主义者身上直觉智慧过度发达一样。然而，另一方面，苏格拉底身上出现的逻辑冲动对自己却完全不讲逻辑，它奔腾无羁，表现为一种自然力，如同我们所见到的那种最强大的本能力量一样，令我们战栗惊诧。谁只要从柏拉图著作中稍稍领略过苏格拉底生活态度的神性的单纯和自信，他就能感觉到，逻辑苏格拉底主义的巨大齿轮如何仿佛在苏格拉底**背后**运行着，而这个齿轮又如何必能透过苏格拉底如同透过一个影子观察到。苏格拉底本人也预感到了这种关系，表现在无论何处，甚至在他的审判官们面前，他都大义凛然，有效地执行他的神圣使命。不可能在这方面驳斥他，正如不可能在他取消直觉的影响方面赞许他一样。由于这种不可解决的冲突，当他一旦被传到希腊城邦的法庭前时，就只能有一种判刑方式即放逐了。他是一个彻头彻尾的谜，一种莫名其妙、不可解释的东西，人们只好把他逐出国界，任何后人都无权指责雅典人做了一件可耻的事。然而，结果是宣判他死刑，而不只是放逐，苏格拉底光明磊落，毫无对死亡的本能恐惧，表现得好像是他自愿赴死。他从容就义，带着柏拉图描写过的那种宁静，他正是带着同一种宁静，作为一群宴饮者中最后一名，率先离开宴席，迎着曙光，开始新的一天。与此同时，在他走后，昏昏欲睡的醉客们留了下来，躺在板凳和地板上，梦着苏格拉底这个真正的色情狂。**赴死的苏格拉底**成了高贵的希腊青年前所未见的新理想，典型的希腊青年柏拉图首先就心醉神迷、五体投地地拜倒在这个形象面前。

十四

　　现在我们设想一下，苏格拉底的博大眼光转向悲剧，这眼光从未闪耀过艺术家灵感的迷狂色彩——我们设想一下，这眼光如何不能欣喜地观照酒神深渊——它在柏拉图所说的"崇高而备受颂扬的"悲剧艺术中实际上必定瞥见了什么？看来是一种有因无果和有果无因的非理性的东西；而且整体又是如此五光十色、错综复杂，必与一种冷静的气质格格不入，对于多愁善感的心灵倒是危险的火种。我们知道，苏格拉底唯一能理解的诗歌品种是**伊索寓言**，而且必定带着一种微笑的将就态度来理解；在"蜜蜂和母鸡"这则寓言中，老好人格勒特也是带着这种态度为诗唱赞歌的：

> 从我身上你看到，它有何用，
>
> 对于不具备多大智力的人，
>
> 用一个形象来说明真理。

但是，在苏格拉底看来，悲剧艺术从来没有"说明真理"，且不说诉诸"不具备多大智力的人"，甚至不能诉诸哲学家：这是拒斥悲剧的双重理由。和柏拉图一样，他认为悲剧属于谄媚艺术之列，它只描写娱乐之事，不描写有用之事，因此他要求他的信徒们戒除和严格禁绝这种非哲学的诱惑。结果，青年悲剧诗人柏拉图为了能够做苏格拉底的学生，首先焚毁了自己的诗稿。但是，一旦不可遏制的天赋起来反对苏格拉底的戒条，其力量连同伟大性格的压力总是如此强大，足以把诗歌推举到新的前所未知的地位上。

刚才谈到的柏拉图就是这方面的一个例子。他在谴责悲剧和一般艺术方面实在不亚于他的老师的单纯冷嘲，但是，出于满腔的艺术冲动，他不得不创造出一种艺术形式，与他所拒绝的既往艺术形式有着内在的亲缘关系。柏拉图对古老艺术的主要指责——说它是对假象的模仿，因而属于一个比经验世界更低级的领域——尤其不可被人用以反对这种新艺术作品，所以我们看到，柏拉图努力超越现实，而去描述作为那种伪现实之基础的理念。然而，思想家柏拉图借此迂回曲折地走到一个地方，恰好是他作为诗人始终视为家园的那个地方，也是索福克勒斯以及全部古老艺术庄严抗议他的责难时立足的那个地方。如果说悲剧吸收了一切早期艺术种类于自身，那么，这一点在特殊意义上也适用于柏拉图的对话，它通过混合一切既有风格和形式而产生，游移在叙事、抒情与戏剧之间，散文与诗歌之间，从而也打破了统一语言形式的严格的古老法则。**犬儒派**作家在这条路上走得更远，他们以色彩缤纷的风格，摇摆于散文和韵文形式之间，也达到了"狂人苏格拉底"的文学形象，并且在生活中竭力扮演这个角色。柏拉图的对话犹如一叶扁舟，拯救遇难的古老诗歌和她所有的孩子；他们挤在这弹丸之地，战战兢兢地服从舵手苏格拉底，现在他们驶入一个新的世界，沿途的梦中景象令人百看不厌。柏拉图确实给世世代代留下了一种新艺术形式的原型，小说的原型；它可以看作无限提高了的伊索寓言，在其中，诗对于辩证哲学所处的地位，正与后来许多世纪里辩证哲学对于神学所处的地位相似，即处在婢女的地位。这就是柏拉图迫于恶魔般的苏格拉底的压力，强加给诗歌的新境遇。

　　这里,**哲学思想**生长得高过艺术,迫使艺术紧紧攀缘辩证法的主干。**日神**倾向在逻辑公式主义中化为木偶,一如我们在欧里庇得斯那里看到相似情形,还看到**酒神**倾向移置为自然主义的激情。苏格拉底,柏拉图戏剧中的这位辩证法主角,令我们想起欧里庇得斯的主角的相同天性,他必须用理由和反驳为其行为辩护,常常因此而有丧失我们的悲剧同情的危险。因为谁能无视辩证法本质中的乐观主义因素呢?它在每个合题中必欢庆自己的胜利,只能在清晰和自觉中呼吸自如。这种乐观主义因素一度侵入悲剧,逐渐蔓延覆盖其酒神世界,必然迫使悲剧自我毁灭——终于纵身跳入市民剧而丧命。我们只要清楚地设想一下苏格拉底命题的结论:"知识即美德,罪恶仅仅源于无知,有德者即幸福者"——悲剧的灭亡已经包含在这三个乐观主义基本公式之中了。因为现在道德主角必须是辩证法家,现在在德行与知识、信念与道德之间必须有一种必然和显然的联结,现在埃斯库罗斯的超验的公正解决已经沦为"诗的公正"这浅薄而狂妄的原则,连同它惯用的神机妙算。

　　如今,面对这新的苏格拉底乐观主义的舞台世界,**歌队**以及一般来说悲剧的整个酒神音乐深层基础的情形怎样呢?作为某种偶然的东西,作为对悲剧起源的一种十分暗淡的记忆,我们毕竟已经看到,歌队只能被理解为悲剧以及一般悲剧因素的**始因**。早在索福克勒斯,即已表现出处理歌队时的困惑——这是悲剧的酒神基础在他那里已经开始瓦解的一个重要迹象。他不再有勇气把效果的主要部分委托给歌队,反而限制它的范围,以致它现在看来与演员处于同等地位,似乎被从乐池提升到了舞台上,这样一来,它的特性当然就被破坏无遗了,连亚里士多德也可以同意这样来处理歌队。歌队位置的这种转移,索福克勒斯终归以他的实践,据说还以一篇论文来加以提倡,乃是歌队走向**毁灭**的第一步,到了欧里庇得斯、阿伽同①和新喜剧,毁灭的各个阶段惊人迅速地相继而来。乐观主义辩证法扬起它的三段论鞭子,把**音乐**逐出了悲剧。也就是说,它破坏了悲剧的本质,而悲剧的本质只能被解释为酒神状态的显露和形象化,为音乐的象征表现,为酒神陶醉的梦境。

　　这样,我们认为甚至在苏格拉底之前已经有一种反酒神倾向发生着作用,不过在他身上这倾向获得了特别严重的表现。因此,我们不能不正视一个问题:像苏格拉底这样一种现象究竟意味着什么?鉴于柏拉图的对话,我们并不把这种现象理解为一种仅仅是破坏性的消极力量。苏格拉底倾向的直接效果无疑是酒神悲剧的瓦解,但苏格拉底深刻的生活经历又迫使我们追问,在苏格拉底主义与艺术之间是否**必定**只有对立的关系,一位"艺术家苏格拉底"的诞生是否根本就

---

　　①　阿伽同,古希腊悲剧家,名声仅次于三大悲剧家。

自相矛盾。

这位专横的逻辑学家面对艺术有时也感觉到一种欠缺、一种空虚、一种不完全的非难、一种也许耽误了的责任。他在狱中告诉他的朋友,说他常常梦见同一个人,向他说同一句话:"苏格拉底,从事音乐吧!"他直到临终时刻一直如此安慰自己:他的哲学思索乃是最高级的音乐艺术。他无法相信,一位神灵会提醒他从事那种"普通的大众音乐"。但他在狱中终于同意,为了完全问心无愧,也要从事他所鄙视的音乐。出于这种想法,他创作了一首阿波罗颂歌,还把一些伊索寓言写成诗体。这是一种类似鬼神督促的声音,迫使他去练习音乐;他有一种日神认识,即:他像一位野蛮君王那样不理解高贵的神灵形象,而由于他不理解,他就有冒犯一位神灵的危险。苏格拉底梦中神灵的嘱咐是怀疑逻辑本性之界限的唯一迹象,他必自问:也许我所不理解的未必是不可理解的? 也许还有一个逻辑学家禁止入内的智慧王国? 也许艺术竟是知识必要的相关物和补充?

十五

考虑到最后这些充满预感的问题,现在必须阐明,苏格拉底的影响如何像暮色中愈来愈浓郁的阴影,笼罩着后世,直至今日乃至未来;它如何不断迫使**艺术创新**,而且是至深至广形而上意义上的艺术创新,在这绵绵无尽的影响中也保证艺术绵绵无尽的创新。

为了能够理解这一点,为了令人信服地证明一切艺术对于希腊人、对于从荷马到苏格拉底的希腊人的内在依赖关系,我们必须切身感受希腊人,如同雅典人切身感受苏格拉底一样。几乎每个时代和文化阶段都曾经一度恼怒地试图摆脱希腊人,因为它们自己的全部作为,看来完全是独创的东西,令人真诚惊叹的成就,相形之下好像突然失去了色彩和生气,其面貌皱缩成失败的仿作,甚至皱缩成一幅讽刺画。于是,对于那个胆敢把一切时代非本土的东西视为"野蛮"的自负小民族的怨恨一再重新爆发。人们自问,一个民族尽管只有昙花一现的历史光彩,只有狭窄可笑的公共机构,只有十分可疑的风俗传统,甚至以丑行恶习著称,却要在一切民族中享有尊严和特权,在芸芸众生中充当艺术守护神,它究竟是什么东西? 可惜人们不能幸运地找到一杯醇酒,借以忘怀此种生灵,而嫉妒、诽谤和怨恨所酿成的全部毒汁,也都不足以毁坏那本然的壮丽。所以,人们面对希腊人愧惧交加;除非一个人尊重真理超过一切,并且有勇气承认这个真理:希腊人像御者一样执掌着我们的文化和一切文化,而破车驽马总是配不上御者的荣耀,他开玩笑似的驾着它们临近深渊,然后自己以阿喀琉斯的跳技一跃跳过深渊。

为了证明苏格拉底也享有这种御者身份的尊严,只要认识到他是一种在他之前闻所未闻的生活方式的典型便足够了,这就是**理论家**的典型,我们现在的任务是弄清这种理论家的意义和目的。像艺术家一样,理论家对于眼前事物也感到无限乐趣,这种乐趣使他像艺术家一样防止了悲观主义的实践伦理学,防止了仅仅在黑暗中闪烁的悲观主义眼光。但是,每当真相被揭露之时,艺术家总是以痴迷的眼光依恋于尚未被揭开的面罩,理论家却欣赏和满足于已被揭开的面罩,他的最大快乐便在靠自己力量不断成功地揭露真相的过程之中。如果科学所面对的只有**一位**赤裸的女神,别无其他,世上就不会有科学了。因为科学的信徒们会因此觉得,他们如同那些想凿穿地球的人一样。谁都明白,尽毕生最大的努力,他也只能挖开深不可测的地球的一小块,而第二个人的工作无非是当着他的面填上了这一小块土,以致第三个人必须自己选择一个新地点来挖掘,才能显得有所作为。倘若现在有人令人信服地证明,由这直接的途径不可能达到对跖点,那么谁还愿意在旧洞里工作下去呢,除非他这时不肯满足于寻得珍宝或发现自然规律。所以,最诚实的理论家莱辛勇于承认,他重视真理之寻求甚于重视真理本身,一语道破了科学的主要秘密,使科学家们为之震惊甚至愤怒。当然,这种空谷足音倘非一时妄言,也是过分诚实,在它之外却有一种深刻的**妄念**,最早表现在苏格拉底的人格之中,那是一种不可动摇的信念,认为思想循着因果律的线索可以直达存在至深的深渊,还认为思想不仅能够认识存在,而且能够**修正**存在。这一崇高的形而上学妄念成了科学的本能,引导科学不断走向自己的极限,到了这极限,科学必定突变为**艺术——原来艺术就是这一力学过程所要达到的目的**。

现在,我们在这一思想照耀下来看一看苏格拉底,我们就发现,他是第一个不仅能遵循科学本能而生活,更有甚者,是能循之而死的人。因此,**赴死的苏格拉底**,作为一个借知识和理由而免除死亡恐惧的人,其形象是科学大门上方的一个盾徽,向每个人提醒科学的使命在于使人生显得可以理解并有充足理由。当然,倘若理由尚不充足,就必须还有**神话**来为之服务,我刚才甚至已经把神话看作科学的必然结果乃至终极目的。

我们只要看清楚,在苏格拉底这位科学秘教传播者之后,哲学派别如何一浪高一浪地相继兴起,求知欲如何不可思议地泛滥于整个有教养阶层,科学被当作一切大智大能的真正使命汹涌高涨,从此不可逆转;由于求知欲的泛滥,一张普遍的思想之网如何笼罩全球,甚至奢望参透整个太阳系的规律。我们只要鲜明地看到这一切,以及现代高得吓人的知识金字塔,那么,我们就不禁要把苏格拉底看作所谓世界历史的转折点和旋涡了。我们且想象一下,倘若这无数力量的总和被耗竭于另一种世界趋势,**并非**用来为认识服务,而是用来为个人和民族的实践目的即利己目的服务,那么,也许在普遍残杀和连续移民之中,求生的本能削弱到如此地步,以致个人在自杀风俗中剩有最后一点责任感,像斐济岛上的蛮族,把子杀其父、友杀其友视为责任。一种实践的悲观主义,它竟出于同情制造了一种民族大屠杀的残酷伦理——顺便说说,世界上无论过去还是现在,凡是尚未出现任何形式的艺术,尤其是艺术尚未作为宗教和科学以医治和预防这种瘟疫的地方,到处都有这种实践的悲观主义。

针对这种实践的悲观主义,苏格拉底是理论乐观主义者的原型,他相信万物的本性皆可穷究,认为知识和认识拥有包治百病的力量,而错误本身即是灾祸。深入事物的根本,辨别真知灼见与假象错误,在苏格拉底式的人看来乃是人类最高尚的甚至唯一的真正使命。因此,从苏格拉底开始,概念、判断和推理的逻辑程序就被尊崇为在其他一切能力之上的最高级的活动和最堪赞叹的天赋。甚至最崇高的道德行为,同情、牺牲、英雄主义的冲动,以及被日神的希腊人称作"睿智"的那种难能可贵的灵魂的宁静,在苏格拉底及其志同道合的现代后继者们看来,都可由知识辩证法推导出来,因而是可以传授的。谁亲身体验到一种苏格拉底式认识的快乐,感觉到这种快乐如何不断扩张以求包容整个现象界,他就必从此觉得,世上没有比实现这种占有、编织牢不可破的知识之网的欲望更为强烈的求生刺激了。对于怀此心情的人,柏拉图笔下的苏格拉底俨然是一种全新的"希腊的乐天"和幸福生活方式的导师,这种方式力求体现在行为中,为此特别重视对贵族青年施以思想助产和人格陶冶,其目的是使天才最终诞生。

但是,现在,科学受它的强烈妄想的鼓舞,毫不停留地奔赴它的界限,它的隐藏在逻辑本质中的乐观主义在这界限上触礁崩溃了。因为科学领域的圆周有无数的点,既然无法设想有一天能够彻底测量这个领域,那么,贤智之士未到人生的中途,就必然遇到圆周边缘的点,在那里怅然凝视一片迷茫。当他惊恐地看到,逻辑如何在这界限上绕着自己兜圈子,终于咬住自己的尾巴,这时便有一种新型的认识脱颖而出,即**悲剧的认识**,仅仅为了能够忍受,它也需要艺术的保护和治疗。

我们的眼光因观照希腊人而变得清新有力,让我们用这样的眼光来观照当今世界的最高境界,我们就会发现,苏格拉底所鲜明体现的那种贪得无厌的乐观主义求知欲,已经突变为悲剧的绝望和艺术的渴望。当然,在其低级水平上,这种求知欲必定敌视艺术,尤其厌恶酒神的悲剧艺术,正如苏格拉底主义反对埃斯库罗斯悲剧这个例子所显示的。

现在,让我们心情激动地叩击现代和未来之门。那种"突变"会导致创造力,或者说**从事音乐的苏格拉底**的新生吗?笼罩人生的艺术之网,不论是冠以宗教还是科学的名义,将编织得日益柔韧呢,还是注定要被如今自命为"现代"的那种喧嚣野蛮的匆忙和纷乱撕成碎片呢?——我们忧心忡忡却又不无慰藉地在旁静观片刻,作为沉思者有权做这场伟大斗争和转折的见证。啊！这场斗争如此吸引人,连静观者也不能不投身其中！

十六

在上述历史事例中,我们试图说明,悲剧必定随着音乐精神的消失而灭亡,正如它只能从音乐精神中诞生一样。为了使这论断不太危言耸听,也为了指出我们这种认识的起源,我们现在必须自由地考察一下当代类似的现象;我们必须置身于我刚才谈到的在当代世界最高境界中进行的那场斗争,即贪得无厌的乐观主义认识与悲剧的艺术渴望之间的斗争。我在这里不谈其他一切反对倾向,它们在任何时代都反对艺术,尤其是反对悲剧,在现代也飞扬跋扈,以致在戏剧艺术中只有笑剧和芭蕾稍许繁荣,开放出也许并非人人能欣赏的香花。我只想谈一谈对于悲剧世界观的**最堂皇的反对**,我是指以其始祖苏格拉底为首的、在其至深本质中是乐观主义的科学精神。随即我将列举那些力量,在我看来,它们能够保证**悲剧的再生**,甚至保证德国精神的新的灿烂希望！

在我们投入这场斗争之前,让我们用迄今已经获得的认识武装起来。与所有把一个单独原则当作一切艺术品的必然的生命源泉、从中推导出艺术来的人相反,我的眼光始终注视着希腊的两位艺术之神即日神和酒神,认识到它们是**两个**至深本质和至高目的皆不相同的艺术境界的生动形象的代表。在我看来,日神是美化个体化原理的守护神,唯有通过它才能真正在外观中获得解脱;相反,在酒神神秘的欢呼下,个体化的魅力烟消云散,通向存在之母、万物核心的道路敞开了。这种巨大的对立,像一条鸿沟分隔作为日神艺术的造型艺术与作为酒神艺术的音乐,在伟大思想家中只有一人对之了如指掌,以致他无须希腊神话的指导,就看出音乐与其他一切艺术有着不同的性质和起源,因为其他一切艺术是现象的摹本,而音乐却是意志本身的直接写照,所以它体现的**不是世界的任何物理性质,而是其形而上性质**,不是任何现象而是自在之物。(叔本华:《作为意志和表象的世界》第一卷)由于这个全部美学中最重要的见解,才开始有严格意义上的美学。理查德·瓦格纳承认这一见解是永恒真理,他在《贝多芬论》中主张:音乐的评价应当遵循与一切造型艺术完全不同的审美原则,根本不能用美这个范畴来衡量音乐。但是,有一种错误的美学,依据迷途变质的艺术,习惯于那个仅仅适用于形象世界的美的概念,要求音乐产生与造型艺术作品相同的效果,即**唤起对美的形式的快感**。由于认识到那一巨大的对立,我有了一种强烈的冲动,要进一步探索希腊悲剧的本质,从而最深刻地揭示希腊的创造精神。因为我现在才自信掌握了诀窍,可以超出我们的流行美学的套语之外,亲自领悟到悲剧的原初问题。我借此能够以一种如此与众不同的眼光观察希腊,使我不禁觉得,我们如此自命不凡的古典希腊研究,至今大抵只知道欣赏一些浮光掠影的和皮毛的东西。

我们不妨用下述问题来触及这个原初问题:日神和酒神这两种分离的艺术力量一旦同时发生作用,会产生怎样的审美效果?或者更简短地说,音乐对于形象和概念的关系如何?——正是在这一点上,瓦格纳称赞叔本华的阐述具有不可超越的清晰性和透彻性。叔本华在《作为意志和表象的世界》第一卷里对这个问题谈得最详细,我在这里全文转引如下:

"根据这一切,我们可以把现象界或自然界与音乐看作同一东西的两种不同表现,因此这同一东西是两者类似的唯一中介,必须认识它,以便了解两者的类似。所以,如果把音乐看作世界的表现,那么它是一种最高水平的普遍语言,甚至于它与概念普遍性的关系,大致相当于概念普遍性与个别事物的关系。但是,它的普遍性绝非抽象概念的那种空洞的普遍性,而全然是另一种普遍性,带有人所共知的和一目了然的明确性。在这一点上,它和几何图形以及数字相像,后两者是一切可能的经验对象的普遍形式,先验地(apriori)适用于一切对象,可是具有并非抽象的,而是直观的和人所共知的确定性。意志的一切可能的追求、激动和表示,人的全部内心历程,理性把它们划入情感这个宽泛的反面概念之中,它们可以用无数可能的旋律表现出来,但这种表现总是具有无质料的纯粹形式的普遍性,总是按照自在之物而不是按照现象,俨然是现象的无形体的内在灵魂。音乐与万物真谛的这种紧密关系也可以使下列现象得到说明:对任何一种场景、情节、事件、环境配以适当的音乐,这音乐就好像在向我们倾诉它们隐秘的含义,在这方面做出最正确最清楚的解说;同样,完全沉醉于一部交响曲的印象的人,他仿佛看到人生和世界种种可能的事件在眼前越过,然而他仔细一想,却又指不出乐曲与他眼前浮现的事物之间有何相似之处。因为前面说过,音乐不同于其他一切艺术,它不是现象的摹本,或者更确切地说,不是意志的相应客体化,而是意志本身的直接写照,所以它体现的不是世界的任何物理性质,而是其形而上性质,不是任何现象,而是自在之物。因此,可以把世界称作具体化的音乐,正如把它称作具体化的意志一样。由此也就说明了,为什么音乐能够使现实生活和现实世界的每一画面甚至每一场景立刻意味深长地显现出来。当然,音乐的旋律与有关现象的内在精神愈相似,就愈是如此。以此为基础,人们可以配上音乐使诗成为歌,使直观的表演成为剧,或者使两者成为歌剧。人生的这种个别画面,配上音乐的普遍语言,它们与这种语言的结合或符合不是绝对的;相反,两者的关系不过是信手拈来的一个例子同一个普遍概念的关系。它们在现实的确定性中所描述的,正是音乐在纯粹形式的普遍性中所表达的那同一个东西。因为旋律在某种程度上有如普遍概念,乃是现实的抽象。现实,即个别事物的世界,既

尼
采

向概念的普遍性也向旋律的普遍性提供了直观的东西、特殊和个别的东西、单个的实例。不过,这两种普遍性在某种意义上是彼此对立的:概念只包含原来从直观中抽象出来的形式,犹如从事物剥下的外壳,因而确实是一种抽象;相反,音乐却提供了先于一切形象的至深内核,或者说,事物的心灵。这一关系用经院哲学家的术语来表达恰到好处,即所谓:概念是后于事物的普遍性(universalia post rem),音乐提供先于事物的普遍性(universalia ante rem),而现实则是事物之中的普遍性(universalia in rem)。然而,一般来说,乐曲与直观表演之间之所以可能发生联系,如上所述,是因为两者只是世界同一内在本质的完全不同的表现。如果在具体场合实际存在着这样的联系,即作曲家懂得用音乐的普遍语言来表达那构成事件之核心的意志冲动,那么,歌的旋律、歌剧的音乐就会富于表现力。不过,作曲家所发现的两者之间的相似必须出自对世界本质的直接认识,他的理性并不意识到,而不可凭借概念自觉地故意地做间接模仿。否则,音乐就不是表现内在本质即意志,而只是不合格地模仿意志的现象,如同一切专事模仿的音乐之所为。"

这样,根据叔本华的学说,我们把音乐直接理解为意志的语言,感到我们的想象力被激发起来,去塑造那向我们倾诉着的、看不见的却又生动激荡的精神世界,用一个相似的实例把它体现出来。另一方面,在一种真正相符的音乐的作用下,形象和概念有了更深长的意味。所以,酒神艺术往往对日神的艺术能力施加双重影响:音乐首先引起对酒神普遍性的**譬喻性直观**,然后又使譬喻性形象显示出**最深长的意味**。从这些自明的但未经深究便不可达到的事实中,我推测音乐具有产生**神话**,即最意味深长的例证的能力,尤其是产生**悲剧**神话的能力。神话在譬喻中谈论酒神认识。关于抒情诗人的现象,我已经叙述过:音乐在抒情诗人身上如何力求用日神形象来表现它的本质。现在我们设想一下,音乐在其登峰造极之时必定竭力达到最高度的形象化,那么,我们必须认为,它很可能为它固有的酒神智慧找到象征表现。可是,除了悲剧,一般来说,除了**悲剧性**这个概念,我们还能到别的什么地方去找这种表现呢?

从通常依据外观和美的单一范畴来理解的艺术之本质,是不能真正推导出悲剧性的。只有从音乐精神出发,我们才能理解对于个体毁灭所生的快感。因为通过个体毁灭的单个事例,我们只是领悟了酒神艺术的永恒现象,这种艺术表现了那似乎隐藏在个体化原理背后的全能的意志,那在一切现象之彼岸的历万劫而长存的永恒生命。对于悲剧性所生的形而上快感,乃是本能的无意识的酒神智慧向形象世界的一种移置。悲剧主角,这意志的最高现象,为了我们的快感而遭否定,因为他毕竟只是现象,他的毁灭丝毫无损于意志的永恒生命。悲剧如此疾呼:"我们信仰永恒生命。"音乐便是这永恒生命的直接理念。造型艺术有完全不同的目的：在这里，日神通过颂扬**现象的永恒**来克服个体的苦难；在这里，美战胜了生命固有的苦恼，在某种意义上痛苦已从自然的面容上消失。在酒神艺术及其悲剧象征中，同一个自然却以真诚坦率的声音向我们喊道："像我一样吧！在万象变幻中，做永远创造、永远生气勃勃、永远热爱现象之变化的始母！"

十七

酒神艺术也要使我们相信生存的永恒乐趣，不过我们不应在现象之中，而应在现象背后，寻找这种乐趣。我们应当认识到，存在的一切必须准备着异常痛苦的衰亡，我们被迫正视个体生存的恐怖，但是终究用不着吓瘫，一种形而上的慰藉使我们暂时逃脱世态变迁的纷扰。我们在短促的瞬间真的成为原始生灵本身，感觉到它的不可遏止的生存欲望和生存快乐。现在我们觉得，既然无数竞相生存的生命形态如此过剩，世界意志如此过分多产，斗争、痛苦、现象的毁灭就是不可避免的。正当我们仿佛与原始的生存狂喜合为一体，正当我们在酒神陶醉中期待这种喜悦长驻不衰，在同一瞬间，我们会被痛苦的利刺刺中。纵使有恐惧和怜悯之情，我们仍是幸运的生者，不是作为个体，而是众生**一体**，我们与它的生殖欢乐紧密相连。

现在，希腊悲剧的发生史异常明确地告诉我们，希腊的悲剧艺术作品确实是从音乐精神中诞生出来的。我们相信，由于这一思想，歌队如此可惊的原本意义第一次显得合理了。但是，我们同时必须承认，希腊诗人们，更不必说希腊哲学家们，从未明确透彻地把握前面提到的悲剧神话的意义。希腊诗人们的主角，他们的言谈似乎比他们的行为更加肤浅，神话在他们所说的话中根本得不到相应的体现。剧情的结构和直观的形象，比起诗人自己用台词和概念所能把握的，显示了更深刻的智慧。在莎士比亚那里可以看到同样的情形，例如，在相似的意义上，他的哈姆雷特说话比行动肤浅，所以不能从台词，只能通过深入直观和通观全剧，才能领悟早先我提到过的那种哈姆雷特教训。至于希腊悲剧，我们现在当然只能读到剧本，我甚至指出，神话与台词之间的不一致很容易迷惑我们，使我们以为它比它本来的样子浅薄无聊，因而又假定它的效果比古人所陈述的肤浅。因为我们很容易忘记，达到神话的最高精神化和理想化境界，诗人用言词难以企及，他作为创造的音乐家却随时可以做到！我们当然要通过深入的学术研究来重建音乐效果的优势，以求稍许感受到真正的悲剧所固有的那种无与伦比的慰藉。但是，除非我们本是希腊人，我们才能照本来的样子感受这种音乐优势。相反，即使是全盛时期的希腊音乐，比之我们喜闻乐见的丰富得多的现代音乐，我们听起来也只是像年轻的音乐天才怀着羞怯的信心试唱的歌曲。正如埃及祭司们所说的，希腊人永远是孩子。他们在悲剧艺术方面也是孩子，不知道他们亲手制造和毁坏了一种多么高贵的玩具。

音乐精神追求形象和神话的体现,从最早的抒情诗直到阿提卡悲剧,这种追求不断增强,刚刚达到高潮,便突然中断,似乎从希腊艺术的表层消失了。然而,从这种追求中产生的酒神世界观在秘仪中保存了下来,尽管形质俱变,却依然吸引着严肃的天性。它会不会总有一天重又作为艺术从它神秘的深渊中升起来呢?

这里我们要弄清一个问题:悲剧因之夭折的那种反对力量,是否在任何时代都强大得足以阻止悲剧和悲剧世界观在艺术上的复苏? 如果说古老悲剧被辩证的知识冲动和科学乐观主义冲动挤出了它的轨道,那么,从这一事实可以推知,在理论世界观与悲剧世界观之间存在着永恒的斗争。只有当科学精神被引导到了它的界限,它所自命的普遍有效性被这界限证明业已破产,然后才能指望悲剧的再生。我们按照早先约定的意义,用**从事音乐的苏格拉底**来象征这种悲剧的文化形式。与此相反,我把科学精神理解为最早显现于苏格拉底人格之中的那种对于自然界之可以追根究底和知识之普遍造福能力的信念。

只要想一想这匆匆向前趱程的科学精神的直接后果,我们就立刻宛如亲眼看到,**神话**如何被它毁灭,由于神话的毁灭,诗如何被逐出理想故土,从此无家可归。只要我们认为音乐理应具备从自身再生出神话的能力,那么,我们就会发现科学精神走在反对音乐这种创造神话的能力的道路上。这一点见之于**新阿提卡颂歌**的发展之中,它的音乐不再表现内在本质和意志,而只是以概念为中介进行模仿,不合格地再现现象。真正的音乐天性厌弃这种已经变质的音乐,就像厌弃苏格拉底毁灭艺术的倾向一样。阿里斯托芬的可靠直觉的确有道理,他对苏格拉底本人、欧里庇得斯的悲剧和新颂歌诗人怀有同样的厌恶之情,在所有这三种现象中发现了一种衰退文化的标记。这种新颂歌以亵渎的方式把音乐变为现象的模拟肖像,例如模拟一场战役、一次海洋风暴,因此当然完全剥夺了音乐创造神话的能力。如果音乐只是迫使我们去寻找人生和自然的一个事件与音乐的某种节奏形态或特定音响之间的表面相似之处,试图借此来唤起我们的快感,如果我们的理智必须满足于认识这种相似之处,那么,我们就陷入了无法感受神话的心境。因为神话想要作为一个个别例证,使那指向无限的普遍性和真理可以被直观地感受到。真正的酒神音乐犹如世界意志的这样一面普遍镜子置于我们之前,每个直观事件折射在镜中,我们感到它立即扩展成了永恒真理的映象。相反,这种直观事件进入新颂歌的音响画面之中,就会立刻失去任何神话品格,于是音乐变成了现象的粗劣摹本,因而远比现象本身贫乏。由于这种贫乏,它还在我们的感觉中贬低了现象本身,以致现在,譬如说,如此用音乐模拟的战役就仅止于行进的嘈杂声、军号声之类,而我们的想象力就被束缚在这些浅薄东西上了。所以,音响图画在任何方面都同真正音乐的创造神话的能力相对立,它使现象比现象的本来面目更贫乏;而酒神音乐却丰富了个别现象,使之扩展为世界映象。非酒神精神取得了重大胜利,它通过新颂歌的发展而使音乐与自身疏远,把音乐降为现象的奴隶。在更高的意义上,应当说欧里庇得斯具有一种彻头彻尾非音乐的素质,正是因为这个原因,他是新颂歌音乐的热烈追随者,以一个强盗的慷慨使用着这种音乐的全部戏剧效果和手法。

如果我们注意到,自索福克勒斯以来,悲剧中的**性格描写**和心理刻画在不断增加,我们就从另一个方面看到这种反对神话的非酒神精神的实际力量了。性格不再应该扩展为永恒的典型,相反应该通过人为的细节描写和色调渲染,通过一切线条纤毫毕露,个别地起作用,使观众一般不再感受到神话,而是感受到高度的逼真和艺术家的模仿能力。在这里,我们同样也发现现象对于普遍性的胜利,发现对于几乎是个别解剖标本的喜好,我们业已呼吸到一个理论世界的气息,在那个世界里,科学认识高于对世界法则的艺术反映。刻画性格的运动进展神速:索福克勒斯还是在描绘完整的性格,并运用神话使之巧妙地展现;欧里庇得斯已经仅仅描绘激情袭来时表现出的重大性格特征;而在新阿提卡喜剧里,就只有**一种**表情的面具,不厌其烦地重复出现轻率的老人、受骗的拉皮条者、狡狯的家奴。音乐创造神话的精神如今安在? 如今残存的音乐不是兴奋的音乐,便是回忆的音乐,也就是说,不是刺激疲惫麻木的神经的兴奋剂,便是音响图画。至于前者,几乎同所配的歌词毫不相干。在欧里庇得斯那里,当他的主角或歌队一开始唱歌,事情就已经进行得相当轻佻,他的肆无忌惮的后继者们更会弄到一个什么地步呢?

然而,把新的非酒神精神表现得淋漓尽致的是新戏剧的结局。在旧悲剧中,对于结局总可以感觉到那种形而上的慰藉,舍此便根本无从解释悲剧快感。在《俄狄浦斯在科罗诺斯》一剧中,也许最纯净地回响着来自彼岸的和解之音。现在,音乐的创造精神已从悲剧中消失,严格地说,悲剧已经死去,因为人们现在还能从何处吸取那种形而上的慰藉呢? 于是,人们就寻求悲剧冲突的世俗解决,主角在受尽命运的折磨之后,终于大团圆或宠荣加身,得到了好报。悲剧英雄变成了格斗士,在他受尽摧残遍体鳞伤之后,偶尔也恩赐他自由。神机妙算(deux ex machina)取代了形而上的慰藉。我不想说,酒神世界观被一拥而入的非酒神精神彻底粉碎了。我们只知道,它必定逃出了艺术领域,仿佛潜入黑社会,蜕化为秘仪崇拜。但是,在希腊民族广大地区表面,非酒神精神的瘴气弥漫,并以"希腊的乐天"的形式出现,前面已经谈到过,这种乐天是一种衰老得不再生产的生存欲望。它同古希腊人的美好的"素朴"相对立,按照既有的特征,后者应当被理解为从黑暗深渊里长出的日神文化的花朵,希腊意志借美的反映而取得的对于痛

苦和痛苦的智慧的胜利。另一种"希腊的乐天"即亚历山大乐天的最高贵形式,
是**理论家**的乐天,它显示了我刚才从非酒神精神推断出的那些特征:它反对酒神
智慧和艺术;它竭力取消神话;它用一种世俗的调和,甚至用一种特别的神机妙
算,即机关和熔炉之神,也即被认识和应用来为高度利己主义服务的自然精神力
量,来取代形而上的慰藉;它相信知识能改造世界,科学能指导人生,事实上真的
把个人引诱到可以解决的任务这个最狭窄的范围内,在其中他兴高采烈地对人
生说:"我要你,你值得结识一番。"

十八

这是一种永恒的现象:贪婪的意志总是能找到一种手段,凭借笼罩万物的幻
象,把它的造物拘留在人生中,迫使他们生存下去。一种人被苏格拉底式的求知
欲束缚住,妄想知识可以治愈生存的永恒创伤;另一种人被眼前飘展的诱人的艺
术美之幻幕包围住;第三种人求助于形而上的慰藉,相信永恒生命在现象的旋涡
下川流不息,他们借此对意志随时准备好的更普遍甚至更有力的幻象保持沉默。
一般来说,幻象的这三个等级只属于天赋较高的人,他们怀着深深的厌恶感觉到
生存的重负,于是挑选一种兴奋剂来使自己忘掉这厌恶。我们所谓文化的一切,
就是由这些兴奋剂组成的。按照调配的比例,就主要的是**苏格拉底**文化,或**艺术**
文化,或**悲剧**文化。如果乐意相信历史的例证,也可以说是亚历山大文化,或希
腊文化,或印度(婆罗门)文化。

我们整个现代世界被困在亚历山大文化的网中,把具备最高知识能力、为科
学效劳的**理论家**视为理想,其原型和始祖便是苏格拉底。我们的一切教育方法
究其根源都以这一理想为目的,其余种种生活只能艰难地偶尔露头,仿佛是一些
不合本意的生活。可怕的是,长期以来,有教养人士只能以学者的面目出现;甚
至我们的诗艺也必须从博学的模仿中衍生出来,而在韵律的主要效果中,我们看
到我们的诗体出自人为的试验,运用一种非本土的十足博学的语言。在真正的
希腊人看来,本可理解的现代文化人**浮士德**必定显得多么不可理解,他不知餍足
地攻克一切学术,为了求知欲而献身魔术和魔鬼。我们只要把他放在苏格拉底
旁边加以比较,就可知道,现代人已经开始预感到那种苏格拉底式的求知欲的界
限,因而在茫茫知识海洋上渴望登岸。歌德有一次对爱克尔曼提到拿破仑时说:
"是的,我的好朋友,还有一种事业的创造力。"他这是在用优雅质朴的方式提醒
我们,对于现代人来说,非理论家是某种可疑可惊的东西,以致非得有歌德的智
慧,才能理解,毋宁说原谅如此陌生的一种生存方式。

现在不要再回避这种苏格拉底文化究竟葫芦里卖的什么药了!想入非非的
乐观主义!现在,倘若这种乐观主义的果实已经成熟,倘若这种文化已经使整个

社会直至于最低层腐败,社会因沸腾的欲望而惶惶不可终日,倘若对于一切人的尘世幸福的信念,对于普及知识文化的可能性的信念,渐渐转变为急切追求亚历山大尘世幸福,并乞灵于欧里庇得斯的神机妙算,我们就不必再大惊小怪了!应当看到,亚历山大文化必须有一个奴隶等级,才能长久存在。于是,它却以它的乐观主义人生观否认这样一个等级的必要性,因而,一旦它所谓"人的尊严""工作的尊严"之类蛊惑人心和镇定人心的漂亮话失去效力,它就会逐渐走向可怕的毁灭。没有比一个野蛮的奴隶等级更可怕的了,这个等级已经觉悟到自己的生活是一种不公正,准备不但为自己,而且为世世代代复仇。面对如此急风狂飙,谁还敢从我们苍白疲惫的宗教寻求心灵的安宁?这宗教在根基上已经变质为学术迷信,以致神话,一切宗教的这个必要前提,到处都已经瘫痪,乐观主义精神甚至在神话领域也取得了统治,我们刚才已经指出这种精神是毁坏我们社会的病菌。

潜伏在理论文化怀抱中的灾祸已经逐渐开始使现代人感到焦虑,他们不安地从经验宝库中翻寻避祸的方法,然而并无信心。因此,他们开始预感到了自己的结局。当此之时,一些天性广瀚伟大的人物殚精竭虑地试图运用科学自身的工具,来说明认识的界限和有条件性,从而坚决否认科学普遍有效和充当普遍目的的要求。由于这种证明,那种自命凭借因果律便能穷究事物至深本质的想法才第一次被看作一种妄想。**康德和叔本华**的非凡勇气和智慧取得了最艰难的胜利,战胜了隐藏在逻辑本质中、作为现代文化之根基的乐观主义。当这种乐观主义依靠在它看来毋庸置疑的永恒真理(aeternae veritates),相信一切宇宙之谜均可认识和穷究,并且把空间、时间和因果关系视作普遍有效的绝对规律的时候,康德揭示了这些范畴的功用如何仅仅在于把纯粹的现象,即摩耶的作品,提高为唯一和最高的实在,以之取代事物至深的真正本质,而对于这种本质的真正认识是不可能借此达到的;也就是说,按照叔本华的表述,只是使梦者更加沉睡罢了(《作为意志和表象的世界》第一卷)。一种文化随着这种认识应运而生,我斗胆称之为悲剧文化。这种文化最重要的标志是,智慧取代科学成为最高目的,它不受科学的引诱干扰,以坚定的目光凝视世界的完整图景,以亲切的爱意努力把世界的永恒痛苦当作自己的痛苦来把握。我们想象一下,这成长着的一代,具有如此大无畏的目光,怀抱如此雄心壮志;我们想象一下,这些屠龙之士,迈着坚定的步伐,洋溢着豪迈的冒险精神,鄙弃那种乐观主义的全部虚弱教条,但求在整体和完满中"勇敢地生活",那么,这种文化的悲剧人物,当他进行自我教育以变得严肃和畏惧之时,岂非必定渴望一种新的艺术,形而上慰藉的艺术,渴望悲剧,如同渴望属于他的海伦一样吗?他岂非必定要和浮士德一同喊道:

我岂不要凭眷恋的痴情,

带给人生那唯一的艳影?

然而,一旦苏格拉底文化受到来自两个方面的震撼,只能以颤抖的双手去扶住它的绝对真理的笏杖,开始害怕它逐渐预感到了的自己的结论,随后自己也不再以从前那种天真的信心相信它的根据的永远有效了。这时呈现一幕多么悲惨的场面:它的思想不断跳着舞,痴恋地扑向新的艳影,想去拥抱她们,然后又惊恐万状地突然甩开她们,就像靡菲斯托突然甩开那些诱惑的蛇妖一样。人们往往把"断裂"说成是现代文化的原始苦恼,这确实是"断裂"的征兆:理论家面对自己的结论惊慌失措,不敢再信赖生存的可怕冰河,他惴惴不安地在岸上颠踬徜徉。他心灰意冷,百事无心,全然不想涉足事物天然的残酷。事到如今,乐观主义观点已经使他变得弱不禁风了。而且他感到,一种以科学原则为基础的文化,一旦它开始变成**非逻辑的**,也就是说,一旦它开始逃避自己的结论,必将走向毁灭。现代艺术暴露了这种普遍的贫困:人们徒劳地模仿一切伟大创造的时代和天才,徒劳地搜集全部"世界文学"放在现代人周围以安慰他,把他置于历代艺术风格和艺术家中,使他得以像亚当给动物命名一样给他们命名;可是,他仍然是一个永远的饥饿者,一个心力交瘁的"批评家",一个亚历山大式人物,一个骨子里的图书管理员和校对员,可怜被书上尘埃和印刷错误弄得失明。

十九

要一针见血地说明这种苏格拉底文化的本质,莫若称之为**歌剧文化**。因为在这一领域里,这种文化格外天真地说明了它的意愿和见解。如果我们把歌剧产生及其发展的事实同日神与酒神的永恒真理加以对比,我们将为之惊讶。我首先想起抒情调和吟诵调的产生。这样一种极其肤浅而不知虔敬的歌剧音乐,竟然会被一个时代如醉如狂地接受和爱护,仿佛它是一切真正音乐的复活,而这个时代刚刚还兴起了帕莱斯特里那①崇高神圣得不可形容的音乐,这能让人相信吗? 另一方面,谁又会把如此迅速蔓延的歌剧癖好,仅仅归咎于那些佛罗伦萨沙龙的寻欢作乐及其剧坛歌手的虚荣心呢? 在同一时代,甚至在同一民族,在整个基督教中世纪所信赖的帕莱斯特里那和声的拱形建筑一旁,爆发了对于半音乐的说话的热情,这种现象,我只能用吟诵调本质中所包含的**非艺术倾向**来说明。

歌手与其说在唱歌,不如说在说话,他还用半歌唱来强化词的感情色彩,通过这些办法,他迎合了那些想听清歌词的听众。由于强化了感情色彩,他使词义的理解变得容易,并且克服了尚存的这一半音乐。现在威胁着他的真正危险是,

---

① 帕莱斯特里那(1525—1594),意大利音乐家,16 世纪复调音乐大师。

他一旦不合时机地偏重音乐,说话的感情色彩和吐词的清晰性就势必丧失。可是,另一方面,他又时时感到一种冲动,要发泄一下音乐爱好,要露一手亮亮他的歌喉。于是"诗人"来帮助他了,"诗人"懂得向他提供足够的机会,来使用抒情的感叹词,反复吟哦某些词和警句,等等。在这些场合,歌手现在处于纯粹音乐因素之中,不必反顾词义,可以高枕无忧了。慷慨激昂的半唱的说话与作为抒情调之特色的全唱的感叹互相交替,时而诉诸听众的理解和想象,时而诉诸听众的音乐本能,如此迅速变换,劳神费力,是完全不自然的,同样也是与酒神和日神的艺术冲动根本抵触的,所以必须推断吟诵调的起源是在一切艺术本能之外。根据这一论述,可以把吟诵调定义为史诗朗诵与抒情诗朗诵的混合,当然绝不是内在的稳定的混合,因为这对于如此迥异的事物来说乃是不可能达到的,而是最外在的镶嵌式的黏合,在自然界和经验领域是找不到类似样本的。**然而这不是吟诵调发明者的意见**,他们以及他们的时代宁肯相信,抒情调解开了古代音乐之谜,俄耳甫斯、安菲翁①乃至希腊悲剧的巨大影响只能从中得到解释。新风格被看作最感人的音乐、古希腊音乐的复苏。按照民间流传的看法,荷马世界是**原始世界**,据此人们诚然可以耽于梦想,以为现在重又进入人类发源的乐土,在那里音乐也必定无比地纯粹、有力和贞洁,诗人在他们的牧歌中如此动人地描述了那里的生活。这里,我们看到了歌剧这个真正现代艺术品种的最深刻的成因,一种强烈需要索求一种艺术,但这是非审美类型的需要,即对牧歌生活的向往,对原始人的艺术的、美好的生活方式的信念。咏诵调被看作重见天日的原始人的语言;歌剧被看作重新发现的牧歌式或史诗式美好生灵的故土,这些美好生灵一举一动都遵从其自然的艺术冲动,一言一语都至少要唱点什么,以便感情稍有激动,就能立刻引吭高歌。我们现在对于下述情况是十分淡漠的:当时的人文主义者用这种新造的乐土艺术家形象,来反对教会关于人生来就堕落无用的旧观念。因此,歌剧可以被理解为美好人们的反对派信条,但同时它也提供了一种对付悲观主义的抚慰手段,在万象摇摇欲坠之际,当时一班严肃思考的人士正倾心于这种悲观主义。我们只要知道这一点就够了:这种新的艺术形式的真正魅力和根源在于满足一种完全非审美的需要,在于对人本身的乐观主义的礼赞,在于把原始人看作天性美好的艺术型的人。歌剧的这一原则已经逐渐转变为一种咄咄逼人的**要求**,面对当代社会主义运动,我们不能再对它充耳不闻了。"美好的原始人"要求他的权利:好一个乐土的前景!

此外,我要提出一个同样明显的证据,以证明我的这个观点:歌剧和现代亚历山大文化是建立在同一原则上面的。歌剧是理论家、外行批评家的产儿,而不

---

① 俄耳甫斯,希腊神话中的歌手,音乐和作诗法的发明者。安菲翁,希腊神话中演奏竖琴的圣手。

是艺术家的产儿。这乃是全部艺术史上最可惊的一件事。绝无音乐素质的听众要求首先必须听懂歌词,所以,据说只有发现了随便哪一种唱法,其中歌词支配着对位,就像主人支配着仆人一样,这时才能期望声响艺术再生。因为据说歌词比伴奏的和声高贵的程度,恰等于灵魂比肉体高贵的程度。歌剧产生时,就是遵照这种不懂音乐的粗野的外行之见,把音乐、形象和语言一锅煮。按照这种美学的精神,在佛罗伦萨上流社会外行圈子里,由那里受庇护的诗人和歌手开始了最早的试验。艺术上的低能儿替自己制造一种艺术,正因为他天生没有艺术气质。由于他不能领悟音乐的酒神深度,他的音乐趣味就转变成了抒情调中理智所支配的渲染激情的绮声曼语,以及对唱歌技巧的嗜好。由于他没有能力看见幻象,他就强迫机械师和布景画家为他效劳。由于他不能把握艺术家的真正特性,他就按照自己的趣味幻想出"艺术型的原始人",即那种一激动就唱歌和说着韵文的人。他梦想自己生活在一个激情足以产生歌与诗的时代,仿佛激情真的创造过什么艺术品似的。歌剧的前提是关于艺术过程的一种错误信念,而且是那种牧歌式信念,以为每个感受着的人事实上就是艺术家。就这种信念而言,歌剧是艺术中外行趣味的表现,这种趣味带着理论家那种打哈哈的乐观主义向艺术发号施令。

如果我们想用一个概念把上述对歌剧的产生发生过重要作用的两个观念统一起来,那么,我们只需要谈一谈**歌剧的牧歌倾向**就可以了。在这方面,我们不妨只使用席勒的表述和说明。席勒说:"自然和理想,或者是哀伤的对象,倘若前者被描述为已经失去的,后者被描述为尚未达到的;或者是快乐的对象,倘若它们被当作实在的东西呈现在眼前。第一种情况提供狭义的哀歌,第二种情况提供广义的牧歌。"在这里,可以立刻注意到歌剧产生时那两种观念的共同特征,就是在它们之中,理想并非被感受为未达到的,自然也并非被感受为已失去的。照这种感受,人类有过一个原始时代,当时人接近自然的心灵,并且在这自然状态中同时达到了人类的理想,享受着天伦之乐和艺术生活。据说我们大家都是这些完美的原始人的后裔,甚至我们还是他们忠实的肖像,我们只要从自己身上抛掉一些东西,就可以重新辨认出自己就是这些原始人,一切都取决于自愿放弃过多的学问和过多的文化。文艺复兴时代有教养的人士用歌剧模仿希腊悲剧,借此把自己引回到这样一种自然与理想的协调状态,引回到牧歌的现实。他利用希腊悲剧,就像但丁利用维琪尔给自己引路以到达天堂之门一样,而他从这里又独自继续前进;从模仿希腊最高艺术形式走向"万物的复归",走向仿造人类原始艺术世界。在理论文化的怀抱中,这种大胆的追求有着何等充满信心的善意!——这种情况只能用下述令人欣慰的信念来解释:"人本身"是永远德行高超的歌剧主角,永远吹笛放歌的牧童,他最后必定又重获自己的本性,如果他间或真的一时失去了本性,那也只是从苏格拉底世界观的深渊里像甜蜜诱人的妖雾一样升起的那种乐观主义的结果。

所以,在歌剧的面貌上绝无那种千古之恨的哀歌式悲痛,倒是显出永远重获的欢欣,牧歌生活的悠闲自得,这种生活至少可以在每一瞬间被想象为实在的。也许有时会黯然悟到,这种假想的现实无非是幻想的无谓游戏,若能以真实自然的可怕严肃来衡量,以原始人类的本来面目来比较,谁都必定厌恶地喊道:滚开吧,幻影!尽管如此,倘若以为只要一声大喊,就能像赶走幻影一样,把歌剧这种玩意儿赶走,那就错了。谁想消灭歌剧,谁就必须同亚历山大的乐天精神做斗争,在歌剧中,这种精神如此天真地谈论它所宠爱的观念,甚至歌剧就是它所固有的艺术形式。可是,这样一种艺术形式,它的根源根本不在审美领域之中,毋宁说它是从半道德领域潜入艺术领域的,于是只会到处隐瞒它的混合血统,我们能够期望它对艺术本身发生什么作用呢?这种寄生的歌剧倘不从真正的艺术汲取营养,又何以为生呢?岂非可以推断,在它的牧歌式的诱惑下,在它的亚历山大式的谄媚下,艺术最高的、可以真正严肃地指出的使命——使眼睛不去注视黑夜的恐怖,用外观的灵药拯救主体于意志冲动的痉挛——就要蜕变为一种空洞涣散的娱乐倾向了吗?在这样一种风格混合中,有什么东西是得自酒神和日神的永恒真理的呢?我在分析抒情调的实质时已经描述过这种风格之混合:在抒情调里,音乐被视为奴婢,歌词被视为主人,音乐被比作肉体,歌词被比作灵魂;最好的情形不过是把音响图画当作最高目的,如同从前新阿提卡颂歌那样;音乐已经背离它作为酒神式世界明镜的真正光荣,只能作为现象的奴隶,模仿现象的形式特征,靠玩弄线条和比例激起浅薄的快感。仔细观察,可知歌剧对于音乐的这种灾难性影响,直接伴随着现代音乐的全部发展过程。潜伏在歌剧起源和歌剧所体现的文化之中的乐观主义,以可怕的速度解除了音乐以及酒神式世界使命,强加给它形式游戏和娱乐的性质。也许,只有埃斯库罗斯的悲剧英雄之变化为亚历山大乐天人物,方可与这一转变相比拟。

然而,当我们在上述例证里,公正地把酒神精神的消失同希腊人最触目惊心的但至今尚未阐明的转变和蜕化联系起来时,倘若最可靠的征兆向我们担保**相反的过程**,担保在我们当代世界中**酒神精神正逐渐苏醒**,我们心中将升起怎样的希望啊!赫拉克勒斯的神力不可能永远甘愿伺候翁珐梨女王①,而消耗在安乐窝里。一种力量已经从德国精神的酒神根基中兴起,它与苏格拉底文化的原始前提毫无共同之处,既不能由之说明,也不能由之辩护,反而被这种文化视为洪水猛兽和异端怪物,这就是**德国音乐**,我们主要是指它的从巴赫到贝多芬、从贝

---

① 翁珐梨,希腊神话中吕狄亚的女王,大力士赫剌克勒斯曾被罚卖给她当奴隶。

多芬到瓦格纳的伟大光辉历程。当今有认识癖好的苏格拉底主义,即使在最顺利的情况下,又能用什么办法来对付这个升自无底深渊的魔鬼呢?无论从歌剧旋律花里胡哨的乐谱里,还是凭赋格曲和对位法的算盘,都找不到一个咒语,念上三遍就可以使这魔鬼就范招供。这是怎样一幕戏啊:今日的美学家们,手持他们专用的"美"之捕网,扑打和捕捉眼前那些以不可思议的活力嬉游着的音乐天才,其实这个运动是既不能以永恒美也不能以崇高来判断的。当这些音乐保护人喋喋不休地喊着"美啊!美啊!"的时候,我们不妨在近处亲眼看一看,他们是否像在美的怀抱里养育的自然宠儿,抑或他们是否只是在为自己的粗俗寻觅一件骗人的外衣,为自己感情的贫乏寻觅一个审美的借口。在这里我想到奥托·扬(Otto Jahn)可以做例子。但是,面对德国音乐,这个伪善的骗子最好小心一点,因为在我们的全部文化中,音乐正是唯一纯粹的精神净化之火,根据以弗所伟大的赫拉克利特的学说,万物均在往复循环中由火产生,向火复归。我们今日称作文化、教育、文明的一切,总有一天要带到公正的法官酒神面前。

我们再来回忆一下,出自同一源头的**德国哲学**精神,靠了康德和叔本华,如何造成一种可能,通过证明科学苏格拉底主义的界限,来摧毁它的洋洋自得的生活乐趣;又如何通过这一证明,引出了一种无限深刻和严肃的伦理观和艺术观,它可以直接命名为**酒神智慧**。德国音乐和德国哲学的统一,这奥妙除了向我们指出一种唯有从希腊先例约略领悟其内容的新生活方式,又指出了什么呢?因为对于站在两种不同生活方式的分界线上的我们来说,希腊楷模还保持着无可估量的价值,一切转变和斗争也在其中显现为经典的富有启示的形式。不过,我们好像是按照**相反的**顺序经历着类似于希腊人的各重大主要时代,例如,现在似乎是在从亚历山大时代倒退到悲剧时代。同时,我们还感到,在外来入侵势力迫使德国精神长期在一种绝望的野蛮形式中生存,经受他们的形式的奴役之后,悲剧时代的诞生似乎仅意味着德国精神返回自身,幸运地重新发现自身。现在,在它归乡之后,终于可以在一切民族面前高视阔步,无须罗马文明的牵领,向着它生命的源头走去了。它只需善于坚定地向一个民族即希腊人学习;一般来说,能够向希腊人学习,本身就是一种崇高的荣誉和出众的优越了。今日我们正经历着悲剧的再生,危险在于既不知道它来自何处,也不明白它去向何方,我们还有什么时候比今日更需要这些最高明的导师呢?

二十

但愿有一天,一位铁面无私的法官将做出判断:迄今为止,在哪个时代,在哪些人身上,德国精神最努力地向希腊人学习。如果我们有充分的信心认为,这一荣誉理应归于歌德、席勒和温克尔曼的无比高贵的启蒙运动,那么,必须补充指出,从那个时代以来,继启蒙运动的直接影响之后,在同一条路上向文化和希腊人进军的努力却令人不解地日渐衰微了。为了不致根本怀疑德国精神,我们岂不应该从中引出如下结论:在一切关键方面,这些战士同样也未能深入希腊精神的核心,不能在德国文化和希腊文化之间建立持久的情盟。于是,无意中发现这个缺点,也许会使天性真诚的人们感到沮丧,怀疑自己在这样的先驱者之后,在这条文化道路上能否比他们走得更远,最后能否达到目的。所以,我们看到,从那个时代以来,人们在判断希腊人对文化的价值时疑虑重重、混乱不堪。在形形色色学术和非学术营垒里,可以听到一种居高临下的怜悯论调。在别的地方,又说些全无用处的漂亮话,用"希腊的和谐""希腊的美""希腊的乐天"之类聊以塞责。甚至在理应以努力汲取希腊泉源来裨益德国文化为其光荣的那些团体里,在高等教育机关的教师圈子里,至多也只是学会草率和轻松地用希腊人满足自己,往往至于以怀疑论态度放弃希腊理想,或者全然歪曲一切古典研究的真正目的。在那些圈子里,倘若有谁未在精心校勘古籍或烦琐训诂文字的辛劳生涯中耗尽精力,他也许还想在掌握其他古典的同时"历史地"掌握希腊古典,但总是按照今日有教养的编史方法,还带着那么一副居高临下的神气。所以,既然高级学术机关的真正文化力量从来不曾像在当代这样低落薄弱,既然"新闻记者"这种被岁月奴役的纸糊奴隶在一切文化问题上都战胜了高级教师,后者只好接受业已常常经历的那种变形,现在也操起记者的语言风格,带着记者的那种"轻松优雅",像有教养的蝴蝶一样翩翩飞舞,那么,当代这班有教养人士,目睹那种只能以迄今未被阐明的希腊精神至深根源做类比理解的现象,目睹酒神精神的复苏和悲剧的再生,必将陷于如何痛苦的纷乱呢?从未有过另一个艺术时代,所谓文化与真正的艺术如此疏远和互相嫌恶对立,如同我们当代所目睹的这样。我们明白这样一种羸弱的文化为何仇恨真正的艺术,因为它害怕后者宣判它的末日。可是,整个苏格拉底亚历山大文化类型,既已流于如此纤巧衰弱的极端,如同当代文化这样,它就不应当再苟延残喘了!如果像歌德和席勒这样的英雄尚且不能打开通向希腊魔山的魔门,如果以他们的勇于探索尚且只能止于眷恋遥望,就像歌德的伊菲革涅亚从荒凉的陶里斯①隔洋遥望家乡那样,那么,这些英雄的后辈又能希望什么呢,除非魔门从迄今为止一切文化努力尚未触及的一个完全不同的方面,突然自动地向他们打开——在悲剧音乐复苏的神秘声响之中。

谁也别想摧毁我们对正在来临的希腊精神复活的信念,因为凭借这信念,我们才有希望用音乐的圣火更新和净化德国精神。否则我们该指望什么东西,在

---

① 伊菲革涅亚为希腊神话中阿伽门农之女,特洛亚战争前夕,曾被其父献祭,获免后沦落到陶里斯当祭司。

今日文化的凋敝荒芜之中,能够唤起对未来的任何令人欣慰的期待呢?我们徒然寻觅一棵苗壮的根苗,一角肥沃的土地,但到处是尘埃、沙砾、枯枝、朽木。在这里,一位绝望的孤独者倘要替自己选择一个象征,没有比丢勒(Dürer)所描绘的那个与死神和魔鬼做伴的骑士更合适的了,他身披铁甲,目光炯炯,不受他的可怕伴侣干扰,尽管毫无希望,依然独自一人,带着骏马彪犬,踏上恐怖的征途。我们的叔本华就是这样一个丢勒笔下的骑士,他毫无希望,却依然寻求真理。现在找不到他这样的人了。

然而,我们刚才如此阴郁描绘的现代萎靡不振文化的荒漠,一旦接触酒神的魔力,将如何突然变化!一阵狂飙席卷一切衰亡、腐朽、残破、凋零的东西,把它们卷入一股猩红的尘雾,如苍鹰一般把它们带到云霄。我们的目光茫然寻找已经消失的东西,却看到仿佛从金光灿烂的沉没处升起了什么,这样繁茂青翠,这样生机盎然,这样含情脉脉。悲剧端坐在这洋溢的生命、痛苦和快乐之中,在庄严的欢欣之中,谛听一支遥远的忧郁的歌,它歌唱着万有之母,她们的名字是:幻觉,意志,痛苦。——是的,我的朋友,和我一起信仰酒神生活,信仰悲剧的再生吧。苏格拉底式人物的时代已经过去,请你们戴上常春藤花冠,手持酒神杖,倘若虎豹讨好地躺到你们的膝下,也请你们不要惊讶。现在请大胆做悲剧式人物,因为你们必能得救。你们要伴送酒神游行行列从印度到希腊! 准备做艰苦的斗争,但要相信你们的神必将创造奇迹!

二十一

当我从这种劝谕口吻回到于沉思者相宜的心境时,我要再次强调:只有从希腊人那里才能懂得,悲剧的这种奇迹般的突然苏醒对于一个民族的内在生活基础意味着什么。这个打响波斯战争的民族是一个悲剧秘仪的民族,在经历这场战争之后,又重新需要悲剧作为不可缺少的复元之药。谁能想象,这个民族许多世代受到酒神灵魔最强烈痉挛的刺激,业已深入骨髓,其后还能同样强烈地流露最单纯的政治情感、最自然的家乡本能、原始的男子战斗乐趣?诚然,凡是酒神冲动如火如荼蔓延之处,总可发现对个体束缚的酒神式摆脱,尤其明显地表现在政治本能日益削弱,直到对政治冷漠乃至敌视。但是,另一方面,建国之神阿波罗又无疑是个体化原理的守护神,没有对于个性的肯定,是不可能有城邦和家乡意识的。引导一个民族摆脱纵欲主义的路只有一条,它通往印度佛教,为了一般能够忍受对于虚无的渴望,它需要那种超越空间、时间和个体的难得的恍惚境界;而这种境界又需要一种哲学,教人通过想象来战胜对俗界的难以形容的厌恶。由于政治冲动的绝对横行,一个民族同样必定陷于极端世俗化的道路,罗马帝国是其规模最大也最可怕的表现。

处在印度和罗马之间,受到两者的诱惑而不得不做出抉择,希腊人居然在一种古典的纯粹中发明了第三种方式,诚然并未成为自己的长久风俗,却也因此而永垂不朽。因为神所钟爱者早死,这一点适用于一切事物,而同样确凿的是,它们因此而与神一起永生。人们毕竟并不要求最珍贵的东西具备皮革的耐久坚韧;坚固的持久性,如罗马民族性格所具备的,恐怕不能算完美的必要属性。但若我们问一下,在希腊人的全盛时代,酒神冲动和政治冲动格外强烈,是什么奇药使得他们既没有在坐禅忘机之中,也没有在疯狂谋求世界霸权和世界声誉之中,把自己消耗殆尽,反而达到如此美妙的混合,犹如调制出一种令人既兴奋又清醒的名酒;那么,我们就必须想到悲剧激发、净化、释放全民族生机的伟大力量了。只有当它在希腊人那里作为全部防治力量的缩影,作为民族最坚强不屈和最凶险不祥两重性格之间的调解女神出现在我们面前时,我们才能揣摩到它的最高价值。

悲剧吸收了音乐最高的恣肆汪洋精神,所以,在希腊人那里一如在我们这里,它直接使音乐臻于完成,但它随后又在其旁安排了悲剧神话和悲剧英雄,悲剧英雄像泰坦力士那样背负起整个酒神世界,从而卸除了我们的负担。另一方面,它又通过同一悲剧神话,借助悲剧英雄的形象,使我们从热烈的生存欲望中解脱出来,并且亲手指点,提示一种别样的存在和一种更高的快乐,战斗的英雄已经通过他的灭亡,而不是通过他的胜利,充满预感地为之做好了准备。悲剧在其音乐的普遍效果和酒神式感受的听众之间设置了神话这一种崇高的譬喻,以之唤起一种假象,仿佛音乐只是激活神话造型世界的最高表现手段。悲剧陷入这一高贵的错觉,于是就会手足齐动,跳起酒神颂舞蹈,毫不踌躇地委身于一种欢欣鼓舞的自由感,觉得它就是音乐本身;没有这一错觉,它就不敢如此放浪形骸。神话在音乐面前保护我们,同时唯有它给予音乐最高的自由。作为回礼,音乐也赋予悲剧神话一种令人如此感动和信服的形而上的意义,没有音乐的帮助,语言和形象绝不可能获得这样的意义。尤其是凭借音乐,悲剧观众会一下子真切地预感到一种通过毁灭和否定达到的最高快乐,以致他觉得自己听到,万物的至深奥秘分明在向他娓娓倾诉。

对于这个难解的观念,我以上所论也许只能提供导言性质的、少数人能马上领悟的表述,那么,请允许我在这里鼓励我的朋友们再做一次尝试,请他们根据我们共同体验的一个个别例子,做好认识普遍原理的准备。在这个例子中,我不想对那些借助剧情的画面、演员的台词和情感来欣赏音乐的人说话。因为对于他们,音乐不是母语,尽管有那些辅助手段,他们至多也只能走到音乐理解力的前厅,不可能进入其堂奥。其中有些人,例如格尔维努斯(Gervinus),还从来不曾由这条路走到前厅哩。我只向这样的人说话,他们与音乐本性相近,在音乐中犹如在母亲怀抱中,仅仅通过无意识的音乐关系而同事物打交道。我向这些真正的音乐家提出一个问题:他们能否想象有一个人,无须台词和画面的帮助,完全像感受一曲伟大的交响乐那样感受《特里斯坦与伊索尔德》的第三幕,不致因心灵之翼痉挛紧张而窒息?一个人在这场合宛如把耳朵紧贴世界意志的心房,感觉到狂烈的生存欲望像轰鸣的急流或像水花飞溅的小溪由此流向世界的一切血管,他不会突然惊厥吗?他以个人的可怜脆弱的躯壳,岂能忍受发自"世界黑夜的广大空间"的无数欢呼和哀号的回响,而不在这形而上学的牧羊舞中不断逃避他的原始家乡呢?可是,倘若毕竟能够完全理解这样一部作品,而不致否定个人的生存,倘若毕竟能够创作这样一部作品,而不致把它的作者摧毁,我们该如何解释这个矛盾呢?

这里,在我们最高的音乐兴奋和音乐之间,插入了悲剧神话和悲剧英雄,它们实质上不过是唯有音乐才能直接表达的那最普遍事实的譬喻。但是,倘若我们作为纯粹酒神式生灵来感受,神话作为譬喻就完全不知不觉地停留在我们身旁,一刻也不会妨碍我们倾听先于事物的普遍性的回响。但这里终究爆发了**日神的**力量,用幸福幻景的灵药使几乎崩溃的个人得到复元。我们仿佛突然又看见特里斯坦,他怔怔地黯然自问:"这是老一套了,它为何要唤醒我?"从前我们听来像是从存在心中发出的一声深沉叹息的东西,现在却只欲告诉我们,大海是如何寂寞空旷。从前在一切感情急剧冲突的场合,我们屏息以为自己正在死去,与生存唯有一发相连,现在我们却只看见那位受伤垂死的英雄绝望地喊道:"渴望!渴望!垂死时我还在渴望,因为渴望而不肯死去!"从前在如此饱受令人憔悴的折磨之后,一声号角的欢呼更如最惨重的折磨令我们心碎,现在在我们与这"欢呼本身"之间却隔着向伊索尔德的归帆欢呼的库汶那尔①。尽管我们也深深感到怜悯的哀伤,但在某种意义上,这种怜悯之感又使我们得免于世界的原始痛苦,就像神话的譬喻画面使我们得免于直视最高的世界理念,思想和语词使我们得免于无意识意志的泛滥。这种壮丽的日神幻景使我们觉得,仿佛音响世界本身作为一个造型世界呈现在我们眼前,仿佛特里斯坦与伊索尔德的命运在其中如同在一种最柔软可塑的材料中被塑造出来。

所以,日神因素为我们剥夺了酒神普遍性,使我们迷恋个体,把我们的同情心束缚在个体上面,用个体来满足我们渴望伟大崇高形式的美感;它把人生形象一一展示给我们,激励我们去领悟其中蕴含的人生奥秘。日神因素以形象、概念、伦理教训、同情心的激发等巨大能量,把人从秘仪纵欲的自我毁灭中拔出,哄诱他避开酒神过程的普遍性而产生一种幻觉,似乎他看见的是个别的世界形象,

---

① 库汶那尔,瓦格纳《特里斯坦与伊索尔德》剧中特里斯坦的侍从。

例如特里斯坦与伊索尔德,而**通过音乐**只会把这形象看得更仔细深入。既然日神的妙手回春之力能在我们身上激起幻觉,使我们觉得酒神因素似乎实际上是为日神因素服务的,能够提高其效果,甚至觉得音乐似乎本质上是描写日神内容的艺术,那么,它有什么事不能做到呢?

由于在完备的戏剧与它的音乐之间有预期的和谐起着支配作用,所以,戏剧便达到了话剧所不能企及的最高壮观。所有栩栩如生的舞台形象,凭借着各自独立运动的旋律线索,便在我们眼前简化为振动的清晰线条。这些并列的线索,我们可以从极其精微地与情节进展相配合的和声变化中听出来。通过和声的这种变化,我们就以感官可以觉察的方式,而绝非抽象的方式,直接把握了事物的关系;正如通过和声变化,我们也认识到唯有在事物的关系之中,一个性格和一条旋律线索的本质才完全得以显现。当音乐促使我们比一向更多更深沉地观看,并且把剧情如同一张最精美的轻纱展现在我们眼前的时候,我们洞幽察微的慧眼便好像看见舞台世界扩展至于无限,且被内在的光辉照亮。话剧作家使用完备得多的机械装置,以直接的手段,从语言和概念出发,竭力要达到可见舞台世界的这种纵深扩展和内部照明,可是他能做出什么类似的成绩呢?音乐悲剧诚然也使用语言,但它同时就展示了语言的深层基础和诞生地,向我们深刻地阐明了语言的生成。

然而,毕竟可以肯定地说,这里描述的过程只是一种壮丽的外观,即前面提到的日神**幻景**,我们借它的作用得以缓和酒神的满溢和过度。音乐对于戏剧的关系在本质上当然是相反的关系:音乐是世界的真正理念,戏剧只是这一理念的反光,是它的个别化的影像。旋律线索与人物生动形象的一致,和声与人物性格关系的一致,是一种对立意义上的一致,如同我们在观看音乐悲剧时可以感觉到的那样。我们可以使人物形象生动活泼、光辉灿烂,但他们始终只是现象,没有一座桥能把这现象引到真正的实在、世界的心灵。然而,音乐却是世界的心声;尽管无数同类的现象可以因某种音乐而显现,但它们决不能穷尽这种音乐的实质,相反始终只是它的表面写照。对于音乐和戏剧之间的复杂关系,用灵魂和肉体的对立这种庸俗荒谬的说法当然什么也解释不了,却只能把一切搅乱。可是,关于这种对立的非哲学的粗俗说法,似乎在我们的哲学家中间成了一种极其流行的信条,天知道什么原因;与此同时,他们对于现象与自在之物的对立却一无所知,或者根本不想知道,也是天知道什么原因。

从我们的分析中似乎可以得出一个结论:悲剧中的日神因素以它的幻景完全战胜了音乐的酒神元素,并利用音乐来达到它的目的,即使戏剧获得最高的阐明。当然,必须加上一个极其重要的补充:在最关键的时刻,这种日神幻景就会遭到破灭。由于全部动作和形象都从内部加以朗照阐明,凭借音乐的帮助,戏剧便在我们眼前展开,宛如我们目睹机杼上下闪动,织出锦帛,于是戏剧作为整体达到了一种效果,一种**在一切日神艺术效果彼岸**的效果。在悲剧的总效果中,酒神因素重新占据优势,悲剧以一种在日神艺术领域里闻所未闻的音调结束。日神幻景因此露出真相,证明它在悲剧演出时一直遮掩着真正的酒神效果。但是,酒神效果毕竟如此强大,以致在终场时把日神戏剧本身推入一种境地,使它开始用酒神的智慧说话,使它否定它自己和它的日神的清晰性。所以,悲剧中日神因素和酒神因素的复杂关系可以用两位神灵的兄弟联盟来象征:酒神说着日神的语言,而日神最终说起酒神的语言来。这样一来,悲剧以及一般来说艺术的最高目的就达到了。

二十二

细心的朋友不妨凭自己的经验,想象一部精纯不杂的真正音乐悲剧的效果。我想从两个方面来描述这种效果的现象,以便他现在能够解释他自己的经验。他会忆起,他如何因为眼前上演的神话而感到自己被提高到一种全知境界,仿佛现在他的视力不再停留在表面,却能深入内蕴,仿佛他借音乐的帮助,亲眼看见了意志的沸腾、动机的斗争、激情的涨潮,一如他看见眼前布满生动活泼的线条和图形,并且能够潜入无意识情绪最微妙的奥秘中。正当他意识到他对于形象和光彩的渴求达到最高潮时,他毕竟同样确凿地感觉到,这一长系列的日神艺术效果**并未**产生幸福沉浸于无意志静观的心境,如同造型艺术家和史诗诗人,即真正的日神艺术家,以其作品在他身上所产生的;这种心境可谓在无意志静观中达到对个体化世界的辩护,此种辩护乃是日神艺术的顶点和缩影。他观赏辉煌的舞台世界,却又否定了它。他看到眼前的悲剧英雄具有史诗的明朗和美,却又快意于英雄的毁灭。他对剧情的理解入木三分,却又宁愿逃入不可解的事物中去。他觉得英雄的行为是正当的,却又因为这行为毁了当事人而愈发精神昂扬。他为英雄即将遭遇的苦难战栗,却又在这苦难中预感到一种更高的强烈得多的快乐。他比以往看得更多更深,却又但愿自己目盲。这种奇特的自我分裂,日神顶峰的这种崩溃,我们倘若不向**酒神**魔力去探寻其根源,又向哪里去探寻呢?酒神魔力看来似乎刺激日神冲动达于顶点,却又能够迫使日神力量的这种横溢为它服务。**悲剧神话**只能理解为酒神智慧借日神艺术手段而达到的形象化。悲剧神话引导现象世界到其界限,使它否定自己,渴望重新逃回唯一真正的实在的怀抱,于是它像伊索尔德那样,好像要高唱它的形而上学的预言曲了:

在极乐之海的
起伏浪潮里,
在大气之波的

喧嚣声响里，

在宇宙呼吸的

飘摇大全里——

沉溺——淹没——

无意识——最高的狂喜！

那么，让我们根据真正审美听众的经验，来想象一下悲剧艺术家本人：他如何像一位多产的个体化之神创造着他的人物形象，在这个意义上他的作品很难看作"对自然的模仿"；但是，而后他的强大酒神冲动又如何吞噬这整个现象世界，以便在它背后，通过它的毁灭，得以领略在太一怀抱中的最高的原始艺术快乐。当然，关于这重返原始家园，关于悲剧中两位艺术神灵的兄弟联盟，关于听众的日神兴奋和酒神兴奋，我们的美学家都不能赞一词，相反，他们不厌其烦地赘述英雄同命运的斗争，世界道德秩序的胜利，悲剧所起的感情宣泄作用，把这些当作真正的悲剧因素。这些老生常谈使我想到，他们是些毫无美感的人，而且也许只是作为道德家去看悲剧的。自亚里士多德以来，对于悲剧效果还从未提出过一种解释，听众可以由之推断艺术境界和审美事实。时而由严肃剧情引起的怜悯和恐惧应当导致一种缓解的宣泄，时而我们应当由善良高尚原则的胜利，由英雄为一种道德世界观做出的献身，而感觉自己得到提高和鼓舞。我确实相信，对于许多人来说，悲剧的效果正在于此，并且仅在于此；由此也可以明确推知，所有这些人连同他们那些指手画脚的美学家，对于作为最高**艺术**的悲剧实在是毫无感受。这种病理学的宣泄，亚里士多德的净化，语言学家真不知道该把它算作医学现象呢，还是算作道德现象，它令人想起歌德的一个值得注意的提示。他说："我没有活跃的病理学兴趣，也从来不曾成功地处理过一个悲剧场面，因此我宁愿回避而不是去寻找这种场面。也许这也是古人的一个优点：在他们，最高激情也只是审美的游戏，在我们，却必须靠逼真之助方能产生这样的效果？"最后这个如此意味深长的问题，我们现在可以根据我们美好的体验加以首肯，因为我们正是在观看音乐悲剧时惊奇地感受到，最高激情如何能够只是一种审美的游戏，何以我们要相信只是现在才可比较成功地描述悲剧的原始现象。现在谁还只是谈论借自非审美领域的替代效果，觉得自己超不出病理学过程和道德过程，他就只配对自己的审美本能感到绝望了。我们建议他按照格尔维努斯的风格去解释莎士比亚，作为无辜的候补方案，还建议他去努力钻研"诗的公正"。

所以，随着悲剧再生，**审美听众**也再生了，迄今为止，代替他们坐在剧场里的，往往是带着半道德半学理要求的一种古怪的鱼目混珠（Quidproguo），即"批评家"。在他向来的天地里，一切都被人为地仅仅用一种生活外观加以粉饰。表演艺术家茫然失措，真不知道该如何对付这种吹毛求疵的听众，所以他们以及给他们以灵感的剧作家和歌剧作曲家,焦虑不安地在这种自负、无聊、不会享受的家伙身上搜索着残余的生趣。然而,这类"批评家"组成了迄今为止的公众;大学生、中小学生乃至最清白无辜的妇女,已经不知不觉地从教育和报刊养成了对艺术品的同样理解力。对于这样的公众,艺术家中的佼佼者只好指望激发其道德宗教能力,在本应以强大艺术魅力使真正听众愉快的场合,代之以"道德世界秩序"的呼唤。或者剧作家把当代政治和社会的一些重大的,至少是激动人心的倾向如此鲜明地搬上舞台,使观众忘记了批判的研究,而耽于类似爱国主义或战争时期、议会辩论或犯罪判决的那种激情。违背艺术的真正目的,必然直接导致对倾向的崇拜。在一切假艺术那里发生的情况,倾向之急剧的衰落,在这里也发生了,以致譬如说运用剧场进行民众道德教育这种倾向,在席勒时代尚被严肃对待,现在已被看作不足凭信的废弃古董了。当批评家支配着剧场和音乐会,记者支配着学校,报刊支配着社会的时候,艺术就沦为茶余饭后的谈资,而美学批评则被当作维系虚荣、涣散、自私、原本可怜而绝无创造性的社团的纽带了,叔本华关于豪猪的寓言说明了这种社团的意义。结果,没有一个时代,人们对艺术谈论得如此之多,而尊重得如此之少。可是,我们是否还能同一个谈论贝多芬和莎士比亚的人打交道呢?每个人都可以根据他的感觉来回答这个问题,他的回答必定会表明,他所想象的"文化"是什么,当然前提是他一般来说试图回答这个问题,而不是对之瞠目结舌。

但是,有的天性真诚而温柔的人,尽管也按上述方式逐渐变成了野蛮的批评家,但还能够谈谈一次幸而成功的《罗恩格林》的演出对他产生的那种出乎意料且不可思议的效果,不过是在那提醒他、指点他的手也许不在场的时候,所以当时震撼他的那种极其纷繁的无与伦比的感觉,始终是孤立的,犹如一颗谜样的星辰亮光一闪,然后就熄灭了。他在那一瞬间可以约略猜到,什么是审美的听众。

二十三

谁想准确地检验一下,他是属于真正审美的听众,还是属于苏格拉底式批评家之列,就只需坦率地自问欣赏舞台上表演的奇迹时有何感觉:他是觉得他那要求严格心理因果关系的历史意识受到了侮辱呢,还是以友好的让步态度把奇迹当作孩子可以理解而于他颇为疏远的现象加以容忍,抑或他别有感受。他可以据此衡量,一般来说他有多大能力理解作为浓缩的世界图景的**神话**,而作为现象的缩写,神话是不能缺少奇迹的。但是,很可能,几乎每个人在严格的检验之下,都觉得自己已如此被现代文化的历史批判精神所侵蚀,以致只有以学术的方式,经过间接的抽象,才能相信一度存在过神话。然而,没有神话,一切文化都会丧失其健康的天然创造力。唯有一种用神话调整的视野,才能把全部文化运动规束为统一体。一切想象力和日神的梦幻力,唯有凭借神话,才得免于漫无边际的游荡。神话的形象必是不可察觉却又无处不在的守护神,年轻的心灵在它的庇护下成长,成年的男子用它的象征解说自己的生活和斗争;甚至国家也承认没有比神话基础更有力的不成文法,它担保国家与宗教的联系,担保国家从神话观念中生长出来。

与此同时,现在人们不妨设想一下没有神话指引的抽象的人、抽象的教育、抽象的风俗、抽象的权利、抽象的国家,设想一下艺术想象力不受本地神话约束而胡乱游荡;设想一下一种没有坚实而神圣的发祥地的文化,它注定要耗尽一切可能性,发育不良地从其他一切文化汲取营养——这就是现代,就是旨在毁灭神话的苏格拉底主义的恶果。如今,这里站立着失去神话的人,他永远饥肠辘辘,向过去一切时代挖掘着、翻寻着,寻找自己的根,哪怕必须向最遥远的古代挖掘。贪得无厌的现代文化的巨大历史兴趣,对无数其他文化的搜集汇拢,竭泽而渔的求知欲,这一切倘若不是证明失去了神话,失去了神话的家园、神话的母怀,又证明了什么呢? 人们不妨自问,这种文化的如此狂热不安的亢奋,倘若不是饥馑者的急不可待、饥不择食,又是什么? 这样一种文化,它吞食的一切都不能使它餍足,最强壮滋补的食物经它接触往往化为"历史和批评",谁还愿意对它有所贡献呢?

如果我们德国的民族性格业已难解难分地同德国文化纠结在一起,甚至变为一体,如同我们惊愕地在文明化的法国所看到的,我们对它也必定感到痛心的绝望了。长期以来作为法国重大优点和巨大优势的原因的东西,即民族与文化融为一体,由于上述景象,却使我们不由得感到庆幸,因为我们如此大成问题的文化至今同我们民族性格的高贵核心毫无共同之处。相反,我们的一切希望都满怀热忱地寄托于这一认识:在这忐忑不安抽搐着的文化生活和教化斗争下面,隐藏着一种壮丽的、本质上健康的古老力量,尽管它只在非常时刻有力地萌动一下,然后重又沉入酣梦,等待着未来的觉醒。德国宗教改革就是从这深渊里生长出来的,在它的赞美诗里,第一次奏响了德国音乐的未来曲调。路德的赞美诗如此深沉、勇敢、充满灵性地奏鸣,洋溢着如此美好温柔的感情,犹如春天临近之际,从茂密的丛林里迸发出来的第一声酒神的召唤。酒神信徒庄严而纵情的行列用此起彼伏的回声答复这召唤,我们为德国音乐而感谢他们——我们还将为**德国神话的再生**而感谢他们!

我知道,现在我必须引导专心致志的朋友登上一个独立凭眺的高地,在那里他只有少许伙伴,我要勉励他道:让我们紧跟我们光辉的向导希腊人。为了澄清我们的美学认识,我们迄今已经向他们借来了两位神灵形象,其中每位统辖着一个单独的艺术领域,而且凭借希腊悲剧,我们预感到了它们的互相接触和鼓舞。

在我们看来,这两种艺术原动力引人注目地彼此扯裂,导致了希腊悲剧的衰亡。希腊民族性格的蜕化变质与希腊悲剧的衰亡契合如一,促使我们严肃地深思,艺术与民族、神话与风俗、悲剧与国家在其根底上是如何必然和紧密地连理共生。悲剧的衰亡同时即是神话的衰亡。在此之前,希腊人本能地要把一切经历立即同他们的神话联系起来,甚至仅仅通过这种联系来理解它们。在他们看来,当前的时刻借此也必定立即归入永恒范畴(sub specie aeterni),在某种意义上成为超时间的。国家以及艺术都沉浸在这超时间之流中,以求免除片刻的负担和渴望而得安宁。一个民族(以及一个人)的价值,仅仅取决于它能在多大程度上给自己的经历打上永恒的印记,因为借此它才仿佛超凡脱俗,显示了它对时间的相对性,对生命的真正意义即形而上意义的无意识的内在信念。如果一个民族开始历史地理解自己,拆除自己周围的神话屏障,就会发生相反的情形。与此相联系的往往是一种断然的世俗倾向,与民族早期生活的无意识形而上学相背离,并产生种种伦理后果。希腊艺术,特别是希腊悲剧,首先阻止了神话的毁灭,所以必须把它们一起毁掉,才能脱离故土,毫无羁绊地生活在思想、风俗和行为的荒原上。即使这时,那种形而上冲动仍然试图在勃兴的科学苏格拉底主义中,为自己创造一种哪怕是削弱了的神化形式。但是,在低级阶段上,这种冲动仅仅导致一种狂热的搜寻,而后者又渐渐消失在由各处聚拢来的神话和迷信的魔窟里了。希腊人仍然不甘心于处在这魔窟中,直到他们学会像格拉库卢斯那样用希腊的乐天和希腊的轻浮掩饰那种狂热,或者用随便哪种阴郁的东方迷信完全麻醉自己。

在难以描述的长期中断之后,亚历山大罗马时代终于在 15 世纪复苏,自那时起,我们又触目惊心地接近了这种状态。达于高潮的同样旺盛的求知欲,同样不知餍足的发明乐趣,同样可怕的世俗倾向,加上一种无家可归的流浪,一种挤入别人宴席的贪馋,一种对于当前的轻浮崇拜或者对于"现代"的麻木不仁的背离,即把一切都归入世俗范畴(sub specie saeculi):这一切提供了同样的朕兆,使人想到这种文化的核心中包含的同样缺点,想到神话的毁灭。连续不断地移植外来神话,却要不让这种移植无可救药地伤害树木本身,看来简直是不可能的。树木也许曾经相当强壮,足以通过艰难斗争重新排除外来因素,但往往必定衰败凋零,或因病态茂盛而耗竭。我们如此珍重德国民族性格的精纯强健的核心,所以我们敢于期望它排除粗暴移入的外来因素,也敢于相信德国精神的自我反省乃是可能的。也许有人会认为,德国精神必须从排除罗马因素开始其斗争。他也许可以在最近这场战争的得胜骁勇和沐血光荣中,看到对此的表面准备和鼓舞。然而,一种内在冲动却要在竞赛中力争始终无愧于这条路上的崇高先驱者,无愧于路德以及我们伟大的艺术家们和诗人们。但是他决不可相信,没有他的家神,没有他的神话家园,没有一切德国事物的"复归",就能进行这样一场斗争!如果德国人畏怯地环顾四周,想为自己寻找一位引他重返久已丧失的家乡的向导,因为他几乎不再认识回乡的路径,那么,他只需倾听酒神灵禽的欢快召唤,它正在他头顶上翱翔,愿意为他指点归途。

二十四

在音乐悲剧所特有的艺术效果中,我们要强调日神幻景,凭借它,我们可以得免于直接同酒神音乐成为一体,而我们的音乐兴奋则能够在日神领域中,依靠移动于其间的一个可见的中间世界得到宣泄。可是,我们以为自己看到,正是通过这种宣泄,剧情的中间世界以及整个戏剧才由里向外地变得清晰可见、明白易懂,达到其他一切日神艺术不可企及的程度。所以,当我们看到这个中间世界仿佛借音乐的精神轻盈升举,便不得不承认,它的力量获得了最大提高,因而无论日神艺术还是酒神艺术,都在日神和酒神的兄弟联盟中达到了自己的最高目的。

当然,由音乐内在照明的日神光辉画面所达到的,并非较弱程度的日神艺术所特有的那种效果。史诗和雕塑能够使观赏的眼睛恬然玩味个体化世界,而戏剧尽管有更高的生动性和鲜明性,却无法达到此种效果。我们观赏戏剧,以洞察的目光深入它内部动荡的动机世界中去——在我们看来,仿佛只是一种譬喻画面掠过我们眼前,我们深信猜中了它至深的含义,而只想把它当作一层帷幕扯去,以求一瞥幕后的真相。最明朗清晰的画面也不能使我们满足,因为它好像既显露了什么,也遮蔽了什么。正当它好像用它的譬喻式的启示催促我们去扯碎帷幕,揭露神秘的背景之时,这辉煌鲜明的画面重又迷住我们的眼睛,阻止它更深入地观看。

谁没有经历过同时既要观看又想超越于观看之上这种情形,他就很难想象,在观赏悲剧神话时,这两个过程如何确然分明地同时并存,且同时被感觉到。反之,真正的审美观众会为我证明,在悲剧特有的效果中,这种并存现象乃是最值得注意的。现在,只要把审美观众的这个现象移译为悲剧艺术家身上的一个相似过程,就可以理解**悲剧神话**的起源了。悲剧神话具有日神艺术领域那种对于外观和静观的充分快感,同时它又否定这种快感,而从可见的外观世界的毁灭中获得更高的满足。悲剧神话的内容首先是颂扬战斗英雄的史诗事件。可是,英雄命运中的苦难,极其悲惨的征服,极其痛苦的动机冲突,简言之,西勒诺斯智慧的例证,或者用美学术语表达,丑与不和谐,不断地被人们以不计其数的形式、带着如此的偏爱加以描绘,特别是在一个民族最兴旺、最年轻的时代,莫非人们对这一切感到更高的快感? 悲剧的这种谜样的特征从何而来呢?

因为,人生确实如此悲惨,这一点很难说明一种艺术形式的产生;相反,艺术不只是对自然现实的模仿,而且是对自然现实的一种形而上补充,是作为对自然现实的征服而置于其旁的。悲剧神话,只要它一般来说属于艺术,也就完全参与一般艺术这种形而上的美化目的。可是,如果它在受苦英雄的形象下展示现象世界,它又美化了什么呢?它并不美化现象世界的"实在",因为它径直对我们说:"看啊!仔细看啊!这是你们的生活!这是你们生存之钟上的时针!"

那么,神话指示出这种生活,是为了在我们面前美化它吗?倘若不是,我们看到这些形象时所感到的审美快感究竟何在呢?我问的是审美快感,不过我也很清楚,许多这类形象此外间或还能唤起一种道德快感,例如表现为怜悯或庆幸道义胜利的形式。但是,谁仅仅从这些道德根源推导出悲剧效果,如同美学中长期以来流行的那样,但愿他不要以为他因此为艺术做了点什么。艺术首先必须要求在自身范围内的纯洁性。为了说明悲剧神话,第一个要求便是在纯粹审美领域内寻找它特有的快感,而不可侵入怜悯、恐惧、道德崇高之类的领域。那么,丑与不和谐,悲剧神话的内容,如何能激起审美的快感呢?

现在,我们在这里必须勇往直前地跃入艺术形而上学中去,为此我要重复早先提出的这个命题:只有作为一种审美现象,人生和世界才显得是有充足理由的。在这个意义上,悲剧神话恰好要使我们相信,甚至丑与不和谐也是意志在其永远洋溢的快乐中借以自娱的一种审美游戏。不过,酒神艺术的这种难以把握的原始现象,**在音乐的不谐和音**的奇特意义中,一下子极其清楚和直接地被把握住了,正如一般来说唯有与世界并列的音乐才能提供一个概念,说明作为一种审美现象的世界的充足理由究竟是指什么。悲剧神话所唤起的快感,与音乐中不谐和音所唤起的快感有着同一个根源。酒神冲动及其在痛苦中所感觉的原始快乐,乃是生育音乐和悲剧神话的共同母腹。

这样,我们借助于音乐中不谐和音的关系,不是把悲剧效果这个难题从根本上简化了吗?现在我们终于知道,在悲剧中同时既要观看又想超越于观看之上,这是什么意思了。对于艺术上性质相近的不谐和音,我们正是如此描述这种状态的特征的:我们要倾听,同时又想超越于倾听之上。在对清晰感觉到的现实发生最高快感之时,又神往于无限,渴慕之心振翅欲飞,这种情形提醒我们在两种状态中辨认出一种酒神现象:它不断向我们显示个体世界建成而又毁掉的万古常新的游戏,如同一种原始快乐在横流直泻。在一种相似的方式中,这就像晦涩哲人赫拉克利特把创造世界的力量譬作一个儿童,他嬉戏着叠起又卸下石块,筑成又推翻沙堆。

所以,要正确估计一个民族的酒神能力,我们不能单单考虑该民族的音乐,而是必须把该民族的悲剧神话当作这种能力的第二证据加以考虑。鉴于音乐与神话之间的亲密的血缘关系,现在同样应当推测,其中一个的蜕化衰落将关联到另一个的枯萎凋败。一般来说,神话的衰弱表明了酒神能力的衰弱。关于这两者,只要一瞥德国民族性格的发展,就不容我们置疑了。无论在歌剧上,还是在我们失去神话的生存的抽象性质上,无论在堕落为娱乐的艺术中,还是在用概念指导的人生中,都向我们暴露了苏格拉底乐观主义既否定艺术又摧残生命的本性。不过还有一些值得我们欣慰的迹象表明,尽管如此,德国精神凭借它的美好的健康、深刻和酒神力量而未被摧毁,如同一位睡意正浓的骑士,在深不可及的渊壑中休憩酣梦。酒神的歌声从这深渊向我们飘来,为的是让我们知道,这位德国骑士即使现在也还在幸福庄重的幻觉中梦见他的古老的酒神神话。没有人会相信,德国精神已经永远失去了它的神话故乡,因为它如此清晰地听懂了灵鸟思乡的啼声。终有一天,它将从沉睡中醒来,朝气蓬勃,然后它将斩杀蛟龙,扫除险恶小人,唤醒布仑希尔德——哪怕浮旦①的长矛也不能阻挡它的路!

我的朋友,你们信仰酒神音乐,你们也知道悲剧对于我们意味着什么。在悲剧中,我们有从音乐中再生的悲剧神话,而在悲剧神话中,你们可以希望一切,忘掉最痛苦的事情!但是,对于我们大家来说,最痛苦的事情就是——长期贬谪,因此之故,德国的创造精神离乡背井,在服侍险恶小人中度日。你们是明白这话的,正如你们也终将明白我的希望。

二十五

音乐和悲剧神话同样是一个民族的酒神能力的表现,彼此不可分离。两者都来自日神领域彼岸的一个艺术领域。两者都美化了一个世界,在其快乐的和谐中,不谐和音和恐怖的世界形象都神奇地消逝了。两者都信赖自己极其强大的艺术魔力,嬉戏着痛苦的刺激。两者都用这游戏为一个哪怕"最坏的世界"的存在辩护。在这里,酒神因素比之于日神因素,显示为永恒的本原的艺术力量,归根到底,是它呼唤整个现象世界进入人生。在人生中,必须有一种新的美化的外观,以使生气勃勃的个体化世界执着于生命。我们不妨设想一下不谐和音化身为人——否则人是什么呢?那么,这个不谐和音为了能够生存,就需要一种壮丽的幻觉,以美的面纱遮住它自己的本来面目。这就是日神的真正艺术目的。我们用日神的名字统称美的外观的无数幻觉,它们在每一瞬间使人生一般来说值得一过,推动人去经历这每一瞬间。

况且,一切存在的基础,世界的酒神根基,它们侵入人类个体意识中的成分,恰好能够被日神美化力量重新加以克服。所以,这两种艺术冲动,必定按照严格的相互比率,遵循永恒公正的法则,发挥它们的威力。酒神的暴力在何处如我们

尼采

所体验的那样汹涌上涨,日神就必定为我们披上云彩降落到何处;下一代人必将看到它的蔚为壮观的美的效果。

任何人只要一度哪怕在梦中感觉自己回到古希腊生活方式,他就一定能凭直觉对这种效果的必要性发生同感。漫步在伊奥尼亚的宏伟柱廊下,仰望轮廓分明的天际,身旁辉煌的大理石雕像映现着他的美化的形象,周围是步态庄严、举止文雅的人们,有着和谐的嗓音和优美的姿势——美如此源源涌来,这时他岂能不举手向日神喊道:"幸福的希腊民族啊! 你们的酒神必定是多么伟大,如果提洛斯之神①认为必须用这样的魔力来医治你们的酒神狂热!"但是,对于一个怀有如此心情的人,一位雅典老人也许会用埃斯库罗斯的崇高目光望着他,回答道:"奇怪的外乡人啊! 你也应当说:这个民族一定受过多少苦难,才能变得如此美丽! 但是,现在且随我去看悲剧,和我一起在两位神灵的庙宇里献祭吧!"

◎史料选

自我批判的尝试(1886)

[德]尼　采

一

这本成问题的书②究竟缘何而写:这无疑是一个头等的、饶有趣味的问题,并且还是一个深刻的个人问题——证据是它写于激动人心的 1870—1871 年普法战争时期,但它又是**不顾**这个时期而写出的。正当沃尔特(Wörth)战役的炮声震撼欧洲之际,这本书的作者,一个沉思者和谜语爱好者,却安坐在阿尔卑斯山的一隅,潜心思索和猜谜,结果既黯然神伤又心旷神怡,记下了他关于**希腊人**的思绪——这本奇特而艰难的书的核心,现在这篇序(或后记)是为之而写的。几个星期后,他身在麦茨(Metz)城下,仍然放不开他对希腊人和希腊艺术的所谓"乐天"的疑问;直到最后,在最紧张的那一个月,凡尔赛和谈正在进行之际,他也和自己达成了和解,渐渐从一种由战场带回的疾病中痊愈,相信自己可以动手写《悲剧从**音乐**精神中的诞生》一书了。——从音乐中? 音乐与悲剧? 希腊人与悲剧音乐? 希腊人与悲观主义艺术作品? 人类迄今为止最健全、最优美、最令人羡慕、最富于人生魅力的种族,这些希腊人——怎么? 偏偏他们**必须**有悲剧? 而

---

① 即日神阿波罗,提洛斯岛为古希腊阿波罗崇拜的主要中心之一。
② 指《悲剧的诞生》。本文是尼采于 1886 年为《悲剧的诞生》写的序。

且——必须有艺术？希腊艺术究竟何为？……

令人深思的是,关于生存价值的重大疑问在这里究竟被置于何种地位。悲观主义**一定**是衰退、堕落、失败的标志,疲惫而羸弱的本能的标志吗？——在印度人那里,显然还有在我们"现代"人和欧洲人这里,它确实是的。可有一种**强者**的悲观主义？一种出于幸福,出于过度的健康,出于生存的**充实**,而对于生存中艰难、恐怖、邪恶、可疑事物的理智的偏爱？也许竟有一种因过于充实而生的痛苦？一种目光炯炯但求一试的勇敢,**渴求**可怕事物犹如渴求敌手,渴求像样的敌手,以便考验一下自己的力量,领教一下什么叫"害怕"？在希腊最美好、最强大、最勇敢的时代,**悲剧**神话意味着什么？伟大的酒神现象意味着什么？悲剧是从中诞生的吗？另一方面,悲剧毁灭了道德的苏格拉底主义、辩证法、理论家的自满和乐观吗？——怎么,这苏格拉底主义不会是衰退、疲惫、疾病以及本能错乱解体的征象吗？后期希腊精神的"希腊的乐天"不会只是一种回光返照吗？**反悲观主义**的伊壁鸠鲁意志不会只是一种受苦人的谨慎吗？甚至科学,我们的科学——是的,全部科学,作为生命的象征来看,究竟意味着什么呢？全部科学向何处去,更糟的是,**从何而来**？怎么,科学精神也许只是对悲观主义的一种惧怕和逃避？对**真理**的一种巧妙的防卫？用道德术语说,是类似于怯懦和虚伪的东西？用非道德术语说,是一种机灵？哦,苏格拉底,苏格拉底,莫非这便是你的秘密？哦,神秘的冷嘲者,莫非这便是你的——冷嘲？

二

当时我要抓住的是某种可怕而危险的东西,是一个带角的问题,倒未必是一头公牛,但无论如何是一个**新**问题。今天我不妨说,它就是**科学本身的问题**——科学第一次被视为成问题的、可疑的东西了。然而,这本血气方刚、大胆怀疑的书,其任务原不适合于一个青年人,又是一本多么**不可思议**的书！它出自纯粹早期的极不成熟的个人体验,这些体验全都艰难地想要得到表达;它立足在**艺术**的基础上——因为科学问题不可能在科学的基础上被认识。也许是一本为那些兼有分析和反省能力的艺术家写的书(即为艺术家的一种例外类型,人们必须寻找但未尝乐意寻找这种类型……),充满心理学的新见和艺术家的奥秘,有一种艺术家的形而上学为其背景,一部充满青年人的勇气和青年人的忧伤的青年之作,即使在似乎折服于一个权威并表现出真诚敬意的地方,也仍然毫不盲从,傲然独立。简言之,尽管它的问题是古老的,尽管它患有青年人的种种毛病,尤其是"过于冗长""咄咄逼人",但它仍是一本首创之作,哪怕是从这个词的种种贬义上说。另一方面,从它产生的效果来看(特别是在伟大艺术家理查德·瓦格纳身上,这本书就是为他而写的),又是一本**得到了证明**的书,我的意思是说,它是一本至少使"当时最优秀的人物"满意的书。因此之故,它即已应该得到重视和静默;但尽管如此,我也完全不想隐瞒,现在我觉得它多么不顺眼,事隔十六年后,它现在在我眼中是多么陌生,而这双眼睛对于这本大胆的书首次着手的任务是仍然不陌生的,这任务就是:**用艺术家的眼光考察科学,又用人生的眼光考察艺术**……

三

再说一遍,现在我觉得,它是一本不可思议的书——我是说,它写得再糟,笨拙、艰苦、耽于想象、印象纷乱、好动感情,有些地方甜蜜得有女儿气,节奏不统一,无意于逻辑的清晰性,过于自信而轻视证明,甚至不相信证明的**正当性**,宛如写给知己看的书,宛如奏给受过音乐洗礼、一开始就被共同而又珍贵的艺术体验联结起来的人们听的"音乐",宛如为艺术上血缘相近的人准备的识别标记,——一本傲慢而狂热的书,从第一页起就与"有教养"的芸芸众生(Profanum Vulgus)无缘,更甚于与"民众"无缘,但如同它的效果业已证明并且仍在证明的那样,它又必定善于寻求它的共鸣者,引他们走上新的幽径和舞场。无论如何,在这里说话的——人们的好奇以及反感都供认了这一点——是一个**陌生的**声音,是一位"尚不认识的神"的信徒,他暂时藏身在学者帽之下,在德国人的笨重和辩证的乏味之下,甚至在瓦格纳之徒的恶劣举止之下;这里有一颗怀着异样的、莫名的需要的灵魂,有一种充满疑问、体验、隐秘的回忆,其中还要添上狄奥尼索斯的名字,如同添上一个问号;在这里倾诉的——人们疑惧地自言自语道——是一颗神秘的、近乎酒神女祭司的灵魂一类的东西,它异常艰难,不由自主,几乎决定不了它要表达自己还是藏匿自己,仿佛在用别人的舌头讷讷而言。这"新的灵魂"本应当**歌唱**,而不是说话!我没有勇气像诗人那样,唱出我当时想说的东西,这是多么遗憾:我本来也许能够这样做的!或者,至少像语言学家那样,然而,在这个领域中,对于语言学家来说,差不多一切事物仍然有待于揭示和发掘!特别是这个问题:这里提出一个问题,而只要我们没有回答"什么是酒神精神"这个问题,希腊人就始终全然是未被理解和不可想象的……

四

是的,什么是酒神精神?这本书给出了一个答案,——在书中说话的是一个"知者",是这位神灵的知己和信徒。也许我现在会更加审慎、更加谦虚地谈论像希腊悲剧的起源这样一个困难的心理学问题。根本问题是希腊人对待痛苦的态度,他们的敏感程度,——这种态度是一成不变的,还是有所变化的?——是这个问题:他们愈来愈强烈的**对于美的渴求**,对于节庆、快乐、新的崇拜的渴求,实际上是否生自欠缺、匮乏、忧郁、痛苦？假如这是事实——伯里克利①（或修昔底德②）在伟大的悼词中已经使我们明白了这一点——那么，早些时候显示出来的相反渴求，对于丑的渴求，更早的希腊人求悲观主义的意志，求悲剧神话的意志，求生存基础之上一切可怕、邪恶、谜样、破坏、不祥事物的观念的意志，又从何而来呢？悲剧又从何而来呢？也许生自**快乐**，生自力量，生自满溢的健康，生自过度的充实？那么，从生理学上看，那种产生出悲剧艺术和喜剧艺术的疯狂，酒神的疯狂，又意味着什么呢？怎么，疯狂也许未必是蜕化、衰退、末日文化的象征？也许有一种——向精神病医生提的一个问题——**健康**的神经官能症？民族青年期和青春的神经官能症？神与公山羊在萨提儿身上合二为一意味着什么？出于怎样的亲身体验，由于怎样的冲动，希腊人构想出了萨提儿这样的酒神醉心者和原始人？至于说到悲剧歌队的起源，在希腊人的躯体生气勃勃、希腊人的心灵神采焕发的那几个世纪中，也许有一种尘世的狂欢？也许幻想和幻觉笼罩着整个城邦，整个崇神集会？怎么，希腊人正值年富力壮之时，反而有一种求悲剧事物的意志，反而是悲观主义者？用柏拉图的话说，正是疯狂给希腊带来了**最大**的福祉？相反，希腊人正是在其瓦解和衰弱的时代，却变得愈益乐观、肤浅、戏子气十足，也愈益热心于逻辑和世界的逻辑化，因而更"快乐"也更"科学"了？怎么，与一切"现代观念"和民主趣味的成见相牴牾，**乐观主义**的胜利，占据优势的**理性**，实践上和理论上的**功利主义**（它与民主相似并与之同时），会是衰落的力量、临近的暮年、生理的疲惫的一种象征？因而**不正是**悲观主义吗？伊壁鸠鲁之为乐观主义者，不正因为他是**受苦者**吗？——可以看出，这本书所承担的是一大批难题——我们还要补上它最难的一个难题！用**人生**的眼光来看，道德意味着什么？……

五

在致理查德·瓦格纳的前言中，艺术——而**不是**道德——业已被看作人所固有的**形而上**活动；在正文中，又多次重复了这个尖刻的命题：只是作为审美现象，人世的生存才**有充足理由**。事实上，全书只承认一种艺术家的意义，只承认在一切现象背后有一种艺术家的隐秘意义，——如果愿意，也可以说只承认一位"神"，但无疑仅是一位全然非思辨、非道德的艺术家之神。他在建设中如同在破坏中一样，在善之中如同在恶之中一样，欲发现他的同样的快乐和光荣。他在创

---

① 伯里克利(Perikles)，古希腊民主派首领，公元前443—前429年为最高领导者，他领导的时期为希腊奴隶制极盛时期。

② 修昔底德(Thukydides，前460—前396)，古希腊历史学家，《伯罗奔尼撒战争史》的作者。

尼
采

造世界时摆脱了丰满和**过于丰满**的**逼迫**,摆脱了聚集在他身上的矛盾的**痛苦**。在每一瞬间**获得**神的拯救的世界,乃是最苦难、最矛盾、最富于冲突的生灵之永恒变化着的、常新的幻觉,这样的生灵唯有在**外观**中才能拯救自己:人们不妨称这整个艺术家的形而上学为任意、无益和空想,但事情的实质在于,它业已显示一种精神,这种精神终有一天敢冒任何危险起而反抗生存之**道德的**解释和意义。在这里,也许第一回预示了一种"超于善恶之外"的悲观主义,在这里,叔本华所不倦反对并且事先就狂怒谴责和攻击的"观点反常"获得了语言和形式,——这是一种哲学,它敢于把道德本身置于和贬入现象世界,而且不仅仅是"现象"(按照唯心主义术语的含义),也是"欺骗",如同外观、幻想、错觉、解释、整理、艺术一样。这种**反道德**倾向的程度,也许最好用全书中对基督教所保持的审慎而敌对的沉默来衡量,——基督教是人类迄今所听到的道德主旋律之最放肆的华彩乐段。事实上,对于这本书中所教导的纯粹审美的世界之理解和世界之辩护而言,没有比基督教义更鲜明的对照了,基督教义只是道德的,只想成为道德的,它以它的绝对标准,例如以上帝存在的原理把艺术、**每种**艺术逐入**谎言**领域——也就是将其否定、谴责、判决了。在这种必须敌视艺术的思想方式和评价方式背后,我总还感觉到**一种敌视生命的东西**,一种对于生命满怀怨恨、复仇心切的憎恶:因为全部生命是建立在外观、艺术、欺骗、光学以及透视和错觉之必要性的基础之上。基督教从一开始就彻头彻尾是生命对于生命的憎恶和厌倦,只是这种情绪乔装、隐藏、掩饰在一种对"彼岸的"或"更好的"生活的信仰之下罢了。仇恨"人世",谴责激情,害怕美和感性,发明出一个彼岸以便诽谤此岸,归根到底,是一种对于虚无、末日、灭寂、"最后安息日"的渴望,——这一切在我看来,正和基督教只承认道德价值的绝对意志一样,始终是"求毁灭的意志"的一切可能形式中最危险、最不祥的形式,至少是生命病入膏肓、疲惫不堪、情绪恶劣、枯竭贫乏的征兆,——因为,在道德(尤其是基督教道德,即绝对的道德)面前,生命**必不可免地**永远是无权的,因为生命本质上**是**非道德的东西,——最后,在蔑视和永久否定的重压之下,生命**必定**被感觉为不值得渴望的东西,为本身无价值的东西。道德本身——怎么,道德不会是一种"否定生命的意志",一种隐秘的毁灭冲动,一种衰落、萎缩、诽谤的原则,一种末日的开始吗?因而不会是最大的危险吗?……所以,当时在这本成问题的书里,我的本能,作为生命的一种防卫本能,起来**反对道德**,为自己创造了生命的一种根本相反的学说和根本相反的评价,一种纯粹审美的、**反基督教的**学说和评价。何以名之?作为语言学家和精通词义的人,我为之命名,不无几分大胆,因为谁知道反基督教的合适称谓呢?采用一位希腊神灵的名字:我名之为**酒神精神**。

六

人们可明白我这本书业已大胆着手于一项怎样的任务了吗？……我现在感到多么遗憾：当时我还没有勇气（或骄傲？）处处为如此独特的见解和冒险使用一**种独特的语言**，——我费力地试图用叔本华和康德的公式去表达与他们的精神和趣味截然相反的异样而新颖的价值估价！那么，叔本华对悲剧是怎么想的？他在《作为意志和表象的世界》第二卷中说："使一切悲剧具有特殊鼓舞力量的是认识的这一提高，世界、生命并不能给人以真正的满足，因而**不值得**我们依恋。悲剧的精神即在其中。所以它引导我们**听天由命**。"哦，酒神告诉我的是多么不同！哦，正是这种听天由命主义当时于我是多么格格不入！然而，这本书有着某种极严重的缺点，比起用叔本华的公式遮蔽、损害酒神的预感来，它现在更使我遗憾，这便是：我以混入当代事物而根本**损害**了我所面临的伟大的**希腊问题**！在毫无希望之处，在败象昭然若揭之处，我仍然寄予希望！我根据德国近期音乐便开口奢谈"德国精神"，仿佛它正在显身，正在重新发现自己，而且是在这样的时代：德国精神不久前还具有统治欧洲的意志和领导欧洲的力量，现在却已经**寿终正寝**，并且在建立帝国的漂亮借口下，把它的衰亡炮制成中庸、民主和"现代观念"！事实上，在这期间我已懂得完全不抱希望和毫不怜惜地看待"德国精神"，也同样如此看待**德国音乐**，把它看作彻头彻尾的浪漫主义，一切可能的艺术形式中最非希腊的形式；此外它还是头等的神经摧残剂，对于一个酗酒并且视晦涩为美德的民族来说具有双重危险，也就是说，它具有双重性能，是既使人陶醉又**使人糊涂**的麻醉剂。当然，除了对于当代怀抱轻率的希望并且做过不正确的应用，因而有损于我的处女作之外，书中却也始终坚持提出伟大的酒神问题，包括在音乐方面：一种音乐必须具有怎样的特性，它不再是浪漫主义音乐，也不再是德国音乐，而是**酒神音乐**？……

七

可是，我的先生，倘若**您的**书不是浪漫主义，那么世界上还有什么是浪漫主义呢？您的艺术家形而上学宁愿相信虚无，宁愿相信魔鬼，而不愿相信"现在"，对于"现代""现实""现代观念"的深仇大恨还能表现得比这更过分吗？在您所有的对位音乐和耳官诱惑之中，不是有一种愤怒而又渴望毁灭的隆隆地声，一种反对一切"现在"事物的勃然大怒，一种与实践的虚无主义相去不远的意志，在发出轰鸣吗？这意志似乎喊道："宁愿无物为真，胜于**你们**得理，胜于**你们的**真理成立！"我的悲观主义者和神化艺术者先生，您自己听听从您的书中摘出的一些句子，即谈到屠龙之士的那些颇为雄辩的句子，会使年轻的耳朵和心灵为之入迷的。怎么,那不是1830年的地道的浪漫主义表白,戴上了1850年的悲观主义面具吗?其后便奏起了浪漫主义者共通的最后乐章——灰心丧气、一蹶不振、皈依和膜拜一种旧的信仰,**那位**旧的神灵……怎么,您的悲观主义著作不正是一部反希腊精神的浪漫主义著作,不正是一种"既使人陶醉又使人糊涂"的东西,至少是一种麻醉剂,甚至是一曲音乐,一曲**德国**音乐吗?请听吧:

> 我们想象一下,这成长着的一代,具有如此大无畏的目光,怀抱如此雄心壮志;我们想象一下,这些屠龙之士,迈着坚定的步伐,洋溢着豪迈的冒险精神,鄙弃那些乐观主义的全部虚弱教条,但求在整体和完满中"勇敢地生活",那么,这种文化的悲剧人物,当他进行自我教育以变得严肃和畏惧之时,**岂非必定渴望一种新的艺术**,**形而上慰藉的艺术**,渴望悲剧,如同渴望属于他的海伦一样吗?他岂非必定要和浮士德一同喊道:

> 我岂不要凭眷恋的痴情,

> 带给人生那唯一的艳影?

"岂非**必定**?"……不,不,决不!你们年轻的浪漫主义者:**并非必定**!但事情很可能如此**告终**,**你们**很可能如此告终,即得到"慰藉",如同我所写的那样,而不去进行任何自我教育以变得严肃和畏惧,却得到"形而上的慰藉",简言之,如浪漫主义者那样告终,**以基督教的方式**……不!你们首先应当学会**尘世**慰藉的艺术,——你们应当学会**欢笑**,我的年轻朋友们,除非你们想永远做悲观主义者;所以,作为欢笑者,你们有朝一日也许把一切形而上慰藉——首先是形而上学——扔给魔鬼!或者,用酒神精灵**查拉图斯特拉**的话来说:

"振作你们的精神,我的兄弟们,向上,更向上!也别忘了双腿!也振作你们的双腿,你们好舞蹈家,而倘若你们能竖蜻蜓就更妙了!"

"这顶欢笑者的王冠,这顶玫瑰花环的王冠:我自己给自己戴上了这顶王冠,我自己宣布我的大笑是神圣的。今天我没有发现别人在这方面足够强大。"

"查拉图斯特拉这舞蹈家,查拉图斯特拉这振翅欲飞的轻捷者,一个示意百鸟各就各位的预备飞翔的人,一个幸福的粗心大意者:——"

"查拉图斯特拉这预言家,查拉图斯特拉这真正的欢笑者,一个并不急躁的人,一个并不固执的人,一个爱跳爱蹦的人,我自己给自己戴上了这顶王冠!"

"这顶欢笑者的王冠,这顶玫瑰花环的王冠:我的兄弟们,我把这顶王冠掷给你们!我宣布欢笑是神圣的:你们更高贵的人,向我**学习**——欢笑!"(《查拉图斯特拉如是说》第四部)

尼采美学

［美］凯·埃·吉尔伯特　［德］赫·库恩

　　德国唯心主义的衰变,是整个欧洲社会发生深刻变化的象征。当代世界的信仰危机幽然浮现,它巧妙地隐藏在维多利亚①文明这块唯心主义的门面之后,但却被德国的"现实政治"②公开地暴露了。问题在于,热衷于新时代的冒险并处于前所未闻的条件之下的人们,能否继续墨守根深蒂固的先验论的思想方法?

　　尼采(1844—1900)试图通过坚决否定一切来世成分来解决自己时代这一燃眉的问题。他所想象的宇宙,完全是"自然的"、自给自足的、独立自主的,完全不受任何超绝力量的限制和支持,自身的完善就是自己的本原。照尼采这么想象,宇宙包含着许多新的更高的价值,包含着一种以前不为人们所认识的神圣和高尚。但是,人们觉得,尼采用以高度赞扬自然宇宙的所有那些表语,内含着要摆脱预定、要取代它们的传统。尼采宣称:有限的宇宙是永恒的。然而,永恒这个概念不是具有"陈腐"的神学迷信的特征吗? 甚至,"存在"这个概念不也是已被抛弃的先验论的本体论的一种幻惑反映吗? 因此,拟定了各种命题而又毁灭了它们的尼采哲学,呈现出这样的状态:一种伟大的心灵同它的渴望处在殊死的斗争中。尼采反对他所认为的衰变力量,实际上他是对准自身进行攻击。"权力意志"(Will to Power)和"永世轮回"(Eternal Recurrence)表现了一种绝望的乐观主义。③ 前者表示,"意志"在完全缺乏理性目的的情况下做出某种邪恶的决定。后者是通过一个具体形象,即通过追忆西西弗斯④做苦役,来熄灭人们对永恒之物的渴望。在尼采的学说中,普罗米修斯式的反抗被解除,实现的方法是:通过幻想诸如舞蹈这样一种生气勃勃、轻松愉快的生活;或是通过幻想出现一个可以毫不费力地建造起来的完美无瑕、完全成熟的世界,在那里,人们既不知道有痛苦,也不知道有艰苦的劳动,它使我们联想到地中海湾的景象,也使我们联想到太平盛世时那种极为平静和辉煌的景象。

　　尼采观点之模糊,反映在他的美学观点中。他欢迎艺术家做他天然的同盟者,但他又把艺术家看作是败坏哲学的完整性的人。实际上,尼采本人就是他既

---

　　① 维多利亚(Alexandrina Victoria,1819—1901),英国女王(1837—1901)、印度女皇(1876—1901)。在位期间,英国扩大对殖民地的掠夺,一度取得世界贸易和工业的垄断地位,因而被英国资产阶级史学家称为英国史上的"黄金时代"。

　　② "现实政治":原文为德文 Realpolitik。

　　③ 劳伊思(Karl Lowith):《尼采的永世轮回哲学》(1935)。

　　④ 西西弗斯(Sisyphus),希腊神话中的暴君,死后堕入地狱,被罚推石上山,但石在近山顶时又滚下,于是重新再推,如此循环不息。

赞美又责备的那种艺术家。尼采强烈反对传统的美学。他责备传统的美学对艺术仅采取静观者的立场。他还责备传统的美学把审美静观误解为把我们的心灵同我们的机体分离出来的一种方法。他坚决主张,艺术实质上是"存在物的肯定、祝福和神化"。① 悲观主义的艺术是与之相反的。"但是,左拉呢?龚古尔兄弟呢?他们所描述的那些事物是丑陋的。而他们之所以把事物描绘为丑陋的,是因为他们喜欢丑陋……"② 他继续写道:"迄今,我与艺术家们的一致超过了与所有哲学家的一致。艺术家们没有脱离生活前进的伟大轨道。他们喜爱'这个世界'的种种事物——他们喜爱自己的感觉。"③ 哲学家们热衷于证明有限世界的无限荣耀,但他们发现,艺术家所从事的工作与他们是相同的。

人世间和自然界的创造性汇合,便构成了"生活"。尼采把■■■■〔此后部分缺〕

正如我们已指出的,在尼采看来,审美判断绝不是建筑在现实客体的特性上。因此,要使我们超越对既定事实进行适度而合理性的评价,就要使我们处在擢升的状态中。唯心主义者对这种观念不会提出异议,因为他们的整个学说建筑在超绝观念之上。不过,尼采需要依赖的东西可以称为"内超绝"(immanent transcendence)。他想象出这样一种精神状态:它使现实生活超越自身,可是它却丝毫不变动。他在其著名论著《悲剧的诞生》中,把艺术创作的开始阶段描绘为极度的兴奋——神圣的酩酊大醉(Rausch)。艺术家被自己生命力的迸发所压倒、所震惊、所鼓舞后,就变得像狄俄尼索斯那样疯狂:"对将来存在的永久渴望"一涌而出。存在物通常的各种界线和限度都被消灭了,惊喜交集的意识为事物的无穷的流势——它既拥有创造能力又拥有毁灭能力——所吞没。于是,在第二阶段,阿波罗式的梦一般的关于人生的幻象出现了。如存在与将然存在的关系,或犹如光线与黑暗的关系。在一幅象征性的、光彩夺目的、梦幻式的画面中,狄俄尼索斯狂喜中初发的痛苦解除了,各种现象按照永恒的规律恢复了严格的秩序。

尼采写道,狄俄尼索斯的陶醉"是一切戏剧艺术的先决条件。在这种陶醉状态中,狄俄尼索斯式的狂欢者,把自己看作恣意纵情者,而后作为一个恣意纵情者他又看到了上帝,也就是说,在他的超脱状态中,他于自身之外看到了一个新幻象,即他的自身已达到了阿波罗式的完善。随着这种新幻象的出现,戏剧也就

---

① 《尼采选集》,格罗索克塔维-奥斯加贝(Grossoktav-Ausgabe)出版公司版,十六卷集,卷七,第 407 页始;卷十三,第 100 页;卷十四,第 134 页始。
② 《尼采选集》,十六卷集,卷十六,第 246 页。
③ 《尼采选集》,十六卷集,卷十六,第 247 页。

完整了"。"根据这种观点,我们应该把古希腊悲剧艺术理解为狄俄尼索斯式的合唱歌舞团。这种歌舞团总是在阿波罗式的美妙世界中重新使自己安静下来。因此,同悲剧交织在一起的这种歌舞团的各个组成部分,在某种意义上是所谓纯粹的对话体的本原,也就是说是世界整个戏剧舞台固有的本原。"[①]后来,尼采放弃了他早期论著《悲剧的诞生》中所反映出的叔本华式的形而上学观点,并对自己的各种见解进行了概括,以便为艺术心理学提供一种基础。他断言,梦预示了审美幻象、陶醉以及审美上的狂歌醉舞。据此,他对所有的艺术进行了区分。狄俄尼索斯式艺术的代表者——演员、音乐家、舞蹈家和抒情诗人,与阿波罗式的艺术家——画家、雕刻家和叙事诗人是对立的。他还认为,建筑艺术与这种区分无关,因为它以其纯洁性展现了意志力的创造活动。

---

① 《尼采全集》,利维(Oscar Levy)编,卷三,第68页。

三、现代部分

弗洛伊德

◎文论作品

创作家与白日梦

我们这些外行一直怀着强烈的好奇心——就像那位对阿里奥斯托提出了相同问题的主教①一样——想知道那种怪人的(即创作家的)素材是从哪里来的,他又是怎样利用这些材料来使我们产生了如此深刻的印象,而且激发起我们的情感。——也许我们还从来没想到自己竟能够产生这种情感呢! 假如我们以此诘问作家,作家自己不会向我们做解释,或者不会给我们满意的解释;正是这一事实更引起了我们的兴趣。而且即使我们很清楚地了解他选择素材的决定因素,明瞭这种创造虚构形象的艺术的性质是什么,也还是不能帮助我们成为创作家;我们明白了这一点,兴趣也不会丝毫减弱。

如果我们至少能在我们自己或与我们相同的人们身上发现一种多少有些类似创作的活动,那该有多好! 检视这种活动,就能使我们有希望对作家的作品开始做出解说。对于这种可能性,我们是抱一些希望的。说得彻底些,创作家们自己喜欢否定他们这种人和普通人之间的差距;他们一再要我们相信:每一个人在内心都是一个诗人,直到最后一个人死去,最后一个诗人才死去。

难道我们不应当追溯到童年时代去寻找想象活动的最初踪迹么? 孩子最喜

---

① 卢多维可·阿里奥斯托(Ludovico Ariosito,1474—1533),意大利作家、诗人。伊波里托·德埃斯特(Lppolito dEste)主教是阿里奥斯托的第一个保护人,阿里奥斯托的《疯狂的奥兰多》就是献给他的。诗人得到的唯一报酬是主教提出的问题:"卢多维可,你从哪里找来这么多故事?"

爱、最热心的事情是他的玩耍或游戏。难道我们不能说,在游戏时每一个孩子的举止都像个创作家?因为在游戏时他创造了一个属于他自己的世界,或者说,他用一种新的方法重新安排他那个世界的事物,来使自己得到满足。如果认为他对待他那个世界的态度并不认真,那就错了;相反地,他做游戏时非常认真,他在游戏上面倾注了极大的热情。与游戏相反的,并不是"认真的事情",而是"真实的事情"。尽管孩子聚精会神地将他的全部热情付给他的游戏世界,但他很清楚地将它和现实区别开来;他喜欢将他的假想的事物和情景与现实生活中可触摸到、可看到的东西联系起来。这种联系就是孩子的"游戏"和"幻想"之间的区别。

创作家所做的,就像游戏中的孩子一样。他以非常认真的态度——也就是说,怀着很大的热情——来创造一个幻想的世界,同时又明显地把它与现实世界分割开来。在语言中保留了儿童游戏和诗歌创作之间的这种关系。语言给那些充满想象力的创作形式起了个德文名字叫"Spiel"(游戏),这种创作要求与可触摸到的物体产生联系,要能表现它们。语言中讲到"Lustspiel"(喜剧)和"Trauerspiel"(悲剧),把从事这种表现的人称为"Schauspieler"(演员)。然而,作家那个充满想象的世界的虚构性,对于他的艺术技巧产生了十分重要的效果,因为有许多事物,假如是真实的,就不会产生乐趣,但在虚构的戏剧中却能给人乐趣;而有许多令人激动的事,本身在事实上是苦痛的,但是在一个作家的作品上演时,却成为听众和观众乐趣的来源。

由于考虑到另一个问题,我们将多花一些时间来讨论现实和游戏之间的这种对比。当一个孩子长大成人,不再做游戏了,他以相当严肃的态度面对生活现实,做了几十年工作之后,有一天他可能会发现自己处于一种重新消除了游戏和现实之间差别的精神状态之中。作为一个成年人,他可以回顾他在儿童时代做游戏时曾经怀有的那种热切认真的态度;他可以将今日外表上严肃认真的工作和他小时候做的游戏等同起来,丢掉生活强加在他身上的过分沉重的负担,而取得由幽默产生的高度的愉快。

那么,人们长大以后,停止了游戏,似乎他们要放弃那种从游戏中获得的快乐。但是,凡懂得人类心理的人都知道,要一个人放弃自己曾经经历过的快乐,比什么事情都更困难。事实上,我们从来不可能丢弃任何一件事情,只不过是把一件事转换成另一件事罢了。表面上看来抛弃了,其实是形成了一种替换物或代用品。对于长大的孩子也是同样情况,当他停止游戏时,他抛弃了的不是别的东西,而只是与真实事物之间的联结;他现在做的不是"游戏"了,而是"幻想"。他在虚缈的空中建造城堡,创造出那种我们叫作"白日梦"的东西来。我相信大多数人在他们的一生中时时会创造幻想,这是一个长期以来被忽略了的事实,因此人们也就没有充分地认识到它的重要性。

人们的幻想活动不如孩子的游戏那么容易观察。的确,一个孩子独自做游戏,或者和其他孩子一起为游戏的目的而组成了一个精神上的集体;但是虽然他可能不在成年人面前做游戏,从另一个方面看,他并不在成年人面前掩饰他的游戏。相反,成年人却为自己的幻想感到害臊而把它们藏匿起来,不让人知道。他把自己的幻想当作个人内心最深处的所有物;一般说来,他宁愿坦白自己的过失行为,也不愿把他的幻想告诉任何人。于是可能产生这种情况:由于上述原因,他相信自己是唯一创造这种幻想的人,他并不知道这种创造其实是人类非常普遍的现象。游戏者和幻想者行为上的不同,在于这两种活动的动机,然而这两种动机却是互相附属的。

一个孩子的游戏是由他的愿望决定的:事实上是一种单一的愿望,希望自己是一个大人、一个成年人,这种愿望在他被养育成长的过程中很起作用。他总是以做"成年人"来作为自己的游戏,在游戏中他尽自己所知来模仿比他年长的人们的生活。他没有理由要掩饰这种愿望。但对于成年人来说,情况就不同了。一方面,他知道他不应该继续做游戏或幻想,而应该在现实世界中行动;另一方面,某些引起他幻想的愿望是应该藏匿起来的。这样,他会因为自己产生孩子气的或不能容许的幻想而感到害臊。

但是你也许会问,如果人们把自己的幻想掩饰得如此神秘,那么我们对这种事情又怎么会知道得这么多呢?那么听我说。有这样一部分人,他们不是由一位神,而是由一位女神——"必然"——分配给他们任务,要他们讲述他们遭受了什么苦难,是哪些东西给他们带来了幸福。[①] 这些都是精神病的受害者,他们必须把自己的幻想和其他事情一起告诉医生,期望医生用精神治疗法把他们的病医好。这是我们知识的最好的来源,我们由此找到了很好的理由来假设:病人所告诉我们的,我们从健康人那里也完全可以听到。

现在让我们来介绍一下幻想活动的几种特征。我们可以断言一个幸福的人决不会幻想,只有一个愿望未满足的人才会。幻想的动力是未得到满足的愿望,每一次幻想就是一个愿望的履行,它与使人不能感到满足的现实有关联。这些激发幻想的愿望,根据幻想者的性别、性格和环境而各不相同,但是它们很自然地分成两大类:或者是野心的欲望,患者想要出人头地;或者是性欲的愿望。在年轻的女人身上,性欲的愿望占极大优势,几乎排除其他一切愿望,因为她们的野心一般都被性欲的倾向所压倒。在年轻的男人身上,利己的和野心的愿望十分明显地与性欲的愿望并行时,是很惹人注意的。但是我们并不打算强调这两

---

① 这里指的是歌德的剧本《塔索》最后一幕中主角所讲的著名诗行:"当人类因磨难而沉默时,有一个神允许我讲述自己的苦痛。"

种倾向之间的对立,我们要强调的是这一事实:他们常常结合在一起。正如在许多作祭坛屏风的绘画上,总可以从画面的一个角落找到施主的画像一样,在大多数野心的幻想中,我们总可以在这个或那个角落发现一个女子,幻想的创造者为她表演了全部英雄事迹,并且把他的全部胜利成果都堆放在她的脚下。在这里,你们可以看到有各种强烈的动机来进行掩饰:一个有良好教养的年轻女子只允许怀有最起码的性的欲望;年轻的男人必须学会抑制自己在孩提时代被娇养的日子里所养成的过分注重自己利益的习惯,以使他能够在一个充满着提出了同样强烈要求的人们的社会中,明确自己的位置。

我们不能假设这种想象活动的产物——各式各样的幻想、空中楼阁的白日梦——是固定而不可改变的。相反,它们根据人对生活的印象的改变而做相应的更换,根据他的情况的每一变化而变化,并且从每一新鲜活泼的印象中接受那种可以叫作“日戳”的东西。幻想同时间的关系,一般说来是很重要的,我们可以说,它仿佛在三种时间——和我们的想象有关的三个时间点——之间徘徊。精神活动是与当时的印象和当时的某种足以产生一种重大愿望的诱发性的场合相关联的。从那里回溯到早年经历的事情(通常是儿时的事情),从中实现这一愿望;这种精神活动现在创造了一种未来的情景,代表着愿望的实现。它这样创造出来的就是一种白日梦,或称作幻想,这种白日梦或幻想带着诱发它的场合和往事的原来踪迹。这样,过去、现在和未来就联系在一起了,好像愿望作为一条线,把它们三者联系起来。

有一个非常普通的例子可以用来清楚地阐明我所要说的问题。让我们假设有一个贫穷的孤儿,你给了他某个雇主的地址,他在那儿或许可以找到一份工作。他一路上可能沉溺于适合当时情况而产生的白日梦中。他幻想的内容也许会是这样:他找到了一份工作,得到了新雇主的欢心,使自己成了企业中不可缺少的人物,为雇主的家庭所接纳,与这家人家的年轻漂亮的女儿结了婚,然后他自己成了这企业的董事,首先作为雇主的合伙人,然后做他的继承人。在这一幻想中,幻想者重新得到了他在愉快的童年所有的东西——保护他的家庭,爱他的双亲,以及他最初寄予深情的种种对象。从这个例子你可以看到,愿望是如何利用目前的一个场合,按照过去的格式,来设计出一幅将来的画面。

关于幻想还可以讲许许多多,但我将尽可能简明扼要地说明某些要点。如果幻想变得过于丰富、过分强烈,神经官能症和精神病发作的条件就成熟了。此外,幻想是我们的病人所称诉的苦恼症状在精神上的直接预兆。在这里,有一条宽阔的岔道,将它引入了病理学的领域。

幻想和梦的关系,我不能略去不谈。我们晚上所做的梦也就是幻想,我们可以从解释梦境来加以证实。语言早就以它无比的智慧对梦的实质问题做了定论,它给幻想的虚无缥缈的创造起了个名字,叫"白日梦"。如果我们不顾这一指示,觉得我们所做的梦的意思对我们来说通常是模糊不清的,那是因为有这种情况:在夜晚,我们也产生了一些我们羞于表达的愿望;我们自己要隐瞒这些愿望,于是它们受到了抑制,被推进无意识之中。这种受抑制的愿望和它们的衍生物,只被容许以一种很歪曲的形式表现出来。当科学研究成功地阐明了歪曲的梦境的这种因素时,我们不难认清,夜间的梦正和白日梦——我们都已十分了解的那种幻想——一样,是愿望的实现。

关于幻想,我就说这些。现在来谈谈创作家。我们是否真的可以试图将富于想象力的作家与"光天化日之下的梦幻者"相比较,将作家的作品与白日梦相比较?这里我们必须从二者的最初区别开始谈起。我们必须把以下两种作家区分开来:一种作家像写英雄史诗和悲剧的古代作家一样,接收现成的材料;另一种作家似乎创造他们自己的材料。我们要分析的是后一种,而且为了进行比较起见,我们也不选择那些在批评界享有很高声誉的作家,而选那些比较不那么自负的写小说、传奇和短篇故事的作家,他们虽然声誉不那么高,却拥有最广泛、最热忱的男女读者。这些作家的作品中一个重要的特点不能不打动我们;每一部作品都有一个作为兴趣中心的主角,作家试图运用一切可能的手段来赢得我们对这主角的同情,他似乎还把这主角置于一个特殊的神的保护之下。如果在我的故事的某一章末尾,我让主角失去知觉,而且严重受伤,血流不止,我可以肯定在下一章开始时他得到了仔细的护理,正在渐渐复原。如果在第一卷结束时他所乘的船在海上的暴风雨中沉没,我可以肯定,在第二卷开始时会读到他奇迹般的遇救;没有这一遇救情节,故事就无法再讲下去。我带着一种安全感,跟随主角经历他那可怕的冒险;这种安全感,就像现实生活中一个英雄跳进水里去救一个快淹死的人,或在敌人的炮火下为了进行一次猛袭而挺身出来时的感觉一样。这是一种真正的英雄气概,这种英雄气概由一个出色的作家用一句无与伦比的话表达了出来:"我不会出事情的!"①然而在我看来,通过这种启示性的特性或不会受伤害的性质,我们立即可以认出"自我陛下",他是每一场白日梦和每一篇故事的主角。

这些自我中心的故事的其他典型特征显示出类似的性质。小说中所有的女人总是都爱上了主角,这种事情很难看作是对现实的描写,但是它是白日梦的一个必要成分,这是很容易理解的。同样的,故事中的其他人物很明显地分为好人和坏人,根本无视现实生活中所观察到的人类性格多样性的事实。"好人"都是帮助已成为故事主角的"自我"的,而"坏人"则是这个"自我"的敌人或对手之类。

---

① 这是维也纳戏剧家安森格鲁伯的一句话,弗洛伊德很喜爱这句话。

我们很明白,许许多多虚构的作品与天真幼稚的白日梦的模特儿相距甚远;但是我仍然很难消除这种怀疑:即使与那个模特儿相比是偏离最远的作品,也还是能通过一系列不间断的过渡的事例与它联系起来。我注意到,在许多以"心理小说"闻名的作品中,只有一个人物——仍然是主角——是从内部来描写的,作者仿佛是坐在主人公的大脑里,而对其余人物都是从外部来观察的。总的说来,心理小说的特殊性质无疑是由现代作家的一种倾向所造成:作家用自我观察的方法将他的"自我"分裂成许多"部分的自我",结果就使他自己精神生活中冲突的思想在几个主角身上得到体现。有一些小说——我们可以称之谓"古怪"小说——看来同白日梦的类型形成很特殊的对比。在这些小说中,被当作主角介绍给读者的人物只起着很小的积极作用:他像一个旁观者一样,看着眼前经过的人们所进行的活动和遭受的痛苦。左拉的许多后期作品属于这一类。但是我们必须指出,我们对那些既非创作家,又在某些方面超出所谓"规范"的个人做了精神分析,发现了同白日梦相似的变体:在这些作品中,自我以扮演旁观者的角色来满足自己。

如果我们将小说家和白日梦者、将诗歌创作和白日梦进行比较而要显出有什么价值的话,那么它首先必须用这种或那种方式表明自己是富有成效的。比如说,让我们试图把我们先前立下的论点——有关幻想和时间三个阶段之间的关系,和贯穿在这三个阶段中的愿望——运用到这些作家的作品上,并且让我们借助这种论点试行研究作家的生活和他的作品之间存在着的联系。一般说来,谁也不知道在研究这个问题时该抱什么期望,而人们又常常过于简单地来考察这种联系。我们本着从研究幻想而取得的见识,应该预期到下述情况。目前的强烈经验,唤起了创作家对早先经验的回忆(通常是孩提时代的经验),这种回忆在现在产生了一种愿望,这愿望在作品中得到了实现,作品本身包含两种成分:最近的诱发性的事件和旧事的回忆。

不要为这一公式的复杂而大惊小怪。我怀疑事实会证明这是一种非常罕见的格式。然而,它可能包含着研究真实状况的入门道路;根据我做过的一些实验,我倾向于认为这样看待作品的方法也许不会是没有结果的。你将不会忘记,强调作家生活中对幼年时的回忆——这种强调看来也许会使人感到迷惑——最终是由这样一种假设引出来的:一篇作品就像一场白日梦一样,是幼年时曾做过的游戏的继续,也是它的替代物。

然而,我们不能忘记回到上文去谈另一种作品:我们必须认清,这种作品不是作家自己的创作,而是现成的和熟悉的素材的再创造。即使在这种情况下,作家还保持着一定程度的独立性,这种独立性表现在素材的选择和改变上——这种改变往往是很广泛的。不过,就素材早已具备这点而言,它是从人民大众的神话、传说和民间故事宝库中取来的。对这一类民间心理结构的研究,还很不完全,但是像神话这样的东西,很可能是所有民族寄托愿望的幻想和人类年轻时代的长期梦想被歪曲之后所遗留的迹象。

你会说,虽然我在这篇论文的题目里把创作家放在前面,但是我对你论述到创作家比论述到幻想要少得多。我意识到这一点,但我必须指出,这是由于我们目前这方面所掌握的知识还很有限。至今我所能做的,只是抛出一些鼓励和建议;从研究幻想开始,谈到作家选择他的文学素材的问题。至于另一个问题——作家如何用他的作品来达到唤起我们的感情的效果——我们现在根本还没有触及。但是我至少想向你指出一条路径,可以从我们对幻想的讨论通向诗的效果问题。

你会记得我叙述过,白日梦者小心地在别人面前掩藏起自己的幻想,因为他觉得他有理由为这些幻想感到害羞。现在我还想补充说一点:即使他把幻想告诉了我们,他这种泄露也不会给我们带来愉快。当我们知道这种幻想时,我们感到讨厌,或至少感到没意思。但是当一个作家把他创作的剧本摆在我们面前,或者把我们所认为是他个人的白日梦告诉我们时,我们感到很大的愉快,这种愉快也许是许多因素汇集起来而产生的。作家怎样会做到这一点,这属于他内心最深处的秘密;最根本的诗歌艺术就是用一种技巧来克服我们心中的厌恶感。这种厌恶感无疑与每一单个自我和许多其他自我之间的屏障相关联。我们可以猜测到这一技巧所运用的两种方法。作家通过改变和伪装来减弱他利己主义的白日梦的性质,并且在表达他的幻想时提供我们以纯粹形式的也就是美的享受或乐趣,从而把我们收买了。我们给这样一种乐趣起了个名字叫"刺激品",或者叫"预感快感"。向我们提供这种乐趣,是为了有可能得到那种来自更深的精神源泉的更大乐趣。我认为,一个创作家提供给我们的所有美的快感都具有这种"预感快感"的性质,实际上一种虚构的作品给予我们的享受,就是由于使我们的精神紧张得到解除;甚至于这种效果有不小的一部分是由于作家使我们能从作品中享受我们自己的白日梦,而用不着自我责备或害羞。这就把我们带到了一系列新的、有趣的、复杂的探索研究的开端;但是至少在目前,它也把我们带到了我们的讨论的终结。

◎史料选

《俄狄浦斯王》与《哈姆雷特》的分析

［德］弗洛伊德

伊谛普斯①是底比斯的国王拉伊俄斯和王后伊俄卡斯忒的儿子。他生下来就被抛弃,因为神谕曾警告拉伊俄斯说,这个尚未出生的婴儿将是杀父的凶手。婴儿被人救活,并在异邦做了王子。后来他怀疑自己的身世,又去求询于神谕。神谕警告他要离开家,因为上天注定他要杀父娶母。他离开了自以为是自己的家后,途中遇到了拉伊俄斯王,在突然发生的争吵中杀死了他。他随后来到底比斯城,而且解开了拦在路上的斯劳克斯向他提出的谜语。底比斯人非常感激他,就举他为王,并与伊俄卡斯忒结了婚。他在位很久,国泰民安,受人尊敬,而且和他不知道其为己母的王后先后生下两儿两女。最后底比斯城瘟疫横行,底比斯人再次去求神谕,索福克勒斯的悲剧就是由此开始。使者带回神谕说,只有把杀死拉伊俄斯的凶手驱逐出境,瘟疫才会中止。

> 但是他,他在何处? 何处去寻找
>
> 这古老罪恶的蛛丝马迹?②

这个戏剧演出的只限于揭示罪恶的过程,巧妙的延宕,一环扣一环,高潮迭起。这个过程很像精神分析——伊谛普斯本人就是杀死拉伊俄斯的凶手,但是他又是被杀者和伊俄卡斯忒的亲生儿子。由于发现了这个令人厌恶的不幸罪恶,伊谛普斯极度震惊,他刺穿了自己的双目而远离家乡,神谕终于实现了。

伊谛普斯王是一个众所周知的命运的悲剧。据说悲剧的效果在于神的最高意志与人类无力逃脱厄运之间的冲突。这个悲剧其所以深深打动观众,乃是由于从剧中获得了这样的教训,即认识到了人力不能战胜上天意志。近代许多戏剧家纷纷编写同样的冲突情节,以期收到类似的悲剧效果。但是观众们对于剧中那些无罪的人虽然尽了最大的努力,对诅咒和神谕依然实现了的情节却无动于衷:这些现代命运的悲剧全然收不到预期的效果。

如果说伊谛普斯王这一悲剧感动现代观众的力量不亚于它感动当时的希腊人,其唯一可能的解释只能是:这种效果并不出于命运与人类意志之间的冲突,而是在于其所举出的冲突情节中的某种特殊天性。在我们的内心中必定也有某种呼声,随时与伊谛普斯王命运中那种强制力量发生共鸣,而对于格里帕采尔的

---

① 伊谛普斯又译为俄狄浦斯。

② 路易斯·康帕耳的英译本(1883)第 108 行起。

"女祖先"或其他现代有关命运的悲剧中所虚构的情节,我们却斥之为无稽之谈。在伊谛普斯王故事中确实存在着可以解释我们内心呼声的一个因素,他的命运能打动我们,只是因为它也是我们大家共同的命运——因为和他一样,在我们出生以前,神谕已把同样的诅咒加诸我们身上了。我们所有人的命运,也许都是把最初的性冲动指向自己的母亲,而把最初的仇恨和原始的杀戮欲望针对自己的父亲。我们的梦向我们证实了这种说法。伊谛普斯王杀死了他的父亲拉伊俄斯并娶了自己的母亲伊俄卡斯忒为妻,不过是向我们表明了我们自己童年欲望的满足。但是,我们比他要幸运些,因为我们并未变成精神神经症患者,我们既成功地摆脱了对自己母亲的性冲动,同时也淡忘了对自己父亲的嫉妒。我们童年的这些原始欲望在伊谛普斯其人身上获得了满足,我们便以全部抑制力量从他那里退缩开去,因而使我们的这些内心欲望得以被压抑下去。诗人洞悉了过去而揭露了伊谛普斯的罪恶,同时也强迫着我们认识到自己这些受压抑的同样冲动仍然蛰伏未灭。结尾合唱的对照使我们看到了——

> ……看吧!这就是伊谛普斯
>
> 他解开了黑暗之谜,位至九尊,聪慧过人;
>
> 他的命运人人歆美,光华赛过星辰;
>
> 而现在蓦地沉入苦海,被狂浪噬吞。[①]

这对我们和我们的傲慢,对我们这些从童年时代起就自以为聪慧过人、权力无比的人不啻敲了一记警钟。与伊谛普斯一样,我们在生活中对大自然所强加的这些违背道德的欲望毫无所知,而等到它们被揭露后,我们对自己童年的这些景象又闭上双眼,不敢正视。[②]

在索福克勒斯的悲剧正文中明白无误地指出,伊谛普斯这个传说来源于远古的某个梦材料,其内容为,由于初次出现的性欲冲动,儿童与其父母之间的关系产生了痛苦的紊乱。伊谛普斯当时虽然不了解自己的身世,但他已因回忆起神谕而感到不安。伊俄卡斯忒为了安慰他,提到了一个许多人都做过的梦,虽然她认为这并没有什么意义:

[①] 根据路易斯·康帕耳的英译本(1883),第 1524 行起。

[②] 在精神分析研究的发现中,再没有比对于指出潜意识中保持着童年的乱伦冲动这方面的批评遭到更尖锐的否认、更猛烈的反对和更为肆意的歪曲的了。最近有人甚至无视一切经验,企图把乱伦说成仅仅是"象征的"——费伦齐(1912)根据叔本华信中的一段话对伊谛普斯神话做了一种天才的"多重性解释"。在《释梦》中上文第一次提到的"伊谛普斯情结"对于人类种族和宗教及道德的进化史带来了梦想不到的重大意义(见弗洛伊德的《图腾与禁忌》1912—13)。确实,关于伊谛普斯情结和《伊谛普斯王》以及随之而来的有关哈姆雷特主题的讨论要旨,早在 1897 年 10 月 15 日弗洛伊德给弗利斯的一封信中已提出了(见弗洛伊德 1950d,第 71 封信)。发现伊谛普斯情结的更早暗示已包含在 1897 年 5 月 31 日的一封信中。在弗洛伊德出版的《爱情心理学》(1910h)第一篇中似已正式应用。

以前许多人在梦中，

梦见与自己的母亲成婚；

他仍无忧无虑，

从未因此预兆而忧心如焚。

今天和当时一样，许多人梦见自己与母亲发生性的关系，但谈到此事时就表现出很大的义愤和震惊。它显然是悲剧的关键所在，也是父亲死亡的梦的补充说明。伊谛普斯故事乃是对这两种典型的梦的想象性反应。就像这些梦，当成人梦见时也伴有厌恶的感情一样，所以传说中必定也包含了恐怖和自罚。经过对梦材料的几乎不可辨认的润饰作用，梦再度产生了改变，并被利用来投合神学的目的。这个题材与其他题材一样，企图把神的万能与人类责任心协调地联系起来，是必然要失败的。

另一部伟大的悲剧诗，即莎士比亚创作的《哈姆雷特》，与《伊谛普斯王》植根于同样的土壤上。[①] 但是对相同材料的不同处理反映了两个相距遥远的文明时代在心理生活上的全部差异，反映了人类的情绪生活的压抑在世俗生活中的增长。在《伊谛普斯王》中，潜伏于儿童心中的欲望以幻想形式公开表露并可在梦中求得实现。而在《哈姆雷特》中，欲望仍然受到压抑——正如在神经症患者中那样——只能从压抑的结果中窥见其存在。奇怪的是，这一近代悲剧所产生的显著效果竟与人们摸不透剧中主角的性格并行不悖。剧本把哈姆雷特欲完成复仇任务描写成为犹豫不决，但纵观全部剧情，看不出这些犹豫的动机何在，而对这种犹豫的各种解释企图都不能令人满意。根据歌德提出的至今仍然流行的一种观点，哈姆雷特代表了一种类型人物，他们的直接行动能力因智慧的高度发展而陷于麻痹(他因"苍白的思考神情而流露病容")。另一种观点则认为，戏剧家全力描绘的是一种病态的犹豫不决，可归之为"神经衰弱"性格。然而，戏剧的情节表明，哈姆雷特决不是一个不敢行动的人物。我们在两种场合下可以看清这一点：第一次是他在一阵暴怒之下，挥剑刺杀了挂毯背后的窃听者；第二次是他蓄意的，甚至可说是巧妙的，以文艺复兴时代王子般的无情，处死了两位谋害他的朝臣。然而他为什么对于自己父王鬼魂给予他的任务却表现得犹豫不前呢？这个答案只得又一次归之于任务的特殊性质。哈姆雷特什么事都能干得出来——只除开向那个杀了他父亲娶了他母亲、那个实现了他童年欲望的人复仇。于是驱使他进行复仇的憎恨为内心的自责所代替，而出于良心上的不安，他感到自己实际上并不比杀父娶母的凶手高明。在此，我是把保留在哈姆雷特内心潜意识中的内容转译为意识言词；如果有人认为他是一个癔症患者，我只能认为那

---

① 本段原为第一版(1900)的一个脚注，1914年版以后纳入正文。

也是从我的解释中得出的推论。哈姆雷特与奥菲莉亚对话时所表现的对性欲的厌恶也与这种推论完全符合。这同样的性厌恶盘踞在诗人的心中，与年俱增，终于在《雅典的泰门》中得到充分的表达。当然，我们在《哈姆雷特》中所面临的只是莎士比亚自己的心理状态。我曾经看过一本乔台·布朗狄斯论莎士比亚的著作(1896)，其中谈到《哈姆雷特》写于莎士比亚的父亲死后不久(1601)。这就是说，《哈姆雷特》是在失去亲人的悲痛情绪影响下写成的。因此我们可以合理地假设，他在童年对于自己父亲的感情又重新复活了。又据说莎士比亚有一个早年夭折的儿子叫作"哈姆涅特"，与"哈姆雷特"可说同名。与《哈姆雷特》处理了儿子与父母之间的关系一样，《麦克佩斯》(约写于同一时期)则关涉了无子嗣的主题。但是，正如所有神经症症状一样，梦这个问题也能进行"多重性解释"，而且如果对梦有充分的了解，也必须如此。在诗人的心目中，一切真正创造性作品都不是一个单独的动机或冲动的产物，所以也不止只有一种单独解释。我所论述的只是企图对富有创造性作家的心灵最深处的冲动进行解释。①

对精神分析之象征的解释蔚然成风

[美]凯·埃·吉尔伯特　　[德]赫·库恩

在着手探讨象征美学的另一方面时，我们发现，最广泛运用象征美学的是精神分析学(Psychoana-lysis)。弗洛伊德②、荣格③、阿德勒④，以及与他们观点相似的一些思想家们，论述了各种隐晦的下意识的象征，主张分析科学要有条理性。这种论述已对许多人产生了具有病态性和神秘性的巨大诱惑力。精神分析学既吸引了那些对事物的起因感兴趣的人，也吸引了那些对事物的奇异性感兴趣的人。正因为如此，所以精神分析学完全成了各个对立流派的人们所共同讨论和解释的对象。精神分析学有时似乎就是我们刚才提到的那种逻辑语义学的

---

　　①　上文对哈姆雷特所做的精神分析解释一直为恩斯特·琼斯不断扩充，并对有关本主题文献中提出的不同观点进行了反驳(见琼斯，1910a和更完整形式1949)。同时弗洛伊德已不再相信莎士比亚剧作的作者是从斯特拉特福来的那个人(见弗洛伊德，1930e)。对麦克佩斯的进一步分析见弗洛伊德的一篇论文(弗洛伊德，1916d)以及杰克尔斯的一篇论文(1917)。本脚注的第一部分以不同形式包括于1911年版中，但在1914年以后版本被删去上段中关于哈姆雷特问题的一些观点一直得到多伦多的琼斯的一个广泛研究中的新论证的证实和支持。他也指出了兰克(1909)所讨论的哈姆雷特中材料与英雄诞生的神谕之间的关系。在弗洛伊德死后发表的一篇札记《舞台上的精神病态人物》(1942a)可能写于1905或1906，企图对哈姆雷特做进一步讨论。

　　②　弗洛伊德(Sigmund Freud，1856—1939)，奥地利精神分析学家，精神分析学创始人。

　　③　荣格(Carl Gustav Jung，1875—1961)，瑞士心理学家和精神病学家。主要著作有《心理学理论》《下意识心理学》等。

　　④　阿德勒(Adler，1870—1937)，奥地利精神病学家，个性心理学的创始人，弗洛伊德门徒。

一种工具,虽然弗洛伊德把注意力放在理性水平之下的事物上。恩普森在简要地讨论七种意义含糊之词的过程中,就有三处提及弗洛伊德。[①] 在他看来,弗洛伊德的理论阐明了运用各种反义词的潜在原因。比如,在他看来,在克拉肖[②]的诗歌中,"上帝"与"粪土"这对立词语的结合,可以解释为,它反映了作者童年时代内心所经受的一种由来已久的冲突。人们几乎这样说,在我们时代,差不多没有一种美学理论不在某种程度上受到弗洛伊德理论的影响。由于精神分析学本是对精神病的治疗,所以它同特殊的病例打交道,并往往转向性情乖张者。比如,弗洛伊德认为,达·芬奇的蒙娜丽莎那种著名的、无从捉摸的微笑,反映了一位敏感的私生子和一位被遗弃的孤独母亲之间的温情脉脉的、强烈的色情关系;同时也反映了一位贪心汉幼年时代梦中的某种幻觉。文学作品,如《哈姆雷特》和《浮士德》,甚至比绘画还更易于成为精神病学的考察对象。

[①] 恩普森:《七种意义含糊之词》,第 194、223、226 页。

[②] 克拉肖(Richard Crashau,1613—1649),英国世俗诗人与宗教诗人。

海德格尔

◎文论作品

艺术作品的本源^①

　　本源^②一词在此指的是,一件事物从何而来,通过什么它是其所是并且如其所是。某个东西如其所是地是什么,我们称之为它的本质。某个东西的本源就是它的本质之源。对艺术作品的本源的追问就是追问艺术作品的本质之源。按照通常的想法,作品来自艺术家的活动,是通过艺术家的活动而产生的。但艺术家又是通过什么、从何而来成其为艺术家的呢?^③ 通过作品;因为一件作品给作者带来了声誉,这就是说:唯有作品才使艺术家以一位艺术大师的身份出现。艺术家是作品的本源。作品是艺术家的本源。彼此不可或缺。但任何一方都不能全部包含了另一方。无论就它们本身还是就两者的关系来说,艺术家与作品向来都是通过一个第三者而存在的;这个第三者乃是第一位的,它使艺术家和艺术作品获得各自的名称。这个第三者就是艺术。

　　正如艺术家必然地以某种方式成为作品的本源,其方式不同于作品之为艺术家的本源,同样的,艺术也以另一种不同的方式确凿无疑地同时成为艺术家和作品的本源。但艺术竟能成为一个本源吗?哪里以及如何有艺术呢?艺术,它只不过是一个词语而已,再也没有任何现实事物与之对应。它可以被看作一个集合观念,我们把仅从艺术而来才是现实的东西,即作品和艺术家,置于这个集

---

　　① 1960年雷克拉姆版作者边注:此项尝试(1935/1937年)依照对"真理"这个名称的不当使用(表示被克制的澄明与被照亮者)来说是不充分的。参看《路标》第268页以下,"黑格尔与希腊人"一文;《面向思想的事情》,第77页注,"哲学的终结与思想的任务"。艺术:在本有(Ereignis)中被使用的自行遮蔽之澄明的产生(Her vor bringen),进入构形(Ge bild)之庇佑。产生与构形:参看"语言与家乡",《从思的经验而来》。

　　② 1960年雷克拉姆版作者边注:关于"本源"(Ursprung)的谈论易致误解。

　　③ 1960年雷克拉姆版作者边注:艺术家之所是。

合观念之中。即使艺术这个词语所标示的意义超过了一个集合观念,艺术这个词语的意思恐怕也只有在作品和艺术家的现实性的基础上才能存在。抑或,事情恰恰相反?唯当艺术存在[①],而且是作为作品和艺术家的本源而存在之际,才有作品和艺术家吗?

无论怎样做出决断,关于艺术作品之本源的问题都势必成为艺术之本质的问题。可是,因为艺术究竟是否存在和如何存在的问题必然还是悬而未决的,所以,我们将尝试在艺术无可置疑地起现实作用的地方寻找艺术的本质。艺术在艺术—作品中成就本质。但什么以及如何是一件艺术作品呢?

什么是艺术?这应当从作品那里获得答案。什么是作品?我们只能从艺术的本质那里经验到。任何人都能觉察到,我们这是在绕圈子。通常的理智要求我们避免这种循环,因为它是与逻辑相抵牾的。人们认为,艺术是什么,可以从我们对现有艺术作品的比较考察中获知。而如果我们事先并不知道艺术是什么,我们又如何确认我们的这种考察是以艺术作品为基础的呢?但是,与通过对现有艺术作品的特性的收集一样,我们从更高级的概念做推演,也是同样得不到艺术的本质的;因为这种推演事先也已经看到了那样一些规定性,这些规定性必然足以把我们事先就认为是艺术作品的东西呈现给我们。可见,从现有作品中收集特性和从基本原理中进行推演,在此同样都是不可能的;若在哪里这样做了,也是一种自欺欺人。

因此我们就不得不绕圈子了。这并非权宜之计,也不是什么缺憾。踏上这条道路,乃思想的力量;保持在这条道路上,乃思想的节日——假设思想是一种行业的话。不仅从作品到艺术和从艺术到作品的主要步骤是一种循环,而且我们所尝试的每一个具体步骤,也都在这种循环之中兜圈子。

为了找到在作品中真正起着支配作用的艺术的本质,我们还是来探究一下现实的作品,追问一下作品:作品是什么以及如何是。

艺术作品是人人熟悉的。在公共场所,在教堂和住宅里,我们可以见到建筑作品和雕塑作品。在博物馆和展览馆里,安放着不同时代和不同民族的艺术作品。如果我们根据这些作品的未经触及的现实性去看待它们,同时又不至于自欺欺人的话,那就显而易见:这些作品与通常事物一样,也是自然现存的。一幅画挂在墙上,就像一支猎枪或者一顶帽子挂在墙上。一幅油画,比如凡·高那幅描绘一双农鞋的油画,就从一个画展转到另一个画展。人们运送作品,犹如从鲁尔区运送煤炭,从黑森林运送木材。在战役期间,士兵们把荷尔德林的赞美诗与清洁用具一起放在背包里。贝多芬的四重奏存放在出版社仓库里,与地窖里的

---

① 1960 年雷克拉姆版作者边注:有艺术(*Es die Kunst gibt*)。

马铃薯无异。

所有作品都具有这种物因素(das Dinghafte)。倘若它们没有这种物因素会是什么呢？但是,我们也许不满于这种颇为粗俗和肤浅的作品观点。发货人或者博物馆清洁女工可能会以此种关于艺术作品的观念活动。但我们却必须根据艺术作品如何与体验和享受它们的人们相遭遇的情况来看待它们。可是,即便人们经常引证的审美体验也摆脱不了艺术作品的物因素。在建筑作品中有石质的东西。在木刻作品中有木质的东西。在绘画中有色彩的东西,在语言作品中有话音,在音乐作品中有声响。在艺术作品中,物因素是如此稳固,以致我们必须反过来说:建筑作品存在于石头里。木刻作品存在于木头里。油画在色彩里存在。语言作品在话音里存在。音乐作品在音响里存在。这是不言而喻的嘛——人们会回答。确然。但艺术作品中这种不言自明的物因素究竟是什么呢？

对这种物因素的追问兴许是多余的,引起混乱的,因为艺术作品除了物因素之外还是某种别的东西。其中这种别的东西构成艺术因素,诚然,艺术作品是一种制作的物,但它还道出了某种别的东西,不同于纯然的物本身,即 ἀλλοἀγορεύει。作品还把别的东西公之于世,它把这个别的东西敞开出来,所以作品就是比喻。在艺术作品中,制作物还与这个别的东西结合在一起了。"结合"在希腊文中叫作 δυμβάλλειυ。作品就是符号。①

比喻和符号给出一个观念框架,长期以来,人们对艺术作品的描绘就活动在这个观念框架的视角中。不过,作品中唯一的使某个别的东西敞开出来的东西,这个把某个别的东西结合起来的东西,乃是艺术作品中的物因素。看起来,艺术作品中的物因素差不多像是一个屋基,那个别的东西和本真的东西就筑居于其上。而且,艺术家以他的手工活所真正地制造出来的,不就是作品中的这样一种物因素吗？

我们是要找到艺术作品的直接而丰满的现实性;因为只有这样,我们也才能在艺术作品中发现真实的艺术。可见我们首先必须把作品的物因素收入眼帘。为此我们就必须充分清晰地知道物是什么。只有这样,我们才能说,艺术作品是不是一个物,而还有别的东西就是附着于这个物上面的;只有这样,我们才能做出决断,根本上作品是不是某个别的东西而绝不是一个物。

物 与 作 品

物之为物,究竟是什么呢？当我们这样发问时,我们是想要认识物之存在

---

① 此处"符号"(Symbol)亦可译作"象征"。

（即物性，die Dingheit）。要紧的是对物之物因素的经验。为此，我们必须了解我们长期以来以物这个名称来称呼的所有那些存在者所归属的领域。

路边的石头是一件物，田野上的泥块也是一件物。瓦罐是一件物，路旁的水井也是一件物。但罐中的牛奶和井里的水又是怎么回事呢？如果把天上白云，田间蓟草，秋风中的落叶，森林上空的苍鹰都名正言顺地叫作物的话，那么，牛奶和水当然也是物。实际上，所有这一切都必须被称为物，哪怕是那些不像上面所述的东西那样显示自身的东西，也即并不显现的东西，人们也冠以物的名字。这种本身并不显现的物，即一种"自在之物"，例如按照康德的看法，就是世界整体，这样一种物甚至就是上帝本身。在哲学语言中，自在之物和显现出来的物，根本上存在着的一切存在者，统统被叫作物。

在今天，飞机和电话固然是与我们最切近的物了，但当我们意指终极之物时，我们却在想完全不同的东西。终极之物，那是死亡和审判。总的来说，物这个词语在这里是指任何全然不是虚无的东西。根据这个意义，艺术作品也是一种物，只要它是某种存在者的话。可是，这种关于物的概念对我们的意图至少没有直接的帮助。我们的意图是把具有物之存在方式的存在者与具有作品之存在方式的存在者划分开来。此外，把上帝叫作一个物，也一再让我们大有顾忌。同样地，把田地上的农夫、锅炉前的伙夫、学校里的教师视为一种物，也是令我们犹豫的。人可不是物啊。诚然，对于一个遇到过度任务的小姑娘，我们把她叫作还太年少的东西①，之所以这样，只是因为在这里，我们发觉人的存在在某种程度上已经丢失，以为宁可去寻找那构成物之物因素的东西了。我们甚至不能贸然地把森林旷野里的鹿、草木丛中的甲虫和草叶称为一个物。我们宁愿认为锤子、鞋子、斧子、钟是一个物，但甚至连这些东西也不是一个纯然的物。纯然的物在我们看来只有石头、土块、木头，自然和用具中无生命的东西。自然物和使用之物，就是我们通常所谓的物。

于是，我们看到自己从一切皆物（物＝res＝ens＝存在者），包括最高的和终极的东西也是物这样一个最广的范围，回到纯然的物这个狭小区域里来了。在这里，"纯然"一词一方面是指径直就是物的纯粹之物，此外无他；另一方面，"纯然"同时也指只在一种差不多带有贬义的意思上还是物。纯然的物，甚至排除了用物，被视为本真的物。那么，这种本真的物的物因素基于何处呢？物的物性只有根据这种物才能得到规定。这种规定使我们有可能把物因素本身描画出来。有了这样的准备，我们就能够描画出作品的那种几乎可以触摸的现实性，描画出其中还隐含着的别的东西。

----

① 此处"东西"原文为 Ding，即上下文出现的"物"。

　　现在，一个众所周知的事实是：自古以来，只要存在者究竟是什么的问题被提了出来，在其物性中的物就总是作为赋予尺度的存在者而一再地突现出来了。据此，我们就必定已经在对存在者的传统解释中与物之物性的界定相遇了。所以，为了解除自己对物之物因素的探求的枯燥辛劳，我们只需明确地获取这种留传下来的关于物的知识就行了。关于物是什么这个问题的答案在某种程度上是我们熟悉的，我们不认为其中还有什么值得追问的东西。

　　对物之物性的各种解释在西方思想进程中起着支配作用，它们早已成为不言自明的了，今天还在日常中使用。这些解释可以概括为三种。

　　例如，这块花岗岩石是一个纯然的物。它坚硬、沉重、有长度、硕大、不规则、粗糙、有色、部分暗淡、部分光亮。我们能发觉这块岩石的所有这些因素。我们把它们当作这块岩石的识别特征。而这些特征其实意味着这块岩石本身所具有的东西。它们就是这块岩石的固有特性。这个物具有这些特性。物？我们现在意指物时，我们想到的是什么呢？显然，物绝不光是特征的集合，也不是这些特征的集合由以出现的各种特性的堆积。人人都自以为知道，物就是那个把诸特性聚集起来的东西。进而，人们就来谈论物的内核。希腊人据说已经把这个内核称为 τò ὑποκείμενον（基体、基底）了。当然，在他们看来，物的这个内核乃是作为根基，并且总是已经呈放在眼前的东西。而物的特征则被叫作 τὰ δυμβεβηκότα,[1]即总是也已经与那个向来呈放者一道出现和产生的东西。

　　这些称法并不是什么任意的名称，其中道出了希腊人关于在场状态（Anwesenheit）意义上的存在者之存在的基本经验。这是我们这里不再能表明的了。而通过这些规定，此后关于物之物性的决定性解释才得以奠基，西方对存在者之存在的解释才得以固定下来。这种解释始于罗马—拉丁思想对希腊词语的汲取。ὑποκείμενον（基体、基底）成了 subiectum（主体）；ὑπόσταστζ（呈放者）成了 substantia（实体）；συμβεβηκός（特征）成了 accidens（属性）。这样一种从希腊名称向拉丁语的翻译绝不是一件毫无后果的事情——确实，直到今天，也还有人认为它是无后果的。毋宁说，在似乎是字面上的，因而具有保存作用的翻译背后，隐藏着希腊经验向另一种思维方式的转渡[2]。罗马思想接受了希腊的词语，却没有继承相应的同样原始的由这些词语所道说出来的经验，即没有继承希腊人的话。[3] 西方思想的无根基状态即始于这种转渡。

----

　　① 后世以"属性"（accidens）译之，见下文的讨论。

　　② 德语动词 übersetzen 作为可分动词，有"摆渡、渡河"之意；作为不可分动词，有"翻译、改写"之意。海德格尔在此突出该词的前一含义，我们权译之为"转渡"。"翻译"不只是字面改写，而是思想的"转渡"。

　　③ 在海德格尔看来，罗马—拉丁思想对希腊思想的"翻译"只是字面上对希腊之词语（复数的 Wörter）的接受，而没有真正吸收希腊思想的内涵，即希腊的"话"（单数的 Wort）。

按照流行的意见,把物之物性规定为具有诸属性的实体,似乎与我们关于物的素朴观点相吻合。毫不奇怪,流行的对物的态度,也即对物的称呼和关于物的谈论,也是以这种关于物的通常观点为尺度的。简单陈述句由主语和谓语构成,主语一词是希腊文ὑποκείμενον(基体、基底)一词的拉丁文翻译,既为翻译,也就有了转义;谓语所陈述的则是物之特征。谁敢撼动物与命题,命题结构与物的结构之间的这样一种简单明了的基本关系呢? 然而,我们却必须追问:简单陈述句的结构(主语与谓语的联结)是物的结构(实体与属性的统一)的映像吗? 或者,如此这般展现出来的物的结构竟是按命题框架被设计出来的吗?

人把自己在陈述中把握物的方式转嫁到物自身的结构上去——还有什么比这更容易理解的呢? 不过,在发表这个似乎是批判性的但却十分草率的意见之前,我们首先还必须弄明白,如果物还是不可见的,那么这种把命题结构转嫁到物上面的做法是如何可能的。谁是第一位和决定性的,是命题结构还是物的结构? 这个问题直到眼下还没有得到解决。甚至,以此形态出现的问题究竟是否可以解决,也还是令人起疑的。

从根本上说来,既不是命题结构给出了勾画物之结构的标准,物之结构也不能在命题结构中简单地得到反映。就其本性和其可能的交互关系而言,命题结构和物的结构两者具有一个共同的更为原始的根源。总之,对物之物性的第一种解释,即认为物是其特征的载体,不管它多么流行,还是没有像它自己所标榜的那样朴素自然。让我们觉得朴素自然的,兴许仅是一种长久的习惯所习以为常的东西,这种习惯却遗忘了它赖以产生的异乎寻常的东西。然而,正是这种异乎寻常的东西一度作为令人诧异的东西震惊了人们,并且使思想惊讶不已。

对这种流行的物之解释的信赖只是表面看来是凿凿有据的。此外,这个物的概念(物是它的特征的载体)不仅适合于纯然的和本真的物,而且适合于任何存在者。因而,这个物的概念也从来不能帮助人们把物性的存在者与非物性的存在者区分开来。但在所有这些思考之前,有物之领域内的清醒逗留已经告诉我们,这个物之概念没有切中物之物因素,没有切中物的根本要素和自足特性。偶尔,我们甚至有这样一种感觉,即:也许长期以来物之物因素已经遭受了强暴,并且思想参与了这种强暴;因为人们坚决拒绝思想而不是努力使思想更具思之品性。但是,在规定物之本质时,如果只有思想才有权言说,那么,一种依然如此肯定的感觉应该是什么呢? 不过,也许我们在这里和在类似情形下称之为感觉或情绪的东西,是更为理性的,亦即更具有知觉作用的,因而比所有理性(Vernunft)更向存在敞开;而这所有的理性此间已经成了 ratio(理智),被理智地误解了。① 在这里,对非理智的垂涎,作为未经思想的理智的怪胎,帮了古怪的忙。诚然,这个流行的物之概念在任何时候都适合于任何物,但它把握不了本质地现身的物,而倒是扰乱了它。

这样一种扰乱或能避免吗? 如何避免呢? 大概只有这样:我们给予物仿佛一个自由的区域,以便它直接地显示出它的物因素。首先我们必须排除所有会在对物的理解和陈述中跻身到物与我们之间的东西,唯有这样,我们才能沉浸于物的无伪装的在场(Anwesen)。但是,这种与物的直接遭遇,既不需要我们去索求,也不需要我们去安排,它早就发生着,在视觉、听觉和触觉当中,在对色彩、声响、粗糙、坚硬的感觉中,物——完全在字面上说——逼迫着我们。物是 αίσθητόν(感性之物),即,在感性的感官中通过感觉可以感知的东西。由此,后来那个物的概念就变得流行起来了,按照这个概念,使我们的耳朵离开物,也即抽象地听。②

在我们眼下所说的物的概念中,并没有多么强烈的对物的扰乱,而倒是有一种过分的企图,要使物以一种最大可能的直接性接近我们。但只要我们把在感觉上感知的东西当作物的物因素赋予物,那么,物就决不会满足上述企图。第一种关于物的解释仿佛使我们与物保持着距离,而且把物挪得老远;而第二种解释则过于使我们为物所纠缠了。在这两种解释中,物都消失不见了。因此,确实需要避免这两种解释的夸大。物本身必须保持在它的自持(Insichruhen)中。物应该置于它的本己的坚固性中。这似乎是第三种解释所为,而这第三种解释与上面所说的两种解释同样古老。

给物以持久性和坚固性的东西,同样也是引起物的感性涌逼方式的东西,即色彩、声响、硬度、大小,是物的质料。把物规定为质料(ΰλη),同时也就已经设定了形式(μορφή)。物的持久性,即物的坚固性,就在于质料与形式的结合。物是具有形式的质料。这种物的解释要求直接观察,凭这种观察,物就通过其外观(ειδος)关涉于我们。有了质料与形式的综合,人们终于寻获了一个物的概念,它对自然物和用具物都是很适合的。

---

① 德文的 Vernunft(理性)与拉丁文的 ratio(理智)通常是对译的两个词语,海德格尔在这里却对两词做了区分。

② 人与物之间首先是一种"存在关系"(人总是已经寓于物而存在),而后才是一种"认识关系"(人通过感觉去把握事物),故海德格尔说,人首先"听"汽车,而不是首先听"汽车的声音"。汽车比我们所感觉的汽车声更切近于我们。这种超出"知识关系"的实存论存在学层面上的思考,在《存在与时间》中即已成型。特别可看海德格尔:《存在与时间》,中译本,陈嘉映、王庆节译,生活·读书·新知三联书店 1987年版,第 163—164 页。

这个物的概念使我们能够回答艺术作品中的物因素问题。作品中的物因素显然就是构成作品的质料。质料是艺术家创造活动的基底和领域。但我们本可以立即就得出这个明了的众所周知的观点。我们为什么要在其他流行的物的概念上兜圈子呢？那是因为，我们对这个物的概念，即把物当作具有形式的质料的概念，也是有怀疑的。

可是，在我们活动于其中的领域内，质料和形式这对概念不是常用的吗？确然。质料与形式的区分，而且以各种不同的变式，绝对是所有艺术理论和美学的概念图式。不过，这一无可争辩的事实却并不能证明形式与质料的区分是有充足的根据的，也不证明这种区分原始地属于艺术和艺术作品的领域。再者，长期以来，这对概念的使用范围已经远远地越出了美学领域。形式与内容是无论什么都可以归入其中的笼统概念。甚至，即使人们把形式称作理性而把质料归于非理性，把理性当作逻辑而把非理性当作非逻辑，甚或把主体、客体关系与形式、质料这对概念结合在一起，这种表象（Vorstellen）仍然具有一种无物能抵抗得了的概念机制。

然而，如果质料与形式的区分的情形就是如此，我们又该怎样借助于这种区分，去把握与其他存在者相区别的纯然物的特殊领域呢？或许，只要我们取消这些概念的扩张和空洞化，根据质料与形式来进行的这种描画就能重新赢获它的规定性力量。确实如此，但这却是有条件的，其条件就是：我们必须知道，它是在存在者的哪个领域中实现其真正的规定性力量的。说这个领域是纯然物的领域，这到眼下为止还只是一个假定而已。指出这一概念结构在美学中的大量运用，这或许更能带来一种想法，即认为：质料与形式是艺术作品之本质的原生规定性，并且只有从此出发才反过来被转嫁到物上去。质料—形式结构的本源在哪里呢？在物之物因素中呢，还是在艺术作品的作品因素之中？

自持的花岗岩石块是一种质料，它具有一种尽管笨拙但却确定的形式。在这里，形式意指诸质料部分的空间位置分布和排列，此种分布和排列带来一个特殊的轮廓，也即一个块状的轮廓。但是，罐、斧、鞋等，也是处于某种形式当中的质料。在这里，作为轮廓的形式并非一种质料分布的结果。相反地，倒是形式规定了质料的安排。不止于此，形式甚至先行规定了质料的种类和选择：罐要有不渗透性，斧要有足够的硬度，鞋要坚固同时具有柔韧性。此外，在这里起支配作用的形式与质料的交织首先就从罐、斧和鞋的用途方面被处置好了。这种有用性（Dienlichkeit）从来不是事后才被指派和加给罐、斧、鞋这类存在者的，但它也不是作为某种目的而四处漂浮于存在者之上的什么东西。

有用性是一种基本特征，由于这种基本特征，这个存在者便凝视我们，亦即闪现于我们面前，并因而现身在场，从而成为这种存在者。不光是赋形活动，而且随着赋形活动而先行给定的质料选择,因而还有质料与形式的结构的统治地位,都建基于这种有用性之中。服从有用性的存在者,总是制作过程的产品。这种产品被制作为用于什么的器具(Zeug)。因而,作为存在者的规定性,质料和形式就寓身于器具的本质之中。器具这一名称指的是为使用和需要所特别制造出来的东西。质料和形式绝不是纯然物的物性的原始规定性。

器具,比如鞋具吧,作为完成了的器具,也像纯然物那样,是自持的;但它并不像花岗岩石块那样具有那种自生性①。另一方面,器具也显示出一种与艺术作品的亲缘关系,因为器具也出自人的手工。而艺术作品由于其自足的在场却又堪与自身构形的不受任何压迫的纯然物相比较。尽管如此,我们并不把作品归入纯然物一类。我们周围的用具物毫无例外地是最切近和本真的物。于是,器具既是物,因为它被有用性所规定,但又不只是物;器具同时又是艺术作品,但又要逊色于艺术作品,因为它没有艺术作品的自足性。假如允许做一种计算性排列的话,我们可以说,器具在物与作品之间有一种独特的中间地位。

而质料—形式结构,由于它首先规定了器具的存在,就很容易被看作任何存在者的直接可理解的状态,因为在这里从事制作的人本身已经参与进来了,也即参与了一个器具进入其存在(Sein)②的方式。由于器具拥有一个介于纯然物和作品之间的中间地位,因而人们很自然地想到,借助于器具存在(质料—形式结构)也可以掌握非器具性的存在者,即物和作品,甚至一切存在者。

不过,把质料—形式结构视为任何一个存在者的这种状态的倾向,还受到了一种特殊的推动,这就是:事先根据一种信仰,即圣经的信仰,把存在者整体表象为受造物,在这里也就是被制作出来的东西。虽然这种信仰的哲学能使我们确信上帝的全部创造作用完全不同于工匠的活动,但如果同时甚或先行,就根据托马斯主义哲学对于圣经解释的信仰的先行规定,从 materia(质料)和 forma(形式)的统一方面来思考 ens creatun(受造物),那么,这种信仰就是从一种哲学那里得到解释的,而这种哲学的真理乃基于存在者的一种无蔽状态,后者不同于信仰所相信的世界。③

建基于信仰的创造观念,虽然现在可能丧失了它在认识存在者整体这回事情上的主导力量,但是一度付诸实行的、从一种外来哲学中移植过来的对一切存在者的神学解释,亦即根据质料和形式的世界观,却仍然保持着它的力量。这是

---

① 原文为 Eigenwüchsige,或可译为"自身构形特性"。

② 1960 年雷克拉姆版作者边注:(走向其)进入其在场状态(Anwesenheit)。

③ 1950 年第一版作者边注:(1)圣经的创世信仰;(2)因果性的和存在者状态上的托马斯主义解释;(3)对ὄν(存在者)的原始的亚里士多德解释。

在中世纪到近代的过渡期发生的事情。近代形而上学也建基于这种具有中世纪特征的形式—质料结构之上,只是这个结构本身在字面上还要回溯到 ειδος(外观、爱多斯)和υλη(质料)的已被掩埋起来的本质那里。因此,根据质料和形式来解释物,不论这种解释仍旧是中世纪的还是成为康德先验论的,总之它已经成了流行的自明的解释了。但正因为如此,它便与上述的另外两种物之物性的解释毫无二致,也是对物之物存在(Dingsein)的扰乱。

光是由于我们把本真的物称为纯然物,就已经泄露了实情。"纯然"毕竟意味着对有用性和制作特性的排除。纯然物是一种器具,尽管是被剥夺了其器具存在的器具。物之存在就在于此后尚留剩下来的东西。但这种剩余没有在其存在特性方面得到专门规定。物之物因素是否在排除所有器具因素的过程中有朝一日显露出来,这还是一个疑问。因此,物之解释的第三种方式,亦即以质料—形式结构为线索的解释方式,也终于表现为对物的一种扰乱。

上面三种对物性的规定方式把物理解为特性的载体、感觉多样性的统一体和具有形式的质料。在关于存在者之真理的历史进程中,这三种解释还有互相重合的时候,不过这一点我们可以暂且按下不表。在这种重合中,它们加强了各自的固有的扩张过程,以至于它们同样地成了对物、器具和作品有效的规定方式。于是,从中产生出一种思维方式,我们不仅特别地根据这种思维方式去思考物、器具和作品,而且也一般地根据这种思维方式去思考一切存在者。这种久已流行的思维方式抢先于一切有关存在者的直接经验。这种先入之见阻碍着对当下存在者之存在的沉思。这样一来,流行的关于物的概念既阻碍了人们去发现物之物因素,也阻碍了人们去发现器具之器具因素,尤其是阻碍了人们对作品之作品因素的探究。

这一事实说明为什么我们必须知道上面这些关于物的概念,为的是在这种知道中思索这些关于物的概念的来源以及它们无度的僭越,但也是为了思索它们的自明性的假象。而当我们冒险一试,尝试考察和表达出物之物因素、器具之器具因素、作品之作品因素时,这种知道就愈加必需了。但为此只需做到一点,那就是:防止上述思维方式的先入之见和无端滥用。比如,让物在其物之存在中憩息于自身。还有什么比让存在者保持原样的存在者显得更轻松的呢?抑或,以这样一个任务,我们是不是面临着更为艰难的事情,尤其是当这样一个意图——让存在者如其所是地存在与那种为了一个未经检验的存在概念而背弃存在者的漠然态度相对立时?我们应该回归到存在者那里,根据存在者之存在来思考存在者本身,而与此同时通过这种思考又使存在者憩息于自身。

看起来,在对物之物性的规定中,上面这种思想的运用遇到了最大的阻力;因为上述种种尝试失败的原因不就在这里吗?毫不显眼的物最为顽强地躲避思想。或者,纯然物的这样一种自行抑制,这样一种憩息于自身中的无所促逼的状态,恰恰就应当属于物的本质吗? 那么,难道物之本质中那种令人诧异的和封闭的东西,对于一种试图思考物的思想来说就必定不会成为亲信的东西吗? 如果是这样,那我们就不可强求一条通往物之物因素的道路了。

对物之物性的道说特别艰难而稀罕。对于这一点,我们前面挑明的对物之物性的解释的历史已经是一个可靠的证据了。这一历史也就是那种命运(Schicksal),西方思想迄今都是依此命运去思考存在者之存在的。不过,我们现在不仅要确定这一点,我们同时要在这种历史中获取一种暗示。在物之解释中,那种以质料与形式为引线的解释具有一种特殊的支配地位,这难道是偶然吗? 这种物之规定起于一种对器具之器具存在的解释。器具这种存在者以一种特殊的方式靠近于人的表象,因为它是通过我们自己的制作而进入存在的。同时,这种以其存在而更显亲密的存在者,即器具,就在物与作品之间具有一个特别的中间地位。我们将循着这一暗示,首先寻找器具之器具因素。也许我们由此可以对物之物因素和作品之作品因素有所领悟。我们只是须得避免过早地使物和作品成为器具的变种。但我们也要撇开这样一种可能性,即,甚至在器具的存在方式中也还有本质性的差异起着支配作用。

然而,哪条道路通往器具之器具因素呢? 我们应当如何经验器具事实上是什么? 现在必需的做法显然是必须消除那些立即又会带来通常解释的无端滥用的企图。对此,如果我们不用某种哲学理论而径直去描绘一个器具,那就最为保险了。

作为例子,我们选择一个常见的器具:一双农鞋。为了对它做出描绘,我们甚至无须展示这样一种用具的实物,人人都知道它。但由于在这里事关一种直接描绘,所以可能最好是为直观认识提供点方便。为了这种帮助,有一种形象的展示就够了。为此我们选择了凡·高的一幅著名油画。凡·高多次画过这种鞋具。但鞋具有什么看头呢? 人人都知道鞋是什么东西。如果不是木鞋或者树皮鞋的话,我们在鞋上就可以看到用麻线和钉子连在一起的牛皮鞋底和鞋帮。这种器具用来裹脚的。鞋或用于田间劳动,或用于翩翩起舞,根据不同的有用性,它们的质料和形式也不同。

此类正确的说明只是解说了我们已经知道的事情而已。器具的器具存在就在于它的有用性。可是,这种有用性本身的情形又怎样呢? 我们已经用有用性来把握器具之器具因素吗? 为了做到这一点,难道我们不必从其用途上查找有用的器具吗? 田间农妇穿着鞋子。只有在这里,鞋才成其所是。农妇在劳动时对鞋思量越少,或者观看得越少,或者甚至感觉得越少,它们就越是真实地成其所是。农妇穿着鞋站着或者行走。鞋子就这样现实地发挥用途。必定是在这样一种器具使用过程中，我们真正遇到了器具因素。

与此相反，只要我们仅仅一般地想象一双鞋，或者甚至在图像中观看这双只是摆在那里的空空的无人使用的鞋，那我们将决不会经验到器具的器具存在实际上是什么。根据凡·高的画，我们甚至不能确定这双鞋是放在哪里的。① 这双农鞋可能的用处和归属毫无透露，只是一个不确定的空间而已。上面甚至连田地里或者田野小路上的泥浆也没有粘带一点，后者本来至少可以暗示出这双农鞋的用途的。只是一双农鞋，此外无他。然而——

从鞋具磨损的内部那黑洞洞的敞口中，凝聚着劳动步履的艰辛。这硬邦邦、沉甸甸的破旧农鞋里，聚积着那寒风料峭中迈动在一望无际的永远单调的田垄上的步履的坚韧和滞缓。鞋皮上粘着湿润而肥沃的泥土。暮色降临，这双鞋底在田野小径上踽踽而行。在这鞋具里，回响着大地无声的召唤，显示着大地对成熟的谷物的宁静的馈赠，表征着大地在冬闲的荒芜田野里朦胧的冬眠。这器具浸透着对面包的稳靠性的无怨无艾的焦虑，以及那战胜了贫困的无言的喜悦，隐含着分娩阵痛时的哆嗦，死亡逼近时的战栗。这器具属于大地(Erde)，它在农妇的世界(Welt)里得到保存。正是由于这种保存的归属关系，器具本身才得以出现而得以自持。②

然而，我们也许只有在这个画出来的鞋具上才能看到所有这一切。相反，农妇就径直穿着这双鞋。倘若这种径直穿着果真如此简单就好了。暮色黄昏，农妇在一种滞重而健康的疲惫中脱下鞋子；晨曦初露，农妇又把手伸向它们；或者在节日里，农妇把它们弃于一旁。每当此时，未经观察和打量，农妇就知道那一切。虽说器具的器具存在就在其有用性中，但这种有用性本身又植根于器具的一种本质存在的丰富性中。我们称之为可靠性(Verläßlichkeit)。借助于这种可靠性，农妇通过这个器具而被置入大地的无声召唤之中；借助于器具的可靠性，农妇才对自己的世界有了把握。世界和大地为她而在此，也为与她相随以她的方式存在的人们而在此，只是这样在此存在：③在器具中。我们说"只是"，在这里是令人误解的；因为器具的可靠性才给这单朴的世界带来安全，并且保证了大地无限延展的自由。

器具之器具存在，即可靠性，按照物的不同方式和范围把一切物聚于一体。不过，器具的有用性只不过是可靠性的本质后果。有用性在可靠性中漂浮。要

---

① 1960 年雷克拉姆版作者边注：以及它们是属于谁的。

② 此段译文引自刘小枫：《诗化哲学》，山东文艺出版社 1986 年版，第 229 页，稍有改动。也参看中文节译本，载李普曼编：《当代美学》，邓鹏译，光明日报出版社 1986 年版，第 385 页以下。

③ 1960 年雷克拉姆版作者边注："在此……存在"等于在场(anwesend)。

是没有可靠性就没有有用性。具体的器具会用旧用废;而与此同时,使用本身也变成了无用,逐渐损耗,变得寻常无殊。于是,器具之存在进入萎缩过程中,沦为纯然的器具。器具之存在的这样一种萎缩过程也就是可靠性的消失过程,也正是由于这一消失过程,用物才获得了它们那种无聊而生厌的惯常性,不过,这一过程更多地也只是对器具存在的原始本质的一个证明。器具的磨损的惯常性作为器具的唯一的、表面上看来为其所特有的存在方式突现出来。现在,只还有枯燥无味的有用性才是可见的。它唤起一种假象,即,器具的本源在于纯然的制作中,制作过程才赋予某种质料以形式。可是,器具在其真正的器具存在中远不只是如此。质料与形式以及两者的区别有着更深的本源。

自持的器具的宁静就在可靠性之中。只有在可靠性之中,我们才能发现器具实际上是什么。但对于我们首先所探寻的东西,即物之物因素,我们仍然茫然无知。尤其对于我们真正的、唯一的探索目的,即艺术作品意义上的作品的作品因素,我们就更是一无所知了。

或者,是否我们眼下在无意间,可说是顺带地,已经对作品的作品存在有了一鳞半爪的经验呢?

我们已经寻获了器具的器具存在。但又是如何寻获的呢?不是通过对一个真实摆在那里的鞋具的描绘和解释,不是通过对制鞋工序的讲述,也不是通过对张三李四实际使用鞋具过程的观察,而只是通过对凡·高的一幅画的观赏。这幅画道出了一切。走近这个作品,我们突然进入了另一个天地,其况味全然不同于我们惯常的存在。

艺术作品使我们懂得了鞋具实际上是什么。倘若我们以为我们的描绘是一种主观活动,已经如此这般勾勒好了一切,然后再把它置于画上,那就是最为糟糕的自欺了。如果说这里有什么值得起疑的地方的话,那就只有一点,即,我们站在作品近处经验得太过肤浅了,对自己的经验的言说太过粗陋和简单了。但首要的,这部作品并不像起初使人感觉的那样,仅只为了使人更好地目睹一个器具是什么。倒不如说,通过这个作品,也只有在这个作品中,器具的器具存在才专门显露出来了。

在这里发生了什么呢?在这作品中有什么东西在发挥作用呢?凡·高的油画揭开了这个器具,即一双农鞋实际上是什么。这个存在者进入它的存在之无蔽之中。希腊人把存在者之无蔽状态命名为αληθεια。我们说真理,但对这个词语少有足够的思索。在作品中,要是存在者是什么和存在者是如何被开启出来,也就有了作品中的真理的发生。

在艺术作品中,存在者之真理已经自行设置入作品中了。在这里,"设置"(Setzen)说的是:带向持立。一个存在者,一双农鞋,在作品中走进了它的存在的光亮中。存在者之存在进入其闪耀的恒定中了。

那么,艺术的本质或许就是:存在者的真理自行设置入作品①。可是迄今为止,人们都一直认为艺术是与美的东西或美有关的,而与真理毫不相干。产生这类作品的艺术,亦被称为美的艺术,以区别于生产器具的手工艺。在美的艺术中,并不是说艺术就是美的,它之所以被叫作美的,是因为它产生美。相反,真理归于逻辑,而美留给了美学。

抑或,艺术即真理自行设置入作品这一命题竟会使那个已经过时的观点,即那个认为艺术是现实的模仿和反映的观点,卷土重来么?诚然,对现存事物的再现要求那种与存在者的符合一致,要求以存在者为衡度;在中世纪,人们说的是adaequatio[符合];而亚里士多德早就说过ὁμοίωσις[肖似]。长期以来,与存在者的符合一致被视为真理的本质。但我们是不是认为凡·高的那幅画描绘了一双现存的农鞋,而且是因为把它描绘得惟妙惟肖,才成为一件作品的呢?我们是不是认为这幅画把现实事物描摹下来,并且把现实事物移置到艺术家生产的一个产品中去呢?绝对不是。

也就是说,作品绝不是对那些时时现存手边的个别存在者的再现,恰恰相反,它是对物的普遍本质的再现。但这个普遍本质究竟何在,又如何存在,使得艺术作品能与之符合一致呢?一座希腊神庙竟与哪个物的何种本质相符合呢?谁敢断言神庙的理念在这个建筑作品中得到表现是不可能的呢?而且实际上,只要它是一件艺术作品,那么在这件艺术作品中,真理就已设置入其中了。或者让我们来想一想荷尔德林的赞美诗《莱茵河》吧。诗人在此事先得到了什么,又是如何得到的,使得他进而能在诗中把它再现出来呢?要是荷尔德林这首赞美诗或其他类似的诗作仍不能说明现实与艺术作品之间的描摹关系,那么,另一部作品,即迈耶尔②的《罗马喷泉》一诗,证明那种认为作品描摹现实的观点似乎最好不过了。

罗马喷泉

水柱升腾又倾注
盈盈充满大理石圆盘,
渐渐消隐又流溢
落入第二层圆盘;
第二层充盈而给予,

---

① 德语原文为:das Sich-ins-Werk-Setzen der Wahrheit des Seienden。
② 迈耶尔(Conrad Ferdinand Meyer,1825—1898),瑞士德语作家。

更有第三层沸扬涌流，

层层圆盘，同时接纳又奉献

激流不止又泰然仁息。

可这首诗既不是对实际现存的喷泉的诗意描画，也不是对罗马喷泉的普遍本质的再现。但真理却已经设置入作品中了。何种真理在作品中发生呢？真理当真能发生并且如此历史性地存在吗？而人们倒是说，真理乃是某种无时间的和超时间的东西。

我们寻求艺术作品的现实性，是为了实际地找到在其中起支配作用的艺术。物性的根基已经被表明为作品最切近的现实。而为了把握这种物性因素，传统的物的概念却是不够的；因为这些概念本身就错失了物因素的本质。流行的物的概念把物规定为有形式的质料，这根本就不是出自物的本质，而是出于器具的本质。我们也已经表明，长期以来，在对存在者的解释中，器具存在一直占据着一种独特的优先地位。这种过去未得到专门思考的器具存在的优先地位暗示我们，要在避开流行解释的前提下重新追回器具因素。

我们曾通过一件作品告诉自己器具是什么。由此，在作品中发挥作用的东西也几乎不露痕迹地显现出来，那就是在其存在中的存在者的开启，亦即真理之生发①。而现在，如果作品的现实性只能通过在作品中起作用的东西来规定的话，那么，我们在艺术作品的现实性中寻获现实的艺术作品这样一个意图的情形如何呢？只要我们首先在那种物性的根基中猜度作品的现实性，那我们就误入歧途了。现在，我们站在我们的思索的一个值得注意的成果面前——如果我们还可以称之为成果的话。有两点已经清楚了：

第一，把握作品中的物因素的手段，即流行的物概念，是不充分的。

第二，我们意图借此当作作品最切近的现实性来把握的东西，即物性的根基，并不以此方式归属于作品。

一旦我们在作品中针对这样一种物性的根基，我们实际上已经不知不觉地把这件作品当作一个器具了，我们此外还在这个器具上将准予建立一座包含着艺术成分的上层建筑。不过，作品并不是器具，一个此外还配置有某种附着于其上审美价值的器具。作品丝毫不是这种东西，正如纯然物是一个仅仅缺少真正的器具特征，即有用性和制作过程的器具。

我们对于作品的追问已经受到了动摇，因为我们并没有追问作品，而是时而

---

① 此处名词 Geschehnis 在日常德语中意谓"事件、事变"，其动词形式 geschehen 意谓"发生、出现"。海德格尔在此强调的是"存在之真理"的动词性生成和展开。为从字面区别起见，我们且以"生发"译 das Geschehnis，而动词 geschehen 和动名词 geschehen 则被译为"发生"。

追问一个物,时而追问一个器具。不过,这并不是才由我们发展出来的追问。它是美学的追问态度。美学预先考察艺术作品的方式服从于对一切存在者的传统解释的统治。然而,动摇这种习惯的追问态度并不是本质性的。关键在于我们首先要开启一道眼光,看到下面这一点,即:只有当我们去思考存在者之存在之际,作品之作品因素、器具之器具因素和物之物因素才会接近我们。为此就必须预先拆除自以为是的障碍,把流行的虚假概念置于一边。因此我们不得不走了一段弯路。但这段弯路同时也使我们上了路,有可能把我们引向一种对作品中的物因素的规定。作品中的物因素是不能否定的,但如果这种物因素归属于作品之作品存在,那么,我们就必须根据作品因素来思考它。如果是这样,则通向对作品的物性现实性的规定的道路,就不是从物到作品,而是从作品到物了。

艺术作品以自己的方式开启存在者之存在。在作品中发生着这样一种开启,也即解蔽(Entbergen),也就是存在者之真理。在艺术作品中,存在者之真理自行设置入作品中了。艺术就是真理自行设置入作品中。那么,这种不时作为艺术而发生(ereignet)的真理[①]本身又是什么呢?这种"自行设置入作品"(Sich-ins-Werk-Setzen)又是什么呢?

作品与真理

艺术作品的本源是艺术。但什么是艺术呢?在艺术作品中,艺术是现实的。因此,我们首先要寻求作品的现实性。这种现实性何在呢?艺术作品概无例外地显示出物因素,虽然方式各不相同。借助于惯常的物概念来把握作品的这样一种物之特性的尝试,已经失败了。这不光是因为此类物概念不能把捉物因素,而且是因为我们通过对其物性根基的追问,把作品逼入了一种先入之见,从而阻断了我们理解作品之作品存在的通路。只要作品的纯粹自立还没有清楚地得到显示,则作品的物因素是决不能得到判定的。

然而,作品本身在某个时候是可通达的吗?为了成功地做到这一点,或许就有必要使作品从它自身以外的东西的所有关联中解脱出来,从而让作品仅仅自为地依据于自身。而艺术家最本己的意旨就在于此。作品要通过艺术家而释放出来,达到它纯粹的自立。正是在伟大的艺术中(我们在此只谈论这种艺术),艺术家与作品相比才是某种无关紧要的东西,他就像一条为了作品的产生而在创作中自我消亡的通道。

作品本身就这样摆和挂在陈列馆和展览厅中。然而,作品在那里自在地就是它们本身所是吗?或者,它们在那里倒不如说是艺术行业的对象?作品乃是

---

① 1960年雷克拉姆版作者边注:来自本有的真理(Wahrheit aus Ereignis)!

为了满足公众和个人的艺术享受的。官方机构负责照料和保护作品。鉴赏家和批评家也忙碌于作品。艺术交易操劳于市场。艺术史研究把作品当作科学的对象。然而,在所有这些繁忙折腾中,我们能遇到作品本身吗?

在慕尼黑博物馆里的《埃吉纳》群雕,索福克勒斯的《安提戈涅》的最佳校勘本,作为其所是的作品已经脱离了它们自身的本质空间。不管这些作品的名望和感染力还是多么巨大,不管它们被保护得多么完好,人们对它们的解释是多么准确,它们被移置到一个博物馆里,它们也就远离了其自身的世界。但即使我们努力中止和避免这种对作品的移置,例如在原地探访波塞冬神庙,在原处探访班贝克大教堂,现存作品的世界也已经颓落了。

世界之抽离和世界之颓落再也不可逆转。作品不再是原先曾是的作品。虽然作品本身是我们在那里所遇见的,但它们本身却是曾在之物(die Gew-esenen)。作为曾在之物,作品在承传和保存的领域内面对我们。从此以后,作品就一味地只是这种对象。它们面对我们,虽然还是先前自立的结果,但不再是这种自立本身了。这种自立已经从作品那里逃逸了。所有艺术行业,哪怕它被抬高到极致,哪怕它的一切活动都以作品本身为轴心,它始终只能达到作品的对象存在。但这种对象存在并不构成作品之作品存在。

然而,如果作品处于任何一种关系之外,那它还是作品吗?作品处于关系之中,这难道不是作品的本性吗?当然是的。只是还要追问:作品处于何种关系之中。

一件作品何所属?作品之为作品,唯属于作品本身开启出来的领域。因为作品的作品存在是在这种开启中成其本质的,而且仅只在这种开启中成其本质(wesen)①。我们曾说,真理之生发在作品中起作用。我们对凡·高的油画的提示试图道出这种真理的生发。有鉴于此,才出现了什么是真理和真理如何可能发生这样的问题。

现在,我们在对作品的观照中来追问真理问题。但为了使我们对处于问题中的东西更熟悉些,有必要重新澄清作品中的真理的生发。针对这种意图,我们有意选择了一部不属于表现性艺术的作品。

一件建筑作品并不描摹什么,比如一座希腊神庙。它单朴地置身于巨岩满布的岩谷中。这个建筑作品包含着神的形象,并在这种隐蔽状态中,通过敞开的圆柱式门厅让神的形象进入神圣的领域。贯通这座神庙,神在神庙中在场。神的这种现身在场是在自身中对一个神圣领域的扩展和勾勒。但神庙及其领域却

---

① 后期海德格尔常把名词"本质"(das Wesen)做动词化处理,以动词 wesen 来表示存在(以及真理、语言等)的现身、出场、运作。我们译之为"成其本质",亦可作"现身"或"本质化"。

并非飘浮于不确定性中。正是神庙作品才嵌合那些道路和关联的统一体,同时使这个统一体聚集于自身周围;在这些道路和关联中,诞生和死亡、灾祸和福祉、胜利和耻辱、忍耐和堕落——从人类存在那里获得了人类命运的形态。这些敞开的关联所作用的范围,正是这个历史性民族的世界。出自这个世界并在这个世界中,这个民族才回归到它自身,从而实现它的使命。

这个建筑作品阒然无声地屹立于岩地上。作品的这一屹立道出了岩石那种笨拙而无所促迫的承受的幽秘。建筑作品阒然无声地承受着席卷而来的猛烈风暴,因此才证明了风暴本身的强力。岩石的璀璨光芒看来只是太阳的恩赐,然而它却使得白昼的光明、天空的辽阔、夜晚的幽暗显露出来。神庙的坚固的耸立使得不可见的大气空间昭然可睹了。作品的坚固性遥遥面对海潮的波涛起伏,由于它的泰然宁静才显出了海潮的凶猛。树木和草地、兀鹰和公牛、蛇和蟋蟀才进入它们突出鲜明的形象中,从而显示为它们所是的东西。希腊人很早就把这种露面、涌现本身和整体叫作 φύσις①。φύσις(涌现、自然)同时也照亮了人在其上和其中赖以筑居的东西。我们称之为大地(Erde)。在这里,大地一词所说的,既与关于堆积在那里的质料体的观念相去甚远,也与关于一个行星的宇宙观念格格不入。大地是一切涌现者的返身隐匿之所,并且是作为这样一种把一切涌现者返身隐匿起来的涌现。在涌现者中,大地现身为庇护者(das Bergende)。

神庙作品阒然无声地开启着世界,同时把这世界重又置回到大地之中。如此这般,大地本身才作为家园般的基地而露面。但人和动物、植物和物,从来就不是作为恒定不变的对象,不是现成的和熟悉的,从而可以附带地把对神庙来说适宜的周遭表现出来,此神庙有朝一日也成为现身在场的东西。如果我们把一切倒转过来②思考一切,我们倒是更切近于所是的真相;当然,这是有前提的,即,我们要事先看到一切如何不同地转向我们。纯然为倒转而倒转,是不会有什么结果的。

神庙在其阒然无声的矗立中才赋予物以外貌,才赋予人类以关于他们自身的展望。只要这个作品是作品,只要神还没有从这个作品那里逃逸,那么,这种视界就总是敞开的。③ 神的雕像的情形亦然,这种雕像往往被奉献给竞赛中的胜利者。它并非人们为了更容易认识神的形象而制作的肖像;它是一部作品,这部作品使得神本身现身在场,因而就是(ist)神本身。相同的情形也适合于语言

---

① 希腊文 φύσις 通译为"自然",而依海德格尔之见,φύσις 是生成性的,本意应解作"出现""涌现"(aufgehen)等。

② 1960 年雷克拉姆版作者边注:倒转过来——往何处呢?

③ 注意此处"外貌"(Gesicht)、"展望"(Aussicht)和"视界"(Sicht)之间的字面的和意义的联系。

作品。在悲剧中并不表演和展示什么,而是进行着新神反抗旧神的斗争。由于语言作品产生于民众的言语,因而它不是谈论这种斗争,而是改换着民众的言说,从而使得每个本质性的词语都从事着这种斗争并且做出决断:什么是神圣,什么是凡俗;什么是伟大,什么是渺小;什么是勇敢,什么是怯懦;什么是高贵,什么是粗俗;什么是主人,什么是奴隶(参看赫拉克利特,残篇第53)。

那么,作品之作品存在何在呢?在对刚才十分粗略地揭示出来的东西的不断展望中,我们首先对作品的两个本质特征该是较为明晰了。这里,我们是从早就为人们所熟悉了的作品存在的表面特征出发的,亦即是从作品存在的物因素出发的;我们通常对付作品的态度就是以物因素为立足点的。

要是一件作品被安放在博物馆或展览厅里,我们会说,作品被建立(aufstellen)了。但是,这种建立与一件建筑作品的建造意义上的建立,与一座雕像的树立意义上的建立,与节日庆典中悲剧的表演意义上的建立,是大相径庭的。这种建立乃是奉献和赞美意义上的树立。这里的"建立"不再意味着纯然的设置。在建立作品时,神圣者作为神圣者开启出来,神被召唤入其现身在场的敞开之中;在此意义上,奉献就是神圣之献祭(heiligen)。赞美属于奉献,它是对神的尊严和光辉的颂扬。尊严和光辉并非神之外和神之后的特性,不如说,神就在尊严中,在光辉中现身在场。我们所谓的世界,在神之光辉的反照中发出光芒,亦即光亮起来。树立(Er-richten)意味着:把在指引尺度意义上的公正性开启出来;而作为指引尺度,是本质性因素给出了指引。但为什么作品的建立是一种奉献着、赞美着的树立呢?因为作品本身在其作品存在中就要求如此。作品是如何要求这样一种建立的呢?因为作品本身在其作品存在中就是有所建立的。而作品之为作品建立什么呢?作品在自身中突现着,开启出一个世界,并且在运作中永远持守这个世界。

作品存在就是建立一个世界。但这个世界是什么呢?其实,当我们谈论神庙时,我们已经说明了这个问题。只有在我们这里所走的道路上,世界之本质才得以显示出来。甚至这种显示也局限于一种抵制,即抵制那种起初会把我们对世界之本质的洞察引入迷途的东西。

世界并非现存的可数或不可数的、熟悉或不熟悉的物的单纯聚合。但世界也不是加上了我们对现成事物之总和的表象的想象框架。世界世界化①,它比我们自认为十分亲近的可把握和可觉知东西的更具存在特性。世界绝不是立身

---

① "世界世界化"(Welt weltet)是海德格尔的一个独特表述,也可译为"世界世界着"或者"世界世界起来"。相类的表述还有:"存在是、存在存在"(Sein ist),"无不、无无化"(Nichts nichtet),"时间时间化"(Zeit zeitigt)和"空间空间化"(Raum räumt)等。

于我们面前、能够让我们细细打量的对象。只要诞生与死亡、祝福与诅咒的轨道不断地使我们进入存在①，世界就始终是非对象性的东西，而我们人始终隶属于它。在我们的历史的本质性决断发生之处，在这些本质性决断为我们所采纳和离弃、误解和重新追问的地方，世界世界化。石头是无世界的。植物和动物同样也是没有世界的；它们落入一个环境，属于一个环境中掩蔽了的涌动的杂群。与此相反，农妇却有一个世界，因为她逗留于存在者之敞开领域中。器具以其可靠性给予这个世界一种自身的必然性和切近。由于一个世界敞开出来，所有的物都获得了自己的快慢、远近、大小。在世界化中，那种广袤（Geräumigkeit）聚集起来；由此广袤而来，诸神有所保存的恩宠得到了赠予或者拒绝。甚至那上帝缺席的厄运也是世界世界化的一种方式。

因为一件作品是作品，它就为那种广袤设置空间。"为……设置空间"（einräumen）在此特别意味着：开放敞开领域之自由，并且在其结构中设置这种自由。这种设置出于上面所说的树立。作品之为作品建立一个世界。作品张开了世界之敞开领域。但是，建立一个世界仅仅是这里要说的作品之作品存在的本质特性之一。至于另一个与此相关的本质特性，我们将用同样的方式从作品的显突因素那里探个明白。

一件作品从这种或那种作品材料那里，诸如从石头、木料、铁块、颜料、语言、声音等那里，被创作出来，我们也说，它由此被制造（herstellen）出来。然而，正如作品要求一种在奉献着、赞美着的树立意义上的建立，因为作品的作品存在就在于建立一个世界，同样的，制造也是必不可少的，因为作品的作品存在本身就具有制造的特性。作品之为作品，本质上是有所制造的。但作品制造什么呢？关于这一点，只有当我们追究了作品的表面的、通常所谓的制造，我们才会有所了解。

作品存在包含着一个世界的建立。在此种规定的视界内来看，在作品中哪些本质是人们通常称之为作品材料的东西呢？器具由有用性和适用性所决定，它选取适用的质料并由这种质料组成。石头被用来制作器具，比如制作一把石斧。石头于是消失在有用性中。质料愈是优良，愈是适宜，它也就愈无抵抗地消失在器具的器具存在中。而与此相反，神庙作品由于建立一个世界，它并没有使质料消失，倒是才使质料出现，而且使它出现在作品的世界的敞开领域之中：岩石能够承载和持守，并因而才成其为岩石；金属闪烁，颜色发光，声音朗朗可听，词语得以言说。② 所有这一切得以出现，都是由于作品把自身置回到石头的硕

---

① 1960年雷克拉姆版作者边注：此之在（Da-sein）。1957年第三版：本有（Ereignis）。

② 1960年雷克拉姆版作者边注：吐露、言说。

大和沉重、木头的坚硬和韧性、金属的刚硬和光泽、颜色的明暗、声音的音调和词语的命名力量之中。

作品回归之处，作品在这种自身回归中让其出现的东西，我们曾称之为大地。大地乃是涌现着、庇护着的东西。大地是无所促迫的无碍无累和不屈不挠的东西。立于大地之上并在大地之中，历史性的人类建立了他们在世界之中的栖居。由于建立一个世界，作品制造①大地。在这里，我们应该从这个词的严格意义上来思制造。② 作品把大地本身挪入一个世界的敞开领域中，并使之保持于其中。作品让③大地是④大地。⑤

作品把自身置回到大地中，大地被制造出来。但为什么这种制造必须这样发生呢？什么是大地——恰恰以这种方式进入无蔽领域的大地呢？石头负荷并且显示其沉重。这种沉重向我们压来，它同时却拒绝我们向它穿透。要是我们砸碎石头而试图穿透它，石头的碎块却决不会显示出任何内在的和被开启的东西。石头很快就又隐回到其碎块的负荷和硕大的同样的阴沉之趣中去了。要是我们把石头放在天平上面，试图以这种不同的方式来把握它，那么，我们只不过是把石头的沉重带入重量计算之中而已。这种对石头的规定或许是很准确的，但只是数字而已，而负荷却从我们这里逃之夭夭了。色彩闪烁发光而且唯求闪烁。要是我们自作聪明地加以测定，把色彩分解为波长数据，那色彩早就杳无踪迹了。只有当它尚未被揭示、未被解释之际，它才显示自身。因此，大地让任何对它的穿透在它本身那里破灭了。大地使任何纯粹计算式的胡搅蛮缠彻底幻灭了。虽然这种胡搅蛮缠以科学技术对自然的对象化的形态给自己罩上统治和进步的假象，但是，这种支配始终是意欲的昏晕无能。只有当大地作为本质上不可展开的东西被保持和保护之际——大地退遁于任何展开状态，亦即保持永远的锁闭——大地才敞开地澄亮了，才作为大地本身而显现出来。大地上的万物，亦即大地整体本身，汇聚于一种交响齐奏之中。不过，这种汇聚并非消逝。在这里流动的是自身持守的河流，这条河流的界线的设置，把每个在场者都限制在其在场中。因此，在任何一个自行锁闭的物中，有着相同的自不相识（Sich-nicht-Kennen）。大地是本质上自行锁闭者。制造大地意思就是：把作为自行锁闭者的大地带入敞开领域之中。

这种对大地的制造由作品来完成，因为作品把自身置回到大地之中。但大

---

① 显然，海德格尔这里所谓"制造"（Herstellen）不是指对象性的对事物的加工制作。
② 1960 年雷克拉姆版作者边注：不充分。
③ 1960 年雷克拉姆版作者边注：叫（heißt）？参看拙文"物"：四重整体（Ge-Viert）。
④ 1960 年雷克拉姆版作者边注：本有（Ereignis）。
⑤ 此句原文为：Das Werk Läßt die Erde eine Erde sein。

地的自行锁闭并非单一的、僵固的遮盖,而是自身展开到其质朴的方式和形态的无限丰富性之中。虽然雕塑家使用石头的方式,仿佛与泥瓦匠和石头打交道并无二致。但雕塑家并不消耗石头;除非出现败作时,才可以在某种程度上说他消耗了石头。虽然画家也使用颜料,但他的使用并不是消耗颜料,倒是使颜色得以闪耀发光。虽然诗人也使用词语,但他不像通常讲话和书写的人们那样不得不消耗词语,倒不如说,词语经由诗人的使用,才成为并且保持为词语。

在作品中根本就没有作品质料的痕迹。甚至,在对器具的本质规定中,通过把器具标识为在其器具性本质之中的质料,这样做是否就切中了器具的构成因素,这一点也还是值得怀疑的。

建立一个世界和制造大地,乃是作品之作品存在的两个基本特征。当然,它们是休戚相关的,处于作品存在的统一体中①。当我们思考作品的自立,力图道出那种自身持守(Aufsichberuhen)的紧密一体的宁静时,我们就是在寻找这个统一体。

可是,凭上述两个基本特征,即使有某种说服力,我们却毋宁说是在作品中指明一种发生(Geschehen),而绝不是一种宁静;因为宁静不是与运动对立的东西又是什么呢? 但它绝不是排除了自身运动的那种对立,而是包含着自身运动的对立。唯有动荡不安的东西才能宁静下来。宁静的方式随运动的方式而定。在物体的单纯位移运动中,宁静无疑只是运动的极限情形。要是宁静包含着运动,那么就会有一种宁静,它是运动的内在聚合,也就是最高的动荡状态——假设这种运动方式要求这种宁静的话。而自持的作品就具有这种宁静。因此,当我们成功地在整体上把握了作品存在中的发生的运动状态,我们就切近于这种宁静了。我们要问:建立一个世界和制造大地在作品本身中显示出何种关系?

世界是自行公开的敞开状态,即在一个历史性民族的命运中单朴而本质性的决断的宽阔道路的自行公开的敞开状态(Offenheit)。大地是那永远自行锁闭者和如此这般的庇护者的无所促迫的涌现。世界和大地本质上彼此有别,但却相依为命。世界建基于大地,大地穿过世界而涌现出来。但是,世界与大地的关系绝不会萎缩成互不相干的对立之物的空洞的统一体。世界立身于大地;在这种立身中,世界力图超升于大地。世界不能容忍任何锁闭,因为它是自行公开的东西。而大地是庇护者,它总是倾向于把世界摄入它自身并扣留在它自身之中。

世界与大地的对立是一种争执(Streit)。但由于我们老是把这种争执的本质与分歧、争辩混为一谈,并因此只把它看作紊乱和破坏,所以我们轻而易举地

---

① 1957 年第三版作者边注:唯在此? 或者这里只以被建造的方式。

歪曲了这种争执的本质。然而,在本质性的争执中,争执者双方相互进入其本质的自我确立中。而本质之自我确立从来不是固执于某种偶然情形,而是投入本己存在之渊源的遮蔽了的原始性中。在争执中,一方超出自身包含着另一方。争执于是总是愈演愈烈,愈来愈成为争执本身。争执愈强烈地独自夸张自身,争执者也就愈加不屈不挠地纵身于质朴的恰如其分的亲密性(Innigkeit)之中。大地离不开世界之敞开领域,因为大地本身是在其自行锁闭的被解放的涌动中显现的。而世界不能飘然飞离大地,因为世界是一切根本性命运的具有决定作用的境地和道路,它把自身建基于一个坚固的基础之上。

由于作品建立一个世界并制造大地,故作品就是这种争执的诱因。但是,争执的发生并不是为了使作品把争执消除和平息在一种空泛的一致性中,而是为了使争执保持为一种争执。作品建立一个世界并制造大地,同时就完成了这种争执。作品之作品存在就在于世界与大地的争执的实现过程中。因为争执在亲密性之单朴性中达到其极致,所以在争执的实现过程中就出现了作品的统一体。争执的实现过程是作品运动状态的不断自行夸大的聚集。因而在争执的亲密性中,自持的作品的宁静就有了它的本质。

只有在作品的这种宁静中,我们才能看到,什么在作品中发挥作用。迄今为止,认为在艺术作品中真理被设置入作品的看法始终还是一个先入为主式的断言。真理究竟怎样在作品之作品存在中发生呢?也就是说:在世界与大地的争执的实现过程中,真理究竟是怎样发生的呢?什么是真理呢?

我们关于真理之本质的知识是那样微乎其微,愚钝不堪。这已经由一种漫不经心的态度所证明了;我们正是凭着这种漫不经心而肆意沉湎于对这个基本词语的使用。对于真理这个词,人们通常是指这个真理和那个真理,它意味着某种真实的东西。这类东西据说是在某个命题中被表达出来的知识。可是,我们不光称一个命题是真的,我们也把一件东西叫作真的,譬如,与假金相区别的真金。在这里,"真的"(wahr)意指与真正的、实在的黄金一样多。而在此关于"实在之物"(das Wirkliche)的谈论意指什么呢?在我们看来,"实在之物"就是在真理中的存在者①。真实就是与实在相符,而实在就是处于真理之中。这一循环又闭合了。

何谓"在真理之中"呢?真理是真实之本质。我们说"本质",我们想的是什么呢?"本质"通常被看作是所有真实之物所共同拥有的特征。本质出现在类概念和普遍概念中,类概念和普遍概念表象出一个对杂多同样有效的"一"(das Eine)。但是,这种同样有效的本质(在 essentia[本质]意义上的本质性)却不过

---

① 此处"在真理中的存在者"原文为 das in Wahrheit Seiende,或可译为"实际存在着的东西"。

是非本质性的本质。那么,某物的本质性的本质何在?大概它只在于真理中的存在者的所是之中。一件东西的真正本质由它的真实存在所决定,由每个存在者的真理所决定。可是,我们现在要寻找的并不是本质的真理,而是真理的本质。这因此表现为一种荒谬的纠缠。这种纠缠仅只是一种奇怪现象吗?甚或,它只是概念游戏的空洞的诡辩?或者——竟是一个深渊么?

真理意指真实之本质。我们要通过回忆一个希腊词语来思这一点。Ἀλήθεια(无蔽)意味着存在者之无蔽状态。但这就是一种对真理之本质的规定吗?我们难道不是仅只做了一种词语用法的改变,也即用无蔽代替真理,以此标明一件实事吗?当然,只要我们不知道究竟必定发生了什么,才能迫使真理之本质必得在"无蔽"一词中道出,那么,我们确实只是变换了一个名称而已。

为此需要革新希腊哲学吗?绝对不是的。哪怕这种不可能的革新竟成为可能,对我们也毫无助益;因为自其发端之日起,希腊哲学隐蔽的历史就没有保持与ἀλήθεια(无蔽)一词中赫然闪现的真理之本质保持一致,同时不得不把关于真理之本质的知识和道说越来越置入对真理的一个派生本质的探讨中。作为ἀλήθεια(无蔽)的真理之本质在希腊思想中未曾得到思考,在后继时代的哲学中就更是理所当然地不受理会了。对思想而言,无蔽乃希腊式此在中遮蔽最深的东西,但同时也是早就开始规定着一切在场者之在场的东西。

但为什么我们就不能停留在千百年来我们已十分熟悉的真理之本质那里就算了呢?长期以来,一直到今天,真理便意味着知识与事实的符合一致。然而,要使认识以及构成并且表达知识的命题能够符合于事实,以便因此使事实事先能约束命题,事实本身却还必须显示出自身来。而要是事实本身不能出于遮蔽状态,要是事实本身并没有处于无蔽领域之中,它又如何能显示自身呢?命题之为真,乃是由于命题符合于无蔽之物,亦即与真实相一致。命题的真理始终是正确性(Richtigkeit),而且始终仅仅是正确性。自笛卡儿以降,真理的批判性概念都是以作为确定性(Gewißheit)的真理为出发点的,但这也只不过是那种把真理规定为正确性的真理概念的变形。我们对这种真理的本质十分熟悉,它亦即表象(Vorstellen)的正确性,完全与作为存在者之无蔽状态的真理一起沉浮。

如果我们在这里和在别处将真理把握为无蔽,我们并非仅仅是在对古希腊词语更准确的翻译中寻找避难之所。我们实际上是在思索流行的,因而也被滥用的那个在正确性意义上的真理之本质的基础是什么,这种真理的本质是未曾被经验和未曾被思考过的东西。偶尔我们只得承认,为了证明和理解某个陈述的正确性(即真理),我们自然要追溯到已经显而易见的东西那里。这种前提实在是无法避免的。只要我们这样来谈论和相信,那么,我们就始终只是把真理理解为正确性,它却还需要一个前提,而这个前提就是我们自己刚才所做的——天知道如何又是为何。

但是，并不是我们把存在者之无蔽状态设为前提，而是存在者之无蔽状态（即存在①）把我们置入这样一种本质之中，以至于我们在我们的表象中总是已经被投入无蔽状态之中，并且与这种无蔽状态亦步亦趋。不仅知识自身所指向的东西必须已经以某种方式是无蔽的，而且这一"指向某物"(Sichrichten nach etwas)的活动发生于其中的整个领域，以及同样的一种命题与事实的符合对之而公开化的那个东西，也必须已经作为整体发生于无蔽之中了。② 倘若不是存在者之无蔽状态已经把我们置入一种光亮领域，③而一切存在者就在这种光亮中站立起来，又从这种光亮那里撤回自身，那么，我们凭我们所有正确的观念，就可能一事无成，我们甚至也不能先行假定，我们所指向的东西已经显而易见了。

然而这是怎么回事呢？ 真理作为这种无蔽状态是如何发生的呢？这里我们首先必须更清晰地说明这种无蔽状态究竟是什么。

物存在，人存在；礼物和祭品存在；动物和植物存在；器具和作品存在。存在者处于存在之中。一种注定在神性和反神性之间的被掩蔽的厄运贯通着存在。存在者的许多东西并非人所能掌握的，只有少量为人所认识。所认识的也始终是一个大概，所掌握的也始终不可靠。一如存在者太易于显现出来，它从来就不是我们的制作，更不是我们的表象。要是我们思考一个统一的整体，那么，看来好像我们就把握了一切存在者，尽管只是粗糙有余的把握。

然而，超出存在者之外，但不是离开存在者，而是在存在者之前，在那里还发生着另一回事情。④ 在存在者整体中间有一个敞开的处所。一种澄明(Lichtung)在焉。从存在者方面来思考，此种澄明比存在者更具存在者特性。因此，这个敞开的中心并非由存在者包围着，而不如说，这个光亮中心本身就像我们所不认识的无(Nichts)一样，围绕一切存在者而运行。

唯当存在者进入和出离这种澄明的光亮领域之际，存在者才能作为存在者而存在。唯有这种澄明才允诺并且保证我们人通达非人的存在者，走向我们本身所是的存在者。由于这种澄明，存在者才在确定的和不确定的程度上是无蔽的，就连存在者的遮蔽也只有在光亮的区间内才有可能。我们遇到的每一存在者都遵从在场的这种异乎寻常的对立，因为存在者同时总是把自己抑制在一种遮蔽状态中。存在者进入其中的澄明，同时也是一种遮蔽，但遮蔽以双重方式在

① 1960 年雷克拉姆版作者边注：亦即本有(Ereignis)。

② 此句中的"指向某物"(Sichrichten nach etwas)也可译为"与某物符合一致"，与"正确性"(Richtigkeit)有着字面的和意义的联系。

③ 1960 年雷克拉姆版作者边注：倘若澄明不发生，亦即没有本有之发生(Ereignen)。

④ 1957 年第三版作者边注：本有(Ereignis)。

存在者中间起着决定作用。

要是我们关于存在者还只能说"它存在",那么,存在者就拒绝我们,直至那个"一"和我们最容易切中的看起来最微不足道的东西。作为拒绝的遮蔽不只是知识的一向的界限,而是光亮领域之澄明的开端。但遮蔽也同时存在于光亮领域之中,当然是以另一种方式。存在者蜂拥而动,彼此遮盖,相互掩饰,少量阻隔大量,个别掩盖全体。在这里,遮蔽并非简单的拒绝,而是:存在者虽然显现出来,但它显现的不是自身,而是它物。

这种遮蔽是一种伪装(Verstellen)。倘若存在者并不伪装存在者,我们又怎么会在存在者那里看错和搞错,我们又怎么会误入歧途、晕头转向,尤其是如此狂妄自大呢? 存在者能够以假象迷惑,这就决定了我们会有差错误会,而非相反。

遮蔽可能是一种拒绝,或者只不过是一种伪装。遮蔽究竟是拒绝呢,抑或伪装,对此我们简直无从确定。遮蔽遮蔽着自身,伪装着自身。这就是说:存在者中间的敞开的处所,也就是澄明,绝非一个永远拉开帷幕的固定舞台,好让存在者在这个舞台上演它的好戏。恰恰相反,澄明唯作为这种双重的遮蔽才发生出来。存在者之无蔽从来不是一种纯然现存的状态,而是一种生发(Geschehnis)[①]。无蔽状态(即真理)既非存在者意义上的事物的一个特征,也不是命题的一个特征。

我们相信我们在存在者的切近的周围中是游刃有余的。存在者是熟悉的、可靠的、亲切的。但具有拒绝和伪装双重形式的持久的遮蔽仍然穿过澄明。亲切根本上并不亲切,而倒是阴森森的(un-geheuer)。真理的本质,亦即无蔽,是由一种否定而得到彻底贯彻的。但这种否定并非匮乏和缺憾,仿佛真理是摆脱了所有遮蔽之物的纯粹无蔽似的,倘若果真能如此,那么真理就不再是真理本身了。这种以双重遮蔽方式的否定属于作为无蔽的真理之本质。真理在本质上即是非真理(Un-wahrheit)。为了以一种也许令人吃惊的尖刻来说明,我们可以说,这种以遮蔽方式的否定属于作为澄明的无蔽。相反,真理的本质就是非真理。但这个命题却不能说成:真理根本上是谬误。同样的,这个命题的意思也不是说:真理从来不是它自身,辩证地看,真理也总是其对立面。

只要遮蔽着的否定(Verweigern)作为拒绝(Versagen)首先把永久的渊源归于一切澄明,而作为伪装的否定却把难以取消的严重迷误归于一切澄明,那么,真理就作为它本身而成其本质。就真理的本质来说,那种在真理之本质中处于澄明与遮蔽之间的对抗,可以用遮蔽着的否定来称呼它。这是原始的争执的对

---

① 1950 年第一版作者边注:本有(Ereignis)。

立。就其本身而言,真理之本质即是原始争执(Urstreit)①,那个敞开的中心就是在这一原始争执中被争得的;而存在者站到这个敞开中心中去,或离开这个中心,把自身置回到自身中去。

这种敞开领域(das Offene)发生于存在者中间。它展示了一个我们已经提到过的本质特征。世界和大地属于敞开领域,但是世界并非直接就是与澄明相应的敞开领域,大地也不是与遮蔽相应的锁闭。而毋宁说,世界是所有决断与之相顺应的基本指引的道路的澄明。但任何决断都是以某个没有掌握的、遮蔽的、迷乱的东西为基础的;否则它就绝不是决断。大地并非直接就是锁闭,而是作为自行锁闭者而展开出来的。按其自身各自的本质而言,世界与大地总是有争执的,是好争执的。唯有这样的世界和大地才能进入澄明与遮蔽的争执之中。

只要真理作为澄明与遮蔽的原始争执而发生,大地就一味地通过世界而凸现,世界就一味地建基于大地中。但真理如何发生呢? 我们回答说②:真理以几种根本性的方式发生。真理发生的方式之一就是作品的作品存在。作品建立着世界并制造着大地,作品因之是那种争执的实现过程,在这种争执中,存在者整体之无蔽状态亦即真理被争得了。

在神庙的矗立中发生着真理。这并不是说,在这里某种东西被正确地表现和描绘出来了,而是说,存在者整体被带入无蔽状态并且保持于无蔽状态之中。保持原本就意味着守护。③ 在凡·高的油画中发生着真理。这并不是说,在此画中某种现存之物被正确地临摹出来了,而是说,在鞋具的器具存在的敞开中,存在者整体,亦即在冲突中的世界和大地,进入无蔽状态之中。

在作品中发挥作用的是真理,而不只是一种真实。刻画农鞋的油画,描写罗马喷泉的诗作,不光是显示——如果它们总是有所显示的话——这种个别存在者是什么,而是使得无蔽状态本身在与存在者整体的关涉中发生出来④。鞋具愈单朴、愈根本地在其本质中出现,喷泉愈不假修饰、愈纯粹地以其本质出现,伴随它们的所有存在者就愈直接、愈有力地变得更具有存在者特性。于是,自行遮蔽着的存在便被澄亮了。如此这般形成的光亮,把它的闪耀嵌入作品之中。这种被嵌入作品之中的闪耀(Scheinen)就是美。美是作为无蔽的真理的一种现身方式。⑤

现在,虽然我们从几个方面对真理之本质有了较为清晰的把握,因而对在作

---

① 1960 年雷克拉姆版作者边注:本有。
② 1960 年雷克拉姆版作者边注:没有答案,因为问题依然:这是什么,什么以这些方式发生?
③ 海德格尔显然在此强调德文"保持"(halten)与"守护"(hüten)的词源联系。
④ 1960 年雷克拉姆版作者边注:本有(Ereignis)。
⑤ 德语原文为:Schönheit ist eine Weise,wie Wahrheit als Unverborgenheit west。

品中起作用的东西该是比较清楚了。但是,眼下显然可见的作品之作品存在依
然还没有告诉我们任何关于作品的最切近、最突出的现实性和作品中的物因素。
甚至看来几乎是:在我们追求尽可能纯粹地把握作品自身的自立时,我们完全忽
略了一件事情,即作品始终是作品——宁可说是一个被创造的东西。如果说有
某某东西能把作品之为作品显突出来的话,那么,它只能是作品的被创作存在
(Geschaffensein)。因为作品是被创作的,而创作需要一种它借以创造的媒介
物,那种物因素也就进入了作品之中。这是无可争辩的。不过,悬而未决的问题
还是:被创作存在如何属于作品? 对此问题的澄清要求弄清下面两点:

(一)在此何谓区别于制造和被制造存在的被创作存在和创作呢?

(二)唯从作品本身的内在本质出发,才能确定被创作存在如何属于作品以
及它在多大程度上决定了作品的作品存在。作品的这种最内在本质是什么呢?

在这里,创作始终被认为是关涉于作品的。作品的本质就包含着真理的发
生。我们自始就从它与作为存在者之无蔽状态的真理的本质的关系出发,来规
定创作的本质。被创作存在之属于作品,只有在一种更加原始的对真理之本质
的澄清中才能得到揭示。这就又回到了对真理及其本质的追问上来了。倘若
"在作品中真理起着作用"这一命题不该是一个纯粹的论断的话,那么,我们就必
须再次予以追问。

于是,我们现在必须更彻底地发问:一种与诸如某个作品之类的东西的牵
连,如何处于真理之本质中? 为了能成为真理,那种能够被设置入作品中的真
理,或者在一定条件下甚至必须被设置入作品中的真理,到底具有何种本质呢?
而我们曾把"真理之设置入作品"规定为艺术的本质。因此,最终提出的问题就
是:什么是能够作为艺术而发生,甚或必须作为艺术而发生的真理? 何以有艺
术呢?[1]

真理与艺术

艺术作品和艺术家的本源是艺术。本源即是存在者之存在现身于其中的本
质来源。什么是艺术? 我们在现实的作品中寻找艺术之本质。作品之现实性是
由在作品中发挥作用的东西,即真理的发生,来规定的。此种真理之生发,我们
思之为世界与大地之间的争执的实现。在这种争执的被聚合起来的动荡不安
(Bewegnis)中有宁静。作品的自持就建基于此。

真理之生发在作品中发挥作用。但这样发挥作用的东西却在作品中。因而
在这里就已经先行把现实的作品设定为那种发生的载体。对现存作品的物因素

---

① 这里加着重号的"有"(es gibt)的含义比较特别,含"给出""呈现"之意。

的追问又迫在眉睫了。于是,下面这一点终于清楚了:无论我们多么热诚地追问作品的自立,只要我们还没有领会艺术作品是一个制成品,我们就找不到它的现实性。其实这种看法是最切近而明显的,因为在"作品"一词中我们就听出制成品的意思。作品的作品因素,就在于它由艺术家所赋予的被创作存在之中。我们直到现在才提到这个最显而易见而又说明一切的对作品的规定,看来可能是令人奇怪的。

然而,作品的被创作存在显然只有根据创作过程才可能得到把握。因此,在这个事实的强迫下,我们就不得不懂得去深入领会艺术家的活动,才能切中艺术作品的本源。纯粹根据作品本身来规定作品的作品存在[①],这种尝试业已证明是行不通的。

如果我们现在撇开作品不管,而去追踪创作的本质,那么,我们无非是想坚持我们起初关于农鞋的油画、继之关于希腊神庙所说出的看法。

我们把创作思为一种生产(Hervorbingen)。但器具的制作也是一种生产。手工业却无疑并不创作作品——这是一个奇特的语言游戏;[②]哪怕我们有必要把手工艺产品和工厂制品区别开来,手工业也没有创作作品。但是,创作的生产又如何与制作方式的生产区别开来呢?按照字面,我们是多么轻而易举地区分作品创作与器具制作,而要按照它们各自的基本特征探究生产的两种方式,又是多么举步维艰。依最切近的印象,我们在陶匠和雕塑家的活动中,在木工和画家的活动中,发现了相同的行为。作品创作本身需要手工艺行为。伟大的艺术家最为推崇手工艺才能了。他们首先要求出于娴技熟巧的细心照料的才能。最重要的是,他们努力追求手工艺中那种永葆青春的训练有素。人们已经充分看到,对艺术作品有良好领悟的希腊人用同一个词 τέχνη(技艺)来表示手艺和艺术,并且用同一个名称 τέχνίτης(艺人)来称呼手工技艺家和艺术家。

因此,看来最好是从创作的手工技艺方面来确定创作的本质。但上面提到的希腊人的语言用法以及他们对事情的经验却迫使我们深思。不管我们多么普遍、多么清楚地指出希腊人常用相同的词 τέχνη 来称呼手艺和艺术,这种指示依然是肤浅的和有失偏颇的。因为 τέχνη 并非指手艺也非指艺术,也不是指我们今天所谓的技术,根本上,它从来不是指某种实践活动。

希腊文的 τέχνη 这个词毋宁说是知道(Wissen)的一种方式。知道意味着:已经看到(gesehen haben),而这是在"看"的广义上说的,意思就是对在场者之

---

① 1960 年雷克拉姆版作者边注:什么叫"作品存在"? 多义。

② 在德文中,"手工艺"(das Handwerk)一词由"手"(Hand)和"作品"(werk)合成,而"手工业"实际上并不创作"作品"——是为"语言游戏"。

为这样一个在场者的觉知（vernehmen）。对希腊思想来说，知道的本质在于ἀλήθεια（无蔽），亦即存在者之解蔽。它承担和引导任何对存在者的行为。由于知道使在场者之为这样一个在场者出于遮蔽状态，而特地把它带入其外观（Aussehen）的无蔽状态中，因此，τέχνη（技艺）作为希腊人所经验的知道就是存在者之生产；τέχνη 从来不是指制作活动。

艺术家之为一个 τεχνίτης（艺人），并非因为他也是一个工匠，而是因为，无论是作品的制造（Her-stellen），还是器具的制造，都是在生产（Her-vor-bringen）中发生的，这种生产自始就使得存在者以其外观而出现于其在场中。但这一切都发生在自然而然地展开的存在者中间，也即是在 φύσις（涌现、自然）中间发生的。把艺术称为 τέχνη（技艺），这绝不是说对艺术家的活动应从手工技艺方面来了解。在作品制作中看来好像手工制作的东西却有着不同的特性。艺术家的活动由创作之本质来决定和完成，并且也始终被扣留在创作之本质中。

如果不能以手工艺为引线去思考创作的本质，那么，我们应当依什么线索去思考创作的本质呢？莫非除了根据那被创作的东西即作品外，还有别的办法吗？尽管作品首先是在创作之实行中才成为现实的，因而就其现实性来说取决于创作，但创作的本质却是由作品的本质来规定的。尽管作品的被创作存在与创作相关联，但被创作存在和创作都得根据作品的作品存在来规定。现在，为什么我们起初只是讨论作品，直到最后才来考察被创作存在，也就不会令人奇怪了。如果说被创作存在本质上属于作品，正如从"作品"一词中即可听出被创作存在，那么，我们就必须努力进一步更本质性地去领会迄今为止可以被规定为作品的作品存在的东西。

根据我们已获得的对作品的本质界定，在作品中真理之生发起着作用。由于这种考虑，我们就可以把创作规定为：让某物出现于被生产者之中（das Hervorgehenlassen in ein Hervorgebrachtes）。作品之成为作品，是真理之生成和发生的一种方式。一切全然在于真理的本质中。但什么是真理？什么是必定在这样一种被创作的东西中发生的真理呢？真理何以出于其本质的基础而牵连于一作品？我们能从上面所揭示的真理之本质来理解这一点吗？

真理是非真理，因为在遮蔽意义上的尚未被解蔽的东西的渊源范围就属于真理。在作为真理的非遮蔽中，同时活动着另一个双重禁阻（Verwehren）的"非"①。真理之为真理，现身于澄明与双重遮蔽的对立中。真理是原始争执，在其中，敞开领域一向以某种方式被争得了，于是，显示自身和退隐自身的一切存在者进入敞开领域之中或离开敞开领域而固守自身。无论何时何地发生这种争

---

① 这个"非"，即"无蔽"（Un-verborgenheit，非遮蔽）中的"非"（Un-），应作动词解。

执,争执者,即澄明与遮蔽,都由此而分道扬镳。这样就争得了争执领地的敞开领域。这种敞开领域的敞开性也即真理;当且仅当真理把自身设立在它的敞开领域中,真理才是它所是,亦即是这种敞开性。因此在这种敞开领域中始终必定有存在者存在,好让敞开性获得栖身之所和坚定性。由于敞开性占据着敞开领域,因此敞开性开放并维持着敞开领域。在这里,设置和占据都是从 θέσις[置立]的希腊意义出发得到思考的,后者意谓:在无蔽领域中的一种建立(Aufstellen)。

由于指出敞开性自行设立于敞开领域之中,[①]思想就触及了一个我们在此还不能予以说明的区域。所要指出的只是:如果存在者之无蔽状态的本质以某种方式属于存在本身(参看拙著《存在与时间》,第 44 节),那么,存在就从其本质而来让敞开性之领地亦即此之澄明(Lichtung des Da)得以出现,并引导这个领地成为任何存在者以各自方式展开于其中的领地。

真理之发生无非是它在通过它本身而公开自身的争执和领地中设立自身。由于真理是澄明与遮蔽的对抗,因此真理包含着此处所谓的设立(Einrichtung)。但是,真理并非事先在某个不可预料之处自在地现存着,然后再在某个地方把自身安置在存在者中的东西。这是绝无可能的,因为是存在者的敞开性才提供出某个地方的可能性和一个充满在场者的场所的可能性。敞开性之澄明和在敞开中的设立是共属一体的。它们是真理之发生的同一个本质。真理之发生以其形形色色的方式是历史性的。

真理把自身设立于由它开启出来的存在者之中,一种根本性方式就是真理的自行设置入作品。真理现身运作的另一种方式是建立国家的活动。真理获得闪耀的又一种方式是邻近于那种并非某个存在者而是存在者中最具存在特性的东西。真理设立自身的再一种方式是本质性的牺牲。真理生成的又一种方式是思想者的追问,这种作为存在之思的追问命名着大可追问的存在。相反,科学却绝不是真理的原始发生,科学无非是一个已经敞开的真理领域的扩建的,而且是通过把握和论证在此领域内显现为可能和必然的正确之物来扩建。[②] 当且仅当科学超出正确性之外而达到一种真理,也即达到对存在者之为存在者的彻底揭示,它便成为哲学了。

因为真理的本质在于把自身设立于存在者之中从而才成其为真理,所以,在真理之本质中包含着那种与作品的牵连(Zug zum Werk),后者乃是真理本身得

---

① 1960 年雷克拉姆版作者边注:此处“存在学差异”,参看《同一与差异》,第 37 页以下。

② 海德格尔在此罗列了真理发生的几种原始方式:艺术、建国、牺牲(宗教)和思想等;科学则不是真理的原始的发生方式,而是一种“扩建”(Ausbau),是对已经敞开的领域的“扩建”。

以在存在者中间存在的一种突出的可能性。

真理之进入作品的设立是这样一个存在者的生产，这个存在者先前还不曾在，此后也不再重复。生产过程把这种存在者如此这般地置入敞开领域之中，从而被生产的东西才照亮了它出现于其中的敞开领域的敞开性。当生产过程特地带来存在者之敞开性亦即真理之际，被生产者就是一件作品。这种生产就是创作。作为这种带来，创作毋宁说是在与无蔽之关联范围内的一种接收和获取。① 那么，被创作存在何在呢？我们可以用两个本质性的规定来加以说明。

真理把自身设立在作品中。真理唯独作为在世界与大地的对抗中的澄明与遮蔽之间的争执而现身。真理作为这种世界与大地的争执被置入作品中。这种争执不会在一个特地被生产出来的存在者中被解除，也不会单纯地得到安顿，而是由于这个存在者而被开启出来。因此，这个存在者自身必具备争执的本质特性。在争执中，世界与大地的统一性被争得了。由于一个世界开启出来，世界就对一个历史性的人类提出胜利与失败、祝祷与亵渎、主宰与奴役的决断。涌现着的世界使得尚未决断的东西和无度的东西显露出来，从而开启出尺度和决断的隐蔽的必然性。

另一方面，当一个世界开启出来，大地也耸然突现。大地显示自身为万物的载体，人于其法则中被庇护和持久地自行锁闭着的东西。世界要求它的决断和尺度，并让存在者进入它的道路的敞开领域之中。大地力求承载着、凸现着保持自行锁闭，并且力求把万物交付给它的法则。争执并非作为一纯然裂缝之撕裂的裂隙（Riß），而是争执者相互归属的亲密性。这种裂隙把对抗者一道撕扯到它们的出自统一基础的统一体的渊源之中。争执之裂隙乃是基本图样，是描绘存在者之澄明的涌现的基本特征的剖面图。这种裂隙并不是让对抗者相互破裂开来，它把尺度和界限的对抗带入共同的轮廓之中。②

只有当争执在一个有待生产的存在者中被开启出来，亦即这种存在者本身被带入裂隙之中，作为争执的真理才得以设立于这种存在者中。裂隙乃是剖面图和基本图样、裂口和轮廓的统一牵连（Gezüge）。真理在存在者中设立自身，而且这样一来，存在者本身就占据了真理的敞开领域。但是，唯当那被生产者即裂隙把自身交付给在敞开领域中凸现的自行锁闭者，这种占据才能发生。这裂隙必须把自身置回到石头吸引的沉重、木头缄默的坚固、色彩幽深的热烈之中。

---

　　① 此处译为"生产"的德语 Her-vor-bringen 含义较广，不是技术制造；其字面含义为"带来"。故海德格尔说作为"生产"的创作是一种"带来"（Bringen）。

　　② 此处 Riß 一词有"裂隙、裂口、平面图、图样"等意思，我们译之为"裂隙"；此处出现的 Grundriß、Aufriß、Umriß 等均以 Riß 为词干，几不可译解。我们权译 Grundriß 为"基本图样"，译 Aufriß 为"剖面"，译 Umriß 为"轮廓"。

大地把裂隙收回到自身之中,裂隙于是才进入敞开领域而被制造,从而被置入亦即设置入那作为自行锁闭者和保护者进入敞开领域而凸现的东西中。

争执被带入裂隙之中,因而被置回到大地之中并且被固定起来,这种争执乃是形态(Gestalt)。作品的被创作存在意味着真理之被固定于形态中。形态乃是构造(Gefüge),裂隙就作为这个构造而自行嵌合。被嵌合的裂隙乃是真理之闪耀的嵌合(Fuge)。这里所谓的形态,始终必须根据那种摆置(Stellen)和集置(Ge-stell)来理解;作品作为这种摆置和集置而现身,因为作品建立自身和制造自身。①

在作品创作中,作为裂隙的争执必定被置回到大地中,而大地本身必定作为自行锁闭者被生产和使用。不过,这种使用并不是把大地当作一种材料加以消耗甚或肆意滥用,而是把大地解放出来,使之成为大地本身。这种对大地的使用乃是对大地的劳作,虽然看起来这种劳作如同工匠利用材料,因而给人这样一种假象,似乎作品创作也是手工技艺活动。其实决非如此。作品创作始终是在真理固定于形态中的同时对大地的一种使用。与之相反,器具的制作却决非直接是对真理之发生的获取。当质料被做成器具形状以备使用时,器具的生产就完成了。器具的完成意味着器具已经超出了它本身,并将在有用性中消耗殆尽。

作品的被创作存在却并非如此。这一点从我们下面就要谈到的第二个特点来看,就一目了然了。

器具的完成状态与作品的被创作存在有一点是相同的,那就是它们都构成了一种被生产存在。但与其他一切生产不同,作品的被创作存在的特殊性在于:它是一道被带入被创作作品中而被创作出来的。可是,难道所有生产品以及无论何种形成品不都这样吗?任何一个生产品,如果向来是某个东西,肯定会被赋予一种被生产存在。确实如此。不过在作品中,被创作存在是特别地被带入创作品中而创作出来的,以至于它专门从创作品中,也即从如此这般的生产品中突现出来。如若情形如此,那我们也就必然能够特别地在作品中经验这种被创作存在。

从作品中浮现出来的被创作存在,并不意味着根据作品就可以发现它出自某个艺术大师之手。创作品不可作为某位高手的成就来证明,其完成者也不能因此被提升到公共声望中去。要公布出来的并不是姓名不详的作者,而不如说,这个单纯的"factum est"[存在事实]要在作品中被带入敞开领域之中;也就是

---

① "集置"(Ge-stell)是后期海德格尔思想的一个基本词语,在日常德语中有 Gestell(框架)一词。海德格尔把技术的本质思为"集置",意指技术通过各种"摆置"(stellen)活动,如表象(vorstellen)、制造(herstellen)、订造(bestellen)、伪造(verstellen)等,对人类产生着一种不无神秘的控制和支配力量。

说,存在者之无蔽状态在此发生了,而且是首先作为这种发生事件而发生的;也就是说,这样的作品存在着,而不是不存在。作品作为这种作品而存在所造成的冲击,以及这种毫不显眼的冲力的连续性,构成了作品的自持的稳固性。在艺术家以及作品形成的过程和条件都尚不为人知的时候,这种冲力,被创作存在的这个"如此"(Daß)①,就最纯粹地从作品中出现了。

诚然,每一件可供支配的、处于使用中的器具也包含着它被制作出来的这一"如此"。但这一"如此"在器具那里并没有凸现出来,它消失于有用性中了。一件器具越是凑手,它的"如此"就越是不引人注目(例如,一把榔头就是如此),器具就越是独一地保持在其器具存在中。一般说来,我们在每个现成事物中都能发现它存在的事实;但即便注意到这一点,也很快就以惯常的方式忘掉了。不过,还有什么比存在者存在这回事情更为寻常的呢?与之相反,在作品中,它作为这样一个作品而存在,这是非同寻常的事情。它的被创作存在这一发生事件(Ereignis)并没有简单地在作品中得到反映;而不如说,作品作为这样一件作品而存在,这一事件把作品在自身面前投射出来,并且已经不断地在自身周围投射了作品。作品越是本质性地开启自身,那种唯一性,即它存在而不是不存在这一如此实情的唯一性,也就越是显赫明朗。这种冲力越是本质性地进入敞开领域中,作品也就变得越是令人意外,越是孤独。在作品的生产中,包含着这样一种对"如此存在"(daß es sei)的呈献。

对作品的被创作存在的追问应把我们带到作品的作品因素以及作品的现实性的近处。被创作存在显示自身为:通过裂隙进入形态的争执之被固定存在。在这里,被创作存在本身以特有的方式被寓于作品中,而作为那个"如此"的无声的冲力进入敞开领域中。但作品的现实性并非仅仅限于被创作存在。不过,正是对作品的被创作存在的本质的考察,使得我们现在有可能迈出一步,去达到我们前面所道出的一切的目标。

作品愈是孤独地被固定于形态中而立足于自身,愈纯粹地显得解脱了与人的所有关联,那么,冲力,这种作品存在着的这个"如此",也就愈单朴地进入敞开领域之中,阴森惊人的东西就愈加本质性地被冲开,而以往显得亲切的东西就愈加本质性地被冲翻。然而,这形形色色的冲撞却不具有什么暴力的意味,因为作品本身愈是纯粹地进入存在者由它自身开启出来的敞开性中,作品就愈容易把我们移入这种敞开性中,并同时把我们移出寻常平庸。服从于这种移挪过程意味着:改变我们与世界和大地的关联,然后抑制我们的一般流行的行为和评价、

---

① 此处 Daß 在德语中是从句引导词 daß(相当于英文的 that)的大写。daß 独立用为名词的 Daß,实难以译成中文。我们权译之为"如此"或"如此实情"。

认识和观看,以便逗留于作品中发生的真理那里。唯有这种逗留的抑制状态才让被创作的东西成为所是之作品。这种"让作品成为作品",我们称之为作品之保存①。唯有这种保存,作品在其被创作存在中才表现为现实的,现在来说也即:以作品方式在场着的。

要是作品没有被创作便无法存在,因而本质上需要创作者,同样的,如果没有保存者,被创作的东西也将不能存在。

然而,如果作品没有寻找保存者,没有直接寻找保存者从而使保存者应合于在作品中发生着的真理,那么,这并不意味着,没有保存者作品也能成为作品。只要作品是一件作品,它就总是与保存者相关涉,甚至在(也正是在)它只是等待保存者,恳求和期冀它们进入其真理之中的时候。甚至作品可能碰到的被遗忘状态也不是一无所有,它仍然是一种保存。它乞灵于作品。作品之保存意味着:置身于在作品中发生的存在者之敞开性中。可是,保存的这种"置身于其中"(Inständigkeit)乃是一种知道(Wissen)。知道却并不在于对某物的单纯认识和表象。谁真正地知道存在者,他也就知道他在存在者中间意愿什么。

这里所谓的意愿(Wollen)既非仅仅运用一种知道,也并不事先决定一种知道,它是根据《存在与时间》的基本思想经验被思考的。保持着意愿的知道和保持着知道的意愿,乃是实存着的人类绽出地进入存在之无蔽状态之中。在《存在与时间》中思考的决心(Ent-schlossenheit)并不是一个主体的深思的行动,而是此在摆脱存在者的困囿向着存在之敞开性的开启。然而,在实存(Existenz)中,人并非出于一内在而到达一外在,而不如说,实存之本质乃是悬欠着(ausstehend)置身于存在者之澄明的本质性分离中。在先已说明的创作中也好,在现在所谓的意愿中也好,我们都没有设想一个以自身为目的来争取的主体的活动和行为。

意愿乃是实存着的自我超越的冷静的决心,这种自我超越委身于那种被设置入作品中的存在者之敞开性。这样,那种"置身于其中"也被带入法则之中。作品之保存作为知道,乃是冷静地置身于作品中发生着的真理的阴森惊人的东西中。

这种知道作为意愿在作品之真理中找到了自己的家园,并且只有这样,它才是一种知道;它没有剥夺作品的自立性,并没有把作品强行拉入纯然体验的领域,并不把作品贬低为一个体验的激发者的角色。作品之保存并不是把人孤立于其私人体验,而是把人推入在作品中发生着的真理的归属关系之中,从而把相互共同存在确立为出自与无蔽状态之关联的此之在(Da-sein)的历史性悬欠

---

① 德语原文为 Bewahrung,或可译为"保藏"。

(Ausstehen)。再者,在保存意义上的知道与那种鉴赏家对作品的形式、品质和魅力的鉴赏力相去甚远。作为已经看到,知道乃是一种决心,是置身于那种已经被作品嵌入裂隙的争执中去。

作品本身,也只有作品本身,才能赋予和先行确定作品的适宜的保存方式。保存发生在不同等级的知道中,这种知道具有各自不同的作用范围、稳固性和清晰度。如若作品仅仅被提供给艺术享受,这也还没有证明作品之为作品处于保存中。

一旦那种进入阴森惊人的东西中的冲力在流行和鉴赏中被截获了,则艺术行业就开始围着作品团团转了。就连作品的小心谨慎的流传,力求重新获得作品的科学探讨,都不再达到作品自身的存在,而仅只是一种对它的回忆而已。但这种回忆也能给作品提供一席之地,从中构成作品的历史。相反,作品最本己的现实性,只有当作品在通过它自身而发生的真理中得到保存之际才起作用。

作品的现实性的基本特征是由作品存在的本质来规定的。现在我们可以重新捡起我们的主导问题:那个保证作品的直接现实性的作品之物因素的情形究竟如何呢? 情形是,我们现在不再追问作品的物因素的问题了;因为只要我们做那种追问,我们即刻而且事先就确定无疑地把作品当作一个现存对象了。以此方式,我们从未能从作品出发来追问,而是从我们出发来追问。而这个作为出发点的我们并没有让作品作为一个作品而存在,而是把作品看成能够在我们心灵中引发此种或彼种状态的对象。

然而,在被当作对象的作品中,那个看来像是流行的物的概念意义上的物因素的东西,从作品方面来了解,实际上就是作品的大地因素(das Erdhafte)。大地进入作品而凸现,因为作品作为其中有真理起作用的作品而现身;而且因为真理唯有通过把自身设立在某个存在者之中才得以现身。但是,在本质上自行锁闭的大地那里,敞开领域的敞开性得到了它最大的抵抗,并因此获得它永久的立足之所,而形态必然被固定于其中。

那么,我们对物之物因素的追问竟是多余的吗? 绝对不是的。作品因素固然不能根据物因素来得到规定,但是对作品之作品因素的认识,却可能把我们对物之物因素的追问引入正轨。这并非无关紧要,只要我们回想一下那些自古以来流行的思维方式如何扰乱物之物因素,如何使一种对存在者整体的解释达到统治地位,就会明白这一点的。这种对存在者整体的解释使我们对真理的原始本质茫然无知,同样也无能于对器具和作品的本质的把握。

为了规定物之物性,无论是对特性之载体的考察,还是对在其统一性中的感性被给予物的多样性的考察,甚至那种对自为地被表象出来的、从器具因素中获知的质料—形式结构的考察,都是无济于事的。对于物之物因素的解释来说,一种正确而有分量的洞察必须直面物对大地的归属性。大地的本质就是它那无所迫促的承荷和自行锁闭,但大地仅仅是在耸然进入一个世界之际,在它与世界的对抗中,才自行揭示出来。大地与世界的争执在作品的形态中固定下来,并且通过这一形态才得以敞开出来。我们只有特别地通过作品才经验到器具之器具因素,这一点适用于器具,也适用于物之物因素。我们决不能径直知道物因素,即使能知道,那也只是不确定地,也需要作品的帮助。这一点间接地证明了,在作品的作品存在中,真理之生发也即存在者之开启在起作用。

然而,如果作品无可争辩地把物因素置入敞开领域之中,那么,就作品方面来说,难道作品不是必须已经——而且在它被创作之前,并且为了这种被创作——被带入一种与大地中的万物的关联,与自然的关联之中了吗?这正是我们最后要回答的一个问题。阿尔布雷希特·丢勒①想必是知道这一点的,他说了如下著名的话:"千真万确,艺术存在于自然中,因此谁能把它从中取出,谁就拥有了艺术。"在这里,"取出"意味着画出裂隙,用画笔在绘画板上把裂隙描绘出来。② 但是,我们同时要提出相反的问题:如果裂隙并没有作为裂隙,也就是说,如果裂隙并没有事先作为尺度与无度的争执而被创作的构思带入敞开领域之中,那么,裂隙何以能够被描绘出来呢? 诚然,在自然中隐藏着裂隙、尺度、界限以及与此相联系的可能生产(Hervorbringen-können),亦即艺术。但同样确凿无疑的是,这种隐藏于自然中的艺术唯有通过作品才能显露出来,因为它原始地隐藏在作品之中。

对作品的现实性的这一番刻意寻求,乃是要提供出一个基地,使得我们能够在现实作品中发现艺术和艺术之本质。关于艺术之本质的追问,认识艺术的道路,应当重新被置于某个基础之上。如同任何真正的回答,对于这个问题的回答只不过是一系列追问步骤的最后一步的最终结果。任何回答只要是植根于追问的回答,就始终能够保持回答的力量。

从作品的作品存在来看,作品的现实性不仅更加明晰,而且根本上也更加丰富。保存者与创作者一样,同样本质性地属于作品的被创作存在。但作品使创作者的本质成为可能,作品由于其本质也需要保存者。如果说艺术是作品的本源,那就意味着:艺术使作品的本质上共属一体的东西,即创作者和保存者,源出于作品的本质。但艺术本身是什么呢? 我们正当地称之为本源的艺术是什么呢?

----

① 阿尔布雷希特·丢勒(Albrecht Dürer,1471—1528),德国宗教改革运动时期油画家、版画家和雕塑家。

② 动词"取出"(reißen)与"裂隙"(Riß)有着字面的和意义的联系,含"勾画裂隙"之意。

真理之生发在作品中起作用,而且是以作品的方式起作用。因此,艺术的本质先行就被规定为真理之自行设置入作品。但我们自知,这一规定具有一种蓄意的模棱两可。它一方面说:艺术是自身建立的真理固定于形态中,这种固定是在作为存在者之无蔽状态的生产的创作中发生的。而另一方面,设置入作品也意味着:作品存在进入运动和进入发生中。这也就是保存。于是,艺术就是:对作品中的真理的创作性保存。因此,艺术就是真理的生成和发生。① 那么,难道真理源出于无么? 的确如此,如果这个无(das Nichts)意指的是对存在者的纯粹的不(das Nicht),而存在者则被看作是那个惯常的现存事物,后者进而通过作品的立身实存(das Dastehen)而显露为仅仅被设想为真的存在者,并且被作品的立身实存所撼动。从现存事物和惯常事物那里是从来看不到真理的。毋宁说,只有通过对在被抛状态(Geworfenheit)中到达的敞开性的筹划,敞开领域之开启和存在者之澄明才发生出来。

作为存在者之澄明和遮蔽,真理乃通过②诗意创造③而发生。凡艺术都是让存在者本身之真理到达而发生,一切艺术本质上都是诗(Dichtung)。艺术作品和艺术家都以艺术为基础,艺术之本质乃真理之自行设置入作品。由于艺术的诗意创造本质,艺术就在存在者中间打开了一方敞开之地,在此敞开之地的敞开性中,一切存在遂有迥然不同之仪态。凭借那种被置入作品中的、对自行向我们投射的存在者之无蔽状态的筹划(Entwurf),一切惯常之物和过往之物通过作品而成为非存在者(das Unseiende)。这种非存在者已经丧失了那种赋予并且保持作为尺度的存在的能力。在此令人奇怪的是,作品根本上不是通过因果关系对以往存在者发生影响的。作品的作用并不在于某种制造因果的活动,而在于存在者之无蔽状态(亦即存在④)的一种源于作品而发生的转变。

然而,诗并非对任意什么东西的异想天开的虚构,并非对非现实领域的单纯表象和幻想的悠荡飘浮。作为澄明着的筹划,诗在无蔽状态那里展开的东西和先行抛入形态之裂隙中的东西,是让无蔽发生的敞开领域,并且是这样,即现在,敞开领域才在存在者中间使存在者发光和鸣响。在对作品之本质和作品与存在者之真理的生发的关系的本质性洞察中,出现了这样一个疑问:根据幻想和想象力来思考诗之本质——同时也即筹划之本质——是否已经绰绰有余了。

---

① 此句德语原文为:Dann ist die Kunst ein Werden und Geschehen der Wahrheit。

② 1960 年雷克拉姆版作者边注:"诗"的值得追问之处——作为道说之用(Brauch der Sage)。对澄明与诗的关系的描述不充分。

③ 此处动词"诗意创造"(dichten),或可译为"作诗"。

④ 1960 年雷克拉姆版作者边注:不充分——无蔽与"存在"的关系;存在等于在场状态,参看拙文《存在与时间》。

诗的本质,现在已得到了宽泛的但并非因此而模糊的了解,在此它无疑是大可追问的东西。我们眼下应该对之做一思考了。①

如果说一切艺术本质上皆是诗,那么,建筑艺术、绘画艺术、音乐艺术都势必归结为诗歌了。② 这纯粹是独断嘛!当然,只要我们认为,上面所说的各类艺术都是语言艺术的变种——如果我们可以用语言艺术这个容易让人误解的名称来规定诗歌的话——那就是独断了。其实,诗歌仅只是真理之澄明着的筹划的一种方式,也即只是宽泛意义上的诗意创造(Dichten)的一种方式;虽然语言作品,即狭义的诗(Dichtung),在整个艺术领域中是占有突出地位的。

为了认识这一点,只需要有一个正确的语言概念即可。流行的观点把语言当作一种传达。语言用于会谈和约会,一般讲来就是用于互相理解。然而,语言不只是而且并非首先是对要传达的东西的声音表达和文字表达。语言并非仅仅是把或明或暗如此这般的意思转运到词语和句子中去,而不如说,唯语言才使存在者作为存在者进入敞开领域之中。在没有语言的地方,如在石头、植物和动物的存在中,便没有存在者的任何敞开性,因而也没有不存在者和虚空的任何敞开性。

由于语言首度命名存在者,这种命名才把存在者带向词语而显现出来。这一命名(Nennen)指派(ernennen)存在者,使之源于其存在而达于其存在。这样一种道说乃澄明之筹划,它宣告出存在者作为什么东西进入敞开领域。筹划③是一种投射的触发,作为这种投射,④无蔽把自身发送到存在者本身之中。而筹划着的宣告(Ansagen)即刻成为对一切阴沉的纷乱的拒绝(Absage);在这种纷乱中存在者蔽而不显,逃之夭夭了。⑤

筹划着的道说就是诗:世界和大地的道说,世界和大地之争执的领地的道说,因而也是诸神的所有远远近近的场所的道说。⑥ 诗乃是存在者之无蔽状态的道说(die Sage)。始终逗留着的真正语言是那种道说(das Sagen)之生发,在其中,一个民族的世界历史性地展开出来,而大地作为锁闭者得到了保存。在对

---

① 1960 年雷克拉姆版作者边注:也就是说,艺术的固有特性也值得追问。

② 海德格尔在这里区分了诗(Dichtung)与诗歌(Poesie),前者联系于动词"作诗"(dichten),后者则是体裁分类意义上的与散文相对的文学样式。

③ 1960 年雷克拉姆版作者边注:筹划(Entwerfen)——不是澄明之为澄明,因为在其中只是测定了计划(Entwurf)的位置,不如说是对裂隙的筹划。

④ 此处"筹划"(Entwerfen)与"投射"(Wurf)具有字面联系。

⑤ 1960 年雷克拉姆版作者边注:只是这样?或者作为命运。参照:集置(Ge-Stell)。

⑥ 后期海德格尔以"道说"(die Sage)一词指称他所思的非形而上学意义上的语言。所谓"道说"乃是"存在"——亦作"本有"(Ereignis)——的运作和发生。作为"道说"的语言乃是"寂静之音",无声之"大音"。海德格尔也以动词 sagen 标示合乎 die Sage 的本真的人言(即"诗"与"思")。我们也译 das Sagen 为"道说"。参看海德格尔:《在通向语言的途中》,中译本,孙周兴译,商务印书馆 1997 年版。

可道说的东西的准备中,筹划着的道说同时把不可道说的东西带给世界。在这样一种道说中,一个历史性民族的本质的概念,亦即它对世界历史的归属性的概念,先行被赋形了。

在这里,诗是在一种宽广意义上,同时也在与语言和词语的紧密的本质统一性中被理解的,从而,就必定有这样一个悬而未决的问题:艺术,而且是包括从建筑到诗歌的所有样式的艺术,是不是就囊括了诗之本质呢?

语言本身就是根本意义上的诗。但由于语言是存在者之为存在者对人来说向来首先在其中得以完全展开出来的那种生发,所以,诗歌,即狭义上的诗,才是根本意义上最原始的诗。语言是诗,不是因为语言是原始诗歌(Urpoesie);不如说,诗歌在语言中发生,因为语言保存着诗的原始本质。相反地,建筑和绘画总是已经而且始终仅只发生在道说和命名的敞开领域之中。它们为这种敞开所贯穿和引导,所以,它们始终是真理把自身建立于作品中的本己道路和方式。它们是在存在者之澄明范围内的各有特色的诗意创作,而存在者之澄明早已不知不觉地在语言中发生了。[①]

作为真理之自行设置入作品,艺术就是诗。不光作品的创作是诗意的,作品的保存同样也是诗意的,只是有其独特的方式罢了。因为只有当我们本身摆脱了我们的惯常性而进入作品所开启出来的东西之中,从而使得我们的本质在存在者之真理达到恒定[②]时,一个作品才是一个现实的作品。

艺术的本质是诗。而诗的本质是真理之创建(Stiftung)。在这里,我们所理解的"创建"有三重意义,即作为赠予的创建,作为建基的创建和开端的创建。[③]但是,创建唯有在保存中才是现实的。因此,保存的样式吻合于创建的诸样式。对于艺术的这种本质构造,我们眼下只能用寥寥数语的勾勒来加以揭示,甚至这种勾勒也只是前面我们对作品之本质的规定所提供的初步线索。

真理之设置入作品冲开了阴森可怕的东西,同时冲倒了寻常的和我们认为是寻常的东西。在作品中开启自身的真理绝不可能从过往之物那里得到证明并推导出来。过往之物在其特有的现实性中被作品所驳倒。因此艺术所创建的东西,决不能由现存之物和可供使用之物来抵销和弥补。创建是一种充溢,一种赠予。

真理的诗意创作的筹划把自身作为形态而置入作品中,这种筹划也绝不是通过进入虚空和不确定的东西中来实现的。而毋宁说,在作品中,真理被投向即

---

① 1960年雷克拉姆版作者边注:这说的是什么? 澄明通过语言而发生,或者居有着的澄明才允诺道说和弃绝(Entsagen)并且因而允诺了语言? 语言与肉身(语言与文字)。

② 1960年雷克拉姆版作者边注:在置身于用(Brauch)的状态意义上。

③ 在此作为"创建"(Stiften)的三重意义的"赠予"(Schenken)、"建基"(Gründen)和"开端"(Anfangen)都是动词性的。

将到来的保存者，亦即被投向一个历史性的人类。但这个被投射的东西，从来不是一个任意僭越的要求。真正诗意创作的筹划是对历史性的此在已经被抛入其中的那个东西的开启。那个东西就是大地。对于一个历史性民族来说就是他的大地，是自行锁闭着的基础；这个历史性的民族随着一切已然存在的东西——尽管还遮蔽着自身——而立身于这一基础之上。但它也是他的世界，这个世界由于此在与存在之无蔽状态的关联而起着支配作用。因此，在筹划中人与之俱来的那一切，必须从其锁闭的基础中引出并且特别地被置入这个基础之中。这样，基础才被建立为具有承受力的基础。

由于是这样一种引出（Holen），所有创作（Schaffen）便是一种汲取（犹如从井泉中汲水）。毫无疑问，现代主观主义直接曲解了创造（das Schöpferische），把创造看作是骄横跋扈的主体的天才活动。真理的创建不光是在自由赠予意义上的创建，同时也是在铺设基础的建基意义上的创建。它决不从流行和惯常的东西那里获得其赠品，从这个方面来说，诗意创作的筹划乃来源于无（Nichts）。但从另一方面看，这种筹划也决非来源于无，因为由它所投射的东西只是历史性此在本身的隐秘的使命。

赠予和建基本身就拥有我们所谓的开端的直接特性。但开端的这一直接特性，出于直接性的跳跃①的奇特性，并不是排除，而是包括了这样一点，即：开端久已悄然地准备着自身。真正的开端作为跳跃始终都是一种领先，②在此领先中，凡一切后来的东西都已经被越过了，哪怕是作为一种被掩蔽的东西。开端③已经隐蔽地包含了终结。可是，真正的开端决不具有原始之物的草创特性。原始之物总是无将来的，因为它没有赠予着和建基着的跳跃和领先。它不能继续从自身中释放出什么，因为它只包含了把它固缚于其中的那个东西，此外无它。

相反，开端总是包含着阴森惊人之物，亦即与亲切之物的争执的未曾展开的全部丰富性。作为诗的艺术是第三种意义上的创建，即真理之争执的引发意义上的创建；作为诗的艺术乃是作为开端的创建。每当存在者整体作为存在者本身要求那种进入敞开性的建基时，艺术就作为创建而进入其历史性本质之中。在西方，这种作为创建的艺术最早发生在古希腊。那时，后来被叫作存在的东西被决定性地设置入作品中了。进而，如此这般被开启出来的存在者整体被变换成了上帝的造物意义上的存在者。这是在中世纪发生的事情。这种存在者在近代之初和近代之进程中又被转换了。存在者变成了可以通过计算来控制和识破

---

① 1960 年雷克拉姆版作者边注："跳跃"（Sprung），参看《同一与差异》关于同一性的演讲。
② 注意"跳跃"（Sprung）与"领先"（Vorsprung）之间的字面联系。
③ 1960 年雷克拉姆版作者边注：开端（Anfang）必须在本有意义上思为开-端（An-Fang）。

的对象。上述种种转换都展现出一个新的和本质性的世界。每一次转换都必然通过真理之固定于形态中,固定于存在者本身中而建立了存在者的敞开性。每一次转换都发生了存在者之无蔽状态。无蔽状态自行设置入作品中,而艺术完成这种设置。

每当艺术发生,亦即有一个开端存在之际,就有一种冲力进入历史之中,历史才开始或者重又开始。在这里,历史并非意指无论何种和无论多么重大的事件的时间上的顺序。历史乃是一个民族进入其被赋予的使命中而同时进入其捐献之中。历史就是这样一个进入过程。

艺术是真理之自行设置入作品。在这个命题中隐含着一种根本性的模棱两可,据此看来,真理同时既是设置行为的主体又是设置行为的客体。但主体和客体在这里是不恰当的名称,它们阻碍着我们去思考这种模棱两可的本质。这种思考的任务超出了本文的范围。艺术是历史性的,历史性的艺术是对作品中的真理的创作性保存。艺术发生为诗。诗乃赠予、建基、开端三重意义上的创建。作为创建的艺术本质上是历史性的。这不光是说:艺术拥有外在意义上的历史,它在时代的变迁中与其他许多事物一起出现,同时变化、消失,给历史学提供变化多端的景象。真正说来,艺术为历史建基;艺术乃是根本性意义上的历史。

艺术让真理脱颖而出。作为创建着的保存,艺术是使存在者之真理在作品中一跃而出的源泉。使某物凭一跃而源出,在出自本质渊源的创建着的跳跃中把某物带入存在之中,这就是本源(Ursprung)一词的意思。[①]

艺术作品的本源,同时也就是创作者和保存者的本源,也就是一个民族的历史性此在的本源,乃是艺术。之所以如此,是因为艺术在其本质中就是一个本源,是真理进入存在的突出方式,亦即真理历史性地生成的突出方式。

我们追问艺术的本质。为什么要做这样的追问呢?我们做这样的追问,目的是能够更本真地追问:艺术在我们的历史性此在中是不是一个本源,是否并且在何种条件下,艺术能够是而且必须是一个本源。

这样一种沉思不能勉强艺术及其生成。但是,这种沉思性的知道(das be-sin nliche Wissen)却是先行的,因而也是必不可少的对艺术之生成的准备。唯有这种知道为艺术准备了空间,[②]为创造者提供了道路,为保存者准备了地盘。

在这种只能缓慢地增长的知道中将做出决断:艺术是否能成为一个本源因而必然是一种领先,或者艺术是否始终是一个附庸从而只能作为一种流行的文

---

① 海德格尔在此暗示了德语中"本源"(Ursprung)与"源出"(entspringen)和"跳跃"(Sprung)的字面联系。

② 1960年雷克拉姆版作者边注:逗留之居所的处所。

化现象而伴生。

我们在我们的此在中历史性地存在于本源的近旁吗？我们是否知道亦即留意到本源之本质呢？或者,在我们对待艺术的态度中,我们依然只还是因袭成规,照搬过去形成的知识而已？

对于这种或此或彼的抉择及其决断,这里有一块可靠的指示牌。诗人荷尔德林道出了这块指示牌;这位诗人的作品依然摆在德国人面前,构成一种考验。荷尔德林诗云:

> 依于本源而居者
>
> 终难离弃原位。

——《漫游》,载《荷尔德林全集》,第 4 卷(海林格拉特编),第 167 页

后　记

本文的思考关涉到艺术之谜,这个谜就是艺术本身。这里绝没有想要解开这个谜。我们的任务在于认识这个谜。

几乎是从人们开始专门考察艺术和艺术家的那个时代起,此种考察就被称为美学的考察。美学把艺术作品当作一个对象,而且把它当作 $\alpha\check{\iota}\sigma\theta\eta\sigma\iota\varsigma$［感知］的对象,即广义上的感性知觉的对象。现在人们把这种知觉称为体验。人体验艺术的方式,被认为是能说明艺术之本质的。无论对艺术享受还是对艺术创作来说,体验都是决定性的源泉。[①] 一切都是体验。但也许体验却是艺术死于其中的因素。[②] 这种死发生得如此缓慢,以至于它需要经历数个世纪之久。

诚然,人们谈论着不朽的艺术作品和作为一种永恒价值的艺术。但此类谈论用的是那种语言,它并不认真对待一切本质性的东西,因为它担心"认真对待"最终意味着:思想(denken)。在今天,又有何种畏惧更大于这种对思想的畏惧呢？此类关于不朽的作品和艺术的永恒价值的谈论具有某种内容和实质吗？或者,此类谈论只不过是在伟大的艺术及其本质已经远离了人类的时代里出现的一些肤浅的陈词滥调么？

黑格尔的《美学讲演录》是西方历史上关于艺术之本质的最全面的沉思,因

---

① 1960 年雷克拉姆版作者边注:现代艺术摆脱了体验因素吗？抑或,只是被体验的东西如此这般地发生了变化,以至于现在体验变得比以往还更为主观？现在,被体验者——"创造本能的技术因素"本身——成为制作和发明的方式。本身依然还是形而上学的"符号因素"的"非形式性"和相应的不确定性及空洞性,我之体验作为"社会"。

② 1960 年雷克拉姆版作者边注:这个命题倒不是说,艺术完全完蛋了。只有当体验一直保持为艺术的绝对因素,才会有这样一种情况。但一切的关键恰恰在于,摆脱体验而进入此之在(Da-sein);而这就是说,获致艺术之"生成"的一个完全不同的"因素"。

为那是一种根据形而上学而做的沉思。在《美学讲演录》中有这样几个命题：

"对我们来说，艺术不再是真理由以使自己获得其实存的最高样式了[①]"（《全集》，第 10 卷，第 1 册，第 134 页）。[②] "我们诚然可以希望艺术还将会蒸蒸日上，并使自身完善起来，但是艺术形式已不再是精神的最高需要了"（《全集》，第 10 卷，第 1 册，第 135 页）。[③] "从这一切方面看，就它的最高的职能来说，艺术对于我们现代人已经是过去的事了"（《全集》，第 10 卷，第 1 册，第 16 页）。[④]

尽管我们可以确认，自从黑格尔于 1828—1829 年冬季在柏林大学做最后一次美学讲座以来，我们已经看到了许多新的艺术作品和新的艺术思潮；但是，我们不能借此来回避黑格尔在上述命题中所下的判词。黑格尔决不是想否认可能还会出现新的艺术作品和艺术思潮。然而，问题依然是：艺术对我们的历史性此在来说仍然是决定性的真理的一种基本和必然的发生方式吗？ 或者，艺术压根儿就不再是这种方式了？ 但如果艺术不再是这种方式了，那么问题是：何以会这样呢？ 黑格尔的判词尚未获得裁决；因为在黑格尔的判词背后，潜伏着自古希腊以降的西方思想，这种思想相应于一种已经发生了的存在者之真理。如果要对黑格尔的判词做出裁决，那么，这种裁决乃是出于这种存在者之真理并且对这种真理做出裁决。在此之前，黑格尔的判词就依然有效。而因此就有必要提出下面的问题：此判词所说的真理是不是最终的真理？ 如果它是最终的真理又会怎样？

这种问题时而相当清晰，时而只是隐隐约约地与我们相关涉；只有当我们事先对艺术之本质有了深思熟虑，我们才能探问这种问题。我们力图通过提出艺术作品的本源问题而迈出几步，关键在于洞察作品的作品特性。在这里，"本源"一词的意思是从真理的本质方面来思考的。

我们所说的真理与人们在这个名称下所了解的东西是大相径庭的；人们把"真理"当作一种特性委诸于认识和科学，从而把它与美和善区别开来，善和美则被视为表示非理论活动的价值的名称。

真理是存在者之为存在者的无蔽状态。[⑤] 真理是存在之真理。美与真理并非比肩而立。当真理自行设置入作品，它便显现出来。这种显现（Erscheinen）——作为在作品中的真理的这一存在和作为作品——就是美。因此，美属于

---

① 1960 年雷克拉姆版作者边注：艺术作为真理（在此即绝对者之确定性）的方式。

② 参看黑格尔：《美学》，中译本，朱光潜译，北京 1982 年版，第 1 卷，第 131 页。

③ 同上书，第 132 页。

④ 同上书，第 15 页。

⑤ 1957 年第三版作者边注：真理乃是存在者的自行照亮的存在。真理乃是区分即分解（Austrag）之澄明，在其中澄明已经根据区分得到了规定。

真理的自行发生(Sichereignen)。美不仅仅与趣味相关,不只是趣味的对象。美依据于形式,而这无非是因为,forma(形式)一度从作为存在者之存在状态的存在那里获得了照亮。那时,存在发生为 εἶδος(外观、爱多斯)。ἰδέα(相)①适合于 μορφή(形式)。这个 σύνολον,即 μορφή(形式)和ὕλη(质料)的统一整体,亦即ἔργον(作品),以ἐνέργεια(实现)之方式存在。这种在场的方式后来成了 ens actus(现实之物)的 actualitas(现实性),actualitas(现实性)成了事实性(Wirklichkeit)②,事实性成了对象性(Gegenständlichkeit),对象性成了体验(Erlebnis)。对于由西方决定的世界来说,存在者成了现实之物;在存在者作为现实之物而存在的方式中,隐蔽着美和真理的一种奇特的合流。西方艺术的本质的历史相应于真理之本质的转换。假定形而上学的艺术概念获得了艺术的本质,那么,我们就决不能根据被看作自为的美来理解艺术,同样也不能从体验出发来理解艺术。

附　录

细心的读者会感到一个根本性的困难,它起于一个印象,仿佛"真理之固定"(Feststellen der Wahrheit)与"让真理之到达发生"(Geschehenlassen der Ankunft der Wahrheit)这两种说法是从不能协调一致的。因为,在"固定"中含有一种封锁到达亦即阻挡到达的意愿;而在"让发生"中却表现出一种顺应,因而也似乎显示出一种具有开放性的非意愿。

如果我们从贯穿本文全篇的意义上,也就是首先从"设置入作品"③这个指导性规定所含的意义上,来理解这种"固定",那么,上面这个困难就涣然冰释了。与"摆置"(stellen)和"设置"(setzen)密切相关的还有"置放"(legen)。这三个词的意思在拉丁语中还是由 ponere 一个词来表达的。

我们必须在 θέσις(置立)的意义上来思考"摆置"。所以在第 48 页上,我们说:"在这里,设置和占据都是从 θέσις(置立)的希腊意义出发来思考的,后者意谓:在无蔽领域中的一种建立(Aufstellen)。"希腊语中的"设置",意思就是作为让出现的摆置,比如让一尊雕像摆置下来,意思就是置放,安放祭品。摆置和置放有"带入无蔽领域,④带入在场者之中,亦即让……呈现"的意义。设置和摆置在此绝不意味着:与现代概念中的挑衅性的自我(也即自我主体)对峙起来。雕像的立身(Stehen)(也即面对着我们的闪耀的在场)不同于客体意义上的对象的

---

① "相"(ἰδέα)在国内通译为"理念",译之为"相"似更合海德格尔的理解。

② 德语的 Wirklichkeit 与拉丁语的 actualitas 通常是对译词。

③ 1960 年雷克拉姆版作者边注:更好地说,带入作品中;带出来,作为让(Lassen)的带(Bringen);ποίησις(制作)。

④ 1960 年雷克拉姆版作者边注:"来"(Her),来自澄明。

站立。"立身"乃是闪耀(Scheinen)的恒定。相反,在康德辩证法和德国唯心主义那里,正题、反题、合题指的是在意识之主观性领域内的一种摆置。相应地,黑格尔——从他的立场出发乃是正当地——是在对象的直接设置这种意义上来阐释希腊词语 θέσις(置立)的。对黑格尔来说,这种设置还是不真实的,因为它还没有经过反题和合题这两个中介(现在可参看"黑格尔与希腊",载《路标》,1967 年)。①

然而,如果我们在论述艺术作品的论文中把 θέσις(置立)的希腊意义保持在眼界中,也即把它视为"在其显现和在场中让呈现出来",那么,"固定"中的"固"(fest)就绝没有"刻板、静止和可靠"的意义。

这个"固"的意思是:"勾勒轮廓"(umriβen)、"允许进入界限中"(πέρας)、"带入轮廓中"。希腊语意义上的界限并非封锁,而是作为被生产的东西本身使在场者显现出来。界限有所开放而入于无蔽领域之中;凭借在希腊的光亮中的无蔽领域的轮廓,山峦立身于其凸现和宁静中。具有巩固作用的界限是宁静的东西,也即在动荡状态之全幅中的宁静者,所有这一切适合于希腊文的 ἔργον(作品)意义上的作品。这种作品的"存在"是 ἐνέργεια(实现),后者与现代的"活力"(En-ergien)概念相比较,于自身中聚集了无限多的运动。

因此,只要正确地理解了真理之"固定",它就绝不会与"让发生"相冲突。因为一方面,这个"让"不是什么消极状态,而是在 θέσις(置立)意义上的最高的能动(参看拙著《演讲与论文集》,1954 年,第 49 页),是一种"活动"和"意愿"。本文则把它规定为"实存着的人类绽出地进入存在之无蔽状态"。另一方面,"让真理发生"中的"发生"是在澄明与遮蔽中的运动,确切地说,乃是在两者之统一中的起作用的运动,也即自行遮蔽——由此又产生一切自行澄亮——的澄明的运动。这种"运动"甚至要求一种生产意义上的固定。这里,我们是在本文第 50 页所说的意义上来理解"带来"的,在那里我们曾说,创作的(创造的)生产"毋宁说是在与无蔽状态之关联范围内的一种接收和获取"。

根据前面的阐释,我们在第 51 页中所用的"集置"(Ge-stell)一词的含义就得到了规定:它是生产之聚集,是让显露出来而进入作为轮廓(πέρας)的裂隙中的聚集。通过如此这般被理解的"集置",就澄清了作为形态的 μορφή(形式)的希腊意义。实际上,我们后来把它当作现代技术之本质的明确的主导词语来使用的"集置",是根据这里所说的"集置"来理解的(而不是根据书架和蒙太奇来理解的)。② 本文所说的"集置"是更根本性的,因为它是存在命运性的。作为现代

---

① 参看海德格尔:《路标》,中译本,孙周兴译,北京 2002 年。

② 德文 Gestell 一词的日常含义为"支架、座架",海德格尔以 Ge-stell 一词思技术的本质,有别于"书架"(Büchergestell)中的 Gestell 以及"蒙太奇"(Montage)的"装配"之意。

技术之本质的集置源出于希腊人所经验的"让呈现",亦即 λóγος（逻各斯），源出于希腊语中的 ποίησιζ（创作）和 θέσιζ（置立）。在集置之摆置中，现在也即说，在使万物进入保障的促逼（Herausfordern）中，道出了 ratio reddenda 即 λόγον διδό-ναι（说明理性）的要求；而无疑地，今天这种在集置中的要求承接了无条件的统治地位，表象（Vor-stellen）由希腊的知觉而聚集为保障和固定（Sicher-und Fest-Stellen）了。

在倾听《艺术作品的本源》中的"固定"和"集置"等词语之际，我们一方面必须放弃设置和集置的现代意义，但另一方面，我们同时要看到，决定着现代的作为集置的存在乃源出于西方的存在之命运，它并不是哲学家凭空臆想出来的，而是被委诸思想者的思想了——这个事实及其情形，也是我们不可忽视的（参看拙著《演讲与论文集》，第 28 页和 49 页）。

在第 49 页中，我们以简单的措辞给出了关于"设立"和"真理在存在者中自行设立"的规定。要说明这种规定也是很困难的。这里，我们又必须避免在现代意义上以技术报告的方式把"设立"（einrichten）理解为"组织"和完成。而毋宁说，"设立"令我们想到第 51 页上所说的"真理与作品之牵连"，即真理本身以作品方式存在着，在存在者中间成为存在着的。

如果我们考虑到，作为存在者之无蔽状态的真理如何仅只表示存在者本身的在场，亦即存在，那么，关于真理（即存在）在存在者中的自行设立的谈论就触及了存在论差异的问题（参看拙著《同一与差异》，1957 年，第 37 页以下）。因此之故，我们曾小心翼翼地说："由于指出敞开性自行设立于敞开领域之中，思想就触及了一个我们在此还不能予以说明的区域。"《艺术作品的本源》全文，有意识地但未予挑明地活动在对存在之本质的追问的道路上。只有从存在问题出发，对艺术是什么这个问题的沉思才得到了完全的和决定性的规定。我们既不能把艺术看作一个文化成就的领域，也不能把它看作一个精神现象。艺术归属于本有（Ereignis），而"存在的意义"（参看《存在与时间》）唯从本有而来才能得到规定。[①] 艺术是什么的问题，是本文中没有给出答案的诸种问题之一。其中仿佛

---

① 后期海德格尔以一个非形而上学的词语 Ereignis 来取代形而上学的"存在"（Sein）范畴。Ereignis 有"成其本身""居有自身"之意义，故我们考虑译之为"本有"。又鉴于海德格尔的解说，以及他对中国老子之"道"的思想的汲取（海德格尔认为，他所思的 Ereignis 可与希腊的 λóγος（逻各斯）和中国的道并举，并把 Ereignis 的基本含义解释为"道说""道路""法则"等），我们也曾译之为"大道"。关于"大道"一译，可看海德格尔：《在通向语言的途中》，中译本，孙周兴译，商务印书馆 1997 年版。关于"本有"的集中思考，可参看海德格尔：《哲学文集——论本有》（作于 1936—1938 年），《全集》，第 65 卷，美茵法兰克福 1989 年。值得指出的是，本书正文中较少出现 Ereignis 一词，而在作者后来在自己的样书中所加的"作者边注"中则较多地出现了该词。本文"后记"作于 1956 年，其时海德格尔的"本有"（Ereignis）之思已趋于明确了。

给出了这样一个答案,而其实乃是对追问的指示。

第 59 页和第 65 页上的两个重要线索就是这种指示。在这两个地方谈到一种"模棱两可"。第 65 页上,在把艺术规定为"真理之自行设置入作品"时,指明了一种"根本的模棱两可"。根据这种规定,真理一会儿是"主体",一会儿又是"客体"。[①] 这两种描述都是"不恰当的"。如果真理是"主体",那么"真理之设置入作品"这个规定意味着"真理之自行设置入作品"。这样,艺术就是从本有(Ereignis)方面得到思考的。然而,存在乃是对人的允诺或诉求(Zusprunch),没有人便无存在。因此,艺术同时也被规定为真理之设置入作品,此刻的真理便是"客体",而艺术就是人的创作和保存。

在人类与艺术的关系内出现了真理之设置入作品中的另一个模棱两可,这就是第 59 页上面所谓的创作和保存的模棱两可。按第 59 页和第 44 页上的说法,艺术作品和艺术家"同时"基于艺术的现身本质中。在"真理之设置入作品"这一标题中——其中始终未曾规定但可规定的是,谁或者什么以何种方式"设置"——隐含着存在和人之本质的关联。这种关联甚至在本文中也被不适宜地思考了——这乃是一个咄咄逼人的难题,自《存在与时间》以来我就看清了这个难题,继之在各种著作中对它做了一些表述(参看最近出版的《面向存在问题》和本文第 48 页:"所要指出的只是……")。[②]

然后,在这里起决定作用的问题集中到探讨的根本位置上,我们在那里浮光掠影地提到了语言的本质和诗的本质,而所有这一切又只是在存在与道说(Sein und Sage)的共属关系方面来考虑的。

一个从外部很自然地与本文不期而遇的读者,首先并且一味地,势必不是从有待思想的东西的缄默无声的源泉领域出发来设想和解说事情真相的。这乃是一个不可避免的困境。而对于作者本人来说,深感迫切困难的是,要在道路的不同阶段上始终以恰到好处的语言来说话。

◎史料选

什么是文学?（节选）[③]

［法］萨　特

一个年轻的笨蛋写道:"既然你想介入,你为什么不去加入共产党?"一位经

---

① 此处"主体"(Subjekt)和"客体"(Objekt)两词或可译"主词"和"宾词"。
② 参看海德格尔:《路标》,中译本,孙周兴译,商务印书馆 2000 年版,第 453 页以下。
③ 本文最初发表在 1947 年的《现代》杂志上,后来出单行本,并收入《处境种种》第二集。

常介入,更经常脱身,但又忘了这回事的大作家对我说:"最坏的艺术家是介入程度最深的:请看苏联画家便知分晓。"一位老批评家悄悄地抱怨:"你想杀害文学,你的杂志肆无忌惮地表示对文学的蔑视。"一个见识浅薄的人称我专横独行,这对他来说显然是最厉害的辱骂;一位作者好不容易从一次大战活到另一次大战,他的名字有时还能在老人心中唤起惆怅的回忆,他责怪我不关心千秋万载的令名:谢天谢地,他认识许多正人君子以此为主要希望。一个蹩脚美国记者认为,我错在从来不读柏格森、弗洛伊德;至于那位不介入世务的福楼拜,似乎他成了我的心病,狡狯之徒眨巴眼睛说:"还有诗歌呢?还有绘画呢?音乐呢?莫非你要它们也介入?"好斗之士问道:"指的是什么?是介入文学?这就是从前的社会主义现实主义,要不就是民粹主义的复兴,不过比从前更咄咄逼人。"

真是蠢话连篇!这是因为人们读得太快,囫囵吞枣,还没有弄懂就做出判断。所以我们需要从头开始。这对任何人都不好玩,对你和对我一样。但是必须把钉子钉死。既然批评家们用文学的名义谴责我,却又从来不说他们心目中的文学是什么东西,对他们最好的回答是不带偏见地审查写作艺术。什么是写作?人们为什么写作?为谁?事实上,似乎谁也没有对自己提出这些问题。

什么是写作?

不,我们不想让绘画、雕塑和音乐"也介入",至少不以同样的方式介入。再说我们为什么要这样做呢?过去时代的一位作家发表了有关他自己的职业的见解时,难道有人立即要求他把这一见解应用于其他艺术吗?但是今天的漂亮做法是用音乐家或文学家的行话来"谈论绘画",或者用画家的行话来"谈论文学",好像归根结底只有一种艺术,像斯宾诺莎①的实体完整反映在它的任何一个属性里一样,艺术可以一视同仁用这种或那种语言来表达。人们无疑可以在任何艺术语汇的起源找到一个未经区分的选择,到后来环境、教育和与世界的接触才使这个选择取得各种特殊形式。同一个时代的艺术无疑是相互影响的,而且受到同样的社会因素的制约。但是若有人要表明某一文学理论因其不适用于音乐而就是荒谬的,他们首先应该证明各种艺术是平行的。偏偏并不存在这种平行性。这里和其他地方一样,不仅是形式,还有质地也造成差别;用颜色和声音工作是一回事,用文字来表达是另一回事。音符、色彩、形式不是符号,它们不引向它们自身之外的东西。当然,绝对不可能把它们严格还原为它们自身,比如纯粹声音的观念乃是抽象的结果:梅洛-庞蒂在《感知的现象学》里已指出,最洗练的品质或感觉也没有不带意义的,但是附在它们身上的那个小小的意义,不管是轻

---

① 斯宾诺莎(1632—1677),荷兰哲学家。

盈的快乐还是淡淡的哀愁,都是它们内在的,或者像一片热雾在它们周围颤动;这个意义就是颜色或者声音。谁能把苹果绿色从它带酸味的快乐中区别出来呢?"苹果绿色带酸味的快乐"这种说法本身是不是已经显得啰嗦?有绿色,有红色,如此而已;它们都是物,它们由于它们自身而存在。当然人们可以约定俗成赋予它们以符号的价值。花卉语言就是这样被应用的。但是,如果我同意说白玫瑰对我表示的意义是"忠贞不渝",这是因为我已停止把它们看作玫瑰:我的目光穿过它们,指向它们之外的那个抽象的属性;我忘了它们,我不去注意它们似烟如雾的茂密盛开,也不理会它们滞留不散的甜香;我甚至没有感到它们。这就是说我没有像艺术家那样行事。对于艺术家来说,颜色、花束、匙子磕碰托盘的叮当声,都是最高程度上的物;他停下来打量声音或形式的性质,他流连再三,满心喜悦;他要把这个颜色—客体搬到画布上去,他让它受到的唯一改变是把它变成想象的客体。所以他距离把颜色和声音看成一种语言(见本文末萨特原注〔1〕)的人最远。这一适用于艺术创作诸要素的原理同样适用于各要素的组合:画家无意在画布上描下一些符号,他要创造(见本文末萨特原注〔2〕)一件物;如果他把红色、黄色和绿色放在一起,这并不成为这些颜色的集合具有一个可以确定的意义,即它们指名道姓引向另一个客体的理由。这一颜色集合无疑也有一个灵魂附体;既然画家必须有动机,即便是隐藏的动机,才去选用黄色而不是紫罗兰色,那么人们可以持论说:这样创造出来的客体反映了画家最深藏不露的倾向。不过这些被创造的客体从来不像语言或面部表情那样表达他的愤怒、忧虑或快乐;它们倒是浸透了这些情绪;这些色彩本身已经具有某种类似意义的东西,画家的激动心情注入这些色彩后便变得模糊、不分明;谁也无法在色彩中把它们完全辨认出来。各各他[1]上空中那一道黄色的裂痕,丁托列托[2]选用它不是为了表示忧虑,也不是为了激起忧虑;它本身就是忧虑,同时也是黄色的天空。不是满布忧虑的天空,也不是带忧虑情绪的天空;它整个儿就是物化了的忧虑,它在变成天上一道黄色裂痕的同时,又被万物特有的属性,它们的不容渗透性,它们的延伸性、盲目的恒久性、外在性,以及它们与其他物保持的无穷联系所淹没、淹埋;也就是说它再也不能被辨认,它好像是一个巨大但又徒劳的努力,始终虚悬在天空和大地的半途,无从表达它们的本性禁止它们表达的内容。同样的,一个旋律的意义——如果人们在这里还能谈论意义——离开旋律本身也就荡然无存了。相反,人们可以用多种方式完满地表达相同的观念。你尽可说这个旋律是欢乐的或阴郁的,不管你关于它说了些什么,它总是或过之或不及。这倒不

---

① 各各他(Golgotha),耶稣受难之处,又名髑髅地。
② 丁托列托(1518—1594),威尼斯画家。萨特著有未完成的《丁托列托传》。

是因为艺术家的感情更丰富、更多变,而是因为他的感情虽然可能是他发明这个音乐主题的起因,但感情在与音符结合的同时改变了本质,产生渐变。一个痛苦的喊声是引起这个喊声的痛苦的符号,但是一曲痛苦的歌既是它本身,也是它本身以外别的东西。或者用存在主义的语汇来说,这一痛苦不复是无定性的存在,它已取得本质。[①] 但是你会说,假如画家画的是房屋呢? 他是在画房屋,就是说他在画布上创造一所想象的房屋,而不是一个房屋的符号。这样出现的房屋保留了真实的房屋的全部暧昧性。作家可以引导你;如果他描写一所陋屋,他可以让你从中看到社会不公正的象征,激发你的想象。画家沉默不语:他为你展示一所陋屋,如此而已;你有自由爱在这里看到什么就是什么。这个阁楼绝对不会成为贫困的象征;为了成为象征,它必须是个符号,然而它却是物。笨画家寻找典型,他画典型的阿拉伯人、儿童、妇女;好画家知道现实世界里和画布上都不存在典型的阿拉伯人或典型的无产者;他为你提供一个工人——某一个工人。关于一个工人我们能想到什么呢? 想到无数相互矛盾的事情。所有的思想,所有的感情都在那里,浑然一体黏合在画布上;由你去进行选择。有几位灵魂高尚的艺术家偶尔想感动我们;他们画了在雪地上排长队等待雇主的工人,失业者消瘦的脸,还有战场。但是他们并不比《浪子》的格勒兹[②]更打动我们。《格尔尼卡的屠杀》[③]诚然是杰作,但是有人相信它曾为西班牙共和国的事业赢得哪怕只是一个人的支持吗? 然而确实有某种东西被说出来了,人们不可能完全听到这个东西,因为需要无量数的词才能表达它。毕加索画的细高个子意大利喜剧丑角老有一种暧昧、永恒的神情,他们身上附着一个猜不透的意思,而这个意思是与他们瘦削、前倾的身材和他们穿的洗褪了颜色的紧身百衲衣分不开的;他们是一种化成血肉之躯的激情,肉体像吸墨纸吸收墨水一样吸收这一激情,使它变得无法辨认、迷失方向,或为某种对它自己也是陌生的东西被肢解在宇宙四隅却又无处不在。我不怀疑传递或者愤怒可以产生别的客体,但是这两种感情同样会陷入它们产生的客体之中不能自拔,它们将失去自己的名称,只剩下一些幽魂附体的物。人们不可能画出意义,人们不可能把意义谱成音乐;既然如此,谁还敢要求画家和音乐家也介入呢?

相反,作家是与意义打交道的。还需要区分:散文是符号的王国,而诗歌却

---

① 存在主义哲学以人的存在与物的存在相对照。人没有事先规定的本质,他是自由的,通过一系列选择实现其本质。相反,物有既定的本质。参照下文,这句话的意思似乎是说:乐曲与画一样是物,所以已取得本质(定性)。

② 格勒兹(1725—1805),法国风俗画家。

③ 毕加索的名画。格尔尼卡是西班牙北部一小城,1937 年西班牙内战期间惨遭支持佛朗哥的德国空军的轰炸。

是站在绘画、雕塑、音乐这一边的。人们指责我厌恶诗歌,证据是:《现代》杂志很少发表诗作。其实相反,这正是我们喜爱诗歌的证据。谓予不信,只要看一下当代诗歌作品就能明白。只是批评家们得意扬扬地说:"至少,你甚至不能想象让诗歌也介入。"确实如此。但是我为什么要让诗歌也介入呢?难道因为诗歌与散文都使用文字?可是诗歌使用文字的方式与散文不同,甚至诗歌根本不是使用文字;我想倒不如说它为文字服务。诗人是拒绝利用语言的人。因为寻求真理是在被当作某种工具的语言内部并且通过这个工具完成的,所以不应该想象诗人们以发现并阐述真理为目的。他们也不会想到去给世界命名,事实上他们没有叫出任何东西的名字,因为命名永远意味着名字为被命名的客体做出牺牲,或者用黑格尔的说法,名字面对有本质性的物显示了自身的非本质性。诗人们不说话;他们也不是闭口不语:这是另一个问题。人们说诗人们想通过匪夷所思的组合摧毁语言,这样说是错的,因为如果诗人们果真这样做,他们必定事先已经被投入功利语言的天地,企图通过一些奇特的、小巧的词组,如把"马"和"黄油"组合成"黄油马"(见本文末萨特原注〔3〕),从这一天地中取出他们需要的词。且不说这项事业要求无限长的时间,我们也不能设想人们可以同时既处在功利计划的层画上,把词看成一些工具,同时又冥思苦想怎样除掉词的工具性。事实上,诗人一了百了地从语言-工具脱身而出;他一劳永逸地选择了诗的态度,即把词看作物,而不是符号。因为符号具有模棱两可性,人们既可以自由自在地像穿过玻璃一样穿过它去追逐它所指的物,也可以把目光转向符号的事实,把它看作物,说话的人越过了词,他靠近物体;诗人没有达到词。对于前者,词是为他效劳的仆人;对于后者,词还没有被驯化。对于说话的人,词是有用的规定,是逐渐磨损的工具,一旦不能继续使用就该把它们扔掉;对于诗人,词是自然的物,它们像树木和青草一样在大地上自然地生长。

不过,即便诗流连字词,犹如画家之于色彩,音乐家之于音符,这并不意味着词对于诗人而言失去了任何意义;事实上只有意义才能赋予词以语言一致性;没有了意义,词就会变成声音或笔画,四处飘散。只不过意义也变成自然而然的东西了;它不再是人类的超越性始终瞄准但永远达不到的目的;它成了每个词的属性,类似脸部的表情,声音和色彩的或喜或忧的微小意思。意义浇铸在词里,被词的音响或外观吸收了,变厚、变质,它也成为物,与物一样不是被创造出来的,与物同寿。对于诗人来说,语言是外部世界的一种结构。说话的人位于语言内部,他受到词语的包围;词语是他的感官的延长,是他的螯、他的触角、他的眼镜;他从内部操纵词语,他像感知自己的身体一样感知它们,他被语言的实体包围,但他几乎意识不到这一影响遍及世界的语言实体的存在。诗人处在语言外部,他从反面看词语,好像他不是人类一分子,而是他向人类走去,首先遇到语言犹如路障挡在他面前似的。他不是首先通过事物的名称来认识物，而是首先与物有一种沉默的接触，然后转向对他来说本是另一种物的词语，触摸它们、试探它们，他在它们身上发现一种洁净的、小小的亮光，以及与大地、天空、水域和所有造物的特殊亲和力，他不屑把词语当作指示世界某一面貌的符号来使用，而是在词里头看到世界某一面貌的形象。他因其与柳树或榛树相像而选用的语言形象未必就是我们用来称呼这些客体的名词本身。由于诗人已经位于语言外部，词语对他来说就不是使他脱离自身、把他抛向万物中间的指示器。他把它们看作捕捉躲闪不定的现实的陷阱；总之，全部语言对于诗人来说是世界的镜子。于是词的内部结构就产生重要的变化。词的发音，它的长度，它以开音节或闭音节结尾，它的视觉形态合在一起为诗人组成一张有血有肉的脸，这张脸与其说是表达意义，不如说它表现意义。反过来，由于意义被实现了，词的物质面貌就反映在意义上，于是意义作为语言实体的形象发挥作用。它也作为语言实体的符号起作用，因为它已失去了自己的优越地位，而且，既然词语与物一样不是被创造出来的东西，诗人不去决定究竟是物为词语而存在，还是词语为物而存在。于是在词与所指的物之间建立起一种双重的相互关系，彼此既神奇地相似，又是能指和所指关系。由于诗人不是利用词语，他不在同一词的各种含义之间进行选择，每一含义对他来说不具备独立的功能，而是好像一项物质属性委身于他，在他眼皮底下与其他含义融为一体。于是，只因为他采取了诗意的态度，他就在每个词身上实现了毕加索梦想的变化：毕加索曾想造出这样一种火柴盒，它整个儿就是一只蝙蝠，却又始终是火柴盒。佛罗伦萨是城市、花和女人①，它同时是城市－花、城市－女人和少女－花。于是出现这个奇怪的客体，它兼有河流的液态与黄金的浅黄褐色的柔情蜜意，并且不失体统地献出自身，通过袅袅不绝的哑音 e 无穷尽地扩展它扩满矜持的华贵风度。此外还要加上传记起到的狡诈作用。对我来说，佛罗伦萨也是某个女人，一个在我童年时代演无声片的美国女演员。关于她我什么都忘了，只记得她身材颀长如舞会上戴的长手套，总是面有倦色，身为有夫之妇总是守身如玉却又始终不被理解，只记得我当时爱着她，她名叫佛罗伦萨。因为词语使散文作家与自己分离，把他投向世界的中心，而对于诗人它却如同一面镜子映出他自身的形象。因此莱里斯②才同时着手去做两件事。一方面，他在《难词词典》中努力给某些词下一个诗的定义，就是说这一定义本身应是语言的声音外壳及其灵魂的相互关系的综合；另一方面他又在一部尚未问世的著作中，在几个对他来说特别富于感情色彩的词的指引下，去寻找逝去的时间。

① 佛罗伦萨的意大利语是"花城"的意思，也用作女名。

② 莱里斯(1901—1990)，法国作家。

所以诗意的词是一个微型宇宙。本世纪初发生的语言危机是诗的危机。不管什么是促成这一危机的社会与历史因素,它表现为作家面对词严重丧失自己的个性。他不再知道如何使用词;用柏格森那句有名的话来说,他对词只认出一半。于是他怀着一种古怪的感情去接近词,结果却卓有成效。词不再属于他,它们不再就是他,但是这些陌生的镜子反映着天空、大地和他本人的生命;最后词变成物本身,或者说得更准确一些,变成物的黑色核心。当诗人把好几个这一类的微型宇宙连在一起的时候,他做的事情等于画家把颜色集合在画布上;人们以为他在造一个句子,但这仅仅是表象,其实他在创造一个客体。词一客体通过神奇的相亲或相斥关系组合起来,与色彩和声音一样,它们相互吸引,相互排斥,它们燃烧起来,于是它们的集合就组成真正的诗的单位,即句子一客体。常见的情况是:诗人先在头脑里产生句子的模式,词儿跟着就来了。不过这一模式与人们通常所谓的语言模式毫无共同之处:它不主持建造一个意义;倒不如说它与毕加索的创造计划相近:毕加索在拿起画笔之前,先在空间中设想好这个将变成一个江湖艺人或者意大利喜剧丑角的物。

　　　　逃啊,逃到那里,我感到鸟已经醉了。

　　　　而我的心啊听到水手的歌声。

　　这个"而"犹如磐石矗立在句子边缘,它并没有把下一句诗与上一句诗联结起来。它使这句诗染上某种审慎的色彩,带上一种浸润全句的矜持态度。同样的,有些诗篇一开头就是"于是"。这个连接词不再标志有待进行的某一操作:它渗入整段诗,赋予这段诗以一套组曲的绝对性质。对于诗人来说,句子有一种调性,一种滋味;诗人通过句子品尝责难、持重、分解等态度具有的辛辣味道,他注重的仅是这些味道本身;他把它们推向极致,使之成为句子的真实属性;句子整个儿成为责难,但又不是对任何具体东西的责难。我们在这里又遇到上文指出的存在于诗意的词及其意境之间的相互牵连关系:被选用的词的整体作为询问或限制色彩的意象行使其功能;反过来,询问则是被它限定的那个语言整体的意象。

　　如在下面这两句出色的诗里:

　　　　啊,四季!啊,城堡!

　　　　谁的灵魂没有缺陷?

　　谁也没有受到询问;谁也没有提问:诗人不在其中。询问不要求回答,或者应该说它本身就是回答。那么这是否是假的询问?但是如果人们以为兰波想说:人人都有缺陷,这是荒唐的。勃勒东·德·圣保尔一鲁说过:"如果他想说这个意思,他会明说的。"但是他也不想说别的意思。他提出一个绝对的询问,他把一种询问性的存在赋予灵魂这个美丽的词。于是询问变成物,犹如丁托列托的焦虑变成黄色的天空。这不再是一种意义,而是一种实质;它是从外部被看到的。兰波正是邀请我们与他一起从外部去看它;它的古怪正在于我们为了观看它而把自己的位置放在人的状况的另一边,即上帝这一边。

如果情况真是这样,人们就不难理解,要求诗人介入委实愚不可及。在诗的根源上无疑可以找到激动、激情乃至——为什么不呢?——愤怒、社会义愤和政治仇恨。但是这些感情在诗歌里不是像在抨击文章或者自白书里那样得到表达的:散文作者在阐述感情的同时照亮了他的感情;诗人则相反,一旦他把自己的激情浇铸在诗篇里,他就再也不认识它们了:词语攫住感情,浸透了感情,并使感情变形;甚至在诗人眼中,词语也不表示感情。激动变成物,它现在具有物的不透光性;人们把它关闭在词汇里,而词汇模棱两可的属性使它也产生混淆。更重要的是,如同在各各他上空的黄色天空中有比单纯的焦虑更多的东西一样,在每句话里,每句诗里,总有更多的含义。词、句子一物与物一样无穷无尽,从各方面溢出引起它们的感情。正当人们把读者从人的状况中抽身出来,邀请他用上帝的目光从反面看待语言时,人们怎么能指望引起读者的义愤或政治热情呢?人们会说:"你忘了抵抗运动的诗人。你忘了彼埃尔·埃玛纽尔[1]。"不!我正要拿他们做例子说明问题(见本文末萨特原注[4])。

但是,诗人被禁止介入能否成为散文作者也不必介入的理由呢?两者之间有什么共同点呢?散文作者确实在写作,诗人也在写作。但是这两个写作行为的共同点仅是手画出字母的运动而已。在其余方面,两者的天地是彼此隔绝的,对其中一位行之有效的东西对另一位不适用。散文在本质上是功利性的,我乐意把散文作者定义为一个使用词语的人。茹尔丹先生[2]要求仆人给他拿拖鞋时,希特勒向波兰宣战时,用的都是散文。作家是一个说话者:他指定、证明、命令、拒绝、质问、请求、辱骂、说服、暗示。即便他在说空话,他也不因此就变成诗人:这不过是一个散文作者在没话找话说。我们从反面看语言已经看够了,现在该从正面来看了。(见本文末萨特原注[5])

散文艺术以语言为对象,它的材料自然是可表达的:就是说,词首先不是客体,而是客体的名称。首要的不是知道词本身是否讨人喜欢或招人厌恶,而是它们是否正确指示世界上某些东西或某一概念。所以常有这样的事情:我们拿握了别人用语言教会我们的某一想法,却记不起用来传达这一想法的任何一个词。散文首先是一种精神态度:借用瓦莱里的说法,当词像玻璃透过阳光一样透过我

---

① 彼埃尔·埃玛纽尔(1916—?),法国诗人。他的作品体现了抵抗运动精神。

② 指莫里哀的喜剧《贵人迷》中的主人公,一个醉心于贵族生活的小市民,他十分惊讶地明白了,自己平时说话用的都是散文。

们的目光时,便有了散文。当人们遇到危险或困难时,人们会抄起随便什么工具。一待危险过去,人们甚至记不清用过的是锤子还是劈柴刀。况且人们根本不知道自己用过什么:当时需要的只是延长我们的身躯,设法使手够得着最高的树枝;这是第六个手指,第三条腿,总而言之是我们获得的一种纯粹功能。对语言亦复如此:它是我们的甲壳和触角,它保护我们不受别人的侵犯,并为我们提供有关别人的情况,它是我们的感官的延长。我们处在语言内部就像处在自己身体内部一样;我们在为抵达别的目的而超越语言的同时自发地感到它,就像我们感到自己的手和脚一样;当别人使用语言的时候,我们对它有感知,就像我们感知别人的四肢一样。有亲身体验到的词,也有邂逅的词。不过在这两种情况下,事情都是在一项事业的过程中发生的,不管是我自己着手一项关涉别人的事业,还是别人进行一项关涉我的事业。语言是行动的某一特殊瞬间,我们不能离开行动去理解它。有些失语症患者丧失了行动、理解形势和与异性保持正常关系的能力。在这种运用失能症内部,语言功能的毁坏仅是多项结构之中的一项最细腻的和最明显的结构的崩溃。如果散文从来不过是从事某一事业的特别合适的工具,如果只有诗人能不怀功利的目的审视词语,那么人们就有权首先向散文作者发问:你为什么目的写作? 你投入了什么事业? 为什么这项事业要求你写作? 而且这个事业无论如何不会以单纯审视词语为目的。因为直觉是静默,而语言的目的是沟通。无疑语言也能把直觉的结果固定下来,但是在这种情况下匆匆涂在纸上的几个词就足够了,作者本人总会辨认出其中意思的。如果词为力求明晰而组成句子,那么必定有一个与直觉,甚至与语言本身无关的决定在里面起作用:决定向别人提供取得的结果。人们在任何场合都应该要求知道做出这一决定的理由。我们的饱学之士们太爱把常情常理抛在脑后,而常情常理反复告诫的也正是这一点。人们习惯向所有有志写作的年轻人提出这个原则性问题:"你有什么话要说吗?"这话应该理解成:有什么值得说的话要说吗? 但是,如果不借助一种超验性的价值体系,又怎么理解什么话值得说呢?

再说,即便我们只考虑作为事业的次要结构的语言瞬间,纯文体学家的严重错误在于他们认为语言是一阵清风飘过事物的表面,它轻轻地触拂事物但不改变它们。他们错在认为说话的人不过是个证人,他用一句话来概括他与世无争的静观行为。殊不知说话就是行动:任何东西一旦被人叫出名字,它就不再是原来的东西了,它失去了自己的无邪性质。如果你对一个人道破他的行为,你就对他显示了他的行为,于是他看到他自己。由于你同时也向所有其他人道破了他的行为。他知道自己在看到自己的同时也被人看到;他不经意做的动作这一来就如庞然大物那样存在,为所有人而存在,它与客观精神相结合,它获得新的规模,它被回收了。这以后,他又怎么能照原来的方式行动呢? 或者出于固执,他明知故犯,或者他放弃原来的行动。所以,我在说话时,正因为我计划改变某一情境,我才揭露这一情境;我向自己,也向其他人为了改变这一情境而揭露它;我触及它的核心;我刺穿它,我把它固定在众目睽睽之下;现在它归我摆布了,我每多说一个词,我就更进一步介入世界,同时我也进一步从这个世界冒出来,因为我在超越它,趋向未来。所以散文作者是选择了某种次要行动方式的人,他的行动方式可以称之为通过揭露而行动。所以我们完全有理由向他提出第二个问题:你要揭露世界的哪一个面貌? 你想通过这个揭露带给世界什么变化?"介入"作家知道揭露就是变革,知道人们只有在计划引起变革时才能有所揭露。他放弃了不偏不倚地描绘社会和人的状况这一不可能的梦想。人是这样一种生灵,面对他任何生灵都不能保持不偏不倚的态度,甚至上帝也做不到。因为上帝如果存在,他也是如某些神秘主义者看到的那样,相对于人确定自身的处境。人也是这样一种生灵,他不能看到某一处境而不改变它,因为他的目光使对象凝固,毁灭它,或者雕琢它,或者如永恒做到的那样,把对象变成它自身[①]。人与世界面对爱情、仇恨、气恼、恐惧、欢乐、愤怒、赞赏、希望和绝望显示它们自身的真理。介入作家无疑可能是平庸的作家,他甚至可能意识到自己的平庸,但是就像人们不设想自己会大获成功就不会去写作一样,作家对于自己的作品的谦逊态度不应该导致他在构筑作品时不假定它理应取得最大的成功。他永远不应该对自己说:"好吧,我勉强会有三千名读者。"而是应该说:"假如人人都读我的书,又会发生什么情况呢?"他想起莫斯卡目送轿式马车载着法布利斯和桑塞维利纳远去时说的那句话:"万一爱情这个词在他们之间冒出来,我就完了。"他知道他是叫出那个还没有被命名或者不敢直言其名的东西的名字的人,他知道是他使爱情和仇恨这两个词在一些还没有决定自己的感情的人中间"冒出来",同时爱情和仇恨也就在他们中间产生了。他知道,如同勃里斯-帕兰说的那样,词是"上了子弹的手枪"。如果他说话,他等于在射击。他可以沉默不语,但是既然他选择了射击,他就应该像个男子汉,瞄准目标,而不是像小孩那样闭上眼睛乱开枪,满足于听响声取乐。下文我们将试图确定什么可以是文学的目的。但是从现在起我们就可以下结论说,作家选择了揭露世界,特别是向其他人揭露人,以便其他人面对赤裸裸向他们呈现的客体负起他们的全部责任。法律是被假定为无人不知的,因为有一部法典,而且法律是写成文字的:承认了这一条以后,你想触犯法律悉听尊便,但是你知道自己承担的风险。同样,作家的职能是使得无人不知世界,无人能说世界与他无关。一旦他介入语言的天地,他就再也不能伪装他不会说话;如果你进入意义的天地,你再也无法从中脱身了;还是让词语自由自在

---

① 马拉梅的名句:"如同最后永恒把他变成他自身。"(《爱伦·坡挽诗》)

地组织起来吧,它们将组合成句子,而每句话都包含整个语言,指向整个宇宙;沉默本身也是相对于词语确定自身的,就像音乐中的休止符从它周围那几组音符取得意义一样。这个沉默乃是语言的一个瞬间;沉默不是不会说话,而是拒绝说话,所以仍在说话。如果一个作家选择对世界的某一面貌沉默不语,或者借用一个真是把话说到点子上的成语来说,他把世界的某一面貌置于沉默之下,人们就有权利问他第三个问题:为什么你谈论这一点而不是那一点,而且——既然你说话的目的是改变——为什么你想改变这一点而不是那一点?

这一切丝毫不妨碍写作方式的存在。人们不是因为选择说出某些事情,而是因为选择用某种方式说出这些事情才成为作家的。而散文的价值当然在于它的风格。但是风格应该不被觉察。既然词语是透明的,目光穿过词语,那么在词语和目光之间塞进几道毛玻璃便是大谬不然。美在这里仅是一种柔和的、感觉不到的力量。在一幅画上美是最引人注目的东西,在一本书里它却隐藏起来,它像一个人的声音或一张脸的魅力,以情动人,它不强制,它在人们不知不觉中改变人们的意向,人们以为自己被论据说服了,其实只是受到人们看不见的一种魅力的吸引。弥撒的仪式不就是信仰,但是它引向信仰;词的和谐与美,句子的平衡在读者不知不觉中引导他的激情,像弥撒、音乐和舞蹈一样使激情井然有序;如果读者去审视词句本身,他就丢失了意义,只剩下令人生厌的为使句子均衡而花的心思。在散文里,审美喜悦只有当它是附加上去的时候才是纯粹的。提醒一些如此简单的见解委实有点难为情,不过今天人们似乎已经忘了这些看法。不这么提醒的话,人们岂非会说我们蓄意杀害文学,或者直截了当说介入对写作艺术有害?如果不是因为某种受到诗歌影响的散文搞乱了批评家们的见解,既然我们始终谈论的都是内容问题,他们怎么还会想到在形式问题上攻击我们呢?关于形式,事先没有什么可说的,而且我们什么也没有说:每人发明他自己的形式,容别人事后做出评判。题材推荐风格,此话不假,但是题材并不决定风格;没有一种题材是先验地位于文学艺术之外的。还有比攻击耶稣更为介入、更令人生厌的写作目的吗?帕斯卡尔却写成了《致外省人书简》。总而言之,要紧的是知道人们想写什么:是蝴蝶还是犹太人的状况。一旦人们知道想写什么了,剩下的事情是决定怎样写。往往这两项选择合而为一,但在好的作者那里,从来都是先选择写什么,然后才考虑怎样写。我知道吉罗杜[①]说过:"唯一的事情是找到自己的风格,想法随后会来的。"但是他错了,想法没有随后产生。只要人们把题材看成永远开放的问题,看成一些请求和期待,人们就会理解:艺术不会在介入时失去任何东西;相反,就像物理学向数学家提出新的问题,迫使他们创造新的

---

① 吉罗杜(1882—1944),法国作家。

符号体系一样,社会和形而上学日新月异的要求促使艺术家寻找新的语言和新的技巧。如果我们今天不再像 17 世纪那样写作,那是因为拉辛和圣埃弗勒蒙①的语言不适合谈论火车头和无产阶级。这以后,语言纯洁主义者们可能会禁止我们写作有关火车头的内容。但是艺术从来不站在语言纯洁主义者们那一边。

既然这就是介入的原则,人们还有什么可以责难它的呢?更重要的是,人们对它提出过什么责难?我觉得我的论敌们缺乏热忱,他们的文章无非是由他们心目中的惊世骇俗之举引起的一声长叹,拖拖拉拉填满报上两到三栏。我很想知道他们用什么名义,根据什么样的文学观点谴责我,可是他们不说出来,他们自己也不清楚。最彻底的做法应该是引用陈旧的为艺术而艺术的理论来支持他们的判决,但是他们中没有人能够接受这个理论,它也碍手碍脚。大家知道,纯艺术和空虚的艺术是一回事,美学纯洁主义不过是上个世纪的资产者们漂亮的防卫措施,他们宁可被人指责为缺乏文艺修养,也不愿意被说成是剥削者。所以,他们自己也承认作家必须谈论什么事情。可谈论什么呢?我相信,要不是弗尔南德斯在第一次世界大战后为他们找到了信息这个概念,他们将陷于极大的困境。他们说,今天作家无论如何不能关心现世的事务;他也不应该把毫无意义的词排列在纸上或者唯一追求句子和形象的美:他的职责在于向读者传递信息。信息到底是什么东西呢?

必须指出,大部分批评家是一些不太走运的人,他们在濒临绝望之际找到了一个小小的、安静的公墓看守人职位。上帝知道,如果说公墓是宁静的,最惬意的公墓莫过于图书室,死者都在那里;他们唯一做过的事情是写作,他们早就洗涤了生的罪孽,何况关于他们的一生,人们只是通过别的死人写的有关他们的书才有所了解。兰波死了。帕台纳·贝里松和伊萨贝尔·兰波②也死了。碍事的人都消失了,只剩下沿着贴墙的搁板,像骨灰存放处的骨灰盒一样码放得整整齐齐的小棺材。批评家活得不顺心,他的妻子不赏识他的才能,他的儿子们以怨报德,每到月底家里就缺钱。但是他总可以步入书房,从搁板上抽下一本书,打开它。从书中轻轻散逸出一股地窖气味,于是一项奇特的操作就开始了,批评家决定名之曰阅读。从某一方面来看,这是一种占有:人们把自己的身躯借给死者,让他们夺命还魂。从另一方面来看,这是与另一个世界接触。书确实不是一个客体,也不是一个行为,甚至不是一个思想:它由一名死者写成,讲述死去的事情,在这块土地上没有它的位置,它谈论的事情无一与我们直接有关;没人理睬它的时候,书就收缩、倒塌,只剩下发霉的纸上的油墨渍,而当批评家使墨渍复

---

① 圣埃弗勒蒙(1615—1703),法国伦理学家、批评家。

② 帕台纳·贝里松和伊萨贝尔·兰波即象征派诗人兰波的妹夫和妹妹。

活,当他把墨渍化为字母和词的时候,墨渍就对他谈论他并不怀有的激情,没有对象的怒火,以及死去的恐惧和希望。整整一个没有具体形式的世界环绕着他,在那个世界里人的情感因为不再触及实际,便升格为模范情感,说白了便是取得价值的地位。所以他相信自己在与一个可以理解的世界交流,那个世界好像是他日常烦恼的真相及其存在理由。他认为自然模仿艺术,就像对于柏拉图来说,可感知的世界模仿原型世界一样。当他阅读的时候,他的日常生活变成一个表象。他脾气暴躁的妻子是个表象,他的驼背儿子也是表象:这些表象终得救,因为色诺芬①创造了桑蒂普②的肖像,莎士比亚描绘了理查三世③。若逢当代作家知趣地死去,批评家的高兴无异过节:他们的书原先太露骨,太逼真,太给人以压迫感,现在都走到另一边去了,它们越来越不触及实际,相应地变得越来越美;在净界稍做逗留之后,它们就飞升到新价值的明白易懂的天庭去栖身。贝高特、斯万、齐格非、贝拉和泰斯特先生④,这些名字不久前都完成了这一变化。人们正在等待纳塔那埃尔和梅纳尔克⑤。至于那些不知趣偏要活下去的作家,人们只要求他们别乱动,并且努力做到从现在起就与他们将要成为的死人相像。瓦莱里把这个问题处理得很好,他二十五年以来发表的都是遗作,所以他才能像几位例外的圣徒一样,活着的时候就被封为圣人。但是马尔罗骇世惊俗。我们的批评家们都是纯洁派:他们不愿意与现实世界打任何交道,除非是为了饮食。而且,既然是人总得与同类交往,他们选择了与死者交往。他们只为已经归档的事务、已经结束的争吵和人们已经知道结局的故事激动。他们绝不就不确定的结局打赌。由于历史已经代他们做出决定,由于曾经引起他们所读的书的作者们的恐怖或愤怒的对象已经消失,由于两个世纪以后当初的浴血纷争显得纯属无谓,他们就可以陶醉于结构均衡的复合句,而且对他们来说,似乎全部文学只是一个庞大的同语反复,似乎每个新的散文作者都发明了一种新的说废话的方式。谈论原型和"人性",或者说废话?我们的批评家们的各种见解就在这两种想法之间摇摆不定。当然这两种想法都是错的:大作家们想的是破坏、建设、证明。但是我们不注意他们提供的证据,因为对于他们企图证明的事情我们毫不关心。他们揭露的弊端与我们的时代无关;另一些使我们义愤填膺的弊端,他们却根本想不到;历史推翻了他们的某些预言,而那些日后证实了的预言则因为它们变成

---

① 色诺芬(约前427—前355),古希腊历史学家。
② 桑蒂普是苏格拉底的妻子,色诺芬说她脾气暴躁。
③ 理查三世是驼背。
④ 贝高特、斯万是普鲁斯特《追忆逝水年华》中的人物;齐格非、贝拉是吉罗杜作品中的人物;泰斯特先生是瓦莱里笔下的人物。
⑤ 梅纳尔克,纪德的《人间食粮》中的人物。

事实是那么久以前的事情,我们忘了这曾是他们的真知灼见;他们有些思想已完全死去,另一些思想则为全人类接受,以致被我们看作老生常谈。于是这些作家最出色的论据已失去时效,我们今天欣赏的只是推理的条理分明和严密性;他们煞费苦心的经营在我们眼里只是一个装饰品,一个为展开主题而构造的漂亮建筑物,与另一些建筑物,如巴赫的赋格曲和阿尔汉布拉宫①的阿拉伯装饰图案一样没有实际用途。

在这类情绪几何学中,当几何学说服不了人的时候,激情还能打动人,或者不如说表现激情还能打动人。种种想法随着岁月的推移莫不走味变质,但是它们仍是一个曾有血肉之躯的活人的小小的执拗劲头。理性的理由萎靡不振,但是我们在它们背后看到心灵的理由、德性、恶行,以及人们与生俱来的巨大痛苦。萨德②费尽心机争取我们的同情,然而他连引起公愤都很勉强:他不过是一枚珠贝,一个患着美丽的疾病的灵魂。《论戏剧的书简》不再使任何人不上剧院,但是我们觉得卢梭憎恶戏剧艺术倒是很有意思的。如果我们对精神分析学说略知一二,我们的乐趣便完美无缺了;我们将用俄狄浦斯情结来解释《民约论》,用自卑情绪来解释《法意》;就是说我们将充分享受公认的活狗相对于死狮而言的优越性。当一本书展示的令人心醉的思想仅有理性的外表,一遇到我们的目光就溶化,变成只不过是心脏的搏动的时候,当人们从书里引出的教训与作者想给的教训完全不同时,人们就把这本书叫作一个信息。法国革命之父卢梭与种族主义之父戈比诺③这两位都向我们发出信息。批评家怀着同等的同情心看待他们。如果他们两位都还活着,我们就得做出抉择,拥护一位,反对另一位;爱一位,恨另一位。不过使他们两位接近的,首先是他们犯下同一个意味深长、妙不可言的错误:他们都死了。

所以人们应该劝告当代作家发布信息,就是说有意把他们的作品限于灵魂的无意流露。我说"无意",因为死者,从蒙田到兰波,无不完整地描绘了他们自己,但是他们并未先存此心,他们只是附加做到这一点;他们出于无心送给我们的附加成分应该成为活着的作家们首要的、公开承认的目的。人们不要求他们为我们提供不加修饰的忏悔录,也不要求他们效法浪漫派的感情泛滥。但是,既然我们拆穿了夏多布里昂或卢梭的诡计,在他们扮演社会角色的时候冷不防进入他们的私生活,在他们最具普遍性的论断中找出他们的个人动机,从而得到乐

---

① 阿尔汉布拉宫,阿拉伯文原意为红宫,指西班牙格林纳达的摩尔人王国的宫殿和城堡,以装饰华丽著称。
② 萨德侯爵(1740—1814)所著小说的主人公都有变态心理。
③ 戈比诺伯爵(1816—1882),法国外交家、作家。

趣,我们就要求新来的人有意识地为我们提供同一乐趣。他们尽可推理、肯定、否定、反驳、证明,但是他们维护的事业应该只是他们的言词的表面目的;深层的目的是把自己和盘托出但又做得好像没有这回事。他们必须先解除自己的推理的武装,就像时间解除了古典作家的推理的武装一样;他们还应该把自己的推论用于谁也不感兴趣的题材,或者用于大而化之、事先就使读者信服的普遍真理。至于他们的想法,他们必须使之貌似深刻,其实空洞无物,而且用这样一种方式来表达,以便他们明显地可以用不幸的童年、阶级仇恨或者乱伦关系来解释。他们千万别真的去思想:思想隐蔽了人,但是我们只对人感兴趣。放声大哭是不美的:它伤害别人。好的推理也伤害人,斯丹达尔早就看到这一点。若有一种掩盖着一场痛苦的推理,这就正中下怀了。推理除掉了哭泣中不恭敬的成分,而哭泣则在暴露其感情根源的时候除掉了推理中咄咄逼人的成分。我们既非过分感动,又非完全信服,于是可以安全地享受众所周知能从欣赏艺术品得到的有节制的快感。这便是"真正"的、"纯粹"的文学:一种呈现为客观形式的主观性,一种经过古怪的安排后变得与沉默相等的言词,一个对自身有争议的思想,一种理性,但它仅是疯狂戴上的面具,一种永恒;但它暗示自己仅是历史的一个瞬间;一种历史瞬间,但它通过它揭露的底蕴,突然指向永恒的人;一种永久的教训,但它与教训者本人的明确意志相左。

归根结底,所谓信息是一个变成客体的灵魂。一个灵魂,人们拿灵魂做什么用呢?人们隔着一段距离恭恭敬敬地瞻望着它。除非另有强烈的动机,人们没有向公众显示自己灵魂的习惯。但是,约定俗成允许几个人有保留地把自己的灵魂投入商业领域,而且所有成年人都能得到它。今天对许多人来说,精神产品就是这样一种花不了几个钱就能买到的游魂:既有好心肠的老蒙田的游魂,也有亲爱的拉封丹的游魂,还有让-雅克的、让-保尔的,以及妙不可言的热拉尔①的。人们把使这些游魂变得不能加害于人的全套加工过程叫作文学艺术。它们经过鞣制、提炼和化学处理,就能为买主提供机会,以便他们从整个儿向外发展的一生中抽出片刻来培育自己的主观世界。使用本品绝对安全:既然《随笔集》的作者②在波尔多发生瘟疫时惊恐万状,谁又会拿他的怀疑主义当真呢?既然让-雅克把亲生子女送进济贫所,谁又会对卢梭的人道主义认真呢?更不要说《西尔薇》奇特的启示了,既然热拉尔是疯子。职业批评家至多不过在死去的作家之间建立地狱里的对话,告诉我们法国思想是帕斯卡尔与蒙田之间的永恒交谈③。

---

① 热拉尔·德·奈瓦尔(1808—1855),法国作家。
② 指蒙田。
③ 这里指的是莫里亚克的见解。

他这么做不是要搞活帕斯卡尔和蒙田,而是把马尔罗和纪德弄死。最后,当生活和作品的内在矛盾使两者都不能被利用,当莫测高深的信息教给我们下列基本原理:"人不善也不恶","人生多坎坷","天才是长期的忍耐",等等。到这个时候,这套化生为死的烹饪术的最终目的便达到了,而读者掩卷时就可以怀着宁静的心境喊道:"这一切不过是文学。"①

但是,既然对我们来说一篇作品是一项事业,既然作家在死去以前是活着的,既然我们认为应该努力在我们的书里证明自己有理,既然,即便未来的岁月会判断我们是错了,这也不能成为事先就说我们错了的理由,既然我们主张作家应该把整个身心投入他的作品,不是使自己处于一种腐败的被动状态,陈列自己的恶习、不幸和弱点,而是把自己当作一个坚毅的意志,一种选择,当作生存这项总体事业——我们每个人都是这项事业,那么我们就应该从头捡起这个问题,并且我们也应该自问:人们为什么写作?

附:萨特原注

〔1〕至少,一般如此。克利②的伟大和谬误都在于他企图做到使绘画既是符号,又是客体。

〔2〕我说的是"创造",不是"模仿",这就足以使沙尔·埃斯吉纳先生的全部做作变得纯属无谓。他显然丝毫没有领会我的意思,一味与影子大打出手。

〔3〕这是巴塔耶在《内心经验》中举的例子。

〔4〕如果人们想了解对于语言的这种态度的起源,我愿在此做简要的提示。

从起源上看,诗歌创造人的神话,而散文家描出人的肖像。事实上,人的行为听命于需要并受到功利性目的的教促,它在某种意义上是一种手段。它本身不被觉察,重要的是它产生的结果:当我为了抓住笔杆而伸出手时,我对自己的动作仅有游移的、昏暗的意识,我看到的是笔杆;所以人被他的目的异化了。诗歌把关系颠倒过来:世界与物转入非本质状态,成为行为的借口,而行为变成它自身的目的。花瓶待在那里是为了让少女用优雅的姿势往里插满鲜花,特洛亚战争之所以发生是为了赫克托耳与阿喀琉斯能奋勇决战。行动与其目的的分离,目的淡化,于是行动变成壮举或舞蹈。然而,不管诗人对事业的成功与否多么冷淡,在19世纪以前他与社会整体是协调的;他使用语言不是为了与散文追逐同一目的,但是他与散文作者一样信任语言。

资产阶级社会形成之后,诗人与散文作者结成联盟,宣布人们在这个社会里无法生活。对于诗人来说,要做的事情始终是创造人的神话,但是他从白魔法转入黑魔法③。人始终被看作绝对目的,但是由于他的事业成功,他就陷入功利主义的集体之中。从此不再是成功,而

---

① 兰波的名句。

② 保尔·克利(1879—1940),德国画家。

③ 古代亚历山大的哲学家们把魔法分成两种,行善的为白魔法,作恶的为黑魔法。

是失败成为他的行为的背景,使得他能够转入神话。唯有失败犹如一道屏障阻断人的谋划的无穷尽的系列,使人回归他自己,恢复他的纯洁性。世界仍是非本质性的,但是现在世界是作为失败的借口而存在。物的目的性在于阻断人的追路,把人打发回他自己那里去。何况需要做的不是专横地把失败和破坏引入世界的进程,而是让眼睛只看到失败和破坏。人的事业有两个方面:它同时是成功和失败。辩证法模式用来思考人的事业是不可应用的:需要进一步放宽我们的词汇和我们的理性框架。有一天我将试图描绘历史这个古怪的事实,它既不是客观的,又不完全是主观的;辩证法在历史里受到某种反辩证法的争议、侵入和腐蚀,然而这种反辩证法本身仍是辩证的。不过这是哲学家的事情,通常人们不去考察伊阿诺斯①的两面:行动家看到其中一面,诗人看到另一面。当工具被毁坏,丧失其功用,计划受挫,努力落空时,世界就呈现一种清新面貌,既稚气又可怕,没有支撑点,也没有道路。此时的世界具有最高限度的真实性,因为它压垮了人。而且,就像行动总会产生普遍性一样,失败使物恢复其个别性。但是,通过一种意料之中的送转作用,被看作最终目的的失败,同时既对这个世界有所争议又占有这个世界。有所争议,因为人比压垮他的东西更有价值;不是像工程师或船长那样因为物"缺少真实性"才对物有所争议,而是相反,通过他作为战败者的存在,对物的过分真实性有所不满;他是世界的悔恨。也是占有,因为世界一旦不再是取得成功的工具,就变成失败的工具。于是世界就具有一种不分明的目的性,它的敌对系统就发挥作用,它越与人敌对就越富人性。失败本身转化成得救。并非失败使我们抵达某个彼岸世界,而是它自动地恢复、变化。比如诗的语言在散文的废墟上诞生。如果语言确实是一种背叛,如果真的不可能相互沟通,那么每个词都会自己恢复自己的个别性,成为我们的失败的工具,而且包含着不可传达的内容。这倒不是说另有别的东西有待传达,但是用散文来传达既然已告失败,词的意义本身就成为纯粹不可传达的东西。于是沟通的失败变成对不可传达的内容的暗示,而利用这些词的计划受到挫折,就让位于对语言的一种非功利性的纯粹直觉。我们又回到我们在本书第16页②企图做出的描写,不过现在问题被置于一个更普通的前景之下,即赋予失败以绝对价值的前景:我以为这是当代诗歌的本原态度。也需要指出,这一选择在集体内部赋予诗人一项很明确的功能:在一个结合程度很深的社会或宗教社会里,失败被国家掩盖起来或者被宗教消弭;在一个结合程度不深而且是世俗性的社会,如我们的民主国家里,诗歌起到消弭失败的作用。

诗歌是输家反而成了赢家。为了能赢,真正的诗人选择了输,至死无悔。我重复说,这里指的是当代诗歌。历史上有过别的形式的诗歌。本文不是阐明这些诗歌与我们的诗歌的联系。如果人们非要谈论诗人的介入不可,那就应该说,诗人是承诺赌输的人。这才是他的厄运的深层含义。他一贯声称自己遭逢厄运,蒙受诅咒,并把这一切归咎于外力的干涉,其实这却是他最深层的选择,是他的诗歌的源泉而不是结果。他确信人的事业完全失败,并且安排自己在自己的生活中失败,以便用他的个别失败为人类的普遍失败作证,因此他有所争议——我们将看到这一点——而散文作者也是这么做的。但是散文的争议是以一个更大的

---

① 伊阿诺斯,罗马神话中守卫门户的两面神,长着两张方向相反的脸,既可瞻前也可顾后。

② 这是原版的页码。

成功的名义做出的,而诗歌的争议用的是任何胜利都包含的隐蔽的失败的名义。

〔5〕不言而喻,在任何诗歌里都有某种形式的散文,即成功因素;相应的,最枯燥的散文也必定包含少许诗意,即某种形式的失败:任何散文家,即使是头脑清醒的,也不能让人完全明白他想说的意思;他不是说过头,就是没说够,每句话都是打赌,都承担了风险;人们越是反复探索,词就越显得古怪。瓦莱里曾经指出,谁也不能彻底理解一个词。每个词无不同时在其明确的社会意义上与某些朦胧的联想意义上被使用,我几乎想说因其面貌而被使用。读者对此也有感受。于是我们不再处于协力沟通思想的层面上,而是位于顿悟与偶然性的层面上;散文的沉默带有诗意,因为它们标志着散文的界限,我为了把问题说清楚才考察了纯诗和纯散文这两个极端例子。不能因此就得出结论,说人们可以通过一系列不间断的中间形式从诗过渡到散文。如果散文作者过分宠爱词句,散文就失去其魅力,我们就坠入胡话之中。如果诗人去叙述、解释或者教诲,诗就变成散文化的,他就输了。这里指的是复杂的、不纯的,但是界限分明的结构。

T.S.艾略特

◎文论作品

传统与个人才能

一

在英文著述中我们不常说起传统,虽然有时候也用它的名字来惋惜它的缺乏。我们无从讲到"这种传统"或"一种传统";至多不过用形容词来说某人的诗是"传统的",或甚至"太传统化了"。这种字眼恐怕根本就不常见,除非在贬责一类的语句中。不然的话,也是用来表示一种浮泛的称许,而言外对于所称许的作品不过认作一种有趣的古物复制品而已。你几乎无法用这种字眼叫英国人听来觉得顺耳,若非如此舒舒服服地联系到令人放心的考古学。

当然在我们对已往或现在作家的鉴赏中,这个名词不会出现。每个国家,每个民族,不但各有创作的也各有批评的气质;但对于自己批评习惯的短处与局限性甚至比自己创作天才的短处与局限性更容易忘掉。从许多法文论著中我们知道了,或自以为知道了,法国人的批评方法或习惯;我们便断定(我们是这样不自觉的民族)说,我们比法国人"更长于批评",有时候甚至因此自鸣得意,仿佛法国人比不上我们来得自然。也许他们是这样,但我们自己该想到批评是像呼吸一样重要的,该想到当我们读一本书而觉得有所感的时候,我们不妨明白表示我们心里想到的种种,也不妨批评我们在批评工作中的心理。在这种过程中有一点事实可以看出来:我们称赞一个诗人的时候,我们的倾向往往偏注于他在作品中和别人最不相同的地方。我们自以为在他作品中的这些地方或这些部分看出了什么是他个人的,什么是他的特质。我们很满意的谈论诗人和他前辈的异点,尤其是和他前一辈的异点;我们竭力想挑出可以独立的地方来欣赏。实际呢,假如我们研究一个诗人,撇开了他的偏见,我们却常常会看出:他的作品中,不仅最好的部分,就是最个人的部分,也就是他前辈诗人最足以使他们永垂不朽的地方。我并非指年轻易感的时期,乃指完全成熟的时期。

然而,如果传统的方式仅限于追随前一代,或仅限于盲目地或胆怯地墨守前一代成功的地方,"传统"自然是不足称道了。我们见过许多这样单纯的作品,潮流一来便在沙里消失了;新颖却比重复好。传统的意义实在要广大得多。它不是承继得到的,你如要得到它,就必须用很大的劳力。它含有历史的意识,我们可以说,这种意识对于任何想在二十五岁以上还要继续作诗的人差不多是不可缺少的;历史的意识又含有一种领悟,不但要理解过去的过去性,而且还要理解过去的现存性;历史的意识不但使人写作时有他自己那一代的背景,而且还要感到从荷马以来欧洲整个的文学及其本国整个的文学有一个同时的存在,组成一个同时的局面。这个历史的意识是对于永久的意识,也是对于暂时的意识,也是对于永久和暂时的合起来的意识。就是这个意识使一个作家成为传统的。同时也就是这个意识使一个作家最敏锐地意识到自己在时间中的地位、自己和当代的关系。

诗人,任何艺术的艺术家,谁也不能单独地具有他完全的意义。他的重要性以及我们对他的鉴赏就是鉴赏对他和已往诗人以及艺术家的关系。你不能把他单独地评价;你得把他放在前人之间来对照,来比较。我认为这是一个批评的原理,美学的,不仅是历史的。他之必须适应,必须符合,并不是单方面的;产生一项新艺术作品,成为一个事件,以前的全部艺术作品就同时遭逢了一个新事件。现存的艺术经典本身就构成一个理想的秩序,这个秩序由于新的(真正新的)作品被介绍进来而发生变化。这个已成的秩序在新作品出现以前本是完整的,加入新花样以后要继续保持完整,整个的秩序就必须改变一下,即使改变得很小;因此每件艺术作品对于整体的关系、比例和价值就重新调整了;这就是新与旧的适应。谁要是同意这个关于秩序的看法,同意欧洲文学和英国文学自有其格局的,谁听到说过去因现在而改变,正如现在为过去所指引,就不至于认为荒谬。诗人若知道这一点,他就会知道重大的艰难和责任了。

在一个特殊的意义中,他也会知道他是不可避免地要受过去的标准所裁判。我说被裁判,不是被制裁;不是被裁判为比从前的坏些、好些,或是一样好;当然也不是用从前许多批评家的规律来裁判。这是把两种东西互相权衡的一种裁判,一种比较。仅求适应,在新作品方面,实在就不是适应;这种作品就不会是新的,因此就算不得是一件艺术作品。我们也不是说,因为它适合,新的就更有价值;但是它之能适合,总是对于它的价值的一种测验——这种测验呢,的确,只能慢慢地谨慎地应用,因为我们谁也不是决不会错误的适应裁判员。我们说:它看来是适应的,也许倒是个人的,或是,它看来是个人的,也许可以是适应的;但我们总不至于断定它只是这个而不是那个。

现在进一步来更明白地解释诗人对于过去的关系:他不能把过去当作乱七八糟的一团,也不能完全靠私自崇拜的一个作家来训练自己,也不能完全靠特别喜欢的某一时期来训练自己。第一条路是走不通的,第二条是年轻人的一种重要经验,第三条是愉快而可取的一种弥补。诗人必须深刻地感觉主要的潮流,而主要的潮流却未必都经过那些声名最著的作家。他必须深知这个明显的事实:艺术从不会进步,可是艺术的题材也从不会完全一样。他必须明了欧洲的心灵,本国的心灵——他到时候自会知道这比他自己私人的心灵更重要几倍的——是一种会变化的心灵,而这种变化呢,是一种发展,而这种发展决不会在路上抛弃什么东西,也不会把莎士比亚、荷马或"马格达林宁"时期①的石画家都变成老朽。这种发展,也许是精炼化,当然是复杂化,在艺术家看来却不是什么进步。也许在心理学家看来也不是进步,或不如我们所想象的进步之大;也许最后发现这不过是根据经济与机器的影响而已。但是现在与过去的不同就是,我们所意识到的现在是对于过去的一种觉识,而过去对于本身的觉识就不能表示出这种觉识的样子,不能表现到这种觉识的程度。

有人说:"死去的作家和我们离开很远,因为我们比他们知道得多这么多。"确是这样,他们便是我们所知道的。

我很知道往往会有人反对我显然为诗艺所拟的程序的一部分。反对的理由是:我这种教条苛求博学(简直是玄学),竟达于可笑的地步了,这种要求只是上诉到任何众神殿里的诗人传记即可加以拒绝。我们甚至断然说:学识丰富会使得诗的敏感变成麻木或者别扭。可是,我们虽然坚信诗人应该知道得愈多愈好,只要不妨害他必需的容受性和必需的懒散性,但若认为知识仅限于用来应付考试,客室酬对,当众炫耀的种种,那可要不得。有些人能吸收知识,较为迟钝的非流汗不能得。莎士比亚从普鲁塔克②所得到的真实历史知识比大多数人由整个大英博物馆所能得到的还要多。我们所应坚持的,是诗人必须获得或发展对于过去的意识,也必须在他的毕生事业中继续发展这个意识。

于是他就得随时不断地放弃当前的自己,归附更有价值的东西。一个艺术家的前进是不断地牺牲自己,不断地消灭自己的个性。

现在应当要说明的,是这个消灭个性的过程及其对于传统意识的关系。要做到消灭个性这一点,艺术才可以说达到科学的地步了。因此,请你们当作一种发人深省的比喻来注意一条白金丝放到一个贮有氧气和二氧化硫的瓶里去所发

---

① 欧洲旧石器时代的最后期。

② 普鲁塔克(Plutarch,46? —120?),古希腊历史学家。

生的作用。

二

诚实的批评和敏感的鉴赏,并不注意诗人,而注意诗。如果我们留意到报纸批评家的乱叫和一般人应声而起的人云亦云,我们会听到很多诗人的名字;如果我们并不想得到蓝皮书的知识,想欣赏诗,就不容易找到一首诗。我在前面已经试图指出一首诗与别人的许多诗的关系如何重要,表示诗应当认作自古以来一切诗的有机的整体。这个"非个人"诗论的另一方面就是诗与作者的关系。我用一个比喻来暗示成熟诗人的心灵与未成熟诗人的心灵所不同之处并非就在"个性"的价值上,也不一定指哪个更有趣或"更有话可说",而是指哪个是更完美的工具,可以让特殊的或颇多变化的各种情感能在其中自由组成新的结合。

我用的比喻是化学上的接触作用。当前面所说的两种气体混合在一起,加上一条白金丝,它们就化合成硫酸。这个化合作用只有在加上白金的时候才会发生,然而新化合物中却并不含有一点儿白金质。白金呢,显然未受影响,还是不动,还是中立,毫无变化。诗人的心灵就是一条白金丝。它可以部分的或专门的在诗人本身的经验上起作用;但艺术家愈是完美,他本身中,感受的人与创造的心灵愈是完全地分开,心灵愈能完善地消化和点化种种为它充材料的激情。

这些经验,你会注意到,这些受接触变化的元素,是有两种:情绪与感觉。一件艺术作品对于欣赏者的效力是一种特殊的经验,和任何非艺术的经验根本不同,它可以由一种感情所造成,或是几种感情的结合;因作者特别的词汇、语句或意象而产生的各种感觉,也可以加上去最后造成的结果。还有伟大的诗可以无须直接用任何感情作成的:尽可以纯用感觉。《神曲》中《地狱》第十五章显然使那种情景里的感情逐渐紧张起来;但是它的效力,虽然像任何艺术作品的效力一样单纯,却是从许多细节的错综里得来的。最后四行给我们一个意象,一种依附在意象上的感觉,这是自己来的,不是仅从前节发展出来的,大概是先悬搁在诗人的心灵中,直等到相当的结合来促使它加入了进去。诗人的心灵实在是一种贮藏器,收藏着无数种感觉、词句、意象,搁在那儿,直等到能组成新化合物的各分子到齐了。

假如你从最伟大诗中挑出几段可以做代表的来比较,你会看出各种类型的结合是多么不同,也会看出主张"崇高"的任何半伦理批评标准是怎样的全然不中肯。因为诗之所以有价值,并不在感情即成分的"伟大"与强烈,而在艺术过程的强烈,也可以说是结合时所加压力的强烈。保罗与佛朗契丝卡的一段穿插是用出了一种确定的感情的,但是诗的强烈性与它在假想的经验中所能给予的任何强烈印象颇为不同。而且它并不比第二十六章写尤利西斯的漂流更为强烈,那一章却并不直接依靠着一种情感。在点化感情的过程里有种种变化是可能的:阿伽门农的被刺,奥赛罗的苦恼,都给予一种艺术的效力,比起但丁作品里的情景来,显然是更形象逼真。在《阿伽门农》里,艺术的感情仿佛已接近目睹真相者的情绪;在《奥赛罗》里,艺术的情绪仿佛已接近剧中真主角的情绪了。但是艺术与事件的差别总是绝对的:阿伽门农被刺的结合和尤利西斯漂流的结合大概是一样的复杂。在二者中任何一种的情景里都有各种元素的结合。济慈的《夜莺歌》包含着许多与夜莺没有什么特别关系的感觉,但是这些感觉,也许一半是因为它那个可爱的名字,一半是因为它的名声,就被夜莺凑合起来了。

有一种我竭力要击破的观点,就是关于认为灵魂有真实统一性的形而上学的说法:因为我的意思是,诗人没有什么个性可以表现,只有一个特殊的工具,只是工具,不是个性,使种种印象和经验就在这个工具里用种种特别的意想不到的方式来相互结合。许多对于诗人本身是很重要的印象和经验,在他的诗里尽可以不发生作用,而在他的诗里是很重要的呢,对于他本身和他的个性也尽可以没有多大关系。

我要引一段诗①,因为是不大熟悉,正可以在以上光亮——或黑影——之中,用新鲜的注意力来观察一下:

> 如今我想甚至于要怪自己
>
> 为什么痴恋着她的美;虽然为她的死
>
> 一定要报复,做一番不平常的举动。
>
> 难道蚕耗费它金黄的劳动
>
> 为的是你? 为的是你她才毁了自己?
>
> 是不是男子的尊严要出卖来保持女子的高贵
>
> 为的是可怜的一点儿好处,一刹那的迷乱?
>
> 为什么那边这家伙拦路打劫,
>
> 把他的生命放在法官的嘴里,
>
> 来美化这么一回事——打发人马
>
> 为她显一显他们的英勇?……

这一段诗里,从上下文看来是很显然的有正反两种感情的结合:一方面对于美,有一种非常强烈的吸引,另一方面对于丑,也有一种同样强烈的迷惑,后者对照前者并加以抵消。两种感情的平衡是在这段戏词所属的剧情上,但仅恃剧情,则不足使之平衡。这不妨说是结构的感情,由戏剧造成的。但是整个的效果、主

---

① 见西里尔·特纳(Cyril Tourneur)的《复仇者的悲剧》,第 3 幕,第 5 场,译文按行按句译意,不拘原诗格律。

要的音调,是由于许多浮泛的感觉对于这种感情有一种化合力,表面上虽无从明显,和它化合了就给了我们一种新的艺术感情。

诗人所以能引人注意,能令人感兴趣,并不是为了他个人的感情,为了他生活中特殊事件所激发的感情。他特有的感情尽可以是单纯的、粗疏的,或是平板的。他诗里的感情却必须是一种极复杂的东西,但并不是像生活中感情离奇古怪的一种人所有的那种感情的复杂性。事实上,诗界中有一种炫奇立异的错误,想找新的人情来表现:这样在错误的地方找新奇,结果发现了古怪。诗人的职务不是寻求新的感情,只是运用寻常的感情来化炼成诗,来表现实际感情中根本就没有的感觉。诗人所从未经验过的感情与他所熟悉的同样可供他使用。因此我们得相信说诗等于"宁静中回忆出来的感情"是一个不精确的公式。因为诗不是感情,也不是回忆,也不是宁静(如不曲解字义)。诗是许多经验的集中,集中后所发生的新东西,而这些经验在讲实际、爱活动的一种人看来就不会是什么经验。这种集中的发生,既非出于自觉,亦非由于思考。这些经验不是"回忆出来的",他们最终不过是结合在某种境界中,这种境界虽是"宁静",但仅指诗人被动地伺候它们变化而已。自然,写诗不完全就是这么一回事,有许多地方是要自觉的,要思考的。实际上,下乘的诗人往往在应当自觉的地方不自觉,在不应当自觉的地方反而自觉。两重错误倾向于使他成为"个人的"。诗不是放纵感情,而是逃避感情,不是表现个性,而是逃避个性。自然,只有有个性和感情的人才会知道要逃避这种东西是什么意义。

三

> 灵魂乃天赐,圣洁不动情。[①]

这篇论文打算就停止在玄学或神秘主义的边界上,仅限于得到一点实际的结论,有俾于一般对于诗有兴趣能感应的人。将兴趣由诗人身上转移到诗上是一个值得称赞的企图:因为这样一来,批评真正的诗,不论好坏,可以得到一个较为公正的评价。大多数人只在诗里鉴赏真挚的感情的表现,一部分人能鉴赏技巧的卓越。但很少有人知道什么时候有意义重大的感情的表现,这种感情的生命是在诗中,不是在诗人的历史中。艺术的感情是非个人的。诗人若不整个地把自己交付给他所从事的工作,就不能达到非个人的地步。他也不会知道应当做什么工作,除非他所生活于其中的不但是现在而且是过去的现刻,除非他所意识到的不是死的,而是早已活着的东西。

---

① 亚里士多德:《灵魂篇》。

◎史料选

意图谬见

［美］威廉·K.维姆萨特　　［美］蒙罗·C.比尔兹利

一

在近来的一些讨论中,批评家必须评判作家的"意图"这一说法受到了挑战。路易斯(Lewis)与梯里亚德(Tillyard)两位教授在 1939 年那次关于"个人误说"(The Personal Heresy)的辩论即是明显的一例。但是,是否人们至今对这一说法及其一系列有浪漫色彩的推论仍普遍抱怀疑,这看来还是个问题。本文作者在为一部文学辞典①中"意图"这一词条所撰写的一篇短文中曾提出过这个论题,但却没能就其含义更深入详尽地进行探讨。我们认为:就衡量一部文学作品成功与否来说,作者的构思或意图既不是一个适用的标准,也不是一个理想的标准。而且在我们看来,这是一条深刻触及历来各不同的批评观念之间某些分歧中的要害问题的原则。这一原则曾接受或排斥过古典主义的"模仿"和浪漫主义的表现这两种截然对立的观点。它要求对灵感、真实性,生平传记、文学史,作者学识以及当时的诗坛倾向等都有许多具体而精确的了解。文学批评中,凡棘手的问题,鲜有不是因批评家的研究在其中受到作者"意图"的限制而产生的。

"意图"这个词,一如我们对它的用法,就相当于常话中所说的"他已打算好的事",这一点已经为大家所普遍地明确接受或者是默认。"为了要了解一个诗人的作品,我们必得先知道他的意图是什么。"所谓意图就是作者内心的构思或计划。意图同作者对自己作品的态度、他的看法、他动笔的始因等有着显著的关联。

我们就以一系列在我们看来是已概括成公理的命题来开始我们的讨论。

(1)一首诗的出现不是偶然的,正如斯多尔教授(Stoll)所说,一首诗的词句是出自头脑而不是出自帽子。不过,强调作者在构思方面的匠心就是诗的成因,还并不就等于是承认了构思或意图即是批评家衡量诗人作品价值的标准。

(2)人们必须要问,一个批评家是怎么指望得到关于意图问题的答案的? 他将如何去搞清诗人所要做的事情? 如果诗人成功地做到了他所要做的事,那么他的诗本身就表明了他要做的是什么。如果他没成功,那么他的诗也就不足为

---

① 《世界文学辞典》,约瑟夫·下希普雷编。

凭了,这样批评家就是在离开诗而论诗,因为从诗中并没有透露出多少关于诗人意图的信息来。"只有一个忠告我们必须记住,"一位意图论者①在他的理论发生矛盾时这样说道,"对诗人的目的必须是在创作过程中来下判断,也就是说,要凭诗本身的艺术来判断。"

(3)鉴定一首诗就像鉴定一块布丁或一台机器一样,人们要求它能起效用。我们只有从一个产品所起的效用中才能推知其设计者的目的。"一首诗不应该表示它物,而应该是一个独立的存在。"②一首诗只能是通过它的意义而存在,因为它的媒介是词句,但是,我们并无考察哪一部分是意图所在,哪一部分是意义所在的理由,从这个角度说,诗就是存在,自足的存在而已。诗是一种同时能涉及一个复杂意义的各个方面的风格技巧。诗的成功就在于所有或大部分它所讲的或暗示出的都是相关的,不相关的则就像布丁中的面疙瘩或机器中的"疵点"一样被排除掉了。在这方面,诗就有异于应用文。对于应用文,只有我们推知到作者的意图,它才算是成功了,它比诗更抽象。

(4)一首诗的意义确实可以属于个人性质。也就是说,一首诗所表现的是一个人的个性或一种心境,而不是一个像苹果那样的具体有形的事物。但即使一首短短的抒情诗也是有戏剧性的,也是一位说话人(无论其构思多么抽象)对于某一特定处境(无论其多么具有普遍意义)的反应。我们应当把诗中的思想、观点直接归于那有戏剧表现力的说话者,即使是归于作者,也只能是通过有关他生平方面的推论才行。

作者在某一意义上,可以通过修改其作品而更好地实现他最初的意图。但这是一个十分抽象的意义。他本来就打算写得更好些,或打算写出一个更好的什么东西,而现在他做到了。"确实,他就是我们原先寻找的人,"哈代笔下的乡村警官这样说,"可他又不是我们原先寻找的人,因为我们原先寻找的人并不是我们所需要的。"

斯多尔教授问道:"一个批评家难道不就是一个把诗当作一篇遗嘱、一个合同或一部宪法那样去确定其作者的意思或意图的法官吗?他并不去探究他自己的意识。那诗可不是批评家自己的呀。"他已经准确地诊断出批评家两种形式的不负责任,其中之一他认为是可取的。不过我们的看法却不同。那诗确非批评家自己的,但同时它也不是作者自己的(它一生出来,就立即脱离作者而来到世界上。作者的用意已不复作用于它,它也不再受作者支配),这诗已是属于公众

---

① J. E. 斯宾加恩(J. E. Spingarn)《新批评》(1910),见《文艺批评在美国》(1924 年纽约版),第24—25 页。

② 源出阿契巴尔德·麦克雷施的《诗的艺术》。

的了。它是通过语言这个特殊的公有物而得到体现,其内容是关于人类这个研究对象的公众知识。任何关于诗的言论都得经过检验,这检验与语言学或普通心理学中的任何陈述所经过的检验相同。

一位对我们的辞典上的释义进行评论的批评家安那达·K.库玛拉斯沃梅争论说,对一部文学作品有着两种考察:(1)作者是否实现了他的意图;(2)这部作品"当初是否确有创作它的必要",因而"它究竟有没有保留价值"。库氏坚持说,这第二项并非是"把艺术作品当作艺术品评判",而是一个道德上的评判,第一项才是艺术上的评判。而我们却坚持认为那第二项也未见得一定就是道德上的批评。还有一个方法也能确定文艺作品是否值得保留,或从某种意义上说,是否"当初"有"创作它的必要",这个方法就是客观的、就艺术论艺术的批评方法,这个方法使我们能将一场安排巧妙的谋杀和一首构思巧妙的诗区别开来。一场巧妙的谋杀就是库玛拉斯沃梅所用的例子。在他的理论体系中,谋杀与诗歌之间的区别只是一个"道德上的"问题,而不是一个"艺术上的"问题。因为,只要二者都是按计划进行的话,就都是"艺术上的"成功。我们坚持认为第二项是一个比第一项更有价值的考察,而且因为第二项而不是第一项能够将诗歌与谋杀区别开,"艺术批评"这一名称应理所当然地归于第二项。

二

把意图谬见说成是浪漫主义谬见,这与其说是一个历史性陈述,倒不如说是一个界说。一位公元1世纪的修辞学家①写道:"崇高风格是伟大心灵的回声。"他还告诉我们说:"荷马进入他笔下的英雄的崇高行动之中",并且"与之同享全部的战斗激情"。我们不会因发现这位修辞学家被看作是浪漫主义的早期预言家并为圣茨伯里②以最热烈的话语所欢迎而感到惊奇。有人可能还想就是否应把朗吉努斯说成是浪漫主义者的问题进行争论,但在某一方面,他确是浪漫主义的,这几乎已是毋庸置疑的了。

歌德对于"建设性批评"的三个问题是:"作者一开始做何打算?他的原计划是否合情理?他在多大的程度上实现了这一计划?"如果将中间一个问题撇开,我们实质上就得到了克罗齐③的体系——浪漫主义在哲学上的最高的、终极的表达方式。美的就是成功的直觉表现,丑的则是不成功的,直觉或艺术的主观个

---

① 这里指的是一篇杰出的希腊论文《论崇高》,后来被维姆萨特和比尔兹利称为 *Pri Hypsous*。通常认为该文为"朗吉努斯"所写,虽然这来自一个误传,说3世纪的哲学家凯西厄斯·朗吉努斯是其作者。

② 乔治·圣茨伯里(George Saintsbury,1845—1933),英国批评家。

③ 贝内迪多·克罗齐(Benedetto Croce,1866—1952),意大利哲学家、美学家、历史学家。

人的部分是唯一的美学事实。而手法问题或公诸于世的艺术部分则完全不是美学所讨论的问题。

契玛布埃的圣母像至今犹在圣玛丽亚诺维拉的教堂之中,但是她也像对 13 世纪的佛罗伦萨人那样对今日的参观者表现其自身的意义吗?

"有关历史背景的解说是旨在力图……为我们重建起那已随历史发展而改变了的心理条件。它……使我们能以正在进行创作之中的作者的眼光来看一部文艺作品(一个具体有形的东西)。"①

这前一部分的着重号是克罗齐自己的,后一部分是我们标上的。克罗齐体系说到底,就是在含混地强调历史。从上述这两段的内容出发,一个批评家可以写出一篇颇像样的讨论莎士比亚或高乃依的某部剧作表现出了什么意义或"精神"的分析文章。这是一个包括了严密的历史考证而不包括艺术分析在内的过程,或者他也可以同样煞有介事地来上一篇社会学方面、作者生平方面或其他非美学的史学方面的文章。

三

"我曾去找过一些诗人,悲剧诗人、赞美诗人,各色都有……我带去了一些他们的作品中最精美的片段,问他们那上面写的是什么意思……不知你信不信……当时在场的旁人几乎都能比这些诗人自己谈得好些。因此我就知道了,诗人写诗不是凭智慧,而是凭着某种天才或灵感。"②

我们所听到苏格拉底一再表示的这种对诗人的不信任,可能是来自一种严格的禁欲主义观点,我们不敢苟同。但是,柏拉图笔下的苏格拉底毕竟还是见到了一个已不复为世人普遍见到的有关诗人内心的事实——那些关于诗的批评,其数量如此之多,而且大部分富于灵机妙想,大部分都为人们所热情传诵,而其内容却出自诗人自己。

的确,诗人从来都有着某些批评家说不出来的话。他们的话更使人振奋,什么诗的产生要像树叶抽芽那样自然而然,什么诗就是想象力的熔岩,还有什么诗是平静之中回忆起来的情感等。③ 但是我们有必要认清这类证词的性质和可靠性。在这类话与作者所常常给人的忠告之间,是有一个微妙的差别的。于是就

---

① 的确,克罗齐自己在他的《阿里奥斯多、莎士比亚和高乃依》(伦敦,1920)第七章《实际个性和诗人的个性》和《诗之一辩》(伦敦,1933)第 24 页,以及先后在其他地方对情感遗传学做了强有力的攻击,但是《美学》肯定主要是冲着某种认识性意图主义而发的。

② 柏拉图:《申辩篇》。

③ 这些分别是济慈、拜伦、华兹华斯的话。

有爱德华·杨①、卡莱尔②、沃尔特·佩特③的如下言论：

"我从伦理学中得知两条金科玉律，这两条在写作中同在生活中一样珍贵：第一，汝其自知；第二，汝其自重。"

"让那些对他人具有感染力和说服力的人首先自己被感染、被说服吧，这就是找到并牢牢抓住读者的最重要的诀窍，贺拉斯的'Si Vis me flere'④这一条的适用范围并不限于其字面意义。我们或许可以对每一位诗人、对每一位作家这样说：如果你要人相信你，你自己就要真挚。"

"真实性！没有它，就不可能有什么价值、什么技巧。而且从长远来看，全部的美只在于真实性的那种细腻刻画，也就是我们所说的表现，这就是言语在更好地曲传心象之妙。"

还有豪斯曼的小册子⑤则对诗人的内心做这样具体形象的说明：

"午饭喝了一品脱啤酒后——啤酒对头脑有安定的作用，于是每日下午就成了我生活中最不清醒理智的时候——我就总是出去做二三小时的散步，我向前走着，也不留心去想什么事情，随时序共流转，往往就会有或是一两行，或是整整一节的诗句伴随着突发的、不可名状的情感涌向心头。"

这一段是前面一系列引文的合乎逻辑的终点。这是一个自白，说出了诗是怎样作成的。它既可作为诗的定义，同时又是"在平静中回忆起来的情感"。而且年轻的诗人很可能还在内心中特别把它当作一条规律。喝上一品脱啤酒，轻松轻松、散散步，不留心去想什么，望一望，看一看，一切全凭自己兴致，在自己灵魂深处寻找真理，谛听自己内心深处的声音，发现并传达那 Vraie Verité⑥。

也可能所有这些还真就是对诗人们的极好忠告。被华兹华斯和卡莱尔激发起来的青年人的想象，恐怕是比被亚里士多德或瑞恰慈平息下来的学者的心情更有利于写诗。使诗人受启发的方法技巧，或至少是使青年人发起所谓诗兴之类的方法技巧，恐怕在我们今天已比以往有了更大的发展。像林肯学校出版的那些书籍，其中所收进的作品都是有创见的，这便是一个说明孩子们能力如何的

---

① 爱德华·杨(Edward Young，1683—1765)，英国诗人、戏剧家。
② 托马斯·卡莱尔(Thomas Carlyle，1795—1881)，英国政论家、批评家。
③ 沃尔特·佩特(Walter Pater，1839—1894)，英国批评家。
④ 你若要我哭泣〔你就必得自己先感到苦痛〕。——原注
⑤ 《什么叫诗以及诗的特性》(The Name and Nature of Poetry)(剑桥，1933)。
⑥ 法语：真实的真理。

有趣的例证。① 但所有这一切都不属于文艺批评这门艺术,而属于一种心理训练,一种自行发展的体系,一种可能已为青年诗人们所注意到,但又与诗歌评论这门大众艺术有区别的瑜伽。

柯尔律治和阿诺德这两位诗人在文学批评上超过了古往今来的多数其他诗人。然而,即便是做批评家的势头冲挤掉了阿诺德的或柯尔律治的诗思,这也并不和我们所持的评判诗不同于作诗这一论点相抵牾。柯尔律治给我们讲了不朽的"镇痛剂"的故事,还讲述了当一首诗在其初始阶段(这一阶段他称之为"心理上的好奇")时他所能做的有关事情,但是他给诗和"想象"这一诗的要素所下的定义则见于别处,所用的术语也很不同。

要是意图派的暗语,诸如"真挚""忠实""自发性""可靠性""真实性""独创性",能与"完整""贴切""协调性""作用""成熟""细微""充足"这些词等同起来,那就方便了,可实际上并非如此。

一位天才的表现理论家柯特·杜卡斯(Curt Ducasse)教授说,"美学"艺术就是有意识地将各种感觉客观化。在此过程中,对内在感觉的客观化是关键的一环,当这种客观化不彻底时,艺术家就加以修正。但这也可能意味着先前的努力并没能成功地将自身主体客观化,或者"还可能意味着先前的努力已成功地实现了自身主体的客观化,而一旦我们面对着这个离异出来的自我时,我们却为了另一个我们所喜爱的自我而否定它和我们有关"。② 我们否认或承认这一自我的标准是什么呢?杜卡斯教授对此讳莫如深。但不管它是什么,这个标准是艺术定义的一个其内容无法用客观化中那些术语包含得下的因素。对文艺作品的评价是大众范围的,而这作品不是依照作者本人如何来衡量的。

四

又是诗的批评,又是作者心理学,其中后者是以灵感增加的形式应用于现时或将来的。但是作者心理学也可以是历史的,于是文学传记就应运而生,其本身就是一个合理的、有吸引力的研究工作。正像梯里亚德教授争论说的那样,它是一种探讨个性的途径,而作者作的诗则只是一种与之平行的途径。当然,当人们

---

① 见休斯·米恩斯(Hughes Mearns)《创造情青年》(花园城,1925),尤其要注意看第 10,27—29 页。很明显,启发诗兴的技巧在最近一些时候已落后于对获成功的诗人和其他艺术家的研究。例如,参见哈定(Rosmond E. M. Harding)所著的《灵感剖析》(剑桥,1940),波诺依(Julius Portnoy)的《艺术创作心理学》(费城,1942),安赫姆(Rudolf Arnheim)等人的《诗人在创作》(纽约,1947),巴莱特(Phyllis Bartlett)的《进展中的诗》(纽约,1951),吉斯林(Brewster Ghiselin)的《创作过程——论文集》(伯克利和洛杉矶,1952)。

② 杜卡斯:《艺术哲学》(纽约,1929),第 116 页。

指出在文学研究的大雅之堂上,关于个人身世的研究同关于诗本身的研究有明显区别时,也不必就抱着贬抑的态度。然而,混淆这两种研究的危险是存在的,像写诗那样去写个人身世的错误也是有的。

一首诗中的意思,其内部根据和外部根据之间有一个区别。如果我们用似是而非的、听来是自相矛盾的话这样说:(1)那内部的根据也是公开的、人人皆知的,因它是通过一首诗的语义、句法,还有通过我们所熟知的语言,通过语法、字典以及字典所取源于的全部文献而被发现的。总之,是通过所有构成文化和语言的事物而被发现的。(2)那外部的根据则是个人私有而非公开的,或者说是为作者自己所特有的。不属于作为语言现象的作品,因它是由对许多情况的透露构成的(例如在报纸杂志上,在信件或经报道出来的谈话中所透露的),其中有诗人为什么以及如何写这首诗——是写给哪位夫人,当时是坐在什么草地上,或是为哪位朋友或兄弟之死而作,等等。如果我们只是这样说的话,那么这个似是而非、自相矛盾还仅仅是在字面上的,是表面化的。(3)即中间性的根据,它是关于作者的性格,或是关于作者或作者所属的集团赋予一个词、一个题目的个人或半个人性质的意义。词语的意义就是词语的历史,而作者的身世、他的用词和这个词给作者带来的联想,则是这个词的历史和意义的一部分。[①] 但是这三种类型的根据之间,尤其是第二点和第三点之间,界线模糊,可以渐变,以至于我们有时很难对各个具体实例之间加以区分、判别,于是文学批评上的困难就来了。在运用作者身世方面的根据时,无须陷入意图主义中去,因为虽然这根据有可能说明作者的用意何在,但它也可能说明作者所用词的词义和他的表达所具有的戏剧性。此外它也可能全不能说明。而且,从长久看,一位关心类型(1)的根据并适中地关心类型(3)的根据的批评家,将会做出与一位关心类型(2)和类型(3)之中与(2)已开始界线不清的方面的批评家不同的评论。

例如那展示了洛斯(Lowes)教授的熠熠才华的《通向大都之路》(*Road to Xanadu*),通篇都是在类型(2)与类型(3)之间,而且是有气魄地同(2)中的浪漫主义部分分道扬镳。洛斯教授说:《忽必烈汗》[②]是一个幻象的交织物,这后两个说法(纯系一种柯尔律治自己在其《文学传记》中所否定的哈特雷式的联想说)可能并没有人认为可取。肯定还曾有过其他的想象组合、有过其他好一些或坏一些的诗是可能出自那些曾读过巴特兰,读过帕札斯、勃鲁斯[③]、弥尔顿的人之手。

---

① 随着诗的创作而来的词语的历史学可能会有助于理解诗中的意义。只要这意义同原型有关,就不应因意图上的顾忌而排除之。

② 英国浪漫主义诗人柯尔律治的著名长诗。

③ 约翰·巴特兰(John Bartram,1699—1777),美国植物学家,曾在美国佛罗里达做植物学考察。詹姆斯·勃鲁斯(James Bruce,1730—1794),苏格兰探险家。

不管我们能给柯尔律治广博的涉猎范围增加多少回内容,这一条都不会错。关于那实实在在的一首首诗,洛斯教授在一些华丽辞藻中(例如我们前面所引过的话),在一些题为"定型中的心灵""奇妙的综合""想象力的女神"的章节中,可能是在作势要谈的比他实际所谈的更多。这些篇题中有着一些欺骗性变化,人们希望看到其论点发展的新阶段,然而却看到越来越多的"联想流动性"。①

"Wohin der weg?""Kein Weg! Ins Unbetretene."②这是洛斯教授为他的书所摘的警句。我们说,恰恰是因为这路是 unbetretene(没有人走出过),所以它才离开诗的方向而引向了岔道。巴特兰的《旅行》中有着相当多的关于某些词的历史和在《忽必烈汗》中出现的一些浪漫的佛罗里达观念,而且大量的历史都已经进入并且在当时还正在进入我们语言的文献之中。恐怕一个读过巴特兰的人比没读过的更欣赏这首诗,或者,一个人通过用《牛津英语词典》来查《忽必烈汗》中的词汇,通过阅读诗中征引的其他书籍,他可以更好地了解这首诗。但是,了解到柯尔律治曾读过巴恰姆似乎与诗本身并没有什么关系。在一些诗的背后,有着全部的生活、感觉上和心理上的经验,它们在某种意义上是这诗的成因。但是这些从字面上、因而也就从诗这个理性作品上则是无法也无须知道的。对于我们各种经验的对象,对于每一个统一体,我们的内心都有一个断其根、抹杀其前后联系的活动——否则我们就没有什么事物、思想或其他任何东西可谈了。

或许在洛斯教授的巨著中毫无使人感到比《古舟子咏》或《忽必烈汗》逊色的地方。下面我们就举一例,在这里,由于对第(3)类型的根据过于关注,使批评家对于一首诗发生曲解(不过这还不像那些大量出现于我们的报纸杂志上的评论那样明显)。在唐恩的名诗《别离词:节哀》中有这样四行:

> 地动会带来灾害和恐惧,
>
> 人们估计它干什么,要怎样,
>
> 可是那些天体的震动,
>
> 虽然大得多,什么也不伤。③

一位现代批评家在他的一部关于唐恩的学识的力作④中是这样来谈这四行诗的:

"通过对新旧天文学的巧妙暗示,他把握到当时处境下感情波动的脉搏……在新天文学,'地动'是最为激进的学说;而在旧天文学,'天体的震动'是最为复

---

① 第八章"模式"和第十六章"熟知的风景"对该诗的研究极有帮助。——原注

② 引自歌德《浮士德》:"路在哪儿?""没有路!还没有人走出这条路。"

③ 本段诗系卞之琳先生的译文。

④ 柯芬(Charles M. Coffin):《约翰·唐恩和新哲学》,纽约,1927年,第97—98页。

杂的运动……诗人一定是在劝他的爱人在他离别时要安静，要平静。为此，那早就被吸收进传统天文学的基于第二个运动（震动）的形象暗示出了当时的压抑气氛，同时又没有引起蕴于处在运动状态中的大地这一形象中的'灾害'和'惊恐'。"

此说听来似乎有理，而且它还是建立在有根有据的论点上，即唐恩对于新天文学及其在理论界的反应深感兴趣。他在一系列著作中显示出他熟知开普勒的《新星》、伽利略的《恒星》、威廉·吉尔伯特的《论磁体》，还有克拉维叶对萨克洛博斯柯《天体论》的评价。他在《保罗十字架下的布道》中与他给亨利·古代尔爵士的信中还提到这门新科学。在《一周年》里，他写道："新哲学在怀疑之中呐喊。"在《亨利殿下的挽歌》中他说："中心的些微运动"使"业界震撼"。

对于此一说并不容易回答，也不可能用相同性质的根据来回答。并没有理由说明唐恩在这一段里不是以两种天体运动来象征两种别情。而且如果我们尽想着天文学并仅仅以这门新科学作为背景来看他，我们倒是会相信他这一段诗确是这样写的。可是那诗的诗文本身还是有可探究之处，即那个可供分析的复杂的隐喻在传达消息中所凭的媒介。我们可以来看：（1）按照哥白尼的理论，地球的运动是天体运动，平稳而有规律，虽然它会引起宗教上或哲学上的恐慌，它却不可能与诗人所想要平息的那种急剧不安所具有的粗暴和尘世性发生联系。（2）地球还有另外一种运动，那就是地震，它恰恰是很粗暴并是尘世间的，可以同第二段诗中所写的泪之洪水、叹息之风暴相联系。（3）"震动"正好与地震相对，因为二者都是一种摇动或震颤，并且"那些天体的震动"其幅度确比地震"大得多"，但它比起地球的周转可就大不了多少了——如果这两种运动可以用大小来比的话。（4）人们对那种运动过去曾"干什么，要怎样"做"估计"，这说明这事情在当时已经过去了，就像一场地震一样，而不是像地球在宇宙空间中的那种持续不断的运动。也可能通过某种对唐恩在这门新科学方面的兴趣的了解，可以为这段诗再加上一层意思，一种弦外之音，但即使是如此说，也仍与其文字相矛盾。把地心说、日心说这对对立面当成隐喻的核心不啻对英语语言的漠视，是重私人方面的根据而轻公众化的根据，重外部根据而轻内部根据。

五

如果区分各不同根据对于历史评论家来说有着某些含义的话，它对诗人和诗评家也莫不如此。或者说，由于诗人的每一条规则都不过是批评家评判的另一个面，还由于昔日的东西是属于学者和批评家们范围，而今日和明日的东西是属于诗人和那些代表当时审美观、领导批评潮流的，我们可以说，文学研究中那来自意图谬见的难题可与进展性的实验世界的难题相比。

　　举例来说,"典故"的问题,正如艾略特的诗所给人带来的那样,无疑是一个错误判断中往往会牵扯进意图谬见的问题。在艾略特和其他诗人的诗中,文学方面的典故所具有的深度和出现的频繁程度,使许许多多想掌握其中全部意义的人们都转向《金枝》和伊丽莎白时代的戏剧诗答案,这简直都成了一个普遍的信念,认为我们除非是把一个诗人所读过的书也依样一本本读下去,否则就不能了解他所说的是什么意思——一种带有意图含义的迷信。F.O.马谢森(F.O. Mathiessen)所采取的立场倒是保险的,而且多少是预防了困难的发生。

　　"如果一个人留心地读这几行诗并敏感地觉出了其运动的突然变化,则现实中的泰晤士河与在流过一个人口稠密的闹市之前的那一时代的理想化了的泰晤士河之间的鲜明对比就会由这运动本身体现出,无论此人是否认出了这首叠句诗是来自斯宾塞。"

　　艾略特的典故是当我们了解它们时发挥作用的,而且在很大程度上,甚至当我们并不了解它们时,它们也通过自己典故性的、启发性的力量发挥了作用。

　　但是有时我们发现典故为注释所证实。而究竟这注释是作为我们的知识向导呢还是其本身作为一个有关典故之性质的指示呢？这是一个微妙的问题。"几乎任何有重要性的……适于欣赏《荒原》的东西,"马谢森在谈魏斯顿(Weston)小姐的书《从仪式到罗曼传奇》时写道:"都已经被包括进了诗自身的结构和艾略特的注解中。"而如果承认了这一点,那么是否艾略特曾捏造过其典故的出处(像瓦·司各特爵士杜撰的一章"昔日遗留的"出自"佚名"作者之手的碑文或像柯尔律治为《古舟子咏》写的旁注那样),这问题就会看来好像是一下子就无关紧要了。关于但丁、韦伯斯特①、麦尔维尔或波德莱尔的典故无疑的是会取得某种收效,因为这些作家确曾存在过,但与一个某位不明不白的伊丽莎白时代人有关的典故是否也可如此说,那就颇成问题了。

　　"……喇叭和汽车的声音,将在春天里,把薛维尼送到博尔特太太那里。"
艾略特写道:"参阅戴伊的《蜜蜂会议》。"
　　"你细听的时候,忽然会听到
　　号角和打猎的声音,它将在春天把
　　阿柯坦恩带去见狄安娜,
　　在那里众人会看见她的裸体……"②
　　倒是这段引文自己把这讽刺意味给添足了。完全可以设想,要是艾略特写

---

①　约翰·韦伯斯特(John Webster,1580？—1664？),英国戏剧家。

②　这几段的诗与注采自赵萝蕤先生译文。

出这几行诗是来摆设他自己的背景的话,那就不会有失其效力。读到艾略特下一个注释,那说服力就更强了:"这几行取自某一歌谣,但我不详其来源。我是从澳洲悉尼得来的。"这一注释(释博尔特太太和她女儿用苏打水洗脚这一部分)中的重要词是"歌谣",而如果一个人真能从这行间觉出这"歌谣"的性质,那这个注释就没多大必要了。这一探究的中心最终是落在那些作为诗的组成部分的注释的完整性上,因为在它们形成关于诗中用语的特殊资料的地方,它们应该与诗中任何其他同样被仔细地阅读。马谢森认为:这些注释是艾略特"不得不付的代价,为了避免出现他可能会认为是使自己的创作力见阻于在诗的正文中那远远伸开去的联结纽带的情况"。但试问,这些注释及其必要性就没有同样的阻碍作用了么? F.W.贝特逊(Bateson)曾振振有词地说:丁尼生的《弄潮儿》中如果略去一半的节数,那诗就会更好;还有像《帕特力克·斯潘爵士》那样的民谣的第一流文本,其气势就是得之于这个游吟诗人当他把他所评论的故事视为理所当然是真实的同时,所带有的那种肆无忌惮的态度。那么好了,要是一个诗人发现他无法把某事深奥的来龙去脉如此视为当然,因而就不去在诗中交代清楚,而是去做注释的话,那又该如何呢? 我们可以赞许这一方法,说至少做注释不至于像把本该注释的东西硬写进诗中那样去故意地拿捏出戏剧性来。但另一方面,这些注释看上去可能会像没被诗同化进去似的,放在了一旁,对于解释前后文字面上的意思来说,它们是必要的,可它们没能化入诗中形成浑然的一体,因而这象征就有缺陷。

我们是想通过以上的分析提出:虽然一般看来,注释作为作者意图的外在标志,是有其正当的存在理由的,但是对它们与对作品(即为某一特定事件所做的文字安排)的其他部分应做同样的评判。可是这样一评判,它们作为诗中的组成部分的真实性,或通过想象而达到的它们之间的统一,就会成了问题。譬如马谢森,他看到了艾略特的诗题以及他的引语就像注释一样,是打开消息机关的钥匙;但他却为某些注释所困扰,认为艾略特"看来是在自嘲,嘲笑自己一方面写注释注诗,而同时却又想借这些注释表现什么"。马谢森认为,对于引语的"谋篇布局","丝毫也不能诮之以结构有欠讲究",他说"这意图使作者能够在诗的本身当中保留下一个凝练的表达方式"。"在某一个例子中,那引语都是为了要组成诗的效果的不可分割的部分而构思出来的。"而且艾略特自己在他的注释中就已从意图角度来为自己的作诗实践辩护:

"……'那被绞死的人',他在两方面适应我的目的:在我思想中,他和弗雷泽①的'被绞死的神'联系在一起,又把他和第五节中使徒到埃摩司去的路上遇到的那个戴斗篷的人联系在一起。……'带着三根杖的人'(是太洛纸牌中有确切根据的一员),我也相当武断地把他和渔王本人联系起来。"

而且,在艾略特的诺顿讲演中,他谈了关于讲出一首诗的意义的难处,并开玩笑说,他想在《圣灰节》再版时,要给它前面加上《唐璜》中的这几行:

> 我当然不敢号称我十分懂得
>
> 在我想露一手时自己的用意,
>
> 但事实是:我从没有图谋什么,
>
> 只不过有时候我想"快活"一点②

与此相比,我们恐怕倒是应该当他在注释中没有这样谨慎留意时给他以更认真的对待才是。

如果艾略特和其他当代诗人有什么他们自己所特有的错误,那可能就在于"谋划"得太多了。

诗中的典故是我们所用来借以阐明那更为抽象的意图主义问题的几个传统问题之一,但对今天来说,它可能是最重要的一个问题。就它是一个诗歌方面的实践这点来说,典故会作为浪漫主义的意图主义假设的最终结果出现于一些近来的诗歌中;而就它是一个批评上的问题这点来说,它以特殊的方式将意图主义的基本前提明显化并对之提出了挑战。下面这个取自艾略特诗的例子可能就足以概括说明我们实际指的是什么。在艾略特的《普鲁弗洛克的情歌》临结尾处,有一句"我听见女水妖彼此对唱着歌",这很有些像唐恩的一首诗里的一行"教我听女妖唱歌",因而对于一个多少了解唐恩的读者来说,这批评上的问题就来了:艾略特的这一行诗是用唐恩那一行的典故吗?艾略特在想着唐恩吗?普鲁弗洛克在想着唐恩吗?我们不妨提出三个截然不同的途径来找这个问题的答案。一种是通过诗歌分析和诠释的途径,这是来探讨如果说艾略特抑或普鲁弗洛克是在想着唐恩的话,在意思上是否讲得通。在前一部分,普鲁弗洛克问道:"是不是值得……把整个宇宙压缩成一个球?"他的字句中的伤感与讽刺部分地来自马伏尔《致羞涩的情人》中一些充满活力、富于激情的诗行。但是注释方面的询问者可能会怀疑:那被认为是"奇怪景象"的女妖(在唐恩的诗中,听到她们唱歌就如同使一个曼德拉草根怀孕)同普鲁弗洛克的女妖——那种好像是罗曼传奇和物

---

① 詹姆斯·乔治·弗雷泽(James George Frazer,1854—1941),苏格兰人类学家,其名著《金枝》是艾略特《荒原》诗中许多典故的出处。

② 见《唐璜》第四章第五节,本段采用查良铮先生译文。

力论的象征的女妖,那种偶然在热·德·奈尔瓦尔①某一十四行诗的一行中得到书面证实(如果她们需要这证实的话)的女妖——是否有很大关系。这样的探讨方式所可能导致的结论是:艾略特与唐恩间的这种特定的相似并无重要性,而且我们最好不要去考虑它。再不就是这种方式有缺陷,使它无法导向任何结论。不过我们还是认为:这同第二种批评家在考虑到注释的不确切性时所可能会禁不住要采取的方式相比,毕竟不失为一种真实客观的批评。那第二种批评家的方式是关于身世或创作过程的探讨,在这一探讨中,批评家利用艾略特在世之便,以赌家要见出分晓的精神写信去问艾略特本人他自己说的是什么意思,问他他是否想着了唐恩。这里我们且不去考虑可能性问题,即艾略特是否会回答说他什么意思也没有,什么也没想——对于这种询问,这样的回答就够好的了——或者他一时轻率,给了一个清楚的,而且是在其范围内无可争辩的回答。我们的观点是,对这种询问的回答与诗《普鲁弗洛克的情歌》是无关的,这不是批评上的探讨。批评上的探讨与打赌不同,不是以这样的方式完成的。批评上的探讨不是通过神谕完成的。

感受谬见(1948)

〔美〕威廉·K.维姆萨特 〔美〕蒙罗·C.比尔兹利

一

因为本文的标题可能使人同我们第一篇论文的标题相比较,在这里做一番说明或许是必要的。我们认为自己是在探讨文艺批评中的两种途径:二者为了绕过客观批评中众所周知而通常令人生畏的障碍,似乎都提供了方便的途径,但实际上却使人离开了批评,离开了诗歌本身。意图谬见在于将诗和诗的产生过程相混淆,这是哲学家们称为"起源谬见"(The Genetic Fallacy)的一种特例,其始是从写诗的心理原因中推衍批评标准,其终则是传记式批评和相对主义。感受谬见则在于将诗和诗的结果相混淆,也就是诗是什么和它所产生的效果。这是认识论上怀疑主义的一种特例,虽然在提法上仿佛比各种形式的全面怀疑论有更充分的论据。其始是从诗的心理效果推衍出批评标准,其终则是印象主义和相对主义。不论是意图谬见还是感受谬见,这种似是而非的理论,结果都会使诗本身作为批评判断的具体对象趋于消失。

---

① 热拉尔·德·奈尔瓦尔(Gérard de Nerval,1808—1855),法国诗人。

在本文中，我们将简要地论述感受批评的历史及其成就，以及它在认识性的批评中的一些相关因素，因而也涉及诗歌的某些认识特征，正是这些使感受批评似乎言之成理。我们也要考察一下在今天某些具有广泛影响的哲学和准哲学学派中频频出现的感受批评的一些前提。首先，而且主要是在语义学方面。

二

把感情意义和指示意义分离开来，这是大约二十年前瑞恰慈在早期著作中所谆谆劝诱的主张。在《实用批评》以及在他和奥格登合著的《意义的意义》中，他们部分以暗示方式，部分靠着直接的陈述给各种类型的意义所下的定义，首先揭示了语言的指意作用和感情作用之间的截然"对立"。在《实用批评》中，瑞恰慈谈到了"美学的"或"投影的"词语，即我们在使用形容词时往往把自己的感情投影到事物中去，其实这些事物本身并不具有任何与这些感情相对应的性质。在他那本简明扼要的《科学与诗》里，科学就是一种陈述，而诗则是一种"伪陈述"，它所起的重重作用是比科学的陈述使我们对事物产生更为美好的感受。① 继瑞恰慈之后——当然也由于考尔济布斯基伯爵非亚里士多德式的《科学与明智》的影响——又出现了以蔡斯（Chase）、早川（Hayakawa）、瓦尔波尔（Walpole）、李（Lee）等人为代表的语义学派。最近西·勒·斯蒂文生在《伦理与语言》一书中做了比其他作者表达得更周密、更清晰的陈述，可以认为这是对该派学说最明白的辩护，也是它的弱点最充分的暴露。

斯蒂文生体系中最着重的要点之一是区分一个词的意义和它所引起的联想。为了在具体情况下做出这样的区分，人们使用了符号学家称作"语言学准则"，或传统上称为"定义"的术语，其作用是使人们对一个词的各种反应稳定化。我们可以说"athlete"（运动员）一词除了其他意义以外，首先意味着一个爱好体育的人，但实际上可能仅仅暗示一个高大的年青人。根据语言学准则，athlete必定是体育运动爱好者，他可以是一个高个子，也可以不是。这些都属于可以称为词的描写功能或认识功能的范畴。对于词的第二种与上述有别的重要功能，即感情功能，我们没有足以使反应稳定化的语言学准则，所以在斯蒂文生的体系里，在意义和暗示之间就没有与前者平行的类似区分。虽然斯蒂文生推荐"半从属性的感情意义"这一术语，把它当作是一种"取决于符号在认识上的暗示性"的感情意义，但他的论点的主要趋向却是感情意义与描写（认识）意义不相关联，而且前者也不受后者支配。这样，即使描写意义发生急剧变化，感情"意义"据说也

---

① 瑞恰慈最近在关于语言的一段较复杂的论述中重申了这些见解，似乎趋向于查尔斯·莫里斯的思路。参考瑞恰慈《再论情感语言》，《耶鲁评论》第39期（1949），第108—118页。

可以不受影响。而且描写意义相同的词儿据说还可以有完全不同的感情"意义"。例如"licence"(放任)和"liberty"(自由)两个词,斯蒂文生认为它们在某些上下文中的描写意义是相同的,但其感情意义却是截然相反的。最后,还有一些词语,斯氏认为它们没有描写意义但却肯定具有感情意义,这就是各种各样的语助词。

由于斯蒂文生一贯使用"意义"一词,同时表示语言的认识功能和语言的感情功能,加之他在感情功能上又缺少他对"意义"和"暗示"的细致区分,这就势必引起人们谋求某种进一步的而且是重要的区分,而这种区分在他的体系以及前人的体系中还不曾出现过。值得反复强调的事实是:斯蒂文生所用的"感情意义"(emotive meaning)一词,以及瑞恰慈用以指称他的四种意义之一的"感受"(feeling)这个比较谨慎的词儿,指的都不是某种可以名状的感情如"怒"或"爱"所传达的那一类认识意义。这些关键性术语所指的不如说是斯蒂文生、瑞恰慈二人认为是由某些词(如"放任""自由""愉快""美丽""丑恶")所产生的不同感情状态的表达,因而也关系到这些词可能在听众之中激起的情感反应。因为"意义"一词传统上行之有效地用来指语言的认识功能或描写功能,所以这些作者在上述的语境中如果使用一个不那么先入为主的术语可能较为适宜。"含义"或许是更恰当的用语。在用词上的这种辨异,其优点或许在于它能反映出语言功能上的深刻差别,即感情的基础与感情本身之间的差别,词的直接意义与词义所唤起的联想之间的差别,后者我们不妨简称为词本身的"含义"(import)。

关于斯蒂文生所谓"语助词无描写意义"的见解姑且勿论,我们暂且满足于顺便指出:这些语助词在任何情况下,只能具有极为空泛的感情"含义",某种十分粗糙、既不清楚也不精确的含义。比如说,"噢"表示惊奇和类似的感情,"唉"表示悔恨,"呸"表示不以为然。但要具体说明什么样的感情,还得描述当时的情景,如"她静静地安息了。啊,但愿我也能如此?"然而斯蒂文生的观点以及包括瑞恰慈在内的前人观点所以需要重新强调指出,一个重要理由似是在于一般语义学著作几乎没有提到的一个事实,即感情含义中有很大、很明显的一部分直接取决于描写意义,不管是否伴随以露骨的评价字眼,比如某人说了下面两句话而且人们也相信:"某将军下命令处决五万名平民人质"或"某将军犯有屠杀五万名平民人质的罪行"。第二个事实是:凡不取决于描写意义的感情含义大都取决于描写性示意,这就是斯蒂文生体系中"半从属性的感情意义",而作者在这里赋予"意义"的作用实在是太微薄了。应该说这种感情含义是在词语的描写意义虽有变化但却保存了相似的感情"意义"的情况下出现的——当共产党人把"民主"一词拿过去应用到别的事物上时,他们仍然保存了原来的描写性示意,即一个民有、民治、民享的政府。这种感情含义也存在于像"自由"与"放任"这类成双成对的词里,这些词即使描写意义相同(虽然这一点大可怀疑),却确实有着不同的描写性示意。我们也可以从边沁的名著《动机一览》里举出几组词语为例:"人性、善意、偏爱","节俭、爱财、贪婪",等等。或是带有感情暗示的标准例子:"动物淌汗、男人出汗、女人闪着汗光","我坚决、你固执、他顽固不化"。又比如"每二十年应该有一次革命"这句话,热衷于情感反应的试验者时而把它归于马克思名下,因而引起了疑虑,时而归于杰弗逊名下,因而激起了赞赏。

这一原则明显地适用于早川、瓦尔波尔和李学派提供的许多例子。为了简明起见,我们只请人们注意欧文·李的著作,特别是其中第七章与第八章。虽然欲求简明,也许就会像堂吉诃德一样,公然藐视这一学派反对"不加指数"而做出一般化结论的谆谆告诫,因为根据他们的说法:语义学家甲,不等于语义学家乙,也不等于语义学家丙,如此等等。

在李看来,任何人在行动中所犯的每一个错误,由于在直接或十分间接的意义上牵涉到语言或思想(思想也与语言有关),都可以归咎于"不良的语言习惯",一种带有魔术意味的"用语不当"。这里不容有任何区别对待的情况。据说巴塞尔·拉斯本曾收到一本题为"妖魔"的电影剧本,未经翻阅就将原稿退回,但以后剧本改了名称,他又接受了它。古代依夫来姆人把考验异邦人的绕口令 Shibboleth 念成"Sibboleth"因而惨遭杀戮。某人说他对一本小说里用四个字母的脏字眼①来描写事件感到厌恶,而不是对所描写的事件本身。另一个人接到一封措辞谬误的电报,说他的儿子死了,这一震惊使他送命。人们本来以为有了这样的例子,李把一切都简单化的偏见可能会被打破;比如说一个人听到其子死亡的讹传,竟然可以听任自己一命呜呼,而不被人们认为是感情咒语的牺牲品;一个电影剧本的题名竟然可以成为推断 B 级恐怖电影的依据,或者说在选择口令时运用了语音原理是出于理智的考虑而不是捉摸不定的魔术,正像美军在防止对瓜达加纳岛的渗透战术时把 lollapaloozaa(了不起)和 lullabye(催眠曲)当作口令一样。或者说,四个字母的脏字眼在描述事件时可能使读者联想到一寻思就倒胃口的某些特征。除了错读考验语这个性质完全不同的事例以外,上述例子当中没有一个能提供任何论据,概括说明一个词对人们所产生的作用可以归之于该词的意义以外的任何成分,即使二者之间的联系不太明显,其作用充其量也超不过该词的暗示范围。

语言和情感对象的关系问题是另一个问题,即情感本身的地位问题的影子和指号。这里有一种连贯一致的文化现象,即在语义学繁荣昌盛的同时,人类学的一支在对象本身与情感的关系上,或者更具体地说,对这种关系是否在各个时

---

① 英语中很多"下流词"都只有四个字母。

期和各个地方的人类社会里都始终如一发出了类似的抨击。举例来说,从魏斯特马克(Westermarck)《论理的相对性》这一经典性论著中,我们得知:消灭年老的和不能生产的人是曾盛行于某些原始部落和游牧民族的一种习俗;另外一些风俗,如把婴儿放在露天地里,自杀,对陌生人殷勤款待,或与其相反的习俗,即按照独眼巨人的方式而不按爱尔西努斯①的接待方式把人吃掉,这些在某些部落的文化中似乎都曾享有我们西方文化从未有过或甚至极不寻常的某种程度的赞许。但即使魏斯特马克也注意到情感的差别"主要来源于以行为体验为基础的知识程度之不同,来源于不同的信仰",那就是说,不同的情感,即使是对同一物体或行为的反应,也还可能是对一些互不相同的特性或功能的反应——比如注意奥德修斯的可食性而不是他的仪表堂堂或英雄气概。与此相反的事实是:就不同文化中的不同事物而言——比如对奥德修斯的狡黠和蒙哥马利元帅在阿拉梅因②的巧妙战略,在认识的基础上可能会有性质相似的情感。如果不是这样,就没有办法理解和描述异邦人的情感,而研究文化相对论的科学也就没有赖以进行的基础了。

我们不想妄自对传情说心理学或情感的规律做出任何正式的表述。然而,恰在此时,我们愿不揣冒昧重温一些关于对象、情感和词语的一般概念。情感,诚然,具有一种人所共知的能量:它能强化人们的意见,唤起他们的认识,也能以与理智的增益完全不成比例的速度使本身增长。世间有群氓心理、精神变态和神经官能症,还有所谓"自由浮动的忧虑"和种种为人泛泛地理解和处于萌芽阶段的顾虑、消沉或振奋等心理状态,以及流行一时的忧郁或欢乐等气质。但我们最好牢记,这些确实都处于刚刚萌芽、模糊不清的状态,而且基于以上事实,甚至可以说它们濒于不自觉的边缘。③ 还有在坦白自己感情时,人们常爱采用一种维护自己的方式,如"他使我怒气冲冲","这事使我发火",或者像在依弗林·沃④的小说中,一桩社会事件或一个人常常"令人作呕"。但"使"或"引起"这个词本来就具有"施加影响"的意义,而以上说法只是牵涉到严格词义的延伸而已。一种食物或毒品造成苦痛或使人致死,但在情感问题上,我们还需有某种理由或某个对象,而不仅仅是实际在起作用的原因。假如真像密尔⑤从18世纪继承下来的联想心理学所阐述的,事物是由"感情上的和谐一致性"联系在一起,这只能

---

① 独眼巨人,希腊神话中一巨人族;爱尔西努斯,荷马史诗《奥德赛》中盛宴招待奥德修斯的国王。

② 埃及北部地中海岸一城市,第二次世界大战时,蒙哥马利指挥的英军在此击败德军。

③ "如果情感可以看作是有意识的话,毫无疑问它在某种程度上牵涉到一种智能运用的过程。"见佛·波尔罕:《感情的规律》(伦敦,1930),第153页。

④ 依弗林·沃(Evelyn Waugh,1903—1966),英国作家。

⑤ 约翰·斯图亚特·密尔(John Stuart Mill,1806—1873),英国哲学家、经济学家。

意味着:相似的情感之所以附着于各种事物,乃是因为事物本身或其相互关系中有相似之处。凡使人发怒的总是什么虚假的、侮辱性的或不公正的东西,使人害怕的可能是一场旋风、一伙暴徒或一个拦路抢劫的人。在每种情况下产生的感情还多少有些差别。

有一个旅游者说瀑布很"漂亮",引起了柯尔律治默而不言的厌烦,而另一个人说瀑布"崇高",却赢得他的赞许。然而 C. S. 路易斯[①]对此有过绝妙的评述:假如旅游者说"我觉得难受",而柯尔律治心里想的却是"不,我觉得挺舒服",那就是完全不同的另一回事了。

近来语义学家们所倡议的关于情感意义的学说似乎是给诗学中重视感受或个人因素的某种相对主义提供了科学基础。那就是说,如果某人能在一定的语境中正确地使用"自由"或"放任"一词,尽管他不顾语境的认识特征而仅仅是随心所欲或受到感情的驱使,但对读者来说,当他读到"自由"或"放任"时,很可能会自然产生一种"热乎乎"或"冷冰冰"的感觉,从而反映出"好"或"坏"的印象——不管对象是济慈的颂歌还是五行打油诗。这样的放任不羁发展下去是无止境的,同样,人类学某一学派的学说则竭力支持另一种文化上或历史上的感受相对主义,即根据某一时期读者受感染的程度来衡量诗的价值。还有一种不同性质的心理学批评,也就是根据作者意图的批评,正如我们在第一篇论文中所指出,则与对诗人的崇敬和对古代文物的好奇心步调一致,并一直得到历史学者和传记作家的大力支持。所以感受说批评,虽然它所采取的个人观感或印象主义形式遭到学者们的强烈反对,但当它以理论的或科学的形式出现时,却从同一方面获得了热烈支持。历史学派学者对于本人或其门生的个人反应也许不那么感兴趣,但对发现莎士比亚当年任何一个听众的反应却大感兴趣。

三

柏拉图关于培植和浇灌情欲的说法[②]是感受说的早期范例,亚里士多德与之针锋相对的净化说是另一个范例,而现代意图学派所谓"解脱"(relief)与"升华"(sublimation)的理论则与后者相似。在《论崇高》(意即崇高的作品应与诗人的伟大灵魂相匹配)一书中,还有听众的"欣喜若狂"(transporf),它在 18 世纪朗吉努斯派批评家当中产生关于激情或热忱的反响。较后一些时候又出现了托尔

---

① C. S. 路易斯(C. S. Lewis,1898—1963),英国文论家、作家。

② 严格地说,这不是诗歌理论而是道德理论。举一个奇特的现代的例子:路西·吉叶所著《诗的疗法——诗的流体效能》(1949 年巴黎出版)就不是诗的理论而是治疗的理论。亚里士多德的净化论则是真正的诗歌理论,也就是诗的定义的一部分。

斯泰的感染说(infection)，在意图学派中与此类似的产物是凡龙(Veron)的感情表现主义(emotive expressionism)、李普斯(Lipps)的移情说(einfuhlung)以及有关的快感理论(pleasure theories)，或多或少趋向于桑塔亚那(Santayana)关于客观化(objectification)的论述："美是被当作事物属性的一种快感"，在一时期关于喜剧因素的某些论述中也可以找到上述理论的共鸣，如潘戎(Penjon)的轻松说(relaxation)、麦克斯·伊斯特曼(Max Eastman)的发笑说(laughter)。奥格登(Ogden)、瑞恰慈和伍德(Wood)在合著的《美学基础》中列举了十六种类型的美学理论，其中至少有七种可以称为带有感受的性质。这三位作者所赞许的是异源同感说，即美是产生各种冲动之间平衡的事物。这种说法在瑞恰慈的《文学批评原理》中又得到了充分的发挥。

以上提到的各种说法可以认为是属于感受说批评的一支；这是重要的一支，即唯情感论。唯一的例外或许是移情说，由于它的主旨是把自我潜移默化到对象之中，似应纳入一种并行不悖而同样古老的传情说，即唯想象论之列。这是用修辞学中经常提到的表示生动的形象语言来描述的，如像《论崇高》第十五章所说的"功效显著""生气勃勃"或"富于幻想"等。如果我们理解得不错的话，这就是艾狄生(Addison)在《旁观者》连载的杂文中所津津乐道的产生"各种快感"的想象力。或者是莱布尼兹和鲍姆嘉通(Baumgarten)的理论中含蓄地指出的那种想象力：美存在于清晰而又混乱，或激起官能上的享受的观点之中；或者是瓦尔顿(Warton)在《论蒲伯》中关于"选择生动的画面……在主要方面构成了真正的诗"的论述。在我们的时代，正如心理学和感受说中重感情的形式在瑞恰慈身上找到了给人影响最深的倡导者，重想象的形式则落到了麦克斯·伊斯特曼的肩上，此人在《文学思维》和《诗的享受》中对栩栩如生的写实或达到高度的自觉意识有详尽的阐述。

意图说或重视作家心理的理论曾经是华兹华斯、济慈、豪斯曼①等诗人自身的强烈信念；自从浪漫主义时期以来，在有志于诗歌的年轻人当中，它也是内向的业余爱好者和灵魂的培育者的信念。无独有偶，感受说往往也不是对文学的一种科学见解，而更像是一种天赋的特权：那些涉猎了古典名著的幽灵、具有感染力的教师、散发着诗的光辉的作家——一个富有魅力、如醉如狂的古希腊的诗人，一个像圣茨伯里(Saintsbury)、奎勒—考区(Quiller Couch)或威廉·菲尔浦斯(William Philips)②那样的鉴赏家所拥有的特权。根据这种学说所作的文学批评十分接近道德重整运动成员的忏悔录或信仰复兴者集会的腔调。"十分坦

---

① 阿尔弗雷德·爱德华·豪斯曼(Alfred Edwerd Housman,1859—1936)，英国诗人。

② 这三人都是20世纪初英国著名的文学评论家。

白地说,"阿郡托尔·法朗士说过,"这种批评家应该宣称:先生们,我要借莎士比亚、拉辛的话头来说说我自己。"在这里,批评家的诚意变成了主要问题,正像对意图学派来说,诗人的诚意成为主要问题一样。

圣茨伯里对那种被称为"宏伟风格"的神秘概念推崇备至,它与朗吉努斯派所说的"崇高"颇为相似。"每当这种表达趋于完美,它就获得了足以使事物嬗变、使听众或读者激动若狂的力量,宏伟的风格就存在于此时此地,它的久暂和强弱与使主体嬗变或使对象激动的程度相当。"这就是19世纪传情主义批评所说的宏伟风格或感情风格。至于在星期六或星期日书评和文学探索者那里所听到的不那么响亮激越的风格,则与意象主义以及伊斯特曼所倡导的那种"生动活泼"有更密切的联系。陶乐赛·堪菲尔德(Dorothy Canfield)在每月新书俱乐部里曾为一本小说的威力作证:"读过本书就像是亲身经历作者的体验,而不仅仅是读到这种体验而已。"据汉斯·秦塞(Hans Zinsser)说,一首诗"对我没有什么意义,除非它能以其情感的温柔或激情的步伐使我心驰神往,使我越过现实的障碍而进入幻想中的草原和丛林……对我来说唯一的标准就是它能否将我与它一同卷入优美、恐怖、恬静,甚或厌恶的感觉或幻觉里"。[①] 这里距我们可称为感受批评的生理学类型只有一小步之差。伯克在18世纪曾说过,美是靠着"使整个体系中的固体物质松弛"而起作用的现象。较近一些时候,就个人的验证来说,在艾米莉·迪金森的一封信中有经常为人征引的"起鸡皮疙瘩"的体验,也有"天灵盖被掀去"的感受。当豪斯曼刮脸时,据说有着"毛刷子触皮肤",或"沿着脊椎骨一阵寒战",或"痛在小腹深处"的感觉。倘若诗一直是靠着这些测验才能为人辨认,那么真理也是一样。"所有的科学家都是说谎者,"劳伦斯曾对阿尔杜斯·赫胥黎说,"我才不管什么论证呢。论证对我毫无意义,我这里感觉不到它。"据赫胥黎的报道,这时"他把两手按在太阳穴上"。

更高级阶段的感受论——幻觉说,可能对新古典主义关于时间和地点统一性的信念起过一定的作用,以后经过修订,又在柯尔律治关于"有意中断怀疑"(willing to suspension of disbelief)和"暂时的半信半疑"(temporary half-faith)的说法中继续存在,而今天在某些教科书中仍然可以找到。乞灵于斯奈德(E. D. Snyaer)的催眠假说毫无疑问可以支持这一主张。这种类型的感受说在细节上最缺乏理论性,内容最贫乏,对批评者的智力要求最低,所以它在最具体的事例中不管是一种虚构或是一桩事实,都算不上是一种理论,在文艺批评上也没有

① 转引自《我记忆中的地》。唐纳德·亚当姆斯(Donald Adams)在1947年4月20日《纽约时报书评》第2页"漫谈书籍"中引用了这一段。亚当姆斯先生的每周专栏是寻找这类样品的理想园地。

多大意义。18 世纪费尔丁①在《汤姆·琼斯》中诙谐地描述帕特里奇看到迦立克②演《哈姆雷特》鬼魂那幕剧时,倒是表达了对戏剧的幻觉力量的正确见解:"好啦,先生,要说我害怕,也不单是我一个人。你想叫只管叫我是胆小鬼好了,可是谁要是说舞台上那个小个子不害怕,我这辈子可以说从没见过谁真正害怕呢!"像帕特里奇这样的人在今天世故的剧院观众中或许不太常见,但在成千累万的电影和广播听众中确实不少。据说(无疑是相当可靠的)第二次世界大战时期,斯蒂芬·希那伯尔在广播剧里扮演纳粹分子如此惟妙惟肖,以致接到了不少批评信,特别是来自一位太太的信,竟然说她已经把他的情况向麦克阿瑟将军打了报告啦。

四

有人亲身证实诗歌对自己所起的作用,有人曾冷静地调查诗歌对别人所起的作用,两者之间是可以找到区别的。后一类人所做的最坚决果敢的研究使他们走进了沉闷的、消毒防腐的实验室,和费克纳③一起测试三角形和长方形所产生的生理效果,探讨济慈的某一行诗使人联想到什么颜色或测量读这首诗对运动神经的放电现象等。倘若动物也能读诗,感受派批评家可能会做出类似 W. B. 坎农(W. B. Cannon)在《论痛苦、饥饿、恐惧和愤怒带来的人体变化》中所做的发现,比如说肝脏释放出愈来愈多的糖分,肾上腺分泌出肾上腺素等。感受派批评家今天如果愿意的话,确实能够测量出人们对于某个影片所产生的"心理电流反应"。然而,正如赫伯特·J. 穆勒(Herbert J. Muller)在《科学与文艺批评》一书中指出:"学生们在提到'母亲'一词时诚恳地表示了他们怀有某种感情,虽然电流计并没有指示出任何身体上的变化。这些学生也声称他们在听到'妓女'一词时无任何感情,虽然电流计却发出了明显的震动。"托马斯·曼和一个朋友看完一场电影后涕泪滂沱,但这位作家叙述这一事件正是为了证实他所谓"电影不是艺术"的观点。"艺术是一个冷冰冰的领域,"他说,"在不同程度的生理经验及其价值的认识之间存有巨大的差距,在实验室内外都是如此。"

同样,感应说的一般理论,由于其纲领本身的复杂含义,几乎没有产生什么实际的文学批评。古代名著《论崇高》的作者恰好是在以下两个说明中暴露出最大的弱点,一是他把激情和崇高当作冒昧大胆的形象比喻的姑息剂或辩解,一是

---

① 亨利·费尔丁(Cenry Fieeding,1707—1754),英国小说家、戏剧家。

② 戴维·迦立克(David Garrick,1717—1779),英国演员。

③ 古斯塔夫·台奥多·费克纳(Gustav Theodor Fechner,1801—1887),德国哲学家、物理学家、心理物理学创始人。

他把濒于兴奋若狂的激情当作诸如夸张一类的修辞手段的缓和剂或治疗法。净化论的文献所论述的历史和理论问题在于亚里士多德心目中的净化,究竟是医学性质的还是宗教祛除性质的比喻,"净化"一词后面跟的所有格指的是被清洗掉的事物,还是被纯洁化的事物,甚至瑞恰慈的早期批评实践也与他自己的异源同感的美学理论全不相干。他的《实用批评》主要是依靠他一直实施并坚持的两项重要的、建设性的批评原理:(1)韵律(或情感的直接而空泛的流露)以及一般的诗歌形式是同诗的意义中表达得比较精确的其他部分密切地联系在一起,而且是通过它们才得到诠解的;(2)诗的意义包罗一切,多种多样,因此也是微妙复杂的。诗的后一性质或许就是异源同感论所说的传情状态的客观相关物,然而在实用的文艺批评领域里,异源同感论或它的组成部分——那些敏感棘手的微妙态度似乎没有多大的活动余地。

另一方面,当某些读者述说一首诗或一个故事在他们心中激起了生动的形象、浓厚的情感或高度的觉悟时,这种现象既不能予以驳斥,也不能作为客观的批评家考虑的依据。纯粹的传情报道或是过于强调生理的反应,或是过于空泛而不着边际,正如黑格尔顺便指出的,感情"纯粹是我自己的主观感受,在这里具体的事物完全消失,仿佛是缩减在一个极其抽象的圈子里"。在生动的形象中唯一持久不变、能够预测的因素,对于印象较为逼真的读者来说,只能是"生动"的概念而已。如果我们要求一个中等水平班级的学生给一篇短篇小说画出插图或者查阅儿童文学名著中人所共知带有派勒(Howard Pyle)或怀斯(N. W. C. Wyeth)插图的最新圣诞节版,便可以看出情况果真如此。生动不是一部作品赖以辨识其存在的事物,而是一种认识结构的产物,重要的是事物本身。学生常在作文中写道:这篇小说很好,因为它给想象力留有广大的余地。对于有些现实主义小说中过分堆砌事物细节而显得晦涩费解的现象,米德尔顿·穆雷(Middleton Murrey)把它称作"图画谬见"(Pictorial Fallacy),确是一针见血之论。

某些理论家,主要是瑞恰慈,早就料想到感受派批评会遇到一些困难,他曾告诉人们,诗歌之所以为诗歌,不是由于感情的强烈(凶杀、抢劫、私通、赛马、战争,甚或下棋都会产生更强的情绪),而在于以有节制的意愿或态度表露出的模式化的感情的深奥微妙的特性。这里有的是关于美学距离、超然独立、置身度外等心理学理论,以这些原理为依据的批评已经向客观性迈出了重要的一步。如果说伊斯特曼关于生动想象的理论迄今只在报刊或书评栏里有感而发的即兴小品中出现,那么语义学家的大力倡导和瑞恰慈的感情平衡论,虽然没有产生自己的感受批评派,却大大有助于近期的各种认识分析学派,促进了关于悖论复义、反讽和象征的研究。有人认为重认识和重感情的批评方式听起来总是判若鸿沟,那是不真实的。如果感受派批评家能够避免生理学或抽象心理学的情况报道,敢于以任何准确的言词陈述一行诗所产生的效果,比如"它使我们充满了怀古的忧伤和崇敬之情",这或许只是一种定型的、反常的或虚假的陈述,或许正是表述"历代废墟累累满目"这一诗行的含义。丁尼生的《眼泪,徒然的眼泪》一诗所表达的是作者最初似乎不甚理解的一种感情,可以认为是一种具有特殊情感的诗篇。"诗的最后一节",布鲁克斯在最近的分析中写道,"唤起了读者一种强烈的感情反应",然而这句话其实不是布鲁克斯对这首诗批评的一部分,它只是证明批评家对这首诗十分喜爱。布鲁克斯在他那篇文章稍前的段落里也可能会说:"诗的第二节使我们对过去的欢欣的经验有短暂的生动的体会,然而又因失去了它而感到悲哀。"然而他实际上写的却是"悲伤和清新感的结合由于使用了同一的基本形象来暗示这两种特性而得到了加强,这个形象就是一只船体下垂的船帆上闪耀的光"。以上在提法上或许只有微小的区别,在我们提供的第一个例子里可能实际上全不重要。然而在可迻译的情感表达法和从认识的角度不可迻译的较空泛的生理学和心理学表达法之间的区别,在理论上是有重要意义的,即使是微弱的区别,也是导向批评中截然相反的两个极端的分歧点:一条路导向古典主义的客观性,另一条导向浪漫主义的读者心理学。

表述倾向于情感方面的批评家和表述倾向于认识方面的批评家,最终将产生迥然不同的批评类型。

一首诗引起的感情越是叙述得具体入微,它越会接近关于产生这些感情的原因的叙述,也更有把握成为这句诗可能在其他熟悉情况的读者心中引起的感情的叙述。事实上,这将会提供那种使读者对这首诗能有所反应的情况知识。它将避免谈到眼泪、刺痛或喜怒、冷漠或激烈等感觉的其他生理征象,或更空洞的情感骚动状态,而将告诉人们情感对象之间的细微差别与微妙关系。正是在这些地方,有见识的文学批评家比实验室对象及其各种反应的汇编人享有不可企及的优越性。批评家不是关于一首诗的统计数字报告的撰写人,而是诗的意义的启发人或诠释者;如果他的读者足够敏锐的话,他们将不满足于把批评家的话当作证词,而将把它当作一种教导来深思熟虑。

五

马休·阿诺德认为,诗"把感情色彩附着在观念上,而观念就是事实"。然而客观的批评家必须承认,要说明怎样附着这一过程,说明诗如何使观念有血有肉、丰富多彩,足以紧紧扣住作者的情感,并非易事。艾略特在他的《哈姆雷特及其难题》一文中发现,哈姆雷特的感情状态是不能令人满意的,因为这样的处理缺乏"客观对应物",缺乏造成那种特殊情感变化过程的一连串事件,情感"超过了事实情节",它是"未得到表达的"。尽管如此,我们却认为哈姆雷特的情感肯定是可以表达的,实际上在剧中也表达出来了。否则,艾略特就不会知道正是在这些地方情感的表现超过了写实。认为哈姆雷特自己或莎士比亚也许对这种感情惶惑不解,这与本题是全不相干的。艾伏尔·温特斯在他的《原始主义和颓废》的第二章中更进一步地阐述了艾略特勾画的这一区别。温特斯趋于极端的主张是:如果一首诗不能用散文释义,那它就不是一首好诗。我们且不抱住这一教条不放,转而重申其主要论点或许可以从中获益。这就是说,在他所称为动机或一种情感的逻辑与为了描述这一情感而形成的诗的外表或结构之间是有差异的,而这两者对诗来说都是至关重要的。我们认为温特斯在这里揭示了实际上可能存在言之无物的"好诗"。写诗有理性进展和"质性进展"(Qualitative progression)①之别,后一种连同其相互巧妙关联的几种方式成为颓废派诗的一个特点。它是一个接一个形象的梦境漂流,缺少用来充实其内容的情节。莫里斯·毕晓普(Marris Bishop)在最近一首滑稽诗里写道:

> 我比滑腻的修道院中的牡蛎还要黏湿,
>
> 比滑倒在阴沟里的求爱者还要沮丧,
>
> 冷酷无情甚于恐怖影片中的杀人凶手,
>
> 离奇古怪甚于镜中斜眼瞥人的卖弄秋波者,
>
> 论疯狂使患膀胱结石的蝰蛇大为逊色,
>
> 倘若你想知道为什么,我只能告诉你:
>
> 这实在与你毫无关系。②

"伪陈述"这一术语对瑞恰慈来说带有降格以求的意味,用来指诗歌那种吸引人的空洞无物。对温特斯来说,其类似术语"伪指称"则是对那些伪装得更巧妙的"质性进展"的代号,是一个贬词。在诗里,像暗喻这样重要的组成部分,对于另外一个心理批评家麦克斯·伊斯特曼来说,实际上也是一种伪陈述,这在我们看来是很有意义的。按照这种说法,暗喻的那种生动效果是因为它以某种方式充当着实际知识的障碍物,就好像一个破衣袖对穿衣动作的妨碍一样。暗喻是用变态的、不适宜的,以及有意误说某事等方法来起作用的。我们不想多谈这问题,但应该说在兰色姆的逻辑构架和互不相干的局部肌质理论也出现类似的令人不安的说教。

温特斯说的似乎是基本的东西。且让我们在这方面稍事发挥,并返回到我们第一部分所探讨的情感语义学问题上。这是一个尽人皆知但也是十分重要的真理,即凡具有情感性质的真实事物有两类:一种是使人们动感情的原因,一种

---

① 这一术语,正如温特斯指出的,是从肯尼思·伯克(Kenneth Burke)的《反陈述》一书中借来的。

② 见《纽约人》1947 年 5 月 31 日,第 33 页。

是通过某种联想向人们暗示动感情的原因,或最终产生的情感。比如小偷、敌人或者令人愤怒的凌辱、发怒时像我们自己一样乱叫乱叮人的黄蜂,谋杀犯、重罪犯,以及食小禽兽或啖食腐肉、像人们乘机犯罪的夜晚那样漆黑一团的乌鸦。大体上说,把这两种情感意义凝聚在具有诗的特征的接合体中的处理办法就是使用明喻、暗喻以及定义不太清楚的其他各种联想形式。下面,我们提供一个粗浅的例子作为骨架,我们相信所有的议题都可以由此类推:

(1)某人怒似黄蜂。

(2)某人的午餐被窃,他怒似黄蜂。

我们把例(1)当作用质性法写的诗,它以暗喻为表达手段,其中也有某种客观对应物,但不知为了何故。例(2)加上了暗喻的要旨即发怒的原因,所以使感觉本身更具体了。整个论述具有更加复杂、更可测试的结构,这样才更易于探讨适当或不适当的因素。"天色渐暝,寒鸦飞向群鸦栖息之林",这或许是一首空洞无物的诗中的一行,但它最初所以具有偌大的感染力——我们敢说它现在依旧有很大的感染力——归功于这样一个背景:此话是出自一个不堪内心折磨的杀人凶手之口,当夜幕徐徐降临时,他已派遣手下人出去继续执行另一项骇人听闻的勾当。①

历史性论述和小说或诗的论述之间的差异,与上述区分有着密切的联系:历史性论述只要人们相信,就可能成为产生情感的原因,如麦克白斯杀死了国王;而在小说或诗的论述中,通常出现的是占很大比重的联想和由此产生的暗喻。当然,纯属第一类的情况很少发生,至少在公众心目中是这样。验尸官和情报官员或许会以此为满足,但编年史家、游吟诗人或记者却不然,多亏了这些人,我们才更直接或较含蓄地有了带有评价、具有情感的词(如谋杀、暴行、大屠杀),我们才拥有一整套有联想意义的形象,以一个恺撒或一个麦克白斯为出发点,从只能产生强烈情感的实际原因的事例中创造出一种不那么强烈但远为丰富的情感的对象,而且使之成为具体的、用比喻加强了的、永恒的对象。随着英雄人物的败落以及人们对外部世界秩序的信念的消失,我们在近百年来看到温特斯所分析的质性诗大大风行,这种诗竭力避免任何英雄人物、情节,以及与此有关的虚构。诚然,任何流于虚构的英雄人物或情节总是朝向着单纯的定性表达迈开了第一步,而一切诗歌只要与历史隔绝,就会趋向于情感的公式化。在这里主角和情节也被认为是象征性的。事实到特性的演变可包括以下序列:(1)历史上的麦克白斯;(2)作为文艺复兴时期悲剧中主人翁的麦克白斯;(3)艾略特笔下的麦克白斯;(4)庞德笔下的麦克白斯。正如温特斯所解释的,在长诗《荒原》的脚注中,

①　上面引的这句台词出自莎士比亚名剧《麦克白斯》,这是麦克白斯派人追杀班柯时说的话。

"对王子①做了简单介绍","庞德先生是否能够搞出这样的介绍则大可怀疑"。然而,在这四大页中,没有出现任何近似纯情感的诗句。我们在第一部分提到的语义分析可能会得出结论:纯情感诗甚至在其最后阶段也只是幻想。在我们所看到的诗中国王仅仅是一种象征。这甚至不是谈人类行为的诗,而是描写黄蜂和乌鸦的诗,然而仍是关于事物的诗。至于这些事物如何在诗的模式中联结在一起,它们又是同什么样的情感结合在一起,则一直是带有关键性的问题。C.S.路易斯评论说:"《玫瑰传奇》绝不能改写成《洋葱传奇》而不受损害。"

从根本上说,诗是关于情感和客体的论述或是关于客体的情感特征的论述。与诗的对象相关联的情感便成了所涉及内容的一部分,这种情感不像传染病或疾病那样感染读者,不像弹伤或刀伤那样机械地伤害读者,不像毒药那样毒害读者,它也不能简单地用惊叹语、鬼脸或韵律来表达,它只能在其客观对象中得到表现,并作为知识的一种模式精心构思而成。诗是使情感固定下来的一种方式,可以说是让世世代代的读者都能感受其情感的一种方式,当不同文化环境中客观事物的功能经历了变化,或者是当客观事物作为单纯的史实,由于丧失了其迫切的时间性而丧失了情感价值的时候,尤为如此。虽然在诗中情感的基础不一定像罗斯金所说的"高尚的情感必有高尚的理由"那样简单,然而,如果我们愿意寻求的话,仍有大量的永恒的因素可以为诗的情感提供创作对象,这些永恒的因素可以通过人类历史的变迁而追溯其源流。麦克白斯谋杀邓肯,不管是作为11世纪的历史还是16世纪的记载,从来没有成为圣诞颂歌主题的迹象。在莎士比亚的剧中,就其前后穿插在主题之中的叛逆、谋划和内心恐怖的种种而言,这一幕是很难模仿复制的。这古老的谋杀衬托在一系列的形象之中——嘶哑的啼鸦,昏暗的光线,乌鸦展翅飞入密林,从母亲怀中劫去婴儿,空中飞刀,鬼魂显灵,血手淋漓——就变成了强有力的固定情感价值的对象。玻里尼西亚的死尸是一个更古老的对象,虽然由于古希腊语的障碍,我们不能全部领悟,但它在表达人们所理解的崇高责任的动机上,仍然显示了历久不衰的顽强性。葬礼的习俗已经改变,但环绕在那具"无人埋葬、没有荣誉、满身罪孽"的尸体周围的种种宗教、政治,以及私人问题交织成的网络都仍然是明白易懂的。某些事物在一个时代部分地被人遗忘了,而在另一个时代却逐渐受到赏识,其部分原因就是诗人的努力。说它们突如其来、无中生有是不真实的。举例来说,夏洛克之可悲可悯不是我们这个时代的创造,但自命不凡的现代人道主义者因拥有自己的口号,就可能

---

① 指《荒原》中出现莎士比亚《暴风雨》中的费迪南王子。

假定莎士比亚或骚桑普顿①当年并无怜悯之情,他们甚至可能没有觉察到人道主义本身也应归功于莎翁。雪莱说过:"诗人是世界上未被承认的立法者。"不过,我们至少可以承认诗人是感情法则的主要阐述者。

　　一项令人不快的任务落在相对主义文学史家肩上,那就是把过去和现在当作文化史上离散而互不相干的时刻确定下来,这样就把一首诗写成和最初被人赏识的过去时刻,和由于其清晰明朗且内在联系密切的意义、完善、匀称、扣人心弦而使诗流传到现在的时刻完全分割开来了。动人情感的各个对象具有那么复杂、那么可靠的结构,以致在过去任何时代都成为伟大的诗歌的标记,今后,它也不会随着人类文化的衰落而消泯;说得保险一点,它至少不会达到一个有志探索者无法重新发掘出来的境地。由于同样的原因,我们似乎有信心对将来诗的所有现象进行客观的区分,尽管这种诗所赖以构成的前提或素材既不可预见也无法一一列举。如果某些诗的诠释赖于对过去的或异域习俗的理解,那么这些诗篇本身就是关于习俗风尚最确切的情感方面的报道。在诗人精心设计的情感对象以及其他艺术作品中,历史学家找到研究古人情感的最可靠的依据,而人类学家却找到了研究当代的原始社会崇拜主义最可靠的依据。若想体会宫廷中的谈情说爱,最好是翻阅克列廷·德·特洛瓦(Chrétien de Troyes)和玛利·德·法朗士(Marie de France)的作品,而要知道 14 世纪末叶英国对骑士、修道院生活和新兴市民阶级的看法,则任何别的来源都不能与《坎特伯雷故事集》序诗中的精密图解相媲美。在祖尼族②或内瓦何族③中间的现场研究工作者发现,诗人和能引用神话的本族人比任何调查对象都能提供更可靠的情况材料。④ 总之,尽管各族文化有了变化,但诗篇却是永存的,它们能说明一切。

---

　　① 亨利·罗特斯利·骚桑普顿(Henry Wriothesley Southampton,1573—1624),英国贵族,艺术保护人,据说是莎士比亚的朋友。

　　② 祖尼族(Zunis),墨西哥印第安人的一支。

　　③ 内瓦何族(Navahos),北美印第安人的一支。

　　④ 马林诺斯基说过:"人类学家的身边肘侧总有一个神话制造者。"见《原始心理学中的神话》(1926年纽约版),第 17 页。

什克洛夫斯基

◎文论作品

作为手法的艺术

一

"艺术——这就是形象思维。"这句话既可出自一个中学生之口,也是一个在文学理论内着手建立某种体系的语文学学者的出发点。这个想法在许多人头脑里根深蒂固,而波捷勃尼亚①无论如何该称为具有这种想法的先驱者之一。② 他说:"没有形象就没有艺术,具体说来,就没有诗。"③他在另一个地方又说:"诗,散文亦然,首先是,而且也主要是某种思想和认识方式。"④

诗是一种特殊的思维方式,即形象思维方式。这种方式能在某种程度上节约智力,能产生"过程的相对轻松感"。审美感就是这种节约的反射。奥夫相尼科-库里科夫斯基院士的这种理解和归纳大概是正确的,他无疑仔细研读过他的老师的著作。波捷勃尼亚和他的人数众多的学派认为诗是一种特殊的思维,即用形象进行的思维,而形象的任务则是把各种不同的事物和动作分门别类,并通过已知之物来解释未知之物。或者,用波捷勃尼亚的话说:"形象与被解释之物的关系是:(1)形象是可变主语的固定谓语,是吸聚多变的统觉经验的固定手段……(2)形象是某种比被解释之物更简单明了得多的事物。"⑤也就是说,"既然

---

① 亚·波捷勃尼亚,俄国著名斯拉夫学、语文学学者。

② 别林斯基早在 1838 年就说过:诗歌是"寓于形象的思维"。

③ 亚·波捷勃尼亚:《文学理论札记》(1905 年),第 83 页。以下只注"波捷勃尼亚",不再写著作名称(下文其他论著均依此处理)。

④ 同上,第 97 页。

⑤ 同上,第 314 页。

形象性的目的是使我们更容易理解形象的意义,既然舍此则形象性失去意义,所以,形象应当比它所解释的事物更为我们所熟悉"。①

用这条规律来看丘特切夫将夜晚的闪光比作聋哑的恶魔,或是果戈理把天空比作上帝的法衣,是颇为有趣的。

"没有形象就没有艺术。""艺术即形象思维。"人们从这些定义出发,生拉硬扯地做出了莫大的荒唐事,竟要把音乐、建筑和抒情诗也理解为形象思维。奥夫相尼科-库里科夫斯基院士经过四分之一世纪的辛劳之后,终于不得不把抒情诗和音乐划出来,把它们归入一种特殊的新形象艺术——他称它们为直接诉诸情绪的抒情艺术。② 结果,存在一个很大的艺术领域并不是一种思维方式,但这一领域中的一种艺术——抒情诗(狭义上的)却又与"形象的"艺术完全相似,因为它同样是运用词语;而且更为重要的是,形象的艺术之转化为非形象艺术竟然全然不露形迹,我们对这二者的感受也相同。

"艺术即形象思维",这意味着(略去这一等式的许多众所周知的中间环节)艺术首先是象征的制造者,这一定义却留存下来,它在它赖以建立的理论崩溃之后仍然留存着。首先,它在象征主义流派中仍有活力,尤其是在它的理论家那里。

所以,许多人仍然认为,形象思维,诸如"道路与阴影""犁沟与田界"之类,是诗的主要特征。所以这些人理当期望,这个被他们称之为"形象的"艺术的历史应该就是形象变化的历史。但事实上,形象几乎固定不变。形象从一个世纪到另一个世纪,从一个国度到另一个国度,从一个诗人到另一个诗人之间流动,毫无变化。形象——"无所归属","来自天赐"。你对一个时代知之愈深,就愈加确信,你原来认为系某个诗人独创的形象,实际上取自别人,而且几乎原封不动。各种诗派的全部工作归根到底都是积累和发现运用与加工词语材料的新手法,而且运用形象的工作较之创造新形象要多得多。形象是现成的,在诗歌里,对形象的回忆要大大超过用形象来思维。

形象思维至少不是一切门类的艺术,或者甚至也不是一切种类语言艺术的共同点。形象的变化也不是诗的运动的实质所在。

二

我们知道常常有这种情况:有些词组被当作某种有诗意的东西,是为艺术欣

① 波捷勃尼亚,第291页。
② 见奥夫相尼科-库里科夫斯基:《语言与艺术》(彼得堡,1895),第35、70页。以下均注"奥夫相尼科-库里科夫斯基"。

赏而创造的,但实际上它们并非为产生这种感受而创造的。例如,安年斯基关于斯拉夫语言特别有诗意的见解就属于这种情况。安德烈·别雷①对俄国18世纪诗人置形容词于名词之后的手法的赞赏也是如此。别雷对此大加赞赏,认为这是某种艺术的,或者更准确地说,是有意而为的创作,认为这就是艺术。实际上,这只不过是这种语言的一般特征(斯拉夫教会语的影响)。这样一来,事物可能有两种情况:(1)作为一般事物而创造,但被感受为诗;(2)作为诗而创造,但被感受为一般事物。这说明,这一事物的艺术性,它之归属为诗,是我们的感受方式产生的结果。而我们(在狭义上)称为艺术性的事物则是用特殊的手法制作,制作的目的也在于力求使之一定被感受为艺术性的事物。

波捷勃尼亚的结论可以表述为:诗=形象性,这一结论产生了形象性=象征性,即形象成为可变主语的不变谓语的能力的一整套理论。这一结论由于在观念上的血缘相通而深受安德烈·别雷及《永恒的伴侣》的作者梅列日科夫斯基②等象征派作家的青睐,并成为象征主义的理论基础。这一结论部分地源出于波捷勃尼亚对诗的语言与一般语言之不加区分。由于这一原因,他未注意到有两种形象:作为实际的思维手段、把事物进行归类的手段的诗的形象,作为加强印象的手段的形象。我举个例子来说明。我在街上走,看见走在我前面那个戴帽子的人掉了一个纸袋。于是我叫他:"喂,戴帽子的,你丢了个纸袋。"这是个纯粹一般语言的转喻形象的例子。另一个例子,队列中站着几个人,其中有一个站立的姿势很不像样,排长见了对他说:"喂,笨蛋③,你怎么站的?"这个形象则是诗的语言的转喻。在前一例中,"щляпа"一词是换喻,后一例中则是隐喻,不过,我在这里并不是要注意这两种转喻之区别。诗的形象——是产生最强印象的多种方法之一。作为方法,它与诗的语言的其他手法相同,与正反的排比、比较、重复、对称、夸张相同,与一切被称为修辞格的东西相同,与这一切增加事物实感的方法相同(词或者作品本身的声音都可以是一种事物)。但诗的形象只是表面上与作为寓言的形象和作为思想的形象相似,譬如,一个小姑娘把一个圆球称为小西瓜就属这种情况。④ 诗的形象是诗的语言手段之一。一般语言的形象是抽象的手段:用小西瓜来代替圆灯罩或用小西瓜代替头,只是把事物的诸多品质之一抽象出来,它与头=圆球、西瓜=圆球的说法毫无二致。这是思维,但与诗毫不相干。

---

① 安德烈·别雷(1880—1934),俄国象征派作家。

② 季·谢·梅列日科夫斯基(1866—1941),俄国象征派作家及评论家,《永恒的伴侣》(1897)是他的文集。

③ 第一例中的"戴帽子的"和第二例中的"笨蛋",在俄语中都是"щляпа"这个词在俄语中的含义。

④ 奥夫相尼科夫-库里科夫斯基:第16页。

三

　　节省创造力的规律也是公认的规律之一。斯宾塞写道:"我们发现,决定选词用字的一切规则的基本共同点是:节省注意力……通过最容易的途径把思想引向想要达到的概念,往往是唯一目的,并且永远是主要目的。"①"如果心灵拥有的力量不可穷尽,从这永不干涸的源泉中要耗费多少的问题对它当然无关宏旨。重要的看来只是必须耗费多少时间的问题。但是,既然心灵的力量是有限的,所以它力图最合理地完成统觉过程就是顺理成章的事,也就是说,要最少地耗费力量,或者说,要得到最大的效果。"②彼特拉日茨基只援引节约精神力量这一普遍规律来摒弃横阻他思路的理论,即詹姆士关于感情冲动的生理基础的理论。创作力节约原则在研究节奏时尤其有诱惑力,维谢洛夫斯基也承认它,并进一步发挥斯宾塞的思想,"高超的文体恰恰就妙在以最少的字数传出最多的思想"。③ 安德烈·别雷在其著作的杰出篇章中举了许多诗律佶屈聱牙的实例,并以巴拉丁斯基的诗句为例,说明诗的形容语的晦涩费解,他也认为有必要在自己的书中论及节约的规律,该书试图依据过时书籍里未经验证的事实,依据对诗歌创作手法的渊博知识以及克拉耶维奇按照中学教学大纲编写的物理教科书来建立一套艺术理论,这真堪称是一大壮举。

　　省力是创作的规律和目的,就语言的局部情况,即就"日常"语言而言,这一思想是正确的。但由于不了解日常语言规律与诗歌语言规律的区别,这一思想也被推而广之于后者。最初实际表明这两种语言并不相吻合的是指出日本的诗歌语言中有些声音在日本日常实用语言中并不存在。列·彼·雅库宾斯基有一篇文章讲到诗歌语言中没有流音异化规则,但却允许有相同声音的拗口组合,此文实际上是第一次指出(虽然只是针对这一点而言)诗歌语言规律与日常语言规律相悖,④这一看法是经得起科学的批评的。

　　因此,在论及诗歌语言中的耗费与节约规律时,不应与一般日常生活语言相比,而应根据其自身的规律来探讨。

　　如果我们来研究感受的一般规律,就会发现,动作一旦成为习惯,就会自动完成。譬如,我们的一切熟巧都进入无意识的自动化领域。谁要是记得自己第一次握笔或第一次说外语的感受,并以之与自己后来第一万次做这些事时的感

---

　　① 赫·斯宾塞:《风格哲学》第1卷(彼得堡,1866),第77页。
　　② 理·阿芬那留斯:《哲学是按最少耗力原则进行的关于世界的思考》(彼得堡,1912),第10—11页。
　　③ 《理·维谢洛夫斯基文集》第1卷(彼得堡,帝国科学院语文部出版),第444页。
　　④ 《诗歌语言理论论文集》第1期(彼得堡,1917),第16—23页。

受相比较,就会同意我们的意见。我们的日常言语中有不完全句或只说出一半的词语,这种规律性现象就归因于自动化过程。代数学是这一过程的理想表现,在代数学里一切事物都为符号所代替。在快速的实际言语里,词语并不说出来,只是在意识中隐约出现各字的前几个声音。波果金举过一个例子。一个男孩在想"瑞士的山很美"①这句话时,脑子里只有一排字母:l,m,d,l,S,s,b。

思维的这一特性不仅提示了代数学的途径,甚至也提示了象征的选择(字母,而且是词首的字母)。在用这种代数的思维方法时,事物是以数量和空间来把握的,它不能被你看见,但能根据最初的特征被认知。事物似乎是被包装着从我们面前经过,我们从它所占据的位置知道它的存在,但我们只见其表面。在这种感受的影响下,事物会枯萎,起先是作为感受,后来这也在它自身的制作中表现出来。正是由于这种感受,日常语言中的词语不会被全部听见(见列·雅库宾斯基的文章),因而也就不会全部被说出(一切口误失言皆来源于此)。在事物的代数化和自动化过程中感受力量得到最大的节约:事物或只以某一特征(如号码)出现,或如同公式一样导出,甚至都不在意识中出现。

"我在房间里抹擦灰尘,抹了一圈之后走到沙发前,记不起我是否抹过沙发。由于这些动作是无意识的,我不能,而且也觉得不可能把这回忆起来。所以,如果我抹了灰,但又忘记了,也就是说做了无意识的行动,那么这就等于根本没有过这回事。如果那个有心人看见了,则可以恢复。如果没人看见,或是看见了也是无意识的,如果许多人一辈子的生活都是在无意识中度过,那么这种生活如同没有过一样。"(列夫·托尔斯泰 1897 年 3 月 1 日日记,尼科斯克村)

生活就是这样化为乌有。自动化吞没事物、衣服、家具、妻子和战争的恐怖。

"如果许多人的全部复杂生活都不自觉地度过,这种生活如同没有过一样。"

正是为了恢复对生活的体验,感觉到事物的存在,为了使石头成其为石头,才存在所谓的艺术。艺术的目的是把事物提供为一种可观可见之物,而不是可认可知之物。艺术的手法是将事物"奇异化"的手法,是把形式艰深化,从而增加感受的难度和时间的手法,因为在艺术中感受过程本身就是目的,应该使之延长。艺术是对事物的制作进行体验的一种方式,而已制成之物在艺术之中并不重要。

诗的(艺术的)作品的生命——是从可见走向可知,从诗走向普通文字,从具体走向一般,从在公爵府邸里半昏半醒地忍受屈辱的迂夫子和穷贵族堂吉诃德发展到屠格涅夫笔下那个虽则豁达然而空虚的堂吉诃德,从查理大帝到"皇帝"的名字。随着作品和艺术的消亡,作品逐渐扩大,寓言比长诗更有象征性,而谚

---

① 此句原为法语。

语较之寓言又有过之。所以波捷勃尼亚的理论在研究寓言时最能自圆其说,他正是以自己的观点对寓言进行了透彻的研究。但这一理论并不适用于"实实在在"的艺术作品,正因为如此,波捷勃尼亚的书终未写完。大家都知道,《文学理论札记》一书出版于作者逝世后十三年的 1905 年。该书中也只是有关寓言的一章由波捷勃尼亚本人最后定稿的。

事物被感受若干次之后开始通过认知来被感受:事物就在我们面前,我们知道这一点,但看不见它。[①] 所以,我们关于它无话可说。在艺术中,把事物从感受的自动化里引脱出来是通过各种方式实现的。在本文中我想指出列夫·托尔斯泰所经常使用的一种方法。这位作家——至少在梅列日科夫斯基看来是如此——似乎总是按自己的所见来呈现事物,他始终用这种眼光去看,不加变化。

列夫·托尔斯泰的奇异化手法在于他不说出事物的名称,而是把它当作第一次看见的事物来描写,描写一件事则好像它是第一次发生。而且他在描写事物时,对它的各个部分不使用通用的名称,而是使用其他事物中相应部分的名称。我举个例子。在《可耻》一文中,列夫·托尔斯泰对鞭笞这一概念是这样奇异化的:"……把那些犯了法的人脱光衣服,推倒在地,并用树条打他们的屁股。"几行以后他又写道:"鞭打脱得光光的屁股。"他还在这里加了一条注解:"为什么一定用这种愚昧、野蛮的方法致人疼痛,而不用别的方法,譬如,用针刺肩膀或身体其他部分,把手或脚夹在钳子里,或是某种其他类似的方法。"恕我举这个令人难受的例子,但这是列夫·托尔斯泰为触动良心所使用的典型方法。他通过描写、通过建议改变其形式,但不改变其实质,而把司空见惯的鞭刑奇异化了。列夫·托尔斯泰经常运用奇异化手法:有一次在《霍尔斯托密尔》中由一匹马出面来讲故事,于是事物被不是我们的,而是马的感受所奇异化了。

这就是马对私有制的感受。

"他们关于鞭笞和基督教的谈论我都十分明白,但有些话的意思却一点也搞不懂,譬如:自己的,他的小马驹。从这些话里我看出人们认为在我和饲马总管之间有某种联系,但这到底是种什么关系,我那时怎么也搞不清。只是在很久以后,在把我和其他马分开饲养之后,我才懂这是什么意思。但在当时,我怎么也不懂,把我称为某人的所有物是什么意思。'我的',这几个词是针对我,一匹活生生的马说的。在我看来,这几个词和'我的土地''我的空气''我的水'这些词一样奇怪。"

"但这几个词却对我产生了巨大影响。我对这件事日思夜想,只是在和人们发生各种不同的关系很久以后,我才终于明白人们赋予这些奇怪字眼的含义。

[①] 　维·什克洛夫斯基:《词的复活》(彼得堡,1914)。

这些词的意思是这样的:人们在生活中不是以做的事,而是以说的话为依据的。他们所热衷的与其说是能做或不能做什么事,不如说是能就各种东西讲一些他们之间约定的一些话。像'我的这,我的那'就属于这种词,他们用这些词来说种种不同的事物、物件和东西,甚至用来说土地、人和马。他们约定,关于某一件事物只有一个人能够说:我的。谁按照他们之间规定的这种游戏,能够把最多数量的东西称为'我的',谁就被他们认为是最幸福的人。为什么要这样,我不知道,但事情就是这样。原来在很长时间里我努力以有某种直接的好处来解释这件事,结果这并不正确。"

"譬如,许多把我叫作他们的马的人并没骑过我,骑过我的完全是另外一些人。喂养我的也不是他们,而完全是另一些人。为我做好事的也不是那些把我叫成他们的马的那些人,而是车夫、兽医。总而言之,是那些不相干的人。后来,在我的观察扩大之后,我认识到,除了被人们称为私有感或私有权的这种低级的动物本能之外,'我的'这个概念毫无道理,不仅就对我们这些马而言是如此。一个人说'我的房子',却从不在里面住,而只关心房子的建造和维修。又譬如,商人说'我的店铺''我的呢料店',可他却没有用他店里的好呢料缝制的衣服。"

"有人把一块土地称作他自己的,可却从未见过这块地,也没在上面走过。有人把另一些人称作自己的,可也从未见过这些人,他们与这些人的全部关系就是对他们作恶。"

"有一些人把一些女人称作自己的女人或妻子,可是这些女人却和别的男人住在一起。人们在生活中追求的不是去做他们认为是好的事,而是尽可能把更多的东西称作自己的。"

"我现在确信,这就是人们与我们之间的根本区别。因此,仅根据这一点,我们就可以大胆地说,在有生物的阶梯上我们比人站得更高,更不必说我们胜过人的其他优点了。人的活动,至少就我与之有关的那些人而言,是受字眼支配的,而我们的活动则受事支配。"

在小说结束时,马已被宰杀,但叙述的方式,它的手法未变:"在人间行走过、吃过、喝过的谢尔普霍夫斯基的躯体在很久以后才埋进土里。无论是他的皮,还是肉和骨头,都毫无用处。"

"他在人间来回走动的行尸走肉般的躯体,二十年来一直是一切人的大累赘,所以,把这副躯体埋进土里也只不过是又给人增添一次麻烦。他早已对任何人都没有用处,早已成为大家的负担。尽管如此,那些埋葬行尸走肉的行尸走肉们认为,有必要给这具立刻烂掉的肥胖的身躯穿上好制服、好靴子,把它放进四角挂着新缨串子的又新又好的棺材里,然后又把这具棺材放进另外一具铅制棺材里,运往莫斯科,在那里掘开那些早就埋在地里的人的骸骨,并把这具正在腐烂、长满蛆虫和穿着崭新制服与锃亮皮靴的肉体掩埋在这里,然后用土把一切埋上。"

由此我们可以看到,在故事的结尾,虽然脱离了那个偶然的动机,采用的仍是这一手法。

列夫·托尔斯泰用这种手法描写了《战争与和平》中的所有战斗,它们首先被描写为奇异的事物。我不援引这些描写,因为它们太长,那样的话我就得把小说第四卷的很大部分抄下来。他用同样的手法描写沙龙和剧院。

"舞台中间是整齐的木板,两边立着涂颜色的表示树木的纸板,后面是在木板上拉着一块布。舞台中心坐着穿红胸衣和白裙子的女郎,其中有一个穿白绸衣的长得特别胖,坐在矮板凳上的姿势很特别,板凳后面粘着一张绿色硬纸板。她们都在唱着什么。唱完之后,穿白绸衣的女郎走到提台词的小室前,一个大腿粗壮、穿绸紧身裤的男子走到她旁边,张开双手唱了起来。穿紧身长裤的男子一个人唱完之后她再唱。然后,两人都不作声,响起了音乐。男子开始用几个手指头摸弄白衣女郎的手,显然是在等着和她一起再唱一曲。两人一起唱完后,剧场里的人都拍巴掌和叫喊起来,台上那些装成恋人的男男女女也微笑着张开双手鞠起躬来。"

"第二幕的布景表示一些纪念碑,幕上有些小洞表示月亮。灯框上的灯罩被掀起,奏起低音号和低音提琴,从左右两边出来许多穿黑斗篷的人。人们开始挥动双臂,他们手里握着类似剑一样的东西。后来又跑来些人,他们拉曳那个原来穿白衣的女郎,现在她穿天蓝色衣服了。他们没把她马上拉走,而是和她一起唱了很久,然后才拉走。后台有人在一个金属东西上敲了三下,于是所有的人都跪下,唱起祷诗。在这中间所有这些动作被观众欣喜若狂的喊叫打断过好几次。"

第三幕也是这样描写的:

"……突然,狂风暴雨大作,乐队里响起半音阶和低七音度和弦,所有的人都跑动起来,并把台上一个人拉到后台去了,然后落幕。"

第四幕是这样:

"有个魔鬼,他一面唱,一面晃动着两臂,直到抽掉他脚下的板子,他才掉下去。"①

列夫·托尔斯泰在《复活》里对城市和法庭的描写也是这样的。他也在《克莱采奏鸣曲》里这样描写婚姻:"为什么人们心灵相亲就应该一起睡觉。"但他运用奇异化手法的目的并不仅限于使人们看见他对之持否定态度的事物。

"彼埃尔从他的新朋友身边站起来,穿过篝火走到路对面去。他听说被俘虏

---

① 以上引文均出自《战争与和平》第 2 卷。

的士兵在那里,想和他们谈谈。一个法国哨兵拦住他,叫他回去。彼埃尔往回走,不过没回到篝火旁他的朋友们那里,而是走到一辆卸了套的马旁,车上一个人都没有。他盘起腿,垂下头,坐在车轮旁冰冷的地上,而且很久都坐在那里想心事。过了一个多小时,没有人来打扰他。忽然,他憨厚地哈哈大笑起来,笑的声音很大,周围的人都惊讶地回过头来看这个显然笑得十分奇怪的人。

"哈,哈,哈,彼埃尔笑着。他还自言自语地说:那个士兵不让我走。"他们抓住了我,把我关起来。把我,我……我的不朽的灵魂。哈,哈,哈,他笑着,眼里涌出了泪水。……"

"彼埃尔仰望天空,仰望那闪烁远逝的星星的深处。'这一切都是我的,这一切都在我身内,这一切也就是我,'彼埃尔想道。'他们把这一切都捕捉住并且关进这个木板棚,'他笑了,走到他朋友们身边躺下睡觉。"

任何一个很熟悉托尔斯泰作品的人都能找出几百个上述类型的句子。这种把事物从其环境中抽离出来看的方式,使托尔斯泰在晚期作品中剖析种种教规和仪式时,也对之采用奇异化的描写方法。他不使用习惯的宗教用语,而是用普通含义的词,于是产生某种奇怪的荒诞不经的效果,被许多人真诚地看成是对神的亵渎,刺痛了许多人。这其实是托尔斯泰感受和叙述周围事物的一贯的同一手法。托尔斯泰式的感受动摇了托尔斯泰的信仰,触及了他久久不愿触及的事物。

四

奇异化手法并非托尔斯泰所专有。我之所以用托尔斯泰的材料来描述这一手法,纯系出于实际的考虑:这些材料大家都很熟悉。

在弄清这一手法的性质之后,我们现在来大致界定一下它的运用范围。我个人认为,几乎是哪里有形象,哪里就有奇异化。

换言之,我们的观点与波捷勃尼亚的观点的区别可以表述如下:形象不是可变谓语的不变主语。形象的目的不是使其意义易于为我们理解,而是制造一种对事物的特殊感受,即产生"视觉",而非"认知"。

形象性的目的在色情艺术中可以观察得最清楚。

这里通常都把色情客体表现为某种第一次见到的事物。譬如在果戈理的《圣诞节前夜》里:

"这时他更挨近她身边,清了清嗓子,用手指碰碰她裸露而丰满的胳膊,满脸狡谲而又得意地问道:'好漂亮的索洛哈,您这是什么东西?'说完他又倒退了几步。

'什么什么东西?这是胳膊,奥希普·尼基福洛维奇!'索洛哈回答道。

'嗯,手胳膊,嘿,嘿,嘿!'执事因为自己上了手,打心眼里得意。他在房间里踱了几步。

'您这又是什么,最亲爱的索洛哈?'他还带着那种表情说,重又凑近她身旁,用一只手轻轻地搂了搂她的颈脖,然后又像原来那样后蹦了几步。

'您难道看不见吗,奥希普·尼基福洛维奇?'索洛哈回答道。'这是脖子,脖子上有一串项链。'

'嗯!脖子上是串项链!嘿,嘿,嘿!'执事又在房间里踱起方步来,一面搓着两手。

'无与伦比的索洛哈,您这又是什么?'执事长长的手指现在都不知道要摸到什么地方去了……"

又如在汉姆松的《饥饿》里:

"她衬衫下露出两个白白的妙物。"

有时色情的事物被以影射的方式描绘出来,这种描绘的目的显然也不是"使之易于理解"。

用锁和钥匙、织布工具、弓与箭、环与钉(如关于斯达维尔的民间壮士歌中)来表示性器官也属于这种情况。

丈夫认不出化装成壮士的妻子。妻子让他猜道:

> 斯达维尔,你可记得,
> 我们小时候常到街上去。
> 我和你一起玩投钉子游戏。
> 你的钉子是银的,
> 我的环却是金的!
> 我那时老是投环,
> 你那时可总是中环。
> 戈金的儿子斯达维尔说:
> 我和你用钉子什么花样都玩过!
> 华希丽莎·米库丽恰说:
> 斯达维尔,你可记得,
> 我们曾一起玩过写字游戏。
> 我的墨水瓶是银的,
> 而你的笔是金的!
> 我总是去瓶里蘸蘸墨水。
> 你总是到瓶里来蘸蘸墨水?

在另一种文本的壮士歌中,谜底被猜破:

于是威严的使节华希丽柳什卡

把自己的衣服一直提到肚脐上。

于是戈金的儿子,年轻的斯达维尔

认出了那个镀金的环⋯⋯

然而,奇异化不仅是色情谜语婉转化的手法,而是一切谜语的基础和唯一的意义。每一则谜语或是用通常并不使用的词语来说明和描绘事物(如"两头两个环,中间一根钉"之类),或是用某种类似滑稽模仿的声音的奇异化:

"тон да тотонок"(пол и потолок)

"слон да кондрик"(заслон и конник)[①]

有些色情形象非谜语,但也是一种奇异化,如所有轻佻小曲中的"木球槌子""飞机""小娃娃""小兄弟"等。

这些形象与踩青草和砍荚蒾等民间形象有相通之处。

在色情散文里普遍运用熊和其他动物(或魔鬼:辨认不出的另一个理由)辨认不出人的情节和形象,这也是十分明显的奇异化手法(《无畏的老爷》《公正的士兵》)。

德·康·泽列宁所编的童话集中第七十篇童话里的"认不出来"是很典型的。

"一个农夫赶着匹花斑马耕地。熊走过来问道:'大叔,是谁把这匹马弄成了花斑的?''是我自己弄的。''是怎么弄的?''我也把你弄成花斑的吧?!'熊同意了。农夫用绳子捆住熊的脚,从双轮犁上卸下犁刀,把犁刀在火上烧热,然后就在熊背上大烫特烫起来:灼热的犁刀烧掉熊的毛皮,露出肉来,熊就变成了花斑熊了。农夫给熊松了绑,熊走开几步,在一棵树下躺下。飞来一只喜鹊在马身上啄肉吃。农夫捉住它并扯断它一条腿。喜鹊飞到下面躺着熊的那棵树上停下。喜鹊飞走后又飞来一只大苍蝇,它也停在马身上啄起来。农夫捉住它,往它屁股里插进一根小棍子,把它放走。苍蝇也飞到那棵树上停下来。它们三个都呆在那里。农夫的妻子把午饭给他送到地里来。农夫和妻子在清新的空气里吃过饭,然后把她按倒在地上。熊看见了对喜鹊和苍蝇说:'我的老天爷,农夫又要把谁弄成花斑的?'喜鹊说:'不对,他要把人家的腿扯断。'苍蝇则说:'也不对,他要往人家屁股里插根棍子。'"

我想,谁都清楚,这篇童话用的手法和《霍尔斯托密尔》里的手法一样的。

在文学中常常见到对动作本身的奇异化。如《十日谈》中的"刮酒桶""捉夜

---

① "пол и потолок"是"地板与天花板","заслон и конник"是"遮体骑士"之意,这些词在俄语中都有某种程度的谐音。

莺""弹羊毛的愉快游戏",后面这个形象并未扩展为情节。在描写性器官时也经常用奇异化。

有一系列故事情节是建立在其"不能辨识"的基础上。如阿法纳希耶夫所编《历代童话精选》中的《胆小的贵妇人》,整个童话的故事都建立在不用本来的名称来称呼事物的基础上,即建立在不能辨识的巧用上。昂丘科夫所编童话集中第二百五十二首《女人痣》《历代童话精选》中《熊与兔子》都是如此。熊和兔子修补"伤口"。

像"杵与臼"或"魔鬼与地狱"这类结构也属奇异化手法。(《十日谈》)

有关心理排比中的奇异化问题我将在关于情节编构一文中论及。

这里我要再次重申:在排比中重要的是感觉出同中有异。

排比的目的一般说来与形象性的目的相同,是把事物从它通常的感受领域转移到一个新的感受领域,也就是说,是某种特殊的语义变化。

我们在研究诗歌言语时,无论是研究它的语音和词汇构成,还是研究它的词语位置的性质以及由词语组成的意义结构的性质,我们处处都能见到艺术具有同一的标志,即它是为使感受摆脱自动化而特意创作的,而且,创造者的目的是提供视感,它的制作是"人为的",以便对它的感受能够留住,达到最大的强度和尽可能持久。同时,事物不是在空间上,而是在不间断的延续中被感受。诗歌语言正符合这些特点。在亚里士多德看来,诗的语言应具有异域的、奇特的性质[1],事实上它也常常是异域的:如苏美尔语之于亚速利亚人,拉丁语之于中世纪欧洲,阿拉伯语之于波斯人,古保加利亚语之作为俄罗斯标准语的基础;或者它也常常是一种被提高的语言,如与标准语相近的民歌语言。诗歌中古词语的广泛运用,"doice still nuovo"(悦耳新文体)语言的艰深化,阿尔诺·丹尼埃尔[2]的晦涩文体以及造成发音困难的种种形式(迪埃菲[3]的《行吟诗人的生活与劳动》,第 213 页),都属这种情况。雅库宾斯基在他的论文里阐明诗歌语言中的一种规律,即有时通过重复相同的声音以造成语音上的困难。所以,诗歌语言是一种困难的、艰深化的、障碍重重的语言。有时诗歌语言与散文语言相近,但这并不与艰深化的规律相悖。普希金写道:

> 她的名字叫塔季雅娜……
> 我们第一次用这样的名字
> 让充满柔情的篇章生辉,

---

[1] 亚里士多德:《诗学》(莫斯科,1957),第 22 章,第 113—117 页。
[2] 阿尔诺·丹尼埃尔(1150—1210),法国行吟诗人。
[3] 弗·迪埃菲(1794—1867),法国语言学家。

这样做真有几分放肆,[1]

普希金的同代人习惯于杰尔查文那种文体高昂的诗歌语言,而普希金那种(在当时看来)低俗的文体倒是显得出乎意料地难以理解。我们都记得,普希金的同代人当初都因他用语粗俗而大惊失色。普希金把使用民间俗语作为一种引起注意的特殊手段,正如他的同时代人平常说法语时也总是用俄语词一样(见托尔斯泰《战争与和平》中的例子)。

现在正发生一种更为典型的现象。俄罗斯标准语其根源本出自俄国的异邦,它已深深渗入人民底层,使许多民间俗语为之同化。但文学却开始热衷于方言(列米佐夫、克柳约夫、叶赛宁和其他一些作家,他们彼此才华迥异,而语言却相近,都有意追求一种外省语言)和外来语(因此才可能出现谢维利雅宁诗派)。马克西姆·高尔基现在也从标准语到标准的"列斯科夫腔"。这样一来,民间俗语与标准语交换了位置(维亚切斯拉夫和其他许多作家),终于出现了要创造新的、专门的诗歌语言的强烈倾向。大家都知道,这一派的首领就是维利密尔·赫列勃尼科夫。所以,我们给诗歌下定义:它是一种障碍重重的、扭曲的言语。诗歌言语是一种言语结构。散文则是普通言语:节约、易懂、正确的语言(散文女神是正确的、易产的女神,婴儿"胎位正常"的女神)。关于阻滞和延缓是艺术的普遍规律问题,我将在谈情节编构一文中更详细地加以论述。

初看起来,那些提出节约力量是诗歌语言某种本质特征,甚至是其决定性特征这一概念的人,他们的立场在节奏问题上是十分有力的。斯宾塞对节奏作用的解释看来也完全不容置疑,他说:"如果我们经受的拳击不均匀,我们就不得不使肌肉保持多余的,有时是不必要的紧张,因为我们不能预计到下一拳何时出来。如果打击均匀,我们就能省力。"这个见解似乎很有说服力,但却犯了一个通病——混淆诗的语言与日常语言的不同规律。斯宾塞在其《风格哲学》一书中对这二者完全不加区别,而实际上可能存在两种节奏。一般语言(散文)的节奏、劳动歌和劳动号子的节奏,它一方面,能够代替在必要时喊一声"吭唷,加油"的口令,另一方面能够减轻劳动,使之自动化。的确,在音乐伴奏下走路要比没音乐时轻松;但一面走,一面进行活泼热闹的谈话同样也轻松,因为此时走路的动作我们并不意识到。所以一般语言节奏作为产生自动化的因素是重要的。但诗的节奏则与此不同。在艺术中有"建筑柱型",但希腊神庙中的圆柱没有一根是精确地立在建筑柱型规定的位置上。艺术的节奏存在于对一般语言节奏的破坏之中。对这种种破坏规律的现象人们已经在试图加以系统化,这正是节奏理论今天面临的任务。可以预料,这一进行系统化的努力将不会取得成功。因为这不

---

[1] 这是《叶甫盖尼·奥涅金》中的诗句,"塔季雅娜"是农家少女常用的名字,略有几分"土气"。

是节奏复杂化的问题,而是打乱节奏的问题,这种打乱是无法预测的。如果这种打乱成为一种范式,它就失去其艰深化手法的功用。不过,与节奏有关的诸多问题我不在此详谈,将在另一本书中专门论述。

◎史料选

艺术的概念(节选)

[俄]别林斯基

艺术是对于真理的直感的观察,或者说是用形象来思维。在这一艺术定义的阐述中包含着全部艺术理论:艺术的本质,它的分类,以及每一类的条件和本质。[①]

我们的艺术定义中特别使许多读者认为奇怪而感到惊奇的一点,无疑是:我们把艺术叫作思维,这样,就把两个完全对立、完全不相联结的范畴联结在一起。

实际上,哲学总是跟诗歌敌对——即使在希腊,诗歌和哲学的真正的祖国,一位哲学家[②]也曾把诗人们排斥于他的理想共和国之外,虽然起初曾经赠他们以桂冠。一般意见认为诗人具有使他们陶醉于当前瞬刻,忘掉过去和未来,为快感而牺牲实利的活泼的、热情的天性,对于被他们看得比道德更重要的享乐的贪得无厌、永不满足的追求,口味和意图方面的轻率、多变和无恒,以及永远把他们从现实引向理想,使他们为了美好的、无法实现的幻梦而忽视真正的当前欢乐的一种无边无际的幻想。相反,一般意见认为哲学家具有对于智慧的不懈的追求,而智慧便是群众所不能懂得、普通人所不能理解的最高的生之幸福;同时,又认为哲学家的不可剥夺的特点是——不可克服的意志力;奔赴唯一不变目标的锲而不舍的精神;慎重的行为;有节制的愿望;把实利和真实看得高于快感和迷恋的一种偏爱;在生活中取得持久可靠的幸福,认识到幸福的源泉包含在自身之中,在自己不朽精神的神秘宝藏之中,而不是在美妙尘世生活的空幻外表及其斑驳多彩之中。因此,一般意见把诗人看作是偏心母亲的钟爱孩子,幸运的宠儿,娇纵的、淘气的、任性的,甚至常常是刁恶的但更是迷人而又可爱的孩子;把哲学家看作是永恒真理和智慧的严峻仆人,在言辞方面是真理的化身,在行动方面是

---

① 这一定义还是第一次见于俄文,在任何一本俄文的美学、诗学或者所谓文学理论著作中都找不到它,因此,为了使第一次听到它的人不会觉得它古怪、奇特和错误起见,我们必须详细解释包含在这一崭新的艺术定义中的全部理解,虽然许多东西在这里并不牵涉到艺术本身,或者在熟悉现代科学的人看来,会认为是不重要的、多余的、非常零星琐碎的。

② 系指柏拉图。

美德的化身。因此,人们怀着爱情对待前者,即使被他的轻率所触怒,有时对他表示愤慨,那么,也一定在唇边浮着微笑;人们怀着仰慕、崇敬之心对待后者,隐约透露着忸怩和冷淡。总之,单纯的、直感的、由经验得来的认识,在诗歌和哲学之间看到一种差别,正像存在于生动的、热情的、虹彩一般的、展翅而飞的幻想和干巴巴的、冷淡的、精微的、严峻的、喜欢唠叨的理性之间的差别一样。可是,在诗歌和哲学之间划下一条鸿沟,犹如火和水、热和冷两不侵犯一样的这个一般意见,或者可以说是直感的认识,却也同时向诗歌和哲学指出了奔赴同一目标的相同的努力方向,即向往上天。一般意见认为,诗歌具有一种超凡的力量,通过崇高的感觉,把人类精神向上天提升,它依靠一般生活的美丽的、鬼斧神工的形象在人们心里唤起这些感觉;一般意见又认为,哲学的任务在于通过同样崇高的感觉,使人类精神和上天接近起来,但它是依靠对于一般生活法则的透彻的认识来唤起这些感觉的。我们在这里故意引证群众的单纯的、自然的认识;它是大家都能理解的,同时包含着一个深刻的真理,因而是完全被科学所确认和证明的。实际上,在艺术和思维的本质中,正是包含着它们的敌对的对立以及它们相互间的亲密的血肉联系,像我们下面所要看到的。

一切存在的东西,一切实有的东西,一切我们叫作物质和精神、大自然、生活、人类、历史、世界、宇宙的东西,都是自己进行思考的思维。一切现存的东西,一切这些无限繁复多样的世界生活的现象和事实,都不过是思维的形式和事实;因此,只有思维存在着,除了思维,什么都不存在。

思维是行动,而每一个行动都一定先得假定有运动。思维是辩证的运动,或者是思想的自身内部的发展。运动或者发展,是思维的生命和本质:没有思维,便不会有运动,却只会有初期生活原始力量的某种僵死的、停滞不动的、没有定向的持续,精神混沌状态的显形于外的图景,像一位诗人十分逼真地加以描绘的:

> 那是如漆的黑暗;
> 那是无底的空虚,
> 没有距离,没有边;
> 那是没有容颜的形象;
> 那是一个可怕的世界,
> 没有天空、光亮、星星,
> 没有时间,没有日和年,
> 没有神意,没有幸福和灾难,
> 没有生,没有死——像黄土永埋,
> 像海洋摸不着边,

　　黑暗沉重地压着，

　　停滞、昏黑、哑默无言。①

　　思维的起点、出发点，是超凡的绝对概念；思维的运动，包含在这概念根据逻辑学或者形而上学的最高（先验）法则从自身出发的发展中；概念的自身内部的发展，是它经历自己几个阶段的过程，我们在下面要举例来说明这一点。

　　概念的从自身出发的，或者从自身内部出发的发展，用哲学的语言说来，是内在的。不考虑经验所能提供的一切外部补助手段和推动力，这是内在发展的一个条件；在概念本身的活的内容中，包含着内在发展的有机力量——正像一粒活的种子内部包含着它发展成为植物的力量一样，包含在种子内部的活的内容越是丰富，从它里面发展出来的植物也就越是强大，反之亦然；橡实和小小的松子可以发展成为雄伟的橡树和高耸云霄的巨大的松树，可是，恐怕要比橡实大五十倍，比松子大一千倍的马铃薯，却只能发展成为仅仅高于地面几寸的蔬菜瓜果之类。

　　思维一定先得有作为现象看的两个对立的精神方面，这两个方面在思维中达到调和、统一和同一，这两个方面便是主观的（内部的、思考的）精神和客观的（对前者说来是外部的、被思考的，也就是思维对象）精神。由此可以明白，思维作为行动来看，一定先得有两个互相对立的东西——思考的（主体）和被思考的（客体），如果没有理性的生物——人，便也不可能有思维。接着，人们就有权问我们：为什么说整个世界和大自然不过是思维呢？

　　思考的和被思考的是同类的、同体的和同一的东西，因此，力求变成我们的行星的那原始物质的最初的运动，和有自感的人的最后的理性的言辞，都是同一个实质，不过出现在其发展的不同阶段罢了。可认识的物质界是产生并形成认识的土壤。

　　显然，没有东西像大自然和精神这样互相对立而又敌对，同时也没有东西像大自然和精神这样互相接近而又同体。精神是一切存在的东西的原因和生命；可是，就它自己说来，它只是存在的可能性，却还不是存在的现实性；它要变成实际的存在，非呈现为我们称之为世界的东西不可，首先非变成大自然不可。

　　这样说来，大自然便是力求从可能性变成现实性的精神的最初阶段。可是，即使是精神走向实际存在的这第一步，也不是骤然达到的，而是逐步经过了许多阶段才完成的，而每一个阶段都标志着某种程度的创造。在居住地上的生物出现之前，先已形成了大地，并且不是骤然形成的，而是逐渐形成的，经过了许多变

---

　　① 摘自拜伦所著长诗《戚廊的囚人》俄译本。引文可能与原文有出入。

化,经历了许多激变,但务必使每一个接踵而来的激变都是大地趋向于完善的一步。① 一切发展的法则是:每一个接踵而来的阶段都比前一阶段高。我们的行星准备好了,于是从它的内部产生了组成大自然三大界的千百种创造物。我们看见它们处于无秩序的状态,纷乱龒杂的状态:鸟栖息在树梢,蛇在树根旁守候牺牲物,牛在树边吃草,等等。人的意志在一小块地方集中了最纷繁复杂的大自然现象,使北极的白熊跟生长在热带的狮、虎同居一处;在欧洲栽种美洲植物——烟草和马铃薯,在北方国家,靠暖房之助,繁殖四季如春的南方地带的甘美果实。可是,在这错综混杂、纷繁多样的一大堆印象中,只有人的眼睛会目迷五色,失去辨认的能力;人的理智却能够在这些现象中看出严格的一贯性,确定不移的统一性。人从繁复多样不计其数的大自然现象中抽象出它们的一般属性,达到对于类和属的认识,于是杂乱无章的景象就在他的面前消失,而变得有条不紊,秩序井然;千百件偶然现象变成了个别的必然现象,每一件现象都是发展着的超凡概念永远逗留在飞翔中的肉身化阶段! 多么严格的一贯性啊! 任何地方都没有跳跃——一个环节联结着一个环节,形成一条无穷的锁链,每一个后面的环节都比前面一个环节好些! 珊瑚树把矿物界和植物界联结起来;水螅——形似植物的无脊椎动物——用富有生趣的环节把植物界和动物界联结起来,而动物界是从千千万万仿佛从茎上缤纷落下的飞花似的昆虫开始,逐渐变为高级组织,直到似人非人的猩猩为止! 物各有其地位和时间,每一个接踵而来的现象仿佛都是前面的现象的必然结果:这是多么严格的逻辑一贯性,多么确定不移的严整思维啊! 接着,出现了人,于是自然界结束了,开始了精神界,可是,精神还是屈服于大自然,虽然由于对大自然的胜利,已经走向自由。他半像人,半像野兽,浑身盖满了毛,他的魁梧的身躯向前倾斜,下颚突出,小腿几乎没有腿肚,大脚趾叉开;可是,他已经不仅依赖膂力,并且也依赖聪明和思考:他的双手武装了起来,但用的不是简单的木杖、棍棒,而是缚在一根长棒上的石斧一类东西……我们在澳洲看到野蛮人划分成许多部落;他们吞吃同类——据生理学家说,造成这种可怕谬误的原因是在于他们的组织,这种组织要求把人肉当作食物,认为这会变成以人肉为生的人的血和肉。非洲的土人是懒惰的、如野兽一般的、愚钝的人,注定要遭受永远的奴役,在木杖和悲惨虐待下面工作。在美洲,只有周围岛屿上的一些小部落才有食人之风;大陆上有两个巨大的王国,秘鲁和墨西哥,它们是较高级组织的野蛮人所能够达到的最高文明水平的代表。在从较低的类走向较高的类,从低级组织走向高级组织的这种转化中,在精神力求找到自己,把自己看作是自觉个性的这种无穷的追求中,有着多么严整的连续性,多

---

① 新荷兰(译者按:澳洲的旧称)至今还显得是一片没有得到发展的大陆。

么严格而确定不移的一贯性啊！接受了新的形式,仿佛对它感到不满足似的,但并不破坏它,却让它作为自身发展的肉身化的、永远连接在空间的阶段而保留下来,并且是作为自身发展的新阶段的表现接受这新形式的。美洲的可怜子孙,直到今天还仍旧是欧洲人最初发现他们时的那种样子。他们已经不再害怕枪炮,认为它是发怒的上帝的声音,甚至已经学会了使用它,可是他们自从那时候以来,毕竟还是一点也没有变得更文明些,我们必须在亚洲寻求人的本质的更进一步发展。只有在这里,创造才告结束,大自然充分完成了它的使命,让位于新的、纯粹精神的发展——历史。在这里,人类又分为许多种族,而高加索族是人类的花朵。种族和部族形成民族,家庭形成国家,每一个国家都不过是发展成为人类的精神的一个阶段,甚至每一个国家出现的时间都是跟抽象的或者哲学的思维的从自身发展出来的阶段符合的。适用于个人的同样的法则,也适用于人类:人类也有幼年时期、青年时期和成人时期。在神圣摇篮里,在亚洲,人类——大自然之子,手脚被襁褓裹缠着,信奉着传说的直感信条,生活在宗教神话中,直等到在希腊摆脱了大自然的监护,把暧昧的宗教信仰从象征提高成为诗意形象,用理性思想的光辉照亮它们。希腊人的生活是古代生活的花朵,是古代生活因素的结晶,是盛大的华筵,随之而来的便是古代世界的衰落。幼年时期结束了,临到了青年时期,主要是宗教的,骑士的,浪漫主义的,充满着生命、运动、猎艳、冒险经历以及不可实现的事件的时期。美洲的发现,火药和印刷术的发明,是人类从青年变为成年的外部的推动力,而这成年时期一直继续到今天。每一个时代都发源于另外一个时代,每一个时代都是另外一个时代的必然的结果。

> 探索伟大的秘密,
>
> 在思虑中老去,
>
> 一时代接着一时代,
>
> 一去就不再回来;
>
> 永恒讯问
>
> 每一个时代:
>
> "结果怎么样?"
>
> 每一时代都回答:
>
> "问我下面的一个时代!"[①]

　　人类的每一伟大事件都是在它那时代完成的,不早,也不迟。每一个伟大的人都完成他那时代的事业,解决他当时的问题,通过他的行动来表现他生长和发展的那个时代的精神。在我们今天,不可能有十字军远征、宗教裁判或者某一个

[①]　引自柯尔卓夫的诗《伟大的秘密》。

权威牧师对全世界的统治；在中世纪，不可能有新市民社会每一个成员所享有的个人安全，新市民社会甚至包括它的最后一个成员都能获得的自由发展的机会，精神对大自然的这些伟大胜利，或者更正确点说，表现在几乎消灭了时空限制的蒸汽机上面的精神对大自然的完全征服。在我们今天，也可能有像哥伦布、查理五世、佛兰西斯一世、亚尔巴公爵、路德等人的组织，正像在任何时候都可能有一样；不过，它们如果出现在我们今天，它们就会发生完全不同的作用，做出完全不同的事情。

这样说来，从原始力量和生活要素的最初觉醒，从它们在物质中的最初运动，通过在创造中不断发展着的大自然的整个阶梯，一直达到创造的王冠——人为止；从人们最初结成社会，直到我们今天的最后一桩历史事件为止——这是一条绵亘不绝的发展的锁链，是一架唯一的从地上攀登天上的阶梯，如果不踏上第一级，就无法攀登更高的一级！在大自然和历史中占势力的不是盲目的偶然，而是严格的、确定不移的内部必然性，由于这内部必然性，一切现象都密切地联系在一起，在杂乱无章中出现了严整的秩序，在繁复多样中出现了统一，因此，才可能有科学。这赋予一切存在现象以根据和意义的内部必然性，这使现象一个接着一个出现，仿佛一个现象发源于另外一个现象的严格的一贯性和连续性，究竟是什么东西呢？这便是自己进行思考的思维。

大自然仿佛是精神变成现实，看见并认识自己的一种手段。因此，它的王冠是人，它以人为终结，它的创造活动以人为极限。市民社会是发展人类个性的一种手段，人类个性是一切事物的核心，在人类个性里面生活着大自然、社会和历史，重复着世界生活的一切过程，也就是大自然和历史的过程。这是怎么发生的呢？这是通过思维发生的，人靠了思维，通过自己，引出存在于他外部的一切事物——大自然、历史，还有他自己的个性，仿佛个性也是外来的、存在于他外部的东西似的。

精神在人的身上发现了自己，找到了它的充分的、直感的表现，在人的身上认识了作为主体或者个性看的自己。人是肉身化的理性，有思考的生物——这个称号使他区别于其他生物，成为万物之灵长。正像一切存在于自然界的东西一样，仅仅就他作为事实而直感地存在这一点看来，就已经可以说他是思维；可是，从他的理性活动看来，他就更加是思维了，因为在他的理性活动中，像在一面镜子里一般，重复出现着整个存在，整个世界及其一切物质的和精神的现象。这思维的中心点和焦点是他的我，他把我对立起来，或者说是跟我对立起来，并且在我上面反射出（反映出）一切他所思考的事物，不排除他自己在外。还没有获得任何概念，他已经生来就是进行思考的生物，因为他的天性本身直感地向他显示出存在的秘密，因此，一切幼年民族的原始神话都不是虚构，不是遐想，不是臆造,而是对于上帝和世界及其相互关系的真理的直感启示,这些启示不是以讽喻直接地发生作用于幼年时期的理智,而是通过幻想首先诉于感情。这便是哲学定义上的宗教对于真理的直感的理解。

在每一个幼年民族中都可以看到一种强烈的倾向,愿意用可见的、可感觉的形象,从象征起,到诗意形象为止,来表现他们的认识的范围。这是思维的第二条道路,第二种形式——艺术,它的哲学定义是:对于真理的直感的默察。我们立刻就要回到这个题目上来,因为它是我们这本书①的主要题目。

最后,充分发展并成熟的人,转入了最高级的和最后的思维领域,那便是纯粹思维,它摆脱了一切直感的东西,把一切提升为纯粹认识,并且依据在自己上面。

显然,以上所述,不过是同一个内容的三条不同的道路,三种不同的形式罢了,而那内容便是存在。无论如何,这三种思维——如果我们可以这样说的话——完全不是我们叫作先行于人的思维、叫作大自然和历史的世界的那种东西。实际上,这不是同一个东西,但同时又是同一个东西,正像幼年的人和成年的人不是同一个人,但后者毕竟不过是前者的新的、更高的形式罢了。

....

标准语言与诗的语言

[捷克] 简·穆卡洛夫斯基

标准语言与诗的语言的关系问题可以从两方面来考虑。诗的语言的理论家们提出的问题大致如下:诗人是否受到标准语的规范的约束? 或者,规范在诗中是如何表现自己的? 另一方面,标准语言的理论家首先想搞清楚的是:一首诗究竟在何种程度上可以用作认识这种标准语规范的材料? 换言之,诗的语言的理论的根本旨趣在于标准语言和诗的语言之间的差异,而标准语的理论却侧重于它们的共同点。很明显,如果这两种方法的研究程序得当的话,它们之间本不该有什么冲突,唯一的问题只是观点的不同和解释方法上的差异。我们是从诗的语言的有利位置上来处理诗的语言和标准语言的差异的。我们的方法是将这一总的问题打散,分成若干具体问题来处理。

第一个问题,开宗明义,涉及以下方面:诗的语言的范围与标准语的范围之间、它们在整个语言系统中的各自位置之间有什么关系? 诗的语言究竟是标准语的一个特殊分支呢,还是一种独立的结构? 如果没有其他什么理由的话,那么

---

① 别林斯基生前曾经计划过写一本书,书名叫作《俄国文学的理论与批评教程》,本文原定即系该书《美学》一章中的一部分。

从给定语言的(包括词汇、句法在内的)其发展常常参差不齐的所有各方面来衡量,诗的语言都不能算作标准语的一支。有的作品(例如法国文学中维荣或里克蒂的俗语诗歌)中,甚至所有的词汇材料都出自非标准语。在诗中,不同形式的语言可以并存,例如在一部长篇小说中,对话用的是方言或俗语,而叙述段落用的又是标准语。此外,诗的语言还有一些它自己的特殊词汇、表达方法、若干语法形式以及所谓的诗歌专用语,如 zor(凝视)、or(骏马)、pláti(燃烧)、第三格的 muz("能够",试比较英语中的-th)。在斯·捷赫的小说《布鲁布先生登月记》中,对月球上的语言的讽刺描写里,这种例子真是俯拾皆是。当然,赞成诗歌专用语的仅仅是一些诗派(斯·捷赫所属的五月派便是其中之一),其余各家都不承认它们。

由此观之,诗的语言并不是标准语的一支。这样说,并不等于否认二者之间的密切联系。这种联系存在于如下的事实里:对诗歌来说,标准语是一个背景,是诗作出于美学目的借以表现其对语言构成的有意扭曲,亦即对标准语的规范的有意触犯的背景。例如,我们可以想象,有这么一部作品,其中的扭曲是通过在方言中穿插标准语形成的。那么,显而易见,尽管方言在数量上占有优势,却没有谁会把标准语看成对方言的扭曲,而只会把方言看成对标准语的扭曲。正是对标准语的规范的有意触犯,使对语言的诗意运用成为可能,没有这种可能,也就没有诗。一种特定语言中标准语的规范越稳定,对它的触犯的途径就越是多种多样,而该语言中诗的天地也就越广阔。另一方面,人们对这种规范的意识越薄弱,对它的触犯的可能性就越小,而诗的天地也随之狭窄。这样,在捷克现代诗的早期,其时人们对标准语的规范的意识还较薄弱,以打破标准语规范为目标的诗的语汇,就跟以获得普遍承认并成为规范的一部分为目标制造出来的新语汇相差无几,以致两者被混为一谈。M. Z. 波拉克(1788—1856,一位早期浪漫诗人)的遭遇就是如此。他的新语汇至今还被视为标准语中的蹩脚发明。

如果我们对波拉克的诗做一结构分析,就会看出,约·荣格曼(捷克民族复兴的领袖人物之一)肯定波拉克的诗是正确的。我们之所以在这里列举对波拉克的不同评价,只是为了说明这一论断:当标准语的规范松弛时——如像在民族复兴时期——要区分旨在提出规范的新语汇和旨在专门与它作对的新语汇殊非易事。因此,一种其标准语的规范薄弱的语言给诗人的新语汇也更少一些。

我们可以称之为消极的诗的语言和标准语之间的关系,也有其积极的一面。这一点,对标准语的理论比对诗的语言及其理论更重要。一部诗作的许多语言构成之所以未偏离标准语规范,是因为它们构成了其他一些语言成分的扭曲形式借以得到突出表现的背景。因此,标准语的理论家们可以将诗作为自己的研究材料,而只需保留将被扭曲的构成与其余部分加以区分的权利就行了。当然,如果说所有的构成都得服从标准语规范,那将是错误的。

我们试图回答的第二个特殊问题关系到两种语言形式的不同功能,这是问题的核心所在。诗的语言的功能在于最大限度地把言辞"突出"①。突出是"自动化"的反面,即是说,它是一种行为的反自动化。一种行为的自动化程度越高,受意识支配的成分就越少。突出的比例越大,受意识支配的程度就越高。客观地说,自动化使一事件程式化,突出则意味着对这种程式的破坏。标准语的纯粹形式,如以公式化为目标的科技语言,就极力避免突出(aktualisace)。于是,一个由于其"新"而被突出的新词语,立即在一篇科学论文中被赋予了确切定义,从而被自动化了。当然,突出在标准语,例如在报刊文章,尤其是在政论文章中还是甚为普遍。但是在这里,它总是服从于交流的:它的目的在于把读者(或听众)的注意力吸引到由突出表达手段所反映出来的主题内容上面。这里所有关于标准语中的突出和自动化的论述,在这本集子中的哈维兰内克的文章中都做了详尽阐述。现在我们就只研究诗的语言。在诗的语言中,突出达到了极限强度:它的使用本身就是目的,而把本来是文字表达的目标的交流挤到了背景上去。它不是用来为交流服务的,而是用来突出表达行为、语言行为本身。于是就有这样的问题:在诗的语言中,这种突出是怎样达到最大限度的? 也许有人会回答说,这是数量效果的问题,就看你如何将绝大部分构成,或者是全部构成一起突出罢了。这个回答是错误的,虽然它仅仅是理论上的错误。因为实际上将所有构成一齐突出是根本不可能的。把任何构成突出必然有其他一个或多个构成的自动化作为陪衬。例如,在沃尔契里基(1853—1912,五月派的一位诗人)和契赫的作品中,语调必然将作为一个单位的词挤到自动化的最深层次上去。因为,如果将它的意义突出,就会赋予这个词语音上的独立性,从而搅乱连贯的(流畅的)语流线。K.托曼(1877—1946,一位现代诗人)的诗给我们另外一个例子,说明到何种程度时,在语境中的一个词的语义独立同时也表现为语调独立。于是,语调作为连贯的语流线的突出就跟语义的"空洞"结下了缘,由于这种"空洞",五月派被后人批评为"搞文学游戏"。除了将所有构成突出在现实中的可能性外,我们还应指出,同时将一首诗中的所有构成突出也是不可想象的。这是因为,所谓突出,就意味着把一次构成放到前景的显赫位置上,而所谓占据前景,也是跟留在背景上的另一个或另一些构成相对而言。同时的普遍的突出只会把所有构成一齐提高到同一水平上,结果造成了新的自动化。

使诗的语言最大限度地突出的并不在于突出的构成的数量,而在其他地方。这就是突出的一贯性和系统性。一贯性表现在以下的事实里:对一部特定作品

---

① 突出(foregrounding),即使其十分明显。

中突出的构成的重新造型只在一个稳定的方向上出现。于是,在一部作品中意义的反自动化就是不断地通过词汇选择(词汇中相互对立的部分的相互掺和)来进行的,而在另一部中,又可能同样不断地通过在上下文中结合在一起的词的特殊的语义关系来实现。两种过程的结果都是意义的突出,但是对各自作用不同。在一部特定的诗作里,若干构成的系统性的突出包含在这些构成的关系的渐变中,即在它们的相对主从关系之中。在这种层序中占位最高的构成为主导因素,其他构成及其关系,无论突出与否,都受到主导因素的标准的衡量。起主导作用的构成推动其他构成的关系不断发展,并确定其方向。一首诗,即使在完全未突出的情况下,其材料也是跟各构成的相互关系交织在一起的。这样,无论在诗中,还是在交流语言中,都总是存在着语调与意思、语调与句法和词序的潜在关系,或者是作为有意义的单位的词与本文的语音结构、与人们在一篇本文中发现的词汇选择、与同一句子这一语境中作为意义单位的其他词之间的关系。可以说,通过这些形形色色的内在关系,每一项语言构成都以某种方式,直接或间接地跟所有的构成联系着。在交流语言中,这些关系大体上是潜在的。因为人们的注意力没有被吸引到它们的存在和相互关系上去。然而只要在某一点上打破这一系统的平衡,就足以使整个关系的网架倾向一方;而且,在它的内在结构的某一部分就会通过被视为有意安排的背景的自动化出现相应的松弛。从受到影响的方面,即主导因素的方面来看,各种关系的内在结构不是一成不变的。说得具体一点,有的时候语调要受到意义的控制(通过各种途径),而在另一些时候,意义的结构又由语调来确定;还有一些时候,一个词与所属语言的词汇的关系可能突出;再有一些时候,这个词与本文的语调结构的关系又可能被突出。至于这些可能关系中的哪一种被突出,哪些仍留在自动化水平上,突出又顺着什么方向——是从 A 构成到 B 构成呢,还是恰恰相反——这一切都取决于主导因素。

于是,主导因素就给一篇诗作带来了统一。当然,这是它自己的特殊的统一。在美学上,它的这种特性通常被称为"多样性中的统一"。在这种能动的统一中,我们可以同时发现和谐与不和谐、聚合和散发。聚合是由趋主导因素的倾向产生;散发,则是由未突出的因素构成的不动背景对这种倾向的抵抗产生。从标准语言的角度来看,这些构成会显得并未突出;从诗的准则来看,也会有这种印象。这里所谓诗的准则,指的是一套稳定牢固的规范,它通过自动化,已经趋向于一个诗派的结构的松散、瓦解之机,将它分解消化了。换言之,在某些情况下,一项构成以标准语言的规范来衡量,可能是突出的,然而由于在一部诗作中,它跟自动化了的诗的准则是一致的,因此不算突出了的成分。人们总是把一篇诗作放到一种传统的背景上去认识,这传统就是自动化的准则。有了它,诗作才显出自己的旁逸斜出之处。这种自动化通过根据准则进行创造的自由、模仿的蔓延,以及在与文学无甚关系的集团里对日趋过时的诗的嗜好中表现出来。诗的新潮流常常被视为传统准则的畸变,这种观点之强烈从保守派批评对新潮流的否定态度上可见一斑。这些人将对准则的有偏移视为违背了诗的本质的错误。

因此,我们在诗的后面看到的是这样一种背景,它由那些对突出进行抵抗的未突出的成分构成,并且具有两重性:标准语言的规范和传统美学准则。这两种背景都是潜在的,虽然其中一种在某一个具体例子中将占据统治地位。在语言要素大量突出的时期,标准语言的规范占据支配地位,而在突出活动适度的时期,则是传统美学准则占据统治地位。如果后者大大地扭曲了标准语言的规范,那么它的适度的歪曲也势必形成对标准语的规范的更新。其所以如此,也正因为适度二字。诗作中突出和未突出的成分之间的相互关系形成了诗的结构。这种能动的结构包括了聚合和散发,构成了不可肢解的艺术整体,这是因为它的每一项构成都是在与整体的关系中才获得了自己的全部价值。

这样,如果我们从现在起仅仅考虑对标准语言的规范的扭曲的可能性,就不难看出,这种突出的特殊背景对诗来说就是不可缺少的了,舍它便没有诗。若将从标准语言的规范的偏移斥为谬误,便无异于否定诗歌。在那些趋于将语言成分大量地突出的时期(例如目前)就更是如此。也许有人会反对这种观点,提出:在某些诗作中,尤其是在一些类别中,只有内容(主题)被突出了,因此以上论断与它们无关。针对这种论点,我们必须指出:在任何一类诗里,语言与主题之间都没有固定不变的分界,在某种意义上它们甚至没有根本的差别。一篇诗作的主题的价值不能单凭它跟主题作品中反映出的超文学现实来判断。确切地说,它是作品的语义构成(当然我们也无意断言,说它跟现实的关系就不会像在现实主义中那样成为结构的要素)。我们本可以为这一论断找来大量的论据。不过,还是紧扣要点为好。真实性问题对诗的主题内容是不适用的,它在此甚至毫无意义。即使我们提出这个问题,并给予了肯定或否定回答,它跟作品的艺术上的价值仍不发生关系,而只能确定这作品的文献性价值的高低。如果说某些诗作(如 V.万丘拉的短篇小说《好办法》)中存在对真实性的强调的话,那这种强调也只是为了赋予主题某种语义色彩罢了。在交流语言中,主题内容的地位就完全不同。在这里,主题内容与现实之间的某种关系就是一种重要价值和必要前提。这样,在一篇新闻报道里,某个事件究竟发生没有就显然是最根本的问题。

因此,一篇诗作的主题内容就是它最大的语义单位。既然是意义,它就具有某些性质,某些未直接以语言符号为基础,而只有当后者为一普遍的符号学单位时才与之发生联系的性质。尤其是它对任何一个或一套符号的独立性。这种独立性使同一主题用另一种语言方式表达出来时,或者甚至像将主题内容从一种艺术形式移植到另一种形式那样完全移到另一套符号里时,不致产生根本的变化。但是这种性质上的差异并不影响主题内容的语义特征。这说明,即使在那些主题内容占据着主导地位的诗作和流派里,主题跟诗作所能反映的现实仍不可混为一谈。主题是结构的一部分,它受着结构的某些规律的支配,又由于它跟结构的关系而受到评价。如果事实是这样的话,那么这证明,无论对抒情诗还是对小说来说,否认诗作触犯标准语的规范的权利,就等于否定诗。关于长篇小说,虽然看来其中的语言要素完全没有突出,我们却不能说它们是内容在美学上的惰性表现。结构是所有构成的总和,它的动力也正产生于突出和未突出的构成之间的紧张状态。其次,也还有不少长、短篇小说,其中语言构成清晰地突出了。所以,甚至在散文中,若以规范语言为准绳对文字进行改动,也会跟作品的实质发生冲突。例如,如果作者或译者根据纳塞·莱克(Naše Reč)中的要求,企图消灭"不必要"的关系从句时,就会出现这种情况。

另外,还有诗的领域之外的语言中的美学价值问题。最近有的捷克人主张:必须将美学评价排出语言之外,因为在语言中没有它的用武之地。它对风格评价是必要的,对语言则不然(J. 哈勒《规范语言问题》)。这里,我们暂且不去对命名上不够准确的风格与语言的对立进行挑剔,只想提出一点与哈勒观点不同的见解,这就是,对标准语的规范来说,美学评价是一项十分重要的因素。这是因为:一方面,舍它便谈不上对语言的有意识的提炼;另一方面,它有时也在一定程度上决定着标准语规范的形成发展。

且让我们首先在美学现象的范围内来做一番一般性的探讨吧。十分明显,这一现象大大超出了艺术的范围。德苏瓦尔在谈到这点时说:"对美的追求没有必要仅限于在艺术的某些特殊形式中表现自己。相反,由于美的需要是如此强烈,我们几乎影响着人类的一切活动。"如果美学现象的范围真是这样广阔,那我们就很容易看出,美学评价的天地就绝不局限于艺术。无论是在择偶、时尚,还是在礼节、烹调术中我们都可以找到例证。当然,在对艺术的美学评价和艺术之外的美学评价之间是有区别的。在艺术中,美学评价必然在作品所具的一切价值的层序中占据最高的地位;而在艺术之外,它的地位时高时低,而且常常处在从属地位。再者,在艺术里,我们从被研究的作品的结构的角度来评价每个构成,其标准在每部作品中都是由构成在该作品的结构整体中的功能来确定的。在艺术之外,被评价的现象的各项构成与美学结构未融为一体,无论要研究的是什么构成,标准都是适用于它的既定规范。那么,既然美学评价的范围之大囊括了"几乎所有的人类活动",我们便的确没有理由将语言排出美学评价的范围之外。换句话说,它的作用不应该受趣味法则的约束。我们有确凿证据,证明美学评价是纯语主义的基本标准之一。没有它,甚至连标准语的规范的形成都不可想象。

在语言的提炼过程中,美学评价必不可少,这一点十分明显。一些纯语主义者否认它的作用,其实无异于对自己的实践提出非难。没有美学观点,要想以其他任何一种形式来造就优秀语言都是不可能的,甚至比纯语主义更有效得多的方法也无济于事。这并不等于说那些志在造就优秀语言的人就有权像纯语主义者那样,根据自己的个人好恶来评判语言。这种对标准语言的形成的干预只有在对事物的自觉的美学评价成为社会现实的时期——如法国的 17 世纪——才既有成效又有意义。在其他时期,包括目前,在造就优秀语言的过程中,美学观点的功能主要是限制性的:任何一位热衷于造就优秀语言的人都必须小心从事,避免以正确语言的名义,将违反语言中虽然隐晦但却客观存在的美学准则(一套规范)的表达方式强加给标准语言。不顾美学规范的干预不仅不能推动反而会阻碍语言的发展。美学准则不仅因语种而异,而且在同一语种的不同发展时期也是各异的(它是不计其他功能结构,它们都有各自的美学准则)。因此,它必须通过科学研究来确定,必须得到尽可能准确的描述。这就是美学评价影响标准语言的规范发展的方式的重要意义的原因。让我们首先来考虑一下标准语言的词汇的增长和更新的方式。经验告诉我们,来自俗语、方言或外语的词汇,常常是由于其新颖奇特而被吸收。这就是说,吸收的目的是突出,而美学评价在这里总起着十分重要的作用。诗的语言的词汇、诗的新造词汇,也可通过这一途径进入标准语言,尽管在这种情况下,吸收的目的也可能是交流(新意的需要)。不过,诗的语言对标准语言的影响还不仅限于词汇。例如,语调和句法的模式(套话)也被吸收。对句法模式的吸收完全出于美学的理由。这是因为除此之外,我们几乎没有任何交流上的必要去变更句子和语调结构。在这方面,诗人 J. 科克托在其著作《职业性保密》(巴黎,1922 年,第 36 页)中的见解就非常有趣,他写道:"报界人士没有意识到,斯特凡·马拉美甚至在今天仍然影响着报刊文风。"为了说明问题,我们必须指出,马拉美大大地歪曲了法语的词序。作为一项语法要素,法语词序较之捷语词序不知要严格多少。尽管马拉美对标准语恣意歪曲(或者正是由于这种歪曲),他还是影响了标准语的句子结构的发展。

美学评价对标准语的规范的发展的作用是不容否认的。为此,它值得理论家们注意。可是,举例说吧,我们至今却几乎没有任何人就捷语对诗的用语的接受及其原因进行过研究。A. 佛林塔的论文《假手稿和我们的标准语言》至今还是孤掌难鸣。我们还有必要弄清在标准语中美学评价的特性和范围。美学评价在这里,如同当它的基础不是艺术结构的任何时候一样,是建立在某些普遍有效的规范的基础上的。在艺术(包括诗)中,每项构成都是根据其与结构的关系来受到评价的。评价中要解决的问题是确定一个给定构成在整个结构中完成自己的功能的方式和程度。标准是由一个给定结构的语境决定的,它对其他任何语境都不适用。这种见解的证据是以下的事实:如果某种构成本身的歪曲非常突出,那么从有关的美学规范来衡量就可能发现终极价值,然而在一个特定的结构中,却可能恰恰因为这种歪曲性受到肯定,被视为其基本构成。在诗以外,包括标准语言和普通语言中,是没有美学结构的,然而却有一套美学规范,它们各自适用于某一种语言构成。这套规范,或者准则,只在某一时期和某一语言环境中保持不变。这样,标准语的美学准则就跟俗语的有所不同。因此,我们需要有人对今天的标准语的美学准则以及这种准则在过去的发展情况进行描述和刻画。首先毋庸置辩的是,这种发展在诗的艺术中不是独立于变化着的结构的。对于为某种标准语所接受的美学准则的发现和研究,不仅有作为它的部分历史的理论上的意义,而且,如上所述,在它的提炼过程中有着重大的实用价值。

现在让我们言归正传,看看从上述的标准语言和诗的语言的关系中能得出一些什么结论。

和标准语言相比,诗的语言是一种不同的语言形式,它有自己的功能。所以,无论将所有诗人统统称为标准语言的创造者,还是要他们为标准语言的现状负责,都是没有理由的。这并非否认将诗用作对标准语言的规范进行科学描述的材料的可能性,也不是否认这样的事实,即如果没有诗歌的影响,标准语言的规范也不可能发展。然而对标准语的规范的歪曲正是诗的灵魂。因此,要求诗的语言遵守这种规范是不适当的。早在1913年,费迪南·布律诺就明确指出(《语言材料的权威》,《新语言》,第十二卷):仅仅标准语已经不能时时处处满足以个人主义为其本质的现代艺术了。由于诗人可能在公认的语言形式之外,找到自己独特的直觉表现的方式,因此人们如果要避免令人反感的专断,就再也不能将指导通常思想交流的法则不问青红皂白地强加给诗人。如何根据自己的创造直觉运用这些法则,完全是诗人自己的事情。除了自己的灵感之外,他不受来自任何方面的限制。而功过则有待公论裁决。

将布律诺的论断与哈勒在1913年说的一段话(见《规范语言问题》)两相对比是颇有趣的:我们的作家和诗人在其创造活动中企图以某种他们自己都不大相信的想象中的能力取代对语言材料的透彻认识。他们为自己要求的权利其实是一种不合理的特权。这种能力、本能、灵感或其他类似的东西,不可能独立存在。正如众所周知的语言直觉一样,它们只能是认识过程的结果。若无对已经成形的语言材料的深入研究,它们并不会比其他任何武断的行为更可靠。

如果我们将布律诺的论断与哈勒的做一比较,两者的根本分歧是不言自明的。这里我们不妨回顾一下在本书中摘引的荣格曼对波拉克的《自然的崇高》一文的批评。在那里,荣格曼入木三分地指出:诗的语言的一大特征是不同凡响,也就是它的奇形怪状。不管我们以上是怎么说的,标准语言的规范的条件对诗不是没有意义的。这是因为标准语的规范恰恰是一篇诗作的结构借以表现自己的背景。在这背景的映衬之下,方显出诗的语言的扭曲。如果一部诗作在时过境迁的情况下,被投射到已经变化了的标准语的背景上,它的结构就可能跟它刚问世的时候大不一样。

　　除了标准语的规范对诗的关系之外,还有反过来的诗对标准语的规范的关系。我们已经讨论过了诗的语言对标准语的发展的影响,但是有必要再补充几句。首先应该指出,既然语言现象在诗中的突出有自己的目标,就不会像伏斯勒(Vossler)及其流派所主张的那样,旨在创造新的交流手段。如果诗的语言中有什么东西进入了标准语的话,那它也跟标准语从其他语言环境中吸收的任何成分一样,成了"借用语汇"。甚至借用的动因都可能是一样的:吸收一个来自诗的借用语汇也可能是为了超美学,即交流上的原因;反过来,对其他的功能方言、例如俗语的借用的动因又可能是美学上的。诗人并不指望别人借用他的诗的语言,因此,诗的新语汇以美学为目标新形式出现,其基本特征是出人预料、标新立异、不同凡响。另一方面,以交流为目标的新语汇趋于普遍的派生形式,以在某种词汇范畴内的分类的简便为目标,这是使它们便于普及的性能。而如果诗的语言是为了普及的话,它们的美学功能就可能因此受到威胁。因此,诗的新语汇的构成方式是不平常的,无论是在形式上还是意义上对语言都做了相当大的歪曲。

　　诗的语言与标准语言之间的关系,它们的相似或日渐扩大的差距都因时而异。而就是在同一时期,在同一的标准语的规范内,这种关系对诗人也不尽相同。一般说来,有以下三种可能:第一种可能是作者(例如小说家)对他的作品中的语言结构不做任何歪曲,但是如上所述,这种无歪曲状态本身也是该作品的整体结构的不可否认的一部分;第二种可能是作者对语言进行了歪曲,但是为了刻画人物和环境,他又必须通过赋予他的用词以次标准语的色彩,使语言歪曲从属于主题内容;最后一种可能是纯粹对语言成分本身进行歪曲,其途径或者是使主题从属于语言变形,或者是突出主题与其语言表达之间的对比。J. 阿尔贝斯(Jakub Arbes,1840—1914,早期自然主义作家)是第一种可能的例子;T. 诺瓦科瓦(T. Nováková,1853—1912)或 Z. 温特(Z. Winter,1846—1912)之类的现实主义作家是第二类可能的代表;而万丘拉,则属第三种。很明显,当一个人由第一种可能向第三种可能发展时,诗歌语言与标准语言的分歧就逐渐扩大。当然,为了简明起见,这种划分是极其粗略的,实际情况要比它复杂得多。

　　不过,诗这种以语言为其材料的艺术形式对于标准语言,对于一般的民族语言的意义不是标准语言和诗的语言之间的关系所能包括无遗的。在一种语言中,诗的存在本身对这种语言就有基本的重要性。诗以其突出这一功能增进并提炼了掌握一般语言的能力。它赋予这一语言对新的需要的更灵活的应对能力,使它在表达手段上更富于层次变化。有些语言现象虽然是语言的要素,在交流语言中却一向蛰伏着,突出活动把它们上升到了语言表层,带到了读者的眼前。例如,捷克象征主义,尤其是 O. 布雷仁纳(O. Březina,1868—1929)的诗就将句子意义的本质和句子结构的能动性提到了语言意识的显要位置上。从交流语言的角度来看,句子的意思是作为该句中每个词的意义的逐渐积累的总和出现的;即是说,每个词的存在不是独立的。而这一现象的本质却被这个句子的语义设计的自动化掩盖起来了。词和句子前后衔接看起来是必然的,似乎完全是由信息的性质决定的。然而,一首诗问世了,其中个别的词义和句子的主题内容之间的关系被突出。这里,词的前后衔接不再自然平淡;句子中出现了语义的跳跃、突破。它们挣脱了语言交流的条件限制,成了语言的一部分。实现这种突破的主要手段是不断地将基本意义的层次跟明喻和暗喻的层次相交。有些词在上下文中的某部分应被理解为其引申意义,另一部分则为其基本意义。这种有双重意义的词便正巧是有语义突破的地方。此外,句子的主题内容和词之间的关系、句中词之间的语义关系也被突出。这样一来,句子的主题内容从句子一开始就成了吸引力的核心,主题内容对词的影响、词对主题内容的影响被揭示出来。人们可以感到那使词与词之间相互影响的决定性力量。在语言集团的眼前,句子有了生命,结构成了力量的交响乐(当然,以往语焉不详的地方,应被视为尚未廓清的直觉认识,它被储存起来,有待语言集团日后逐步认识)。此类例子,不胜枚举,不过至此已没有必要。我们只想证明这一论断:诗对语言之所以重要,首先在于它是一种艺术。

雅各布逊

◎文论作品

隐喻和换喻的两极

失语症的表现虽然多种多样,但都不外乎我们刚才描述的两种极端的类型。任何失语症状,其实质都是程度不同的某种损伤:要么是负责选择和替换的官能出了毛病,要么便是组合和结构上下文的能力受到了破坏。在前一类型的失语症当中,受到影响的是元语言行为;后一类型则表现为维持语言单位等级体系的能力出现退化。在前者,相似性关系被取消了;在后者,被消除的则为毗连性关系。相似性出现障碍的结果是使隐喻无法实现,毗连性出现障碍则使换喻无从进行。

话语段的发展可以沿两条不同的语义路线进行;这就是说,一个主题是通过相似性关系或者毗连性关系引导出下一个主题的。由于这两种关系分别在隐喻和换喻当中得到最集中的体现,看来最好用"隐喻过程"这一术语来称谓前一种情形,而用"换喻过程"来说明后一种情形。在失语症当中,这两个过程非此即彼地受到抑制,甚至会完全停滞——这一事实使失语症研究对于语言学家来说特别富于教益。然而在正常的言语行为当中,这两个过程是始终在发挥效用的;当然,若仔细观察便会发现,在不同的文化模式、个性和语言风格的影响下,往往是其中一方——不是隐喻过程便是换喻过程——取得对另一方的优势。

在一次著名的心理学测验当中,人们把一个名词展示给几名儿童,并要求他们说出在头脑里出现的最初的言语反映。两种截然相反的语言偏好在这次实验过程中始终存在:所有回答,不是对刺激物的替换,便是对它的补足。在后一种情况下,刺激物和补足语一起构成地地道道的某种句法结构,往往为一个语句。这两种类型的反应被分别称为"替换型反应"和"谓语型反应"。

对于刺激物"棚屋"(hut),反应之一是"烧毁了"(burnt out);反应之二则为"是一种蹩脚的小房子"(is a poor little house)。这两个反应均为谓语型。然而,第一个反应制造出一个纯为叙述式的顺序性语境,而在第二个反应里则存在与主语"棚屋"相关的双重联系:位置上的毗连性(或句法毗连性)和语义上的相似性。

同一刺激物还引起了下列替换型反应:同言重复"棚屋";同义词"窝棚"(cabin)和"茅屋"(hovel);反义词"宫殿"(palace)以及隐喻"山洞"(den)和"地穴"(burrow)。两个词所具有的相互替代的能力便是位置相似性的例证。并且,所有这些回答均在语义相似性(或相悖性)上与主语相互联系。然而,该刺激物所引起的换喻式反应,即如"草屋顶"(thatch)、"稻草"(litter)和"贫穷"(poverty)等,则把位置相似性和语义毗连性结合起来,并使之形成对照。

特定的个人正是在其两个方面(位置和语义)——通过选择、组合或归类——运用上述两种类型的联系(相似性和毗连性),从而显示出个人风格、趣味和语言偏好的。

上述两个因素之间的相互作用在语言艺术上表现得尤为显著。在诗歌格律的各种形式里可以找到可供研究这一关系的丰富的材料。在诗歌格律上,前后相继的诗句必须遵从对偶(paral-lelism)的原则,例如在圣经诗歌或西部芬兰的口传诗歌当中,以及在某种意义上的俄国口传诗歌当中,这样便为我们在特定的语言集团当中判断哪些是对应现象提供了客观的依据。因为,上述两种关系(相似性和毗连性)之一在语言的任一层面上——无论形态的、词汇的、句法的,还是措辞用句上的——都会以其两个方面之一的方式出现,从而产生了引人注目的一个完整系列,其中包括可能出现的各种构形。在这系列中取得优势地位的可以是上述两大主要类型的关系当中的任一类型。例如,在俄国抒情诗歌当中,占据优势地位的是隐喻结构,而在英雄史诗里则以换喻手法为主。

在诗歌当中,有不同的原因导致对这两种比喻手法(tropes)的取舍。人们已经多次指出过隐喻手法在浪漫主义和象征主义流派当中所占据的优势地位,然而却尚未充分认识到:正是换喻手法支配了并且实际上决定着所谓"现实主义"的文学潮流。后者属于介乎浪漫主义的衰落和象征主义的兴起之间的过渡时期并与两者迥然不同。现实主义作家循着毗连性关系的路线,从情节到气氛以及从人物到时空背景都采用换喻式的离题话。他们十分讲求提喻式(synec-dochic)的细枝末节。例如,托尔斯泰在描写安娜·卡列尼娜自杀的一幕时,其艺术上的注意力便集中在女主人公的手提包上;同样,该作家在《战争与和平》里使用了诸如"上唇边的汗毛"和"赤裸的臂膊"一类提喻手法,用来意指具有此类特征的女性人物。

其实,这两种手法相互之间非此即彼的优势绝非为文学艺术所独有的现象。在非语言的其他符号系统中,这一摇摆于两极之间的现象同样存在。譬如,作为绘画史上的一个引人注目的例证,我们可以发现立体主义具有明显可见的换喻倾向:它把物体改变成为一系列提喻;而超现实主义绘画则依据一种明确的隐喻态势做出了反应。电影艺术自从 D. W. 格里菲斯的影片产生以来,因其具有变换角度、景深和调节镜头的高度发展的能力,便与舞台传统分道扬镳,并且采用了诸如提喻式的特写镜头和通常为换喻式的剪辑等一系列前所未有的手法。然后,在查理·卓别林的影片当中,这些手法又被一种全新的隐喻式的剪辑手法所取代,即"淡化出入"(lap dissolves)——名副其实的电影明喻手法。

语言当中的这一两极结构(在其他符号系统当中亦如此),以及在失语症当中存在的固滞在其中一极上面而排斥另一极的现象,值得进行系统的对比研究。应当把在两种类型的失语症当中存在的维持两极之一的现象,放到它们与该极在某些风格、个人习惯、流行时尚等的优势之间的联系当中加以考察。对于由心理病理学、心理学、语言学、修辞学和关于符号的一般科学(即符号学)的各科专家们协同进行的研究来说,对这些现象和相应类型的失语症所具有的全部病症进行仔细的分析和比较乃是一项不可推卸的任务。我们在这里讨论的二元现象(dichotomy)对于了解言语行为和一般意义上的人类行为无疑具有根本性的意义和影响。

为了说明我们提出的比较研究所开拓的领域,我们从俄国民间故事当中选取一例。这个故事采用了对偶结构,以作为取得戏谑效果的手法叙述:"托马是个单身汉,杰列米尚未成婚。"这里的两个对偶子句当中的两个谓语是按照相似性原则取得一致的,实际上它们是同义词。两个子句的主语均为阳性专有名词,因而在形态上相似;此外,它们分别指称同一故事里的两个相邻的主人公,他们将完成一模一样的业绩,从而照应这里所使用的一对同义谓语。另外在一首民间婚礼歌曲里,有着同一结构的几乎原封未动的翻版。歌中轮流呼唤每一位婚礼来宾的姓和父称,如"格列普是个单身汉,伊万诺维奇尚未成婚";其中两个谓语仍为同义结构,但两个主语的相互关系却改变了:它们均为专有名词,但称谓的是同一个人,并且以相毗邻的方式合乎规范地用作致意的礼貌语式。

在上述民间故事里,呈对偶排列的两个子句分别指称不同的事实,即托马的婚姻状况和杰列米的同一状况。然而在那首婚礼歌曲当中,两个子句互为同义语,它们不过重复了同一主人公的单身状况,尽管该主人公被分别置于两个语言代用结构(hypostases)当中。

俄罗斯小说家格列普·伊万诺维奇·乌斯宾斯基(1840—1902)在晚年遭受着精神病的折磨,并且伴有言语障碍。格列普·伊万诺维奇是他的名字和父称,习惯上在礼貌交谈当中不可分离,但此时在他的眼中却变成了分别称谓两个人的名字:格列普具有高尚的品行;而本来是把儿子同父亲联系起来的父称伊万诺维奇,这时却变成了代表乌斯宾斯基所有恶习的名字。这种同一人格的割裂在语言学上的意义就是患者无法使用同一象征去代表同一事物,因此这也是相似性发生障碍的一例。既然相似性的障碍是同倾向于换喻的现象相联系的,如果考察一番乌斯宾斯基青年时代的文学风格,那将会十分有趣。阿那托尔·加米古洛夫曾经分析了乌斯宾斯基的风格,他的研究证实了我们的理论设想。加米古洛夫指出乌斯宾斯基对于换喻,特别是对于提喻具有特殊的偏好。他甚至认为:"读者被作家充塞在有限的语言空间当中的大量细节描写压得透不过气来,从生理上便感到无法抓住整体,以致画面本身往往失落了。"

无疑,乌斯宾斯基的换喻风格明显受到当时取得支配地位的文学典则,即19世纪末叶的"现实主义"的影响,但是格列普·伊万诺维奇的个人性情尤其使他去追随这一艺术潮流的最为极端的表现形式,以致最终使得他的特点在其精神病的言语表现方面显得十分突出。

换喻和隐喻这两种手法之间的竞争无论在个人还是社会的所有象征过程当中都有所表现。因此,在对于梦幻结构的研究中,关键的问题是须了解梦幻使用的象征符号和时间序列是否基于毗连性(即弗洛伊德之换喻式"转移"和提喻式"凝聚"——见弗洛伊德《释梦》,维也纳1950年第九版),抑或基于相似性(即弗洛伊德之"认同"和"象征表示"——同上)。弗拉采尔也曾把巫术仪式的支配原则归纳为两大类型:以相似法则为依据的咒语和建立在毗连性联想基础上的咒语。这两类交感式的巫术,其第一类被称为"同体感应"(homeopathic)或"模仿"巫术,其第二类被称作"传连巫术"(contagious magic)。这种两分法确实说明问题。然而,这个有关两中心极的问题虽然实际上对研究所有象征物,以及特别是对于研究言语行为及其障碍,具有深远的意义,却继续为人们所忽视。那么造成这种忽视的原因何在呢?

元语言符号和元语言所解释的语言符号是通过象征符号之间在含义上的相似性联系起来的,隐喻项和它所替换的另一项亦通过相似性相互联系。结果是当研究者为解释各种比喻手法建立起一种元语言时,他便拥有更为匀整划一的手段,以便对隐喻加以解释;至于立足于不同原则的换喻却很容易造成解释上的困难。我们在关于换喻的理论方面之所以尚无任何可以同丰富的隐喻理论相提并论的成果,其原因便在于此。出于同一原因,如果说我们一般能够发现浪漫主义和隐喻之间的紧密联系,那么存在于现实主义和换喻之间的近密的亲缘关系却往往不为人所了解。这种在学术研究当中的隐喻对于换喻的优势并非仅用研究方法便可解释,还有一个研究对象的问题。由于诗歌的注意力集中在符号本身,而注重实际效用的散文则首先集中于所指物,人们以往便主要地把比喻手法和修辞格作为诗学手段来研究。在诗歌当中支配一切的原则是相似性原则;诗句的格律对偶和韵脚的音响对应关系引起了语义相似性和相悖性的问题；譬如，有合乎语法的韵脚，也有违背语法的韵脚，但从未有过无语法（agrammatical）的韵脚。散文则相反，它主要在毗连性关系上面做文章，结果使隐喻之对于诗歌、换喻之对于散文分别构成阻力最小的路线。这便是对诗歌比喻手法的研究主要围绕着隐喻的缘由。在这方面的研究工作中，实际存在的两极结构人为地被残缺不全的单极模式所取代；而后者令人吃惊地恰恰与失语症的两种表现之一，即本文所说的毗连性障碍相吻合。

语言学与诗学①

好在学术会议与政治会议完全不同。政治会议的成功取决于全体与会者，或至少多数与会者取得一致。至于学术讨论，则这里既不必使用否决权，也无须诉诸表决。在这里，分歧似乎比全体一致更有效。分歧可以揭示研究领域里的矛盾和难点，可以带动新的研究。这种学术集会不能与政治会议相比，而很像来自各国的各科专家共同考察南极，他们要把一个未知地区标进地图，要查明考察的最大障碍——何处最高，何处最深。我们这次会议的主要任务，看来就是要达到这样一个目的，从这个方面来说，应该承认会议开得是很成功的。难道我们没有认识到哪些问题最重要也最有争议吗？难道我们没有学会改变信码，明确一些术语，放弃一些术语，以免与术语不同的人交往时发生误会吗？我觉得，对这些问题，我们大家都比三天以前清楚了。

大家叫我讲话并总结一下会上发表的关于诗学与语言学的关系的看法。诗学的基本问题是："话语何以能成为艺术作品？"既然诗学的内容是语言艺术同其他艺术和其他言语行为的 differentia specifica（区别特征），所以诗学应该在各种文学理论研究中居于主导地位。

诗学研究言语结构的问题，就像美术理论研究绘画的结构。因为语言学是研究各种言语结构的一般科学，所以可以把诗学看作是语言学的一个组成部分。

应该详细谈谈反对这个观点的各种论据。

很明显，诗学所研究的许多现象不仅是语言艺术范围内的现象。例如，大家知道，《呼啸山庄》可以改编成电影，中世纪的传说可以画成壁画和细密画，《牧神午后》可以改编成芭蕾舞剧或者画成版画。把《伊利昂记》和《奥德修记》画成连环画的想法不管显得何等不伦不类，这两部史诗的情节的某些结构特点在连环

① Roman Jakobson, *Linguistic and Poetics*，载塞别奥克编：《语言的风格》，坎布里奇，1960 年。

画中还是体现出来了,尽管语言形式已经荡然无存。威廉·布伦克为《神曲》所作的插图究竟是否得当,这个问题本身就证明各种艺术是可比的。巴洛克或任何其他一种历史风格的问题,都超出了个别艺术门类的范围。我们要分析超现实主义的隐喻,就不能不理睬马克斯·恩斯特的油画或路易斯·布努艾尔的影片《一条安达鲁狗》和《黄金时代》。简而言之,许多诗歌上的特点,不仅语言学要研究,整个符号理论,亦即一般符号法也要研究。这个论点不仅适用于语言艺术,而且适用于一切语言变体,因为语言同某些其他符号系统,以至同所有符号系统都有许多共同的特性(泛符号学特性)。

与此相同,第二点异议也没有一点纯属于文学方面的东西:词语与世界的联系问题不仅关系到语言艺术,而也整个关系到言语活动的一切形式。语言学应该看到言语与"言语领域"(世界)的关系的一切可能问题;语言学应该回答世界的哪些因素在某一具体言语行为中取得了词语的体现形式,以及这种体现过程如何实现的问题。但是,正如逻辑学家所说的,实际事物的意义对于陈述(话语)来说是语言外部的本质,显然不属于诗学以及一般语言学的范围。

有人说,诗学与语言学不同,它是一门评价的科学。把诗学与语言学这样对立起来的根源是:关于诗歌的结构与其他言语结构的对比,流行着一种错误的解释,就是认为其他言语结构具有"偶然的"、非意向性的性质,因此它们与"非偶然的""有目的的"诗歌语言是对立的。然而,一切言语行为都是有目的的,虽然目的可能有种种不同;所用手段与预期效果(即预定目的)一致性的问题,日益引起研究各种类型语言交流的学者的注意。在语言现象的时空传播与文学模式的时空传播之间,存在着明显的一致性,这种明显性远大于批评界的看法。甚至像有些不甚著名或完全被人忘记的诗人的复兴,如杰勒德·曼利·霍普金斯的创作在身后受到重视和尊崇,洛特雷亚蒙后来在超现实主义者之中声名大震,当初怀才不遇的西普里安·诺尔维德直到不久前对现代波兰诗歌仍有巨大影响,——像这种离散式的跳跃,在各国文学语言史上也都不乏见。在这些语言中,一些早被遗忘的古老模式有时也还会复活,例如,16 世纪的模式在 19 世纪初期捷克的文学语言中开始盛行。

遗憾的是,由于"文学研究"与"批评"这两个术语的混淆,文学研究家们有时用主观的评价判断来代替对文学作品内在价值(intrinsic valuer)的描述。"文学批评家"这个称号对"文学研究家"很不合适,就像"语法(或词汇)批评家"对语言学家很不合适一样。不能用标准语法代替句法研究和形态学研究;与此完全相同,发表一篇宣言,把某个批评家的趣味和意见强加于文学,也决不能代替对语言艺术的客观科学分析。但不要以为这好像是在鼓吹 laissez faire(生产许可证)的消极原则;在语言文化的各个领域里都必须有组织,都必须做规范化和标准化的工作。那么，为什么我们可以划清理论语言学与实用语言学的界限，划清语音学与正音法的界限，而不能划清文学研究与批评的界限呢？

诗学是文学研究的核心部分，它和语言学一样考察两个系列的问题：共时问题和历时问题。共时描述不仅涉及这一时代的文化产品，而且也涉及文学传统在这一时代仍然保有生命力的部分。例如，对今天的英国诗坛来说，莎士比亚以及约翰·多恩、安德鲁·马韦尔、济慈和爱弥尔·顿金逊的诗歌，都仍然是有活力的诗歌；可是，詹姆士·汤普逊或亨利·沃兹沃恩·朗费洛的创作今天就不再有实际的艺术价值。现代流派对古典作家的选择和重新解释，是共时文学研究的一个极重要的问题。共时诗学与共时语言学一样，都不能与静力学混为一谈；在任何一种状态中都应该区别出比较古旧的形式和革新（新词新义）。一切现状都是从它的时间动态中被体验的；另一方面，在采取历史方法的情况下，在诗学以及语言学中也都不仅要观察变化，而且还要观察稳定的、静态的因素。全面、广泛的历史诗学或语言史是建立在大量循序共时描述基础上的上层建筑。

诗学脱离语言学只有在一种情况下才可以说得通，那就是对语言学的范围加以不合理的限制，例如像某些语言学家那样，认为句子是语言学所应该分析的最大构成单位，或者把语言学要么归结为仅仅是语法，要么归结为与语义学无关的纯外部形式的问题，要么归结为各种意指手段的一览表，而完全不考虑意指手段的自由变化。韦列金明确指出，结构语言学需要解决两个互相关联的主要问题：重新审查语言是磐石般的整体这一假说，研究一种语言内部各种结构的相互依存关系。毫无疑问，对于每一个语言群体来说，对于每一个说话人来说，语言的统一性是存在的；但是，这种大家共同的信码（over-all code）是一个相互联系的各种亚信码的系统。每一种语言中都存在着担负不同功能的竞争模式。

当然，我们应该同意爱德华·萨丕尔的意见，即一般说来"思想的表达在语言中完全居于支配地位……"但是，这不意味着语言学应该忽视"第二位因素"。朱斯倾向于认为，言语的情感因素不能用"有限量的绝对范畴"描述，他认为言语的情感因素是"现实世界的语言外部因素"。所以他的结论是："对我们说来，这些因素是过于模糊、不可捉摸和变化无常的现象，我们在这个学科中不能研究它们。"朱斯一向擅于去繁就简；但他坚决要求把情感因素"逐出"语言学则未免简化过甚，而近乎 reductio ad absurdum（归谬法）了。

必须充分研究语言的各种功能。在考察语言的诗歌功能之前我们必须明确这一功能在其他功能当中的地位。为了说明这些功能，必须指出每一个言语事件、每一个言语交往行为都由哪些基本成分构成。

发信人（addresser）发出信文给收信人（addressee）。信文要能够执行它的功能，必须有语境（context），即言语内容（另一个不太确切的术语是"指示对象"

referent），语境必须被收信人所接受，必须或者是语词的，或者是可以语词化的；必须有信码（code）——它为发信人和收信人（或者换一个说法，即制码者和译码者）所完全共有或至少部分共有；还必须有接触（contact）——发信人与收信人之间的身体信道和心理联系，是建立和保持交流（通信）的条件。所有这些因素都是语言交流的必要因素，可用下列图式表示：

语　境

信　文

发信人————收信人

接　触

信　码

这六个因素各与语言的一种功能相关，但很难找到一种信文（话语）仅仅执行某一种功能。各种信文之间的区别不在某一种功能的单独表现，而在各种功能的不同等级地位。话语的词语结构首先取决于主导的功能。但尽管许多话语的中心任务是指向指示对象，即要说明语境，简而言之就是所谓指示功能（或所指、认知功能），语言学家还应该注意其他功能的附带表现。

所谓表情功能，或称表现功能，集中于发信人，目的是直接表达说话人对所说事物的态度。同希望给人以有某种情感的——真实的或佯装的——印象相关，所以由马蒂开始采用并坚持的"表情"功能这个术语比"情感"功能这个术语更确切。语言的纯表情层次由感叹词表示。感叹词与指示语言手段的不同不仅表现在声音面貌上（其他词所没有的特殊声音组合以至单音），而且也表现在句法作用上（它们不是句子的成分，而是句子的等价物）。"啧啧啧！——马克·金迪说道"，柯南·道尔的主人公的这一句话仅仅是重复咂舌声而已。在一定程度上，表现为纯感叹词形式的表情功能可以从声音、语法和词汇各个层次上使我们的一切陈述增色。如果从语言传达信息的角度来分析语言，我们不应该把信息这个概念理解为仅仅是语言的认知（认识和逻辑）侧面。当一个人利用表现因素来表示愤怒或嘲讽时，他当然也是在传递信息。这种言语行为，显然不能同进食过程——"吃一个葡萄柚"之类非符号活动相提并论（跟查特曼的这个大胆比喻相反）。[big]（英语"大的"）与加强拖长辅音的[bi：g]之差是一个约定的信码语言标记，一如捷克语中的短辅音与长辅音之差：如[vi]——"您"与[vi：]——"他知道"；不过，[vi]与[Vi：]之差是音位差别，[big]与[bi：g]之差是表情差别。如果我们注意的是音位不变式，那么英语的[i]与[i：]只不过是同一个音位的变式；可是如果我们注意的是表情单位，那么不变式和变式就交换了位子：长短成了不变式，并且要通过变式音位来体现。索·萨波特说，表情差别是非语言的差别，它们"说明话语的传达方式，而不说明话语本身"，这个论点轻率地缩小了话语的信息容量。

莫斯科艺术剧院的一位演员告诉我,斯坦尼斯拉夫斯基有一次上课时要他用不同的表情变化说"今天晚上"这两个词,要说出四十种不同的信息。这位演员首先列举了近四十种情感状态,然后分别按照每一种情况说这两个词,而且必须让听众仅凭这两个词的声音面貌就能够听出说的是哪一种情况。我为了著文说明和分析现代俄国文学语言,曾请这位演员重复了一次斯坦尼斯拉夫斯基的试验。他开了一个单子,列出了与这个省略句有关的近五十种情况,在录音机前做了五十种相应的朗读。懂莫斯科口音的人正确地,而且是相当充分地理解了其中的大部分。

由此可见,所有表情特征都是可以进行语言学分析的。

呼指收信人——意动功能——的纯语法表现是呼格形式和命令式,呼格形式和命令式在句法、词形以及往往还在音位方面偏离其他名词和动词的范畴。命令句与叙述句有根本不同:叙述句可能有真有假,命令句则不能。例如在奥尼尔的剧本《喷泉》中,内诺(以强硬的命令语气)说"(你)喝!"我们不能问:"这是真的还是假的?"假如是"他喝了""他要喝""他会喝"这些句子,那就完全可以提出这样的问题。与命令句不同,叙述句可以变为疑问句:"他喝了吗?""他要喝吗?""他会喝吗?"

传统的语言模式——卡尔·比勒阐述得特别清楚,只区分了这三种功能:表情功能、意动功能和指示功能。与此相应,传统的语言模式提出一个"三足鼎立":第一者——说话人,第二者——受话人,第三者——作为言语内容的某人或某物。从这个功能三段式中很容易引出一些附加功能,例如巫术功能,即诅咒功能,实际上就是仿佛把不在场或无生命的第三者变为意动信息接收者。"针眼针眼快快消,呸呸呸!"(立陶宛咒语)"大江大河日夜流!你把烦恼都带走,带到大海变石头,从此百姓乐悠悠。"(北俄咒语)"日头啊,你要停在基遍,月亮啊,你要止在亚雅仑谷。于是日头停留,月亮止住……"(《约书亚记》,第10章,第12—13页)。可是,我们从语言交流中还要分出三个构成因素,并再区分三种相应的语言功能。

有些话语的基本任务是建立、继续和中断交流(通信),检查信道是否畅通("喂,您听见我说话吗?"),敦促对方注意听话或确认对正在注意听话("你在听吗?"或者像莎士比亚的说法:"把你的耳朵给我!"在信道彼端则是:"是,是!")。这种以接触为目的的呼叫,或者用马利诺夫斯基的术语来说——呼应功能,是通过寒暄答对以至仅以保持交流为目的的整段对话来实现的。从多萝西·帕克的作品中可以找到一个精彩的例子:

"好!"男孩子说。

"好!"她说。

"好,就这样。"他说。

"就这样,"她说,"为什么不这样?"

"我看就这样,"他说,"行,就这样。"

"好。"她说。

"好,"他说,"好。"

鸟儿在一起叽叽喳喳叫,就是为了开始和保持交流;语言的呼应功能是人语与鸟语的唯一共同功能。这种功能最先为儿童所掌握:他们有交流的愿望远早于有传达和接受信息内容的能力。

现代逻辑学区分了语言的两个层次:对象语言(目的语),人们用它来说明外在世界;"元语言",人们用它来说明语言。但是,元语言不仅是逻辑学家和语言学家所使用的必要研究工具,它在我们的日常语言中也起着重要的作用。莫里哀笔下的那个茹尔丹虽然用散文说了几十年话,但是还不知道什么是散文,我们也是,我们虽然经常使用元语言,却不知道我们的说明就具有元语言的性质。如果说话人和受话人必须检查一下彼此是否使用相同的信码,那么信码本身就成为言语对象:这时言语就执行着元语言功能(亦即解释功能)。"我不大明白您是指什么?"受话人问。或者用莎士比亚的说法:"what is't thou say'st?"(你说的是什么呀?)说话人如果预料到这一类问题,也会主动问:"您明白我是指什么吗?"让我们听听这段绝妙的对话。

"阿二砸了。"

"砸了是什么意思?"

"砸了就是栽了。"

"栽了又是什么意思?"

"栽了就是考试不及格嘛。"

"And what is sophomore?"(那么阿二又是什么意思呢)不懂大学生土话的对方刨根问底。

"A sophomore is(or means) a second-year student."(阿二就是二年级大学生。)

所有这些句子都是为了确立话语(陈述)的同一性,这些句子仅仅载有英语词汇信码的信息;它们的功能是纯元语言的功能。在研究语言的过程中,特别是在儿童学习母语的过程中,类似的元语言说明方式是经常采用的方式。失语症往往就是丧失了元语言的说明能力。

我们考察了语言交流(通信)的所有因素,但还没有谈到话语(信文)本身。纯以话语为目的(einstellung),为话语本身而集中注意力于话语——这就是语言的诗歌功能。研究这种功能,如果脱离语言的一般问题,那就很难收到成效;另一方面,分析语言,也必须细致考察它的诗歌功能才成。一切把诗歌功能的领域仅仅限制在诗歌范围之内,或者把诗歌本身仅仅归结为诗歌功能的做法,都是危险的简单化的做法。诗歌功能不是语言艺术的唯一功能,只是语言艺术的核心的、起决定作用的功能,在其他言语活动中,它是第二位的、辅助性的成分。诗歌功能加强了符号的明显性,因此也深化了符号与对象的基本对立。所以语言学家研究诗歌功能不能仅限于诗歌领域。

"你为什么总说约翰和玛乔里,不说玛乔里和约翰?你是不是更喜欢约翰?"

"没有的事,只不过这么说更好听而已。"

如果两个专有名词有并列联系,那么说话人就会有意无意地先说较短的那个专有名词(当然是在没有等级先后考虑干涉的情况之下):这能使话语具有更好的形式。

一个女孩老说"害人的哈利"(the horrible Harry)。"为什么说他是害人的?""因为我恨他。""那为什么不说'讨厌的''可怕的''吓人的''恶心的'?""我不知道为什么,但是'害人的'最配得上他。"她没有意识到,她借助了诗性的同音双关语。

政治选举口号"我爱艾克(I like Ike)"结构紧凑,包含三个单音节词,并可以找出三个双元音[ay],每个双元音后对称地跟着一个辅音音素(…l…k…k)。这三个词的编排显示出变化:第一个词没有辅音,第二个双元音前后都有一个辅音围绕着它,而第三个词的结尾是一个辅音。我们可以从济慈的一些十四行诗的韵脚上找到相似的支配性亮音节[ay]。这三元音式的诗歌可分两节(I like/Ike),这两节是押韵的,两个韵脚的第二个整个被包含在第一个(词)里面。从[layk]到[ayk],这是一种感觉上的同音双关形象,而这种感觉完全被涵盖到感觉的对象中去了。两节诗互相以开音节开头,而两个开音节词的第一个([ay]和[ayk])都包含在第二个词([layk])中,爱的主体的一种同音双关形象"I"被受爱戴的对象"Ike"所涵盖。这个选举口号的次要一点的诗性功能是加强了其印象和效果。前面我们说过,一方面,对诗歌功能的语言学研究不应该仅限于诗歌的范围,另一方面,对诗歌的语言学分析不能够仅限于诗歌功能。在诗歌中,除了占主导地位的诗歌功能而外,也会运用其他语言功能,而且,各种不同诗歌体裁的特点也决定着其他功能的程度差别。叙事诗以第三人称为中心,在很大程度上有赖于语言的交流功能;抒情诗以第一人称为中心,与表现功能密切相关;"第二人称诗歌"主要体现呼叫功能(即前文所说的意动功能):或是请求,或是教训——须看谁从属谁,即看第一者从属第二者,还是第二者从属第一者。

以上我们扼要地说明了语言交流的六种基本功能,现在可以开列一个相应的功能图式,以作为对语言交流行为六种基本成分图式的补充:

交流功能(指示功能)

呼叫功能

诗歌功能

表现功能

呼应功能

元语言功能

诗歌功能的语言经验标准是什么呢?确切些说,一切诗歌作品所内在固有的必要标志是什么呢?为了回答这个问题,我们要提请大家注意言语行为所采取的两个基本操作方法:选择和组合。如果话语的主题(topic)是"孩子",那么说话人就要在他所掌握的比较相近的名词中选择一个,例如孩子、儿童、小家伙和小鬼等,所有这些名词在某种意义上都是互等的。然后,为了陈述这个主题,说话人可以从一些语义相近的动词中选择一个,例如睡觉、瞌睡和打盹儿等。选择出来的两个词组合为一个语链。选择是在对应,即类似和相异、同义和反义的基础上进行的;组合(造句)则以连接为基础。诗歌功能就是把对应原则从选择轴心反射到组合轴心。对应成为顺序关系的规定因素。在诗歌中,一个音节与同一顺序关系上的每一个音节对应,词重音与词重音对应,无重音与无重音对应。在韵律上是长音与长音对比,短音与短音对比;词界与词界对应,无词界与无词界对应;句法停顿与句法停顿对应,不停顿与不停顿对应。音节变为比较单位,与短音和重音完全一样。

有人可能提出异议,比如说元语言在形成顺序时也运用对应单位,如把同义词组合成句以肯定相等:A=A("母马就是雌马")。但是,诗歌与元语言截然相反:元语言是利用顺序构成等式,诗歌是利用等式构成顺序。

在诗歌中,以及从一定程度上说在诗歌功能的一些隐蔽表现中,由词界所限定的各种顺序关系如果具有等时性,或者有了等级式的次序,也可以成为可比的关系。约翰和玛乔里这两个词的结合可以说明塞尔维亚民间叙事诗必须遵守的行末音节变化规则。如果在 innocent by stander(淡漠的观众)这个词组中两个词不是扬抑抑格的词,它就未必能成为一种格式。三个双音节的动词以同一个辅音开始,以同一个元音结尾,使恺撒一句简洁的胜利宣告大放光彩:"Veni, vi-di, vici."(我来了,我看见了,我征服了。)

除了诗歌功能以外,在语言中一般不使用顺序关系的比较手法。只有在诗歌中,由于各种对应单位不断有规则地重复,语流的时间才可能被感觉到(is experienced),如果用另一种符号模式做例子,就是与音乐中的时间相类似。霍普金斯是一位对诗歌语言研究有素的杰出学者,他说诗句就是"同一个音型完全或部分地反复出现的言语"。霍普金斯问道:"是否凡是诗句都是诗歌呢?"只要我们不再把诗歌功能轻率地局限在诗歌范围之内,对这个问题就可以做出完全明确的回答。例如霍普金斯摘引的记事口诀(如"Thirty days hath September"——"九月小"之类);现代广告诗;洛采提到过的中世纪秘诀;在印度传统中与真正诗歌(kavya)有严格区别的梵文诗体论著——所有这些韵体本文都运用了诗歌功能,但诗歌功能在这些本文中不像在诗歌中那样占主导地位、起决定作用。所以诗句(韵文)实际上是超过诗歌范围的,但它又是必须以诗歌功能为前提的。毫无疑问,一切人类文化都不可能没有诗律,但有许多文化却没有"实用"诗;即使在有纯诗也有实用诗的文化中,实用诗也只是居于次位的、纯派生的现象。把诗歌手段用于某另一类目的并不能使之丧失其第一性的本质,正如表现语言的因素用在诗歌中仍然保持其情感的色彩一样。在议会捣乱起哄、阻掩议事的人可以朗诵《海华沙之歌》,因为这部诗的确够长度;可是诗歌性毕竟仍是这篇本文的首要本质,诗歌性依旧是作者的首要构思。广播电视可以利用诗句配上音乐和美术装饰来播放广告节目,但这显然不能迫使我们脱离诗歌、音乐和绘画的研究来考察诗句或音乐形式、绘画形式的问题。

让我们总结一下。诗句分析完全属于诗学的管辖范围,诗学可以说是语言学的一部分,它研究诗歌功能与其他语言功能的相互关系。比较广义的诗学不仅研究在诗歌中居于其他语言功能之首的诗歌功能,而且还研究在非诗歌中可能让某些其他功能居于首位的诗歌功能。

正如霍普金斯所说,运用"音型"是诗句的规定特征。关于这个概念,不妨再说得确切一些。所谓"音型",起码都要利用一个(或一个以上)比较"突出"的言语切分的二项对立结构对比,这种对比的表现形式就是各种不同的音位连接段。

在一个音节中,比较突出的、核心的音节成分构成音节峰,与不很突出的、边缘的非音节音位相对立。每一个音节都有一个音节音位,在某些语言中,两个连续音节音位之间的间隙都要加入非音节的边缘音位,在某些语言中则大多不加。在所谓音节体诗句中,一个音步限定链(时间段)的音节数目是固定的,只有在音节音位之间都有非音节音位的语言中,并且只是在可以有元音连续的诗律体系中,一个音步链的每两个音节音位之间才必须有一个非音节音位或一组非音节音位。行末没有闭音音节,例如像塞尔维亚的叙事歌曲那样,是追求音节模式一律化的另一种表现。意大利的音节体诗则要求把没有辅音分割的元音连续当作一个音步音节。

在某些类型的诗律中,音节就是诗句的一个固定比较单位,语法边界就是音步连接之间的唯一标界;在某些类型的诗律中,音节本身又有突出程度强弱之别,并从音节的音步功能这个角度被分为两个语法边界层次——词界和句法间隙。

除了仅以抑扬顿挫为基础的各种所谓自由诗(vers libre)以外,每一个音步中,一个音节至少都是作为诗句某一切段的比较单位使用。例如在纯音强体的诗句(霍普金斯称之为 sprung rhythm——跳跃节奏)中,在弱音位(slack,本义为"谷底",霍普金斯的用语)上音节的数目可以变动,但是在强音位(ictus)上则只能有一个音节。

在每一个音强体诗句中,突出与不突出的对比都是通过重音音节与非重音音节的对立来体现的。大部分音强体诗律体系都是以携载词重音的音节与不携载词重音的音节的对比为基础;但是某些种类的音强体诗句则是利用句法重音,即句重音,也就是威廉·维姆塞特和奥布里·巴兹利所说的"主要词的主要重音",同时,有这种重音的音节又同没有主要重音,即句法重音的音节形成对立。

在音长体(以音长单位变化为主的)诗句中,长短音节作为突出音节与不突出音节互相对立。这种对比一般体现在音位有长有短的音节核心上。但是,在像希腊或阿拉伯这样的音步体系中,"位置"的长度与"本性"的长度相等,由一个辅音音位和一个单短音元音音位组成的最小音节与有附加成分(有第二个短音,或有一个结束音节的辅音音位)的音节相对立,它们本身就是与比较复杂和突出的音节相对立的比较简单和不突出的音节。还有这么个问题:除了重音体和音长体(chronemic)诗以外,是否在那些音节的声调差异被用来区分词的意义的语言中存在"声调"型的格律体诗?

在中国古典诗歌中,有变声的音节(中国话叫作仄声)与无变声的音节(中国话叫作平声)相对立;但是,这种对立的基础显然是音长变化,叶·德·波利瓦诺夫看出了这一点,但王力解释得更确切。在中国的音步传统中,平声与仄声的对立就是长声音峰——音节峰——与短声的对立,所以中国诗实际上是以长短对立为基础的。

约瑟夫·格林伯格提醒我注意到另一种声调规律——以声调变化为基础的埃菲克人的诗谜。在西蒙斯搜集的那些例子中,问句和答句都是八音节句,两句的高音音节(高)与低音音节(低)分布一样;而且其中每半句的四个音节中,后三个音节的声调分布也一样:低高高低/高高高低/低高高低/。中国诗是一种特殊形式的音长体诗,埃菲克人的诗谜则以两种突出程度的对立——腔调的力度和高度,而类似于一般的音强体诗。由此可见,诗律音步体系的基础只能是音节峰与音节谷的对比(音节体)、音节峰的高度比较(音强体)和音节峰或整个音节的相对长度(音长体)。

在一些文学理论教科书中我们有时会看到一个传统的偏见,就是认为音节体的韵律仅仅是音节数目的机械规定,以此把它同音强体韵律的活泼跃动相对立。但是,如果我们同时仔细看一看纯音节体诗和纯音强体诗的各种二项对立韵律,我们就会看到两个同类的波形曲线。在音节体诗句的波形曲线上,核心音位在峰头,边缘音位一般则在谷底。在与这条波形曲线交叠的音强体诗句波形曲线上,峰头和谷底一般也都有相应的重音音节与非重音音节更替。

为了同英国诗的韵律进行比较,我请大家注意一下俄国诗的类似双重韵律,近五十年来对这些韵律进行了极其细致的研究。诗句的结构可以用条件概率的术语做出充分的说明和解释。俄国诗的韵律有一个共同的规则,就是行尾必须落在词界;除此而外,在俄国古典音节-音强体诗歌中还可以看到以下几条规律:(1)诗行(从开始到最后一个强音)的音节数目是固定的;(2)诗行的最后一个强音[1]落在词重音上;(3)如果同一个词的非重音音节落在强位,重音音节不能处于弱位(upbeat,抑位),因此,词重音只有在单音节词上才可能碰上弱位。

这些特点是用这种格律写的每一行诗必然都有的。此外还有一些特点虽然不是必然都有,但却相当常见。这些不是必然出现的特点(概率小于1)同必然出现的特点(概率等于1),都属于格律的范畴。我们如果借用彻里说明人际交流的那些术语,那么就可以说,一个读诗者当然"可能想不到"格律的各种成分会具有"频率级数",但是,他既然接受诗句的形式,他就会下意识地感觉到这些成分的"频率等级"。

在俄国诗的双音节格律中,所有的单数音节位置(从最后一个强音倒数)都明显地倾向于不承载词重音的音节,但是这种音节的出现概率在一行诗的各个强音上很不平衡。词重音在某一强音上的相对频率愈高,在其前一个强音上的相对频率就愈低。因为诗行的最后一个强音都是重音强音,所以倒数第二个强音的词重音百分比最低;在倒数第三个强音上,词重音出现的次数开始增加,但达不到在最后一个强音上的最高数;在再下一个强音上(接近行首),重音出现次数再次减少,但也降不到倒数第二个强音上的最低数,如此等等。因此,一行诗各个强音上的词重音分配(把强音分为强强音和弱强音)形成一条与强强音弱强音交替曲线相重叠的倒退波形曲线。由此产生一个有趣的问题:强强音与句重音的关系。

在俄国诗的双音节格律中可以看到三条相互交叠的波形曲线:(1)音节核心与音节边缘部分的交替;(2)音节核心分为交替的强音和弱位;(3)强强音与弱强音的交替。举例来说,19世纪和本世纪俄罗斯强韵抑扬格四音步诗或许表现为第一类,而一种类似的三题诗样式看起来与英国诗的形式相符。

---

① Ictus,或译扬音,是音步的重读部分。

在雪莱的"Laugh with an inextinguishable laughter"（止不住的欢声笑语）这一抑扬格诗句中，五个强音中有三个没有词重音。在下面这四行诗（帕斯捷尔纳克：《大地》，四音步抑扬格）中，十六个强音中有七个没有重音：

И у́лица запанибра́та

С окбнницей подслепова́той,

И бе́лой но́чи й зака́ту

Не размину́ться у́ реки́.

大街也那么亲亲密密

跟昏暗的窗台厮守在一起，

白夜跟黄昏也不愿意

错过河边邂逅的时机。

因为大多数强音落在词重音上，俄国诗的听者和读者——十之八九——会期待在一行抑扬格诗的每个双数音节上都有词重音。但是，帕斯捷尔纳克这四行诗一开始，第一行和第二行的第四、第六音节就欺骗了他们的期待。当重音溜过一个强强音时，这种"欺骗"的程度就会提高，而如果非重音音节出现在两个相邻的强音上，"欺骗"的程度就更大了。两个相邻强音都没有重音的概率比较小，因此，一行诗如果有半行都是这样，例如在这首诗下面几行中的这一行中："Чтобы за городско́ю гра́нью[Štɔbyzɔgɔ-rackóju grán'ju]"（为了在远离城市的地方），无重音就格外显得突出。期待取决于某一强音在一首诗中和一般按照现有的格律传统如何处理。但是在倒数第二个强音上没有重音却可能"重于"重音。例如《大地》这首诗，在四十一行中只有十七行的第六音节有词重音。但因为与无重音单数音节交替的有重音双数音节的惯性作用，我们必然会期待在四音步抑扬格的第六音节上也有重音。

爱德加·爱伦·坡是"欺骗期待"的诗人和理论家，正是他——在格律学层次和心理学层次上——正确评价了读者从"期待"引出意外所得到的那种补偿感；意料之外和意料之中彼此不可分离，"正如没有善就没有恶"。这里完全用得上罗伯特·弗罗斯特在 The Figure A Poem Makes 中说的那句话："这种手法同爱情上的手法是一样的。"

所谓词重音在多音节词中从强音向弱位的转移（reversed feet，直译为"音步颠倒"），在标准的俄国诗歌中，是见不到的，但在英国诗歌中出现于音步和（或）句法停顿之后则极其平常。弥尔顿的"Infinite wrath and infinite despair"（无限的愤怒和无限的失望）这行诗中的同一个形容词的音步变化是一个鲜明的例子。在另一行诗——"Nearer, my God, to Thee, nearer to thee"（离你更近了，我的上帝,离你更近了)中,同一个词的重音音节两次出现于弱位,一次在行首,一次在词组之首。奥托·叶斯伯森研究过这种自由手法,它在许多语言中都是可以容许的,原因很简单,就是因为弱位同它前面的强音的关系特别重要。如果这两者之间有停顿,弱位就会变成一个可有可无的音节(syllaba anceps)。

这些规则提出的是诗句必须具有的特性,此外,与格律有关的还有处理诗句任选特点的一些规则。我们总喜欢把强音无重音和弱位有重音这一类现象称为离位,但必须记住,这是可以容许的离位,是规律范围内的偏离。用不列颠的议会术语来说,这不是格律陛下的反对派,这是格律陛下领导的反对派。说到实际违犯韵律规则,对这类违规的讨论使我们想起也许是最敏感的俄国形式主义者奥西普·布里克,他曾经说过,政治阴谋家们受审判遭谴责,只是由于他们暴力动乱的尝试失败了,因为在成功的政变里,正是阴谋家担当了判官和检察官。如果对韵律的违犯扎下了根,它们自己就成了韵律的规则。如果打破格律的做法成为惯例,这些做法本身也就成了格律规则。

格律绝不是一种抽象的理论模式。格律,或者用比较浅显的术语把它叫作诗句格式(verse desigh),——它是每一个具体诗句,或者用逻辑学的术语来说,它是每一个诗句实例(verse instance)的结构基础。格式和实例是两个相关的概念。诗句格式决定诗句实例的不变特征,规定变式变体的范围。一个塞尔维亚的农民说唱艺人能够记住、演唱,并且在很大程度上即兴发挥长达千万行的叙事诗,这些诗句的格律就活在他的头脑里。他说不清这种格律的规则,但他能发现和改正最细小的违律现象。

在塞尔维亚的叙事诗中,每一行诗都正好有十个音节,每一行之后都有句法停顿。其次,在第五音节之前必有词界,在第四音节和第十音节前面则不能有词界。此外,诗句还有一些重要的音长特点和重读特点。

塞尔维亚叙事诗的诗句切分以及从比较格律学中可以看到的许多这类例子,又一次提醒我们不要错误地把词界与句法停顿混为一谈。必要的词界决不一定与句法停顿结合在一起,甚至不一定能被听觉感觉到。分析塞尔维亚叙事歌曲的录音表明,词界完全可以没有听觉特征;但是,只要试图取消第五音节前面的词界,哪怕只在词序上稍微有所改动,立刻就会遭到说唱艺人的反对。每一个诗句都必须遵守这样一个纯语法事实:第四音节和第五音节必须属于不同的词汇单位。因此,诗句格式决不只关系到诗句的语音形式;它是一个广泛得多的语言现象,不能孤立地从语音学上说明。我说这是一个“语言现象”,虽然查特曼曾经指出,“节奏作为一个系统也存在于语言之外”。是的,节奏也可见于时间连续性起重要作用的其他艺术门类。还有许多其他语言学问题(例如句法)也都超出了语言的范围,在各种符号系统中都存在。我们甚至可以说,城市交通信号也有语法。有的信号系统规定黄绿两色结合表示人车自由通行即将停止,黄红两色结合表示人车自由通行即将恢复;黄色在这里就像动词的完成式。尽管如此,诗歌节奏毕竟具有大量语言内部的特点,还是从纯语言学的角度来考察诗歌节奏最合适。

不但如此,在研究过程中,对诗句格式的一切语言特性都不能忽视。例如,如果否定语调在英国诗歌格律中的规定作用,就会犯下不可原谅的错误。至于语调在像沃尔特·惠特曼这样的英语自由诗大师的格律中起着决定性的作用,则更不必赘言;停顿语调("final juncture"——终端连音)在"cadence"(显韵)或"anti-cadence"(隐韵)中的韵律功能,例如在像 The Rape of The Lock(《一缕青丝的遭难》)这种故意避免 enjambements(跨行)的诗里,是不可忽视的。即使完全不避免 enjambements,也丝毫改变不了它们的地位:它们依然是离位,它们的作用始终不过是为了强调句法停顿和停顿语调本来应该同音步边界一致。不管采取何种朗诵方式,一首诗的语调限制始终有效。一首诗、一位诗人或一个诗派所特有的语调面貌,是俄国形式主义者讨论过的重要问题之一。

诗句格式体现在诗句实例中。人们通常用"节奏"这个有些模棱两可的术语来表示这些实例的自由变化。应该把一首诗本身的诗句实例变化同朗诵实例的变化严格区别开来。"按照实际朗诵方式来说明诗句"的做法,对诗歌的共时研究和历时研究都无太大必要,它只有益于研究过去和现在的朗诵方式。这个道理也很简单明显:"一首诗可以有许多不同的朗诵方式,各有种种差异。朗诵只是一个事件,而作品本身,如果它的确称得上是一首诗,它就应该是一个稳定的客体。"维姆塞特和巴兹利的这个精辟见解是现代格律学的重要原则之一。

在莎士比亚的诗中,absurd 这个词的第二个重读音节一般都是落在强音上,但有一次——在《哈姆雷特》第三幕——却落在弱位上:"No,let the candied tongue lick absurd pomp."

朗诵者读第一行中的 absurd 这个词可以把重音放在第一音节,也可以按照正常的重读法把重音放在第二音节。他还可以减弱形容词的词重音,使之服从后面被定词的句法重音,例如希尔提出的那种读法:"Nó,lèt thē cándied tóngue lĭck absùrd pómp",或者按照霍普金斯解释短长长短格诗——regrét nèvēr 的那种方法读。最后,还有一种方法,就是加强语气变化,可以把两个音节合在一起"含混重读"(schwebende Betonung——非重读音节元音重读),也可以从表现性上突出(exclamational reinforcement——感叹式加强)第一音节[ábsúrd]。但是,不管朗诵者决定用什么方法,词重音从强音向弱位的转移在前面没有停顿的情况下都会引起注意,期待受到欺骗这个因素仍然有效。不管朗诵者把重音放在何处,英语 absurd 的词重音一般落在第二音节同第一音节有固定强音这一矛盾,仍然是这个诗句的重要特征。强音与正常词重音的矛盾是这个诗句内部固有的矛盾,这是不取决于不同的演员或朗诵者如何朗诵的。正如霍普金斯在他的诗集序言中所说的:"两个节奏仿佛同时展开。"

现在,关于他对这种错位现象所做的说明,我们可以做出新的解释了。由于对应原则扩大到词语的连续关系上,或者换句话说,由于韵律形式被加给一般言语形式,每一个熟悉这种语言和了解诗歌的人都必然会产生一种双重感和多层次感。这种感觉是由上述两种形式的又同又异,即实现期待和欺骗期待所造成的。

某个诗句实例究竟如何体现为某个朗诵实例,取决于朗诵者所遵守的朗诵模式;朗诵者可以保持朗诵的风格,也可以相反,即采取近乎"散文式"的朗诵手法,或者自由周旋于这两者之间。必须提防一种简单化的二项对立结构倾向,即把上述两种对立归结为只有一种对立:或者看不到一种诗句格式与另一种诗句格式(以及一种朗诵模式与另一种朗诵模式)的区别,或者把朗诵模式和朗诵实例同诗句格式和诗句实例混为一谈。

> But tell me, child, your choice; what shall I buy
>
> You? —Father, what you buy me I like best.
>
> 告诉我,孩子,你的选择;我该买什么给
>
> 你? ——父亲,你买什么我都欢喜。

这是霍普金斯 *The Handsome Heart*(《美好的心》)一诗中的两行,我们可以看到一个很吃力的 enjambement(跨行):行界位于收束词组、语句、陈述的单音节词 you 之前。这两个五音步诗句,可以严格遵照格律规定来朗诵,也就是在 buy 和 you 之间做明确的停顿,不在代词之后停顿。或者相反,也可以像读散文那样读这两个诗句,不把 buy 和 you 这两个词分开,而在问号之后停顿。但不管用哪一种方法朗读,故意制造格律切分与句法切分的矛盾都是一个明显的事实。某一首诗的诗歌形式同朗诵这首诗的可变方式完全无关;但是,我这样说,绝不是要缩小西韦斯提出的所谓 Autorenleser(作者读)和 Selbstleser(自己读)这一值得注意的问题的意义。

毫无疑问,诗句首先是有节奏的"音型"。首先是音型,但决不仅仅是音型。一切把格律、头韵或韵脚等等诗歌规定完全归结为语音的说法,都是没有经验根据的思辨推定。对应原则在连续关系上的反映具有更加深刻和广泛的意义。瓦莱里说过诗歌就是"在音义之间周旋",这个观点比一切单纯强调语音的观点都更切合实际和科学。

韵脚虽被称作对应音位和音位群的规律性反复,但如果仅仅从语音的角度来看韵脚,那就是一种危险的简单化看法。韵脚必然引起谐韵单位的语义接近

（霍普金斯称之为"韵脚伙伴"）。我们如果研究韵脚,必然会接触到这样一系列问题:相似的构词和(或)变词后缀(如 Congratulations —decorations,祝贺—装饰)是否韵脚的参与成分,谐韵词究竟属于同一个语法类还是属于不同的语法类? 举例来说,霍普金斯就用过一个四重韵脚:两个名词——kind(类,种)和 mind(理性)同一个形容词 blind(盲目的)和一个动词 find(找到)的对比。像 dove—love(鸽子—爱情)、light—bright(光明—鲜明的)、place—space(地位—空间)、name—fame(名字—光荣)这些谐韵词,它们之间有没有语义上的接近、意义上的对照? 谐韵因素是否都执行同一种句法功能? 一种词形同它的句法运用之间的差异在韵脚中可以明显地表现出来。例如在爱伦·坡的下面这几行诗中:

> While I nodded, nearly *napping*,
> Suddenly there came a *tapping*,
> As of someone gently *rapping*。

> 正当我昏沉沉,似将入梦,
> 忽然传来轻轻的敲声,
> 好像有人悄悄地敲门。

所有这三个谐韵词都有共同的词形构造,但它们起着不同的句法作用。应该怎样对待完全同音或部分同音的韵脚呢? 它们是应该被禁用,还是应该被认可,甚至应该受到特别的看重呢? 像 son—sun(儿子—太阳)、I—eye(我—眼)和 eve—eave(前夕—檐板)这样完全同音的词,以及像 December—ember(十二月—余烬)、infinite—night(无尽—夜)、swarm—warm(云集—温暖的)和 smiles—miles(微笑—公分)这一类"回声韵",属于什么情况呢? 关于词与词组结成的复杂(compound,复合)韵脚(如霍普金斯用过的:enjoyment—toy meant〔乐趣—有意思的玩具〕,began some—ransom〔开始怎样—赎罪〕,又当怎样解释呢?

　　一个诗人,以至一个诗派,都可能喜欢使用或者尽力不使用某种语法韵脚;有语法韵脚,也有反语法韵脚;语音同语法结构关系混乱的不合乎语法的韵脚则如同一切语法混乱现象一样,都属于语病的范围。一个诗人如果尽力不使用语法韵脚,那么对他说来,正如霍普金斯所指出的那样,"韵脚的美就集中在两个因素上——语音的相似或同一与意义的不同或差异"。不管对韵脚采取什么态度,也不管音义之间有什么关系,这两个层次必然都参与效果的制造。维姆塞特对韵脚的语义价值问题发表过精辟的见解,关于斯拉夫语中的韵脚问题,新近也有一些细致的研究,面对这些事实,一个研究诗学的学者恐怕很难再说韵脚同意义没有明确和一定的关系。

韵脚只是诗歌的一个更具有普遍性,甚至可以说是具有基础性的特点——排比的局部表现,尽管也是它的最集中的表现。在这方面,霍普金斯在他1865年写的大学论文中就已显示了对诗歌本质的非凡见解:

> 至于诗歌中的人为手法(甚至说所有手法也未必错),则它们都可以归结为排比原则。从欧洲诗歌的所谓"排比句"和教会音乐的轮唱起,到希腊诗、意大利诗或英国诗的种种复杂格局,诗歌的结构无不以不断的排比为基础。但是,排比一向有两种类型:一种是对立表现明显的排比,一种是对立主要表现为转化,即所谓变调的排比。与诗句结构相关的只是第一种类型,即对立表现明显的排比,这种排比的体现就是节奏(某种音节连续关系的重复性)、韵律(某种节奏连续关系的重复性)、头韵、元音叠韵和韵脚。由于这种重复性的作用,造成词语或思想上的相应重复性,或称排比性。简单地说,可以肯定(主要指倾向,不是指结果而言),排比性在形式结构或表现手段上表现得愈明显,词语、意义上的排比性也就显示得愈明显……隐喻、比喻和讽喻等等都属于明显或"强烈"类型的排比,它们的效果是通过事物的相似以及对偶和对比等等造成的,它们的排比性则是通过事物的不相似形成的。[①]

简而言之,在语音方面起规定作用的对应原则反映在连续关系上,必然会引起语义上的对应,在语言的任何一个层次上,这种连续关系上的任何一个成分都必然会形成两种相关对照之一,这两种相关对照,按照霍普金斯的一个贴切的说法,就是"相似基础上的比较"和"不相似基础上的比较"。

民间文学中有些极其明确和非常定型化的诗歌形式特别适宜于结构分析(如塞比奥克对马里民间文学材料所做的分析)。口头文学中利用语法排比来连接前后诗句的范例,例如芬兰-乌戈尔人民间诗歌的情况,还有在俄国民间诗歌中也颇不乏见的情况,完全经得起从语音、词形、句法和词汇等一切语言层次上进行研究。我们可以由此了解到,作为对应因素处理的是哪些因素,以及某些层次上的相似如何有意用其他层次上的差异来烘托。这些形式使我们不能不同意兰塞姆的一个精辟见解,即"格律和意义的结合过程(meter-and-meaning-process)是一个有机的诗歌创作过程,它表现着诗歌的一切本质特性"。维姆塞特曾怀疑过是否可能写出一部说明格律与意义相互作用和说明隐喻分布关系的语法,这些活生生的传统结构可以使我们打消他的怀疑。排比一旦成为法则,格律与意义的相互作用和隐喻的分布关系就不再是"自由的、个人的、不可预言的诗歌成分"。

---

① 霍普金斯:《论文集》(Hopkins G. M., *The Journals and Papers*, London, 1959)。

让我们举一个典型的例子——一首俄国婚礼歌曲描写新郎出场的两行歌词：

Добрый молодец к сеничкам приворачивал.

Василий к терему прихаживал.

好男儿转身进堂屋，

瓦西来在绣房前。

两行歌词的句法和形态都完全一致。两个谓语动词的前缀和后缀都一样，元音交替也一样，式、时、数、性都一致；不但如此，它们的语音也相同。两个主语——一个普通名词，一个专有名词——同指一人，并且互为同位语。两个地点状语都用一样的前置结构表示，第一个前置结构是第二个前置结构的提喻。在这两行歌词前面，还有一行具有类似语法（句法和形态）构成的歌词："Не ясен сокол за горы залетывал"（不是雄鹰飞越高山），或是"Не ретив конь ко двору прискакивал"（不是骏马奔回家院），这两个变体中的"Ясен сокол"（雄鹰）和"ретив конь"（骏马）都是"добрый молодец"（好男儿）的隐喻。

这是斯拉夫民歌的传统否定排比法——否定隐喻形象以肯定真实的情况。但是，否定语气词"Не"（不是）是可以省略的："Ясен сокол за горы залетывал"（雄鹰飞越高山），或是"Ретив конь ко двору прискакивал"（骏马奔回家院）。在前一句中隐喻关系依然如旧：好男儿出现（进堂屋）有如雄鹰飞越高山。但是后一句中的语义对比却失去了含蓄性。把出场的新郎比作疾驰的骏马固无不可，但骏马"奔回家院"却又仿佛可以预示主人公来在绣房之前。这样一来，在尚未提到骑士和未婚妻的绣房之前，歌中就有了骏马和家院这两个近似比喻、即换喻形象：所有物喻所有者，家院喻房屋。即使不以骏马换喻骑士，新郎的出场也可以分为两个连续的瞬间："好男儿奔回家院，瓦西里转身进堂屋。"这样一来，前面那行中与"好男儿"处于同一个律位和句位上的"骏马"就既是好男儿的换喻，又是他的所有物了；说得确切些，以骏马喻骑士变成了以部分喻整体。骏马这个比喻介乎换喻与提喻之间。从"骏马"这个词组的各种内涵之中，人们会很自然地想到一个隐喻的提喻：在婚礼歌曲和俄国其他民间文学形式中，骏马可以成为含蓄的乃至公开的男性生殖器崇拜象征。

早在上个世纪的 80 年代，斯拉夫诗学的卓越研究家波捷布尼亚就曾指出，在民间诗歌中象征可以采取物的形式，即可以变为现实环境的附属物。"但象征的提出总是同动作相联系的。例如以时间连续方式进行比喻。"在波捷布尼亚列举的斯拉夫民间文学的例子里，例如少女从一株柳树旁边走过，这株柳树同时又是少女的比喻；在柳树这个词语表象中仿佛兼有树和少女两个意思。与此完全相同,在情歌中骏马就是男性特征的象征,例如:小伙子请求姑娘给他喂马,请求姑娘把他的马送进马厩,请求姑娘把他的马拴在树上,等等。

在诗歌中,人们不仅总想使音位连续成分形成对应,对各种语义单位的连续关系也是如此。相似与相邻相结合可以使诗歌整个充满象征性,使诗歌具有充分的多样性、多义性,对这一点,歌德说得极其深刻:"一切流动的都是相似的。"如果用比较技术性的术语来说,就是 A 继 B 后,A 就是与 B 比较。在相似与相邻相结合的诗歌中,一切换喻都具有部分的隐喻性,一切隐喻都具有换喻的色彩。

含混性(ambiguity)是一切自向性话语所内在固有的不可排除的特性,简而言之,它是诗歌自然的和本质的特点。我们欣然同意燕卜荪的一个说法:"含混的妙用植根于诗歌的本质。"不仅话语,连发话人和受话人也都变得含混不明。在诗歌中,与作者和读者一起出现的还有抒情主人公或假想叙述者的"我",还有戏剧独白、祷告或呼求的"你们"或"你"。例如 *Wristling Jacob*(《摔跤的雅各》)这首长诗是以主人公名义向救主倾诉的,但它同时又是作者、诗人查尔斯·韦斯利写给读者的一封表明心迹的信。就潜在形式而言,一切诗歌作品都可以说是一篇假间接引语,因此它们含有语言学家向"话中话"("言语中的言语")所提出的所有那些特殊而复杂的问题。

诗歌功能对指示功能的优先地位不是消灭指示作用,而是使指示作用变成了含混的作用。发话人和受话人的裂变性以及指示作用的裂变性都是与话语含义的含混性相适应的,这一点在各民族童话的引子中往往说得十分明白,例如马略卡岛的童话常用这样一句开场白:Aixo era y no era(此事又有又无)。运用连续结构的对应原则造成反复是诗歌的显著特点,不仅诗歌话语的某些成分可以反复,整个话语都可以反复。这种即时反复或隔时反复的可能性,诗歌话语及其各个成分的这种回旋,话语结构的这种此起彼伏、曲折循环——是诗歌缺之不可的本质特性。

在相似与相邻相结合的连续结构中,两个并列的相似音位连续结构往往会产生双关语(文字游戏——paronomasia)的功能。语音相似的词语在语义上也往往会相互接近。诚如瓦莱里所说,在爱伦·坡的《乌鸦》一诗中,末段第一行运用了一连串的同音反复,但这行诗乃至整个这段诗的"主导效果"主要还是由于诗歌遣词所起的作用。

> And the Raven, never flitting, still is sitting, still is sitting
> On the pallid bust of Pallas just above my chamber door;
> And his eyes have all the seeming of a demon's that is dreaming,
> And the lamp-light o'er his streaming throws his shadow on the

floor;

And my soul from out that shadow that lies floating on the floor
Shall be lifted——nevermore.

那乌鸦,纹丝不动,静静停住,静静停在我睡房门边苍白色雅典娜女神的胸像上;那目光就好像昏昏欲睡的恶魔一般模样,那灯光洒在它身上把它的影子抛在地板上;我的灵魂被这个钉在地板上的影子揪在插翅难飞——再也没有摆脱的希望。

"The pallid bust of Pallas"(苍白色雅典娜女神的胸像)由于语音的文字游戏作用[pǽled]—[pǽləs]而结为一个整体(就像雪莱那行铿锵作响的诗句——Sculptured on alabaster obelisk/sk. lp/—l. b. st/—b. l. sk/;"用雪花石膏雕刻的方尖碑")。两个对比词仿佛已被前面形容这个胸像的别一个词——placid[plǽsid](静穆的)预先熔铸过了,placid 一词就是一个巧妙的诗歌词语交感(contamination)。停息的乌鸦同它的停息地点的联系,也由前面的"bird or beast upon the…bust"("胸像上的这只鸟或兽")这一文字游戏所加强。"那乌鸦,纹丝不动,静静停住……苍白色雅典娜女神的胸像上",虽然爱它的人已经感到厌倦——"take thy form from off my door!"(走开吧,莫再纠缠!),与"bust"[bʌst](胸像)一词谐音的"Just above"[ʒʌstəb ʌv](在……近边)这两个词有力地衬托了乌鸦的纹丝不动。

不受欢迎的客人执意不走。为了表达这个意思,运用了一连串巧妙的文字游戏,包括一部分倒序文字游戏——这对于像爱伦·坡这样的诗人来说完全不足为奇,他是一个倒置、预伏 modus operandi(运笔方式)的自觉实验者,一个"倒写"大师。在这段诗的第一行,"raven"(乌鸦)这个词后面跟着"never"(决不)这个低沉的复合词,就像它照在镜子里的一个影像:n. v. r. /r. v. n. 。鲜明的文字游戏把两个无限绝望的象征联系在一起:一个是第一行的 the Raven, never flitting,一个是最后两行的 Shadow that lies floating on the floor 和 Shall be lifted——nevermore:[návər fílítŋ]—[flótíŋ]…[flór]…[líftəd návərmór],组成一条近似的音链:/stí…/—sít…/—stí…/—sít…/。这一组语音的不变式通过顺序上的变化而更加得到突出。两个光线效果(chiarosèuro,明暗对比)——黑鸟的"目光"和"把它的影子抛在地板上"的灯光,强调出整个情景的低沉气氛,也利用了鲜明的文字游戏效果:[bləo símíŋ]…[dimənz]…[is drimíŋ]—[orím strímíŋ],[láyz](影子)和[áy z](目光)形成了给人深刻印象的回声韵(虽然出现在令人意想不到的地方)。

在诗歌中,每一个语音相似的结合都可以从语义的同异这个角度来考察。

但是，波普对诗人的这一号召——"语音应该成为语义的回声"具有更广泛的用途。在指示(交流)语言中，能指与所指的联系主要是以其信码化的相邻关系为基础，人们常用"词语符号的任意性"这个令人糊涂的说法来说明这一点。"音—义"联系的重要性出自相似与相邻的结合。语音的象征性毫无疑问是一种客观的关系，它有赖于各种外部感觉相互之间，特别是视觉与听觉相互之间的实际联系。如果说这方面的研究结果有一些还难免显得混乱或值得商榷，那么这首先是由于对心理学研究和(或)语言学研究的方法还没有给以充分的注意。至于这个问题的语言学方面，则情况之往往受到歪曲，就是因为忽视了语言的音韵学侧面，或者是因为研究者——总是白费力气！——只注意到复杂的语音单位，而没有注意到语音的最大成分。但是，举例来说，如果我们要研究像"钝音/锐音"(grave/acute)这一类语音的对立，试问 i 或 u 哪一个音更钝，——有人可能会说他们觉得这个问题没有意思，但未必有人说得出 i 比 u 钝。

诗歌不是唯一可以使人明显感觉到语音象征性的领域，但它是音义内在联系从隐蔽变为明显和表现得最直接、最强烈的一个领域，休姆斯在一篇很值得注意的文章中指出这一点。在一行诗、一段诗、整个一首诗的语音实体中，某一类音位的集中(频率高于平均频率)或各种对立音位的冲突对比，如果借用爱伦·坡的形象说法，那么就可以说是"一股与意义相平行的潜流"。两个反义词的音位关系与语义关系可能相一致，例如俄语的/dʲen/день，"日"和/noč/ночь，"夜"，前者是一个锐元音和两个升辅音，后者是一个钝元音和两个降辅音。如果第一个词周围都是锐元音和升辅音，第二个词周围都是钝元音，这种对比还会更强；这时语音就会完全变成语义的回声。但是，在法语的 jour(日)和 nuit(夜)这两个词中，锐元音和钝元音的分配正相反，所以马拉美在 *Divagations*(《徜徉集》)中责备法语"有欺骗性和歪曲性"，因为它用一个阴暗(低)音色来表示"日"这个意思，用一个光亮音色来表示"夜"这个意思。沃夫指出，如果一个词的语音外壳"同它的意义有声学上的相似，我们立刻就会发现……但如果遇到相反的情况，却没有人会注意"。但是，在诗歌语言中，特别是在法国诗歌中，如果语音同语义有冲突(例如马拉美所说的那一种)，人们就会或者从语音上平衡这类矛盾，设法削弱元音标记的"反向"分配，在 nuit 一词前后使用钝元声，在 jour 一词前后使用锐元音，或者有意识地利用语义增进：用钝音/锐音这一语音对立的其他联觉对应成分代替日夜形象表象中的光明与黑暗，例如闷热的白日与清爽的黑夜对立；这是可能的，因为人们显然经常以鲜明、锋利、坚硬、高大、轻松、迅速、响亮和狭窄等等(还可以把这个列举大大延长)感觉互为联想；相反的感觉——黑暗、温柔、顺从、柔软、迟钝、矮小、沉重、缓慢、低沉和宽广等等，也可以组成一个长长的系列，如此互为联想。

　　强调反复互比这个原则在诗歌中的主导作用是完全合理的,但决不能把诗句语音构成的本质仅仅归结为数量对比:一个音位即使在一行诗中只出现一次,但只要它有对比性的背景,出现在一个关键词的要位上,就可能具有决定性的意义。如同油画家们常说的那样:"一公斤绿颜色绝不比半公斤绿颜色更绿。"

　　分析诗歌的语音构成,必须始终考虑到这种语言本身的音位学结构,而且除了一般音位学信码以外还要注意到这种诗歌传统范围内的音位差异等级。例如,斯拉夫人在口头文学中以及某些时代在书面文学中采用过的各种近似韵脚,容许在谐韵成分中有不相似的辅音(例如捷克语中的 boty,boky,stopy,kosy,sochy);但是,正如尼奇所指出的,这种辅音不可能成为相关的清音位和浊音位,所以上述这几个捷克调不能同 body,doby,kozy,rohy 这些词为韵。在某些印第安语民间歌曲中,例如 pipa-papago 和 tepekano 人的民歌中(据赫尔佐格的著述,捷译只发表了一部分),清爆破音与浊爆破音的音位差异和爆破音与鼻音的音位差异可以随意变化取代,而唇音、齿音、软腭音和颚辅音之间的差异则必须严格保持。因此,在诗歌中,这些语言的四个辅音特征失去了两个"清音/浊音"和"鼻音/口腔音",保留了两个"钝音/锐音"和"收缩音/离散音"。对诗学来说,无论在音位层次上还是语法层次上,相关范畴的取舍和等级层次关系都是头等重要的因素。

　　古代印度文学理论和中世纪的拉丁文学理论严格区分了两种截然对立的语言艺术类型:梵语叫作 pāñcālī 和 Vaidarbhī,拉丁语叫作 ornatus difficilis 和 ornatus facilis①。毫无疑问,后一种风格远更难以进行语言学分析,因为在这些文学形式中词语(修辞)手法并不明显,语言几乎完全像一件透明的罩衣。但是我们应该同意皮尔斯的说法:"这个外壳永远不能完全取掉,只能用另一个更透明的外壳来取代。"这种散文型的语言艺术,霍普金斯称之为"无韵作品",没有鲜明和规则的排比,没有主导的音型,它正如一切语言过渡区一样,向诗学提出了更加复杂的问题。它是纯诗歌语言与纯指示语言之间的过渡区。但是,普罗普对民间故事结构的深刻研究使我们看到,即使在区分传统民间文学的情节功能和说明这些情节的取舍、组合基本规律方面,坚持句法分析的方法也可能大有好处。列维·施特劳斯的近作,实际上是用同样的方法研究了同样的问题,只不过他的方法更向深化发展了。

　　换喻比隐喻得到的研究较差绝不是偶然的。我想在此重提一下我的一个老观点:对诗歌转义的研究过去主要是集中在隐喻方面,与换喻原则密切相关的所谓现实主义文学依然有待于解释,但是,诗学在分析浪漫主义诗歌的隐喻风格时

---

　　① 意近"文言"和"白话"。

所使用的那些语言学方法,对分析现实主义散文的换喻构成也完全适用。

各种教科书认为无形象化描写的诗歌是存在的,但实际上词语转义的欠缺被语法上丰富的转喻和形象所补偿。诗的资源掩藏在语言的词法和句法结构中,简言之,语法的诗及其文学的产物,即诗的语法,很少为批评家所知,也为语言学家所漠视,却是创造性作家所精巧掌控的。安东尼在恺撒葬礼上演说的开头,其戏剧性力量是莎士比亚用语法范畴和结构造成的。马克·安东尼把为刺杀恺撒提出的各种所谓理由转变为明白易懂的语言学上的虚构,以此来讽刺布鲁图斯的言论。布鲁图斯对恺撒的指控"因为他有野心,所以我杀死了他"(这句话)经历了连续的转换。一开始安东尼只是把它变成一个引用语,给出这个被引用的陈述的责任主体:"尊贵的布鲁图斯/已经对你们说过。"当这话被重复时,这一对布鲁图斯的指称被置于了安东尼自己断言的对立面,这是通过转折词"但是"并且进一步地通过让步式的"却"的贬斥效果而达到的。提及陈述者的名誉使得(对恺撒的)指控不再有公正性,因为得到重复的不是前文用过的原因助词"因为",而仅仅代之以一个连词"而",还因为最后通过插入了一个恶毒的情态助词"确实的(sure)",这使得这一所谓的理由成了问题:

尊贵的布鲁图斯
已经对你们说过恺撒是有野心的;
因为布鲁图斯是个正人君子
……
但是布鲁图斯说他是有野心的,
而布鲁图斯是个正人君子。
……
布鲁图斯却说他是有野心的,
而布鲁图斯是个正人君子。
……
布鲁图斯却说他是有野心的,
而布鲁图斯,他确实是个正人君子。

接下来的多个表达"我说……布鲁图斯曾说……我想说",把被重复的指控理由表现为只是报道出来的言谈而不是被报道的事实。按情态逻辑看,效果存在于所引出的争论的间接语境中,该语境把这些争论带到了下述无法证实的信念句中:

我说这些不是要反驳布鲁图斯所说的
而是要说出我确实知道的

安东尼反讽的最有效设计是把布鲁图斯抽象名词的间接法改变成直接法,

从而表明,这些具体化的定语(属性)什么也不是,只是语言学上的虚构。针对布鲁图斯的说法"他是有野心的",安东尼的最先的回应是把形容词从行动者(恺撒)身上转移到行动上:"恺撒的这些事看上去是有野心的吗?"然后,通过引出抽象名词"野心"并把它转换到一个具体的被动语态结构的主题"野心需要由更刚硬的物质来制作",接着又转为审问句的一个谓语名词("这是野心吗?")。回应布鲁图斯的呼吁"请你们静静地听我的解释"的同样是一个直接名词,也就是一个审问的人格化主体,一个主动句结构"什么理由阻止你们"。当布鲁图斯呼吁"唤醒你们的理智,你们就会成为更好的审判官"时,从"审判官"衍生出来的抽象名词在安东尼的报道中变成了带省略号的行动者:"哦,审判啊,你已经遁入了野蛮畜生们(brutish beasts)的心中……"无意中,这一省略成了谋杀者名字(Brutus)的同意双关语,让人回想起恺撒临死前的惊呼"布鲁图斯,你也在内吗?!"各种道具(properties)和行动都直接展示出来了,而它们的载体却要么是间接出现的("阻止你们","野蛮的畜生们","回到我"),要么是作为否定性行动的主体("失去的人","我得停顿片刻")出现:

> 你们过去都曾爱过他,那并不是没有理由的;
>
> 那么什么理由阻止你们现在哀悼他呢?
>
> 哦,审判啊,你已经遁入了野蛮畜生们(brutish beasts)的心中,
>
> 人们已经失去了他们的理性!

安东尼演说开头的最后两行显示了这些语法上的换喻的明显的特立独行。老套的"我为某某事哀悼他",形象但却仍然老套的"某某人在棺材中而我的心与他在一起",或者"随他而去"等等,在安东尼的演说中让位给了一个大胆的现实化的换喻:转喻变成了诗性现实的一部分:

> 我的心现在是跟恺撒一起在他的棺木之内,
>
> 我必须停顿片刻,等它回到我自己的胸腔里。

在诗歌中,专有名词的内形式,亦即其各个成分的固有语义,可以重新显示出它的相关作用,例如"鸡尾酒"(cocktail,本义为"公鸡尾")可以使人想起其被遗忘的与翎毛的直接关系。马克·海蒙德的诗句"The ghost of a Bronx pink lady//With orange blossoms afloat in her hair"("粉色佳人布朗克丝〔一种鸡尾酒名〕的香魂//云鬟橙黄恰似百花盛开")活画出它们的颜色,接着又提出一个词源学的隐喻:"O, Bloody Mary, // The cocktails have crowed not the cocks"("啊,血红的玛丽〔一种用番茄汁调制的鸡尾酒名〕,//这是公鸡尾的杰作,可不是公鸡的啼泣")(《在曼哈顿的一家旧式酒吧里》)。在约尔斯·斯蒂文斯的 *An ordinary evening in New Haven*(《纽黑文的一个普通夜晚》)一诗中,城市名称中的 Haven〔heivn〕(港湾)这个词微微地暗示着 heaven〔hevn〕(天空)这个词,后

面又跟着一个直接的同音异义对比,像霍普金斯的那个 heaven—haven(天堂—避难所)一样,这个词因此而倍添生气:

> The dry eucalyptus *seeks god in the raing cloud*,
>
> Professor Eucalyptus of New Haven *seeks him in New Hauen*……
>
> The instinct *for heaven* had its counterpart:
>
> The instinct for earth, *for New Haven*, for his room……

一株枯朽的桉树在雨中向云天寻求上帝,尤卡利普图斯①教授在纽黑文寻求上帝……他的本能与寻求天堂的本能如出一辙:他需要寻求人间,寻求纽黑文,寻求一间房子棲息……

纽黑文这个地名中的形容词"new"(新的)通过一连串反义词得到突出:

> The oldest-newest day is the newest alone, The oldest-newest night does not creak by……(日复一日新的一日依旧暗无天日,夜夜如此新的一夜依旧无处归宿……)

莫斯科语言学小组在 1919 年讨论过 epitheta ornantia(形容词修饰)的范围界线和定义这个问题,当时弗拉基米尔·马雅可夫斯基是持反对意见的,他认为,形容词只要用在诗歌中就是诗歌的形容词——包括像"大熊星座"这个专名中的"大",或莫斯科"大普列斯尼亚街"和"小普列斯尼亚街"这些街名中的"大""小"。换句话说,诗歌性不单纯是用修辞装饰来美化言语,而是对言语及其一切成分整个做出重新评价。

一个传教士责备他的教民(非洲人)赤身裸体。教民指指他的脸反问说:"可你自己呢? 你不也有一个地方一丝不挂吗?""但这是脸啊!"土人回答说:"我们浑身都是脸。"在诗歌中也是这样,每一个言语成分都变成一个诗歌言语修辞格。

我在这个报告中尽力保卫了语言学指导研究整个语言艺术及其一切分支的权利和义务,在结束这个报告的时候,我可以重申 1953 年我在印第安纳大学报告会上提出的那个结论:"Linguistasum; linguistici nihil a me alienum puto."② 如果诗人说"诗歌就是独特的语言"是对的(他说得确实对!),那么一个对一切语言都感兴趣的语言学家就可以而且应该把诗歌纳入他的研究范围。这次会议清楚地表明,语言学家不注意诗学问题的时代已经一去不复返。诚如霍兰德所说,"使文学性质的问题脱离一般语言学的问题显然是没有道理的"。是的,现在还有一些文学研究家怀疑语言学家有权涉足整个诗学领域;可是我个人认为,这是因为把某些固执己见的语言学家对诗学的外行误认为是语言学本身的外行。可

---

① 与第一行的桉树同音。

② 我是一个语言学家,语言现象无不与我有关。

是现在我们大家都已明白,语言学家忽视语言的诗歌功能以及文学研究家对语言学问题漠不关心和不了解语言学方法,都是极其不合时宜的。

◎史料选

普通语言学教程(节选)

［瑞士］索绪尔

一、语言符号的性质

1. 符号、所指、能指

在有些人看来,语言,归结到它的基本原则,不外是一种分类命名集,即一份跟同样多的事物相当的名词术语表。例如:

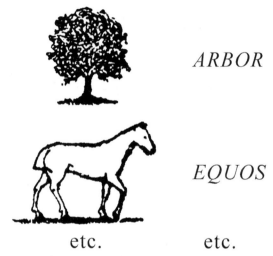

ARBOR

EQUOS

etc.   etc.

这种观念有好些方面要受到批评。它假定有现成的、先于词而存在的概念。它没有告诉我们名称按本质来说是声音的还是心理的,因为arbor"树"可以从这一方面考虑,也可以从那一方面考虑。最后,它会使人想到名称和事物的联系是一种非常简单的作业,而事实上绝不是这样。但是这种天真的看法却可以使我们接近真理,它向我们表明语言单位是一种由两项要素联合构成的双重的东西。我们在第 33 页谈论言语循环时已经看到,语言符号所包含的两项要素都是心理的,而且由联想的纽带连接在我们的脑子里。我们要强调这一点。

　　语言符号联结的不是事物和名称,而是概念和音响形象①。后者不是物质的声音,纯粹物理的东西,而是这声音的心理印迹,我们的感觉给我们证明的声音表象。它是属于感觉的,我们有时把它叫作"物质的",那只是在这个意义上说的,而且是跟联想的另一个要素,一般更抽象的概念相对立而言的。

　　我们试观察一下自己的言语活动,就可以清楚地看到音响形象的心理性质:我们不动嘴唇,也不动舌头,就能自言自语,或在心里默念一首诗。那是因为语言中的词对我们来说都是一些音响形象,我们必须避免说到构成词的"音位"。"音位"这个术语含有声音动作的观念,只适用于口说的词,适用于内部形象在话语中的实现。我们说到一个词的声音和音节的时候,只要记住那是指的音响形象,就可以避免这种误会。

　　因此语言符号是一种两面的心理实体,我们可以用图表示如下:

　　这两个要素是紧密相连而且彼此呼应的。很明显,我们无论是要找出拉丁语 arbor 这个词的意义,还是拉丁语用来表示"树"这个概念的词,都会觉得只有那语言所认定的联结才是符合实际的,并把我们所能想象的其他任何联结都抛在一边。

　　这个定义提出了一个有关术语的重要问题。我们把概念和音响形象的结合叫作符号,但是在日常使用上,这个术语一般只指音响形象,例如指词(arbor 等等)。人们容易忘记,arbor 之所以被称为符号,只是因为它带有"树"的概念,结果让感觉部分的观念包含了整体的观念。

　　如果我们用一些彼此呼应同时又互相对立的名称来表示这三个概念,那么歧义就可以消除。我们建议保留用符号这个词表示整体,用所指和能指分别代替概念和音响形象。后两个术语的好处是既能表明它们彼此间的对立,又能表明它们和它们所从属的整体间的对立。至于符号,如果我们认为可以满意,那是因为我们不知道该用什么去代替,日常用语没有提出任何别的术语。

　　————————————

　　① 音响形象这个术语看来也许过于狭隘,因为一个词除了它的声音表象以外,还有它的发音表象,发音行为的肌动形象。但是在德·索绪尔看来,语言主要是一个贮藏所,一种从外面接受过来的东西。音响形象作为在一切言语实现之外的潜在的语言事实,就是词的最好不过的自然表象。所以动觉方面可以是不言而喻的,或者无论如何跟音响形象比较起来只占从属的地位。

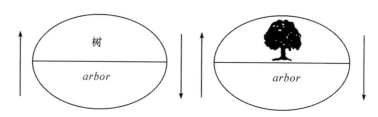

这样确定的语言符号有两个头等重要的特征。我们在陈述这些特征的时候将同时提出整个这类研究的基本原则。

2. 第一个原则:符号的任意性

能指和所指的联系是任意的,或者,因为我们所说的符号是指能指和所指相联结所产生的整体,我们可以更简单地说:语言符号是任意的。

例如"姊妹"的观念在法语里同用来做它的能指的 s-ö-r(soeur)这串声音没有任何内在的关系;它也可以用任何别的声音来表示。语言间的差别和不同语言的存在就是证明:"牛"这个所指的能指在国界的一边是 b-ö-f(boeuf),另一边却是 o-k-s(Ochs)①。

符号的任意性原则没有人反对。但是发现真理往往比为这真理派定一个适当的地位来得容易。上面所说的这个原则支配着整个语言的语言学,它的后果是不胜枚举的。诚然,这些后果不是一下子就能看得同样清楚的;人们经过许多周折才发现它们,同时也发现了这个原则是头等重要的。

顺便指出:等到符号学将来建立起来的时候,它将会提出这样一个问题:那些以完全自然的符号为基础的表达方式——例如哑剧——是否属于它的管辖范围②。假定它接纳这些自然的符号,它的主要对象仍然是以符号任意性为基础的全体系统。事实上,一个社会所接受的任何表达手段,原则上都是以集体习惯,或者同样可以说,以约定俗成为基础的。例如那些往往带有某种自然表情的礼节符号(试想一想汉人从前用三跪九叩拜见他们的皇帝)也仍然是依照一种规矩给定下来的。强制使用礼节符号的正是这种规矩,而不是符号的内在价值。所以我们可以说,完全任意的符号比其他符号更能实现符号方式的理想;这就是为什么语言这种最复杂、最广泛的表达系统,同时也是最富有特点的表达系统。正是在这个意义上,语言学可以成为整个符号学中的典范,尽管语言也不过是一种特殊的系统。

---

① 法语管"牛"叫 boeuf[boef],德语管"牛"叫 Ochs[ɔks]。

② 这里暗指冯德(Wundt)认为语言的声音表情动作出于自然的哑剧运动,参看他所著的《民族心理学》第一编《语言》。

　　曾有人用象征一词来指语言符号，或者更确切地说，来指我们叫作能指的东西①。我们不便接受这个词，恰恰就是由于我们的第一个原则。象征的特点是：它永远不是完全任意的；它不是空洞的；它在能指和所指之间有一点自然联系的根基。象征法律的天平就不能随便用什么东西，例如一辆车，来代替。

　　任意性这个词还要加上一个注解。它不应该使人想起能指完全取决于说话者的自由选择（我们在下面将可以看到，一个符号在语言集体中确立后，个人是不能对它有任何改变的）。我们的意思是说，它是不可论证的，即对现实中跟它没有任何自然联系的所指来说是任意的。

　　最后，我们想指出，对这第一个原则的建立可能有两种反对意见：

　　（1）人们可能以拟声词为依据认为能指的选择并不都是任意的。但拟声词从来不是语言系统的有机成分，而且它们的数量比人们所设想的少得多。有些词，例如法语的 fouet"鞭子"或 glas"丧钟"可能以一种富有暗示的音响刺激某些人的耳朵；但是如果我们追溯到它们的拉丁语形式（fouet 来自 fagus"山毛榉"，glas 来自 classicum"一种喇叭的声音"）②，就足以看出它们原来并没有这种特征。它们当前的声音性质，或者毋宁说，人们赋予它们的性质，其实是语音演变的一种偶然的结果。

　　至于真正的拟声词（像 glou-glou"火鸡的叫声或液体由瓶口流出的声音"，tic－tac"嘀嗒"等等），不仅为数甚少，而且它们的选择在某种程度上已经就是任意的，因为它们只是某些声音的近似，而且有一半已经是约定俗成的模仿（试比较法语的 ouaoua 和德语的 wauwau"汪汪"〔狗吠声〕。此外，它们一旦被引进语言，就或多或少要卷入其他的词所经受的语音演变，形态演变等等的旋涡（试比较 pigeon"鸽子"，来自民间拉丁语的 pipiō，后者是由一个拟声词派生的）：这显然可以证明，它们已经丧失了它们原有的某些特性，披上了一般语言符号的不可论证的特征。

　　（2）感叹词很接近于拟声词，也会引起同样的反对意见，但是对于我们的论断并不更为危险。有人想把感叹词看作据说是出乎自然的对现实的自发表达。但是对其中的大多数来说，我们可以否认在所指和能指之间有必然的联系。在这一方面，我们试把两种语言比较一下，就足以看到这些表达是多么彼此不同（例如德语的 au!"唉!"和法语的 aïe! 相当）。此外，我们知道，有许多感叹词

---

　　①　这里特别是指德国哲学家卡西勒尔（Cassirer）在《象征形式的哲学》中的观点。他把象征也看作一种符号，忽视了符号的特征。德·索绪尔认为象征和符号有明显的差别。

　　②　现代法语的 fouet"鞭子"是古代法语 fou 的指小词，后者来自拉丁语的 fagus"山毛榉"；glas"丧钟"来自民间拉丁语的 classum，古典拉丁语的 classicum"一种喇叭的声音"，c 在 l 之前变成了浊音。

起初都是一些有确定意义的词(试比较法语的 diable!（鬼＝）"见鬼！"mordieu!
"天哪"！＝mort Dieua"上帝的死",等等)。

总而言之,拟声词和感叹词都是次要的,认为它们源出于象征,有一部分是
可以争论的。

……

二、句段关系和联想关系

1. 定义

因此,在语言状态中,一切都是以关系为基础的;这些关系是怎样起作用
的呢?

语言各项要素间的关系和差别都是在两个不同的范围内展开的,每个范围
都会产生出一类价值;这两类间的对立可以使我们对其中每一类的性质有更好
的了解。它们相当于我们的心理活动的两种形式,二者都是语言的生命所不可
缺少的。

一方面,在话语中,各个词,由于它们是连接在一起的,彼此结成了以语言的
线条特性为基础的关系,排除了同时发出两个要素的可能性。这些要素一个挨
着一个排列在言语的链条上面。这些以长度为支柱的结合可以称为句段(syn-
tagmes)①。所以句段总是由两个或几个连续的单位组成的(例如法语的 re-lire
"再读";contre tous"反对一切人";la vie humaine"人生";Dieu est bon"上帝是
仁慈的";s'il fait beau temps,nous sortirons"如果天气好,我们就出去",等等)。
一个要素在句段中只是由于它跟前一个或后一个,或前后两个要素相对立才取
得它的价值。

另一方面,在话语之外,各个有某种共同点的词会在人们的记忆里联合起
来,构成具有各种关系的集合。例如法语的 enseignement"教育"这个词会使人
们在心里不自觉地涌现出许多别的词(如 enseigner"教",renseigner"报导"等
等,或者 armement"装备",changement"变化"等等,或者 éducation"教育",ap-
prentissage"见习"等等);它们在某一方面都有一些共同点。

我们可以看到,这些配合跟前一种完全不同。它们不是以长度为支柱的;它
们的所在地是在人们的脑子里。它们是属于每个人的语言内部宝藏的一部分。

---

① 句段(syntagmes)的研究与句法(syntaxe)不能混为一谈,这是差不多不用指出的。我们在下面
第 186 页将可以看到,句法只是句段研究的一部分。

按:在法语里,syntagme 和 syntaxe 都有"组合"的意思,因此 syntagme 特别是 rapport syntagmatique
本来可以译为"组合"和"组合关系",可是因为习惯上已把 syntaxe 译为"句法",这里也只好把它们译为
"句段"和"句段关系"。

我们管它们叫联想关系。

句段关系是在现场的(in praesentia)：它以两个或几个在现实的系列中出现的要素为基础。相反,联想关系却把不在现场的(in absentia)要素联合成潜在的记忆系列。

从这个双重的观点看,一个语言单位可以比作一座建筑物的某一部份,例如一根柱子。柱子一方面跟它所支撑的轩椽有某种关系,这两个同样在空间出现的单位的排列会使人想起句段关系。另一方面,如果这柱子是多里亚式的,它就会引起人们在心中把它跟其他式的(如伊奥尼亚式、科林斯式等等)相比,这些都不是在空间出现的要素：它们的关系就是联想关系。

这两类配合中的每一类都需要做一些特别的说明。

2. 句段关系

我们在第 170 页所举的例子已可以使人理解句段的概念不仅适用于词,而且适用于词的组合,适用于各式各样的复杂单位(复合词、派生词、句子成分、整个句子)。

只考虑一个句段各部分间的相互关系(例如法语 contretous"反对一切人"中的 contre"反对"和 tous"一切人",contremaître"监工"中的 contre"接近"和 maître"主人")是不够的；此外还要估计到整体和部分间的关系(例如 contretous 一方面跟 contre 对立,另一方面又跟 tous 对立,或者 contremaître 一方面跟 contre 对立,另一方面又跟 maître 对立)。

在这里可能有人提出异议：句子是句段的最好不过的典型,但是句子属于言语,而不属于语言(参看第 35 页)；由此,句段岂不也是属于言语的范围吗？ 我们不这样想。言语的特性是自由结合,所以我们不免要问：难道一切句段都是同样自由的吗？

首先,我们可以看到,有许多词语是属于语言的。 如有些现成的熟语,习惯不容许有任何变动,尽管经过一番思考我们也可以从里面区别出一些表示意义的部分(试比较 à quoi bon? "何必呢?"allons donc! "得了!"等等)。有些词语,比如 prendre la mouche"易发脾气",forcer la main à quelqu'un"迫使某人行动(或表态)",rompre une lance"论战",或者还有 avoir mal à la tête"头痛",à force de soins"出于关心",que vous ensemble"你觉得怎样?",pas n'est be-soin de…"无须…",等等,也是这样,不过程度上略差一点罢了。从它们的意义上或句法上的特点也可以看出它们有惯用语性质①。这些表现法不可能是即兴作出的，而是由传统提供的。我们还可以举出一些词，它们虽然完全可以分析，但是在形态上总有一些由习惯保存下来的反常特征（试比较法语的 diffculté"困难"和 facilité"容易"等等，mourrai"我将死"和 dormirai"我将睡"等等）②。

不仅如此，一切按正规的形式构成的句段类型，都应该认为是属于语言的，而不属于言语。事实上，由于在语言里没有抽象的东西，这些类型只有等到语言已经记录了相当数量的标本方能存在。当一个像 indécorable"无从装饰的"这样的词在言语里出现的时候（参看第 234 页以下），那一定已经有了一个确定的类型，而这类型又只因为人们记住了相当数量的属于语言的同样的词（impardonnable"不可原谅的"，intolérable"不能忍受的"，infatigable"不知疲倦的"等等），才是可能的。按正规的模型构成的句子和词的组合也完全是这样。有些组合如 la terre tourne"地球在旋转"，que vous dit-il？"他对你说什么？"等等是符合一般类型的，而这些类型在语言中又有具体记忆做它们的支柱。

但是我们必须承认，在句段的领域内，作为集体习惯标志的语言事实和决定于个人自由的言语事实之间并没有截然的分界。在许多情况下，要确定单位的组合属于哪一类是很困难的，因为在这组合的产生中，两方面的因素都曾起过作用，而且它们的比例是无法确定的。

3. 联想关系

由心理联想构成的集合并不限于把呈现某种共同点的要素拉在一起，心理还抓住在每个场合把要素联系在一起的种种关系的性质，从而有多少种关系，就造成多少个联想系列。例如在法语 enseignement"教育"，enseigner"教"，enseignons"我们教"等词里有一个共同的要素——词根；但是 enseigne-ment 这个词也可以出现在以另一个共同要素——后缀——为基础而构成的系列里（试比较 enseignement"教育"，armement"装备"，changement"变化"，等等）。联想也可以只根据所指的类似（enseignement"教育"，instruction"训育"，apprentissage

---

① 这些惯用语，à quoi bon？"何必呢？"直译是"对于什么好"的意思；allons donc！"胡说"是"让我们走吧"的意思；prendre la mouche"易发脾气"是"拿苍蝇"的意思；forcer la main à quelqu'un"迫使某人行动（表态）"是"强使别人摊牌"的意思；rompre une lance"论战"是"折断长矛"的意思；avoir mal à la tête"头痛"是"有痛于头"的意思；à force de soins"出于关心"是"借关心的力量"的意思；que vous ensemble？"你觉得怎样？"是"什么和你在一起"的意思；pas n'est besoin de…"无须…"应为 il n'est pas besoin de…，在意义上或句法上都各有它们的特点。

② 法语 diffculté 来自拉丁语 diffcultas，facilité 来自拉丁语 facilitas。拉丁语 diffcultas 按构词法应为 dif（＝dis）+facilitas，后来由于一种特殊的变化，变成了 diffcultas。法语动词单数第一人称将来时按正规应由不定式+词尾 ai（habeo"我有"）构成，如 dormirai"我将睡"；mourrai"我将死"，实由 mourirai 变成，中间丢了一个 i。

"见习",éducation"教育"等等),或者相反,只根据音响形象的共同性(例如 enseignement"教育"和 justement"恰好")①。因此,有时是意义和形式都有共同性,有时是只有形式或意义有共同性。任何一个词都可以在人们的记忆里唤起一切可能跟它有这种或那种联系的词。

句段可以使人立刻想起要素有连续的顺序和一定的数目,而联想集合里的各项要素既没有一定的数目,又没有确定的顺序。我们把法语 désir-eux"切望",chaleur-eux"热烈",peur-eux"胆怯"等等加以联系并不能预先说出我们的记忆所能提示的词究竟有多少,它们将按照什么样的顺序出现。一个给定的要素好像是星座的中心,其他无定数的同列要素的辐合点(参看下图)。

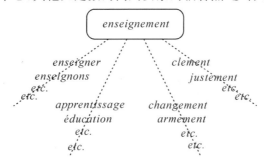

但是联想系列的这两个特征:没有确定的顺序和没有一定的数目,只有头一个是常可以检验的,后一个可能经不起检验。例如名词词形变化范例就是这种集合中一个突出的典型。拉丁语的 dominus"主人(主格)",domini"主人(属格)",dominō"主人(与格)"等等显然是一个由共同要素——名词词干 domin——构成的联想集合。但这个系列并不像 enseignement,changement 等等那样没有边儿,格究竟有一定的数目。相反,它们在空间上却没有一定的先后次序,语法学家们把它们怎样排列纯粹是任意的;对说话者的意识来说,主格绝不是名词的第一个格,各种要素可以按照不同的场合以任何顺序出现②。

---

① 这最后一种情况很少见,我们不妨认为是反常的,因为我们心中很自然会排除那些足以扰乱人们理解话语的联想。但是有一类要嘴皮子的现象可以证明它的存在,那就是依靠单纯的同音所造成的荒谬的混淆。例如法国人说:Les musiciens produisent les sons et les grainetiers les vendent"音乐家生产麦麸,贩卖种子商人出卖声音"(按法语的 sons 有"声音"和"麦麸"两个意思)。有一种联想应该同上述情况区别开来。它虽然是偶然的,但可能以观念的接近为依据(试比较法语的 ergot"鸡距",ergoter"斗嘴";德语的 blau"青色的",durchbläuen"痛打")。那是对两个要素中的一个做了新的解释。流俗词源学的情况就是这样(参看第 244 页)。这种事实对语义的演变很有意思,但是从共时的观点看,实只属于上述 enseigner:enseignement 的范畴。

② 现在欧洲各种语言名词变格的顺序都依照希腊·拉丁语的传统习惯以主格为第一格,词典里所收的也只是主格的形式。实际上,主格只是名词的一种变格,在说话者的意识中并没有什么优先的地位。

言语的力量：科学与诗歌

［法］P.利科尔

我要赞美言语的力量，也就是语言赋予人类的那种力量。但我不是作为一个带着激情来谈论诗歌的诗人，而是作为一个为求得理解去分析和思考的哲学家。我特别想要弄清楚两种主要的（科学的和诗歌的）言语能力相互转化的作用，并提示来源于它们二者的对立和互补的语言的功效。

为了研究两种语言（能力）的这种对立，我首先将试图考察日常语言，它既不像科学语言那么严密，又不像诗歌语言那么抒情。然而，科学和诗歌（作为语言运用的模式）都是通过有意选择一种特殊策略，而从日常语言这种未区分的力量中产生出来的。

1. 在大马士革的一个博物馆里，陈列着一块三呎长的书板，一千四百年以前，一个乌嘎利特语①的刻写员在书板上刻下了迦南语字母表的三十个字母。这一字母词典无疑是世界上最古老的，它同时表达了对刻写人和说话的人们的敬意。刻写人经过深思，理解了语言的基本秘密，那就是从有限数目的符号组合中构造出无数的意义。事实上，正是这样一个天才人物，有了一种想法，把人们用以表达思想和进行交流的一系列的要素以及一系列的组合归约为这样一个要素的体系。刻写人懂得怎样从语言的洪流中抽取出三十个音的固定点或支点，但是，在他的这种天才发现之前，就已经存在着语言自身的天才了，通过人类的言语，它创造了一条相反的通道：从构成我们的语言（langues）②代码的有限数量的要素中，不断地构造出数不清的言论③的组合。

据洪堡（Humboldt）说，有限工具的无限运用，这就是言语的力量。有限工具：包括封闭的音素表、词汇表和语法规则表，它们以人们未意识到的字母词典、词汇或句法构造我们的语言（langues），所有这些都在任何反思之前就明确表达出来了。无限的运用：包括语言共同体的成员在他们共同的语言习惯用法内已经说出或将要说出的所有句子和所有言论构成的开放系列。这样，我们就区分出两种类型的语言学：语言（langue）的语言学，它以三个方面（音位学的、词汇学的和句法学的）的有限结构为基础；言论的语言学，它是建立在句子（言论的基本

---

① 乌嘎利特语（Ugaritic），很接近古希伯莱语的一种已消亡的闪语。

② 英译者注——英文词"语言"（language）同时代表着两个不同的法文词。第一个"le langage"，是用来指 1)一般而言的语言现象，2)特定的语言，如法语或英语，3)各种不同的语言用法，如日常的、科学的、诗歌的或宗教的。第二个"la langue"是用来在更专门的意义上谈论作为控制着语言使用的可能性的语言要素（音素、词汇和句法）之体系的语言。以下各处都用括号来说明。

③ 中译者注——言论（discourse）指具体使用的口头的和书面的语言形式和过程。

单位)的基础上,运用它是为了从句子的不可归约的特性中,推演出人类言语的无限产品。

以下的分析完全限制在第二层次的语言学的框架内,即言论的语言学,应用的、生产的、力量的语言学。

关于"语言游戏"的多样性,我不想再说什么。由于它们数不清的性质,它们已经证明了言论的无限性。我自己仅限于详细地引述维特根斯坦《哲学研究》的第23节:"然而,存在着多少种句子呢?譬如说直陈句、疑问句和命令句?存在着无数种:无数种我们称之为'符号''词''句子'的不同的用法。这种多样性并不是某种固定不变的最后给定东西;而是一些新的语言类型,新的语言游戏,当我们能说的时候,它们就产生了,而其他的语言类型就变得过时而被忘却(……)在此,'语言游戏'这一术语的意思在于要突出这样的事实,即语言的说出是行动的部分,或者说是生活的一种形式(……)将语言中工具的多样性和使用语言工具的方式的多样性,即词和句子的种类的多样性,与逻辑学家(包括《逻辑哲学论》的作者)关于语言结构所说的话进行比较,是很有意思的。"

这段话引进了"有限工具的无限运用"这种说法的两种可能注解的一种。语言游戏的数不清的多样性说明了这一点。在这里,无限是枚举的无限。与它相关的是言论的行为,例如命令、质问、叙述、描述、对一事实的原因进行猜测、解谜、通知、允诺、致谢、诅咒、致意、请求等等。这种枚举中的重要符号是"等等"。因为结构(即音素、词汇和句法规则的系列)是封闭的,使用的系列是开放的。

然而,这不是我想遵循的道路。在我们面前还有关于"有限工具的无限使用"这种说法的第二种注解。在这里,无限不是指枚举的无限,而是构成的无限。它与言论的行为无关,而与作为言论行为支点的词汇本身有关。简言之,它涉及这一词多义这一主要的现象。我选择把焦点对准一词多义现象,是因为科学语言和诗歌语言这两种对立的策略可以说成是处理由言论中一词多义的用法而引起的困难的两种可能方法。

一词多义指那种词具有多种含义或意义的语言现象。这个定义需要一个预备性的说明:这种分析属于两种语言学中的哪一种?人们很想回答说:属于语言的语言学[作为一个体系,la langue]。事实上,正是在词典中,一个词展示出它的含义的多样性。在这个意义上,一词多义是一个同时态的事实:它描述了语义学领域中内在差异的表现,通过另一种差异的表现,这种内在差异的表现置身于词典的整个体系之中。但如果一词多义在它的基本形式下——体系的共时研究——涉及语言(langue)的语言学,它同时也涉及言语的语言学,或更确切地说,言论的语言学。

首先,正是在言论中,一词多义才有功用。说话就是从有效的语义丰富性中

461

选择出与论题、与目的一致的意义范围。这样,我们就应该开始一种选择,它同时是根据被结合进句子的统一体的各个相反的语义领域进行的。正是这种统一体(综合的、论断性的统一体)统辖着意义的选择和所用词汇的语义潜能的归约。因此正是在确定的使用中,词采用一种现实的含义。从这个意义上来说,含义——指现实的、确定的含义——是言论的结果,而不再是语言(langue)的事实。只有作为完整整体的句子才有意义,单个的词只是由于配置的结果才具有含义,这与言论在有效的语义领域产生的选择和归约是一致的。

因此,在言论的范围内,一词多义具有一种结构。事实上,人们可以说词的现实含义是言论的结果,而它们的潜在含义则是语言(langue)的事实。这是不错的。但这一语言(langue)事实只有与言论的结果相联系时才有理解——在所有的情况下,证明潜在含义的合理性,都是为了达到现实的含义。如果具有的意义不止一个,在不同的上下文中都能出现不同的意义,每一意义都借助于一个词典上解释了的规范式的使用和精心选择的典型的上下文来确定。因而,这一语言(langue)事实是由言论的语言学来整理的。一词多义很好地说明了这种一般的特性,即语言(作为一个系统,la langue)总是言论的抽象。作为一个同时态的事实,作为语言(langue)的一个特征,一词多义存在于言论的范围之中。它只是在言论之中,通过选择的行动来起作用,而这种选择行动自身又受所有言论的中心论断性行为的调节。

2. 科学语言和诗歌语言①可以当作是用来解决同一问题的两种不同的策略。什么问题呢? 从功用的观点来看,一词多义有其积极的一面,也有消极的一面。它的积极方面就是它有非常经济的特点。在需要有人类经验的无限变化和个人观点的无限多样的那种无限词汇的地方,建立在一词多义之上的语言有一种优越性,能从词汇列举的实际含义的有限集合中获得实际上数不清的现实含义。人们根据上下文,选择与一定的论题和目的最为一致的含义。同时,人们又根据提问和回答的相互作用,去证实被言论的进展所调节的语义选择是否被对话双方正确地解释。

但是,为这种经济性所付出的代价是高昂的:词的一词多义带来了言论歧义性的危险。一词多义是正常现象,歧义性则是病态现象。言论的任务是从一词多义中形成一词一义。如果通过包含在言论中的各语义领域的互相同化,论题

---

① 为了更严格,与他对语言学问题的一贯态度相一致,利科尔应该说:"语言的科学使用和语言的诗歌使用",或更合适地说,"科学言论和诗歌言论"。像"科学语言"和"诗歌语言"这样的短语很容易使人误解,因为它们产生一种幻觉,似乎存在着诗歌语言这样的实体。然而这就是实体化。本来并不存在像科学语言或诗歌语言这样的东西;如利科尔自己在下面的论述中将说明白的,存在的只是语言的诗歌使用和科学使用。

和目的的统一体成功地建立起一单一的同位,这一任务就完成了。有时一个简单句就足以把一系列的言论归约成一种单一的解释可能性;有时一整本书也无法做到。在后一种情况中,误解就潜入交流之中。

这就是一词多义的双重能力:一方面,它满足作为语言基础的经济原则;由于上下文作用的灵活性,它允许从这种经济的结构中构造出多种意义效果。但是,在另一方面,它完全把语言变成了一种从上下文出发碰运气的解释工作。

因此,人们可以理解,从言论的这一核心现象出发,可以形成几种不同的策略。它们都是对同一困难的反应:怎样对待从词的最初的一词多义中产生的言论可能有的歧义性。在一系列可能的解决方法的一端,我们有科学语言,它可以定义为系统地寻求消除歧义性的言论策略。在另一端是诗歌语言,它从相反的选择出发,即保留歧义性以使语言能表达罕见的、新颖的、独特的,因而也就是非公众的经验。让我们依次研究各种主张。

在谈到科学语言时,我们所谈的不是科学自身,把它当成是谈论科学自身将是很可笑的。我们谈论的是科学事业强加于言论的矫正。从这种观点来说,科学语言可以定义为防止语言歧义的防卫步骤。这又是怎样的一种步骤呢?

在第一阶段,科学语言所做的不过是系统地扩展一种开始于日常语言水平的工作:定义的工作。事实上,语言的构成使得它总是可能借助于这一代码的其他一些要素而指称代码的某一要素。这种通常属于元语言学层次对语言自身的反思行为,是〔语言学的〕词汇的实验扩充的基础,并提供了下面这种形式的对等定义原则:骒马是雌性的马,单身汉是未结婚的男人。科学语言最初只是使定义工作系统化,并借助于分类来加强这种系统化。

在第二阶段,科学语言在其专有词汇中,严格地区分了那些能指称可测量的实体的词汇和不能指称可测量的实体的词汇。由伽利略、哥白尼和笛卡儿革命产生的自然的数学化,表现为对精确和严密的迫切要求,这种精确和严密也就是真正的语言再生。不再重新定义日常语言的词,也不再谈论"电流""质量"或"速度",取而代之的是人们赋予假想实体以名称,这种名称只是在这些实体被定义的理论框架中才有意义。然而,这些词仍与词典中的词相似,并且,严格说来,能被结合进日常词汇之中。

在更高的抽象阶段里,日常的词被数学符号体系所取代,也就是说,被那些只能默读、不能念出声的符号所取代。因而,与自然语言的联结破裂了。科学语言切断了它与日常言论中运用的语言的联系。

在最后的阶段——公理化的阶段里,公式和定理的解释是由公理系统来控制。公理系统指定所有符号在理论中的位置,并规定阅读整个符号体系的规则。这样一种规定替代了日常言论中的上下文的解释。这就构成了反对歧义性的言论策略的最高阶段。

达到这一点以后，人们就想把科学语言的使用规则——如定义、衡量，逻辑—数学的符号体系以及公理化——扩展到整个语言。从所有言论(伦理的、政治的或美学的)中，从对话自身中消除歧义,这事实上不是很值得向往的吗?

哲学常常被这种使整个语言重新形式化的梦想迷住。莱布尼茨曾想为之献身;罗素在《数学原理》时期,维特根斯坦在《逻辑哲学论》时期,都曾再次严肃地从事这一事业。有足够的理由认为,这一事业不可能成功:人工形式化语言在上下文联系上的独立和相反地自然语言对上下文的敏感,属于不同的策略,互相都不可归约成对方。如 R. 雅各布逊所写的:"含义的变化,特别是为数众多、范围广泛的意义置换,再加上多种释义的无限的能力,很显然就是增进自然语言的创造力,并把不断创造的可能性赋予诗歌行为和科学行为的诸种性能。在此,不确定性的能力与创造性的能力完全是互相依赖的。"作为人工构造物"为各种科学的或技术的目的而使用的、或多或少被形式化了的语言,可以看成是日常语言的变形"。日常语言在它自己的领域内保留它的有效性,它实质上是可变的、无限的、定性的、欣赏的、有洞察力的经验的交流。形式化的语言必然是相当孤立的:它们不想要活生生的经验交流,——对科学言论的基本论证进行整理。雅各布逊又说,正因为如此,"在上下文独立的结构和上下文敏感的结构间的关系中,数学和日常的语言是两个极端的体系,看起来它们每一个都是对其他语言进行结构分析的最为合适的元语言"。

日常语言不能归约为形式语言,这一点最清楚地被诗歌语言通过一种与科学言论的策略相反的策略,从一词多义中获得的意义效果所证明。

3.我们已经能够用一种占支配地位的意向来说明科学语言的特征:要消除歧义,要使一个符号只具有一个意义,要使人们不能用几种不同的方法来解释同一符号。

然而,一词一义的意向没有说明语言的所有力量。还有另外一种利用歧义的方法:不是消除而是推崇它。为什么呢? 我们将在下面说明原因。首先让我们看看是怎样推崇它的。

正如科学语言有它的消除歧义程序,诗歌语言也有它自己保留并创造歧义的程序。让我们从诗歌语言的基本特征,即形式对内容的依附、声音对意思的依附开始。在表述这种依附时,可以把一首诗比喻成一个雕塑品,比喻成一个由大理石或者青铜构成的物体。这样的比喻暗示着,在诗歌中,语言被当成待加工的材料。这就是为什么在一首诗中人们不能改变一词一音的原因。为什么诗歌语言的这种基本特征会为歧义效劳呢?

在雅各布逊关于语言学和诗学的关系的著名分析中;语言的诗歌功能是用

强调启示(message)本身来定义的:"通过增进符号的可感知性,这种功用加深了符号和对象的根本分离。"在此,所谓"符号的可感知性"的根本特征在于某些语音特征的再现,如相同的格律、头韵、对仗(在闪米特诗歌中)的周期重现,相同的音或相反的音、长音或短音的再现等等。韵律以及更明显些的韵脚都只是为语言再现的一般原则效劳的某些较为突出的程序。

在此,这种再现可以被认为是通常所说的等价原则的一个特例。这一等价原则在非诗歌的语言中调节着对多少有些相似的词语的选择。众所周知,雅各布逊把选择当成是语言行为中使用的两种基本的排列方式之一,组合是这些方式的第二种。这样,当我精心地确定了一条讯息的术语时,我就在一系列存在着的多少有些相似的名词中做出了选择,所有这些名词从某种观点来看多少是等价的。例如,我从许多相邻词如"小家伙""小娃娃""小孩"等等中,选择了"幼儿"。然后为了说明这一主题,我从语义上相关联的词如"睡觉""睡眠""休息""打盹"等中再选出一个来。这两个词就组成一个言语链。因此,选择是以等价(类似和非类似,同义和反义)为基础产生的,而组合(一系列相关联的词的构造)是以邻近为基础的。

正是在此,诗歌的作用开始介入。借助于语音的再现,人们可以说"诗歌的功用把等价原则从选择的轴线投向到组合的轴线上"。在日常的散文语言中,等价仅仅是负责在相似的范围中进行词语的选择,但在诗歌中,它就被提高到一系列相关的词的组合过程的等级。同时,支配着选择进行(雅各布逊在另一篇文章中把它叫作"隐喻的过程")的相关原则也调节着诗歌启示的组合与结构。正是这种响亮的声音形式的再现影响了意义,在那些由相同形式的周期重现弄到一起的启示词汇之间,产生了密切的关系——语义的联系。例如,如果同一诗歌启示引起了"孤寂"(solitude)和"抛弃"(désuétude)的共鸣,那么这两个词通过其形式上的类同而维持着一种语义上的交感。孤寂将似乎被抛弃,而部分地耗尽的东西似乎是被弃置了的。宽泛地说,由响亮的声音的相同形式的周期重现引起的这种含义的交感,可以称为"隐喻"。意义已经"被置换""被转移":词语在诗歌中所意指的与它们在散文中所意指的完全不同。一种意义的光环萦绕在它们周围,这时它们由于响亮的声音形式再现而互相被迷住。

从形式上溯到意义,现在让我们来细看一下隐喻的一般语义功能。人们曾经说,每个隐喻都是一首小型的诗,而一首诗则是一个巨大的、连续的、持久的隐喻。隐喻的提出,至少必须有一种能使两个词互相对立起来的言论的要素。如果我跟一个诗人说"时间是个乞丐",隐喻并不存在于单独的一个词里。把隐喻当成一种对称的比喻是一个极大的错误。毋宁说隐喻是一种属性的形式。要谈论的不是隐喻词,而是隐喻陈述。或者如果你愿意的话,也可以说,正是在论断性的使用中,词自身转变成了隐喻。因此,人们必须努力理解意义背离的原因,这种意义背离在一个词与另一个词的相互作用中影响该词,这是一个言论的事实。

在上面的例子中,"时间"和"乞丐"这些词都经历了由把它们结合在一起的论断性操作所产生的意义交错。在这一串诗歌词语中,"时间"不只是意指两个时刻间的间隔的度量,而"乞丐"也不只是意指一个纠缠不休的流浪者。在这种诗歌的上下文中,每个词都发现了一种附加的含义,这使得词能与它的对方一道构成意义。在这点上,隐喻可以比作一个谜。从字面上来说,也就是说根据它们被编纂在词典中的值,这些词是不相容的。在散文中,语义上的冲突就会导致逻辑上的荒谬,因此,意义就会被不相容性所抵消。诗歌文体的目的在于把摧毁自身的荒谬转化成超意指的荒谬。在这层意义上,正是读者,从可能的行列中,选择那些保证这一系列词作为一个意义统一体的字面含义,并由此形成隐喻。这些含义只是组合的存在,词典的含义与此不同,它是由语言(la langue)整理而成的。

词典中没有隐喻。只有在诗歌的系列词语中,由于其响亮的声音的再现而使人陶醉的词语才获得一种只存在于此时此地的新的语义方面。这种纯构造性的存在形成了活隐喻与死隐喻之间的差异。死隐喻(例如,"椅子腿""山隘口")从前是语义的创新、突现的含义。在那时,像这样的隐喻也不存在于词典之中,但它为语言共同体所接受和采用,这就使之能结合进词典之中。但是,成了词典一部分的隐喻就不再是隐喻了。从今以后,它就属于语言的一词多义了。它已经成为一个语言的事实,而不再是一个言论的事实。而活的隐喻情况并非如此,它是一种瞬间的言论创造物,一种完全非公众的,前所未闻的表达。通过活隐喻,我们知道了什么是活生生的言语。正是由于活生生的言语,语言才进入它自己的境界,因而揭示其创造能力,这与我们上面所见的雅各布逊当成自然语言的根本特征的能力是相同的。

因而诗是这样一种语言策略,其目的在于保护我们的语词的一词多义,而不在于筛去或消除它,在于保留歧义,而不在于排斥或禁止它。语言就不再是通过它们的相互作用,构建单独一种意义系统,而是同时构建好几种意义系统。从这里就导出同一首诗的几种释读的可能性。人们可以把意义的这一结果与立体的视觉相比较:在本文的多样性中,可以看到并区分几个叠加的平面。我已经把隐喻当成了指南,但如刚才所说,隐喻仍是短命的意义或暂时的意义的结果。隐喻只是在出现语义冲突时才存在,通过以一种使诗歌语词系列富有意义的方式来释读,就可以使隐喻消除。但诗歌还有更多的功能。它不只是创造隐喻,而且通过把它们联结在一个隐喻的网络中保持它们。这种隐喻的网络不是飞逝的,而是经久的,它使诗歌成为一个连续、持久的隐喻。我把这种隐喻网络的一致原则叫作**诗的象征**。

从纯语义学的观点来看,象征的定义与隐喻的定义没有什么不同。象征是具有双重意义的表达式,因此,由于含义的相近,由于类似,字面的意义立刻给出不会在其他任何地方,也不以其他任何方式给出的第二种意义。象征也像隐喻一样,是不可替代的。它不是修辞,不是可以用详尽的释义来替代的另一种说话方式。但是,如果从语义学的观点来看,象征与隐喻有着相同的定义,它就引进了一个我们必须到别的地方而不是言论的结构中去寻找的永久原则。与罕见的、不平常的、奇异的隐喻不同,构成稳定、持久的象征之力量的,是这些象征将其双重意义的共同结构再次与一种文化,一个共同体,有时是人类整体相结合。在这种情况下,象征可以被称为(不是没有某些危险的)原型(archétypes)——用这词来指称那些名副其实的象征,它们似乎对于广阔的文化整体来说都是共同的,或者是通过影响或借鉴,或者因为最根本的、最共同的人类经验,保证了它们的稳定性。看来,人与那些十足的自然因素——火、气、水、风——之间的经常联系就是如此;人所处的恰当位置也是如此,他赋予高和低以不对称的含义和价值;在空间里借助于行动来确定方向也是如此,这赋予向前和向后的方向以不可替代的含义……当然,我们不可只从纯自然的意义上来认识象征手法,因为并不存在其特征只有自然性的象征手法。在隐喻和象征之间总是需要有某种文化中介、神话中介。通过作为言论能力的象征、隐喻,开始在语言中构造人类深刻而广阔的存在。但反过来说,也总是要借助于以隐喻为显著过程的语言策略,人类的神话——诗歌的深涵才能被唤起。

前面这段评论把我们引到了所有问题中最棘手的问题的极端。为什么要有这种歧义的策略?通过诗歌言论我们要追求什么?借助于诗歌我们力图说出什么?我将抛弃两种虽然并无错误,但不够充分的回答。首先要肯定,诗歌没有说出任何东西。它取消世界。我们的分析不是指向这一方向吗?如果一首诗像一座雕塑一样,是一个包围着自身的坚固对象,那么诗歌的这种功能最终不就是我们从声音和意义之间的含糊不清的作用中获得的乐趣吗?进而言之,如果人们通过意义了解了某种信息,某种描述,就肯定不能说诗歌没有意义吗?

我同意这些阐述,但只是到某一点为止,而在此之外才是最为重要的。我完全同意说诗歌将信息的言论悬搁起来。诗歌并不教给人们任何关于现实的东西。只有科学的陈述才有经验上可证实的意义。而诗歌是不可证实的。至少在这个意义上不可证实。也许在某种别的意义上可以证实?在此我要说,每一首诗、每一件文字作品,都有一个"世界",都展示了一个"世界":作品的世界。我以此来意指一个我们能居住于其中的可能的世界。为了理解"世界"一词的这种不平常的意义,我们必须恢复想象力的功能,这不是作为感觉之残余的那种印象的产生,而是地平线生动地表现出来,这将能够改变我们自己存在的地平线。每一首诗、每一件文学作品都展开了一个世界之假设,提出了一个世界。诗歌没有说出任何东西这一论题的正确仍然在于:语言由中介转化成原材料引起了信息功能的取消,这是另一本体论(非描述的,但却正是创造的)功能得以发挥的条件。

在此,还提出另一种有启发但同样不充分的回答。有人会认为,这另一世界只是一个情感的世界。事实上,人们可以说,通过语言,诗歌与音乐一样表达了感情、情绪和情感方面细致差别。应该再加一句,感情是在诗中,而不是在诗外。一首奏鸣曲表达了一种它所特有的感情方面的细致差别,它既没有名称,也无实在,完全外在于这一奏鸣曲。没有任何释义知道怎样说明它。感情引起言语,但无目的。诗也是一样。感情就是一首诗所表达的。

我完全同意说感情就是诗歌言论所表达的东西。但感情是什么呢?感情不只是情绪,我用情绪一词来表示心灵的骚动。感情是一个确立自己在世界中的位置的问题。如果感情在诗中,它就不在灵魂里。每一种感情都描述一种确定自己在世界中的位置和方向的方式。(我在我们所说的:"你今天觉得怎么样?"①这种意义上使用表达式"觉得")因而,说一首诗创造或引起一种感情,是说它创造或引起了一种发现和感受到自己生活在世界中的一种新方式。因此,这也就是所谓的一首诗更新了我们的地平线,即从它的方位中心——我们在这个世界的存在——把它生动地表现出来。

没有什么比感情更具有本体论性质。正是凭借着感情,我们才居住在这世界上。每首诗都突出一种新的生活态度,它提出了这些态度。在这样做时,诗就说出某些有关实在的东西,但它不是以信息和描述或陈述事实的形式说出的。诗歌把世界当成我们生活于其中的世界来谈论;它以不同方式构造出我们的生活态度。正是在这个意义上,诗歌谈论真理。但真理在此不再意味着可证实。诗歌并不提出什么理解与事物之间的等价。在诗歌中,真理意味着表明存在的东西,而被表明的东西就是我们在存在中存在的态度。

现在,我们就理解为什么我们需要两种语言了。我们需要一种用尺寸和数目来说话的语言,一种精确的、一致的和可证实的语言。这就是科学语言。用这种语言,我们形成一种关于实在的模式,这种实在易于为我们的逻辑所表明,它与我们的理性是相似的,因此,也可以说与我们自己是相似的。但这种语言并没有受到诗歌语言的限制或被诗歌语言抵销,它把我们引向一种与物的单纯联

---

① 法文"Comment vous trouvez-vous aujourd'hui?"通常译成"你今天怎样?"("How are you today?")或者"你今天觉得怎么样?"("How do you feel today?")。

系——人对物，以及人对人的统治、探索、控制的联系。

从这种意义来说，诗歌通过阻碍产生这种对可控制东西的盲信，维护了科学。就科学自身而言，诗歌维护了一种真理的理想，根据这种理想，所表明的不是由我们支配的，也不是要控制的，而仍然是令人惊异的事物，仍然是天赋的东西。那么，语言可能是赞美和歌唱的仪式。然而，在这一点上，诗人必然会代替我去充满激情地谈论诗歌。正如我已说过的，哲学家并不去冒充诗人。他分析和创造理解，在这段文字里，创造理解就是引向诗歌的门槛。一旦到达了这一门槛，哲学家向欢迎他的诗人表示致意——然后就不再说什么了。

罗兰·巴尔特

◎文论作品

叙事作品结构分析导论

　　世界上叙事作品之多,不可胜数。种类繁多,题材各异。对人来说,似乎什么手段都可以用来进行叙事:叙事可以用口头或书面的有声语言,用固定的或活动的画面,用手势,以及有条不紊地交替使用所有这些手段。叙事存在于神话里、传说里、寓言里、童话里、小说里、史诗里、历史里、悲剧里、正剧里、喜剧里、哑剧里、绘画里(请想一想卡帕齐奥的《圣于絮尔》那幅画)、彩绘玻璃窗上、电影里、连环画里、社会新闻里、会话里。而且,以这些几乎无穷无尽的形式出现的叙事,存在于一切时代,一切地方,一切社会。有了人类历史本身,就有了叙事。任何地方都不存在没有叙事的民族,从来不曾存在过。一切阶级、一切人类集团,皆有自己的叙事作品,而且这些叙事作品常常为具有不同的,以至对立的文化教养的人共同欣赏。所以,叙事作品不管是质量好的或不好的文学,总是超越国家、历史、文化存在着,如同生活一样。

　　叙事作品具有这样的普遍性,难道我们就该断言它没有意义吗?难道叙事作品已经普遍到我们除了像文学史有时所做的那样,满足于描述叙事作品的几个十分个别的种类之外,就没有什么事可做了吗?可是,即使这些种类,我们该如何驾驭它们,如何建立我们区分它们、辨别它们的法则呢?不依据一个共同的模式,怎么对比长篇和短篇、童话和神话、正剧和悲剧(人们曾经做过千百次)呢?这个共同的模式存在于一切言语的最具体、最历史的叙述形式里。所以,(从亚里士多德起)每隔一定的时期,人们就要关心叙述的形式,而不是借口叙事作品是普遍现象,放弃谈论它的任何雄心壮志,这是合乎情理的。叙述的形式,新生的结构主义将其作为首要问题来研究,也是正常的。结构主义不正是通过成功地描述"语言"(言语来自语言,我们又能从语言产生言语)来驾驭无穷无尽的言语的吗?面临无穷无尽的叙事作品以及人们谈论叙事作品的各种各样的观点

（历史的、心理的、社会学的、人种学的、美学的等等），分析家的处境同面临种类纷繁的语言和试图从表面看来杂乱无章的信息中找到一条分类原则和一个描述中心的索绪尔，几乎是一样的，就目前的研究阶段来说，俄国的形式主义学派，普罗普、列维·施特劳斯教我们掌握了以下的二难推理：要么，叙事作品仅仅是一堆事件的唠叨。在这种情况下，我们谈论叙事作品就只能依赖叙述人（作者）的技巧、才能或天才（一切偶然的神话的形式）。要么，该叙事作品与其他叙事作品共同具有一个可资分析的结构，不管陈述这种结构需要多大的耐心。因为最复杂的胡乱堆砌和最简单的组合是不可同日而语的。如果不依据一整套潜在的单位和规则，谁也不能组织成（生产出）一部叙事作品。

那么，到哪里去寻找叙事作品的结构呢？无疑是在叙事作品里。在所有叙事作品里吗？许多接受叙述结构这一概念的评论家却不同意使文学分析摆脱实验科学的模式，他们坚持要人人把纯归纳的方法用于叙述，要人们先从一个体裁、一个时代、一个社会的所有叙事作品研究起，然后再逐步拟订一个总的模式。这种好心的看法是不切实际的。语言学本身只有三千种左右的语言要研究，也做不到这一点。语言学明智地采用了演绎的方法，而且从这一天起，语言学才真正成其为不应该学，并以巨人的步伐向前迈进，甚至预见到了以往未曾发现过的现象。叙述的分析面临着数百万计的叙事作品，那又该怎么说呢？叙述的分析迫不得已要采用演绎的方法，叙述的分析不得不首先假设一个描述的模式（美国语言学家们称之为"理论"），然后从这个模式出发逐步深入诸种类，诸种类既是模式的一部分又与模式有差别。只有从既一致又有差别这个角度，拥有了统一的描述方法的叙述的分析，才会发现多种多样的叙事作品及其历史、地理、文化上的不同。

为了把无穷无尽的叙事作品加以描述和分类，那就要有一个"理论"（就我们刚才讲的实用意义来说），就要首先努力去寻找，去创建。如果我们从一开始就接受一个提供初步术语和初步原则的模式，这一理论的创建工作就会大为方便。在目前的研究阶段，把语言学本身作为叙事作品结构分析模式的基础，看来是合乎情理的。

一、叙事作品的语言

1. 句子以外

大家知道，语言学研究到句子为止。语言学认为这是它有权过问的最大单位。确实，句子是一个序次而非序列，所以不可能只是组成句子的词的总和，并由此而构成一个独特的单位，反之，一段陈述则不是什么其他东西，仅仅是构成陈述的一系列的句子。所以，从语言学的观点来说，话语中有的，句子里都有。

马丁内说:"句子是能够全面而完整地反映话语的最小切分成分。"语言学的研究对象因此不可能超过句子,因为句子以外,不过是另外一些句子而已。植物学家描述了花朵之后是不会想着去描述花束的。

但,很显然,话语本身(作为许多句子的总体)是经过组织的,而且由于经过组织,看上去才像是高于语言学家的语言的另一种语言的信息。话语有自己的单位、规则、"语法"。话语由于超出了句子的范围,虽然仅仅由句子组成,自然应是第二种语言学的研究对象。这种研究话语的语言学,在很长时间里曾经有个光荣的名称:修辞学。但由于历史的演变,修辞学变成了美文学,美文学又与语言研究分了家,所以近来又不得不重新提出这个问题。研究话语的新语言学还不发达,但毕竟是语言学家们自己提出来的。这一事实并非微不足道。话语虽然是独立的研究客体,但要从语言学出发加以研究。如果说,必须先给任务庞大、材料无计其数的分析制订一个工作的前提,那么,最理智的办法是假设在句子与话语之间有同源关系,只要同一个形式结构似乎支配了所有的符号学体系,不论其内容如何之多、规模如何之大。话语可能是个大的"句子"(其组成单位不一定非是句子不可),如同句子就某些特征来说是个小的"话语"一样。这一假设同目前人类学的某些主张是完全一致的。雅各布逊和列维·施特劳斯曾经指出,人类的特征可以用其创造第二体系,即"微调"体系(用于制造其他工具的工具,语言的双层分节,导致家族分居的乱伦禁忌)的能力来说明。苏联语言学家伊凡诺夫认为,有了自然语言之后才可能有人工语言。对人类来说,重要的是能够使用多种意义体系,所以自然语言有助于制造人工语言。因此,假设在句子与话语之间存在一种"第二"关系(为了尊重纯粹形式上的一致性,我们将称之为同源关系),是合乎情理的。

叙事作品的一般语言显然只是话语语言学研究的特殊语言之一,因而符合同源的假设。从结构的角度来看,叙事作品具有句子的性质,但决不可能只是句子的总和。叙事作品是一个大句子。如同凡是陈述句在某种程度上都是小叙事作品的开始一样。虽然句子有独特的(常常是十分复杂的)能指,我们在叙事作品里仍可找到动词的经过放大和做了相应改造的主要范畴:时,体,式,人称。而且与动词谓语相对的"主语"也仍然符合句子的模式。格雷马斯提出的行动者的类型,在叙事作品的众多人物里可以找到语法分析的基本功能。我们在这里建议的同源性,不仅具有启发意义,而且也意味着语言和文学之间的一致性(因为同源性是叙事作品的一种特有的传递工具)。一旦文学把语言用作表达思想、感情或美的工具,就不大有可能再把文学看作同语言没有任何关系的艺术了,因为语言始终伴随着话语,同时用自己结构的镜子照着话语。特别是在今天,文学不是成了语言状况本身的一种语言了吗?

2. 意义层

语言学从一开始就给叙事作品的结构分析提供了一个关键的概念,因为这个概念在即将交待整个意义体系即叙事作品结构的关键是什么的时候,既能说明为什么一部叙事作品不是单句的简单的总和,又有将大量的构成叙事作品的成分加以分类。这个概念,即描述层。

大家知道,在语言学上,一个句子可以进行多层次的(语音的,音位学的,语法的,上下文的)描述。这些层次处于一种等级关系之中,因为,虽说每个层次有自己的单位和相关单位,迫使我们分别单独对其进行描述,但每个层次独自产生不了意义。某层次的任何单位只有结合到高一级层次里去才具有意义。一个音素,尽管可以描述得十分周详,自身是没有任何意义的,音素只有结合到词里去才承担一部分意义。而词也要结合到句子中去。层次的理论(如同本维尼斯特所阐述的那样)提供了两种类型的关系:(1)分布关系(如果关系处在同一层次上);(2)结合关系(如果关系是跨层次的)。结果是,分布关系不足以说明意义。那么,要进行结构分析,就必须首先区别多种描述层次并从等级的(结合的)观点去观察这些层次。

层次即程序。因此语言学在发展的同时逐渐使层次多起来是正常的。有关话语分析目前只能研究一些基本的层次。修辞学曾经以自己的方式给话语至少规定过两方面的描述:la dispositio et l'elocutio(遣词和造句)。今天列维·施特劳斯在分析神话的结构时已经明确指出,神话话语的构成单位(神话素)只有集成块块,块块之间又进行组合,才能获得意义。托多罗夫采用俄国形式主义者的区分办法,建议就两个可以细分的大层次进行研究:(1)故事(内容),包括行动的逻辑和人物的"句法";(2)话语,包括叙事作品的时、体、式。不论人们提出多少层次,也不论人们给层次下什么样的定义,都不能不相信叙事作品是一个多层次的等级体系。理解一部叙事作品,不仅仅是弄懂故事的展开,也是辨别故事的"层次",把叙述"线索"的横向连接投射到一根垂直的暗轴上。读(听)一部叙事作品,不仅仅是一个词一个词地读(听)下去,也是一个层次一个层次地读(听)下去。请允许我在这里用个例子来说明。在《失窃的信件》里,爱伦·坡对没有本事找回信件的警察局长的失败做了入木三分的分析。爱伦·坡说,警察局长"在他专案范围内"做了周密的调查研究,没有漏过任何地方,使"搜查"这一层完全"饱和"了;但是,为了找到显然被人藏匿起来的信件,就必须进入另一个层次,用适当的窝藏者代替适当的警察。对整个横向叙述关系所进行的"搜查"尽管是彻底的,为了取得成效,也应当以同样方式"垂直地"进行"搜查",因为意义不是在叙事作品的"尽头",而是贯穿其中;意义同失窃的信件一样会逃脱任何单方面的搜索,这也是很显然的。

在弄清叙事作品的层次之前,还需做许多摸索。我们在这里提出的层次是个暂时的轮廓,其长处还几乎只表现在说理的方法上。提出这些层次,我们就可以把问题确定下来,集中归类,而且不要同已经做过的某些分析发生矛盾(但愿如此)。我们建议把叙事作品分为三个描述层:(1)"功能"层(功能一词用普罗普和布雷蒙著作中所指的含义);(2)"行动"层(行动一词用格雷马斯把人物作为行动者来论述时所指的含义);(3)"叙述"层(大体相当于托多罗夫所说的"话语层")。我们一定要记住,这三层是按逐步结合的方式互相连接起来的:一种功能只有当它在一个行动者的全部行动中占有地位才具有意义,行动者的全部行动也由于被叙述并成为话语的一部分才获得最后的意义,而话语则有自己的代码。

二、功　能

1. 单位的确定

一切体系都是已知其类别的单位的组合,所以首先要把叙事作品切割开来,确定可以归入为数不多的类别里去的叙述话语的切分成分,一句话,要确定最小的叙述单位。根据这里已经说明的结合的观点,分析不能满足于单纯从分布的角度来确定单位。必须从一开始就把意义作为衡量单位的标准,故事的某些切分成分之所以成为单位,是因为它们具有功能特征。"功能"这个名称就是由此而来的,我们立即就用它称呼第一批单位了。自从俄国形式主义者以来,人们把故事中凡是以相关项的面貌出现的切分成分都作为单位。一切功能的灵魂,如果可以这么说的话,是其胚芽,是可以在叙事作品中播下一个成分,以后在同一层次或在别的地方,在另一层次上成熟的东西。在《一颗纯朴的心》里,福楼拜之所以在某个时候似乎顺便告诉我们崩—莱维克副省长家的女儿们有一只鹦鹉,那是因为这只鹦鹉后来在菲丽西黛的生活中具有重大意义。这一细节的交待(不管语言形式如何)便构成一种功能,或者叙述单位。

在一部叙事作品里,一切都具有功能吗?连最小的细节都具有意义吗?叙事作品可以全部被切割成功能单位吗?无疑,功能有好多种,这我们马上就可以看到,因为相关关系有好多种。但不论怎样,一部叙事作品总是由种种功能构成的,其中的一切都具有程度不等的意义。这不是(叙述者的)技巧问题,而是结构问题。因为在话语的范畴里,凡是记录下来的,从定义来说,都是重要的。即使一个细节看来确实没有意义,不具有任何功能,但仍然可以说明荒谬或无用的意义本身。所以说,一切都具有意义,或者没有什么不具有意义。我们也许可以换个方式说,技巧没有声音(就这个词的信息意义来说)。因为这是个纯体系,不论把单位同故事的层次连接起来的线索多么长,多么松,多么细,没有,永远也不会有无用的单位。

从语言学的观点来看,功能显然是一个内容单位,因为某陈述之所以成为一个功能单位,是这一陈述"要表达的意思",而不是意思的表达方式。这个所指成分可能具有种种不同的、常常是很复杂的能指。如果有人对我说(在《金手指》里),"詹姆斯·庞德看见一位五十岁左右的男子"等等,这信息同时包含两个压力不相等的功能:一方面,人物的年龄成了某个肖像的一部分(其"用途"对故事的其余部分并非没有,而是不清楚,以后才会知道);另一方面,陈述的直接所指是庞德不认识他未来的谈话对手。因此这个单位包含一个十分紧密的相关关系(威胁露了端倪与弄清对方身份的必要)。为了确定第一批叙述单位,那就需要牢牢盯住我们所研究的切分成分的功能性质,也需要事先承认,这些切分成分不一定非要同我们习惯上所承认的叙述话语不同部分(情节、场景、段落、对话、内心独白等等)的形式相吻合,更不必同"心理上"的分类(人物的行为、情绪、意图、动机、设想)相吻合。

既然叙事作品的"语言"不是有声语言的语言(尽管常常由这种语言担任),叙述单位同样地在本质上与语言单位互不相关。诚然,它们可能会吻合,但,那是偶然的,非一贯的。功能有时由大于句子的单位(长短不一的句组,以至整个作品)来体现,有时由小于句子的单位(句子的组合段,单词,甚至只是单词中的某些文学成分)来体现。当作者告诉我们,庞德在情报处的办公室里值班,电话铃响了,"他拿起四只听筒中的一只","四"这个符素单独构成一个功能单位,因为该符素使人想到整个故事所不可缺少的一个概念(先进的官僚技术的概念)。事实上,叙述单位在这里不是语言单位(这个词),而仅仅是语言单位内涵的意义(从语言上看,四这个词从来不是指"四"的意思)。这说明某些功能单位可以小于句子,但仍属于话语。那么,它们超出的不是句子,因为它们实际上小于句子,而是所指层——所指层像句子一样是语言学本身的问题。

2. 单位的类别

必须把这些功能单位归入为数不多的形式类别里去。如果我们想不借助内容实质(如心理实质)确定这些类别,就必须重新仔细研究意义的不同层次。有些单位的相关单位处在同一层次上,相反,为了充实其他单位的意义,就必须过渡到另一个层次上去。由此一开始就产生两大功能类别:一部分属分布类,另一部分属结合类。第一类相当于普罗普所说的功能。重新谈到这些功能的主要是布雷蒙,但我们在这里所做的研究要比他们详细得多。"功能"这个名称我们只用于这一类(虽然其他单位也具有功能性质)。自从托马契夫斯基做了分析以来,这一类的典型已成范例:买手枪的相关单位是以后用手枪的时刻(如果不用,记下买枪一事就反过来成了意志薄弱的表示,等等);摘下电话听筒的相关单位是以后重新挂上听筒的时刻;鹦鹉闯进菲丽西黛家的相关单位是喜爱鹦鹉、把鹦鸬制成标本等插曲。结合性质的第二大类单位包括所有的"标志"（就这个词十分通常的意义而言），那么这类单位使人想到的不是一个补充的和一贯的行为，而是一个多少有些模糊的，但又是故事的意义所需要的概念。如有关人物性格的标志，有关他们身份的情况，"气氛"的标记，等等。于是单位及其相关单位之间的关系不再是分布式的（常常几个标志使人想到同一个所指，它们在话语中出现的顺序也不一定是恰当的），而是结合式的。要懂得记下的标志"有什么用"，必须跨到高一级的层次上去（人物的行动或叙述），因为在那里标志的含义才会释然。用电话的数量所标志的庞德背后的行政力量，对庞德在接电话时所参与的一系列行动没有任何影响。行动力量只在行动者的总的类型（庞德站在现存秩序一边）上才具有意义。标志之间关系的性质可以说是垂直的，所以是真正的语义单位。因为，与严格意义上的"功能"相反，标志使人想到一个所指，而不是想到一个"动作"。标志的断定在"上面"，有时甚至是潜在的，在明显的组合段以外（人物的"性格"可以从不明说，但不断有所标志），这是一种纵向聚合的断定。相反，功能的断定只是在"后面"，这是一种横向组合的断定。因此，功能与标志掩盖着另一种传统的差别：功能包含换喻关系，标志包含隐喻关系；前者与行为的功能性相符，后者与存在的功能性相符。

有了功能和标志这两大类单位，我们已经可以将叙事作品进行某种分类。有些叙事作品功能性强（如民间故事），相反，有些叙事作品标志性强（如"心理"小说）。在这两极之间，有一系列从属于历史、社会体裁的中间形式。但，还不止于此。在这两大类里面，立即可以分别确定两小类叙述单位。就功能这大类来说，不是所有单位都具有同样的"重要性"。有些单位是叙事作品（或叙事作品的片断）的真正的铰链，另一些单位只是"填补"把功能—铰链隔开的叙述空间。我们称前一种单位为基本功能（或核心），鉴于后一种单位的补充性质，我们称其为催化。只要功能依据的行动为以后的故事开始（或维持，或终止）一种重大的抉择，简言之，只要这行动开始或结束一种犹豫状态，功能就是基本的。如果在片断叙事作品里，"电话铃响了"，有可能接电话，也有可能不接电话，这一定会把故事引向两个不同的发展方向。相反，在两个基本功能之间，总可以围绕这个或那个核心安排一些次要的标记而不改变核心的选择性。"电话铃响了"和"庞德听电话"之间可以用许多细小的枝节或细微的描写来充实。譬如，"庞德走向办公桌，拿起听筒，放下香烟"等等。这些催化只要与一个核心有关系，仍然是功能性质的。不过，它们的功能性减弱了，是单方面的，寄生的，因为这里是纯时序的功能性（描写故事的两个时刻之间的事情），至于在连接两个基本功能的关系里，被赋予是一种双重的功能性，既是时序的，又是逻辑的。催化只是连续单位，基本功能既是连续单位，又是后果单位。事实上，一切都使人认为叙述活动的动力正是连续和后果的混淆不清本身,因为叙事作品中后面发生的总是被读者视为由……引起的。在这种情况下,叙事作品可能系统地使用逻辑上的错误,经院派曾用 post, hoc, ergo propter hoc(此后即由此)这句话来指责这种逻辑上的错误。这句话可以作为命运之神的格言,叙事作品反正只是命运之神的"语言"。而把逻辑性和时间性"混同一体"的,是基本功能的结构。这些基本功能初看上去可能丝毫没有意义。构成基本功能的东西不是壮观的场面(所陈述的行动的重要性、规模、罕见性或力量),而是所冒的风险,如果可以这么说的话。基本功能是叙事作品中冒风险的时刻。在那些抉择点之中,在那些"dispatchers"(分布点)之间,催化支配着一些安全地带、停顿、细枝末节。这些"细枝末节"并非无用。从故事的角度来看,再说一遍,催化具有的功能性可能很弱,但绝非没有。哪怕(对其核心来说)是纯粹多余的,也仍然是信息经济的一部分。但情况不是这样:一个标记,虽然表面是多余的,但总具有推论的作用。它可以使话语加快,减慢,重新开始,它可以概述,预示,有时甚至使读者感到迷惘。标记的事物看来总有一定的重要性,所以催化不停地使话语的语义处于紧张状态,不停地表示:曾经具有或将要具有意义。因此,不论怎样,催化的恒定不变的功能是(用雅各布逊的话来说)交际性功能:维持叙述者与接受叙述者之间的接触。说实在的,取消一个核心而不使故事发生变化是不可能,但取消一个催化而不使话语发生变化也是不可能的。

至于叙述单位的第二大类(**标志**),结合类,其单位的共同点是,只有在人物层或叙述层才能被充实(补足),所以这一类的单位属参数关系。参数关系的第二项是含蓄的,是随着插曲、人物或整个作品而延续和扩展的。但,我们从中能辨别出反映性格、情感、气氛(如猜疑气氛)、哲理等严格意义上的标志,也能辨别出用以说明身份和确定时间和空间的信息。说庞德在办公室里值班,从办公室打开的窗户可以看到滚滚乌云的空隙间的月亮,这是标志一个雷雨将临的夏夜,并且这一推理本身也形成一个气氛的标志,预示一个人们还不晓得的行动的令人压抑不安的气氛。因此,标志总有一些含蓄的所指。相反,信息成分却没有,至少在故事层没有,因为这是些直接有所指的纯资料。标志意味着辨认活动:读者要学会认识性格、气氛。信息成分提供的是现成的知识,其功能性同催化的功能性一样是很微弱的,但也并非没有。信息成分不论对故事的其余部分来说反响如何"微小",仍可用来证实所指的真实性,使虚构扎根在真实之中,因此这是个实在的起作用的成分,并凭此而具有不可否认的功能性,当然,不是在故事层,而是在话语层。

核心和催化,标志和信息成分(再说一遍,名称并不重要),看来,这些就是功能层上的单位可以初步分成的类别。关于这种分类,还要补充两点说明。首先,一个单位可以同时属于两个不同的类别。（在候机室里）喝一杯威士忌酒可以作为（基本上）表示等待的催化，也同时是某种气氛（现代化、轻松、回忆等）的标志。换句话说，有些单位可以是混合单位。这样，在叙事作品的经济学里可以有一整套的变化。在小说《金手指》中，即将搜查对手房间的庞德，从他的支持者那里拿到一把万能钥匙。这个标记是一个不折不扣的（基本的）功能。在电影里，这一细节改成了庞德以开玩笑的方式从打扫房间的女佣手里抢去一串钥匙，女佣并未抗议。这一标记不再仅仅是功能性的，而且也是标志性的，它反映了庞德的性格（他随随便便并讨女人喜欢）。其次，应该指出（这在后面还要谈到），我们上面提到的其他类别可以采取另外的分法，而且更符合语言学的模式。实际上，催化、标志和信息成分有个共同的特征：都是核心的扩展。核心（我下面即可看到）形成一个个项数不多的有限的集，受逻辑的支配，既是必需的，又是足够的。有了这个固定的骨架，其他单位便按照原则上可以无限增生的方式来加以充实。大家知道，句子的情况就是这样：句子由简单的分句组成，而分句由于重复、填补、修饰等等而变得复杂无比。叙事作品如同句子一样，可加以无穷无尽的催化。马拉美对这种结构极其重视，以至用这种结构写了他那首诗：《掷骰子永远取消不了偶然》。我们可以把这首诗及其"波节"和"波腹"，"波节词"和"波腹词"一起看作一切叙事作品（一切言语行为）的纹章。

3. 功能的句法

这些不同的单位是如何，是根据什么"语法"，沿着叙述的组合段彼此连接起来的呢？功能组合的规则是什么？信息成分和标志可以自由地互相结合。譬如肖像就是这样：肖像把说明人物身份的材料和人物个性的特征无拘无束地并列在一起。一种简单的蕴涵关系把催化和核心结合在一起。催化必须包含有借以依附而不是互相依附的基本功能。至于基本功能，将其结合在一起的是一种互相支持的关系。一个这一类的功能有义务支持另一个同类的功能，反之亦然。关于这后一种关系，我们要多说几句。首先，因为这种关系确定叙事作品的骨架本身（扩展可以删掉，核心则不能）；其次，因为试图使叙事作品具有一定结构的人关心的主要是这种关系。

我们已经指出，叙事作品结构本身造成连续和后果、时间和逻辑的混淆。叙述句法的中心课题即是研究这种混淆不清的状态。叙事作品的时间背后存在无时间性的逻辑吗？学者们对这问题的看法至今还未取得一致。大家知道，普罗普的分析为目前的研究开辟了道路，他极其重视时序的不可改变性。在他看来，时间是实在的事物，所以他认为必须将民间故事扎根在时间里。然而，亚里士多德本人在比较悲剧（用情节一致来说明其特征）和史诗（用情节多和时间一致说明其特征）的时候，已经使逻辑优于时序。目前的所有学者（列维·施特劳斯、格雷马斯、布雷蒙、托多罗夫)都是这么做的,他们大概都会同意列维·施特劳斯的以下建议(尽管在其他问题上意见分歧):"时间连续的顺序消融在不表示时间的母结构里。"目前的分析趋势事实上是使叙述内容"非时序化"和"重新逻辑化",使之服从马拉美在论及法国语言时所谓的"逻辑的严格要求"。或者说得更确切些(至少我们的愿望是如此),任务是能够为时序的假象做出结构上的描述,要叙述逻辑阐明叙述时间。我们也许可以换个方式说,时间性只是叙事作品(话语)的一个结构类别,完全同语言里一样,时态只以体系的形式存在。从叙事作品的角度来看,我们所谓的时间是不存在的,或者至多只作为符号体系的成分在功能上存在。时间不属于严格意义上的话语,而属于所指对象。叙事作品和语言只有一个符号学的时间。"真正的"时间是所指事物的、"现实主义的"(如同普罗普的评论所指出的那样)假象。正因为如此,结构描述要探讨这个问题。

那么,约束叙事作品主要功能的逻辑究竟是什么逻辑呢?这正是我们积极努力解决和迄今争论得最多的问题。我们请读者参阅格雷马斯、布雷蒙、托多罗夫在《交际》杂志 1966 年第 8 期上发表的论述功能逻辑的文章。托多罗夫在文章中陈述了目前研究中的三种主要办法。第一种是比较正规的逻辑方法(布雷蒙),旨在重建叙事作品运用人类行为的句法,描述在故事的每个点上某个人物必然要遵循的"选择"路线,以此来阐明也许可以称之为有效逻辑的东西,既然这种逻辑在人物决定行动的时刻抓住人物。第二种是语言学的方法(列维·施特劳斯、格雷马斯)。这种研究方法主要想在功能中找到纵向聚合的对立,这些对立符合雅各布逊的《诗学》原则,沿着叙事作品的纬线"展开"(但大家将看到格雷马斯为纠正或补充功能纵向聚合说所做的新的发挥)。第三种是托多罗夫提出的方法,稍稍有些不同,因为这种方法把分析放在"行动"(即人物)层上,试图拟定叙事作品赖以将一定数量的基本谓语加以组合、变化和转换的规则。

在这些不同的假设之间不存在做出选择的问题,这些假设目前正处在草创阶段,它们之间并不敌对,而是互相竞争。我们在这里不揣冒昧就分析的规模仅做一点补充。在一部叙事作品里(主要指小说而不再是民间故事),即使不谈标志、信息成分和催化,还有一批数量很大的基本单位。上述几种分析方法迄今只研究叙事作品大的分节,许多基本单位掌握不了。然而,必须设想一种足够详尽的描述方法,以便说明叙事作品的所有单位及其最小的切分成分。我们再说一遍,基本单位不能以其"长短"来确定,只能以它们之间关系的(双重蕴涵的)性质来确定。"打电话",不论看上去如何无关紧要,本身一方面包含了几个基本功能(铃响,摘下听筒,讲话,挂上听筒),另一方面,从整体来说应当能够,哪怕是逐步地将其与小故事的大的分节连接起来。叙事作品的功能覆盖层要求有一个中继组织,其基本单位只能是一小群功能,我们在这里将(步布雷蒙的后尘)称之为一个序列。

一个序列是一连串合乎逻辑的、由连带关系结合起来的核心。序列始于一个与前面没有连带关系的项,终于另一个没有后果的项。我们故意用一个无关紧要的例子来说明:叫一杯饮料,收到饮料,喝掉饮料,付饮料钱,这些不同的功能构成一个显然是封闭的序列,因为不可能在要饮料之前或付了钱之后再加上什么东西而不超出"饮料"这个统一的整体。事实上,序列总是可以命名的。普罗普以及布雷蒙在确定民间故事的大功能时已经起了名称(如舞弊,背叛,斗争,契约,诱惑等)。命名的做法对无关紧要的序列来说,对那些常常构成叙述织物的最细小的颗粒——也许可以称之为"微型序列"来说,也是免不了的。给序列命名仅仅是分析家的事吗?换句话说,命名是纯粹元语言的吗?无疑是的,因为命名是阐述叙事作品的代码。但可以想见,这些命名是读者(或听众)自己的元语言的一部分。读者(或听众)把一连串符合逻辑的行动理解为一个名称的整体:阅读即命名;听,不仅仅听到语言,而且也造语言。序列的名称与翻译机器中那些以可接受的方式覆盖众多不同意义和细微差别的"覆盖词"(cover-words)相当类似。我们心中的叙事作品的语言一开始就包含这些基本的项目。构成一个序列的完整的逻辑是与其名称紧密连在一起的,凡是开始一个诱惑序列的功能,从它出现开始,便在随之出现的名称里强行规定了诱惑的全过程,就像所有在我们心中形成了作品语言的叙事作品所告诉我们的那样。

序列即使由少数核心(也就是说实际上由"分布点")组成,不很重要,也仍然包含一些冒风险的时刻,这正说明要加以分析的必要。把敬烟(给烟,接烟,点火,吸烟)这一连串合乎逻辑的细小行动组成序列,也许看上去微不足道,但这样做正因为在这些细小行动的每个点上都存在两种可能性,以致意义因选择而有所不同。譬如,詹姆斯·庞德的支持者杜邦用打火机给庞德点烟,但庞德不要。这个分叉的含义是,庞德本能地担心打火机中有诈。因此,如果大家同意,序列是一个受威胁的逻辑单位。这是对序列的最低限度的解释。也可以对序列做最大限度的解释:序列由功能组成,有始有终,归在一个名称下面,本身构成一个新的单位,随时可以作为另一个较大的序列的简单的项而发挥作用。下面是一个微型序列:伸手,握手,松手。这个敬礼变成一个简单的功能,一方面起标志的作用(杜邦的无精打采和庞德的反感),另一方面整个又是一个更长的、称之为相遇的序列的项。该相遇序列的其他诸项(走近,驻足,询问,敬礼,就座)各自也可能是微型序列。就这样,从最小的母句到最大的功能,一整套取代网形成叙事作品的结构。当然,这仍然是功能层内的等级关系。只有当叙事作品逐步展开,从杜邦的香烟发展到庞德反金手指的斗争,功能分析才告终结;这时,功能的金字塔才触及下一层(行动层)。所以,既有序列内部的句法,又有序列之间的(取代的)

句法。这样《金手指》的第一个插曲便呈现为如下"世系"状态：

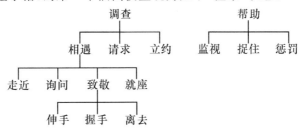

用这个图表来说明显然是为了便于分析。读者可看到一连串直线排列的项。但，值得注意的是，几个序列的项很可能彼此互相交错在一起。一个序列尚未结束，新序列的首项可能已经在前一个序列中出现了。几个序列以对位的方式同时向前移动。从功能上来说，叙事作品的结构同赋格曲一样，正因为这样，叙事作品既"连下去"又"吸进来"。确实，只有当构成序列交错的封闭块（或"世系"）差不多被上一级的**行动**（人物）层吸收了，序列交错才可能以彻底中断的现象在同一作品内部停止出现。《金手指》由三个功能上独立的插曲组成，因为这三个插曲的功能世系两次中断沟通：在游泳池插曲和诺克堡插曲之间没有任何序列关系，但还有行动者的关系，因为人物（从而人物的关系结构）还是原来的。我们在这里认出了史诗的特点（许多故事的结合）：史诗就功能层来说是不连贯的叙事作品（这一点可以从《奥德赛》或布莱希特的戏剧中得到证实）。因此，功能层（该层提供了大部分的叙述组合段）必须由上一级的层次来完成。在上一级层次里，第一层的单位逐步取得意义。这一层即行动层。

三、行　动

1. 人物结构法则

在亚里士多德的诗学里，人物概念是次要的，完全从属于行动概念。亚里士多德说，可能有无"性格"的故事，不可能有无故事的性格。这个看法曾为古典文艺理论家们（如福西乌斯）所接受。以前只是空有其名的人物——行动的主体，后来有了心理内容，变成了个体，一个"人"，总之，变成了一个有血有肉的"生命"，即使他什么事也不做。当然，人物甚至在行动之前就已不再取决于行动了，而是一上来就体现了心理本质。这些心理本质可加以清点，清点的最纯粹的形式是资产阶级戏剧的"角色"单子（风流女子、贵族父亲等等）。结构分析从诞生的那天起最讨厌把人物当作心理本质，哪怕是为了分类。如同托多罗夫指出的那样，托马契夫斯基甚至否认人物有任何叙述上的意义，后来他把这一观点说得婉转了一些。普罗普没有到拒不分析人物的地步，但仅仅根据叙事作品赋予人物的统一的行动，而不是根据心理，把人物压缩成简单的类型（授予法宝的人、助手,坏人,等等)。

自普罗普起,人物不断给叙事作品的结构分析提出同样的问题:一方面,人物(不管人们怎么称呼:剧中人也好,行动者也好)是描述的一个必要的部分,离开了这部分,作者讲的那些细枝末节的"行动"就无法理解,因此可以说,世界上没有一部叙事作品是没有"人物"的,或没有"行动主体"的。但,另一方面,这些为数众多的"行动主体"既描述不了,也不能用具体的"人"来分类。不论我们把"人"视作只限于(确实是我们最为熟悉的)某些种类的纯历史的形式,从而必须把包含行动主体而不是人的所有叙事作品(民间故事、当代作品)排除在外,还是宣称"人"仅仅是我们时代强加给纯叙述主体的一种合理化的说法。结构主义十分注意不用心理本质这样的词来说明人物的特点,迄今一直努力用各种各样的假设来说明人物的特点,将其视为"参与者"而不是"有生命的人"。布雷蒙认为,每个人物都可以成为他自己的行动序列(**欺骗,诱惑**)的主体。当同一个序列里有两个人物时(这情况是正常的),该序列就包含两种前景,或者,如果大家喜欢,就包含两个名称(对一个人来说是**欺骗**,对另一个人来说就是**上当**)。总之,每个人物,即使是次要的,也都是自己序列的主人公。托多罗夫在分析"心理"小说(《危险的关系》)时,不是从人物——人出发,而是从人物之间可能发生的、他称之为基础谓语(爱情、交际、帮助)的三种主要关系出发。分析使这些主要关系服从两种法则:当说明其他关系时,是派生法则,当描述这些主要关系在故事中的变化时,是行动法则。在《危险的关系》中有许多人物,但"人们有关人物的议论"(人物的谓语)可以任凭分类。最后,格雷马斯建议不根据人物是什么,而根据人物做什么(行动者的名称就是由此而来的)来描述和划分人物,因为人物是三大语义轴的组成部分:交际、欲望(或追求)和考验。这三大语义轴在句子中也遇得到(主语,宾语,表语,状语)。人物作为三大语义轴的组成部分是成双成对安排的,所以无穷无尽的人物世界也服从于一种投射在整个叙事作品中的纵向聚合结构(主体/客体,施惠者/受惠者,辅助/反对)。既然行动者说明一种类别,那么行动者就可以根据倍增、取代或缺失的法则调动不同的演员来担任。

这三种看法有许多共同点。主要的,我要再说一遍,是用人物参加一个行动范围来说明人物的特征。这些行动范围为数不多,有代表性,可加以分类。所以尽管第二描述层是人物层,我们在这里还是称为**行动**层。行动一词在这里不应理解为形成第一层织物的细小行动,而是指 praxis(实例)的大的分节(欲望,交际,斗争)。

2. 主体问题

叙事作品的人物分类问题,至今尚未很好解决。诚然,大家对以下一点意见是一致的:叙事作品中无数的人物可以服从种种取代法则,即使在作品内部,同一个形象可以扮演不同的人物。另一方面,格雷马斯建议的行动者模式(托多罗夫也使用这一说法,但角度不同)看来颇经得起大量叙事作品的检验。行动者模式像一切结构模式一样,其价值不在于既定的形式(六个行动者的母式),而在于能适应有规律的变化(缺失,混同,重复,取代),从而使人指望有个叙事作品的行动者的分类学。但是,当母式具有很好的分类能力时(格雷马斯的行动者模式即如此),一旦用前景来分析人物参与的行动,就不能很好地说明其复杂性了。当这些前景受到尊重时(在布雷蒙的描述里),人物体系就显得过于琐细了。托多罗夫建议的简化模式可以避免这两个暗礁,但这个简化模式至今只在一部叙事作品上试验过。所有这些不同观点看来可能很快一致起来。人物分类的真正困难在于主体在行动者母式中的地位(也即是存在),不论母式的样子如何。一部叙事作品的主体(主人公)是谁呢?有没有一类享有优惠的角色呢?我们的小说已经使我们习惯于以这种或那种方式,有时是曲折的(否定的)方式,强调许多人物中的一个。但这种优惠远未遍及所有叙事作品。因此许多叙事作品使两个对手围绕一个对象进行斗争。这样,两个对手的"行动"是对等的。于是主体是真正双重的,我们更加不能用取代简化主体。这甚至还是一种常见的古老形式,叙事作品如同某些语言一样,好像也有双数人称。这种双数人称使人特别感兴趣,因为双数人称使叙事作品类似某些(十分新式的)比赛的结构。在这类比赛中,两个平等的对手都想夺得由裁判发的球。这个方案使人想起格雷马斯建议的行动者母式。如果我们愿意相信比赛作为一种特殊的语言也属于人们在语言和叙事作品中所遇到的同样的符号结构,就不会对此说法感到惊讶:比赛也是一个句子。如果我们保留一个享有优惠的角色类别(追求、欲望、行动的主体),至少必须使这个行动者从属于语法人称而非心理人称的范畴本身,以便使之变得灵活些。为了能够描写单数、双数或复数的人称的(我/你)或非人称的(他)行动主体,并加以分类,就必须再次接近语言学。解决行动层的关键(也许)将是人称的语法范畴(在我们的代词里是可以接受的)。但,这些语法范畴只能按话语的主体而不是按实际的主体来划定,所以人称作为行动层的单位,只有当人们将它们与描述的第三层结合起来的时候,才具有意义(才可以理解)。我们在这里称第三层为**叙述层**(与**功能**和**行动**相对而言)。

四、叙　述

1. 叙述的交际

如同叙事作品内部有一个(分布在施惠者与受惠者之间的)大的交流功能一样,叙事作品作为客体也是交际的对象:有个叙事作品的授予者,有个叙事作品的接受者。大家知道,在语言交际中,"我"和"你"是绝对互为前提的。同样,没有叙述者和听众(或读者)的叙事作品是不可能有的。这道理也许很平常,然而并未充分说透。诚然,信息发送者的作用人们已经讲了许多(人们研究一部小说的"作者"而不考虑"作者"是否就是"叙述者")。至于读者问题,文学理论则羞羞答答很少谈。事实上,问题不是探究叙述者的动机,也不是探究叙述对读者产生的影响。问题是描述在整个叙事作品里叙述者和读者得以表示的代码。叙述者的符号初看上去比读者的符号(叙事作品里"我"比"你"用得多)要显眼,数量要多。其实,只是读者的符号比叙述者的符号更为复杂罢了。因此,每当叙述者不再"表现",而是汇报他了如指掌而读者一无所知的事实时,由于意义的缺失,便产生一个阅读符号,因为叙述者给自己一个信息是没有意义的。一部以第一人称叙述的小说告诉我们:"莱奥是这家工厂的老板。"这是一个读者的符号,接近雅各布逊所谓的交际的意向功能。我们由于没有总结过,暂时将接收的符号(虽然也同样重要)放在一边,先讲叙述的符号。

谁是叙事作品的授予者呢? 迄今似乎已有三种看法。第一种看法认为叙事作品是一个人(就该词的实足的心理意义而言)表达出来的,这个人有个名称,即作者。在作者身上有个定期提笔写故事的,清晰可辨的人,他的"个性"和艺术不停地互相交流。因此叙事作品(主要是小说)仅仅是作品以外的"我"的表达。第二种看法把叙述者当作一种完整的意识,似乎是无个性的,该意识从高超的角度,从上帝的角度讲故事。因此叙述者既在人物之内(既然人物心中所想的一切他全都知道),又在人物之外(既然他从不与任何一个人物认同)。第三种看法是最新的看法(如亨利·詹姆斯、萨特),规定叙述者必须将其叙述限制在人物所能观察到的或了解到的范围之内。因此叙事作品的表达者似乎是轮流由每个人物担当。这三种看法似乎都把叙述者和人物看作"真的""活的"人(文学这个神话所具有的永恒的魅力大家是知道的),好像叙事作品原来就限定在它的所指层上(问题在于都是"现实主义的"观点),所以这三种看法都同样地欠妥当。然而,至少从我们的观点来说,叙述者和人物主要是"纸头上的生命"。一部叙事作品的(实际的)作者在任何方面都不能同这部作品的叙述者混为一谈。叙述者的符号在叙述作品内部,因此完全可以进行符号学的分析。但,为了确定作者本人(不论作者是公开出面,还是藏而不露)是否在他的作品中留下了"符号",那就必须假设在"人"与其语言之间存在一种记录人体特征的关系。这种关系把作者当成实在的主体,把叙事作品当成这个实体的表达工具。这是结构分析所不能接受的,理由是(在叙事作品中)说话的人不是(在生活中)写作的人,写作的人也不是存在的人。

实际上,严格意义上的叙述(或叙述者的代码)同语言一样,只有两个符号体系:人称体系和非人称体系。这两个体系不一定利用与人称(我)和非人称(他)

有关的语言记号。譬如,可能有些叙事作品,或者至少有些插曲,是以第三人称写的,而作品或插曲的真正主体却是第一人称。如何来确定呢？把用"他"写的作品(或段落)重新用"我""改写"过就行了。只要这样做的结果除了改变语法代词之外不对话语产生任何其他影响,我们就肯定没有离开人称体系。《金手指》的开头尽管是用第三人称写的,实际上仍是詹姆斯·庞德讲的。主体要是变了,就不可能进行改写。因此,"他看到一位五十岁左右的男子,仪态还很年轻……"这个句子尽管用"他",仍然是十足的第一人称("我,詹姆斯·庞德,我看到……"),但,"冰块碰在玻璃杯上的叮当声似乎突然启发了庞德"这个叙述句,由于动词"似乎"变为非人称的符号(而不是"他"),则不可能是有人称的。无人称是叙事作品的传统形式,这是肯定的,因为语言已经制订了一整套适用于叙述(用不定过去时)的、旨在排除说话人的现在的时态体系。本维尼斯特说："在叙事作品里,没有人说话。"然而,人称主体(以种种或多或少是改头换面的形式)渐渐涌进了叙事作品,由于叙述就发生在说话的当场和即刻(这是人称体系的定义)。所以我们今天看到许多叙事作品,而且是最普通的叙事作品,常常在同一个句子的限度内,以极快的速度交替使用人称和无人称。就像《金手指》中的这个句子一样：

他的眼睛	有人称
青灰色	无人称
紧盯住杜邦的眼睛,使他不知所措	有人称
因为那凝视的目光里包含着天真、嘲讽和自卑的神情。	无人称

混合使用人称体系显然是一种熟巧。这种熟巧甚至可以成为一种特技。例如,阿加莎·克里斯蒂有部侦探小说(《五点二十五分》),仅仅靠了在叙述人称上耍弄花招才维持住解不开的谜。作者从内心去描写人物,而这个人物已经是凶手。好像在同一个人身上既有包含在话语里的见证人的意识,又有包含在所指里的凶手的意识。唯有大量反复使用这两种人称体系才会造成不可解的谜。所以,我们懂得为什么在文学的另一个极端,人们把严守所选择的人称体系当作作品的必要条件,尽管往往不能坚持到底。

严格遵守所选择的人称体系,虽然为某些当代作家刻意追求,但从美学角度来说,并不一定非如此不可。所谓的心理小说,一般都是两种体系混在一起,先后交替使用无人称符号和人称符号。实际上(奇怪得很),"心理状态"也不可能只用一个人称体系来表达。原因是,如果整个叙事作品只用一个话语主体,或者如果大家愿意,都是言语行为,那么人称的内容本身就会受到威胁。(所指对象的)心理上的人称与语言上的人称没有任何关系,语言上的人称一向不用性情、意向或外貌特征来说明,而只用它在话语中(规定的)地位来说明。我们今天着重谈论的是这个形式上的人称。这是一次重大的破坏(公众也有作家不再写"小说"的印象),因为这次破坏旨在使叙事作品从(迄今所处的)单纯陈述性的变成行为性的。就行为性来说,一句话的意义即说这句话的行为本身。

今天,写作不是"讲故事",这意思是说,作者叙述并把全部所指事物(所言之物)都归于这言语行为。所以一部分当代作品不再是描述性的,而是传递性的了。因为这部分作品力求表现纯而又纯的现在,结果是整个故事(Logos)由于归结为(或扩展为)词语(Lexis),整个话语同说出话语的行为变成一回事了。

2. 叙事作品的语境

于是,叙述层为叙述性的符号——全部算符所占据,算符把功能和行动重新纳入以授予者和接受者为基础的叙述交际里。有些叙述性符号已经研究过了。我们知道口头文学作品中的某些朗诵规则(格律的形式,表达的习惯做法),也知道"作者"不是创作美妙故事的人,而是熟练掌握他和听众共同使用的代码的人。在这种口头文学作品中,叙事的层次极其清晰,规定极其严格,一个不具备叙事作品的规定符号的("从前",等等)"故事"是难以设想的。在我们的书面文学作品中,人们很早就找到了"话语的形式"(实际上是叙述性的符号)。如柏拉图拟定的作者插话方式的分类(后为狄俄墨得斯所采纳)叙事作品开头和结尾的规定,不同表现风格的定义(直接陈述,间接陈述及其 inquit,隐避陈述),"叙述角度"的研究等等。所有这些问题都属于叙述层。当然,还要加上整个写作问题,因为写作的作用不是"传递"叙事作品,而是将其公之于众。

下级层次的诸单位确实是在公布的叙事作品中聚集起来的,因为作为叙事作品,其最终的形式要高于作品的内容和纯叙述的形式(功能和行动)。这说明叙事的代码是我们的分析所能达到的最后层次,除非离了客体——叙事作品,也就是说,除非违背作为分析依据的内在规律。事实上,叙述不可能从使用它的外界取得意义,超过了叙述层就是外界,也就是说其他体系(社会的,经济的,思想意识的体系)。这些体系的项不再只是叙事作品,而是另一种性质的成分(历史事实,决心,行为等等)。如同语言学的研究到句子为止一样,叙事作品的分析到话语为止,随后就要进入另一种符号学了。语言学知道这种界限,已经假设(虽然尚未深入研究)这些界限为"语境"。哈里迪把所有无联系的语言事实称为"语境"(与句子相对而言),普里托则把"信息接收人在信号显示的时候所知道的与信号显示无关的全部语言事实"称为"语境"。我们同样也可以说,凡叙事作品都依附于一种"叙事作品的语境"——叙事作品赖以完成的全部规定。在所谓的"古代"社会里,叙事作品的语境是有严格规定的。在今天,只有先锋派文学还梦想有阅读的规定,马拉美关于阅读的规定是戏剧式的,他要使他的诗歌根据一种严密的组合能在公共场合朗读;比托尔关于阅读的规定是印刷式的,他试图给书籍配上他自己的符号。但是,一般来说,我们的社会是把叙事作品的语境的编码尽可能严严实实地掩盖起来:为叙事作品虚构一个合情合理的情境,不为之"举行开幕仪式",如果可以这么说的话,试图以此使叙事作品看上去像真的一般。这类叙述方法多得不可胜数,如书信体小说,所谓发现的手稿,同叙述者萍水相逢的作者,故事先于片头出现的影片,等等。不喜欢公开代码是资产阶级社会及其群众文化的标志。无论是资产阶级社会,还是资产阶级社会的群众文化,都需要没有符号外表的符号。但,这只不过是结构的次要症状,如果可以这么说的话。今天,打开一本小说,一份报纸或一台电视机的行为尽管如此平常,如此随便,但这一微不足道的行为仍旧一下子就把我们所需要的叙述代码整个儿安到了我们身上。这样,叙述层就具有一种模棱两可的作用:与叙事作品语境相连(有时甚至把作品语境包含在内)的叙述层打开了通向外界的大门,叙事作品展现(消费)的外界的大门,但同时,使以前的层次封顶的叙述层封上了叙事作品的大门,终于使之成为一种语言的言语,这种语言规定着和包含着自己的元语言。

五、叙事作品的体系

严格意义上的语言可以由两种基本过程的协作来说明其特征:产生单位的分节或分段(按本维尼斯特的看法,这是形式),把这些单位收罗到上一层单位里去的结合(这是意义)。在叙事作品的语言里也存在这两种过程,也有一个分节和一个结合,一个形式和一个意义。

1.畸变和扩展

叙事作品形式的基本特征是具有两种能力:将其符号沿着故事膨胀开来的能力和将无法预见的扩展纳入这些畸变的能力。这两种能力看上去好似两种自由,但叙事作品的特性正在于把这些"差别"包含在自己的语言之中。

语言中存在的符号畸变的现象,巴里研究过法语和德语中的符号畸变问题。一旦(信息的)符号不再是简单的并列,一旦(逻辑的)直线性被打乱(如谓语在主语之前),就有词序失常现象。在一个信息链中,同一处符号的诸部分被其他符号分隔开来的时候,例如否定词组 ne jamais 和动词 a pardonne 在句子里:elle nenous a jamais pardonne(她一直没有原谅我们),我们便见到词序失常的主要形式:符号被分成几个部分,所指被分散在几个互相隔开的能指里,这几个能指单独分开来就无法懂得它们的意义。这正是叙事作品中所发生的现象,我们在功能层已经看到:一序列的诸单位,虽然在该序列上形成一整体,但可能由于其他序列的单位插入而被互相分隔开来。我们已经说过,功能层的结构像赋格曲式。巴里把词序失常占优势的综合型语言(如德语)与更为尊重逻辑的直线性和单义性的分析型语言(如法语)加以对比,用他的术语来说,叙事作品是一种综合性很强的主要以嵌入和包裹句法为基础的语言：叙事作品的每个点同时向几个方向辐射。詹姆斯·庞德在等候飞机的时候要一杯威士忌酒，这杯威士忌酒这时作为标志具有多义价值，这是一个集中了几个所指（现代化，富有，悠闲）的符号结。但是，要一杯威士忌酒，作为功能单位，必须经过许多中继站（喝酒，等待，出发等等）才能逐步获得它的最后意义。功能单位被整个叙事作品"抓住"，而叙事作品也只有靠其功能单位的畸变和辐射来"维系"。

遍及整个叙事作品的畸变使叙事作品的语言具有独特的标志：纯逻辑的现象。因为畸变是建立在一种常常相距很远的关系上，也因为畸变调动一种对智力记忆的信心，所以畸变不停地用意义代替所述事件的单纯的重复。在"生活"中两人相会的时候，坐下的动作不立即随着请坐的邀请而发生是不大有的。在叙事作品中，这些从模仿的角度来说是毗连的单位，可能被一长串属于完全不同的功能范畴的插入单位分隔开来，从而形成一种与真正的时间关系很少的逻辑时间，因为看上去分散开来的诸单位总是由连接序列诸核心的逻辑紧紧地维系着。"悬念"显然只是畸变的一种特殊形式，或者，如果大家喜欢，只是畸变的一种夸张的形式。一方面，悬念以维持一个开放性序列的办法（以种种延宕和重新推出的手法）加强同读者（听众）的接触，具有交际的功能；另一方面，悬念使畸变受到未完成的序列的威胁，受到开放性的聚合的威胁（如果像我们认为的那样，凡是序列都有两极），也就是说，受到逻辑混乱的威胁。读者以焦虑而快乐（因为逻辑混乱最后总是得到了弥补）的心情享受的是这种逻辑的混乱。因此，悬念是一种要弄结构的手法，旨在，如果可以这么说的话，使结构承担风险，同时也使结构增加光彩。因为悬念是真正心智上的"thrilling"（颤动）。悬念以表现不稳定的顺序（而不再是序列）的方式完成了语言概念本身。显得最为感人的地方也是最要动脑子的地方，所以说"悬念"抓住人的"思想"而不是"五脏六腑"。

分隔得开的，也填补得上。功能的核心由于膨胀开来而露出一个个的间隙，这些间隙几乎可以无限量地加以填补。人们可以用大量的催化填补空隙。但是，这里可能会出现一种新的类型学，因为催化的任意性可以根据功能的内容（有些功能较另一些功能用催化来陈述更好，譬如期待）加以调节，也可根据叙事作品的内容（文字所具有的种种分离的可能性，也即催化的可能性，要大大超过影片，叙述一个动作较之用画面表现同一个动作要容易"切割"开来）加以调节。从叙事作品的催化能力可以推论出叙事作品的省略能力。一方面，一个功能（如他吃一餐营养丰富的饭）可以将自身所包含的潜在的催化（如吃饭的细节）统统省略掉，另一方面，可以把一个序列简化成为序列的几个核心，把序列的等级体系简化成为序列的几个高级项，而不影响故事的意义。一部叙事作品即使全部组合段被简化成为几个行动者和几个大的功能（好像是诸功能单位逐步升级的结果一样),也还是可以辨认得出来。换句话说,叙事作品被简化成为梗概(过去称之为内容提要)。初看上去,凡是话语都可以被简化成为梗概。但是,每种话语有每种话语梗概的特点。譬如抒情诗仅仅是一个所指的大量隐喻,写抒情诗的梗概,就是说出这个所指,而这样大刀阔斧动手术,结果使诗歌失去原有的面目(梗概,抒情诗被简化成为所指:爱与死)。所以我们确信不能给诗写梗概。相反,叙事作品的梗概(如果按照结构的标准来做)保持了信息的个性。换句话说,叙事作品可以移译而不损害基本意思。不可移译的东西只限于最后一层:叙述层。譬如,叙述性的能指很难从小说转移到影片上去,影片只在十分例外的情况下才处理人称,而且叙述层的最后一级,即文字,不能从一种语言转移到另一种语言(或者很难转移)。叙事作品的可译性来自作品语言的结构。那么,反过来,把一部叙事作品中(种种)可移译的和不可移译的成分区分出来并加以归类,也能找到叙事作品的语言结构。(目前)存在的种种不同的、各显神通的符号学(文学、电影、连环漫画、广播)为这种分析方法打开了方便之门。

2. 模仿和感觉

在叙事作品的语言中,第二个重要的过程是结合。从某个层次分开来的东西(如一个序列)常常被连接到高一级层次上去(如级别高的序列,分散各种的标志的总的所指,一类人物的行动)。一部叙事作品的复杂程度可以与一张组织机构图表相比,可以把倒叙过去和展望未来都结合进去,或者说得更确切些,是形式多样的结合抵销了似乎不可驾驭的一层单位的复杂性,是形式多样的结合指导我们对不连贯的、连贯的和混杂的成分的理解(如同这些成分是由组合段产生的一样,而组合段只有一面,即连续)。如果我们按格雷马斯的说法,称意义单位(如含有一个符号及其上下文的单位)为同位,我们就可以说结合是一个同位因素。因为每个(结合)层都将自己的同位给予下层单位,防止意义"摇摆不定"——这种情况定会发生,如果我们感觉不到层次的差距。然而,叙述的结合看上去并不整齐匀称,不像漂亮的建筑物那样,用对称手法把无数简单的元件拼成几个复杂的整体。同一个单位经常会有两个关联项,一个在一层(一系列的功能),另一个在另一层(表示行动者的标志)。这样,叙事作品看上去就像是一连串紧密交错的直接成分和间接成分。词序失常指导"横向"阅读,而结合则在横向阅读上加一层"纵向"阅读,从而造成一种结构上的"跛行",如同不断变化的势能那样,叙事作品从其高低不一的起伏中获得"活力"或能量。每个单位都在其表层和深层被看出来,叙事作品也就是这样"前进"的。叙事作品的结构靠这两个方向的协同努力,得以枝节横生,扩展开去,展现出来——以及节制自己,所以层次一直是稳定的。当然,叙事作品具有灵活性,就像凡是说话人在使用自己的语言时具有灵活性一样,但这种灵活性严格地说是有限的,因为在语言的严密代码与叙事作品的严密代码之间存在着一个空隙即句子,如果可以这么说的话。如果我们试图了解一部书面叙事作品的全貌,我们会看到,作品从编码最严密的部分(音位层,甚至音素特征层)开始,逐步扩展到灵活结合的终点——句子,然后又从还很灵活的小句组(微序列)出发,伸展到大的行动,大的行动形成一个严密的数量有限的代码。这样,叙事作品的创造性(至少在"生活"的神话的外表下面)也许就在两种代码——语言学代码和超语言学的代码之间。所以,我们可以反过来说,艺术(就该词浪漫意义而言)就是陈述细节,而想象则是精通代码。爱伦·坡说过:"总之,我们将看到,机灵的人总是充满了想象力,而真正富有想象力的人向来是分析家,而非其他……"

因此,对叙事作品的"现实主义"应该改变原有看法。作者告诉我们,当庞德在他值班的办公室里收到一个电话时,"心里想":"跟香港通电话总是这么糟,总是这么难打通。"可是,真正的信息既不是庞德"心里想的",也不是通电话的蹩脚质量,这种偶然的想法也许显得很"生动",但真正的信息,后来滋生发芽的信息,是确定打来电话的地点,即香港。因此,在任何叙事作品中,模仿仍旧是偶然的。叙事作品的功能不是"表现",而是构成一幅景象,一幅对我们来说还是大惑不解的但又不可能属于模仿的景象。序列的"真实性"不在于组成序列的行动之间前后连接得"自然",而在于逻辑性,在于序列展开、冒险和首尾相符的逻辑性。我们也许可以换个方式说,序列不是起源于对现实的观察,而是起源于需要,变化和超过人所看到的原始形式即重复的需要,所以序列基本上是一个内部没有任何重复的整体。逻辑在这里具有解放的作用——整个叙事作品也具有解放作用。人们可以不断把自己的知识和经验注进叙事作品里,起码是注进形式里,因为形式已经战胜了重复并建立了变化的模式。叙事作品不是让人看见,它不模仿。在阅读一部小说时,使我们燃烧的热情不是"视觉"的热情(事实上,我们什么也"看"不见),而是感觉的热情,也就是说,是一种高级关系上的热情,这种高级关系也有自己的感情、希望、威胁和胜利。叙事作品中"所发生的事"从(真正的)所指事物的角度来说,是地地道道的子虚乌有,"所发生的"仅仅是语言,是语言的历险,语言的产生一直不断地受到热烈的欢迎。无论是叙事作品的起源还是语言的起源,我们虽然知之不多,但可以合乎情理地认为叙事作品是与独白同时产生的,似乎是对话产生以后的作品。总之,关于叙事作品的发生史,我们无意超出假设的范围,但,认为儿童在同一时刻(三岁左右)"创造"句子、叙事和俄狄浦斯,可能是意味深长的。

今日神话（节选）

今天，何谓神话？我马上就会给出一个非常简单的答复，这一答复与词源学极为相符：神话是一种言语①。

1. 神话是一种言语

当然，这不是任何一种言语：在言语活动方面，必须具备一些特殊的条件才能变成神话，我们下面会看到这些条件。但是，从一开始就必须严格指出的是，神话是一种传播系统，它是一种讯息。由此，我们看到，神话不能是一种客体、一种概念，或者是一种观念；它是一种意指方式，是一种形式。然后，我们将为这种形式确定一些历史极限、使用条件，并把社会重新投入这种形式：这绝不妨碍首先把社会描绘成形式。

我们看到，在神话对象之间进行实质性的区分，似乎完全是一种虚幻：既然神话是一种言语，那么，一切便都可以是神话，因为神话归属于一种话语。神话不是由它的讯息对象来确定的，而是由其大声说出这种对象的方式来确定：神话具有形式极限，却没有实质极限。因此，一切均都可以是神话吗？是的，我相信是这样的，因为宇宙的暗示性是无限的。世界上的每种客体都可以从一种封闭的缄默的存在方式过渡到一种适应于社会占有的口语状态，因为没有一种戒律，自然的也好，非自然的也好，可以禁止谈论事物。一棵树就是一棵树，是的，毫无疑问。但是，由米努·德鲁埃（Mino Drouet）说出来的树，就已经不完全是一种树了，它是一种带有装饰的树，它适合于某种消费，被赋予了文学意图、反叛精神、意象翩翩，一句话，被赋予了一种社会用途，该用途补充了纯粹的物质。

显然，不是一切都能同时说出的：某些客体在一段时间内会变成神话言语的诱饵，它们随后消失，其他客体遂占据它们的位置，从而进入神话。有没有像波德莱尔对女人所说的那样的**注定**是暗示性的客体呢？肯定没有：人们可以设想一些很古的神话，但不存在不朽的神话；因为，是人类的历史使实在之物过渡到言语状态，是人类历史而且只有人类历史可以调节神话言语活动的生命与死亡。神话，不论其远近与否，都只能有一种历史学的基础，因为神话是被历史选定的一种言语：它不能从事物的本性中突然出现。

这种言语是一种讯息。因此，它完全可以是口语之外的东西；它可以由文字

---

① 有人一定会指出神话的无数其他意思反对我。但是，我致力确定的，是事物，而不是词语。

或表象所构成:写出的话语,但还可以有照片,电影,报道,体育,演出,广告,这一切均可当作神话言语的载体。神话既不能由它的对象来确定,也不能由它的材料来确定,因为任何材料都可以任意地被赋予意指:为表示蔑视而带来的箭也是一种言语,毫无疑问,在感知的范围内,图像与文字并不会引起相同的意识;在图像本身,存在着许多读解方式:就适合于表示意指而言,图表胜于图画,仿造品胜于原作,漫画胜于肖像。但准确地讲,这里的问题已不再是从理论上讲的再现方式:问题在于为**这种**意指而给予的**这种**图像:神话言语是由为了一种适当的传播而**已经**精心加工过的材料构成的。这是因为所有的神话素材,不论是再现性的还是图表性的,都以一种意指意识为前提,人们可以依据这些素材而又独立于它们的物质材料来推断这种意识。这种物质材料不是无关紧要的:图像的确比文字更具强制性,它一下子强加了意义(强制性地规定意义),而不是把意义逐步地分析、分散开来呈现。但这不再是一个本质性的差异。图像一具有意义,就成为一种文字:它们就像文字一样,也导致述说。因此我们今后都把语言、话语、言说等理解为意义的单位或合成,不管它是言辞上的还是视觉上的:我们觉得一幅照片和报纸上的一篇文章一样都是言说;甚至物体若是意指某物的话,也能成为言说。这种构想语言的一般方法从别处可以由文字史本身得到证明:早在我们的字母发明之前,一些对象如印卡人的以绳记事,或是一些图画如那些象形文字,就已经是规范的言语了。这并不意味着我们必须把神话言语当语言来对待:说真的,神话属于延伸到语言学的一种普通科学,即**符号学**。

2. 神话,作为符号学系统

作为对言语的研究,神话学实际上只是这种广阔的符号科学的一部分;索绪尔[①]在四十年前曾以 sémiologie 一词假设了这门科学。符号学还没有建立。不过,自索绪尔以来,有时甚至独立于索绪尔,当代探索的整整一部分不停地回到意指问题上:精神分析学,结构主义,遗觉心理学,文学批评的某些新的探讨——巴什拉尔提供了这方面的榜样,只根据事实所意指的东西来研究事实。然而,假设一种意指,这即求助于符号学。我不想说,符号学可以阐明所有这些探索:这些探索有着不同的内容。但是它们具有共同的地位,它们都是价值科学;它们不满足于接触现象:它们为现象下定义并把它当作一种**等价**。

符号学是一种形式科学,因为它研究意指而撇开其内容。我想要说的是一种这样的形式科学的必要性和其界限。必要性,这便是任何准确的言语活动的

---

① 索绪尔(Ferdinand de Saussure,1857—1913),瑞士著名语言学家,现代语言学和符号学的奠基人。

必要性,吉达诺夫(Jdanov)嘲笑哲学家亚历山大罗夫,说他妄谈"我们星球的球面结构"。吉达诺夫说:"似乎直到现在只有形式可以是球形的。"吉达诺夫说得有理:我们不能以形式术语来谈论结构,反之亦然。在"生命"方面,很可能只有一种整体性,它在结构与形式方面是不可分的。但是,科学不需要无法言表的东西:如果它需要改变"生命",它就必须谈论生命。与在综合方面的柏拉图式的某种堂吉诃德论相反,任何批评都应该赞成分析的艰苦性和人为性,而在分析中,它应该使各种方法与各种言语活动相适宜。历史批评并没有被"形式主义"的幽灵所吓倒,看来它也许不是无效的;它似乎已经理解,形式的特定研究与整体性和历史的必要原则是丝毫不矛盾的。恰恰相反:一种系统越是特定地在其形式中得到了确定,这种形式就越是服从于历史批评。要是由我来滑稽地模仿别人说过的一句话,那就是,有那么一点点形式主义在远离历史,但许多形式主义又重归于历史。在萨特的《圣-若奈》一书中,对于圣洁的描写既是形式的又是历史的,既是符号学的又是意识形态的,难道还有比这种描写更好的整体性批评吗?相反,危险的却是把形式看作是含混不清的客体,看作是半形式和半物质,并赋予形式一种形式物质,就像吉达诺夫的现实主义所做的那样。符号学就其极限而言,并不是一种玄奥的诡计:它是一种必要的但非足够的科学。重要的是要理解,一种解释的完整性不能依靠对其各种探讨的割裂,而是要按照恩格斯的说法依靠与之相关的各种科学的辩证的协调。于是,便出现了神话学,它既属于作为形式科学的符号学,又属于作为历史科学的意识形态:它研究形式化的观念①。

因此,我会重新提到,任何符号学都要在能指与所指这两个术语之间设想一种关系。这种关系涉及不同范围的对象,因此,它不是一种等同,而是一种等值。在此,必须注意的一点是,与只告诉我能指**表现**所指的通常的言语活动相反,在任何符号学系统中,我与之打交道的不是两个术语,而是三个不同的术语;因为,我所领会的,根本不是一个一个的术语,而是连接它们的相互关系:因此,便有了能指、所指和符号,而符号则是前两个术语的结合整体。假设有一束玫瑰花:我让它**意指**我的激情。难道不是有一个能指与一个所指即玫瑰与我的激情吗?根本不是这样:这里只有"被赋予激情的"玫瑰。但是,在分析的半面,有三个术语:因为这些带有激情的玫瑰可以完整和准确地被分解成玫瑰和激情:它们在结合并形成第三个对象即符号之前都存在着。同样,从实际上讲,我确实无法把玫瑰

---

① 广告、报纸、广播、插图,还不算那些依然活跃的数不尽的沟通习俗(它们是社会显示性习俗),这一切都使符号科学的建立比任何时候都更急迫。在一天当中,我们能跑遍多少真正无意义的地方呢?很少,有时甚至没有。我站在大海边上:大海无疑不会带来任何讯息。但在海滩上,符号材料何其多!旗帜、标语、广告牌、衣服,甚至光洁之物,它们对于我来讲均构成讯息。

与其带有的讯息分开,在分析平面上,我同样无法把玫瑰与能指混为一谈,把玫瑰与符号混为一谈:能指是空的,符号是满的,符号是一种意义。我们再假设有一块黑石头:我可以以多种方式使之表明意义,它是一种普通的能指;但是,如果赋予它一种确定的所指(例如在不具名的投票当中被判处死刑),它就将变成一种符号。当然,在能指、所指和符号之间有一些功能上的联系(例如部分与整体的联系),这些联系极为密切,连分析也显得无能为力;不过,我们立即就会看到,这种区分对于把神话当作符号学模式具有极大的重要性。

当然,这三个术语纯粹是形式上的,我们可以赋予其不同的内容。请看以下例子:索绪尔曾致力于研究一种特殊的但在方法论上却是典范的符号学系统——语言,他认为,所指是概念,能指是听觉意象(属心理范畴),而概念与意象的关系是符号(例如词)或具体实体①。在弗洛伊德看来,我们知道,心理现象是一种等值厚度即**等价**厚度。第一个术语(我不赋予它一种超群地位)由行为的表面意思构成,第二个术语由其潜在的意思或其本义(例如梦的原梦)构成;至于第三个术语,它在此是前两个术语的一种相互关系:这便是整体的梦本身,是不成功的行为或神经官能症,它们都是作为和解现象来设想的,都是作为依据一种形式(第一个术语)和一种意愿功能(第二个术语)而起作用的协调现象来设想的。在此,我们看到,很有必要区分符号与能指:在弗洛伊德看来,梦已不是他的表面材料,而仅仅是其潜在内容,它是两个术语的功能结合。最后,在萨特的文学批评中(我只限于这三种已知的实例),所指是由主体的最初危机(波德莱尔很早就远离母亲,若奈②的早期行为被定名为偷窃)构成的;作为话语的文学构成能指;危机与话语的关系决定作品,作品便是意指。自然,这种三维的图示,尽管确实在其形式之中,但不是以相同的方式形成的。因此,我们不能一再地说,符号学只能在其形式方面而不能在其内容方面获得统一性;它的范围是有限的,它只关系到一种言语活动,它只认可一种唯一的操作过程:读解或译码。

我们在神话中重新找到了我刚才谈到的三维图式:能指、所指和符号。但是,神话是一种特殊的系统,因为它是根据先于它而存在的一种符号学链而建立的:**这是一种二级符号学系统**。在第一个系统里是符号(即一个概念与一种意象的结合整体)的,在第二个系统里变成了普通的能指。在此,必须指出,神话言语的材料(纯粹的语言、照片、绘画、招贴、习俗、客体等),尽管在最初和在其一被神话利用之后它们是那样有别,但它们还是同归于一种纯粹的意指功能:神话把这些材料只看作同一种原材料;它们的统一体,是它们都减缩为普通的言语活动状

---

① 词的概念是语言学上最有争议的。我保留这个概念,为的是简便。

② 若奈(Jean Genet,1910—1988),法国诗人、小说家、剧作家。他童年很苦,做过犯法的事情。

况。不管是属于文学方面的还是属于绘画方面的,神话想见到的仅仅是一种符号整体,即一个整体性符号,这便是第一个符号学链的最后术语。恰恰是这个最后的术语马上变成它们所建立着的那个扩大系统的第一个术语或局部术语。这一切就好像神话在把前面那些意指的形式系统移动了一格。由于这种移动对于神话的分析是很重要的,因此,我以下列方式加以表示,图示的空间分配在此仅仅是一种普通的隐喻:

我们看到,神话中有两种符号学系统,其中一个相对于另一个来讲是分开的:一种语言学系统,即语言(或与之相似的那些再现方式),我称其为**言语活动对象**,因为它是神话用来建构自己系统的言语活动;再一个系统就是神话本身,我称之为**元语言**①,因为它是二级语言,而在**这种二级语言**中,人们谈到的是第一种语言。由于符号学考虑的是一种元语言,它就不再需要探讨言语活动对象的构成,就不再需要顾及语言学模式的细节:它将只需要了解整体术语,即整体符号,只要这个术语适合于神话。因此,符号学家可以相同的方式来处理写作与图像:他从写作与图像所了解到的是,它们都是**符号**,它们都进入神话,并且由于具有相同的意指功能,每一种都是一种言语活动对象。

现在到了提供一两个神话言语例证的时候了。我先举瓦莱里的例子②:我在一所法国中学读五年级;我打开了拉丁语法书,我读到了一个引自伊索或费德尔③作品的句子:quia ego nominor leo。我停了下来,我思考着:这个句子有些含混。一方面,这些单词有一种简单的意思:**因为我名叫雄狮**。另一方面,这个句子明显的是要为我说明另一种东西:在这个句子向着我这个五年级学生说的时候,它明确地告诉我:我是一个语法例证,专用来表明表语的配合规则的。我不得不承认,这个句子丝毫不是在向我表明其意思,它并不寻求向我谈论雄狮和自我命名的方式;它的真正的最后意指,是要我承认它是表语的某种配合的出现方式。我的结论便是,我面前是一个特殊的和扩大了的符号学系统,因为该系统延

---

① 元语言:在语言学中,一般指用来说明另一种语言的语言。
② 见其《这样》文集第二卷,第119页。
③ 费德尔(Phèdre,生卒不详),古拉丁寓言家。

伸到了语言:当然,这里有一种能指,可这个能指本身也是由一个符号整体构成的,这个符号整体只对这个能指来说便是第一个符号学系统(**我名叫雄狮**)。除此之外,形式模式在准确地展开:有一个所指(**我是一个语法例证**)和一个整体的意指——它不是别的,而是能指与所指的相互关系;因为,对雄狮的命名和语法例证都不是分开地提供给我的。

现在来看第二个例子:我在一家理发店等待理发,店主拿给我一份《巴黎竞赛》杂志。封面上,一位身着法兰西军装的黑人小伙子在行军礼,目光无疑是在盯着一面三色国旗。这一点便是这幅照片的**意思**,但是,不知是天真或是别的什么原因,我很清楚地理解它向我表明什么:它向我表明法国是一个伟大的帝国,她的所有的儿子,不分肤色,都忠实地效忠于她的国旗,这个黑人服务于其所谓的压迫者的热情是对诽谤所谓殖民主义的人们的最好的回答。因此,我在这里又面对一种加值的符号学系统:有一个能指,它本身已经构成了先前的系统(**一个黑人士兵行法兰西军礼**);有一个所指(正是在此有意地把法兰西特征与军事特征混在了一起);最后还有所指借助于能指的一种**出现状况**。

在对神话系统的每个术语进行分析之前,首先要使术语达成一致。现在,我们知道,在神话中,能指可以从两种观点加以考虑:作为语言学系统的最终术语和作为神话系统的最初术语:因此,在此要有两个名称:在语言平面上,也就是作为第一个系统的最终术语,我把能指称作**意思**(**我名叫雄狮,一个黑人行法兰西军礼**);在神话平面上,我称能指为**形式**。对于所指,没有什么可能的含混而言:我们将命名它为**概念**。第三个术语是前两个术语的相互关系:在语言的系统里,这便是**符号**;但是,重新采用这个词,不可能没有含混之处,因为在神话里(而这,正是其主要的特殊性),能指已经是由语言的**符号**所构成。我把神话的第三个术语称为**意指**:该词在这里用得恰当合理,因为神话实际上具有两种功能:它表意和告知,它使人理解并强迫人理解。

3. 形式与概念

神话的能指表现出某种含混性:它既是意思又是形式,从意思一侧讲是充实的,从形式一侧讲是空虚的。作为意思,能指已经在要求一种读解,我是用眼睛来理解能指的。能指具有感官现实(它与语言学能指相反,语言学能指纯属心理范畴),它具有丰富性:雄狮的指称,黑人的军礼,都是一些合理的组体,它们有着足够的合理性;作为语言学符号整体,神话的意思具有一种特定的价值,它构成雄狮或那位黑人的历史的一部分:在意思中,一种意指已经得以建立,如果神话不抓住这种意指和不立即把它变成一种空虚而寄生的形式的话,它很可能要自我满足,意思**已经**是完整的,它要求一种认知、一种过去、一种记忆、一种现象和观念及决心的比照性顺序。

意思在变成形式的过程中,远离它的偶然性;它自我出空,自我贫乏,历史在消逝,而只剩下了字母。这里,读解过程中有一种反常的转换,出现了从意思到形式和从语言学符号到神话能指的一种不正常的退让。如果把 quia ego nominor leo(我名叫雄狮)封闭在一种纯粹语言学的系统中,那么,这个句子便在此重新获得了一种饱满、一种丰富、一种历史:我是一种动物,一只雄狮,我生活在这样的国家,我刚猎食回来,有人希望我与牝犊、奶牛和山羊共享我的猎物;可是,我作为强者,我把一切据为己有,这样做的理由很多,其中最后一点就是因为**我名叫雄狮**。但是,句子作为神话的形式,它几乎不再包含这种长长的历史。意思含有整个价值系统:一种历史,一种地质学,一种道德观,一种动物学,一种文学。形式则远离了所有这些财富:它的新的贫乏需要一种意指来填补它。如果想解放形象,使其准备好接受其所指的话,那就必须使雄狮的历史退得远一些,以便让位于语法范例。

但是,这方面的主要一点,是形式并不取消意思,形式只是使意思变得贫乏,使意思移离,使意思听从自己的安排。人们认为意思会死去,但这是一种延缓的死亡:意思失去其价值,但保留其生命,因此,神话的形式将从中汲取养料。对于形式来说,意思就将像是一个短暂的历史储库和一种听从摆布的财富,它可以快速而交替地召回和移离这种储库和财富;形式必须不停地在意思中重新扎根,不停地在意思中摄取实际营养;它尤其要能在意思中潜藏。正是意思与形式之间的这种有趣的捉迷藏游戏在确定神话。神话的形式不是一种象征符号:行军礼的黑人并不是法兰西帝国的象征符号,他的出现不足以做到这一步,他提供的是一种丰富的、实际的、天真的、**无可争论**的形象。但是同时,这种出现又是顺从人意的、移离的、近乎透明的,它后退少许,参与了一种全副武装而来的概念即法兰西帝国性:它变成了**借用的**。

现在来看一看所指:这种在形式之外流逝的历史,概念会把它全部吸收。概念是被确定了的:它既是历史的,又是意愿的;它是使人喜爱神话的动机。语法范例,法兰西帝国性,都是神话的冲动力。概念在重建原因与效果、动机与意愿的一种密切关系。与形式相反,概念丝毫不抽象:它充满着一种境遇。借助于概念,一种新的完整历史被置入神话之中:在雄狮的指称中,由于这种指称提前就排开了其偶然性,因此,语法范例就将求助于我的存在:**时间**,它使我出生在拉丁语法得以讲授的时代;**历史**,它通过一种社会分离游戏使我与不学习拉丁语的孩子们区别了开来;教育传统,它使人在伊索和费德尔的寓言中选择这种例子;我本人的语言学习惯,其在表语的配合中看到了一种高贵的、值得阐明的事实。对于行军礼的黑人也是如此:作为形式,意思是短促的、孤立的、贫乏的;作为法兰西帝国性的概念,意思再一次与世界的整体性相联系:它联系着法兰西的通史,联系着其殖民冒险,联系着它现时的困难。说真的,投入概念之中的东西,与对于现实的某种认识相比,更不像是现实的东西;从意思过渡到形式,形象失去其认知:这是为了更好地接受概念的认知。实际上,神话概念中包含的认知是一种混杂的认知,它由无限软弱的联想构成。概念的这一公开特征必须得到强调;这绝不是一种抽象而纯净的本质;这是一种无定形的、不稳定的和模糊的凝聚,其统一性和一致性尤其依赖于功能。

在这个意义上讲,我们可以说,神话概念的基本特征是**适应性**:语法的范例性极为明确地关系到一定年级的学生,法兰西帝国性应该涉及某一些读者而不涉及另一些读者:概念紧密地适应于一种功能,它就像是一种意向。这一点不能不使人提到另一种符号学系统的所指,即弗洛伊德主义的所指:在弗洛伊德看来,该系统的第二个术语,便是梦、失败的行为和神经官能症的潜在意思(内容)。不过,弗洛伊德明确地指出,行为的第二种意思是本义,也就是说,它适应于一种完全的、深刻的境遇;与神话概念一样,它是行为的意愿本身。

一个所指可以有数个能指:语言学所指和精神分析学所指尤其是这样。神话概念也是如此:它具有无限的能指:我可以找出一千个拉丁文句子为我来说明表语的配合,我可以找到一千个形象为我表示法兰西帝国性。这就意味着,**从数量上讲**,概念比能指更为贫乏,它仅仅总是自我重复出现。从形式到概念,贫乏与丰富是成反比的:形式作为一种罕见意思的占有者,与其贫乏性相对应的是向整个历史开放的概念的一种丰富性;而与诸种形式的多样性相对应的则是数目很少的概念。概念借助于不同形式所表现出的这种重复,对于神话学家来说是珍贵的,它可以使人破译神话:正是由于一种行为的坚持性,其意愿才得以表现。这一点证实,在所指的容量与能指的容量之间没有规范的关系;在语言中,这种关系是匀称的,它不超出词语,或至少不超过具体的统一体。相反,在神话中,概念可以在能指的一个极大的范围内铺展:例如,一整本书可以是一个概念的能指;而反过来说,一个微小的形式(一个词,一个举动,甚至是侧面的举动——只要被人看到就行)则可以为一个充满丰富历史的概念充当能指。能指与所指之间的这种不匀称,尽管在语言不是惯有的,但却又不是神话中专有的:例如在弗洛伊德的理论中,失败的动作是一种纤弱的能指,而与它所表达的本质无关。

我说过,神话概念中无任何固定性:神话概念可以形成,可以转变,可以分解,可以完全消失。准确地讲,这是因为神话概念都是历史性的,而历史又可以很容易地消除它们。这种不稳定性迫使神话学家接受一套适应的术语,在此,我想说几句,因为这套术语经常引起嘲笑:问题在于是新词。概念是神话的构成要素:如果我想破译神话,我就必须能够说出一些概念的名称。词典已为我提供了一些:慈善、怜悯、健康、人类等等。但是,从定义上讲,既然是词典为我提供这些概念,那么,它们就不是历史性的。然而,我经常最需要的,是与有限的偶然性相联系的一些短暂的概念:新词在此是不可避免的。中国是一回事,法国小资产阶级就在前不久对中国产生的观念则是另一回事:对于由小铃铛、人力车和大烟馆所组成特定事物,不可能用别的词来表示,而只能用**中国性**来表示。这不美吗? 在人们承认概念新词从不是任意而为的情况下,但愿他们至少能得到些安慰:概念新词是依据极为合理的一种比例规则而建立的。[①]

4. 意 指

在符号学里,我们知道,第三个术语不是别的,而是前两个术语的结合关系:它是唯一得到全面和足够探讨的术语,是唯一实际上得以利用的术语。我过去就称它为意指。我们看到,意指也是神话,一如索绪尔的符号就是词(或更准确地讲就是具体实体)一样。但是,在提供意指的特征之前,必须首先思考一下意指形成的方式,也就是神话的概念与形式的相互关系方式。

首先必须指出,在神话中,前两个术语是完全明显的(与其他符号学系统中出现的情况相反):一个不是"藏"在另一个之后的,两个术语均**在此**出现(而不是一个在此,另一个在彼)。虽然有些反常,但**神话不隐藏任何东西**:它的功能在于改变,而不在于使东西消失。与形式相比,概念无任何潜藏:根本不需要什么潜意识来解释神话。显然,我们在此与两种不同的表现类型有关:形式的出现是文字的,是直接的:此外,它是宽阔的。这一点依赖于——我不能总是去重复——神话能指的已经是语言学的本质:既然该能指是由一个已经明确的意思构成,那么,它就只能借助于一种材料来形成(而在语言中,能指一直是心理的)。在口语神话中,这种引申是线型的(**因为我名叫雄狮**);在可见神话中,引申是多方面的(在照片中间,是黑人的军装,靠上,是其黑黑的面孔,左侧是军礼,等等)。形式的各种要素之间具有位置关系、邻近关系:形式的出现方式是空间的。相反,概念则是以总体的方式提供的,它是某种模糊的东西,是一种认知的朦朦胧胧的凝聚状态。它的各种要素是通过一些结合关系连接在一起的:它不是由一个范围来承担,而是由一种厚度来支撑的(这种隐喻仍然是太空间性的),它的出现方式是回忆式的。

连接神话的概念与意思的关系主要是一种变形关系。这里,我们又一次看到与一复杂的符号学系统如精神分析学系统在形式上的某种类似。就像在弗洛

[①] 拉丁语/拉丁性=巴斯克语/X
   X=巴斯克特性

伊德的理论中行为的潜在意思改变其表面的意思一样,在神话中,概念改变意思。当然,这种改变只是由于神话的形式已经由一种语言学意思所构成才是可能的。在例如语言的那种简单的系统里,所指不能改变任何东西,因为能指由于是空的和任意的而无法向它提供任何抗力。然而在此,就都不同了,能指在某种程度上有两副面孔:一副面孔是充实的,这便是意思(雄狮的历史,黑人士兵的历史),另一副面孔是空的,这便是形式(**因为,我,名叫雄狮;法兰西一黑人一士兵一向三色国旗一行军礼**)。概念所改变的,显然是那副充实的面孔,即意思:雄狮和黑人被剥夺了历史,变成了姿态。拉丁语的范例性所改变的,是依据其整个的偶然性对于雄狮的命名;而法兰西帝国性所搞乱的,也是一种最初的言语活动,是向我叙述一位穿军装黑人的地位的一种不加评论的话语。但是,这种改变不是一种取消,雄狮和黑人还待在那儿,概念需要它们;人们把它们减缩一半,去掉了它们的记忆,但不去除其存在;它们固执,不声不响地固守在原处,然而它们又是多嘴多舌的,言语时刻准备完整地为概念服务。严格地讲,概念改变意思,但却不取消意思,用一句话可以阐明这种矛盾:概念异化意思。

必须总要想到,神话是一种双重系统,它有一种普遍存在性:神话的起点由一种意思的到点构成。为了保留我已经指出过其大体特征的一种空间隐喻,我要说,神话的意指是由某种不停运转的转盘构成的,它可使能指的意思与其形式、一种言语活动对象与一种元语言、一种纯粹表意的意识与一种纯粹形象的意识互相交替;这种交替在某种程度上由概念来聚拢,这种概念利用这种交替,就像利用既是智力的又是想象的,既是任意的又是自然的一种含混的能指。

我不想预见一种这样的机制的道德蕴涵,但是,如果我要指出神话中能指的普遍存在可以极为准确地再现**不在场**(我们知道,这个词是一个空间术语)的外相,那么,我就不会离开一种具体的分析;同样,在不在场中也有一种充实的场所和一种空虚的场所,它们之间有一种否定同一关系(我不在您认为我在的地方;我在您认为我不在的地方)。但是,通常的不在场(例如警察)有终结的时候,实在性在某一时刻要阻止它运转。神话是一种**价值**,没有道理要求认可,没有什么可以妨碍它是一种永久的不在场,为了总是有一个他处,它的能指只须有两副面孔:意思总是在那里**展示**形式;形式总是在那里**分离**意思。而且在意思和形式之间从没有矛盾、对立和分裂:它们从不处于同一点上。同样,如果我在汽车里,而且我透过车窗看风景,我可以任意地适应风景或车窗:有时,我会去注意车窗的存在和风景的距离;而有时相反,我会去注意车窗的透明度和风景的深度;然而,这种交替的结果将是不变的,在我看来,车窗将既是出现的又是空虚的,风景既是不真实的又是充实的。在神话能指中也是如此:形式是空虚的,但却是出现的;意思是不出现的,但却是充实的。只有在如果我主动地中止形式与意思的这种旋转,如果我适应它们中的每一个就像适应有别于他物的一种对象,如果我把静止的破译方式用于神话,总之只有在如果我阻挠它自己的动力——一句话:在如果我从神话的阅读者过渡到神话学家的时候,我才可能对这种矛盾感到惊异。

而且,仍然是能指的这种二重性将决定意指的特征。从此,我们便知道,神话是一种言语,它更由其意愿来确定(**我是一种语法范例**),而不是由其字母来确定(**我名叫雄狮**);然而,从某种程度上讲,意愿在神话中是因字母而固定的、纯化的、永久化的和不出现的。(**法兰西帝国?可这仅仅是一种现象:这位老实忠厚的黑人就像我们中的一个小伙子那样敬礼**。)神话言语的这种构成方面的含混性在意指方面将有两种后果:它将同时表现为一种通告和一种证明。

神话具有一种强制的、质问的特征:它从一种历史概念出发,突然直接地从偶然性(一个拉丁语法,受到威胁的帝国)中产生,它前来寻找的是**我**:它转向我,我承受着它的意愿之力,它催促我接受其膨胀的含混性。如果我在西班牙①的巴斯克一地散步,我便肯定会注意到那里的房子之间有一种建筑的统一性即一种共同的风格,这种风格促使我把巴斯克的房屋当作一种确定的种族产品。不过,从我个人来讲,我并不觉得与这种单一的风格有关,也不觉得被这种风格所攻击:我看得实在清楚,它无我并先于我而存在:这是一种复杂的产品,它在广阔的历史平面上得以确定:它不呼唤我,不促使我命名它——除非我想把它放进一幅很大的农村住宅画面之中。但是,如果我在巴黎地区,如果我在冈拜塔街或让-若雷斯街的尽头瞥见一处红砖瓦、棕壁板、不对称屋顶和正面带有宽大栅栏的漂亮的白色房屋,我就好像被一种不可推卸的个人邀请促使着把这小屋定名为巴斯克房屋,甚至在此看到了**巴斯克特征**的本质。正是在此,概念向我表现了其整个适应性:它来找我,为的是迫使我把它所引起的、像是一种个人历史的信号的那些意愿认同为一种秘密和一种共谋:这是房屋主人对我发出的真正的呼唤。这种呼唤为了更具强制性而接受贫化:所有根据技术工艺可说明巴斯克房屋的东西,如谷仓、外楼梯、鸽棚等,均已不计,只剩下一种简短的、不可争辩的信号。其影响力是极为直率的,我甚至认为这房屋刚刚**为我**在现场而建,它就像是一种魔术变物,当着我的面突然出现,而又无任何变出这个物件的历史的迹象。

因为,这种呼唤性言语同时也是一种不变言语:就在它遇到我的时候,它停了下来,继而在自身变化,然后**重新获得**一种一般性:它僵化,它变白,它纯洁自身。概念的适应性一下子被意思的字面表现所远离。这里,存在着某种**停止状况**,这从该词的自然意义来讲是这样,在该词的判断意义上来讲也是这样:法兰

---

① 我说"西班牙的",是因为在法国,小资产阶级的上升已使巴斯克式小屋的整个一种"神秘的"建筑术盛行不衰。

西帝国性迫使行军礼的黑人只作为一种工具性能指,这个黑人便以法兰西帝国性来呼唤我;但同时,黑人的敬礼又钝化、玻璃化,最后凝聚为旨在**建立法兰西帝国性**的一种永久的动机。在言语活动的表面,有某种东西不再动了:意指的习惯便表现在此,它隐藏在现象后面,并传给现象一种告示性举动;但同时,现象又使意愿瘫痪,赋予意愿一种静止的不适:为了纯洁意愿,它冻结它。这是因为神话是一种**被窃用和归还了的**言语。只不过,人们重述的言语已不再完全是偷窃的言语:在重述言语时,它并未被准确地放回自己的位置。正是这种短暂的窃取即一种弄虚作假的瞬间在构成神话言语的僵化特征。

现在还剩下意指的最后一个要素需要考虑:它的动机性。我们知道,在语言中,符号是任意的:没有什么可以"当然地"迫使 asbse 的声音形象去表示 asbse 的概念;在此,符号是无动机的。然而,这种任意是有限度的,其限度存在于该词的联结关系中:语言借助于与其他符号的类比性可以产生该符号的一些片断(例如,依据与 aime〔爱〕一词的类比性可以说 aimable〔可爱的〕,而不说 amable)。神话的意指,从不是完全任意的,它总在一部分上是有动机的,它注定包含着一部分类比性。为了使拉丁语的范例性与对雄狮的命名相遇,就必须有一种类比性,这便是表语的配合;为了使法兰西帝国性控制住行军礼的黑人,就必须在黑人的行礼与法兰西士兵的行礼之间有一种同一性,动机性对于神话的二重性本身是必要的,神话在意思与形式的类比关系上做游戏:没有被赋予动机的形式,便没有神话。[①] 为了把握神话的动机力量,只需对一种极端情况稍加考虑就可以了:我面前有一堆东西,乱得我无法找到**意思**;在此,形式由于被剥夺了先前的意思,似乎不能在任何地方植入它的类比性,而且神话似乎是不可能的。但是,形式一直可提供阅读的东西,便是这种混乱本身:形式可以向荒谬提供一种意指,可以把荒谬变成一种神话。这便是常识在使超现实主义神秘化的时候出现的情况,尽管缺乏动机性并不妨碍神话;因为这种缺乏本身也将足够地具体化,从而变得可读,而且最终,缺乏动机性将变成第二个动机性,神话将会得到重新安排。

动机性是必然的。它仍然是极零散的。首先,它不是"自然的":正是历史在向形式提供其类比性。另一方面,意思与概念之间的类比性从来就只是部分的:

---

① 从人种学上讲,神话中受妨碍的,恰恰在于它的形式是被赋予动机的。因为如果言语活动有某种"健康状态"的话,那便是符号的任意性为其打下了基础。神话中使人反感的,是求助于虚假的本性,是意指形式的奢华,就像是以自然的外表装饰其用途的那些事物中一样。加重本性的整个保证的意指,这种愿望会引起一种恶心:神话非常丰富,而且它多有的,恰恰是它的动机性。这种反感与我在某些艺术面前所感觉到的一样,因为那些艺术不想在自然科学与反自然科学之间选择,它们把前者当作理想来使用,把后者当作积蓄来使用。

形式放弃许多相似方面,而只保留其中几种:它保留着巴斯克房屋的倾斜屋顶和外露的房梁,而放弃楼梯、谷仓和古香古色的涂料等。还必须扯得远一些:一种**完整的**形象会排斥神话,或至少会迫使神话只在形象本身获得其完整性:这后一种情况便是卑劣绘画的情况,因为那种绘画完全是依据"充实的"和"完成的"神话绘制的(这是荒谬神话的相反但却对称情况:这里,形式使一种"不存在"神秘化;那里,形式使一种过多情况神秘化)。但一般来讲,神话喜欢借助于一些贫乏的、不完美的形象,因为在这些形象里,意思已经贫化,并为一种意指做好了准备:漫画、仿制品、象征符号等。最后,动机性是在各种可能之中加以选择的:我可以赋予法兰西帝国性其他的能指,而不采用一个黑人行军礼这种能指:一位法国将军为一位失去双臂的塞内加尔人授勋,一位好心的修女给一位卧床不起的阿拉伯人送煎药,一位白人小学教员为认真听讲的黑人小孩上课:报纸每天都在告诉人们,神话能指的储库是用之不竭的。

此外,有一种比喻可以很好地说明神话的意指:它并不是过分任意的,也不是非任意的,它是一种表意文字。神话是一种纯粹的表意文字系统,其中,形式依然是被其所再现的概念赋予动机的,然而又远不能掩盖再现的整体。就像在历史上表意文字曾逐渐地脱离概念而与声音结合并越来越失去动机一样,一个神话的衰退可依据其意指的任意性来辨认:整个莫里哀都在医生的诊管中。

从作品到文本

过去几年,某种变化一直发生在我们对语言的认识,以及作为某种结果的(文学)作品的认识中,文学作品从其现象看至少应归结为语言。这种变化显然是同处在其他领域中的,语言学、人类学、马克思主义和精神分析的当代发展相联系("联系"一词这里以一种审慎的中立方式使用:它不是决定的意思,而是多元的和辩证的意思)。影响作品概念的这种变化不是必然地来自这些原则的每一方面的内部更新,而是从那种按传统观点看来不依赖于它们的客体水平上的相互冲突开始的。跨学科研究,今天作为一种重要的研究形态受到重视,不能靠各种专门的知识的分支之间的简单对立来实现。跨学科研究不是一种平心静气的活动:当旧的原则系统破裂它才有效地开始——这种过程显得极为偏激,或许,通过歪曲的形式——对于这种新客体和新语言的好处,它们中没有一个是处在那些可以平心静气地寻求比较的专门学科的领域里。

显然正是分类上的这种困难才要求对某种变化进行判断。这种似乎抓住了作品概念的变化,不管怎样,没有必要估价过高:它是认识论变化的一部分而不是一种真正的断裂,一种经常被注意到,并假定为自上世纪以来,随马克思主义和弗洛伊德主义出现之后而发生的断裂。自那以后新的断裂似乎没有发生过,并且可以说,一定程度上,我们被包融在对上世纪的重复之中。现在的历史,我们的历史,只允许移置、变异、超越和拒绝。正如爱因斯坦理论在客观研究中要求对参照点的相对性的包融,因此马克思主义、弗洛伊德主义、和结构主义的联合活动要求在文学领域里,撰稿人、读者和观察者(批评家)关系的相对性。与作品的概念相反——一个长期以来乃至现在还在以一种被称为牛顿主义的方式进行思考的传统概念——现在对新客体有了一种需要,它通过放弃或颠倒原有范畴来获得。这个客体就是文本。我意识到这个词很时髦因而在某些性质上令人怀疑,但我评论文本在今天所处的交叉点上的那些主要条件却是显而易见的。这些条件被理解为清楚地表述而不是争吵,实际上,是被理解成纯粹的标志,那种"赞同"保持隐喻的趋向。下面就是这些条件:它们涉及方法、分类、符号、复合、限度、阅读(在能动意义上讲)和愉悦。

(1)文本应不再被视为一种确定的客体。尝试作品与文本在材料上的区分可能是徒劳的。人们必须特别小心地不要说作品是古典的而文本是先锋派的。区分它们并不在于用现代性的名义来建立一张粗糙的图表然后根据作品所处的年代顺序位置来宣布某些文学作品在现代性之"内",另一些则在"外"。一部非常古老的作品可能就是"某种文本",而许多当代文学作品则可能根本不是文本。它们的区别如下:作品是感性的,拥有部分书面空间(如存在于图书馆中);另一方面,文本则是一种方法论的领域。

这种对立令人想到拉康主张对"真实"(reality)与"真相"(real)的界定:前者是显示出来的,后者是演示出来的。同样,作品能够在书店,卡片目录和课程栏目表中了解到,而文本则通过对某些规则的赞同或反对来展现或明确表达出来。作品处在技巧的掌握之中,而文本则由语言来决定:它只是作为一种话语(discourse)存在。文本不是作品的分解成分;而恰恰是作品才是文本想象的产物。换句话说,文本只是活动和创造中所体验到的。举例来说,文本不能止于图书馆的书架顶端;文本的基本活动是跨越性的,它能横贯一部或几部作品。

(2)同样,文本不止于(优秀的)文学;它不能理解成等级系统中的一个部分或类型的简单分割。文本的构成,相反地(或恰好),是对旧的分类的破坏力量。人们对乔治·巴塔耶(Georges Bataille)如何归类?这位作者是小说家、诗人、散文家、经济学家、哲学家,还是神秘主义者?结论是如此不确定以至于文学手册一般都选择了忘记巴塔耶;然而巴塔耶创作了文本——甚至,或许永远是同一个文本。

如果文本引起了分类问题,那是因为它总是暗示着一种有限的体验。蒂博岱(Thibaudet)过去常常谈到(但是在非常有限的意义上)在边界状态上的一些作品(如夏多布里昂的 *Life of Rae če*,这部作品今天看来的确是"文本");文本是那种接近于清楚表达(理性、阅读等等)规则的东西。文本试图使自己准确地处于意见(doxa)的界限之下(公众的观点——构成我们民主社会并通过群体交流得到强大的帮助——难道不是由其限度,排斥力和新闻检查制度来确定的吗?),从文学的角度讲,人们可能会说文本永远是似是而非的。

(3)由于文本是对符号的接近和体验,作品则接近所指(signified)。指称的两种形式可以归结成这种所指:一方面,人们能够假定它是明确的,在这种情况下作品往往是一种"文字学科"(语言学)的对象;另一方面,人们能够假定这种所指是隐蔽的并且是基本的,在这种情况下人们必须寻找它,因此作品总是依赖于阐释,说明(如:马克思主义,精神分析,主题分析)。简言之,作品自身作为一般符号发挥作用并代表了符号文化的一般类型。文本,则相反,常常是所指的无限延迟(deferral);文本是一种延宕(dilatory);其范围就是能指部分。能指没有必要作为"意义的第一阶段",它的物质通道而受到关注,情况恰好相反,是作为它的结果而引人注意的。同样,能指的无限性不再依赖于那些无法言喻的(一个难以形容的能指)概念而依赖于游戏(play)这个概念。文本范围内重复不止的能指的形成不该同一种有机的成熟过程或阐释的深化过程相提并论,倒是与错位、重叠与变形的系列运动相关。决定文本的逻辑不是理解(寻找确定的"作品的意思是什么")而是转喻;并且这种联想,趋近和相互参照的活动与象征能量的释放同时发生。作品(在最好的情况下)是适度的象征(其象征逐渐消失,直到停止),而文本从根本上讲是象征。一部作品它的组成成分的象征属性能被人设想,观照并接受,那么这部作品就是文本。

因此文本总是还原成语言:像语言一样,它是结构但抛弃了中心,没有终结(这里人们可以注意到,现在赋予语言的认识论特权恰是从我们在语言中发现一个似是而非的结构概念——一个没有终结或中心的系统——开始的,这回答了那些常把结构主义讥为"时尚"的隐射)。

(4)文本是复数。这并不意味着它有许多意义,而是指它能够获得意义的复合,一种不可还原的复合。文本不是多种意义的共存而是过程,跨越;因此,尽管它可以是随意的,但它回答的不是一种说明,而是一种扩大,一种传播。文本的复合不依赖于其内容的多义解释,而依赖于由能指构成的那种称为立体复合的东西(从词源上讲,文本就是编织物的意思,textus,意谓"织成",文本就是由此转义而来)。

文本的读者可能被比作空闲的（idle）主体（一个随意"想象的"主体）[①]：这个相当空闲的主体沿着有溪流（我这里用"溪流"是强调某种陌生感）流过的峡谷闲逛。他所见到的东西常常是复杂的和不可还原的；这个东西常常从异质，不连贯的物质和平面中显露出来：光线，色彩，草木，热量，空气，一阵阵声音的爆发，鸟的尖叫，来自峡谷对岸孩子的啼哭，小径，手势，近处远处居民的衣着。所有这些偶发事件部分是可辨认的：它们从已知的信码出发，但它们的结合体却是独特的，构成了以差异为基础的一次漫游，而这种差异复述出来时也是作为差异出现的。这就是发生在文本中的情况：文本可能只存在于其差异之中（并不是指它的"个性"）；其阅读是一种近似事实的活动（它宣判对文本进行归纳推理的学科是错觉——不存在文本的"法则"）然而又完全同引文、资料和反响交织在一起。文化语言（又有什么语言不是文化语言呢？），过去或现在，以一种巨大的立体声响从一端到另一端横跨文本。

每个文本，其自身作为与别的文本的交织物，有着交织功能，这不能混同于文本的起源：探索作品的"起源"和"影响"是为了满足那种关于起源的神话。构成文本的引文是无个性特征，不可还原并且是已经阅读过的：它们是不带引号的引文。作品不扰乱一元论的哲学体系，因为多元对它来讲是罪恶的。因此，当文本与作品比较时，文本可以把被魔鬼迷住了的人的语言当作自己的箴言："我的名字叫群，因为我们人数众多。"（马可福音5:9）

区分出文本与作品的那种多元或超凡的结构在阅读活动中并且正是在那些独自（monologism）即法则的领域中自身就含有极大的限制。被神学的（历史的或神秘解释的）一元论者按传统方式复原的《圣经》的一些文本，可能导致它们衍生出自己的含义，马克思主义者对作品的阐释，至今仍是坚定的一元论，通过自身的多元化可能会使得阐释进一步具体化（当然，如果马克思主义"制度"允许这样）。

（5）作品是在一个确定的（filiation）过程中把握到的。这里假定有三种情况：由外部世界（如种族、历史）决定作品，由作品之间的逻辑关系来决定作品，以及通过对作者的认定来决定作品。作者总是被视为他作品的创造者和主人；因此文学研究懂得了重视手稿和作者所表明的意图，而社会则安排作者与其作品关系的合法性（这里"作者的权力"，实际上是很近代的东西，在法国直到大革命之后它们才得到认可）。

另一方面，文本并不是在创造者画定了记号之后才被阅读的。描述文本的

---

① Imaginary（想象）不是真相的简单对立面。在拉康的理论中，它是所有意象，无论是意识到还是未意识到，无论是观察到还是想象中的区域范围。

隐喻也不同于对作品的描述。后者依赖于生命的扩张和"发展"（"develop-ment"）所构成的有机体的意象（"发展"是含有多重意义的重要词，既含有生理意义又含有修辞意义）。文本的隐喻则是交织物①：如果文本扩大，它将处在综合体分类学②的影响下（这个想象来自现代生物学对生命存在的看法）。

因此，没有哪一种有机"关系"可以归入文本，它可能会被打碎（这恰恰是中世纪对两个权威性文本，《圣经》和亚里士多德所做的）。文本阅读用不着那种父亲式的担保人：网络的复原自相矛盾地消除了确定的概念。这并不是作者不能"回归"到文本中来，回归到他自己的文本中来；而是说，他只能作为"客人"回去。如果作者是一位小说家，在他的文本中他把自己描述成诸多人物中的一员，以及某个形象而做得天衣无缝；他的标志不再是特许的和类似于父亲保护的方式，或绝对真理的存在，而是游戏。他成了一种"名义上的作者"：他的生活不再是情节的来源，而是情节与其作品共同运转。这是一种转变，是作品影响生活，而不是生活影响作品：普鲁斯特和热内（Jean Genet）的作品使我们能够把他们的生活当作文本来阅读。"传记"一词按其词源，再次假定了其确定的含义。与此同时，表达的真实，作为文学品德的真正"象征"，却是一个虚假的问题：文本中的我，其自身从来就没有超出那个名义上的"我"的范围。

（6）作品一般是消费对象。这里我无意于煽动大家联想到所谓的消费文化，但人们必须认识到在今天它是作品的"属性"（从根本上讲，它暗示了一种欣赏"趣味"）而不是构成作品之间差别的实际阅读过程。"专业"阅读和地铁里随便翻阅之间并没有结构上的差别。文本（如果只是因为它常见的"难读"）从消费角度考虑倾注到作品，并且凝聚成剧本，工作，生产和活动。这意味着文本要求尝试取消（至少是减弱）写作与阅读之间的距离，不是通过将读者的设想强化到作品中，而是将两者一起联系在同一表达过程中。

写作与阅读的分离是历史上形成的：远古社会大分工时期（民主文明制度之前），阅读和写作都属于阶级特权。修辞学，作为那个时代的伟大的文学法典，传授写作（尽管广泛产生的是演讲而不是文本。民主政体的出现改变了原来的程序，这显得极为重要。现在〔中等〕学校为传授如何更好地）阅读，而不是如何写作而自豪。

事实上，消费意义上的阅读并不对文本产生作用。这里"作用"（play）一词必须在其所有涵盖的意义上理解。文本对自身的作用（类似于门对门枢的作用，

---

① Network（交织物）巴特在法文中用了"réseau"一词，英译成"network"（举例说，没用"网"〔Web〕），这里可能冒着过分强调这一隐喻的机械的含义的危险。

② Systematics（分类学）是一种生命体的分类学科（或方法）。

或类似于设计自身就含有剧情);读者加倍地作用于文本就像人们玩游戏一样,他寻求一种再创文本的实践;但是,要保证这种实践免于成为一种消极的内在模仿(文本恰恰抵制这种模仿),他还得在音乐意义上"演奏"(play)文本。音乐史(一般意义,而不是指"艺术"的含义)恰巧是与文本的历史相平行。曾有一段时间,"世俗"音乐爱好者数量众多(至少在某个阶层内),"演奏"和"欣赏"构成一个几乎没有差别的活动。后来两种角色依次出现:首先,是解释者的角色,那些中产阶级的听众把音乐的演奏委托给他们;其次,是音乐爱好者的角色,他们欣赏音乐却不知道如何演奏。现在,后期音乐(post-serial music)在某种意义上要求解释者成为乐谱的合作者来完成音乐,而不仅仅是解释音乐,因而使"解释者"的角色土崩瓦解。

文本大致是这样一种新样式:它要求读者主动地合作。这是一个巨大的变革,因为它驱使我们提出"谁完成了作品?"(这个问题由马拉美提出,他要求读者生产作品)。今天,只是批评家在生产(双重意义上讲)作品。阅读降为消费显然要对公众面对现代("难懂的")文本,或先锋派电影和绘画感到乏味负责:遭受无趣的痛苦意味着人们没能创造文本,与文本发生作用,揭示文本和驱使文本活动。

(7)这提示了人们接近文本的最后一条途径,那就是愉悦。我不知道是否存在过享乐主义美学,但确实存在与作品相关的愉悦(至少是同某些作品)。我喜欢阅读并且反复阅读普鲁斯特,福楼拜,巴尔扎克,甚至——为什么不呢?——亚历山大·大仲马;然而这种愉悦,尽管可以很强烈并且即便摆脱了所有的偏见,但毕竟部分地(除非有一种特殊的批评努力)保留着一种消费性的愉悦。如果说我能够阅读那些作家,我也是知道我无法重写它们(现在人们已不再"那样"写作了);并且令人压抑的认识足以在那些作品的生产运动中分裂出文本来,这个生产运动会因它们的久远性而发现某种现代性(因为"现代性"不就是完全意识到不可能再一次重写同样的作品么?)。另一方面,文本同享乐,愉悦也并不分离。在能指系统中,文本具有自己的社会理想:文本先于历史,文本获得的如果不是社会关系的透明度,至少也是语言关系的透明度。在这个空间里没有哪一种语言控制另一种语言,所有的语言都自由自在地循环。

显然,这些条件不能构成文本理论的清楚表述。这不仅是作者自身不足的结果(另外,在许多方面我只是复述了我周围的同行所发展的理论而已);而且,也起因于文本理论不能完全为玄妙语言学(metalinguistic)的解释所满意。玄妙语言学的破产,或至少(因为暂时回到它自身来考虑问题是必要的)对它的疑问,是文本理论的一部分。谈论文本的话语其自身应只能是"文本",是寻求,是交织的网络,因为文本是这样一种社会空间,即对它来说没有哪一种语言是稳定的,未受触动的,也不允许任何阐述主体处在法官、导师、分析学家、忏悔者或破译者这样的地位。文本理论只能同创作活动同时发生。

◎史料选

表　征(节选)

[英]斯图尔特·霍尔

索绪尔的主要贡献是在狭义的语言学研究上。但自从他去世以后,他的理论被广泛应用,作为通达语言和意义的普遍途径的一个基础,它提供了一种表征的模式,这种模式已应用于范围广泛的各种文化对象和实践。在其著名的讲义(这讲义在他死后由其学生整理为《普通语言学教程》)中,他自己就预见了这种可能性,在那部著作中,他展望了"一门研究社会生活中符号生命的科学……我管它叫符号学,来自希腊语 *semeion*('符号')"(第 16 页)。索绪尔预示的这一研究文化中各种符号的和作为一种"语言"的文化的一般方法,现在通常称作符号学。

潜藏于符号学方法背后的基本理由是,由于所有文化客体都传送意义,而所有文化实践都依赖于意义,所以它们必须利用各种符号;因而在其活动的范围内,它们必然像语言一样运作,可以经得起一种分析的检验,这种分析是以索绪尔语言学诸概念(例如能指/所指和语言/言语的区分,他关于基本信码和基本结构的观念,以及符号的任意性本质)作为基础的。所以,法国批评家罗兰·巴尔特在他的文集《神话学》(1972 年)中研究"摔跤世界","肥皂粉和洗洁剂","格丽泰·嘉宝的脸蛋"或"欧洲的蓝色指南"时,用一种符号学方法去"阅读"大众文化,把这些活动和对象当作符号,当作意义得以传播的一种语言。例如,我们大多数人会把一场摔跤比赛看作一种竞争性运动或为一个摔跤手战胜其对手而设计的体育项目。但是,巴尔特问的不是"谁胜了",而是"这一事件的意义是什么?"他将它视作一个要读的文本。他把摔跤手们夸张的姿势"读"作他称为纯粹显示过分的一种夸张的语言。

法国人类学家克洛德·列维·施特劳斯以颇为相同的方法研究了巴西的一些所谓的"原始"人群的习俗、仪式、图腾对象、图案、神话和民间故事,他不是通过分析这些事物在亚马孙地区各族人民的日常生活语境中被创造和使用的方式,而是根据它们试图"说出"什么,它们传播了什么文化信息来进行研究的。他不是通过解释它们的内容,而是通过观察这些对象或实践据以产生意义的那些内含的规则和符码来分析它们的意义的,这样做时,他就是在采用典型的索绪尔式的或结构主义的"步骤",即从各种文化的"言语"转向基本结构,也就是其语言。为了着手此项工作,在研究一个电视节目(举例来说)如《东区人》的意义时,我们也许得把荧屏上的各种画面当作能指,用作为一种文类的电视肥皂剧的信码去揭示每一荧屏形象是如何利用这些规则"说出某物"(所指)的,观众可以在一种特有的电视叙事的框架内"阅读"或解释这些所指。

在符号学方法中,不仅各种词语和形象,而且各种物体本身均可担当产生意义的能指的功能。例如,衣服可以只具有一种简单的物质功能——遮体避寒。但衣服也可兼作符号。它们构成意义并传递信息。一套晚礼服可以意指"精美",领结和燕尾服可以意指"礼节",牛仔服和运动服是"随意的穿着",在一个合适的环境中,一种特定款式的运动衫意味着"秋天在树林中的一次长时间的富有浪漫色彩的散步"(巴尔特,1967年)。这些符号使服装能够传递意义并像一种语言("时装语言")那样起作用。它们怎么能做到这一点的?

这些衣服自身就是能指。在我们这样的西方消费文化中,时装信码将特殊类型或组合的衣服与各种特定的概念("精美""礼节""随意性""浪漫色彩")联系起来。这些是所指。这一编码程序将衣服变成符号,我们随之可以把它们作为一种语言来阅读。在时装语言中,能指依一种特定顺序和特定的相互关系加以编排。这些关系可以是相似性方面的——各种特定要素的"结合"(如便鞋与牛仔服)。各种差别也被标出——没有配晚装的皮带。某些符号实际上利用"差异"创造意义:例如多克·马滕的配有线条流畅的长裙的靴子。这些衣服"说着一些事"——它们传达意义。当然,并非每个人都以同样方法读解时装。存在着性别、年龄、阶级、"种族"的差异。但所有共享相同时装信码的人都会以大致相同的方法解释这些符号。"噢,牛仔服看起来对那种活动不适合。那是一个正式场合——它要求更讲究的东西。"

你也许已经注意到,在此例中,我们已经从在第一节里援以为例的非常狭义的语言学层次转向了一个较宽泛的文化的层次。还请注意,需要两个相关联的操作,才能完成意义生产得以实现的表征过程。第一,我们需要与一块特殊材料相关联的一个基础的信码,这材料用一特殊方法裁剪(能指),并与我们头脑中有关它的一个概念(所指)缝合起来——这仿佛是说将一种特殊材料和我们关于"一套正装"或"牛仔服"的概念缝合起来。(请记住,只有某些文化可以以这种方式"阅读""能指",或真的拥有作为〔即已将衣服分类为〕与"牛仔服"有别的"一套正装"的概念。)能指与所指的结合就是索绪尔称为符号的东西。认出那材料是一套正装或是牛仔服,产生一个符号之后,我们就能进入第二个范围更广的层次,它把这些符号与更广泛的文化主题、概念与意义联系起来,举例来说,把晚礼服同"礼节性"或"精致"相连,把牛仔服与"随意性"相连。巴尔特把第一个描叙层称为**直接意指层**;把第二个层次称为**含蓄意指层**。当然,二者都得使用信码。

直接意指是单纯的、基础的、描述的层次,在那里存在着广泛的一致性,大多数人会认可其意义("正装""牛仔服")。在第二层次——含蓄意指——上,这些我们已经能够在简单水平上加以"解码"(通过用服装的惯常意义上的各种分类法来读出其意义的方法)的能指,进入一个范围更广泛的第二种信码——"时装语言"——中,将它们与更广泛的主题和意义联结起来,将它们与我们可称为我们文化的更广义的语义学领域,即"精致""礼节性""随意性"和"浪漫色彩"等各种观念,联系在一起。这第二层较宽泛的意义不再是一种明确解释的描述层。在此我们开始根据社会意识形态——普遍信仰、概念结构以及社会价值体系等更广泛的领域,来解释各种完成了的符号。巴尔特指出,这第二层次的意指作用更"普遍、综合和芜蔓"……它处理"各种意识形态残余……这些所指同文化、知识、历史密切交流,可以说,正是通过它们,(文化的)外部世界才渗入(表征的)系统"(巴尔特,1967年,第91—92页)。

巴尔特在《神话学》的"今日神话"一文里提供了另一个例子,有助于我们确切看清表征在这第二个更广泛的文化层次上是如何运作的。某天巴尔特去了理发店,看到一本法国杂志《巴黎竞赛》,封面上有张照片,那是"一个身穿法国军服的黑人青年正在敬礼,双眼上扬,可能注视着一面三色旗"(法国国旗)(1972年b,第116页)。在第一层次上,不论理解哪个意义,我们都要将形象中的每一能指译解为对它们恰当的概念,如一个士兵、一套军服、一只举起的胳臂、扬起的双眼、一面法国国旗。这产生了带有简单的字面信息或意义的一系列符号:一个黑人士兵正向法国国旗敬礼(直接意指)。但是,巴尔特论证道,这形象还具有更广泛的文化意义。如果我们问道:"《巴黎竞赛》用黑人士兵向法国国旗敬礼这张照片告诉我们什么?"巴尔特认为我们可以获得如下信息:"法国是一个伟大的帝国,她的所有子民,没有任何肤色歧视,都忠实地在她的旗帜下服务,对于那些提出所谓的殖民主义的诽谤者,没有什么比这个黑人服务于他的所谓压迫者时所显示的热情更好的回答了。"(含蓄意指)(出处同上)

不论你从巴尔特发现的实际"信息"想到什么,作为一种恰当的符号学分析,你必须能精确勾画出这一更广泛的意义产生的各步骤。巴尔特指出,在这里,表征是通过两个分别的但相互联系的过程发生的。在第一个过程中,各种能指(形象的各种要素)和所指(概念——士兵、国旗等等)联合构成一个带有单纯的直接意指的信息的符号:一个黑人士兵正向法国国旗敬礼。第二阶段,这个完成了的信息或符号被联系到第二组所指——有关法国殖民主义的一个广义的意识形态主题。第一阶段完成了的意义在表征过程的第二阶段作为能指起作用,当它被读者联系到一个更广义的主题时,产生了第二层更精妙复杂和意识形态化的信息和意义。巴尔特给这第二层概念或主题一个名称——他称之为"'法国帝国性'与'军事性'的充满目的性的混合"。他说,这些加在一起就产生了一个关于法国殖民主义和她忠诚的黑人士兵——子民的"信息"。巴尔特称这第二层意指作用为神话的层次。在这一阅读中,他补充道:"法国帝国性是隐藏于神话背后的真正动力。这个概念重新组成一系列的原因和结果,动机和意图⋯⋯借助这个概念⋯⋯一整部新的历史植入神话⋯⋯法国帝国性的概念再次与世界整体相连:它被连接到法国的一般历史、它的殖民冒险、它眼下的各种困难。"(巴尔特,1972 年 b,第 119 页)

德里达

◎文论作品

人文科学话语中的结构、符号与游戏

> 对解释的解释比对事物的解释有更多的事要做。
>
> ——蒙田

也许,我们可以称作"事件"的某种东西已经在结构概念的历史中发生了,如果这个词所含的不是那种结构性或结构主义所苛求的意义,即将事件还原或对它加以怀疑的话。无论怎样让我们说它是一个"事件"吧,也让我们谨慎地将这个词置入括号里去吧。不过,这个事件会是什么呢? 它也许会有某种断裂与某种重复的外在形式。

指出结构概念甚至结构这个词与"认识"(epistémè)这个词同样的古老恐怕是容易的,也就是说它与西方的科学与哲学有着同样的年轮,而科学与哲学所根植的都是日常语言的土壤,认识正是从这土壤的深处将它们采集起来最终以某种隐喻性变位将它们带向自身。无论如何,直到这个我想用做基准的事件之前,结构,或毋宁说结构之结构性,虽然一直运作着,却总是被一种坚持要赋予它一个中心,要将它与某个在场点、某种固定的源点联系起来的姿态中性化了并且还原了。这个中心的功能不仅仅是用以引导、平衡并组织结构的——其实一种无组织的结构是不可想象的——而且尤其还是用来使结构的组织原则对那种人们可称为结构之游戏的东西加以限制的。诚然,某种结构的中心在引导和组织系统之内在连贯性的同时,也使得组成部分的游戏在那个整体形式内成为可能。一种本身丧失任何中心的结构今天仍然是不可思议的。

然而,这种中心也关闭了那种由它开启并使之成为可能的游戏。中心是那样一个点,在那里内容、组成成分、术语的替换不再有可能。组成部分(此外也可以是结构所含的结构)的对换或转换在中心是被禁止的。至少这种对换一直都是被禁止的(我有意使用这个词)。因此人们总是以为本质上就是独一无二的中心,在结构中构成了主宰结构同时又逃脱了结构性的那种东西。这正是为什么,对于某种关于结构的古典思想来说,中心可以悖论地被说成是既在结构内又在结构外。中心乃是整体的中心,可是,既然中心不隶属于整体,整体就应在别处有它的中心。中心因此也就并非中心了。中心化了的结构这种概念——尽管它再现了连贯性本身,再现了作为哲学或科学的认识之前提——却是以矛盾的方式自圆其说的。如往常一样,矛盾中的连贯性表达了某种欲望力。中心化了的结构概念其实是基于某物的一种游戏概念,它是建构于某种始源固定不变而又牢靠的确定性基础之上的,而后者本身则是摆脱了游戏的。从这种确定性出发,焦虑就可以得到控制,而这种焦虑从某种意义上说总是由被卷入游戏、被游戏捕捉及一开始就在游戏之中引发的。从那个既可是外又可是内、无所谓被称作始源或终极,元力(archè)或终极目的(telos)的所谓的中心出发的重复、替代、转换、对调总是被纳入意义的某种历史之中的——简言之即某种历史——而它的始源或终极总是可以通过在场的形式被唤醒或预设的。此乃为什么也许可以说任何作为元力学的考古学(archéologie)的运动,如同任何作为终极目的学的末世学(eschatologie)的运动一样,是这种结构的结构性之还原的同谋,而且它总是试图从某种圆满的、超越游戏的在场的角度去思考结构的结构性的。

如果确实如此的话,结构概念的整个历史在我们所说的那种断裂之前,就应当被当作某种中心置换的系列、某种中心确定的链条来思考。这个中心连续地以某种规范了的方式接纳不同的形式或不同的名称。形而上学的历史就如西方历史一样,大概就是这些隐喻及换喻的历史。它的母式——请原谅我为了尽快进入我的主题而论证得如此少而简略——也许就是将存在当作在场这个词的全部意义所做的那种规定。也许可以指出的是那种基础、原则或中心的所有名字指称的一直都是某种在场(艾多斯、元力、终极目的、能量、本质、实存、实体、主体、揭蔽 alétheia、先验性、意识、上帝、人等等)的不变性。

断裂这种事件,即我在文章开始隐射的那种裂变恐怕也许会在结构之结构性不得不开始被思考,也就是说被重复的那个时刻发生,而这也正是我何以说这种裂变就是重复的理由,我是在重复这个词的所有意义上使用它的[①]。此后必须开始思考的是在结构构成中主宰着某种中心欲求的那种法则及将其变动与替换与这种中心在场法则相配合的那个意谓过程;不过这是个从来就不是它自身,而且总是已经从其自身流放到其替代物中去了的中心在场。而这种替代物却不替代任何可以说是前在于它的东西。这样一来,人们无疑就得开始去思考下述

---

① répétition 这个词在西文中有两个意思,一是重复(过去的),二是排演,为未来做准备。

问题:中心并不存在,中心也不能以在场者的形式去被思考,中心并无自然的场所,中心并非一个固定的地点而是一种功能、一种非场所,而且在这个非场所中符号替换无止境地相互游戏着。那正是语言进犯普遍问题链场域的时刻;那正是在中心或始源缺席的时候一切变成了话语的时刻——条件是在这个话语上人们可以相互了解——也就是说一切变成了系统,在此系统中,处于中心的所指,无论它是始源或先验的,绝对不会在一个差异系统之外呈现。先验所指的缺席无限地伸向意谓的场域和游戏。

这种解中心(décentrement)作为结构之结构性之观念,是从哪里又是怎么产生的呢? 为了指认这个发生过程而参照某个事件、某个学说或某个作者的名字可能会显得有点天真。这个发生过程无疑地属于一个时代的整体,它也是我们的,但它总是早就已经开始被预示了而且早就已经开始运作了。假如,我们无论如何要以直陈的名义选择一些"特殊的名字",提及一些最能表呈这种发生过程之极端形式的作者的话,那无疑地就得引用尼采对形而上学和存在及真理概念的批判,因为这些概念被游戏、解释和符号的概念(即无在场真理的符号概念)所代替;就得引用弗洛伊德对自我呈现的批判,也就是说对意识、主体、自我一致性、自我临近(proximité à soi)、自我属性的批判;更激进一点,就得引用海德格尔对形而上学、存有神学、作为在场的存在的规定性的瓦解(destruction)。然而所有这些瓦解性话语及其同类都是在某种循环中进行的。这是一种独一无二的循环。它所描述的是形而上学历史与形而上学历史的瓦解之间的关系形式:不用形而上学的概念去动摇形而上学是没有任何意义的;我们没有对这种历史全然陌生的语言——任何句法和词汇;因为一切我们所表述的瓦解性命题都应当已经滑入了它们所要质疑的形式、逻辑及不言明的命题当中。众多例子之一:人们正是通过符号的概念才动摇了在场形而上学。但是,如我刚才所示,从人们想要指明先验或具特权的所指并不存在、意谓过程的场域或游戏自此便不再有限制那一刻开始,人们甚至就得拒绝符号这个概念与这个词——但这是做不到的。因为"符号"这个词的意义一直是作为某物的符号被理解与被规定的,它又被理解和规定为指向某个所指的能指;因此,作为能指的符号总是不同于其所指的。假如人们抹去能指与所指间的根本性差异的话,那就等于说必须放弃能指这个词本身,因为它是个形而上学概念。当列维·施特劳斯在《生与熟》的"序"中说他"一开始就立足于符号层面以求超越感性与知性的对立"时,他这种姿态的必要性、力量及合法性不能使我们忘记符号的概念是不能在其自身中超越感性与知性之对立的。符号的概念就是被这种对立所规定的:从头至尾地贯穿其历史的整个过程。它只靠这种对立及其系统过活。而我们不能够摆脱符号的概念,因为我们不可能放弃这种与形而上学之共谋关系而不同时放弃我们对它所做的批判工作,而不冒抹去二者间的差异只考虑所指而忽视能指之险,即要么在能指中同化所指,要么索性将能指其驱逐于所指之外。因为抹去能指与所指的差异有两种不同质的方式:一种是古典的,志在还原或派生能指,即最终使符号服从于思想;另一种是我们这里用来反对前面这种方式的,它强调的是要质疑那个使从前的还原得以运作的系统:首当其冲的正是那种感性与知性的对立系统。因为这种悖论,正是符号的形而上学还原需要还原的那种对立。这种对立系统地与还原联系在一起。而我们这里就符号所说的一切可以广泛推及到所有的形而上学概念、语句,特别是关于"结构"的话语。但落入这种循环的方式有很多种。有的方式更为质朴、经验性、系统性,也更为接近这个循环的表述法乃至其形式化过程,而有的少一些上述特征。正是这些差异解释了何以有瓦解性话语以及这些话语的持有者之间的意见分歧。比如,尼采、弗洛伊德和海德格尔所操作的就是从形而上学那里继承来的概念。由于这些概念并非一些组成部分、一些单子,也由于它们是在某个句法或系统中进行的,所以每一个既定的借用都会随之牵带上整个形而上学。正是这种东西使得破坏者相互之间的摧毁成为可能,比如使得海德格尔能以与清醒和精密同样的恶意和曲解将尼采当作最后一个形而上学者、最后一个"柏拉图的传人"。我们也可以将这种运作用在海德格尔、弗洛伊德或其他一些人头上。只是今天没有比这种运作更流行的了。

现在当我们转向所谓的"人文科学"时,这个形式上的图式又有什么相关性呢?其中的一门学科可能在此具有特殊地位。那就是人种学/民族学。其实,可以说作为科学的人种学/民族学只有在某种解中心运动可以运行的时候才能诞生:这是个欧洲文化——因此也是形而上学及其概念的历史——遭到解体,被逐出其领地,不得不因此停止以参照性文化自居的时刻。它并不首先是哲学或科学话语的时刻,它也是政治、经济、技术等的时刻。我们可以完全心安理得地说对人种学/民族学中心主义的批判这一人种学/民族学的必要条件,系统而历史地与形而上学历史的瓦解共时共代并非偶然。二者属于同一个时代。

而人种学/民族学——如任何科学一样——在话语组成部分中产生。它首先是一种使用着传统概念的欧洲学问,即便它否定或想要否定它。因此,无论愿意与否,人种学/民族学家甚至在它揭露人种中心主义的那一刻也同时在他自己的话语中接纳了人种中心主义的前提,而这并不取决于人种学/民族学家的决定。这种必然性是不可还原的,它不是一种历史的偶然;必须思考它的所有蕴涵。但是如果没有人能够逃脱这种必然性,也没有人能因此承当向它妥协的责任,哪怕只一点责任的话,那并不等于说所有向之妥协的方式都同等地合情合理。一种话语的质量和丰富性也许可以用它借以思考与形而上学历史及与这些继承来的概念间关系的那种批评严格性来加以衡量。这里涉及的问题是对人文科学语言的某种批评关系以及对话语的某种批评责任。问题也涉及到如何明确而系统地提出向传统借用必要资源以便解构该传统本身的某种话语的身份问题。这是一个经济学与策略性问题。

我们之所以将列维·施特劳斯的文本作为一个例子来考虑,那不只是因为人种学/民族学今天在众多人文科学中具有的特殊地位,也不是因为他的思想对当代理论格局有着重要的影响。主要是因为列维·施特劳斯的工作宣告了某种抉择,而在其中得以以某种或多或少明确的方式展开的一种学说所关涉的恰恰正是这种语言批评及这种处于人文科学中的语言批评。

为了追踪列维·施特劳斯文本中的这种运动,让我们就将自然与文化这个对子选作诸多主线之一吧。尽管这个对立面在他那里有所更新与伪装,但它先天就属于哲学领域。它甚至比柏拉图更古老。至少它与希腊诡辩派同龄。从physis(物体)/nomos(规范)、physis(物体)/technè(技术)这些对子至今,对立就一直是"自然"与法律、制度、艺术、技术,甚至还有自由、专断、历史、社会、精神等的对立这一整个历史链的互换。然而,列维·施特劳斯从他的研究工作及其第一部著作(《亲属关系的基本结构》)开始,就同时体会到了使用这种对立的必要及信任它的那种不可能。在对那些亲属关系的基本结构的研究中,他是从下述这个公理或者说定义出发的:那种普遍的、自发的,并且不依赖任何特殊文化及任何既定规范的东西属于自然。相反的,那些依赖某种用以规范社会并因此能够使一种社会结构有别于另一种的规则系统的东西则是隶属于文化的。这两个定义都很传统。不过,从《亲属关系的基本结构》的第一页开始,已开始信任这些概念的列维·施特劳斯就遇到了被他称作丑闻的那种东西,即某种不再能容忍他已经接受了的自然与文化对立而且看来同时征用了自然与文化之属性的东西。那就是乱伦禁忌。乱伦禁忌是普遍的;在此意义上人们可以说它是自然的;——但它同时也是一种禁忌,一种规范及禁止系统——而在此意义上人们又不得不说它是文化的。"因此让我们假设人身上一切普遍的东西都属于自然并且以自发性为特征,而一切强行规范的都是文化的并且表现为某些相对而特殊的属性。这时我们就会面对某种借助前述定义而看来离丑闻不远的事实或者一组事实:因为乱伦禁忌毫不含糊地表现了不可分离地结合在一起的这两种特性,而我们已经承认过它们是两种互相排斥的矛盾属性:乱伦禁忌构成一种规则,不过它是在所有社会规则中同时具备普遍性特征的唯一一种规则。"(第9页)

显然只有在相信自然与文化之差异的某种概念系统内部,才会有这种丑闻可言。列维·施特劳斯在用乱伦禁忌的"事实陈述"(factum)作为其著作的开篇之时,就切入了这种总是已被假定为不言自明的区别发现自己被抹去并遭到怀疑那个点。因为只要乱伦禁忌不再能够用自然与文化的对立来进行思考,人们就不能再说它是个丑闻了，也不能再说它是某种透明的意义网络中那种不透明的核心了；它也不再是人们在传统的概念领域中碰上的某种丑闻了；乱伦禁忌是逃脱了这些概念并且肯定前在于它们且大有可能就是它们之所以成为可能的那种作为前提条件的东西。也许可以说，以自然与文化的对立造就其系统的哲学整体概念领域就是为了让那些使之成为可能的东西陷入不可思的境地，也就是说使乱伦禁忌之源变得不可思议。

这个过快地被提及的例子只不过是众多例子中的一个，但它已使语言自身带有其特有的批评必要性这一事实显现。只是这种批评可以通过两种途径、两种"方式"进行。在感受到自然与文化对立之局限的那一刻，人们可能会有系统并严格地质疑这些概念之历史的愿望。此乃第一种姿态。这样一种系统而历史的追问，在语文学与哲学的古典意义上讲，恐怕既不是语文学的姿态亦不是哲学的姿态。关注哲学整体历史的基础性概念并解其建构，并不是要为语文学者或古典哲学史家代劳。尽管表面上如此，这无疑是迈向哲学外的第一步的最有胆识的方式。思考"哲学外"的出口比那些以为长期以来已经以某种傲慢的方式这么做了的人通常想象的要难得多，因为这些人一般都被自以为逃脱了的那种话语的整体压陷于形而上学之中。

另一种选择——我认为更符合列维·施特劳斯的做法——为了避免第一种姿态可能会对经验发现产生不育效果，它强调保存所有这些旧概念并不时地揭示它们的局限性：把它们当作依旧能使用的工具。不再赋予它们任何真值、任何严格的意谓，要是其他工具更为适合的话，它们将会随时遭到放弃。与此同时，其相对的效力继续被开发并被用来摧毁它们作为零件所从属的那部老机器。人文科学的语言正是这样进行自我批评的。列维·施特劳斯认为以此方法可以将方法与真理、方法之工具与它所针对的客观意谓加以分离。我们几乎可以说这是列维·施特劳斯的第一个断言；总而言之，《亲属关系的基本结构》是这样开篇的："我们开始明白对自然状态与文化状态的那种区分（如今我们更情愿用自然状态与文化状态这种说法），虽然没有可接受的任何历史意谓，却表现了它作为现代社会学的一种方法工具而完全具有使用合法性的一种价值。"列维·施特劳斯将永远忠实于这种双重的意向：将那种他批判了其真值的东西当作工具保存下来。

一方面，他其实将继续对自然相对文化的这个价值提出异议。《亲属关系的基本结构》十三多年后的《野性的思维》忠实地回应了我刚刚读过的这个文本："我们昔日所强调的自然与文化的对立，今天看来给我们几乎仅仅提供了方法论的价值。"而这个价值并未受到"它不具有'存有论'价值"这一事实的影响，如果我们同意使用这个在此上下文中应当受到怀疑的"存有论"概念的话，那也许我们可以这么说："说一般人文科学已吸纳了特殊人文科学将是不够的；因为这第一种事业导引了那些归于精确科学与自然科学的其他工程：使文化重返自然，并最终使生命重返其化学物理条件的整体。"（第 327 页）

另一方面，列维·施特劳斯还在《野性的思维》以打零活（bricolage）的说法来表现那种可称作该方法的论证话语的东西。列维·施特劳斯说打零活的人就是使用"不求人方式"的人，即是说他所寻求的是他手边现成的可用工具，而且这些工具并非根据特殊的操作功能、为了适应什么而设计，必要的时候，他也会毫不犹豫地对工具加以改动，一次尝试几把，哪怕它们来源和形式各异。因此，有一种打零活的形式的语言批评，而且有人甚至会说打零活就是批评语言本身，尤其是文学批评的批评语言：这里我想到的是热内特（Gérard Genette）的那个文本《结构主义与文学批评》，那是为了向列维·施特劳斯致意而发表在《弓》（L'Arc）上的一篇文章，文章上说有关打零活的那种分析几乎可以"一字不漏地用在"批评，尤其是用在"文学批评"上。（转引自热内特的《形貌》，Seuil 出版社，第 145 页）

如果把打零活说成是向某种多少有连贯性的或多少被毁坏了的遗产之文本借用概念的必要性的话，那么我们就不得不说每一种话语都是个打零活者。列维·施特劳斯使之与打零活者相对立的那个工程师，恐怕应当自创其自己的语言、句法、词汇整体。在此意义上，这种工程师就是一种神话：一种恐怕就是其自己话语的绝对来源而且"用各种零件"建构了这个话语的主题。它恐怕就是言语的创造者，就是言语本身。因此，必须与所有形式的打零活断绝关系的这种工程师观念就是一种神学思想；既然列维·施特劳斯在别处告诉我们说打零活是神话诗（mythopoétique），那么十有八九这种工程师就是由打零活者造出来的神话。只要我们不再去相信这样一种工程师和这样一种中断了与历史传承之关系的话语，只要我们承认每一种有限话语都受制于某种打零活方式，而工程师或科学家也是打零活者的不同种类，那么关于打零活的思想就受到了威胁，而它的意义赖以存在的那种差异也就解体了。

这使得第二条线索显现了，而它大概会以这里所策划的一切对我们加以引导。

列维·施特劳斯不只将打零活的活动描写为智性活动，他也将之描写成一种神话诗式的活动。在《野性的思维》（第 26 页）有这样的段落："像技术层面上的打零活那样，神话反思可以在智性层面上达到出色而出人意料的结果。反之亦然地，人们也常常注意到打零活的神话诗特征。"

但列维·施特劳斯的出色努力不只在于提出了一种关于神话与神话学（mythologique）活动的结构科学，尤其是在他最近的研究里，他的力度看来也在,我会说几乎首先在他给予他关于神话的话语及其他称之为"神话学"的东西的那种定位中体现出来。这就是他关于神话的话语进行反身自省并自我批判的那种时刻。而这种时刻、这种批评阶段显然针对的是人文科学领域所共同分享的所有那些语言。那么列维·施特劳斯关于他的"神话学"说了什么呢？正是在那里人们重新发现了打零活的神话学效力。因为,在这个有关话语的新身份的批评研究中看起来最有诱惑力的,就是宣布放弃对某种中心、某种主体、某种特权性的参照点、某种绝对源头或某种元力的做任何参照。人们大概可以透过他最近那本关于《生与熟》的书的整个开篇追踪到这个解中心的主题。而我只打算谈几点。

1. 首先,列维·施特劳斯承认他在该书中当作"参照性神话"来用的博罗罗(bororo)神话配不上这个名字及这种待遇,这个称呼不但华而不实而且是一种滥用。因为这个神话不比任何其他的神话具有更特殊的参考价值:"事实上,从今往后将用来指称参照性神话之名的博罗罗神话如我们试图显示的那样,不是别的什么,而不过是要么来自同一社会要么来自邻近或远方社会的其他神话的不同程度的变形。因此,选择无论哪个社会的代表性神话作为出发点都具有合理性。从这一点出发,参照性神话的价值并不在于它的典型特征,而在于它在某一组群中所处的不规则位置。"(第10页)

2. 神话的统一体或绝对发源地是不存在的。那种策源地或者发源地总是些捉不住的、不可落实的而且首先是不存在的影子或潜在性。一切都始于结构、形态或关系。神话作为关于这种无中心结构话语,本身不可能有绝对主体及绝对中心。要想不失去神话的形式与运动,它就得避免志在使某种描述非中心结构的语言成为中心的那种暴力。因此这里必须放弃的是科学或哲学话语,是认识,因为认识有一种绝对的要求,这个绝对的要求就是要回到发源地、回到中心、回到基础、回到原则等等。与认识论话语相反,关于神话的结构式话语,即神话—逻辑话语应当本身就是神话形态的(mythomorphe)。它应当具备它所谈论对象的那种形式。我希望现在引用列维·施特劳斯在《生与熟》里关于这一点所写下的长而优美的一页:

"其实,神话研究提出了一个方法论的问题,因为它无法遵循笛卡儿将困难分成许多部分以求解决的原则。神话分析不存在可验证的结果,也不存在人们可在分解工作之后就能捉住的那种秘密统一体。神话的主题无限地一分为二。正是在我们以为已将它们彼此梳理清楚并分隔开来的时候,我们才发现它们受到不可预料的亲和性之外力作用而又重新焊接在一起。因此,神话的统一体不过是带有倾向性和投射性的,它从不反映神话的某种状态或时刻。作为一种由诠释而来的想象性现象,神话统一体的角色是给神话以一种综合的形式并防止它在对立面的混淆之中解体。所以关于神话的科学可以说是可逆碎屑状的（anaclastique），我们使用的是这个古词的词源学意义上的广义，它在其定义中包括了对反射线与折断线的研究。但与追求上溯发源地的哲学反思（réflexion）不同，这里所指的那些反射（réflexion）所关心的是除了潜在的策源地之外丧失了任何其他策源地的那种射线……想要模仿神话思维的自发运动，这部著作既太短又过长，它不得不服从这种思维的要求并尊重其节奏。这样一来，这本关于神话的书从某种意义上说就成了神话。"稍后这种说法又重复出现（第 20 页）："由于神话本身栖身于次一级的符码上（第一级符码是语言借以构成的那些东西），这本书提供的将是某种第三级符码的草案，目的在于确保多个神话之间的相互可译性。所以，将这本书当作神话来看并不为过：可以说它是神话学的神话。"正是神话或神话学话语的任何实在固定中心的这种缺席解释了列维·施特劳斯何以为这本书的结构选择了那种音乐模式。"神话与音乐作品看起来像交响乐的指挥，其听众乃是沉默的演奏者。如果问作品的实在策源地在哪儿，回答必须是：它是无法确定的。音乐与神话学使人面对的是潜在的对象，而只有它们的影子是现实的……神话没有作者……"（第 25 页）

因此正是在这一点上，人种志式的打零活有意识地承认了它的神话诗功能。但也是这种功能同时使得哲学与认识论对中心的需求显得像一种神话学，即像一种历史的幻象。

无论怎样，即便我们承认列维·施特劳斯的这种姿态有其必要性，却不能忽略它的危险性。假如这种神话逻辑就是神话形态学的话，是否所有关于神话的话语都有同样的价值呢？我们是否应当放弃使得我们能够在多种关于神话的话语之质量中进行区分的任何认识论要求呢？这是个古典式的提问，但却不可避免。只要理论素（théorème）与神话素或神话诗素（mythopoème）的关系问题没有被明确地提出来，我们无法回答这个问题——我想列维·施特劳斯也没有回答它。而这并非小事。由于缺乏明确的提问，我们被迫将哲学的所谓僭越转变为哲学领域内一种未察觉的缺陷。经验主义恐怕就是那种其缺陷一直会属于种属之缺陷的类型。这些超越哲学（trans-philosophique）的概念从哲学的角度去看恐怕会显得幼稚。很多例子可以表明这种危险：符号、历史、真理等概念。我想强调的只是哲学外的那种通道并不是要翻过哲学这一页（这常常等同于糟糕的哲思）而是要以某种方式继续阅读哲学家们。我所说的那种危险一直为列维·施特劳斯所承认而且那就是他的工作所付出的代价。我说过经验主义，尤其在列维·施特劳斯那里，就是所有威胁着某种在此条件下一直想要成为科学的话语的错误之母。不过，如果我们想要深入地提出经验主义与打零活的问题，恐怕我们的确会很快回到有关结构人种学/民族学中的话语身份那些绝对相互矛盾的命题上来。一方面,结构主义名正言顺地赋予自己经验主义批判的头衔。而与此同时,列维·施特劳斯没有一本书或一项研究不是作为其他信息可以对之加以替补或肯定的经验性论述来提交的。那些结构图式的提出总是以对来自某种数量有限并受制于经验证明之信息作为假设前提的。这种双重的诉求可以通过许多文本得以证明。让我们仍转向《生与熟》的开篇,那里清楚地表明如果说这种诉求是双重的话,那是因为它所涉及的乃是关于语言的语言:"指责我们没有对南美神话做彻底清点就对它们进行分析的那些批评,恐怕会严重误解这些文献的性质与角色。既定社群的神话整体从本质上说是与话语相似的。除非这个群体已在肉体与精神上灭绝了,否则的话这个整体就永不会完成。这大概就像指责一位语言学家在没有记录下该语言存在以来的言语整体之前,在没有了解它未来将会有的所有语词交换之前就撰写它的语法差不多。经验证明一位语言学家可以从很少的一些句子中提炼出他所研究的语言的语法。如果处理的是未知语言的话,那么哪怕这是一种不完全的语法或一种语法草案,它所代表的也是些宝贵的收获。句法并不等着理论上说是无限的系列事件得以普查后才显现自身,因为它本身就在那种主宰了这些事件产生的规则机体之中。我们想要用作草案的正是南美神话学的一种句法。即便新的文本会使之丰富,那也将是对某些语法规则的形构方式加以检验或修改的机会,以便放弃其中的一些并代之以新的另一些规则。但在任何情况下,对一种完整的神话话语的苛求都会事与愿违。因为我们刚才已看到了这种苛求是没有意义的。"(第15—16页)因此,整体化有时被看作是无济于事的,有时又被当作是不可能的。无疑,这与存在着两种思考整体化之局限的方式有关。而我想再说一次,这两种规定性以含蓄的方式共存于列维·施特劳斯的话语里。在古典风格中,整体化可被判作是不可能的:人们由此可以提及某种主体或有限性话语的经验主义努力,它在其无法控制的无限丰富性后面徒劳地追得气喘吁吁。存在物太多,远比人们可说出来的要多。不过,非整体化的思想通过另一种方式也可以得到确定:不再以借助经验的有限概念而是以游戏的概念为出发点。如果说整体化因此不再有意义的话,那不是因为某种有限性注视或有限性话语掩盖不了某场域的无限性,而是因为场域的性质——语言与一种有限语言的性质——排除了那种整体化可能:这个场域其实是某种游戏的场域,即处于一种有限集合体的封闭圈内的无限替换场域。它之所以允许无限的替换,那是因为它是有限的,它不是古典假设中的那种大得不可竭尽的场域,它缺乏某种东西,即那种停止并奠定了替换游戏的中心。我们可以严格地使用法文中一直被抹去了其可耻之义的这个词去说,这种由中心或源头缺失或不在场所构成的游戏运动就是那种替补性(supplémentarité)运动。我们不可以确定中心并且竭尽整体过程,因为取代中心的、替补中心的、在中心缺席时占据其位的符号同时也是被加入的,是作为一种剩余、一种替补物而出现的符号。意谓运动添加了某种东西,以致使存在总是多出一些来,不过这种增加是浮动不定的,因为它是来替代、替补所指方面的缺失的。尽管列维·施特劳斯没有如我这里所做的那样,在强调那两种如此奇特地组合在一起的意义方向时使用替补这个词汇,但他在"马塞尔·莫斯著作介绍"①中谈及"能指相对于所指的过剩"时两次使用该词却并非出于偶然:"人在其理解世界的努力中因此总是具有某种意谓的多余物(这个过程以象征思维法则分享了人种学/民族学研究与语言学研究共同面对的领域)。替补性定量的这种分配——如果我们可以这么表达的话——为了使空闲的能指和它被用来瞄准的所指之间保持作为象征思维之前提条件的那种互补关系是绝对必要的。"(无疑可以表明的是意谓的这种替补定量〔ration supplémentaire〕就是理性〔ratio〕本身的来源。)替补这个词在列维·施特劳斯谈到"就是对全部有限思维的必不可少的那种浮动能指"后不久又重新出现:"借用莫斯的格言并换句话说,所有的社会现象都可被纳入语言,我们可以在 mana(魔力)、wakan、oranda② 和同一类型的其他观念中看到某种语义学功能的自觉表达,而这种语义学功能的作用就是使象征思维尽管有它特有的矛盾性而照样得以运作。这样一来附在这个观念上的那些表面上难以解决的二律背反现象就可以得到解释了……它们同时既是力又是运动,既是质又是状态,既是名词、形容词又是动词;既是抽象又是具体,既是无所不在又是一时一地。事实上,'马纳',即魔力就是这一切;不过更确切地说,不就是因为它不是这些东西中的任何一个,而是一种单纯的形式,更准确地说是一种纯粹状态的象征,因此它能够承载无论什么象征内容吗? 在一切宇宙论所赖以存在的这种象征系统中,魔力恐怕简单地就是一种零度象征值(valeur symbolique zéro),也就是说一种标识了用某种象征内容对那种已负载了所指的象征内容进行替补(我强调这一点)的必要性的符号,但这个符号只有仍是个可供自由使用的储存部分而非语音学家们所说的某种组项(terme de groupe),才能具有某种语义学价值。"(注:"语言学家已经提出这种类型的假设了。比如:法语中有一个'零度音素与所有其它音素相对立。之所以称之为零度音素乃是因为而它不属于用以鉴别每个语音的那个差异系统。相反,零度音素的特有功能是当没有可供自由使用的音素时出来替换。它的对立面因而不是这个或那个音素而是音素的不足或

① 这是列维·施特劳斯为马塞尔·莫斯著作选集《社会学与人类学》(Sociologie anthropologie)所写的序,巴黎,大学出版社,1950 年,Ⅸ—ⅬⅡ页。
② 马来西亚的"mana"和北美印第安人的"oranda"这些词在莫斯的"关于魔术的一般理论草案"(Esquisse d'une theorie générale de la magie,1902—1903)中有过系统研究。它们都具有与魔力相关的多重含义。见《社会学与人类学》,同上,第 1—141 页。

缺席'〔见雅各布逊与罗茨的'法语语音模型笔记'①〕。同样,在将这里提出的这个观点加以概述时,我们几乎可以说像魔力这类概念的功能就是意谓作用缺席的对立面,而它自身并不具有任何特殊的意义。")

因此,能指的那种过剩及其替补性特点乃是某种有限性之结果,也就是说它是某种必须得以替补的缺失造成的。

这样我们就明白了何以游戏概念对于列维·施特劳斯是重要的。他对所有游戏尤其是对轮盘赌的参照相当频繁,特别是在《谈话录》《种族与历史》《野性的思维》中。不过这种对游戏的参照总是在一种紧张关系中进行的。

首先是与历史的紧张。这是个古典的问题而且围绕着它所展开的反对意见已经耗尽。我只想指出在我看来似乎是问题之形式的那种东西:列维—施特劳斯通过还原揭示了历史这个概念,悖论的是,这个概念一直就是终极目的论及末世说形而上学,即人们以为可以与历史相对的那种在场哲学的同谋。历史性这个主题尽管看来很晚才引进哲学之中,但它一直是把存在的规定性当作在场来使用的。无论它有没有词源,而且哪怕在所有古典观念中存在着将认识与历史的意义对立起来的那些通常的对立面,我们恐怕仍可以显示认识这个概念总是牵涉着历史(historia)这个概念的,那是因为历史永远是某种生成性的统一体,而这个生成的统一体可以被当作真理的传承或科学的发展来思考。科学发展又是向着于在场中、于对自我的呈现中去占有真理这个方向的,它也朝着在自我意识中进行的认知的那种方向。历史一直是被当作历史的某种还原运动,即当做两种在场间的临时性不稳定过渡来思考的。但如果怀疑这种历史概念的合法性的话,如果将它还原而不去有意识地提出我这里示意过的问题的话,我们就有重新陷入某种古典形式的非历史主义——形而上学历史的一个既定时刻的危险。在我看来,此乃该问题的代数形式。具体地说来,我们必须承认在列维·施特劳斯的工作中,那种对结构性的尊重、对结构内部的原创性的尊重却使得时间和历史被中立化了。比如,一种新结构、新系统的出现总是由于它与其过去、其源头和原因的某种断裂造成的——而且这就是其结构特性的条件。所以人们只有在描述时不顾及其过去的条件才能对这种结构组织的属性加以描述:省去对从一种结构向另一种结构的过渡提问,即将历史置入括号之中。在这种"结构主义"的时刻,偶然与间断性概念是必不可少的。而列维·施特劳斯事实上经常借助它们,比如当他在"马塞尔·莫斯著作介绍"中说到"只能突然诞生的"那种结构之结构——语言时说:"无论语言在动物生活中出现的时刻与环境是什么,它都只能是突然诞生的。事物不可能逐渐地开始示意。随着某种不属于社会科学而

---

① "Notes on the French Phonemic Pattern",Words,第 2 期,1949 年 8 月,第 155 页。

属于生物及心理学研究范围的转化,某种从无一物有意义之阶段向一切皆有意义之另一阶段的过渡实现了。"这并没有妨碍列维·施特劳斯承认实际转型的那种缓慢、漫长的成熟过程与持续不断的劳作过程即历史中(如《种族与历史》中描述的)。但是与卢梭或胡塞尔的某种姿态相一致的是,他得在他要重新捉住某种结构的根本特性之时"将所有的事实排除"。像卢梭那样,他永远得在灾难模式上——自然中的自然灾难、自然环节中的自然中断、自然的距离去思考新结构的来源。

存在着历史与游戏的紧张,也存在着在场与游戏的紧张。因为游戏乃是在场的断裂。某种组成部分的在场永远是在某种差异系统和某种链条运动中被记录下来的一种有意义的、替换性的参照物。游戏总是不在场与在场间的游戏,不过,如果想要对游戏做极端的思考的话,就必须将它放到有在场和不在场的选择之前去思考;就必须从游戏的可能性出发将存在当作在场或不在场进行思考,而不是从存在出发去思考游戏。然而,虽说列维·施特劳斯比别人更好地使重复的游戏与游戏的重复显现了,他的工作却并不缺少某种在场、怀念本源、怀念上古与自然的纯真之伦理,也不缺少言语中在场与向自我显现之纯粹性的伦理;当他走向上古社会,即他眼中的范例时,这种伦理学、怀旧甚至是感伤常常被他当作人种学/民族学计划的动力来呈现。而这些文本是众所周知的。

这种与直接性中断了的结构主义主题,一旦转向不在场源头的那种丧失了的或不可能的在场,就成了游戏思想的那悲伤、否定、怀旧、负罪、卢梭式的一面,其另一面则是尼采式的肯定,它是对世界的游戏、生成的纯真的快乐肯定,是对某种无误、无真理、无源头、向某种积极解释提供自身的符号世界的肯定。这种肯定因此规定了不同于中心之缺失的那种非中心(non-centre)。它的运作不需要安全感。因为存在着一种有把握的游戏:限制在对给定的、实在的、在场的部分进行替换的那种游戏。在那种绝对的偶然中,这种肯定也将自己交付给印迹的那种遗传不确定性,即其播种(séminale)的历险。

因而存在着两种对解释、结构、符号与游戏的解释。一种追求破译,梦想破译某种逃脱了游戏和符号秩序的真理或源头,它将解释的必要性当作流亡并靠之生存。另一种则不再转向源头,它肯定游戏并试图超越人与人文主义,超越那个叫作人的存在,而这个存在在整个形而上学或存有神学的历史中梦想着圆满在场,梦想着令人安心的基础,梦想着游戏的源头和终极。尼采向我们显示的这第二种解释之解释不像列维·施特劳斯要做的那样,在人种志中追求"某种新人文主义的灵感",这里我所引用的仍是"马塞尔·莫斯著作介绍"那篇文章。

今天,不少信息让我们察觉到了这两种解释之解释——即便我们在某种不清晰的经济学中对它们有同步的体验并使得它们和平共处,它们也是绝对不可调和的——它们共同分享着我们称作人文科学的领域,而这种称呼仍问题重重。

尽管这两种解释之解释必须承认它们间的差异并强调它们的不可还原性,我本人却并不认为如今非做选择不可。首先是因为我们现正处在一个区域中——我们暂时说它是一个历史性的区域——在那里选择的范畴看起来特别无足轻重。其次是因为必须首先尝试去思考这种不可还原的差异的共同基础及其延异。因为那里有一种问题类型,让我们仍说它是历史形态的吧,我们今天只是使它的受孕、成形、孕育、劳动过程隐约显现了而已。我用这些词时,诚然着眼的是产子之运作过程;但着眼的也是那些在某个我也在内的社会中面对仍无法命名之物而不能正视之的人,这种仍无法命名之物就像每一次产子的运作一样,它预示自己并且只有在那种非种属的种属之下,在畸形的那种无形、无声、雏形而可怖的形式之下它才能这么预示自身。

◎史料选

解构派:雅克·德里达

[英]拉曼·塞尔登　彼得·威德森　彼得·布鲁克

德里达 1966 年在约翰·霍普金斯大学的一个研讨会上发表的论文《人文科学话语中的结构、符号和嬉戏》确实在美国开创了一个新的批评运动。它的中心论点是对柏拉图以来西方哲学中的种种形而上假设提出疑问。他争论说,即使在"结构主义的"理论中,"结构"的观念总是预设了某种意义的"中心"。这个"中心"控制结构,但它自身却不受制于结构分析(要发现这个中心的结构就会发现另一个中心)。人们渴望有一个中心,因为中心保证了作为在场的存在(being as presence)。譬如,我们认为我们的精神生活和物质生活设置了一个"我"作为中心;"我"这一人格就是支持这个空间中一切结构的统一性原则。弗洛伊德的理论揭示了自我人格中意识与无意识的分野,就彻底瓦解了这种确定性。西方思想曾经提出过无数运作这种中心原则的术语:存在、本质、实质、真理、形式、开端、终结、目的、意识、人、上帝等等。重要的是,我们必须看到德里达并没有指出脱离这些术语来思考的可能性;要解构一个特别概念的任何意图都必将陷入这个概念依赖的术语之中。例如,我们要通过强调"无意识"干预的反作用力,来解构"意识"这个中心概念,我们就处于引进一个新中心的危险之中,因为我们别无选择,只能进入我们试图要解构的(意识/无意识)的概念系统中。我们所能做的一切就是拒绝允许这个系统中的两极(躯体/灵魂、好/坏、严肃的/不严肃的)变成中心和在场的保证者。

这种渴望成为中心的欲望在德里达的经典著作《书写学》中被称为"逻各斯

中心主义"(Logocentrism)。"逻各斯"(Logos,在希腊语中意为"Word"〔字词〕)是新约中表示最伟大、最集中的可能存在的一个词:"太初有言。"("In the beginning was the Word.")作为世上万物的起源,"逻各斯"("言",the Word)为世界的完全在场署了名;人间的每一件事物都是这个原因的结果。尽管《圣经》已经写成,上帝的话也从根本上讲过。从一个活的机体中说出的字眼比书写的字似乎更接近那个原初的思想。德里达争论说,这种口头言说优越于书写(他称之为"语音中心主义"〔Phonocentrism〕)是逻各斯中心主义的一个经典特征。是什么阻碍符号成为一个完全的在场呢?德里达创造了一个法语里没有的字différance("延异")来说明符号分裂的性质。在法语中,différance 中的"a"是听不到的,因此我们听到的发音只是法语的 différence。这个新字的歧义只能从它的书写形式中感知:法语动词 différer 既表示"区别"(to differ)又表示"延宕"(to defer)。To differ 是一个空间概念:符号从一个被在空间中分隔出来的差异体系中产生;To defer 是一个时间概念:能指致力于无限制地推迟"在场"的到来。语音中心主义无视"延异",坚持言说的字的自我在场。

语音中心主义把书写看作一种污染的口头言说形式。口头言说似乎近于原初思想。当我们听到口头言说时,我们认为它是一种"在场",而这种"在场"在书写中是缺失的。大演员、演说家或政治家的演说总是被认为具有这一"在场";可以说,这一演说正是演说者灵魂的化身。书写似乎是相对地不纯的,它把自己的系统强加给了那些相对永久的物质记号;书写可以重复(印刷、重印等等),这种重复性邀约阐释与再阐释。即使言说要求阐释,通常也要用书写的形式。书写不需要书写者的在场,但言说总是暗含着一种不隔的在场。一个言说者发出的声音消散在空气中,(除非录音)留不下任何痕迹,因此,似乎不会像在书写中那样对原初思想造成污染。哲学家往往对书写表示厌恶;担心书写将毁坏哲学真理的权威。这个真理依赖于纯真的思想(逻辑、观念、命题等),一写就有遭到污染的危险。弗朗西斯·培根相信,科学进步的一个主要障碍就是喜好雄辩:"人们开始寻求更多的辞藻,而不去寻求事实;更多地追求……修辞的转义和比喻,而不是厚重的事实……论点的准确性。"但是,正如"雄辩"一词暗示的,培根反对的书写的性质原本是由演说家们提出的。因此,书写中详述的那些威胁要遮蔽思想纯洁性的特征原本是为言说而培养的。

把"书写"与"言说"组成一对概念正是德里达所谓"暴力等级"(violent hierarchy)的一个范例。言说有完全的在场,而书写是二级的,同时威胁要用它的物质性污染言说。西方哲学支持这样一种等级划分,以便保持在场。但是正如培根的例子表明的那样,这个等级制很容易被推翻和颠倒过来。我们开始看到,言说和书写共同具有某些作者的特征:两者都是在场缺失的指义过程。为了完成这一等级的颠倒,我们现在可以说,言说是一个种类的书写。这种等级的颠倒是德里达解构主义的第一个阶段。

德里达质疑言说与书写的区分,同时也质疑"哲学"与"文学""字面的"与"比喻的"的区分。哲学只有在无视或否认自己的文本性时才是"哲学的",即相信自己远离了这样的污染。哲学认为,"文学"只是一种虚构,一种蕴含"比喻"的话语。德里达颠倒了哲学/文学的等级序列,把哲学置于擦抹下(sous rature),哲学本身受到修辞的掌控,但仍然是"书写"的一种显著形式(我们依然看到"哲学"仍旧在擦抹的符号下)。将哲学读作文学并不妨碍我们把文学读作哲学。德里达拒绝肯定一种新的等级(文学/哲学),尽管一些德里达主义者对这种不完全的解构并不满意。同样地,我们发现,"字面"语言实际上也是"比喻"语言,只是它的比喻性被遗忘了。不过,"字面的"的概念并不因此被泯灭,而只是被解构了。它实际上只是被置于擦抹下而已。

德里达使用"替补"(supplement)来表达言说/书写之类的二元对立概念之间的不稳定关系。对卢梭来说,书写只是对言说的补充:它添加的东西是不重要的。在法语中,suppléer 也表示"替换"(to substitute)的意思。德里达表明,书写不仅补充而且替代言说,因为言说总是已经书写成的了。人类的一切活动都离不开这种替补(添加—替代)。当我们说,"自然"先于"文明"时,我们又肯定了另一个暴力等级,在这个等级中,纯粹的在场自诩优于纯粹的替补。然而,如果我们仔细探索,我们就发现,自然总是已经被文明污染;根本没有什么原初的自然,只有一个我们渴望宣扬的神话。

来看看另一个例子。弥尔顿的《失乐园》可以说是建立在善恶二分的基础上的。善具有原初存在的完满。它源自上帝。恶是第二个后来者,一个替补,它污染了善原初存在的统一性。然而,如果我们进一步仔细探究,我们开始发现这个等级秩序正在颠倒。例如,如果我们要找到一个只有善没有恶的时候,我们发现我们陷入了一个深不可测的倒退之中。那是在人类堕落之前吗?在撒旦堕落之前吗?什么造成了撒旦的堕落?傲慢。谁造成了傲慢?上帝,那个创造了天使和自由犯罪的人类的上帝。我们永远不能够达到一个只有纯粹善的原初的时刻。我们可以颠倒这个等级,说直到人类堕落之后,人类才有了"善"行。亚当的一个牺牲行动就是表达对已经堕落的夏娃的爱。这个"善"只能出现在"恶"之后。上帝的禁令本身预设了恶。在《论雅典法制》中,弥尔顿反对给书籍出版发放许可证,因为他相信,只有在给我们机会与邪恶斗争时,我们才可能有德行:"那使我们变得纯洁的是考验,而考验的东西只能来自反面。"所以,善出现在恶之后。有许多批评策略和神学策略可以挑选出这类混淆来,然而解构的基础依旧是存在的。解构的读解从注意到这种等级划分开始,然后颠倒这种等级秩序,最后再抵制那个出现的新等级秩序,再把新的第一等级移至第二等级的位置上。布莱克相信,弥尔顿在他的伟大史诗中站在撒旦一边,雪莱认为,撒旦在一般意义上比上帝优秀。这只不过是颠倒了原来的等级,用恶替代了善而已。解构主义的读解将进一步认识到,二元对立中等级的实现在两个方向的任何一个上都离不开"暴力"。恶既是补充又是替代。当我们发现文本违反了它似乎为自己建立的法则时,解构就可以开始了。在这样的时刻,可以说文本碎裂了。

在《署名、事件、语境》中,德里达指出了书写的三个特点:

1.一个书写的符号是一个记号,该记号不仅可以在将其从特定语境中放送出去的主体缺场时重复,也可以在特定的接受者缺场时重复。

2.这个书写的符号能够突破它自己"真实的语境",能够在不同的语境中被阅读,不管它的作者的意图是什么。任何一串符号都可以"嫁接"到另一个语境中的话语里(譬如在引文里)。

3.这个书写的符号在两个意义上受制于"分隔"(espacement):首先,它与一个特定链条中的其他符号相分离;其次,它与"当下的参照"相分离(这就是说,它只能指涉那些并不实际在场的事物)。

这些特点似乎区分了书写与言说。书写具有某种不负责任性,因为如果符号可以脱离语境不断重复,那它还有什么权威呢?德里达进而解构二元对立中的等级划分,例如,他指出当我们解释口语符号时,我们必须辨认出某些稳定的、同一的形式(能指),不论这个发言中有什么样的口音、语调和歪曲的语音。看起来好像是,我们必须排除那些意外的声音实质,恢复一种纯粹的形式。这个形式是可重复的能指,即是我们所说的书写的特点。我们再次总结说,言说是一个种类的书写。

奥斯丁(J. L. Austin)的"言语行动"(speech acts)理论获得进展,取代了旧的逻辑实证主义的语言观,这种老观念认为,唯一有意义的陈述是那种对世事的描述,其他的一切陈述都不是真的陈述,只能是"伪陈述"。奥斯丁用"述愿句"(constative)称第一种陈述(指涉性陈述);而用"述行句"(performative)来称那些实际践行自己描述行动的发言("保证讲出全部真情,只讲真情"践行了一个誓言)。德里达承认,这个区分认识到,言说不必一定要再现什么才能获得意义,从而打破了逻各斯中心主义思想。此外,奥斯丁还区分了语言的不同力度。只做一个语言发音(例如,说一个英语句子)是一种言内的(locutionary)行动。表示要践行这一行动(承诺、发誓、争论、肯定等)的言语行动具有一种言外的(illocutionary)力量。一个言语行动如果带来了某种后果(我提出争论来说服你;我发誓使你相信,等等),它就具有了言后的(perlocutionary)力量。奥斯丁要求言语行动必须具有语境。一个誓言只能在法庭上一个适当的审判结构中发;或者在其他约定俗成赌咒设誓的环境中发。德里达提出异议,他以为,言语行动的重复性(iterability)比它的语境要重要得多。

奥斯丁评述说,一个述行的陈述必须是"严肃地"说出,而不是用玩笑或嬉戏的态度说出,也不能用诗歌的形式。一个好莱坞电影法庭场景上的誓言应该是"寄生"于真实生活中的誓言。约翰·西尔(John Searle)在《重申差异》中答复德里达,为奥斯丁辩解说,一个"严肃的"话语在逻辑上是先于它的虚构的、"寄生的"引语。德里达研究了这一问题,简洁地表明,一个"严肃的"述行句只有当它是可以重复的符号序列(即巴尔特所说的"总是已经写成的")时才能够发生。一个真实的法庭誓言正是电影和书籍中人们反复游戏的一个特别案例。奥斯丁的纯粹的述行句与不纯的、寄生的版本之间的共同之处在于它们都包含了重复和征引,而重复和征引是"写成"的典型特征。

在 1966 年论文发表后,德里达成了美国学界名流。解构主义对人文系科产生了巨大影响,德里达本人也开始在耶鲁大学任教席。1984 年之后,他开始担任巴黎社会科学高等研究院教授,同时兼任欧洲和美国一些大学的客座教授。1992 年,他被授予剑桥大学荣誉博士学位,但却引来了众多訾议,遭到该校两百多位教师的反对。他于 2004 年 10 月去世。他晚期十分多产,不过他的学术兴趣转向伦理、政治以及宗教问题。尽管他的思想在美国和其他地方时而遭到诟病或者被断章取义地曲解,但正如在他谢世时人们承认的那样,他对过去三四十年来西方的影响是深广的。应该说,他的著作总是使一些读者感到费解,恼火,当然也使一些他的左派批评者感到满意,特别是在 20 世纪 90 年代早期以来伦理与政治界总是缺乏干预的背景下。他晚期著作中引发广泛注意的译自下面的一些篇章:《法律的力量》(1994)、《友谊的政治》(1997)、《论好客》(2000)、《论世界主义与宽恕》(2001)和长文《马克思的幽灵》(1994)。

从一开始,德里达著作的读解就相当困难,困难之一是,他那种出入于哲学、语言学、心理分析、文学、艺术、建筑、伦理学等学科之间,打破传统的学科分界的著述方式很特别。不仅德里达本人无法归入这些学科中任何一科,就是他的著作也都不遵从任何一科的规范,而往往对其经典著作公认的原则提出疑问。这就是为什么人们说他的著述是"后结构主义的"(这一称谓可以很实用地将他与一个更广阔的学术思潮联系起来),或者更确切地说它是"解构的",因为他的特点是对既定的二元模式与事物的统一性提出强有力的疑问,正是他那种消解一切的操作模式说明了他与这些学科的关系。正如德里达所说,"解构的任务"是"发现哲学的'他者'"。这种质疑的方式现在已经变成人文社会科学中激进派的共同实践,目标就是消解身份属性、本源、目的和意义生产等观念。

这个时期最重要的论争之一是围绕解构主义的"政治"展开的。在许多人看来，德里达强调文本性、祛中心而不是自我确定的、有机统一的主体的观念，其含义显然是否决物质指涉的现实，以及人在伦理与政治事件中介的必要性。德里达自己的一些阐述，特别是常被人引用的"文本之外一无所有"（il n'y a pas de hors-texte）引发并强化了这类意见。这一著名表述一般译成英文：There is nothing outside the text. 但德里克·阿特里奇（Derek Attridge）提出了另一种译法：There is no outside text. 这在许多人看来，就产生了另一种更有说服力的解释：没有任何事物可以逃脱叙述或者说文本性。不过，解构论也见证了来自形式主义和政治寂静主义（Political quietism）的长期挑战，最有力的挑战来自马克思主义。例如，特里·伊格尔顿争论说，解构论从一开始就刻意逃避政治（见其《文学导论》，1983）；阿列克斯·卡利尼科斯（Alex Callinicos）则最严厉地批评后结构主义那种非政治化的激进立场（见其《反后现代主义》，1989；《理论与叙述》，1995）。迈克尔·莱恩（Michael Ryan）则在《马克思主义与解构论》中提出了介于二者间的另一种温和的反对意见，认为二者都走了"极端"，而缺乏"权威的一致性"；批评多于商讨；"立异"超过"认同"；都对一种绝对或总体化的体系采取了一般的怀疑主义态度。德里达自己对解构论与马克思主义关系的直接论述出现在《马克思的幽灵》（1994）中，他写道，没有马克思主义，解构论及其引发的一切观点都是不可想象的。"除激进立场外，解构论从来没有任何别的兴趣，而这种激进论可以说是某种马克思主义的传统，或者说某种马克思主义的精神。"这里重要的是，解构论并非简单地只是"马克思主义的"，或者最终由正统马克思主义控制的，而是一种"尝试性的激进论"，遵循"某一种"而非"那种"马克思主义的精灵。

德里达在《马克思的幽灵》中使用"精灵"的观念也引出了一些新的分析性词汇。德里达认为，幽灵（spectres）、精灵（spirits）、幻影（apparitions）、亡魂（revenants）、鬼怪（ghosts）瓦解相互对立的双方，瓦解实际的或者说在场的现实及其对立面，不论这个对立面被认为是一种缺场，或者非在场，还是一种虚拟现实。因此，这些词汇或现象表达了他所谓的"幽灵性效果"（spetrality effect）或"作祟学"（huantology）逻辑。马克思和恩格斯的《共产党宣言》以著名的宣言开篇："一个幽灵，共产主义的幽灵，在欧洲徘徊。"德里达把这样一种幽灵观念与莎士比亚的《哈姆雷特》中的鬼魂范例结合起来。哈姆雷特看见他父亲的鬼魂时说："时代脱了节，被诅咒的精灵／我生来就要把它接好。"德里达讨论了由这个鬼魂形象表达的时代脱节的含义，这个鬼魂尽管看来是首次出现在现在，但它（作为幻影）却来自过去和死者。幽灵却总是回归，正如德里达所说，"它开始即归来"。

这些观念和解构主义对"在场的形而上学"、分裂的或祛中心的主体性以及其质疑和推翻二元对立（包括真与非真，这里则是生与死）的诸多方式，倡导"延异"的不断产生是一致的。一些文学研究接过了德里达提出的"幽灵性"(参见班纳特与罗伊尔的《文学、批评、理论导引》,2004,第15章;巴斯和斯托特编《鬼魂:解构论、心理分析和历史》,1998);还有些学者讨论"友谊""世界主义""好客"。《马克思的幽灵》也表明,德里达提出的论题在哲学、语言、文学和伦理学领域中具有何等的变化性和差异,一种自我与他者之间的差异(就是说,上面谈到的他的解构论正在发现……哲学的"他者")。德里达的追随者们探讨这些论题的著述(例如多彻蒂的《变化性:批评、历史、再现》,1996;阿特里奇的《文学的独一无二性》,2004等)可以说也在追随解构论的"某种精灵"。

尧　斯

◎文论作品

作为向文学科学挑战的文学史①

一

当前,对文学科学具有现实意义的挑战,我以为在于重新提出了在马克思主义方法与形式主义方法的争论中悬而未决的文学史问题。我可以从这两个学派止步不前的地方出发,就消除文学和历史、历史认识和美学认识之间的鸿沟做一尝试。这两个学派的方法都在生产美学和描绘美学(Produktions-und Darstel-lungsasthetik)的封闭圈子里理解**文学事实**。这样,它们就削减了文学的一维,即文学的接受和作用这一维。这是绝对属于文学的美学特点和社会功能的一维。读者、听众和观众,简而言之,公众这个要素在这两种文学理论中的用处是极其有限的。马克思主义的正统美学对待读者——如果情况确实如此的话——与对待作者并无二致:它关心到读者的社会地位,或者试图在一个描绘出来的社会的分层构筑中再次找到他的位置。而形式学派所需要的读者只是感知着的主体,这个主体应当遵循文本的指示去做辨别形式或者揭示写作方法这项工作。形式学派指望读者具有语文学家那种能以艺术手段方面的知识对这些指示进行思考的理论理解力。与此相反,马克思主义学派则把读者的自发经验与历史唯物主义那种意在揭示文学作品中上层建筑和基础之间关系的科学兴趣直接等同起来。但是正如瓦尔特·布尔斯特(Walther Bulst)所表述的,**从来没有一个文本是为了让语文学家作语文学的**——或者像我所补充的,让历史学家作历史学的——**阅读和解说而写的**。这两种方法都没有抓住读者对美学认识和历史认识

---

① 这篇论文在西方评论界被看作是接受美学的宣言式文章。这里根据德文版《接受美学:理论与实践》,慕尼黑,威廉·芬克出版社,1979年版译出。

一样不可或缺的接收者这个天然角色，文学作品首先是为接收者而写的。因为无论是对一部新作进行评判的批评家，还是面对前面一部作品正反两方面的标准构思作品的作家，或是把一部作品归入其传统并做出历史解释的文学史家，在他们对文学的反思关系本身能够重新变得具有创造性之前，他们首先都是读者。在作者、作品和读者这个三角形中，读者不只是被动的一端、一连串反应，他本身还是形成历史的又一种力量。文学作品的历史生命没有其接收者的积极参与是不可思议的。因为正是由于接收者的中介，作品才得以进入具有延续性的、不断变更的经验视野，而在这种延续性中则不断进行着从简单的吸收到批判的理解、从消极的接受到积极的接受、从无可争议的美学标准到超越这个标准的新的生产的转化。文学的历史性和文学的交流特点，是以作品、读者和新的作品之间一种对话的、同时类似过程的关系为前提的，这种关系既可以在讲述和接收人的联系中，也可以在提问与回答、问题与答案的联系中去把握。因此，应该怎样把文学作品的历史序列作为文学史的关联来理解——对于这个问题，如果要想找到一个新的答案，那么，生产美学和描绘美学的封闭圈子（文学科学方法论迄今为止尤其活跃在这个圈子里）就必须向接受美学和作用美学开放。

接受美学的观点不仅仅在消极的吸收和积极的理解，形成准则的经验和新的生产之间进行了沟通。如果从作品和读者持续不断的对话的视野去观察文学的历史，那么文学的美学方面同历史方面的对立也在不断地得到沟通，从而，被历史主义所割断的、从文学过去的现象这条线索又联结起来了。文学和读者的关系中既有美学的关联，也有历史的关联。美学的关联在于读者对一部作品的最初接收已经包含了通过比较读过的作品对美学价值的检验。历史的关联则显然在于第一批读者的理解力能够在接受的长链中一代一代传递下去，并不断丰富起来，因此也决定了一部作品的历史意义，显示了它的美学地位。在这个接受历史的过程中，以往的作品被重新掌握，与此同时，以往的艺术和当前的艺术、对文学的传统评价和现时检验之间也不断进行着沟通。文学史家是无法逃避这一过程的，除非他对支配其理解和评判的前提置之不理。一种建立在接受美学基础上的文学史具有多大价值，取决于它能在多大程度上运用美学经验积极地参与对历史持续不断的总结。一方面——面对实证主义文学史的客观主义——这种参与需要有意识地努力建立起一个规范，另一方面——面对传统研究的古典主义——建立这个规范又是以对传统文学规范不是摧毁就是来一个批判的修正为前提的。建立这种规范的标准和对文学史始终必要的改写标准，已经由接受美学勾出了一个清楚的轮廓。从单个作品的接受历史到文学的历史这条路径必将会使人们这样去认识和描绘作品的历史序列：作品的历史序列决定并指明了对我们来说至关重要的文学的关联，而当前的文学经验则是由这种关联发展过来的。

在以上论述的基础上，对于今天如何才能按一定的方法建立并重新撰写文学史这个问题，现在应该在以下七个论点（二—八）中做出回答了。

二

文学史的更新需要清除历史客观主义的偏见，并为传统的生产美学和描绘美学建立一个接受美学和作用美学的基础。文学的历史性不是基于后来建立起来的"文学事实"的关联，而是基于由读者先前所获得的文学作品经验。读者与作品的对话关系也是文学史的首要事实。因为文学史家在他得以理解一部作品并将其归类，换句话说，在他得以带着对自己在读者的历史行列中目前所处位置的意识而建立自己的评判之前，本身总要先再度成为一个读者。

R. G. 科林伍德(Collingwood)在他对流行的客观思想的批评中为历史提出的定义"历史无非就是以往的思想在历史学家头脑中的再现"，更加适用于文学史。因为实证主义的历史观把历史看作是对久远过去的一个事件序列的"客观"描写，这种历史观既未抓住文学的艺术特性，也未抓住它特有的历史性。文学作品不是一个为自身而存在，并在任何时候为任何观察者提供同样面貌的客体。它不是一座独自在那里显示其永恒本质的纪念碑。相反，它倒像一份多重奏乐曲总谱，是为了得到阅读中不断变换的反响而写的。阅读把文本从词句的物质材料中解放出来，使它成为现时的存在："话语在它被用来跟人说话的同时，应该造就一个能够听懂它的对话者。"文学作品的这种对话特性也证明了为什么语文学知识只有始终与文本相互印证才能存在，而不能凝结成实际知识。语文学知识总是与解说有关，而解说则必定是为了达到这样的目的：在认识解说对象的同时，也把对这种认识的实践作为新的理解的契机反映并描绘出来。

文学的历史是一种美学的接受和生产的过程，这个过程是在文学文本通过读者的接受、批评家的反思和作家自己的重新生产而实现的现实化当中进行的。无限增长着的文学"事实"的总和，就像在传统文学史中沉积下来一样，也纯粹是这个过程的残留物，它仅仅是堆积起来并经过分类的经历，因而不是历史，而是伪历史。谁把这样的一系列文学事实当成文学的一段历史，那他就把一部艺术作品的事件特点同一个历史事实的事件特点混淆起来了。克雷蒂安·德·特罗亚的《伯斯华》[①]作为文学事件，其"历史性"不同于比如差不多同时的第三次十字军东征的那种含义。《伯斯华》不是一种可以从一系列背景性(situationshaft)

---

　　① 克雷蒂安·德·特罗亚(约 1135—1183)，法国中世纪诗人，《伯斯华》是他的一部故事诗，全名为《伯斯华，或圣杯的故事》。

的前提和起因中,从一个历史行动的能够重现的意图及这个行动必然和附带的结果中做出因果解释的"事实"。一部文学作品是在历史的联系中问世的,这种联系不是一种独自存在并且独立于一个观察者之外的实际的事件序列。《伯斯华》只是对其读者来说才成其为文学事件。读者带着对克雷蒂安以往作品的记忆阅读他最近这部作品,在与这些和另一些业已熟悉的作品的比较中感知其独特性,并由此而获得一种用以衡量未来作品的新尺度。文学事件不同于政治事件,它具有不能独自延续的不可避免的结果,没有哪一代后来人能够避开这种结果。只要文学事件仍然或者重新被后人所接受——只要那里还有重新掌握以往作品的读者和想要模仿它、超过它或者驳斥它的作者存在,文学事件就会继续产生影响。文学的事件关联首先是在同时代的和以后的读者、批评家和作者的文学经验的期望视野(Erwartungshorizont)中沟通的。这个期望视野的客观化取决于能否在文学自身的历史性中去理解和描绘它的历史。

三

分析读者的文学经验如果要避免陷入心理学至上论的泥淖,就应该在可以客观化的期望参照系统(Bezugssystem der Erwartungen)中去描述对一部作品的接收和一部作品产生的影响。对于每一部处在问世的历史时刻的作品来说,这种系统产生于对此类作品的预先理解,产生于先前已熟悉的作品的形式和题材范围,产生于诗的语言和实用语言的对立之中。

这个论点与流行的特别是由勒内·韦勒克针对 I. A. 理查兹的文学理论而提出的疑问是背道而驰的。这个疑问是:一种影响美学的分析究竟是否达到了一部艺术作品的意义领域,这些分析的尝试不是充其量只产生了一种浅陋的审美社会学吗?韦勒克的理由是,无论是本身只具暂时性和个别性的个体意识状态,还是被 J. 穆卡罗夫斯基视为艺术作品的成果的集体意识状况,都不能用经验的手段来确定。罗曼·雅各布逊想用以参照系统形态出现的"集体意识形态"代替"集体意识状况"。他认为,这种参照系统对于每一部文学作品来说,都作为语言而存在,并且被接受者作为话语——尽管不完整,也从未作为一个整体——现实化了。雅各布逊这个理论虽然限制了影响的主观性,但它仍旧把下面这个问题束之高阁,即通过何种资料才能看清一部无可比拟的作品在某一层次的读者中所产生的作用,并把这种作用纳入一个参照系统之中。然而,有一种经验手段至今还未被人们想到,那就是文学资料。从这些资料中可以弄清公众对每一部作品的特殊爱好,这种爱好比单个读者的心理反应以及主观理解更为重要。就像每一种现实经验一样,第一次使我们注意到一部迄今不熟悉的作品的文学经验也要求一种预知,因为"预知是经验本身的一个要素,我们所知晓的新作就是依靠这个要素，才变得完全能够被接受，也就是说，在经验的前后联系中差不多可读的了"①。

一部文学作品即使刚刚出版，也不是处于信息真空中绝对新的作品，相反，它通过预示，即直露的和隐秘的信号、熟悉的特征和含蓄的指示，使读者倾向于某一种完全确定的接受方法。它唤醒对已经读过的作品的回忆，把读者带进一定的感情状态，并以它的开头引起对"中间和结尾"的期望，这些期望在阅读的进展中按照这类作品或文本风格一定的规则可能保持不变或者有所变更，改变方向或者不无讽刺地遭到破灭。接收一个文本的心理过程在美学经验的基本视野中绝不只是纯粹主观印象的随意序列，而是在一个受到引导的感知过程中对某些指示的执行。这个过程可以按其建设性的动因和启发性的信号来把握，也可以作文本语言学的描写。如果用 W. D. 施滕佩尔（Stempel）的观点，把一个文本先前的期望视野确定为纵向聚合的同类期望视野（paradigmatische Isotopie），而这种同类视野依照内容（Aussage）增加的程度自行转化为一种内在的、横向组合的（syntagmatisch）期望视野，那么就可以在一个符号学系统那种发生于系统的发展和修正之间的扩张中描绘接受过程。一个不断建立视野和改变视野的相应过程也确定了单个文本与构成类型的文本系列的关系。新的文本为读者（听众）唤出了来自以往作品的熟悉的期望视野和规则视野，这些规则随后起了变化，做了修正，有了更动，或者只是来个复制。变化和修正决定了活动空间，更动和复制则决定了一种类型结构的界限。对一个文本的解说性接受，总是以美学感知经验的前后联系为前提的：只有预先弄清决定文本影响的是何种超越主体的（transsubjektiv）理解视野，提出关于解说的主观性问题和不同读者或读者层审美观的主观性问题才有意义。

体现这种文学史参照系统所具有的客观化能力的理想范例是这样一些作品：它们先特意唤出读者那种打上了类型、风格或形式传统的烙印的期望视野，以便今后逐步地摧毁它。这样做绝不仅仅服务于一种批判性的目的，本身还能再次产生诗的效果。塞万提斯就是这样使深受欢迎的旧骑士小说的期望视野重新在《堂吉诃德》的阅读中生成，他最后的这个骑士的冒险故事又模仿这些小说而成为寓意深刻的滑稽作品。狄德罗就是这样在《定命论者雅克》的开头用虚构的读者向讲故事人提出的问题，把流行的"游记"小说模式的期望视野，连同情节曲折、引人入胜的虚构故事及其特有的预测（正在亚里士多德化）的习俗一起唤出，以便用一种极其平淡的**历史真理**，即他的插叙故事中怪诞不经的现实和道德论辩（Kauistik）对抗已经允诺读者的游记小说和爱情小说，以示挑战。在这些

---

① 引自 G. 布克《学习和经验》，斯图加特，1967 年版，第 56 页。

现实和论辩当中,生活的真相在不断否定文学中的虚构之虚妄。奈瓦尔就是这样在《空想集》中引用、组合、混合众所周知的浪漫主题和神秘主题的精髓,并由此而建立起世界神话般变样的期望视野,以便表示他抛弃了浪漫的诗,就像抒情的"我"试图建立的个人神话未能成功,充分信息法则被打破,以及变得富有表现力的隐晦性本身获得了诗的功能一样,读者所熟悉或者能够领会的那些对神话状态所做的鉴别以及神话状态的种种关系,也变成了一种同样陌生的东西。

但是,期望视野客观化的可能性也存在于从历史的角度看较少独特风格的作品中。因为即使缺少明显的信号,一个作者所预期的读者对某部作品的特殊爱好也能从三个可作为一般前提的因素中获得。这三个因素首先是熟悉的标准或者同类作品内在的诗意,其次是与文学史环境中所熟悉的作品含蓄的联系,最后是虚构与真实、语言的诗的功能与实用功能的对立,这种对立始终为阅读中反思着的读者提供比较的可能性。第三种因素容许读者既可以在其文学期望的比较狭窄的视野,也可以在其生活经验的比较宽阔的视野中感知一部新的作品,至于这个视野的结构及其借助于有关提问和回答的阐释学而能够客观化的性质,在我讨论文学和生活实践之间关系的问题时将再度论及(见第八章)。

四

一部作品的能够这样重建起来的期望视野,使我们能根据这部作品对所设想的读者产生影响的方式和程度确定其艺术特点。对一部新作的接收,由于否定熟悉的经验,或者显示第一次表述的经验,可能造成"视野转变"(Horizontwandel)的结果。如果把事先确立的期望视野和一部新作的出现之间所产生的差距称为美学距离,那么,这种距离就会历史地具体化为丰富多彩的公众反应和批评性评判(自发的成果,拒绝或者震惊;个别的赞同,逐渐的或者过晚的理解)。

对一部文学作品的美学价值进行鉴定的标准,显然是这部作品在其问世的历史时刻用以满足、超出、辜负或者背离其第一批读者的期望的方式方法所提供的。按照接受美学的观点,期望视野与作品之间、迄今为止熟悉的美学经验与接受新作所要求的"视野转变"①之间的距离,决定了一部文学作品的艺术特性:当这个距离在缩小,接受者的意识无须转到尚属陌生的经验视野上,那么这部作品就在向"美味"艺术或者消遣艺术的领域靠拢。在接受美学看来,后者满足复制惯常美的要求,证实熟悉的感受,认可想象的愿望,把不寻常的经验变成能够欣赏的"轰动事件",或者还特意提出道德问题,以便把它作为事先已经确定的问题加以"解决",以使人虔敬并振奋起来,从而直截了当地满足由一种普遍的审美倾

---

① 这是德国哲学家胡塞尔所使用的概念。

向所预先决定的期望。消遣艺术是这样,而不是用转变视野的要求来显示其艺术特点的。相反,如果一部作品的艺术特点要用作品与其第一批读者的期望相对抗的美学距离去测量,那么就可以由此得出以下的结论:这个距离开头令人高兴抑或使人诧异地被看作新的观察方法,而当作品原来的否定性成为理所当然,甚至作为现在熟悉的期望进入未来美学经验的视野时,对后来的读者来说这个距离就会消失得无影无踪。所谓杰作的完美尤其会遇到这种第二次视野转变;在接受美学看来,已经变得不言而喻的优美形式及其看似毫无疑问的"永恒的意义"把这些杰作带到了使人无可置疑的、脍炙人口的"美味"艺术的危险边缘,以至在阅读这些杰作的时候需要特别的努力去"对付"老经验的"印记",才能重新发现它们的艺术特点(见第六章)。

文学和公众的关系并不体现为:每部作品都有其专门的、可以用历史学和社会学方法确定的读者,每个作家都依赖于其读者的环境、观念圈子和意识形态,以及文学成就都取决于一本书是否"表达了读者群所期待的东西,是否在读者群面前显示了它独特的画面"[①]。当一种迟来的或持久的作用需要得到解释的时候,那种客观主义的论断,即文学成就取决于作品意图与一个社会群的期望完全吻合,总是使文学社会学陷入窘境。为此,R. 埃斯卡皮试图把一个"空间或者时间的共同基础"作为一个作家"长盛不衰这种幻觉"产生的前提。这种观点运用到莫里哀身上就引出了一种令人吃惊的估计:"莫里哀对二十世纪的法国人来说还是新鲜的,因为他的世界还存在着,一个共同的文化圈子、观念圈子和语言圈子仍然把我们和他联系在一起……但是这个圈子将日趋缩小,而那些仍然为我们的文化类型和莫里哀的法兰西所共有的东西一旦消失,莫里哀也就会日渐衰老而死去。"似乎莫里哀仅仅反映了"他那个时代的风俗",仅仅是由于这个臆想出来的意图才在今天还受人欢迎! 在不存在或者不再存在作品和社会群之间完全一致的地方,比如在一个陌生的语言圈子里接受一部作品时,埃斯卡皮懂得通过一个"神话"中介来摆脱困境:"后世编造了这些神话,而为神话所替代的现实,对后世来说则已经变得陌生了。"似乎除了一部作品最初的、一定社会层的读者之外,所有的接受只是"走了样的回响",只是一种"主观神话"的结果,似乎这些接受本身在被接受的作品里不再拥有那些先验地作为后人理解的界限及可能性的客观基础了! 如果文学社会学如此片面地规定作家、作品和读者的圈子,那么它看待它的对象就不够辩证。这种观点是可逆的,即有些作品在其问世的那一刻,还不是把它们跟专门的读者联系起来的问题,而是它们如此彻底地打破了熟悉的文学期望视野,以致它们自己的读者层能够逐渐地形成。如果此后新的期

[①] 引自 R. 埃斯卡皮《书籍与读者:文学社会学提纲》,科伦-奥普拉登 1961 年版,第 116 页。

望视野获得了更普遍的承认,那么,在读者感到迄今的成功之作已经陈旧而不再偏爱它们这一点上,就能证明已经改变的美学标准的威力。只有着眼于这样的视野转变,对文学作用的分析才达到了读者文学史的领域,畅销书的统计曲线才能沟通历史认识。

对此,1857年一个引起轰动的文学事件可以作为例证。当时同福楼拜迄今已举世闻名的《包法利夫人》一起问世的还有福楼拜的朋友费多那本今天已被遗忘的小说《法妮》。尽管福楼拜的小说由于触犯公共道德而引起了一场官司,费多的小说开初还是使《包法利夫人》黯然失色;《法妮》在一年当中出了十三版,因而获得了巴黎自夏多布里昂的《阿达拉》以来还未曾有过的成功。从题材范围来说,两部小说都迎合了新一代读者的期望,它们写的都是普通题材——发生在一个外省的市民阶层中的通奸行为。而新一代读者,按照波德莱尔的分析,是坚决唾弃所有的浪漫主义的,并且对激情中的无论伟大还是天真都加以蔑视。因此,这两个作家都懂得超出性爱场面可以预料的细节,给僵化的传统三角关系以一个引人注目的变化。他们把这三个传统角色之间读者所预期的关系颠倒过来,从而使这个写滥了的妒忌题材平添了新的光彩:费多让那个**三十岁女人**的年轻情人妒忌他情人的丈夫,并在这种状况的折磨下走向毁灭,尽管他的愿望已经得到满足;福楼拜则给那个外省医生夫人(她被波德莱尔视为一种最为精致的**衣着华丽**的形象)的通奸以一种意料之外的结局,即最后恰恰是蒙在鼓里的查理·包法利这个可笑的人物形象最为高大。在当时的官方批评中有些评论把《法妮》和《包法利夫人》视为**现实主义**新流派的产物,指责这个流派否认一切理想的东西、攻击那些作为第二帝国社会秩序基础的观念。这里只用寥寥数笔概述了1857年的公众的期望视野——他们在巴尔扎克死后已不再指望出现什么伟大的小说了。而要用这个期望视野来说明这两部小说各自不同的成功,就必须提出它们叙述形式的效果问题。《法妮》用忏悔小说的诱人笔调给读者提供了动人的内容,而福楼拜的形式革新,即他的"非主观叙述"(不掺感情)原则,则非使读者感到震惊不可。巴尔贝·多勒维利曾用这样的比喻来攻击这个原则。他说,如果能用英国钢材锻造一部叙述机器的话,那么它运转起来跟福楼拜先生不会有什么两样。实际上,在费多的描写里也可以找到他所表现的一个社会主导阶层时髦的向往和难以如愿的生活希望,并且可以无所顾忌地沉溺在法妮(她不曾料到她的情人正向阳台外面望去)引诱其丈夫的淫秽场景里——因为这不幸的目击产生了使目击者丧失其道德义愤的反作用。而一开始只为一个独具慧眼的小圈子所理解,并被誉为长篇小说史上的转折点的《包法利夫人》一旦成为世界性的成果,期望的新规范也就获得了在她周围形成的长篇小说读者的公认。这个规范使费多的弱点:辞藻华丽的风格、时髦的效果、抒情—忏悔的陈词滥调,变得令人难以忍受,也使《法妮》这本昔日的畅销书成了明日黄花。

五

在历史上,创作和接受一部作品都面临着当时的期望视野。期望视野的重建在另一方面提供了这样的可能,即提出问题,而对这些问题文本已经提供了一种回答,从而推断出过去的读者是如何看待和理解这部作品的。这条途径修正了古典的或者正在现代化的艺术鉴赏的鲜为人知的标准,并避免了对普遍的时代精神循环不已的追究。这条途径指出了对一部作品以往的理解和今天的理解之间阐释学上的差异,使人们意识到了这部作品的沟通以往和今天两种立场的接受历史,从而使那个看似不言而喻的结论——文学文本中的文学性是永远不会过时的,解说者每时每刻都能直接理解其客观的、一旦赋予即永不消失的意义——成为一个颇有疑问的正在柏拉图化的语文学形而上学教条。

接受史的方法①对于理解很久以前的文学是必不可少的。倘若一部作品的作者不知其名,他的意图不能确证,他的渊源关系和师承关系只能间接地推断,那么只要把文本从文学作品的背景中提取出来,就能轻而易举地回答下面的语文学问题——应该怎样“如实地”,即怎样“从文本的本意和时代出发”去理解文本。因为作者总是或明或暗地假定他同时代的读者了解这些文学作品。《列那狐故事诗》②最古老分支的诗作者预料到,——正如他的序诗所表明的——比如,他的听众知道像特洛亚故事和《特里斯坦》③这样的小说,英雄史诗(chansons de geste④)和滑稽故事诗(fabliaux⑤),因而会对列那狐和伊桑格兰狼这两个男爵之间闻所未闻的战争极感兴趣,因为这场战争将使一切熟识的东西黯然失色。而上面提到的作品和类型则在以后的叙述过程中统统都被顺带嘲弄一番。这部很快就出了名的作品第一次采取了与所有直到当时还在流行的英雄文学和宫廷文学相反的立场,而它赢得了法国以外的广大读者这个成就,的确也从这个视野转变中得到了说明。

语文学的研究长期以来误解了中世纪的《列那狐》本来的讽刺意图,因而也误解了把动物本性与人的天性相类比的讽喻意义,因为这种研究自雅各布·格林以来已经同关于纯粹的自然诗和单纯的动物童话的浪漫主义观念难解难分

---

① 这种方法不仅通过历史追究一个诗人的成就,其身后的声誉和影响,还对理解这个诗人的历史条件和变化进行研究。

② 中世纪法国长篇民间故事诗。

③ 流行于中世纪凯尔特民族中的一个传说。

④ 法文,意为“武功歌”。

⑤ 法文,意为“韵文故事”。

了。为了举出第二个例子说明正在现代化的标准,我们同样有理由批评法国史诗研究自贝迪埃以来不自觉地在依靠波瓦洛的诗学标准过日子,在按照单纯、部分与整体的和谐、或然性以及其他等等标准评判一种非古典的文学。语文学批评方法显然没能依靠它的历史客观主义避免这样的问题:摈除自身的解说者仍然把他自己预先的美学理解力提高为并未被人承认的标准,并对以往文本的含义不加思考地加以现代化。谁若以为解说者似乎只要站在一个历史之外的位置上,超越他的前人和历史上的接受所产生的所有"错误",并且一头钻进文本里就一定能够直接领悟一部文学作品"永远正确"的含义,那么他就"掩盖了影响史上历史意识本身也卷入的交织牵缠"。他否认"不是任意而是基本的、并主导他自己的理解的先决条件",只能虚构出一种客观性,这种客观性"事实上取决于其问题提法的合法性"①。

我在这里采用了汉斯·格奥尔格·加达默对历史客观主义的批评。他在《真理与方法》中把作用史(这个历史试图从理解本身揭示出历史真实)的原则看作是提问与回答的逻辑在历史传统上的一种应用。"要想理解一个文本,须先理解一个问题,而文本是对这个问题的一个回答",这是科林伍德的论点。在对这个论点的深入探讨中,加达默指出,重建起来的问题不再可能存在于它原先的视野中,因为这个历史视野始终包容在我们当前的视野中:"理解始终(是)这些被认为独自存在的视野的融合过程。"历史问题不可能独自存在,它必然转入"对我们来说已成为传统"的问题。由此,勒内·韦勒克曾用以说明文学评判的窘境的那些问题都迎刃而解了。韦勒克的那些问题是:语文学家应该从历史的角度,还是按当前的立场,或者按"几个世纪的评判"来评价一部文学作品? 衡量一般历史的实际标准有可能如此偏狭,以致使用这些标准只会使一部在其作用上发挥过很大的意义潜力的作品变得可怜起来。当前的美学评判将会偏爱一种符合现代口味的作品规范,对所有其他的作品,则仅仅因为它们没有再显现在它们那个时代中的功能而做出不公正的评价。至于作用的历史本身,不管它如何富有教益,"作为权威也跟同时代诗人的权威一样,处于遭受反对的境地"。韦勒克的结论——我们不可能回避自己的评判,我们只能尽量客观地进行评判,也就是像每个科学家那样,"把对象孤立起来"——不是摆脱窘境的办法,而是倒退到客观主义那里去了。对一部文学作品来说,"几个世纪的评判"比仅仅是"另一种读者、批评家、观众甚至教授累积起来的评判",即逐渐阐发一种作品所固有的、并在其被接受的历史阶段中现实化了的意义潜力更为重要。而懂行的评判只要在遇到传统的时候有控制地进行"视野的融合",就能领悟这种意义潜力。

---

① 引自 H. G. 加达默的《真理与方法》,图宾根,1960 年版,第 284—285 页。

　　然而,当 H. G. 加达默要把古典这个概念抬高为所有历史地沟通过去和现在的典范时,我用接受美学为一部可望成立的文学史奠定基础的尝试,与加达默的作用史原则之间的一致就达到了极限。"所谓'古典',就是无须克服历史距离——因为它已经在不断的沟通中自行克服了这个距离",加达默这个定义产生于对所有历史传统来说都是基本的提问与回答的关系之中。假如古典就是:"为每个它所面临的时代讲述一些好像是专门为那个时代讲述的东西",那么对古典文本来说,就不必去寻找文本对此提供了一个回答的那个问题了。这样来"显示自身意义并解释自身"的古典作品,不正是对我称之为"第二次视野转变"的那种状况的结果——所谓"杰作"的毋庸置疑的当然性的写照吗?这种杰作在一个堪为模范的传统的回溯视野中隐藏了自己本来的否定性,使我们不得不从毫无疑问的典范那里重新赢回"真正的提问视野"。即使在古典作品面前也不能免除接受意识认识"文本和时代之间的张力关系"的使命。黑格尔所采用的古典(它自行解释自己)这个概念,结果必然颠倒提问与回答的历史关系,并且同作用史的原则——理解"不仅是一种复制行为,而且也是一种创造行为"——发生矛盾。

　　这个矛盾显然是由于加达默固执地坚持一个古典艺术的概念造成的。这个概念超出了它所产生的时代——人文主义时代,是无力承当接受美学的一般基础的。这就是模仿这个概念,它被理解为"再认识(Wiedererkennung)",就像加达默在其艺术经验的本体论解释中所阐明的那样:"我们在一部艺术作品中真正获悉和专注的,其实是作品的真实程度,即我们对作品中的某些东西和我们自身的认识和再认识程度。"这个艺术概念可以在人文主义艺术时期通行无阻,但却不能在它之前的中世纪时期,更不能在它之后我们的现代风格时期通行。在现代风格时期,模仿美学以及奠定其基础的实体论的(substantialistisch)形而上学("本质的认识")丧失了它的约束力。但是,艺术的认识意义并没有随着这种时代的变迁而消亡,由此可知,它完全不受再认识的古典功能约束。如果艺术作品能够预示未来经验的路径,想象出还未检验的观念模型和行为模型,或包含一个对新提出的问题的回答,那么它还能沟通那种不能纳入柏拉图模式的认识。如果我们试图用**古典**这个概念去理解过去的艺术与今天的沟通,那么文学的作用史正好被削去了经验过程中的这个潜在意义和创造功能。假如按加达默的说法,古典作品在不断的沟通中**本身**能够克服历史距离,那么它作为物化传统的一个远景(Perspektive),必须转而注意到,古典艺术在其问世的时候还未显示"古典性",相反倒是总有一天会开创新的观察方法,酝酿新的经验。这些方法和经验正是从历史距离中——在对现在已经熟悉的东西的再认识中——给人一种印象,似乎在艺术作品里显示着一种永恒的真理。

　　就是以往伟大的文学作品,其作用也既不是一种自我沟通的活动(Geschehen),也不能同放射现象相比,即便是艺术的传统也取决于现时同以往的对话关系。因此,只有现时的观察者提出能够使以往的作品起死回生的问题,以往的作品才能做出回答,并为我们"讲述一些东西"。在《真理与方法》中,理解——类似海德格尔的"存在活动(Seinsgeschehen)"——被看作"是在一种不断进行着过去和现在的沟通的流传活动中安营扎寨",这样,"存在于理解之中的创造因素"必然会遭到忽视。不断发展的理解必然也包括对传统的批评和遗忘,这种理解的创造功能将在下文为一部文学史的接受美学构思奠定基础。这个构思必须从三个方面,即文学作品的接受关联中的历时方面(见第六章),同时代文学的参照系统中和这个系统的次序中的共时方面(见第七章),以及最后在文学的内在发展同历史的一般进程的关系方面(见第八章)考虑到文学的历史性。

六

接受美学的理论不仅允许在理解文学作品的历史发展中去领会作品的内容和形式,而且还要求把单个作品放入其"文学系列"之中,以便在文学经验的联系中认识作品的历史地位和意义。在从作品的接受史走向文学的事件史的脚步中,后者表现为一种进程,在这个进程中,读者和批评家的消极接受转变为作家的积极接受和新的生产,或者——从另一个角度来看——下一部作品会解决上一部作品遗留下来的形式问题和道德问题,同时又提出了新的问题。

实证主义文学史按年月顺序的排列来划分单个作品,从而使它成了肤浅的"事实"。那么单个作品如何才能回到它的历史序列关系中去,因而重新被理解为"事件"呢?形式主义学派的理论试图——正如已经提到的——用其"文学进化"的原则来解决。按照这个原则,新的作品是对抗着先前的作品或者竞争的作品的背景而产生的。作为成功的形式,它达到一个文学时代的"顶峰",很快就被复制,并且不断被自动地复制下去,以便使这个写滥了的类型,在下一个形式脱颖而出的时候,得以在文学生活中继续苟延残喘。假如按照这个迄今几乎还没有被贯彻的纲领①分析和描写一个文学时代,那么就可以期待一个在各个方面都将胜过传统文学史的描述。这个描述将把封闭在自身中的、原先是相互并存、互不联系、至多被一个一般的历史概述装入一个框架里的系列,即一个作家、一种流派思潮或者一种风格表现的作品系列,以及各种不同文学类型的系列相互联系起来,并揭示出功能和形式之间不断进化的更替关系。那些由此而突现出来、相互适应、相互交替的作品将表现为一个进程的因素。这个进程不必再根据

---

① 苏联形式主义学者 J. 蒂尼亚诺夫的《论文学进化》(1927)最精辟地提出了这个纲领。这个纲领只是在对文学类型史结构转变问题的探讨中才得到部分的实施。

一个目标去设计,因为它**辩证地自行产生出新的形式**,它不需要目的论。此外,作如是理解的文学进化的固有能动性将会避开选择标准的窘境:这里重要的是作为文学系列中新形式的作品,而不是已经衰落的形式、艺术手段和类型的自我复制,后者已退居次要地位,直到一种新的进化因素重新使它们"能够被感知"。文学史把自己理解为"进化",并与这个概念的通常意义相反,文学史排除任何定向过程。而在文学史的形式主义的构思中,一部作品的历史特点终究会跟它的艺术特点具有同等意义:一种文学现象的"进化"意义和特性取决于有没有革新这个决定性的特征。这和艺术作品是在与其他艺术作品背景的对照下而被感知这句话并无二致。

形式主义的"文学进化"理论无疑是更新文学史最重要的开端之一。关于在文学领域的一个系统里面同样发生着历史变化的认识、文学发展功能化的尝试尤其是自动化(Automatisierung)理论,都是来之不易的成就,即使需要修正对变化的片面神圣化,也应当坚持这些成就。批评界已经不厌其烦地指出了形式主义进化理论的缺陷:单纯的对立或者美学上的变异不足以解释文学的进步;关于文学形式变迁方向的问题仍旧悬而未决;单是革新本身还不能形成艺术特点;通过单纯的否定并不能消灭文学进化和社会变化之间的关系。对最后一个问题,我的第七个论点将给予回答,其余棘手的问题要求形式主义者的描述性文学理论按照接受美学的观点向历史经验这一维开放,这一维也必然包含当代观察者——别称文学史家——的历史位置。

把文学进化描写为新与旧的不停斗争或者形式神圣化与自动化的交替,这使得文学的历史特点只剩下一维的文学变化现实,并把历史理解限制在对这些变化的感知上了。然而,文学系列的变化只有在新旧形式的对立同样显示这些变化之间特殊的沟通时才能成为一种历史序列。这种沟通在作品和接受者(读者、批评家、新的创作者)之间以及以往事件和逐渐接受之间的相互作用中包含了从旧形式走向新形式的脚步,可以按一定的方法把这种沟通归入一个形式和内容的问题,"每一部艺术作品作为根据这部作品可以成立的'答案'的视野,都提出并留下了这个问题"①。对一部作品改变了的结构和新的艺术手段的单纯描写不一定会追溯到这个问题,并因而追溯到这个问题在历史系列中的功能。为了确定这一点,也就是说,为了认识这个遗留下来的问题(历史系列中的新作就是对这个问题的回答),解说者必须动用他自己的经验,因为以往关于新旧形式的视野、问题和答案的视野只有在其以后的沟通中,在被接受作品的当前视野中才能重新显现出来。作为"文学进化"的文学史把美学上的接受和生产直至当今观

---

① 引自 H. 布卢门贝格(H. Blumenberg)的《诗与阐释学》第3卷,第692页。

察者时代的历史进程当作沟通所有形式对立或"差异质量(Differenzqualitäten)"①的条件。

对此,倘若文学史家的立足点成为这个进程的消失点(但不是目的地!),那么,接受美学的奠基不仅给"文学进化"拨正了所迷失的方向,还显示了一部文学作品的现实意义和潜在意义之间变化不定的距离,从而使人们看到了文学经验的时间深度。这就是说,一部作品(形式主义把它的意义潜力归结成革新,以作为唯一的价值标准)在其第一次发表时建立的视野中,它的艺术特点根本不可能总是很快就能被感知的,更不用说在新旧形式的完全对立中会被透彻地领会了。对一部作品初次的现实感知和它的潜在意义之间的差距,或者换一种说法:一部新作所产生的对其首批读者所怀期望的对抗可能如此之大,以致需要一个很长的接受过程,来掌握住在最初的视野中出乎意料、支配不了的新意。与此同时可能发生这样的情况:作品的潜在意义是在很久以后,直到"文学进化"随着一个较新形式的现实化而达到一种视野时才被认识,这种视野这时刚刚指出被曲解的较旧形式的理解途径。马拉美及其流派晦涩的抒情诗正是这样为回到早已无人尊崇而被忘却的巴洛克文学,特别是为语文学的新解说和贡戈拉②的"再生"提供了基础。一种新的文学形式如何才能重新开辟通向被遗忘的文学的道路,这方面的例子比比皆是,所谓的"复兴"就属于这样的例子——之所以说"所谓的",是因为这个词的意义造成一种自动回归的印象,并常常使人看不到文学传统不会自行流传,也就是说,不管是一种改变了的美学观点有意回过头去重新掌握过去的文学,还是一道出人意料的光芒从文学进化的新因素中返照到被遗忘的文学上,因而使人从中发现了一些以前无从寻找的东西,一种过去的文学都要靠一种新的接受将其拉回当代才能回归。

因此,这种新质不仅是一种**美学**的范畴。它并不化解为形式主义理论所唯独重视的革新、突兀、超越、重组、间离的因素。倘若文学的历史分析不得不进而提出以下问题:究竟是哪些历史要素首先使一个文学现象的新质成其为新质,这种新质在其显现的历史瞬间已经可以在多大程度上被感知,其内容的兑现要求什么样的理解距离、途径或者迂回,以及它充分现实化的要素是否已经具有很大影响,足以改变用老套套作为根据的观点,从而改变对以往文学的神圣化,那么这种新质还将成为**历史**的范畴。至于诗的理论和美学上创作的实践之间的关系

---

① 根据 V. 埃利希(V. Erlich)的观点,"差异质量"这个概念对形式主义学者来说有三层意思:"在描绘真实的层次上,这个概念是指'偏离'真实,即富有创造性的变形;在语言层次上,这个词表示偏离常用语言惯用法,最后在文学动力学的层次上,是指对占统治地位的艺术标准的改变。"引自《俄国形式主义》,慕尼黑,1964年版,第 281 页。

② 贡戈拉(1561—1627),西班牙诗人。他的后期诗歌矫揉造作,词句晦涩难懂,形成"贡戈拉派"。

如何在这道光芒中显示出来,这一点在另一种关联中已经做过讨论。① 当然,这些描述还远远没有穷尽在美学观点的历史变迁中生产和接受相互交错的可能性。它们在这里首先应当说明的是,文学的历时观察在它不再满足于把一个按年月顺序排列的文学"事实"系列看作文学的历史现象之后,将走向什么领域(Dimension)。

七

在语言科学中由于历时分析与共时分析的区分和方法上的结合而取得的成果,使我们有理由也在文学史中克服垄断至今的历时观察。如果接受史的观点在美学观点的变化中已经再三地同新作品的理解与旧作品的意义之间功能上的联系发生冲突,那么,设置一个共时截面横贯一个发展的瞬间,把同时代作品的丰富多彩、参差不齐划分成等值的、相反的和具有等级的结构,从而揭示出文学在一个历史瞬间纵横交错的参照系统,也是完全可能的。如果照此在以前和以后的历时方法中进一步设置截面,以致这些截面能把文学结构的变化在这个变化的划时代瞬间中历史地清晰地显示出来,那么,一种新的文学史的描述原则就能从中发展起来。

对历史编纂学中历时观察的优先权质疑最坚决的是西格弗里德·克拉考厄。他的《时间与历史》这篇论文驳斥了编写一般历史的要求。这个要求是:使反映在编年时间的同类媒介中所有生活领域的事件能够作为一种统一的、在每个历史瞬间固定不变的过程来理解。克拉考厄认为,这种还始终禁锢在黑格尔"客观精神"概念里的对历史的理解假定所有同时发生的事件都被这个瞬间的意义打上了同样的烙印,并用此掩盖同时事件实际上的非同时性。因为发生在同一历史时刻的事件的多样性——尽管全能的历史学家(Universalhistoriker)相信可以把它认作同一内容的突出代表——事实上在于各种大相径庭的时代转折的瞬间的多样性,就像在各种不同的艺术、法律、经济"史"或者政治史等等的干扰中再明显不过的那样,它取决于其特殊历史的法则:"各种不同领域的人为的时间使时间一成不变的流逝黯然失色。因此,应当把任何历史时期都看作各种发生在它们本身特有时间中不同瞬间的事件的总和。"

这个论断是否假定非一贯性是历史的基本性质,以致一般历史的一贯性追溯起来似乎总是历史编纂家使历史统一的观点和描述所形成的产物;克拉考厄把对"历史理性"的极端怀疑从编年史和形态学时间进程的多元论延伸到历史上

---

① 《诗与阐释学》第2卷(《内在的美学——美学反思》),W.伊泽尔编辑,慕尼黑1966年版,第395—418页)。

一般与特殊的基本二律背反之中,而这个怀疑是否确实证明了全能历史学今天在哲学上是行不通的,这些在这里都不是问题。至少可以说,克拉考厄对文学领域中"同时和非同时并存"的深刻理解根本无意使历史认识陷入窘境,相反倒是指明了在共时截面里揭示文学现象的历史这一维是必然的和可能的。因为从这些理解中可以得出这样的结论:按年月顺序虚构出给所有同时现象打上烙印的瞬间,就像对一个同类文学系列进行形态学的虚构一样,很少符合文学的历史性,在这个系列中所有相继产生的现象只遵从内在的法则。纯粹的历时观察即使能够按照革新与自动化、问题与答案的内在逻辑,对例如在文学类型史中的变化做出结论性的说明,也只有在打破形态学的规范,把作用史上的重要作品与已经成为历史陈迹的同类传统作品进行对照,并重视前者与文学环境的关系(它必须在这个环境中同其他类型作品一样努力求得成功)之后,才能涉足真正的历史这一维。而文学的历史性正是显现在历时方法与共时方法的汇合点上。因此,把某个历史瞬间的文学视野作为那种共时系统来理解,也是可以做到的。与此相关,可以按照历时方法在和非同时性的联系中看待同时出现的文学,可以把作品视为现实的或者非现实的,时兴的、过时的或者历久不衰的,问世过早的或者太晚的。因为同时出现的文学如果——从生产美学的角度观察——分解为参差不齐、丰富多彩的非同时作品,即那些打上了它们同类作品"人为时间"的不同瞬间这个烙印的作品(就像看来是现时的星空从天文学角度观察正分解为时间距离大相径庭的星点),那么,这些文学出版物的多样性——从接受美学的角度观察——对那些读者(他们把这些出版物作为**他们**当时的作品来感知并把它们相互联系起来)来说,还是在向文学的期望、回忆和预期共同的、具有重要意义的视野的统一性靠拢。

由于每个共时系统必须把它的过去和它的未来作为不可分割的结构要素一起包括进去,因此,横贯一个历史时刻的文学生产共时截面就必然包含历时方法以前和以后的其他截面。与此同时将会出现类似语言史的不变和可变因素,这些因素可以确定为系统的功能。因为即使文学也是一种以相对固定的关系为其特点的语法和句法,即由传统的和没有神圣化的类型、表达方法、文体风格和优美文辞所组成的构造;与此相对的是更加变化不定的语义学领域:文学题材、原型、象征和比喻。因此,我们可以尝试为文学史建立一个与汉斯·布卢门贝格(Hans Blumenberg)为哲学史所设定的相似对象,布卢门贝格以时代转变的例子,特别是以基督教神学与哲学的顺序关系的例子来说明这个对象,并以他提问与回答的历史逻辑为它奠定基础。这个对象就是一个"解释世界的形式体系〔……〕,而造成历史的进程特点乃至时代急剧转折的那种根本变化,则可以在这个体系的结构中确定自己的位置"。倘若对生产和接受之间类似进程的关系所做的功能上的解释一旦克服了产生于一种自行繁衍的文学传统的实体主义观念,那么,要在文学形式和内容的**转变**背后,去认识那些在理解世界的文学系统中发生的**根本变化**,也是一定可以做到的。这种根本变化使美学经验过程中的视野转变变得可以理解。

一部文学史的描述原则可以从这些前提出发得到发展,这部文学史不必去追踪传统的伟大作品尽人皆知的峰顶,也不要淹没在历史上已经无法说清的所有文本的完整性这个泥坑里。如何选择对一部新的文学史来说至关重要的材料,这个问题要借助于共时观察用一种还未尝试过的方法才能解决:"文学进化"历史过程中的视野转变不仅无须通过所有历时的事实和亲缘关系的网络去寻求,而且还能在共时文学系统改变了的状态中得到确证,并在进一步的截面分析中被发现。在历时方法和共时方法之间的一系列任意交点上,按照这些系统的历史次序描述文学,这在原则上是可行的。其间,要重新获得文学的历史这一维和文学在传统主义和实证主义中丧失了的事件的连续性,则只有在文学史家发现交点,并使清晰地反映了"文学进化"进程特点的作品显露出来之后才能做到。那些作品是在它们塑造历史的要素中和划时代的重大转折中反映"文学进化"的进程特点的。不过,决定这个历史的清晰反映的既不是统计学也不是文学史家的主观意志,而是作用史,即"产生于事件"并从目前位置的角度出发建立起文学的关联的作用史,而当前的文学现象是从那种关联发展过来的。

八

文学史只有当它不仅按文学生产体系的次序共时和历时地去描述文学生产,而且还在文学生产与一般历史的特有关系中把文学生产看作特殊历史才算完成了自己的任务。这种关系不能体现为在任何时代的文学中都能找到一张社会存在的典型化、理想化、讽刺性或乌托邦画像。只有当读者的文学经验进入他生活实践的期望视野,孕育出他理解世界的能力,从而反作用于他的社会行为,才能清楚地看到文学天生具备的社会功能。

通常的文学社会学大多在一种方法的狭窄界限内说明文学和社会的功能性关系,这种方法仅仅肤浅地用文学是对一种预定现实的描绘这个论断来代替**模仿自然**的古典原则,因而必然把一种限于一定时代的风格概念——19世纪的"现实主义"提高为文学的最高范畴。而即使是以诺思罗普·弗赖依的原型批评或列维·施特劳斯的结构人类学为依据(依据的理由往往靠不住)的当今时髦的文学"结构主义",也完全没有摆脱那种从根本上说是古典主义的描绘美学及其"反映"和"典型化"的公式主义。这种结构主义把结构主义语言科学和文学科学的论断说成是古老的,掩藏在文学神话里的人类学的不变之道(它的这种说法往往只有依靠对文本明显的譬喻式描述才能自圆其说①），从而一方面把历史存在归结为一种原始的社会本质的结构，另一方面则把文学归结为对这种本质的神秘或者象征的表达。但是这样一来，被忽略的恰恰是文学突出的社会功能，即**塑造社会**的功能。文学结构主义——就像在它之前的马克思主义和形式主义的文学科学一样——对文学如何"（……）反过来也对社会（文学的前提）的观念产生了影响"，并在历史的进程特点中产生了影响这一点不闻不问。格哈德·黑斯（Gerhard Hess）在他《法国文学中的社会肖像》（1954）的报告中用这些话表述了文学史和社会学的结合尚待解决的问题，然后阐明了法国文学在它的现代发展过程中可以在多大程度上独自要求首先揭示出社会存在的某些法则。按照接受美学的观点回答关于文学塑造社会的功能的问题，这已经超出了传统描绘美学的职能。由于经我引入文学史解说的**期望视野**概念也在自卡尔·曼海姆以来的社会科学公理体系中发挥作用，运用接受美学的方法弥合文学史研究和社会学研究之间裂缝的这个尝试因此变得容易了。这个概念同样是卡尔·R.波普尔一篇方法论文章《自然法则和理论体系》的中心，这篇文章试图在生活实践先前的科学经验中确定科学理论的形成。波普尔在这里发展了从"期望视野"的前提出发进行观察的问题，从而为我尝试在经验形成的一般进程中确定文学的特殊贡献，并分清它同社会行为其他形式的界线提供了一个进行比较的基础。

按照波普尔的观点，科学的进步与先前的科学经验是共通的，任何假说和任何观察总是以期望，"也就是那些建立起期望视野的期望"为前提的，"期望视野首先使那些观察具有重要意义，从而使它们成为真正的观察"。对于科学进步如同对于生活经验的进步一样，"期望落空"是一种最重要的因素："这些期望与一个盲人的经验相似。盲人撞上一个障碍物，从而获悉它的存在。我们通过证明来否定自己的假设而确实地获得了与'真实'的联系。我们的错误所遭到的反驳是我们从现实中获得的积极经验。"这个模式虽然还不能充分说明科学理论的形成过程，但是确能担保生活实践中的"消极经验具有建设性意义"②，它同样也能使文学在社会存在中的特殊功能更加鲜明地显示出来。因为读书的人——我们仍用波普尔的形象化说法——不必先撞上一个新的障碍物以求获得一个关于现实新鲜经验，因而比（假定的）不读书的人来得优越。阅读的经验使他不得不对事物进行新的感知，从而把他从生活实践所形成的习惯、偏见和困境中解放出来。文学的期望视野比历史的生活实践的期望视野更为突出，因为它不仅保存

---

① 列维·施特劳斯本人在他用自己的结构方法去"解释"R.雅各布逊对波德莱尔的《猫》这首诗所做的一种语言学描述的尝试中无意地但极其令人难忘地证明了这一点。

② 引自 G.布克的《学习与经验》，第 70 页。

了已有经验,而且还预期有待实现的可能,并为了新的希望、要求和目标而扩大社会行为的有限空间,从而开辟了通向未来经验的道路。

通过创造性的文学能力对我们的经验做预先定向,这不仅仅以文学的艺术特点为基础。这种艺术特点凭借一种新的形式去帮助人们打破日常感知的机械性。新的艺术形式不仅"是在与其他艺术作品背景的对照下被感知的,也不仅是通过和这些作品的联系而被感知的"。维克多·什克洛夫斯基这句名言属于形式主义信条的核心。这句话只有当他用来反对古典主义美学的偏见时才是正确的,因为古典主义美学把美定义为形式和内容的和谐,并与此相应地把新的形式归结为只是给预定的内容提供外形的第二性功能。新的形式的出现不仅是"为了替换艺术价值已经荡然无存的旧形式"。它还能预先形成首先在文学的形式中被揭示出来的一种经验的内容,从而使一种对事物的新的感知成为可能。文学和读者的关系既可以在感觉领域通过引动美学感知,也可以在伦理领域通过要求道德反思而实现自己。新的文学作品既是在与其他艺术形式的背景相对照的情况下,也是在以日常生活经验为背景的情况下被接受和评判的。按照接受美学的观点,文学作品在伦理领域里的社会功能同样可以以提问与回答、问题与答案的形式去把握,在这些形式下,文学作品进入了它历史作用的视野。

一种新的美学形式怎么会同时产生道德后果,或者换一种说法,它怎么会赋予道德问题以极大的社会影响,《包法利夫人》事件以令人难忘的方式,通过1857 年在《巴黎杂志》预先刊登这部作品后对作者福楼拜提起的诉讼这面镜子说明了这一点。这种新的文学形式使福楼拜的读者不得不感到这个"写滥了的故事"非同寻常。这就是非主观(或不参与)叙述原则。这个原则是与福楼拜极为出色地、按透视原理始终一贯运用的艺术手段——所谓"非纯直接引语"①联系在一起的。这里的含义可以通过一段被检察官毕纳在其起诉书中指控为极端不道德的描写来解释清楚。小说中这段描写紧随爱玛的第一次"失足"之后,它再现了她私通后在镜子里瞥见自己的情形:"在镜子里一瞥见自己的脸,她就惊异起来了,她从来没有见过自己的眼睛这样大,这样黑,这样深。她身上像被施了什么妙法一样,人变样了。她不断地自言自语道:我有一个情人! 一个情人! 想到这上头,看到自己突然之间又变成了一个妙龄少女,她感到心花怒放。**她终于就要品尝到于她已经万念俱灰的那种爱情的乐趣,那种幸福的狂热。她将走进一个尽叫人热情勃发、心醉神迷、神魂颠倒的神奇世界〔……〕。**"检察官认为最后几句话是一种客观的、包含了叙述者的评判的描写,并对**为通奸涂脂抹粉**感到恼怒,他认为这比失足本身还远为危险和不道德。不过,福楼拜的原告在这里犯

---

① 或称作"自由间接引语"。

了一个错误,立刻受到辩护律师的指责。因为被指控的那几句话,读者不会相信是叙述者的客观结论,而是人物的主观想法,这些想法应当刻画出这个人物按照小说而形成的感情。这种艺术手段就是给予所描绘的人物以一种多半是内心的话语,而不带直接引语(Je vais donc enfin posséder…①)或者间接引语(Elle se disait qu'elle allait donc enfin posséder…②)标记,这种手段具有这样的效果,即读者应自行决定是把这句话看作真正的思想内容,还是理解为一种反映了这个人物性格特征的想法。爱玛·包法利这个形象实际上是"通过从她自己的情感出发单纯而清晰地描绘她的生活而树立起来的"③。这就是一种现代的风格分析所得出的结果,这种结果与辩护律师塞纳的反证完全一致。塞纳强调,爱玛第二天已经开始醒悟:**这本书的字里行间到处都可以看到道德问题已经得到解决**——只是塞纳还无法给这个当时还没有被注意到的艺术手段本身起一个名称!福楼拜叙述风格中形式更新的惊奇效果在诉讼中变得显而易见了:非主观叙述形式不仅迫使它的读者不同寻常地——按照当时的评判就是"像照相般准确地"——去感知事物,而且也使他们因陷入没有把握进行评判的境地而惊诧起来。由于这种新的艺术手段突破了小说在描写中始终对所描绘的人物进行直露而又万无一失的道德评价这个旧传统,所以小说能够激化或者从新的角度提出生活实践问题,这些问题使起诉的首要原因,即所谓的淫秽,在案件审理中完全退到了次要地位。辩护律师以此转入反攻的那个问题——《包法利夫人》的副标题难道不能正当地叫作"外省不胜枚举的教育故事"吗——使得这本小说无非是描写了**一个外省女人的通奸故事**这种指责转而对准了社会。然而,检察官使他的指控达到了高潮的这个问题并没有因此得到回答:"谁能谴责这本书里的这个女人呢?谁也不能。这就是结论。书中没有一个人物能够谴责她。只要您在书里找到一个正人君子,只要您在书里找到任何一条通奸应受谴责的准则,那么就是我错了。"

假如小说中所描绘的人物没有一个能够谴责爱玛·包法利,假如没有提出一种道德准则以用其名义去谴责她,那么普遍的"公众舆论"及其在"宗教感情"中的基础不是也和"夫妻之间的忠实原则"一样有疑问的吗?如果迄今有效的社会标准:**公众舆论、宗教感情、公共道德、良好风尚**已经不足以对《包法利夫人》案件做出判决,那么这个案件应交给哪个机构去处理呢?这些尚待解决的含蓄问题丝毫没有表明检察官方面对美学的无知和道德说教的庸俗。相反,在这些问

---

① 法语,意为:我终于就要享用……。

② 法语,意为:她自言自语道她终于就要享用……。

③ 引自 E. 奥尔巴赫的《模仿:西方国家文学中所描绘的现实》,伯尔尼,1946 年版,第 430 页。

题中反映了一种新的艺术形式出人意料的作用,这种形式通过一种新的**观察事物的方法**能够对《包法利夫人》的读者猛击一掌,使他脱离其道德评判的当然轨道,并使事先已有定论的公共道德问题重新成为尚待解决的问题。"鉴于不允许在描绘人物性格或地方色彩的借口下,摹写人物品行不端的行为,言语和姿态(尽管一个作家把描绘人物的言行作为自己的使命),鉴于这样一种体系无论运用到精神产品上还是运用到美术创作上,都**导致一种将会否定美和善的现实主义**,而这种现实主义产生出既不堪入目又亵渎灵魂的作品,从而将不断地侵犯公共道德,败坏良好风尚。"法院严厉谴责被认为由福楼拜代表的文学流派,实际上谴责的却是那个还没有被注意到的艺术手段,而对福楼拜本人则作为作家宣告无罪。只是在这方面,法院办案才是前后一致的,尽管它对福楼拜由于那种非主观风格的艺术而没有留下作者不道德的把柄,因而不能查禁其小说这一点感到恼怒。

这样,一部文学作品就可以用一种不同寻常的美学形式来打破读者的期望,同时把问题摆到他们的面前,对于这些问题,宗教或者国家所认可的道德没有给他们做出解答。这里不再进一步举例,只做一次回忆,即首先不是贝托尔特·布莱希特,而是启蒙运动就已经宣告了文学与神圣化了的道德的竞争关系。这一点尤其可以让弗里德里希·席勒来作证,他对市民戏剧明确地提出了**生活法则的领域在哪里终止,舞台法则就在那里开始**的要求。文学作品还可以颠倒问题和回答的关系,并用艺术媒介使读者面对一种新的"不透明"的现实,即一种不能再从事先确立的期望视野出发去理解的现实。这种可能性在文学史上体现了我们最新时期现代风格的特点,比如最新的小说类型,即引起许多争论的**新小说**,就是这样表现为一种现代艺术形式。按照埃德加·温德(Edgar Wind)的分类,这种小说描绘的是荒谬的事情,"以致给出了答案,却放弃了问题,因而可以把答案当作问题来理解"。这里,读者被排除出最内层接受者的地位,而处于一个懵然无知的局外人境地,面对一个不谙其含义的现实,他必须自行找出那样一些问题,这些问题将向他揭示文学的回答针对的是对世界的哪种感知和哪种人际问题。

由所有这一切可以得出这样的结论,文学在社会存在中的特殊成就正是要到文学不化解为一种**描绘**艺术的功能的地方去寻找。文学史中的一些要素使文学作品得以打破普遍道德的禁区,或者为读者提供对其生活实践进行道德论辩的新的答案,这些答案以后将会经过所有读者的鉴定而为社会所承认。而如果我们注意到这些要素,那么在文学史家面前就会展现出一个还很少开垦过的研究领域。如果文学史不再继续简单地描写反映在文学史著作中的一般历史的进程,而是在"文学进化"的过程中揭示那种本义为塑造社会的功能(这种功能对于在人类摆脱天然的、宗教的和社会的种种束缚的解放中与其他艺术和社会力量进行竞争的文学来说是当之无愧的),那么文学和历史、美学认识和历史认识之间的鸿沟就能填平。

如果对文学科学家来说,为了这项任务而改变他的非历史立场是值得的,那么对问题的回答也就在其中了。为此目的,执此理由,我们今天可以照样——或者重新——对文学史进行研究。

◎史料选

耀斯①与接受美学

［英］弗拉德·戈德齐希

大约 11 年前,汉斯·罗伯特·耀斯在他提出复兴文学研究的纲领的那部著作前言中写道:"最近以来,文学、文学史和文学研究的名声越来越坏。"②我们从一开始就应注意的是,耀斯在文学和文学研究之间插入了历史。插入历史一词并不只是为了文辞排比之美,历史也是由作者在这部著作的关键章节(即理所当然享有盛誉的论文"作为向文学理论挑战的文学史")中以遒劲的理论和学识加以强调的论题。这篇论文原来是他在 1967 年康斯坦茨大学举办的他的学术研讨会上所作的开幕词。③然而,从发表这个演讲那天起直到首次出版《审美经验与文学解释学》(上卷)为止,10 年过去了。在这 10 年中,历史并没有停滞不前,它与文学及文学研究的关系变得更为复杂了。这不足为怪。有些人可能会为这一发展感到窘困。但耀斯不是这样,他提出了一种能动的历史观,这种历史观将主导文本的接受。他从自己的理论视角出发,觉得自己处在很令人羡慕的位置上研究对他自己主张的接受情况并对这种接受做出反应。他在自己的论述程序和写作中具体证明他的主张先是由他在理论上详细阐述,随后又在其他人的作品中获得具体的例证的。尽管耀斯没有公开说过,因为他非常谦虚,非常注意学者的礼节,但在写作《审美经验与文学解释学》的过程中,他一定不止一次地思考过这种理论与例证的辩证法。由于英语读者可能并不熟悉这段历史,我将对它做一概述,然后再对耀斯在我们中间可能产生的影响做一推测。最后,我将对本

---

①　即尧斯

②　耀斯:《作为挑战的文学史》(法兰克福,1970 年)。

③　这篇开幕词演讲于 1967 年 4 月 13 日,题为"文学史的方法及其研究目标是什么?",显然是作为对席勒的"文学史的研究方法与目的是什么?"的讽刺性暗示。也许是因为感到他的听众几乎没有注意到他在演讲中所要表达的挑战性,耀斯改变了标题以标示在这次演讲中发动的挑战,改变后的标题为"作为向文学理论挑战的文学史"(1967 年),并最终缩略题为"作为挑战的文学史"。

书的核心思想做某些评论。

要在德国文学批评界刻画出耀斯的位置并不是一件轻而易举的事情,因为他在许多方面都偏离了他那个时代处于统治地位的中心。尽管耀斯在过去 15 年里是在一群因同样关注方法论研究而联合在一起的学者圈子里工作,但是,他的创造性的思想几乎是独辟蹊径地发展起来的,并没有追随任何前人走出的路径,一直到他在康斯坦茨那所新的多学科大学获得教职而突然出现在全国人面前。在康斯坦茨,他的思想大大推动了德国文学批评界的重大转变。

在第二次世界大战刚结束的那段时期内,德国的文学批评是由来自美国的"新批评"派的研究方法所主导的。当时的人们有足够的理由采取"封闭式研读"的技巧,以反对盛行的实证主义传统,这种实证主义要么把文本看作传记文献或历史文献,要么把文本看作决定这些文本的各种影响的总体。但是,探究作品内涵的研究方法自有其优点,它允许人们回避所有的历史问题,从而不必涉及对当前政治效忠的棘手问题,这成为德国文学的学者们在实践中采取的主要方法。但耀斯基本上不为所动因为他是研究传奇文学的学者,在这一学科领域中,情况不太一样。正如哈拉尔德·魏因里希(Harald Weinrich,他是一位著名的传奇文学研究者,也是一位早期研究读者反应的理论家)最近在他的个人回忆录中提到的,1948 年恩斯特·罗伯特·库丘斯(Ernst Robert Curtius)的《欧洲文学和拉丁中世纪》的出版打动了许多年轻的德国人。因为这本书为他们提供了"即刻把他们自己连同他们的民族重新整合进文明而有教养、美好而又古老的人类大家庭的不期而遇的良机"。[①] 人们把库丘斯描写成一位冷战时期的人道主义者,他的人道主义见解则是"一种以掩盖西方世界资本主义的复辟为目标的战略思想"。[②] 尽管这种说法会使英国读者感到牵强和偏激,但是,作为阿登纳的智囊团的成员,他所给予阿登纳时期德国的影响,正与人们极力避免任何社会学的反思而把历史构想成代代相传的传统这些情况相合,这一点是确实无疑的。然而,耀斯又一次偏离了这一运动的中心。师从当时正在重新考察解释学的结构和功能的 H·G·加达默尔,耀斯看到了过去和现在之间的不解关系的无可回避性,从而也看到了面对历史问题的必然性;他还进而认识到这种对历史的反思发生于一种交流的结构之中,因此,需要考虑到在其间遭遇的个体和社会两个方面。在他论中世纪法国文学的著作中,以及他那本至今读者有限的论述普鲁斯特《追

---

① 哈拉尔德·魏因里希:《恩斯特·罗伯特·库丘斯的〈欧洲文学与拉丁中世纪〉(1948 年)一书以后 30 年》,载"罗曼语评论"总第 69 期,1978 年第 4 期,第 262 页。

② 同上。

忆逝水年华》一书中时间和回忆与小说结构关系的优秀著作①中,他开始谈论前一个问题,即历史问题。60 年代初德国社会的急骤变化,特别是大众传播媒介的兴起和接踵而来的教育危机提供了探讨第二个问题即检验交流的社会心理层面的时机。由于这是一个在德国引起激烈争论的问题,在近期内不可能取得一致意见,我们在这里也就只能就耀斯关于这个问题的立场做一简述。

传统的人文教育的方法和目标,无论是沿着库丘斯的古罗马理想的路线发展而来还是出自研究"作品内涵"的文体形式主义,都已证明是脆弱的,不足以抵御新的传播媒介。这些方法是为了悠闲而深思熟虑地研究和继承传统名作而设想出来的。它们并没有为人们提供如何对付那些由传播媒介带来的精致复杂的、在审美上往往很微妙的信息的方法。这些信息凭借其巨大的数量与接受时间的加快而压倒了高雅文学。耀斯把这种情况看作是文学教育履行"批判的社会功能"失败的信号。他指出,文学教育的功能应当是赋予个人以敏锐的识别能力和道德判断力,以便保护他或她自己不受"隐身的规劝者"的影响。很清楚,耀斯是在现存社会的框架内考虑发展这样一种批判的社会功能。他从过去一直到现在所要论证的是,文学,特别是过去的文学,对社会有一种赋形功能。从政治上说,可以把他的态度看作自由主义的改革者。

实施这样一个计划需要重新阐述理解我们与文学(包括过去和现在)的关系的方式。库丘斯的模式由于不能抵御文化的平庸化而被判为不合格。他这个模式过于虔诚,而且除了像神父那样赞美辉煌的过去以外,没有为我们提供什么东西。人们发现"封闭式研读"的形式主义也不合格。理由有两点:(1)它要求读者严格约束自己,在他或她与文本接触的过程中,排除所有的个人兴趣和偏爱,以便让文本能够顺利地展示其意图的结构;(2)这种规范性的研究强调每一文本的自主性因而无法把文本与历史重新结合起来。就在这时,耀斯做了某种对于他这个时代的一个专攻文学的西德学者来说十分大胆的事情:他把目光注视在由马克思主义提供的历史模式上。虽然他因马克思主义依赖于经济决定论而拒绝接受它,但他还是在研究文学的学者中发动了一场关于马克思主义历史观的价值的辩论。他有时采取了被认为是十分模棱两可的立场,例如他宣称马克思主义文学批评家并没有用适合于马克思历史观的概念来替代文学史的浪漫主义模式。同样地,他也注意到,卢卡奇对文学反映现实(但并非成为塑造现实的构成因素)的方式的关注导致了对文学创作的研究,却没有意识到文学对读者的效果。耀斯于是转向新近翻译过来的俄国形式主义者的著作,特别倾心于雅科布松和季尼亚诺夫所提出的文学进化的概念。虽然他赞成他们的受现象学影响但

---

① 耀斯:《在马塞尔·普鲁斯特的〈追忆逝水年华〉中的时间与回忆》(海德堡,1955 年)。

以更富有语言学色彩的术语所描述的过程(个人的作品如何从他们的先辈们那里脱颖而出,如何把某些前人的特征化为己有,如何企图通过有意识地改变某些技巧来背离前人),但他反对他们的总体观,因为这种总体观宣称,文学作品的演变是在它们自己独立的系列中发生的,无须涉及文学以外的历史。

耀斯回到自己的出发点,重新审查了我们称为阅读的特殊交流状况。如果我们认为读者是阅读活动的一个组成部分,那么,阅读的功能就不可能是确定文本的某种客观而永远确凿的意义。毋宁说,任何阅读概念都必须从承认这一点出发:读者完全沉没在他(或她)的阅读对象所由产生的传统之中,而且实际上文本自身就是其接受模式中的一个环节。例如,没有哪位济慈的读者在阅读济慈的诗歌时会一点不知道阅读高雅的浪漫主义诗歌是怎么回事。但是,我们一旦开始以这样的方式思考,就会碰到一大堆问题:我们阅读时发生了什么? 我们把自己带向作品还是我们从作品中得到些什么? 我们把什么样的预先判断带到了阅读活动中? 比方说,我们是否期待着表现在某些样式中的某些东西? 我们是否被某些著作、某些作者、某些声誉吓住了? 这种威吓的性质是什么? 我们把什么样的作者形象带入了阅读活动中? 在作者为我们写作时,作为读者大众的我们是否对她或他施加了某些影响? 我们能否直接走向文学? 如果不能,我们又需要通过什么样的媒介? 我们被操纵到何种程度才能按预期方式做出反应? 怎样确定我们的审美反应可能与作者的意图相左? 所有这些问题,特别是那些和价值有关的问题,只要人们试图从读者或者接受者的角度研究文学,就必然会成为人们率先注意的问题。

耀斯为建立其接受美学的基本范畴,吸取了加达默尔的教诲①。尽管加达默尔从一开始就把哲学的理解和日常的理解合而为一,但他关注的却是理解(显然是哲学的理解)的本质。他认为,理解是一个我们卷入其中却不能支配它的事件;它是一件落在我们身上的事情。我们从不空着手进入认识的境界,而总是携带着一大堆熟悉的信仰和期望。解释学的现象既包含了我们突然遭遇的陌生的世界,又包含了我们所拥有的那个熟悉的世界。涉及解释学现象的大多数哲学概念都要求我们克服我们自身(历史、心理、社会等等)的界限;加达默尔则争辩道,这是不可能做到的,重要的是使用解释学的现象去辨识我们把什么东西带进了陌生的世界。这样就可以通过发现我们自己不加怀疑的先已形成的判断来获得关于我们自己的知识,并且通过扩展我们的视域直至它与陌生世界的视域相会合,以获得那个陌生世界的知识,从而使两个视域融合。

加达默尔关于这种会合的最为著名的模式是提问与解答的模式。必须把阐

---

① 加达默尔:《真理与方法》(慕尼黑,1960 年)。

释者与文本的关系设想成双方处于平等地位的对话。这样的对话假设参与者双方的关注有共同之处,而并不仅是"图谋"对方。于是,阐释者就不必把注意力集中在文本上而必须把注意力对准与文本有关的问题上,随文本一起处理这个问题。这样,阐释者就不必与作者相认同(无论如何,这种认同都是一种幻觉),而只是去探究文本所关注的问题,并顺着文本的最初问题所追踪的方向接受进一步的质询。一个质询的视域出现了,但它并不假装自己具有某种新的客观性;毋宁说,它是一种使作品活生生地呈现在我们眼前的方式,因为我们现在关注的是文本的问题,并让我们的关注与文本相关联。

耀斯接过了加达默尔的视域概念,把它称为"期待的视域",意指在一部作品出现时人们对它的反应、预先判断、语言的和其他的行为之总和。一部作品可以通过证实由它引起的期待而实现这样的视域,也可以通过在作品与期待之间制造距离而使期待落空。耀斯把这称为"审美距离"。审美距离成为文学史的一个重要构成因素,因为它可能导致以下两个主要过程中的一个:要么是公众更改其视域,以接受作品(从而构成了接受美学的一个阶段);要么是公众拒绝一部作品,使之处于蛰伏状态,直到它被接受为止,也就是说,直到一个适合于它的视域被锻造出来为止。中世纪文学的情况就是这样,它不得不等待浪漫主义来发现一个使它重新被接受的新视域。在有些事例中,尤其是在现代派那里,公众分裂为愿意接受者和坚决拒绝者两个阵营。从文学的社会批评功能的角度出发,耀斯在文学文本变更期待视域的能力中看到了一种对接受者和对文学都能发生作用的强大的解放力量。对接受者来说,这种力量使他从可能尚未意识到的对作品所抱的成见中解脱出来;就文学(尤其是古典文学)而言,它使我们重新发现作品的初始影响,那种影响经过人们数百年的崇尚和膜拜之后本已销蚀了。

耀斯声称,这样一种关于读者和文本相互作用的观念恢复了文本的历史性,因为接受者大众(包括过去的和现在的大众)都被完全卷入其中,成为文本的中介。因为正是在日常生活中,读者建立起自己的期待视域;任何由作品带来的改变也必定发生在同样的日常生活中。读者大众在较老的作品与较为晚近的作品间扮演着中介的角色。这样,俄国形式主义所不能避免的陷阱,即文学与生活的分离,就被填平了。而这就为理解历史将会记载的文学上先后发生的事件的形成提供了基础。按照这些原理,一部还在延续的文学史看来就显然会是经验论的,而不是以价值取舍的。因为它不会服从某些预定的逻辑,只是记录下它所注意到的事情。它不会屈从于实证主义的计算总数的观点,原因是它需要辨明自己的历史标记。所以,实际上,每一代读者都必须重写历史。这并不是这种理论的缺陷,而正是它的最为解放的特征。因为它确信,没有一种固定的观点会永远流行,每一代人都必须以新的方式阅读文本,都必须从自己的角度来质询文本,并以自己的方式通过作品提出的问题来发现与自己有关的东西。

因为耀斯的这些见解强调的是要克服文化生活的过分的间接化,所以,具有讽刺意味的是,他的这些见解竟会出现在一种使其受到曲解的视域里。促使耀斯系统阐述一个研究纲领以更新文学研究和教学的那些忧虑,这时已经演化成德国大学的,实际上也是整个社会的骚动中的一股强大的社会政治力量。这是一部仍待写出的历史,它的复杂性当然超出了这样一篇导言的范围。但是,为了我们的目的,注意下述诸点也就够了:强调对文学接受经验的重新鉴定;使迄今被看作被动接受者的读者所起的积极作用合法化;批评传播媒介;号召重新组建人文的研究以及提倡发挥文学教育的社会批评作用等等。耀斯的这些观点从表面上看来与更为激进派别对教育和社会改革的呼吁颇相类似。或者毋宁说,大学内外的保守派不仅把耀斯看作是为德国社会主义学生联盟和议会外反对派对抗力量涂脂抹粉的人,而且认为他充当了特洛伊木马。耀斯与以批判现存秩序而著称的法兰克福社会研究所不同,他看起来是一位传统的德国学者。对当时的右派来说,这位高级教授(正教授,德国高等院校最高层次中的一员)是他们中的一个叛徒。可是,来自右派的严厉指责与来自左派的诘难在程度上并没有什么不同。左派断然认为耀斯在研究方向上是改良主义的而不是革命的,并往往从他研究中看出一种被统治集团所收买的企图。当学生们占领阿道诺在法兰克福的研讨班,最终必须由警察来驱散时,①人们可以看到那些激情会变得多么充满敌意。耀斯的处境于是就变得十分困难了。右派习惯于用权力反对耀斯,或者更准确地说,是反对他的较为年轻的伙伴,以致有好几次他不得不以辞职相威胁——这种威胁由于他接受了作为美国访问教授的邀请而变得更为可信。耀斯在他自己的著作中回答了来自左派的攻击,以致他在 1970 年以后发表的作品给人造成这样的印象:他只打击左派,所以是右派的盟友。但这是说不通的,是一种误解,因为实际上耀斯的回答是有精密区分的,他用双方都能辨认的武器回敬来自两个方面的批评:用思想反对左派,用他手中的权力反对右派。

因此,《审美经验与文学解释学》是一部论战性的著作,这个特征有时十分明显,有时较为隐晦。它首先反对的是被耀斯视为占主导地位的左派艺术观:阿道诺的否定美学以及与之相伴随的意识形态批判运动。这本书多次明确地提到阿道诺,并对阿道诺的观点做了正式的批判,即使是在没有直接点名的地方,批判

---

① 由于散发传单、谩骂(称他为"纨绔子弟",以提醒他在美国逗留期间的传闻)等等事件,阿道诺的研讨班在 1968—1969 整个学年中被迫中断。学生最终占领了于尔根·哈贝马斯的办公室。阿道诺反对他们的强迫性免职。但是,当此事在大学校长的鼓动下于 1969 年 1 月 31 日发生时,阿道诺与领导搜捕集会的警方官员握手的镜头被拍摄下来。这一殷勤的告别姿态被当作阿道诺"背叛"的证据。

的也是阿道诺。例如,耀斯把他对当代作家最严厉的批评留给了塞缪尔·贝克特(Samuel Beckett)。贝克特正好是阿道诺打算奉献自己《美学理论》一书的作家——假如阿道诺能够在他死前完成这部作品的话。同样地,人们可能会为耀斯选择"家的温馨"作为讨论 19 世纪中叶抒情作品的主题而感到惊讶。因为他赋予这个主题以十分肯定的价值,而与阿道诺关于同一主题的一个变体即"家里"(也是用法语来表达的)在克尔凯郭尔著作中所起作用的解释直接对立。[①]如果本文的目的不是做导论而是做研究,那么,它将试图以出自哈罗德·布卢姆(Harold Bloom)感染论战学的概念来代替他们的接受美学倾向。

尽管耀斯和阿道诺对文化的现状同样地表示关注,但两人的观点迥异。阿道诺的思想总是极端辩证的,他同样关心艺术操纵问题,但这马上就发展成为对意识形态手段的批判,这种批判是由为这种操纵辩护而引发的。在他看来,美学理论实际上像任何哲学活动一样,不仅是理论性的而且是批判性的。因为在社会领域里,只有批判性的理论才有可能产生影响。就艺术而言,它的任务(但我们将会看到,这是一种乌托邦式的任务)在于恢复其合法存在。这种情况只能出现在一个解放了的社会中。由于阿道诺没有讨论这种解放的具体手段问题,余下的就只是批判的要素,这种批判必定渗透着由目前状况带来的悲观主义情绪。

这样,对阿道诺来说,艺术是对社会冲突的记录,没有自由,并且受到意识形态的控制。所以,实际上艺术表现为上层建筑的一个组成部分。他根据自己先前对于发达资本主义的研究,试图说明艺术怎样被迫以它的形式来体现社会冲突。因此,要谴责艺术目前所遭受的待遇,人们就必须从一个实际上并不存在的视角出发。这种视角也许能为一种无冲突的世界中的艺术观打下基础。当然,这是乌托邦的思想。但是,用阿道诺自己的话来说,今天艺术的处境是"充满疑窦的"。因为,如果说艺术在过去一直服务于宗教仪式或其他的宗教信仰和习俗,那么,它在启蒙运动时代所取得的自主独立就只是一场新奴役的序幕。在阿道诺看来,我们的社会被工具理性所统治,它的制度的标志就是官僚政治,它从总体和结构上讲是不愿意让艺术具有自主性的。或者更准确些说它利用艺术自主性来赋予艺术以商品的能动性,这种能动性受市场运作的支配,成为占统治地位的意识形态的工具。市场自身就是种种控制的对象。控制之一就是对艺术的学术研究,这种研究有助于形成(可销售的)价值等级体系,并从而为市场销售策略提供了根据。

把艺术转化为商品导致对概念的价值做规定,坚持封闭的艺术形式,坚持其完成了的、包装好的产品的面貌。在当前的社会经济环境里,只有歪曲艺术对象

---

① T.W. 阿道诺:《克尔凯郭尔:美学构造》,第 2 卷(法兰克福,1979 年),第 66—69 页。

的形式,才可能实现这种封闭,否则的话,就必然会再现出社会的冲突和矛盾。真正的艺术拒绝这种封闭,抵制艺术的商品化。真正的艺术坚持其并非尽善尽美的特点及其全然的无功利性,和它服务于某种目的方面的无能。因为它在断然肯定自己的无功利性的同时,也就是向我们社会从意识形态角度出发而宣扬的和谐一体化的主张提出了异议。这在实践上意味着,艺术(更不用说文学)的研究不应采取传统美学的形式,而应该采取一种分析学的方式。这种分析学方式在对单个艺术对象的直接研究中,会引出艺术对象对于历史的领悟方式,亦即艺术对象再现当初的社会争端的方式。这就需要全盘否定所有希望为艺术重新建立理想的独立地位的艺术研究方法。在阿道诺的观点中,最主要的是,每一个个别的分析都在艺术品中揭示出本质上是批判的要素,这种要素与其社会的秩序和意识形态相对立,它否定这种秩序和意识形态。因为我们只能以这种方式来重新发现艺术的真谛,即艺术是历史的碑铭,从而也包含对未来解放的预兆。

在阿道诺的美学理论中或者说在他的整个思想中,起作用的主要是否定性。他赋予这个概念以特别丰富的含义。首先是阐述非同一性的认识原则,这一阐述后来又被作为他"否定的辩证法"的哲学基础,而这正是耀斯全部批判的矛头所向。在黑格尔的辩证法中,否定性是概念朝向其"他者"的运动,是扬弃过程中的必要阶段,是对初始概念的克服或扬弃。但在阿道诺看来,黑格尔的综合就其理想的性质来说是不可能的。理性之所以不能把握现实,主要不是由于其自身的局限性,而是因为现实(本质上总是社会性的)在其客观条件中过于矛盾,以致不可能被理性所包容而不以种种矛盾影响理性。因此,阿道诺认为,概念与现实是既互有差异又相互关联地存在着的。阿道诺不像所有唯心主义的认识论那样以概念来映照现实,而是根据概念与现实的非同一性用概念指称现实。人们可以用作为起点的现实来观照这个过程,获得同样结果。因而,艺术的认识力量不过是非同一性这条普遍原则的作用的一个例示,这就是否定性。

耀斯在本书第 1 章第 2 节中一针见血地批判了阿道诺的观点,这里无须先做总结。然而,耀斯的批判诉诸一个概念,这个概念后来成为研究中的一个主要分析概念,即认同概念。认同概念在这里是合乎逻辑地出现的,这一点对英语读者也许并不明显。我们用"经验"这个简单词语所表示的东西,德国人是用两个词来表示的,这就使人们有可能通过偏好其中的一个词来表示一种重要的概念差异。在美学中,特别是在生活哲学的框架内,人们更喜欢用"经历"(Erlebnis)这个词。由于它通常译为"生活经验",所以,也就假定了经验高于反映,而且,它也形象地体现在存在主义的"存在先于本质"这一基本格言中。早些时候,在狄尔泰的解释学中,"经历"是主体寻求理解的对象。与此相对照,阿道诺求助于"经验"一词,他想用这个词来表示,反映本身就是生活经验;反映涉及整个个体,而不仅仅涉及他(或她)作为认识主体的能力。与康德比较一下,人们就能轻而易举地领悟到这里的区别。阿道诺反对黑格尔辩证法的"扬弃"概念,在很大程度上诉诸他那种给个体强制规定内容的极端做法。他希望保护个体的单一性,反对黑格尔把它合并到所谓"绝对精神"的集体主体性中。为此他返回到康德的现象学及其自主主体的概念。但是,阿道诺批判了康德关于主客体关系的思想。因为在他看来,这种思想会导致同一性的假定,而他自己正打算以非同一性原则取代那一假定。他认为,康德的个体概念过于形式化、过于抽象,因而很容易被隶属于具体化思想之下。这在先验主体这个主要范畴中是显而易见的。从先验主体的角度看,每个主体就像是一件商品那样可以与另一个主体互换。于是,特定意义上的个体就完全消失了。如果反映被认为是经验,那么它与生活经验的关系就不是抽象关系,也不会变成具体化的所在。同时,这暗示人们,认识不是一个单纯的智力问题,而是和整个的人(包括他的身体)有关的问题。总之,正是整个的人作为经验上存在着的个体从事着"经验",而"经历"不过是反映的素材而已。耀斯保留了"经验"这个词语,用来指审美经验,从而为他的探讨找到了与感受的肉体方面相关联的东西,这样就使关于快感的精彩讨论得以展开。但是,耀斯反对阿道诺,他返回到康德的个体概念以及个体认知能力概念的另外一个方面。在康德看来,个体不可能经验到对象本身的存在这样一个事实,要求在诸个体中间假设另外一种尺度,这就是所谓互为主体性。黑格尔和马克思在他们各自关于主人和奴隶的辩证法以及阶级斗争的概念中都保留着康德的这一观点。但是,阿道诺坚持认为,每个主体所固有的,并且永远不可归并的个体性,妨碍了人们对似乎是个体的单一性存在做出任何解释。耀斯反对这一概念,他恢复了康德关于主体概念的互为主体性的尺度。他把这个尺度建立在交流的基础上。在交流的框架内,人们可以共享经验。结果,在不放弃(至少不明显地放弃)"经验"所蕴含的反映也同样基本的条件下,他再次抓住了狄尔泰"经历"概念的解释学尺度。经历的互为主体性的尺度可以在认同的机制中找到。认同的概念就这样替代了狄尔泰的"引入"或者移情概念。总之,耀斯强调艺术作品的否定性以认同为中介,从而取代了阿道诺的"否定—肯定"两极。这样,认同就成为接受美学的关键性概念。

弗雷德里克·詹姆逊

◎ **文论作品**

后现代主义，或后期资本主义的文化逻辑（节选）

序

最近几年，一个明显的特征是颠倒了的太平盛世说，其中关于未来的预感，不论是灾难的还是拯救的，都已经被这种或那种毁灭感取代（如意识形态、艺术或社会阶级的消亡，社会民主或福利国家的"危机"，等等）；综合起来，所有这些也许就构成了越来越常说的后现代主义。后现代主义存在的状况所依赖的前提是某种根本的断裂或中断，一般追溯到 20 世纪 50 年代末期或 60 年代初期。正如这个词本身所使人想到的，这种断裂常常与近百年来的现代运动的衰落或消失的概念相关（或者与对它的意识形态或美学的否定相关），所以，绘画中的抽象表现主义，哲学中的存在主义，小说中的最后表现形式，名导演的电影，或者现代主义的诗歌流派（如像在华莱士·史蒂文斯作品里被制度化和规范化了的）：所有这些现在都被看作是一种高度现代主义倾向的回光返照，而这种倾向也因为它们消耗殆尽。因此下面列举的这些同时变成了经验的、混乱的、各不相同的事物：有安迪·沃霍尔和流行艺术，但也有照相现实主义，此外还有"新表现主义"；在音乐中有约翰·凯奇的时期，但也有像费尔·格拉斯和特里·赖利这些作曲家的古典和"流行"风格的综合，还有朋克和新潮摇滚乐（在那种晚近迅速发展的传统中，披头士乐队和斯通斯乐队现在仍然作为高度现代主义阶段）；在电影方面，有高达德的、高达德之后的实验性的电影和录像，但也有一种全新类型的商业影片（对此后面再谈）；一方面有巴勒斯、品钦或伊什梅尔·里德等作家，另一方面也有法国的"新小说"及其后继者，同时还有令人惊讶的、以某种关于文本性或文体的新审美特征为基础的新型文学批评……这个单子或许可以无限地延续下去；但是，较之风格发明中更早的、高度现代主义规则所决定的那种阶段性的风格和式样变化,这是否意味着更根本的变化呢?

美学民众主义的兴起

不过,正是在建筑领域里,艺术生产的变化才最富戏剧性地表现出来,而它们的理论问题也才最集中地提出并得到阐述;实际上,正是从建筑方面的争论里,我自己对后现代主义的概念——后面将概要说明——最初才开始形成。后现代主义的观点在建筑里比在其他艺术或传播媒介里更加明确,它们与对建筑上的高度现代主义和所谓的"国际风格派"(如弗兰克·劳埃德·赖诗、勒·考比西埃、米斯等)的严厉批判已经不可分开,其中形式上的批评和分析(如对建筑物成为一种实质上的雕塑和罗伯特·温图里所说的不朽的"帆布"这种高度现代主义的转变的批评分析),与在城市主义和审美惯例层次上的重新思考是一致的。因此高度的现代主义被认为破坏了传统上的城市结构及其先前的邻里文化(通过使新乌托邦的高度现代主义建筑从根本上脱离其周围的环境),同时现代运动中预言的杰出人物统治论和权力主义,也因超凡的领袖人物的专横姿态而受到无情的谴责。

于是,建筑中的后现代主义指非常合乎逻辑地把自己呈现为一种美学上的民众主义,这也正是温图里颇有影响的宣言的标题《向拉斯维加斯学习》[①]所表示的含义。不论我们最终想怎样评价这种民众主义的修辞,至少它有理由使我们注意前面所列各种后现代主义的一个基本特征:这就是,在它们当中,取消高级文化和所谓大众文化或商业文化之间先前的(基本上是高度现代主义的)界限,形成一些新型的文本,并将那种真正文化工业的形式、范畴和内容注入这些文本,尽管从利维斯和美国新批评直到阿多尔诺和法兰克福学派所有的现代批评家都强烈地谴责这种文化工业。事实上,后现代主义迷恋的恰恰是这一完整的"堕落了的"景象,包括廉价低劣的文艺作品,电视系列剧和《读者文摘》文化,广告宣传和汽车旅馆,夜晚表演和B级好莱坞电影,以及所谓的亚文学,如机场销售的纸皮类哥特式小说和传奇故事、流行传记、凶杀侦探小说和科幻小说或幻想小说:这些材料它们不再只是"引用",像乔伊斯或梅勒之类的作家所做的那样,而是结合进它们真正的本体。

这里所说的断裂也不应该认为是纯粹的文化事件:实际上,关于后现代的理论——不论是赞扬的还是以道德上反感和谴责的语言所表达的——极像是那些更具雄心的各种社会学的概括。几乎在同一时期,社会学的概括告诉我们,一个全新型的社会已经到来并已开始,这个社会最流行的名称是"后工业社会"(丹尼尔·贝尔语),但也常常被称作消费社会、媒介社会、信息社会、电子社会或"高技

---

① 拉斯维加斯是美国著名的赌城,位于内华达州,以流行文化闻名。

术"社会等等。这样一些理论具有明显的意识形态使命,为了自我解脱,它们论证说,这种新社会的构成不再遵从古典资本主义的法则,即工业生产的首要地位和阶级斗争的无处不在。因此马克思主义传统强烈反抗它们,唯一的例外是经济学家厄内斯特·曼代尔,他的《后期资本主义》一书不仅企图分析这种新社会的历史独创性(他把这种新社会视为资本进展中的第三个阶段或时期),而且企图说明——如果有区别的话——它是一个比以前任何时期都更完美的资本主义阶段。后面我还要重谈这个论点;暂时只要强调我在其他地方①详论的一点也就够了,这就是,文化中后现代主义的每一个观点——不论是辩解还是诬蔑——同时也是而且必然是关于当前多国资本主义性质的一种含蓄的或直率的政治态度。

作为文化要素的后现代主义

最后一段序言性的话是关于方法的:下面写的不应当作风格的描述来阅读,也不应当作一种独特的文化风格或运动的说明。实际上我是想提供一种历史分期的假设,而在历史分期的真正概念形成的时刻,这样做似乎确实有不少问题。我在其他地方曾经说过,一切孤立的或抽象的文化分析,总是包含着一种隐蔽的或被压抑的历史分期理论;无论如何,"系谱"的概念主要是为了消除传统上理论的忧虑,如关于所谓的线条历史、"阶段"理论以及目的论的编史工作。不过,在当前的语境里,对这样(非常实际的)一些问题的冗长的理论讨论,或许可以用一些实质性的论述代替。

历史分期的假设常常引起的顾虑之一是,它们倾向于取消差别,把一个历史时期的观念设想成同质的整体(这个时期的前后都是莫名其妙的、"按年代顺序的"不同性质的观念和标点符号)。但是,这正是为什么我觉得一定不能把"后现代主义"理解成一种风格,而必须理解为一种文化要素:一种允许一系列极不相同而又从属的特征存在和共存的概念。

作为例子,不妨考虑一下颇有影响的、可以选择的观点:后现代主义至多不过是现代主义本身的又一个阶段(假定确定不是更早的浪漫主义的又一个阶段)。确实可以认为,我将列举的后现代主义的所有特征,都能在以前这种或那种现代主义里找到,而且有着充分的发展(包括一些令人惊讶的、系谱上的先驱,如格特露德·斯坦恩、雷蒙德·卢塞尔或马瑟尔·杜尚,他们完全可以被视为这个词出现之前的后现代主义者)。但是,这种观点不曾考虑到以前现代主义的社会地位,更确切地说,就是它遭到更早的维多利亚时期或维多利亚以后的资产阶级的强烈否定,对他们来说,它的形式和精神被公认是各种各样的丑恶、不协调、

---

① 指《理论的政治》,载《新德意志批评》第12期,1982年春夏合刊号。

晦涩、羞辱、不道德、破坏和广泛地"反对社会"。这里要说明的是,文化领域里的某种变化已经使这样的态度显得陈旧。不仅毕加索和乔伊斯不再是丑恶的;总的看来他们现在还使我们觉得是"现实主义的";而这正是对整个现代运动的规范化和学术上制度化的结果,其情形可以追溯到50年代后期。对于后现代主义本身的出现,实际上这无疑是最可能合理的解释之一,因为60年代的年轻一代,现在将面对过去反对的现代运动,把它当作一套过时的经典,像马克思在一种不同的语境里曾经说过的那样,"像梦魇似的压在活人的心上"。

不过,就后现代对所有那些的反抗而言,同样需要强调的是它本身令人反感的特征——从晦涩和直率的性素材到心理的污浊和公然表示对社会和政治的挑战,超越了在高度现代主义的最激进时刻所可能想象的任何东西——现在不再使任何人感到震惊,不仅被非常满意地接受下来,而且还使自身成为制度化的,与西方社会的官方文化结合起来。

实际情况是,今天的美学生产已经与商品生产普遍结合起来:以最快的周转速度生产永远更新颖的新潮产品(从服装到飞机),这种经济上狂热的迫切需要,现在赋予美学创新和实验以一种日益必要的结构作用和地位。于是,这种经济的必要性,在从体制上对更新艺术的各种可能的支持里得到了承认,包括从基金会和资助金到博物馆及其他形式的赞助。不过,在所有艺术里,建筑基本上最接近经济,它以使用和地产价值的形式,与经济有一种实质上无法表达的关系。因此人们会毫不惊奇地发现,新的后现代建筑的超常繁荣,乃是以多国商业的赞助为基础的,而这种商业的扩大和发展与它完全是同时进行的。这两种现象,较之简单的一对一的这个或那个个人项目的资助,有一种更深刻的辩证的相互关系,对此我们将尽量在后面提出论述。然而,正是在这一点上,我们必须使读者想到一种明显的情况,这就是,整个世界和美国的后现代文化,都是对美国在全世界军事和经济控制的一种新浪潮的内在的、上层建筑的表现:就这种意义而言,文化颇像整个阶级的历史,它的下面是流血、痛苦、死亡和恐怖。

因此,关于主要历史分期概念要说的第一点是,即使后现代主义的所有构成特征都与先前的现代主义一致并有连续性——我觉得这种观点明显错误,但只有对现代主义本身做更详尽的分析才能消释——这两种现象在其意义和社会作用方面仍然会截然不同,因为后现代主义在后期资本主义经济体系中处于完全不同的地位,除此之外,还因为在当代社会里真正的文化范围也发生了变化。

关于这一点在本文的结尾还会再谈。现在我必须简要地谈谈一种不同的对历史分期的否定,一种对它可能抹杀异质性的不同的思考,而这常常是左派所持的看法。无疑,这里有一种奇怪的类似萨特的反讽——一个"胜者失败"的逻辑——它倾向于尽力描述一种"系统",一种总体化的促动力量,因为这些是在当代社会运动中发现的。实际情况是,对某种日益加强的整体系统或逻辑的看法越是有力——写论监狱著作时的福柯是明显的例子——读者就会感到越是无力。因此,通过构成一种日益封闭和可怕的机器,理论家所赢得的也正是他所失去的,因为他的著作的批评能力会由此丧失,而否定和反抗的冲力——且不说社会变化的那种冲力——面对模式本身也会日益被理解为徒劳和微不足道。

不过我已经感到,只有按照某种支配性文化逻辑的概念或统治性标准,真正的区别才能够得到衡量和评价。但我决不认为,按照我对"后现代"一词的广义运用,今天的一切文化生产都是"后现代的"。然而后现代是力量的领域,其中每一种不同的文化冲力——雷蒙德·威廉斯以实用的方式称作"剩余的"和"必然发生的"文化生产的形式——都必须形成自己的方式。如果对一种文化要素我们没有获得某种总的看法,那么我们就会倒退到认为现在的历史完全是异质成分的构成,是任意的差异,是许多无法确定其效能的截然不同力量的一种共存。不论如何,这点都是后面的分析所赖以产生的政治精神:突出某种关于新的、系统的文化标准及其再生产的概念,乃是为了更充分地思考今天关于激进文化政治的最有效的形式。

本文将依次说明下列后现代的构成特征:一种新的浅显性,其延伸既表现在当代"理论"方面,也表现在一种全新的形象或影像文化方面;一种历史性的连续削弱,既表现在我们与公众历史的关系方面,也表现在我们个人暂存性的新形式方面,其"精神分裂的"结构(遵循拉康的说法)在更具暂时性的艺术里将决定新型的句法或并列关系;一种全新类型的感情基调——也就是我将称之为"强度"的东西——通过回到更早的杰出人物理论它可以得到最好的理解;所有这些与整个新技术的深层构成关系,其本身就是关于整个新世界经济体系的一个形象;最后,在简要说明后现代主义通过实际经历建造的空间如何进化之后,对于在多国资本主义令人困惑的新世界空间里的政治艺术的使命,将提出一些看法。

一、对表达的解构

《农民鞋》

我们首先谈谈观赏艺术里高度现代主义的典型作品之一——凡·高的名画《农民鞋》;正如你们可以想象的,这个例子并非是无意或随意地选出来的。我想提出两种解读这幅画的情况,两种都以某种方式通过一个两阶段或双层次的过程重构对作品的接受。

我首先想提出,如果这种大量再生的形象不是降低到纯装饰的水平,那么它就需要我们重构某种最初的情境,也就是完成的作品从中形成的情境。除非那种情境——它已经化为过去——以某种方式在精神上得到恢复。这幅画将仍然是一种无生气的客体，一种具体化的终极产品，单凭它自身不可能被理解成一种象征行为，也不可能理解成实践和生产。

最后这个术语表明，对于作品以某种方式做出反应的最初情境，其重构的唯一方式是强调原始素材，强调最初的内容，它面对它们，对它们加工、改造和运用。在凡·高的画里，那种内容，那些最初的素材，我想应该直接理解为关于农业悲惨、乡间赤贫的整个客体世界，关于农民苦累不堪的整个不完善的人类世界，一个被降低到它最残酷可怕的、原始的、边缘化状态的世界。

在这个世界里，果树是从贫瘠土壤里长出的古老枯竭的枝条；村里的人被折磨得疲惫不堪，成了一些关于人类基本面貌特征的最怪异类型的漫画。那么何以在凡·高的画里，像苹果树这样的东西会爆发成引起幻觉的色彩表面，而他的村庄原型又被突然鲜艳夺目地涂上了红红绿绿的色彩？在这第一种解释选择里，我想简要地提出，把一种无生气的农民的客体世界主观而粗暴地转变成最灿烂的、纯油彩的形式，应该被看作是一种乌托邦的姿态，一种补偿行为，它停止生产一种全新的乌托邦感觉领域，至少是那种最重要的感觉领域——视力、视觉、眼光——它现在为我们把这种领域重新构成一种以自身为根据的半自治的空间——部分属于资本机体里某种新的劳动分工，属于必然出现的感觉中枢的某种新的分裂，这种感觉中枢重复资本主义生活中专门化和分工，但同时它也正是在这种分裂中为它们寻求一种绝望的乌托邦的补偿。

当然，还有第二种解读凡·高绘画的方式，当我们凝视这幅特定的绘画时很难忽视这种方式，这种方式就是海德格尔在《艺术作品的起源》里所做的主要分析。它的组织安排围绕着这样一种思想：艺术作品出现在"大地"与"世界"之间的空隙里，或者我自己宁愿转写肉体和自然无意义的物质性与历史和社会被赋予意义这二者之间的空隙里。后面我们将再谈那特定的空隙或裂缝；这里只需回顾一下某些著名的警句。它们构成一个过程的范式，通过这个过程，这些后来著名的农民鞋逐渐围绕着它们重新创造出整个失去的客体世界，而这个世界曾经是它们实际的语境。"在它们当中，"海德格尔说，"激荡着大地无声的呼唤，它正在成熟的谷物的无言的馈赠以及在冬日旷野休耕地上的荒凉里它那不可思议的自我拒绝。""这种用品"，他继续说，"属于'大地'并在农妇的'世界'里得到保护……凡·高的画揭示出这种用品——这双农民鞋——事实上是什么东西。……这一实体进入了对它的存在的表现。"它依靠艺术作品这种媒介，而艺术作品把整个不在的世界和大地都引入围绕它自己的揭示，包括农妇的沉重脚步，田间小路的孤寂，林间空地上的茅屋，以及农田和炉边那些用旧破损了的工具。海德格尔的叙述若要完成，就必须坚持恢复作品的物质性。坚持把物质性的一种形式——大地本身以及它上面的道路和有形的物体——转变成另一种以它自身的权利并因其观赏的乐趣而得到确认并突出出来的油画颜料物质性形式;但是,他的叙述仍然具有一种令人满意的表面的合理性。

《钻石粉末鞋》

不论如何,这两种解读都可以说是"阐释性的",因为在这些解读里,作品以其无生气的物体形式,被视为某种更大现实的线索或征象,而这种现实又把它恢复为它的最终的真实。我们现在需要看一种不同类型的鞋,而让人愉快的是,我们可以利用当代观赏艺术里主要人物的新近作品来获取这样一种形象。安迪·沃霍尔的《钻石粉末鞋》显然不再以凡·高的鞋的任何直接性对我们说话;事实上,我宁愿说它根本就没有真正向我们说话。在这幅画里,根本就没有为观画者安排哪怕是最小的地位,观画者在博物馆的走廊或画廊的转弯处看见它,完全是某种莫名其妙的自然物体的偶然性。在内容层次上,我们需要考虑现已非常清楚的物恋情况,既指弗洛伊德所说的物恋也指马克思所说的物恋(德里达在某个地方谈到海德格尔的《一双农民鞋》时说,凡·高的鞋是异性的一对,它既不许颠倒也不许崇拜)。不过,这里我们对死的物体有一种随意性的收集,它们一起挂在画布上,颇像是许多萝卜。脱离了它们先前的生活世界,完全像从奥什维茨流传下来的鞋堆,或者像在一个挤满人的舞厅里某种神秘悲惨的火光留下的残迹和印记。因此在沃霍尔的画里,根本无法完成赠释的表示,也无法把整个更大的实际语境,如舞厅或舞会,富人的时尚世界或妖娆迷人的杂志世界,归结到这些残余零散的东西。然而根据传记资料,这种情况会更加自相矛盾:沃霍尔开始从事艺术时是一个商业画家,绘制时装鞋并设计展览橱窗,其中各式各样的舞鞋和便鞋非常突出。实际上,人们很容易在这里——过早地——提出关于后现代主义本身及其可能的政治范围的主要问题之一:安迪·沃霍尔的作品事实上主要围绕着商品化转动,因此巨大广告牌上的可口可乐瓶子或坎贝尔的肥皂容器的形象,由于明确突出了转入后期资本主义的商品崇拜,应该是有力的、批评性的政治声明。如果它们不是那样的声明,那么人们肯定想知道为什么不是,于是人们就要开始更认真一些地考虑后期资本主义后现代时期的政治或批评艺术的种种可能。

但是,在高度现代主义和后现代主义阶段之间,在凡·高的鞋和沃霍尔的鞋之间,还有其他一些重要的区别,对此我们现在必须非常简要地加以叙述。最重要和最明显的是出现了一种新的直接性或浅显性,一种在最刻板意义上的新的表面性,这或许是一切后现代主义的最重要的形式特征,对此我们将有机会在其他一些语境里再谈。

因此,我们必定要与当代这种艺术里的照相或照相/底片的作用联系起来;事实上,正是这种作用将它的死的性质赋予了沃霍尔的形象,它的光滑的 X 光片的精美抑制了观画者具体化的目光,而且其方式仿佛与死或内容层次上的死的困扰或死的焦虑毫无关系。确实,好像我们这里要做的是颠倒凡·高的乌托邦的姿态:在早期的作品里,一个苦难的世界因某种尼采式的意志的命令和行动而变成了引人注目的乌托邦的色彩。但这里却正好相反,仿佛外部的、着了色的事物的表面——它们与光滑的广告形象相同而提前被贬低和玷污——已经被剥光,暴露出衬在它们下面的照相底片的死一般的黑与白的胶层。虽然这样一种表面世界的死去在沃霍尔的某种画里——最著名的如交通事故或电刑椅的系列作品——变成了主题,但我认为这不再是一个内容问题,而是某种更基本的变化的问题,既包括客体世界本身的变化——现在变成了一套文本或影像——也包括主体控制的变化。

感情的消逝

上述情况使我得到我想在这里简要论述的第三个特征,也就是我将说的后现代主义里感情的消逝。当然,若说一切感情、一切感觉或情感、一切主观性都已从更新的形象里消逝,那将是不确切的。事实上,在《钻石粉末鞋》里存在着一种被压抑的回归,一种奇怪、补偿、装饰的兴奋,它由标题本身明确指出,而在再生过程中却更难看到。这种兴奋就是金粉的闪烁,金色沙粒的晶光,它们封住了绘画的表面,然而继续对我们闪光。但是,想想兰波的"回首望你"的魔花,或者想想里尔克警告资产阶级改变自己生活的那种古希腊裸体躯干雕像的庄严而预示的眼光:那样的东西在这里、在这最后的装饰涂层的无缘无故的轻浮中一无所有。

不过,开始对感情消逝的探讨也许最好是通过人物,而非常明显的是,我们所说的客体的商品化完全适合沃霍尔的人的主体:譬如像玛丽莲·梦露那样的明星,他们本身就商品化了,并且被转变成了他们自己的形象。这里对早期高度现代主义某种残忍的回归,同样也提供关于所说转变的某种戏剧性的速记的寓言。爱德华·蒙克的画《尖叫》无疑典型地表达了伟大的现代主义主题。如异化、反常、孤独、社会的分裂和孤立等,实质上是通常所说的"焦虑时代"的一种纲领性标志。这幅画在这里将不仅被理解为对那种感情表达的体现,而且还要更多地理解为对表达本身的真正美感的一种实质的解构,表达的美感似乎曾支配着大部分我们所说的高度现代主义,但在后现代的世界里——不论因为实践还是理论——看起来已经消失。真正的表达概念事实上预设主体内部的某种分裂,与此同时还预设一种完整的形而上学,涉及内部和外部,一元性内部无言的痛苦以及那种"情感"投射的时刻——在这个时刻,那种"情感"以发泄的方式投射出来,并以手势或呼叫的方式,具体化为绝望的交流和内在感情的外向的戏剧化。

这也许正好是谈谈当代理论的时刻。除去其他使命之外,当代理论承担了批评和怀疑这种内部和外部阐释模式的使命,承担了把这种模式诬蔑为意识形态和形而上学模式的使命。但我要说的是,今天所说的当代理论——更确切地说是理论话语——本身也是一种非常明确的后现代主义现象。因此,若要为它的理论洞察的真理辩护就会前后矛盾,因为在这种情境里,真理本身的概念就是后现代主义企图放弃的形而上学包袱的一部分,至少我们可以说,后现代主义对阐释的批评,对我将简称为深层模式的批评,于我们还是有用的,它是构成我们这里主题的后现代主义文化本身的一种非常富于示意性的征象。

我们可以粗略地说,除了蒙克的画所展现那种内部和外部的阐释模式,至少还有四种其他基本的深层模式在当代理论中被普遍抛弃:(1)本质和表面的辩证模式(与之一起的是一整套意识形态概念或倾向于附和它的错误意识);(2)弗洛伊德的潜在和明显的模式或压抑的模式(这当然是米歇尔·福柯纲领性和代表性的小册子《认知的意愿》的目标);(3)存在主义的真实性和非真实性的模式,其英雄或悲剧的主题与异化和非异化之间那种另外的大对立密切相关,本身同样是后结构或后现代时期的一种因果关系;(4)最后,在时间上最近的,是能指和所指间伟大的符号对立,它本身在60和70年代的全盛时期就被迅速地拆散和解构了。代替这些不同深层模式的,在极大程度上是一种关于实践、话语和文本作用的概念,它们的新的横组合结构我们将在后面考察;现在只需说深层在这里也被表面代替,或者被多重表面代替(常说的文本互涉性在那种意义上不再是一个深度问题)。

这种无深度性也不完全是隐喻的:它可以被任何人从物质上和文字上体验,如果这个人从位于洛杉矶市区百老汇大街和第4街交叉处的美籍墨西哥人的大市场登上雷蒙·钱德勒常说的"信标山",他就会突然面对克洛克银行中心(斯基默尔、欧文斯和麦利尔)那堵巨大的、独立式的高墙——一个似乎后边没有房间的表面,或者它的假定存在的房间(长方形的? 梯形的?)从视觉上无法确定。这种大片的窗子,因其防震玻璃的二维性,不时改变坚实的基础,而在这个基础上,我们走进一种体视投影的内容,夹层板的形态在我们周围到处显现出它们。各个面的视觉效果一样:就像库布里克的《2001年》里的巨石一样与命运相关。《2001年》面对它的视察者像是一种莫名其妙的命运,一种进展变化的召唤。如果这一新的多民族的城市商业区(对此我们后面在另外语境里还会谈到)有效地废除了它迅猛取代的、旧的、瓦解了的城市组织结构,那么对于它所采取的方式难道不能说些类似的东西? 因为按照那种方式,这种新奇的表面以其自身的专横姿态,使我们的旧城市观念体系显得莫名其妙地古老而没有目的,但却并没有提供另外代替它们的观念体系。

欣快症和自我湮灭

现在回过来最后谈谈蒙克的画,显然,《尖叫》微妙而详尽地解构了自己的美感表达,而这种表达一直在它内部处于被束缚状态。它的手势的内容已经表明了它自己的失败,因为人嗓的发声、呼叫、原始颤动的领域与它的中介并不能共存(这点在作品内部因侏儒无耳而得到强调)。然而,无声的尖叫更接近于返回那种无声的感受,那种尖叫本身要"表达"的残酷的孤独和焦虑的感受。这种环形往返以那些大的同心圆的方式将自己刻在画出的表面,在这些同心圆里,发声的颤动最终变成了看得见的,就像在一片水面上——在一种无限的倒退中,从受难者成扇形展开,变成一个世界的真正地形,其中痛苦本身现在通过有形的日落和风景说话和颤动。这个可见的世界现在变成了单面的墙,在它上面,这种"穿过自然的尖叫"(蒙克语)被录制下来;人们想到劳特里芒那个人物,他在一种封闭无声的薄膜里长大,一看到神的怪异,便以自己的尖叫将它冲破,从而重返声音和痛苦的世界。

所有这些都提出了某种更普遍的历史假设:这就是,诸如焦虑和异化(以及像《尖叫》里那样与之相应的经验)那些概念,在后现代世界里不再适用。伟大的沃霍尔的人物——玛丽莲本人,或者艾迪·塞奇维克——60年代末声名狼藉的燃烧自毁的事件,以及极其重要的关于吸毒和精神分裂的经验——这些看上去似乎都不再有什么共同之处,不论与弗洛伊德本人时代的歇斯底里和神经病,还是与那些统治高度现代主义时期的典型经验,如极度的孤立和孤独、反常、个人反抗、凡·高式的疯狂等。这种在文化反常的促动力里的转变,其特征可以说是主体的异化被主体的分裂替代。

这样一些术语必然会唤起当代理论中更时髦的主题之一——主体本身的"死亡"=自治的资产阶级单体或自我或个人的结束——以及伴随出现的对无中心的强调,不论作为某种新的道德理想还是作为经验的描写,都脱离从前那种主体或精神的中心。(对这个概念有两种可能的阐述:一是历史主义的阐述,认为在古典资本主义和以家庭为核心的时期,一种曾经作为中心存在的主体,今天的有组织的官僚政治世界上已经消解;另一种是更激进的后结构主义的观点,认为这样一种主体从来就不曾存在,而是构成某种类似意识形态蜃景的东西——我明显倾向于前者;后者无论如何也要考虑类似于某种"现象现实"的东西。)

我们必须补充的是,表达问题本身与主体作为类似单体容器的概念密切相关,在这个容器之内,人们感觉到通过向外投射而表达的事物。但我们现在必须强调的是程度问题,关于独特"风格"的高度现代主义概念,以及伴随它的艺术或政治先锋的集体理想,本身与旧的所谓以主体为中心的那种概念(或经验)究竟在多大程度上成立或失败。

这里蒙克的画仍然可以作为对这种情境的一种综合的反映：它向我们表明，表达需要个人单位的范畴；但它也向我们表明，为了那一前提需要付出沉重的代价，将不幸的悖论戏剧化：当你把自己个人的主体性构成一种自足的领域和一种自身封闭的范畴时，你也因此使自己脱离了其他一切事物，宣告了自己无声无息的单体的孤独，不与外界接触，打入了一个没有出路的单身牢房。

后现代主义可能标志这种困境的结束，并用一种新的困境取而代之。资产阶级自我或单体的结束，无疑也结束了那种自我的精神病理学——我在这里普遍称作感情的消失。但是，它还意味着更多事物的结束——例如，个人独特风格的结束，与众不同的个人手法的结束（由自然出现的机械生产的首要性象征地表现出来）。至于表达和感情或情绪，在当代社会里摆脱先前以主体为中心的反常状况，还会意味着不只是摆脱焦虑，而且也摆脱其他各种感情，因为不再有什么产生感情的自我存在。这并不是说后现代时期的文化产品毫无感情，而是说这样的感情——也许称作"强烈"的感情更好、更确切——现在是自由流动的和非个人的，很容易受某种奇特的欣快症的支配。对于欣快症我将在本文的结尾处再谈。

不过，在更狭小的文学批评语境里，感情的消失也可以说成是伟大的高度现代主义的时间和暂时性主题的消失，是时间持续和记忆的哀歌般的神秘事件的消失（这些事件要完全理解为一种文学批评的范畴，与高度现代主义的关系和与作品本身的关系一样）。然而，我们常常听说我们现在处于共时性而非历时性当中，因此我认为至少从经验上应该讨论的是，我们的日常生活，我们的精神经历，我们的文化语言，今天都受到空间范畴而非时间范畴的控制，不像在以前真正的高度现代主义时期那样。

二、后现代和过去

拼凑掩盖戏仿

个人主体的消失,连同它在形式上的后果,即个人"风格"越来越难以实现,引起了今天几乎是普遍性的被称作拼凑的实践。拼凑这个概念借用自托马斯·曼(出自《浮士德博士》一书),而他又借用自阿多尔诺论高级音乐实验的两条途径的伟大著作(舒恩伯格创新性的平面化,斯特拉文斯基的非理性的折中主义);拼凑完全不同于更容易接受的戏仿概念。

可以肯定,在现代人的特质和他们"不可模仿的"风格里,戏仿这个概念找到了一片富饶的区域:福克纳的长句及其透不过气来的动形词,劳伦斯通过烦人的口语而加强的自然意象,华莱士·史蒂文斯根深蒂固的非名词词类的积淀("对'as'的复杂难懂的省略"),马赫勒那种致命的但最后可以预见的、从高音管弦乐的哀婉到乡村手风琴感伤的猝然转变,海德格尔沉思而严肃地把错误的词源用作一种"证实"的方式……所有这些都使人觉得具有某种"特征",因为它们都明显脱离了一种标准,而这种标准以一种并不一定不友好的方式,通过对它们故作奇怪的系统模仿,重新确定自己。

然而,在从数量到质量的辩证飞跃中,现代文学突变为大量独特的个人风格和方法,引起了社会生活本身的一种语言上的分裂,达到了标准本身被掩盖的程度:变成一种中性的和具体化的中介言语(远远脱离了世界语或基础英语发明者的那种乌托邦的志向),而这种言语本身也只是变成多种个人习语中的又一种而已。因此,现代主义的风格变成了后现代主义的代码:今天社会的代码不仅大量扩散到专业和学科的术语之内,而且还扩散到对少数民族、性别、种族、宗教和阶级分属依附等确认的标志之中,而这也是一种政治现象,并由微观政治的问题做了充分的证实。如果某个统治阶级的思想曾是资产阶级社会的主要的(或统治的)意识形态,那么今天发达的资本主义国家就是一个没有标准的风格和话语的多样化领域。不露面的主人继续转变制约我们存在的经济策略,但再不必强迫推行他们的言语(或此后不能够推行);后期资本主义世界的后文化不仅反映出不存在任何伟大的集体项目,而且还反映出就是先前的民族语言也无法利用。

在这种语境里,戏仿发现它本身并无特殊的作用;它曾经存在过,而那种新奇的拼凑终于逐渐取代了它的位置。拼凑与戏仿相似,也是一种奇特面具的模仿,一种死的语言中的言语;但它是这种模仿的一种中性的实践,没有戏仿那种别有他意的动机,取消了讽刺的冲力,没有什么笑料,也没有任何说服力使人相信随着你不时借用的反常语言仍然有健康的语言常态。因此,拼凑是空的模仿,是一个瞎眼的雕像:它对戏仿的关系,与另外那种有趣的、历史上最早的现代事物——一种空洞讽刺的实践——对韦恩·布思所说的 18 世纪的"不变的讽刺"的关系完全一样。

这样看来,阿多尔诺的预言性论断似乎已经实现,尽管采取了一种否定的方式:并非舒恩伯格(他已经看见了他所达成的系统没有效果)而是斯特拉文斯基才是后现代文化生产的真正先驱。因为,随着风格中高度现代主义意识形态的崩溃——与你自己的指纹一样独特而清晰,与你自己的身体一样无法相比(早期的罗朗·巴尔特认为这是风格发明创新的真正源泉)——文化生产者无处可走,只能转向过去:模仿死去的风格,通过储存于现在是一种全球文化的想象的博物馆里的各种面具和声音说话。

"历史主义"抹去历史

这种情境明显决定着建筑历史学家所说的"历史主义",即对过去的所有风格随意拆补,运用随意的风格引喻,以及通常勒佛夫尔①所说的日益增加的"新的"(neo)重要性。但是,这种拼凑无处不在的状况,并非不可兼容某种心情,也不是对激情一无所知,至少与迷恋一致——与历史上最初的消费者的欲望一致,消费者期望一个转变为纯属本身形象的世界,喜欢假的事件和"景象"(情境决定论者的术语)。正是对于这样的客体我们才可以保留柏拉图的"模拟物"的概念——没有原始存在的相同的摹本。尤其合适的是影像模仿文化得以出现的社会,在这个社会里,交换价值被普遍化了,甚至对使用价值的记忆也被抹去;盖伊·狄保德在一句惊人的妙语里评论这种社会说,在这个社会里"形象已经变成了商品具体化的最终形式"(《景象社会》)。

对影像的这种新的空间逻辑,现在可以认为对一向是历史时间的事物会产生重大的影响。因此过去本身得到了修改:在卢卡契所限定的历史小说里,曾经是资产阶级集体规划的有机系谱——对于 E. P. 汤普森之类或美国"口头历史"的补救性编史工作,对于匿名的、沉默的一代的死者的复活,那些仍然是与我们集体未来的任何重要的重新取向都不可分开的回顾的方面——本身同时也变成了大量形象的集合,变成了大量照相的影像。盖伊·狄保德的有力的短句,现在更适用于一个没有历史性的社会的"前历史",它自己假定的过去只不过是一套含糊的景象。如果完全按照后结构主义的语言学理论,那么作为"指称物"的过去就会发现它本身被逐渐排除,然后被完全取消,结果给我们留下的只有文本。

怀旧方式

然而不应该认为这个过程无关紧要:相反,当前对照片形象的迷恋倾向的明

---

① 勒佛夫尔(Henri Lefebvre,1901—1991),法国哲学家,马克思主义者,曾为法共党员,反斯大林团体的领袖人物,1958 年被驱逐出党。

显加强,本身就是关于一种无处不在的、无所不包的、几乎是"力必度"的历史主义的一种确实的征象。建筑师们用历史主义这个(过于多义的)词表示后现代建筑中自鸣得意的折中主义,因为这种建筑随意地、无原则但却兴致勃勃地把过去的一切建筑风格都做了拆配,并把它们结合在一个极端令人激动的总体之内。就表示迷恋而言,怀旧并不使人觉得是个完全令人满意的词(尤其是当人们想到只能从美学上恢复过去的纯现代主义的怀旧痛苦时),然而它使我们集中注意到什么在文化上更普遍地表现了商业艺术和趣味的变化过程。也就是所谓的"怀旧影片"(或法国人所说的"回顾方式")的变化过程。

这些重新调整了整个拼凑的问题,并把它投射到一个集体和社会的层次上面,在这个层次上,拼命利用一个念念不忘的过去的企图,现在通过时尚变化的严酷规律和突然出现的这"一代"的意识形态而折射出来。《美国的胡刻乱写》(*American Graffiti*,1973)像许多影片想做的那样,力图再现后来对失去的艾森豪威尔时期的现实的迷恋:人们倾向于认为,至少对美国人来说,50年代仍然是特殊的、失去了的想望的客体——不仅是一个和平的美国的稳定和繁荣,而且还是早期摇摆舞和青年帮的反文化冲力的最初的天真无邪(科波拉的《隆隆的鱼雷》于是将成为当代哀悼他们消逝的挽歌,但它本身仍然以真正"怀旧影片"的风格被矛盾地拍成了电影)。随着这种最初的突破,其他几代人的时期也为美学的开拓打开:例如美国和意大利30年代风格的恢复,分别在波兰斯基的《中国城》和贝托鲁西的《墨守成规》里表现出来。更有意思也更有疑问的是那种最终的企图,它们想通过这一新的话语,或者赢得我们自己的现在和最近的过去,或者赢得更远的、逃避个人存在记忆的一种历史。

面对这些基本的客体——我们历史的、社会的和关于存在的现在,以及作为"参照物"的过去——一种后现代主义"怀旧"艺术的语言与真正历史性的不一致的情况变得非常明显。但是,矛盾把这种模式推进到复杂而有趣的新的形式创造性当中:据认为,怀旧影片绝不是对历史内容的某种旧式"表现"问题,而是通过风格的内涵探讨"过去",以虚饰的形象特征传达"过去性",以时尚的特征传达"30年代的性质"或"50年代的性质"(这里产生了巴尔特的《神话集》的处方,他认为,含义提供想象的和套式的虚构事物,例如"Sinité"指的就是关于中国的某种迪士尼—艾普科特"概念")。

通过怀旧方式对现在所做的感觉不到的开拓,可以在劳伦斯·卡丹的《肉体冲动》(*Body Heat*)里看到,这部影片是一个遥远的"富裕社会"对詹姆斯·M.凯恩的《邮差总是按两次铃》的重拍,背景是当代一个距迈阿密不远的佛罗里达州的小城。但是,"重拍"这个词在很大程度上与时代不合,因为我们对先在的其他版本的了解,对以前根据小说拍摄的电影乃至小说本身的了解,现在在很大程度上是影片结构的一个构成要素和基本成分:换言之,我们现在处于"文本互涉"关系之中,是一种蓄意的、内在的美感效果的特征,也是对"过去性"和假历史深度的新含义的把握者,而在假历史的深度里,美学风格的历史取代了"真正的"历史。

从一开始,一整套美学符号就力图使官方的当代形象及时地远离我们:例如,对名家的装饰性改编马上用于把观看者纳入适合"怀旧"接受方式的过程(在当代建筑里、例如多伦多的伊顿中心,装饰风格的援用在很大程度上具有相同的作用)。同时,某种稍微有些不同的含义的作用,因为对明星体制本身惯例的复杂的(但是纯形式的)引喻而活跃起来。主人公威廉·赫尔特是新一代的影星之一。这些影星的地位明显不同于前一代的男性超级明星,例如斯蒂夫·麦克奎恩或杰克·尼考尔森(甚至较早的布兰多),更不要说明星制度发展过程中更早的一些时期。前面最近的一代通过或依靠著名的"银幕外"的人物设计其各种各样的角色,他们常常意味着反抗和不顺从。最新一代的明星演员继续保证明星的常规作用(最引人注目的是性活动),但完全没有先前意义上的"个性",而且有点人物匿名演出的特征(这种情况在赫尔特一类演员的身上达到了名家的比例,但与先前的名家布兰多或奥利佛属于完全不同的类型)。然而这种明星制度中"主体的死亡",打开了对更早的角色运用引喻的可能——在这个实例中指与克拉克·加布尔有关的那些角色——从而表演的真正风格现也可以用作一种关于过去的"暗示"。

最后,背景的安排独出心裁,富于战略性,从而避开了通常表达多民族时代美国的当代性的大部分符号:小城的背景使摄影避开了 70 和 80 年代高层建筑的景象(即使叙事中的一个关键插曲,也包含着地产投机商对旧建筑的巨大破坏);与此同时,当前的客体世界——制品和设备,甚至汽车,它们的设计风格立刻会标明形象的时期——也千方百计地在剪辑中删掉。因此,影片中的一切都导致对其官定当代性的抹杀,使你能够在接受叙事时以为它发生在某种永恒的 30 年代,超越了真正的历史时间。通过艺术的影像语言或者对模式化过去的拼凑来探讨现在,会使现在的现实和现在历史的直接性获得一种光彩美丽的海市蜃楼的魅力和距离。但是,这种使人入迷的新美学方式本身,呈现为一种精心策划的使我们的历史性消逝的征象,使我们以某种积极的方式经验历史的实际可能性消逝的征象:因此不能说它通过自己的形式力量产生出这种奇怪的消逝,它只是通过这些内在矛盾,展现出一种情境的巨大无边。在这种情境里,我们似乎日益无法形成对自己现时经验的描写。

"实际历史"的命运

至于"实际历史"本身——不论如何界定,它都是过去常说的历史小说的传统客体——更能说明问题的是现在回到过去那种旧的形式和媒介,在当今美国正在写作的严肃而富创新的极少数左派作家之一的作品里解读它的后现代的命运,这位作家的作品在更传统的意义上汲取历史的营养,迄今为止,似乎标出了美国历史"史诗"里连续几代的时期。这位作家就是 E. L. 道克托罗,他的《拉格泰姆》本身像是法定的本世纪前 20 年的全貌;他最近的小说《潜鸟湖》讲的是 30 年代和大萧条时期;而他的《丹尼尔之书》则以煞费苦心的并列方式,在我们面前呈现出两个重要的时期,即旧左派和新左派时期,或 30 和 40 年代的共产主义与 60 年代的激进主义时期(甚至他早期的西部故事,也可以说符合这种安排,它以不甚连接和形式上不太自觉的方式,指出了 19 世纪后期边界的结束)。

在这三部重要的历史小说当中,《丹尼尔之书》并非唯一一部在读者和作者的现在与以前的历史现实(作品的主题)之间建立起某种明显的叙事联系;《潜鸟湖》令人惊奇的最后部分——我不想说明——也以一种极不相同的方式做到了这点,同时值得注意的是,《拉格泰姆》最初版本的第一个句子,将我们明显置于我们自己的现在,置于小说家在纽约新罗彻尔的家里,而这地方立刻就变成了 20 世纪初它自己(想象的)过去的场景。这一细节在出版社的文本里被删掉了,象征性地砍断了它的缆绳,使小说在某种属于过去历史时间的新世界里自由漂动,而这种时间与我们的关系确实难以确定。但是,这种表示的真实性可以通过明显存在的生活事实来衡量,在我们从书本上了解的美国历史和当前报纸及我们日常生活里那种多民族的、有着高层单身公寓的城市的实际经验之间,确实看上去不再有任何有机的关系。

不过,在这个文本之内,历史性方面的危机以征象的方式将自己写进了一些其他奇怪的形式特征。它规定的主题是写从第一次世界大战之前激进的工人阶级政治(大罢工)过渡到 20 年代的技术发明和新商品生产(好莱坞的兴起和形象作为商品出现):克莱斯特的《麦克尔·考勒巴斯》的修改本,插入了黑人主人公反抗的奇怪的悲剧情节,可以认为是与这个过程相关的某个阶段。但我的论点不是关于这种无中心叙事中主题连贯的一些假想;而是正好相反,即这部小说强行确立这种阅读的方式,实际上使我们不可能达到那些规定的"主题"并将它们主题化,它们漂浮在文本上面,但却不能与我们对句子的阅读统一起来。就那种意义上来说,小说不仅对抗解释,而且它还在形式上系统地加以组织,阻碍它不断地提出而又撤销的一种旧式的社会历史解释。如果我们记得对解释本身的理论批判和否定是后结构主义理论的基本构成因素,那么就很难不认为道克托罗已经以某种方式故意把这种真正的张力,这种真正的矛盾,建构在他的句子的流动之中。

众所周知,这部作品集中了许多真实的历史人物——从特迪·罗斯福到艾琳·戈德曼,从哈里·K.骚和斯坦福·怀特到J.彼埃旁特·摩根和亨利·福特,更不用说霍迪尼这个更重要的角色——他们与一个虚构的家庭互相发生作用,简单地称作父亲、母亲、兄长等。从司各特算起,所有的历史小说无疑都以这种或那种方式包含着对先前历史知识的运用,这种历史知识一般都通过教科书历史手册获得,而历史手册不论为了什么合理的目的都要根据这种或那种民族传统来编订——于是就建立了一种叙事的辩证,例如一方面是我们对佯装者已经"知道"些什么,另一方面是在小说的描写里佯装者具体被看作是什么。但是,道克托罗的程序似乎远比这个更加极端;因此我想说,两种类型人物的标示——历史名人或大写的家庭角色——有力而系统地发生作用,使所有这些人物具体化,使我们不事先阻止已经获得的知识或看法便不可能接受对他们的描写——知识或看法赋予文本以一种已经了解的特殊感和一种奇怪的熟悉性,而人们愿意把它们与弗洛伊德在《神秘莫测》里所说的"被压抑者的回归"联系起来,而不是与读者方面任何坚实的编史工作的构成联系起来。

激进的过去的丧失

同时,这一切于中发生的句子有其自身的独特性,它会使我们更具体地区分现代人精心完成的某种个人风格和这种新的语言创新,而这种语言发明根本不再是个人的,而是与巴尔特很久以前所说的"空白写作"有着同类的密切关系。在这部特定的小说里,道克托罗强加给自己一种严厉的选择原则,按照这种原则,只有简单的陈述句(主要以动词"to be"[是]形成)才被接受。但是,结果并不是儿童文学中居高临下的简单化和象征的细致,而是某种更令人不安的东西,某种深刻的暗中对美国英语施暴的感觉;不过,在构成这部作品的任何完全合乎语法的句子里,这种英语单凭经验也不会被察觉。然而另外一些更明显的技巧"创新",对《拉格泰姆》的语言变化却可以提供一种线索,例如,众所周知,加缪的小说《局外人》的许多独特效果的根源,可以追溯到作者故意自始至终用法语的"复合过去时"来代替其他在法语叙述中更常用的过去时。我要指出,这里仿佛也有那类东西在发生作用(但我不准备进一步说明显然是令人无法容忍的跳跃):我觉得好像道克托罗企图系统地产生效果,或者以他自己的语言,产生出我们在英语里没有的一种动词过去时的等同效果,即法语的过去时(或简单过去时),其完成的动作如埃米勒·本弗尼斯特所说的那样,把事件从阐述的现在分开,并将时间和行为的流动转变为许多完成的、完整的、孤立而守时的事件客体,而这种客体发现本身脱离了任何现在的情境(甚至讲故事或阐述活动的情境)。

道克托罗像史诗诗人,他写到美国激进的过去的消失,写到对旧传统的压制,写到美国激进传统的一些阶段;任何有左派同情心的人,都不会不非常悲伤地阅读这些杰出的小说,这是面对当前我们自己的政治困境的一种真实情况。

不过,在文化上颇有意思的是,他不得不从形式上表达这一伟大的题材(因为内容的消逝恰恰是他的主题),而且,他不得不以后现代那种真正的文化逻辑来结构他的作品,而这种文化逻辑本身就是他的困境的标志和征象。《潜鸟湖》更明显地运用拼凑的策略(最明显的是它对多斯·帕索斯的重新创造);但对历史参照消失所引起的美学情境,《拉格泰姆》却仍然是最奇特和最令人惊讶的不朽之作。这部历史小说再不能指望表现历史的过去;它只能"表现"我们对那种过去的看法和成见(因此它立刻就变成了"流行的历史")。于是文化的生产被驱回到一种精神空间之内,但这种空间不再是旧的单个主体的空间,而是某种被降低了的集体的"客观精神"的空间:它不再能直接注视某种公认的真实世界,重构某种本身曾是现在的过去的历史;相反,如像在柏拉图的洞里那样,它必须在自己禁闭的墙上找出我们关于那种过去的精神形象。因此如果这里有什么现实主义,那么它也是从理解那种禁闭并逐渐意识到某种新的、原始性的历史情境的震惊中而产生的"现实主义";在这种新的历史情境里,我们注定要通过自己对那种历史的流行形象和假象来寻求"历史",而那种历史本身永远无法触及。

◎史料选

弗雷德里克·詹姆森①的马克思主义文学理论

[美]戴维·R.迪肯斯

导论

由于他对后现代文化的分析,弗雷德里克·詹姆森在文化研究的相关学科内确立了自己的领导地位,这种地位本身就是超越界限的后现代现象的一个例证。在对詹姆森的思想成果进行一种综合评论时,凯尔纳(1989c)把詹姆森的后现代主义研究说成是他的早期文学批评工作的一个逻辑扩展。詹姆森的第一部书《萨特:一种风格的起源》(1961)是对萨特的文学文本的一种分析。在书中,萨特被认为是一个标新立异的、批评的知识分子的范例,他运用他的才能致力于他的时代的主要的道德和政治斗争。在20世纪60年代后期,詹姆森转向萨特著作中更明显具有政治性的题目,以及卢卡奇、阿多诺、本雅明、马尔库塞和布洛赫的著作,这些著作都表现出一种向马克思主义的思想转变。在他的第二部书《马克思主义和形式》(1971)中,表现了詹姆森试图发展一种辩证的文学批评,使来

---

① 弗雷德里克·詹姆森亦译作弗雷德里克·詹姆逊。

自主要的马克思主义文学形象的题目具体化。在这些题目中最重要的是还需要解释学的分析和某些整体性的概念,这两点都成了法国后现代理论攻击的目标(Kellner 1989a)。①

在整个 20 世纪 70 年代,詹姆森用两个重要的修改不断地推敲他的辩证批判的概念:第一个修改是在一系列论文中,他扩大他的研究工作超出文学而包括广泛的艺术和文化行业(包括电影、绘画和文艺政治);第二个修改是在其 1972 年的《语言的牢笼》一书中,他对大陆马克思主义和法国结构主义发动了一场强有力的新挑战:他的许多关于美学和文化的论文后来收集在一以《理论的意识形态》(1988a)的标题出版了一部两卷本的著作。这些论本涉及各种问题,而且在一起种更广泛的历史和政治框架内展现了詹姆森对于他的文学分析所处的地位的独特关注。关于结构主义的著作是对结构语言模式的一种批判的质问,但是在这里,詹姆森也是为了他自己的解释学的和历史的兴趣而挪用了结构主义的研究成果。

两部新出版的长篇巨著,《侵略的寓言》(1979)和《政治无意识》(1981a)共同构成了詹姆森建立一种折中主义的马克思主义文学批评的观点。这种观点为了这个相对变化着的复杂任务而以文学的形式,主体性的方式和社会经济的转型(Kellner 1989a)把结构主义、心理分析和其他互相对立的研究的诸方面结合在一起。在《政治无意识》的开头,詹姆森就争辩道:任何一个人都绝不会真正地立刻面对一个文本:

> 确切地说,摆在我们面前的文本始终是已经读过的;我们理解它们,通过以前解释的沉积层,或者——如果文本是新的——通过沉积出阅读习惯和这些继承来的解释传统所发展的范畴(1981,p9)。

因此,文化文本含着一种"政治的无意识",埋藏着记事和社会经验,需要对译文进行一种复杂的解释(Kellner 1989a,p15)。对于詹姆森来说,解释这些隐藏的记事需要一种马克思主义的解释学,这种马克思主义解释学把文本置于物质的和历史的环境中以便揭示"自然发生的资本主义中的资产阶级主体的结构以及它在我们时代的自相矛盾的瓦解"(1981a,p12)。

詹姆森通过考察在前资本主义社会里发现的神话和虚构的故事开始了他的探求。他把这些神话和故事称为"魔幻叙事",体现了相对统一的前资本主义生产方式的集体经验。伴随着资本主义的兴起,新的经验和表现方式由新出现的小说所表现,成了资产阶级主体性的典型声音(Kellner 1989a. p. 15—16)。在资本主义社会和资产阶级主体性内的后来的发展,按詹姆森的说法,记录在小说的

---

① 我这里关于詹姆森的文学理论的讨论主要取材于凯尔纳的真知灼见。

形式和结构的变化之中。从巴尔扎克的早期小说开始,在这些小说中,一位无所不知的没有特别观点的叙述者记录了资本主义社会中相对团结的资产阶级主体——詹姆森在乔治·吉辛和约瑟夫·康拉德的小说中追溯了资产阶级主体的逐渐的瓦解。吉辛的作品被认为是 19 世纪末期资产阶级主体失去其自信的征兆,而康拉德的小说被解释为是在 20 世纪面对日益商品化和帝国主义化的双重过程,资产阶级主体日益分裂的例证(Kellner 1989a)。

在《侵略的寓言》中,詹姆森把他的分析扩大到更具有侵略性的形式,即以文学反映了在 20 世纪的现代主义和法西斯主义的某种类型中资产阶级社会和主体的分裂。温德姆·刘易斯的著作在这里被认为是值得推崇的,因为它们强调一种热情的、机械的风格,攻击已经建立的文学、绘画形式和文化礼仪。因此,詹姆森把刘易斯和其他文学现代主义者的写作风格所展现的法西斯主义的侵略性解释为资本主义社会中分裂倾向的一种极端产物(Kellner 1989a,p19)。

正如我在上面指出的,詹姆森试图发展一种复杂形式的辩证文学批评,这导致他把黑格尔派的马克思主义研究之外的,甚至敌对的概念结合在一起,包括阿尔都塞的范畴,例如,多元决定,不平衡发展和相对自由,以及弗洛伊德的概念,如压缩、移位和回归,而他继续为卢卡奇所强调的整体性和中介的中心地位辩解。但是,詹姆森关于萨特的大谈道德和政治关怀的文学批评知识分子的计划同样日益导致他扩大了他的关注焦点超出了文学领域而适应更广泛的文化领域,在这里,文学日益被归入文化,在某些方面被取代(Kellner 1989a)。

从文学批评到后现代文化研究

詹姆森最初进入文化研究领域是在 20 世纪 80 年代初发表了三篇关于电影的论文(Jameson 1981b,1981c,1982)。但是,他最初讨论后现代文化是在 1983 年的一篇论文中:"后现代主义和消费社会。"[①]他在这篇文章中规定了文学、电影、电视、艺术和建筑中的后现代文化产品的共同特征,就像它们出现那样,这些文化产品特别反对已经确立的高级现代主义形式,反对这种或那种占统治地位的征服了大学、博物馆、艺术画廊和基金会的高级现代主义(1983,p111)。在这里,起作用的术语是"已经确立的"和"占统治地位的",因为抽象表现主义的作品,现代主义诗歌,建筑中的国际风格,斯特拉文斯基、乔依斯及其他,曾经被认为是令人反感和震惊的,现在则被认为是僵死的、沉闷的、具体的纪念品,肯定要被那些喜欢谈论新东西的人所拒绝。

在这里要指出的后现代文化的第二个特点是超越已经确立的界限和艺术范

---

① 这篇论文原来是在惠特尼博物馆发表的一篇演讲。

畴,最重要的是超越高级文化和大众或流行文化之间的区别。当代艺术家和作家在广告、电视、拉斯维加斯路上的商业区、好莱坞 B 级片和机场平装本小说方面所取得的成绩鼓舞他们以同样的方式向现代主义大师们求教(Jameson 1983, p112)。甚至传统限制的大学文化也受到影响,产生了今天的一种新的学术话语,简称之为"理论",而不是政治理论、社会学理论,或文学理论。

在"后现代主义和消费社会"中,詹姆森提出了后现代文化的三个明确的特点。在后来的一篇论文《后现代主义,或晚期资本主义的文化逻辑》(1984a)中,他扩大和放宽了他的分析,确定了后现代文化的四个组成特点,它们包括:

> 一种缺乏深度的全新感觉,这种缺乏深度感不仅能在一种全新的形象或拟像的文化中经验到,甚至可以在当代"理论"来找到;一种越来越浅薄微弱的历史性,不仅表现在我们和公众历史之间的关系上,而且表现在我们私人暂时性的新形式中,这种历史性的"精神分裂式"的结构(遵循拉康的说法)将决定更有暂时性艺术的新型的句法和语法结构关系;一种全新的情感基调,我称之为情感的"强度",通过追溯到崇高的旧理论可以很好地理解这种特有的强度;所有这一切和一种全新技术的深刻的构成关系,这种技术本身就是一个全新的世界经济体系的形象(Jameson 1984a, p58)。

后现代文化的第一个方面,是它的缺乏深度,涉及詹姆森所谓的当代艺术产品和理论的基本的反解释学的特征。他通过对比凡·高著名的油画《农夫的鞋》和安迪·沃霍尔的《钻石灰尘鞋》阐述了这个特征。按詹姆森的说法,《农夫的鞋》,艺术中高级现代主义的经典作品之一,是解释学的,就它的静态的、客观的形式而言,它被认为是某种更宏大的现实的线索或象征,这种现实取代它作为它的最终真理(1984a. p58)。相比之下,在《钻石灰尘鞋》中,"我们只有一堆随意凑合起来的死物,它们排列起来,好像一串被人遗弃的萝卜,漫不经心地挂在画面上,仿佛跟那个未来孕育它们的生活世界完全切断了关系。沃霍尔笔下的鞋子,又像经历过集中营生涯而留存下来的一排让谁穿过的鞋,让谁切断了历史的根源,它又好比经历过一次诡秘莫测、悲惨可怖的大火灾之后,在偌大的舞池中留存下来的一堆残余杂件"(1984a, p60)。在沃霍尔的油画中,我们无法把它的特征融入一个更大的生活境况,无法去阐释它。因此,《钻石灰尘鞋》展现了一种新出现的浅薄性,詹姆森把这种浅薄性和广告中的五光十色的逼真的形象结合在一起,在沃霍尔的其他作品中,这种浅薄性暴露了对黑白否定的依赖,暗示着客观世界变成了一系列拟像(原本不曾存在过的复本)(1984a, p60)。

詹姆森在当代后结构主义理论的反解释的冲动中发现了一种类似的变化:拒绝作为形而上学和意识形态的理论的所有解释学的或深奥的模式,同时矛盾地包含着拒绝自身的真理,詹姆森认为后结构主义是试图描述自己的真正后现代主义的一种象征。

詹姆森不仅用集体的而且用主观的术语描述了后现代文化的第二个构成特征——一种脆弱的历史性。他认为,"目前一个不可否认的生活事实是,我们向来从教科书上学到的美国历史,跟我们目睹的、活生生的跨国主义经济社会的众景象——高楼大厦林立,而通货膨胀持续不停、经济发展停滞——看起来是风马牛不相及,无论从每天的报纸上,还是从每天的生活经验来说,别人教的历史始终跟切身体验到的扯不上任何关系"(1984a,p69)。当代社会生活中的这种倾向从文化上反映在詹姆森所谓的"社会生活的语言分裂上",在那里,拼凑取代了模仿(1983,1984a,p65)。

按詹姆森的说法,现代文学是一个模仿多产的领域,因为伟大的现代主义作家是由他们的独一无二的个人风格所规定的,例如福克纳的长句,或者 D. H. 劳伦斯的自然形象,模仿利用这些个人风格的独一无二的特性以创造赝品,这些赝品根据它们的和人们正常说和写相比的怪僻来嘲笑原作。因此,所有模仿的根据是这样的观念:有一个普遍的语言规则,与之相比,伟大的现代主义作家的风格可以被讽刺(Jameson 1983,p113—114)。然而,由于不同的种族、性别、专业和职业集团说着他们各自难以沟通的私人语言,社会今天已变得日益分裂。因此,"发达资本主义国家到了今天,社会已演变为一个由多元力量所构成的放任的领域。在这里,只有多元的风格,多元的论述,却没有常规和典范"(Jameson 1984a,p65),从而才可能创造了模仿。就其地位而言,詹姆森把拼凑似乎规定为空洞的模仿,"拼凑之作绝不会像模仿品那样,在表面抄袭的背后隐藏着别的用心;它既欠缺讥讽原作的冲动,也无取笑他人的意向。作者在实行拼凑时并不相信一旦短暂地借用了一种异乎寻常的说话口吻,便能找到健康的语言规范"(1984a,p65)。

伴随着高级现代主义的风格、模仿,以及二者所有依赖的规范语言基础的瓦解,拼凑成了当代艺术、建筑、电影和文学中的流行风格,在这里,过去的风格统统给分解为支离破碎的元素,毫无规则地重新合并在一起。然而,当代文化中的历史的湮灭并不是由冷淡来伴随的,正相反,按詹姆森的说法,他在当前一般流行的对摄影形象的热情中发现了"一种无所不在的、无所不取的、几乎要演化成一种以性欲为中心的历史循环主义"(1984a,p66)。在这里,他的例子采自大众文化的一种流行形式——怀旧电影。后现代的怀旧电影从《美国涂鸦》(1973)开始,把拼凑的种种现象投射到集体的、社会的层面上去。"结果我们发现,现代人锐意寻回失去的过去,态度纵然是执着而彻底;然而基于潮流演变的铁律,以及'世代'等观念和意识形态的兴起,我们今天要以'怀旧'的形式重现'过去',道路是迂回曲折的。"(Jameson 1984a,p66)

在《美国涂鸦》中，失去的过去是 20 世纪 50 年代的艾森豪威尔时期，这个时期被认为表现了美国稳定的、繁荣的和世界统治者的时代(Jameson 1984a)。同样的主题表现在另一部怀旧电影《闪光》中，这是关于 20 世纪 20 年代的故事，当时美国统治阶级仍然在设计一个自信的、开放而无罪的自我阶级意识形象(Jameson 1981a)。这些影片，以及其他的如《唐人街》和《体温》都是后现代的、拼凑结构的作品，因为它们从来不曾"提倡过什么陈腐的反映传统，重现历史内涵的论调；相反，它们在捕捉历史的'过去'时乃是透过风格创新所蕴含的种种文化意义，它们在传达一种'过去性'时，把焦点放在重整出一堆色泽鲜明的、具有昔日时尚风光的形象，希望透过掌握 30 年代、50 年代的时尚潮流和'时代风格'来捕捉 30 年代、50 年代的'时代精神'"(Jameson 1984a, p67)。就它们所表现的对于回归一个"更简单的"时代的渴望而言，它们也是意识形态的，在那个更简单的时代，道德和阶级的区别显然是在一个是非分明的范畴里规定的(Jameson 1981a)。怀旧模式现在甚至表现在关于当代背景的影片中，好像"我们今天无法聚焦我们自己的时代，好像我们已经变得无法获得关于我们自己现在经验的审美表现"。詹姆森认为，这是一个社会已经不能处理时间和历史的一个警告和病理学的征兆(1983, p17)。

伴随着在集体层次上的历史的病理学的脆弱性是个人主体的完全有害的破裂。当然，主体的死亡是后结构主义理论的一个著名主题，但是，詹姆森通过提供一个他所谓的普遍的历史前提——"像焦虑、异化等概念已不再适合指后现代世界的种种感受"(1984c, p63)——而把它语境化了。他把仍然表现这些概念的蒙克的现代主义油画《呼喊》和沃霍尔关于玛莉莲·梦露的作品加以比较，争辩道：后者表现了文化病理学中的一种变化，"在这种变化中，主体的异化已经被主体的分裂所取代"(1984a, p63)。

詹姆森借用雅克·拉康的精神分裂症理论相当完美地描述了主体分裂的当代状况。根据拉康的解释，精神分裂症在索绪尔的语言学术语中被解释为是一种能指之间关系的断裂(Jameson 1983, p119)。精神分裂症患者无法把能指有意义地联系在一起，缺乏一种时间连续感，因此被证明他所体验的世界是一系列纯粹而毫无联系的将来和现在。拉康对于精神分裂的解释作为一种语言障碍给詹姆森提出了一个双重命题：

> 一方面，我以为我们不妨把个人身份看作一种时间关系的特殊组合：过去的、未来的，都在我所面临的现在统一起来，而其产生的特殊效果，也就是我作为个人所最终觉得的"身份"。再从另一方面看，这种活生生的时间组合本身又是一种常规以内的语言的功能。更准确地说，时间的统一所发挥的是句子的固有功能，即一般句子穿过时间流动，沿着阐释的圆圈而组成意

义时所产生的种种作用。(Jameson 1984c,p18)

按詹姆森的说法,拉康的理论在主体水平上为脆弱的历史性提供了一种恰当的隐喻,因为"如果我们不能把句子的过去式,将来式和现在式统一起来,那么我们也就不能把我们自己的生活经验或心理生活的过去、现在和将来统一起来"(1984a. p72)。

詹姆森从后现代艺术和文学中提供了几个例证,它们的形式很像独立的句子的过去、现在和将来的情况,例如,约翰·凯奇的音乐,但是他特别强调鲍勃·佩雷尔曼写的一首诗《中国》。佩雷尔曼是圣弗朗希斯哥诗人团体的著名语言诗人之一。这首诗共有 26 行,各诗行之间互相好像没有关系。在简单地讨论了萨特对福楼拜相类似风格的解释后,詹姆森揭露了在佩雷尔曼起名《中国》的诗行里,描写了他闲逛唐人街时所看到的一本照片簿子,觉得里面的中国字标题都是死文字(Jameson 1984a,p72)。按詹姆森的说法,在福楼拜那里,断裂的句子乃是一种对实践的拒绝的象征和策略,而语言诗歌和摄影写实主义绘画有更多的相同之处,在那里,被描写的对象不是采自"真实世界",而是采自摄影(Jameson 1984a. p75)。于是,语言诗歌似乎包容了精神分裂症的碎片作为它的基本的美学模式,而通过它的互文本的结构形式同时展现了模仿的胜利。

詹姆森的后现代文化的第三个特点——情感的消失,最好被理解为主体性的碎裂的情感后果。异化和焦虑的问题在后现代的世界里可能不再和我们相关,但是它们的解决被一种新东西所取代:

> 我们若进一步再考虑"表现""感觉"或"情感"诸观念,便可看到在当前的社会里,主体的解放不仅意味着个人从"沉沦颓废"的困局中所得到的解放,不仅代表了当代人从焦虑懊恼的愁思中所找到的出路,而且显示了主体也已经从一切情感中解放出来了。"自我"既然不存在了,所谓"情感"也就无所寄托了,即"情感"也就自然不能存在了。(Jameson 1984a,p64)

詹姆森很快就指出,他的意思并不是说当代文化产品缺乏情感,冷血无情,而是说这些情感或强度"今天都是非个人的、是飘忽忽而无所主的,而且倾向于被一种异常猛烈的欣狂之感所主宰"(Jameson 1984a,p64)。他还争论道,情感的消失说明表现在高级现代主义文学中的现代主义所关注的暂时性已经由于空间范畴的支配今天已经黯然失色。

詹姆森关于后现代主义的情感消失的例子大约取自各种文化产品,包括《钻石灰尘鞋》和沃霍尔的玛莉莲·梦露和其他庆典的油画。但是,他的意思用一大段采自《一位患精神分裂症的姑娘的自传》中的引文非常生动地表达出来了。这位小姑娘听到一群学生在唱一首德国歌,她被一片令人眼花缭乱的光和声音所攫住。在他引证的小姑娘的经验和后现代艺术的例子里,都有一种暂时性断裂的感觉,在这里,"主体被眼前一刻所笼罩,只觉得沉没于一片笔墨难以形容的逼真感中"(Jameson 1984a,p73)。

詹姆森在讨论有关城市和人体的当代艺术复制图时进一步探讨了后现代的强烈感情的本性。在这里他指出在现代主义的大都市图画和后现代的摄影写实主义的城市景象之间存在着多么巨大的差异,在后现代写实主义的城市景象里,"甚至最破烂的车子都难免被披上一层梦幻般的奇光异彩"(1984a,p76),以及在现代主义的人体和后现代的作品,如杜安·汉森的聚脂人体之间存在多么巨大的差别。詹姆森杜撰了"歇斯底里的崇高"这个词来描写这些作品里所传递的新经验。他引用埃德蒙德·伯克关于崇高的原始定义:一种刺激人们对恐怖产生敬畏的经验,以及康德把崇高的美感延伸到表象本身的问题上(1984a,p.77)。因此,歇斯底里的崇高感意味着一种条件,在其中:

> 崇高的对象现在不仅是自然界的神奇力量,以及人与大自然相比之下而表现的渺小感,而且崇高更是艺术喻义的一种极限,因为人类精神现有的限制实在无法表现大自然无可比拟的力量。(1984a,p77)

对于詹姆森来说,歇斯底里的崇高表明了在后现代文化里大自然的彻底消失。在后现代文化那里,当代社会的"他者"不再是大自然,而是技术。更值得一提的是,正是一种新技术构成了后现代文化的第四个特色。从意大利的未来主义到20世纪30年代的共产主义艺术,现代主义文化对于工业技术及其所生产的强有力的机器的起创造作用的潜能表现了一种伟大热情。但是,按詹姆森的说法,当代技术创新从性质上说是独特的,因为它们不再包含同样的再现(表象)的能力。因此,他在这里比较了汽轮发动机、铁路机车、高粮仓和大烟囱,他把这一切都称之为仍然关怀休闲的速度工具,今天我们只能面对的是像电脑这种新机器,"这些电脑其貌不扬,它的外壳也实在没有任何标志特征,在视觉上也没有任何特殊之处。事实上我们所有的电子媒体都是貌不惊人的。在一台称为电视机的家电背后,并没有牵动过什么宏伟的故事。而只能在表面上,在平面化的形象本身之中,带来一种内爆"(1984a,p79)。

一再复活康德关于崇高的分析的电视机和计算机的发明,作为再生产的而不是生产的机器,它们需要一种美学再现,以便区别于在现代主义艺术中发现的速度和形象的雕刻品的相对模仿的雕像。在某些形式的后现代文化仍然忙于以相对传统的主题再现内容(关于再生产的过程)时,詹姆森所谓的后现代最有力的成就是进一步进入再生产过程本身的网络。他在这里的主要例子是来自建筑和文化领域,首先刺激了他对后现代主义的兴趣(Jameson 1989)。后现代建筑再现了一种建筑空间的革命,而个人并没有保持和它同步:"这里,在对象中已经发生了一种变化,而主体却未能伴随任何相当的转变;我们还没有感觉设备去匹配这种新的超空间,部分地因为我们的感觉习惯始终无法摆脱昔日传统的空间感,始终无法摆脱高级现代主义空间感设计的规范。"(Jameson 1984a,p80):

詹姆森为了扩大讨论而选择的建筑是约翰·波特曼建设的坐落于洛杉矶的鸿运大饭店。这座饭店的特点就是没有明显标志的入口,没有直通为旅客登记入住的服务台,而升降机和自动电梯主要是代替人体运动的,通向一个游泳池、一座前厅和旋转鸡尾酒吧。饭店刚开张时几乎完全没有传统的指示牌,虽然彩色符号和其他指示符号是后添加的。对于那些就其商店很巧妙地藏在各种阳台上的特别吃惊的商人来说,建筑物被设计得几乎无法走动的事实,对于詹姆森来说,让人想起这种"后现代的超空间":

> 终于能够成功地超越个人身体的能力,使人体无法在空间布局中为自身定位,一旦置身其中,我们便无法以感官系统组织我们周围的一切,也不能通过认知系统为自己在外界事物的总体设计中找到确定自己位置的方向。(1984a,p83)[①]

虽然詹姆森非常关注新技术在后现代文化中的革命作用,但是他同样关心阐明的是,技术的重要性就其合理性而言并不那么大,就像贝尔和其他后工业社会理论家所说的那样。

> 技术的魅力来自一种似乎总是广为人所接受的再现速写手法,使大众更能感受到社会权力和社会控制的总体网络——一个我们的脑系统、想象系统都无法理解的网络,使我们更能掌握资本发展到跨国资本主义阶段带来的全新的、去中心的全球网。(1984a,p79—80)

在这么做时,詹姆森进一步把他的分析的学术范围从文化扩大到社会理论(Kellner 1989a)。

作为晚期资本主义的文化统治的后现代主义

贯穿詹姆森关于后现代主义的著作的是:他反复坚持,对他来说,概念并不是描述一种新的美学或文化风格的另一种词。后现代主义同样是一个周期性的概念,"它的功能就是把文化中出现的新形式的特点和社会生活的新类型及一种新的经济秩序的出现联系起来"(Jameson 1983,p113;还可参见 1984a,1989)。和他在《政治无意识》的开篇诗所主张的口号——"总是历史化"是"一个绝对,而且我们甚至可以说一切辩证思想的、'超历史的'绝对命令"(1981,p9)——相一致的是,詹姆森认为后现代主义乃是当代跨国资本主义的特殊文化逻辑,他确定

---

① 詹姆森关于后现代建筑的分析已经成为关于他的后现代主义理论的热门争论话题。有关的特别严厉的批评,参见达维斯(1985)和赫特切恩(1986)。

资本主义的这个新阶段是从 20 世纪 40 年代和 50 年代初的战后时代的美国开始的,而 20 世纪 60 年代是一个关键的转变时期(1983,p113;也可参见 1984b)。

詹姆森是从欧内斯特·曼德尔的《晚期资本主义》(1975)一书中得出他的关于跨国资本主义的特征的。曼德尔拒绝了流行的时髦观点:马克思的理论已经过时,争论要取代这种论点——当代晚期资本主义形成了资本主义的第三个纯粹的阶段,其特点是经济和社会生活的所有领域的普遍工业化(1975,p387)。在这个第三阶段,"科学、技术和生产的一种前所未有的结合"(1975,p215)扫荡了前资本主义组织的一切残余形式。对于詹姆森来说,这种情况所导致的结果是,"我们直到今天才有机会目睹一种崭新的文化形式对大自然和潜意识的领域积极地进行统治与介入。也就是说,今天我们有机会目睹前资本主义的第三世界的农业文化因绿色革命之兴起而受到破坏,因媒体及广告工业之大行其道而彻底衰落"(1984a,p78)。

后现代主义被认为是对晚期资本主义的文化统治,就像曼德尔的模式所提出的,"美感的生产今天已经完全被吸纳进商品生产的总体过程之中。也就是说,商品社会的规律驱使我们不断生产出日新月异的商品(从服装到飞机,全都是永无止境地翻新),务求以更快的速度把成本赚回,并且把利润不断翻倍。在这种资本主义晚期阶段经济规律的统治下,美感的创造、实验与翻新也必然受到诸多限制"(Jameson 1984a,p56)。现实主义和现代主义以同样的方式被认为分别是市场资本主义和垄断资本主义的文化统治者。[①]

詹姆森企图通过利用阿尔都塞的描述文化和生产方式的复杂关系的多元决定、相对自主和不平衡发展的概念来简化他的文化理论,以便避免人们的批评(Jameson 1989)。但是,他同样关心反对后现代主义者对全球化概念的抵制。他认为,这些概念描述了后结构主义的方法,是资本主义和商品形式普遍化的另一种表现:

> 因此,在一切都是系统化的地方,关于一个系统的真正观念好像丧失了它的存在的理由、它的回归的理由,这种回归是通过一种"回归受压"的状态,以韦伯或福柯和"1984"的人们所幻想的"总体系统"的很可怕的形式来进行的。(1989,p379)

后现代理论的正常的任务就是为系统正名,而不是否定系统,它还必须认识到,任何形式的激进的文化政治理论今天必须考虑到旧形式的左派对手所依赖的批评距离的失效(Jameson 1984a)。因为"我们就生活在后现代主义文化之

---

① 在 1987 年的一篇论"电视文本"的论文中,詹姆森提出了一种资本主义的一个阶段的符号学关系,就是说,由于资本主义的发展,能指日益变成了自主和自由的漂浮物。

内,简单地说,在它轻易就否定就像任何完全轻易赞扬它是完全不可能的那样的地方,就是自满和腐败"(1984b,p36),所以詹姆森提出了一个新的政治美学概念,他称之为"认知绘图"(1984a,1988),作为一种表现后现代文化和社会中的新的空间结构的方法,允许个人主体从本地和全球的角度确定他们自己的位置:

> 全新的政治艺术,如果完全可行的话,我们必须能紧紧掌握后现代主义的真理。也就是说,我们要掌握后现代文化的基本对象——跨国资本主义的世界空间——与此同时,这种新的政治艺术的确成功地突破传统再现的形式,并且采用全新的、前所未有文化模式,把那崭新的世界空间予以展示出来。至今,我们都知道,在这后现代空间里,我们必须为个人及集体主体重新定位,从而重新获得行动和斗争的能力。就目前的现状而言,我们参与积极行动及斗争的能力的确受到我们对空间以至社会整体的影响而消退了、中和了。(1984a,p92)

结论

虽然他们对后现代文化的分析表现了明显的理论和政治的对立,但是,贝尔和詹姆森的确提出了两种很容易理解的讨论后现代主义的观点,为社会学家,为每个提出一些具体主张的人。这些主张是:当代社会的结构和互动的过程,特别是大众媒体文化的优势以及日益浅薄的日常生活,都是容易经受起经验研究的检验的主张。例如,贝尔和詹姆森都把阶级引入了他们所描述的后现代文化之中。贝尔确定了一个"文化大众","主要由那些在知识和通讯工业中的人组成,包括他们的家庭,这些人总数有数百万之多"(1978,p20)。作为赞成后现代文化的主体,这种集团构成一个"独特的文化阶级"(Bell 1987,p41),它的影响远远超过它的人数。

对于詹姆森来说,后现代主义作为一种社会精神和一种生活方式同样是"一种全新的阶级成分的意识的表现,被贴上各种标签:一个新的小资产阶级,一个专业管理阶级,或者简单地就是'嬉皮士'"(1989,p381)。无论在哪种情况下,被确定的集团都组成了一个新的统治阶级,但是在两种情况下,新阶级都认为提供了文化概念和在广大社会内流行的人工制品,并提出关于后现代社会内阶级的作用的重要问题。对于许多后现代主义者来说,理解社会调查的更惯常的方法并非美德,而且无疑会被他们追问到贝尔和詹姆森的后现代主义对构成历史叙述的赞成,这种叙述阐述了后现代文化的兴起,然而这种叙述显然吸引了许多社会学家,特别是那些并不精通大陆哲学的人。

对于这些社会学方面希望和后现代主义开始一种创造性的对话的人来说,另一个可能的切入点是贝尔和詹姆森明显地关心标准的问题。奥尼尔(1988)认为这是他们的著作中的一个重要主题。奥尼尔认为,抛开他们的对立的政治价值不谈,贝尔和詹姆森"俩人都求助于一种杜克海姆式的为社会契约的消解的悲伤"(1988,p498),以及相应地表现一种共同的"秩序意志"(1988,p503)。奥尼尔的观点的一种误解,因为贝尔显然否定了杜克海姆的偏爱存在主义宗教的宗教观,而詹姆森的秩序意志的根据是恩斯特·布洛赫对乌托邦思想的马克思式的解释,但是,在强调他们各自的文化政治学的超验性方面,奥尼尔当然是正确的。然而,这种超验成分最好理解为是他们各自的理论叙述的标准组成部分,这种成分使他们和许多后结构主义思想家的反政治的态度区别开来。

评论家已经很快就指出了和贝尔及詹姆森这个方面相关的问题。就詹姆森的情况来说,批评家已经在质疑这种文化政治家的生命力,其根据是为克服跨国资本主义的困难任务所炮制的认知绘图。就他的辩解来说,詹姆森承认认知绘图是在重建一个世界范围的社会主义运动时的一种必要第一步,但是,以和其他更具体的政治斗争形式对立的美学形式为根据的问题仍然存在,并没有得到解决。

贝尔把他的回归宗教的要求建立在这样的前提上:当代社会潮流指出,20世纪60世代的后现代的反文化,就像它作为根据的现代美学一样,已经朝不保夕、日薄西山了,而且人们再次认识到必须限制他们的行为。按贝尔的看法,既然宗教始终在宽容和限制的辩证紧张的基础上茁壮成长,因此他认为宗教的回归不仅是迫切的而且是必要的,然而,自从他们的学科产生以来,社会学家们承认宗教的一个成问题的特征是它的排他特性。在贝尔本人的作品里,关于这个问题的一个烦人的例子已经被阐明。在那里,他列举了他所涉及的历史上的伟大的宗教,"佛教、孔教、犹太教和基督教"(1988b,p355)。由于列举中省略了伊斯兰教,贝尔无意中突出了对下面这个问题的理解上的困难:宗教在教义互相冲突的当代社会里如何能为一种革新的公民道德提供基础。

我希望我在这里已经证明贝尔和詹姆森的后现代文化研究为当代社会的批评的、历史的分析的继续需要提供了重要的例证。甚至由于广泛宣传的后现代主义题目,如"社会的终结"和"人的消亡"而引起人们对那些问题的兴趣也希望考虑这些问题作为具体经验研究的题目,而不是作为在表面价值上被接受或拒绝的形而上学宣传。

图书在版编目(CIP)数据

西方文论作品与史料选 / 徐亮,苏宏斌主编. —杭州:浙江大学出版社,2016.9
ISBN 978-7-308-13610-5

Ⅰ.①西… Ⅱ.①徐…②苏… Ⅲ.①文学理论-西方国家-高等学校-教材 Ⅳ.①I109

中国版本图书馆 CIP 数据核字(2014)第 170917 号

西方文论作品与史料选

徐 亮 苏宏斌 主 编

责任编辑	宋旭华
文字编辑	唐妙琴
责任校对	杨利军 周晓竹
出版发行	浙江大学出版社
	(杭州市天目山路 148 号 邮政编码 310007)
	(网址:http://www.zjupress.com)
排 版	浙江时代出版服务有限公司
印 刷	杭州杭新印务有限公司
开 本	710mm×1000mm 1/16
印 张	38.5
字 数	712 千
版 印 次	2016 年 9 月第 1 版 2016 年 9 月第 1 次印刷
书 号	ISBN 978-7-308-13610-5
定 价	58.00 元

浙江大学出版社发行中心联系方式 (0571)88925591;http://zjdxcbs.tmall.com